中国古典文学名著丛书

彭公案

上

［清］ 贪梦道人 著

华夏出版社
HUAXIA PUBLISHING HOUSE

图书在版编目（CIP）数据

彭公案／（清）贪梦道人著. —北京：华夏出版社，
2013.01（2024.09重印）

（中国古典文学名著丛书）

ISBN 978 - 7 - 5080 - 6328 - 7

Ⅰ. ①彭… Ⅱ. ①贪… Ⅲ. ①侠义小说 - 中国 - 清代
Ⅳ. ①I242. 4

中国版本图书馆 CIP 数据核字（2011）第 074601 号

出版发行：华夏出版社
　　　　　（北京市东直门外香河园北里 4 号　邮编100028）

经　　销：新华书店
印　　制：永清县晔盛亚胶印有限公司
版　　次：2013 年 01 月北京第 1 版
　　　　　2024 年 09 月北京第 2 次印刷
开　　本：670 ×970　1/16 开
印　　张：70. 5
字　　数：1069. 6 千字
定　　价：140. 00 元（上中下）

本版图书凡印制、装订错误，可及时向我社发行部调换

前　言

　　《彭公案》是一部长篇白话章回体小说,成书时间大约在清光绪十八年(1892)左右,共二十三卷,一百回,后又有《续彭公案》八十回,《再续彭公案》八十一回及《三续彭公案》八十回,是继《施公案》、《三侠五义》之后又一部侠义公案小说。

　　《彭公案》的作者为贪梦道人,他原名杨挹殿,福建人氏。关于他的详情,历史上鲜有记载,只知道他擅长写诗,生卒年不详。

　　关于小说主人公彭朋的故事,在民间早有流传,大都出于附会,并非事实。其实,《彭公案》的故事是以历史人物彭鹏、朋春为原型敷演而成的。原型之一彭鹏,字奋斯,号无山,福建莆田人,出生于明崇祯八年(1635年),顺治十七年(1660年)考中举人,康熙二十三年(1684年)任三河知县,后擢升粤、桂巡抚,1704年卒,政绩卓著。康熙四十三年,彭鹏病逝于广东巡抚任上,年六十八岁,葬于华亭云峰村。对于彭鹏的病逝,康熙深表惋惜,大赞其“勤劳”,御赐祭葬,并准入祀广东名宦祠。坐落在福建省莆田市荔城区金桥巷的彭鹏故居,至今还悬挂着“帝眷忠清”的牌匾。

　　另一原型朋春,清初满洲正红旗人,顺治九年(1652年)袭封,康熙十五年(1676年)为副都统,曾奉旨出征俄罗斯、喀尔丹(今新疆)一带。《彭公案》是彭公征西夏故事与朋春西征事故的结合。

　　《彭公案》主要分为四个部分,即彭朋出任三河知县事;升任河南巡抚事;奉旨查办图谋叛乱的大同总兵傅国恩;领命平息西夏王犯境之事。其中,第一部分是本书的精华,点出了彭朋“为国尽忠,为民除害”的宗旨,这也是《彭公案》颂扬的基本思想。

　　清王朝后期,政治上腐败,社会矛盾日益尖锐,统治阶级迫切需要惩人心,治乱阶,整肃纪纲,因而大力宣扬封建的纲常名教,加强文化专制,带有侠义情节的公案小说因此应运而生。这类小说符合封建纲常——由清官统率侠客,既在一定程度上符合民众的心愿,又颇适应弘扬圣德的需要。《彭公案》正是这类小说的典型代表。在《彭公案》中,彭朋及一班江湖英雄一方面"忠君",另一方面"为民",尤其是彭朋及众英雄屡屡除暴安良,一心为民,既不与统治阶级的纲常相冲突,又符合处于被统治地位的广大百姓们的需要。所以,《彭公案》虽有《水浒传》中那样的英雄侠士,但在精神上已经蜕变,其人文蕴涵大体在于回归世俗,表现了鲜明的取悦于封建法权、封建伦理的倾向。

在这次再版中,我们约请了相关学者对原书进行了大量的较为精细的校勘、补正和释义,对原书原来缺字的地方用□表示了出来。尽量为读者扫除阅读障碍。由于时间仓促,水平有限,难免有疏漏之处,望各位专家及广大读者予以指正。

编　者
2011 年 4 月

目　录

第　一　回
彭公授任三河县　路遇私访登江寺

《西江月》：

　　浩浩乾坤似海，昭昭日月如梭。福善祸淫报难脱，人当知非改过。

　　贵贱前生已定，有无空自奔波。从今安分养天和，吉人自有长乐。

　　话说这一曲《西江月》，引出我国一部奇书新闻故事来。康熙佛爷自登基以来，河清海晏，五谷丰登，万民欢乐，国泰民安。在崇文门东单牌楼头条胡同，住着一位名士，乃四川成都府驻防旗人，姓彭名定求，更名彭朋，字友仁，乃镶红旗满洲五甲喇人氏。父德寿，做京官，早丧。母姚氏已故。娶妻马氏，甚贤惠。自己奋志读书，家道小康。康熙三十九年康辰科进士，散官之后，特授三河县知县。这一日，报喜人至宅上叩喜。家人彭安禀明老爷说："有报喜人至宅，给老爷叩喜。"彭公赏了报喜人二两纹银，然后拜老师拜同年，忙了几天。

　　这日诸事已毕，彭公至家中把老管家彭安叫至面前说："彭安，你年近七旬，身体康健，我今要上任去，留你在家中照管家务，里外事件，你多留心照应。明天我祭了坟茔家祠，拜别祖先，定于后日起程，你把我该带的行囊，给我收拾收拾。我自带彭兴一人，别人不用，你叫他来。"彭安出去，把彭兴叫进来，彭安站在面前说："奴才给老爷叩喜。"彭公说："你收拾行囊，明天跟我上任去。"彭兴答应说："奴才知道。"彭安说："你去买办祭品。"兴儿答应说："是。"两个人下去，彭公又至夫人房中，说："我蒙圣恩授三河县令，乃是苦缺，我不能带你同去，家中内事，全仗你分心办理。我到任之后，再派人接你。"马氏夫人颇知三从四德，七贞九烈，一听彭老爷吩咐，说："老爷请放宽心，妾也不能随老爷去的，现时怀中有孕，候降生之后，给老爷带喜信就是。"言罢，侍女秋香说："晚饭已好了，老爷在哪里吃？"彭公说："就在这里罢，与夫人同吃。"仆妇刘氏与秋香把饭摆上，夫妇用饭已毕,晚景无话。

　　次日天明,彭兴儿进来说:"奴才已将祭品买来,请老爷上坟!"彭公用完了早饭,带领彭兴儿出了书房,到大门外上车。彭兴引马,出了城,到了坟茔。看坟人来顺迎接老爷,给老爷请安叩喜。彭公下车一瞧,各处树木齐整,摆上祭品,焚香祷告,心中说:"先祖在上,我彭朋仰赖祖宗庇庥①,蒙圣上恩德,身授三河县令,今特前来拜祖辞行。"言罢,拜了八拜。礼毕,看坟之人过来说:"奴才给老爷在阳宅预备茶,请老爷吃茶。"彭公至阳宅落座,把看坟的叫来说:"我今要上任去,你好好照看坟墓,修治树木!"来顺说:"奴才遵命。"彭公赏了来顺八两纹银,然后上车回家。至宅下车,来到书房,彭安来说:"回老爷,今有吏部员外郎瑞明老爷同萨大老爷来给老爷道喜送行,留下茶叶点心等物,说明天一早还来送行。"彭公说:"知道了。"自己又一想:"瑞三弟是我知己的一个朋友,我正想要见他,托他照料家事。我一到任,必要为国尽忠,与民除害,上报君恩,下安民业,剪恶安良。男子汉大丈夫生于世间,必要轰轰烈烈作一场事业,落个流芳千古,方称一件美事!"思念之间,天色已晚,回房安歇。次日起来,家人来报说:"瑞明老爷来了,现在书房坐着,候老爷呢。"彭公说:"知道了。"自己来至书房一瞧:瑞明身穿官服,更见威严,身高七尺,年近三旬,四方脸,长眉带秀,二目有神,鼻直口方,身穿蓝宁绸裤褂,团龙单袍儿,外罩官绸红青褂子,五品官职,头戴官帽,足蹬粉底缎靴。一见彭公站起来,二人对请了安,说:"大哥荣任三河,弟特来道喜。"彭公说:"昨承厚赐,未能面谢,今正欲拜府,又承仁兄光顾,你我知己之交,不叙套言,我本欲今日起身,奈首尾事未能办完。我还有一事相托,家务之事,望贤弟时常照应。我起身也不坐家内车,雇两个顺便驴儿就行了。"瑞明知道彭公为人清廉,家中又不富足,送了二十两程仪②,彭公也不推辞。二人用完了饭,瑞明告辞起身。

　　次日彭公带了文凭,收拾行装,先雇一辆车,出朝阳门,兴儿雇了两匹驴,给了车钱,把行李放在驴上,主仆骑驴顺大路往前行走。行了二十余里,到了三间房,见路北有一酒铺,高挑酒旗并茶牌子,正北是上房五间,

---

　　① 庇庥(xiū)——庇荫,保护。
　　② 程仪——指送给出行者的财物。

前头搭着天棚。主仆二人下了驴，兴儿把驴拴上，跟老爷到茶馆里面落座，茶博士拿过茶壶茶碗来，说："二位才来，有茶叶没有？"兴儿说："有。"由口袋内掇出茶叶来，放在壶内，泡了一壶茶。彭兴先给老爷斟了一碗。正喝着茶，忽见二人在门前下马，进来要喝茶。前头那个人，年约二十有余，身穿蓝绸裤褂，薄底青缎快靴，手拿打马鞭子，在棚下西边桌上落座，说："伙计快拿茶来，我二人吃了茶还要进齐化门内，买办物件。"小伙计连忙带笑说："二位大爷才来呀？"连忙送过一大茶壶来，说："方才泡好，请用吧！"那二人一连喝了两碗，说："我们走了。"小伙计说："二位爷走呵！"彭兴说："伙计，他怎么不给茶钱，你还那样小心伺候。"伙计说："朋友你不知道，那二位是香河县武家疃①的管家。提起他家主人，在东八县大有名头，无人不晓，乃是神力王府包衣旗人，姓武名奎，别号人称飞天豹武七鞑子。家中有良田二百顷，练的一身好功夫，长拳短打，刀枪棍棒样样精通，收了无数的门徒，就是一样不好，专好结交绿林英雄。今年五月初五日，是张家湾窦江寺娘娘庙大会，武七太爷在那里请客逛庙，方才那二人叫武兴、武寿，是两个家人。那武七太爷是仗义疏财的英雄，今年庙上很热闹，二位老爷何不逛逛去呀？"彭公说："我们正要去逛庙。"还了茶钱，与兴儿上驴，顺着大路，来到通州下驴，给了脚钱，找饭铺吃了饭，主仆二人顺路出南门，兴儿扛着行李，彭公跟着。过了张家湾，来至窦江寺村口一瞧：赶庙的买卖不少，锣鼓喧天，各样玩艺也有跑马戏的，也有变戏法的，也有唱大书的，医卜星相、三教九流之人，各样生意，围绕的人甚多。正往前走，见路南有一个茶馆，是席搭的，棚内有六七张八仙桌儿，坐着吃茶的人有二十多位，俱是逛庙瞧会之人，老少不等。彭公口渴，进了茶馆儿落座，要了一壶茶。主仆二人歇着吃茶，听那边一位喝茶的人说："今天戏可好，就是不能听，人太多。"又有一位老翁说："这窦江寺可是千百年的香火，就是今年要闹出乱子来。"内有一位少年人说："武家疃武七太爷在这里逛庙，还同好些朋友，那武七鞑子虽说是好人，就是手下人乱的厉害。还有夏店的左白脸左庄头，他是裕王府的皇粮庄头，今日带着好些人在北边跑马。他有一个远族的侄儿左奎，外号人称左青龙，带着些匪人闹的更凶，竟抢人家少妇长女。如今咱们这个庙会有三个县的人，有香河

---

①　疃(tuǎn)——村庄。

县的，通州的。"那位老翁听罢，说："三河县的老爷，是被左青龙给坏的吗？"老丈说："贤弟少说这些是非，常言说的好，'无益言语休开口，不关己事少当头。自求各扫门前雪，莫管他人瓦上霜。'庙上人是多的，你想我这话是不是？"彭公主仆二人正听到得意之时，那少年人被老丈说了两句，他就不说了。彭公给了茶钱，主仆二人出了茶馆。对面来了一人，身高九尺，膀大腰圆，身穿一件白纱长衫，内衬蓝夏布汗褡裤，蓝绸子中衣，白袜青云头鞋，手拿一把翎扇，浓眉阔目，两目有神，四方口，面带凶恶之相。跟随有二十多人，都是凶眉恶眼，怪肉横生，身穿紫花布裤褂，青布薄底快靴，不像安善良民，随那少年人进庙。彭公主仆二人随在其后，见对面来了一个青春少妇，约二十余岁，身长六尺，光梳油头，戴几支赤金簪环，斜插一枝海棠花，耳坠金环，面如桃花，柳眉杏眼，皓齿朱唇。身穿一件雪青官纱的褂儿，上面镶着各样的条子，淡青纱的衬衣，粉红色的中衣。金莲瘦小，穿着南红缎子花鞋，上绣着蝴蝶儿，挑梁四季花，手拉着一个八九岁的小孩子，梳着歪辫儿，圆脸膛，身穿宝蓝绉褂青中衣，足穿青缎子薄底鞋子，手拿着小团扇，笑嘻嘻地跟着那妇人，走动透些风流，真正是：

　　淡淡梨花面，轻轻杨柳腰。朱唇一点貌儿娇，果然风流俊俏。

　　那一伙人见妇人长的这样风流，你拥我挤往前凑。那妇人说："别挤啦，撞着人。"那穿白纱长衫的少年人，带一群恶棍，故意向前拥挤那妇人。彭公主仆二人看着，心想："妇人也不学道理，这样打扮，就是少教训。也无怪男子跟随，被这一伙人挤在一处，成什么样子。"那一伙内有一人，姓张名宏，外号人称探花郎小蝴蝶，乃是三河县夏店左青龙左奎的管家，带着手下人来逛庙，同他来的有一个胎里坏胡铁钉，瞧见妇人长的俊俏出奇，他们就倚仗主人之势，横行霸道，欺压良善，抢掳妇女，奸淫邪道，无所不为。一见这个妇人，他们大家过去一挤。那妇人说："你们别挤！"说话娇声嫩语，令人可爱。胎里坏胡黑狗说："合字调瓢儿昭路把哈，果衫头盘儿尖尺寸，念孙衫架着入神，凑字训训，万架着急付流扯活。"那探花郎小蝴蝶张宏一听说："训训篯岔窑在那。"彭公主仆二人一听这伙人听说这话，一概不懂。这乃是江湖中黑话："合字"是他们一伙之人，"调瓢儿昭路把哈"是回头瞧瞧，"盘儿尖尺寸"是说这妇人长的好、年纪小，"念孙衫架着"是没有男人跟着，"训训篯岔窑"是问他家在哪里住。张宏听那妇人说挤她，就说："怕挤，在家内别上庙来，这里人是多的,又如何能不挤哪!"彭公一听,在后面说:"人也要自尊自贵,谁家没有少妇长女,做事要存天理,出言要顺人心。"张宏一听,说:"那妇人是你什么人?"彭公说:"我并不认识此人,我劝你不要挤。"张宏一听,说:"放狗屁! 张大爷不用你说,来人给我把他捆上,带回庄中发落!"吓得兴儿战战兢兢,一伙恶棍上前,不知彭公该当如何,且看下回分解。

第 二 回

英雄奋怒打张宏　贤臣接任访恶棍

话说探花郎小蝴蝶张宏，带些恶棍，把妇人挤住，意要带回庄中。有彭公劝解，张宏要捆彭公。忽从外面进来一人，长的仪容非俗，五官端正，身高八尺，淡黄脸膛，双眉带煞①，二目有神，准头端方，四方口，沿口微有胡须，身穿淡青两截罗汉衫，青绸子中衣，白绫袜，青缎云履，威风凛凛，虽是儒雅打扮，另有一团侠气英风，后跟十数个家人。张宏一瞧，吓得魂飞魄散。来者乃是京东有名的英雄，住家在三河县所管大道李新庄，姓李名七侯，外号人称白马李七侯，乃是绿林豪杰，行侠仗义，专杀贪官，竞诛恶霸，喜义气，怜孤寡，偷的是不义之财，济的是贫寒之家，北五省驰名。有他一人，在三河县真是路不拾遗，夜不闭户。今天奉武七鞑子所约，自家中前来逛庙，带领家人方要进庙，见张宏在那里与彭公说那些恶话，不由的怒从心上起，说："张宏你这小厮②，又在这里做伤天害理之事，我久闻你的不法！"说着过去就是一掌，打在张宏脸上，吓的张宏连忙赔笑说："七太爷，小人并不敢做伤天害理之事，她说小人挤了她啦，我并不曾挤她，这位先生在旁还劝呢。"用手一指彭公。李七侯说："先生请吧，不必与这些小人作对，自有我管教他们就是了。"彭公说："这厮要捆我，多蒙尊驾前来救护，我未领教尊姓高名。"李七侯通了名姓，彭公带兴儿躲开，那妇人已去了。张宏不敢走，他手下余党早已惊散。李七侯说："张宏你这厮，从今以后改过自新，我还饶你性命，若再遇到我手里，定杀你这无知小子，我去也！"带着众家人去了。

彭公与兴儿在一旁，心中说："这李七侯倒是好人。"忽听后边逛庙之人说："今日张宏这厮遇见对头了，这李七太爷是爱管闲事的，专杀贪官，竞诛恶霸，就是一样，他胞弟李八侯所作所为，闹的这三河县不安，他管不

---

① 煞(shā)——凶的气势。

② 厮(sī)——对服杂役的男人的蔑称。

了啦！还有家人孔亮，更闹得厉害，真是一个恶奴。彭公听在耳内，记在心中，我今为官，必要为民除害，清净地面捉拿恶霸棍徒才是。想罢，带兴儿顺路直奔三河县而来。头一天未到任，住在店中。次日天明起来，他主仆二人方至县境，早有书办人等前来迎接。彭公至衙署①接印，那典史和把总前来拜见，典史姓刘名正卿，乃是吏员出身；把总常恩字万年，乃是武举出身。彭公回拜，会同寅②，拜圣庙。诸事已毕，想起在爱江寺听人传言，说本县李新庄有恶霸李八侯，为人作恶，我不免暗访此人，要是好人，也未可定。俗语说的好："眼观此事犹然假，耳食之言未必真。"

　　次日，穿便衣带兴儿出了衙门，奔李新庄而来。及到李新庄，吩咐兴儿："我今改扮算卦之人，访查恶霸，你在庄中暗探消息，如到日落之时，我不回来，你就快回衙门，调兵来拿这些贼人。"兴儿答应说："是。"彭公信步进庄，但见这所村庄，另有一番可逛之处。正是：

　　　　小溪围绿林，茅屋数十家。倚水柴扉小，临溪石径斜，苍松盘作罂，翠竹几横斜。鸡犬鸣深巷，牛羊卧浅沙。一村多水石，十亩足烟霞。春韵闻啼鸟，秋香看稻花。门垂陶令柳，圃种邵平瓜。东渚③鱼堪钓，西乡酒可赊。田翁与溪友，相对话桑麻。

彭公看罢景致，信步进村。心想：大概李八侯必是一个财主，我必亲访真确，才能办他。于是手打竹板，往前行走，只见路北一座大门，两旁有十余棵垂杨绿柳，门内有大板凳，当中站立一人，身高九尺，膀大腰圆，粗眉大眼，怪肉横生，四方口，并无胡须，身穿蓝布小褂裤，白袜青缎皂靴，手拿鹅羽扇，后有两个小童跟他。彭公看罢，说："一笔如刀，披开昆山分玉石；二目似电，能观沧海辨鱼龙！看流年大运，细批终身。"这门首站的，正是李八侯。他正在心中烦闷，看见算命之人，心想，我何不把他请进来，给我看流年如何，气运怎样？说："童儿，你把算命之人给我叫进来。"童儿说："八爷先请回，我叫他。相面的先生，我家主人请你进去。"彭公说："贵姓啊？"童子说："我家主人姓李名八侯，算好了还要多给你钱。"彭公就知道是恶霸了，随小童入大门，见里面东房三间是门房，西房三间为客厅，正北

————————

①　衙(yá)署——旧时指官署。

②　寅(yín)——同寅指同事。

③　渚(zhǔ)——水中的小块陆地。

一带白墙,当中屏门四扇。进屏门,院内花卉群芳,正北厅五间,东配厅三间,西书房三间,搭着天棚。正北台阶以下放着小琴桌儿一张,上面放着茶壶茶碗,后面一把太师椅子,上坐着方才在大门外所站之人。彭公看罢,说:"庄主请了,我十豆三这里有礼了。"李八侯吩咐说:"坐着,你给我瞧瞧月令高低,气运如何?"彭公一想,心中说:我何不借此劝劝他,不知他心下如何? 想罢说:"庄主是一个水行格局,相貌最好。按相书有几句话:'木瘦金方水主肥,土行格局背如龟。上安上阔名曰火,五行格局仔细推。'尊驾相貌少运不甚好,父母早丧,兄弟有靠。两眉雄浑,性情主于龃龉①。一生所为,不听人劝,中年运气平常。此时印堂发暗,犯些官刑琐碎之事。诸所谨慎,还可福寿绵长。如若不然,恐怕大祸临身,悔之晚矣!"李八侯一听此言,心中不悦。旁边过来一人,在耳边说了两句。李八侯把眼一瞪,大概彭县令凶多吉少。不知后事如何,且看下回分解。

---

① 龃龉(jǔ yǔ)——不平正,不顺达。

第 三 回

李八侯拷打彭县令　彭管家送信救主人

话说李八侯一听彭公给他相面,劝他几句良言,他反不乐。旁有一个家人,姓孔名亮,外号人称白眼狼,倚仗李八侯的势力,在外面招摇是非,奸淫邪盗,无所不为,抢夺少妇长女,霸占房产田地,欺压善良之人,无恶不作。今天见主人请了一个算卦先生,言谈不俗,举止端方,他心一想,又听彭公姓十名豆三,孔亮疑他就是新任的知县前来私访。他与李八侯所作之事,都是伤天害理、欺人灭义之事,他先有三分畏惧之心,走到李八侯跟前说:"请八爷到里间屋内,奴才有话说。"李八侯站起,至里间屋内说:"孔亮,你叫我作什么?"孔亮说:"八爷,你老人家方才叫这位相面的先生,来给你老人家相面,他有些来历,新任的知县,姓彭名朋,乃是京都内放出来的。那一日我在县衙前瞧见他拜庙,仿佛像他。要是他来,咱们爷儿两个所作之事,恐怕不好。依我之见,咱们爷儿两个,细细地盘问他来历,千万不可放他逃走才是!"李八侯说:"知道了。"转身来至外间屋内说:"先生,你是哪里人氏,姓什么?"彭公说:"我姓十名豆三,号双月,乃京都人氏。"李八侯说:"我看你仿佛像新任的知县彭朋,你来在这里私访,说了真情实话,把你放走,万事皆休;你要不说真情实话,我要严刑拷问于你。"彭公说:"庄主,你老人家不可如此,我实是江湖相面的,并非是私访。"李八侯说:"十字下边一个豆字,旁有三笔,定是一个彭字。双月合在一处,正是朋字。你还有甚话说?"彭公一听此言,吓了一跳,说:"庄主,你不必多心,我实是相面的。"李八侯吩咐家人,"把他给我绑起来!"众家人不敢违主人之命,说:"你不说实话,我们绑你啦!"恶奴孔亮说:"绑起来吧,不必多说。"大众贼党过来,将彭公捆好了。李八侯说:"将他吊在马棚之内,细细地拷问于他。"

众人带彭公至西院,把彭公吊在马棚之内。李八侯自己坐在这边椅子上面,前放一张八仙桌儿,众家人两旁站立。孔亮手执藤条说:"你快说实话,免得皮肉受苦。"彭公被捆吊在马棚之上,一听恶奴孔亮所说之话,心中说:"我才到任,先访这个恶霸,我何不说了真情实话,看贼人把我怎么样? 我立意剪恶安良,除奸去霸。"想罢,说:"小辈,我正是三河县正堂彭老爷,你便把我怎样?"孔亮一闻此言,大吃一惊。李八侯在外边一听,吓的浑身颤抖,胆战心惊。心内说:"这个乱儿可不小啦! 他是现任的知县,本处父母官,杀官如同造反,我已把他绑上了,擒虎容易放虎难,我倒无有主意了。"想罢说:"孩子们,你等先把那狗官放下来,锁在北上房西间屋内,待等三更时分,我来结果他的性命就是了!"站起身来至前院,叫书童三多、九如,吩咐厨下备酒。三多答应,站将起来,到了厨房,要了菜来摆好了。李八侯自己独酌,心想此事进退两难,不知应该如何办理才好,只得吃酒。正是俗语说的好:"日长似岁闲方觉,事大如天醉亦休。"正在狐疑之间,家人孔亮在外面一想,所做的事,要犯在当官去,这个罪名不小,待我先去说活了我家主人心思,结果了狗官的性命,以免后患。想罢,转身入书房之内,见李八侯说:"庄主爷,今天此事该当如何办理呢?"李八侯说:"我是一点主意也无有。"孔亮说:"依奴才之见,擒虎容易放虎难,总是结果他的性命,以免后患,方为万全之策。"李八侯说:"你把他那小包袱打开看看,里面有什么物件,搜搜他的身上,可有文凭没有?"孔亮先搜他身上,去不多时,回来说:"搜啦,并无文凭,又把包袱打开,里边有《万年书》并《协记辨方》《断易大全》等书,并无别的物件。早把他杀了,别叫七太爷知道,倘若他老人家知道,那时可就了不得啦!"李八侯本是一个无有主意之人,听孔亮所说,又带着酒兴,说:"亮儿,你说的不错,我正有此意,你去到外面瞧瞧天色,有什么时候,来告诉我!"孔亮到了外面一瞧,说:"天有定更时候。"八侯说:"少等片刻再说。"自己又喝了几杯,壮起胆来,正是:"怒从心上起,恶向胆边生。"说:"孩子们,把我的鬼头刀拿来!"家人答应,到后院之内,把鬼头刀取来,交与李八侯。八侯说:"孩子们! 跟我到西院北上房之内,杀那狗官就是了。"

众家人跟了在后,一直向西院走去,点起灯笼火把,松黄亮子,照的如白昼一般。先有家人进了上房,把彭公绑出来,放在那李八侯的面前。彭公破口大骂说:"你这逆贼,在家中杀害职官,上为贼父贼母,中为贼妻,下为贼子,终身为贼,骂名扬于万载,若被当官拿住,平坟三代,祸灭九族。你老爷虽死,总算为国尽忠,该杀该剐任凭于你!"李八侯一听彭公大骂,大怒说:"狗官,你庄主爷有什么可恶之事,你初到任就来私访,也是你命该如此。你放着天堂有路不往前走;地狱无门,谁叫你今日走进来?"说着照定彭公脖颈举刀就剁!不知忠良性命如何,且看下回分解。

第 四 回

常守营调兵剿贼　刘典史献计擒寇

话说李八侯正要杀彭公，忽听外面有人说："且慢，家人来也！"李八侯回头一瞧，是门房内的家人李忠慌忙来说："回禀庄主爷知道，今有三河县典史刘老爷来造访，现在门外，不知见不见？"李八侯一听，心中说：这刘典史来的甚是奇怪。

书中交代，这刘典史因何来至此处？其中有个缘故。只因彭兴儿在村外等候老爷，见红日西斜还不见老爷出来。正在着急，见那东边出来一老叟，年约七十以外，神情飘洒，气宇轩昂。彭兴过去说："你老人家请了，借问这贵庄何名？此家富户姓什么，叫什么？"那老人家说："我们这庄名叫作大道李新庄。这一富户姓李，东八县有名的白马李七侯，就是这里。你找哪一个？"彭兴一听，心中暗想说："我家老爷在路上听人传言，说这李八侯是一个恶霸，到任不久就前来私访。到这时候不见出来，莫非其中有什么变故？莫若我先回县衙送信为要！"想罢，彭兴转身就走，直奔三河县而来。方到衙门，有当差人等大众齐说："彭二爷回来了，往哪里去啦？也不要一匹马骑着。"彭兴说："没有你们的事，把当差值日的叫几个来，到门房有话吩咐。"众差役人等答应说："是。"彭兴方到门房之内落座，公差随衙役进来说："二爷，叫我们作什么？你老人家吩咐。"彭兴说："你等急去请四老爷与城守营的常老爷来，我有要紧事回禀。"值日头目答应下去。不多时，刘老爷到来，彭兴请到花厅落座。少时，常老爷也到。这位城守营常恒，乃是武举出身，年四十岁，升任三河县城守营把总，为人刚直，臂力最大。自到任以来，留心捕捉，今天是县署来请，连忙带跟随的人来到县署之内。见刘老爷先在那里，二人见礼已毕，齐声问道："县主现在何处？"彭兴不敢隐瞒，把私访大道李新庄的情形说了一遍。刘典史一听，心中一愣说："此事不好，要真有此事，县主若有好歹，该当如何呢？"常老爷说："寅兄，此事该当如何办理？"刘老爷说："李七侯为人正大光明，在三河县内并无底案。他胞弟李八侯，为人奸诈百端，人都看着李七侯之面,不肯与他一般见识。今日之事,唯有调官兵前去剿拿李八侯为是。"常总爷说:"寅兄所论甚善,此事依我看来,要说白马李七侯,他为人慷慨侠义,所办之事上合天理,下顺人心,要是县主今天遇见他在家,断不能谋害,必然是有一番恭敬之心。要是他不在家,那李八侯就不能安分了。若忽然调了兵去,未免有些粗率。你我调齐一百名官兵,再带一百名衙役,我先在村口驻扎,等候老兄。你带几个亲随人等,先去拜访他。李七侯要不在家时,你用话引话,要套出他的真情实话。他若是未把县主害了,你可以见机而作。如他不遵,你再派人给我送信,我带兵拿他就是了。"刘老爷说:"很好,就是那样办理。"二人议论好了,点了兵,各执灯笼火把,二位老爷骑马出了三河县城。

天已初鼓,到了大道李新庄。常把总带着人在村口外驻扎。刘老爷带亲随人等,执着灯笼,来至李七侯大门外。叫家人手敲门环,打了几下,不见有人答应。自己下了马,站在门首,叫家人再叫。家人又喊了几声,听里面有人答应说:"哪一位?我睡了觉啦,有事明天再说。"外面刘老爷的家人刘忠说:"我是三河县刘老爷的家人刘忠,因我们这三河县的刘大老爷前来查夜,特来拜访你家主人。"里面听见说:"少等片刻,我们来开门就是了。"刘老爷站在外边,抬头一看,繁星满天,并无月色。约有二更之时,忽听大门一声响,把门开了,手执灯笼,出来两个更夫,在旁边站立,家人李忠说:"原来是刘大老爷,你好哇?我给你请安了。"刘老爷说:"不必请安,我因下乡查办公事,夜晚不能回去,特来拜访你家七庄主。"李忠说:"我家七爷被武家疃的飞天豹武七鞑子请去逛登江寺了。我家八爷在家,你老人家请在此少等片刻,我去回禀一声。"刘老爷说:"你去回你家八爷知道,我在这里等你。"

李忠转身来到里面书房,见案上摆着杯盘残菜,两个书童三多、九如在那里说话,一见李忠进来,他二人说:"李二爷还没睡觉?"李忠说:"八庄主哪里去啦?"三多说:"你不知道,白天八庄主叫了一个相面的先生,姓十名豆三,号双月,他原来是新任知县,前来私访,被孔二爷看破,把此人捆上,送至西院之内,八庄主趁七庄主不在家,他拿鬼头刀去结果他的性命,你要找八庄主到西院去吧!"李忠是李七侯的管家,为人忠厚,一听书童此话,吓的面色改变,说不好了,要惹下灭门之祸。手执灯笼来至西院一瞧,李八侯坐在当中桌子上,两旁家人十数名,各执钢刀,地下捆着一人。李忠说:"八爷,今有三河县典史刘老爷前来拜访"李八侯心中一想:"无故黑夜之间来此何干?莫非有人走漏消息,其中必有情节。"想罢说:"李忠,你出去说我偶然受了风寒,头疼不能会客。"李忠说:"八庄主爷,不可这样说法,这位刘老爷与七庄主、八庄主全有往来,今天不是渴定是饿,不然走乏了,来此歇歇,与你老人家交好,才来至此。八爷要不见他,一则伤和气,二则说八爷有病,这谎更不能啦!刘老爷必要亲身探视。依我之见,不可伤了和气,还是见他才好,不知庄主意下如何?"李八侯本是无主意之人,一听李忠说的有理,便吩咐说:"既如此说法,孩子们,给我把狗官乱刀分尸,然后前厅会客不迟。"众家人不敢违主人之命,各执钢刀,竟扑彭公而来。不知彭公性命如何,且看下回分解。

第 五 回

恶霸被擒入虎穴　清官遇救出龙潭

话说彭公被八侯困在院内，吩咐家人把他乱刀分尸。李忠说："且慢！依奴才之见，先把他送入上房，先会客后再办此事不迟，不知八爷意下如何？"李八侯是个无主意之人，他也有些害怕，听李忠之言，说："也是的，先把狗官锁在上房屋内，你等看守，我到前厅会客，少时再作道理。"说罢，带孔亮、李忠来至前厅，说："李忠，你去请刘老爷来，我在这里恭候。"李忠答应，去不多时，由外边引刘老爷进来，带了七八名跟役人等来至前厅。八侯连忙站起身说："不知刘老爷驾到，未曾远迎。"刘正卿说："黑夜前来，惊动惊动！因我巡查天晚，还有一件要紧之事，新任知县到任不久，前去私访，至今不知下落，我特来带人前来寻找，不知庄主可听见耳风无有？"李八侯一听此言，心中暗想："不好了，必是有人到县衙送了信，知道知县在我家内。"不由的变了颜色，少时不语。刘老爷乃是个精明强干之员，看李八侯这等模样，就带笑说："八庄主，你为何这等模样？"李八侯愣了多时，听刘老爷问他，方才答言："你要问我因何这等模样，也是有几件心事不能说，正应那古人两句话来：不如意事常八九，可与人言无二三！方才说新任知县到任，不久出来私访，不知因何事故？"刘老爷说："我也不知道为何事，就是我寻找县主，也有些耳风。"李八侯听这句话，吓的颜色改变。心想："杀官如同造反，刘正卿带人也不多，莫若我一不做二不休，将他一并杀死，可免后患。"想到这里，贼胆往上壮，二目一瞪。刘老爷早看破情节，在那跟人耳边说了几句。那家人转身迈步，如飞的去了。李八侯说："孔亮，你去把我的家人，全给我叫齐了，各暗带兵刃，然后听吩咐。"他把眼一瞪，说："刘正卿，你不是找知县，你今日前来送死，想走万不能！"刘正卿一听，正待开言，忽听外面一片声喧，家人来报说："今有常把总带官兵把宅门围了！"李八侯情知不好，手提鬼头刀说："刘正卿，敢在李八爷跟前来讨死！"抢刀直奔刘正卿。外面一片声喧，无数官兵人役进来，先把李八侯围住说："李八侯，你要造反，竟敢杀官!"刘正卿说:"各官兵人等过来,把李八侯拿住,各处搜寻,也把孔亮拿住了!"众家人跪下说:"此事与吾等无干,都是我家八庄主一人所作。"常老爷说:"知县老爷在哪里?快些实说,饶你等不死。"众家人说:"我家八庄主把他捆在北上房之内,我们去请出来就是了。"常老爷一听,这才放心,说:"快去请来见我!"众家人到西院北上房,先把彭公放开。众家人跪下磕头说:"老爷,这段事都是我家八庄主所为,与小人无干,求老爷饶命吧!"彭公定一定神说:"你们起来,是什么人叫你等放开我呢?"众家人说:"是三河县右堂刘大老爷同常把总前来,把我家八庄主拿住,叫我等来请老爷。"彭公说:"你们起来,把我领到外面去见他。"

众家人引彭公来至外书房,与常、刘二人见礼毕。常、刘二人说:"寅兄受惊了。"彭公说:"身入险地,遇此恶人,若非二位兄台前来,吾命休矣!"常老爷与典史刘老爷说:"彭寅兄,你为地面之事,受此大惊,访查土棍,遭此颠沛,幸而神佛保护,我等得信前来,将恶人拿住,乃是国家之洪福也!"彭公说:"小弟一时失于算计,方访土棍,受他人之害,多蒙二位兄台调兵前来,赖全活命。还望二公把贼党一并剿除,剪草除根,方为万全之计。"刘老爷说:"先把孔亮拿上来,拷问于他。"两旁边家人早把灯笼点上,照耀如同白昼。官兵衙役,两旁排班站立。吩咐:"把孔亮带上来!"官兵把孔亮拉至台阶以下,说:"跪下!"孔亮战战兢兢跪倒在地,说:"求大老爷饶命,此事与小人无干,全是我家庄主之过。"彭公说:"我不问你别的,你等都是大清朝子民,不思报国家水土之恩,你等连本县大老爷还要杀呢,何况他人乎!我问你,敢杀职官,出于何人主意?"孔亮说:"实是小的主人一人的主意,我并不知情。"旁有李忠说:"求老爷开恩,我家八庄主所为,都是孔亮一人唆使。"刘老爷说:"你起来去吧!"彭公说:"孔亮,我知道不动刑你不肯实说,待把你带到衙门内再问。"吩咐人役备马伺候。彭公说:"请常、刘二位一同上马而行。"官兵手执灯笼引路,后面三河县捕头马清、杜明押解着李八侯与孔亮,直奔三河县而来。

彭公在马上抬头一看,满天星斗,并无月色。思想白日之事,胆战心惊,不由长叹一声,暗说:"初到任不久,遭此大险!上赖国家洪福,下算自己命不该绝。我自此以后,总要为国尽忠,与民除害,再也不敢疏忽。今天拿住这个恶棍,以净地面。"正想之际,离县城不远,天色已亮。众人

进了城,刘、常老爷各回本署。彭公到衙门,换上官服,吃了几杯茶,传伺候升堂。三班人役喊声堂威,带上李八侯来。有分教:

忠臣义士得相逢,豪杰英雄皆聚首。

不知后事如何,且看下回分解。

第 六 回

讲大义恩收好汉　为民情二次私行

却说彭公吩咐差人:把李八侯带上堂来！三班人等答应,即将贼人带至公堂。彭公在当中坐定,三班人役站在两旁。李八侯一见,说:"你把李八太爷带在此处,该杀该剐,罪在当行,不可叫你庄主爷生气。"彭公闻言说:"三班人役,你们可听见了,这恶棍目无官长,咆哮公堂,这还了得。见本县他还这样,大概他素日欺天可知。"彭公说:"李八侯,你老爷才到任,也不知你这等可恶。我私访你家中,你竟敢杀官。不是官兵去救,本县死在你匹夫之手。你把所作的恶事说明白,省得本县动刑拷问！"李八侯说:"贼官,你八庄主没有什么口供,又何必多问哪！"彭公说:"我问你:我假扮相面之人,你为何要杀我? 快些给我说！"李八侯说:"我瞧你不是好人,我要杀你。"彭公说:"你这奴才,我不打你,也不知本县的厉害。来人,将他拉下重打,不许留情！倘若徇私,我连你等一齐重办。"皂役一听,大家都惧怕这位新任的老爷,不敢留情,将李八侯按捺在地,抡起大板,打了四十板子。打完了,彭公又问说:"奴才,你还不快说吗！"那李八侯本米没有受过官刑,家中富生富长,今天这一顿板子,打得个皮开肉裂,鲜血直流,无可奈何！听见彭公又问他,他嘻了一声,说:"你不必问了。我已被你访明白了,又何必多问！"彭公又叫把家人孔亮带上来,说:"你这奴才可恶,引诱你家主人鱼肉乡里,欺压良善,从实说来,以免皮肉受苦。"孔亮见问,口称:"老爷,我家主人所为之事,奴才虽然知道,也是不敢管哪,求老爷明鉴！"彭公见那孔亮,就知道他是一个奸猾小人,又见他口齿伶俐,今日在他庄中,他也很做了些威诈。此时,彭公一团正气,真是令人可怕,那奴才战战兢兢地说:"求老爷饶命吧！"彭公说:"先把这奴才给我打四十大板,再问不迟。"众衙役把他拉下去,重打了一顿。

正要带李八侯,再为严刑诘问①,天色已亮,鸡鸣三唱,红日东升。外

---

①　诘(jié)问——盘问。

面有人禀报说："禀老爷，外面来了一个白马李七侯，要见老爷，现在外面。"彭公闻言，心内暗想："李七侯是京东一带有名的响马，兄弟被拿，他既来此处，恐怕有些不好？"正想之间，彭公故意问三班书差人役，说："这李七侯是何等人物，你等可知详细么？"书班刘祥带笑说："大老爷要问此人，是此处有名的。他在本地并无一案是他作的，三河县境内，他还管的没有窃盗案子。今天他前来，必是为他兄弟的事情。老爷见与不见，在两可之间。"彭公一闻书差之言，先把那三班头役杜雄唤至面前说："你出去给我把那李七侯叫进来，我当堂问他。"杜雄到外边来，说："七太爷在哪里？"

书史交代：李七侯因在登江寺庙会上，与武家疃的飞天豹武七鞑子和众绿林英雄大家聚会，逛了一天庙，众宾朋中有武文华、左青龙、左白脸、武七鞑子等已各自回家。李七侯带那些知己朋友，内有金眼魔王刘治、花面太岁李通、白脸狼冯豹、小太岁杜清、小军师冯泰、双刀将李龙、蓝面鬼刘玉、赤发瘟神葛雄，都是白马李七侯的好友，一同跟他回大道李新庄。来至庄中，天已大亮。方一进门，那些家人说："七太爷，了不得了！我家八庄主与那孔亮夜内被三河县的典史与把总带官兵押去，至今不见回信。我等正要到登江寺去请七太爷，不想你老人家回来了。"李七侯一听家人所说，大吃一惊，口中不语，心中想道："我八弟素日不法，今日为何被他人锁去，真乃怪事。"随带大众来至客厅之内。众绿林英雄听李八侯被三河县拿去，一个个心中有气，说："李寨主，你我兄弟在此地并未作过案作，狗官焉敢这样大胆！依我之见，咱们大家去杀上县衙，将八弟抢来，再把那狗官杀死！咱们远走高飞就是了！"李七侯说："众位且慢，我先问问家人，是因何故？"遂叫家人李忠说："你八庄主因何被人拿去？"李忠说："因新来了一位知县，姓彭名朋，方才到任，即行私访。他扮作相面先生来到咱家，被八庄主看破，把他捆上要杀他，被人走漏了消息，刘典史与常把总夜内带领官兵人役，来至咱们庄中把知县救出去了，八庄主被拿住了，连孔亮也拿去啦！我等正在着急之际，七庄主来了。"李七侯一听此言，心中暗想："论理这是我兄弟的不是。"那一边白脸狼冯豹说："七哥，你不必说了，我们等到晚上一同至县衙，杀了狗官，救出八弟来就是了。"那边一班群雄说道："冯贤弟之言有理。"李七侯总算是个盖世英雄，一则想是自己兄弟任意妄为，二则想这一个知县必是清官，我到那里见机而作。想罢,说:"众位兄长跟我来,咱们大家不可粗鲁,暂时见机而作。"说罢,大家一同出了客厅,来到村头,吩咐家人备马出庄,直奔三河县来。霎①时间,即到三河县城内,大众来到衙前。李七侯是本县一个豪杰,三班六房,无有不认识的。那李七侯一到衙门,大家齐说:"七太爷来了吗?"李七侯说:"劳你驾回禀老爷,就说我来禀见,有要紧的事。"那值班人回禀进去,彭公就派杜雄出来,见李七侯请了安,说:"七太爷,你老人家好哇? 我家老爷有请。"李七侯说:"众位,大家等候就是了!"这李七侯一见县主,有分教:

英雄得步青云路,忠良大开礼贤门。

不知李壮士见彭公如何,且看下回分解。

---

① 霎(shà)时间——短时间。

第 七 回

李七侯替弟领罪　左青龙作恶害人

话说杜雄把李七侯领到公堂,说:"李七侯告进!"两旁人役喊:"哦!"李七侯心内说:"杜雄见我甚讲情面,喊嚷告进,其中定有缘故。"来至大堂,说:"大老爷在上,我李七侯叩头。"彭公一见,知是在戋江寺吓退张宏的,说:"你这厮真正大胆,纵使你兄弟行凶作恶,任意妄为,今天你来此,应该怎样?"李七侯说:"我求老爷恩施格外,把我兄弟开放,我情愿替弟领罪,不知老爷尊意如何?"彭公知李七侯是个仗义疏财之人,可以恩收此人,留在此地捉拿强盗。想罢,说:"李七侯,这一件事你知道不知道?"李七侯说:"总是小人管教不严,以致吾弟作此逆理之理,小人情愿认罪。"彭公说:"国家定鼎以来,一人犯法,罪及一人,律有定章。本县久闻你是一个响马,家中窝藏盗寇,今天倚仗你那些为非作恶之人,前来扰乱我的公事,对也不对?"李七侯说:"老爷既知道小的在本县并无一案,再者老爷可以查查底卷,把老爷贵差唤来问问。小人唯知剪恶安良,与民除害,专杀霸道土豪。小的兄弟无知,唯求老爷念愚民无知,治罪于小人就是了。"彭公说:"你既是明白人,也该知道天理昭彰,报应不爽。大丈夫生在世上,总要扬名显亲,方是立身之本。你今天前来,本县看你相貌非俗,我有几句话告诉你,你要是真正英雄,本县要收你做个头役,跟我当差,不知你意下如何?"李七侯一闻此言,心中倒为了难啦!有心不应允,又怕救不出兄弟来;有心应允,又怕得罪了那些绿林中好友。想罢,往上趴了一步,说:"蒙老爷施恩,抬举小人,焉敢违抗;无奈家中私事无人办理,小人暂且告辞。过日禀明老爷,可以效力。"彭公说:"我今看你份上,来人,把李八侯给我重打八十!"皂役答应说:"是!"把李八侯拉下去,打了八十大板,带上来跪下叩头。彭公说:"我暂且饶你,从此你知非改过,那还可免,倘再犯在本县之手,我定重重办理。李七侯,你将兄弟带回,必要严加管教。"李八侯连声求恕,那家人孔亮还在一旁跪着。李七侯给彭公叩头说:"谢过老爷,还求老爷把孔亮放回。"彭公说:"李七侯,你还要替你那奴才求恕。你想,你兄弟所为的事,皆是这奴才所使,我今要办他,以免他再生是非。"七侯知道孔亮素日有些过恶,他兄弟是他引诱坏了。遂叫八侯与他一起给彭公谢了恩,二人出衙门,与绿林英雄相见。那金眼魔王刘治说:"二位庄主,如今怎么样了?"那李七侯把在公堂的情形,细说了一遍,然后回家。彭公把孔亮重责了一顿,命取一面二十多斤重的枷来,枷号三个月后,再行开放。

彭公退堂,来至书房,彭兴儿说:"老爷洗洗脸用饭吧。"彭公点头,说:"预备了。"用饭已毕,自己斜身安歇。天有过午醒来,彭兴儿送过茶来,吃茶已毕,传升堂伺候。三班六房把花名册子呈上,点了名,又把前任未结的案子三十余件看完底卷。吩咐人役,明日把未结之案内的人,一概带到候审。吩咐已毕,退公堂自己办事。凡一切刑名师爷①、钱谷师爷、教读师爷、书启师爷、稿案知帖,各等皆无。除去兴儿之外,就是三班六房,连厨子也皆是前任的。彭公为人,除俸息养廉之外,毫无沾染。到任十数天,大小断了七十余件,政声传扬,三河境内无不感德。

一日清早升堂问案,忽听外面一片声喧,大叫申冤,求老爷救命。那些门役还要阻挡,彭公吩咐把喊冤之人带上来。值班差役答应,带上来有七八人,俱是乡民气象,老少不一。头前那个年有五旬以外,身穿蓝布裤褂,白袜青鞋,五官端正,泪眼愁眉,口称:"老爷救命,小的冤枉死哉!"彭公说:"你叫什么名字?哪里居住?有冤枉趁此说来!"那老者脸带泪痕说:"小的姓张名永德,自幼务农为业,拙妻故去,唯生一子一女,吾子名叫张玉,年二十岁,小女凤儿,年方十七岁,小儿未曾娶妻,女儿亦未受聘,住夏店村东头。那日村中唱戏,女儿前去看戏,于四月二十八日,被那夏店街上有名的光棍硬把小女抢去。他姓左名奎,外号人称他左青龙,他叔叔是裕亲王府的皇粮庄头,他又当本街牙行斗头,手下有些打手。吾儿张玉找到他家,他把我儿乱打一顿,小女也不知死活,吾儿受伤甚重,特意前来鸣冤,求老爷恩施格外,给小人寻找女儿,全家感德。"彭公说:"是了,你们那些人又是为什么,可有呈子?"内中有一人说:"我们告的都是左青龙,均有呈状在此。"遂举状呈上。差人接来,递给老爷一看:头一张具呈人余顺,系三河县夏店小东庄民人。

---

① 刑名师爷——古代官属中页责处理刑事判牍的幕友。

为势棍欺人，吓诈乡愚事：窃夏店斗行经纪左奎，匪号人称左青龙，倚仗伊叔左庄头欺压乡民。前于四月初九日，在夏店街买麦子八十石，玉米三十石，该银五百二十两，伊全不给价。亲向伊讨，伊带同余党十余人，内有孙二拐子、何瞪眼、贾有理等，反说顺讹诈，手执木棍铁尺，打成周身二十余处重伤。先经前任老爷验明，至今未曾传伊到案。因此斗胆冒犯天威，唯求恩准，传伊到案，以凭公断为感。

彭公看罢，又看第二张呈子，也是左青龙霸占房产，还有合谋勾串，私捏假字，欺压孀妇，鸡奸幼童，侵占地亩，私立公堂，拷打良民，威逼强婚等事。彭公看罢，心想此事关系重大，真假难知，若真是恶霸，前任为何没有一张底状告他？也许是一家饱暖千家怨，借贷不周，大家告他。我必须要眼见是实，耳听是虚。想罢，说："你等下去，三日后听批。"众黎民下去，彭公退了堂，来到书房，更换衣服，又要前去私访。彭公这一去，有分教：

　　彭县令办几件奇异公案，

　　魏保英移尸身以假弄真。

不知后事如何，且听下回分解。

第 八 回

因小事误伤人命　为验尸又遇新闻

话说彭公退堂，叫兴儿到外面拿了几件衣服，扮作文雅先生模样，自己出去，腰中摸出一块银子，换了零钱，雇了一匹驴儿，直奔夏店而来。时逢端午节后，正值炎热的天气，野外麦苗一色新鲜，天气清明，绿树荫浓。初夏之际，农夫耘田于垄亩之中，行人来往于阳关之上，大半多是为名为利，苦受奔忙。彭公在驴上，望见夏店不远。忽见前面一伙围绕，来至近前，见里面有一个赶脚的人，年约四十以外，身穿旧蓝布中衣，破小汗褂，光着脚，足蹬两只旧鞋，脸上污泥不少，短眉圆眼黄胡子。旁边站着一人，年在三旬以外，白净面皮，身穿蓝夏布大褂，蓝布中衣，白袜青鞋，长眉大眼，口中直嚷说："你这个东西太不讲理，我且问你，我说的明白，你今又赖我，你们这个地方太欺生了。"那穿汗褂之人说："不必多话，我先打你！"说着抢拳就打。那个人说："我先不与你动手，你真打我，我也要打你了。"众人过去问是为什么？那白脸的少年说："我住三河县城内，姓曹名二，在京都后门内北城根开安乐堂杂货店。因家中有八旬老母，还有一个兄弟，昨日给我捎上一封信，说我母亲死了。我急去买了几件衣服，天已亮了。我出城到了齐化门，雇了一匹驴儿到了通州，连饭都不吃，闻我母一死，母子连心，自己恨不能肋生双翅，飞到家中。到了夏店，我又雇一匹驴，我与他说明白的二百文，我就骑上。走了不远，他说我走的快了，时逢酷暑，天气太热，并说他跟不上，他不驮啦，拉住驴叫我下来，我就下来，也没有闲工夫与他生气。我想骑了有一里路，我就给他五十个钱，他非二百钱不成，如不给他，不许我走，因此争斗，众位知道了。"彭公在驴上听见，下了驴，对赶脚的人说："你这个赶脚之人，为什么不知好歹。"那赶脚的不听别人劝，过去照骑驴的又是一拳。那曹二举拳相迎，方一举拳，把那赶脚的立时打死。吓的曹二面目改色。众人见是人命，皆往旁边一闪。少时过来两个官人说："谁把他打死的，哪一个吧？"看热闹之人用手一指说："他就是。"官人说："去把锁子拿来，把曹二锁上，再作道理。"

少时间来了几个人,乡约、地方、保甲等一齐同来,大家说:"去人拿一个筐来,把他罩上,派一个人看守。"少时间又来了些看热闹之人。有地方姓孙名亮的说:"小伙计魏保英看守死尸吧,我等先把他送到衙门去报案,人命关天,非同小可!"言罢,拉着曹二,直奔三河县去了。

彭公看罢,心中说:"这厮真正该当倒运,一抡拳就把人打死,真奇怪,人之寿限,自有定数。"想罢,转身进了夏店街。但见人烟稠密,铺户甚多,路南路北,各行买卖甚是兴隆。正走之间,见路北有一座酒馆,里面甚是洁净。彭公进内落座,跑堂的过来说:"来了,您老人家要什么吃的?"彭公说:"给我要两碟菜、两壶酒吃。"跑堂的下去不多时,酒菜摆上。彭公问堂倌说:"我问你一个人,你可知道吗?"跑堂的说:"您老人家说吧,有名便知,无名不晓,且先问先生,是哪一个?"彭公说:"在下问你那粮行经纪左青龙左奎。"小二把舌头一伸说:"您老人家要说别人不知,要问左奎,可是无人不晓,您老人家贵姓啊?"彭公说:"我姓十,要在此处买些杂粮。"跑堂的说:"要买杂粮,如认识左爷,那就好说。我们这夏店街上粮价,是左大爷定的,不怕值十两银子,他说五两,别人不敢不卖,很少有的脾气。"彭公说:"我问你,那左青龙是在哪里住啊?"小二说:"今天不在此,每逢三六九集场,他才来啊!"彭公想道:"今天白来,莫若我回去,办了那人命案,再访左青龙也不为晚。"想罢,吃了几杯酒,会了钱,自己回了衙门。

天色已晚,到了后院叩门。家人兴儿正在忆念之际,忽听外面叩门,慌忙出去,开了后门,用灯笼一照,原来是老爷回来了。彭公进了后院门,就把门儿关上,一直到书房内落座。兴儿过来请安,说:"老爷用了饭没有?"彭公说:"用了。今日有什么公文案件没有?"兴儿说:"有两件文书,内中有夏店地方孙亮呈报殴伤人命一案,带到凶手曹二,系本县城内人。"彭公听说,喝了几杯茶,吩咐值班的伺候升堂,换了官服,坐了大堂。两旁灯光照耀如同白昼。彭公吩咐:"带那夏店地方呈报殴伤人命一案,当堂听审。"值日头役人等答应,从下边将人犯带上来。那曹二跪下说:"老爷在上,小人曹二给老爷磕头。"彭公留神细看,那凶手正是方才打架之人,随问道:"你叫曹二?"曹二答应说:"是。"彭公说:"你为什么打死人?被害之人是哪里人氏?你要一一的从实说来。"那曹二照着方才的实情说了一遍。彭公听了,叫人带了下去,吩咐看押。又办了几件衙门中

的公事,退堂安歇。次日天明,彭公用完了早饭,带领刑房人等,一同去夏店验尸。这一去,有分教:

尸场之中,出一件新闻怪事;

三河县内,添几件异案奇闻。

不知后事如何,且看下回分解。

第 九 回

验尸场又遇奇案　拷贼徒巧得真情

且说彭公带同刑仵人①等，出了三河县城，人马轿夫直奔夏店而来。到了尸场，地方、保甲人等前来迎接老爷的驾。轿夫打杵②，彭公下轿一看：早有人把尸棚搭好，当中摆的是公案桌儿，上边有文房四宝。看罢，进了尸棚落座，吩咐人去把那被伤身死之人验明，禀我知道。刑房书班杜光带仵作刘荣，先把尸身验明，然后跪在公案前说："请老爷过目，被害人周身伤四十四处，致命七处。"彭公一听，心内不悦，暗想昨天本县目睹，看见曹二拳回气断，打死赶脚之人，为何又有伤痕四十余处？即站起身来，到了尸身前一看，见遍身血迹，难辨面目，复又返身落座，说："曹二，你到底为何把他打死的？"曹二说："小人是为雇驴，与他口角相争，一拳把他打死。要说四十多处伤痕，这话就不对了。"彭公说："曹二，你过去看看再说。"有人带他到了死尸旁一看，曹二心中一愣，细看那死尸，是十八九岁的一个后生，面目倒也白净，被血所污，也看不出五官来，身穿蓝绸子褂裤，上面尽是血，浑身伤痕不少。看罢回来，跪在彭公座前说："大老爷，小人冤枉了！昨日我打死的是四十多岁的男子，身穿破衣，今日是一个十八九岁的孩童，周身伤痕甚多，不知被何人打死？"彭公一闻此言，心中一想，说："我昨天也是目瞧眼见的事，看是一个四十多岁的人，为何今日不是的了？其中定有缘故。"想罢，又到那死尸旁边，仔细一看，并不是昨天被打之人，其中必有别情。看罢归座说："把本地官人带过来！"旁边人答应，带上一人跪倒，口称："老爷，杜亮叩头。"彭公说："你是此地的地方？"杜亮说："小人充当此地的地方。"彭公说："我且问你，昨天曹二打死驴夫，是你看尸？"杜亮说："不是。"彭公说："不是你是谁？"杜亮说："只因小人解送凶手报案，此处留下小人的伙计魏保英看尸。"

---

① 仵(wǔ)人——旧时官府中检验命案死尸的人。
② 杵(chǔ)——长形木棒。

　　彭公吩咐:"带魏保英上来,我问他就是了。"杜亮答应,就站起身来叫魏保英。少时有人答应,进了席棚,来到公案之前,跪下叩头。彭公往下一看,说:"你抬起头来。"魏保英一抬头,彭公看他年有二十八九岁,面皮微青,并无一点血色,黄眉毛三角眼,一脸的横肉,高鼻薄片嘴,身穿毛蓝布半截褂、紫花布袜子、青布鞋,跪倒口称:"老爷在上,小人魏保英叩头。"彭公说:"魏保英,你今年多大岁数,当差几年?"魏保英说:"小人二十九岁,自幼在公门当差。我父亲外号叫魏不活,也在此处当过保甲,已然死了。我跟着杜头儿当此差使。"彭公说:"你一人看守,可还有别人?"魏保英说:"就是小人自己,并无别人。"彭公说:"既无别人,我且问你,夜内尸身为何改换?"魏保英说:"小人看守,并未睡觉,焉有改换之理。"彭公微微的一笑,说:"你这该死的奴才,好生大胆,一夜之间,竟会移尸改换,还不从实招来!"魏保英说:"小人并无别的缘故,求老爷恩典吧!"彭公说:"抄手问事,万不肯应,来人,给我拿下去掌嘴!"皂役人等拉下,打了四十嘴巴,又打了四十大板。魏保英说:"老爷就是打死小的,也没有口供,求老爷恩典吧!"彭公说:"我已知道你这厮不是好人,要不实说,我把你活活打死! 来人,再给我打。"差役人等又拉下打了一顿,魏保英受刑不过,说:"求老爷不必多问,我招就是了。"彭公吩咐:"把他给我带上来!"那魏保英叩头说:"老爷容禀,只因昨日奉我们头目差使,着我看死尸,我吃了晚饭,喝了四两酒,自己在那死尸旁睡去。天有二鼓,一阵凉风透骨,吹的我毛骨悚然①,起来一看,满天星斗,并无月色,又无一个人与我作伴,定一定神,见那死尸一旁,灯笼发昏,我去夹了一夹烛花儿,方才要睡,又起了一阵旋风,刮的甚是可怕,围着我绕了一回。我再看不见旋风了。因此我才把脸一蒙,睡至天色大亮。我这里又叫了几个伙计搭尸棚,伺候老爷验尸。此话是实,并无别的缘故,求老爷详查,不必责打小的。"彭公听魏保英伶牙俐齿,如此遮盖,吩咐:"来人!"两边三班人役一声答应。彭公喝道:"把那魏保英给我活活地打死就是!"那皂隶答应,把魏保英拉下去,拉倒在地,举起板子往下就打,打了有二十板子,魏保英受刑不过,说:"罢了,我招了吧! 老爷不必打了,我说就是了。"彭公说:"你

――――――――――
　　① 悚(sǒng)然——害怕,恐惧。

这刁滑的奴才,既然你说,吩咐人放下他来,你就给我说吧!"那魏保英眼含痛泪,说出这件事来。有分教:

　　说出这事惊天地,追破机关泣鬼神。

不知后事如何,且看下回分解。

第 十 回
魏保英吐露真情　彭友仁私访恶霸

　　话说彭公审问那移尸调换的看尸官人，严刑拷问，魏保英才讲出真情实话，说："求老爷开恩，小人昨夜看守那被伤身死的尸身，内有三更时候，陡①来凉风一阵，将小的吹醒，过去一瞧，并不见那殴②死的尸身。我想，要是天明没有尸身，老爷前来相验，岂不责打小人。我忽然想起乱葬岗之内，有新埋的死尸一个，我即起意把那尸身移至此处，以图顶替，以免老爷责打。小人故作此事，求老爷恩施格外，这确是真情。"彭公说："我且问你，那一个死尸，你怎么知道埋在那里，快些说来！"魏保英说："求太爷施恩，要说那一个死尸，皆因小的贪杯误事。那一天是五月初九日晚上，小的在后街小酒店内赌钱，输了有四十二吊钱，正在着急之际，外边来了一个人，叫小的名字说：'魏保英跟我来！'小的一瞧，认得是醉鬼张淘气。我问他：'张二哥作什么？'他拉我到了无人之处，叫我帮埋一个人。我跟他到了左青龙花园子内，他说：'魏二兄弟，我告诉你吧！眼下奉左青龙左太爷之命，在花园之内有一个死尸，给我八两银子，叫我把他移出去，我想叫你帮我，给你三两银子。'小人依他说，也是一时见财起意。我跟他进了花园，到了后厅内，见那些管家，更夫，都在那里守着。我二人领了银子，把尸身抬出花园，就埋在那乱葬岗中。昨夜才把尸身移出，以作顶替，这是真情实话，并无一点虚假。"彭公一听此言，心中就知又是一条人命，再往下问魏保英："我且问你一件事情，昨天曹二打死那不知名姓的驴夫，他的尸身在哪里，你要从实招来。"魏保英说："求大老爷开恩吧，小人实不知内中有甚缘故，我也不知那被伤身死之尸为何作怪，害得我实在好苦。"

　　正说之间，那边有人说："老爷开恩吧，把那雇驴的放了，小的并没

---

　　①　陡(dǒu)——突然。

　　②　殴(ōu)——打。

死,把驴给我吧!"彭公一瞧,吃了一吓,正是那被殴身死之人,不由得一阵面目失色,说:"你是什么人? 快些说来,免得本县动刑。你来见本县是何缘故?"那人说:"小的是燕郊人氏,姓吕名禄,家业凋零,有老母在堂,七十余岁,别无生业,唯有赶脚为生。只因昨天由夏店允了一个生意,驮到三河县,骑驴的人姓曹名二,我二人口角相争,一时性急,忍耐不住,二人打了起来,小人身受一掌之伤,晕死过去。天有三更时分,我苏醒过来,身上有席盖着,旁边有一个灯笼,又躺着一个人在那里。我就明白了,知道我死了。后又看看驴也没有了,我知是打我之人必定遭了官司了。我不叫那看守之人,怕的是夜静更深,把他吓死。我又肚中饥饿,想回家吃饭,等到老爷验尸之时,我好前来认驴。才来尸场之内,见老爷在此,又有一个尸身,其中定有缘故,我就不敢前来回话,方才见那魏保英已把真情吐露,我才敢前来,求老爷恩施格外,把曹二放了,把我的驴给我吧,我好赶脚去,养活我家老娘。"彭公一听吕禄之言,想他与曹二俱是小本经营,若不体谅他们,岂不招怨于人。想罢,说:"吕禄,我把你的驴给你,你的事就完了。"吩咐地方官人把那驴给吕禄牵来,当堂完案具结。地方听老爷吩咐,说:"来人,昨日那匹驴,你们拴在哪里?"小伙计邹文说:"拴在那丁家店内,我去拉了来。"去不多时,把那驴拉来,交给吕禄,连曹二一同释放。

彭公又说:"魏保英,你带领我的官人,把那醉鬼张二给我带来,候我细细审问。"那些官人,随同魏保英去了,片时回来,禀明老爷说:"并无有醉鬼张二的下落。"彭公又吩咐乡人:"你等可有认识这死尸的吗?"那些官人皆说不知。彭公说:"你们看热闹的人,如有认得此尸者,自当前来认他,本县并不加罪你等。"说罢,那些瞧热闹之人,男男女女,拥挤不开。彭公又派官人照样传说:"尔等瞧热闹之人,如有认得此尸,不必害怕,只管前来说明来历就是。"那些乡人,个个往前细看那尸,并不朽烂,心中想道:"这个俏后生,也不知是谁家的儿,生成花容月貌,白净面皮,看来年岁在十七八之间,不知哪里恶人害的? 可怜身带重伤,遭此不幸,并无有亲人代他鸣冤。"那众百姓你说我说,声音一片,忽听那面大叫一声说:"冤枉哪!"有分教:

　　　　阳世奸雄,伤天害理皆由你;

　　　　阴司地府,古往今来放过谁。

要知彭公提那左青龙的事,且看下回分解。

第十一回
赵永珍尸场鸣冤　彭县令邀请义士

话说彭公那日审问魏保英移尸之案,忽听有人喊冤:"求大老爷替小的报仇。"彭公举目一看,见那人年约六十有余,身穿月白布褂裤,白布袜青鞋,面皮微黄,两道重眉,一双大眼,准头端正,沿口黑胡须,跪至案桌前说:"老爷在上,小人冤枉!"彭公说:"你有何冤事,趁此实说。"那老儿说:"小人姓赵名永珍,在夏店街上东头居住,务农为业。小的有一男一女,连我夫妇四口人。我儿十八岁,在学房读书,我女儿二十岁,尚未聘人。我儿赵景芳常在学房内住,本月十三日那一夜没有回家,到第二日也未曾回家。小人各处去找,并不知下落。今天见老爷在这里验尸,那正是我儿子赵景芳,不知被何人所害,甚是可怜!小人斗胆冒犯虎威,叩求老爷恩施格外,替小人拿获凶手,报仇雪恨!"彭公说:"你起来把你儿的尸身领去,暂且停放一边,候本县拿获凶手,替你报仇就是!"赵永珍领尸身下去。彭公说:"马清、杜明,急速锁拿胡铁钉到县听审。"二役答应下去。彭公带魏保英回三河县,将他收监,然后拿醉鬼张二。

彭公到了衙门,进了内宅,兴儿伺候老爷吃了饭,天色已晚。到了次日,天明起来,早饭已毕,传三班人役,伺候升堂。马清、杜明说:"胡铁钉不在左府之上,并无这个人。"彭公一想:"左奎乃是此处一个财主,有几张呈状都是告他。我前次去夏店私访,路遇赶脚之案。这一件事,必须要亲身前往,又怕那夏店街中,有人认识于我。"想罢,就叫三班捕头杜雄。杜雄上堂,给老爷请安。彭公说:"杜雄,你去到大道李新庄,把白马李七侯请来。"杜雄答应说:"是。"自己下堂叫伙计们备马,转身上马出城,直奔大道李新庄来。到了庄头下马,来至李宅门首。杜雄一瞧,家人李忠正在那门外站立。杜雄说:"李爷,烦你通禀,有三河县内杜雄来给七太爷请安问候,现有话说。"李忠说:"是。你在这里坐下,我去到里边回禀一声。"说着转身走入院内,来至书房,见李七侯抱着自己的儿子,名唤李云,年方三岁,生的方面大耳,五官端正。

　　原来李七侯自把他胞弟八侯带至家中，细劝一回，又指教他半日，他也回想过来，自己悔过，从此闭门度日思过，永不敢再作非理之事。那绿林中友人，有金眼魔王刘治、花面太岁李通、白眼狼冯豹、小太岁杜清、小军师冯泰、双刀将李龙、蓝面鬼刘玉、赤发瘟神葛雄这八个人，要往山海关去逛一趟。李七侯一想，绿林中哪有寿活八十岁的？虽说是偷富济贫，行侠仗义，总有损处。我从此闭门谢客，永不见人。这一日在书房抱着李云，见家人李忠进来回话，说："外面有三河县捕头杜雄前来请安。"李七侯说："请进来。"那家人出去，把杜雄请到书房。李七侯站起来说："杜贤弟少见哪！"杜雄请了安，说："七太爷，我今奉老爷的谕，叫我请你老人家到衙门，有要事相求。"李七侯说："县太爷今天叫你来叫我，他乃父母官，我应当前往，无奈有家务缠绕，不能分身，烦你回去说，我实不能遵命。"杜雄说："七太爷不去，怕老爷还差人来请你，莫若一同前往。"李七侯说："你在此吃完了饭回去，我实不能一同前往。"杜雄见李七侯真不能去，吃饭已毕，告辞回衙而去，禀明老爷。彭公说："你拿我的名片，再去请他。你就说本县公事在身，不能前往。"杜雄拿了名片，又去到那大道李新庄，才把那李七侯请来。七侯说："老爷在上，小人有礼。不知老爷呼唤，有何面谕？"彭公说："夏店有个左奎，外号人称左青龙，此人名气何如？"李七侯沉吟不已，暗思这一段事情："叫我如何设法？左青龙乃是一个无知之人，我要不看他的叔父，早把他管教一番。今日县太爷访问他的行为，其中定有缘故。"想罢，说："老爷要问那左青龙，乃是一个无知之人，问他有何事故？"彭公把私访接呈状及验尸之事，从头叙说一遍。李七侯说："老爷要传他，费了事了，他是索亲王义子，他倚仗人情势力，无所不为，依我之意，老爷用稳妥之计，把他请来，先把那原告传到听审，然后问他。"彭公说："马清、杜明，你们拿着我的名片，去把那左奎给我请来。"二役答应下去，急速至夏店东后街左青龙的家门首，说："烦你们通禀一声，就说有三河县捕头马清、杜明，前来拜访这里庄主。"门上人往里边走去，左青龙正同那胎里坏胡铁钉、卢欠堂先生两个人吃酒。家人来报说："今有三河县的捕头马清、杜明，要见庄主，不知见否？"左奎说："请进来。"家人出去，到了外边，把马、杜二位带进了大厅之内。马、杜一瞧，是正大厅五间，东西配房各三间，北上房之内有条案，条案前一张八仙桌子，一边一把八仙椅子。东边椅子上坐着一个人，正是左青龙，身高九尺，面如紫酱，两道环眉直立,二目圆睁,四方口,沿口黑胡须,身穿青绸绉长衫,蓝宁绸套裤,内衬蓝褂,足蹬白袜青云鞋,三旬以外的年岁。西边椅子上坐着一人,年约五旬以外,面皮微白,尖嘴猴腮,兔头蛇眼,身穿白夏布大褂,足蹬白袜青云鞋。下边椅子上,坐着一个瘦小枯干,相貌平常的人,他就是胎里坏胡铁钉。二位班头一瞧,说:"庄主,我们奉了县太爷之命,拿名片来请您老人家。"左青龙一听马、杜二人之言,问那卢欠堂先生说:"此事我去好还是不去的好呢?"卢欠堂先生说:"还是去为上策。"胡铁钉说:"我跟去。"左奎吩咐备马,与马、杜二人吃了饭,诸事已毕,上马同二班头、胡铁钉直奔三河县来。

天有正午,进了三河县城,来至衙门以外。二役进去回禀老爷,时刻不久,只听里面说:"请!"左青龙带胡铁钉进仪门,见大堂之上,并无一人。过了大堂一瞧,吓了一跳!见彭公官服端坐正中,三班人役分站两旁,又有李七侯在此,不知是何缘故?左青龙正在狐疑之际,听得两旁书役人等呼喝之声,说:"左青龙带到!"三班人役说:"跪下!"左奎说:"彭朋,你到任未久,邀请绅士,这样地傲慢。"彭公说:"你倚仗银钱势力,欺压良善,奸淫妇女,抢掳少妇长女,霸占房产土地,鸡奸幼童,无所不为。今日来到本县面前,你尚目无官长,咆哮公堂!"吩咐左右:"叫他给我跪下!"两旁人役一喊堂威:"跪下!"彭公一一审问左青龙,有分教:

　　势棍恶霸,从此心惊;

　　纯良贤士,得见天日。

不知后事如何,且看下回分解。

第 十 二 回

设奇谋拿获左奎　审恶霸完案具结

　　彭公升了二堂，马清、杜明把左青龙带至堂前。彭公怒说："你抢张永德之女，打坏张玉，克扣余顺的粮价，如实招来！"左青龙勃然大怒，说："彭知县，你私捏我的罪名，打算想要我的银钱，我焉能服你。"彭公说："带上张永德，当堂对词。"差役人等答应，带上张永德跪在老爷面前说："老爷与小人做主，那就是抢我女儿的，求老爷给我女儿报仇雪恨！"彭公说："左奎，你可听见，还不给我实说吗？"左奎知道有人告他，说："县老爷贪图他人银钱，与我作对。"彭公说："胡说，拉下去给我打。"左奎大吃一惊，吓的胡铁钉战战兢兢。两旁人役立时把那左奎按倒在地，重打四十大板，打得皮开肉绽。打完了，彭公说："连他那跟人也给我带上来，我要细问他。"胡铁钉跪倒说："大老爷，我不是左奎的跟人，他与我住街坊，今日他叫我跟他来，求老爷饶我吧，我家现有七旬老母亲。"彭公听胡铁钉不住地哀求，又见他长的相貌平常，说："来人，把他给我逐出衙门外。"胡铁钉吓的屁滚尿流，径自逃之夭夭。彭公说："左奎，你要想不说实话，焉能逃出本县之手。我自到任，就知你的恶名素著。张永德之女，现在哪里？余顺的银两，你吞起来了，还不从实招来！"左奎本来无有受过官刑，倚仗银钱势力，在家结交官长，威镇一方，无人敢惹。今日这四十板打得他叫苦哀求说："老爷你不必打我，我有朋友来见你就是了。"彭公说："哪里的朋友，给我再打他四十大板。"两旁衙役人等说："快说，你要不说，又打你了。"左奎无奈，只得把所作之事从实招来，一概承认，说："张永德之女，现住我家花园之内；余顺的银两，我家可以赔补；赵永珍之子，酒醉以后被我鸡奸，酒醒之后，他说要告我，我就把他打死，叫醉鬼张二与魏保英抬了出去，埋在那乱葬山岗；霸占刘四的田地五十亩，我也全都承认。"代书写了招供，他画了押。彭公把余顺叫上来说："你候本县给你追回银两。"又吩咐张永德说："张永德，你候老爷把女儿带来，当堂领回。"再吩咐马清、杜明与李七侯："你们到夏店街左奎家中，把张永德之女带来，取二百五十两纹银,传醉鬼张二、胡铁钉到案,明日听审。"三个班头领谕下去! 即把左奎狱中收禁。

彭公退堂,用了夜饭,时交二鼓,方才安歇。次日天明起来,诸事已毕,吩咐升堂,三班差役人等在两旁伺候。马清、杜明、李七侯把银两呈上,说:"奉老爷的谕,现在已把张凤儿带来。张二逃走,不知去向,胡铁钉亦在昨天逃去。"彭公说:"叫张永德把他女儿领回去;余顺领银子当堂具结完案。"又将左青龙提出来,一一对了词,画了押,彭公定了一个斩立决。方要带左青龙下去,外面进来一人,身高八尺,颈短脖粗,身穿官服,头戴官帽,面皮微黄,雄眉直立,二目圆睁,四方脸,准头端正,四方口,年约三旬以外,直上公堂,抱拳拱手,说:"老父台请了! 晚生武文华有礼。"彭公一瞧,是一个举人打扮,便问道:"什么人,来此何干?"武文华说:"本县举人武文华,因为老爷拿获左奎,他乃本处的绅董,家道殷富,被人妄告。老父台并不细查,严刑取供,凌辱乡绅,吾甚不平,特来请示。"这武文华是武家庄人氏,家中有田二百余顷。他又是一个武举人,与左奎是金兰之好。听人传说左奎被人拿进衙门,特意前来办理,要救那左青龙。彭公说:"武文华,你倚仗着是武举人,搅乱本县的公堂。左青龙身犯国法,现有对证,你岂不知王子犯法,与民同例? 来人把武文华给我逐出衙门外!"武文华说:"彭知事,你到任不久,凌辱乡绅,剥尽地皮,我要叫你坐的长久,算我无能。"说着,气昂昂地下堂径自去了。

彭公将左青龙收入狱中,定了斩立决之罪,方要退堂,忽听外面又有人喊冤! 鼓公吩咐带上来。当值差役们下去,把那两个喊冤人带上堂来,都是三十多岁,身穿月白布褂裤,足蹬白袜青鞋。东边跪的那人,五官端正,肤色微黑,面带慈善;西边跪的那个,也是三旬以外的年岁,面带良善忠厚之相。彭公看罢,说:"你二人为何喊冤,趁此实说。"东边跪的那人说:"小人姓姚名广礼,家住何村,孤身一人,跟我姑母家中度日,今年三十岁。因昨日晚上,小人在村头闲步,遇见笑话张兴走得慌忙,仿佛有什么事的样子。小人平日也与他说笑,我就说:'张二哥,你发了财就不认得人了。'他立时站住,颜色改变,说:'姚三哥,你叫我做什么?'小人说:'你请我喝一杯酒吧!'他拉着我到村内酒铺之中说:'咱们两个喝两壶吧!'要了酒菜,我二人喝着,我就问他说:'你从哪里来,为何老没有见你?'笑话张兴说:'今天从香河县来,发了点财,你敢要不敢要?'说着,他从怀中摸出两封银子,放在桌子上说:'你要用,就给你一封。'小人说:'我不敢用。'问他从哪里得来的财?他说他在和合站害了一个人,扔在井内,得了一百两纹银。小人一听吓了一跳!我说:'我不使,你拿起来吧。'喝了两壶酒,我二人分手。小人到家,越想越不是,怕受他的连累。我今一早起来,正要进城告他,又遇见张兴慌慌忙忙要逃走的样子,我过去把他抓住说:'咱们两个到城内鸣冤去!'就拉着他来至此处鸣冤。小人与笑话张兴素日并无仇恨,只因怕他犯事,小人有知情不举,纵贼脱逃之罪。"彭公说:"你叫何名?通报上来。"张兴说:"小人名叫张兴,孤身一人,跟我舅舅家中度日。我舅舅在京都跟官,名叫刘祥,我舅母跟前并无儿女。昨日我舅舅回家来歇工,我在他家与他买办物件,买了香河县赵廷俊的田地六十亩,定明价银四百八十两。我舅舅昨日假满,一个跟主人的人,不敢误了,连忙的进京去了。临行之时,告诉我说,定银一百两,要我舅母把银子交我送到香河县城内赵宅。他们家人说,他家主人不在家,出去拜客了。我等到日落之时,就说:'你家主人来家时,叫他明天在家等我,我回家去了。'走至村口,遇见那姚广礼,他与小人说笑,我外号人称笑话张兴,我听他说我发了财啦,故此戏言说,我在和合站害了一个人,扔在井内。老爷想情,我要真害人,我能对他说吗?这是小人爱开玩笑之过,故此才有今日之事。老爷如若不信,把赵廷俊传来一问便知。"

彭公见他五官慈善,言语并不荒唐,说:"杜明办文书,到香河县把赵廷俊传来,当堂听审。"正说着,从外边来了两人,乃是和合站的乡约刘升、地方李福。二人上来叩头,说:"回老爷,现今我们和合站天仙庙前,有一口井,本街人都吃那里的水。今日清早起来,有人打水,瞧见内有死尸一个,不知何人抛下去的?下役特意前来呈报老爷知道。"彭公一听此言,心想又出岔事一件。不知后事如何,且看下回分解。

第 十 三 回

和合站日验双尸　彭县令智断奇案

话说那和合站的乡约刘升,地方李福来呈报说,和合站天仙庙前井内,有了死尸一个。彭公一听,正合他所问的案情,便说:"笑话张兴,你这该死的奴才,你是在哪里害的人,趁此实说,免得皮肉受苦!"张兴说:"老爷,小人冤枉哪! 小人实不知情。"彭公吩咐:先将姚广礼、张兴二人看押起来;自己带刑仵人等,奔和合站前去验尸。

彭公坐轿,出了衙门,直奔和合站而来。行了有一个多时辰,来到尸场,早有这本处官人搭好了尸棚,预备了公案。彭公下轿,升了公座,吩咐人下去把那死尸捞上来。早有应役人等,把绳筐预备好了。下去了一个人,少时捞上一个女尸来,年约二十以外,是被绳子勒死的。捞尸之人说:"井内还有一个死尸,请老爷谕下。"彭公一听,说:"你再下去把那井内死尸捞上来。"那人捞起来一看,并无人头,是个男子的模样。彭公派人验看,刑仵人等验完了,来至彭公面前说:"女尸被绳勒死,男尸是被刀杀死的,请示老爷定夺。"彭公一听,心中一动,料想那笑话张兴,并不是杀人的凶犯,这其中定有缘故。正在为难之际,忽听有人喊冤。彭公说:"把喊冤之人带上来。"

少时,当差人等把喊冤之人带至公案前跪倒说:"小人冤枉!"彭公一瞧:那个喊冤的人,年有六旬以外,精神矍铄①,身穿月白布褂裤,白袜青鞋,跪倒在地,泪流满面,说:"小人蒋得清,在何村居住,就是夫妇二人。所生一女,名叫菊娘,给本村姚广智为妻,夫妇甚是和美。今日我去瞧我女儿,见他房门大开,屋内并无一人。小人想,必是我女儿往我家去了。小人又到家中一看,我女儿并未在家中。我又连忙各处寻找,并皆不见。我的女婿在和合站开设清茶馆,我到铺中一找,他并未在铺中,也不知我女儿之事。我听说老爷在此验尸,我观看热闹,见那个女尸是我女儿,不

---

① 矍(jué)铄——形容老年人很有精神。

知被何人勒死？求老爷与小人女儿报仇。"彭公说："蒋得清，你去到那死尸一旁，观看那个无头男尸，你可认得是何人？"蒋得清来至尸旁一瞧，回来说："小人并不认识。"彭公说："来人，把地方刘升、李福叫来，把尸身用棺材盛起来停放一旁。"

　　彭公上轿，回三河县而来，到了衙门歇一歇，吩咐把马清、杜明叫上来，说："派你二人带姚广礼去到和合站，把姚广智拿来，当堂听审。"二役答应，带着姚广礼出了衙门，直奔和合站而来。到了茶馆之中，伙计们一瞧，说："姚三爷来了，好哇！你们喝茶吧。"姚广礼说："我们四弟呢，哪里去了？"伙计说："在这东首黄家，离此第六家路北就是。"广礼说："我们找他去。"带着二位衙役，来至东首路北一瞧，是随墙的门楼，门板关着，院内北房三间。姚广礼看罢，手打门环，只听里面有妇人娇滴滴的声音说："找谁呀？"出来把门打开，一瞧姚广礼三个人，说："贵姓，来此找谁？"姚广礼一瞧这个妇人：年约二十，细条身材，光梳油头，淡抹脂粉，轻施娥眉，身穿雨过天晴的细毛蓝布褂，葱青绿的中衣，足蹬红缎子花鞋，三寸金莲尖生生的，又瘦又小，面皮微白，杏眼含情，香腮带笑。姚广礼看罢，说："我姓姚名广礼，我来找我的族弟姚广智。"妇人一听，回头说："老四，有人来找你。"姚广智从里边出来，见了三哥，说："你从哪里来？里面坐吧！"姚广礼说："四弟，你这里来，现今我奉太爷之命来拿你。"马、杜二人一瞧，说："你就是姚广智吗？你的事情犯了！"抖铁链把姚广智锁上。那妇人吓的说："为什么事呀？"马、杜二人说："你也跑不了！"也把她锁上，带着妇人与姚广智，直奔三河县而来。

　　正值彭公升堂，马清等带姚广智上堂回话，说："把和合站姚广智带到，还有一个妇人，和他在一处住，也带来听审发落。"彭公说："知道了。"望堂下细看姚广智，二十余岁，白净面皮，细条身材，身穿蓝绸子中褂，白袜青鞋，双眉带秀，二目有神，俊俏人物。又看那妇人生的更好，怎见得？有诗为证：

　　　　云鬓斜插双凤翅，耳环双坠宝珠排；
　　　　脂粉半施生来美，风流果是少年才。

彭公看罢，说："下边跪的是姚广智？"下面答应："是。"又问："你在哪里住家，作何生意？"姚广智说："小人在何村住家，离家三里，在和合站街上开设茶铺生理。父母双亡，孤身一人，娶妻蒋氏。"彭公说："你妻蒋氏被何人勒死，抛在井中？"姚广智说："小人今日在铺中听说，正想着前来报官。求老爷恩典，给小人的妻子报仇。"说着，两眼通红，眼含痛泪。彭公又问说："那个妇人是你什么人？你为何在她家？"那妇人说："小妇人李氏，他与小妇人的男人是结义的兄弟。"彭公把惊堂木一拍！说："休要你多嘴，问你时再说！"两旁三班人役一喊堂威，把那妇人吓了一跳！姚广智连忙说："小人与她男人黄永有交情，他男人在通州做买卖，常给小人由通州捎茶叶，今日我去他家，问捎来茶叶有无，正遇我本族中的三哥姚广礼找我。有老爷的贵役，把我连那妇人一并锁来。只求老爷把那妇人开放，与她无干。"彭公一听，心中早已明白。又问那妇人，说："你男人作何生意，家中还有什么人？"李氏一听说："小妇人李氏，我男人叫黄永，今年二十四岁，父母双亡，又无兄弟，娶小妇人过门，就是我二人过活，他在通州做买卖，是粮食行的生意。"彭公问："粮行是什么字号，你男人几时从家中走的？"那李氏颜色更变，连忙答言说："是五月端午节后走的，不多几日。"彭公说："你男人一年来家中几次？"李氏说："来家两三次，逢年节始来家住。"彭公说："是了。"又问姚广智："你妻蒋氏被人勒死，为何扔在和合站井中的？"姚广智说："小人不知。"彭公一阵冷笑，说："你这该死的囚徒！你在本县跟前，还想不说实话，来人，拉下去给我掌嘴！"三班人役答应，拉下去按倒就打四十嘴巴。他还不肯招，只嚷冤枉！彭公说："你妻子被何人勒死，从实说来！"姚广智说："我实在不知。"彭公说："拉下去给我再打！"又打了八十大板，姚广智还说不知。彭公眉头一皱，计上心来，说："姚广智，你被屈含冤，本县责打了你几下，我赏你五两纹银，你把你妻埋葬，候本县给你办凶手报仇，你好好做生意，不准生事。"遂连李氏一并开放，二人磕头说："老爷恩典。"说完就下去了。

彭公对李七侯附耳说：李壮士，如此如此。李七侯点头，出了衙门，暗暗地跟随那姚广智，见那二人直奔和合站黄永家中去了。天已黑了，七太爷换了衣服，背插单刀，自己在和合站无人之处站立。候至初更之时，翻身上房，来至黄永住所，从北上房跳下去，见屋内还有灯光。李七侯心中说："白昼之间，公差们多粗鲁，楞把那妇人给带上衙门，要是奸夫淫妇，还可以说，倘若是好人，这岂不是倚官欺压黎民？今日是老爷派我前来密探此事，不知真假如何？"正在思想之际，忽听房内有妇人说话之声。大英雄身在窗户以外，望里仔细一听，又出岔事。不知后事如何，且看下回分解。

第 十 四 回

伶黄狗替主鸣冤　智英雄捉拿凶犯

话说李七侯在窗户外面,听里面那妇人说话的声音,正是李氏。他先用舌尖湿破窗户纸一瞧,那屋内炕上放着一张炕桌儿,桌上摆着几碟菜,姚广智在东首坐着,李氏在西首坐着,笑嘻嘻地说:“你多喝两杯吧,无故的今天挨了一回板子,打得我心里怪痛的。”姚广智说:“明日把炕箱内那个东西扔了,就去我心中一块大病。你真下得手,会把他一刀就杀了,我的心病也去了。”那妇人说:“你我这可作长久的夫妻了,你害一个,我害一个,幸亏我们把人头藏起来了,要不然,那还了得吗?”说着笑着,手托一杯酒,送在那姚广智嘴上,说:“老四,你喝这杯酒吧!”李七侯看罢,知道是奸夫淫妇,便大嚷一声,进屋内把他二人捆好。至次日天明,叫地方刘升、李福,用车拉他二人到了县衙,正值老爷升堂。

原来彭公已传到赵廷俊,正在问他:“你为何卖了六十亩地与何村刘祥呢?”赵廷俊说:“我因急用,卖与刘祥六十亩地,应在昨天下定银一百两是实。”彭公说:“与你无干,下去吧。”李七侯带上奸夫淫妇。彭公问七侯说:“如何拿的他二人?”李七侯把偷听之话细回了一番。彭公点头,问姚广智说:“你还不实招吗?”姚广智被神鬼缠绕,天网恢恢,疏而不漏,一听彭公问他,不由己地说:“老爷,小人罪该万死。只因小人不知事务,与黄永之妻通奸。李氏与我说:‘是作长久夫妻,是作短头夫妻?’我问她:‘作长久夫妻是怎么样,作短头夫妻是怎么样?’她说:‘要作长久夫妻,你把妻子害了,我把我男人害了,可不是作长久夫妻。你如不依我这话,从此你不必往我家来了。’小人因胆小不敢应承,昨日她男人回家,她叫我请她男人喝酒,我也不知事务,请她男人在她家吃酒。我二人吃到初更之时,黄永醉了。李氏叫我拿刀杀他,小的下不去手,是李氏手执钢刀,把黄永杀死,把人头扔在炕箱之内。她叫我把我妻子勒死,小人一时糊涂,把我妻蒋氏勒死,把两个死尸扔在井中是实。”李氏也画供招认。彭公又派人到她家中,把那个头取来。彭公提笔判断:姚广智因奸谋害二命,按律斩立决；李氏因奸谋害本夫，按律凌迟；姚广礼与张兴二人，因耍笑斗讼，例应杖四十，念其愚民无知，免责释放回家。当堂又把蒋得清传来说："本县念你年迈无倚靠，把姚广智的家业给姚广礼承管，作为你的义子，扶养于你，如不孝顺，禀官治罪。黄永并无亲族，家业田产断归蒋得清养老。"当堂具结完案。

方要退堂，忽见一只黄狗跑上堂来，连蹿带跳，嘴内咬着一只靴子。三班人役方要往外打，那狗两只眼都红了，像要咬人的样子。彭公一看，说："来人，不准打它。"彭公又说："黄狗，你要有冤枉之事，只管大叫三声，也不须你多叫，也不许你少叫。"那狗把四条腿一趴，仿佛跪着的样子，把那只青布靴子放下，两只眼瞧着彭公，汪汪地大叫三声。彭公叫杜雄："你跟着那个狗去，走到哪里，有什么情形可疑之事，见机而作。或者那个狗把哪个人咬住，你就把他锁来见我。"杜雄答应，说："黄狗，随着我走。"那只黄狗站起来，摆了摆尾巴，又闻了闻杜雄，跟着杜雄出衙门去了。

彭公退堂，吃了晚饭，安歇了一夜。次日天明起来，洗脸、吃茶已毕，早饭之后升堂。杜雄带着黄狗上堂，说："下役奉老爷之命，跟随黄狗出城，到了城北，瞧见有一块高粱地，约有五六十亩，当中有一座新坟，那黄狗用爪刨了半天，也刨不出什么来。天色已晚，那黄狗汪汪地直叫，下役把狗带到我家，喂了它一顿。只因大老爷升堂，下役前来回禀老爷。"彭公说："你去到那北关以外，访问那一段地是哪一村的？把那村中的地方传来。"杜雄领命下去，不多时，已从那张家村把地方蔡茂传来，跪在堂下。彭公问他："那城北有一块高粱地，当中有一座新坟，不知是何人所埋，地主是谁？"蔡茂说："地主姓张名应登，乃是本县的一个秀才。他父张殿甲，是一个翰林公，早故了。那新坟是他的奴才之妻埋在那里。"彭公说："几时埋的？"地方说："是四月间埋的。"彭公说："里边埋的这个妇人，是怎么死的？"地方默想说："此事要翻案了。这件事该当如何？"彭公说："你还不实说，等待何时？"蔡茂说："老爷，此事乃是前任老爷所办。刘大老爷卸任，就是大老爷接任。只因张应登的家人武喜之妻，夜内被人害死，不见人头，刘大老爷把张应登锁押起来，后来有他家的老家人张得力来献人头，具结完案。"

彭公吩咐："叫马清、杜明，去到张家庄把张应登与张得力、武喜带到听审。"二役领命下去，不多时，把那一干人犯带到堂前回话。彭公说："先带张应登上来。"两旁人役说带张应登，下边上来一人，身穿蓝宁绸双团龙的单袍，腰系带，粉底官靴，头戴官帽，白净的面皮，四方脸，双眉带秀，二目有神，准头端正，唇若涂朱，秀士打扮，躬身施礼，口称："老父台，生员有礼。不知老父台传我有何事故？"彭公说："张应登，你家奴才武喜之妻，被何人杀死，从实说来！"张应登连忙跪倒，口称："老父台，生员罪该万死，求老父台恩施格外。今年正月元宵佳节，晚生拜客回来，见路旁站立一个少年女子，生的粉面桃腮，令人可爱。我一见神魂飘荡，仔细一看，乃是我的家人武喜之妻甄氏。回到家中，我派武喜进城办事去了。那一日过午之时，我带着五封银子，到了武喜家中，手敲门环，甄氏出来开门，她认得晚生，说：'主人来了，里边坐吧！'恭恭敬敬地倒把晚生恭敬住了。"彭公说："好，就该回去才是。"张应登说："晚生被色所迷，见那甄氏和颜悦色，更把我给迷住了，跪倒在地说：'娘子，自那日我瞧见你，茶思饭想，无刻忘怀，今日你男人不在家中，我特意前来找你，望求美人怜念，赐我片刻之欢。'那甄氏面带笑颜，把晚生搀起来说：'主人乃金玉之体，奴婢是下贱之人，不敢仰视高攀，求主人起来，我有话说。'我打算她是与我要银子哪，我把那五封纹银掏出来，放在桌上说：'美人，我这里有点敬意，给你买衣服穿。'那甄氏一眼都不看，她还是和颜悦色地说：'主人今夜再来，奴婢等候大爷，青天白日，恐有旁人看见，观之不雅。'我一想也对，自己回到家中，在书房闲坐，顺手拿过一本书来观看，乃是我先人遗文，内中的一段有'修身如执玉，积德胜遗金'之语，还说人年青不知世务，为戒应在色，因血气未定，足能伤身害命。美颜红妆，全是杀人利剑；芙蓉粉面，尽是带肉骷髅！还有戒淫诗一首，写的是：'红楼深藏万古春，逢场欲笑随时新。世上多少怜香客，谁识他是倾国人。'晚生看罢，自己想，淫人之女，罪莫大焉！求功名之人，不可作无德之事。我越思越想，此事万不可作。晚生回至后边我妻子房中，焉想到，'好花偏逢三更雨，明月忽来万里云！'晚生睡了一夜，安心不去。次早起来，书童来报说：'武喜之妻不知被何人杀死，人头也不见了。'"彭公听到这里说："且住。"要断惊天动地之案，且看下回分解。

第 十 五 回

翻旧案详究细情　巧改扮拿获凶犯

　　话说彭公审问张应登,说:"你的书童来报武喜之妻被杀,怎么样呢?"张应登说:"晚生听说吓了一跳,到了武喜家中,看那甄氏死尸躺于就地,不见了五封银子,连妇人的头亦不见了。连忙报官,前任老爷把晚生传来,押入监内。老爷说明了,如有人头才得放我。过了两天,我家老家人张得力来献人头,说由野外找来的。前任老爷说:'张应登,你依我三件事,头一件你给武喜再娶一房妻子;第二件把人头缝上埋葬;第三件你给武喜十两银子烧埋。'小人全行应允,当堂具结完案。"彭公说:"带武喜上来。"两旁衙役人等答应,带上武喜,跪倒在地。彭公看武喜五官端正,面带慈善之相,不像作恶之人。看罢,说:"你叫武喜?"武喜答应说:"是。"彭公说:"你妻甄氏被人杀死,是何缘故?"武喜说:"小人一概不知,全是我主人所为。"彭公说:"你怨恨你主人不恨?"武喜说:"老爷,小人天胆也不敢怨我主人,连我的骨头肉全是我主人的,报恩尚且报不了,还敢怨主人。"彭公说:"好一个不敢怨恨,你也是不得已而为之。"吩咐传三班人役,带刑仵人等,到北门外去验尸首。

　　张应登搔头,不得已跟随前往。到了北门外,彭公叫一干人证,到了高粱地坟前。早有地方预备公位,彭公下轿坐了公位,吩咐刨坟验尸。地方人等把坟刨开,把棺木抬出来打开,把尸身抬出。五月天气,此尸已坏,刑房过来请老爷过目。彭公到了那死尸一旁,见那人头发的有柳斗大,七窍看不甚真。彭公看罢,说:"武喜,你去看看那个人头,是你妻子不是?"武喜瞧罢,说:"回禀老爷,那个尸身像我妻子甄氏;那个人头丑陋不堪,不是我妻子的人头。"彭公说:"张应登,你这个人头是从哪里得来?"张应登把眼一瞪说:"我不信人头会有假的,岂有此理。"彭公吩咐装殓起来,停放一旁,打道回衙。

　　彭公到了衙门,吩咐带张得力上堂。两旁人等把老管家带至大堂,跪倒叩头。彭公看那个管家,年有六旬以外,五官端方。看罢,说:"张得力,你那个人头是从哪里来的,从实说来,免得皮肉受苦。"张得力本是一个诚实之人,料想此事不能隐瞒,便说:"我受我太老爷之恩,因我家小主人被刘老爷押住,愁眉不展,我有一个小女儿,二十二岁,生的丑陋不堪,又无人家要她;那一日我吃几杯酒,与我女儿商议说,小主人被押,如找不到甄氏人头,不能释放,打算把你杀了,用你的人头去救小主人。我女儿虽不愿意,被我用酒灌醉,遂将她杀了,把人头送到县衙,才救出我家主人来。上下用了四十多两银子,这是从前已往之事。"彭公听了说:"来人,把武喜释放;把张应登与张得力看押,黄狗派杜清喂着。"

彭公退堂,请李七侯来到后书房内,说:"李壮士,这一只青布靴为证,可以前去秘访,须用两个文武双全之人。"李七侯说:"是。"领了老爷的示,回至家中,到了大厅,叫家人上武家疃禹王庙,把众绿林请来。家人去后,不多时,从外面来了几位豪杰。头前那位是朴刀李俊,以下是滚了马石宾、泥金刚贾信、闷棍手方回、大刀周胜、满天飞江立、就地滚江顺、快斧子黑雄、摇头狮子张丙、一盏灯胡冲、快腿马龙、飞燕子马虎等十二位英雄,一齐来到大厅,与李七侯见礼说:"七爷呼唤我等,有何事故?"白马李七侯说:"我邀众位英雄,有一件事商议。"就把黄狗告状之事,说了一遍。又说现有青布靴子一只为证,必须如此如此,不知哪位贤弟辛苦一趟?快腿马龙、飞燕子马虎二人答言说:"我兄弟二人去一趟吧。"李七侯说:"很好,请二位贤弟去吧!"马龙说:"来人,拿一身旧衣服来。"又要了一对荆条筐,一条扁担,烟袋一根,茶杯两个,破中衣一件。自己换了一件月白布小汗褂、蓝布中衣,白袜青鞋,挑起荆条筐来,手拿着梆梆鼓儿。马虎跟随在后,也扮出了一个庄户人家模样,暗带兵器,顺大路往前行走。

正值天气炎热,往北走了五六里地,到了张家庄的东头,见路北里有两棵槐树,搭着天棚,北上房三间,挂着那茶牌子、酒幌儿,写着"家常便饭"。马龙把挑儿放下,坐在天棚下板凳之上。跑堂的说:"才来呀,喝茶吃饭?"马龙说:"先给拿一包茶叶,泡一壶茶来。"马龙正在吃茶之际,忽见那正西来了一人,年约二旬上下,头戴大草帽,身穿蓝宁绸大褂、青绸子中衣,脚登抓地虎靴子,手拿一把折扇,摇摇摆摆地从西往东而行,正从茶馆门首经过。里边所有吃茶的人,齐站起来说:"六太爷,里边坐吧。"那个人说:"不必让,众位请吧。"猛抬头,见筐内放着一只青布靴子,说:"这个挑儿是哪一位的?"马龙说:"是我的,你买什么?"那个少年人说:"你这只靴子要几个钱?"马龙说:"大爷,我有两句话要说明了:头一件,要买我这只靴子的,他若有一只也可卖给我,凑成一双。他若不卖给我,我就卖给他。只要你有那一只,拿来一对,你瞧着愿意给我多少钱,我也不争。这一只青布靴子,是我在路旁拾来的,挑着也无用。"那少年之人说:"我有一只,与这一只一个样,我去拿来你看。"说着,自己去了。马龙问旁边那些吃茶的人说:"这位要买我这只靴子的姓什么?"那一旁有人说:"这个人是我们张家庄有名的神拳李六,为人奸巧刁滑,嘴甜心苦,口是心非,所作所为都是伤天害理,欺人灭义的事。他若拿了那靴子来,别与他斗话。"马龙听罢说:"知道了。"正说着,那李六拿着那只靴子前来说:"你比比准对。"那马龙一瞧,果然是一对。飞燕子马虎过来说:"你别走啦,我丢了无数东西,咱们到三河县衙门去说吧!"马龙说:"走,哪个不走不是人。"拉着李六儿,一直进了三河县城。

　　方到衙门,正遇见白马李七侯。二人说:"七太爷,这个就是差事。"李七侯说:"二位贤弟辛苦,你们先回禹王庙去,把他交给我。"这时过来几个当值的说:"锁上他。"遂将李六带至班房内。李七侯进了衙门内宅,回明了老爷,把靴子呈上。彭公吩咐升堂,三班人役等喊过堂威,带上李六来。彭公说:"你把所做的事,给我实招!"神拳李六说:"小人安善良民,不知老爷为何拿我? 求老爷说明。"彭公说:"你在哪里住?"李六说:"小人住在张家庄,今年二十七岁,并不敢做犯法之事。"正问着,忽然那告状的黄狗,汪的一声,咬住了李六的腿肚,死也不放。彭公早知其中情由,说:"黄狗,他犯国法,自有王法治他,不准咬的。"那黄狗听说,果然就不咬了。彭公说:"武喜之妻被你杀死,还不从实招来!"李六说:"小人不知。"彭公说:"你既不肯实招,来人,将他给我拉下去打!"两旁一喊堂威,把李六打了一顿竹板,只打得他皮开肉绽。李六说:"老爷不必打,我实说就是了。"彭公说:"你从实招来!"又吩咐带武喜、张得力、张应登一同上堂。衙役人等答应,不多时把三个人带上堂来,跪在一旁,听那李六从头至尾一一招来。不知后事如何,且看下回分解。

第 十 六 回

胡明告状献人头　彭公被参闻凶信

话说神拳李六儿被彭公拷打,受刑难忍,说:"求老爷饶命,小人我从实招来。只因那一日在通州路遇武喜,我问他往哪里去?他说奉主人之命,往京里去买办物件,须得两个月才能回来。小人闻听,想起武喜之妻甄氏十分美貌,我回家到了晚晌,带着一把钢刀就到武喜家去,跳过墙,见上东房里间屋内,灯光闪闪,我舔破了窗纸,瞧了一瞧,那甄氏和衣而卧,炕桌上放着五封银子。小人进了房内,把甄氏推醒。甄氏一瞧,认识小人,说六弟你做什么来的?小人说:'嫂嫂,我白昼之间,听说武喜不在家中,你一个人睡觉,好不冷清,我来与你作伴。'甄氏说:'你胡说,我若喊起来,叫人把你拿住。'说着她就嚷,小人甚是害怕,一刀把她杀死,把桌上放着的五封银子带在兜囊之内,把人头用包袱包好,掷在开饭铺的胡明后院之内,因胡明为人可恶,不认邻里乡党,我恨他,故移祸于他。"彭公说:"胡明饭铺在哪里?"李六说:"就在张家庄。"彭公听罢,吩咐马清、杜清,传胡明到案。

二役方要下堂,忽听有人喊冤,一个少年拉住一人,有二十多岁,是买卖人打扮,跪至堂前,说:"小人刘元,告的是他胡明。"马、杜二役一听,也站住了,说:"回老爷,这就是张家庄开饭铺的胡明。"彭公点头,问刘元说:"你告他所因何故?"刘元说:"我给他当伙计,每月工钱三吊整,因上月小人在后院出恭,见胡明在那里用铁锹要埋人头,那时被我看破,我说:'胡明你害了人啦,我告你去。'他一害怕,许给我一百两银子,定于这个月给我。他不给我钱,今天我跟他要银子,他说我讹他,还口出不逊,打了我一顿,求老爷公断。"彭公说:"你有何话说?"胡明说:"小人开饭铺生理,只因上月,天有五更之时,在后院出恭,从墙外掷过一个妇人头来,我一害怕,遂将那掷来人头,埋在后院之内,当时被伙计刘元看见,我许给他银子是实。"彭公遂派马清跟胡明去把人头找来。

彭公把一干人犯齐集在公堂,把人头也取来了,给武喜验看。武喜说:"这是小人妻子的人头。"那只黄狗见了武喜,摇头摆尾。武喜说:"这条黄狗乃是小人家的,走了有两个多月了,不知今天因何来此!"神拳李六说:"老爷,这事也奇怪,那狗乃是武家之狗,自从我杀了甄氏,它天天跟着我。不知它几时咬了我一只青布靴子来告状,该当小人犯案。"彭公讯罢,提笔判断:张应登身为生员,以上凌下,见色起意,以致甄氏被杀,例应杖八十,念你书生,罚银五百两赎罪。张得力杀女救主,忠义堪嘉,赏银五百两。胡明见头不报,杖四十,枷号一个月。刘元、武喜免议。李六儿贪色起淫,因奸毙命,例应斩立决,候府文书到衙施行,先行当堂具结完案。李六人狱,胡明枷号一月释放。

彭公断完此案,退堂晚膳。次日天明起来,早饭后,忽听外面来报,说有顺天府文书到,差官禀见。彭公说:"请进来。"少时请进差官,与大老爷见面。四衙老爷并城守营全来了。拆开文书观看,内有京报官抄一纸,上谕:御史李秉成奏三河县彭朋舆情不洽,任意妄为,着即革职。三河县事,着典史刘正卿护理。彭公看罢,知道是武举武文华的手眼,无可奈何,打发差官起身,然后说:"二位寅兄,候我盘查三日,再为交代。"刘正卿答应告辞。这一文书,哄动了三河县那些军民人等,也有愿意彭公卸任的;也有说可惜一位清官,一旦卸任,这必是武家庄武举武文华办的,他乃是索奈皇亲的义子,五府六部,很有声势,必是为左青龙之故,大家纷纷的议论。

单说侠心侠肠的英雄白马李七侯,听人传言武文华搬弄人情,把彭公参了,怒气填胸,到了书房内,见了老爷说:"方才我听人说,你老人家被参,不知所因何来?"彭公长叹一声说:"李壮士,我实指望为国尽忠,与民除害,不想半途被李秉成所参,我也无颜见三河一县之人。"李七侯见彭公一点精神没有,有冤无处去诉。李七侯说:"老爷请放宽心,暂住这里,我管保你老一月之内官复原职。"彭公说:"李壮士不可,此事焉能那样容易。"李七侯说:"我认识一个武成,他乃神力王府的管家,在王爷跟前很红的,说一不二,我去给老爷托着,请老爷千万别走,多住四五天再走不迟。"说罢,李七侯出了衙门,上马竟扑武家疃而来。

至庄门之外,早有几个庄客过来接住说:"七爷来了,把马交给我吧。"李七侯进了大厅,正遇见那武七靰子在大厅之上,与那摇头狮子张丙、一盏灯胡冲、泥金刚贾信、滚了马石宾、闷棍手方回、大刀周盛、快斧子黑雄、满天飞江立、就地滚江顺、快腿马龙、飞燕子马虎、朴刀李俊等大家说话。一见李七侯进来，齐声让座说："七太爷里边坐吧。"李七侯见了众位英雄，遂把彭公被参之故，说了一番。然后说："请武大哥跟我来，咱们二人到左庄头那里去，托他在裕亲王爷台前说两句好话，可以有门路保住彭老爷官复原职，方显我等英雄。"武七鞑子点点头，二人上马，出了武家疃，竟奔那南庄而去。

到了左南庄门，那些家人都认得庄主的好友，连忙过来接马，说："二位爷有何事故？我家庄主正要请你二位去呢，来了甚好。"武七鞑子同李七侯进了大厅，见左庄头正在那里坐定，一见二位，连忙站起来说："二位寨主请坐，今天是从哪里来？"吩咐家人献茶。白马李七侯说："我等有一件为难事相求，不知庄主肯替我解难否？"左玉春是一个心直口快，爱说大话的人，有一个外号叫左天篷，又叫左白脸，为人慷慨忠正，仗义疏财，专爱结交好汉。一听李七侯所说，他就知道是绿林中人打了官司，说："二位寨主，不论什么事，只管说吧。五府六部，翰林科道，提督衙门，营城司坊，无论哪个衙门，只要有左某一到，可以管保成功。"武七鞑子与李七侯说："这件事不是打官司，是三河县知县彭朋老爷因拿恶霸左奎，那是你本族之人，在夏店街上横行霸道，已经被彭公拿获。有武文华倚仗着他是武举人，硬上公堂与左青龙讲情，彭公不允，逐出衙门。他乃索皇亲索奈的义子，他进京说是彭公结交响马，剥尽地皮，诬良为盗，买通御史李秉成参了一本，说彭公舆情不洽，任意妄为，上谕着即行革职，把那彭公气的一语不发。我在书房之内，夸下了海口，说我与兄台素有往来，托个人情，管保一月之内官复原职。"左玉春说："一个七品正堂，要叫他官复原职甚不容易，非用白银一万两不可。只要有一万两银子，我就去办。"李七侯与武七鞑子说："庄主听我二人信吧！我二人办去，十日内大约可成。"

二位英雄告辞，回到武家疃下马，到了大厅之内，与众位说："大事全都办好，就短一万两银子，还须众位大家帮忙。我已吩咐家人预备香烛纸马，祭拜天地，喝了英雄酒，烧了福纸，才能上马去呢。"大家吃酒烧香已毕。李七侯说："朴刀李俊、泥金刚贾信、滚了马石宾、快斧子黑雄、闷棍手方回、大刀周盛，你六个人带二十名手下人，往东路什百户埋伏；满天飞江立、就地滚江顺、摇头狮子张丙、一盏灯胡冲、快腿马龙、飞燕子马虎，你六个人带二十名手下人,去南洼半路等候!"二位英雄在家中候信。李俊带手下人来至东路什百户漫洼之处,树林之内,勒住马,派人前去探听。不多时有人来报,说有一老一少,两人押着骡驮子,五个骡子两匹马,离此不远。朴刀李俊说:"知道了。"一催坐下马,往前面一瞧:那边尘土大起,来了一伙骡驮子,前头一匹黄缥马,鞍辔①鲜明,马上一人,看他身躯约有八九尺光景,头戴羽缨边帽,身穿米色银绸单袍儿,红青羽缎马褂,腰束凉带,足蹬青缎靴子,肋下佩刀,四方脸,浓眉大眼,精神百倍,年过半百以外。这李俊一催马,便把去路拦住。有分教:

　　　　天下英雄来相会,四海豪杰显奇能。

不知后事如何,且看下回分解。

---

① 辔(pèi)——驾驭牲口的嚼子和缰绳。

第 十 七 回

众盗贼剪径劫人　南霸天独斗群寇

话说朴刀李俊、泥金刚贾信、滚了马石宾、闷棍手方回、大刀周盛、快斧子黑雄，带领二十名手下人，在什百户树林之内，截住了七个骡驮子，一位老英雄押着，骑的是黄骠马。还有一个少年人，年约二十余岁，身高八尺，头戴新纬帽，身穿米色葛布袍儿，腰束凉带，足蹬青布靴子，面皮微白，玉面朱唇，目似春星，两眉斜飞入鬓，一团的雄气英风，骑坐一匹白马，肋佩单刀。李俊一看说："呔！对面来的孤燕，留下买路的金银，放你过去。我寨主'不怕王法不怕天，终朝酒醉在林间。就是天子从此过，也要留下买路钱'"。那位老英雄，乃是叔侄两个从口外回家，押着三千两白银，走至此处，听见前面有人喊嚷，抬头一看，这个树林甚是险要，见里面二十余个盗寇，各执刀枪，一催马到了林外，把那老英雄去路阻住。那位老者抽出刀来，说："对面小辈，要买路金钱，你有何能？"朴刀李俊说："我手中的刀定要你的老命。"那位老英雄拉出金背刀来，说："小辈，你有多大的能为？"催马抡刀就剁，朴刀李俊往上相迎，战了几个对面，被老英雄一刀背打于马下。泥金刚贾信拧手中枪怪蟒钻窝，分心就刺，老英雄凤凰展翅，往上相迎。贾信圈回马来分心又刺，却被老英雄把枪磕开，一伸手把那贾信擒过来摔于地上。快斧子黑雄抡月牙开山斧搂头就剁，老英雄用智赚①他，慢慢地与他悠斗②。树林内滚了马石宾说："快给七寨主送信去吧。"派了小头目刘狗儿，急奔武家疃送信。

去不多时，那二位寨主带手下人催马来到树林内，看那位老英雄正把黑雄摔于马下。李七侯催马抡刀，直奔那老者而来，大嚷说："老匹夫休要逞强，老太爷与你见个高下。"两个人大战有几个回合，忽见正东上来了几匹马，全是绿林英雄前来解围，大嚷说："自己人不要动手。"头前骑

---

① 赚（zuàn）——欺骗。

② 悠（yōu）斗——悠然自得地斗。

马来的，是赛毛遂杨香武，后面跟着金眼魔王刘治、花面太岁李通、白眼狼冯豹、小太岁杜清、小军师冯泰、双刀将李龙、蓝面鬼刘玉、赤发瘟神葛雄。这九位是从山海关而来，正遇李七侯剪径劫人，连说："别动手，都是自己人。"杨香武纵马来至跟前，李七侯与那位老英雄不动手了。杨香武跳下马来说："李贤弟，我常和你说过，江南绍兴府望江岗聚杰村，有位英雄姓黄名三太，别号人称南霸天金镖黄三太，我给你哥两个引见。"二人见过，大家也引见了。杨香武说："自己人为何动手呢？我从乐亭县来，路遇金眼魔王刘治、花面太岁李通等弟兄从山海关来。听人传言，此处有一个左青龙，还有一个武文华，行凶作恶，欺压善良，我等要来访问他，正遇二位动手。"黄三太说："我因江南事情平常，想要出北口逛一趟。今从热河回来，进的喜峰口。"正说话间，那边押骡驮子的少年过来说："杨五叔，你老人家好哇！"赛毛遂一瞧，来的却是神眼季全。这个人武艺出众，才略超群，两条腿日行六百里。无论什么人，只要他见过一次，就是过十年再见，还是认识，故此人称神眼季全。大家见礼已毕，武成与李七侯把黄三太等众家英雄，请到了武家疃。季全把骡子拴在内院之外，同众人到了大厅之上落座。

　　家人献茶，忽见外面快腿马龙、飞燕子马虎、满天飞江立、就地滚江顺、摇头狮子张丙、一盏灯胡冲，带手下人等来说："禀寨主，我等在大路之上等候，从东边来了一支镖，保镖之人是铁金刚冯元，押着二十万银子，送给寨主一千两，还说了些好话，说回来之时再来拜见。我等知道他和寨主有往来，也不肯收他的。"说完，把一千两银子，抬到账房之内，与黄三太、杨香武等见过礼，大家归座吃酒。黄三太说："你七寨主乃有名的英雄，为何在本地做起买卖来了？"李七侯说："三哥你有所不知，只因新任三河县的县官彭朋，为官清正，剪恶安良，与民除害，拿了夏店斗行经纪左青龙左奎。有武举武文华，当堂说情不允。他是索亲王的义子，买通御史李秉成，把彭公参了。我气愤不平，到衙门见了彭公，说不必气，我保管你一月之内官复原职。我托着左玉春，他乃是裕亲王府的皇粮庄头，说要托人情，须白银一万两方可成功。故此请众位在本处作些剪径之事，往日劫客商一千，只留三百两，今日是有多少留多少，事在紧急。"黄三太听罢，说："这就是了，咱们大家该当成全。一则是大清朝的洪福齐天，二则是彭公官星发旺，英雄聚会。"老英雄杨香武说："这段公事，咱们大家办理，黄三哥给出一个主意。"黄三太说："季全，此事应该如何？"神眼季全为人机巧伶俐，一听黄三太之言，说："三叔，这件事须先派人把彭公给稳住方好，要不然，即便凑成一万两银子给彭公办事，他若走了，该当如何？"大家一听，说："此言有理，但稳住他也不容易，不知有何妙计？"李七侯一听，沉吟半晌，并无主意，武七鞑子也闭口无言。齐问季全该当如何？神眼季全说："先派几个人改扮成报喜之人，去将彭公稳住才好。"那几个改扮之人遂直奔三河县而来。

　　单说彭公为人清正，自被参之后，将自己应办之事，办完案件，一并查清好交代。那些三班衙役人等，全皆伺候新官，外面冷冷清清，并无动静。彭兴也无精打采。彭公说："彭兴儿，你收拾行李，定于后日起身。"彭兴本来心肠热，说："老爷，不是白马李七侯叫老爷等候两天吗，为何不等。"彭公说："兴儿你知道什么？那白马李七侯他们说说，不能认真的。"正说着，四衙李爷来催交代，说："老爷可预备好了，卑职清查已好，详文已办。"彭公说："好，我正要请你来。"二人正说之间，忽听外面一片声喧。彭兴到衙外一看：那照壁墙上，贴着报条一纸，上写老爷高升荣任之喜。头报二报三报，都说当今康熙圣主老佛爷，在畅春园晚膳后，传旨三河县彭朋勿许开缺，仍管理三河县事务。我等前来讨赏，给老爷叩喜。彭兴到里面回明了。彭公赏了报喜之人二两银子，心中暗想说："白马李七侯手眼甚大，果然官复原职。我想此事真假难辨，候府内文书到来，再为办理。"刘老爷也不敢盘查交代了，暂时告辞。彭公心中半信半疑，也不好走，进退两难。

　　不言彭公在三河县。且说报喜之人回到武家疃，禀明了众位寨主。赛毛遂杨香武说："黄三哥，昨日季全所言之事，虽然把彭公稳住了，还有什么主意？"季李说："拿我们三叔老人家一只金镖，前往北五省各绿林英雄那里去借银。"此　去，要惹起天下英雄聚会，镖打窦二墩，且看下回分解。

第 十 八 回

商家林英雄小聚会　汤家店群寇大争锋

话说季全带了金镖一只，快马一匹，离三河县武家疃，往河间府商家林来。那一日到了张家寨下马，进了村口，来到那金面兽陈应太的门首。季全知道他与黄三太是知己之交，乃是保定府一带等处有名的响马。季全方要叩门，里边庄丁出来一看，说："季大爷从口外回来吗？"季全说："回来了，陈福，你家太爷在家吗？"陈福说："在家，正同那锦毛虎张秉成、左丧门孙开太、乌云豹李世雄三位爷厅房吃酒说话，我去回禀一声。"不多时家人出来说："请里面来。"季全答应，来至大厅之内，金面兽等四个人连忙站起来说："季贤侄请坐，从哪里来？"季全说："给老前辈请安，一向可好？我奉我黄三叔之命，指金镖为凭，向各处绿林中朋友每位借纹银五百两，送到通州南门里鲍家店内面交，有紧急用项。"陈应太瞧了金镖说："你吃酒吧。"季全说着，又与锦毛虎张秉成等见礼毕已毕，大家吃酒。天色已晚，各自安歇。

次日天明，季全奔茂州去了。陈应太对张秉成说："贤弟，我手中无银两，你等兄弟如何办理？"锦毛虎说："小弟等也是无有。"左丧门孙开太、乌云豹李世雄说："咱们去到大树林中等候做买卖，得二千两纹银，好给黄三哥送去。"金面兽陈应太："咱们去到大树林中等候吧。"四个人备马，带兵器出了张家寨，来到林中，天色已明。大道之上，不见有人，心中甚是着急，等到天晚，还不见人来，即行回家，甚是烦闷。次日又去候至正午，忽见有几个驮子，四人骑马押解前来。来者这一伙人，乃是东路的大响马，荒草山的寨主并力蟒韩寿、玉美人韩山、雪中驼关保、赛晃盖王雄，只因接了季神眼的信，押解二千两白银，送往通州南门里鲍家店。正走之间，忽见前面那树林内有一伙人，像是绿林中人。韩寿说："我去瞧瞧，是哪一路英雄？"一催马方要问，忽见那金面兽陈应太抢刀把路截住，说："对面小辈休要走，留下买路的金银，饶你不死；如若不然，定要你命！"并力蟒韩寿说："要买路金银，只须你赢得我这一口刀，我就给你买路金银。"陈应太说："好!"抡刀照定韩寿就剁,韩寿急忙相迎,二人大战十数个回合,不分胜败。那一旁锦毛虎张秉成一拧手中枪,正打算要帮助陈应太。谁想那边玉美人韩山大嚷一声,说："强盗休要逞强,我来也!"把手中竹节钢鞭敌住了张秉成。四个人大战,足有一个时辰。忽听正南上一片声喧,说："众位贤弟,不可动手。"大家一看,对面来的乃是那落马川的金眼龙王刘珍、河南大龙山的蓬头鬼黄顺、老英雄褚彪、黄河套高家庄的鱼眼高恒、内黄县的赛李广花刀无羽箭刘世昌。这五位乃是与黄三太一路的英雄,也要上通州南门里鲍家店去送银两,来到商家林地面,瞧见并力蟒韩寿与金面兽陈应太动手,连忙说："不可动手,自己人,我给你们引见引见。"说着给大家见礼,说："你们四位在此何干?"陈应太说明其故,四个人和那九位,一共十三人,各催坐下马,一同往北走。到了金鸡镇,天色已晚,住在路西的汤家店内。众人吃了酒饭,俱都安睡。

次日天明,起来净面吃茶,用完酒饭,大家起身。在金鸡镇正北数里之遥,见前面树林之内,有四个人各跨征鞍,手擎兵刃,大嚷说："呔! 对面来的小辈,献上买路的金银,饶尔不死。"褚彪说："哪位朋友前去,把他等给我拿获?"雪中驼关保说："众位且住,待我前去拿他。"跳下坐骑,手擎浑铁棍,直奔贼人,说："对面小辈,你是哪路的人,通过名来,连我等都不认识,真是前来讨死。"那对面劫路之人,乃是西路之响马,名叫闪电手高奎、铁棒田英、白面熊邓得利、金刀将于真龙,乃是北霸天窦二墩一党之人,在此剪径劫人。关保一摆棍,说："小辈,哪个来!"闪电手高奎摇手中铜锤,大喝一声,说："小辈别走,看锤!"关保举棍相迎,两个人分开门路,棍分三十六手左门棍,四十八手右门棍,庄家六棍;那高奎之锤,上下翻飞,战有一个时辰,被高奎一锤打在关保棍上,关保一棍,正打在高奎左腿之上,闪电手败回去了。铁棒田英一摆手中之棍,大喝一声,说："小子,老爷来也!"摆虬龙棒照定那关保就是一棒,关保用棍相迎。这边赛李广花刀无羽箭刘世昌,一袖箭把田英打败。白面熊邓得利、金刀将于真龙,两个人手执兵刃,来至对面,双战关保。那玉美人韩山大怒,说："两个小辈以多为胜,待我去结果他二人的性命。"持兵刃就奔于真龙而去,战了几个回合,把四家强盗战败,撒马逃去。十三位英雄也不追赶,催坐下马直奔通州而来。

金面兽陈应太、锦毛虎张秉成、左丧门孙开太、乌云豹李世雄这四个人心中甚是不乐,赤手空拳,一文钱也无有,倘若在路上不遇买卖,这便如何是好?正在思想之际,忽见正北来了十数辆车,上插镖旗,乃是办珠宝之人。张秉成一催马说:"呔!对面来车休走,我等在此等候多时,留下买路金银,饶尔不死。"那镖车忙把车圈住了。原来此镖乃是京都前门外可云龙镖店的,店主名可云龙,四海驰名。这押镖的伙计姓孙名景龙,别号人称镇东方,贯走关东三省,一身好本领,武艺惊人,原先也是绿林中人,因看破世情,自己改邪归正,这一趟保着二万银子。因大清朝康熙老佛爷皇恩浩荡,王法从轻,故此各处盗贼纵横,任意抢夺。这孙景龙带着伙计,往树林观看,认得褚彪与花刀无羽箭赛李广刘世昌,说,"二位老前辈好哇!"褚彪见是镇东方孙景龙,便说:"你保了镖啦!张寨主,我给你们引见引见。"说罢下马,各自见礼。褚彪就把陈应太、张秉成等四人上通州之事,说了一遍。镇东方拿出二千两银子说:"这是我的菲意,四位请拿去。"陈应太说:"那如何使得,我们万不敢收,还是请收回吧!自己朋友,实不能领。"褚彪说:"不必推辞,收下了吧,咱们事若不要紧,我也不肯叫你收。"说着叫手下人把银子放在一处,大家与孙景龙分手,直奔通州鲍家店。

晓行夜住,到了通州南门外鲍家店内,此时飞天豹武七鞑子、白马李七侯、飞镖黄三太,带着金眼魔王刘治、花面太岁李通、白眼狼冯豹、小太岁杜清、小军师冯泰、双刀将李龙、蓝面鬼刘玉、赤发瘟神葛雄、朴刀李俊、泥金刚贾信、快斧子黑雄、满天飞江立、就地滚江顺、闷棍手方回、大刀周盛、摇头狮子张丙、一盏灯胡冲、快腿马龙、飞燕子马虎众家英雄正在鲍家店等候。这一日外面来报,说鱼眼高恒等拜见。黄三太与李七侯迎接进来,大家见礼。忽又有人来报说:"今有西霸天濮①大勇、镇北方贺兆熊、东霸天武万年三位英雄来拜。"黄三太等迎接进来。外面一片声喧,天下英雄聚会,且看下回分解。

---

① 濮(pú)——姓。

第 十 九 回

鲍家店群雄聚会　彭县令官复原任

　　话说飞镖黄三太听了手下人来报，说濮大勇、贺兆熊、武万年到了。黄三太说："原来是贺兆熊等三位到了。"此三人是黄三太结义的盟兄弟，听见季全指镖借银，不知黄三太有何用项，故此亲来，要见三哥细问情节。这三位中，贺兆熊年约五十八九岁，身高八尺，头戴新纬帽，身穿蓝绸子单袍儿，腰束凉带，足蹬官靴，外罩青红羽毛马褂，面皮微紫，四方脸，扫帚眉直插额角入鬓，大环眼二目有神，准头丰隆，四方口，花白胡须，气度飘洒，精神百倍。那濮大勇年有五十以外，雄眉恶眼，紫黑面皮，青绉绸长衫，足蹬青布快靴。那武万年五十余岁，青面庞，粗眉大眼，头戴马连坡草帽，身穿蓝绸子长衫，青缎子快靴，精神百倍，二目有神，一部钢髯有二寸余长。众英雄齐来见礼，大家进店。武万年说："黄三哥，你老人家借银何用？我三个人带来三千两白银，不知够与不够，请问其详。"黄三太说："老弟要问此事，其中有段缘由。因我由口外回头，在什百户遇见李七弟，他为三河县令彭公被恶霸买通索皇亲给参了，要托个门路，保彭公官复原职，须用白银一万两。故此我派季全，指金镖与众位朋友借银，给李七候贤弟办理此事。"说罢，褚彪也给贺兆熊见礼。那飞镖黄三太吩咐摆酒，小二早已杀猪宰羊，鸡鸭鱼肉摆了几桌。大家绿林英雄，按次序落座。

　　金面兽陈应太、锦毛虎张秉成、左丧门孙开太、乌云豹李世雄四个人在座上心中甚乐，想在道路之上，遇巧得了这二千两银子，今天来到鲍家店内，在众位英雄跟前，也显出我等英雄。正在吃酒之际，忽听外面有人来报，说有小霸王郭龙、赛燕青郭虎，乃是北路宣化府的英雄，来至此处，与黄三太送银。黄三太连忙让进来，二人说："我们兄弟今日来送银一千两，正放在驮子之上，叫来人交了。"这里黄三太说："多承二位好意。"二人又与众绿林见礼已毕，归座吃酒。忽从外面进来一人，年约十六七岁，生得虎头燕颔，威风凛凛，光着头，未戴帽，身穿青绉绸子长衫，青缎子中衣，足蹬青缎子快靴，凶眉恶眼，怪肉横生，一见黄三太便放声大哭。众人发愣,并不认识于他。赛毛遂杨香武认得是茂州北门外红旗李煜的徒弟谢虎,随即说:"谢虎你来此何干?"谢虎说:"我奉师父之命,从家中带了五百两白银,送至通州鲍家店,交给黄三太爷,不想走至半路,遇见几个强人,手执刀枪,把我围住,抢了五百两银子去。我不敢回去见师父,求你老人家给我出一个救命的主意。"黄三太一听,心想红旗李煜在镖行多年,他只要有一标红旗在车上,绿林中人瞧见,不但不劫,还要护送。今天谢虎说在半路之上失去了五百两银子,断不是绿林中人。遂说:"谢虎你回去,我告诉你,银子既然失去,见了你师父,就说你把银子给了我了。"谢虎磕了一个头,拜别去了。

李七侯见众英雄把银送来,凑至一万五千两之数,连忙差人去请左玉春。次日左玉春来与众位绿林英雄见礼,大家见礼已毕,黄三太说:"老兄台甫什么称呼?"左玉春说:"名玉春,号华舫。"黄三太说:"听李七弟说,兄台乃是裕亲王府的皇粮庄头,这一件事,还求兄台鼎力。"左玉春说:"我也想着出力,但彭公在三河署中有半月之久,怕的是走了风声,彭公也不能在县中久住。我明日把银子装在花盆、酒坛之中,这两样物件,可以带进城中送礼。我暗中托人办事,须请两位朋友跟我去才好。"快腿马龙、飞燕子马虎二人说:"我们跟了去好否?"左玉春说:"甚好。"便检点着把银子放在花盆、酒坛之内,雇人伕抬着,上插黄旗"裕亲王府所用",马龙、马虎弟兄二人押着,左玉春骑着马,出店而去。

顺着大路,进了齐化门,行至东单牌楼裕亲王府门首,到了回事处,管事的巴兴阿瞧见是左庄头,说:"左大哥,你可好哇,从哪里来的?"左爷说:"烦你驾去报爷知道,说我孝敬十坛绍兴酒,十二盆兰花,现有两封银子送给你,众哥们吃杯茶吧!"叫从人递过去,巴兴阿见了银子,说:"何必老兄费心,我去禀明太监刘老爷。"这个人心直口快,与那左玉春最好,听巴兴阿一回禀,连忙说:"请。"巴兴阿即将左庄头请进书房之内。左玉春给老爷请安,说:"刘老爷好哇?"刘老爷说:"左贤弟,你从哪里来?"左玉春说:"由家中来,我这里有白银一千两,送给刘老爷台前,买衣服穿。"刘太监是给左玉春走动官司的,一见左玉春送银子,说:"贤弟何必费心,自管实说。"左爷就说:"彭公升任三河县,所拿恶霸左青龙,乃是我一个族侄,充当斗行甚不安分,欺压善良,我久要送他见官治罪,奈未得其便。目下被人公告,内有抢夺妇人,侵吞银两一案,被彭公拿获问罪。当时有武举武文华擅自上堂说情,彭公不允,武文华因此怨他,来京托其义父索奈的人情,买通御史李秉成参了一本,说是任意妄为,奉旨即行革职。我想他乃是一位清官,无故被参,我有一个朋友白马李七侯,乃是个英雄,苦苦恳求于我,叫我来求王爷,为彭公说几句好话,万一保着他官复原职,亦未可知。”刘太监说:“此事不容易办,见了王爷,我替他说两句好话就是了。”便先到面里回禀,裕亲王说:“来人命他进来。”少时,有人把左玉春带至内书房,给王爷磕头问安,然后说:“奴才孝敬十二盆兰花,十坛酒,请爷开看!”老王爷把所送之物一瞧,早摆在院中,叫人抬至书房,甚是沉重。老王爷吩咐:“打开我看,酒是哪一路的?”执事太监打开,看见里面白花花的银子。老王爷说:“左玉春,你送给我这些物件,作何用项?”左玉春连忙跪下说:“白银一万两,奴才孝敬,求爷开恩。”他就把彭公在三河县所作所为之事,被武文华买通御史李秉成参了之故,说了一遍。老王爷说:“知道了,到后面用饭去吧。”左玉春下来,在刘太监屋中用饭。少时从里面拿出来一把扇子,一对荷包,跟头褡裢,槟榔荷包共四样,说老王爷赏你的,叫你住两天听信,老王爷代你办理。

　　次日,裕亲王上朝面君。当今康熙仁圣帝主,办理朝中大事已毕,裕亲王奏道:“臣闻人说,三河县知县彭朋为官清正,办事勤能,李秉成所参,系串通作恶。”康熙爷最喜的是皇兄裕亲王,所奏之事无不允准。今听裕亲王所奏,便传旨曰:“三河县知县彭朋,被人误参,朕念该县令勤慎忠正,着彭朋官复原职,仍任三河县事。武文华势棍欺人,该三河县即将武文华拿获,严刑究办。钦此!”这一道上谕下来,左玉春便回归通州鲍家店内,见众英雄正同一位少年英雄说话,乱乱哄哄的。要知群雄聚会,镖打窦二墩,且看下回分解。

第 二 十 回

众豪杰捉拿武文华　张茂隆定计擒势棍

话说左玉春见了上谕恩旨,连夜收拾行李起身,到了鲍家店,见黄三太、贺兆熊、濮大勇、武万年与飞天豹武七辊子等众英雄,正在一处等候京中信息。那左玉春一进店来,大家齐声问京中事体如何? 左玉春把到裕王府所办之事,细说了一遍,大家这才放心。白马李七侯甚是喜悦,说道:"我到县中探访探访。"告别众位,骑马到了三河县衙门,有杜雄等齐来问好,说:"此时典史刘老爷正同彭公闲谈,你到里面就知道了。"

彭公自有人报喜后,真假难辨,候上司文书候了几天,并无音信。凡衙中所要办的公事案件,都是那典史与彭公二人会同办理,同寅甚和。这一日正同那典史闲谈,忽听外面一片喧哗,彭公派兴儿出来查看,少时回来禀报说:"昨日早朝圣上传旨,有裕亲王保奏三河县知县彭朋办事勤能,实有政声,仍任三河县事务。势棍武文华,倚势欺压百姓,着即行拿获,严刑究办。现有报喜之人,连宫门抄一并拿来,老爷请看。"彭公闻听,知道上回报喜之人,是李七侯用的稳我之计,此事他办理认真,甚为可敬。随即赏了报子纹银二两。大家全来叩喜。三班人役均说:"还是旗官根硬,事到如今,官复原职,甚不容易。"这时外面有人禀报:"白马李七侯来给老爷道喜。"彭公说:"快请进来。"李七侯自外面进来,给老爷请了安,说:"老人家这两日可好?"彭公说:"李壮士你甚是分心,容日后再谢,你我尽在不言中就是了。今日有上谕拿势棍武文华,本县想到,还须壮士辛苦一趟。"李七侯说:"老爷派杜雄一人同我前去,可在三天之内,报老爷知道信息。"

彭公点头,立时派杜雄拿着签票,跟李壮士前去。二人随即上马,到了鲍家店,见左庄头同众位正说闲话。李七侯说:"来,大家让座,给杜雄引见。"杜雄看见高高矮矮,胖胖瘦瘦,都是三山五岳的英雄,四野八方的豪杰。李七侯说:"多蒙众位台爱,成全此事,我今备一杯水酒,给众位酬劳。"黄三太说:"七弟何必如是呢? 我是等候季全,他回来就要回南方去了。"武七辊子说："我除办事外,尚有余银一千两,也是从众位得来的,除去你我店中之费,剩下来的赏各位的手下吧。"李七侯说："甚好。我还有一事相求众位,彭公命我带杜雄去拿武文华,我想武文华乃是一个练武之人,手下打手不少,还有护院之人,须请几位朋友同去拿他方好。我与他有一面之识,去之不便,须请泥金刚贾信、朴刀李俊、快斧子黑雄、快腿马龙、飞燕子马虎五位跟杜雄前往,至夜晚动手,将武文华拿住才好。"五位英雄都答允了。

忽见神眼季全从外面进来,下了马说："众位寨主,你们都好哇?"黄三太说："季全你回来了,我且问你哪里去了?"季全把所到之处说了一遍,又说："走至河间府九尾坡,遇见一伙强人,都不认识。我说:'你们这伙人是不认识我,我今在南霸天黄爷手下当一个小伙计,名叫神眼季全。'那为首之人听了勃然大怒说:'原来你季全就是黄三太手下的人,他有何能,敢称南霸天? 我早有心要上绍兴府找他,因我有事不能前去。我且饶你狗命,去给黄三太送个信,叫他在绍兴府等我。我乃是独霸山东窦二墩窦二太爷,过了中秋节后,定来访他。'其时小侄不敢与他争斗,因此回来禀三叔知道。"黄三太说："好一个小畜生,我在江湖三十余年,并未遇见过对手,今日这厮欺我太甚,我必要亲身到河间府与彼比拼比拼。众位英雄,我告辞了。"武七辊子说："不必忙,我跟你去看窦二墩是何等英雄? 我也听人传言,说有一个独霸山东窦二墩,外号人称铁罗汉,我闻名尚未见面,跟你去助助威,也叫他瞧瞧咱们这些人。"飞天鹞子贺兆熊、勇金刚濮大勇、侠义太保武成年这三人听了武成之言,也说："三哥要去,我等同往,看你二人比武。"金面兽陈应太、锦毛虎张秉成、左丧门孙开太、乌云豹李世雄、并力蟒韩寿、玉美人韩山、雪中驼关保、金刀铁背熊褚彪、花刀无羽箭赛李广刘世昌、蓬头鬼黄顺、落马川刘珍、高家庄鱼眼高恒、白马李七侯等,还有满天飞江立、就地滚江顺、闷棍手方回、大刀周盛、摇头狮子张丙、一盏灯胡冲、赛毛遂杨香武,都齐声说道："我等跟随黄寨主前往。"大家一同算还店账,即欲起身。李七侯临起身,托玉春说："大哥,求你带杜雄办理拿武文华的案子要紧。"左玉春说："这件事交给我就是了。"李七侯随即派定贾信、李俊、黑雄、马龙、马虎五位辛苦一趟。然后众英雄一同起身,上河间府去了。

左玉春说："杜雄,你带贾信、李俊、黑雄、马龙、马虎六位先奔武家

庄,到那里见机而行,拿住便解送县衙;拿不住,回到南庄见我,咱们大家
再为商议。"杜雄答允说:"是。"带着那五位英雄,离了通州城,来至三河
县地面,先住在夏店街上。次日六人穿了便衣,暗带兵器,到武家庄的东
村口,见路北有一个茶馆,是大花帐,北上房三间,前头有天棚一个,摆了
几张桌子,有七八个吃茶之人。杜雄进了茶馆,要了一壶茶,六个人吃着。
忽见外面进来两个人,前头那个年约三旬以外,黑脸膛,连鬓胡须,浓眉大
眼,身穿青绉绸长衫,足蹬青缎子快靴。后跟那位。三旬光景,虎背熊腰
淡黄的脸膛,五官端正,长眉带煞,二目有神,身穿蓝绸子长衫,青缎快靴。
两位英雄进来,李俊连忙站起身说:"二位英雄这里坐吧,一向可安呀?"
那个人连忙给了六位的茶钱,过来一瞧,贾信、黑雄、马龙、马虎全皆认得。
李俊又给杜雄引见,说:"这一位是杜大哥。这位穿青衣服的是常万雄,
外号人称五方太岁,这位叫掺金塔萧景芳。"杜雄说:"二位在哪里恭喜。"
常万雄说:"在武宅看家护院是我弟兄二人。"杜雄说:"庄主可曾在家?"
常万雄说:"在家。"李俊连忙把萧景芳叫到无人之处,说:"你弟兄二人,
因何来此?"萧景芳说:"因我弟兄二人听说武文华是个势棍,手眼甚大,
五府六部结交吏役,于中取利,诈害良民。我想要偷他些银钱,周济贫民,
来至夏店,住在牛家店中,正遇他家要请保镖看院之人,牛掌柜把我举荐
在武文华家中,我二人也不好动手。昨日有山东显道神郝士洪,河南上蔡
县葵花寨铁幡杆蔡庆,山东凤凰张七即张茂隆,也带着他两个小徒弟:一
个赛时迁朱光祖,今年才十七岁,一个八臂哪吒万君兆。这几个人听说他
是一个势棍,要抢他一些资财。我二人定于明日同走,你等来此何干?"
李俊就把指镖借银,彭公官复原职,并奉县谕来拿武文华之故,说了一遍。
萧景芳说:"也好,我等协力相帮,咱把恶人拿住之时,一同往河间府去瞧
黄三太与窦二墩两人比武。咱们就在今夜晚间,把他师徒几位,邀请在我
们那里住着。今夜二更时分,大家一齐动手。"二人商议好了,又与这几
位说明了,大家甚是喜悦。这几位就在这里吃喝一天。常、萧二位回归武
宅,见了张茂隆,大家说知,然后各自预备,先把随身细软物件带好,专等
外面的人进来。

　　武文华自从走人情,把三河县县令革职,他便任情横行,目无王法,无
所不为,常给人走动顺天府东路厅等处,甚有威名。今日正同他的美妾在
北上房之内饮酒取乐,忽觉心惊肉跳,发似人抓,肉似钩搭,说:"不好!

莫非有什么凶事吗?"美妾香娘说:"少喝酒,歇息吧。"武文华在东房中一坐,闷闷不乐,和衣而睡。天有二更之时,忽听房上有人走动之声,连忙起来,见灯光昏暗,忽听房屋上一响,从外面闯进一人来,手执钢刀,照定武文华就是一刀。武文华一闪,窜至院中,手执宝剑,只见从南房上跳下一人说:"武文华,你往哪里走?"屋内砍他之人也跳在院中,抡刀来到。这时外面一片喊声,群雄赶到。欲知后事,且看下回分解。

第二十一回

愣黑雄拿获武文华　彭县令严刑审恶棍

话说那武文华跳至院中，从南房上下来的是快斧子黑雄，抢斧就剁，武文华急架相还。快腿马龙、飞燕子马虎二人，持刀过来相助。蔡庆等在房上拦住打手。杜雄等一同把武文华拿获，捆绑好了，押着送到三河县署内，天已大亮。杜雄说："众位先别走，到我的班房屋内坐坐，候我回明了老爷再说。"杜雄禀明老爷，彭公传伺候升堂。三班人役，站班伺候。

彭公坐堂说："带上恶棍武文华来！"前后左右一喊堂威，杜雄带武文华来至大堂，立而不跪。彭公说："下边站的是武文华，你见了本县，为何不跪？"武文华说："举人并不犯法，为何拿我？"彭公说："你包揽词讼，任性妄为，目无官长，咆哮公堂，拉下去给我打！"左右一声喊嚷，把武文华打了四十大板。武文华说："你凌辱绅士，责打举人，我必到顺天府把你喊告下来。"彭公说："我奉旨拿你，还敢这样大胆，快把以往所作之事，给我说来。"武文华忍刑不招。彭公办了个势棍不法，任情欺律，应杖一百，徒刑三年，文书行于上宪。这里赏了杜雄一百两银子。杜雄置酒席，请快斧子黑雄、朴刀李俊、泥金刚贾信、快腿马龙、飞燕子马虎、凤凰张七、铁幡杆蔡庆、显道神郝士洪、八臂哪吒万君兆、赛时迁朱光祖、掺金塔萧景芳、五方太岁常万雄这几位英雄在班房吃酒，大家尽欢而散。次日天明，告辞起身，奔河间府找黄三太，帮助他打窦二墩。

众人上路，那一日正往前走，忽听后边有人叫道："张七哥慢走，我来也。"张七一回头，看见是猴儿李佩、红旗李煜、赛霸王杜清、铁金刚杜明，四人与众人见面，行礼已毕。张七问："你四人往哪里去？"李煜说："我等往河间府，找黄三太去。"杜清说："我等也是去找他，大家一同前往。"众人合在一处，又往前走。时逢夏令盛暑之际，赤日似火，在路上甚是难行。忽然云生西北，雾起东南，一片乌云，遮住太阳光华。正是：

朗朗红日在天,顷刻雾锁云漫;霹雳交加动宸垣①,蛟龙沧
海何安。

朴刀李俊说:"众位仁兄贤弟,此处并无村庄,哪里可以避雨?"铁幡杆蔡
庆说:"我等催马向前,前边有一树林,或有人家,亦未可知。"众人走至林
家,见路西有一座古庙,周围都是红墙,里边大殿三层,旗杆高有七尺。正
北山门上的一块匾额,上写"敕建精忠庙"。东边角门关闭,李煜上前叩
门,说:"开门哪!"忽听里边有人答言说:"哪位叫门?"李煜说:"我们。"
把门开了,出来一个和尚,年约四旬以外,身高八尺,膀大腰圆,光着头并
未戴帽,身穿月白布僧衣,蓝布中衣,白袜青鞋,面皮微紫,两道雄眉直立,
一双怪眼圆睁,连鬓一把络腮胡须。他一见众人皆有马匹,带笑说:"众
位里边坐吧。"蔡庆等拉马进庙,和尚把马拴在树上,让众位在东配房内
坐。蔡庆看见屋内东边有小条案一张,上摆炉瓶,案前一张八仙桌儿,两
边各有椅子,桌儿上有文房四宝。东墙上挂着一张直条,画的是杏林春
燕,两边有一副对联,上面写的是:

　　凤在禾下鸟飞去,马到芦边草不生。

众人衣服全皆湿了,大家拧水。和尚叫一个徒弟烹茶。红旗李煜说:"众
位贤弟,你看这座庙不靠村庄,在旷野之处,和尚生的凶恶,料不是好人,
咱们要多留神!"蔡庆说:"无妨,不要紧。"正说着,小和尚献上茶来,大家
喝茶。只见那个和尚从外边进来,手举一股香说:"天有正午,该烧午时
香了。"此时李佩出恭去了,众人说:"你倒虔诚。"和尚说:"我们出家之
人,靠佛爷保佑呢!"众人点头,忽然闻着这股香的气味,杜清说:"好香,
这也不知哪里买的?"众人皆说真好。正说着,铁幡杆蔡庆说:"不好!我
眼昏心迷,脚底下发轻。"顷刻间就倒于地下。凤凰张七也说不好,一翻
身倒于就地。八臂哪吒万君兆、赛时迁朱光祖等一伙英雄,全都倒下了。
和尚哈哈大笑说:"你这一伙该死的囚徒,往哪里走!"说着自己出了东配
房,到了后院正房屋内,把刀摘了下来。

　　书中交代:这个和尚法名德缘,他乃是绿林中一个盗寇,姓牧名龙,外
叫人称水底鳖。他有一个朋友,姓杜名鳖,外号人称金背鼋海狗②,会使

----

　①　宸垣(chén yuán)——房屋;城墙。

　②　金背鼋(yuán)海狗——海鱼一类动物。

薰香①。他这个薰香，与赛毛遂杨香武的鸡鸣五更返魂香是两路传授。杨香武那薰香，只要人闻着，鸡鸣才能苏醒过来。他这个薰香，加添药味，其味甚香，须用冷水解药，等六个时辰方能明白，他那解药又是独门。今天他见众人各跨坐骑，老少不一，必是保镖之人，金银财宝不少，他便自己用了解药，拿了一大股薰香，在东屋中举着，和众人说话。众人只顾闻那香味，不知不觉跌于就地，昏迷不醒。和尚到了后边，带一把钢刀，要来杀众人。在外边禅堂一瞧，天上雨也住了。雨过天晴，风息云散，透出一轮红日来。他手提钢刀，进了东禅堂，见众人横倒竖卧，昏迷不醒，方要抡刀杀人，恰好猴儿李佩出恭回来，见和尚手执钢刀要杀众人，自己也抽出刀来，大喊一声说："和尚休要伤我的朋友！"和尚一回头，跳出来抢刀就剁，李佩急架相还。二人在院中各抖雄威，这一个凤凰展翅剁和尚，那一个鹞子翻身迎李佩。李佩瞧见众人皆被薰香熏过去了，自己孤掌难鸣，和尚却越杀越勇。正在难解难分之际，忽然墙上又跳下一个人，说："何处贼人，休要逞强，待我来取你！"李佩抬头观看，见那人身高九尺，面皮微黑，凶眉恶眼，怪肉横生，身穿青缎裤褂，足蹬青缎快靴，青手绢包头，手提钢刀，照定李佩就是一刀。李佩见贼人又添余党，自己虽然刀法精通，无奈两拳难敌四手，一人怎敌二人？这两个贼人，都是久闯江湖的大盗，李佩心想："自己若是败了，众朋友性命休矣！决不能走，只可与他二人争个胜败。"战了有一个多时辰，李佩浑身是汗，四肢发软。也就是李佩，要换别人，准不是他二人的对手。这一出汗，刀法又乱，大概已不能取胜于贼人。此时众豪杰在精忠庙受了薰香，生死难定。不知后事如何，且看下回分解。

---

① 薰(xūn)香——用香草制成的香，燃着后，人闻到一股香气便会数小时失去知觉。

第二十二回

精忠庙群雄受薰香　河间府豪杰大聚会

　　话说李佩正与金背鼋海狗杜鳌、水底鳖牧龙动手，两个贼人刀法精通，李佩急了，一刀把水底鳖牧龙砍死。金背鼋海狗杜鳌大吃一惊说："不好！"猴儿李佩说："我李佩是天下英雄，谅你一个无名小辈，怎是我的对手！"那杜鳌听说是李佩，连忙说："别动手了，原来是李老英雄，我实不知，多有得罪。"李佩说："尊驾何人？"杜鳌通了名姓，此时天已黄昏，屋内众人全都苏醒过来，听见院中有人说话，一齐出来说："二位请进来吧！"杜鳌认得是凤凰张七，说："七寨主，你从哪里来？"张七说："我同众位从三河县而来，往河间府找南霸天，去打窦二墩。"杜鳌听了，亦要前去，便把和尚死尸埋了。张七说："你为何在此？"杜鳌说："我与和尚相好，在这里借住。他常使我的薰香害人，如今已死，我也要跟着众位去。我去拿酒来，咱们吃酒。"用饭已毕，天晚安歇。

　　次日天明起来，杜鳌也跟随前往。众英雄各备坐骑，奔河间府而去。忽见前边尘土大起，对面来了白马李七侯，带着摇头狮子张丙、一盏灯胡冲、满天飞江立、就地滚江顺、大刀周盛、闷棍手方回、金眼魔王刘治、花面太岁李通、白眼狼冯豹、小太岁杜清、小军师冯泰、双刀将李龙、蓝面鬼刘玉、赤发瘟神葛雄、飞天豹武成、赛毛遂杨香武十七位英雄，正遇见铁幡杆蔡庆、显道神郝士洪、凤凰张七、五方太岁常遇春、掺金塔萧景芳、八臂哪吒万君兆、赛时迁朱光祖、红旗李煜、猴儿李佩、赛霸王杜清、铁金刚杜明、快斧子黑雄、朴刀李俊、泥金刚贾信、快腿马龙、飞燕子马虎、金背鼋海狗杜鳌十七位豪杰。两伙合一处，共三十四位英雄。大家见礼已毕，李七侯见内中有两个年幼之人，万君兆十四岁、朱光祖十七岁，余皆年岁相当。黑雄遂把拿武文华之故，说了一遍。李七侯说："很好很好！我们同黄三哥到了河间府，并未找着窦二墩。他留下人，给黄三哥送了一信，说他往山东德州做买卖去了，约在李家店见面。黄三哥叫我先去打店，他等在后，少时就到。"众人说："咱们到李家店住很好。"大家催马往德州而行，在东门外李家店占了房，告诉店家说，后边还有人来。

次日，有南霸天黄三太、飞天鹞子贺兆熊、武万年、濮大勇、小霸王郭龙、赛燕青郭虎、花刀无羽箭刘世昌、金眼魔王刘治、蓬头鬼黄顺、鱼眼高恒、铁背熊褚彪、并力蟒韩寿、玉美人韩山、雪中驼关保、金面兽陈应太、锦毛虎张秉成、左丧门孙开太、乌云豹李世雄、神眼季全、赛晁盖王雄二十位英雄赶到。大家见礼已毕，店中掌柜的见人太多，说："后边有一大厅，甚是宽阔。"这五十四位英雄，在后边占了数十间房，候窦二墩住了两天。

这一日，正是吃过早饭之际，忽听外边一片声喧，从外边进来一伙人，为首之人身高八尺，项短脖粗，虎背熊腰，并未戴帽，身穿元绉绸长衫，蓝绸中衣，足蹬青缎薄底快靴，四方脸，面皮微青，青中透蓝，雄眉直立，阔目圆睁，准头端正，四方口，虎头燕颔①，年约三旬，英气勃勃。后跟着十多位英雄，内有闪电手高奎、铁棒田英、白面熊邓得利、金刀将于景龙、一朵花赵进喜、红眼狼冯振清、双头太岁周勇、独眼龙王吴通、探花郎君刘海、低头看山高冲这十位英雄。窦二墩抱拳拱手说："哪位是黄寨主？请过来答话。某久仰大名，今要请教尊驾有何能为。"黄三太说："某就是黄三太。你就是窦二墩么？我听说你要找我，我今来找你，你我比艺，我奉陪练两趟。"窦二墩说："此处地方狭窄，明日在东郊野外，离城四里之遥，有一座大树林，名曰驼龙冈，巳正等候，去者是英雄，失陪了。"黄三太说："那里见吧，不送了。"李七侯等见窦二墩这等雄壮，暗说不好，私与贺兆熊说："黄三哥年迈，怕不是窦二墩的对手，他正在英年之际，你我又不能帮助。"旁有金背鼍海狗杜鳌说："料窦二墩乃无名小辈，我明日先把他剁死。"旁有萧景芳，本是能言俐齿之人，听杜鳌之言，说："杜寨主别吹着玩啦！此时说大话，见了窦二墩，就不敢称英雄了！"杜鳌本来是气傲之人，一听萧景芳之言，说："姓萧的，你别小看人，我要不叫你知道我的厉害，也不知我的力量如何？明日我要不把窦二墩打死，誓不为人。"萧景芳说："我说的是好话，你先别着急，等见了窦二墩再犯脾气。"杜鳌说："有理。"五方太岁常万雄说："萧景芳，你留点阴功吧，别说这德行话。"大家哈哈大笑。众英雄有替黄三太着急的，怕他不是窦二墩的对手；也有生气的，愤愤不平。这一日大吃大喝，天晚安歇。

---

① 颔(hàn)——下巴。

次日天明起来,用完了早饭,忽听黄三太说:"众位贤弟,我去到东郊之外,找窦二墩去。"大家说:"请。"众英雄一同到了东郊之外,见窦二墩早在那里等候,一见黄三太来了,说:"黄寨主,今日有言在先,你我动手,不准别人帮助。"黄三太说:"言而有信,你赢了我黄某的刀,我横在刀下,再不生于人世。"窦二墩说:"我要输给你,永不出山,你死之后,我才出世呢!"黄三太说:"好!你我先比兵刃,刀下无眼,各自留心!"说罢,抡刀就剁。窦二墩的虎尾三节棍一摆,上下翻飞,厉害无比,一照面就是三下。黄三太用蹿纵的功夫闪躲,一往一来,不分上下。幸亏黄三太刀法精通,若另换一人,准不是窦二墩的对手。二人这一番较量,毕竟黄三太年过半百,暗说:"不好,我今年五十三岁,在江湖上三十余年,并未遇见对手,今日遇见窦二墩,他果然武艺高强。"濮大勇等在旁,见那窦二墩武艺超群,棍法精通,直替黄三太为难,怕的是黄三太不能取胜,又不能过去帮助。众人正在着急,又见黄三太浑身是汗,遍体生津①,似难分上下之势。赛毛遂说:"黄三哥见机而作,不可定使金背刀取胜。"这一句话,把黄三太提醒,暗说:"我不免用暗器赢他就是!"想罢,把刀一横,跳出圈外,把刀一擎,伸手掏出金镖一只,回手照定窦二墩就是一镖。窦二墩也是人中之虎,眼观六路,耳听八方,黄三太一回身,他就知有暗器,见那金镖扑面而来,他一伸手便把那金镖接住。众家英雄不禁吓了一跳。黄三太大吃一惊,说:"窦二墩果然武艺精通。"翻身抡刀又剁,窦二墩用三节棍相迎,二人又战在一处。窦二墩暗说:"黄三太名不虚传,若非是我,恐怕不取能胜于他。他要在三十余岁之时,我二人恐怕就分不出高低。窦某自出世以来,并未遇见对手,今天才见这英雄。"黄三太一镖未打着他,自己又掏出第二只镖,要打迎门三不过的金镖,照数施展出来赢窦二墩。战了几个照面,黄三太暗中一镖,被窦二墩接住,回手又是一镖,也被窦二墩接去了。黄三太连打三镖,竟被窦二墩连接三镖。黄三太心中一动,暗说不好!旁边那白马李七侯与飞天豹武七靰子,见黄三太三镖并未打着窦二墩,二人勃然大怒,说:"列位寨主,众位英雄,我等不可袖手旁观,大家动手帮助寨主,把他拿获,替本处人除此一害,也就结了。"贾信、李佩齐说:"有理。"大家正要袖出刀刃,旁边把神眼季全吓了一跳,连说不可!不知二位胜负如何,且看下回分解。

---

①　津——"汗"的意思。

第二十三回

德州郡三太打墩　河间府二墩报仇

　　话说飞镖黄三太，三镖并未打着窦二墩。李七侯要去帮助，众人各抽兵刃。那神眼季全说："不可！我三叔乃性傲之人，依我之见，此时未见胜败，若是三叔赢了还可；要是输了，咱们大家把他剁死。"李七侯听了这话有理，说："也好，众位寨主，咱们在这里观看，如不得胜，大家再来动手帮助。"贺兆熊说："正是。"眼见黄三太急了，刀法上下翻飞，回身一伸手，一只镖正打在窦二墩的前胸，"哎哟"一声，倒于就地。窦二墩说："罢了，我再不曾想到，今天败在你的手里。"黄三太过去，搀扶起来说："贤弟，你我结为兄弟。"窦二墩说："罢了，我也无面目再见天下英雄了。高奎，你等兄弟散了吧，我去也。"

　　他回归店内，在他住的恒茂店里还有自己随身的小包袱。窦二墩越想越烦，正在闷坐无聊之际，忽听外边有人问道："窦二爷在哪里住？"店家说："有何事，在北上房内。"窦二墩一看，是他大哥的家人来福，便说："来福，你进来吧。"来福给二爷叩头，说："我蒙二爷待我一片好心，特意前来送信。这真是闭门家内坐，祸从天上来。只因为献县新到任的夏增荣，他有一个公子，乃是酒色之徒，瞧见我家小姐生的美貌，他先托人来说，我家主人不允，后来他带人来抢，又被小姐全都打回。昨日来了四个差人，把大庄主传去，硬说欠他儿子的银两，把我家主人押在狱中，我特来给二庄主送信。"窦二墩的哥哥叫窦成，为人忠厚，无故被害。窦二墩说："来福，你先回去，我随后就到。"自己算还店账，带了虎尾三节棍并包裹细软之物，离了德州。

　　他本来想要远走高飞，隐居山林，再不见绿林中人了，现在听说哥哥窦成被赃官夏增荣的儿子夏振声所害，要侄女金莲。他想：我窦胜乃山东有名的人物，岂肯受他人之辱。我去找那景州的快腿彭二虎、飞行吴德顺，他二人手下人不少，我去找着他们，大家商议，好杀赃官，救我哥哥。想罢，在路上晓行夜住，饥餐渴饮。一日，天色已晚，黄昏以后错过了宿店,前有一座树林挡住去路。窦二墩正要穿林而过,忽听那前面大嚷一声,说:"此地我为尊,专劫过往人。若要从此过,须留买路钱。无有钱买路,定叫你命归阴!"窦二墩见有人说话,暗吃一惊,说:"对面小辈,你是何处贼人,敢截我的去路?"对面贼人说:"我乃独霸山东的窦二墩是也!快献买路金银来。"窦二墩听罢,心中暗说:"怪哉!我窦某今日又遇见一个窦二墩?我问他就是。"想罢,说:"小辈,你既说是独霸山东窦二墩,我听人传说,他不劫孤行客,一千两纹银只留五百两,专劫贪官恶霸。你若是我的对手,我便给你金银。"那假窦二墩一摆双锤,窦爷用三节棍相迎,只听"叭"的一声,便把假窦二墩的锤磕碎。原来假窦二墩那一对锤是木头作的,里空外用铁页包着,也有七八斤重,若旁人看,就像七八十斤重的铁锤一般。今日被真窦二墩把兵刃磕碎,一棍打倒,"哎哟"一声说:"爷爷饶命,小人我不知你老人家到此。"窦二墩说:"小辈,我乃独霸山东窦二墩是也!假冒我的名姓,焉能饶你。"此人听了,说:"爷爷,我知道了,我也姓窦,名叫窦二羔,只因家有八旬老母,无钱奉养,想出这个主意来,假充你老人家的威名,我只为混饭吃,求爷爷饶命,你老人家还生儿养女。"那窦二墩闻听他原来也知道我的名字,不由动了一点恻隐之心,伸手掏出十两纹银,说:"你改过自新,作一个小本经营就是了。"贼人接了银子,磕了一个头,径自去了。

　　窦二墩腹中饥饿,此时天有初鼓,并无买饭之处,只得往前行走。忽见眼前一片灯光,路北有正房三间,西房二间,外围着篱笆障儿。窦二墩说:"开门,里边有人吗?"忽听里边有妇人之声说:"哪一位?"把篱笆障儿一开,手执灯笼,出来一个二十多岁的妇人,光梳油头,淡搽脂粉,轻施娥眉,身穿雨过天晴毛蓝细布裰,葱心绿的中衣,金莲三寸,娇滴滴的声音说:"是哪一位呀?"窦二墩见是一个妇人,便正言厉色地说:"我乃行路之人,走过了店栈,求娘子暂行方便,借宿一晚,明日早行。"那妇人听罢,心中一动,暗说:"合该买卖上门,不免把他让进来,用酒灌醉,等他睡着,把他害死,得些金银,也是好事。"想罢,说:"客官,请里边坐吧。"又让至西厢房,说:"客官贵姓,从哪里来的?"窦二墩说:"我名叫窦二墩。"那妇人一听,大吃一惊,心中说:"我打算他是个客商,原来是一个大响马!等我男人来时,再商议害他。"想罢,说:"客官还没有吃饭,我给你做一点饭吃。"窦二墩说:"甚好,无论有甚吃的均可。"

　　那妇人方要回房，忽听外边有人叫门，说："娘子开门，我来也。"黄氏听是她男人说话，连忙去开门，说："你回来了，甚好。"原来是窦二羔回来了，一进门，笑嘻嘻地说："今日真遇见窦二墩，果然是英雄，给了我十两纹银。"说着到了屋内，那妇人说："别耍脸啦，你自己叫人家给打了，还在这里说，真是软弱无能之辈，我要不看你忠厚，早晚跟人家走了。"窦二羔说："你千万别走。"那妇人说："你别嚷，那窦二墩现在西屋，方才我让进来的。我打算他是行路客商，原来是一个大响马。我和你用酒灌醉了他，把他害了，你我发点财，你想怎么样呢？"窦二羔说："我可不敢。"黄氏说："我同你过这苦日月，虽说不是财主，也算丰衣足食，不至于逃难。这二年旱涝不收，你看这里逃难的，不知有多少家儿。今天依我说，咱们把他姓窦的用酒灌醉，把他害了。"窦二羔说："也好！"

　　正在商议之际，此时窦二墩早已听见，是在树林中打劫他的那窦二羔的声音。他自己偷着出了西房门，暗暗一听，屋内二人正说要害他之言。他听到这里，勃然大怒，说："小辈，你说害我的话，我已听多时了！"抡刀就把窦二羔砍死。那妇人妖声嫩语地说："大爷饶命吧！我肯跟你去。"这淫妇指望窦二墩也是酒色之徒，一说就可以爱她的模样儿，饶了她。焉想窦二墩乃是铁罗汉，一听妇人之言，哈哈大笑，说："你这淫妇，方才所说之话，我已听见，你不必说啦。"一刀把妇人杀死，自己打着了酒坛，还从柜内找出来馒头、咸肉、煮鸡蛋，自斟自饮，越喝越高兴。正在吃酒，忽听外边叫门说："开门，我来了。"窦二墩吓了一跳，说："不好！叫他扯住，恐怕不能逃走。"自己躲在后院之中，忽听街门一响，把门椎开了，进来一人说："你们怎么早就睡了？"来到屋内，见有死尸在地，那人大吃一惊，说："哎哟，不好了！我的美人被何人杀死了？我与你四载露水夫妻，今天被害，岂不伤心！"说着，落了几点眼泪。窦二墩在暗中一瞧，认得是快腿彭二虎，连忙进屋内说："老二你杀人，往哪里走！"彭二虎细看，认得是二寨主窦胜，连忙施礼说："二叔，你老人家从哪里来？"窦二墩把方才之事说了一遍，又把自己的事也说了。彭二虎虽心爱此女，已无可奈何，且窦二墩待他有恩，也不能变脸。他听了窦胜之言，说："待我放火烧了房屋，以灭这人命之案。这也是她的报应，要不是我劝着她，早就把她男人害了。"说着，就要放火。窦二墩说："老二，他们都在哪里？"彭二虎说："他们都在五里屯小银枪刘虎的下处住。

　　二人正说之间，忽听外边有人说："来，你二人把门堵上，我从后边看他往哪里走！"吓得窦二墩与彭二虎战战兢兢，说："不好！今天要被拿获，落在他人之手。"忽见街门大开，进来了白面狼马九、笑话崔三，后跟着轧油灯李四。他三个人一见窦二墩，崔三说："二寨主，你老人家敢情与彭二走一条道吗？"窦二墩说："你等休得胡说！"遂将自己之事说了一遍，又把窦二羔夫妻二人要害他之言，说了一番。崔三说："二寨主，彭二他说往德州去访问你老人家，我等不信。有顺水万字小银枪，他说遮天万字月点他攒子，正并无邪攒，我知道他架着一个果衫盘来，他上扇喂可孤万假充脑儿寨的饭，顺水万字他不信洞庭万字深点，他说我说的礼性，攒里空着拳，前来要给他一个见证。"窦二墩一听，哈哈大笑说："小银枪刘虎、铁算盘胡六，他二人也是实心的人，不想老弟你随机应变，诡计多端！"书中交代，那崔三所说，乃江湖中黑话：顺水万字是姓刘，洞庭万字是姓胡，遮天万字是姓彭，月点是行二，架着果衫盘来是一个少妇长的好，他上扇喂可孤万假充脑儿寨的饭，是那妇人的男人吃绿林饭，假充窦二墩。这是闲言，却说彭二虎说："三哥你来的甚好，帮助我把那死尸与房屋点着火烧了，咱们去到家中，议论替大寨主报仇就是。"马九把房点着烧了，怎见得，有赞为证：

　　　　凡引星星之火，今朝降在人间，

　　　　无情猛烈性炎炎，大厦高楼难占；

　　　　滚滚红光照地，忽忽地动天翻，

　　　　犹如平地火焰山，立时人人忙乱。

窦二墩见火已点起来，左右又无邻居救火，遂带众人直奔五里屯。到了下处，天色已然大亮。小银枪刘虎、铁算盘胡六、永躲轮回孟不成、一本账何苦来、飞行吴德顺、坏嘎嘎吴大、拐子手胡七、黑心鬼吕亮、闪电手高奎、金刀将于景龙等人，一见窦二墩来了，大家施礼说："二寨主来了，里边请坐。"窦二墩见礼已毕，把自己之事对众人言明，又将要到献县杀官盗库，劫牢反狱，救哥哥窦成之事说了一遍。小银枪刘虎说："二寨主，此事不可轻动，献县城守营官兵不少，我有个朋友，姓丁名太保，乃景州定陵人氏，我去请他，他手下人不少。"窦二墩说："很好。"原来这是刘虎的脱身之计。这且不表。

　　单说窦二墩等至次日天明，也不见刘虎回音。他心中明白，说："众

寨主,刘虎这是脱身之计,误了我多少事。我兄在缧绁①之中,我侄女金
莲一个女孩,她如何能掌事业? 我须早去救他。"又说:"众位,咱们共有
几人?"崔三瞧了瞧,有名的二十余位,余下者鸡毛蒜皮、平天转、满天飞
这些无名之辈不少,都是打闷棍、套白狼的那些人。白脸狼马九等说:
"咱们混进去,在衙门后天仙观住,那庙中道人是我表弟。"说罢,大家一
同起身。窦二墩要反献县,且看下回分解。

_____

① 缧绁(léixiè)——古时捆绑犯人的绳索。意思为囚禁。

第二十四回

浮浪子贪淫惹祸　聚盗寇反狱劫牢

话说白眼狼马九，带众人先到了献县东门外三里沟。到了窦二墩家内，众家人迎接，在前厅落座，家人献茶。窦胜说："众位仁兄与贤弟暂坐，我先到里边见见侄女，再作道理。"又派管家窦用先拿五百两银子，在衙门上下使用。自己到了后边，叫侄女与奶娘、仆妇人等，收拾细软之物，又派家人预备驮轿车辆，再回到前边厅上，说："列位寨主，大家歇息一夜，明日进城，到天仙观内会齐。"是日天晚，众人吃了晚饭，窦胜分派说："咱们分三起人去，我先进狱见我兄长。"又派马九、崔三去杀贪官，轧油灯李四带众人去杀狗子，再劫库作路费之用。这一伙人均已安排妥当，一夜无话。

次日，家人回来说："奴才探询明日，上下已使了三百两银子，大庄主不能受屈，散拿散放，都有禁卒牢头照应。"窦二墩说："知道了！"群寇用完了早饭，大家进城，到了天仙观内。住持张妙修，乃马九的表弟，预备素斋，群寇用毕茶饭。窦二墩说："我要先到狱中，等候众位，以呼哨一响为号。"大家说："我等随后就到。"窦二墩自己到了献县衙门内，见了当值的，说道："我来瞧窦成大爷，你带我去，我给二两银子。"当值的说："我带你去。"到了牢狱，叫开门，把禁卒王同叫过来，说："这位是要瞧窦大爷的。"禁卒说："你贵姓呀？"窦二墩说："我是他的表弟，也姓窦，你带我进去。"禁卒已是用过钱的，见有来瞧窦成的，概不拦阻，说："你跟我来！"窦胜来到狱神庙，见他哥哥散拿散放，并未带着刑具。他本来是被屈含冤的，只因本县的少爷乃酒色之徒，爱上他的女儿，要他应允，把女儿给少爷作妾，就算无事。故此众人都与他和好，劝他应允。无奈窦成不依，禁卒也不敢给他罪受。窦胜一见，跪倒叩头说："哥哥在此受罪，小弟来迟，多多得罪。"窦成说："贤弟来了，正盼着你呢。"窦二墩说："兄长放心，弟有主意。"说着掏出一包银子，约二十两，说："禁卒大哥，你拿了去，给你买一杯酒吃，只求给我二人备一桌酒席，我在此与大哥坐谈一夜，不知成否?"禁卒王同一见银子,说:"何必费心,今天已查过狱了,坐一夜也无妨。"少时,送上两盘牛肉,一大壶酒,两盘馒头。王同说:"你们二位喝着吧! 我照别的事去了。"禁卒去后,窦二墩见左右无人,才说:"大哥,我邀请众绿林英雄,定于今夜三更天来救哥哥,出此龙潭虎穴之中,侄女那里我已派家人预备驮轿。我送你等出古北口,到关外去找陈子清,叫他把侄女娶过门去也好。"窦成点头。二人商议之际,天已初鼓。

不言窦胜兄弟饮酒,且说白脸狼马九、笑话崔三这二人施展飞檐走壁之能,进入衙门里面,瞧了瞧大堂后边,东西各有跨院,西院中有丝弦之声,唱曲调之人声音响亮。二人暗进西院中一瞧:北上房是三间,东西各有配房,北房内灯光闪耀。二人纵身上房,使了一个夜叉探海式,瞧见屋内灯光照耀,内有圆桌一张,上有烛台一只,桌上边放着干鲜果品,各样菜蔬。正位坐着一个少年人,年有二旬,面皮微青,青中透蓝,俊品人材,双眉带秀,二目有神,身穿蓝纱小汗衫,官纱中衣,白袜青云鞋。东边坐着二人,一个三旬光景,又一个二旬以外。西边坐着两个小旦,手拿琵琶、弦子,唱的是马头调。这是门公①洪升,他最能奉承少爷,今日他叫了两个小旦,一个叫金福、一个叫春来,唱的是《叹烟花》、《带病的嫖客》、《叹十声》、《从良后悔摔多情》,一嘴疙瘩腔儿,实在好听。那狗子越听越爱听。笑话崔三有心要进去,又怕人太多。原来这跟官的从烟花中买了一个人,是从良的,今年二十三岁,生的美貌,让她与大少爷私通,还住在他家与他女人睡觉,他躲在衙门佯为不知道,真无廉耻。像这个样,真给跟官的现眼。书中交代:跟官的有三六九等,不能一样。有一种官家子弟,学而未成,因家道贫寒,不能出仕为官,便托人跟官,借官的力量发财,求取功名,光宗耀祖,这个不叫长随,名叫暂随。有一等做买卖的商贾人,时衰运蹇②,买卖拆了资本,不能成就事业,故托人求谋跟官,得了正事,身在公门好修心,或做些好事,或再归商贾,多买田园,教子读书,这个不叫长随,名曰且随。

再说白脸狼马九、笑话崔三见狗子正在吃酒快乐之时,二人提刀闯进去,一刀一个,把五个人都杀了。又到后院,把赃官全家杀死。轧油灯李

---

① 门公——看门的人。
② 时衰运蹇(jiǎn)——时运不顺。

四等,与快腿彭二虎、闪电手高奎把银库打开,得了银子不少。然后到了狱门,呼哨一声! 窦二墩与他兄长二人,到了外边,说:"朋友来了。"众寇说:"来了,我等已把狗官杀了,你我逃去吧!"窦胜把门打开,大家合在一处,往外逃走。此时更夫早已知道,报与本城武营老爷得知了,立时调兵,一齐拥到。窦成兄弟二人,带着群寇,把东门打开,砍死门军四个。到了五更之后,听后边喊声大振,追兵眼看就到。大家合伙,把窦宅的驮轿四乘,轿车两辆,送出十里之多。群寇说:"二寨主,我等不能跟随出口了,你此去如到了古北口外,得了事,千万给我们个信。"窦胜说:"众位恩兄义弟,你我义气,如同青山不改,绿水长流,我要失陪了,他年相见,后会有期。"说罢,往古北口去了。

再说飞镖黄三太,在东郊外见窦二墩已然逃走。大家备酒,给黄三太贺喜。住了一夜,三太方要告辞,忽见外边家人黄用来报:"老太爷,我在各处访问,才知老太爷在这里,家中夫人生了公子了。"众英雄齐声叩喜,说:"三哥大喜,今天打了窦二墩,又生贵子,我等送个名儿,叫他天霸如何?"黄三太说:"甚好,就叫黄天霸吧!"大家贺了一天喜,才各自歇息。次日,李七侯与武成二人,告辞回三河县。李七侯又保着彭公升了南通州知州。这且不表。单说黄三太与众人分手,各自回家。自己带着季全、黄用,到了家内。回想自己往日,愿从此甘老林泉之下,有薄田数顷,也可以教子读书。想罢,叫秦氏拿出一百两银子,把季全叫来,说:"季全,这有白银百两,你自己随便使用,务守本分,我是把江湖之道撇去了。"季全叩了个头说"我去也。"此后他虽海角天涯,每逢三太寿日,必亲来叩头。这一日,黄三太在家中闷坐,家人来报,说外边有一个扬州人,姓何,拿着贺兆熊大爷的信,要来面见。三太说:"叫他进来。"家人领进那个人来,年约十五六岁,生的豹头环眼,粗眉阔口,四方脸,面皮微青,仪表非俗。身穿蓝绉绸皮袍,外罩蟹青宫绸八团龙的马褂,足蹬白袜云鞋。见了三太,请了安,说:"老前辈,你老人家好哇? 弟子有书信相投,乃是飞天鹞子贺兆熊太爷的信。"说着,从怀内掏出来说:"你老人家请看。"上写:"内函敬呈义兄黄三太爷大启,书由扬州发,名内详。"三太拆开来看,不知上面写的是何言语,且看下回分解。

第二十五回
隐林泉授徒教子　庆生辰又起风波

　　话说黄三太接过书信一瞧,问那人说:"你姓什么,是哪里的人?"那人说:"小人是扬州人氏,父母早丧,跟着叔父度日。我姓何名路通,本年十五岁。只因我爱练武艺,请了几位教师,全是武艺平常,有一位贺大爷,与我叔父相契,甚为知心,他说你老人家武艺精通,叫我来投你老人家学些艺业。"黄三太听说,拆开书信一看,上写着:

　　　　字请

　　　　恩兄大人福安。自拜别后,天南地北,各处一方。弟至扬州,遇
　　故友何澄,言他侄儿何路通专爱习学武艺,访求名人。弟知兄在家,
　　应有安闲之乐,闲暇之时。弟遣何路通前来,投字在台前,学习艺业。
　　如蒙允准,则来人幸甚! 知己之交,不叙套言。专此,即候阖第清吉!
　　并请福安不一。

黄三太看罢说:"你既然愿意习学武艺,我就收你作个徒弟。"何路通连忙叩头,拜了八拜,就在此处练习武艺。一住五年,练的有飞檐走壁之能,长拳短打无一不通,拜别师父去了。逢年按节,必来给师父叩头。师生二人,意味相投。

　　光阴荏苒,日月如梭。这一年,黄三太五十九岁,黄天霸八岁。于正月二十二日,外边门上家人拿进一个拜帖,上写"新授绍兴府彭朋"。黄三太叫家人把拜帖拿回挡驾。原来那彭公官复原职,拿了武文华,治的三河县人民安居乐业。白马李七侯自打窦二墩回来后,随彭公升了南通州知府,后又提升绍兴府知府。彭公念当年指镖借银的好处,特意前来拜望,黄三太却不敢会见。彭公回衙,遣李七侯送来京中茶叶,带来大馉饳,还有各样点心。黄三太接进来,二人见面,叙起当年离别之情。李七侯说他帮助彭公到处剪恶安民,升得此处的知府,今日特来拜望。黄三太闻听此言,说:"贤弟理应如此才是。愚兄老迈,退守林泉,教子读书,有薄田数顷可以养赡,吾愿足矣!"李七侯说:"黄三哥,你我山东分手,倏忽几

载,光阴荏苒,日月如梭,三哥不减当年威风,五官气色全好。"黄三太说:
"托贤弟福,贤弟你家中还好?"李七侯说:"有我八弟照应家业,倒也平
安。嫂嫂与侄儿安好!"三太说:"承问,你侄儿入学读书,倒也好。"二人
谈了一会闲话,黄三太吩咐家中摆上酒菜。二人入座又谈了一会心,酒饭
已毕,李七侯告辞回衙门去了。自此时常来往。

　　今年是黄三太六十整寿,二月初二日的生辰,自己知道有几位知己的
朋友必来拜寿。今日是正月二十五日,庆期临近,须早为预备才是。连忙
派家人黄用,拿了三十两银子去置办酒席,要上等海味席,鸡鸭鱼肉都要
新鲜,先定一班戏子。黄用甚为喜悦,接了银子,找了茶房、厨房人等,写
了双凤班昆腔。到了正月三十日,外边家人来报说:"有季全来给寨主磕
头。"黄三太说:"好,这季全倒不忘旧,年年来给我磕头,快请进来!"家人
去不多时,把季全带到书房内。三太笑吟吟地说:"贤侄还好么?"季全跪
于就地,说:"小侄儿来给三叔叩头。"黄三太说:"贤侄起来吧,年年劳你
前来。"季全说:"小侄理应磕头,愿叔父你老人家福如东海,寿比南山,多
福多寿多男子。"黄三太说:"好一个多福多寿多男子。多承贤侄远来,我
先给你接风。来人摆酒儿,给贤侄一个下马杯儿。"二人吃了几杯,家人
来报说:"今有红旗李煜、凤凰张茂隆二人前来拜寿。三太亲身迎接,走
到了大门外,见二人各拉一匹马,红旗李煜年过五旬以外,头戴新秋帽,高
提梁儿,红缨新鲜,身穿蓝宁绸八团龙狐狸皮袍,外罩红青宫绸八团龙的
马褂,是狐肷①的,足蹬青缎官靴,白净面皮,燕尾髭须,双眉带煞,虎目生
光,仪表非俗。凤凰张七即茂隆,他是头戴貂鼠皮官帽,新红缨儿,身穿灰
宁绸狐肷的皮袍,外罩蓝宁绸火狐的皮马褂,足蹬青缎官靴。二人一见黄
三太迎接出来,连忙请安说:"三哥,你老人家好哇?"家人接过马匹,三太
说:"二位仁弟远路而来,多受风霜之苦。"张七说:"仁兄千秋之辰,理应
前来祝寿。"黄三太说:"有劳二位仁弟。"说着进了二门,四人到了上房内
落座,家人重新摆上酒席。少时,黄天霸进来给众人见礼。张七见天霸头
戴青缎子小帽,身穿绛紫宫绸棉袍,外罩米色宁绸马褂,足蹬青缎官靴,白
净面皮,目似明星,两眉斜飞入鬓,准头端正,唇若涂脂,仪表非俗。给张
七请了安说:"七叔好,七婶母好!"接着又问红旗李煜好,又问季全好!

---

①　狐肷(qiǎn)——指狐狸的胸脯部和腋下的毛皮。

季全拉着他的手,说:"兄弟,你念的什么书?你今年几岁?"天霸说:"今年八岁,念《诗经》了。"张茂隆连声夸好,说:"三哥,这就是大少爷?"三太说:"是你侄儿。"张七说:"果然父是英雄子豪杰,日后必然光宗耀祖。"四人吃到初更之时,安歇睡觉。

次日把戏台搭好,早饭后,外边又来了飞天鹞子贺兆熊、濮大勇、武万年三位英雄,各带自己的儿子,前来给三太爷拜寿。家人通报进去,里边黄三太同红旗李煜、凤凰张七、神眼季全、少爷黄天霸迎接出来,大家见礼已毕,到了厅房。贺兆熊说:"老仁兄千秋之辰,弟等特来拜寿。自去岁一别,我等在镇江府城内,住了一载有余。我同濮贤弟、武贤弟把你侄儿带来,给伯父拜寿。"黄三太说:"知己之交,屡蒙厚爱,不远千里而来,我不敢当。"贺兆熊与武、濮三人齐说:"仁兄何必太谦,你我结义弟兄,如骨肉一般,俗语说得好,异姓有情非异姓,同胞无义枉同胞!"贺兆熊把儿子贺天保叫过来,说:"你给你伯父磕头。"贺天保过来说:"伯父,你老人家好哇?"黄三太一瞧贺天保,不过十四五岁,头戴貂鼠皮官帽,猩红缨儿,身穿紫宁绸的银鼠皮袍,外罩米色线绉棉马褂,足蹬青缎官靴,身高四尺以外,白生生的脸腔儿,黑真真的眉毛儿,一双虎目,颇有神气,准头丰满,唇若涂脂,俊品人物。黄三太看罢说:"好,我这个贤侄儿,举止安详,日后必成大器。"那濮大勇说:"天鹏,过来见你伯父。"黄三太看濮天鹏,约有十二三岁,头大项短,生的虎项燕颔,豹头环眼,面皮微黑,黑中透亮,头戴青缎小帽,身穿蓝绸皮袄,紫缎马褂,足蹬青缎抓地虎靴子,此子为人粗率,性情暴戾。那武天虬也是这样打扮,青中透蓝的脸腔,他的性情与濮天鹏的性情一样,心直口快,性情刚强。三人见礼已毕。黄天霸又给三位叔父叩头,大家赞美天霸生的秀气。今日是小四霸天结义的回目。这四人中,就是黄天霸心地聪明,办事豪爽,性情刚强。那少爷贺天保,是心灵手巧,一见就识,心地忠厚。这小弟兄一见,心投意合。黄三太又重新让座。贺兆熊说:"我等给仁兄拜寿,请寿星上座,我等拜寿。"李煜、张七齐说有理。黄三太推脱不开,无奈同众人到寿星堂拜了寿。

大家来至前厅,方才归坐。家人来报说:"有铁背熊褚彪、鱼眼高恒二位爷前来拜寿。"三太迎接进来,大家见礼已毕,共叙离别之情。众人把礼单呈上:头张是张茂隆的,上写"折敬纹银二百两,愚弟张茂隆拜。"

李煜也是寿酒寿烛，折敬二百两。贺、武、濮三人，也是每人二百两。大家交了礼，摆了早筵。黄三太告诉家人说："我那知己的朋友全来了，再来的礼物，一概不收。"家人答应下去。今日是因为庆生辰，惹出一场惊天动地的事来。黄三太北京城劫银鞘，且看下回分解。

第二十六回

论英雄激恼黄三太　赌闲气抢劫补秤银

话说黄三太同大众在厅房摆宴,忽见家人手执一个全帖呈上。黄三太一观,见上写:"折敬纹银二百两,结义弟郝士洪拜。"三太说:"郝爷在哪里?"家人说:"是郝宅家人送来礼物,说他主人病体沉重,不能亲来。"黄三太听罢说:"众位贤弟,这郝士洪也太不对,去岁他遣人前来,说是身染重病,不能前来,我信以为真,遣人去问,说他没有什么病。今年又派人前来,断无此理。"遂对家人说:"你去到外边,给那家人五两银子,赏他一顿饭吃,叫他将原礼带回,一概不收。"家人答应下去。黄三太说:"众位贤弟,你等想,这郝士洪去岁派人来,今年又派人来,他就是病,难道他儿子也有病么? 这明明是瞧不起我。"大家说:"三哥休要生气,今日乃千秋之喜。论说他也真不对,都是一拜之交,他既不来,可以叫他儿子来呀,这个人是眼空目大。"说着,锣鼓一响,开了戏啦! 这头一出《祝寿》、二出《赐福》、三出《牛头山》,唱的热闹。吃酒之间,濮大勇说:"众位恩兄贤弟,我想光阴似箭,日月如梭,我等当年结拜,都是二十余岁的英雄,如今数十年来,都成了老头儿。要论豪杰,在北方要算李煜大哥,你历练的真好,只要红旗一展,无论哪路,就都得送你几两银子。凤凰张七哥他之所为,与黄三哥是一样儿,永不搭伴,孤身出马,有一千银,只留三百两,劫了客旅行商,还许济困扶危,周济孝子贤孙,劫的是贪官佞臣。如今黄三哥是洗了手啦! 咱们绿林的朋友,死走逃亡,真个不少,也有遭了官司,身受重刑,死于云阳法场之上,也有死于英雄之手。"

这日大家畅饮,正是"酒逢知己千杯少,话不投机半句多",不知不觉,喝了个酩酊大醉。黄三太自己已是带了酒的性情,他一生服软不服硬,一听濮大勇夸说别人的威名,自己气往上冲,说:"众位,不是我黄某说句大话,想当年我在绿林中,并无遇见对手。头八年前,在德州镖打窦二墩,我做买卖,永远都是单人独骑,并不搭伴,绿林中像我这样的人也很少。"濮大勇是个懈怠①鬼，一生说懈怠话，他听黄三太之言，说："三哥，你说的那话，全不为奇，咱们在绿林的人，能做之事，不过皆是在旷野荒郊之中，遇见镖车正然走着，咱们一出去，他先害怕，知道某处有某人为首，再一威吓，他岂有不献金银之理，此事不足奇。若作惊天动地之事，真得有别古绝今之人，倘得到北京天子脚底下，把当今万岁爷的物件，拿他一两样来；或在户部，把那银鞘子劫了他的来，才是真正英雄。只在外边逞能，那算什么英雄呢？"他这几句话，说得黄三太哈哈大笑，说："贤弟，据你说无人敢往北京去劫皇上的东西，我要去劫了皇上的东西来，你应该怎么样呢？"濮大勇说："三哥，你要真把皇上家的银两劫来，我就给你磕头。但你老人家这么大年纪，依我之见，不要生气，京都城内五府六部，营城司坊，顺天府，都察院，大小无数衙门，护城兵有数十余万，那可不是闹着玩的。咱们这些人，在旷野荒郊无人之处成了，在京都城内那可不成。"黄三太说："濮贤弟，你休要气我，我若不去，誓不为人。"贺兆熊见黄三太怒气填胸，不由己的答话，说："黄三哥，你老人家还不知道他的外号儿，人人称他懈怠鬼，最爱说懈怠话，咱们这些年的结义弟兄，不能不知道他的性情。"黄三太是成名的英雄，一想众人都在我家，我不能得罪他等。想罢，把气压了压，同着大众，吃了一天酒，听了一天戏，大家安歇。

次日一早，众人起来，贺兆熊说："今日趁着三哥的千秋，叫他小弟兄们结一个世交。"黄天霸早在这里听见，说："很好，就是那样吧！"四人叙了年庚，贺天保十四岁、武天虬十二岁、濮天鹏十一岁、黄天霸八岁。四人行了礼，因不见黄三太出来，黄天霸带着三个哥哥，给父母磕头去。忽见家人黄用说："众位大爷不好了！我家老爷今日一黑早，备上黄骠马，把做买卖的家伙全拿去了，他一早不叫小人告诉众位爷知道。"贺、武、濮与张七、李煜、季全、褚彪等大家齐说："不好，这一定是上京都去了！必是昨日濮贤弟你说懈怠话，三哥恼在心中，笑在面上，今日这一赴京都，倘有不测，不但有性命之忧，还有灭门之祸。"正说着，从后面出来一个家人，说："我家主母现在内厅房，请众位到里边去说话。"众人跟家人从北上房东边的一个便门出来，往北上一拐，瞧见北大厅五间，众人到了上房内落座，秦氏夫人说："众位叔叔安好，昨日拙夫回归内院，我见他怒气不息，

① 懈怠（xièdài）——怠慢不敬。

一言不发,我也不敢问他。今早他把所用之物,带在身边,拉马去了。我问他,他说十数日才能回来,不知有何事故?"濮大勇说:"嫂嫂,我三哥必然是要做买卖去,三五天定然回来。"秦氏说:"叔叔你等都前来给他祝寿,他为何这般无礼,就不辞而行,太不知事务了,这其中他必有缘故。"贺兆熊说:"嫂嫂不必问,这是昨日濮贤弟酒后失言。"就把昨日晚间他二人所说之话,又学说了一遍。秦氏深知黄三太的性情,连忙说:"季全,我给你三十两银子的路费,你骑一匹快马赶到京中,探询虚实。你三叔的马日行四百里,这也追不上他,须要打听准信回来,大家方能放心,众叔叔别走。"大家说:"我等不能走的。"

那黄三太因被濮大勇说了几句玩笑话,他就恼在心里,暗说:"我定要到京都城内,做一件出奇之事,也叫濮大勇知我的本领。"自己骑马,顺大路往京都而行。在路上,那马不喂干草,净喂小米绿豆,给它黄酒喝,故此这马更雄壮了。一日,黄三太进了彭仪门,心中一想:"我若到户部去抢他一鞘银子,也不容易。"正自思想,进了正阳门,见前边有四个骡子,驮着银鞘,后跟一个解饷官。这乃是一宗补秤的银子,不是正饷,归内库的。只因皇上在海甸畅春园避暑,过了九月九登高之后,他才回来在京办事。那个总管太监也在海甸,这项银子,要送到那里去才能交。这须出德胜门,故他进了东安门一直往北。黄三太跟至沙滩地方,见四方无人,自己一催马说:"喂,别走啦!留下银两,放你过去,饶你性命。"押饷官见一老者截住去路,要劫银子,不由得大怒说:"好一个该死的凶徒,这乃是天子脚下,禁城内地,来人给我拿住,交地方官送刑部治罪。"于下人早往官厅报信去了,不多一时,从那边来了十数个官兵,要拿黄三太。且看下回分解。

第二十七回

闻凶信亲赴扬州府　劫圣驾打破大红门

　　话说黄三太截住解饷官,那解饷官遂令手下人去报信,上官厅调兵。这个时候,黄三太抽出刀来,把那些手下人砍散,把解饷官拉下马,砍了他一刀背,自己亦跳下马来,把银匣子取了一个,捎于马后,方才上马。那官兵有十数名赶来,手拿钩枪铁尺,说:"贼人别走,我等来也!"黄三太一拍马,快走如飞地去了。他等一转眼,别说人,连影子也瞧不见了。众人无奈,把老爷扶起来,搀到官厅。今日这位该班的,是步军校纳光,闻听此事,吓了一跳!赶紧把解饷老爷请来,一问是由保定府来,他是二府同知吴秀章,解这一趟银子,回去还有保举呢。纳老爷说:"老兄,今日之事,你担不是,我担也不是,你我小小前程,全不容易。再者说,这件事出在禁城内地,会有响马了!这何人肯信呢?依我之见,你我赔出五百两银子,认个晦气,也就完了。你也可以保住功名,不日高升;我也不能受地面不清之责。"吴秀章听罢这话,一想也有理,叹了一声说:"老爷,就这样办吧,我也是该当如此。"

　　再说黄三太赶出彰仪门外,自己住了店,歇息了一夜。次日天明起来,用了早饭,算还了店账起身。在路上正遇神眼季全,跳下马说:"三叔回来了,吓死我也,家中皆不放心。"黄三太说:"贤侄快上马,到家再说。"叔侄二人在路上无话,快马加鞭,那日到了绍兴府望江岗聚杰村家中。家人接了马,黄三太、季全二人,到了厅房之内。与贺兆熊、武万年、濮大勇、褚彪、李煜、张茂隆及小四霸天贺天保、濮天鹏、武天虬、黄天霸等大家见礼已毕。黄三太说:"众位,等我心烦了吧?"濮大勇说:"吓死我也!你今可回来了。"黄三太说:"皆因一言,我走这一趟,也没白去了。这半个月,我自京都回来,还算快呢。"便叫家人把我那马上带的箱子拿来。家人抬来,放在就地,把箱子打开,里头是白花花的二十个元宝。黄三太说:"濮大勇,你说愚兄不敢在京都抢劫银两,你瞧,这是鞘银一匣,就在北京东安门内北沙滩劫的。"贺兆熊说:"三哥声名远振,哪个不知。濮贤弟他的外号叫做懈怠鬼,那日又多喝了几杯,他的言词兄长不必认真,我给兄长接风洗尘赔罪。自从兄长去后,我等坐不安来睡不宁,虽然吃了饭无事,心更焦躁。"黄三太说:"众位贤弟,都是自己人,我也不是夸口,慢说抢劫银两,就是在京都劫圣驾、盗库银,我也敢去。"濮大勇乐的前仰后合,说:"黄三哥,你这银子是自京中带来的,不是从京中劫来的,谁也没亲眼见这事。算我输了,我给你磕头,劫圣驾那个东儿我可不敢赌啊!"说罢,遂即叩头,又说:"劫圣驾、盗库银这两件事,不是玩的,你就算了吧!你那日出走之后,我嫂嫂也埋怨我,众朋友也埋怨我,我可不敢打赌了!"三太听濮大勇这套话,不由得气上心来,无奈在自己家中,不能翻脸,压了压气说:"濮贤弟,你不必用话激我,再作了那件事,久后料你也必知道,不能妄谈是非。"贺兆熊、褚彪连说道:"三哥,大人不见小人过,他那个嘴信口胡说,那还了得!再者你老人家归隐数年,洗手不做买卖的人了,今年已到花甲,哪里也不必去了。"三太说:"二位贤弟,我焉能与他一般见识呢!"贺兆熊与金刀铁背熊褚彪等,大家告辞要走。黄三太说:"众位,明日再走,我给众位送行。季全留下,我要派他到扬州探访鱼鹰子何路通下落,我每年生辰或年节,他必要亲身来的,今年不来,必然有事,我实不放心。"众人闻听三太之言,才放了心。黄三太重新又置酒筵,与众人饮酒,谈了一天。次日大家告辞去了。

　　黄三太把诸事办完,拿出二十两银子,派季全探访何路通的下落去了。自己闷坐书房,细想濮大勇虽然与我结为弟兄,但所说的言辞傲慢,欺我无能,我今年已六十岁,常言说的好,"宁叫名在人不在",我必要在京都作一件轰轰烈烈之事,留下英名,传于后世。我这一人都中,必须见机而行。正自思想,家人请用午饭。到了后边,秦氏与天霸全皆等候。老英雄说:"天霸,你今日上书房去来?"天霸说:"去来。"三太说:"好!你才八岁,想我抚养你也不容易,只要你到后来别败了为父之名,我就死在九泉之下也甘心。为父一生性情高傲,南北各省皆有名望,久后你要是现眼,做那下流之事,叫别人说我黄三太做事遭了报应,就为不孝。孩子,你要争一口气,为人总要立志,光宗耀祖,显达门庭。"黄天霸虽说年幼,一听他父亲所说之言,连连答应说:"孩儿必然争这口气,定要名登虎榜,显耀门庭。"三太听罢很乐。

　　书不重叙。过了几日,季全由扬州回来,说鱼鹰子何路通在家卧病不起,不省人事。三太闻听此言,甚不放心,遂叫季全归家,自己带了黄用,骑马到了扬州何路通家的门首。黄用叫门,里边走出一个家人,名叫何福,说:"谁呀?"黄用说:"我们是绍兴府望江岗聚杰村的,姓黄,来找何路通。"家人听说,知道是他主人的师父来了,连忙说:"老太爷请进来吧,我家主人病症方好,不能出来迎接。"黄三太下马,把马交给家人,跟何福进内。何路通连忙起来说:"师父,你老人家好呵?弟子不能行礼,望师父恕罪。"三太说:"我在家中,听说你病,我甚不放心,不知你的病因何而得?"何路通叹了一声,说:"老师,我一生也是性傲,只因我叔父婶母去世,我一惨伤,想我孤苦伶仃,父母早丧,又无亲戚,哪是我知疼着热之人?因此越想越惨,食水不调,得了此病。多亏了先生给我治好,今已好了八成。又蒙老师伶爱,不远千里而来,我实感念不尽。"黄三太给他留下了五十两纹银,说:"贤契,你好好的养病吧!"说罢,带黄用离了扬州。

天气正在三春,桃柳争春,杏花开放,春风拂拂,柳条袅袅,燕语莺歌。黄三太主仆二人,在午时天气到了一座村镇,路西有一座饭店,二人下马,把马拴于门前,进这饭铺,见里边也还干净,北首桌上,有三个人在那里闲坐吃茶,是一差二解,那项戴铁链之人,生的凶眉恶眼,怪肉横生,黄脸膛,连鬓络腮胡须,身穿紫花布裤褂,青鞋白袜,话是北京口音。黄三太站起身来,到了那边,要访圣驾出门的日期。劫圣驾镖打猛虎,且看下回分解。

第二十八回

招商店访得实信　劫圣驾打虎成名

话说黄三太站起身来至那罪犯跟前，说："朋友，你是京都人，身犯何罪？"那人见黄三太一片至诚，连忙答话，说："在下姓金行六，别号叫大力，在善扑营当差，因秋围未派上我差事，我在前门外月明楼听戏，打死著名的匪棍陶金谦，把我发在这里的。"这个人乃是正蓝旗汉军敖海佐领下的旗人，名金大力。下文在《施公案》里，保施公在扬州拿了无数盗犯，这是后话不提。单说黄三太问那金六说："今年围差，可还有么？"金六说："还是二月二十八，三月十六，打南苑的春围。"黄三太说："劳驾了。"自己吃了饭，对黄用说："你回家去吧，我要访几个朋友去呢！"黄用答应去了。

黄三太那一日到了京都，住在永定门外德隆店内。小二见黄三太身穿官服，年约六旬，认着是一位当差的。此时三月初旬，永定门外正是步营垫道。净水泼街，黄土垫道，按段都是步军校专管。那些兵丁人等，也有往各处吃酒的，也有在一处赌钱的，等等不一。黄三太问店内伙计："当今万岁爷几时出京？"小伙计说："三月初十日，一定出京，全派好了。"三太自己要了酒饭，吃罢安歇。一连住了几天，到初九日，黄三太怕万岁夜内过去，自己到初鼓算了店账，把马拉出店去。他一瞧，只见一条火龙相似，道上人烟不断。黄三太也是身穿官衣，龙蛇混杂，那些当差之人，各衙门都有，他哪里认得出来呢？黄三太本来生得不俗，头戴小呢秋官帽子，身穿蓝绸夹袍，腰束丝带，外罩红青宁绸夹马褂，足蹬青缎靴子，面皮微红，红中透黄，一部银须，根根似线。他拉着马来回走了几趟，也无人盘问。天有四更时候，还不见圣驾到来。

话说当今仁圣皇帝康熙老佛爷，这回传旨，带着宗亲王室，贝子贝勒，王公大臣，去南苑打围杀虎。那大清朝正值定鼎之初，河清海晏，五谷丰登，春秋都要围演武。这日，当今老佛爷不坐辇，不坐轿，单骑逍遥马。那匹马是北边克勒亲王孝敬的，其色皆白，浑身并无杂毛儿，四蹄走得如飞。皇上骑马，前头有前引大臣，护驾大臣，出了永定门，康熙爷有旨，不准拦人。那些军民人等，起早跪于道旁，睄看皇上。当今圣主在逍遥马上一瞧，那城外柳绿桃红，又是一番新气象，郊围麦苗，一色皆新，天气清和，惠风送暖，野花生香。皇上在马上说："王希，朕看今春这个景况，真是五谷丰登。"宰相王希回奏说："托我主的洪福，正是皇上有道家家乐，天地无私处处同。"君臣正在讲话，离大红门不远，忽听前边一片声喧说："有了虎啦！"哪里来的虎？这是那些海户当差之人，从口外用钱买来，放在木笼内养着伺候差事的。这一只虎是二月来的，野性未退，今天从笼内跑出来，顺道出了大红门，把那管虎的海户兵丁，吓得魂飞胆战，连忙拿兵刃追下来，他等又如何追得上，那虎一出大红门，正遇前引大臣等，连忙说"打！"这里一乱，康熙爷上前问说："乱的什么？"有当差的王大人王希，奏明皇上。康熙爷乃是一位佛心的人，一听此言，说："速传朕旨，不论军民人等，只管打虎，朕还有赏。"

这圣旨往下一传，那些当差之人，一片声喧，早惊动了飞镖黄三太。他在大红门正候圣驾，忽然从南苑内窜出一只虎来。又听传旨，他加鞭飞马，闯进了外圈子，说："你等闪开，打虎的来也！"那虎见人多，正在无处逃走之际，忽见对面有人，竟扑三太而来。黄三太望对面一看，那虎好生的厉害，怎见得，有赞为证：

头大耳圆尾巴摇，浑身锦绣最难描，

樵夫一见胆吓破，牧童闻声魂皆消。

长在深山谁争力，众兽之中任咆哮，

山君未曾令人怕，眈眈之视枉自骄。

黄三太看罢，伸手把迎门三不过的飞镖掏出来，照定那虎就是一下，正中在那虎左肋之上。那虎大啸一声，竟奔三太而来，被三太又是一镖打在前胸，登时身死。众当差人先报与宰相王希。王希奏明圣上，圣上传旨，命打虎之人前来召见。那康熙老佛爷乃马上皇帝，并不胆小，却要见打虎之人。那当差人等闪开，老佛爷远远见有一老头儿，威风凛凛，跳下马来，先把肋下佩的刀解下，掷于就地，来至马前跪下，膝行几步，说："小民黄三太，叩见万岁万万岁！"康熙老佛爷看黄三太年到花甲，还有这等本领真雄英也！开金口说："你是哪里人氏，来此何干？据实说来。"黄三太连连叩头说："求万岁赦我死罪，我才敢明白回奏。"康熙爷说："赦你无罪，只管实说。"那黄三太叩了一个头说："小民原籍福建台湾永和乡人氏，寄居绍兴,练了一身武艺,身归绿林为寇,不劫买卖各商,单劫贪官污吏,势棍土豪,得了银子也不乱用,周济孝子贤孙,前数年我就洗了手,不敢了作欺心之事。因我六十生辰之日,有昔日结拜的朋友濮大勇,酒后他说我年迈无能,要在北京天子脚下,作一件惊天动地之事才算英雄。小人一时气愤不平,我来到京都,正遇万岁爷行围打猎,遵旨打死猛虎,不敢求赏,只求万岁爷赐我一点物件,成我之名,死于九泉之下,也感念万岁爷的皇恩浩荡。"当今老佛爷听罢此言,龙心大悦。又看黄三太年老,已然是洗手的绿林,皇上因随身不带零碎,一回身便将所穿的黄马褂脱下来,说:"黄三太,念你打虎救驾之功,我赐你此物回家务本,成名守分,去吧!"黄三太叩了个头,说:"我皇万岁万万岁!"接了过来,自己回到黄骠马临近,拾起刀来,飞身上马,晓行夜宿,那日到了家中,把黄马褂供于佛堂之内,晨昏烧香,无事叫天霸白日读书,晚间练武,把长拳短打,刀枪棍棒,三只飞镖,甩头一只,尽皆练熟。

这且不表。那日康熙老佛爷给他黄马褂,此事轰动京都,人人知晓,欢喜煞了那位洗手不作的飞天豹武七鞑子。他自从那年镖打窦二墩之后,自己归家,李七侯则跟了彭公,当看家护院的镖手去了。他也想绿林无味,自己到京都,在达木苏王府充当差事几年,王爷甚是喜欢他,即放他第二等侍卫,在府中管事。另外还有两个朋友汤梦龙、何瑞生,这两个是当提督衙门的大班,办事拿贼。这一日,武七鞑子下班无事,正闷坐书房,想要出城听戏。忽见家人来报:外边有京东乐亭县赛毛遂杨香武来拜。武成闻听,连忙往外迎接。来至大门,看见杨香武身穿蓝布大褂,白袜青鞋,面皮微黄,似有如无的两道眉毛,两只圆眼睁的溜溜乱转,神光朔朔,高鼻梁,薄嘴片,微有几根胡子,上有七根,下边八根,说话声音洪亮。见武七鞑子从里边出来,他就说:"贤弟你好哇,久违久违!"武七鞑子说:"大哥,你我有三载总未会面,不想今朝在此相遇。我正要出南城听戏,兄长来了甚好!"说着请了安,笑嘻嘻地到了书房落座,家人献茶。武七鞑子说:"大哥,你往哪里去了? 三载并未往我这里来!"杨香武说:"我在山东、河南住了三年,忽然想起来京看看老弟,昨朝我方到京中,在南城居住,访问才知你已迁至武宁侯胡同。我也想与你谈谈心,这京中就是你与何贤弟、汤贤弟,他二人我听说充当内大班,办案差事很红。"

武成吩咐备饭,先替兄长接风。少时家人摆上杯箸,把酒送上来。武

成先给他斟上一杯,自己也斟一杯,二人落座吃酒,说些闲话。武成说:
"杨大哥,要说绿林中人物,我就信服一个人,此人乃是南霸天黄三太,昨
日在后门内沙滩,放响马劫了银鞘,你想何等英雄? 人说他所骑黄马,年
有六旬,我知道并无别人。"杨香武说:"那也不算出奇,这京都是有王法
的地方,反无王法了? 外州府县的衙役,全会武艺,可以办案,这京都之
内,无有什么人管这闲事。"武成说:"杨大哥,我还有几句话,说给你听
了,自然佩服!"武成说这几句话,激起杨香武一盗九龙杯,且看下回
分解。

第二十九回

飞天豹斟酒论英雄　杨香武头盗九龙杯

话说武七鞑子在书房之内,摆酒与杨香武二人谈心,情投意合,提起绿林英雄来,武成说:"就是黄三太,先在北沙滩放响马,后在大红门镖打猛虎,当今万岁爷见喜,钦赐八宝团龙黄马褂,天下扬名,有一无二,你说在咱们绿林中,真算第一人!"杨香武说:"真好!黄三太六十岁的人,作此绝古空今之事,我杨香武实在佩服。武贤弟,并非愚兄我夸口,三日之内,在此做一件事,叫你定然知道。"武成说:"仁兄休要取笑,这京都禁地,能人过多,再者兄长四旬有余之人,老不讲以筋骨为能,英雄出于少年,我乃金石之言,兄长须要三思而行。"杨香武说:"贤弟之言是也。少时用完饭,我还要看看汤梦龙、何瑞生二位贤弟呢!你给我十两纹银,我要买些物件。"飞天豹武七鞑子连忙叫家人取了十两纹银,说:"兄长,不够只管说。"杨香武说:"使不了。"二人用饭毕,杨香武说:"贤弟,今日正当暑热之际,不知万岁住在哪里避暑?"武七鞑子说:"现今皇上在京西海甸,离城二十里地,有一座畅春园,在那里避暑。每年五月节后即去,凡一切公事,有军机大臣在那里办理。过了九月九日登高之后,才能进城啦!"杨香武听罢,站起身来告辞,说:"贤弟,明日再见,我到后门外去看看汤、何二位。"

武成送至门外,杨香武出了西直门,过了高亮桥,顺着石头道,到了海甸。一见那街市之上,人烟稠密,买卖兴隆。顺着泄水湖,往南到了龙凤桥,见西边往南路西,有一座清茶馆,门首贴着黄纸贴子,上写:"本馆于本月初一日,准演赵太和《隋唐全传》。杨香武一见,天有过午之时,自己也渴了,不知万岁爷现在哪里?无奈进去喝碗茶再说。自己进去,坐在一张桌儿上,跑堂的拿着茶壶来,连茶叶一同给杨香武。杨香武把茶叶放在壶内,跑堂的泡了一壶开水。杨香武见那喝茶的人,全是太府宫官,只听有一太监说:"先生该开书了,天不早啦!我今日晚半天还有差事。主子今日晚膳在畅春园,有北边蒙古克勒亲王进献八骏马图,主子要传着我。

昨日听了你的《临潼山救驾》，今日该说《当铜快马》了。快说，我听几回就走。"说着掏出一靴页来，拿出一张十吊钱的票子，给了说书的先生。那先生上了场，道了词句，开了正传，说的甚是热闹。杨香武见那太监起来走了，他就跟随在后，到了西门外，就有帐篷了。那该班的兵见杨香武不是本处的打扮，说："别往里走了，再走锁上你。"杨香武急忙回来，在各处闲逛。

　　日色平西，用了晚饭，至黄昏后，在无人之处，把衣服脱下来，包在包袱内，随手从兜囊中取出罩头帽，把辫子盘在里边，身穿小褂裤，腰系褡包，把单刀用绒绳挑放背后，拧好了押把簧，身带百宝囊，里边有十二太保的钥匙，无论什么锁，全都打得开，还有装着鸡鸣五鼓返魂香的小铜牛儿，千里火，百蜡捻，自己把衣包斜插式系于腰间，翻身上房，蹿房越脊，过了几重院子，跳在就地。走至畅春园的东界墙，把身一伏，还了一口气，飞身上墙，瞧见里边楼台殿阁，各处灯火之光照耀如同白昼。他各处窃听，到了一处，只听得里边说："定了更，传了口令下来，伺候巡查！咱们大家别误了差事。"杨香武想："时候还早呢，这是外边当差的。"又进了几层院落，细瞧正北一座大殿，东西各有配房，里边全有灯光。唯南边灯光甚亮，当差的人无数，这东屋有人说话，好像太监的声音。内有一人说："咱们把灯点上吧，少时就出来了！"杨香武听罢，一转身到了北殿内，观看北边有屏风，还通后边，屏风前有一把蟠龙椅，上罩黄缎椅罩，书案顶上垂下来四个珠子灯，内点白蜡。杨香武一看，那屋内各样陈设不少。正在观看，忽听外边有脚步之声，随即将身爬于就地，窜入椅子底下。只见对对宫灯引路，进来了当今万岁爷，就在椅上坐下。那侍御太监魏珠、李玉、张福、梁九公四个，先把桌上收拾干净，摆上各种菜蔬。有魏珠拿出一匣子，取出白玉杯来放在桌上。此杯一半天产，一半人工，玲珑细巧，上有九条龙，是当今老佛爷心爱之物。梁九公斟上一杯酒，放在桌儿上，康熙爷饮了一口酒。外边侍御不少，却也不知底下有这个贼。杨香武好像偷油鼠儿一般，一声不敢言语，连大气也不敢出。皇上饮了几杯酒，说："梁九公，吩咐把克勒亲王进的八骏马图呈上我看。"梁九公下去，早有宫人把宫灯高挑，少时把那轴画接过来，打开来看。康熙爷离了座，站在东边，宦官把画在西边挑着，头前两边灯烛辉煌。康熙爷观瞧：头一匹名为赤兔马，乃三国吕布所骑，后来吕布被擒，此马归于曹操。汉寿亭侯被困曹营，曹操赠赤兔马,关公因为此马给曹操下了一拜,真乃千里驹也。又看第二匹,是一匹黄骠马,当年驮过秦琼,在潼关内三挡老杨林,潼关外九战魏文通,走马取金堤,皆此马之力,真好马!又看第三匹马,乃是赤炭火龙驹,残唐时李存孝所骑,过黄河,见黄巢四十八万番汉兵,连破七十二座连环阵,十八骑人马杀入长安,皆此马之力!那皇上只顾看画,那太府宦官全听皇上讲说此画,赛毛遂杨香武见众人都在看画,他一伸手便把那九龙玉杯拿在手中,还有皇上剩的半杯酒他也喝了,蹑足潜踪,慢慢地溜至后边,顺着屏门出去。

　　他得意洋洋,蹿至房上,出了畅春园,到无人之处换了衣服,施展飞檐走壁之能,一直到了西直门,天色大亮,找了一个小酒铺,喝了一壶酒,歇息歇息,又出门到了武宁侯胡同武成门首。家人认识是主人的好友,连忙说:"杨大爷回来了,请吧!我去通禀一声。"杨香武说:"不用通禀,我跟你进去就是。"到了二门,进去至书房之内落座。武七鞑子正在北房之内,心想杨大哥为何还不回来呢?忽见杨香武已进来,连忙向前说:"大哥从哪里来?"杨香武说:"贤弟,你把左右家人退去,我有话说。"武成说:"你们出去吧!大哥有话请讲。"赛毛遂杨香武说:"贤弟,愚兄昨日走了,并没有去看汤梦龙、何瑞生,我到了海甸畅春园,正遇康熙爷夜宴,我在畅春园盗来了皇上的九龙玉杯。"说着从怀中掏出来递与武七鞑子。武成一看,连忙站起身来说道:"我昨日是无心之话,激恼了兄长,盗此九龙玉杯,真乃第一豪杰!我从此看绿林朋友,就佩服你兄弟二人,一暗一明。"说着给杨香武请了安。杨五爷说:"贤弟说哪里话,愚兄一时气愤,略施小技,何足为奇。"说着二人饮酒,杨香武说:"贤弟,我要到绍兴府去会会黄三太,与他提说此事,他必然知晓,也叫他知道天下还有一个杨香武。"武七鞑子说:"兄长何必如此,日后兄弟也有见面之日,到见面之日,那时必然提说此事。"杨香武说:"贤弟,我意已决,非去不可。"武七鞑子说:"兄长要去,也须在此多住几日。"杨香武点头不言,二人饮酒谈心。

　　却说皇上康熙爷看过了八骏马图,自己归座饮酒,不见了九龙玉杯,勃然大怒!不知后事如何,且看下回分解。

第 三 十 回

丢玉杯捉拿黄三太　闻凶信自投府衙门

　　话说康熙老佛爷归座，太府宦官把骏马图拿下去，圣主要饮酒，不见九龙玉杯，心想必是当差人等，小心谨慎，怕磕碎拿去藏了。康熙爷说："啊哈，看酒！"李玉与魏珠二人要斟酒，不见了九龙玉杯，吓的梁九公等连忙跪下说："奴才等只贪听讲八骏马图，不知九龙杯哪里去了？"康熙爷听罢此言，勃然大怒，说："何人拿去？搜来！"梁九公下来，各处一搜，并无踪影。康熙爷传旨说："朕寝宫禁地，怎能有贼人来，必是尔等自不小心。"吩咐侍卫人等，各处搜查明白，明日回奏。梁九公遵旨，到了外边传旨说："圣上有旨，着尔等严加搜查，内里失了九龙玉杯，找着明日回奏。这道旨意一下，把内厅该班的专达依都章京、莫云章京，个个吓得胆战心惊。那各门上当值的人，无论是谁，一概搜查，直闹到天色大亮，并无一点下落。少时，从里边传出旨意，要在安乐亭办理此案，时军机大臣有中堂王希，裕亲王，贝子贝勒，朝郎驸马，九卿四相，翰詹道各官，全在那里伺候。少时康熙爷升了安乐亭，传旨王希见驾。军机大臣王中堂行了三跪九叩之礼。当今圣主说："朕昨日在畅春园晚宴，失去九龙玉杯，他等值班人并不认真办理，实属不成事体。"王希口称："万岁！臣有本面奏，此事须问内里值班的人是哪一个？派他查明回奏。"康熙爷说："梁九公他已在各处搜查，今日回奏，九龙杯不见下落，宝座之下有人爬的形迹。"王希听罢，奏道："据臣想，这个贼必有飞檐走壁之能，皆因万岁爷皇恩浩荡，今春在大红门打虎，遇那黄三太打了猛虎，我主赏了他黄马褂，必是他回家对那绿林贼人夸自己之能，又有那不知世务的贼人暗进皇宫，偷了我主的九龙玉杯。依臣愚见，我主传旨先拿黄三太到来，问他得了黄马褂回家，对绿林什么人说来，可以追本穷源，必得盗杯之贼。如拿住盗杯之贼，连黄三太一并斩首，将他所有巢穴尽行查抄，以绝后患。"康熙爷闻听王希所奏有理，说："王希，这黄三太倘若回家并未与众寇提说，又该当如何办理？"王希奏道："我主见机而行。"那些该班人等，闻听中堂王希所奏，大家口念真佛说,救了我们多少人。当今皇帝传旨,谕都察院五城御史、并提督衙门,以及顺天府,各省督抚:捉拿盗犯黄三太,锁拿来京,交刑部审问,讯明回奏。这道旨意一传,立刻发抄,康熙爷散朝回宫。

且说这火牌文书到了浙江绍兴府。绍兴府的知府老爷,姓彭名朋,字友仁,初任做过三河县令,屡次高升,到绍兴府作了几年,大有政声,上司保了"卓异",此时已钦加布政司衔,遇缺提升按察使,候补道,时任绍兴府正堂。一接这个火牌,连忙到了书房内,把彭兴儿叫过来,说:"你去请李壮士来。"彭兴儿答应出去,把李七侯请来。李七侯来至书房,说:"恩官有何呼唤?"彭公说:"壮士请坐。"李七侯告座。彭公说:"今有上宪行文一件,要在各府州县捉拿黄三太。我想黄三太乃是英雄义士,本府在三河县任内时,多蒙他扶助,并无盗案。他无事也不在我衙门来往,真乃品行端方的人,此事我该怎样办理?"李七侯说:"恩官,这件事据我想来,黄三太一个小民,如何犯了天颜?我与他虽是朋友,老爷只管按公事办理。黄三太乃有名的人物,他要知信,必然亲身前来自投,万不能天涯海角逃走。还有一件,老爷要让他逃走,就急速与他送个信;老爷要按公事办,也急速派人拿他来,恐其日后生变,则不好办。"彭公为人精明忠正,听了七侯之言,倒为难了。凡为人臣者,忠则尽命,也要量事而行。待我修书一封,命李七侯给黄三太送去,叫他远遁他乡,隐姓埋名,我再送他路费二百两纹银。想罢,忽见外边长随进来说:"回禀老爷,外边有黄三太求见。"彭公听罢一愣!半响无语,想罢,说:"有请。"

书中交代:黄三太自得了黄马褂,在家中每日教那黄天霸练各样武艺。这日正在上房,与大人秦氏说话,说:"贤妻,我想人生世上,仿佛一场春梦。想我这样的人,一生不服人的性情,只知有己,不知有人,就算不好。也是凑巧,我在大红门打了猛虎,留下这一点英名流传后世,日后叫黄天霸踏着我的脚迹儿行,不可弱了我的英名。"秦氏说:"孩子也很好。"夫妻正在讲话,忽然家人来报,说:"外边有神眼季全求见庄主,有机密大事相商。"黄三太说:"请他进来。"家人出去,带季全从外边进来,也顾不得叩头,就说:"三叔,你老人家大祸临身!小侄探听明白,现在各府州县画影图形,要捉拿你老人家,趁此快走吧!"秦氏听说,吓的面皮发黄。那黄三太说:"贤侄,可知因何故拿我?"季全说:"不知所因何故?"黄三太心说:"是了,我自得了黄马褂,供天佛堂,并未作犯法之事。这必是因黄马褂的事,我要是不到当官,恐贻笑于人;莫若我去,看万岁该把我怎样办法?"想罢,说:"季全,我今已是六十岁的人了,你跟我到京都,见了刑部堂官,他必然追问,我据实而说。要是康熙老佛爷开恩,放我回家,一家骨肉团圆。若是圣上见罪,把我杀了,你把我的尸首骸骨,带回绍兴府来就是了。"季全听了此言,心中不由伤惨,落下几点泪来,说:"三叔,何必说这不吉祥的话?"秦氏说:"依妾拙见,总是不去为上策。"黄三太说:"胡说,快拿四封银子给季全,你跟我先到绍兴府衙门,然后再说。"秦氏给了季全四封银子。黄三太带季全来到绍兴府官署外,说:"季全,你在一旁暗探消息,不必跟我来。"自己到了班房说:"哪位班头在?"班头何振邦说:"我该班,黄三太你老人家来此何干?"黄三太说:"你通禀一声,就说我来见老爷。"何班头立时到了门上,见了长随彭旺说:"外边有黄三太求见彭公。"那李七侯也知道彭公要报前恩,连忙迎出去,给黄三太请了安,说:"老仁兄好哇!从哪里来?"黄三太说:"贤弟,我的事你定然知道,想彭老爷与我都是故人,免得费事,我今前来投案。"李七侯听罢,暗暗信服,黄三太果然名不虚传,真英雄也!带至西院北上房书房之内,说:"这就是老爷。"

　　黄三太虽是闻名,实未见过彭公。今日一看,果然品貌不俗。彭公年约五十以外,身高七尺,面如满月,眉分八彩,目如朗星,准头端正,四方口,沿口黑胡须,漆黑透亮,身穿灰宁绸的罩袍儿,腰系凉带,带着扇套槟榔荷包全份活计,足蹬官靴,头上未戴官帽,天生福相。黄三太看罢,请了安,说:"老爷好?小民给老爷请安。"彭公见黄三太虽已年迈,精神百倍,五官不俗,连忙站起身来,说:"老壮士乃英烈之人,我久仰大名,今幸相会,三生之幸。前者多蒙厚爱,借仗威力,得有今日,我心中实实感佩,老壮士请坐讲话。"黄三太说:"老大人乃本处父母官,犯人天胆不敢与大人对座。"彭公说:"老壮士,你我慕名久矣,何必太谦。"黄三太见彭公一番恭敬,只得在下边落座,说:"小民有罪了。"彭公说:"老壮士今日来此何干?"黄三太说:"大人必见着文书了,康熙老佛爷各处拿我,不知所犯何罪?我今来此,求大人把我解送京中,听旨发落。"彭公说:"老壮士,你说的事本府一概不知,你可从实说来。"黄三太就把沙滩劫银鞘,大红门镖打猛虎,当今皇上赦罪,赏赐了一件黄马褂之事说了一遍。又说:"大概就是为这件事,我并未做过别的事故,候到京都就知道了。"彭公说:"老壮士若不愿意打官司,我就放你逃走;你要打官司吗,我行文上司,再候旨意。"黄三太说:"我候旨意,打官司就是了。"彭公赏了一席酒,派李七侯在客厅相陪。二人到了客厅之内,三太又叫人把季全叫进来,让他回家送信,叫家内放心,自己在衙门住着等候公文。季全当晚也就在李七侯的房内住下。

彭公遂将黄三太投案之事,行文于抚衙。那抚台是纳清阿,奏明皇上,谕下着绍兴府知府彭朋押解来京,交刑部严刑审讯。钦派刑部尚书杜荣、都察院左都御史王鸿奎、吏部尚书王希审明回奏。彭公接了文书,此时他也正要进京引见,并想归家探望亲友,于是择日收拾起程,带彭兴、彭旺、黄三太、李七侯、季全等,把本处的土物也带了些回京送人。办好了文书,本府的案件均付二府护理。黄三太这一人都,不知吉凶如何,且看下回分解。

第三十一回

黄三太刑部投审　蒙圣恩赏假寻杯

话说彭公携带仆从人等,同李七侯押解黄三太入都,季全跟随,一路散放,并不带刑具。由绍兴府坐船,那日到了通州下船,雇车进了齐化门,到了东单牌楼金鱼胡同。彭公打了公馆,次日到刑部投文,又派兴儿给黄三太在刑部下边打点好了。当日司务厅点名,黄三太收了寄监。黄三太此时已是手铐脚镣全刑,有季全与彭兴上下通融,花费了二百两纹银。黄三太到南所,瞧那些受罪之人不少。刑部南所的牢头,原来是飞天抓苗五,乃东路的响马,认识黄三太,听说收在他这所内,早已叫来一桌酒席,给黄三太压惊。三太方到所内,苗五秃子过来说:"三哥,你认识我苗五秃子不认识?"黄三太一见,说:"五弟,你也在这里,是为什么案?"苗五说:"因为香河县的路劫案,刘通把我拉出来,他等全出去了;我打了带值的,四年得了本所的当家。哥哥这里来,把家伙给下了。"二人在屋内吃酒,苗五遂问黄三太因何到此? 黄三太就把所做的事说了一遍。苗五把秃脑袋一拍,说:"罢了,还是三哥英雄,我真佩服你。"

不言黄三太在刑部。再说奉旨的钦差,吏部尚书王希、刑部尚书杜荣、都察院左都御史王鸿奎,是日三人会议,在刑部大堂坐堂,立时把黄三太提出,跪于堂下。杜荣说:"你叫黄三太?"黄三太答应说:"是。"杜荣说:"你在大红门得了当今万岁爷的黄马褂子,同哪个盗寇提说着,你必要显显你的能干之处。"黄三太:"众位大人在上,罪犯蒙圣恩不斩,反赐黄马褂;我回到家中,将黄马褂供在佛堂,唯知教子读书,并未与盗寇往来,这是罪犯的实话。"王希问道:"你今来京,是绍兴府拿你的呢,还是你自行投首的?"黄三太说:"自行投首。"王希说:"圣上在畅春园失去九龙玉杯,你必知情。"黄三太说:"大人如同秦镜高悬,我在家中十余年,并未出门,如何知道九龙玉杯的事情?"王希说:"要派你找去,你可能找来吧?"黄三太说:"大人开恩,若派罪犯去找,不敢不去。"王希同二位大人,俱是国之栋梁,见黄三太年过花甲,都有恻隐之心。三位大人吩咐带下去收监，候旨发落。三人会议，递了一个折子。康熙爷降恩旨，给黄三太两个月限期，命他寻找九龙玉杯，着地方官不准拦阻，任他各处寻找。旨意一下，三太即出刑部。回到彭公公馆。又有旨意，传彭公明日召见。次日彭朋上殿见驾，康熙老佛爷见彭朋举止安详，气宇轩昂，甚为喜悦，留京供职，升了工部右侍郎。绍兴府知府，着张松年去接代。

黄三太给彭公叩了喜，带着季全回归绍兴府。到了家中，秦氏甚为喜欢，急问到京一切，方知在京之事。秦氏说："此事应该怎样？"黄三太说："此事还须季贤侄出一个主意。"季全说："这件事必须写下请帖，以庆贺黄马褂为名，遍请天下英雄。在酒席筵前，如有盗杯之人，必然要卖弄他的英雄。要是不说，我用几句话激出他的话来，必有话音。"黄三太细想此事甚妙，先叫家人买百余个红单帖，叫先生写了，邀请天下的英雄，于八月十九日在舍下恭候。如有绿林中的朋友，须转邀几位更好。给了季全二百两纹银，一匹快马。季全去了，即派家人置办酒席，高搭芦棚，悬灯结彩，各处都贴喜字，门首换新对子，仆妇家人俱穿新衣服，棚内挂八扇屏儿，画的山水人物。黄三太告诉家人多找厨子，这次比庆寿时人来的多，每顿十五桌，预备几天。家人答应。

过了八月十五日中秋佳节，黄三太正自闷坐，忽听家人报说："今有鱼鹰子何路通前来给你老人家请安。"三太说："叫他进来。"何路通忙到客厅，给黄三太行了礼。黄三太把前项的事，与何路通正在细说，忽见家人来报说："今有滚了马石宾、泥金刚贾信、朴马李俊、闷棍手方回、大刀周盛、快斧子黑雄、满天飞江立、就地滚江顺、摇头狮子张丙、一盏灯胡冲、快腿马龙、飞燕子马虎众位英雄在门外下马。"黄三太同何路通二人迎接出去，到了门外说："众位寨主请了！"大家下马，一同进了大门，来至二门往里观看，只见高搭芦棚，悬灯结彩。众位到了里边，见礼毕，大家落座。石宾说："三哥，我等来的太早，今日才十六日，我等就来了。"黄三太说："多蒙众位赏脸赐光，我就感念不尽了。"家人献上茶来，黄三太与大众谈说："今日的事，摆上酒席，先给众位接风。"贾信说："三哥年到花甲，作此惊天动地之事，我等甘心佩服。"黄三太说："我有何能，承众位台爱。"大家吃至二更，撤去残席安歇。

次日十七日，早饭后，外边家人报说："今有三起人来，在门外下马。"黄三太说："众位别动，我师徒二人迎接进来。"就同何路通到了大门以外,早见有这里的家人接马,牵于马棚内;跟来的人,有黄宅的家人带至南院用饭。黄三太看头一起,是飞天豹武七鞑子、汤梦龙、何瑞生、白马李七侯四位;二起是金面兽陈应太、锦毛虎张秉成、左丧门孙开太、乌云豹李世雄、小霸王郭龙、赛燕青郭虎、赛霸王杜清、铁金刚杜明,这是八位;三起是茂州掺金塔萧景芳、五方太岁常万雄、神偷王伯燕、秃爪鹰李治、混江龙蒋禄,还有二位,二十多岁年纪,俊品人物,并不认识他是何人,这是七位。共十九位英雄,与黄三太见礼。王伯燕说:"我给你们引见引见。"指定那红面目的说:"此公姓张名飞扬,绰号人称震山豹;那位白面目的姓刘名青,绰号人称通臂猿。"大家到了客厅,众人见礼,有认识的,有不认识的。

大家正在吃茶,家人来报:说外面又来了四起英雄,在门首下马。黄三太师徒迎接出去,见头一起是淮南一带水路的孤贼猴儿李佩,外邀于江、于海、周山、李洞、李亮;二起是河南一带的英雄,铁幡杆蔡庆、蓬头鬼黄顺、赛李广花刀无羽箭刘世昌、落马川金眼龙王刘珍、马上飞谢珍;三起是铁背熊褚彪、黄河套鱼眼高恒带着他儿子水底蛟龙高通海、红旗李煜带着他徒弟谢虎;四起是景州的神行丁太保,还有北京后门内住的铁掌方飞,带着他的徒弟,姓李名昆字公然。绰号人称神弹子李五,还有小银枪刘虎,这四起共二十位英雄。黄三太均见礼已毕。让至客厅,款待酒饭,一日无事。

至十八日那天,黄三太大摆筵席,当着众绿林说:"我黄三太在绿林数十年,今得到康熙老佛爷的黄马褂,一则庆贺黄马褂,二则当着众位洗手。"蔡庆说:"三哥也想的是,咱们在绿林哪有庆八十的? 我今年方四十,劳碌半生,但名业未建。还算三哥是英雄。"二人正在讲话,家人来报,说外边又有两起英雄来到。黄三太说:"众位别动,我师徒二人出去,一看便知。"黄三太到了大门外,看见前面来的是金眼魔王刘治、花面太岁李通、白眼狼冯豹、小太岁朴清、小军师冯泰、双刀将李龙、蓝面鬼刘玉、赤发瘟神葛雄八位;后起是山东一带的响马,大孤山梧桐村凤凰张七,带着他徒弟赛时迁朱光祖、八臂哪吒万君兆。黄三太方才见完了礼,后面又来了飞天鹞子贺兆熊、濮大勇、武万年,带着儿子贺天保、濮天鹏、武天虹,大家见礼已毕。这三起共一十七位英雄。大家到了大厅内,与众绿林见礼已毕,落座。真是三山五岳,水旱两路英雄;四野八方,明劫暗盗豪杰,共有六七十位。黄三太派人把座位拉开,说:"我黄某要各敬一杯。"濮大勇说:"前番只因我爱说懈怠话,就惹得三哥在北京沙滩劫银鞘,今又在大红门劫圣驾,打猛虎,得了当今皇上的黄马褂子,可喜可贺。今日我们大家理应敬你一杯才是。"大众齐说有理。大家乱了一日,到了十九日,这日是正日子,比往天更热闹,鼓乐喧天,把黄马褂请出,先供在当中。黄三太焚了香,暗暗祝告上苍,今日访出九龙玉杯的下落来才好。各路水旱盗寇也叩了头,一齐观看那黄马褂,是鹅黄缎子做的,织成团龙,大家齐声赞美。三太吩咐家人抬开桌椅,摆上酒席,要用话探听九龙玉杯的下落。不知有无,且看下回分解。

第三十二回

周应龙祝寿会群雄　杨香武二盗九龙杯

话说黄三太为庆贺黄马褂,邀请天下英雄。他要暗探九龙杯,好找来奉献皇上,以免本身之罪。忽见季全从外边进来,他心中甚为喜悦。季全给众人见了礼,黄三太说:"季贤侄你辛苦了。我等全烧了香啦! 你也去叩拜叩拜。"季全就知此时还没提说九龙玉杯之事。黄三太一生得了季全这个好帮手,等他拜过黄马褂,到了无人之处,说道:"季全,此事我正着急,你看该怎样办法?"季全在黄三太耳边说,如此如此,可以成功。黄三太说:"全仗贤弟,你办吧!"二人进了彩棚归座。季全与何路通、万君兆一桌。此时黄天霸也从学房回来,见了众叔叔伯伯,又与贺天保等三人见礼。蔡庆说:"我看黄天霸五官俊秀,必然聪明,久后要出马,定是一位惺惺①。"张茂隆又把庆生辰,小兄弟结拜之事说了一遍。蔡庆说:"我今送给他四人一个绰号,称为四霸天。"贺兆熊说:"好一个四霸天!"大家正在说话,神眼季全说:"众位老英雄,我有一件事要当众位言明。今日天下英雄虽说不少,但我三叔乃绝古别今之人,在大红门打猛虎,得了皇上的黄马褂,真乃绿林中人上之人。我想众位寨主,也无非是在大道边上,或在漫山洼,或在树林之中,遇见经商客旅,劫住去路。保镖之人软弱无能的,你等得财到手;倘若遇见对手之人,就是以多为胜。想我黄三叔这人办事,或明劫,或暗盗,都是一人。要在皇上家盗一物,我看天下并无一位能去的!"听了季全这一片话,内中也有服的,也有信的,也有生气的。哪知季全乃是使了个蹓盘子的小计? 他就这么信口开河,黄三太也不拦阻,把一个飞天豹武七鞑子眼都气红了。他举目一看,这众人内并无杨香武,便"咳"了一声,说:"季全,你休要小看人。泰山高矣! 泰山之上还有天呢! 沧海深矣! 沧海之下还有地呢! 人外有人,天外有天! 可惜今日之会,短了一人! 要有那个人,我定然叫你们知道他做的惊天动地

---

① 惺惺(xīng xīng)——指聪明机警的人。

之事。"

黄三太闻听,暗自喜悦,心中想:"季全这孩子真有能为,有了因头了。"连忙说:"武贤弟,你说这内中短一个人,可与我等认识不认识,必然作了一件出奇的事了!把他请来,幸喜我黄三太有了对了,我要领教领教,可以请来。"黄三太正在追问武七鞑子,外边家人来报,说:"今有赛毛遂杨香武,在门外下马!"武成听罢,甚为喜悦,心中说:"他从京中是七月间起的身,怎么这时才到?"自己在犹疑之际,随着黄三太迎接出去。杨香武把马交给了手下人,见了黄三太说:"三哥,我来迟一步,我这儿有礼了。"黄三太说:"贤弟,你我知己深交,何必客套?"飞天豹说:"拜兄来了,你怎么才到?不想来到后头了。"杨香武说:"我有些小事。"进了喜棚,与大家见礼。黄三太说:"贤弟上座。"杨香武说:"还是三哥上座,我等大家前来庆贺,理应如是。"黄三太说:"恭敬不如从命。"杨香武坐下,他原来也是为找九龙玉杯的下落而来的。黄三太又向武成说:"贤弟你方才所说的,是哪一位呢?"武七鞑子看杨香武一言不发,他心中一动,说:"杨大哥为何这样,不免我替你说吧!"杨香武听黄三太追问武成,连忙用话拦住,说:"武贤弟,我想天下英雄,就是黄三哥了。"武七鞑子说:"杨大哥,我看你乃是英雄,为什么说话不明?众位寨主,我也不必隐瞒了。今年六月间,你老人家在我家中住着,我因说闲话,提起黄三哥是个英雄,你老人家便夜入皇宫,在畅春园内盗来九龙玉杯,拿到我的家中,你说要来会会黄三哥,二人提说此事,为何今日见面,哑口无言?小弟替你说了。"那水旱盗寇闻听这话,暗暗称奇,杨香武也算与黄三太并肩的豪杰,大家齐声说:"杨老英雄,既然赌气盗了国家之宝,也该拿九龙玉杯出来,大家开开眼啦!"黄三太连忙过去说:"贤弟你请上座,你我要细细谈谈,真是可钦可敬。我虽然打猛虎、劫圣驾,全凭舍命一条,哪如贤弟仗平生本领,囊中妙药,盗取九龙玉杯。"这杨香武有一个出奇的能为,他自配的一种鸡鸣五更返魂香,其妙无比,要往哪里偷去,自己先闻了解药。他那个返魂香袋入铜牛之内,一拧黄螺丝,此香即从牛口钻出,人若闻见,不省人事,乃江湖第一妙法。后来他传授一人,名叫万君兆,因爱他人品端方,认为徒弟,还给他订下了猴儿李佩之女李兰香。

且说黄三太称赞不绝,那杨香武叹了口气,说:"三哥且慢欢喜,尚有细情。九龙玉杯确是我从畅春园盗来的,想给兄长看看。焉想到我在半路之上,失落在茂州北关店内,我也不敢声张,恐怕绿林人耻笑于我。"黄三太一闻此言,吓得浑身打抖,面目改色。众人不知就里,还说:"可惜,又被人偷去了! 还请黄寨主上坐吧,我等恭敬一杯!"黄三太哪里还有心吃酒? 神眼季全说:"杨五叔,既然把九龙玉杯丢在茂州,这件事须请问王寨主,他是茂州的娃娃,自然该知道。"神偷王伯燕一听此言,一眼看着通臂猿刘青,二人默默无言。三太连忙追问:"王贤弟倘若知道,为何不说?"神偷王伯燕说:"实不相瞒,我在茂州开设一座来往客店,有张飞扬、刘青二人帮助我。那日杨老兄住在我的店内,我打算他是客商,在暗处观看,见他在灯下不住的细看九龙玉杯。我等他睡着的时候,把此杯得到手内,次日与张飞扬、刘青二人观看。"说到这里,黄三太说:"贤弟,你把九龙玉杯拿出来,咱们看看吧!"王伯燕摇头说:"不能,不能,还有下情啦!刘青已将杯卖给住在城内店中的一个外官,得了二百两纹银,也不知那外官姓什么?"

　　黄三太听到这里,"哎哟"了一声,说:"结了,这可是实在没处找去。"褚彪说:"一个玉杯丢了算什么,三哥何必这样为难。"黄三太说:"众位恩兄义弟,我要不实说,你们哪里知道? 只因我自劫圣驾,得了黄马褂之后,只知乐守田园,养妻教子,洗手不作绿林生理。谁知上月有旨拿我,只不知所因何故? 我闻此信,自投衙门,去见恩官彭公,并未受着一点委屈。到了京师,即交刑部看押,又遇着飞天抓苗老五,是南所当家,甚尽交友之情。因钦差问我,才知是皇上失了九龙玉杯,向我三太追要。蒙众位大人保奏,圣上赏了我两个月的限,若无九龙玉杯,连我全家性命难保。"当时季全说:"哪位知道九龙玉杯的,请讲。"忽见于江、于海二人说:"要提此杯,落在我二人之手,那位官长被我等杀了。"黄三太说:"很好,既在二位的手内,请拿出来救我这条性命。"于江说:"黄寨主,后因九龙玉杯被周山、李洞看见,说是要送一个朋友,我二人得了些银钱,他二人竟把此杯拿去送了周大寨主。"黄三太说:"他是何处人?"猴儿李佩说:"三哥,要提这条水路的脑儿,现在淮扬一带,苏、松、常、镇这几府,无人不知,无人不晓。此人姓周名应龙、绰号人称都霸天,在淮南以南,扬州之北二十里的避侠庄居住。他家中的宅院,全在埋伏,有绷腿、绳绊、脚锁、立刀、窝刀、自发弩箭。外边墙是夹壁墙,人要不知掉下去,准得饿死。院中设有壕沟,上绷芦席,内中有水,人若落下去就不能上来。他手使一对瓦楞金装铜,练的飞檐走壁之能,有万夫不当之勇,会打毒药弩①,人受一下,连肉全烂。他是坐地分赃,手下有二百余名绿林中人,各分一处,内有四个大头领,一名美髯公金刀无敌薛虎、二名小温侯银戟②将鲁豹、三名俏郎君赛潘安罗英、四名玉麒麟神力太保高俊,这四人足智多谋,远韬近略非常,乃金翅大鹏周应龙的臂膀。这杯要落在此人之手,想要出来万万不能,想要买它,他家又有敌国之富,他还有一个毛病,若是心爱的物件,他是深藏内院的。"黄三太一听,说:"周山、李洞,你二人真送给周应龙啦?"周山说:"送给他啦!他一见就爱,说此物价值连城。"

黄三太听了,闭口无言,愣了半晌,说:"也听人言过,淮安一带有个金翅大鹏周应龙,为人甚有名头,这五六年间就把名姓立下,真是前波后浪,一辈新人换旧人。哪一位与他有来往?"内有花刀无羽箭赛李广刘世昌说:"我认识他。"李佩说:"我也认识他。"蔡庆说:"我也认识他。"季全听了,说道:"既然众位认识他,到他那里把真情吐露,周应龙为交朋友,必然把九龙玉杯送来;他如不允,你几位再苦苦的哀求他。"李佩说:"那是不行,还须另想高明主意,才能有成。"黄三太急的胸中实无一策,众绿林朋友也踌躇无计。那神眼季全说:"众位不必着急,要找那九龙玉杯,我有一条妙计。"不知怎样找法,且看下回分解。

---

① 弩(nǔ)——一种利用机械力量射箭的弓。
② 戟(jǐ)——古代兵器。头上装有金属的枪尖,旁边附有月牙形锋刃。

第三十三回

避侠庄群雄聚会　黄三太入都献杯

话说神眼季全说:"咱这里连一个外人都无有。我知扬州有个琼花观,咱们大家同去,在那两边埋伏,备好酒筵,我三叔先下帖,请他赴英雄会。必须请一能言快语的人,好把他谎来,先讲交朋之道,用酒将他灌醉。等他醉后,再派人盗他双铜,然后对他说了实话。他要肯把那九龙玉杯给我三叔,那时多交一个朋友,两罢干戈,过日登门叩谢。他不给九龙玉杯,大家下个毒手,把他杀了,拿他的双铜为凭,到他家就说他寨主叫取九龙玉杯来了,一举两得。此计不知好与不好,请众位斟酌。"李煜说:"他要不来,那不是枉费了心机? 本月二十五日是他的生辰,咱们想一个主意,就中办事。"赛毛遂听众人议论纷纷,气的他三尸神暴跳,五灵豪气腾空,说:"众位且慢! 哪一位与他有来往,可前去以给他拜寿为名,暗探他家中有何暗器,走哪处房屋有无暗器? 都弄明白了,你我在房上以呼哨为号。我也去给他拜寿,他有来言,我有去语,他讲朋友交情,把九玉杯给我,我拿回来算作无事。他要不给我,我二人就翻脸,我一怒上房,只要你等暗助我一膀之力,我就盗得他的杯来。未知如何?"说罢,刘世昌说:"我与周应龙有来往,我去。"王伯燕说:"我也去。"二人说:"咱们这就起身。"李佩说:"我同杨爷到避侠庄去。咱找店住下,请一位英雄作为接应。"四人说:"事不宜迟,这就起身。"四人告辞前往,那众人就在这里静候信息。

四人那日到了扬州,在北关外找了一座客店住下。次日刘世昌、王伯燕二人先去拜寿。杨香武同李佩到了避侠庄,见这里也是一座乡镇,甚是齐整,便在本镇南头,找了三合店住下。杨香武自备一份寿礼,写了一个全帖,打发店中小伙计送去。再说刘世昌本与周应龙是拜兄弟,又有王伯燕跟随,二人备了两份寿礼,到了门首,有家人早在那里伺候。今日是周应龙的寿日,二人看那家人,个个身穿新衣服,说:"二位爷来了,我去通禀一声。"家人进去,不多时,周应龙亲身迎接出来,说:"二位兄长虎驾光临，未曾远迎，望祈宽恕。"那王伯燕说："大寨主千秋之喜，我等特意前来拜寿。"刘世昌说："贤弟，我特来给你祝寿。"周应龙把二人让至大客厅，里边摆设桌椅，坐着水旱绿林中人不少。王伯燕抬头一看，见东边坐着青毛狮子吴太山、大斧将赛咬金樊成、赤发灵官马道青、赛瘟神戴成、并力蟒韩寿、玉美人韩山、雪中驼关保、闪电手高奎、白脸狼马九、笑话崔三，尚有二十余名绿林，均不认识。这西边有座山雕周应虎、美髯公金刀无敌薛虎、小温侯银戟将鲁豹、俏郎君赛潘安罗英、玉麒麟神力太保高俊，以及周应龙的徒弟蔡天化，周应龙的结拜弟恶太岁张耀联，老道恶法师马道元等。众人与刘世昌、王伯燕见礼毕，然后归座。水旱两路的盗寇，都知周应龙在避侠庄坐地分赃，足智多谋，正走了午运，无一个不恭敬他的。这时，忽见外边的家人手执名帖进来说："大太爷，现今有杨香武送来一份寿礼，有礼单在此。"周应龙接礼单一瞧，那单上写的"慕名弟杨香武顿首百拜"，下边写着"微仪八色：端砚一方、湖笔一封、百寿屏一轴、徽墨一匣、海参一包、燕窝一封、鱼肚一匣、鱼翅一封。"周应龙吩咐把礼物拿进来，摆在大厅，打开一看，见紫檀木盒内装着端砚一块；把画打开一看，是名人写的一百个寿字，写的甚有笔力。看罢，心中暗想："这个人必是斯文之人。"吩咐把礼物收下，赏送礼的四两纹银。家人办理去了不表。

　　单表店中小二得了赏银，回到店内，说："给杨五爷送了去啦！"杨香武自己把里面小衣服换好，暗带应用物件，外罩青绸袍褂，足蹬官靴。自己雇了一乘小轿，到了周应龙门首下轿。门上有人伺候，杨香武说："烦你通禀一声，就说杨香武来拜。"家人回进去，周应龙亲身迎接出来。杨香武一看：周应龙身高七尺以外，甚是魁伟，头戴新纬帽，身穿灰宁绸单袍，红青宫绸外褂子，足蹬官靴，年约四旬，面如紫玉，四方脸，双眉带煞，二目有神，精神百倍。周应龙看那杨香武看过半百，神清气爽，身穿单袍褂。一见周应龙，就带笑道："久仰大名，称雄宇宙，名贯乾坤。大寨主威名远振，今日得会，也是三生有幸。"周应龙说："多蒙厚爱，远路而来，贵足踏贱地，真是满门生辉。"又说："兄长请！"把杨香武让进了大厅。杨香武看那屋内，东边有名人字画。靠墙的花梨条案上，摆炉瓶三设，头前八仙桌儿一张，两边有太师椅。周应龙让杨香武在南边椅子上落座，说："杨兄贵处何方？"杨香武说："在下乃乐亭县人氏，姓杨名香武，绰号人称赛毛遂。"周应龙说："闻名久矣！今得相逢，真乃三生之幸也。"杨香武把自己平生之事,大概说了一遍。周应龙吩咐家人备酒,二人在配厅吃酒谈话。杨香武说:"大寨主,我有一事相求,尊驾千万莫阻。"周应龙闻听,心中说:"此人来的有诈,我生日他送来一份厚礼,想世上礼下于人必有所求,不免问他何事?"便说道:"杨兄,只要我能为之事,无有不成。大约咱们绿林中朋友打了官司,在扬州一带,苏、松、常、镇,无论州县衙门,我都可办。还有一件,要用绿林中人,几十位都有。"杨香武说:"闻听台驾得了一只九龙玉杯,送给我要多少金银,如数奉上。"周应龙说:"别的物件,均无不允,要说那只九龙玉杯,乃是无价之宝呢。"杨香武说:"实告诉了你吧,此乃当今皇上心爱的物件。"杨香武就把丢九龙玉杯,拿黄三太,赏限找九龙玉杯,我今日特为此事而来的情形说了一遍。周应龙闻听,勃然大怒说:"你拿皇上来压我,我周应龙岂是怕事之人。"不知杨香武盗九龙玉杯该当如何,且看下回分解。

第三十四回

杨香武大闹避侠庄　黄三太接应拿群寇

话说周应龙听杨香武说那九龙玉杯是御用之物,他一阵冷笑,说:"我周应龙岂是怕事之人!既说是御用之物,你叫皇上发官兵来要九龙玉杯,我在家中等候于他。"杨香武说:"周应龙,我方才所说的话,句句是真,你既不给我,我也不要了。你小心点吧!三日之内,要盗那九龙玉杯,若过了三日,我就不姓杨了。"说着站起身来,到了二门,飞身上房,径自去了。把个周应龙气的三尸神暴跳,说:"气死我也!"他见杨香武走了,即站起身来,出了东配房,到大厅见了众人说:"来了一个姓杨的,他与我要那九龙玉杯。我想这九龙玉杯乃无价之宝,岂肯给他。我与他又无往来,非亲非故,他说了几句,竟说三天之内,要盗我的九龙玉杯。"众绿林闻听此言,也有说是英雄的,也有生气的。内中王伯燕与刘世昌暗自点头,甚是佩服,那杨香武果然英雄,要偷九龙杯,还先说明了,说出来叫他提防。只听周应龙说:"众位寨主,我今看他怎样偷我这九龙玉杯!我自有主意。"说着,自己竟奔后边。

那杨香武在房上,早已留神。东边一所院落皆是仓房,东房是风火檐,北边有天沟可以藏身。自己不敢再往前走了,因听李佩说过内有埋伏。他奔至后边,见下面灯烛辉煌,金翅大鹏周应龙在前,后跟几个童子,前有引路的灯笼。杨香武暗中跟随。周应龙到了内院上房他妻子李翠云的屋中,说:"贤妻,你快把九龙玉杯给我收藏起来,气死我也!"李翠云说:"今天是寨主千秋之日,为何这样想不开,怒气不息,所因何故?"周应龙说:"贤妻有所不知,今日来了一个杨香武,他给我祝寿,提起九龙玉杯,我说是无价之宝,他说要拿金银买我的,后来又拿大话吓我,被我抢白了几句,他一怒走了。临走之时,他说三天之内,要盗九龙玉杯。我今前来取那九龙玉杯,我有一条妙计,杯不离手,手不离杯,看他怎么盗法。"李翠云说:"那杯收藏甚为严密,他如何盗的了去?依我说不必动,咱家这所宅院,外有埋伏,内有人把守,如铁桶相似。"周应龙说:"贤妻哪里知道，我们绿林中人，无论在哪里，全皆盗的了。我今见此人，气宇轩昂，语言不俗，要无有惊天动地的艺业，他也不敢说那朗言大语。你拿杯来吧，我自有道理。"李氏立刻从箱中把九龙玉杯取出来，递与周应龙。周应龙拿到手中，往前边大厅去了。杨香武在暗中跟随，到了前厅，周应龙说："四位贤弟！"那薛虎、鲁豹、罗英、高俊四人答言，说："伺候兄长，有甚事请讲吧！"周应龙说："你四位在厅外站立，把住门首。前边大门，派蔡天化将门打开，多点灯笼，外边点上'气死风'。东屋内派白脸狼马九带四十位绿林，在那里把守。西厅房派青毛狮子吴太山带四十位英雄把守。各人头上，都点上香火头儿为记，如没有香火头儿，就不是咱们的人，可以拿他，以鸣锣为号。"自己在大厅之内，点了几盏灯，外边照耀如白昼一般。他是短小衣襟打扮，把一对瓦楞金装铜取来，自己与众人说："我练一趟，你等观看。"他就在桌案的前头，施展开那铜法，真正好看。怎见得，有诗为证：

　　　　出手势双龙摆尾，捎带着孤树盘根，
　　　　托鞭挂印惊鬼神，暗藏毒蛇吐信。
　　　　白猿反身献果，换式巧认双针，
　　　　夜叉探海诓敌将，藏龙训子紧护身。

真是换星摘斗，取命追魂，使动如飞，众人无不喝彩。把一个花刀无羽箭赛李广刘世昌与神偷王伯燕，吓的暗暗着急，怕杨香武盗不了九龙玉杯，还被获遭擒。二人并无一策。

　　再言赛毛遂杨香武，在暗中看见周应龙杯不离手，手不离杯，练完了双铜，众寇分为四下埋伏，他在东边椅上坐着看书，双铜放在一边，九杯玉杯就在面前。薛虎等四人，各执兵刃，在门首站立。杨香武急得浑身是汗，遍体生津，一点主意无有。看看天交五鼓，少时天色大亮。杨香武在天沟内暂歇，幸喜八月天气，一点不冷。睡醒后，从兜囊之内，掏出炒米吃了两口，又把水壶掏出来喝了两口。候至天晚他才喜欢。到了初更，向大厅一看，还是那个样儿，不能下手，又是一夜。把个王伯燕、刘世昌急的了不得，又不能明说，也不知杨香武在哪里？

　　到了第三日晚上，那薛虎等四人全都乏了。众寇与家人一个个埋怨说："这些事本来是寨主多留神，凭咱们这个院墙，如何能进来人，这两天埋伏，使我真困了。"他们彼此面面相觑，并不甚留神，又不能睡，又怕周应龙怪下来，不知如何是好？周应龙在厅房等了两夜，并无动作，越想越气，说："我无故听了姓杨的这两句话，熬了两夜，并无音信，莫非他戏耍于我，他不来了。今日再候他一夜，他如不来，我明日必要找他去，看他姓杨不姓杨？"自己想着生气。那杨香武在暗中说："不好！我要丢人，绝不该说那样大话，落得这么丢人！"他这一急，却急出一个主意来，连忙往后去了。

周应龙瞪眼看着九龙玉杯，正在闷坐，忽听前边房上扑通一声，美髯公金刀无敌薛虎说："好小辈，往哪里走！"周应龙就知是杨香武来了，手拿双铜，蹿至外间，大嚷一声，说："杨香武，你哪里走？"鲁豹等四寇，把那落下来的人，用脚踏住，口中说："拿住了！"周应龙提起铜锣敲了几下，四边众寇各执兵刃说："拿住了！"一齐奔大厅，把王伯燕、刘世昌吓了一跳！大家用灯笼一照，见是一卷被褥！周应龙猛然醒悟，说："不好了，这是杨香武的诡计！"急忙进了大厅一看，那九龙玉杯竟是不见了！口中说："杨香武真是惺惺，他把九龙玉杯盗去了！"那些人把被褥卷打开一看，说："他娘的真晦气，原来是赤身露体的一个死女人。"周应龙至近前一看，说："羞死我也！"抱起死尸往后就走，众寇也不知死尸是何人？

书中交代：杨香武在后院之内，把周应龙之妻李翠云用薰香薰过去，他用被卷好了，找一根长绳捆着，往下一扔。周应龙只认作是杨香武落下地来，就往外打锣；杨香武即从后边下来，翻身过去，把那九龙玉杯拿到了手内。他飞身出去，上了东房，不敢往外走，知有暗器埋伏，便等候王伯燕、刘世昌二人带路，好出此虎穴龙潭。候了半天，却不见动静。

再言刘世昌、王伯燕二人，见不是杨香武，是个女死尸，杨香武已把杯盗去。他俩暗暗地称奇说："罢了，真有这样英雄，你我二人别在此久待，好送杨寨主出此虎穴龙潭。"二人暗暗溜出大厅，不知杨香武在哪里？正着急，忽听聚义厅铜锣一响，王伯燕说："风紧，不知他在哪里？"二人踌躇无计。此时天有三更，黑暗暗的并无月光，忽听东房上吱吱的哨子响，刘世昌说："在东房上呢。"听了多时，二人上房，杨香武说："二位来了！"刘世昌说："来了，既然如是，你我走吧！"王伯燕把暗号告诉杨香武，每人头上有个香火头儿为记。三人正向外走着，听得周应龙在大厅之上说："列位寨主，大家上房分四路追赶！哪路追上，给我送信来。好个万恶的杨香武，把我的妻子给薰过去了，赤身露体，羞辱于我，我必要报仇。盗我的九龙玉杯，我倒不恼，大不该伤我的家眷，你等众家英雄，助我一膀之力，务要将他拿住。"众口答应。他徒弟蔡天化说："师傅不用着急，量他也逃不了，你我追上前去！"众寇分四路追了下去。

杨香武与王伯燕、刘世昌三人到了一处，刘世昌说："他这所院落，是按八卦太极图所造，你我竟奔东南生门，可以出去。"三人施展飞檐走壁之能，窜出墙外，时已东方发亮。忽见对面来了一伙人，那三人抬头一看，原来是飞镖黄三太与猴儿李佩、濮大勇、武万年、贺兆熊、褚彪、蔡庆、红旗李煜、凤凰张七等七八十位英雄赶到。

自刘世昌、王伯燕、杨香武等去后，季全说："众位不可在家中等候，还是去扬州作为接应方好。"黄三太同众人说："此话有理。"大众赶到避侠庄，找到店内，遇见猴儿李佩，说杨香武去了三天，并无音信。黄三太等不能放心，暗中来探听消息。忽听锣声响亮，知道里边必然动了手啦！忽见刘、王、杨三人出来，黄三太说："大事如何？"杨香武说："九龙玉杯已经到手，你我回店再讲，这里不可说话。"黄三太见天已明亮，说："快走吧！"季全说："不要忙，我有一个主意，须得一个英雄，在这树林内等候周应龙。他若来时，用话激他几句，把他带至店内，咱们在那里等他。黄三叔见他时，把咱们的已往之事，细说一遍。他如是朋友，免伤和气，咱们玉杯已经在手，过日再谢他；他如不懂交情，那时定要变脸，与他分个上下。"濮大勇说："既然如此，应该我在此等候。你们先回店歇息歇息，我把他引了去就是。"忽听有人说："我在此帮你。"黄三太回看一看，是神弹弓李昆，乃铁掌方飞的大徒弟，行五，此人二十二岁，武艺精通。又听有人答应，说："我在此帮助你二位。"众人一看，是一个十八九岁的人，身穿青衣，乃凤凰张七的大徒弟，赛时迁朱光祖。黄三太说："你三人在此甚好，我等回店去了。"朱光祖说："李五弟，你在树林内埋伏，我在这座七圣祠房上，濮爷你在大道之上，如周应龙来时，你只和他战个两三合，往下败来，有我呢。"如此如此，三人方才安排已定，忽听庄内一片声喧，周应龙带着人追下来了。未知后事如何，且看下回分解。

第三十五回

李公然初试神弹子　黄三太大战周应龙

话说朱光祖、李公然、濮大勇二人,在大路和树林内埋伏,等候周应龙。周应龙见天色大亮,后边仆妇来报,说:"大奶奶苏醒过来了。"周应龙说:"好好的伺候她。"仆妇答应下去。周应龙站在大厅,他立时把双铜一抱,说:"好个姓杨的! 从此有他无我,我二人势不两立。"便叫青毛狮子吴太山往北追赶,至十里外追不上就回来,你要追上,派人给我送信来,你再带二十人去。吴太山随带了二十位绿林,追下去了。又派蔡天化带二十位绿林,往东追了下去。又派大斧将赛咬金樊成、赤发灵官马道青、赛瘟神戴成三人带二十位绿林,往西追去。这里家中,派神弹子火龙驹戴胜其、座山雕周应虎,带四十位绿林在家中各处找寻。他自己带着金刀无敌薛虎、小温侯银戟将鲁豹、俏郎君赛潘安罗英、玉麒麟神力太保高俊这四位,带同四五十位绿林,有闪电手高奎、永躲轮回孟不成、白脸狼马九、笑话崔三、轧油灯李四、一本账何苦来、假姥姥秋四虎等,往南出了大门。只见前面一箭之地,向北站着一人,年约五旬以外,黑脸膛,短打扮,身穿青褂,足蹬青布快靴,手擎鬼头刀。周应龙看罢,说:"呔,对面你是何人?快通姓名。"濮大勇见来了一伙人,知是周应龙带着四五十位余党,自己不敢怠慢,说:"对面来的众小子,要问我,我是久在江湖,绿林为生,专劫经商客旅,走到此处,腰中无有路费,听说避侠庄有一个姓周的,名叫周应龙,他家广有金银,我来与他借些路费。"周应龙说:"小辈,你也不知这周寨主是何如人? 他乃水旱两路的英雄,坐地分赃的寨主,你要找他借金银,须用一个晚生帖儿前去拜望他。"濮大勇说:"你走你的路,不必来管我!"周应龙说:"好小辈,我就是周应龙,你便怎样? 分明你是那杨香武的一党,前来混账,我将你拿住严刑拷问。"忽听后边薛虎一声说:"大寨主闪在一旁,我去擒他!"他使一把金背刀,直奔濮大勇,抡刀就剁。濮大勇急忙一闪,用刀相迎。二人战了有几个照面,薛虎虽勇,也不是濮大勇的对手,只累的浑身是汗,遍体生津。周应龙心中不悦,怕输弱了他的名望,连忙掏出那链子挝来,照定那濮大勇一下,正打在左膀之上,望面前一带,濮大勇立脚不住,翻身栽于就地,顿时被人拿住。周应龙说:"捆上!薛、鲁二位贤弟把他送到家中,吊在厢房之内,候我拿住盗杯的人,再为发落。"鲁豹、薛虎二人,立时把濮大勇捆上,送归庄内去了。

周应龙说:"列位贤弟,我想杨香武如是一人,不能把九龙玉杯盗去,必然人多,还有内应,回去审问姓濮的,便知分晓。"他带着众人,往南走了有十数步,忽见从房上跳下一人,年有十八九岁,手擎加钢斧,威风凛凛。周应龙问:"来者何人?"朱光祖说:"我是行路的,你管我做什么?"周应龙说:"走道还有从房上走的吗?"朱光祖说:"我身子轻,走高了脚啦!实告诉你吧,我是绿林英雄,等我们伙计借银两去了,我在房上望望他。"周应龙说:"你们全是一党,我拿你与那姓濮的一同拷问。"说着,使双铜往下就打,朱光祖用斧相迎,二人战了几个照面。朱光祖知道濮大勇被他擒去,不敢恋战,飞身上房,径自下去。周应龙说:"哪里走!"也上房追赶下去。罗英、高俊二人,方往前走了两步,高俊"哎哟"一声,栽于就地,不省人事,这一弹子不轻。罗英站住说:"怎么啦?"高俊缓了半个时辰说:"我中了暗器了!"罗英一回头,也被一弹子打在手心,直说:"哎呀,了不得,不好!"众贼人从东边绕过去,进了北村口,看见周应龙追下那人去了。罗英、高俊二人带伤回庄,前去调人。

单说朱光祖被周应龙追了下来,他破口大骂说:"小辈你来,我将你带到一个地方去,自有道理。你也不知我的厉害,我姓朱名光祖,绰号人称赛时迁,我的师父名叫凤凰张七。我等前来找你,要那九龙玉杯,只因有一位朋友被此杯所害。此人家住浙江绍兴府望江岗聚杰村,姓黄名三太,绰号南霸天,飞镖无敌,你跟来开开眼,会会江湖众宾朋。"周应龙听了说:"小辈,你不要逞能,我要叫你走了,誓不为人。"朱光祖引他至店门首,说:"小子!你敢进店吗?店内有天下英雄,全皆在此,量你一个井底之蛙,也不敢进店。"周应龙说:"小辈,你把他们叫出来,我倒见见这个黄三太,我虽然闻名,未曾见面。"

朱光祖进店,到了上房,见黄三太等正在讲话。众人问杨香武如何盗九龙杯,怎样得手?杨香武就把所做的事对众人说明。刘世昌说:"咱们不可久待,周应龙人多势众,有几百绿林中人,恐怕寡不敌众。"正说着,朱光祖进来了,说:"不好了!濮大勇被周应龙拿住了。"李公然也从外边进来说："外边周应龙追下来了,在门前等候。"又见小二进来说:"杨大爷快些出去吧,周爷在门首骂呢,别连累我们店家。"众人听黄三太说:"杨贤弟,你们先行歇息,我会会此人。"便带着铁幡杆蔡庆等六七十位英雄来至门首,往对面一看:那周应龙年约三旬以外,生的气度凛凛,面如紫玉,浓眉大眼,精神百倍,身穿月白绸子小夹袄,青中衣裤,灰绉绸夹套裤,足蹬青缎子快靴,腰系丝绦,手擎双铜,分量重有二十四斤,在怀中一抱。黄三太看罢,心中说:"果然英雄气象。"那金翅大鹏周应龙见从内出来有五六十位,都是短衣打扮,各抱自己兵刃,高高矮矮,都是英雄气象。头前率领着的那位:年过花甲以外,面如古月,鹤发童颜,身穿蓝宁绸小夹袄,青缎子裤,青绸夹套裤,白袜青缎子双脸鞋,怀抱金背刀。看罢,说:"来的老者,莫非黄三太么?"黄三太说:"是也,你就是周应龙吗?来此何干!"周应龙微微冷笑说:"黄三太,你使出人来,盗九龙玉杯作践我,快把姓杨的献出来,万事皆休!"黄三太听信,也哈哈大笑,说:"你真是坐井观天,痴儿说梦,只知有己,不知有人。老夫自幼儿闯江湖,独霸为首,还不敢小视天下之人。你看我的众朋友,都是水旱两路大头目,谁不如你。"

　　正说着,忽听正北人马呐喊,又有一百多名绿林人前来。前面走着神弹子火龙驹戴胜其,乃是黄三太的师弟,此人会打毒药镖,会打弹弓,两般暗器厉害无比,毒药镖打着人,三天准死,非用他师父神镖胜英的五福化毒散、八宝拔毒膏才能解救。当年黄三太与戴胜其二人,都跟着宣化府胜家寨神镖胜英学艺,各练一身好武艺。为何他帮着周应龙这边,不助他师兄黄三太呢?这还有一段隐情:戴胜其有一个姊妹,名叫戴赛花,长的也好,一身好武艺,给了周应龙的胞弟周应虎,后占璃球山。他有一个侄儿,叫赛瘟神戴成,又是周应龙的徒弟。他为人不正,专爱采花,故此黄三太不与他往来。他今在家各处寻找盗九龙玉杯的人,忽见美髯公金刀无敌薛虎,小温侯银戟将鲁豹二人,拿住一个人来,说是盗九龙玉杯的杨香武的余党,便把他吊在空房之内。后来俏郎君赛潘安罗英、玉麒麟神力太保高俊二人中了弹子回来,说姓杨的人不少,把我俩用弹弓打了,大寨主追下去啦!戴胜其心中一动说。使弹弓的江湖中就让我为第一,这是哪路的?正想着,外边那东西北三路的人全回来说无有追上。戴胜其把方才听说之事,说了一遍。青毛狮子吴太山、大斧将赛咬金樊成、赤发灵官马道青、赛瘟神戴成、蔡天化等,便率领这一百多名盗寇,追至避侠庄南头路西店门首，见大寨主与手下二十多名绿林，正在那里讲话。蔡天化说："小辈，你这店内住着盗杯之人，咱们拿住姓杨的，放火烧这店，拆他的房。"只吓得店中伙计战战兢兢。

周应龙见他的人全来了，心中甚为喜悦，说："黄三太，你有何能，敢到避侠庄来！我与你比试三合。"黄三太听罢，方要过去，忽听身后一人说："有事弟子服其劳，杀鸡焉用牛刀，也不用师父生气，我把他拿住了就是。"黄三太见是徒弟鱼鹰子何路通，心中甚喜，说："闯练一下也好，不枉我收了个徒弟。"何路通手拿钩镰拐，直奔周应龙。那周应龙背后一人说："小辈不必逞能，我来也！"众人一看是蔡天化。周应龙说："徒弟，你只管去。"天化手提双铜，不知怎样战法，且看下回分解。

第三十六回

赛李广火烧避侠庄　杨香武见驾安乐亭

话说何路通正在血气方刚之际,钩镰拐又纯熟,与蔡天化二人动起手来。神眼季全把猴儿李佩拉在一边说:"李老叔,如今濮爷被擒了,我想周应龙回去,他的性命难保。那些贼盗全在这里,我又怕寡不敌众。依我之见,必须如此如此。"李佩点头,与刘世昌、贺兆熊、武万年三位计议已定,即起身去了。

这里黄三太见周应龙不依不饶,他就开口说:"周寨主,我此来不是偷你无价之宝,这是皇上所用之物,我的朋友杨香武从畅春园内盗出来的。万岁爷传旨拿我,皆因我在大红门救驾,镖打猛虎,赏了我一件黄马褂,万岁爷知道我是绿林中人,把我送交刑部讯问,幸而遇见恩官杜荣,递了一个保本折子,赏给我两个月限,着我寻杯,如无此杯,我身家性命不保。我故此才访问那九龙玉杯的下落,不料就在寨主手内,先托杨香武给你上寿,求此玉杯,你再三不给,今已将杯盗来,你焉能拿得回去。即便你倚着人多为胜,我要据实禀报地面官,那时官兵岂不前来拿你。"周应龙听罢,一阵冷笑说:"黄三太,你不必拿着皇上来吓我。我周应龙是堂堂正正奇男子,烈烈轰轰大丈夫,你只管调官兵来,我也不怕。我先结果你的性命再说吧。"说着,照定黄三太就是一锏。黄三太不减当年的威风;周应龙正在中年,身强体壮,双锏如飞,二人杀在一处,正在奋武之际,忽听北边一片声喧,有一个家人来报说:"周寨主不好了!家中去了几个强盗,把濮大勇救去,放火烧了住宅!"周应龙听见,说:"不好!"连忙带众人回家救火。

黄三太也不追赶,算完店账,带众人速回绍兴府。行有五六里地,见赛李广花刀无羽箭刘世昌,与季全、李佩、王伯燕、蔡庆四人,和濮大勇正在那里等候。黄三太说:"你们几位哪里去了?"季全说:"我同几位到了周宅,对家人说,奉寨主之命要提濮大勇。我等进去,把濮大勇从空房内救下,就地放火,烧了他的房屋。我等料想他的家人必去送信,他必回家

救火,你等方好前来。"黄三太说:"此计大妙,有劳众位了。"此时大众英
雄俱归绍兴府,黄三太设宴款待。蔡庆说:"你等往衙门去挂号投案,我
邀几位先往京中去等你,我们告辞了。"黄三太送走众人,只留武成、李七
侯、何瑞生、汤梦龙与季全,跟自己到绍兴府衙门投案。知府讯问口供,遂
起了一套文书,本府派了一位官员,护送七位英雄进京。

　　那一日到了京都,在西门外西河沿店内住下。武七鞑子与汤梦龙等
各自归家。李七侯到了彭公住宅。此时彭公已升了刑部右侍郎。次日,
那官员带黄三太、杨香武二人至刑部投文,季全跟随在后。司务厅把文书
收下,立时将差事收了。那官员领了回文回去不表。刑部堂官题奏皇上,
说:"黄三太找九龙玉杯之事已有结果,现在将杯呈上,候旨发落。"这几
日,黄三太与杨香武在刑部,有彭大人在那里照应,白马李七侯、武七鞑子
也时常来看望,敬候旨意。那日上谕上来,说:"朕因失去九龙玉杯,遣黄
三太找回,竟有这样出乎其类之人!着刑部右侍郎彭朋带进畅春园,待朕
亲见盗杯之人。"

　　这日,彭公奉旨到刑部提出黄三太、杨香武,带往海甸见驾。外边早
有飞天豹武七鞑子给雇了一辆车。李七侯跟随彭公坐着车,前呼后拥,出
了西直门,顺石头道到了海甸。彭公的公馆设在关帝庙,这里常有差事,
就住庙内。彭公为人忠正,办事勤明,自得刑部右侍郎,真是秉公处事,清
除弊端,遇有疑难之事,必要亲提讯问,合署官吏,不敢徇私。每逢有差
事,必住关帝庙。庙内和尚觉修,也是清高之人。今日到了庙内,早有自
己的小厮把西院都安置好了。彭公到了上房,黄三太等都在西房,伺候人
是彭福、彭寿,此时管家彭兴照应家务,都是这二人跟随。彭公吃茶,赏了
黄三太、杨香武一桌酒席,派了李七侯陪着,还有季全,四人谈了会子闲
话。黄三太说:"这次见驾,不知吉凶?贤弟你不可远去,必要暗助我一
膀之力。"李七侯说:"兄长有用弟之处,万死不辞。"吃完了饭,彭福进来
说:"大人请二位壮士到上房有话说。"黄三太与杨香武站起来说:"不知
什么事?"彭福说:"不知。"二人跟着管家到了上房,彭公穿着便服,说:
"二位壮士请坐。"杨香武说:"大人在此,草民天胆不敢与大人同坐。"彭
公说:"二位壮士不必谦让,恭敬不如从命,我有嘱咐你二人的话。"二人
听大人之言,下边落座。彭公把见皇上时行礼的仪注,告诉二人一遍。还
说:"你二人不必害怕,当今皇上乃仁慈之主,如尧似舜,只要你二人照实

话说吧!"二人答应。又说会闲话,各自回归房中睡觉。

　　次日五更起来,彭公至大宫门,先伺候皇上办事。黄三太、杨香武二人跟随,季全与李七侯暗中在一旁紧跟着。红日东升之时,彭公出来,带黄三太与杨香武进去,到了长寿亭,见那文武官员不少,二人跪于就地,口称:"万岁万万岁! 草民黄三太、杨香武叩见。"行了三跪九叩礼。康熙老佛爷看见黄三太与杨香武年过花甲,精神百倍,神清气爽,便开金口说:"杨香武,你把盗杯与找杯之事,细说朕听!"杨香武说:"遵旨。草民原籍乐亭县人氏,名杨香武。只因来京看望朋友,听人说黄三太在大红门救驾。镖打猛虎,万岁爷赏了他一件八宝团龙马褂。草民一时斗胆,想他也是一个人,他竟一人鳌头独尊,故此那日夜入御园之内,正遇万岁爷在畅春园饮宴,我暗中藏在宝座之下,候万岁爷观看八骏马图的时候,我暗自将九龙玉杯盗去。实指望到绍兴府见了黄三太,提说此事,不想走至茂州,住在店内,竟被一个盗寇王伯燕将杯偷去。我便无心上绍兴府去,回到了家中。后来季全下帖,请我赴群雄会。"康熙老佛爷听到这里,心中不悦。原来是因那王希奏道,说丢杯之事全由大红门引起,那时要把黄三太杀了,焉有今日之事? 他又在家中设立群雄会,招聚天下的响马,这必须全把他等斩首号令,以绝后患。皇上正想着,又听杨香武说:"我去赴会,才知道此杯落在那避侠庄内。那庄主是一个水旱两路的大响马,名叫金翅大鹏周应龙。他家那所宅院有八百余间,窝聚水旱两路的响马。他家内墙是夹壁墙,墙里埋伏有脏坑、净坑、梅花坑,立刀、窝刀、弩弓、药箭,就是肋下生双翅,也飞不进那座分赃聚义厅。草民知道他那日是寿诞之辰,我备了一份寿礼到他家上寿。他把我迎接进去,我既入了周宅内院,如闯过几道埋伏,那玉杯就算到我手内,我先和他要九龙玉杯,他不给我。后来我一恼,说:'姓周的,你防备点吧! 三天之内,我必要盗你的九龙玉杯。'我飞身上房,他不提防我在暗处偷看。那周龙应先到后面,把玉杯拿在手内,在聚义厅一坐,外边有四个盗寇相陪,各执兵刃,明灯亮烛,外面有水旱两路二百多名盗寇,各处巡查,房上也有人,房下也有人。熬到了第三天,我用薰香把周应龙之妻熏过去,从房上掷下来,趁势把九龙玉杯盗在手内。我回归店中,周应龙带领水旱盗寇来与我决一死战。我等在店里与他动手,暗中派人把他的宅院放火烧了一个片瓦不存。我等回绍兴府,众人各自归家。我来至京都,同黄三太前来领罪。"

　　康熙老佛爷细听之后,说:"世上竟有这等事!"旨意下来:"着扬州府知府查抄避侠庄,拿获周应龙等就地正法,勿容一名漏网!"心中又想着要把黄三太、杨香武杀了,以免后患。方要传旨,只见大学士毛中堂见驾跪倒,口称:"万岁,臣见驾。"圣上说:"卿家平身,此二人应该怎样发落?"王中堂说:"论王法理应把他二人斩首号令,无奈万岁降过恩旨,今可把他二永远充军。"话犹未了,只见达木苏王爷口称:"万岁!杨香武妄奏不实,他说周应龙那样严密,他又如何盗的了去啦? 万岁把杯赏给我,我带回花园,他如今夜盗去,此事皆真,万岁开天地之恩,把他释放。他要盗不了去,二罪归一,有欺君妄奏之罪,求万岁降旨,把他二人斩首。"康熙老佛爷乃仁慈之主,听达木苏王所奏,便问杨香武:"你敢去么?"杨香武说:"草民斗胆,只要告诉在什么地方,我不等鸡鸣,准能把杯盗来。"达木苏王说:"我的花园就在这座园的正北,今夜在玩花楼上饮酒等你,我看你怎么盗去!"康熙老佛爷乃仁圣之主,吩咐彭朋不准看管他二人,任其前去盗杯。又派王希作兼看之人,与达木苏王同领九龙玉杯。宦官魏珠早从内把杯匣拿出来,交与达木苏王。这杯是在刑部题奏时,即奉呈皇上了。圣上龙袍一摆,回归后宫。不知杨香武如何三盗九龙玉杯,且看下回分解。

第三十七回

黄三太戴罪见驾　杨香武三盗玉杯

话说杨香武与黄三太二人，跟彭公出了宫门，天有巳正，回归关帝庙内。杨香武派季全去找武七鞑子来商议大事。季全出了关帝庙，见对面是一条大街，正往前走，忽听对面说："闲人闪开，马来了！"季全见是武成带着四个跟人，还同着一位三十来岁、紫面模样、穿青皂褂的人。季全说："二位往哪里去？我奉杨五叔之命，正要去请你老人家。"武成说："我也不放心，便同这位张爷到此打听消息。"季全说："请跟我到庙里就知道了。"三个人到了庙内，赛毛遂迎接到门首。武成下马说："张贤弟过来见见。"杨香武一看说："原来是鸡鸣五更张德胜。"此人乃是东平州人氏，会学各种鸟叫，练的一身好武艺，一见杨香武就说："故人杨五哥好哇！黄三哥呢？"杨香武说："现在里边，你许还不认识神眼季全？"张德胜说："不认识。"杨香武说："他就是跟着南霸天飞镖黄三太大哥的神眼季全，你二位要彼此照应。"

季全说："张寨主，我是久仰大名，今得相会，也是三生之幸。"二人见礼已毕，来至西院禅堂。黄三太看见说："武贤弟请坐，张贤弟少见啦。"张德胜说："三哥好哇？"彼此见礼。武成说："三哥，我在王爷台前告了两个月的假，没有当差，我也不放心你二位见驾如何？就便到园内向王爷销假。"杨香武说："甚好！"自己就把见驾时奉旨盗九龙玉杯的缘故，说了一遍。武成说："此事不好，老王爷一生服软不服硬，臂力过人，还有哪位大人去。"杨香武说："王中堂。此时只恨人少，要再有几位才好。"忽见手下人来报，说："今有濮大勇，武万年、贺兆熊、张茂隆、蔡庆，带着徒弟朱光祖，万君兆七位前来。"杨香武甚为喜悦。张德胜说："杨五哥，还有金面兽陈应太、锦毛虎张秉成、左丧门孙开太、乌云豹李世雄他们四位，是与我一同进京的，都在探听黄、杨二位兄台的官司，可以派人前去约来。"

正说着，外边来报说："陈、张、孙、李四位前来拜访。"杨香武说："请进来，大家吃酒。"杨香武又把自己今日盗杯之事，与众人说知。众人各吃一惊，就怕赛毛遂不能盗取此杯。杨爷说："你众人助我一膀之力。"大家说："有用我等之处，万死不辞。"杨香武说："朱光祖，万君兆，我把薰香给你二人，一直去到达木苏王的花园之内，单找更夫所住之房，用薰香把更夫熏过去。你二人得了梆锣，可就从未定更先定更，少时就打二更，连着三更四更。听见鸡叫，你二人就敲亮更锣，跳出花园，回归庙内，算你二人头一功。"二人点头。杨香武又回头说："武贤弟，你是王府二等侍卫，又带管家，你今先到花园，必见王爷请安。可让同伴伙友先在门上等候，候王中堂来时，叫贺、武、濮三位与张茂隆、蔡庆二位，假扮跟官之人，个个抱着袍袱帽盒，混在人丛中闹一个龙蛇混杂。如到门首之时，武贤弟你就先与他五位亲热，叫王爷疑是中堂这边的人，中堂这边又疑是王爷的人。至晚必在玩花楼饮酒，那两家家人谁不去看热闹，齐集楼下，可暗助我成功。"五人答应下去。又回头叫白马李七侯带着陈应太、张秉成、孙开太、李四雄四人，暗进花园，作为臂膀。五人答应。又唤季全换了一身衣服，预备吐痰盒、太平袋、烟荷包，在季全耳边说："如此如此，可以成功。"季全自己改扮去了。武成说："都要预备齐了才好。"杨香武又叫张德胜说："贤弟，我今盗杯全在你的身上，须暗助我一膀之力。你今夜施展飞檐走壁之能，到了王爷的花园。天有三更，你在北边学鸡叫，再往南边叫几声，然后引的鸡声全叫，你往楼上找愚兄去。我把杯盗在手内，你就跟我在房上，我向王爷说话，他必疑鸡叫，你可再叫一声，教他知道是我一个人，真假难辨。然后大家回归关帝庙内，从墙上进庙，不可声张。"张德胜答应去了。

　　再言武七鞑子站起来告辞说："我先到花园之内，少时再见。"众人说："不送了。"他带人到了花园内，此时达木苏王正在紫霞阁里，派四个人把那玉杯收好。家人来报说："外边有武成假满请安。"王爷最喜欢的是武成，便吩咐带进来。武七鞑子到了紫霞阁内，与王爷叩头。达木苏王说："武成，你还伶俐些，今日派你在门上，多加小心，防备盗杯的人，不许闲人出入。"武成答应出去。王爷说："今日他真能把九龙玉杯盗去，我就面奏圣上，赦他等无罪，我还要赏他些金银。他如不能盗去，那时奏明圣上，全把他等结果性命，一个不留！这伙毛贼，他如何比得了时迁呢。"王爷正在说话之际，家人来报说："王中堂来拜。"王爷吩咐请进来，差官出去，立时把王中堂请了进来。王爷降阶相迎说："老中堂贵驾到临，未曾远接，多有失迎。"王爷说："臣来至大王爷花园，一来请安，二来看那伙人今夜如何盗杯。"达木苏王说："那是小事，你我先喝酒谈心。我是久有此心要请你，总未得便。"言罢，家人摆上酒筵。二人饮了多时，达木苏王吩咐在玩花楼上点起纱灯，另备酒筵，我二人到那里饮酒去。家人出去，少时回话说："禀爷得知，各事均已齐备。"王爷与中堂二人到了后边，天已日落，万花放香，里边真正好看！有诗为证：

> 众芳摇落独暄妍，占尽风情向小园；
>
> 疏影横斜水清浅，暗香浮动月黄昏。
>
> 霜禽欲下先偷眼，粉蝶如知欲断魂；
>
> 幸有微吟可相狎，不须檀板共金樽。

达木苏王与王中堂到了玩花楼上面，把楼窗儿早已打开，万花皆在眼前。楼台殿阁，花卉鸟兽，令人可观，真是另有一番胜境。王中堂见那楼是五间，靠北边墙是花梨条案，上摆古玩。墙上名人字画，画的是大富贵多寿考，牡丹花鲜艳无比，两边各有一条对联，写的是：

> 司马文章元亮酒，左军书法少陵诗。

案前八仙桌儿边，各有太师椅一把，达木苏王与王中堂分宾主落座。吩咐家人去到书房之内，把九龙玉杯取来，放在桌儿上。本府家人早把那只九龙玉杯取来，放在王爷的面前。王中堂打开锦匣一看，果然玲珑细巧，上有九条龙。王中堂赞赏不已。那两府的家人，齐集在玩花楼下，都要瞧瞧这热闹。

武七鞑子见那张茂隆与濮大勇、武万年、贺兆熊、蔡庆五个人到了门首，连忙上前迎接，把马拴上，见了本府的人说："他五人是王中堂那边的人。"他们与本府人对坐在一处讲话，众人说："来了吗？你们跟中堂有差事？"他五人说："是。"见王中堂那边的人，又说他五人是本府的人。武七鞑子正在应酬那些人，忽见季全前来，穿的新衣帽，手拿吐痰盒与烟袋荷包，把武七鞑子拉在一边，说如此如此！武成把他带到楼下，说："众位，开开道儿。"他到王爷面前请了安，说："王爷与中堂在此吃酒，楼下这些人难辨是哪府的人，恐贼人生智，混在人群之中，暗中观看，多有不便。依奴才之见，派几个精细之人，都要年轻力壮，可以办事的来伺候王爷，方好看守玉杯。"达木苏王听了，心中甚为喜悦，说："就派我四名太监来。"武成出去不多时，带着四个太监，还有季全跟随至内，来此伺候王爷。那达木苏王又叫武成去把那些人都赶下去。武成到楼外说："王爷有谕，闲杂人等非传唤不准在此，急速退下。"那些人全都下去了。天已黄昏之时，不见那众人动作。季全在楼上伺候，达木苏王看他那样，疑是跟王中堂来的；王中堂见季全这样伺候，又跟四名太监上来，疑是本府派来的，也不好问。

不言玩花楼饮酒。且说朱光祖、万君兆二人，至黄昏之时，偷进了达木苏王的花园，在各处寻找更夫。忽听西边梆子响，方才起更，二人顺着声音找去，见西房三间，外边一人手拿梆子在打，屋内灯光闪烁。万君兆一直到房屋内，见有人在那里喝酒呢。府内共四个更夫，外边去一个打梆子的，屋中只有三人。万君兆早已闻上解药，伸手拿薰香说："我点个火吧！"那三个更夫疑是跟王中堂来的，知道生人也进不来，三个人连忙让座说："请坐吧！点火吃烟啦。"万君兆说："你给别人点着火。"他又与这三个人说话，不多时外边那个人也进来坐下，觉着头迷眼花，四个更夫已栽于就地。朱光祖、万君兆立时拿起梆子，二人打起更来。

再说赛毛遂杨香武与左铜锤鸡鸣五更张德胜，两个人到了黄昏时候，来到达木苏王的花园内。二人分手，杨香武施展飞檐走壁之能，到了玩花楼上。但只见楼窗大开，里面明灯亮烛，王爷与中堂对坐饮酒，那九龙玉杯就放在面前。杨香武与季全定好的，一拍窗户，就进去盗杯。杨香武伏在窗下，那楼上并无下人照应。在花园里，那假充跟班的张七、贺兆熊等，在外面花厅内与众人说："众位别去到楼上，倘若丢了玉杯，那时王爷必说是咱们与贼通气。依我之见，别找祸，轻者打一次鞭子，重者送官治罪。"贺兆熊与张茂隆这几句话，只说得两府的人，无一个敢走到玩花楼上去。

且说王爷与中堂谈话吃酒，不知不觉间，忽听外面已交四更。王爷勃然大怒，说："中堂，你看那些毛贼，说了些狂言大话，直到如今，连一点动作未有，大概他等不能把杯盗去了。少时天亮，我去面君，把黄三太与杨香武一齐结果他的性命，号令市上，以绝后患。"王中堂还未答言，忽听得正北鸡叫！王爷说："无能为了，他说鸡叫盗去，不算能为，现时鸡已叫了！"王中堂说："他等也是狂言，如何能盗了去！我同王爷明日见驾，启奏当今，必重处他等。"季全见王爷已懈怠了。这时正北鸡叫，少时梆子五下，达木苏王说："天已亮了，无能为也。"季全趁此之际，先给杨香武送信,把窗户拍了一下。然后他至王爷面前,伸手一拉王爷的袍子,连拉了几下,他往楼下就走。王爷不知何事,连中堂齐往楼下观看。杨香武如何将杯盗在手内,且看下回分解。

第三十八回

奉恩赦三太归家　赏金银群雄散伙

话说杨香武听窗户一响，知道大事要成。往里偷看，见季全拍了一下窗户，走至神力王的跟前，连拉了几下袍子。王爷不知何事？季全往东面楼门一站，又向王爷一摆手，便下楼去了。神力王同王大人及四太监向楼门东面一看，也不知何事？无论什么，就怕是猛劲儿。王爷只顾往东面楼门瞧，忽听外面高声说："王爷，此杯已到草民的手内！"神力王才吓了一跳！一扭颈瞧，桌上已不见玉杯。神力王说："不成！虽说你盗了杯去，天已亮了。"杨香武高声回说："小民之罪，多在惊动，请王爷听，这鸡叫是假的，我再叫几声！"又叫了两声鸡打鸣，说："王爷请瞧瞧表。"神力王低头瞧表，正十二点钟。神力王说："叫外面人严查，方才跑的人哪里去了？"外面众家人正在那里坐定，一个个说："今日鸡叫咋早哇？"忽见从楼上跳下一人，往外去了，少时不见踪迹，把大家吓了一跳！楼上王爷叫那一伙人至楼上，才听说玉杯已被人盗去了！神力王问四个内监："方才那少年之人姓什么？"四个太监齐说："奴才并不认识！"王爷一想是武成所派之人，吩咐叫武成！武成方才把众位朋友送走，听王爷叫他，知道必是季全的事犯了，连忙至玩花楼说："爷呼唤奴才，有何吩咐？"神力王怒冲冲地说："方才那个少年人姓什么？你从哪里带来的？"武成说："我只派了这四个太监，那少年之人说是跟王中堂的。"王希说："不是。他已然将杯盗去了，这是贼的智谋，与跟我的人混在一起，他安心鱼目混珠。说也无益，明日交旨吧！还求王爷一番慈善之心，不必与草民生气。"神力王点头说："武成，你下去查看。"武成不多时回来说："四个更夫昏迷不醒。"王爷派人用水灌过来，天已四鼓。候至东方大亮，王中堂带着跟人上轿，告辞出了花园，去上朝房。走了不远，忽见从房上跳下一人，把中堂吓了一跳！那人跪在轿前说："草民叩见大人。"王希瞧见是杨香武，问他来此何干？杨香武把杯匣双手奉上说："求大人开天地之恩，救草民之命，这是玉杯。"王大人手下人接过来，递给大人。大人说："你起来去吧！我知道了。"

杨香武回归庙内,与众人相见。到了彭公屋内,此时大人早已换好衣服,候着见驾。杨香武遂将盗杯的事,细细回明。彭公点头,随带从人上马,与黄三太、杨香武来至畅春园宫门,敬候圣旨。这日,王公大臣、中堂尚书、六部九卿、十三科道都来的早,打听神力王花园夜内盗杯的事。内有巴国公、敖国公、忠勇公、贝子贝勒,见了王中堂先问盗杯之事。王大人说:"此杯已被他盗去了。"大家暗为吃惊,不知他如何盗法?少时,圣主老佛爷升了安乐亭。王中堂将玉杯献上,把夜间盗杯之事奏明,并求赦免他二人之罪。神力王请罪。降旨罚俸三个月,这宗银子就赏了黄三太、杨香武。康熙老佛爷这道恩旨一下,大家谢恩。彭朋也加赏一级。他替二人谢了恩,带回了关帝庙。武七秃子亲自把银子送给杨香武,说:"众位,大家带个路费吧!"李七侯说:"你等往哪里去?"黄三太说:"各自归家。"次日,众人话别回家。彭公带李七侯回宅。过了几天,江苏巡抚奏到,说周应龙房已烧毁,并未拿获一人。圣上又下了一道圣谕:派各省督抚务获周应龙到案,即行题奏。

也是彭公官运发旺,过了新年,二月间,有上谕下来:"河南巡抚着彭朋去,钦此!"遂递了谢恩折子,请了训。这次上任,把夫人留在家内教子读书,只带着管家彭兴儿,与彭礼、彭寿、彭旺,厨子刘安,书童鹤鸣,连车夫共二十余人。白马李七侯保护着大人起身,在路上正逢三月三的景况,绿柳垂条,春风送暖,桃花媚人,万物发生。正是:

　　　春日春光无限春,今朝方知自成人。
　　　从今克己应拘节,愿与梅花俱自新。

彭公看罢,心中甚爽。那日要进河南境界,彭公叫兴儿先领手下人等上任,自己与白马李七侯各骑一匹马,身穿便衣。彭公骑的是一匹青马。李七侯的那匹马早已死了,此时换的这匹马,是在德胜门外骡马店内,用二百两白银买到手中,已骑了半载。此马真能日行四百里,每日喂的大小麦、绿豆,饮的是黄酒,正在强壮之际。李七侯与大人一路之上,住在店内,就访问本处的地方官,或是贪官?或是清廉?本处是否还有恶霸?路上也有说州县官清廉的,也有说糊涂的。这一日走到了半路之上,云升西北,雾生东南,细雨绵绵。彭公问李壮士:"哪里有店能避雨?"李七侯抬头一看,前面云雾漫漫,树木森森,大概必是一座村庄。二人催马前往,紧赶着进了那座村口,见是一座山庄,有七八十家住房,并无客店,也无庙宇。正在为难之际,见路北有一家大门开着,门前有两棵龙爪树。李七侯与大人下了马,见这雨越下越大,心中甚是着急,便拉马至门洞避雨。只见从里面出来一个庄客,年约三旬,身穿月白布褂裤,足蹬两只旧鞋,紫红脸膛。他说:"二位出去吧!我们要关大门了。"李七侯说:"这样大雨,我们借光吧,这里有店无有哪?"那庄客说:"没有店,我们这里叫冯家庄,姓冯的多。"李七侯说:"你们姓什么?"那庄客说:"姓冯,我们庄主叫冯顺。你快出去吧!瞧你那马啦,粪尿闹一地,快出去吧!"李七侯说:"原来是冯庄主,作何生理?"庄客说:"我主人当年买京货,在河南各处赶会。"李七侯说:"烦你的驾,代通禀一声,就说有李七侯来拜。"那庄客说:"你怎么认识我家庄主呢?"李七侯说:"见了就知道了,你不必问。"那庄客进去不多时,同着一位五旬以外的老者出来,五官慈善,身穿细毛蓝布褂,足蹬青布快靴,举着雨盖,见有两匹马在眼前,便对彭公与李七侯二人说:"哪位姓李?"李七侯过去说:"在下乃京都人氏,在可云龙镖店保镖。今随我家东人往河南办货,半路遇雨,来至贵庄。小弟慕名特来拜访,只求借一间小房避雨,容日登门叩谢。"冯顺听李七侯之言说:"来人,先把二位的马拉进槽头上喂着。二位请进里边坐。"

　　两人跟随进了二门,冯顺引路,一同到上房门首。彭公与李七侯进了上房落座,见屋内倒也干净,靠北墙有八仙桌,两边各有椅子。彭公东边落座,李七侯西边落座,冯顺在下边相陪,问:"东人贵姓?"彭公说:"我姓十名豆三,贩绸缎为生,庄主姓冯呀?"冯顺说:"是。我先年也做买卖,只因我跟前并无男儿,就是一个小女儿,也无心苦奔。"李七侯说:"种多少田地?"冯顺说:"七八顷地,倒把我给累住了。这个年月不好,皇上家王法松,遍地是贼,我竟受人家欺负,实是可恨。"家人献上茶来,李七侯说:"这目下也无有遵王法的事,还敢明抢吗?"冯顺说:"明抢哪还可以,硬要抢人更可恨了!我家一家人,正在无有主意呢!今遇见二位来此避雨,我又怕连累二位。依我说,你们候雨小点走吧!"李七侯说:"这是为何?你只管实说,我自有个主意救你。"冯顺说:镖客若要问我,实是可怜。庄之东南,靠大路有一座荒草山,山上寨主姓韩名寿,别号人称并力蟒。他有一个压寨夫人,叫母夜叉赛无盐金氏,臂力过人,手使铁棒。手下有三四百名喽兵。他还有一个兄弟,叫玉美人韩山。有个二寨主叫雪中驼关保,常在这里要粮。昨遣两个喽兵前来，一个叫饿鹞鹰王二，一个叫野鸡腿刘八，送来了两匹彩缎，两个元宝，说要我女儿做一个压寨夫人。前者韩寿娶了一个夫人，被母夜叉给生生打死。我女儿娇生惯养，如何给山贼呢？有心告他去，离县又远，又怕他杀了我全家，抢了我那女儿去。我打算要不是下雨，可以把地契连细软之物带着，带家眷逃生。偏巧今日又下雨，你二位想想，我烦不烦？"李本侯说："不要紧，你快些收拾，跟我二人上省，去请巡抚调来官兵，剿他这山就是了。"冯顺说："要往河南，必须从荒草山经过，那是必由之路。待我命家人摆上酒饭，你二位吃着，我去收拾好了，咱们好逃命吧！"彭公听了，酒菜已摆上，冯顺往后边去了。李七侯与大人对坐，吃酒谈心。冯顺到后面收拾金银细软衣服等物，天到日暮之时，雨已住了。自己到前面客厅之内说："李壮士，我想虽然逃走，不知何年何月才能回来呢？"李七侯说："我们东人①与河南新任巡抚大人是亲戚，只要到了汴梁城，你递一纸呈状，那彭大人必然派官兵前来剿灭此山。河南为畿辅之地，竟有这等盗寇啸聚山林，成群结伙，可见此处地方官并不认真查办，着实可恨。"说时，天色已晚，忽听外面有叩门之声，一片声喧！原来是荒草山的群寇前来抢亲，家人吓得慌慌张张地说："不好了，荒草山的大王来了！"不知抢亲如何，且看下回分解。

---

① 东人——即东家，古时受记住受受聘的人对主人的称呼。

第三十九回

李七侯大闹冯家庄　高通海剪径齐邑渡

话说那冯顺听家人来禀："荒草山的大王抢亲来了!"李七侯说:"你不必害怕,有我呢!"站起身到了外边一瞧:有三十多名喽兵,为首一人乃是韩成。这个人性情猛烈,贪淫好色,手使钢鞭,有三旬以外。他是荒草山山寨的总头目,带一乘轿子来娶冯小姐。李七侯一出去,有认识他的说:"哎哟!李寨主在此何干?"韩成也认得白马李七侯,说:"你来此何事?"李七侯说:"咱绿林中讲究的是杀赃官,斩恶霸,除恶安良,这是大丈夫之所为,不能显亲扬名,暂为借道栖身。为何抢人家的少妇长女,上干天怒,下招人怨。依我之见,你趁此回去,告诉你家寨主,早些躲开这里,免伤咱们的和气。"这一片话,说得那韩成闭口无言,愣了半天,才说:"李七侯,你吃上那姓冯的了,要威吓我等;倘若不是,你也难讨公道。"李七侯气往上冲道:"小辈!你真是太岁头上动土,老虎嘴边拔毛。"一放手中单刀,说:"你不怕死,只管前来!"韩成抡鞭照李七侯就是一鞭,李七侯急架相迎,二人走了十几个照面。李七侯忽然一刀,正砍中韩成左臂,把那些喽兵吓的战战兢兢。李七侯用刀一指说:"尔等急速回去,免得被我结果了性命。"那些手下喽兵,都知道白马李七侯是京东一带大响马,大家一哄而散,各自顾命逃去。此时天有二更,那韩成说:"你等别忙,我去调了兵来,必要把你们这座冯家庄杀的一个不留!"气愤愤的去了。冯顺进门内说:"李七太爷,这个乱儿可不好!咱们要往河南省,必须从齐邑过黄河,奔金铃口,那时必走荒草山,恐难过。"李七侯说:"你也不必跟我们上汴梁城,我有一个好主意,事不宜迟,你先往你的亲戚家躲避几天,暗中打听,一月之内官兵必然来剿那荒草山,那时你再回来。"冯顺说:"有理。"他收拾好了,在三更天便奔延津县去了。

彭公与七侯上马,直奔齐邑渡,要过黄河。天色大亮时,正走到荒草山北山口,只听得对面一喊,说:"呔!此山是我开,此树是我栽,若要从此走,须留买路钱,无有钱买路,一刀一个土内埋。"李七侯说:"小辈!你

们不认识你家七寨主,好大胆量。"内中伏路喽兵二十名,有认识李七侯
的,说:"李爷,你先别走,我家寨主有请。"原来韩成逃回山来,把方才之
事,细说了一遍。并力蟒韩寿说:"气死我也!想当年黄三太指镖借银,
我等都有一面之交。他今又向着外人,欺我太甚。待天明派手下人去剿
冯家庄。"又吩咐手下人在大路之上留神,如在大路上瞧见李七侯,速报
我知道。那喽兵头目叫何必来,今日一见李七侯,说:"朋友,你别走。我
先前跟窦寨主,就知道你有威名。我家寨主就来,已派人上山报信去
了。"少时,见一女子手使铁棍前来,大嚷一声道:"小辈欺我太甚,竟把我
的头目砍坏了。今日寨主奶奶来拿你!"李七侯听人说过,这山上有一位
母夜叉赛无盐金氏,有万夫不当之勇。今日一见,他跳下马来,把马拴在
一边树上,说:"大人,我去拿这丑妇。"自己拉出刀来,走至妇人面前说:
"丑妇,你休要逞能!待李寨主结果了你的性命。"那金氏摆棍照定李七
侯就是一棍,李七侯往旁一闪,分心就扎。母夜叉的棍使出抱月的架势,
往外一磕,把刀磕开,又趁势一棍,李七侯躲开,两个人一来一往,战有一
个时辰,不分胜负。那母夜叉天生粗鲁,力大无穷,李七侯只有招架躲闪,
不能赢她。自己害怕,又怕连累大人,真是并无一点主意。

　　正在为难,忽然从正南来了一匹马、一匹驴。马上驮的是赛李广花刀
无羽箭刘世昌。那骑黑白花驴的,年有半百以外,头戴马连坡草帽,身穿
蓝绸子长衫,足蹬青缎快靴,淡黄脸膛,沿口黑胡须,驴的肋下佩着一口带
鞘的折铁刀。此人姓贾名亮,绰号人称花驴贾亮,乃江湖中有名之人,日
行一千,夜行八百,并会打几样暗器。今日他和刘世昌二人,是从高家庄
鱼眼高恒那里回来,要去贾家庄贾亮家中。走至荒草山下,正遇着那白马
李七侯与母夜叉金氏二人动手。这二位过去说:"李贤弟为何与她动
手?"李七侯说:"二位兄长快来!助小弟一膀之力。"赛李广一伸手,掏出
一个墨雨飞篁来,照定母夜叉就是一下,正打在头上。只打的她"哎约"
的一声,撒腿就跑。喽兵也吓的往山上报信去了!李七侯过来,与二位见
了礼说:"我奔齐邑渡,过黄河上汴梁城。多蒙二位兄弟来临,不知今欲
何往?"贾亮说:"同刘世昌到我家去。贤弟请吧,恐其贼人再来。"

　　李七侯帮彭公把马解开,上马竟奔黄河而来。天色至午后之时,到了
齐邑渡口。二人找了一个饭铺,吃了点饭,见从外边走进一个人来,身高

七尺以外,面皮微黑,身穿紫花布褂裤,紫花布袜子,青觏鞋①,黑脸膛,粗
眉大眼,过来说:"二位,趁着风小过黄河吧。"李七侯说:"要多少钱?"那
船户说:"你二位单坐,给二吊钱吧!"彭公一听价钱不多,说:"很好!"给
了饭钱,便跟那船户到了河边,先把两匹马拉上去,又把行李搬上去。彭
公与李七侯登跳板上船,举目一看,但只见那黄河水势甚涌,波浪滔天。
正是:

> 莫把阿胶向此倾,此中天意固难明;
>
> 解通银汉应须曲,才出昆仑便不清。
>
> 高祖誓功衣带小,仙人占斗客槎轻;
>
> 三千年后知谁在,何必劳君报太平。

　　彭公看罢,坐在船上。此时平风静浪,顺着河开船,走了约有二十余
里,离着南岸不远,见那红日西沉,已是黄昏时候。那船户走过来说:"你
们二人今日共有多少资财,拿出来免得好汉生气,回头把你扔在河中,好
叫你落个整尸首。"白马李七侯听罢,心想:"不好! 我又不会水,遇见这
个来的恶,我不免问问他再说。"便说道:"朋友,咱们都是合字,别不懂交
情。"那船户一瞧白马李七侯,说:"你是个合字,合更好啦! 我是专劫贼,
贼吃贼吃的更肥。我是不种桑来不种麻,全凭利刃作生涯。若有客商从
此过,先要金银去养家。"李七侯闻船户之言,说:"你真是不知好歹!"抽
出刀来,照定船户就是一刀。那贼说:"好,好! 你胆大包天!"用披刀相
迎。二人战够多时,李七侯终是旱路英雄,并不会水,在船上地方窄狭,又
施展不开,被那水贼杀的浑身是汗,遍体生津,只有招架之力,并无还手之
功,口中说:"好哇! 我闯了三十余年,连个无名小辈也杀不过,我算什么
英雄。"他又怕落在水中,又怕自己被贼所害。心想:"这还不要紧,倘若
我死之后,贼人不分皂白,把大人给害了,那还了得吗?"李七侯想罢,说:
"水寇,你欺我太甚! 我与你势不两立。"贼人止二十来岁,精神百倍,听
了李七侯之言,他哈哈大笑道:"告诉你吧,我在江湖之中,也不是无名之
人。你自管打听,黄河一带,彰德、卫辉、怀庆三府,汴梁城一带等处,我专
杀贪官恶霸,剪除势棍土豪。要是买卖客商上了我的船,人家将本取利,
抛家在外,我就是没钱用,无非他有一千,我留三百,除去养家之用,余剩

---

　　① 觏(sǎ)鞋———一种草制的拖鞋。

全都济了贫。要是那贪官上了我的船,得了财,还要他的命。你是绿林之人,不过也是杀男人,掳女人,胡作非为。上我的船,也就算是枉死城中挂了号,魂灵帐上勾了名。"

七侯正在为难,忽听西边水声响亮,又来了一只小船,四个水手,趁着月色当空,往这边来了。李七侯说:"这是过河的救星来了。"他一边动手,口中说:"那边朋友,这里有水寇伤人哩!"那只船上水手说:"少寨主,你今得了买卖,还没做下来? 老寨主那只船可就到了。"李七侯听说,心想:"完了。原来也是贼人一党。大丈夫视死如归,只恨我连累别人了。"他瞧着大人说:"东人! 贼党又来,你我无处逃生,总是我李七侯无能,误了大事。"彭公在舱里听李七侯之言,心中也是凄惨,说道:"李壮士,这也是命运如此,大数到来,难逃此灾。"正说着,见从西边来的那只船,已与这只船靠上。从那边跳过一人,年约六十以外,头上戴的分水鱼皮帽,日月连子箍,水衣水靠,足下油靴,手中擎着一对分水纯钢蛾嵋刺,跳过这边来说:"闪开! 待我结果他的性命。"不知后事如何,且看下回分解。

第四十回

恶法师古庙行刺　镔铁塔施勇擒贼

话说白马李七侯与船户动手，累的浑身是汗。又见从正西来了一位老英雄，手使纯钢鹅毛刺，跳过船来。他瞧见是李七侯，连说："小子不可动手，这是你李七叔。"白马李七侯认得这是鱼眼高恒，连忙跳在一边，给高恒请了安，说："大哥好哇！这是何人？"高恒说："高源过来，这是你李七叔，见过了。"水底蛟龙高通海过来给李七侯赔罪说："七叔！小侄儿不知，多有得罪。"李七侯说："真是父是英雄子豪杰，你叫高源？"高源说："是！号叫通海。"李七侯说："高大哥，这是河南新任巡抚彭公。"鱼眼高恒过来，至大人面前请了安，说："大人，草民有罪，多有冒犯。"彭公说："老壮士这大年纪，为何还在绿林？何不改邪归正。"高恒说："小民不敢说替天行道，却也不敢妄杀好人。"他即叫高源到那边船上去，叫水手收拾几样菜来与大人压惊。彭公与李七侯在船上，饮了一夜酒。

次日天色大亮，东方发晓，把船摆拢上岸，把马也拉了上去。李七侯说："高大哥，改日再会了。"便同大人上马，到了金铃口。由此处到汴梁城，还有四十多里，便住下歇息半日。次日吃了早饭，二人出店，离了金铃口，走有三十余里，忽然间细雨纷纷。正逢四月初旬，这雨越下越大。彭公说："今年入夏以来，雨水甚勤，必是丰收之年。"李七侯说："大人，昨日若非遇见高恒，定遭不测之祸。"彭公说："我要是到了任，必要留心查拿盗贼，好者劝其改邪归正，不好之贼，就地正法！"李七侯说："这是理应如此。"二人正走着，见道旁西边，坐北向南有座古庙。前后两层大殿，周围有树木环绕，墙里面禅堂、配房不少。彭公下马，来在庙门，着李七侯前去叩门。彭公看那匾额之上，写的是"敕建元通观"。山门上贴着两条对联，上写：

> 天雨虽宽，不润无根之草；
> 佛门广大，难度不善之人。

李七侯连打了两下，只听里边人问："哪位叫？"哗啦把门打开，却是十六七岁的一个道童,打着雨伞,头绾牛心发髻,横别银簪,身穿月白褂裤,白袜青鞋。见那李七侯说:"找哪位?"李七侯带笑说:"在下过路之人,偶然遇雨,求童子回禀庙主,借光避避雨!"道童说:"你二位把马拉进来吧!"彭公把马交与李七侯,拉进角门,把马拴在树上。道童说:"二位东屋坐吧!"东配房是三间,名为"鹤轩"。彭公进去,看见靠东墙有八仙桌儿一张,两边各有椅子,北里间垂着帘子,南边这两间明着。彭公和七侯二人坐下。道童说:"二位坐着。"便一直往后边东院去了。外面那雨越下越大,彭公猛抬头一看,却见从外进来一个妇人,生的千娇百媚,身穿一片白,素服淡妆,年约三旬以外,举止不俗,往后便走。彭公说:"李壮士,这座庙内不是正道修行之人,你看那妇人往后去了。"李七侯看了个后影儿,瞧着往西院外面去了,心中甚为怪异,说:"雨住了咱们走吧!恐受贼人之害。"彭公点头。

二人正说之间,外面进来了一个老道,年有四旬以外,头绾发髻,横别金簪,身穿细毛蓝布道袍,蓝中衣,青鞋白袜,面如紫玉,紫中透黑,扫帚眉,大环眼,二目神光朗朗,连发络腮,胡须犹如钢针,暗带一番煞气。李七侯看罢,连忙站起来说:"道爷请坐!"原来这个道人姓马名道元,乃是江洋大盗,因屡次犯案,自己当了老道,长拳短打,刀枪棍棒无所不能,还练得一身铁布衫功夫,善避刀枪。前在二盗九龙玉杯之时,他给周应龙去上寿,在店门首黄三太的身后,见过那李七侯,虽未交谈说话,却已知他是黄三太的余党。

当时因季全放火烧了周应龙的房屋,那些贼人回去救火,把火救灭之后,周应龙聚集众寇,升了聚义厅。那美髯公神力无敌薛虎,与小温侯银戟将鲁豹、俏郎君赛潘安罗英、玉麒麟神力太保高俊这四个人在两边站立。周应龙说:"黄三太欺我太甚,绝不该使杨香武出来盗杯。盗杯还则罢了,暗中又作践我,我二人誓两立,有他无我。众位可助我一膀之力,跟我到绍兴府去找黄三太,也闹他一个合宅不安,方出我这一口怨气。"内有蔡天化说:"先派人探听探听那只九龙玉杯是怎么一个下落?如要真是当今皇上之物,还怕黄三太到了当官,他把既往之事一说,这件事恐怕又生出别的大祸来!凡事总要早先防备,探听明白,再作道理。"众人齐说有理。周应龙听徒弟之言,立刻派手下精细的人前去哨探。过了二十余天,回来禀报,说:"庄主,大事不好了!现在黄三太见驾交杯,下了一道圣旨，着江苏巡抚调兵剿拿大寨主，须早作准备。那黄三太有一个朋友，乃是刑部右侍郎彭朋，当年做知县的时候，曾助过他银两。黄三太今日这场官司，全是彭朋给他走动的。还有一个白马李七侯，乃是京东的响马，与黄三太也有来往，他现今跟彭公，不久官兵必到。"周应龙听了此言，又急又气，他手下又没有兵马，便问众寇有何高论？内有青毛狮子吴太山说："大寨主不必为难，河南有我那座紫金山，现聚集四五百名喽兵。我来给兄长祝寿，山寨还有些结拜兄弟，头一个叫金眼骆驼唐治古、二名叫火眼狻猊杨治明、三名叫双麒麟吴铎、四名叫并獬豸①武峰。莫若收拾宅内细软，到紫金山招军买马，积草屯粮，那座山有万峰之险，大事若成，可以扬名天下，图王霸之基业。"并力蟒韩寿说："要不然，就上我的荒草山。"周应虎说："兄长你不必为难，上我那座北邱山也可以存身。"众寇纷纷议论不一。周应龙说："列位寨主，我今被他人所害，不得已而为之，既占了山寨，必要报仇。众位如遇见李七侯与彭朋，务必将他拿住，替我报仇雪恨。"众人齐说有理。那些人该告辞的，也就走了。

周应龙收拾好细软之物，即带家人与一干人等，放火烧了房舍，便到了河南紫金山。就在此处立旗招兵，派了四路头目前往各处，或在江湖水面抢劫客商。他是大寨主，共有十一位头目。大寨主周应龙，第二名青毛狮子吴太山、第三名大斧将樊成、第四名赤发灵官马道青、第五名赛瘟神戴成、第六名金眼骆驼唐治古、第七名火眼狻猊杨治明、第八名双麒麟吴铎、第九名并獬豸武峰、第十名蔡天化、第十一名玉美人韩山。此外还有红眼狼杨春、黄毛吼李吉、金鞭将杜瑞、花叉将杜茂，一共十五位。大家焚了香，饮了血酒，派人各处探听。过了新年，探听得彭朋已升任河南巡抚。开封府知府武奎，乃是周应龙的拜弟，他这里暗设计谋，要报前仇。

这元涌观的老道马道元，本来是个万恶之贼。今日瞧见李七侯身穿细灰布单袍，腰系凉带，足蹬青布靴子，淡黄脸膛，沿口黑胡须，二目神光满足。马道元坐在下边，问："二位尊姓？"彭公说："姓十名豆三，卖绸缎为生。"李七侯说："我姓李名七。"那马道元说："朋友，你不是白马李七侯吗？"李爷听了，说："道爷好眼力！在下的微末贱名是白马李七侯，尊驾如何知道？"恶法师见是他，便站起身来说："我久仰大名，二位坐着，我到

---

①　獬豸(xiè zhì)——传说中的异兽名，俗称独角兽。

后面去去就来。"老道离了李七侯，到后边把道袍脱下来，收拾好了，再把折铁刀摘下来，到了前边院内，说："踏破铁鞋无觅处，得来全不费工夫。李七侯，你二人休想逃走！"白马李七侯把衣服掖起来，抽出那单刀，窜至外边。此时雨亦住了，天有巳正。李七侯抡刀就砍，马道元急架相还，二人在院中动手。李七侯问："野道！你是哪里人氏？我李某与你有何仇恨，你要说来！"马道元说："李七侯！我姓马名道元，绰号人称恶法师。你前者在避侠庄与黄三太盗九龙玉杯，我就知道你。今日来此，拿住你送到紫金山，把你碎尸万段，以泄众人之恨。"李七侯说："好好！出家人作伤天害理之事。好野道！拿住你再说。"把单刀使动如飞，马道元的折铁刀也是神出鬼没。李七侯累的吁吁带喘，正在着急之际，忽听角门有人叫门说："开门来，开门来！"李七侯正在为难，心想："不好！贼人余党又来了！"想着，大喊一声说："奸贼，你庙内竟敢拦路劫官！"话未说完，进来数人。不知如何，且看下回分解。

第四十一回

问真情拿获贼寇　因案件私访豪强

话说李七侯与恶法师马道元二人，在庙内动手，不分上下。忽见从庙外进来十几个官人，头前那个拉着马的，头戴新纬帽，五品顶戴，身穿灰宁绸八团龙的单袍，腰系凉带，足蹬官靴，年约半百以外，赤红脸。此人姓彭名云龙，乃是开封府抚标守备，今日带十名官兵，两个跟人，来接新任的巡抚大人。这是作为哨探，如接着便打发人回去送信，合城的官员好接上司。因半路遇雨，又渴了，来至这庙内想要喝碗茶。他听里边动手，把门踢开，瞧见一个道人与一位壮士动手。那些官兵人等说："你们为什么动手呢？"白马李七侯说："众位快来拿这贼人，我是跟新任巡抚彭大人的，你们快来，大人现在东配房内。"那守备彭云龙听见，大吃一惊！先到东配房内给彭公施礼，然后又把兵丁叫了过来。彭公正着急，忽见一个穿官服的进来，口称是抚标守备，说："卑职给大人请安。"彭公说："好！你急速到院中，把那道人拿住。"彭云龙便把衣服一掀，拉出太平刀来，说："好万恶的道人，休要逞强，待我拿你。"马道元喊说："你等好不要脸，有几个人是有能耐的。"他把刀一摆，行东就西，一往一来，连李七侯与彭云龙二人都不行啦！彭公站在东配房内说："无良道人，着实可恶，你们官兵何不过去与他动手。"

那十个官兵之内，有一个哇呀呀一声喊嚷说："好一个贼道！欺人太过，看我结果你的性命！"拉出单鞭有鸡子粗，长有三尺二寸，乃是纯钢打造的，重三十六斤。此人身高九尺，膀阔腰圆，头戴官帽，身穿号铠，青中衣，青布抓地虎快靴，面如锅底，黑中透亮，亮中透黑，粗眉直立，虎目圆翻。他一摆手中鞭说："恶贼盗，你有何能？"照定头顶就是一下，老道急忙闪开。他见人多，自己想要逃走，无奈又被他三人围住。马道元急了，抢折铁刀照定黑大汉就是一刀！被那大汉用鞭往上一迎，把那折铁刀磕飞。老道往西窜去，被李七侯一刀背，砍于肩头之上。那大汉一腿踢在贼道膝骨上，道人往前一栽，摔于就地。彭云龙与官兵过去，把道人捆上。

　　彭公说："那黑大汉你姓什么？"那黑大汉过来给大人请了安，说："我姓常名兴，号叫继祖，因我身躯高大，别号人称镔铁塔。我是清真回回，住家在黄河北卫辉府城内，自幼爱习枪棍，父母早丧，孤身无依，来至开封府投亲，就在这里守备营内当一名步兵。这一份钱粮，每月只领银九钱七分，不够我吃的，无奈何，全仗着我们一个亲戚给我日用。我每一顿饭吃白面五斤，要吃米须得三升才够。"彭公说："抄他这个庙里，还有一个妇人。"众人到后边各处一找，只有道童儿，并无妇人。又在西院一找，见院内一口大钟，钟内有哼哈之声。众人把钟抬开，见有一人，已经要死，年有二十余岁。众人给了他一口水喝，又给他找了一个馒头吃，把他带到前边大人跟前。彭公问："你姓什么？为何在这钟底下，只管照实说来。"那人跪趴半步，说："老爷！小人乃在开封府祥符县城外五里屯住家，姓李名荣和，家有父母，生我兄妹二人。我妹妹尚无有许配人家，今年十七岁，比我小五岁。我娶妻张氏，住在本村。今年正月，有本村监生张耀联，绰号人称恶太岁，他家也种有二十余顷田地。他走动官长，结交衙门，霸占房屋土地，奸淫少妇长女，无恶不作。他遣他家使唤人郎山到我家，给我妹妹珠娘提亲，要与张耀联作妾。我父李绪文不愿意。他在二月二十五日夜内，硬把我妹妹与我妻张氏抢去。小人被他的恶奴郎山砍了一刀，我父亲也身受木棍之伤。次日我至祥符县，太爷姓金名甲三，并未传他到案，反说小人妄告不实。小人又在开封府武大人那里递了呈子，仍批回本县。金大老爷把我传去，说我是刁民越诉，打了我四十板子，问我还告不告？小人说，'求大老爷开恩，我实是被屈含冤，被势棍抢去人，身又受伤。知县老爷不给我做主，我是有冤无处诉的了。'"彭公听到这里说："好官！他应该怎么办呢？"李荣和说："那县太爷把小人收下，次日传张耀联到案，他说小人借贷不周，因此怀恨，说我妹妹被我送到别处去了，我自行作伤，妄告绅士。又打了我四十板子，叫我具结完案。小人无奈，便具了结，回到家中。我母亲连急带吓，竟自卧病不起，三月十六日死的。小人又想妻子，又想妹妹，先把我亲娘埋了，料想在河南省打官司如何赢的了？便找了一位会写呈状之人，写了一纸呈状。我带路费，打算要进北京，跪都察院鸣诉此冤。谁想我走到这庙门首渴了，要点水喝，老道把我让进庙来，问我哪里人？我一说实话，他把我的呈子谎过去一看，立把小人抓住捆上，放在那个钟底下。小人想，若是不能救出，必饿死在内！我家中素日供着观音像，我每日烧香，今在难处，我不住磕头，只求有个救星。今日多蒙众位老爷救我出来，求众位老爷救我，替我鸣冤。"彭公说："本院便是新任巡抚，此事只要是真，我定然替你报仇。"又把那贼道带过来说："你把李荣和那张呈状收在哪里？"马道元说："烧了！"彭公说："那两个道童不必带去，着他二人看庙。"

此时风息云散，早露一轮红日，天有正午。彭公又叫人各处去找，并无妇人，自己即带众人一同出庙，上马竟奔汴梁而去。走了有数十里光景，到了关帝庙，进城便到巡抚衙门。兴儿早已到了，即把大人迎接进去。彭公吩咐将马道元与李荣和一并派彭云龙看押。次日，护理巡抚印务的藩台英春，派首府送印过来，自己摆香案望阙①叩头谢恩，接了印信文卷。又次日，去拜藩、臬、道、首府、首县，大家又回拜。乱了几日，文武署员全皆会过。彭公知道李荣和这案内有情节，立刻委派了武巡捕李七侯、常兴二位，都保了一个六品虚衔；文巡捕是彭兴，余者各有所差，请了四位师爷专办书启奏折，又留常兴帮李七侯办事，赏京制外委。

这日，把马道元与李荣和一并交臬司刘彦彬办理。这位臬司乃科甲出身，为官清正贤能，到任不久。今接了巡抚大人交下来的案件，立时升堂，先讯问了李荣和的口供，与他的来文一样，立即带上马道元跪在堂下。刘大人说："你一个出家人，不守本分，结交匪人，私害人命，又在庙中行刺，还不把你所做之事从实招来。"马道元说："李荣和因他告我的朋友，我才把他扣在钟下。李七侯也是一个贼人，我二人素日有仇，我要报仇。"刘大人说："你这厮胡说，李七侯乃巡抚大人标下。你所行之事，何人所使？你趁此说来。"马道元说："小道无话可说。"刘大人说："给我拉下去打！"两边人役拉下去打了八十板子，又带了上来。刘大人说："你还不实说！"马道元说："大人！我与李七侯有仇是实，并不知是巡抚大人，要知是巡抚大人，出家人再也不敢行刺。"刘彦彬吩咐把这二人带下去，叫李荣和讨保，将道人入狱。立时行文，往县里要张耀联急速到案。过了两日，县里回文说："张耀联入都探亲，无日可归。"刘彦彬又催了两次，也是并未传到。

这日上巡抚衙署办公事，彭公将他请至书房之内，把一应公事办完，

---

①　阙（què）——指帝王的住所。

先问:"寅兄! 马道元与李荣和二人,应该怎样办理?"刘彦彬说:"马道元身入玄门,起意不端,谋杀人命,虽未害死,但他恶念已出,立意已坏,此事不能轻纵。还有,李七侯与大人在他庙中避雨,他怀仇谋害,按律应斩立决,把首级悬于通衢①之处示众。只有张耀联这厮,并未到案对词,我屡次催传,该县回文都说他入都探亲,无日可归。"彭公听罢说:"是了! 我也知张耀联是个不法之人。他认识马道元,这就不是好人。因牵连府县,寅兄回去,我自有道理。"刘彦彬喝了两碗茶,立时告辞。彭公想了想,把李七侯叫上来说:"李壮士,你换上便衣,跟我到那五里屯访访张耀联果是何等之人? 我再为办理。"李七侯换了便衣,二人由后边角门出去。巡抚彭公假扮作一个算命之人,带李七侯出了酸枣门,直奔五里屯而去。正值端阳节后,夏日天长之际。彭公这一人五里屯,又生出一场是非来。不知后事如何,且看下回分解。

---

① 通衢(qú)——大道,四通八达的道路。

第四十二回
张耀联看破行迹　彭抚台被拷马棚

　　话说彭公带着李七侯私访五里屯,在城外观看麦苗已然快熟,天气晴朗。来至村口,彭公说:"李壮士可暗中跟随我,不必同在一处。"那七侯说:"大人只看我眼色行事,留神不可大意!"二人进了北村口,往南一瞧:见这个村庄有二百来户人家,南北一条大路,东西也有大街。彭公走至十字街口,往东观看,见路北有一座宅院甚是高大,门前有两棵树。彭公拿出竹板来,连敲了几下,在这条街上走了几个来回。忽见从那大门内出来一个年轻之人,身穿细毛蓝布褂,白袜青鞋,面皮透白,生的俊俏。他站在门首说:"先生,你会圆梦吗?"彭公说:"也会。哪一家找我?"那少年人说:"就是在下。我姓张名进忠,我家主人张大太爷要圆梦,你要圆好了,可多给你几个钱。"

　　彭公点头,跟那人进了大门。门内有一道界墙,当中屏门四扇。彭公跟着那人进了上房,见正面有八仙桌一张,左右太师椅子两把,上首坐定一人,年约四旬,身穿两截罗汉衫,上面是白夏布,下面是淡青罗的颜色,五丝罗套裤,白袜青云履,手拿团扇一柄。第二纽子上有十八子香串,是真正伽南香的。桌上放着一个玛瑙烟壶,真珊瑚的盖子,赤金地羊脂玉烟牒。此人面如白纸,并无一点血色,短眉毛,鹞子眼,滴溜溜乱转,双睛透光,薄片嘴,沿口黑胡须。彭公一抱拳说:"庄主请了!"那人连座儿也不起来,说:"先生请坐,我请教请教!"彭公坐下,问道:"庄主所梦何事?"张耀联说:"昨夜梦见我身在淤泥之中,拔不出腿来,不知如何? 又见一只猛虎来咬了我一口,觉着疼不可言,一急就醒了,通身是汗。今日我心中不安,正想找一个会圆梦的人来圆梦。"彭公说:"此梦不祥。身在淤泥之中,被猛虎所咬,必有牢狱之灾,你速宜谨慎。"

　　张耀联本来心中有病。前者抢那李荣和之妻与他妹妹珠娘,这两个女子乃贞节烈妇,不但不从,受了他一顿鞭子,即自缢身死。暗中掩埋,从此他便得了一个心虚之病,又急又怕。他先是听人说李荣和进京告状,被元通观庙主恶法师马道元把他拿住,扣在钟底下,给他送来一信,他回信叫庙主把他结果了性命。后来又听说新巡抚上任,拿了马道元,把李荣和也从钟底下救活了,已交臬司审问。因知县和他是拜兄弟,知府又与他素有往来,他是常与府县在一处宴乐的,便花了些银子,用文书给顶回去了。他有一个表兄何世清,在索亲王那里做幕①,他依仗着势力,无所不为。今日忽得了一个恶梦,正在犹疑之际,听圆梦先生说有牢狱之灾,不由的一愣,随问:"先生贵姓?"彭公说:"我姓十名豆三,乃京都人氏。"张耀联听了,心中想罢,说:"先生到此处来了多少日子?"彭公说:"到此才有半月。"张耀联说:"求先生写一副对联。"彭公说:"在下写的不好,恐有见笑。"张耀联说:"不必太谦。"便叫家人研墨,取来文房四宝,把纸放在桌上。张耀联是有心之人,他要瞧笔迹,要写的好,如不是巡抚,定是衙门内的幕友先生;要是江湖生意人写的,笔力很劣。他见彭公拿起笔来,问在何处挂?张耀联说:"就在这客厅内挂。"彭公随手写的是:

　　　　留酒客怀应恨少,动人诗句不须多。

笔力甚足。彭公写完,张耀联说:"有劳大笔,先生好俊笔力。"彭公说:"见笑见笑。"张耀联说:"大人,你这是何苦?你来私访,我早已看破,多有怠慢。"即吩咐家人献茶。张耀联的意思是,只要你喝了茶,饮了酒,借这一步,咱们两个交了朋友,我给你三千两或五千两,那又算些什么!他就安着这个心探问彭公。彭公说:"庄主休要错认了人,我不是什么大人。"张耀联:"大人何必如此!咱也见过大人拜庙,并在各处拜客,今日来此,何必遮瞒?"彭公矢口不认。张耀联一阵冷笑,说:"官不入民家,你既然不认,你写给我一个借字,把你用我的一万两银子写上。"彭公说:"我又不曾借你的,我为何给你写字?这个事可不能行。"张耀联便叫家人进来。从后边进来了几个恶奴说:"唤我们何事?"张耀联说:"把他给捆上,吊在马棚之内。"家人即把彭公抓住,按在就地捆了,拉至后边马棚吊上。恶太岁张耀联亲身到马棚之外,坐在一把椅子上说:"你要是本处巡抚,说了实话,我不打你。要不说实话,我把你活活打死!"彭公五旬以外的人,听了此言,想罢,说:"张耀联,你既认识我,你怎敢私立公堂,殴打职官?我是本省巡抚大人,来此私访,你便把我怎么样?"张耀联听罢,

---

　　① 幕——幕人,古代王府中聘用的僚属。

吓了一跳！心中一急，说："把他放下来，锁在后园空房之内。"家人答应，把彭公送入空房，留下二人看守。

这张耀联有一个心腹之人，在此给他护院，姓邓名华，别号人称圣手仙，乃江湖有名的盗寇，是窦二墩一类人。自打窦二墩之后，他就在张耀联的家中住，仗着他主人势力，无所不为。今日张耀联急了，到外书房把邓华叫来，将拿住彭公的事说了一遍，问他有甚主意？邓华听罢，说："庄主，这件事闹的不小，一位巡抚大人，这么办如何使得？"张耀联说："事已至此，也不必说了，你快想高明主意才好。"邓华说："有三条计。头一条计，我须问庄主，还要这宅舍不要？"张耀联说："连我的性命都保不住，焉能顾别的？"邓华说："庄主将一切收拾好了，把家眷带上紫金山。那里大寨主是庄主的拜兄弟，也挡得了这件事，可将他杀了，以绝后患。中等计是把大人放了，别做造反的事，如事不成，隐姓埋名亦可。下等计是把大人请出来，苦苦哀求，把他送回衙门，庄主先托人情，后到案打官司。你看这计策如何？"张耀联说："还是用上策，把他一杀，咱们大家上紫金山，然后再想主意，救那马道爷。"邓华说："不要声张，先叫家人吃了晚饭，大家收拾好了，我再去杀他。"张耀联说："很好。"即吩咐家人摆酒，二人同桌饮酒。邓华这个人，喝了几杯酒，壮起胆来。张耀联说："贤弟，你莫非心中害怕？"邓华说："这件事我就去办，胆小焉能把将军做？"说着话，天有初更之时。邓华说："庄主在此少待，我去去就来！"他从墙上摘下一口刀，就往后园去杀彭公。

书中交代：李七侯看见大人进了大门后，他就访问这里的庄民，才知是张耀联的住宅。他甚不放心，找一个小酒铺喝了两碗酒，吃了些点心。日色已落，付了酒钱，还不见大人出来，便知不好！到了无人之处，他把衣服换好，把单刀一擎，把衣服系在腰中，飞身上房，到了张耀联的院中，正调邓华说要杀大人，把他吓了一跳！即在暗中跟他到了后花园。在翠云楼东首，有三间空房，门外有一个灯笼，两个人正在那里说话。李七侯一拉刀，跳在就地，说："呔！好贼人，光天化日，朗朗乾坤，你等便敢杀人，我来拿你。"邓华听了，吓了一跳！一回头抢刀照李七侯就是一刀。李七侯往旁一闪，趁势一刀，分心就刺，邓华用刀挡开李七侯的刀。那两个看宾的人说："邓华大爷，咱们赶紧鸣锣吧！"邓华说："不用，你们快去到前厅送信。"那个人答应去了。李七侯孤掌难鸣，又急又怕，脚下一绊，被石块绊倒，邓华举刀就剁。不知后事如何，且看下回分解。

第四十三回
玉面虎独斗圣手仙　张耀宗气走李七侯

话说李七侯绊倒不能起来,被邓华按住,去叫那个看守彭公的人,拿一根绳子来把李七侯捆起,放在楼底台阶之上。等他再回来一瞧,这看守之人已被杀死,那个送信的人也不见回来。他心中大吃一惊说:"不好了! 他们有人来了,这可不得了! 连忙要去开东房屋门杀大人,忽听后面有脚步之声。他一回头,见有一位英雄,年有二旬以外,头戴青缎子罩头帽,身穿瓦灰单裤褂,足穿青布抓地虎快靴。那人手举单刀,照定邓华就是一刀。邓华一闪身,战了几个照面,被那英雄一刀将邓华的刀磕飞,随即一腿踢于就地,立时栽倒,被他一刀杀死。

书中交代:前去送信的人,也是被这位杀死的。当那李七侯被获,他就很着急。邓华将七侯捆上,送到楼底台阶上时,他这里便把看守的人杀了,到空屋之内见了大人,把绳子割断,将大人背起送至西花厅的后面。他把邓华杀了后,听见李七侯在台阶上大骂,说:"你们这些狗狼之辈,把你七太爷杀了吧! 我要和你一刀一枪动手,你未必赢的了我,我无故被石块绊倒,你算什么英雄?"正骂之时,暗中有人说:"那李七爷别喊啦,要不是我,你早作泉下的人了。这样的能为,还喊什么? 依我之见,趁早回家抱孩子去吧! 你一个人保着大人,这是遇着我,若不遇见我,岂不连大人全皆受害。我把你解开,你趁早走吧!"这几句玩笑话,说的李七侯闭口无言。那人解开绳子,李七侯唉了一声,自己也不管大人在哪里? 他说:"朋友,你前程万里,保着大人回衙门去吧!"李七侯立时走了,进省城到了衙门,在自己住的屋内,把衣服并所用物件收拾一个包袱,竟不辞而别。

且说那少年人来至西花厅后面,把彭大人背了起来,跳出墙外,顺着路奔到省城,天已大亮。这个人把彭公送进巡抚衙门。彭公说:"壮士别走,你是哪里人氏? 请问为何到他家去救我?"原来这少年人乃是浙江绍兴府桂籍村张家集的人氏,姓张名耀宗,今年十九岁。他父亲名景和,乃镖行有名人焉,称为神拳教习,就传授了一个人,复姓欧阳名德,别号小方朔。这位把张教习所有之艺,全皆学会。后来张教习过世,他抚养师弟妹长大成人,并传授他二人的武艺。欧阳德因出外访去了,已有年余,并无音信。张耀宗在家中行坐不安,把家中一应事情交与家人张福经理,又在后边托奶娘、仆妇人等照应他妹妹,才出门在各处探访,探查无下落。他在江苏一省找过,今又来在河南省城内住下。因闻听人说:"本地有一个恶霸,名叫恶太岁张耀联,他就暗进五里屯向本村乡民打听,得知张耀联无所不为,夜晚便到了他的宅院,查探他的动作,若真是恶霸,必要将他碎尸万段。这日正遇见彭公前来私访被难,他就杀了邓华,救了彭公,并送至衙门。"彭公问明之后,说:"很好!你不必走了,就跟我当差,我定然保你做官。"张耀宗即请安谢过大人。家人来回话,说:"李七侯不知去向。"大人说:"他若来时,禀我知道。"随即派开封府行文祥符县,捉拿恶霸张耀联,速传到案。

不日府县来禀:张耀联携眷逃走。彭公心中明白,知是府县放纵恶人逃走的。此时彭公亦未深究,在书房想起李七侯这个人,为何不辞而别?我正想提拔提拔他,报他当年在三河任内那一片热心,也算是我的一个知心人。俗语说的好:"万两黄金容易得,知心朋友实难求。"思前想后,忽然又想起恶太岁横行霸道,府县夤缘①,串通一气。立刻把张耀宗补了一个京制外委,充当武巡捕,加六品衔。张耀宗谢过大人提拔之恩。彭公又想起荒草山之贼,即行了一角文书,着副将徐光辉,与守备彭云龙、常兴,带领五哨人马剿灭荒草山,捉拿贼人,不准一名漏网。又叫张耀宗到书房面谕:"今晚你去到府县衙门,暗探所办何事,细细查明回话。"张耀宗换了衣服,背插单刀,飞身上房,蹿房越脊,到了开封府的衙门,进到里面,在各处留心探听。只见北上房灯光掩映,有人说话。他行至房檐之上,隔着窗缝,偷眼往里一瞧,但只见里边八仙桌东首,坐着那位知府武奎。西首坐着一人,年约三旬,面皮微青,青中透紫,雄眉恶眼,此人乃是紫金山寨主并獬豸武峰,与武奎是本族。

这武奎先是一个秀才,在索奈那里当门客,后来又认索奈为义父,保他得了一个知府,在此任内剥尽地皮。前者张耀联逃去,归了紫金山,便是他纵放走了。今日武峰来到此处,见面先叙了离别的话,又送上三百两

---

① 夤(yín)缘——攀附拉拢关系。

黄金,说:"这是我家大寨主与张耀联寨主叫我送来,还有书信一封,请老爷过目。"武奎接过信来,展开一看,上写:

> 武大人阁下福安!弟张耀联多蒙庇护,得逃出虎穴龙潭。回想往事,胆战心寒。今幸得紫金山寨主暂借房舍,以救燃眉。知己之交,不叙套言。今有敝友马道元因弟之事,尚在缧绁之中。恳求吾兄千万设法解救,容弟面见,必当厚报。今带上黄金三百两,望兄台至日查收。来人武峰,乃兄之族人。别不多嘱。
>
> 　敬请
>
> 　福安
>
> 　　　　　　　　弟周应龙拜撰　张耀联拜具

武奎看罢,说:"你且回去,我自有道理。"叫人把武峰带至外面,叫他明日回去,不必见我。并送他十两银子作为路费。武峰去后,张耀宗又到县衙探听,却无别的动作。回来天已明了,即禀见大人,将夜间之事回了一遍。彭公即派人把李荣和传到,吩咐说:"你不必着急,本院现在行文各处,捉拿张耀联急速到案。"那李荣和连连磕头说:"只求大人替小人报仇。"

这日三更时分,张耀宗在房上巡查,见一条黑影儿,直扑上房而来。张耀宗暗中细瞧,见他到上房施展珍珠倒卷帘势,夜叉探海,悬挂房檐之下。张耀宗不肯伤人,一刀背打在那人背脊之上,复又一脚踢下房去。张耀宗跟着下去,把他捆上,带至前面他的房内,便问此人姓什么?来此何干?那人有三旬光景,说:"我姓马行九,别号人称白狼。我也是绿林英雄,今日我来此借些路费,遇见尊驾,木知贵姓大名?"张耀宗自通名姓,说:"朋友,你若说了实话,我许把你放了。你要不说实话,一刀把你杀死。我回禀了大人,你就是刺客。"那人一想说:"张老爷,我也是上了人家当。我乃直隶河间府人,来至河南,投了紫金山金翅大鹏周应龙。他那里有一位姓张的,名叫恶太岁张耀联,他说托我一件事,给我五十两银子路费,叫我来此行刺。我一时粗鲁,来此遇见尊驾,望求开一线之生路,放我回去,我再也不敢来了。"张耀宗说:"我也不杀你。"便拿起刀来,把他的耳朵砍下来一只,把绳子一松。又说:"你回去给他等送个信,如再来时,有一个算一个,全把他结果了性命。"那马九抱头逃走,张耀宗次日回禀了大人。

彭公到任三个月，访求贤能之员，保荐人才；若贪昏之辈，定然参革不贷。又兴立学校，清除弊端。保升了常兴为本汛把总，张耀宗也升了把总。这天，忽然想起一件大事，说："我初上任时，在半路之上，有荒草山的贼人，结党为匪，该延津县竟毫无觉察！我已然行文，将他撤任候参，并派副将徐光辉和彭云龙带兵剿捕，勿令一名漏网，为何至今未见回音？"候了半月，才见来禀：业已将荒草山的贼党共擒获四十七名，匪首阎保、金氏在逃无踪。因又行文各府州县，务须擒拿归案，在事出力人员候旨施恩。这日正是九月初九日，彭公将公事办完，请诸位幕友在书房谈心饮酒。忽报圣旨下！彭公赶紧接旨。钦差进了衙署，彭公即摆香案跪听宣读。原来是调彭公进京另候简用。巡抚印务，着藩司暂行护理。请过旨，钦差起身后，彭公即将公事一切交待清楚，择日起身。张耀宗亦要告假回家，彭公应允，随带亲随人等入都陛见。

是日到京，打了公馆，到内阁挂号，才知是被福建道监察御史胡光参了两款，说他结交响马，不洽舆情，纵容家丁，凌辱绅士，例应革职。康熙佛爷乃有道明君，因见了这道本章，即下谕着彭朋来京，另候简用。皇上早知彭公是忠心保国，干练有为之臣，是日内阁带领召见，皇上升了养心殿，彭公随大臣班次参拜已毕。康熙佛爷降旨说："彭朋，你有负朕心，为何纵使家丁，凌辱绅士？"彭公连连叩头，奏道："奴才蒙恩特放豫省大员，自到任后，惟知访用贤能之员，参革昏聩贪愚之辈，剪除势棍，清查匪类。查有勾串首府县之绅士张耀联，抢夺民女，反叛朝廷，种种不法。奴才亲身访查，竟将奴才捆在马棚，夜晚刺杀，凶恶已极。奴才终日兢兢业业，不敢有负圣恩。"康熙爷闻奏，勃然大怒！不知如何，且看下回分解。

第四十四回
蒙圣恩清官复任　良乡县刺客行凶

话说当今仁圣皇帝听彭公回奏，勃然大怒，说："该御史以风闻误参大臣，情实可恨，理应革职。姑念他职称言路，从宽免议，以后不准妄奏。"康熙佛爷见彭公五官端正，二目有神，必定忠正，遂传旨光禄寺赐宴。彭公谢了圣恩下朝。诸事已毕，候至腊月尚未派差事，自己倒也清闲，同亲戚朋友下棋饮酒。新年正月开印之后，圣上旨意才下，召见彭朋，着其复任河南巡抚。彭公谢恩之后，又请了一个月的假修理坟墓。倏忽就是三月初旬，请训上任，择定三月二十九起身。当今皇上钦赐金牌一面，上刻"如朕亲临"字样，着驰驿前往。彭公谢了恩，然后才归宅，把一切家事安排妥当，自有夫人照应教训公子读书，随带彭兴、彭禄、彭荣、彭华四个管家，车夫、厨子人等，大车四辆装载行李，二套车六辆。大人这一次出京，坐的八抬大轿，比先前更显荣耀。头一站是长辛店，有众亲友前来送行，接到公馆，大家饮酒已毕安歇。

次日天明，亲友告别后，大人坐轿起身往前行走。方才过了良乡，正走之际，忽见从西南来了一骑马，上面骑着一个押折的差官，头戴新纬帽，身穿灰布单袍，青布薄底靴子，背上背着小黄包裹，年约三旬，面似姜黄，两道剑眉，三角眼，五官不正之相。一见大人的轿马，他问："这是河南巡抚彭大人吗？我是开封府差官，烦劳通禀一声。"说着他就跳下马来，直奔大人的轿子而来，距离不远，抽出来一口鬼头刀，照定大人就刺。彭公猛然抬头一看，随说不好！把双眼紧闭，只等一死而已。幸好轿子旁边，有一跟轿的轿夫头儿，是山东人，姓王，绰号愣王。他跟着轿子，猛见有一人拿刀照大人刺来，心中大怒，一抬腿便把那贼人踢倒。众人吓的面如土色，连忙跳下马，把贼人捆上，带至轿前说道："大人受惊，请大人示下。"彭公吩咐："把他带在车上，不必难为他，到前边打公馆时，我再审问他吧！"众家人答应站起来，立时把贼人拉到轿夫车上。然后彭兴催马前往，到了松林店街上，打了店等候大人。少时轿子进店，众人伺候大人到了上房,便来传示:把那贼人带上来! 家人把贼人带在大人面前,说:"这就是刺客,请大人问他就是。"彭公带笑说:"你也不必害怕,你必是被人所使,快从实招来,我不难为你,你叫什么名字?"那贼听了,唉了一声说:"大人是一个明白的人,我也不敢说谎。我姓谢名豹,外号人称土太岁。奉了那紫金山寨主金翅大鹏之命,特意前来刺杀大人,替那张耀联报仇雪恨。一路之上,派有绿林英雄甚多,均在各处等候大人行刺,绝不能叫大人上任。"彭公听了贼人之言,吩咐把谢豹交与地方官解送涿州知府,叫他严刑审问明白,与我一套文书。又叫禄儿去到外面,置一身破旧衣服来。禄儿到外面去不多时,拿着一身破旧衣服来交给大人。

彭公派彭兴儿坐轿先走,自己带了二两银子,几百铜钱,和禄儿出这客店,顺路往前走去。禄儿说:"咱们爷儿两个走,道路甚远,恐怕难行!"彭公点头,叫禄儿雇两匹驴来,二人上驴,不一刻到了高碑店。在大街之上,开了脚钱。大人说:"禄儿,你找一个卖饭的,我要吃点茶食。"禄儿说:"前面就是饭馆子。"大人抬头一看,就在路北有一个酒楼,门首有两条对联,上写着"名驰冀北三千里,味压江南第一家",横匾是"宴芳楼"。彭公进门一看,上首是柜,下首是灶,后是座,靠东是楼梯。大人顺楼上楼,楼上是六间,正西有八仙桌。大人在那正当中坐下,跑堂的过来说:"二位要什么吃的呢?"禄儿说:"你给我要壶酒、炒鸡片、炸丸子、熘鱼片,然后配上两样饭菜,再拿吃的来。"那跑堂的答应下去,少时摆上酒菜。只听得下面喊嚷说:"合字儿,调飘儿,招路把哈,玄瑶儿上篾着莺找孙,把哈着急浮流儿扯。"话犹未了,上来了两个人。前头一人,身高七尺,项短脖粗,身穿浅白布裤,青布褂,快靴,手拿一个小小的包袱,面似白纸,两道浓眉,一双俊眼,二目有光。后跟那人,年约三旬,紫脸膛,浓眉大眼,身穿紫花布裤褂,青布靴子。那一个人说:"合字儿,调飘儿,招路儿把哈,海会赤字搬山青散留丁展,亮青子摘遮天万字的飘。"书中交代:这是江湖绿林中的黑话,"合字儿"是他们自己,"调飘儿"是回头,"招路"是眼睛,"把哈"是瞧瞧,"海会赤字搬山青散留丁展"是北京城内的大人喝酒吃饭,带了一个跟人,"亮青子摘遮天万字的飘"是拉刀杀彭大人。这二人原来认识大人。禄儿听了此话,心中说:"不好了! 这两个是贼。他们所说的话,必有隐情。"心中害怕起来,见那两个人进来就坐在对面桌上。

这二人原来是河南紫金山金翅大鹏周应龙的余党,前走那个人是红眼狼杨春，另一个是黄毛吼李吉。彭公在任时，曾发过人马剿那紫金山的贼寇，未能成功。后来张耀联归紫金山，他又派人走动人情，买通御史，参了彭公。因听说彭公复任，他便与周应龙合伙，派人打听彭公出京的日期。他等使出一个绝户计来，派了几个盗寇下山，在一路之上扮作各行买卖人，在暗中刺杀大人。今天在宴芳楼之上，他们认出了大人的相貌。因在河南已曾见过，故此一见就识。禄儿见他二人相貌凶恶，两只贼眼不住的直瞧大人，早就害怕，直盼人人快些吃完好下楼。算还饭账，禄儿暗中说："大人，那对面坐的两个人不是好人，大约就为大人而来。"

那彭公一生忠正，并不害怕。下楼一看，天已不早了，见路北有一座客店，店门关闭，便叫禄儿前去叫门。禄儿答应，看那墙上写的是"安寓客商姜家老店"。这掌柜的姓姜名通，外号姜够本，为人奸猾刻薄，年有六旬以外，并无父母妻子，剩下孤身一人，尚不知道改恶向善，还行那损人利己的事。这店伙友全都散去，就有一个掌柜的名叫张文滔，因欠他的工钱未走，并无住客。姜够本正在屋内为难，忽听得叫门，连忙答应，说："是哪位？"开了大门一看，原是两个人。看彭公年约六旬，跟着一个年幼之人，衣服平常。姜够本看罢，说："我这座店是关了门的呢，不住人了。"禄儿因怕那两个人瞧见了，连忙说："我们只要有住处就行了，房钱照例奉纳。"姜够本听他之言，因正在穷迫之际，就安心要讹他，说："你二人请进来吧。"彭公急忙走到上房，叫店家点上灯，拿进一壶茶来。彭公说："你算算该多少房钱？拿了去吧。"姜通说："上房的房钱白银一两，茶钱、蜡烛一两。"禄儿把带来的二两银子交与姜通。他拿去回归柜房，十分高兴，想着明天开张，把那二两银子，换钱来做买卖，就可成功。正在想念之间，忽听有打门之声，不知又是何人？要知后事，且看下回分解。

第四十五回

姜家店群贼行刺　密松林一人成功

话说那店家正在房中，看着二两银子欢喜，听见外面有人叫门，连忙把银子放在抽屉之内，出来将门开了。见那门外站着五六个人，都是青衣服，小褂裤，手拿单刀、铁尺，说："你这店内，方才住下两个人，是北京口音，有六十多岁的一个，十七八岁的一个。"姜通说："我这店已然关闭，方才住下的是两个人，住在上房里。"那几个人说："你可不准走漏消息，若走了他两个人，要你的命使唤，我们是奉命办案之人。"说完回身就走。姜通一生最怕多事，听见这几个人所说的话就害怕，心中不乐。回至自己房内，把抽屉一拉，瞧那银子没有了。他心中一想，说："对了！必是张文滔在西屋内听见我得了二两银子，他必定偷了去啦！"想罢，来到西屋里间，瞧见张文滔躺在床上，酣睡如雷，天气又热，早就睡着了。姜够本因为自己丢了银子，气糊涂了，也不管它是与不是，过去睁圆了眼，照定张文滔脸上就是一掌，打的张伙计一翻身起来，说："小子，你夜静更深，还不睡觉，为何打我？"遂站起身来，竟扑姜够本，抡拳就打。姜通说："你先别着急，跟我到南屋里来，我告诉你。"二人说着，来到南屋内，姜通把方才的事说了一遍。张文滔说："这是哪里说起？我一概不知。你到别处找去，我方才睡觉了，并不知道这些事情。"说罢，仍回他屋内，一看被褥衣包一概不见，不知被何人盗去？走到南里间，瞧那姜够本正低头寻思。张文滔抓住了他的辫子，按倒在地就打，说："你趁早实说，快将我的衣服拿出来，凡事皆休。"姜够本说："老张，你先别打我，我赔你就是了，我不知你丢了什么物件？你别嚷啦！怕的是惊走那两个贼人，等天明再说吧！"

再说那大人同禄儿，在上房点了烛，和衣而卧，正要睡去，忽然纸窗一响，禄儿往外一看，见一条黑影站在门前，手拿一把单刀，窜进了上房，一口把灯吹灭，把禄儿吓的钻入床底下，不敢言语。那人把大人的肩头一拍，说："大人，我来了。自大人改扮出来，我就在暗中跟随大人。在酒楼说的话，我已听见了，不要害怕。方才我把店家戏耍一回，请大人快跟我逃走。"大人也无可奈何，急的无有主意了，被那人背将起来，往外就走，飞身上房，跳在外面，就往南面而去。大人说："你是什么人，姓甚名谁？"那人说："门下张耀宗，只因大人卸任回京，我也不愿作那千总，自己告退，在旅店住下，暗中私访那些在省官员。唯有那知府武奎，欺妄骗诈，交结大盗，无所不为。这条大道之上，绿林人物往来不绝，大人快跟我前去，追上大轿再说吧。"彭公点头。玉面虎正往前走，忽见对面来了十数个贼寇，把去路阻住，吓的张耀宗把大人放于树林之内，自己抽刀迎上群贼。

　　书中交代：来的这伙人，是红眼狼杨春、黄毛吼李吉二人，勾串了金眼骆驼唐治古、火眼狻猊杨治明、双麒麟吴铎、并狮豸武峰、金鞭将杜瑞、花叉将杜茂、恶法师马道元等，奔姜家店来刺杀大人。至半路上，正遇见了玉面虎张耀宗，身背大人由北往南。张耀宗先把大人放下，拉刀迎上群贼。金鞭将杜瑞把手中鞭抽出，说："什么人？"张耀宗说："你等不必前来，今有玉面虎张老爷等候多时了，待我全把你这伙贼人的狗命结果了吧！"杜瑞是一个性情刚暴的人，有些力气，仗着人多势众，听了张耀宗之言，气的他三尸神暴跳，五灵豪气腾空，抢手中鞭照定那张耀宗就是一鞭。张耀宗往旁一闪，使刀分心就刺。杜瑞用力往旁把鞭一架，张耀宗急忙将刀抽回。那花锤太保丁兴，摇锤协力相助，二人来战张耀宗一人。还有那花叉将杜茂、杨春、李吉、蔡天化四人，也各举兵器，一齐上前助战。张耀宗一人独力难支，只累得气喘吁吁，遍身是汗，想要走是万不能够了。吴太山说："小辈，你别想逃去，我等拿住你碎尸万段，才能出气。"张耀宗见群贼来势凶猛，自料寡不敌众，又不知此时大人落在哪里？那吴太山等料张耀宗年少之人，有什么本领，杀了他然后再说。杨春抖起精神，说："咱们把这厮乱刀分尸吧！"正在耀武扬威之际，忽然从树上跳下一人，说话唔呀唔呀的，说道："唔呀混账王八羔子，不要欺负人，吾把你们都结果了就是。"张耀宗一听，心中大喜，说："是大哥，救命星君来了！"

　　书中交代：来的此人，乃是这部书中行侠仗义的有名人物。他的籍贯是浙江嘉兴人，双姓欧阳，单名一个德字。自幼爱练功夫，在各名山胜境之处访求高人，习学武艺。父母早丧，又无兄弟姐妹，自己并无牵挂。他游到浙江绍兴地面，听说本处张家集有一位武教习，先在镖行，大有名声，姓张名景和，别号人称神拳无敌。欧阳德亲身到张家集一问，有人指引路西的一家门首，有垂杨柳两棵。来到门外一叩门，里边出来一位四旬光景的男子,身穿灰布夹袄,白袜青鞋,面皮微黄,二目有神,双眉带秀,四方脸,尚口胡须。他出来一瞧,见门首站着一人,年在二旬,白净面皮,长粉脸,重眉毛,大眼睛,准头端正,唇如涂朱,大耳有轮,身穿蓝宁绸夹袄,蓝中衣,白袜青云鞋,手拿小包袱。看罢,说:"这位先生找哪位?"欧阳德说:"吾是嘉兴人氏,姓欧阳名德,久仰这里有一位张镖头,吾特来拜访,还有大事相求。方才在贵庄访问,有人指说这里。不知尊驾何人? 贵姓高名? 恳求传禀一声!"那四十以外的男子:"我名张福,那位神拳教习是我家主人。你今来得甚巧,我主人正在书房闲坐,昨日方才归来的,我给你通禀就是。"转身进入内院,去不多时,从里边出来说:"我家主人衣冠不整,在书房恭候呢!"欧阳德随那张福进了大门,过了二门,行至上房,便有一个十五六岁的小童,打起帘子,只见靠北墙有花梨条案,上摆郎窑果盘、水晶鱼缸、官窑瓷瓶,墙上挂着八扇屏,画的山水人物,俱是名人笔迹。案前是楠木八仙桌一张,两边全有座椅。东里门挂着幔帐,西里间亦挂幔帐,里边团屏床帐均皆干净。欧阳德看罢落座,童子送上一碗茶来。张福出去不多时,自外进来一人,年约在半百以外,四方脸,重眉阔目,鼻梁丰满,四方口,三髯须,五官端方,二目有神,身长八尺,身穿蓝洋绉夹袄,白绫袜,青云鞋。欧阳德连忙站起身来行礼,自通名姓。张教习答礼相还,落座说:"先生自嘉兴来此,有何事来找愚下!"欧阳德说:"老师! 弟子愚拙之人,久仰大名,愿拜在尊前习学艺业,望求收留!"张景和看欧阳德五官不俗,面带忠厚之相,心中也甚愿意。二人言语投合,即自今日为始,留欧阳德住在书房,择日拜了师父师母,一家人全给引见了。张教习夫妇跟前有一子一女,公子年方三岁,小女尚在怀抱,欧阳德在这里住了三年,所有张教习之艺俱皆学会了。自己想要回家祭扫坟墓,遂禀明老师,告辞起身。在路上便作了些行侠仗义,济困扶危之事。非止一日到家,买了香烛、纸马祭品,到坟前祭奠。看坟的家人收了祭物,给大爷请了安,并请用饭。他在这里住了一夜,给看坟的几十两银子,教逢年按节祭扫,不可迟误! 吩咐毕,自己又往各省去访人外之人,要学那无敌的手段。

　　后在千佛山真武顶,遇见了红莲长老,即拜在老和尚跟前学艺。红莲长老亦与他有缘,说:"你应该出家才是。"欧阳德说:"过五十岁归山受戒,我一定准来,若有半字虚言,必叫火把我烧死就是了。"红莲和尚说:

"阿弥陀佛！善哉善哉！我传你就是。"欧阳德练会了鹰爪力重手法，一力混元气，达摩老祖易筋经，练的骨软如绵，寒暑不侵。二年工夫，练的甚好，就辞别和尚下山，在各处访查贪官恶霸，势棍土豪，绿林采花的淫贼。天下之人闻名丧胆，望影心惊，人称他小方朔。

这一年忽然想起，自从拜别张恩师，终未来看师父，便起身说："走哉！走哉！"不一日到了张家集，正遇张教习病体沉重，一见欧阳德进来，心中甚喜，说："贤契，你来甚好。你师母前年去世，剩你师弟耀宗、师妹耀英，他二人不知世故，你要当作亲弟妹看待。耀英今年四岁，有奶娘照应，我死之后，你千万要在这里照料他二人成人，把我传你的武艺，全都教会了他兄妹二人，使之成名。我在九泉之下，也感你的好处。"欧阳德是一个侠心义胆之人，听他师父之言，连连答应说："你老人家放心就是。倘百年以后，吾必在此照料他二人成人，把我所会的武艺，全教他兄妹二人。"张教习听了欧阳德之言，心中喜悦，有心再嘱咐他两句话，一时心中发闷，不能自主。众家人同耀宗、欧阳德在床前守至三更时分，张景和便呜呼哀哉，气断身亡。大家举哀。欧阳德代张耀宗办理丧事已毕，从此就在这里教他兄妹二人。

过了五载光景，张耀宗年已十二岁，欧阳德方才往别处访友去，不过三两个月，就要回来看望。张耀宗待欧阳德如同亲兄长一般。张耀宗到十九岁这年，自己独自在家，想起大哥欧阳德有半载未见回来，又无音信，甚不放心。这才往河南，遇见彭公私访五里屯。张耀宗气走李七侯，蒙大人保升了千总，跟着大人当差。自彭公被张耀联买通人情，参了一本，调进京去，张耀宗便告假在省城住了半月，随后也就回家，在一路之上，访问恩兄的下落。到家过了新年，想起彭公那样清廉的恩官被参，不知当今万岁爷怎样办法？我要入都去打探下落，至半路便遇见大人住在店内，他从姜家店将大人背出，路遇群贼，就把大人放在树林之内，与贼人交手，怎奈寡不敌众，正在为难，忽从树上跳下一人，正是他恩兄欧阳德，要与众寇动手。不知后事如何，且看下回分解。

第四十六回
小方朔独战群寇　玉面虎寻找清官

　　话说青毛狮子吴太山、李吉、杨春、杜瑞、杜茂、唐治古、唐治明等约二十余名贼人，围住了张耀宗动手。从树上跳下一人，众寇借着星月之光，望对面一看，那下来之人头戴瓜皮秋帽，身穿老羊皮袍，足蹬棉鞋，高腰袜子，面皮微紫四方脸，稠眉毛，单凤目，高鼻梁，微有几根胡须，上七根下八根，元宝耳朵，带着眼镜，身高五尺以外，说话唔呀唔呀的。这一伙贼人，就马道元认识是小方朔欧阳德，并知道他的厉害，其余贼人虽然闻名，并未见面，哪里放在心上？红眼狼杨春、黄毛吼李吉二人，举刀照定阳德头面剁来！不想他身上练的善避刀枪，寒暑不侵，见二人刀来，自己把足下棉鞋地脱下来往上相迎，战了两个照面，欧阳德便把红眼狼打倒，黄毛吼也带了伤。花锤太保丁兴过来，抢锤就打，被欧阳德施展点穴功夫，点倒在地，立时身死。金鞭杜瑞说："大家拿他就是！"各举兵刃动手，被欧阳德点倒了六个，余贼才不敢动手，背起带伤之人，大家往南就跑。

　　张耀宗也不追赶，过来给欧阳德行礼，说："请问恩兄从哪里来？一载有余未见，现在何处？"欧阳德说："自从别后，吾在家乡修理坟墓，又逛了一遭扬州。这半载有余到了北五省，吾听人说你在河南保了彭大人，吾这是找你去，至此处遇见群贼，不知贤弟因何与他作对，来此何干？"张耀宗说："去岁我找寻恩兄，到河南保了彭公。后来彭公被参，调进京去，我也不能跟去，又在各处寻找恩兄，到冬月回的家。今春一则要寻恩兄，二则到京中打听清官彭公如何？至半路遇见大人复任河南，我想那河南紫金山金翅大鹏周应龙手下，高来高去的江洋大盗不少，张耀联又归了此山，怕他等谋害大人，我要暗中保护。在半路上刺客拦轿行刺，幸亏被轿夫愣王拿住了，交了涿州。大人改扮私行，在高碑店酒楼避雨，遇见那贼人，我未敢动手。大人住了店，我怕贼人夜晚要害大人，便把大人背到这里，路遇群贼，若不是恩兄来此，我必受群贼之害。"欧阳德听完，说："唔呀！大人在哪里？请过来，你送他至公馆，还是坐轿走好。"张耀宗说:"'很好!'连忙到那坡上一瞧,大人不见了,吓了一跳,说:"兄长不好了!大人被那伙贼人背去,这可该当如何?"欧阳德说:"唔呀!贤弟不要着急,吾追那混账王八羔子去,把大人救回来就是了。你先到安肃县,在公馆内再见吧!"说着便追下去了。

张耀宗正在着急,抬头见前面黑暗暗、雾潮潮,一片树林森森,想必是一座大村庄。玉面虎张耀宗信步往前,奔那村庄而来。方到村庄北口外路西,见有勾连的搭三间铺子,挂着酒帘,卖包子、馒头、大饼、面条,里边四张桌子,桌上摆着鸡子、糖麻花、豆腐干。张耀宗身乏,四肢无力,心中又烦闷,想要歇息,进了酒铺说:"拿酒菜来!"铺内一个年过半百以外的男子,一个十五六岁的小孩子,过来送上酒,又摆上几碟馒头、包子。张耀宗在这里吃酒,心中想:"彭公万不能叫他等抢去,也不能去远了。"心中辗转不定。

且说彭公见张耀宗一人与群贼动手,料不能取胜,自己便站起身来,往西南就走。道路崎岖,又是黑夜光景,甚不好走,只得趁着星月之光,走了五六里路,坐在地上歇息。忽听见西南上有犬吠之声,站起身来,信步奔那村庄而来。天色微明,已到村庄北口,见路西有一片灯火之光,是勾连搭三间酒铺,里面有蒸馒头、炸麻花。四月天气,夜里还凉,彭公改扮之时,又未穿着夹衣,俱是单衣衫,身上透寒,瞧见这三间屋子是卖吃食的所在,心中甚喜,推门进去说:"众位借光,我在这里歇息。"铺内掌柜的有五十多岁,身穿月白布裤褂,黄脸膛,短眉毛,圆眼睛,沿口胡须。那个小伙计有十五六岁。就是这两个人,在那里炸麻花,见进来一人,年有六旬,衣服平常,五官端方。小伙计过去说:"要喝粥有小米粥,热的有馒头、麻花、煮茶鸡蛋,还有烧酒。"彭公觉着天寒,想要吃两杯酒,说:"拿一壶酒来。"小伙计答应,不多时把酒与各样菜摆上来。彭公吃了几杯酒,那天也就大亮,红日东升,身上也不冷了。自己又要了一碗粥吃了,歇了片时,伸手一摸,锦囊之中就是那万岁爷赐的金牌,并无别的物件。这才说:"掌柜的,你这铺中可赊账?先给我记上一笔,过三五天,我必定给你送了来。不知怎么,今天我出来的慌忙,忘了带钱啦!"那个掌柜的一听这话,把眼一瞪说:"你这个人,大清早起,我们尚未开张,你是头一号买卖,吃了四十八文钱,我也不认识你,要写账不成,趁早给钱!"彭公心中自知无理,又没有钱,正在为难之际,只见从外面进来一人,年约二十余岁,俊品人物,身穿品蓝缎子裤褂,漂白袜子,青云鞋,身披青绸子小夹袄,手托水烟袋。一见彭公在那里坐着,他两个眼不住的望着大人瞧。铺中掌柜的与小伙计一见那人,连忙带笑说:"朱二爷来了,起来的早呀! 吃的什么点心哪?"那少年人说:"我倒不吃什么,这位先生何时来的,昨天住在这里面吗?"酒铺掌柜的姓吴,连忙说:"朱二爷,你别提啦! 我这买卖甚不吉利,今天清早,他进来喝了一壶酒,吃了点菜,共该银四十八文,却告诉我没钱,三五天再来给我,我认得他是谁呀?"那位少年之人,走至大人面前说:"这位老先生,尊姓大名? 贵处哪里?"彭公说:"在下乃京都人氏,姓十名豆三。"那人听了大人说话的声音,说:"老吴,这位十先生吃的四十八文钱,我给了。"过去就拉大人说:"先生,你跟我来,眼下有一个人正想你!"那彭公一怔,也不认识这少年之人,便说:"有人想我? 我这里并无至近之人。"却不由己地被那人拉着往外就走。

此时红日东升,快到吃早饭之时。彭公跟定那人,出了酒铺,往南走了不远,往东一看,见一片树林森森,有十数棵龙爪槐树,幌绳上拴着膘满肉肥的五十余匹马,路北大门前的两块大石,是上马所用。那少年拉着彭公进了大门,东边是门房三间。进了门房,大人瞧这屋里倒也干净,并无浮尘,必是常坐的屋子。他在北边椅子上坐下,当中就是八仙桌子。那少年人说:"大人胆量太大! 这里无数的贼人等着拿你,你老人家还偏往这里私访。这里找你老人家,如同钻冰取火,轧沙取油,幸亏遇见我,要遇别人,大人性命休矣! 大人把我忘了吧?"彭公一时间想不起来,遂说:"你是谁? 在哪里见过? 怎么说我是彭大人呢?"那少年说:"我说了实话,恩官就肯说了。我姓朱名桂芳,在绍兴府做了一起买卖,折了些资本,因为坐船与同船之人不和,他是一个江洋大盗,被人拿住,他就把我拉住,说我是他合伙之人。多蒙恩官清正廉明,把我当堂释放,我才不敢往外做买卖去了。在家中托人找了这连洼庄,庄主是赛展熊武连。我在这里当一个门公,亦有四年。这个庄主,他是绿林中人,坐地分赃的大贼,与各处有名的贼头全有来往。前几天来了河南紫金山金翅大鹏周应龙的手下人,说是要劫杀大人。我总想到大人对我的恩义,今天清早起来,往老吴那里要个麻花吃,正好遇见大人。若叫那伙贼人瞧见,大人性命休矣! 这武连要知道,大事就不好了!"大人听完,说:"朱桂芳,既然这样,你替我想一个主意,救我才好! 你我在这里,也是不好的!"朱桂芳说:"理应预备早饭,无奈大人在龙潭虎穴之中,怕坏了事。我有一个舅舅,住在连洼庄东头,赶车为生,这两天正在家中歇工。我去找他,叫他套上车,送大人至安肃县公馆内,不知大人意下如何?"大人说:"很好! 就是这样办法,事不宜迟,你就此前往为是。"朱桂芳说:"还有一件要紧的事,我走之后,要有别人进来,问你老人家哪里住? 姓什么? 来此何干? 你老人家就说在新城县住,说我是你的外孙儿,到这里来看我。别说是北京城的人,千万记住了。"大人点头答应。朱桂芳出离门首,往外就走。

焉想朱桂芳在屋中与大人说话,外边暗中有人听见了。此人乃是朱桂芳的同事,姓潘名得川,今年十九岁,是赛展熊武连的心腹之人。他在暗中听了这话,心内说:"朱桂芳你这小子,素日倚仗着嘴巧舌能,在庄主跟前说我的过错,今天可犯在我的手内。"转身入内,来至大客厅,见庄主正同山东路上的响马蝎虎子鲁廷、小金刚苗顺在那里说话。潘得川连忙进来说:"庄主了不得啦,咱们全家的性命难保! 朱桂芳勾串彭公,要调官兵来围困连洼庄,捉拿咱们。"武连说:"这话从何处说起呢?"潘得川说:"赃官私访,现在门房,朱桂芳套车去了!"武连听罢这话,怒气冲于霄汉,拉刀带从人直奔外面门房而来,要杀忠良彭大人。不知怎样杀法,且看下回分解。

第四十七回

彭抚台误入连洼庄　胡黑狗认识讨金牌

　　话说恶奴潘得川在内厅房把朱桂芳所作之事，全都对他主人说了。赛展熊武连听罢，很是生气，叫了五六个家人说："跟我到外面见机而作，若果是真，把他千刀万剐！"蝎虎子鲁廷、小金刚苗顺二人说："我们也跟去看看。"大家一齐站起身来，往外就走，来至门房里边，只见南边椅子上坐着一位年迈之人，年约花甲以外，五官端正，四方脸膛，双眉带秀，俊目有神，白净面皮，花白胡须，身穿半旧细灰布褂，蓝中衣，灰套裤，白袜青云鞋。武连看罢，说："你是何人，在我门房？"彭公说："我是来此探亲的。"武连说："彭朋，你好大胆量！我们这里正在找你，如同钻冰取火一般，你还敢到这来私访！好哇，孩子们拿绳子先把他捆上，我细细地问他。"彭公听罢，连忙说："且慢！"抬头一看这说话之人，身高八尺以外，膀阔腰圆，黑脸膛，重眉毛，大眼睛，高鼻梁，沿口黑胡须，年约四旬，二目贼光灼灼，瞪着眼睛，身穿蓝绸短汗衫，青缎子中衣，足蹬青缎抓地虎快靴。彭公看罢，带笑说："庄主，我是新城县人，来在这里找我外孙儿朱桂芳。我姓十，并未得罪哪位，为何说我是彭朋，还要捆我，这是哪里的话呢！"恶奴潘得川说："庄主爷别听他的话，这是朱桂芳叫他这样说的。如朱桂芳听见这话，他还敢进来吗？他若一跑，必奔那前边公馆，追上跟赃官之人送信，调那官兵前来。咱们可就苦啦！先把彭朋捆上，等朱桂芳回来，把他二人的性命结果了，人不知鬼不觉，凡事总要严密才是！"小金刚苗顺听罢，说道："庄主爷，潘二爷这话甚是，依着他说的就是了！"众恶奴过来将彭公捆上，大家坐在屋内，等朱桂芳车辆一到，好再拿他。家人之内有一个王福，是朱桂芳的表弟，听见这个话，便假作出去出恭，往正东走去，见朱桂芳坐着车正往前走。王福说："你坐车逃命去吧！你的事坏了，彭公被他们捆上了。"朱桂芳一听，大吃一惊！自己连忙叫拨回车子，把车一转，往正东一直的跑去了。王福回去，还装不知道。

　　等了有一个多时辰，不见朱桂芳回来，派人打听，回来说并无踪迹。

武连说:"来! 先把狗官抬到里边来。"鲁廷、苗顺二人跟至大厅,他三人落座,忽然家人来报,说:"火眼狻猊杨治明回来了。"原来这伙贼人是昨夜从这里走的,也未能杀了彭公,那几个不知事务的在路上被欧阳德点了穴,众人便狼狈逃走。杨治明未能走开,听后边有人追他,便藏在一边,候至天亮才回来,至连洼庄正赶上武连在厅上坐定,要审问那彭公。杨治明进了大厅,落座说:"庄主,我昨日好晦气,遇见了蛮子欧阳德,在大树林子打坏好几个人,我今逃到这里。"武连说:"杨贤弟请坐! 我这里审问一个人。"吩咐家人:"把他抬进来!"左右答应:"是。"即将彭公抬进大厅,放在就地。

武连说:"下面你是什么人? 给我快说实话。"彭公说:"我是新城县人,来看我外孙儿朱桂芳的。我会算卦相面,哪里都去,常在京都前门外大街,今天庄主是错认了。"武连一阵冷笑,说:"狗官! 你今天自己走入地狱门,你还敢撒谎。"一伸手把墙上挂的宝剑摘下来说:"你要不说,一剑结果你的性命。"恶狠狠地便把宝剑举向彭公。彭公说:"庄主! 我实是算卦相面之人,不可错杀了人!"小金刚苗顺说:"武大哥,这个人不是彭朋。"武连:"何以见得?"苗顺说:"杨二哥方才说,昨夜晚已遇见欧阳德救了彭公,他焉能来在这里呢? 把他放了吧,叫他给咱们相相面,如相对了,给他几两银子,叫他去吧,他这大年岁,料也不是。"武连:"把他放开。"众恶奴把大人扶起来。

武连吩咐在旁边看个坐儿,说:"十先生你坐下,我一时莽撞了。我那家人朱桂芳是一个好人,必是害怕不敢回来了。现请你先生先给我相相面,然后再给他们三位相相就是。"彭公本来多读广览,一看武连脸上凶煞之气,说:"庄主凡事忍耐,少贪外事。今年交运,过了今年便事事如意,万事亨通。子孙最少,多积些阴功德行事,自有益于子孙。"蝎虎子鲁廷说:"老先生,你也给我们看看!"彭公瞧了瞧鲁廷,凶恶气象,五官不正,连说:"这位的相主于多受劳碌,在家闲不住,骨肉不和,少运平常。今年贵甲子?"鲁廷说:"今年三十二岁,姓鲁,山东人氏,你说的真对。"彭公说:"尊驾这相貌,宜在外,少在家。一生财如流水,来的广,去的多。"鲁廷不等说完,连说带笑:"相的对,不错,我们绿林中人物,这手来那手去,哪里存得住呢?"小金刚苗顺连忙拦他,说:"大哥,嘴太不严啦!"武连哈哈大笑说:"苗贤弟,你也太小心了,我这一带的村庄,哪一个不知我是一个坐地分赃的英雄！何必坐在家里小心呢？先生，你给我苗顺贤弟相相看，他相貌如何？"大人恨不能立时逃出龙潭虎穴才好，只得说："这位的相貌与众不同了，他为人机巧，伶俐聪明，一见就识。少运好，此时在中年正走好运，诸事平明，交了今春，你的事多多顺利。"苗顺点头。正要给杨治明看相，杨治明说："不必给我看，咱们绿林中人，还有什么凭定？所做的都是犯王法的事，事到如今，我倒是骑虎不能下了。给这位先生一点路费，叫他去吧！"武连说："王福，你从账房内要二两纹银，给他去吧！"王福取银两去了。

外边家人进来禀报，说："京东胎里坏胡铁钉求见。"武连说："请进来。"不多时，只见外面进来一人，身高约有五尺，光着头，身穿青绸大衫，足蹬青缎快靴，尖脑顶儿，黄脸膛，两道斗鸡眉，一对圆眼睛滴溜溜烁烁放光，小蒜头鼻子，一对小耳朵，薄片嘴，微有几根胡须，上头七根下头八根。一进大厅说："庄主久违了，一向可好？"武连站起身来说："胡寨主从何处而来？"胡铁钉说："自京都而来，要到河南访个朋友。这位不是火眼狻猊杨治明贤弟吗？为何发愣？"杨治明说："哎呀，原来是胎里坏胡铁钉大哥呀！十数年未见，你真好眼力。"武连又给鲁廷、苗顺二人引见。

胡铁钉抬头看见彭公，便目不转睛地盯着。武连说："胡贤弟，你看什么？"

胡铁钉说："这位是做什么的？"武连又把方才之事说了一遍。胡铁钉道："彭大人久违了，可还认识我？我是京东三河县人，姓胡名铁钉，绰号人称胎里坏，乳名黑狗。你做三河县之时，我就认识你。你拿过左青龙，为何今天又在这个地方啊？听说你升了河南巡抚，到任后就把白马李七侯辞了，你是得意忘友之人，不懂交情。"武连听了这话，说："胡寨主，你当真认识他？可别错认了！"胡铁钉说："我认得真，一点不错。"正说着，家人王福从账房取了二两银了来，说："先生给你吧！"武连说："别给他。"彭公听胡黑狗之言，说："庄主不要信他，世上同样的人多少呢？我姓十名豆三，号双月，新城县人，相面为生，他是错认了。我与他无冤无仇，这是为何呢？"火眼狻猊杨治明说："胡大哥不可错认。现今青毛狮子吴太山、蔡天化、恶法师马道元、金眼骆驼唐治古、红眼狼杨春、黄毛吼李吉、杜瑞等，皆奉着紫金山大寨主金翅大鹏周应龙之命，在武庄主家等候。昨夜探明彭朋住在高碑店姜家店内，我等去杀那赃官彭朋，在半路上遇见一个张耀宗,又有一个厉害的小方朔欧阳德,把我等打败了。你想,既然他二人已将彭朋救去,焉能到得此处呢?"胡铁钉说:"定准他是巡抚。他不是巡抚,我将头赌上!"胡黑狗说着,站起身来至大人面前说:"你在京中起身之时,我也在京。当今皇上赐你有一面金牌,你赏给我们瞧瞧!"彭公听他此言,吓的面如土色,连忙带笑说:"这位壮士,我乃读书之人,在外边闯荡数载,未见过这金牌是何物件,这不难为死我吗?"胡黑狗听罢,一阵冷笑说:"你若好好把金牌拿出来,倒还好办,如若不然,你们拿绳子来先把他捆上。"说着,他过去照着大人就是一掌,正打在脸上。一伸手就从大人怀中,把当今万岁爷钦赐的那一面金牌掏了出来,说:"武庄主你看!"群贼接过来一观,随说:"好一个狗官,你果然是来此私访!"众贼各拉单刀,照定大人就砍。不知彭抚台性命如何,且看下回分解。

第四十八回

群贼定计藏金牌　清官受困连洼庄

话说胡黑狗从彭公兜囊之内,搜出那康熙老佛爷赐的金牌来,说:
"武庄主你看!"武连接过来一看:金牌长有八寸,宽有二寸,一面是龙凤
篆,一面是"如朕亲临"的字样。武连又叫蝎虎子鲁廷、小金刚苗顺、火眼
狻猊杨治明瞧,那三个人说:"武庄主,不必看了,我们替你结果了他的性
命吧!"苗顺说着就要拉刀。武连说:"不如把狗官捆上再说,来人,给我
把他捆上。"苗顺说:"为何不叫我杀他,这是一个什么主意呢?"武连说:
"彭朋与我无仇,他是与我的亲戚金翅大鹏周应龙有仇,我把他给送到那
里去就是了。"杨治明说:"你我慢慢地商议吧!"武连便叫家人先把狗官
锁在空房之内。彭公一见胡黑狗把金牌掏去,自知性命要死在他人之手,
说:"你们这伙叛逆之贼,我乃国家三品职官,你等竟敢硬行侮辱!好
好!"胡黑狗说:"少时有你一个乐儿,把他抬下去。"那潘得川过来说:"庄
主,把他送到土牢之内锁上,派两个人看着他。"武连点头说:"就是这样
办理。你等吩咐厨房备酒,给胡贤弟接风。今日实是你我大家的造化,要
叫狗官走了,你我性命休矣!我的全家满门,也必被官兵锁拿。此事多亏
胡贤弟,眼力真好,你如何认得他呢!"胡黑狗一笑,说:"我这两个眼睛,
见过一面之人,过十年不忘。我是�!= 江寺的人,在三河县左府上管点小
事。他往那里私访过,我也跟左青龙上他三河县衙署之内去过。我是在
案逃脱之人,我认得他不错。"武连说:"真好眼力!"又对家人来福说:"告
诉厨房,叫他们预备几只鸭子,我等今天要大吃大喝一顿,再抬一坛
酒来。"

来福答应下去,到了厨房说:"李老四,你快收拾菜吧。上头吩咐,要
请客吃黄焖鸭子。"厨子一听,连忙起身说:"你去给我买点东西来,我好
配菜。"来福说:"买什么呢?"厨子说:"你到村口小酒铺老吴那里,买十个
鸡子,若有鱼要二斤来。"来福答应,转身出离门首,一直的奔村口而去。
天有过午之时,小酒铺正清静,见有一个人在床上倒着睡觉,老吴坐在椅

子上也睡着了。只有一个小伙计说："来福，你往哪里去呀？"来福说："到你们这里来买鸡子，有鱼没有？"小伙计说："有鸡子，没有鱼，今天还请客吗？"来福说："今天有北边来的人，新来了四五位呢！家里有鸭子、猪羊肉，厨子还叫我来买这两样。"小伙计给他拿了十个鸡子。老吴听见说话，瞧是武宅的来福，说："来福，你们门公朱二爷在家啦？我要找他借几吊钱，今天清早有一个老头儿搅乱，也忘了说啦。"来福一吐舌尖说："你快别找朱二爷啦！连他也不知往哪里去了！那个老头儿，是在你们这里遇见的呀！"老吴一听这话里有话，就跟着问："朱桂芳因为什么事走了呢？他为人甚好的。"那来福本是一个十七八岁的小孩子，因天日还早，他就把胡黑狗从大人怀里掏出金牌之事，从头至尾细说了一遍。老吴听罢，只是叹息。

此时张耀宗倒地床上，并未睡着，全都听见了，吓得他战战兢兢！自己心中想着：夜内倘若大人有命，我把他救了出来，杀了恶霸全家！但不知他家还窝着哪路的贼人，自己又有些孤掌难鸣。他坐起来说道："掌柜的！方才来买东西的这位，他是这本村的吗？在哪里住呀？"老吴说："一进这北村口，往东一拐不远，你看那路北里，门前有四棵龙爪槐的，那就是这一方的财主，姓武，那小孩子名叫来福，是他家里使唤的小童儿，常往这铺里来。今天武庄主又要惹大祸！"张耀宗说："这武庄主惹什么大祸？他平常作何生理①？"老吴一看外面无人，他才说："我看尊驾也不是我们这里的人，你要问这武庄主惹什么大祸，他家来福方才说，有一位什么巡抚大人，现在他家呢！他说要杀那位大人。他胆大如天，平日窝聚江洋大盗，在路上抢劫过往客商。他坐地分赃，也有一身好功夫，家中那些个家人，全都跟他练过武艺，我们这一方无人敢惹他。"张耀宗听罢，说："你们这里的地方官为何不拿他？"掌柜的说："官员皆同他有交情，不肯拿他。"张耀宗明知是巡抚彭公在他家内。他在小酒铺里喝了点酒，吃了一顿饭，取出一块银子来，说："掌柜的，我多歇歇，这一块银子有七钱重，大约除去正帐，余钱就送给你。"老吴看见银子，乐的眼花都开了，说："大爷不要赏钱，歇歇无妨。"说着便接过去放在柜子内。

此时天色将晚，张耀宗恨不能一时黑了才好。又喝了有一壶酒的工

---

① 生理——生意。

夫，天已黑了。他即站起身来告辞，往北走不远，向东找了一个无人之处，收拾好了，把长大的衣服，包在小包袱内，系在腰中，带着单刀，顺小路往东到了村口，再往西拐，进村走了不远，听有犬吠之声，天已黄昏。他飞身上房，抬头一望，见一所宅院就在眼前，知是赛展熊武连的住宅，跳在院内，听西配房内打更的说："今日我们庄主喝了不少的酒，越喝越高兴。厨子刘四也在厨房喝了起来，大概是醉啦！我方才去看他之时，他给了我两碗酒，叫我与他喝酒。你去交了一更吧，咱们再喝。"又听一人说："陶三，你太懈怠啦。昨天都是我，今日你又派我来啦！我姜二也不是不交朋友之人，今天再替你打一夜，我看你明天还去不去。"陶三说："二哥，你去吧！我等你喝酒。"外边张耀宗听完了，看见西房内出来一人，手拿梆子，正打定更，便闪在北边夹道墙脚下。姜二刚打着梆子从那里过，张耀宗就一个老鹰拿食，把他按在那里，梆子也给扔了。张耀宗说："你要死就嚷！我问你，你告诉我实话，我就饶了你。"姜二说："好汉爷问我什么，只要我知道，我就说了。我们庄主也是绿林中人，你老人家要借路费，见庄主一说，他就送给你。"张耀宗说："我问你，白天抓的河南巡抚彭大人，你们害了没有？快说实话。"姜二说："没害，我主人将他放在后花园土牢之内，有两个人看守，还有两个打更的，后园在我们院的西北，过三层院就是了，好汉爷饶了我吧！"张耀宗听完了，说："我要放了你，你就会给你庄主送信，坏了我的事。我先把你捆上，等我完了事，再来放你。"遂解下姜二的裤腰带，将他捆上了，又把嘴塞上，把他扛至西院更房，扔在南边墙底下。

　　张耀宗这才往西院去，他窜过两重房，看见这所花园甚大，楼台亭阁俱全，花果树木，四时开放，月牙河内，鱼虾跳跃。此时皓月当空，约有二更时候。张耀宗往正北走去，这正北楼五间，东边是眺望阁，西边是碧霞轩，各种果树不少，但不知土牢在哪里？忽听有更锣之声，急忙蹲在黑暗之处，候打更的过去再找土牢。只见南边来了两个更夫，一个打锣的在头里，打梆的跟着说话儿。头走的说："宋命兄弟，瞧今天月色多好，这花园之内真好逛。"后边那个更夫说："王二哥，这花园好是好，就是一样，不大干净。我往碧霞轩去就害怕，那年打死那个丫头，我是亲眼见的，真是远怕水，近怕鬼。"正说着，王二抬头往西一看，说："大哥，这碧霞轩北边墙脚下，那里黑暗暗的，像是蹲着一个人！"宋命说："大哥，你的胆量太小，又爱胡说吓人，我用砖头一块，照定那影儿扔去，要是人他必躲，要是鬼也必动作的。我有名的宋大胆,最不怕鬼。"他从地上拿起一块砖头,照着张耀宗就是一下。张耀宗一纵身窜了过去,把那更夫踢倒。王二回身就跑。宋命说:"好汉爷饶命吧!"张耀宗说:"那土牢在哪里?你带了我去,我就饶你,还须找着我们大人。"宋命说:"你老人家放我,我带着你去就是了。"张耀宗放了他,跟他到了后边,便来到那有门无窗的土牢,只见门首点着一个灯笼,有两个人正在那里吃酒。张耀宗手提单刀,把那个更夫宋命杀死,自己方要拉刀过去砍那两个人,忽然脚底下一软,扑通一声,竟落在陷坑之内。那两个看守之人说:"好了,拿住一个贼啦,咱们去讨赏吧!"两个看土牢之人,一名甄进忠,一名管世宽,乃是武连的心腹。原来武家这土牢,是专为藏人之用。土牢前全是滚板翻板,做成消息①。他怕有人前来办案拿他,故此先作成埋伏好拿人。今日张耀宗一时慌忙,落在陷坑之内,被看土牢之人捆住,抬到前边大厅。赛展熊武连与蝎虎子鲁廷、小金刚苗顺、火眼狻猊杨治明正在客厅吃茶,忽见家人来报说:"后边花园之内有贼! 花园更夫甄进忠、管世宽拿住一个,更夫特来送信。"正说着,家人又报说:"拿住一个,抬了来啦!"少时,自外面抬了进来,放在地下,武连等这时全都醉了,便说:"不必问他,大概是新上跳板之人,咱们醉了,正要喝一碗醒酒汤,抬到西边马圈院内,把他杀了,取出心来,咱们作两碗醒酒汤吃。"家人抬下去,来至西院,就绑在柱子上。一个家人名叫范不着,手执牛耳尖刀一把,照着张耀宗方要动手。一个家人说:"且慢! 还须用些凉水,等我取来再杀他。"张耀宗破口大骂不绝,自想今天性命难保。只见那个家人,手执钢刀,照定张耀宗前心往下就刺。不知玉面虎性命如何,且看下回分解。

---

① 消息——古代用于埋伏的机构。

第四十九回

铁霸王夜探连洼庄　勇金刚戏耍玉面虎

话说张耀宗被擒，抬到西院，绑在石柱子上，家人手执钢刀，方要去刺杀他时，忽有人从后面一刀把那家人杀死，随解开张耀宗说："朋友，你跟我来吧！"张耀宗说："二位英雄贵姓大名，所居何处？"那黑面之人说："我姓杜名清，绰号人称铁霸王。"又用手一指他后面的那人，年约二旬，身高七尺，膀大腰圆，五官俊秀，白净面皮，双眉带秀，二目有神，准头端正，唇若涂脂，身穿夜行衣，说："张壮士，这是我二弟勇金刚杜明。我兄弟二人在绿林几载，立志除霸安良。今夜来访这赛展熊武连的为人如何，正遇吾兄，也是你我前世有缘。彭大人已被小弟二人救出，现在村外呢，你急速至东村口外，前去保护大人为要，我兄弟二人要失陪了。"张耀宗说："二位，我蒙救命之恩，必当后报。"那杜清说："你我后会有期，我二人走啦！"

张耀宗到了东村口，见彭公正坐在那里发愁，说："大人不必愁闷，门生张耀宗来了。"彭公抬头观看，就问："你从哪里来的？"张耀宗说："我蒙杜清、杜明二位英雄相救，说叫我来此找寻大人。"张耀宗又把方才之事，说了一遍。二人站起身来，往前面而行。天色微明，见前面有一村庄，来至村口，路东有一座客店，字号是仁和老店。张耀宗同彭公进去，往北上房内落座。小伙计说："二位来的早哇！"彭公说："我们歇息一下，吃了早饭再走。先要一壶茶，洗脸水打一盆来。"小二答应，去不多时，全皆送进上房。二人先洗完了脸，然后喝茶。彭公说："也不知禄儿那个孩子，落在哪里了？"张耀宗说："不必惦念他，他要知道大人到任，必然会去找寻。"二人要了些吃食，正在用饭之时，忽然听得东后院内有妇人啼哭之声，惨不忍闻。彭公说："张耀宗，你听这是为何哭呀？"张耀宗说："我问问店内伙计就知道了。"小二端上菜来，张耀宗说："伙计，这是哪里哭呀？"小二说："是我们这店后刘寡妇家，她有一个女儿，生得有几分姿色，今年才十八岁，就是母女娘儿两个，并无有别人。我们这固城东庄有一位贾太爷，绰号人称花脸狼贾虎，也是一个财主，又是监生。他结交官宦，走动衙门,包揽词讼,无公敢惹。因看见刘寡妇之女生的好,他派人来要去作侍妾,刘寡妇不愿意,他硬行给了十两纹银定礼,不准旁人聘娶,定于今日来轿子抬人。"彭公听罢,怒气冲冲,说:"光天化日,朗朗乾坤,竟有这样无王法之人!"张耀宗说:"你老人家不必生气,今天我在这里,多管这件闲事吧!"

张耀宗吃完了饭,自己出离了店门,由南边的一个胡同过去,见店后路北有一所院落,里面是北房三间,周围土墙,随墙的板子门关闭着,里面有妇人悲泣之声。张耀宗手敲门环,从里边出来两个人把门开了。张耀宗一看:头前那个人身高八尺以外,膀阔三停,身穿蓝绸子大褂,足蹬青缎窄腰快靴,面皮微白,顶平项短,玉面朱唇,双眉带煞,二目有神,年约三旬。后边那位,身高七尺,细腰阔背,年约三旬以内,身穿紫花布裤褂,足蹬青布抓地虎快靴,面皮微黑,四方脸,粗眉大眼,准头端正,四方口,三山得配,甚透精神。张耀宗看那头前走的,原来是大名府内黄县刘家堡的人,姓刘名芳字德太,绰号人称多臂膀。他父亲名叫刘世昌,绰号人称花刀无羽箭赛李广,在南方镖行甚有威名。后边那位,是黄河套高家庄鱼眼高恒之子,名源字通海,绰号人称水底蛟龙。他二人身在绿林之中,行侠仗义,专杀贪官恶霸。今在这固城店内,听见刘寡妇母女痛哭,二人来至此处说:"老太太,你老人家不要害怕,我二人替你杀那狗奸贼就是了。"刘寡妇问:"二位太爷是哪里的人氏,因何来此?"多臂膀刘德太说:"我二人乃是镖行中生理,住在前边店内,听见店小二所说,我等替你除此一害。"刘寡妇说:"二位太爷贵姓高名?"刘芳、高源二人通了名姓,刘寡妇母女这才放心。正在叙话之际,张耀宗外面叩门。刘芳、高源二人出来,一见认识,说:"张大哥,你从哪里来?"张耀宗随即说了自己的来历。

三人说话未了,就见从那边来了一辆车,后面跟着二十余名打手,头前走的那个,名叫耗子马九。来至门首,车马停住了。车上下来一人,身高七尺,细条身材,穿宝蓝绸大褂,蓝绸套裤,白袜青鞋,手拿着芝麻雕扇,象牙柄儿,二绉上有沉香十八子儿香串,面皮微白,顶平项短,双眉带煞,二目有神,准头丰满,唇若涂脂,一脸的杀气,站在刘寡妇门首说:"孩子们,你们快到里边把那美人抢来!"刘德太、高通海、张耀宗三人一听,说:"朋友,你姓什么,叫什么?"花脸狼贾虎说:"我姓贾名虎,绰号人称花脸狼,买了一个女孩儿,今天来接。你三人在此作什么的?趁此闪开,不必管闲事。"张耀宗说："光天化日,朗朗乾坤,你竟敢倚着势力,带领土棍,来此抢夺民间妇女！你要知世务,急速回去,免我三位太爷动手。"贾虎说："你这三个无名的小辈,也敢在此大肆横行！来人,给我打他,拿住他们送衙门治罪。"那些打手各举大棍、铁尺,扑奔玉面虎张耀宗等三人而来。为首一人,名叫铁头刘七,手执铁尺,照定刘芳就是一下,刘芳用刀相迎,两个人在门前动手。刘芳使出暗器,正打在刘七的身上,哎呀一声便躺于地下。刘芳绰号人称多臂膀,他会打墨羽飞篁。这宗暗器,乃是他的家传之艺,非铜非铁,是在铁沙子内掺黄土泥块豆子,其大如鸭子,百发百中。今天打了刘七。

高源、张耀宗把那贾虎拿住说："你要知好歹,从此不准乱行。若要不知好歹,就结果了你的性命,断不饶你。"贾虎见三人来势凶猛,说："你三位请放开就是,我再不敢来了。"张耀宗说："你去吧！我也不与你一般见识。"随即放开贾虎,然后进了大门。高源等三人见贾虎的人走了,这才与刘寡妇说："你母女二人不可在此久居,可有投奔之处没有？"刘寡妇说："我有一个外甥,在北京顺天府前门外做买卖,我有心把我女儿给他为妻。"高通海说："我有纹银四十两,送给你母女作路费,你这房子可有人照应否？"刘寡妇说："我有一个族侄,叫他照管就是了。"三人正在说话之时,忽听外边一片声喧,正是那花脸狼贾虎,领着无数的打手前来打架。不知是怎样打法,且看下回分解。

第 五 十 回

刘德太怒打花脸狼　铁幡杆保府双卖艺

话说高源、刘芳与张耀宗周济了刘寡妇母女,雇了一辆车,收拾细软之物,上车走了不远,只见从正东上来了三十多人,都是紫花布裤褂,薄底靴子,手执木棍、铁尺,后跟一辆车,正是花脸狼贾虎。刘德太看罢,急把单刀一摆说:"哪个不怕死的,只管前来!"高通海也一挥单刀,把那抢人之人全都镇住了。贾虎见事不好,就坐车逃走去了。张耀宗说:"二位请将刘寡妇母女带上京都走一遭。"张耀宗当即与二人分手,回归店内,见了彭公,把在刘寡妇家中所办之事,细说一遍。

彭公算还饭帐,雇了一辆车上那保定府。到保定府进的北门,住在唐家胡同顺和店内,开发了车钱。这座店是在路西,大人住的是西上房。方才坐下,只见帘子一起,杨香武从外面进来,给大人请安。

原来杨香武自从三盗九龙杯,众英雄各自回家之后,便与凤凰张七即张茂隆,带着两个徒弟,在前门外西河沿宏升店内住着,要听几天戏散散心。八臂哪吒万君兆爱上那杨香武的薰香,安心要学,杨香武却不愿告知。凤凰张七说:"徒弟,你要跟杨大爷学鸡鸣五更返魂香,就给他磕个头,认为师父,他才会教你。"那万君兆说:"师父之言是也。"就把杨香武请在上座,磕了头认为老师。杨香武说:"你好好跟我三年,我全都教会了你。"住了几天,张七带朱光祖上宣化府探亲去了。杨香武便带万君兆回了一次家。这一天在保定府店内住着,打算要到九曲黄河鱼眼高恒那里去庆八十整寿。今日忽见彭公带着一位少年人下车,住了西上房,自己即过来给大人请了安。

彭公说:"老义士从哪里来?"杨香武说:"自拜别之后,只在家中乐守田园,大人从哪里来?"彭公唉了一声,说:"一言难尽!"就把在连洼庄失去金牌,打算去见直隶总督,求他发官兵前去剿灭的事说了出来。杨香武说:"此事不可声张,叫人知晓,多有不便。草民愿施展当年之勇,可以前去盗他的金牌。我把我的徒弟带来见见大人。"出去少时,把万君兆带进来,给大人请安,又问明了张耀宗的姓名,全给引见了。杨香武说:"大人在此等候我师徒二人,明日必来回信。"

杨香武叫店家把门锁上,师徒二人施展陆地飞腾之法,到了连洼庄,飞身上房,在各处哨探,见并无一人,连里带外毫无动静。杨香武再往各处寻找,也无下落。找到后边,才听到屋内有人说话。他飞身下来,进屋一看,但见里边灯光闪烁,有两个人正收拾箱柜内的物件,包了两个包裹,好像要走。杨香武师徒将他们堵在屋内,说:"你二人往哪里走,武连在哪里? 快说实话!"吓的二人战战兢兢,一个说:"大爷饶命! 我二人是亲兄弟,就在这东首居住。我二弟叫李禄,他给这里庄主看守花园,不知闹了什么乱子,庄主昨日一早起来,便收拾细软,坐了套车驮轿,连家眷一并上河南探亲去了。我兄弟给他看房,叫我来将庄主剩下的破旧衣服取去,不想遇见二位,不知你二位从哪里来的?"杨香武说:"武连往哪里去了?"那二人说:"往河南,但不知哪一处。"杨香武与万君兆听了,也无可奈何。放了那人,师徒二人便回归保定府店内,见了大人,细说连洼庄之事。

彭公说:"这金牌乃圣上所赐,追回来才好。"杨香武说:"大人不必忧愁,咱们到街上散散闷去,只要遇见朋友,我自有道理。"彭公带张耀宗和杨香武师徒出离顺和店,到了街上,只见府衙马号前,围着一大堆人。张耀宗分开众人一瞧:当中有一个卖艺之人,年过半百,面如晚霞,扫帚眉,大环眼,准头端正,一缕花白胡须,身穿月白布汗衫,青中衣,薄底快靴,手拿一对虎头钩。在他肩下站一妇人,年约五旬,黄脸膛,身穿细蓝毛布褂,青中衣,头上绾一个发髻,短眉毛,三角眼,薄片嘴,两只大脚。在那妇人身旁,站定一个女子,生的十分俊俏,年有十八岁。怎见得,有诗为证:

裙拖六幅湘江水,髻耸巫山一段云;

貌态只应天上有,歌声岂合世间闻。

胸前瑞雪灯前照,眼底桃花酒半醺;

不是相如能赋客,肯教容易见文君。

张耀宗看罢,暗为称奇。心中说:"这一个卖艺的人,会有这样好女子!"只听那老头儿说:"众位,我先练一趟,回头再叫我那女儿练。在下是河南人,来此访友,以武会友。如有子弟老师前来帮个场子,也算是打个帮架。我初到此处,不知子弟老师在哪里? 只好自己先练一趟拳,献丑一下。"只见他拳似流星眼似电,腰似蛇行腿似钻,手眼身法步,走开了一团

神。怎见得,有诗为证:

> 跨虎登山不要忙,倚身逸步逞刚强。
>
> 上打葵花式,下打跑马桩。
>
> 喜鹊登枝挨边走,金鸡独立站中央。
>
> 霸王举鼎千斤重,童子翻身一炷香。

众人看罢,无不喝彩。练完了,人给的钱不少。忽见西首众人一闪,大家说:"来了,来了!"张耀宗与彭大人一看,只见从西首进来一位老英雄,亦有五旬以外,身高八尺,面如紫玉,雄眉阔目,花白胡须飘于胸前,身穿青洋绉大衫,足蹬青缎快靴。后跟一位女子,年在十八九岁,梳了大髻,身穿雨过天晴绸褂,葱绿色中衣,三寸金莲又瘦又小,红花鞋,拿着一条手帕,真有倾国倾城之貌,令人可爱。怎见昨,有诗为证:

> 嬲娜腰肢淡淡妆,六朝宫样窄衣裳。
>
> 著词暂见樱桃破,飞盏遥闻豆蔻香。
>
> 春恼情思身觉瘦,酒添颜色粉生光。
>
> 此时不敢分明道,风月应知暗断肠。

这二人来至场中,老英雄与那老者说:"大哥,我带你侄女儿来,教她姐妹二人练一回。"赛毛遂杨香武一拍张耀宗说:"张贤弟,你看那面如晚霞的,他是河南上蔡县蔡花寨铁幡杆蔡庆,那位妇人是他妻子金头蜈蚣窦氏,这女子是她女儿,叫恶魔女蔡金花。后来这位,乃是淮安一带水路的老英雄猴儿李佩,那女子是他女儿李兰香。"张耀宗说:"老英雄,你既认识,我与万君兆去帮他一个场儿练两趟。"杨香武说:"这二人不是卖艺为生,其中必有别情,我问问他便知分晓。"

杨香武立时进去,高声说道:"蔡、李二位兄台,久违,少见。"蔡庆、李佩抬头观瞧,认得是赛毛遂杨香武,连忙见礼,各叙寒温。杨香武一拉蔡庆说:"老兄台,你为何在此作这事业,我有所不明?"蔡庆说:"老弟有所不知,自你我从绍兴府回家,想你侄女金花这么大年岁,我若给一个庄农人家,怕屈了你侄女儿的终身;若给官宦人家,又怕人家不要。我与你嫂嫂商议,带她到京都之内再为打算。若把她给了人家,我就完成了一桩大事。李兄的心事,与我相同。"杨香武说:"你二位这两件事,全都交给我了。我叫两个人来帮你练一趟。"张耀宗闻听就跳进场子。蔡庆瞧那人年约二旬光景,白净面皮,五官端正,双眉带秀,二目有神,身穿蓝绸长衫,足蹬青缎快靴，把长衫脱去，内衬蓝绸褡裤。万君兆也是十七八岁，眉清目秀，齿白唇红，精神百倍。二人就在当场练了一趟拳，然后各人又练了一趟，给钱的不少。大家合在一处，杨香武问二位在哪里居住？蔡庆说："在顺和店后院上房，昨日到的。"杨香武说："好，咱们都住在一个店内，我还有一宗要紧大事相求！"说着大家回店。

　　杨香武叫张耀宗与万君兆先同大人到上房，他们俱至后院。杨香武说："二位兄台，先叫侄女里间屋坐，我还有话说呢！"遂说道："你二位看见方才的那两人了，我想给二位侄女说说亲，愿意否？"蔡庆说："很好。"李佩也说："不知他二人作何生理？"杨香武说："张耀宗乃神拳无敌张景和之子，现在保着河南巡抚彭大人，保升六品衔，记名千总，实缺把总，跟大人充当巡捕。那万君兆是我徒弟。"蔡庆说："贤弟，你既如此说，我就把你侄女给了张耀宗吧，你要定礼去来。"李佩说："你我作亲家，就把我女儿给你徒弟万君兆吧。"杨香武来到前院，把这话和张耀宗说了。张耀宗说："大人失了金牌，还无下落，我如何先办这件事呢？"彭公说："张耀宗，你不必推辞，这件事是人间的大事，就给定礼才好。"杨香武带二人认了亲，拜了丈人。接着就把丢金牌之事，与蔡、李二位说了一遍。李佩说："我明日带你侄女回淮安，给你探访金牌的下落。你再带着徒弟来择日完婚。我倘若访着下落，速到汴梁城巡抚衙门送信就是了。"蔡庆说："我先把你侄女儿打发回家，我跟你去探访探访。据我想，这件事须落在北邱山，不然就在紫金山。"杨香武说："我带万君兆暗探下落，明日起身，咱们在汴梁城巡抚衙相见。"杨香武到前院把此事和大人说明，彭公点头说："此事全仗老义士之力了。"次日，蔡金花和窦氏母女先回家。不知此后如何，且看下回分解。

第五十一回

义士奋勇要金牌　山寇安排使巧计

话说李佩带着女儿去探访金牌的下落,杨香武带领万君兆也去访查此事。张耀宗与蔡庆心中甚为着急。天有正午,彭公要打算起身,忽见从外进来一人,说:"这店内住着姓张的,在哪屋里?"张耀宗一听,知是师兄小方朔欧阳德。欧阳德与张耀宗分手之后,各处找寻大人,并无踪迹。这日正遇见杨香武,提起张耀宗来,说在顺和店住,他才来至店内问张耀宗。张耀宗闻听,随即出来说:"大哥,这里来吧。"欧阳德进了西上房说:"徒弟,大人现在哪里?"蔡庆站起来道:"欧阳义士是从哪里来的?"欧阳德说:"老前辈、老英雄,久违了。"张耀宗说:"大人在北里间。"欧阳德进了北里间,给大人行礼。彭公甚为喜悦,说:"义士从哪里来?"张耀宗说:"这是我师兄欧阳德。"彭公说:"老义士不必行礼。"

欧阳德便请问大人,由大树林是往哪里去的?彭公把在连洼庄被恶太岁赛展熊武连所困,多亏赛霸王杜清、勇金刚杜明兄弟二人,救我出得虎穴之内,金牌却被武连的余党、胎里坏胡铁钉抢去。来到保定府店内,遇见赛毛遂杨香武与蔡庆老义士,大家商议,往各处访查金牌的下落等情形说了一遍。接着又说:"如今我等要走,义士前来,不知有何高明主意?"欧阳德说:"唔呀!这混账土八羔子,闹的也太厉害,吾自有道理。武连携眷逃走,必然是奔河南紫金山金翅大鹏周应龙那里去了,我到那里和他要去。"彭公说:"这周应龙莫非就是在避侠庄盗九龙杯的那个人吗?"欧阳德说:"正是他。请大人先到开封府接任,我设法在十日内送金牌到巡抚衙门。"彭公说:"义士须要小心在意。"欧阳德说:"大人不必挂心。"即站起身来说:"师弟,你同蔡老英雄先送大人至汴梁城接任,我到紫金山找周应龙要金牌去。"张耀宗说:"兄长不可大意。我听人言,说周应龙乃当世英雄,先在淮安,后聚紫金山,远近颇有威名。手下绿林人物甚多,招聚喽兵有三千之众。紫金山地面宽大,方圆有一百三十余里,前有通天峰、灵牙峰、过云峰三峰之险,咽喉有一线通天路,一人把守,万夫莫过。东有峭壁之雄,西有涧沟之险,北有荷花滩,其深无底,东北有寒泉亭、冷泉穴、逆水潭,道路崎岖。况且周应龙诡计多端,兄长不如先随小弟到汴梁,候大人接了任,咱们一同前往,方为妥当。如到山上,周应龙也有耳风,他要得了金牌,必然收藏严密,你我见他先讲情理,他也是交友之人,也许将金牌献出。他如未见金牌,再托他寻找。他若隐匿不献,我等访真回来,见了抚台大人,回明他啸聚之所,再发官兵剿拿他的余党。但不知兄长意下如何?”欧阳德说:“贤弟你也太详细了,你保着大人上任去吧,我要去也!十天之后,你定然知道。”蔡庆说:“欧阳义士,你要上紫金山,在西山口外有一个集贤镇,南头路西有一家天和客店,那一座店是我的,你到那里找管事的于祥,就说我叫你到那里等我。”欧阳德站起身来说:“我要去也!”出离店门,用陆地飞腾之法,直奔紫金山而去。

一日取了紫金山西山口外,找了一个茶馆,喝了几碗茶,问明了进山的道路,给了茶钱,便信步入山。他往东走了有五六里路,见前面是一座密松林,有一条穿林的大路。欧阳德方要进树林,忽听对面有人说:“呔!此山是我开,此树是我栽。若要从此过,须留买路财。若不留下买路财,一刀一个土内埋!”呼哨一声!跳出有十数个喽兵来。今日是玉美人韩山搜寻西南两路山道,带着三十名手下人,从早至午,并未见有往来之人。小头目宋明,瞧见从西边来了一人,年有三十余岁,四月天气,还头戴皮秋帽,身穿老羊皮袄,高腰棉袜子直搭护膝,足蹬棉毛窝,面似姜黄,细眉虎目,准头端正,唇薄齿白,微有几根胡须,带着两个眼镜圈,说话唔呀唔呀的,摇摇摆摆地走进树林。宋明说:“憨包来了!等我要笑要笑他。”那几个喽兵也都不是好人。欧阳德闻听喽兵之言,抬头一看,说:“唔呀!今天遇见山贼了,快些报与你家头目,叫他前来见我,献上走路金银来。”宋明听欧阳德要走路金银,不由一阵冷笑,回头说:“合字耳目着了,溜丁团刚哂流口,我摘了他的瓢!”后边有人说:“并肩字,训训他的万。”书中交代,这是江湖黑话:“合字耳目着了”,是他们一伙听见了;“溜丁团刚哂流口”,说的是那个人说话,竟闹笑要走路金银;“摘了瓢”,是杀了他的脑袋;“并肩字,训训万”,是自己哥们,问问他姓什么? 欧阳德在江湖多年,岂有不懂这些话的,听罢,说:“贼根子,你错翻眼皮了,吾乃当时绿林的总大万,吾是你们活爷爷。”宋明知道这蛮子懂得江湖的黑话,“总大万”就是众人的爷爷,他如何不气! 抡刀扑奔欧阳德而来,照定头顶之上就是一刀。欧阳德并不躲闪,用脑袋往上一迎,喀嚓一下,并未砍动。欧阳德说:"唔呀!你这个混账王八羔子!我是剋你一个少屁股没毛的。"一反手照定宋明天灵盖一掌,宋明"哎哟"一声倒于地上,几乎送了命。那几个鸡毛蒜皮的毛嘎嘎各摆兵刃,一齐拥上,却被欧阳德玩玩笑笑,掐一把,拧一把,剋一把,打得东倒西歪。有一个喽兵,飞跑上山报信去了。

不多时,只听得铜锣响亮,从山上下来了六七十名喽兵,都是青布手巾包头,身穿青布裤褂,白袜,打绑腿,执四尺八寸长、二寸八分宽的斩马刀。为首的一人,年有二十以外,宝蓝绉手绢包着头,蓝绸子窄袖小汗褂,青洋绉中衣,青缎薄底窄腰快靴,手执单刀,面如团粉,白中透红,红中透白,双目斜飞入鬓,二目宛如秋水,神光满足,准头端正,齿白唇红,俊俏无比。欧阳德看见,认得此人乃是寿张县人,姓韩名山,人称玉美人,乃江湖采花的淫贼,前在河南锦平地面采花,被欧阳德捉住,把他治服,说永不敢采花了。他今日在头一座寨门巡捕厅内正坐着吃茶,喽兵来报说:"山下来了一个蛮子,把我们头目打倒,众人抵挡不住,一定要走路的金银。"玉美人韩山听罢,即吩咐响号,聚集六七十名手下人,出离巡捕厅,扑奔山下而来。他抬头一看,见是小方朔欧阳德,连忙斥退手下的人说:"老前辈,为何与他等生气,都看我的份上。"欧阳德瞧见是玉美人韩山,说话甚是和气,不能动手,便说:"寨主你不知道,我是来访一位朋友周应龙的。被他们所阻,我倒不肯伤他。今遇寨主,这里果有一个绿林英雄叫金翅大鹏周应龙的在这里占山吗?我特意前来拜访!"韩山说:"有一位,老前辈你跟我来。"欧阳德说:"我就跟你去。"韩山在前,欧阳德随后,到了头道寨门,见是虎皮石砌墙,上插两杆大旗,写的是:"替天行道,聚众招贤"。寨门大开,两边站立有几十名喽兵。

先有人报进后寨说:"小方朔欧阳德来拜。"周应龙知道,立刻升了聚义厅,点起鼓来聚集寨主,吩咐都头目毛荣前去请欧阳义士进寨。都头目领命,来至前山大寨门说:"我家大寨主知道义士前来,特派我请你老人家至聚义厅坐。"欧阳德说:"你前头引路。"韩山后边跟随。欧阳德见这里面楼台殿阁盖的齐整,又想金翅大鹏周应龙是闻名并未见面,他也知道江湖一带有我这个人。要是讲义气,慨然把金牌拿出来交给我。如若不然,我要使我平生所学的功夫,和他分个胜败,方能罢休。正在想着,已至聚义厅。抬头一看,那正北上的九间聚义厅,前出廊后出厦,外面装修甚是华彩,里面当中三张八仙桌,后边都有太师椅,东西各有六张桌椅。大厅上有泥金匾一块,上有四个金字,写的是:"志气凌云"。东西有两条对联,上写:

　　　　侠义镇山冈,披肝沥胆;

　　　　威名著海内,除暴安良。

字迹写的端正。东配厅十二间,是管粮饷的军装库;西配厅十二间,是文书房巡捕所,各有所司。欧阳德正看着,只听那边说:"义士请坐,久仰大名,今得相会,真是三生之幸地!"欧阳德抬头见大厅门首,站立一人,年约四旬以外,身高八尺,面如紫玉,雄眉阔目,大耳双垂,准头丰满,四方口,满部黑胡须飘于胸前。身穿一件齐袖绸子长衫,足蹬官靴,手拿金棕折扇,精神百倍,二目透神,光华满足。欧阳德知道是本山为首之人,连忙抱拳拱手说:"吾久仰寨主名扬四海,今日特来拜访。"二人说着话,在大厅分位落座。韩山、毛荣二人在西下首落座,有数十名手下亲随人伺候。不知欧阳德如何要金牌,且看下回分解。

第五十二回

吴太山暗献机谋　欧阳德山寨被困

话说欧阳德在聚义厅与金翅大鹏周应龙吃茶。欧阳德见寨主谦恭和蔼,不是狐狼之辈,又见并无一个采花淫贼在左右,因不知金牌在不在这里,不免先探问探问。想罢,说:"寨主,吾听人说,你得了一个金牌,不知是真是假?"周应龙说:"我久不下山,这个金牌有几两重,哪一位朋友丢的? 我给他几两金子就完了。"欧阳德说:"要是几两金子,吾亦不来。此乃康熙老佛爷赐给河南巡抚彭大人的,他在半路连洼庄失去了。"周应龙说:"是那个金牌,我并不知。等我问问我各路的头目,如得来之时,拿出来给义士送去就是。"回头吩咐手下人,请四路头目都前来见见。手下人答应去了。

只见从外面进来一个喽兵,说:"请大寨主至集贤院聚英堂,有远客来访。"周应龙说:"欧阳义士暂坐片时,我去去就来。"站起来即奔西跨院,至集贤院北大厅内,见有青毛狮子吴太山、大斧将赛咬金樊成、赤发灵官马道青、赛瘟神戴成、金眼骆驼唐治古、火眼猕猊杨治明、双麒麟吴铎、并獬豸①武峰、蔡天化。这些人见周应龙进来,立刻站起身来说:"大寨主请坐,我等听手下人说,小方朔欧阳德前来拜访寨主,他是为金牌而来的么?"周应龙说:"不错,你等有何高明主意,此事怎样办理?"吴人山说:"寨主乃高明之人,前者张耀联被彭朋所害,走动人情,才把他调往京都,你我才能把马道元救出来。彭朋这一回任,你我山寨恐不能久占,才派我等去到半路之上劫杀赃官。我等在高碑店大树林中,已经把彭朋劫住,不想却被欧阳德把我们杀败,还有玉面虎张耀宗与他一党。要问金牌,请武大爷来一问便知。"周应龙把武连叫至聚英堂说:"贤弟,你把金牌取来,我送给一个朋友。"武连答应说:"早应送给兄长,我去取来。"便出离集贤

---

① 獬豸(xiè zhì)——古代传说中的异兽,能辨曲直,见人争斗就用角去顶坏人。

院去了。

吴太山在旁听的明白,说:"大寨主意欲把金牌送给欧阳德吗?"周应龙说:"送彼为是。你想,欧阳德乃当世英雄,今慕名前来,我也知道他所作所为之事,心实佩服。这样朋友不交,还交什么人呢?"吴太山说:"是了!我与寨主数十年的交情,不能不说。我等在高碑店与他交手被伤,那是小事。寨主之恨彭朋,也不是为张耀联一人。只因他纵黄三太、杨香武二人盘算寨主,害的寨主无立足之地,有家难住,有亲难投,这才聚了我这紫金山,打算养足了锐气,再找黄三太、杨香武去报仇。听说彭朋做了这里的巡抚,想要害他,刺杀他,均不能下手。张耀联进京买通线路,参了赃官,甚合寨主之心;不想今日他仍复河南巡抚之任,并有皇上赐的金牌,上有'如朕亲临'字样,先斩后奏之权,全在这金牌之上。寨主既要害彭朋,以报当日之仇,为何将金牌复送与他?金牌不到彭朋之手,他既不敢回奏,也不过暗暗寻找。这事要传到京官耳中,若递一个本章,参彭朋失落金牌,就有慢君之罪,他必撤任。再派一个心腹之人,买通门路,递一道条陈,说盗金牌之人是黄三太、杨香武的党羽,请旨先斩黄三太、杨香武以绝后患,然后再拿盗金牌之人。这一件事不但寨主冤仇可报,也教三山五岳的英雄知道咱们不是好惹之人,此乃百年不遇之机会,寨主不为,还要将金牌送给他,这不是聪明反被聪明误吗?请寨主三思。"

周应龙听吴太山这一番话甚是有理,回想前仇,不禁咬牙忿恨。正在犹疑之际,武连已把金牌取来交给周应龙,并不追问送给何人,便在旁边落座。周应龙沉吟多时,说:"吴兄所言,甚是有理,欧阳德该当如何呢?"吴太山说:"要论武艺,咱们在座的全不是他的敌手。我有妙计一条,兵书有云:'逢强智取,遇弱生擒',我问寨主,是要他活要他死?说出一句话来,就有主意。"周应龙说:"要活的怎样办呢?"吴太山说:"要活的,寨主回到聚义厅,就说手下之人并未见这金牌,现已派人各处寻找,他必告辞而去。他若再来,即不见他,也就完了。要死的,只得如此如此,可以成功。"周应龙说:"依我说不如叫他去的为妙,咱尽朋友之情。"吴太山说:"也好。"

周应龙便站起身来,到聚义厅内说:"欧阳义士久等了!我问遍各寨头目,并未得着金牌。我已派人各处去访问,如有下落,必与兄送信。"欧阳德见周应龙一片诚心相待,心内暗想,或者金牌未到这里也未可知,便说:"金牌既不在这里,我还要去寻找下落,失陪了。"周应龙说:"吃两杯酒再走吧!"欧阳德说:"事在紧急,不便吃酒。"站起身来就告辞下山去了。

周应龙送走欧阳德,回到聚义厅对众寇说:"众位!从今日为始,各处早晚留神小心!怕有彭朋的党羽前来盗取金牌。"吴太山说:"寨主只要收藏严密,无人能盗的。"周应龙说:"你如何知道?想前次的九龙杯,我费尽心机,尚被他人盗去!我自有道理。"大家说:"寨主好好收藏,我等留神防备,大概不致失掉。"正在商议之间,外边跑进一名喽兵说:"禀寨主,今有大名府内黄县的花刀无羽箭赛李广刘世昌前来拜访。"周应龙闻听,勃然变色,说:"我与刘世昌、戴奎章三人结为昆仲,他不该前番帮助杨香武盗我的九龙杯,今日还有什么脸面见我!不免请上山来,看他说什么?你出去就说有请。"喽兵答应,至寨外山坡上说:"刘大爷,我家寨主有请。"

这刘世昌走在半路,正遇见铁幡杆蔡庆、张耀宗保着彭大人往河南上任去。刘世昌问:"蔡大哥!你也弃了绿林啦?"蔡庆便把如何结亲,大人丢金牌,欧阳德上紫金山找金牌之故说了一遍。刘世昌说:"周应龙是我的一个拜弟,我去帮助欧阳德,把大人的金牌要回来就算完啦!"蔡庆说:"也不知准在那里无有?"刘世昌说:"我顺便探访探访。"张耀宗听了,过去请了一个安说:"老前辈费心。"刘世昌说:"我去就是了,那里没有,我再往各绿林英雄处探访真实下落。只要找着武连,这金牌就算有啦!我就此失陪,如有了下落,自必到巡抚衙门送信。"张耀宗与蔡庆齐说:"不送了!"

刘世昌顺路就往紫金山来,这日到了前山,叫巡路的报上山去。不多时,出来说有请,却不见人出来迎接。刘世昌进了寨门,见聚义厅上有无数绿林,周应龙端坐上面,并不站起来相迎。刘世昌直上大厅,众寇站起来说:"刘寨主请坐。"刘世昌说:"众位请坐。"在东边摆了一个座位,让刘世昌落座。周应龙说:"兄长前次带人来盗九龙杯,我也未给兄长道谢,多有苦心。"这两句话,说的刘世昌面红耳赤,半晌说:"贤弟休听过耳之言,那日我去追盗杯之人,并未追上。在半路遇见了一个知己的朋友,我二人久未见面,故此谈了几天心。今日特来看望贤弟,顺便探访一个慕名的朋友,叫赛展熊武连,不知在这里无有?"西边过来武连说:"刘寨主,在下就叫武连,不知找我何事?"刘世昌说:"我先到贵庄找尊驾,宅上一个人没有,不知因何移迁此处?"武连也久闻刘世昌之名,又知是寨主的拜兄,就把彭公误走连洼庄,被他识破拿住,从身上搜出了金牌,把彭公放在土牢,又被人救去,我怕官后剿拿,才携眷来这紫金山暂住几日,躲避躲避之事说了一遍。刘世昌说:"武兄所作之事,乃骑虎之势。你不如把金牌交给我,我保你无事,回家耕种田园,自己房屋又不少,何必在这山上受人之制。"周应龙在旁听他这话,勃然大怒。不知后事如何,且看下回分解。

第五十三回

赛李广智盗金牌　周应龙割袍断义

　　话说花刀无羽箭刘世昌在聚义厅上,说的武连一语不发,进退两难。周应龙听了这话,就知有人使他来要金牌,心中好生不悦,说:"刘大哥的话,我听明白了,你原是为金牌而来。也好,金牌在我这里,你叫能人来盗吧!你我从今割袍断义,划地绝交,再别说你我金兰之好。你若犯在我手内,绝不能饶你,你去吧!"刘世昌见周应龙拉佩刀把自己衣服割下一块来,便站起身说:"好,我去也!"

　　刘世昌一怒出离了大寨,越想越有气,心中说:"当年杨香武盗九龙杯,何等威风,名扬四海,我刘世昌一生心肠最热,曾得罪了无数的朋友,我也施展施展我生平所学,非盗出金牌来誓不为人!"正想道,已至山下。只见前面有一条大汉,身高九尺,膀大腰圆,面似乌金纸,浓眉大眼,身穿绸子裤褂,足蹬青缎快靴,手拿一条铁棍,有茶碗粗。刘世昌看罢,暗为称奇。忽听那黑汉说:"朋友,紫金山在哪里?求你指引一条道路!"刘世昌问:"你贵姓?哪里人?要往紫金山找何人?"那黑汉说:"我叫常兴,外号人称镔铁塔,去找金翅大鹏周应龙。"刘世昌说:"你跟我到集贤镇,我也要找周应龙要金牌去,我叫花刀无羽箭刘世昌。"二人同至山口外集贤镇饭店。刘世昌说:"你又不会飞檐走壁,依我之见,你在这里等我,我明日必定把金牌带来,同你去见大人。"常兴说:"也好!我就在此等你,你明日午后不来,我再找他去。"

　　二人要了酒饭,吃喝已毕。刘世昌留常兴在这里住下,自己收拾好了,背插单刀,施展陆地飞腾之法,进了山口。听山上方交初鼓,寨门之上灯光隐隐,梆锣之声不绝。他从东边上墙,窜至里边,在房上寻找周应龙的卧房,好盗金牌。哪知今日张耀联买粮回山,派小金刚苗顺、蝎虎子鲁廷二人查山,带二十名亲随正在巡查,忽见东房上一条黑影,小金刚苗顺翻身追上房去,刘世昌看见,用墨羽飞篁,正打中苗顺面上,滚于就地。鲁廷飞身追去,也被刘世昌一紧背低头锤,打于房下。下边这些手下人一阵铜锣之声，各处灯笼火把，亮子油松，照耀如同白昼。吴太山等四下里围上来，蔡天化一毒镖，正中刘世昌肩背之上，群寇上前抢刀乱剁。可怜这位老英雄，今日竟命丧在紫金山！周应龙说："慢剁！"用灯光一照，只见被剁之人，乃是刘世昌。周应龙一见，一阵伤惨说："我二人自幼在一处，至今数十余年，不想今天误死于此地。"吩咐人抬至山下掩埋。

天明起来，升了聚义厅，众寇参见周应龙已毕，忽听从外跑上一个回事的喽兵说："山下有一个黑大汉大骂！请寨主示下。"周应龙说："反了！哪里来的野种，这等胆大！薛虎、鲁豹、罗英、高俊四位贤弟，下山把他给我拿上来，详细审问，是被哪里人所使？"美髯公薛虎、小温侯鲁豹、俏郎君赛潘安罗英、玉麒麟神枪太保高俊这四个人，乃是周应龙心腹之心，立刻点了一百名飞虎喽兵，一棒锣响，闯下山冈。只见那黑大汉手执铁棍，足有七八十斤重，正是镔铁塔常兴。他在集贤镇因不见刘世昌回来，疑是已经被害，自己性如烈火，即给了店钱，问明道路，来至山下，望上一瞧，正看见小头目毛荣带十数名喽兵查山。毛荣一见常兴这般雄壮，也不敢发话，离着老远的说："找谁呀？你偷看什么？"常兴说："我来找刘世昌的，在你这山寨未回去，快些叫他下来。"毛荣说："刘世昌早已死了，他来盗金牌，被寻山头目拿住，乱刀剁死。"常兴一听此言，抡起棍来就打。毛荣说："冤有头，债有主，我去报我家寨主知道。"立时跑上山去。

不多时一片锣声，从山上下来一伙喽兵，为首四个头目。头前那个，年约四旬以外，面如紫玉，青绸子包头，小青绸子裤褂，青布快靴，浓眉大眼，满面黑胡须，手执青龙偃月刀，锋利无比。二人各通姓名，薛虎抢刀直奔常兴。常兴用怀中抱月架势往外一磕，薛虎急撤回来，把刀头向对方心前一刺。常兴磕开，举棍盖头就打，薛虎双手顺刀，接住棍顺水推舟，直奔常兴脖项。常兴用棍往外一磕，压的薛虎两膀发麻，往后就跑。小温侯鲁豹拧画杆方天戟，照定常兴分心就刺，常兴两膀按勒，往外一磕，把鲁豹虎口震开，鲜血直流，败回本队。罗英又抢折铁刀跳过来就砍，战了几个照面，也败了回去。高俊摆虎头凿金枪杀上来，仍未取胜。

手下人报上聚义厅，金翅大鹏周应龙说："哪位给我把他拿来？"青毛狮子吴太山、红眼狼杨春、黄毛吼李吉、金鞭将杜瑞、花叉将杜茂、蔡天化这六个人说："我等去拿这小辈，把他乱刀砍死。"六个人各带兵刃，手下喽兵一百名，出离大寨，下了山岭。蔡天化拉镔铁加钢铜，跳至常兴跟前，摆铜盖顶就打,常兴用棍相迎。红眼狼杨春见常兴棍法精通,怕蔡天化不能取胜,叫黄毛吼李吉拿练子抓照定常兴就抓,又派喽兵用绊腿绳绊。常兴倒于就地,被他等上前捆住,抬上聚义厅来。周应龙说:"黑汉,你是哪里人氏?来此叫骂,被何人所使?"常兴说:"我叫常兴,在卫辉府住家。因你使人盗了彭巡抚的金牌,我特来找你要金牌的。我是抚标把总,今日被你拿住,该杀该剐,任凭于你。"周应龙暗想:"这金牌怕要惹出大祸来!"便说:"来人,把他给我暂押东院土牢之内,候我行兵之日,用他祭旗。"五军都头目毛荣,立刻押常兴奔东院去了。

这里周应龙说:"目下山寨粮草备足,人都齐全。自今日为始,巡察西南两座山口,派小金刚苗顺、蝎虎子鲁廷;巡察前山大寨门,派恶太岁张耀联;巡察各处查拿奸细,派赛展熊武连;总理巡捕,兼管出入腰牌,派恶法师马道远。喽兵各处值宿,轮流替换巡察。各处该值之头目:派蔡天化在聚义厅日夜值宿,派青毛狮子吴太山、大斧将赛咬金樊成、赤发灵官马道青、赛瘟神戴成、金眼骆驼唐治古、火眼狻猊杨治明、双麒麟吴铎、并狮豸武峰、红眼狼杨春、黄毛吼李吉、金鞭将杜瑞、花叉将杜茂这十二位轮流替换。"分派已毕,吩咐厨下备办酒席,请众位吃酒。喽兵调开桌椅,摆上各样干鲜果品,冷荤热炒,山珍海味。金翅大鹏周应龙亲自斟酒,尽欢而散。

天有正午之时,有巡山喽兵前来禀报说:"有欧阳德要见寨主。"周应龙听报一愕!暗说:"不好!这厮前来,有些难惹,我不免接他进来,见机而作。"青毛狮子吴太山见周应龙发愣,过来说:"大寨主不必为难,他来之时,如此如此,可以成功。"周应龙说:"好!你等不要见他,都在两厢暗中观看动静。"众寇闻说,各自安排去了。周应龙这才吩咐喽兵鸣锣,聚集了三百名亲军护卫、飞虎喽兵,各穿号衣,怀抱四尺二寸长的斩马刀,亲自往外迎接。不知二人见面欧阳德该如何要金牌,且看下回分解。

第五十四回

欧阳德二上紫金山　周应龙智赚小方朔

话说欧阳德到了紫金山下,叫巡山喽兵报上山去。不多时,寨门大开,周应龙亲身迎接出来。欧阳德说:"寨主好哇? 久违久违!"周应龙说:"义士别来无恙,里边请坐。"二人携手进寨,至聚义厅落座。手下人上来献茶。有美髯公金刀无敌薛虎、小温侯银戟将鲁豹、俏郎君赛潘安罗英、玉麒麟神枪太保高俊这四个人,在两旁伺候。厅外有都头目毛荣,领着三百名喽兵。欧阳德说:"寨主,这几日金牌可有下落无有? 那武连来到这里,住了几时?"周应龙听罢,带笑说:"金牌却有下落,我已派人往北邱山去取了,义士在此等候几日。"吩咐毛荣去到厨房备酒,给欧阳义士接风。家人摆上各样菜蔬,周应龙让欧阳德上座,自己主位相陪。欧阳德听见金牌有了下落,心中甚为喜悦,不觉开怀畅饮。头几杯是家酿美酒,薛虎、鲁豹、罗英、高俊四个人前来执壶敬酒,酒过三巡,想把欧阳德灌醉。周应龙知欧阳德是侠义英雄,要害他不容易,非得带了酒不能用计,便也执壶敬酒。欧阳德在江湖多年,真假虚实总看得出来,见周应龙这番光景,竟也认以为真。他想,那金牌也许落在北邱山座山雕周应虎那里了,自己倒也放心。他既知金牌当真有了下落,喝得已有八分醉了。周应龙叫毛荣换热酒来,亲自给欧阳德斟上。欧阳德喝了几杯,不知不觉头眩眼黑,天地旋转,脚底下发轻,心慌意乱,他情知不好,把酒杯一掷,说:"唔呀! 混账王八羔子,你用些什么药酒,快些说来!"一伸手要抓周应龙,未能抓住,即跌于地下,不能动转。金翅大鹏周应龙用五灵返魂药酒把欧阳德灌入迷魂乡,不省人事,便吩咐手下人拿黄绒绳把他捆好,送到西花园逍遥阁上东里间屋内。手下人答应,抬欧阳德下去了。吴太山说:"寨主,此时把欧阳德收在花园逍遥阁之内,必须派一个人看守。"周应龙说:"寨内头目,就是胡铁钉无事,派他看守西花园。"苗顺说:"寨主,我这里有一粒丸药,塞在欧阳德鼻孔之内,管保他醒不过来。"家人立刻拿去办理,大家昼夜留神。

　　且说彭大人、蔡庆、张耀宗三个人,顺大路走至夹道,见前面有两辆车停住,正自打架。张耀宗瞧见都是自己人,连说不可打架。

　　书中交代:头前这辆车,乃是金头蜈蚣窦氏,带着女儿恶魔女蔡金花,赶车的是家人蔡顺,因为走到夹道沟北口,约摸有一里多远的路,只可走一辆车;却见从南来了一辆二套太平车,两个铁青骡子,车内坐着两个仆妇,中间坐着一个女子,年有十七八岁,生的芙蓉粉面,眉黛青山,目横秋波,真有仙女之姿。怎见得,有诗为证:

　　　　才向瑶台觅旧踪,曙鸦啼断景阳钟。

　　　　薄施脂粉妆偏媚,倒插花枝态更浓。

　　　　立尽晚风迷蛱蝶,坐临秋水乱芙蓉。

　　　　多情莫恨蓬山远,只隔珠帘抵万重。

蔡顺高声说:“南边车别来,要往后转开。”那边赶车的说:“你少走一箭之路,我就过去啦! 你好好退回去,免得费事。”蔡顺说:“你说的不算,你退回去,让我过去。”那个赶车的人把脸一沉,说:“你说的不算,连你的车主也不行。”金头蜈蚣窦氏一听,说道:“小子你别说啦! 老太太这辆车是不能退的,你们快些让太太过去。”车内蔡金花说:“你要不退回去,别说我打。”那车里坐的女子一听,只气得面目改色,说:“你等别欺负人,我不与你一般见识。”蔡金花说:“别不要脸,我撕你去。”那车上的女子,听蔡金花的言语亢壮,便把奶娘、仆妇一分,她自己用宝蓝绉手绢把头包好,跳下车来。她身体灵便,身穿着桃红色女袄,葱心绿中衣,腰系西湖色汗巾,足下红缎花鞋又瘦又小,粉面生嗔,蛾眉倒竖,杏眼圆睁。蔡金花性如烈火,一生不服人,见那女子这般景况,也跳下车来,把银红色女袄披好,伸手就抓那个女子。那个女子用拳相迎。两个人上下翻飞,蹿纵跳越,闪展腾挪,门路精通,手眼身法步各按门路。把两个赶车的吓得也忘了开车啦! 尽瞧两个女子打架。

　　正在争斗之际,忽闻正北马蹄之声,正是张耀察、蔡庆保着彭公走到这里。蔡庆说:“别动手,这是为什么?”张耀宗说:“别打,我来啦!”那边那个女子一瞧,说:“哥哥来了。”连忙住手。蔡金花见她父亲来了,也闪在一旁。

　　书中交代,那边来的女子名张耀英,人送绰号侠良姑。她因哥哥玉面虎张耀宗从家中走后,至今并无音信,师兄欧阳德也未见回来,甚不放心,便把家中之事托老家人管理,内宅有张耀宗的乳母甄氏照应,自己仗着一身本领艺业,带了奶娘刘氏、仆妇洪氏,赶车的家人张忠,离家到河南各处寻找,却并无下落。打算要往京都去找兄长张耀宗,今日正走到夹道沟,遇见蔡金花,乃是未过门的嫂子。张耀英对兄长说明了方才打架之故。蔡庆也过来给大家引见了。众人各回车去。

　　过了黄河一站,就是汴梁城。彭公接了印,拜了同寅藩臬道府,祭了圣庙、忠贤祠等处。因知前次捉拿的恶法师马道元,已被知府贪赃受贿,放纵大盗逃去。彭兴即递了一个折子,把知府武奎参了。接任五天,彭兴来禀说:“把总常兴告假走了。”张耀宗也跟大人告了十天假,要去找金牌。窦氏和蔡金花住在庆和店,作为公馆。蔡庆同张耀宗住店内北上房东屋,蔡金花母女住西屋里,张耀英住外间屋。靠北墙八仙桌一张,两边各有一把椅子。蔡庆与张耀宗落座,说:“姑老爷今日告假,要给大人找金牌去,倘欧阳义士回来,岂不两误? 据我想来,不如等候几日。”张耀宗说:“你老人家说的话虽然有理,怎奈欧阳师兄一去未回,我心惊肉跳,恐他中了周应龙的诡计,我去探访探访。”蔡庆说:“我有一个主意,少时我办一份寿礼,同你到高家庄去,那里有一位老隐士,名唤鱼眼高恒,明日是他八十寿辰,天下各处老少英雄去的不少。我们一则暗访金牌下落,二则欧阳义士想必有人遇见他在哪里? 如欧阳义士当真在紫金山未回,你我到集贤镇,住在自己店内暗中探访。不知姑老爷尊意如何?”张耀宗听罢,说:“很好! 你老人家便请置办寿礼四样。”又吩咐家人要好好伺候主母与二位姑娘。

　　次日,雇了一辆车,翁婿二人坐着,竟奔高家庄而来。日色西斜之时,已到高家庄,只见庄外树木森森,进了村口,东头路北是一片瓦房,门首张灯结彩,大门外有家人伺候。车到门首,蔡庆、张耀宗二人下车,将礼单交给家人拿进去。不多时,鱼眼高恒、水底蛟龙高通海父子亲身迎接出来。蔡庆、张耀宗翁婿二人过去见了礼。张耀宗自通名姓,给高恒行礼。高通海过来拉住张耀宗说:“大哥从哪里来? 自从那日一别,时常想念。”刘德太也出来与张耀宗见礼,问:“蔡伯父好?”蔡庆说:“刘老大你好哇? 到这里来拜寿啦! 你老亲好。”说着话,五个人往里走至客厅内,见绿林英雄有滚了马石宾、朴刀李俊、泥金刚贾信、快斧子黑雄、满天飞江立等三十余人,大家叙礼已毕,不知怎样打听金牌,且看下回分解。

第五十五回
高家庄群雄聚会　玉面虎二盗金牌

　　话说铁幡杆蔡庆翁婿二人到了客厅之内，与众人见礼。高恒让坐，又给诸位引见，拜了寿。外面家人进来禀报："今有绍兴府南霸天飞镖黄三太的大少爷黄天霸前来给庄主拜寿。"高恒叫高通海出去迎接进来。大众看那天霸：年有十五六岁，中等身材，头戴新纬帽，身穿蓝宁绸单袍，腰系凉带，外罩红青外褂，足蹬青缎官靴，面若团粉，唇若涂脂。大家皆赞美让座。黄天霸说："高叔父请上，小侄拜寿。"高恒说："人到礼全，贤侄暂请歇息吧！"黄天霸说："侄儿奉父亲之命，特来给叔父拜寿，你老人家请上来，先为拜寿。"高恒带天霸到寿堂，正中挂着福禄寿三星图。天霸拜了寿，来至客厅坐下。外面又来了贺天保、濮天鹏、武天虬三位，还有那红旗李煜、凤凰张七、铁掌方飞、蓬头鬼黄顺、落马川刘珍。这几位英雄来到，与众人见礼。外面又来了赛毛遂杨香武、铁背熊褚彪、花驴贾亮、小霸王杜清、勇金刚杜明等。大家彼此见礼，同到寿堂拜寿。大厅上摆了十二桌酒席，共有六七十位绿林英雄，叙齿让座，均是水旱两路的大响马。水底蛟龙高通海与多臂膀刘德太二人让酒。蔡庆见众人来找自己谈心，他就暗探各人的口气，问那同桌坐的杜氏兄弟说："闻二位前在连泩庄救我亲戚张耀宗，多承费心，不知武连逃于何处，二位知道否？"杜清说："武连自己惧罪，携眷逃在紫金山金翅大鹏周应龙那里，还带去一个金牌，乃是康熙佛爷赐与河南巡抚彭大人的。又听说为此已在山上死了三位有名的人物，都是为盗金牌，死的甚惨。头一位就是赛李广花刀无羽箭刘世昌，第二位是抚标把总常兴，第三位是小方朔欧阳德，这三位都是中了他的诡计。我也想要去盗那金牌，只因道路不熟，恐遭不测之险，故此我兄弟二人先来祝寿，再为打算。"

　　蔡庆听罢这话，大吃一惊！幸而张耀宗不在跟前，他正和刘德太、高通海在那里说知，坐在一桌，离得甚远，未曾听见。刘德太也不知他父亲被害。蔡庆说："二位千万别和众人说，那周应龙做此欺天之事，我和他势不两立。"哪知旁边早有听贼话的人，一桌四位，乃是贺天保、濮天鹏、武天虬、黄天霸。他们因方才见面，分外亲近，情同手足，正饮酒叙谈别后的事，忽听杜清与蔡庆提说彭巡抚如何丢金牌，紫金山周应龙如何凶恶等情，黄天霸乃是用心的人，在家听他父亲说过二盗九龙杯，大闹避侠庄，与周应龙两下结仇的事，又知他父亲与彭公相好，自己便想当着众人显显他的生平所学，要把金牌盗来，奉上巡抚衙门，我既扬了名，且又得报三位之仇。主意拿定，便把贺天保拉到外面，将这件事告诉他。贺天保听了说："也好，我叫二弟三弟也一同前去，咱四个人吃完了饭就走，明日一早在寿堂把金牌拿出来，叫这些英雄也知咱兄弟四人的本领。二人商议好了，入内落座，又把此事说与濮天鹏、武天虬二人。吃饭已毕，见那铁幡杆蔡庆愁眉不展，坐在一旁。

这小四霸天不带跟人，只把所用的兵刃带好，暗暗出了大门，到了庄口，顺着小路进山。只见山路崎岖，树木森森，四个人全不认得紫金山的路径，逢人便问。正往南走了约有二十里光景，见前面有一座树林，从里面出来一人，望着他们四人上下直瞧。贺天保年方十七岁，在家常听他父亲说外面绿林水旱盗贼的规矩。今日瞧见这个人探头探脑地往外瞧，他就知道是蹓盘子的伙计，自己便把弹弓子扣好，照定那人就是一下，正中面门之上。濮天鹏过去，把他按倒，问："你是哪里的贼人？快说实话！"那个人说："小太爷饶命！我就是前面这座山上的喽兵，奉巡山头目之令，前来侦探事情，遇见你们四位爷爷。"贺天保说："你家寨主姓什么？"喽兵说："姓周，淮安避侠庄人氏。"贺天保拉刀把杀他了，把尸首掷于山涧之内。四个人进了树林，见对面有十数个喽兵，各执兵刃，大喊一声说："哪里来的小辈，杀了我们同伴的人，我等特来替他报仇！"大家往上把四位小英雄围住。贺天保抽出折铁刀来抡刀就砍，濮天鹏拉豹尾单鞭就刺，武天虬摆双铜就打，黄天霸拉出刀来就剁。这几个喽兵，抛枪掷刀，逃奔上山送信去了。

原来这座山不是紫金山，乃是北邱山，又名璐球山。此处寨主名叫座山雕周应虎，押寨夫人戴赛花，乃是戴胜其的妹子，也是一身好功夫。先有她胞兄神弹子火龙驹戴胜其已在这里闯立，现时戴胜其已在罗家店北头金龙宝善寺出了家。这山就是他夫妻二人占了，后来又新来了荒草山的漏网之贼并力蟒韩寿和他妻子母夜叉赛无盐金氏，雪中驼关保，这三个人就在此帮助。今日正在分金厅上闲坐,忽见外面巡山头目姚燮前来报道:"山下来了四个小孩子,把巡山喽兵打败,请众位寨主令下!"周应虎性如烈火,大嚷道:"哪里的小孩童来此撒野? 我去结果他的性命。"旁有雪中驼关保说:"我去拿这几个小辈来,请寨主发落。"周应虎说:"很好!"母夜叉赛无盐说:"我帮助你去。"二人带了一百名砍刀手下了山寨,见那四个小英雄各执兵器,破口大骂:"山贼快拿出金牌来,饶你不死。"

正骂的高兴,黄天霸说:"三位兄长,我们做事不可鲁莽,依我之见,咱们是来盗金牌,替彭公办事的,为了叫高家庄所来的绿林之人,看看我们四人之能。我们将他的人打败了,他那寨主定然下来,我们不可久战,得胜即问他要金牌。给了咱们金牌,咱们就走。他的人太多,若久战必败。"贺天保说:"老兄弟你说的甚是,与我意见相同。"四人正在议论,忽见从山上来了一男一女,率领一群喽兵,喊声如雷。那男子年约三旬,青绢包头,蓝绸子裤褂,足蹬快靴,面似桃花,二目有神,手使铜棍。后面跟有一个丑妇,年亦三旬光景,头发黄发,一脸横肉。吊角眉,小眼圆睁,秤砣鼻子,厚嘴唇,露着一口黄牙根,身穿蓝女中衫,水红中衣,两只大脚长有尺余,手拿铁棍,一副凶恶之相。武天虬摆双铜,大喊一声道:"你等山贼休要撒野,通上名来。"关保说:"我乃雪中驼关保,乃本山之主,你们是哪里来的? 竟敢前来送死!"武天虬哈哈大笑说:"山贼! 你家小太爷乃是江苏人氏,姓武名天虬,自幼闯江湖,听说你这里山势甚好,我兄弟四人前来,先杀你为首之人,我们要占据此山。"关保见这个小孩子说此大话,长的虽也英武,如何能惧怕于他,便抡铁棍往头上打来。武天虬双铜一分,往旁一闪,把双铜施展门路,上下翻飞。那关保的棍也使得精通,分为三十六手天门棍,四十八招右门棍。武天虬少年英雄,身体灵便,血气方刚,与关保杀的难解难分。濮天鹏瞧那武天虬虽说是少年英雄,恐败下风,落人耻笑,他也拉单鞭照定关保面门就打。关保用棍相迎。这边母夜叉举棍也来相打,和濮天鹏杀在一处。

贺天保见山下还站着些喽兵,甚是骁勇,恐怕寡不敌众,难以取胜。便与黄天霸向对面喽兵说:"你们这座山的寨主是金翅大鹏周应龙吗? 我等是有要紧的事来找他,你们可说实话!"那些喽兵说:"我们寨主是坐山雕周应虎,这山叫做北邱山,又名瑞球山。你等是哪里来的? 快快实话! 我看你一个个小孩子,有什么有为? 竟敢前来送死。"黄天霸对贺天保说:"你帮助三哥去,我来杀这个匹妇。"摆单刀跳过来,照定母夜叉赛无盐就剁。金氏瞧黄天霸年幼之人,生的标致,便用棍一指说:"孩童休要讨死,你趁早去吧,老娘不与你一般见识。"黄天霸听了,一阵冷笑说:"丑妇休要逞强,小太爷来结果你的性命。"抡刀就砍,金氏用棍相迎,两个人杀了两刻工夫。黄天霸假说道:"我要去也!丑妇你别追我。"回身就走,金氏一摆棍就追。黄天霸知道有人追赶,便把镖掏出三只来,照定金氏飕的一镖,正中左眼。金氏痛得哇呀呀说:"不好了!你这小厮好厉害,伤了我的左目。"黄天霸又一抬手,说声"着!"又中在右眼上。金氏只疼的用双手遮着说:"好厉害呀!"黄天霸再把第三只镖照定金氏后阴门之上放去,正中在屁股上。金氏"哎哟"一声,倒于就地。黄天霸镖打母夜叉赛无盐金氏的三眼,只气得关保目瞪口呆,大喊一声说:"孩子们,你等大家齐上!"众喽兵各抢兵刃往来杀来,不知小四霸天如何盗金牌,且看下回分解。

第五十六回

四霸天头探北邱山　侠良姑单身盗金牌

　　话说黄天霸把母夜叉打了三镖,贺天保暗暗称奇,说道:"老兄弟真好本事。"那边喽兵要往上围,贺天保把弹弓照着那为首的喽兵打了几下,吓的那些喽兵再也不也上前。贺天保又猛然一弹,正中在关保脑门之上,打的他脑浆直流,死于山下。四个小英雄说:"我等赦过你们这些喽兵,咱们回去了。"四人连夜回高家庄而来。

　　再说蔡庆听了杜氏昆仲之言,心中愤愤不平,又怕欧阳德死在紫金山上,又不敢向张耀宗说知。天至黄昏,他才把盗金牌和拿周应龙之事,向鱼眼高恒、多臂膀刘德太、水底蛟龙高通海说了。刘德太听说他父亲被擒,便求高家父子帮助,并求再约请几位协助。蔡庆说:"我们翁婿先上集贤镇天和店内等候,大众不见不散,约定明午在店内恭候。"蔡庆同张耀宗二人在日暮之时,离开高家庄前往集贤镇。

　　天已初鼓之时,来到店门首叫门。小伙计开门,见是东家蔡庆来了,说:"上房是老内东带着二位姑娘住了,你老人家住西房吧!"蔡庆说:"她们做什么来了!"那上房屋里金头蜈蚣窦氏听见是她男人来了,即叫两个姑娘住西屋中去。她说:"你们进来,屋内没人。"蔡庆同张耀宗进来,张耀宗给他岳母请了安。蔡庆说:"你来做什么呢?"窦氏说:"你同姑爷走后,两位姑娘要上紫金山盗金牌去,我想她二人是女孩儿家,如何去得呢?我不放心,故此同两位姑娘来集贤镇自己店中住着,好打听消息。我又想这里是紫金山的西山口,你们若从高家来,必须从这里过。我方才到店问了伙计,他说你们尚未来啦!"蔡庆说:"为这金牌费了大事。头一件,此山地势险峻,周应龙足智多谋,他的爪牙甚多,河南抚标把总常兴,已被他擒上山去;内黄县花刀无羽箭赛李广刘世昌何等英雄,也被他害了性命;小方朔欧阳德盖世英雄,还中了他的诡计,被困山寨。你千万别放两位姑娘去,等待明日高家父子到来,再为计议去盗金牌,或者派人和他硬要,他若给了,两罢干戈。这紫金山并非容易可破的。"张耀宗说:"也好!想我师兄欧阳德精明强干,智谋过人,又有一身软硬功夫,不知为何被他所算?我怕他性命不保,故此我要急去才好。"蔡庆说:"明日去吧! 谅他也不敢谋害,等候众人到齐,也做一个准备。前者我助南霸天黄三太盗九龙杯,在避侠庄与他结仇,今日不可轻敌。"张耀宗说"甚是有理。"

窦氏说:"你爷两个在这里安歇吧! 明日好应酬众人,我往西屋和两位姑娘睡去。"蔡庆点头。窦氏来到西屋,见蔡金花独自闷坐,闭目打盹,却不见侠良姑张耀英,连忙问女儿:"你张家妹妹呢?"蔡金花说:"方才见她收拾好了罩头,我问她哪里去? 她说同她哥哥往紫金山去盗金牌。我劝她几句,她说要去外间屋偷听我父亲与他哥哥说些什么? 故此我没跟她去。"窦氏听说,吓了一跳! 急忙在院中找了一遍,并无下落,心中甚是急躁。到了东屋,见他翁婿尚未睡下,便说:"不好了,张姑娘独自上紫金山啦!"张耀宗一闻此言,急忙拉刀要追。蔡庆说:"不要忙! 我同你前往。"二人上房,跳下街心,顺小路直奔紫金山而来。蔡庆在后面说:"姑爷,今日如遇见山贼,不可恋战,只要找着姑娘就为上策,先把姑娘劝回来,然后再办别事。"张耀宗答应说:"是。"

二人走至赤松岭,往东拐进了紫金山山口,道路崎岖,坑堑不平,借着星月之光望东一瞧,都是高山峻岭,树木森森。走了多时,往北是一条大路,见北面这山比别的山高出一头,上边灯光闪闪,更鼓齐鸣。二人顺着山道,往上直走,到了头道寨门,见里面寂静无声,二人不敢从这条路上走,又往东走了一箭之地,见上面无人,二人施展飞檐走壁之法,蹿上墙去,掏出问路石往下一掷,听是实地,二人跳下墙去,在各处寻找,听那天已有二更三点。二人走在分金聚义厅左右,找那周应龙的住处,却不见侠良姑张耀英的下落。二人正在着急,忽见对面灯笼引路,有数十名喽兵跟随,为首一人,身高七尺,面如青粉,浓眉大眼,二目有神,身穿蓝绸子裤褂,青绸中衣,青缎快靴,手提一对双铜,此人乃是周应龙的大徒弟蔡天化,带着喽兵来查前山。他把灯光一闪,见前面有两条黑影一现,再看不见了。蔡天化一见,知道有盗金牌之人前来,便站住脚步,立刻吩咐手下人不准动,他飞身上房,往各处一瞧,见东南有两个人伏在天沟之内。他把金星毒药弩按上,照定那两个人就是一下。蔡庆用虎头钩拨开,跳下院中,说:"周应龙你快出来,我今既来,要会会你的。"蔡天化如何肯听,举双铜跳于就地,说:"来! 我看你有多大本领,我来结果你的性命。"直扑蔡庆而来。张耀宗说："你老人家闪开，我自有拿他之策。"使单刀往上迎来。蔡天化双铜使动如飞，张耀宗闪展腾挪，施展刀法与他争斗。蔡庆恐其有失，使虎头钩协力相帮。那边跟蔡天化之人拿起号锣来，打了一阵。

青毛狮子吴太山、大斧将赛咬金樊成、赤发灵官马道青、赛瘟神戴成、金眼骆驼唐治古、火眼狻猊杨治明、双麒麟吴铎、并獬豸武峰、红眼狼杨春、黄毛吼李吉、金鞭将杜瑞、花叉将杜茂这一干人，在集贤院中听见锣声响亮，各持兵刃来至前院聚义厅，只见蔡大化正与蔡庆、张耀宗二人动手。群贼各往前相助。恶法师马道元、小金刚苗顺与蝎虎子鲁廷三人，带手下人等各执灯笼火把照来。群贼把二位英雄围住，各举兵刃，与蔡庆、张耀宗二人相杀。吴太山认得蔡庆是绿林中人，说："好蔡庆，你勾串官兵来此紫金山盗金牌，今日把你拿住，剥皮摘心，活活处死你。"蔡庆说："乱臣贼子，人人得而诛之。你等不知自爱，真正讨死！少时大队官兵一到，你等全该万剐凌迟，祸灭九族，坟平三代。"口中虽然这样说法，心内却是害怕，知道贼人势大，又不见侠良姑张耀英在那里？自己还不肯走。张耀宗遮前顾后，见贼人越杀越多，已觉得浑身是汗，遍体生津。小金刚苗顺把折铁刀一抡，照定张耀宗后颈就砍，张耀宗只顾在前面招架，不提防背后那刀离颈项只有一尺多远了，忽从西房上飞来一支袖箭，正中在苗顺手腕，刀掷于地，又一袖箭，正中苗顺左目，疼的他哎哟哎哟，直喊厉害。那房上又一袖箭，正中在苗顺的咽喉。

此时跳下一位女子，手帕包头，身穿桃红色裤褂，汗巾系腰，金莲三寸，手执单刀跳下房来，手起刀落，便把苗顺的头砍于就地。吴铎一看，是一个千娇百媚的女子，他心中甚喜，说："美人，我家寨主正想一位二夫人，你来得也巧。"这姑娘一听，气得蛾眉直立，二目圆睁，说："小贼种！你姑奶奶结果你性命就是了。"提刀就砍吴铎。蔡庆一看女儿来到，心中着急！这未出闺门的女子，又有未过门的姑爷在此，若被人撕上一把就不好看。只见自己妻子窦氏，手摆双钩跳下来，说："哟！好猴儿崽子，老太太来也！"

此时周应龙方才睡醒一觉，听到前边喊杀之声，急忙穿好衣服，把金装铜一抱，叫亲随喽兵点起灯笼火把，在外边把守内寨。美髯公神刀无敌薛虎、小温侯银戟将鲁豹、俏郎君赛潘安罗英、玉麒麟神枪太保高俊这四个人,带四十名飞虎喽兵,跟周应龙从外面杀奔大厅而来。他一看,认得是上蔡县葵花寨的铁幡杆蔡庆与金头蜈蚣窦氏,说:"好一个蔡庆,敢来紫金山讨死! 众家兄弟把他等拿住,碎尸万段!"不知后事如何,且看下回分解。

第五十七回

张耀宗大战紫金山　水底龙聚众捉群寇

话说金翅大鹏周应龙带领喽兵，围住蔡庆等四人，吩咐手下群寇，务要生擒蔡庆，以报当日盗九龙杯之仇。蔡庆寡不敌众，知道久战必败，又无接应，正在为难之际，只听得前边墙上有人说："小辈，你休要以多为胜，我多臂膀刘德太来也！"跳在院中，直扑周应龙，要替父亲报仇雪恨。

刘德太因蔡庆走后，他问杜清说："张耀宗是在哪里丢的金牌呢？"杜清把方才对蔡庆所说的话，又对他说了一通。刘德太一听，说："好周应龙，我和你势不两立！我在各处寻访我父亲，不想竟被贼人所害。他和我父亲还是结义兄弟，我若不替父亲报仇，怎能立在世上为人？"杜清不知刘德太是花刀无羽箭赛李广刘世昌之子，一听方知此事，连忙过去劝解。刘德太他父子连心，焉能耐得住，一纵身跳在院中，拉刀竟奔紫金山来替父报仇。他不管道路崎岖，借着星月之光，施展陆地飞腾之法，天有三更之时到了紫金山，正听得上面一阵锣声响亮。刘德太到了头道大寨门，听得里面杀声不止，又是夜静更深，空谷传声，听的更远。那寨墙上点着号灯，喽兵来回地巡视，有恶太岁张耀联率领着。刘德太由西边飞身上墙，进了大寨门，又进了二道寨门，瞧见聚义厅前有七十名喽兵围在四面，各执灯笼火把，怀抱朴刀。那周应龙在正北抱着金装锏，左有薛虎、鲁豹，右有罗英、高俊四个心腹之人护助，当中有吴太山等，把张耀宗、蔡庆、金头蜈蚣窦氏、恶魔女蔡金花四个人困住。刘德太本是来此报仇，他跳下来，便提刀直扑周应龙说："小辈！刘太爷来杀你。"蝎虎子鲁廷用刀相迎，刘德太本来是急啦，见他来迎，抽回刀来分心就刺，鲁廷用刀往上一磕，刘德太提刀又砍，鲁廷往旁一闪，刘德太便摸出墨羽飞篁来，照定鲁廷就是一下，正中面门，翻身栽倒，被刘德太一刀刺死。

周应龙说："娃娃你好大胆，敢杀我山寨头目！薛贤弟，你给我拿这该死的小辈。"刘德太说："周应龙，你伤天害理，不知人事，我父亲同你，还有戴奎章叔父，是结义的兄弟。你不该倚强欺弱，把我父一刀杀死，我特来取你人头,给我父上祭。"周应龙看见,认得是刘芳字德太,他也知自己做事太狠了,便羞恼成怒地说:"刘芳,你父亲已与我割袍断义,划地绝交,他来盗我的金牌,被我手下人所杀,你今又来找死! 薛贤弟,把他结果了性命。"美髯公薛虎拉刀就剁,刘德太急架相迎,两下在院中动手。鲁豹也拉银戟分心就刺,刘德太独战二人,并无惧色。周应龙吩咐调兵,手下人一阵鸣锣,外边那些喽兵各带兵刃来至二道寨门,在四面围绕蔡庆等又杀了有一个多时辰。

　　刘德太正和薛虎、鲁豹二人动手,见贼人越杀越多,恐怕寡不敌众,正自为难之时,从西房上跳下来水底蛟龙高通海和贺天保、濮天鹏、武天虬、黄天霸五个人。只因刘德太走后,高通海往下追赶,半路上正遇见贺天保、濮天鹏、武天虬、黄天霸四人从北邱山回来。高通海说:"你哥儿们四个往哪里去的? 快跟我追多臂膊刘芳去,他往紫金山去了。"四人听罢,又跟随着到了紫金山来,听见里面喊杀之声,知道必是刘芳和贼人动了手啦! 他五个人蹿上房来,往下一看,见张耀宗、蔡庆被众人困在当中。高通海大叫一声,说:"张兄长不必害怕,今有巡抚大人派三千官兵前来把山围了! 如有掷兵刃者无罪,与官兵对敌者,拿住万剐凌迟。我今带着四霸天和天下英雄,来拿周应龙等党羽,如自投者免死。"那些贼人一听,吓的战战兢兢! 老贼青毛狮子吴太山正自动手,听了高源之言,心中也是害怕! 知道彭大人必要发兵来剿紫金山,又见高通海带着四个年幼之人,各抢兵刃和群寇杀在一处,越杀越勇。

　　这时,鱼眼高恒、铁背熊褚彪、凤凰张七、花驴贾亮、赛霸王杜清、勇金刚杜明六位英雄,也因刘芳上了紫金山,他等不放心,特意追赶前来,跳在院中,敌住群贼。蔡庆一见,倍增精神说:"众位! 咱们今天替小方朔欧阳德报仇,拿住周应龙与在案之人,不可放走一个,好找金牌。"金翅大鹏周应龙见众位英雄来了不少,又听高源说官兵围了山啦! 他便派玉美人韩山和毛荣二人,收拾细软之物,用小轿抬着压寨大人先投奔北邱山,自己再催督喽兵与众寇捉拿这伙人。

　　少时,赛毛遂杨香武带着八臂哪吒万君兆、朴刀李俊、泥金刚贾信、快斧子黑雄、滚刀马石宾等三十余人,也都来到紫金山。他们将把守大寨门的恶太岁张耀联拿住,又把胎里坏胡铁钉拿住捆上。到了二道寨门,赛展熊武连抢刀跳在迎面,后有三十名喽兵各执长枪。快斧子黑雄抢加钢斧劈头就砍。武连乃久闯江湖的大盗,又在连洼庄窝聚贼匪,足智多谋,今见黑雄抢斧砍来,他把身儿一闪,摆刀就刺。黑雄乃是胡乱的招数,哪是武连的对手。武连刀法施展开了,把黑雄杀了一个手忙脚乱,斧子也忘了招数啦!几个照面,被武连一刀刺于胸前,翻身跌于就地,登时身死。滚了马石宾,摆加钢蛾嵋刺照定武连刺来,朴刀李俊也纵身跳过去抢刀就剁,两位英雄并力才把赛展熊武连拿住。众人把黑雄死尸放在东耳房之内,又把武连和张耀联捆了放在一处,连胡铁钉也送到这里来,派贾信同李俊二人看守。

杨香武进了寨门,说:"周应龙,你今日可走不了啦!我杨五爷特来拿你上巡抚衙门去请功!"周应龙一听是杨香武就吓了一跳!知道这必是黄三太勾串绿林英雄前来拿我。正自思想,忽见石宾等大众又进了寨门。他一见杨香武,想起当时盗九龙玉杯,倾家败产,真是仇人见面,分外眼红,摆双铜竟奔杨香武而来,说:"小辈,今日你飞蛾投火,自来送死!"摆双铜往下就打。杨香武说:"众位协力帮我拿他,我是要他的金牌。"众人答应,各抢兵刃,把周应龙和罗英、高俊围住。蔡庆见众人都来了,就不见侠良姑张耀英在哪里,心中甚是着急!张耀宗也不知妹妹在哪里!越想越着急!见山寨有七八百名喽兵,二十余个头目,各执刀枪兵器,杀在一处,自己又怕寡不敌众。忽听房上有人说:"唔呀,混账王八羔子,你往哪里走!吾欧阳德乃是朋友,误中了你的诡计,吾是要拿你这混账王八羔子的。"周应龙吓了一跳,就知道这座山要保守不住。

前者,周应龙用药酒将欧阳德治住,用黄绒绳捆好,收在后面空房之内,又在鼻中涂了一粒迷魂丹,让他不省人事,打算饿他十天,再用药解过来,他便不死也不能有为了。这个主意虽好,却不想天无绝人之路,今日才三天的工夫,为何就出来了呢?只因侠良姑张耀英自天和店一怒,收拾好了,要替师兄报仇雪恨,带了匣装弩袖箭,锦背低头锤,拿了单刀,施展陆地飞腾之法,一路奔紫金山而来。进了山寨,她身体灵便,窜入后寨在各处探听。到了东跨院之内,只听得东配房里面有人说话。一个说:"伙计,今夜是咱们四个人的班,他们两人去赌钱,全交给你我了,少时你多绕一个弯儿,别懒惰,多辛苦两趟,赏下来你我二人分。他们两人不要啦,你知道啦!"又有一人说:"我知道。"张耀英听了,立刻闯进屋中,先杀了一名更夫,剩下一人,她过去问道:"你们这山上拿住一个欧阳德,害了没有？快说实话,便好饶你,若有半字虚假,我定杀你不饶!"那更夫吓得战战兢兢地说:"姑娘别生气,我叫胡光,看守这北上房。空房之内,是收着一位小方朔欧阳德,他与我们寨主有交情,只因他要金牌,我们大寨主先用迷魂酒把他迷住,又在鼻孔之内涂了一粒迷魂丹,派我等四人看守。范桐、蔡虎二人赌钱去啦,钱秀被你老人家杀了!我说的实话,求你饶我性命就是。"张耀英说:"还收着何人在里面?"胡光说:"还有一个姓常的,叫镔铁塔常继祖,也是河南巡抚彭大人那里的,现在西厢房之内,只求你老人家饶我。"张耀英听她哥哥说到有一位姓常的,力大过人,这必是那位。张耀英把更夫捆上,把口塞住,自己去到北上房,把门推开,见屋中并无灯光,又到东房,把灯取来一照,见欧阳德在东里间床上倚卧不动,急忙先从鼻孔将那粒药取出来,后把绳扣解开,正在解救师兄,忽听得门首有人说话,张耀英大吃一惊!要知此人是谁,且看下回分解。

第五十八回

彭都司带兵剿山　玉面虎勘问金牌

　　话说侠良姑张耀英听得背后有人，急回头一看，见是一个男子，年约三旬以外，生的面皮透紫，一脸怪肉横生，身穿青小裤褂，足蹬青布抓地虎快靴，手拿着一柄单刀。这个头目叫周成，是周应龙的家人，一生最爱饮酒。今日是来找胡光借钱，走进这个院内，见北屋内有灯光，他看是一位大姑娘，生得十分俊俏，便想过来找便宜。他把门一拉，侠良姑回身一看，顺手一袖箭，正中在周成面门上，赶过去一刀就结果了性命。张耀英到东屋里找了凉水，先将欧阳德灌过来。欧阳德看见说："不好了！贤妹你从哪里来的？"侠良姑把自己的来历说了一遍。小方朔说："你快些回去吧，我去拿周应龙报仇。"张耀英说："西屋内还有一位姓常的呢！"欧阳德说："都交给我啦，你回天和店去吧！我办完了事，送你回家去。"张耀英回去了。

　　小方朔到西屋内把常兴放开，立刻将他扶到东房，把灯取过来在各处找看，见有馒头、炖羊肉，二人吃了些，又喝了点水。欧阳德派常兴急速回巡抚衙门，请大人派兵剿山。他即到前院来，听得锣声震耳，便蹿上房去，到了前院，见各路英雄不少，有蔡庆同张耀宗等正和群寇杀在一处，喽兵在四面呐喊助威。欧阳德跳下房，先奔周应龙而来。周应龙一见，情知不好，便摆金装铜蹲身飞入后院，进了东房。那薛虎、鲁豹、罗英、高俊四个人，也跳出圈外逃走。欧阳德便去追那周应龙，滚了马石宾带领众人去追薛虎等四寇。

　　天已大亮，山下有都司彭云龙奉巡抚之谕，带了二百名马队来剿紫金山，半路上遇见常兴，便引他到这山寨上来。此时群寇早已四散，吴太山等也避乱逃走了。计生擒党羽四十三人，盘查巢穴之内，尚有存米一千五百七十余石、黄金六百余两、白银四万零三十余两、绸缎布匹无算。彭云龙会合张耀宗、刘芳、高源及常兴等英雄升了聚义厅。李俊、贾信把武连、张耀联、胡铁钉三个人带至大厅。杨香武找了本山一口棺材，将黑雄装殓已毕，打上驮轿，带石宾、李俊等三十余人，回归北路京东，安葬黑雄。蔡庆带妻女和众朋友说："先在天和店等候，如遇周应龙，只管叫人给我送信，我必前来。我先送回家眷，在此观之不雅。"这里就只有花驴贾亮、凤凰张七、铁背熊褚彪、鱼眼高恒等几位英雄，同小四霸天还未走。张耀宗说："武连，你把彭巡抚的金牌送到哪里去了？快说实话，免得用刑拷问。"武连知道也是一死，何必反受刑，就说："众位！我既被获，只求速死。我把金牌交给了周应龙，不知他安放哪里，这是实话。"又问张耀联，也说是在周应龙之手。动刑拷问，还是这几句话。又拷问胡铁钉，也是不知金牌的下落。把所擒之人全都问到了，都说不知。高源说："你等可知周应龙往哪里去了？实说免死。"有一个喽兵说："小人知道，他逃往北邱山去了，离此有二十里之遥，他二弟周应虎在那里占山。"张耀宗和彭云龙商议，派常兴带五十名马队守这山寨，他邀请众位英雄协力帮助去剿北邱山，那高源、刘芳也跟随前去。

正说着，外边欧阳德回来了。他说："唔呀！周应龙逃走了，便宜这个王八羔子！吾要拿住他，必要报仇雪恨的。"张耀宗说："师兄，你先跟我等到北山去拿周应龙，一个也不能放走。"高恒也说要去，众人都要替刘世昌报仇。彭云龙带一百五十名官兵，下了紫金山，有贺天保引路，来到了北邱山北山口外。官兵进山，群雄跟随，到了那寨前，砍死了几个看守之人，便闯进寨门。

此时，周应龙正和他兄弟说话。先是薛虎等四个人逃至此处，后面又有喽兵赶到，都说武连被擒，马道元逃生，寨主须紧守大寨，怕彭巡抚派官兵进来。周应龙说："好险哪！我要不是逃走出来，也被欧阳德所拿了。"他越想越惨，竟落下几点英雄泪来，周应虎和韩寿劝解说道："昨夜好怪，这山下也来了四个童子，伤了我两个人，方才埋葬了。兄长不必为难，我这山上还有几百名喽兵，你我带下山去报仇！"这几句话方才说完，只见外面跑进一个手下人来说："不好了！外面官兵把寨门打开，有小方朔欧阳德带人来到，请寨主你老人家早作准备。"周应龙连忙把双铜一抱，周应虎、韩寿等鸣锣调他手下的喽兵。此时韩山早已逃走，喽兵们都知道紫金山已破，这座山也站立不住，又没见过大敌，早已四散，只剩那几个无知之徒，还各执兵刃，帮助寨主作反。

这时众英雄已杀了进来，贾亮说："周应龙，我不是在官之兵，不是应役之人，我也是绿林中之人，论理我不该在这山上拿你，无奈你做事太狠，你和刘世昌是结义兄弟，竟然翻脸无情。我今同两个朋友先把你拿住，去见彭公，给刘世昌报仇。"美髯公薛虎说："寨主不必生气，我来拿这老匹夫。"周应龙说："很好！"薛虎抢刀直奔贾亮，贾亮把纯钢蛾嵋刺往上一迎，两下里一磕，贾亮急抽回刺来，分心又刺，薛虎的刀往外一磕，贾亮使一个夜叉探海之式，刺在薛虎肋下，登时栽倒在地，被官兵拿住。鲁豹拧银戟跳过来说："好奴才！你伤我兄长，我要拿你。"贾亮乃久闯江湖之人，他见鲁豹上来，并不惧怕，忽听身后褚彪说："贾大哥，你老人家让我立这一功吧！"褚彪提金背刀跳至当中，举刀就砍鲁豹，鲁豹用戟往外一推，抢戟杆就打，褚彪用刀往上相迎，两人战了几个照面，褚彪一刀将鲁豹砍倒，官兵过来把他捆上。罗英、高俊也被刘芳、高源所擒。凤凰张七领着贺天保、濮天鹏、武天虬、黄天霸五个人，围住了周应虎和韩寿。欧阳德把周应龙困住，只见周应龙的双铜使动如飞，张耀宗也拉刀相助。

此时那后寨早已知道，压寨夫人及戴赛花也收拾好了。戴赛花说："嫂嫂不必害怕，都有我一面承担。"李氏已吓得面目失色。戴氏举双刀直奔前寨而来。她见贺天保生得标致，说："小娃娃，你跟我来，我看你有多大能为。"贺天保一瞧，是一个三十多岁的妇人，生得姿容俊秀，蓝绸手帕包头，身穿蓝绸子女褂，葱心绿的中衣，足下金莲三寸，柳眉杏眼。她举双刀直砍贺天保，贺天保往上相迎，两个人只杀得难分难解。彭云龙吩咐官兵帮助动手，用挠钩、长枪齐奔戴氏。此时韩寿被擒，周应虎也被人所拿。金翅大鹏周应龙见大势已去，跳出圈外想要逃走，被欧阳德和众英雄把他围住。张耀宗刀法精通，周应龙双拳难敌四手，终被欧阳德所擒。搜拿贼党时，见戴赛花已死于乱军之中。随即查抄金银，分赏兵丁，众人在山寨歇息了一夜。

次日，贾亮、褚彪、凤凰张七与小四霸天要告辞回家，张耀宗苦留不住，只得送些路费与他七位，各人从山上骑马一匹，告辞去了。大众又到了紫金山，和常兴会合一处，这才回汴梁城。到了巡抚大人衙门，即把所擒之贼带上来见彭公。先叫带张耀联上来，跪在阶下，两旁有堂官齐喊堂威！彭公说："张耀联，你强娶民女，私抢少妇，勾串地方官倚势欺人，又抗差不遵，勾串响马，拒捕殴役，李家女子妇人现在哪里？从实招来！"张耀联往上叩头说："大人高升，我也知道活不了啦！只求大人格外施恩，李家女子妇人不从,已被我打死掩埋了,这是实情。"彭公亦不深问,吩咐差人把他押下去,又带周应龙上来。两旁一喊堂威！周应龙走进来跪于阶下。彭公一见,怒气冲冲,要审问金牌的下落。不知有无,且看下回分解。

第五十九回

高恒头探寒泉穴　刘芳扶灵回故乡

话说彭公吩咐带周应龙上来,周应龙戴着镣铐,跪于阶下。彭公问道:"你是周应龙吗?"周应龙答应:"是。"彭公又问:"你在紫金山招聚贼匪,拒敌官兵,把我的金牌安放在哪里? 从实说来!"周应龙说:"我自淮安出来,即在这座山上啸聚,金牌我已掷在山寨后的寒泉穴里,这是实话。"彭公急问:"寒泉穴水有多深?"周应龙说:"不知。"又带武连来问,也是这样口供。

彭公退了堂,立刻到书房,叫张耀宗进来,问道:"拿周应龙是何人出力?"张耀宗回说:"为盗金牌,花刀无羽箭赛李广刘世昌死于紫金山,高家父子邀请各镖行英雄相助,我师兄拿的周应龙,出力劳绩让于赛毛遂杨香武。在紫金山大战,死了一个快斧子黑雄。帮助之人,还有黄三太之子黄天霸等结义兄弟四人。"彭公说:"先请欧阳德、高家父子和刘芳进来。"家人出去,把四位请进来,给大人请安。彭公说:"四位义士请坐,在紫金山多亏出力。谁知金牌已被贼人掷于寒泉穴里,此事要传到京官耳中,恐我被参,贻笑于人,多有不便,众义士还要设法寻找此物。"高恒说:"大人施恩提拔我的儿子,我舍命去探寒泉穴,给大人捞上金牌来就是。"彭公说:"只要金牌找到,我必专折奏请,保荐你众人。"高恒说:"大人恩典,我同张耀宗带五十名官兵去,五日后必有回音。"彭公先传谕把周应龙等暂押狱中,又传五里屯李荣和完案。即派张耀宗带五十名官兵,同高家父子起身。

众人跟随着来至集贤镇天和店内,张耀宗等见了蔡庆,细说在省里彭公所说之事,这才备酒接风,住宿一夜。次日早饭后,蔡庆从这里置办了应用物件,立刻同众人进山。到了后山,只见峭壁直立,树木森森,山花野草,遇时而新。在西北山后,阴风阵阵生凉,野兽窜避无踪。众人顺着幽僻小路,由山岭上往下走去。原来这座寒泉穴,就在西北半山坡中,上盖凉亭,阴风洌洌,冷气凄凄。有诗为证:

远辞岩下写潺湲,静拂云根别故山。

可惜寒声留不住,旋添波浪向人间。

此泉自山阴流出,其水墨绿之色。向东有一窟窿在泉之下,如冰盘大,一股水直向东流,归入逆水潭中,由山之东涧沟流入河内。从紫金山的背后,有小路一条,可至寒泉的上面。站在寒泉之台阶上,东望逆水潭,如在目前。蔡庆、高恒先派人搭好架子,拴好绳儿,把荆条筐也拴好了,安上铃铛。高恒立时坐在筐内,吩咐众人,听到铃响便急往上拉!自己换了水衣水裤,带了钩镰拐,放下了绳子。鱼眼高恒看那水是碧绿的,凉风透骨,冷气侵人。高恒年已八十,血气衰败,一见这冷气就喘息不止。他跳下水去,往下一沉,身入水内,只觉冷气如刀,强长精神直至水底,约有五六丈深,在下面方要寻找金牌,手已麻木,不知用力,坐在筐内一摇铃铛,上面张耀宗连忙叫人快往上拉,到了泉口,高恒早已不省人事,急忙搭下筐来,用火烤了半个时辰,并未缓过这口气来。高通海放声大哭道:“不想你老人家今日死于此处!”张耀宗、欧阳德、蔡庆、刘芳看着,惨不可言。

此时天已正午,蔡庆说:“此事如何办理呢?”高通海一想,为人尽忠不能尽孝,我父为金牌死于寒泉之内,我必要继父之志。他把父亲尸身移在一旁,即刻换了衣服,坐在筐内,叫人放下去。他自己打算,如不行即速上来,别死在这里。及至从水面跳下去,沉身坠至水底,在各处一找,并不见有金牌,觉着冷气入骨,不能缓气,再有一刻工夫找不着金牌,高通海也要冻死啦!他心中祷告说:故去的父亲阴魂保佑,叫孩儿快找着金牌,我也好光宗耀祖,显达门庭。正自祷告,觉有一物撞着手心,也不知是何物件,拿在手中,急忙坐在筐内,摇响铃铛。上面拉上来一看,正是金牌在口袋里盛着。大家焚香谢了山神。刘芳已派人买两口棺材,把他父亲之尸装好,高源也把他父亲之尸入了棺木。二人雇了驮轿,即由此处起身,送灵柩回籍。高源把金牌交给了张耀宗。张耀宗先派人禀明大人,将这紫金山改为善化寺,招僧人看守。由蔡庆监工修盖,把两山所得之财,抽出十分之一修庙,作为僧人的养赡。又给高源、刘芳二人路费各纹银五百两整。余下都交彭公作赈济局公项,赈济本省贫民。

他同欧阳德回省,交好金牌,给大人请安。彭公赏了张耀宗、常兴各银一百两,赐欧阳德酒筵。他亲自起稿,办好奏章,奏明皇上业已拿获逆首周应龙等,请予褒赏剿灭紫金山之出力人员。张耀宗告假完姻,在本城租赁了房屋,即给蔡庆家送信,择日娶过亲来,洞房花烛,不必细表。夫妻郎才女貌,甚相合意。蔡庆夫妇不时常来女儿家中。侠良姑张耀英也和她兄长在一起住。张耀宗销了假,打算给他亲戚徐家送信,定日期送他妹妹完婚,张耀英亦是自幼儿许配人家的。过了几日,旨意下来。

上谕:河南巡抚彭朋奏拿盗寇周应龙等。在事出力人员,张耀宗赏给四品衔,以都司补用,交部带领引见。常兴赏给守备,留省后补。刘芳、高源赏给千总,归本省标下委用。彭云龙赏给三品衔,有游击缺出即补。盗寇周应龙等,在本处凌迟处决。钦此钦遵。

康熙四十七年六月

彭公谢了恩。张耀宗办完文书即入都引见。

过了几日,刘芳、高源在家中接着喜报,办完丧事,便会合到巡抚衙门,给大人磕头。彭公叫二人进来,二人先给大人叩了头,谢了大人。彭公问道:"你二人愿在标下当差、愿给我当差呢?"高、刘二人说:"我二人的功名是大人提拔的,还求大人施恩,赏个差事。"彭公说:"我这里两个巡捕官都升了。张耀宗入都引见,常兴已补了抚标守备,你二人充当我这里的巡捕如何?"刘芳、高源谢了彭公,就把行李移进巡捕房,拜了客。

又过了几日,把五里屯李荣和传到,与恶太岁张耀联对了词。即派了护法监斩官,把周应龙、武连、张耀联、胡铁钉凌迟正法示众! 河南省军民人等,皆感谢巡抚大人的好处。是年河南一带,自四月至六月间,天旱不雨,人民惶惶不安。彭公斋戒沐浴三日,亲诣城隍庙、土地祠各处焚香祷告,两日不食,河南人民皆知。至第三日,天降甘霖,各处均告平安。自剿灭紫金山之后,彭公设立义学,办理赈济,访查各府州县官的贤愚,能者必保荐,贪劣者必参革调降,兴学校,讲道德,创立捕盗之营,河南大治,人民感德。又逢皇上有道,各处物阜年丰。

那欧阳德乃侠义之人,不愿做官。自斩周应龙等之后,那些漏网的党羽,各处皆有文书访拿,那些从贼,均已逃窜无踪。他无事即在各处私访,哪里还有贪官恶霸,势棍土豪? 他乃是彭抚台的耳目,禀明大人必办,彭公倒也信服他。欧阳德一日走至上蔡县的地面,听人传言:宋家堡有一个活财神,名叫赛沈万三宋仕奎,家财巨万,富甲一省。他家有招贤馆,招聚些有能为之人,明则看家护院,暗里谋反起兵,声势甚大,家中操练庄兵五百名,有神拳教习赛姚期尤四虎。他听见了这消息,连夜奔宋家堡而来。

那日走至明化镇,乃是一座乡埠,也有铺面和茶楼酒馆。欧阳德见十字街路北有一座茶楼,坐北向南,字号是通和楼,挂着茶牌子,有雨前、毛尖、六安、武夷、香片等,并写随意家常便饭。欧阳德连忙打帘子进去,看见这座楼是在正北,进门东边是柜,西边是灶,走至后堂,见下面人太多,不清静,便顺东边楼梯上楼,楼上是正北六个座位,南边六张桌儿,有几个吃茶喝酒之人。他自己在东边第二座坐下,叫跑堂的拿茶来,堂倌送上一壶茶,他喝了几口,忽听得楼梯一响,从下面上来两个人。头前那位,年约二十以外,生得方面大耳,齿白唇红,眉清目秀,头戴新纬帽,身穿驼色亮纱罩袍儿,外罩红青八团龙透纱的褂子,腰系凉带,露着全份的活计,足蹬青缎官靴,神清气爽,手拿团扇,后跟一个仆人,手执马鞭。欧阳德一见此人,心中暗想:"要破这宋家堡,全在此人身上。"不知此人是谁,且看下回分解。

第 六 十 回

粉金刚大闹茶楼　欧阳德恩收弟子

　　话说小方朔欧阳德见进来这个人，眼光满足，气宇不凡，就知是一位武士英雄。这人坐在西边那个桌上，跑堂的送过茶来，问要什么吃的？那人说："我要两壶荷叶青，两壶莲花白酒，要点菜藕，一碗拌鸡丝，一碟亮肉肚，再配两样可吃的。我的家人，叫他在南边桌上吃去！"欧阳德一听，说："吾也要吃的，堂倌这里来，吾也要两壶荷叶青，两壶莲花白酒，要点菜藕，一碗拌鸡丝，一碟亮肉肚，再给吾配两样可吃的。"跑堂的一听，这个蛮子和人家学着要菜吃，也是一个不开眼的，这夏天这么热，他还穿着件老羊皮袄，戴着皮秋帽，套着两只毛窝，可又是穿的单裤，那袜子够二尺多高，直到护膝。跑堂的也不敢得罪他，照样把小菜摆上。那个武秀士说："来！给我要一个卤牲口。"欧阳德说："来！也给吾要一个卤牲口。"那少年瞧了欧阳德一眼，也不在意。二人正在要菜吃酒，忽听得下面一片声音，有一人说话也是江苏口音："唔呀，救人呀！那王八羔子害了我啦！吾是不能活啦！"喊着便跑上楼来。吃酒的瞧那上楼之人，年约十四五岁，面黄肌瘦，身穿旧灰布大褂，蓝布中衣，白袜青鞋，站在楼上，口中连呼："救人！救人！"欧阳德听了，问道："你是哪里的人？说实话，有我救你。"那蛮子说："我是徐州沛县人，家有寡母，我去岁被人拐骗出来，卖在戏班之内，受人打骂不少，我才逃至外边，后面有人追赶，班主是宋家堡的神拳教习，名叫尤四虎，绰号赛姚期，他要活活的打死我。"

　　正说着，忽听楼下有人说："瞧见上来啦！必是在楼上，我瞧瞧哪里去啦！"这一伙有七八个人，都是二旬年岁，身穿紫花布裤褂，青布抓地虎快靴，手执单刀、铁尺、木棍，赶上楼来。吓得那少年人钻入桌儿底下，靠在那武士身后，口中直喊："救命啦！救命啦！他们要带我回去，必定活活打死！"那二十余名打手说："你躲到哪里去？我们是不能饶你的，把你带回去交给尤大太爷办理。"那武生员站起来说："你等是哪里来的？这个人多少身价？我给你们身价银子。"那几名打手说："你少管闲事，我们是宋家堡的教习尤大太爷那里的。这孩子是我们教习用三千两银子买的,你留下不成! 你是外乡人,趁早别多管闲事。"武生员说:"我是不能不管,你趁早回去,叫你家主人来见我。"那些打手说:"你姓甚,叫甚名呢?"武生员说:"你也不必告诉你等我姓什么,见了姓尤的再说,如要带人,你几个是带不去的。"那二十余名打手倚仗着人多,说:"你这个人好不要脸。"摆兵刃往前要打。那武生员一阵冷笑,把外褂子一摔,举起椅子,照定那些打手打去,那几个打手也举木棍相迎,打了几个照面,把那些打手打的头破血流,各自逃走。跑堂的说:"大爷你快些走吧! 这些人回去,必请他们的头目来报仇雪恨,倘被他等拿住,你命休矣! 我是金石之言。这里离宋家堡五里地,少时就能来,此处明化镇无人敢惹他。"武生员说:"我也不是怕事的人,你也不必多管。"跑堂的也就闭口不言了。

欧阳德很佩服这个人。武生员问道:"你是哪里人? 快些出来,不必害怕。"那少年人即从桌子下爬出来,跪于就地说:"小人姓武名杰,乃徐州沛县武家庄人氏,先父早故,母亲在堂守寡,我在学堂读书,被本庄的拐子把我拐骗出来,卖在戏班之内。班主是赛姚期尤四虎,把我打了几次,我实在受刑不过,才跑了出来,只求老爷大发慈悲,救我出此火坑,得脱活命,你老人家就是我重生父母。请问恩人贵姓大名? 以后报答。"武生员说:"我姓徐名胜,表字广治,绰号人称粉面金刚。我原籍徐州沛县,今移浙江会稽县居住,一向随父宦游浙江地面,此事你不可惊怕,都有我哪!"当时小方朔欧阳德在旁边细听,才知道是未过门的师妹的女婿,素有英名,受过高人的传授,乃有名人焉。连忙站起身来说:"唔呀,原来是徐爷,我久仰大名,今幸相会。"徐胜说:"朋友你贵姓啊?"欧阳德说:"我姓欧阳名德,绰号人称小方朔。"徐胜说:"原来是镇南方小方朔欧阳兄长,我失敬了,久闻大名,如雷贯耳,今日相会,乃三生有幸。兄长从哪里来的?"欧阳德说:"由河南省城来的,仁兄今欲何往?"徐胜说:"我投奔河南巡抚彭大人那里去,我有一个朋友,在他衙门作幕,当折奏先生,姓冯名全奎。"欧阳德说:"这里有这么一件美差,也算奇功。但有一件,你附耳过来!"徐胜走至近前,欧阳德说:"宋家堡赛沈万三宋仕奎家中,有招贤馆,私立教场,有庄丁数百名,欲图谋不轨,肆意反叛。你到招贤馆投贤,作为内应,我再叫几个人来帮助你。待起手之时,你先给官兵送信,大约可剿灭叛党,一个不留。"徐胜说:"这个孩子你收他作个徒弟,不知尊意如何?"欧阳德说:"好! 你把他交给我,我将他送回家中,还要回来助你一臂之力,十日后再见,我带他去也!"徐胜说:"饭钱我都给了。"欧阳德说:"知己不谢,吾带他走了。"徐胜说:"你二人走吧!"欧阳德带他出门去了。

徐胜把酒饭钱先给了,把家人徐富叫过来,吩咐道:"你把马匹行李全带往开封府城内,在奎元店等候。"自己换了一身便服,暗把短链铜锤带在身上,把刀放在桌上,把长大衣服包好了。忽听外面有人喊道:"把那该死的小辈拉下楼来,将他碎尸万段!"徐广治一听,手拉单刀跑下楼来,见正西来了有三十余人,各执木棍铁尺。为首一人,身高八尺以外,头大项短,浓眉大眼,身穿青洋绉中衣,蓝绸短汗衫,足蹬青缎抓地虎快靴,面皮微黑,手拿折铁朴刀,正是赛姚期尤四虎。后跟的人都是打手。内有方才跑回去的人说:"教师爷,头前那个人就是留下咱们孩子的,千万别放他走了。"尤四虎抢刀直刺徐胜,徐胜急架相迎。二人斗了有两刻工夫,徐胜一刀把尤四虎的刀磕飞,又一腿踢在尤四虎左腿之上,翻身栽倒。尤四虎说:"好小子,焉能与你甘休,你叫什么名字?"徐胜说:"小子! 你爷爷叫粉面金刚徐胜,字广治,你只管邀人去。"尤四虎立刻爬将起来就跑。那三十多名打手见教师不是对手,他们也就不敢动手,各自逃生去了。那些瞧热闹之人,无不喝彩说好。

徐胜立刻手拿单刀,出了明化镇,竟奔宋家堡而来。五六里之遥,片刻已到宋家堡的庄门。见这座堡子城方圆四里地,有四面的庄门,这东门外算是一条买卖街。这座堡了生人不叫进去,无人引见也不许进去。徐胜原打算进招贤馆,到了东庄门,举步往里就走。只听门房里该值的人说:"往哪里去,你姓什么?"徐姓一看,路北五间门外,站有七八个庄丁在拦阻他,问他找谁? 徐胜说:"你不认识我吗? 我常来找你们教习的,我姓余名双人。"那些庄丁瞧徐胜是个练武艺的样子,也不知他来过没来过,听他说与教习有往来便不敢得罪他,说:"你老人家请进去吧!"

徐胜混进宋家堡,看那街道平坦,往西有一里之遥,南北也有铺户不少,做买卖的皆是宋仕奎的人。到十字街西边,路北大门里面,房屋甚多,都是楼台亭阁,门外有上马石两块,大门横挂一块匾,上写泥金大字,是"策名天府"。路南一座大门,是演武厅和招贤馆。十字街东,路北有一座茶园,字号是"绿野山庄",坐北向南,门外高搭天棚,内里是五间楼。楼上有对联一副,写的是:

平生肝胆凭茶叙,不是英豪仗酒雄。

下面门首,亦有一副对联,写的是:

三山半落青天外,千里相思明月楼。

那天棚下有几张桌儿,甚是清淡。徐胜又不知招贤馆在哪里,自己便坐下来要了一壶茶。跑堂的上下看了徐胜两眼,心中说:"这个人不是我们的人,好眼生!"徐胜细瞧这堡子城内,修的十分整齐,房屋也盖的齐整,栽种着各样树木,柳树荫浓,芙蓉开放,真另有一番气象。茶楼上面,楼窗满开,周围安置各式花盆,内有各种时样鲜花。天棚外东西两棵大垂杨柳,凉风阵阵,虽是暑热之时,一进天棚却目爽神清。徐胜看着各处景致,忽见正面来了一百多人,尤四虎率领着,各穿蓝号衣,上有"白月光",写的是"宋家堡庄兵,守望相助"。徐胜知道是找他打架的,不慌不忙,立刻把长衣服脱下来,包在包袱内,系在腰中,手提单刀,要和这一百多名庄兵分个高低。未知胜负如何,且看下回分解。

第六十一回

徐广治拳赢尤四虎　宋仕奎大开礼贤门

话说粉面金刚徐广治，见尤四虎领了有一百多名庄兵，带着竹弩箭，各抱一个箭匣，他气狠狠地走在前头，说："你们跟我把那人围上，一阵乱箭把他射死，方出我胸中之气，你等快走！"后边众打手说："我们跟教师爷去。"徐胜看见尤四虎等，忙跳出去，说："你们这伙人往哪里去？今有你家大太爷在此等候。"尤四虎气得两眼通红，说："好撒野的囚徒，竟敢来至此地，我叫你来时有路，去时无门！徒弟们，你们把他围上放箭。"那众庄兵往前面一围，徐胜施陆地飞腾之法，飞身上房。尤四虎忙叫放弩箭！只见从正西来了五骑马，头前马上那个人，年约五旬以外，正在中年，头戴新纬帽，身穿蓝纱里的单袍儿，腰系凉带，足蹬官靴，面皮白中透青，两道剑眉，一双三角眼，二目光华乱转，准头端正，唇若涂脂，头平项长，身后跟着家人，来到这里说："别放箭！为什么？"尤四虎说："这厮是个奸细，来哨探这里的事情。我买的那个童子，被他抢去，不料他反来找我，甚是可恨，我要用箭射死他！"

来者这位，正是活财神赛沈万三宋仕奎。他方才瞧完了庄兵操演技艺，遇见这些人在这里围上徐胜，便催马过来问尤四虎。尤四虎见庄主问他，就细说了一番。宋仕奎看徐胜品貌不俗，便说："别放箭，朋友下来，请教贵姓大名？哪里人氏？来此何干？"徐胜说："在下乃浙江人氏，至此访友。听人说宋家堡有一位庄主，仗义疏财，好结交天下英雄，我特来拜访。方才在明化镇酒楼上，遇见他追下一个童子，打的要死，我把那童子放走了，问他多少身价，我都给他，他还不允，一定要和我比试武艺，被我一脚踢倒，我也不和他打架，他站起身来急速走了。我不知他是哪里的人，我来此访问宋家堡的庄主，又遇见他邀了些人，倚多为胜，幸遇尊驾来此相助，未领教尊姓高名？"宋仕奎说："我姓宋名仕奎，就在此居住。你贵姓高名，来此何干呢？"徐胜未敢通报真实姓名，只说："我姓余名双人。"宋仕奎说："尤教习，你倚多为胜，不是英雄所为之事。请余贤士跟我来招贤馆,有话相商。"徐胜细看此人,品貌不俗,说:"这就是宋庄主吗? 我这厢有礼了。久仰大名,特来拜访,今得相遇,真三生有幸也。"说罢,跟随着众人,来至正西,到路南见一座大门,上有对联云:

兴贤与能,于斯为友;及时作事,自古有年。

横有一块泥金匾,上有四个大字是:"西伯遗风"。徐胜随众人进了大门,到了里面空场之地。东边是演武厅一座,西边一所宅院是招贤馆,系众贤士所居之处。宋仕奎说:"余壮士,你敢和我家教习比试比试么? 倘若胜了他,你就升为大教习之位。"徐胜说:"请尤教习过来,就在厅前比试,使哪样兵刃,我陪你练两趟。"赛姚期尤四虎知道徐胜的武艺,听徐胜之言,只得说:"好! 我就同你比一路拳脚,分个上下。"二人各把平生所学艺业施展开了,走了几趟,徐胜把身体一摇,施展出太祖拳来,直把尤四虎闹得浑身是汗。打了几个照面,徐胜一腿正踢在他后胯之上,往前一栽,倒于就地。宋仕奎在座上说:"好武艺,真是人间少有!"徐胜把尤四虎扶起来说:"得罪得罪!"尤四虎脸一发赤说:"愧死人也!"宋仕奎说:"尤贤弟,你我知己之交,不必生气,把大教习之位让与余壮士,你我是自己人,不必挂在心头。我备酒席,给你二人和解了吧!"

散了庄兵,宋仕奎带亲随人等,同尤四虎、余双人下了演武厅,来至西边招贤馆门首。徐胜一看,上写对联云:

古人作会,有山与日;

贤者乐群,若竹遇兰。

进了屏门,细看内院是北上房五间,东西各有配房,南房有五间。上房之西有一角门,往西还有一所院落。宋仕奎带二人进了北房,里面摆设围屏床帐,正北靠墙是花木条案,案上有郎窑瓷瓶两个,官窑果盘一对,当中放水晶鱼缸,摆有四样盆景。案前八仙桌一张,两边各有太师椅,墙上挂着一幅画,画的是"挂印封侯",下款是仇十洲。两边各有对联,写的是:

圣贤为骨,英雄为胆;

肝肠如雪,义气如云。

徐胜看罢,见东西皆有两间屋。宋仕奎在东面椅子上落座,让他二人在西边落坐,吩咐家人去西院请众位贤士来。少时从西院中来了十数人,有赛叔宝余华、金刀太岁吕胜、永躲轮回孟不明、轧油灯李四、飞腿彭二虎、一本账何苦来、铁算盘贾和、闷棍手方回、黑心狼戚顺、平天转杜成、狼狈金永太,这些人都是在案脱逃的江洋大盗,也有杀人的凶犯,滚了马的强盗,身遭大案,在此躲避。今天听说新来一位大教习,叫余双人,要去见见,就一齐来到会英堂,见宋仕奎和二位教习正在吃茶。大家一齐说:"参见庄主,我们这里请安。"又给尤四虎请安。宋仕奎说:"众位英雄,请坐在两边。这位余双人是新来的大教习,尤四虎为二教习,每日训练五百名庄兵,教他等先练技艺。每逢初一十五,我亲自验看,自有赏罚。今日先给你众位引见引见,从此各处受余教习约束。尤贤弟是我知己之人,也知道我的事,现今暂屈为二教习之位,你等见过!"众寇均给徐胜请安说:"余教师新到,我等多求指点武艺。"徐胜说:"我余双人蒙庄主台爱,一见如故,又蒙众位相亲相敬,你我乃是一家人了。"宋仕奎立刻吩咐家人摆酒,要他们从此各无忌恨。尤四虎见徐胜这样慷慨,也就没有气了。

家人拉开桌凳,立刻摆上新鲜果品,冷荤热炒,山珍海味,鸡鱼鸭鹅,真是富人之家,非常人可比。活财神赛沈万三宋仕奎坐在当中,左右是二位练习,他今得了余双人,不胜之喜。他如要安分守己,不思妄为,真真是富胜王侯。他家有个相面先生,绰号叫小张良李珍,乃是江湖相士,曾给宋仕奎相面,说他是大贵之相,有帝王之份。又给批八字说:"隐隐君王相,堂堂帝王容。祥云白雾起,处处献青龙。至三十六岁,大运亨通,必有高人扶助。"又给他移了坟茔。宋仕奎敬他如神仙一般,留在家中,说:"我要得了位,必封你为护国军师。"这日酒饭已毕,就留徐胜住这院中,西院是群寇所居,派四个书童,三名长随服侍,又叫厨房每日给余教习一桌饭菜。吩咐已毕,即乘轿回家去。

粉面金刚徐胜等送出招贤馆,立刻回来,众人又谈了些闲话。这时早有人送来藤席、凉枕、香牛皮夹被、蚊帐、围屏,到晚安歇。次日天明起来,书童伺候着洗面、用茶、吃饭,每日皆是如此。无事便把五百名庄兵点了名,要请众贤士看技艺。那些庄兵,先各练了一趟拳脚,又叫众寇各人施展能为,他要瞧瞧。黑心狼戚顺说:"我练一路短拳。"平天转杜成上去说:"我踢一趟弹腿。"狼狈金永太练一路单刀,一本账何苦来耍了一路锤。徐胜看这些人都是饭桶,没有多大能为。内中就是金刀太岁吕胜可以,赛叔宝余华的武艺精通,余者不足论也。

徐胜散了操,回到自己屋中,问伺候他的人哪里有热闹可逛?书童琴绿说:"明化镇六月二十八日大会,是天仙娘娘庙,可以去看热闹。"徐胜一想：也好散散心去，明日是二十七日，头天可以逛庙，就吩咐伺候他的人，明日要五匹马，四个人跟我去，留两个人看屋子。

　　次日天明，徐胜吃完早饭，即叫长随宋兴、宋旺都换上新衣服，把马备好。徐胜到外面上了马，带着两个家人，两名书童，五匹马出了东庄门。一加鞭，五里之地，很快就到了明化镇。徐胜自入宋家堡，有七八天未曾出门。今日一出来，看见那绿柳垂杨，青苗满地，道路上人烟不少，男男女女，都是逛庙之人。正瞧着热闹，忽听前面一片呐喊之声，直喊救人！徐胜急到跟前一看，又是一件岔事惊人。不知后事如何，且看下回分解。

第六十二回

粉金刚逛庙救难女　于秋香舍死骂贼人

话说粉面金刚徐胜，带了四个家人，往天仙娘娘庙瞧热闹，忽见对面一伙人围着，里面直喊救人！徐胜立刻叫家人拉马，自己下了马，分开众人说："为什么事呢?"只见人群之中，有二套太平车一辆，车里面坐着一位女子，车外有两个仆妇和一个赶车的。旁有一少年人，头戴马连坡草帽，身穿青串绸大衫，蓝绸中衣，五丝罗单套裤，白袜、蓝缎子镶嵌的云鞋，二纽上十八子香串，真正伽南香的，面皮微青，青中透白，细眉毛，圆眼睛，带着十六七个打手，都是横眉竖目，身穿紫花布裤褂，青布抓地虎靴子，手持木棍、铁尺。那少年约二旬上下的年纪，是宋家堡活财神宋仕奎之子宋起龙，最是贪淫好色，常倚势抢人家的少妇长女，手下养着三四十名打手，每逢庙会集场，他必要到的，这明化镇无人敢惹他。今带领手下人，坐车子来逛庙，因他去年抢过一个人，良善人家少妇长女，都不敢来逛庙烧香。今日也是活该有事，正到村口，见正南来了一辆二套车，车内坐着一个女子，长的十分美貌。宋起龙仍乃色中饿鬼，花里魔王，立刻目不转睛的瞧那女子，遂吩咐家人把车拦住说："你们别走啦！把车拉到我那里去。这女子是我新买的，被你们拐骗出来，今日见了我，还不快快送到我家，饶你不死，不然全把你们活活打死！"那赶车的说："你等别惹事！这是吏部土事于得冰老爷的家眷车，这是我家小姐，带着仆妇养娘进京去的，你们趁此躲开！"宋起龙冷笑说："娃娃你好大胆量，休要说这大话吓人，你家大爷是不怕事的。"吩咐从人道："你等去抢下车来，拉到我家中再说。"那仆妇见一群恶人要上车来拉，她就直喊救人！车里于秋香一瞧，知事不妙，说："你们这些囚徒，光天化日，硬敢白昼抢人！天网恢恢，你等真不怕死，我和你势不两立！你这贼种，我有一死挡你。"说着就要往车上撞头，那些打手也不敢拉了。瞧热闹的人，都知小太岁宋起龙的厉害，无人敢管。

正在着急之时，忽见西边人让开了，说："教师爷来了!"宋起龙本是酒色之徒，从不练武，不知道他父亲新收了一位大教习，颇有武艺。他兄弟宋起凤，倒是常踢脚练拳。这厮他是连买的妾，带抢的人，共有十四位，夜夜欢乐。今见外面进来一位二十余岁的少年人，一脸正气，身穿宝蓝洋绸大衫，足下白袜云鞋，白净面皮，眉清目秀，另有一团精神，进来问道："为什么？"赶车儿的把要抢人的事故，说了一番。徐胜听罢说："岂有此理，这可不行，哪位要抢，先见见我。"宋起龙闻听，气往上冲，倚仗人多，过去一伸手，就要把徐胜抓住；却被徐胜一接他的手腕，往怀里一带，立刻栽倒在地。宋起龙的打手夏跳，认得是大教师爷，都不敢过来动手。徐胜说："赶车的，你走你的，我在这里，管保无事。"那辆车也就赶着如飞的去了。宋起龙说："跟我的人来，快给我打这匹夫！你真敢来打我，我把你活埋了。"众手下人口中答应，却不敢过来。徐胜打了他几拳，他乃被色所迷的人，早已不能起来，卧于就地说："好！你们就瞧着他打我，也不动手，真是奴才。"跟徐胜的人，忙在徐胜耳旁说："教师爷别打啦！这是咱们少庄主，你老人家不可如此！"徐胜急忙上前扶起，说："得罪得罪！我实不知。"宋起龙亦不言语。徐胜遂进庙去了。

宋起龙爬起来，哎哟了两声，说："你们是安着什么心？人家打我，你等也不来帮助，只会吃我的。"内有一名打手宋才说："大爷，方才打你老人家的，就是咱家大教习。"宋起龙说："好好！要害他不难，他也不知我的厉害。你们跟我来，见庄主自有话说。"那些人跟他上车，回归宋家堡，到家进了内宅，知道他父亲正在西院姨娘秋鸿院中，便走入西院，到了翠花轩，见父亲带着他母亲（也是歌伎，叫禧娘）与秋鸿这两个侍妾饮酒。他进来说："爹爹，你花钱请了一个教习，竟会打我。今日在明化镇他欺我太甚，我是要报仇的。"宋仕奎说："起龙，你今年十九岁了，也不知世务。我收这些人，原欲创成基业，还不都是你二人的。你二弟今年十五岁，我瞧他甚好。我要你二人练些武艺，也好和招贤馆的人相近相近。你只知道抢人，做此伤天害理之事。要做几件别古绝今之事，也好流芳千古。你快往后院去吧！明日我带你二人去拜老师，跟教师练习武艺。宋起龙也无言可说，只得向后院房中去了。宋仕奎也不在意。

且说徐胜回到招贤馆，立刻叫书童去请尤四虎，二人商议，要出一张招帖，聘请文武全才之人，只说护院看家。尤四虎也甚愿意。二人吃了晚饭，各自安歇。次日天明起来，吃了早饭后，宋仕奎带着两个儿子宋起龙、宋起凤来见徐胜,说:"教师! 我这两个孩子都年轻,性情太浮,求教师教他二人几路拳脚,只为防身之用。"随叫儿子过来,说:"你二人给老师磕头。"宋起龙兄弟二人叩了头。徐胜说:"庄主! 我昨日多有得罪世兄。"宋仕奎说:"理当教训,感谢不尽。"徐胜说:"庄主既叫二位世兄跟我学练,须要工夫长,不可出门,每日早上来,晚上回去。现有一件要事,请庄主在各处帖一张帖儿,是请护院之人的招帖,以便招聚能人,明年共成大事。"宋仕奎说:"甚好! 我家瞧风水的先生李珍说,我的大事也就在今年明年了。只要我得了天下,你等皆开疆展土之功臣,裂土分茅之虎将。"立即叫管账先生写几个护院的招帖,派人贴于处处。宋家兄弟二人,自此跟徐胜练习拳脚。徐胜亦不肯真教,说:"我所练的拳脚,是五祖点穴拳。我是八蜡灵牙山、七宝藏真洞华阳老祖的徒弟,我师父能呼风唤雨,撒豆成兵。你二人跟我练过三年,我带你朝见师祖。"宋氏兄弟二人虽也答应,说是常来,却并不常来。

徐胜这日正要瞧操,宋仕奎也来了,便升了演武厅。只见外面家人来报,说外面来了两位投贤的,要见庄主。宋仕奎在演武厅当中坐着,左有徐胜,右有尤四虎,两旁是余华、吕胜、何苦来等十数个人,台阶下有五百名庄兵。听到家人来报,吩咐说:"有请。"只见从外进来两个人:头前一人,身穿紫花布裤褂,紫花布袜子,青缎双脸鞋,淡黄脸膛,雄眉阔目,二旬光景,正在青年。后跟的一人是白净面皮,身高七尺,身穿青洋绉大衫,青缎抓地虎快靴。二人上了演武厅说:"庄主在上,我二人有礼。"穿紫花布的自通名姓说:"我乃是高得山。"穿青洋绉的说:"我乃是刘青虎。"宋仕奎说:"二位是哪里人,从何处来?"高得山说:"我二人是拜兄弟,闻得宋庄主请护院之人,故此前来。我二人自幼爱习长拳短棍,刀枪棍棒件件精通,无一不晓。"宋起龙在旁说:"你二人何不练一趟?"高通海把平生所学之艺,练了几趟。徐胜说:"这个人真好本领,我瞧了好,不知庄主以为如何?"宋仕奎乃是行家,也说甚好。刘青虎说:"该我练了。"刘芳走到台阶以下,用刀指了指天,又指了指地,他转了个弯,就不练了。

徐胜认识这二位都是侠义之人,也听说剿紫金山后,归到了彭公那里,今日必是卧底来了,便故意说好刀法。尤四虎说:"这是什么拳? 乃无能之辈,把他赶出去。"徐胜说:"二教习你不懂,这是八卦拳头一招,你要不服,和他比试,你不能赢他。庄主好容易得个人,你说不行,如何使得。俗语说得好，千军容易得，一将最难求，这是真话。"尤四虎说："我倒要与他比试比试，如不胜他，情愿把二教习之位让给了他。"遂对刘青虎说："你敢与我比试吗？"刘芳说："我陪你走几趟。"尤四虎跳下去，二人在厅前走了几个照面，刘芳一脚便把尤四虎踢于就地，众人无不喝彩。宋仕奎一瞧说："尤四虎，你真有眼无珠，幸有大教习在这里，你让位吧，二教习之位是刘青虎的了。今后你就算看馆头目。"尤四虎一口气忍于心中，一语不发。散了操，宋仕奎回宅，分赏众人酒席。

　　徐胜带二人至西院上房，说："二位兄长，是从汴梁来的吗？"二人见左右无人，说了来历，并说已知你在这里。三人情投意合，摆上酒席，高源又好喝，三个退去伺候之人，俱各吐肺腑，定计静候官兵到来。吃到三更，方才安歇睡觉，把门关上，三人倒身就睡着了。天有三更三点，尤四虎越想越气，提了单刀，来至窗下听了一听，三人俱已睡着。把门推开，到西里间一看，高、刘、徐三人正自睡熟，他一抢单刀，照定徐胜就是一刀。不知后事如何，且看下回分解。

第六十三回

赛姚期忿怒行刺　徐广治设计谎贼

话说尤四虎气愤不平，来至上房，把门撬开，见三人睡着，他一抡单刀，照定徐胜的脖项就剁。他方举起刀来，不防背后有人一剟他的腰眼，登时翻身倒于就地，哎哟一声，早将单刀掷下。徐胜惊醒，瞧屋内残灯犹明，见一人跌于就地，不能转动。徐胜连忙站起身来说："二位兄长不好了，有刺客了，快起来吧！"高通海、刘德太二人起来，把灯提了提，下地细看，原来是尤四虎，便将他捆上说："这厮气愤不平，他来杀我们三人，咱们也把他杀了。"徐胜说："不可，是哪位把他拿住的？你我因贪杯多饮，几乎被他所害，这件事必有缘故。"尤四虎一语不发，只等死就完了。刘芳说："咱们禀明庄主，再为办理就是了。"三人到外面各处一找，绝无踪迹。徐胜说："二位兄台别睡，要不是暗中有人来救，你我早作刀头之鬼了。"高源说："我问问这个刺客，你是被何人所擒？趁此说实话。你我又无冤仇，若是你为丢了二教习之位，这是宋仕奎的主意，与我等无干，你想想。"尤四虎说："我知道是他的主意，你等不来，他能薄待我吗？"高源说："他立招贤馆，原要招聚人的，你说我们不该来，你早对宋仕奎说，叫他别贴请帖啊！你方才是被何人拿住？说了实话，我也不肯害你，把你放了。你要不说实话，我先拿刀把你的肉慢慢割下来，掷在外面，留着喂鹰。"尤四虎说："我来行刺，是羞恼成怒！来到这里方欲举刀，不防身后有一人将我的腰眼点了一指，我登时跌于就地，不能动转，你三人也醒了，想是你三人命不该绝！"高源说："是了！你二位想想，这是何人救了你我兄弟，真是奇怪。"徐胜心中明白，说："你我久后自知，候天明去见宋仕奎再说吧！"三人也就不敢睡了。

少时天已大亮，东方发白，红日东升。徐胜的书童长随宋兴、宋旺过来说："请教师爷净面吧，今日起来的甚早！"徐胜说："你去请庄主出来，就说我拿住了刺客。"宋旺一瞧，见地下捆的是尤四虎在那里，连忙跑至北院中，回明了大庄主宋仕奎。宋仕奎听了，带着宋寿、宋安、宋升、宋祥四名家人,坐小轿由北院中往招贤馆而来。至招贤馆下轿,徐胜领众人见了庄主。宋仕奎升了正座,把头前的正位分开两旁,各按次序落座。宋仕奎问:"大教师! 有何事请我出来?"徐胜说:"只因拿住一个刺客,乃看馆的尤四虎,这厮贪夜①要杀我三人。"宋仕奎吩咐把他带上来,手下人立刻带了上来。宋仕奎说:"你这厮胆大包天,我施恩留你,也是好意,你却妒贤嫉能,不愿意我得教习。你好大胆,还坏我的事。"尤四虎说:"宋仕奎你得新忘旧,我要知道你是这样心肠,早把你结果了。我安心反叛,我助你到今日,你倒把我视为无用之人。"宋仕奎一听大怒道:"好匹夫! 我待你如此,你倒怀仇挟恨。"吩咐众人把他乱刀分尸! 赛叔宝余华、金刀太岁吕胜这二位素日就不喜欢尤四虎的行为,他二人听了宋仕奎之言,拉刀照定他就砍,一本账何苦来也抢锤就打,众人一阵乱刀,竟把尤四虎剁死在招贤馆了。手下人把尸身抬了出去掩埋。

　　宋仕奎吩咐摆酒,给两位教习压惊。众人正在饮酒,又见家人来报,说:"外面又来了四位应招之人:头名叫追魂,二名叫取命,三名叫不怕,四名叫真狠,要见庄主爷。"宋仕奎说:"命他等进来。"家人出去不多时,只听外面有人说:"我们听说这里许夺教习,昨日来的人夺了二教习,今日我们来夺大教习。"徐胜听了这话,正要生气,因听家人报这四个人的名字叫追魂、取命、不怕、真狠,却不像真名真姓,不定是哪路来的英雄哪! 只见从外面进来四个人,都是十五六岁的少年英雄。头前一人,身高七尺,面如桃花,顶平项圆,目似流星,两眉斜飞入鬓,准头端正,身穿蓝夏布大衫,足蹬青缎子快靴,手拿包袱。后跟一人,面似黑灰,灰中透紫,一脸紫斑,身穿青绸衫,足蹬青缎快靴。第三个是蓝中透青的脸膛,也穿的青绸衫快靴。第四位年有十四五岁,眉清目秀,气爽神清,面如白粉,白中透润,润中透白,黑浓浓两道眉毛斜飞入鬓,一双俊目透神,脑门尖,下额长约四寸,准头端正,唇若涂脂,身穿一件蓝春绸大衫,内衬白漂布的小汗褂,蓝绸中衣,金银罗单套裤,足下是三镶抓地虎快靴。虽然才十四五岁,很有神气,仪表非俗。宋仕奎等看罢说:"你四位姓什么?"头一个说:"我等无名氏,就叫真狠、不怕、追魂、取命。"宋仕奎问:"你四人是哪里人氏? 只管实说。"那追魂说:"我四人是结义兄弟,乃浙江人氏,平生爱武,游历

---

①　贪(yín)夜——深夜。

四海，因访以来至此处，路遇人说贵庄请有武艺之人入招贤馆，我等故来投效。"宋仕奎说："你等练几路拳脚我看？"追魂说："我练一路拳脚。"把衣服一掖，在厅前施展出了罗汉拳。众人一瞧，真是拳似流星腿似钻，腰似蛇行眼似电，练完气不上涌，面不改色。三人也各练了一路拳脚。宋仕奎说："四位在我这里，为管军都头目。"四人谢了恩落座，又摆了几桌酒席。

刘芳认识这四人是小四霸天贺天保、濮天鹏、武天虬、黄大霸，他四人奉老英雄黄三太之命，自带路费，在河南巡抚境内查访贪官恶霸，势棍土豪，除恶安良，做些好事。他四人半路遇见小方朔欧阳德，说宋家堡有一个赛沈万三活财神宋仕奎，意欲叛反，在各处招纳英雄。这四个人便是奉他所托，来这里帮助粉面金刚徐胜、多臂膀刘德太、水底蛟龙高通海三个人破宋家堡。

宋仕奎见这四人武艺超群，本领出众，心中大喜。刘芳过来说："你四人来了？"贺天保说："大哥，你也在这里，还有高爷好呵？"高源一见说："你兄弟四人也来了，咱们都是龙华镇里人。"酒饭已毕，宋仕奎说："大教师，请你跟我到内宅里，我有机密大事相议。"徐胜答应，跟宋仕奎步行来至北院小书房西院中落座。宋仕奎说："余贤弟，我的心意你可知道？我要起兵举事，我有家人二千，庄兵二千五百人都分散各处，我想定于中秋此处大会时趁势起兵，招聚几万之众，先取汴梁城为基业，后分支一兵取归德、夏邑、虞城等县，再派一路兵进取彰德、卫辉、怀庆等府，遂入北直①，长驱大进，可以成王霸之业。你为领兵大元帅，刘教习为副元帅，再挑几员战将，几位先锋，共成大事！不知尊意如何？"徐胜说："庄主别忙，还须先立盟单。我有一个师父，是八蜡灵牙山、七宝藏真洞的华阳老祖，能呼风唤雨，撒豆成兵。待我斋戒三日，可以请我师父来协力相助。"宋仕奎甚为喜悦，说："事不宜迟，就请速行办理。"

徐胜答应，回到招贤馆，便去东门外散散心，天有正午，遇见了欧阳德，遂将宋仕奎之意说了一遍，又说了假托华阳老祖之计，以便拿他。计议妥当，二人分手，徐胜随即回庄沐浴净身，至晚一人在书房安歇。一连三天，吩咐今夜在宋仕奎院中高搭法台，要二丈四尺高，上摆八仙桌椅，虚

---

① 北直——明永乐初年后，称直隶于北京的地区为北直隶简称北直。

设座位,请到师父前来,必须跪香。宋仕奎带领二子起龙、起凤,也沐浴净身。至晚,法台上高烧红烛,照耀如同白昼。徐胜在台上说:"我先焚香,你等可磕头。宋仕奎率二子跪于就地,说:"老师祖在上,信士弟子蒙余教师之恩,今日设坛,请老师祖仙驾光临。"徐胜本是诓他,哪里去请神仙?"听到天已二鼓,他焚了香,说:"弟子余双人,特请吾师华阳老祖仙驾光临。"连嚷了两声,并无动静。宋仕奎说:"余教习是胡说,他说请仙师,为何一点动静全无?"徐胜又拿笔说:"我忘了画符了!我焚了符,我师父必来。"便用朱砂白芨,研好了银朱,家人送上了新笔。徐胜画了一道符,帖在宝剑之上,在灯上点头,口中说:"弟子特请吾师华阳老祖法驾光临。"这句话未说完,那符已焚化,只听得上面说:"唔呀!吾神来也!"宋仕奎一瞧,从空中下来一人,头戴九梁道寇,身穿紫缎八卦仙袍,足蹬云履,腰系丝绦,背后斜插一把宝剑,手执拂尘,白净面皮,微有沿口胡须。不知来者何人,且看下回分解。

第六十四回

铁幡杆夜探宋家堡　欧阳德巧得珍珠衫

　　话说粉面金刚徐胜,在宋仕奎家中设立高台搬请华阳老祖,只见一个道人从空中下来,坐在当中说:"吾神来也。"这道人便是徐胜约来的小方朔欧阳德。前与宋仕奎议论之后,他往街上散心时,遇见欧阳德从明化镇而来,叙了离别之情,随即把欧阳德拉在一旁,叫他假扮道人,装做华阳老祖,好混进宋家堡在一处办事。欧阳德点头,说定今夜在那房上等候,只要听徐胜请神仙,他就跳下来,坐在法台上。徐胜看见是欧阳德假扮道人进来了,他也跪下叩头说:"仙师恩驾光临,弟子这里有礼了。"下面宋仕奎也跪下叩头,说:"仙长光临,保佑弟子成此大事,弟子感恩不尽。"欧阳德说:"吾前知五百年,后知五百年,善晓天文,因夜观天象,见紫微①下降于江南,吾掐指一算,就知落在这里。先遣吾弟子余双人前来,吾随后就到,要帮助你共成王霸之业。"说着跳下台来。

　　宋仕奎同徐胜说:"请仙师东院大厅落座。"欧阳德答应,跟二人到了东院中,坐在东面的椅子上。宋仕奎又重新叩头,说:"仙师万寿无疆,今日仙驾至此,不知吃荤吃素?"欧阳德说:"吾今下山,就开荤酒。"宋仕奎吩咐摆三桌酒席,仙师一桌,教习一桌,他父子一桌。家人把桌椅摆开,传酒送菜。吃酒之间,宋仕奎说:"请仙师卜一吉期,我们当于何日起兵?我这宋家堡的大小买卖,都是我的庄兵所为,连各处庄兵都练武艺,共计有五千余人。我这宋家堡收来的庄丁,要先练武艺,候至三年之外,武艺学成,我才派他作别的生理。"欧阳德说:"我先给你请几位天兵天将,帮助你可以成功。"宋仕奎说:"全仗老师祖,不知几时请的下来?"欧阳德说:"看你造化如何了!我还要请神问问行兵日期,就是明日晚间初鼓时办理。"宋仕奎吃完酒饭,派家童四名,伺候仙师安歇。他父子去后,放好了被褥,欧阳德说:"你四人出去睡吧,吾在这里安歇,还有话要与我徒弟

---

　　① 紫微——紫微星,即北极星,古代星相学家将其当成"帝王星"。

计议。"

家童去后，欧阳德叫徐胜到外面看看没人，他才说道："贼人要一起手，就极难办理。事不宜迟，须先派一人到巡抚衙门去调兵，就在这七夕之日，可以一鼓而下，日子一多，恐其有变。"徐胜说："明日你我与刘、高二位商议就是。"二人又说些闲话，各自安歇。

次日天明起来，宋仕奎亲来叩头，又把招贤馆里的人，全请来恭见仙师。刘芳、高源二人同小四霸天、余华等一齐来叩见仙师爷。高、刘二人也知道欧阳德是来扶助众人，作为内应，共破宋家堡，拿获叛逆的。

大众见礼已毕，宋仕奎立了众人的盟单，便封徐胜为大元帅，刘芳为行军副元帅，高通海为前部先锋，赛叔宝余华为合后粮台，金刀太岁吕胜为都救应使，轧油灯李四、一本账何苦来、永躲轮回孟不成、飞腿彭二虎、铁算盘贾和、闷棍手方回、黑心狼戚顺、平天转杜成、狼狈金永太这些人皆为将军。他与护国军师，带追魂、取命、不怕、真狠为大军护卫，自立为扫北英武王，把两个儿子立为世子。家丁庄兵也各按次序，排成队伍，分为十一营，交与众人带领，每日在宋家堡西教场操演阵势。

至天晚，又高搭法台，宋仕奎要看仙师请天兵天将是如何请法。他因不知欧阳德是真是假，便叫他的心腹家人宋安，带家丁四十名，暗备干柴一把，若他请不来天兵天将，以此为名，放一把火烧他，试试这神仙真不真？他要是真神仙，必能躲开，要是假充神仙，必定烧死。宋仕奎安排已定，家人都备好了应用之物，天色已晚，就把仙师从东院请过来。欧阳德坐着两人抬的轿子，徐胜、刘芳二人跟随，来到了法台之下。宋仕奎心中留神，看他怎样上去？他要是神仙，必然一抖袍袖就上去了，如若不是神仙，不是轻易上得去的，他施展飞檐走壁之术上去，我也看得出来，我必定放火烧他。欧阳德见宋仕奎率领家人迎接，他也怕人看破，这事就不好了。他说："你们全都跪下，我要围这法台绕几个弯，念完咒语，方才上去呢！你们都要叩头的。"宋仕奎与那些家人都跪于就地。欧阳德绕了两个弯儿，一飞身从他背后上去了，说："你们不必叩头，吾已上了法台。"

台上摆着八仙桌儿一张，太师椅子一座，桌上有五供一份，高香一封，无根水一碗，香菜一把，五谷粮食一碟，朱砂、白鸡毛、黄边纸各一份，新笔一支。欧阳德拉出宝剑，在台上假作念动咒语，口中咕哝咕哝的有片刻工夫，把无根水研浓了朱砂，然后画了三道符，把笔放下，将符帖在剑尖上，

向烛光一点,往台下一摔说:"请托塔李天王法师驾到。"忽听北方上有人
嚷道:"吾神来也!"欧阳德吓了一跳! 回头一看,见北房上站定一人,面
如紫玉,雄眉阔目,准头端正,四方口,微有燕尾黑胡须,头上青色绢帕包
头。欧阳德看罢,知道是自己的朋友来到,可以把这神仙装正了,便向台
下说:"你们还不叩头,天王来了。"宋仕奎率大众急忙叩头。欧阳德又把
二道符焚了,说:"二郎神杨戬,望驾早临。"忽听东房上有人嚷道:"吾神
来也。"欧阳德又看东房上这位,面如重枣,浓眉大眼,年约三旬以外,身
穿青皂褂。欧阳德又焚第三道符,说:"奉请哪吒法师,前来护助。"听西
房上一声道:"吾神来也!"欧阳德请下这三位神圣,宋仕奎与两个儿子信
以为真,大家焚香叩头。欧阳德说:"三位神圣法驾光临,我无事不敢劳
动尊神,我今保护贵人宋仕奎,要起大兵北征,求三位神圣扶助,共成大
业。"房上人齐说:"谨遵法旨。"嗖的一声去了。

　　欧阳德跳下法台,宋仕奎即将法师送到东院屋内,徐胜、刘芳二人跟
随,又摆点心酒菜,庆贺神仙光临。宋仕奎便带着二子回后院去了。忽然
从外面进来了闷棍手方回、赛叔宝余华,二人参见了国师,说道:"请问我
二人的终身如何?"欧阳德说:"你两个人只要处事公正,先把身家择清,
免遭不测之祸,大丈夫立志于四方,自做主见,岂能受制于人!"余华听
了,诺诺连声! 二人去了。

　　徐胜说:"兄长,方才屋上是哪里来的人,我都不认识,是你请来的
吗?"欧阳德说:"贤弟,少时他来了,我给你引见引见,他是河南一带有名
人焉! 三个人是亲兄弟,俱都武艺超群,我邀请他暗中帮助,早破这宋家
堡。只是事不宜迟,还须早给人人那里送信为要,趁未起手时,调官兵来
好拿他,若起了兵,就要伤害黎民,不容易办了。明日托他三个人去到大
人那里送信,但恐大人不认识他们,你我又分不开身,亦不能离却此处,没
有一个妥当的人,这事如何办理呢?"徐胜、刘苏亦无主见,三人议论多
时,各自安歇。

　　次日,宋仕奎把家藏的三件珍珠汗衫,价值数万金,奉献仙师受用。
宋仕奎说:"无物为敬,这是家藏之物,请你老人家收下,聊表寸心。"欧阳
德故意装作看不起的样子说:"唔呀庄主! 吾乃修道之人,这些物件要他
何用? 既然你一片虔心,吾亦不好过却,暂且留下吧!"宋仕奎敬如神明,
又摆酒相请,连高、刘、徐三人共同用过早饭,又到宋家堡西门外去看操演

阵式。他们各乘骏马，带跟随人等出了西门，来到西教场，十一营的将校，各人俱挂腰刀，迎接宋王爷进了演武厅落座。随传号令，一声炮响，那马队二千人列开，排成一字长蛇阵，旌旗招展，号带飘扬，刀枪密布。余华把令旗一摆，变成一个双龙摆尾阵。又操演了步卒，这才散了操，众人各自归队，前护后拥，送宋仕奎与元帅、仙师到了府中，各自散去。

欧阳德到了院内，高源、刘芳、徐胜三人跟他同在一处吃了晚饭。天有初鼓以后，忽从外面房上跳下三个人来，就是在那房上装神仙的人。这三人家住河南嵩县三杰村，姓伍，兄弟三人皆受过异人的指教，手使棍棒，练出了长拳短打，软硬的功夫。大爷面如冠玉，名叫伍显，二爷面如重枣，名叫伍元，三爷面皮白净，名叫伍芳，江湖中人给他们送了个绰号，称为伍氏三雄，武技能够压倒绿林。他们是被欧阳德请了来破宋家堡的。今夜前来，见了欧阳德说："兄长！我兄弟三人，未能得便，未知你今日却怎样破法呢？"欧阳德说："贼势浩大，要破宋家堡，必须调官兵前来帮助。"徐胜说："就烦你兄弟三位到巡抚衙门去送一封信，请抚台彭大人急速调派官兵，前来剿灭叛逆才好。"这句话未曾说完，忽然从外面进来一个人，说："你们这一伙奸细，是到宋家堡卧底来了，你等往哪里走？"吓得欧阳德、徐胜、刘芳、高源、伍氏三雄等皆大吃一惊！众人连忙站起身来一看究竟。不知来者是谁，从哪里来的，且看下回分解。

第六十五回

张耀宗奉谕剿贼　欧阳德生擒首逆

话说伍氏三雄与欧阳德正在议论上巡抚彭大人那里送信,调官兵来拿活财神宋仕奎,外面忽进来一人说:"你们吃着宋家堡的粮,办的彭巡抚的事,待我回禀庄主,你们这伙人一个也跑不了!"徐胜等听了,大吃一惊!那人一推帘子要进来,又抽身出去了。众人各带兵刃追出去,在各房上找寻,并不见有人。众人回来方要落座,外面房上又说道:"姓徐的,那日要不是我救你,焉能有你活命到今天?我替你拿住尤四虎,你也不谢谢我,今日我若给宋仕奎送一信去,你等全作刀头之鬼。"粉面金刚徐胜在屋内说:"朋友你进来,我等也知你是一位侠义英雄,何必这样耍笑我们,你不必害怕,我们不倚多为胜。"那房上人跳下来,落于就地,一掀帘子进来了。欧阳德看见进来的这位英雄,原来是铁幡杆蔡庆。水底蛟龙高通海见是蔡庆,说:"蔡老叔,你真会吓人!"蔡庆也笑起来了,说:"自从你等离了河南省城,我就暗中跟了下来,在明化镇店内居住,夜内就来探访这宋家堡的事。那日我到这里,正遇尤四虎行刺。我就暗中把他拿住,因此我每日必来。"欧阳德说:"我给你们引见引见吧!"指徐胜说:"他叫徐胜字广治,你与蔡老英雄见见。"又给伍氏三雄引见,彼此见礼已毕,高通海、刘德太说:"蔡老叔,你去送一信,请大人调官兵来剿宋家堡,我二人与你书信。"拿起笔来,写了一封书信,交与蔡庆。蔡庆说:"我去了,你众位候回音吧!"欧阳德等大家站起身来,齐说:"不送了!"蔡庆去了,众人又与伍氏三雄谈了一会闲话,求三位英雄帮助捉拿宋仕奎。三人点头说:"是!"站起身来说:"我等失陪了,早晚再会,如拿宋仕奎,我三人必到。"三人去后,众人安歇。

次日天明,宋仕奎升殿,聚集文官武将。文官有小张良李珍,玉面秀士刘松年;武将就是徐胜等众。宋仕奎说:"今日乃是七月初三日,天朗气清,先派人往各处打探明白,禀我知道。若是哪里有官兵驻扎,哪里有团防护守,俱各详细回报,不得有误。"家人答应下去,过了一日回来禀报：各处并无防备。

欧阳德、徐胜、刘芳、高源、小四霸天等八人，至夜内三更的时候，又同在一处议论。忽从外面进来一人。正是蔡庆。大家让座说："你老人家从巡抚衙署回来了。"蔡庆说："回来了。明夜初鼓，常兴同张耀宗二人，带两营马步队前来剿贼，你等在里面作为内应。"徐胜大喜说："明日来得正好！我等专候捷音。"蔡庆走后，大家安排好了。欧阳德说："招贤馆的众将，我一人拿获。贼人的家眷，派贺天保小兄弟四人去拿获。徐贤弟你同高、刘二位去拿贼首宋仕奎，要各自留神。"

次日，大家带好了兵刃，至天有初鼓之时，忽听庄外三声炮响，徐胜、刘芳、高源三人立刻拉刀，直奔内宅。到了宋仕奎所住之处，只见屋内灯光闪闪，内里并无一人，也不见有宋仕奎，又往各处寻找，亦无下落。三人至后院中，把狗子宋起龙拿住。正在各处寻找，听得正东金鼓齐鸣，官兵已拥进宋家堡来。徐胜忽听伍氏三雄在前面房上说："徐广治，这件功劳我送给你吧，你跟我来。"高、刘、徐三人挟着宋起龙，到了东院屋内，看见早把宋仕奎拿获了。伍氏兄弟三人又往招贤馆，帮助欧阳德拿获了赛叔宝余华、一本账何苦来、铁算盘贾和、轧油灯李四、闷棍手方回这五个人。金刀太岁吕胜、永躲轮回孟不成、飞腿彭二虎、黑心狼戚顺、平天转杜成、狼狈金永太这六个人逃走了。

且说张耀宗进京引见，回来升了河南本省都司。他奉命带一千官兵，与守备常兴二人带兵进了宋家堡，逢人就捆，见人就拿。欧阳德把三件珍珠衫送给伍氏三雄，三人告别出了西门。贼人听了这个消息，全都销声匿迹，不敢出头。宋家堡的党羽，拿获了大小二百六十七名，逃走了二狗子宋起凤，不知下落。至天交正午，大获全胜，先给彭巡抚送信。抄的家私，内有黄金三十万两，纹银二千七百十四万两，零项古玩大小四千五百零六件，绸缎匹头各式三千九百四十余匹，自鸣钟大小一百三十架，金表三百四十七个，田地租项共二十八万余顷。大小典当铺七十余座，杂货铺、银楼、缎店各铺户四十余座尚未查抄。还有总账簿三十四本，盟单匣一个，粮米柴草无算。张耀宗在这里办事三天，才带众英雄押解众寇起身。小四霸天说："贼人家眷，并未逃走一人，我四人要往浙江办事去了。"张耀宗说："你兄弟四人跟我到省，我见了大人，求巡抚保荐四位贤弟，可以得一个功名，不知意下如何？"贺天保、黄天霸说："不必！我等要侍奉双亲，尽忠不能尽孝,实不能从命。"张耀宗送了路费。这里的庄宅,知会上蔡县的县主,派人料理。他即带领官兵人等回河南省城,走到半路,欧阳德告辞,说回去有事,张耀宗也送了路费。

回来见了彭公,张耀宗细说宋家堡剿贼的情由,内里功劳,多是徐胜之力,并有我岳父与欧阳德二人,外面是伍氏兄弟三人相助。彭公点头说:"是!"即吩咐带宋仕奎上来。彭公升了公座,两旁差人站班伺候,有押解的人带上宋仕奎,跪于彭公面前。彭公说:"你抬起头来。"一看他的相貌,青白脸膛,剑眉三角眼,彭公说:"你姓什么?叫甚名字?把你所做之事只要实说,我还可开恩赦你。"宋仕奎说:"大人,我名叫宋仕奎,捐的监生,因误听相面的李珍之言,说我有帝王之份,有异人帮助,我才起意。那余双人我不知他是大人这里的人,他请的那位仙师华阳老祖,我也不知是小方朔欧阳德,我被他等所哄,事到如今,望求大人开天地之恩,只求饶命,我就感恩不尽。"又带上赛叔宝余华、一本账何苦来、铁算盘贾知、闷棍手方回、轧油灯李四这五个人,跪于阶下。彭公说:"你等都是作何生理?为何帮助宋仕奎反叛?"余华说:"我本是虞城县人,自幼练武,听说他家请护院之人,我才到宋家堡来的。他将我留住,是叫我给他照应宅院,后来他立盟单,小人知道了,就不愿意。"彭公听他这话,把惊堂木一拍,怒道:"胡说!你既不愿意助贼反叛,为何不出首告他,反敢与官兵对敌打仗?现今被我擒了,你在我这里还不说实话,给我打!"余华说:"大人别打,我一时糊涂,只求大人明鉴赐恩,小人得了活命,从此再也不敢与恶人仍在一处。"彭公说:"带下去。"又把宋起龙与贼妻朱氏等带上来,一一讯问,均皆招认,写了供词,呈与彭公。彭公请藩臬两司议论,把宋仕奎谋为不轨之事奏明皇上。又递了一个保荐人才的折子,保举常兴以都司后补,张耀宗以参将提升,高源加守备衔,刘芳以守备用,候旨送部引见。

彭公递了折子之后,张耀宗跟大人告假,送妹妹完姻,彭公赏他一百两纹银。张耀宗带侠良姑张耀英住在都司衙门官署里,给徐胜送信,择日过门。徐胜就赁了公馆,在此地迎娶过门。过门之后,即带家眷回家祭祖。

彭公把宋仕奎凌迟,全家皆斩于市。把所抄贼人的资财入官,一半赏了随征之将士。那时四境肃清,彭公在河南大有政声。是秋八月初旬,黄河水涨,秋雨连绵。彭公带司事人员日夜防护,赖以平安。题奏,皇上赏大藏香十支,着河南巡抚至龙王庙亲祭。八月中秋前几日,本省属员来拜节,他必亲身面见,询问地面上年景如何?地土民情之事,又必亲口嘱咐县州府道,为民父母,办事均宜详细,切勿草率。

是日,张耀宗、高源、刘芳三人前来拜节,彭公赏了酒席,问张耀宗道:"蔡义士与欧阳义士不愿做官,他两人往哪里去了?"张耀宗说:"我岳父蔡庆在我家闲住,我师兄欧阳德说要回故土修理坟茔,他回家祭了坟墓,就要出家去了。"彭公说:"早晚旨意要下来,必须候着上谕如何?"张耀宗说:"是!"三人下去。彭公回到后宅,管家彭兴伺候大人吃酒玩月。彭公见皓月当空,照耀如同白昼,真是此生此夜不长好,明月明年何处看?回想往事如在目前,又想起李七侯,不知此时他在哪里?至今不能再见他。想罢,彭公甚不乐意,饮了几杯酒,也就安歇了。

到了二十四日,上谕下来:"着张耀宗来京召见。高源、刘芳以守备提升。常兴以游击尽先补用。河南巡抚钦加太子少保,兵部尚书衔。钦此钦遵!"张耀宗等谢了恩。至九月初旬,还不见徐胜来,张耀宗也不能等候,自己便从巡抚衙门领了文书,收拾了行李进京。至十月间回来,给大人请安说:"蒙圣恩,已升授河南开封府参将。"便接家眷前去上任。蔡庆夫妇因怕天气寒冷,不敢回去,要待来年春三月再回家中。夫妻两人主意已定,便在这里跟着女婿张耀宗、女儿蔡金花,带了从人坐车上任接印,就住在参将衙署内。

彭公在河南未到半年,所办之事,大有古大臣之风,治得路不拾遗,夜不闭户,真雍熙之盛世。过了几月,忽然旨意下来,调彭公入都。不知吉凶如何,且看下回分解。

第六十六回

彭巡抚入都召见　奉圣旨查办大同

话说彭公奉旨调入京都，即把任内所办之事交待清楚，收拾行李起身。正值冬月初旬，天寒地冻，头一站住金铃口。次日过黄河，严寒天气，滴水成冰，寒风似箭，冷气如刀。怎见得，有诗为证：

> 萧条古木立斜日，盛沥寒云滞早梅。
>
> 愁处雪烟连夜起，静时风竹过墙来。
>
> 故人每忆心先见，新酒偷尝手自开。
>
> 景状入诗兼入画，言情不尽恨无才。

彭公过了黄河，往北按站行程，路上受了无限的寒冷，又遇阴云四起，瑞雪霏霏。这日早行，约走了三十里之程，雪越下越大。彭公信口占一绝句云：

> 五更驴背满鞋霜，残雪霏霏草树荒。
>
> 身在景中无句写，却教人比孟襄阳。

彭公一路上早行夜宿，饥餐渴饮，非止一日，到了京都，就住在法源寺。次日即到内阁挂了号。

康熙老佛爷乃有道明君，知道彭朋是一个干员，过了两日，即传旨召见。彭公在养心殿行了三拜九叩之礼，圣上开言道："彭朋，你自到河南，剿灭山寇逆匪，也算办事详细，今调你来京供职，着你去补兵部尚书。"彭公说："奴才谢主鸿恩。"圣上散朝回宫，彭公回家。次日，有亲友来接风贺喜，彭公皆回拜了。上了任，阖署官员又来叩喜。

彭公除上衙门之日，即在家教训公子德昌读书。公子今年十六岁，已中了文举人，大挑朝考一等，掣签分吏部主事。至腊月，彭公无事，在后堂与夫人吃饭，说："拙夫年已望六，膝下只有此子，赖祖宗盛德，今已金榜题名。我在宦途，一生并无亏德之处，今在京供职，惟知致君泽民而已。"夫人说："德昌年幼发达，你我也算心安。"过了几日，腊尽春回，时逢春正月，开印之后，彭公上衙门办理一切公事。

到三月间，康熙佛爷在南苑海子打围后，即下旨叫彭朋入内召见。彭公随旨到了余乐亭寝宫，见康熙爷带一班内臣，正在那里坐定。彭公行了三拜九叩之礼。皇上说："彭朋，朕昨夜失去珍珠手串一件，贼人竟敢留下字迹。"即叫内臣给彭朋看。彭公接过一看，那字帖上写的是：

民子余双人，叩见圣明君；

河南曾效力，未得沾皇恩。

彭公看罢，叩头说："吾皇万岁！奴才在河南巡抚任内，拿获叛逆宋仕奎诸贼，此人功劳甚大，并在内里帮助张耀宗等，拿获贼党多人。此人姓徐名胜，后来他携眷回家祭祖，奴才也未及题奏保他。"康熙爷闻奏说道："彭朋，你去寻找徐胜带来，朕必要召见此人。"彭公说："遵旨！"

彭公叩头下来，出了宫门，坐轿回宅。到书房内，要彭寿出去叫高源、刘芳二人来见。家人到外院西书房内，说："高老爷、刘老爷，大人请你二人。"高通海、刘德太二人立刻换了衣服，来到书房之内，给大人请了安，问道："大人叫我二人，有何吩咐？"彭公说："圣上在南苑行宫失去珍珠手串，是徐胜盗去了，你二人去找他来见我。"

水底蛟龙高通海、多臂膀刘德太二人答应下来，各换便衣出了南门。二人在正阳门外各处寻找，来至大栅栏各戏园中，真是万国来朝，人烟稠密，各行买卖俱皆茂盛，他二人在酒楼饭馆直找了一天，并无下落。二人也饿了，要找一个好的酒饭馆吃饭，就来在这正阳楼楼上吃酒，要了几样可吃的菜。高源说："刘贤弟！你是精明通达之人，你想，徐胜就是无主见了，他也不该盗皇上的物件。"刘芳也说："是不该的！"二人吃喝已完，只见跑堂的上来说："高爷、刘爷！你二位的饭钱，有徐爷给了钱啦！"高通海就问："姓徐的在哪里？"跑堂的说："在下面呢。"高源、刘芳二人急忙下楼来找，并无一人，也不知徐胜哪里去了？只见柜上的人过来一位，说道："高爷、刘爷，你二位的饭钱，姓徐的给了钱，他就走了。留下一个字儿，请你二位拿去看吧！"刘爷接过来一看，上写：

字启二位兄台得知：弟徐胜自河南分手，天南地北，人各一方，时切想念。我自河南回家，不见兄台等，也未听接旨，故今来京，惊犯天颜，盗来珍珠串一件。我也不必见大人，三日后必奉还，至嘱！

呈高、刘二位老爷时安。并请升安不一。

愚弟徐广治拜

高通海、刘德太二人看罢说:"他既如此,你我回去,把此情形回明大人便了。"高、刘二人下楼,回至宅内,把找徐胜之故回明了大人。彭公沉吟了半晌说:"你二人下去吧,我看他如何奉还。"

过了一日,皇上回都,众大臣等去朝见。彭公坐轿到了东华门下轿,只见有一位官员,身穿官服补褂靴帽,五官不俗,一口痰正吐在大人靴子上。他连忙赔笑脸,亲来给大人抹擦。彭公说:"不必!"那人还打了一个横儿,说:"大人,请!"彭公走了两步,觉着靴筒内有物件,一伸手摸出来的正是珍珠手串。暗称稀奇,说:"果然是一位出奇的英雄!"进内到了养心殿见驾。朝驾已毕,彭公献上珍珠手串说:"奴才奉旨拿获盗珍珠手串之人,奴才今已找回珍珠串,徐胜不敢面君。"康熙爷说:"徐胜赏赐千总之职,留京补用。"彭公谢了恩,出朝回至家中。

四月初旬,因大同总兵傅国恩拐印骗兵,修了一座面春园,招兵买马,聚草屯粮,抢了火药局、军装库。康熙旨意下来,派彭朋查办大同府事务,驰驿前往,并随带司员,一路查访民情。彭公接了这道圣旨,回家对彭兴说:"你把我应带的物件,想着给我收拾收拾,我带两班轿夫,把高通海、刘德太二人请来。"家人出去不多时,高、刘二人进来参见大人,问道:"大人有何事故吩咐?"彭公说:"我奉旨查办大同府,并随带文武司员。我今只带你二人前去,他们把随行所用的行李物件,该带的带些,收拾收拾,我后日请训起程。给你二人纹银各五十两,该带的、该买的衣服,你二人自去办理。"叫家人到账房取来,交给高源、刘芳。二人说:"多谢大人。"彭公说:"你二人去办吧!"彭公进内宅用了早饭,就有亲友来送礼贺喜。次日,彭公回拜了一天客。

四月初九日一早,彭公坐了八人轿,高通海身穿灰色布单袍,腰系凉带,青中衣,青缎靴子,外罩红青羽缎单马褂;刘德太也是便衣,宝蓝绉绸大衫,蓝中绸裤,青缎三镶抓地虎快靴,坐骑黄骠驹,鞍旁挂着一口带鞘单刀。彭兴、彭福、彭升、彭寿等各骑骏马,出了德胜门。头一站到昌平州,天色尚早,有七八个男女前来喊冤,求老大人施恩!彭公在轿内吩咐住轿。头前引马的彭升等,方要抢马鞭子打,彭公说:"把那七八个男女带过来。"家人说:"大人叫你等众人过来。"那些喊冤之人,跪于轿前说:"大人在上,小民等冤枉!"彭公说:"你等所告何人?可有呈状在此?"头前跪的一人年有半百,说:"小人吴昆,乃昌平州北关外人氏,跟前有一个女

儿，名叫桃花，今年十八岁，已许给东关吕登荣之子为妻。今年二月十六
日，夜内被贼人先奸后杀，还在墙上留下一朵白如意，是拿粉漏子漏的，还
有一首诗，上写的是：

> 背插单刀走天涯，山林古庙是吾家。
>
> 国法王章全不怕，秉性生来爱采花。
>
> 白日看见多姣女，黑夜三更来会她。
>
> 因奸不允多贞烈，倔强之时刀下哈。

小人清早起来，至昌平州衙门喊冤，老爷传我至二堂问了口供，立刻验尸。
把死尸验过，吩咐小人把我女儿装在棺材之内，候拿凶犯，过了几日，我们
邻居黄家的女儿，也被贼人所杀，墙上留白如意一朵。一连七条命案，都
是少妇长女，知州并不认真办理。小人连递了两张催呈，知州却说小人刁
顽！今日听人说钦差大人查办大同府，从此经过，小人等情急了，会合被
害之家来此鸣冤，冒犯大人虎威，只求大人施恩，交派知州替小人的女儿
伸冤！"彭公说："带吴昆等跟随至公馆办理。"吩咐起程。

　　行有七里多路，有昌平州知州刘仲元，带公差人等前来迎接钦差，在
大人轿前请安。彭公说："你前往公馆引路。"知州退后，坐轿先至公馆伺
候。彭公的大轿一到，公馆放了三声大炮。文武官员都来迎接钦差大人。
彭公下轿来至里面，又有参将、游击、守备、千总、把总等，跟知州来参谒①
大人。彭公看了手本，问道："贵州到任几年？"刘仲元说："卑职到任一年
有余。"彭公问："本境地面清净否？"答曰："清净。"彭公说："贵州是何出
身？"知州说："一榜举人。"彭公说："本处有白如意采花淫贼，杀伤多命，
贵州为甚不认真捕捉？"知州说："卑职也严勘捕快即行捉拿，无奈此人远
遁。"彭公说："总因你不清查保甲，以致地面不安。下去！明日务将贼人
拿获！"知州答应说："是！"就下去了。

　　彭公用了晚饭，叫高源、刘芳上来。二人进了上房，给大人请安。彭
公说："你二人把吴昆等送到州内取保，不准难为他众人。"高、刘二人至
外面，带吴昆等至州衙署，交明了衙署当差的人，说："钦差大人吩咐，叫
他们取保回家。"二人回来，见大人禀复明白。彭公说："本部院明日不
走，我派你二人穿着便衣，在城内外村庄镇店各处留神，寻找白如意的行

---

　　① 参谒(yè)——拜见。

踪下落。"二人答应下去。

次日天明,吃了早饭,二人换上便衣,来到上房,见了大人说道:"我两人就此去了。"彭公说:"你们见行踪可疑之人,只管跟他,访真了再为办理。"二人答应下来,出了公馆,顺路往前。刘芳说:"你我分路去访,你往西北,我往东南。"高通海答应,往西走了几步,心中想道:"不知贼人在哪一路? 不免找一座酒饭馆,暗中探访探访。"便在西街路北的酒馆吃酒。刘德太出了东门,见关外买卖兴隆,人烟不少,不知该往哪里去访,也不知白如意究系何人? 就在路北小酒馆内坐下说:"给我拿两壶酒来!"酒保儿送过来两壶酒。刘芳本是年幼之人,吃了两壶酒,闷闷不乐,想不出一个出奇的主意来,心中着急,不是拍桌子,就是瞪眼睛。正在为难,忽听东面当当钟声连响,走出酒馆一看,见那边围了一伙人。不知所为何因,且看下回分解。

第六十七回

铁罗汉回家祭祖　白如意大闹昌平

　　话说多臂膀刘德太听到钟响，站起身来往外就走，出了酒馆，他方要往前走去，只听后面说："大爷别走，还没给酒钱呢。"刘德太说："酒钱我给。"摸出钱来给了酒钱，来到东面人群之中，只见有一个僧人，身高九尺，散披头发，打一道二指宽的金箍，面如紫酱，雄眉带煞，怪眼透神，白眼珠凸出眶外，黑眼珠滴溜溜圆，烁烁放光，大鼻子，四方口，连鬓络腮胡子，身穿白色僧衣，高腰袜子，直裰覆腰，青僧鞋，肩挑铁扁担，前头一口大钟有二百多斤重，后有一个铁如意相衬，在粮店门首，手拿木槌，连打了几下钟说："阿弥陀佛！金钟一响，黄金万两，施主慈悲吧！"那粮店伙计给了他一文钱，他不要，又添了一文，他也不要，添至一百钱，他还嫌少，非有五两银子不走。铺内掌柜的说："化几两就要几两，也要我们有这几两，如何行呢？"头陀说："我这种永不空打，打一下是银一两，方才我打了五下，你要不施舍，我就要多化了！我的钟再响，你非给银十两不可，我把话和你说明了。"那些看热闹的人，就有生气的说道："你这穷僧恶化，太不成事体了，给你一百钱你嫌少，定要五两银子，看你去要吧！"和尚又打了五下钟说："你要不施舍，必有后悔之时！你别怨我。"挑着钟和如意往东就走。

　　刘芳看这和尚定是贼人，见他二目贼光烁烁，就看出八九分来了。刘芳在后面跟着，又恐怕他看出来，就故意的东张西望，装做看热闹的人。出了街头，往北走了有三里之遥，刘芳见正北有座庙，这僧人推门进庙去了。他连忙回到公馆，遣人去把高源找来说："大哥，小弟访了一个真正贼人，不知是不是白如意？你今晚跟我出城，到他庙内暗自探听，看是哪路贼人，也好办理。"二人用了晚饭，禀明大人，收拾干净，各带单刀出了东门。

　　到了正觉寺庙门首，二人只听得钟声响亮，当当地连声直打。他二人由东面蹿至墙上，跳在院中，又上了东配房，看那北上房灯光闪闪，人影摇摇。二人又来至北房,跳在后院,从后窗户用舌尖添破窗纸,望里瞧看。只见八仙桌上有蜡灯一盏,东面椅子上坐定一人,站起来身高九尺,膀大腰圆,面如蓝靛,雄眉阔目,四方口,四旬年岁,身穿青绸子长衫,足蹬青缎快靴。

高源、刘芳并不认识此人。这位就是独霸山东的窦二墩,因为救他兄长,劫牢反狱,逃出古北口,在连环套招聚喽兵,独霸为王。他因思念父母的坟墓,在河间府又无看坟之人,甚不放心。他回到故土上了坟,回头在昌平州正觉寺,路遇昔年故友飞刀英八。他乃是镶蓝旗满洲人,自幼爱练武艺,也不做好事,非偷即盗。他发配山东地方,和窦二墩有来往,二人情投意合,结为兄弟。后来他逃回京都,在这昌平州正觉寺出家,但恶习不改,任性妄为,常在外面各处探访有姿色的妇女,他夜内前去采花,花采完了,还把人杀死,用粉漏子漏下一朵白如意来。他庙内使用一个火工道人,名叫刘宝林。他今日因为来了自己的朋友窦胜,亲自在厨房操办菜蔬。

高、刘二人等了多时,才见白如意英八和尚托着四样菜蔬,一壶酒,两份杯箸,放在桌上说:“窦大哥,你可吃几杯酒,在这里多住几天,你我谈谈心。”窦二墩说:“贤弟,我不能久待,怕遇见绿林之人笑我无信!想当年我在德州与黄三太比武,被他打了一镖,因此怀恨在心,也无面目见直隶、山东一带的朋友了。我说过世上有他无我,我要练习武艺,找黄三太报此一镖之仇。闻他年已八旬,卧病不起了。我曾对众人说过,有黄三太在这世上,我窦某总不出世。贤弟你这一出家,也好跳出三界外,不在五行中,一尘不染,万虑皆空,你比愚兄强胜百倍。”英八和尚说:“兄长!我今听人传言,说钦差彭朋奉旨查办大同府,由昨日住在此处不走,接了七八张呈子,都是告我的。”窦二墩说:“我也深恨彭朋,他仗着白马李七侯等,在山东替他干事,我实恨他。我今跟贤弟去杀了彭朋,留下字柬,就说是黄三太所杀。”英八和尚:“小弟一生好采花,杀了几个女子。”窦胜说:“你这就不是英雄所为,坏了江湖中的名气。你我吃完酒,就往公馆去刺杀彭朋。”

水底蛟龙高通海、多臂膀刘德太二人听了这话,吓得浑身是汗!刘芳一拉高源,到了北边墙下说:“大哥你听见么?屋中是独霸山东铁罗汉窦二墩,他由连环套回家祭祖回来,今日要勾串英八和尚到公馆行刺,你我怕不是他的对手，这便如何是好？"高源说："贤弟！你我只好听天由命，先在大道之上等他。"二人商议好了，跳墙出去，来至庙前，在树林中把单刀一拉，等候贼人。

窦二墩与英八和尚吃完酒饭，收拾停当。窦胜带折铁刀，英八和尚带朴刀，二人出了禅堂，来至院中，叫火工道人看守庙门。二人出得庙外，直奔昌平州而来。走无多路，前面柳树林中忽然窜出一人说："此山是我开，此树是我栽。若要从此走，须留买路财。无有买路财，一刀一个土内埋。"英八和尚回头说："兄长！这是吃生米的，他也不打听打听，你我是何等人？"说着他一拉刀向对面答话说："合字吗？"高通海回说："我是井字。"英八和尚说："线上的朋友，哏喀孤饭，咱们是一个跳板上的人。"高通海说："我是绳上的，打手子为生，我也没这船，咱们不是一个跳板上的人。"英八和尚说："你真愣，全不懂，我也是一个贼。"高通海说："好！贼吃贼，吃得更肥。"英八和尚听了高源这话，怒气大发，说："愣小子，你真不知天有多高，地有多厚！我再三让你，你一定要找死，我就结果你的性命。"举刀直砍高源，高源一闪，摆刀分心就刺，英八和尚躲在一旁，二人行前就后，两口刀上下翻飞。刘德太也提刀过来帮助，英八和尚哪里放在心上，他越杀越勇，精神百倍。

铁罗汉窦二墩见英八和尚可以赢得他两个人，又往四面一望，不见有人，说道："我何不去杀了彭朋，再作道理。"一转身绕过树林，到了东关。天交二鼓，他从吊桥过去，由北边坍倒的一个缺口子上去，到了城上，找着马道，顺路来至十字街，找到彭公的公馆，只见里面挂灯结彩，有巡更守夜之人。窦二墩由东边墙上跳过去，来至院内，由后窗户空处往里一看，见有四个人正在灯下吃酒。听那人说："天有二更，大人还在饮酒啦！我可去问问要茶不要？"西边一人说："你说醉话了，大人早就不吃啦，在那里看书呢。我听兴儿哥哥说，高老爷与守备刘老爷二人办案去了，到这时候还不回来，我怕他二位被贼人拿住。"彭升说："少说闲话吧！"窦胜听了，又飞身上房，窜至北房上往下观看，见屋内灯光隐隐，便跳下去在上房帘子外一望，只见屋内灯光之下，靠北墙有八仙桌一张，桌上摆着文房四宝，东边椅子上坐着彭公，身穿蓝绸长衫，足蹬白袜云鞋，面如古月，慈眉善目，一部花白胡须，正在灯下看书，有书童琴明伺候。铁罗汉窦二墩手执钢刀，把帘子一掀，进来说："彭朋！你与绿林中人作对，我的故友金翅大鹏周应龙被你所杀，我今特来报仇！"抡折铁刀照定大人头上就剁！只听得"哎哟"一声，红光迸现，鲜血直流。不知彭钦差性命如何，且看下回分解。

第六十八回

窦二墩误走纪家寨　对花刀高刘双收妻

话说铁罗汉窦二墩举折铁刀，照定彭公方欲砍下，不防背后一镖，正中窦二墩左臂之上。窦二墩哎哟一声，听得外面有人说："呔！小辈，你跟我来，我看你有多大能为，敢来行刺！"窦二墩出来一瞧，那人抡短链铜锤就打，窦二墩闪开，举刀相迎。看那使短莲铜锤的人，头上青绢帕包头，身穿蓝绸子裤褂，足蹬青缎快靴，腰系抄包，背后斜背一小包裹，面如傅粉。这位正是粉面金刚徐广治。

他自剿灭宋家堡后，告假携眷回家祭祖，只因天气寒冷，未曾出来。至次年春天，又因修理坟墓，候至三月初旬，他才携眷动身，到了河南，把家眷安置在他内兄河南抚标参将张耀宗的衙门里住下。张耀宗置酒接风，二人吃酒谈心。徐胜问到彭大人保举的有何人？张耀宗说："我提升参将，常兴以都司缺后补，他还是守备，高源、刘芳二人都授了守备衔，不知妹丈是何前程？可曾保举？"徐胜听了，问道："小方朔欧阳德兄往哪里去了？"张耀宗说："他带着徒弟武杰，往他家中教练拳脚去了。还说今春要往宣化府千佛山拜佛烧香，叩见他师父去呢。"徐胜说："彭公升了京职，我要到京都去散逛散逛，把家眷先留在这里住几天。"张耀宗说："我给妹丈写封信，妹丈可以投奔彭大人那里去。"徐胜说："到京再说，不必写信了，我后日动身。"先遣人雇了一辆套车，是日起程，张耀宗送至五里之外，二人分手。

徐胜在路上早行夜宿，饥餐渴饮，非止一日，到了京都。随即开发车钱，住在西河沿天成店，住的是上房。次日吃了早饭，打听到彭公升了兵部尚书，却并未保举他。他气愤不平，在南苑正遇皇上打围，他才暗盗珍珠手串。后来高、刘二人找他。他在暗中请二人吃了饭，也未见面。他在东华门用计把珍珠手串还给彭公，就在店内等候信息。又病了几天，及至好了，打听得彭公已交旨保他，得了千总之职，便要去谢彭公。却听人说彭公放了查办大同府的钦差，奉旨出京了。这时粉面金刚徐胜的盘费用完,想要追随彭公同往,自己除还店钱之外,只剩了铜钱几百文,想要买匹好马去追彭公,又无银钱。他急中生巧,来到德胜门马市集上,问道:"哪里有好马,不怕多出价。"经纪人等说:"我们店内有一匹浑红马,定要卖银一百两,你跟我来瞧瞧。"徐胜跟经纪人到他店内瞧马,只见自头至尾足够一丈,自蹄至背足够六尺,细七寸大蹄腔,浑身并无杂毛。讲好了价钱是一百两,徐胜说:"我去家中,叫人拿鞍辔来备好了,我先试试它。经纪人说:"你请拿去。"

徐胜到西边走了有半里之遥,见路东有座"天和永"鞍辔铺,便进去说:"掌柜的,头号鞍辔,连镫、偏疆、撒手、嚼环一应俱全,共该多少银两?不可说谎。"掌柜的用算盘一算,共银十二两一钱二分。徐胜说:"叫伙计送去,拿银回来。"小伙计挑着鞍辔,跟徐胜到了马店。经纪人等都说:"老爷回来了。"徐胜说:"你过去把马备上,看这鞍辔合适否?"卖鞍辔的小伙计把马备好了,徐胜望着鞍辔铺的人说:"你在这里,等我试试马。"那卖马的瞧徐胜不像拐骗的人,况又有一个人跟在这里,也不怕他。他是把卖鞍辔的人,认作徐胜的跟班了。徐胜上马加了一鞭,便飞也似的往北去了。卖马的人等候多时,不见回来,心中着急,问那卖鞍辔的伙计说:"你们老爷怎么还不回来,是往哪里去了?"那卖鞍辔的人说:"他不是我们老爷,他买我的鞍辔全份,共该十二两一钱二分银子,我跟他来取银子的。"经纪人等听罢,大家乱了一阵,买马的人早已踪影全无,众人只得各认晦气。

且说徐胜自正午从德胜门起身,走了有六十里,住在山庄店歇息,要了净面水,吃了晚饭,又叫店内伙计给马添了草料,他才安歇。一夜无话。次日早,因为要去赶彭公,又怕卖马的人追了下来,连忙起来叫店家快些把马备上。店主庄何是孤苦夫妇,并无儿子女孩,只用着一个小伙计胜儿,听得客人叫,连忙起来了。这时东方发白,天已大亮,一瞧院内所拴之马并无踪迹,早已被人拉去,连忙喊说:"不好了!马被人拉去了!"徐胜一听,连忙出来瞧看,毫无踪迹,只急得浑身是汗,说:"我无这马是不能走的,你们快些找去!"吓得店家夫妇在外面各处寻找,却绝无影响。他二人过来,看见徐胜着急,只得跪下哭道:"大爷,这事要了我们的命了!卖了我二人也还不起,我们实不知情。"徐胜一看老夫妻实在可怜,这事料他必不知情,只得说:"你二人起来吧!我的马找不到,不与你相干,我走了。”

徐胜出了店门，顺道来至昌平州。到了城内，在大街上一家酒馆吃了几杯酒，打听得彭公昨日至此并未起程。想夜间再往公馆去见大人，便在各处闲游了一天。到日落之时，即在东街店内吃了晚饭安歇。候至三更夜静之时，他暗带短链铜锤，出来把门带上，飞身上房，奔到了公馆。他蹲在房上，隐身于西屋后坡，忽见一人从东房上往下一跳，直扑上房。粉面金刚徐胜蹑足潜踪，在暗中一瞧，此人并不认识。窦二墩进了上房，徐胜一掀帘栊①，照定窦胜就是一镖。窦二墩一回身，先自拔下镖来，复又提刀直砍徐胜，二人就在院中各施所能。徐胜虽年轻，并不是他的对手，问道：“小辈，你是何人？这等大胆，敢来行刺。”窦二墩一阵冷笑，说：“娃娃！你也不知，我乃独霸山东窦二墩便是。”粉面金刚徐胜听了，暗为称奇，正在犹疑之际，忽听房上有人说：“呔！你这贼人真是胆大包天，敢来公馆行刺大人，今有造化高来也。”徐胜一听，便知是高通海来了。

他方才在树林中与英八和尚动手，刘芳打了贼人一墨羽飞篁，英八和尚施展刀法，与二人动手并无破绽。忽然正东来了一伙人，手执灯笼火把，刀枪棍棒，头前一匹马上，骑的是守备郭光第，他带着三十名官兵去剿贼，剿空了回来，正遇见三个人在树林中动手。郭老爷认识高源、刘芳是钦差大人的差官，便在马上说：“快拿这和尚！二位老爷为何与和尚动手？”刘芳说：“这是采花淫贼白如意，你快来拿他！”郭老爷说：“我知道正觉寺庙内的僧人不法，今幸遇见你二位老爷。”急速拿钩杆子花枪，要将他拿获。英八和尚双拳难敌四手，好汉打不过人多，战了几合，已被官兵拿住。郭爷叫跟人把马让给高、刘二位老爷骑上，把贼人先带往衙门，明日至公馆见大人回话。三人到了东门，手下叫开城，城上知道是城守营老爷回来了，便开城放大家进去。走到公馆门首，郭老爷说：“二位老爷往我衙门住一夜，明日再走吧。”高源说：“不必！我二人还要见大人回话！”二人急忙下马，一飞身竟上房去了。高通海方欲往下跳，见院内有人正在动手。高、刘二人定睛一看，一个是窦二墩，一个却是徐胜。他便自己通名说：“造化高来也，你等往哪里走？”

刘芳也下来了，三人与窦二墩动手。徐胜说：“我粉面金刚今天连这

---

① 帘栊(lóng)——门帘。

一个贼也拿不住,还算什么英雄?"彭公在屋内早听够多时,知是徐胜来了,欢喜之极。高通海说:"窦二墩,你今天往哪里走？那边还有人等你。"窦胜说:"好！吾要去也。"他方要往房上跳,只听房上有人说:"唔呀！混账王八羔子,你往哪里走！今日有小方朔欧阳德来也。"窦胜闻听,吓的飞身蹿上南房。徐胜紧紧跟随,刘芳等也跟在后面。窦二墩在头前跑的两腿生疼,恨不能肋生双翅,飞上天去,才好逃生。

徐胜苦苦追赶了有二十余里,山路崎岖,只见前面黑暗暗、雾昏昏的,似有人家。窦二墩飞身蹿进庄墙,往里一看,树木森森,房屋不少。他在房上如履平地,正走之际,忽然铜锣响亮,有巡查庄兵早望见房上有人,一棒锣鸣,便有无数庄兵手拿朴刀说:"呔！房上有两个贼,拿呀！拿呀！"一阵大乱,粉面金刚徐胜与窦二墩都被庄兵围住。这时,听见正北内院中有人说:"呔！我家中今天来了贼,好哇！打虎太爷来也。"又听内院中有一洪亮的声音,说:"好大胆的贼人,敢来我家搅乱,拿住他碎尸万段！"一片灯光下,出来了一位老英雄,带着二位女儿,各执单刀。不知后事如何,且看下回分解。

第六十九回

神手将目识豪杰　小方朔义释英雄

话说铁罗汉窦二墩跑至这所庄院,正遇见庄兵巡查。原来这所庄院,是昌平州所管的纪家寨。庄主是神手大将纪有德,乃本处人氏,自幼在大西洋学艺十年,练会各样削器①,木牛流马木狗,自行人马,与各式绷腿绳、绊腿索,立刀、窝刀,自发弩,闷棍,扫堂腿,脏坑、净坑、梅花坑、滚瓦坡房等各种西洋稀奇秘法。娶妻刘氏,是猎户刘奇之女,人称杀虎妈妈。生了一儿一女,女儿今年十八岁,长的容貌秀美,自幼深知三从四德,读过《女儿经》,看过《烈女传》,针线活计无一不通,还练了一身好武艺,乳名云霞,刘氏爱如至宝。她娘家有个侄女,名叫刘彩霞,今年十八岁,也练了一身好武艺,常在纪家寨住。今日纪有德听见传锣声响!他立刻齐集庄兵,手拿金背刀,至外面吩咐家人拿贼!徐胜方要提刀砍窦二墩,后面纪有德却要砍他,徐胜急忙回身相迎。窦二墩一看,也回过身来,提刀要砍徐胜。杀虎妈妈刘氏看见窦二墩要砍徐胜,举铁棒锤照定窦二墩就打。此时水底蛟龙高通海、多臂膀刘德太也赶到了,与纪云霞、刘彩霞二人动手,四人杀在一处。刘彩霞与高通海两个人对上花刀,正杀得难分难解之时,欧阳德赶来了,连忙说:"唔呀!不要动手。纪大哥,都是自己人,我要捉窦二墩去呢。徐贤弟不要动手,捉拿窦胜要紧。"正要给众人指名引见,窦二墩乘机跳至墙外逃走,徐胜便在后面紧追。

铁罗汉窦二墩见前面有一座山神庙,他想要进去躲避,不想庙内却有人一把将他抓住,按倒在地。铁罗汉窦二墩说:"是什么人?"原来欧阳德早在这里等候,说:"吾在此等你多时,你也是绿林中的人物,为什么来公馆行刺,是何道理?你乃是山东有名之贼,吾也知道你名叫铁罗汉窦胜。吾今擒住你,你若能从此改过自新,可把你放了;若再犯在吾手内,你命休矣!"铁罗汉窦胜说:"我知道了,你也不必吩咐,我从此再也不找彭大人

---

① 削器——没有机件而制动的器械机关。

了。"铁罗汉窦胜去后,徐胜随后赶到,说:"兄长可见贼人否?"欧阳德把放了铁罗汉窦胜之事说了一遍。徐胜听了,深为可惜,说:"天已明了,你我回见大人去吧!"

这时刘芳与纪有德也都追到了。神手大将纪有德说:"欧阳贤弟,你我一别四五年的光景,今日在此相会,也是三生有幸。方才追赶的独霸山东铁罗汉窦二墩,可曾拿住了?"欧阳德说:"被吾放走了,他也是一条好汉,我听见他的所作所为,并无奸盗邪淫之事。前者劫牢,是因贪官害他兄长,人所皆知。这样的英雄,你我拿他送官治罪,深为可惜!故此吾放了他,亦叫天下英雄知道,说我等宽宏大量。"随即又说:"兄长请过来,我给你引见引见。这位姓徐名胜,字广治,别号人称粉面金刚;这是纪有德兄长,你二人先见过礼。"徐胜过去说:"原来是纪兄,小弟有礼了。"纪有德还礼。欧阳德又给水底蛟龙高通海引见。纪有德说:"莫非你家住在黄河套高家庄吗?有位鱼眼高恒是你什么人?"高通海说:"是我父亲,已去世了。"纪有德说:"实不知道尊父去世。贤侄在家,曾听见你父亲说否?有一个朋友,叫神手大将纪有德。我与你父亲,有口盟金兰之好。"高源说:"小侄不知,深有得罪。"纪有德问道:"这位尊姓?"刘芳说:"我姓刘名芳,字德太,别号人称多臂膀,我家住在大名府内黄县刘家集。"纪有德说:"你是花刀无羽箭赛李广刘世昌的公子吗?"刘芳说:"不敢,小侄正是。"纪有德说:"皆是故人了,我听说你父亲死在紫金山周应龙的手内。你诸位请到我家一叙,欧阳贤弟一同到我家,请众位小饮一杯。"欧阳德等见已是红日东升,也该歇息了,遂同纪有德来至纪家寨。

这所宅院倚山傍水,半天产,半人工,果然好一块风水地。进了大门之内,当中是通道,东西各栽桃树、石榴、芙蓉、海棠等四季名花。二道重门里,是三合瓦房,北上房五间,东西有配房三间,东西厢房穿过去各有院落,里面是瓦房一百余间。至上房屋中,欧阳德抬头一看,正北靠墙有楠木条案,案上摆着盆景果盘等物。墙上挂的四条屏,画的是山水人物,春夏秋冬四季的景致,两边有对联,上写:

　　　　传家有道惟存厚;处世无奇但率真。

案前有八仙桌,两边各有太师椅子。众人看罢落座。进来两个十四五岁、长得俊美的小童,献上茶来。欧阳德说:"纪大哥,你把我侄儿叫来。"纪有德说:"唉!贤弟,一言难尽,我也没做亏心事,却生下这样孩子来,今年十五岁了,说话不明,似傻非傻,我也无法可治。我教他练些武艺,他都学不会,就是生来有些力气,时常带些家人出去打猎,一日他使铁锤打死一只病虎,人便送他绰号,称为打虎太保。"即叫书童去把大爷叫来。书童去不多时,已把纪逢春叫来。他一进上房,说:"哟,爷!你叫咱做什么?"欧阳德、徐胜等一瞧,这人身高六尺,面色紫黑,短眉圆眼,身穿紫花布裤褂,青缎鞋子,项短顶平,说话带吃,给众人见了礼。

少时上了酒饭,纪有德陪着。饮酒之间,提起彭公北巡,去查大同府之事。纪有德一拉欧阳德说:"贤弟,你同我来。"二人至东里间屋内,纪有德说:"贤弟,你知高源、刘芳二人,哪一个还没成家?"欧阳德说:"兄长有何事,莫非有意给侄女提亲吗?"纪有德说:"我有一女,还有一个内侄女,都是十八岁,练得一身好功夫,给一个村农人家,我不乐意,还须找门当户对之家。我瞧高、刘二人,虽说是绿林中人之子弟,现已升了千总之职,久后并非池中之物,还求贤弟成全此事。"欧阳德说:"吾可替兄长分分心。"言罢,二人回至外面桌上。

欧阳德将高、刘二人叫至东屋内,说:"你二人可曾订下亲事否?"高、刘二人齐说:"尚未订亲。"欧阳德说:"这里庄主乃有名人焉!意欲把他女儿与他内侄女给你二人,你二人可愿意否?"高源说:"我二人现无定礼,有何不愿意的事。"刘芳说:"这事也不能这样草率,还须请人算算。"欧阳德说:"闯婚倒也是好事。"便来见纪有德,细说二人之意。纪有德要了高、刘二人的年庚,与他女儿、内侄女儿的年庚,叫家人拿去,请管账的马先生一合,刘芳与纪云霞相合,刘彩霞与高通海相合,徐胜、欧阳德就算男女两方的媒人。高源、刘芳二人谢了亲,重整酒筵,又饮了几杯。用过了早饭,纪有德便套了车,送他们四人回归公馆。大家告辞,走到半路之上,欧阳德说:"你三人至公馆请大人动身吧!我要去探访探访,前面路上还有何人?我知紫金山漏网之贼,他们大众往这北边来了,我怕别出是非,三两日我必见你等。"徐胜说:"也好。"

四人分手,高源等至公馆,便打发纪家的车子回去。刘芳先进去给大人请安说:"夜内我二人在北门外拿住白如意英八和尚,有守备郭光第帮助,已交守备衙门监押。窦二墩业已逃走。多亏欧阳德与纪家寨的人帮助。昨晚在公馆救护大人,追刺客的是徐胜,现在外面,给大人请安!"彭安说:"快唤他进来。"刘芳出去不多时,与徐胜进来给大人请安!彭公说:"你往哪里去的? 皇上要汝见驾,汝为何不见驾呢?"徐胜说:"我在店中病了,不能起床。"彭公说:"你好好给我当差,不须他往,我还要提拔你呢。把昌平州知州给我叫来!"不多时,刘仲元进来参谒大人。彭公说:"我已拿住白如意,现在守备衙内,交汝审明,给我打一套禀帖,按公处治。本当参你,念汝为官不易,明日预备车辆,我要起程。"知州答应下去。

次日天明,彭公坐八人大轿起身,高、刘、徐三人骑马跟随,出了昌平州,走了六七里路,徐胜抬头看见从后面来了一个骑马之人,飞也似地往北直跑。徐胜一瞧,那正是他在店内所失之马,便说:"刘爷、高爷! 你二人保护大人前行,我要追我的马去,咱们在保安州公馆见吧!"他一催马去了。彭公的大轿方到保安州南头,忽听喊叫冤枉。要知彭公私访北新庄,且看下回分解。

第七十回

彭钦差私访北新庄　刘德太调兵剿恶贼

话说彭公轿至新保安,有二府同知法福理前来迎接大人,请了安说:"请大人至公馆歇息。"彭公一摆手,叫他起来,下去头前带路。彭公轿离保安不远,忽听那边有人喊:"冤枉哪!"彭公听了说:"把告状之人带至公馆发落,不准难为他。"家人过去说:"你别嚷了! 跟着走吧,大人吩咐到公馆之内发落。"告状人便跟在轿后。彭公一进街头,听前面放了三声大炮。路北里是公馆。彭公到了大门下轿,进了公馆。本处文武官员齐来参谒大人。彭公皆一一见过,问了些地土民情之事。众人下去,叫家人摆上酒筵,高源、刘芳二人齐来给大人请安。彭公说:"你二人下去吃饭,少时带上告状的人来,我要细细审问于他。"刘芳正要下去,大人问道:"徐胜哪里去了?"刘芳说:"他在半路上遇见偷他马的人,赶下去了,随后就来。"

少时,彭公用完饭,便叫保安的三班人役伺候! 不多时,法福理带着三班人役,来给大人请安。彭公吩咐带上喊冤的人来! 下面当差的带上一人,跪在堂下。彭公说:"你抬起头来。"那人把头抬起,彭公一看此人,年在二十以外,面皮微白,四方脸,眉清目秀,鼻直口方,身穿蓝布大褂,内衬白布褂裤,蓝布套裤,青布双梁鞋,五官端方,面带慈善之相。彭公问:"你是哪里人,多大年纪,有何冤枉之事? 细细说明。"那人说:"小人姓刘名凤岐,今年二十六岁,在昌平州城里做粮行生理,家住在这保安东关外。家有老母,五十九岁。小人妻子周氏,与我同年。四月初二日,因我母亲会收生,被北新庄皇粮庄头花得雨的管家花珍珠,请去收生洗小孩,一日未归。次日花珍珠送我母亲回来,我母亲见家门大开,进去一瞧,我妻周氏咽喉内有钢剪一把,躺在地下,正是刺伤身死。我母喊叫邻右人等,知会地方官人,报官相验。又给我送信,叫我回家。及到当官,老爷只叫我把死尸葬埋,并不见拿获凶身。小人连到衙门催了几次,这里同知老爷并不在意。小人念妻子结发之情,被人所害,因听人说大人秦镜高悬,斗胆

冒犯虎威,求大人格外施恩。"彭公说:"你可有呈状?"刘凤岐说:"有呈状,请大人过目。"说着,呈上一纸呈状,上写:

　　具呈人刘凤岐,年二十六岁,系保安州人。呈为无故被杀,含冤难明事。窃身远在昌平州粮行生理,家有老母与妻周氏,在家度日。身母会收生洗小儿,于四月初二日被北新庄皇粮庄头花得雨的家人花珍珠接去收生,留我妻看家,身母住在花家一夜,花珍珠之妻并未生养,说不到日期。次日花宅送我母亲归家,至家见大门大开,下车入内,瞧见我妻周氏被钢剪刺伤咽喉身死。身母喊冤,禀官相验。我归家一见,惨不忍看。禀官催获凶犯,至今未获。我念结发之情,妻子无故被杀,因此斗胆冒犯虎威,唯有叩恩大人秦镜高悬,拿获凶犯,与小人辨此冤抑,伏乞洞鉴!

彭公看罢,说:"你下去,明日来此听审。"又叫法福理传花珍珠明日到案听审。法福理答应下去。

　　次日早饭后,法福理带着花珍珠来见大人。彭公问道:"刘凤岐来了没有?"家人答应说:"来了。"彭公说:"带上来!"彭升等出去,不多时带了刘凤岐上来,跪于堂下。彭公瞧那花珍珠,俊品人物,白净面皮,身穿细毛蓝布大褂,白袜青云鞋。彭公问道:"你叫花珍珠?"下面答应说:"是!"彭公说:"刘凤岐之妻无故被杀,你可知情?"花珍珠说:"奴才不知。"彭公一拍惊堂木,说:"你这厮作何诡计? 与何人合谋勾串? 据实说来!"花珍珠说:"我本是给人家当奴才的,家中妻子孙氏,怀中有孕,就是这几天生养。我请刘妈妈收生,一夜我并未离开她,她家媳妇被杀,小人如何知情? 倘老爷不信,问刘凤岐的母亲便知。"彭公说:"刘凤岐,把你母亲叫来。"下面答应下去。不多时,已把刘妈妈带来,跪在下面。彭公问道:"你被花珍珠请去,是给谁收生的?"刘妈妈说:"是给花珍珠妻孙氏。我到他家,一夜未睡,花珍珠也伺候着闹了一夜,并未生养。次日一早送我回来,就瞧见我儿媳妇被杀。这是以往实情,求老爷做主,替我们拿获凶犯,报仇雪恨!"彭公听罢,心想:这件事倒也无处追问,便吩咐全带下去,叫刘凤岐明日听审,花珍珠释放无事。

　　彭公思想此事,不觉伏桌睡着。迷迷茫茫,似睡非睡,忽见从外面进来一人,并非今时打扮,头戴乞字逍遥巾,身穿土色逍遥氅,腰系丝绦,足下白袜云鞋,面如古月,慈眉善目,一部白胡须。见了彭公,点了点头,站在西边。接着外面又进来一位,古时官员打扮,头戴乌纱帽,身穿红蟒袍,腰围玉带,足蹬官鞋,四方脸,面如三秋古月,五绺黑胡须飘洒胸前。他与先前进来的那位老人,向着大人说:"星君不必为难,要问刘凤岐之妻被何人杀死?我二人已把鬼魂带来,请星君一问便知。"彭公问道:"你二位是哪里来的?"戴乌纱帽的说:"吾乃本处城隍司。"老人说:"吾乃本处土谷神。"彭公说:"可将女鬼带上来。"城隍、土地用手往外一指,进来一个女鬼,面皮微白,白中透青,脖项内插着一把钢剪,身穿蓝布衫,青布裙,跪在大人面前说:"冤魂冤枉!"彭公说:"你被何人所害,只管实说,我给你报仇雪恨就是了。"女鬼说:"大人要问害我的人,现在外面,请大人一看便知。"彭公说:"我跟你去。"站起身来,跟至外面,瞧那女鬼不知哪里去了。忽然一阵怪风,大人紧闭二目,及至风定尘息,开眼一看,只见来到一个花园之内,东西栽种树木,正北是望月楼三间,楼前有一丛牡丹花,虽是绿叶,无奈枯焦要死。大人说:"可惜这一丛牡丹花要枯死了,天降点雨才好。"正想着,忽然一阵阴云,下了一阵大雨,把牡丹花全都湿透,顿时开放出几朵鲜花。彭公看了此花说:"天时人事两相合,这花等雨,我起了一点求雨的念头,天就真正降下雨来。"这时,忽然花朵上起了一缕青烟,直扑彭公而来。彭公一急,醒来却是一梦,天交正午。

彭公说:"怪哉!怪哉!"想这梦中之事,真正奇怪!叫家人要了一碗茶吃了,又想:刘凤岐的妻子被害,是因花珍珠接他母亲收生,才有这段公案。我想此事还必须亲自私访那花得雨是何如人也?这案中事与我梦中事相对,或者此事须是花得雨所为,亦未可定。想罢,说:"彭升,你去把高源、刘芳二人叫进来。"彭升立刻到了外面南屋,说:"高、刘二位老爷,大人叫请你二位。"刘芳听见,说:"是,听见了!"立刻同高源来至上房,给大人请安说:"大人叫我二人,有何吩咐?"彭公说:"我方才心中闷闷不乐,偶得一梦,你二人给我圆圆梦。"大人就把梦中之景细说一遍。高源说:"人人梦见花要雨,忽然得雨,三个字凑成一块,不就是花得雨么?"彭公说:"我知道这花得雨乃是裕王府的皇粮庄头,他也不敢胡为,我不免亲身去探访探访。刘芳你跟我去,叫高源在家守护公馆!"

大人换了便衣,扮作个相面之人,刘芳暗中跟随。出了公馆,往西走有五里,便到了北新庄。瞧这庄外,树木成林,村东是东西街道。进了村口,往西走有半箭之地,见前面路北有大门一座,门前有上马石两块,东西有龙爪槐树八株,长的秀茂。彭公打了几下竹板,心想:人群之中或柳荫之下,必有闲坐闲谈之人,如在一处因话答话,可以探听些事。这是彭公的本意,可到了这村庄之内,却并无一人。他走了几步,才见西面大柳树下,有二位着棋的老人。彭公走至跟前,说:"二位请了!"那老人说:"请了!"彭公说:"此庄何名?"老人说:"这庄名北新庄,我们这庄内姓花的多,住的一位皇粮庄头花太爷,就在东边住。"彭公说:"我听人说,他要请瞧风水的先生,可是真的吗?"那老人说:"这倒不知,只是此人的脾气太大,你进去须要小心点。"彭公说:"请了。"站起身来,往回走了几步,看见刘芳在路南小酒铺内坐着吃酒呢。

彭公打了几下竹板,只见从大门里面出来一个书童道:"算卦的先生,我们大爷请你去给他看看流年。看好了,必然要给你几两银子的。"彭公说:"你家庄主姓什么?"书童说:"姓花,你跟我来吧。"彭公跟童儿进了大门,往东穿过去,别有院落。书童带彭公进了上房,见东面太师椅子上,坐着一人,大约就是花得雨了。年有三旬以外,面皮微青,凶眉恶目,身穿串绸长衫、蓝绸中衣、白袜云鞋,手托银水烟壶。他一见彭公进来,连忙站起,倒很谦恭地说:"先生贵姓?"彭公说:"姓十名豆三,号叫双月。"花得雨听了,微微一笑说:"你这是何苦哪?我早就知道,尊驾你是查办大同府的钦差彭大人。你来私访,我与你也无仇恨,何必前来送死?我也不是怕事的人!你一到我村里,就有人瞧见你了。"彭公一语不发,面皮发红。只见那花得雨把镇宅的宝剑摘将下来,一伸手抓住彭公的衣襟,说:"你今日是自来送死的!"照定彭公就是一剑。不知后事如何,且看下回分解。

第七十一回

想奇谋义仆救主　闻凶信夜探贼巢

话说花得雨伸手把宝剑摘下来,抓住彭公说:"你好大胆!我也未曾作过什么恶事,你来私访我,我焉能容你,这就叫天堂有路你不走,地狱无门闯进来。"方要举剑剁彭公,忽然从外面跑进一个人来,破口大骂,说:"花得雨,你这该死的人,连祖坟也不要了。"跑过去一手把彭公拉开,一手架住花得雨的左臂。花得雨一瞧,不是别人,却是他的一个亲随家人,年有二十以外,名叫进禄。他气得二目圆睁,说:"好奴才!你吃我的饭,我白把你养了,你会骂我啦!好混账王八羔子,我把你打死了,方出我胸中之气!"进禄说:"你老人家别生气,叫人来先把彭大人捆在空房之内,我再说给你老人家听。我说的没理,你把我活埋了,我也死而无怨。我这是为主尽忠,怕你老人家胡闹,我着急才生出这个主意来。"花得雨听了,吩咐众家人把狗官捆上,送在东院空房之内,晚响发落。众恶奴答应下去,不多时回来说:"捆上锁在空房之内啦!"花得雨气昂昂地说:"知道了。"又问进禄:"你把为我的情由说出来,要有半句不对,我先把你活活的打死,也不能和你善罢!"进禄说:"此时天也太早,今夜晚响,我有主意。"花得雨说:"胡说!你有什么主意?"进禄说:"庄主爷,你聪明一世,懵懂一时,这大人他是一个大钦差,你杀了他,就算白杀了吗?倘若被官兵知道,那时难免刨坟灭祖之罪。若要人不知,除非己莫为,这段事若犯了,如何了得!你老人家是有身家之人,须想一个万全之策,方为妥当。"花得雨听罢,说:"进禄,你说这话,我也知道,无奈捉虎容易放虎难。彭大人他往我这里来私访,我所作所为之事,也瞒不过你,倘若被他访实,这便怎了?"进禄说:"你老人家说的有理,就是不能保得万全。"花得雨说:"莫非把他放了,方为万全之计吗?"进禄说:"放是不能放的,倘若放他回去,他调官兵来剿咱们北新庄,咱倒反不如先杀了他为是呢。你老人家交给我办,管保害了彭大人,又连累不到你老人家。就是知道,也不能来找你老人家。"花得雨说:"什么主意?"进禄说:"天也黑了,日已落了,你老人家先吃晚饭吧。我吃完晚饭，把彭大人背到北新庄北村口山坡无人之处，找一条长虫，我把长虫往他口内一放，钻入肚腹之内，他必不能活了。就是跟钦差的人，他也不知道是谁害的，这条计好不好？"花得雨听了进禄一番议论，连说："好好！这事也须这么办理。好孩子，你办去，办好了我还给你几两银子。"

进禄吃完饭，手执灯火，先奔后院，瞧见彭公被捆扎在那里，便过去说："大人受惊了！"伸手解开了绳扣。彭公借灯光瞧这少年人，甚是眼熟，一时却想不起来了，即问："你是何人？"进禄跪下磕了一个头说："大人把奴才忘了，我跟着大人去河南上任，在良乡县遇到刺客。大人单身带奴才私访，在高碑店避雨时遇到贼人，我跟大人在姜家店内躲避贼人，夜晚有贼人把大人背走了，奴才不敢回京，也不知大人死活，我才逃至保安地方，来找我姑父王怀仁。他是在这里开饭店的，我找着了他，他的饭店也关了门啦！在家无事，他给我换了衣服，问我能做什么？我说自幼儿在大人那里当书童，是我父母一百吊钱，典在大人宅内的。我的姑父便给我找到这北新庄花宅里面来当跟班。我来了后，他给我改名叫进禄。他的所作所为，都是些损人利己的事，抢人家的少妇长女，霸占人家的地土房产。我今日听见大人北巡大同府，想到公馆去把他出首，又怕大人不见。今日他要杀你老人家，方才要不是我，你老人家的性命休矣！"彭公说："彭禄儿，我竟把你忘了。你既要救我，趁早想个主意如何出去？到了公馆再说。"彭禄儿说："你老人家跟我出上房，我蹲在地下，你老人家踏在我肩上扒上房去，我再上墙跳至外面，接你老人家下去。"彭公说："很好！"彭禄儿扶着大人，出离了上房，正在要上墙时，只听见西门门外有人说："小子，你怎把灯笼弄灭了？走！跟我去杀了这个赃官，然后再往他公馆内杀那些跟人。"彭禄儿一听不是外人，却是花得雨看家护院的花面太岁李通。

这李通原来是一个绿林中人，住家在京东玉田县，先跟白马李七侯在一处，后因李七侯保了彭公，他等还是明劫暗盗，无所不为。他和金眼魔王刘治，因抢绸缎客犯事，逃在通州，他等都是在案逃脱之人。他投在北新庄，当了看家护院的人，来的时候，这里有个掺金塔萧景芳给他引见。今年三月间，萧景芳死了，就剩下他一个人。今日花得雨打发进禄去害彭大人，又叫家人去请李教师爷来。家人至西跨院来请花面太岁李通，说：

"庄主爷请你!"李通听了,跟家人来至外书房,见花得雨正自吃酒。他说:"庄主爷叫我何事?"花得雨说:"我今把彭钦差拿进庄来,我的家人叫不要杀他,又叫我把他送至村外暗害他。"李通说:"何必费这些事,即便杀了他也不要紧。待我去一刀杀死他,斩草除根,以免后患。"花得雨说:"也好,你就杀他去,以免后患!"便叫书童拿灯笼,送教师爷到东小院去杀赃官。书童点上灯笼,出了外客厅,走至夹道,一绊栽了一个跟头,起来说:"哟!灯笼灭了。"李通说:"你这厮一点用处全没有,走到这里,你却把灯笼弄灭了。"他一进角门,见院内有两个人,正是彭禄儿扶着彭大人,想要往东上墙逃走。

花面太岁李通说:"呔!好小子,你私通外人,敢将彭赃官送哪里去?"他一拉朴刀,跳进院中,方要去杀彭大人,忽从房上掷下一宗暗器来,正中在花面太岁李通的左臂。李通觉着疼痛,说:"好小辈!你是什么人暗算我?下来与我见个上下。"房上一声嚷道:"呔!光天化日之下,你们这些人,竟敢把奉旨的钦差大人给害了。今有多臂膀刘芳,是你们的千总老爷,来拿你这一伙狐群狗党!"摆单刀跳下了房,举刀直向李通砍来。

这刘芳跟大人前来私访,至北新庄见大人与村民谈话,他暗中跟随在后。后来花家书童请大人进去,至日落还不见出来,他心中暗说:"不好!"喝了几杯酒,问酒铺掌柜的说:"北新庄皇粮庄头在哪里住?"酒铺掌柜的用手一指,说:"路北大门,我们这京北一带无人不知裕亲王府的庄头,他也结交官长,出入衙门,保安一境无人敢惹他,你问他作什么?"刘芳说:"有一个朋友,在这里护院。"酒铺掌柜的说:"不错,是有几位护院之人。"刘芳听说,便知道花得雨家中有看家护院的人。他给了酒钱,候至点灯之时,路静人稀,他才出了酒铺,一纵身蹿上房去,在花得雨家中各处探听,并无大人下落。正在暗中寻找,忽然间瞧见花面太岁李通手内提刀,带着小童儿往后走。刘芳瞧那东小院中,正是彭公,还有一个人扶着他,却并不认识那人。方要下去,只听得李通嚷说:"赃官哪里走!"刘芳摸出一支墨羽飞篁,照定李通打了一下,然后跳下来抡刀就砍,花面太岁李通急架相迎。战了数合,李通吩咐书童鸣锣聚集庄兵,来拿这个贼人。书童走至更房,叫更夫拿起锣来打了一阵。一百多名打手与紫金山逃来的贼人,各执刀枪棍棒,杀到东院。不知后事如何,且看下回分解。

第七十二回

李通调贼困刘芳　高源请神捉贼寇

话说刘芳跳下房来,恨不能杀死李通,好救大人出去,又怕贼人齐来,抵挡不住。正在为难之时,忽听铜锣连声直响,登时灯笼火把,照耀如同白昼。一百多名庄兵,都是短打扮,一身青衣,手执各式兵刃。内有漏网之贼是:青毛狮子吴太山、金眼骆驼唐治古、火眼狻猊杨治明、双麟麟吴铎、并獬豸武峰、红眼狼杨春、黄毛吼李吉、金鞭将杜瑞、花叉将杜茂。

这些人在前番大破紫金山之后逃走,不敢在河南地方住,便与大斧将赛咬金樊成等,分手各奔前程。大斧将赛咬金樊成、赤发灵官马道青、赛瘟神戴成、恶法师马道元这四人奔向潼关,往西去了。蔡天化逃至淮安出了家。玉美人韩山单身逃走,不知去向。他们九个人,立了盟誓,生在一处为人,死在一处为鬼,想出北口外,投奔霸王庄花氏三杰花得雪那里去,也是个安身立命之所。九个人走至保安,知道这里有花得雪的二弟花得雨,是裕王府的庄头,在这里很有声势、由李通引见、他九人就投在这里。花得雨收下九人,就算看家护院之人。花得雨也爱练习武艺,如有抢人打架之事,必用他们这一伙人。

今日听见铜锣声响,各带兵刃,来至东跨院,正瞧见花面太岁李通与一个少年之人杀在一处。吴太山仔细一看,认得是花刀无羽箭赛李广刘世昌之子、多臂膀刘德太,知道他是彭钦差那里的人,说:“合字儿,昭路把哈,溜了马、是遮天万字垓赤字,莺爪孙,顺水万,亮青字,摘留了瓢。”这是江湖黑话:“合字儿”是他们自己人;“昭路把哈”是回头瞧瞧;“溜了马”是一个人;“遮天万字垓赤字”是彭大人;“莺爪孙,顺水万”是公门之中,办案的官人姓刘;“亮青字,摘留了瓢”是拿刀把他杀了。众贼各摆兵刃四面一围,金鞭将杜瑞摆手中钢鞭说:“李教师,让我拿他。”只听房上一声喊,说:“咦!好贼人,你往哪里走?今有水底蛟龙高通海来也!”刘芳正与李通动手,红眼狼杨春、黄毛吼李吉二人举鬼头刀来助李通说:“小辈,你飞蛾扑火,自来送死,我今来取你的性命。”刘芳见贼人势大,不知大人生死如何,自己又被群贼困住,一人难敌众人,正在进退两难,见高源也被杜氏兄弟二人所困,四面庄兵围绕。高源蹿纵跳越,闪展腾挪,累的浑身是汗,遍体生津,口中直喘说:"好贼人,你们倚多为胜,我要急啦!"杜瑞说:"小辈,你就急了便怎的,今日是你自来送死!这北新庄好似天罗地网,铁壁铜墙,你要想活,比登天还难。"高源说:"你们这些人,不知高法官的能为,我要请一位神仙来。房上的,你还不下来吗?快帮助我拿这些贼人。"杜茂说:"高通海,你别造谣言,我今一定要结果你的性命!"摆钢叉分心就刺。

忽听北房上一声喊道:"咄!高源不必害怕,我来也。"摆虎头双钩跳下来的那人,身高九尺,面如刀铁,雄眉阔目,四方脸,鼻直口方,一部花白胡须,身穿蓝绸短汗衫,足蹬青缎抓地虎快靴,手抢虎头钩,照定杜茂而来。青毛狮子吴太山瞧见,认得是河南汝宁府上蔡县葵花寨的铁幡杆蔡庆,便举朴刀过去急架相还。高通海心中暗喜,说:"蔡叔父,你老人家来的甚好,我也有了帮手啦!"他又回头,瞧着那东房上说:"你还不下来?快些助我拿贼。"只听东房上说:"高源、刘芳,你二人不必害怕,我来也!"一人手抢铁棒锤跳下来,说:"咄!今有你太太来拿你!"金眼骆驼唐治古拉单刀跳过来说:"咄!好无耻的匹妇,我来拿你。"金头蜈蚣窦氏举铁棒锤相迎,二人杀在一处。高源说:"蔡婶母,你老人家快来帮助我,拿这一伙漏网之贼。我瞧见了,南房上的,你们还不下来吗?"这句话未说完,忽听南房上说:"高大哥不必着急,我等来此助你拿贼。"跳下来一个男子,年约二十以外,白净面皮,顶平项圆,玉面朱唇,眉清目秀,手提单刀。后跟一位少妇,蛾眉皓齿,杏眼桃腮,手帕缠头,身穿桃花色的女裤褂,足下一双金莲,果然天姿国色,手提单刀跳至人群之中。

这头前走的,是玉面虎张耀宗,他由河南参将提升,进京引见,升了宣化府的副将协镇大人。他带着夫人蔡氏,与妹妹侠良姑起身上任,到葵花寨来见岳父岳母告辞。蔡庆夫妇不放心,要送他姑爷上任去,先把家中一应事务交给族侄蔡光文照应。他家中有骡驮轿二套车,与张耀宗等乘坐。到京中住了几天,闻听大人出口外查办大同一带去了,又拜了几天客,在兵部投了文,引见下来,即往宣化府去上任。他谢了恩,请训起身,在路上打听到彭公过去不久。头一站住在昌平州。次日赶到保安,天已黄昏,打了公馆,就与钦差彭大人的公馆对门。他是钦差彭大人的门生,他的功名又是彭大人提拔的,便换了官服,来到彭大人公馆,问道:"门上有人么?"听差人等听了,即刻出来,问道:"是谁呀?"张耀宗把手本交给听差的人拿进去,不多时彭升出来,说:"张大人,我家管家有请!"张耀宗进去,瞧见彭兴正在上房坐着。他一见张耀宗进来,连忙站起身来,说:"张大人来得正好,是从哪里来的?"张耀宗说:"自河南升任宣化府协镇,我去上任,经此路过。"彭兴请了安,说:"给大人叩喜。"张耀宗还了安,说:"大人往哪里去了? 我来给大人请安。"彭兴把在公馆接呈子,私访北新庄之事细说一遍。张耀宗说:"不好了! 我快去迎接大人才是。"彭兴说:"张大人,你快去迎接要紧,高老爷也去了,多时不见回来。"张耀宗即刻告辞,回到公馆见了蔡庆,说明大人私访之事。他回至后面急忙换了衣服,夫人问什么事? 张耀宗也对夫人说了一番。蔡金花与侠良姑张耀英二人也要去,张耀宗阻挡不住,便换了衣服,与他岳父蔡庆等各带兵刃,出了公馆,问明了道路,五人即顺路往北新庄而来。走有几里路,到了北新庄,听见庄中一阵锣响,五人拉刃蹿上房去,往各处一瞧,见西面有一片灯火之光。走至临近一看,院内有紫金山的漏网之贼,困住了多臂膀刘德太、水底蛟龙高通海,瞧这伙贼人的势大,只可交手,不能拿获,也不知彭公的生死如何? 此时高通海急得浑身是汗,又见贼人越杀越勇,喊声连天,庄兵无数,正在进退两难,忽听西房上又有人说:"呔! 好贼人,你等死在眼前了,我今特来拿你这伙贼人。"不知房上这位却是何人,且看下回分解。

第七十三回

花得雨中途被获　张耀宗施勇杀贼

　　话说高通海等七人，在北新庄与贼人杀了一个难解难分。忽听西房上有人说话，跳下一位英雄来，手执短链铜锤，大喊一声："贼人休要逞强，今有粉面金刚徐胜来也！"徐胜自去追盗马的人，也没找回马来。他来至保安，到了公馆，把他所骑之马，交给管号之人。他没有见到大人，闻听大人到北新庄访花得雨去了，便出来找了一个饭店吃饭。等到日落之时，他来到北新庄，见庄内路静人稀，便蹿上房去，到了里面，看见东跨院墙下，彭禄儿扶着大人上墙，又见刘芳与李通交手。他连忙救二人出了东院，送至大门外，说："大人受惊了，跟我来！"到了东庄口，彭公定了定神说："徐胜，你才来吗？你不必送我，这是我旧家人彭禄儿，此事多亏他，若不是他，吾已为地下人矣！我主仆二人顺路回公馆，你快去把刘芳救出来。我到了公馆，必然调官兵前来剿这窝巢。"徐胜送了半里之遥，彭公又叫他去救刘芳，怕刘芳寡不敌众。

　　粉面金刚徐胜来至花宅，先往各处探听，并无动静，只听东院一片声喧，闹的乱乱哄哄。到了东院，瞧见青毛狮子吴太山、金眼骆驼唐治古、火眼猰貐杨治明、双麒麟吴铎、并獬豸武峰、红眼狼杨春、黄毛吼李吉、金鞭将杜瑞、花叉将杜茂、花面太岁李通这一伙贼人，正与高源等杀在一处。徐胜在房上取下一块瓦来，照定李通面门打去，正中在鼻梁之上。刘芳趁势一刀，将他砍倒在地，不能动转。徐胜抢短链铜锤说："好贼人！你等助花得雨造反，刺杀钦差，外面官兵已到，今天你等休想逃走。"跳下房来，与贼人动手。他见他内兄张耀宗等正各施所能，便想乘此时去拿了花得雨，免得别生是非，说："高大哥，你等千万别放走一个贼人，外面官兵已到，连花得雨一并擒拿。"说罢，他转身杀条去路，竟往内宅而来。

　　方进内宅，见东屋内灯光隐隐，人影摇摇，他轻步来至窗外，用舌尖湿破窗纸，往里一看：椅子上坐定一妇人，年约二旬以外，生的花容月貌，西边有一侍女，桌上放着一盏蜡烛灯和茶壶茶碗。那妇人问侍女道："他们都走了吗?"侍女说:"走啦。"妇人说:"无故的找事,闹出这么大的乱儿,他们又要进京,我每日替他们提心吊胆。你去把花祥叫来,我与他商议是走好还是在这里好?"侍女说:"哟? 姨奶奶你也太胆小啦! 大爷这一去,三五日内必然有喜信回来。你叫花祥他一个十七八岁的人,懂的什么!他要带你老人家走,往哪里去呢? 要给大爷知道,你二人命也没有了,我也不能活了。"妇人说:"放屁,你知道什么! 荷花你这孩子,我白疼了你啦,这点事你就不给我办啦!"侍女说:"我给你老人家找去就是了。"站起来往外就走。徐胜听这话有隐情,连忙的进房内来,说:"花得雨哪里去了? 趁此实说。"妇人瞧见粉面金刚徐广治,形如宋玉,貌似潘安,不由得一阵骨软筋酥,说:"大爷要问奴家,我们是花大爷的侍妾兰香,今年二十二岁,被他用银钱买来的。大爷你贵姓呀? 是哪里人氏?"徐胜见此妇人这般妖艳,说话轻薄,便说:"我问的是花得雨,你可知他往哪里去了? 说了实话,我饶你不死。"妇人见徐胜说话正言厉色,也不敢讨贱了,说:"花大爷因为得罪了彭钦差,方才骑马进京,求王爷庇护去了。"

　　徐胜听了,并未答话,连忙回身出来,蹿到房上,跳在街心,往上京都的大路追去。只见黑夜沉沉,树木森森,一直追了有六七里路,并不见有人行走,心中甚是着急。忽听正北有人说话,说:"花珍珠,你快催坐骑,你我到了京中,见了王爷,求他老人家与我做主,我必要害了赃官之命,方除我胸中之恨。"花珍珠说:"大爷不必忧心,我跟你老人家到京中,只求王爷救我主仆二人。"徐胜闻听,心中暗喜,在道旁赶上头一匹马过去,把第二匹马截住,说:"恶霸你往哪里去?"他伸手挡住骑马之人,拉下马来,按倒在地,说:"花得雨! 今日这就是你尽命之所。"被擒的人说:"好汉,我不是花得雨,我是花得雨的家人花珍珠,只求老爷饶了我吧!"徐胜说:"头前那骑马的人是谁?"花珍珠说:"是我家主人花得雨。"徐胜说:"我先把你捆在这里,我要追花得雨去,回头再来放你。"花珍珠说:"好汉爷千万放我! 我家中上有老,下有小。"徐胜把他捆绑好了,转身去追花得雨,有二里之遥,前面有马蹄之声,正是花得雨。

　　他因方才道旁一人,把他的家人花珍珠拿住,便纵辔加鞭,跑到这里,心中祷告说:"过往神灵,皇天后土,保佑我今日逃脱此难,我回家满斗焚香,报答神麻!"正自祷告,忽见马前有一个黑影,约有三尺多高,影影绰绰地把去路阻住。花得雨心中一动,说:"这是鬼吗?"天正三更之时,又是旷野荒郊，前无村庄，后无跟人，道旁都是古墓荒丘，枯树一片。他心中害怕，只见对面之物跳了两跳，往马这边一纵，花得雨坐的马一拨头，前蹄一抬，把他掷了下来。那黑暗暗之物走过来先按住花得雨说："唔呀！混账王八羔子，你是找死呀！我等你多时了。"

徐胜追到一看，却是蛮子兄长小方朔欧阳德，过去请了安，说："兄长好！你从哪里来的？"欧阳德说："吾前日与你分手之后，来至此处暗中访查道路，知有紫金山之贼，意欲行刺大人，替周应龙报仇雪恨。吾今晚先到公馆探访，知道你们都在北新庄，我来至此处等候，正遇见他主仆二人，要往北京去走动人情。贤弟你来甚好，先把花得雨送到公馆去，我去帮助众人拿获吴太山一伙贼人。"花得雨苏醒过来，已被徐胜捆上了，说："哪位拿我的？我和你二位并无冤仇，你二位要放开我，我在京都有一座当铺，二十万两纹银的成本，我奉送你二位，倘若不信，我亲笔立字与你二位。"欧阳德说："吾等是不要汝那些银钱的，吾徐贤弟为求功名，你所做都是伤天害理之事，我要放了你，落个万古骂名。"徐胜说："兄长不必与他多说，先把他驮在马上。"二人拉马，驮着花得雨走至半路，先放了花珍珠，问他今后还作恶事不作？花珍珠说："再也不敢啦！"叩了一个头，径自去了。徐胜说："我至保安公馆看守花得雨，兄长你去帮助蔡老英雄吧！"欧阳德答应，二人分手，徐胜回保安不表。

且说小方朔欧阳德往北来至北新庄，听庄内人声喧嚷，进了庄门一看，有保安千总刘达武奉钦差之命，带四十名官兵来此剿贼，到了庄门这里团团围住。里面东院中的老贼青毛狮子吴太山，看那动手之人，都是剿灭紫金山的人，又怕官兵前来，呼哨一声，说："众位风紧，急复流撒活年上撒脱！"众贼知道这是黑话，说的是办案的人多，我们从西面逃走啦！金鞭将杜瑞说："高通海，也是你命不该绝，好汉爷我有要你命的时候，我去邀众英雄来拿你，你想逃走，万不能够。"杜氏兄弟先上房去了。刘芳和杨春杀在一处，战了几个照面，红眼狼刀法一变，与黄毛吼李吉也逃走了。金眼骆驼唐治古见势不好，也带贼人且退且走，大家逃走去了。这里张耀宗、蔡庆捆上李通，拿了九名庄兵。欧阳德已到，外面千总刘达武也到了。拿了几名管家，天已大亮。便将李通与家人花瑞、花升、花祥、花茂，连庄兵共有十四名，带至保安公馆大门内，先把众人押在外面东房，交刘达武派兵看守。

　　蔡庆等人把女眷送至对门公馆,他同玉面虎张耀宗、水底蛟龙高通海、多臂膀刘德太、小方朔欧阳德进了公馆。徐胜由里面出来,见蔡庆请安,又与张耀宗见了,随说:"我托众位洪福,已将花得雨拿到,大人昨日晚间被我救回,请众位进里面见见大人。"众人至里面,大人正同彭禄儿在说别后的事,吃着茶。徐胜进来,先给大人请了安,说:"回大人知道,欧阳德、蔡庆、张耀宗来给大人请安,他等还帮助把花家的党羽与官兵动手的人,共拿获十四名。"彭公听见徐胜来禀,带笑说:"徐胜,你出去把蔡老英雄、欧阳义士与张耀宗请进来!"徐胜出去说:"大人请你三位相见。"蔡庆等一同进去。刘芳、高源先请了安说:"大人受惊啦!"彭公一摆手,蔡庆等三人过来请安。彭公站起来说:"二位义士请坐,张耀宗你从哪里来? 请坐吧。"张耀宗谢了座,把已往之事说了一遍。彭公说:"我来至此处,遇见了这样奇巧之案,天助我拿获凶徒,皆诸公之力和二位义士相助。"吩咐叫三班人役伺候,我要亲身审问花得雨因奸害命,窝聚匪徒,拒敌官兵一案。不知后事如何,且看下回分解。

第七十四回

扮阴曹夜审花得雨　送密信钦差访贼人

　　话说彭公叫人传保安同知，要三班人役审问花得雨。早有同知法福理，带皂、快、壮三班人役来参见彭公。彭公说："贵府你在此听候本部细审贼人。"又对蔡庆、欧阳德说："二位义士，听我审问花得雨。"彭公当中坐定，左边蔡庆、欧阳德，右边张耀宗、法福理，下边是三班人役，高源、刘芳、徐胜三人，立在大人身后。先带上家人花瑞、花升、花祥、花茂四个人上来跪下。彭公看了一看，问了名姓，说："花瑞，你是一个当奴才的，我也不怪罪于你，你家主人一生所作所为的事，你说了实话，我施恩于你，放你回去，你若不说实话，我就严刑治你，还要重办你四个人呢！哪个先说实话，就算是好人，我就放你等回去。"花瑞被彭公这一番言语，说得他默默无言。他心内想罢，说："求大人开恩，我家主人先雇了一个护院的人，名叫花面太岁李通，后又来了青毛狮子吴太山等这些人，全是河南紫金山来的，住在主人家内，无事与我主人在一处练武，我说的并无虚话。"彭公点头说："花瑞，你主人为什么谋杀刘凤岐之妻身死？你必知情。"花瑞说："我在外院看门房，这事是我们总管花珍珠与花茂所办。"彭公说："花茂，你家主人谋人妻女之事，你要从实说来。"花茂说："大人要问，只因我家主人二月初七日上坟，回头走至保安东街口，见路北有一家是随墙板门，门外站定一个妇人，有二十多岁，长的十分美貌，眉眼另有一团风流。我主人问花珍珠，这是谁家妇人？花珍珠说是刘妈妈的儿媳妇，刘妈妈会收生，常往小人家去。又问刘妈妈的儿子做什么？花珍珠说是在昌平州做生意。我主人回至家中，叫花珍珠想主意，要这一妇人到手。花珍珠献了一条计策，他说定日接刘妈妈给他媳妇收生，来至此处，他也不离左右。他知道刘家没有男人在家，就是刘妈妈的儿媳妇一人，夜晚派些人去抢来，一个妇人家，多给她些衣服和金银首饰，也就安住她的心了。次日放刘妈妈回去，就说闹胎，还须再等几天。我主人就依他的主意，全办好了。派我带吴太山、李通和二十余名打手，到刘家将房门打开，见那妇人尚未睡觉,被我众人抢上轿去,抬到我们庄中。在大门之内打开轿帘,瞧见那妇人脖项上插定一把钢剪子,吓得我主人也无主意!李通他出的主意,叫人将原抬的轿子别动,连死尸抬回他家内,装一个不知道。我等又把那妇人送到他家去了。这是实话,只求大人开恩,此事全是我家主人做的,实不与小人相干。"彭公说:"带李通上来,与花茂对词。"李通身受重伤,也未强辩,均已承认。彭公又把那九个庄兵一齐带来,问了名字,说:"你们是花得雨的什么人?"那些庄兵说:"均是雇工人。"彭公一拍惊堂木说:"胡说!既是雇工人,为什么与官兵动手?"内中有一名叫王霸的说:"我们实不知情,只听说有了贼啦!我们要知道是官兵,小人哪敢与官兵交手?"彭公说:"你家主人,共雇了多少人工?"王霸说:"共有二百三十余名。"彭公说:"带下去交法福理看押,吩咐带上花得雨来!"

两旁一喊堂威,把花得雨带至大人公位之前。两旁人役说:"跪下跪下!"花得雨一阵冷笑,说:"彭朋,你叫我跪下,我一不犯国法,二不打官司,你带一伙强盗到处指官诈骗,诈我的资财,咱们这里也完不了,有地方和你说去,咱们到都察院去打一场官司。"彭公说:"花得雨,你谋奸害命,且窝聚强盗,夜内移尸,凌辱钦差,拒捕官兵,你的脑袋还有么,你还说做甚好人!今见了本部院,竟敢目无官长,咆哮公堂,来人,着实先打八十大板。"打得鲜血直流,打完了,彭公说:"带上来!"那花得雨说:"好打好打!"彭公说:"你不招吗?"花得雨仍一语不发,只气得面皮煞青。彭公看罢,心中想了一会,随即吩咐带下去,又叫高源过来,附耳说如此如此!高源叫刘芳、蔡庆、徐胜一同下去,又对法福理附耳说了几句话,让手下人看押花得雨,收在空房之内。

花得雨连疼带气,迷迷糊糊睡了有五六个时刻,他一睁眼,黑暗暗的不见有人,正自狐疑,忽然进来两个人,一个黑脸膛,一个白脸膛,都是古时打扮,头戴红缨大帽,青布靠衫,腰系挺皮带,足下青布靴子。一个手提绿纸灯笼,一个手拿铁链和一面小牌,上写着"追魂、取命"!说道:"花得雨,你跟我二人走吧!现有冤魂把你告下来了,我二人是本处城隍司的。"一人一抖铁链,把花得雨锁上,带他往前就走,黑暗暗的,阴风阵阵寒,拐弯抹角,见前面一座大殿,抱柱之上有字,写的是:

　　阳世英雄,伤天害理都有你;

　　阴曹地府,古往今来放过谁!

横有四字是:"你可来了!"进殿一看,所照之灯都是昏惨惨的,灯光都是绿的。当中有一公忠官位,坐定森罗天子,头戴五龙盘珠冠,龙头朝前,龙尾朝后;身穿衮龙袍,上绣龙翻身,蟒探爪;腰中紧系富贵高升玉带一条;足下篆底官靴;面如黑漆,一部花白胡须。左面是判官,头戴软翅乌纱帽,身穿绿绸蟒袍,足蹬官靴。并有牛头和马面,两旁鬼役人等。方一进殿,迎面有一戴乌纱帽,穿红蟒袍,腰系玉带,足穿官靴的,他带着一个女鬼往东去了,又回头说:"花得雨的灵魂带到!"提将上去说:"跪下!"上面阎王说:"来人,把生死簿拿给我看。"判官立时呈上一本账来。阎王说:"花得雨! 今有刘凤岐之妻周氏,被你谋害身死,前来告状。你欺心胆大,倚势欺人,你不知善报恶报,早报晚报,终究有报! 你谋人妻女,所做的事还不实说吗? 要等我将你上油锅炸,你才说呀!"花得雨知道已死,在地府阴曹不说也无用了,就把如何与花珍珠定计,抢刘凤岐之妻,自刺身死和移尸之故说了一遍,写了供底,亲手画押呈了上去。忽从背后来了一人,正是高通海,说:"花得雨,你今还往哪里去躲避,我是不能饶了你的,你说了真情实话,你还要怎么样赖供呢!"把灯重新改换,一看众人都是穿的唱戏衣服,扮阎王的是蔡庆,做判官的是徐胜,招房的是张耀宗,扮女鬼是班内唱小旦的。这都是彭公授计,吩咐法福理这样办理。保安同知法福理是旗官,这里有一份戏箱存放,故借这公馆东面关圣帝君庙内,作为问案之所。今已审明花得雨作案之事,便带他去见彭公。

彭公一想:这案要是行文上宪,又要耽延几十天工夫,不如与民除害为是,遂将众犯人等带下去看押起来。次日天明,彭公吩咐把被告牌抬出去,准有人来告花得雨。这信一传出去,就有居民人等喊冤! 告花得雨霸占土地房产,抢掳少妇长女之案,共有七张呈状。彭公全皆叫进来,俱各问了口供,说:"明日要办花得雨!"即派官将被抢妇女对明,并将占有田产各归本主。彭公递了一个折子,奏花得雨所作之恶。旨意下来,将花得雨即行就地正法,李通等皆斩首示众。彭公钦赐"剪恶安良"匾额。同知法福理因地面不清,革职留任。高源、刘芳、徐胜记大功一次。这上谕一下,彭公派法福理监斩,在保安西门外将花得雨等枭首示众。

彭公将事办理完毕,忽听外面差人来报,说:"有一个姓张的,要求见大人,说有机密大事告禀。"彭公派高源出去,看是何人? 高源出去一看,却是山东一带有名的凤凰张七即张茂隆,连忙请安,说:"叔父,你老人家从哪里来的？"张茂隆说："我听人传言，说赛毛遂杨香武出家当了老道啦！我来找徒弟朱光祖、万君兆，顺便访几位朋友。我今听说一件机密大事，特来见大人告禀。"高源同他进来，给大人请了安。彭公一看那张茂隆，年过花甲，五官端正。彭公说："义士请坐。"张七说："大人在上，草民万不敢坐。"彭公说："此处并非公堂之上，坐也无妨。"张茂隆说："我今来此送信，大人请把左右暂退出去，恐走漏了消息。"彭公说："无妨，都是我的心腹之人。"张义士说出一席话，吓的众人魂胆皆惊！不知后事如何，且看下回分解。

第七十五回

彭钦差私行改扮　假仙姑舍药跳神

话说那凤凰张七来至大人公馆内,见了彭公说:"我今在漾墩地方听人传言说,青毛狮子吴太山、并獬豸武峰二人,邀请天下各处绿林英雄,要替金翅大鹏周应龙报仇雪恨!拦轿行刺,或明或暗,请千万留神!草民告辞了。"彭公说:"义士你来送信,定无虚言。我此去办理大同府,义士跟我前去,我决不亏负于你。"张茂隆说:"吾恩兄黄三太病体沉重,我意欲上绍兴府前去探望,在路上还要顺便找找我徒弟八臂哪吒万君兆、赛时迁朱光祖他二人,我实不能跟大人前去。"彭公说:"既不能跟我前去,我也不能留你。"叫彭兴取百两银子路费,送义士收纳。彭兴取来,交给凤凰张七。张茂隆接过来说:"谢大人厚施,我要告辞去了。"彭公叫高、刘、徐三人送出公馆。

彭公问道:"欧阳义士,此事应该如何呢?"欧阳德说:"大人不要为难,大人可带高源,刘芳、徐胜三人,骑马便行,吾坐着大人的轿,叫张耀宗的车也跟在轿后,按站行程。如有动作,吾先拿住那混账王八羔子。大人也不可离远,只要拿住几个,就镇住他们了。"彭公说:"也好!"张耀宗到南店算还店钱起身,欧阳德坐上大轿,彭公身穿便服,带高源、刘芳、徐胜三人出了保安城。

此时天气甚热,柳树荫浓,青山迎面,道路崎岖。彭公在马上说:"我自出居庸关以来,看见另有一番气色,景况可观,无奈蜀道之难。"徐胜说:"天气甚热,出了口就好了。"彭公在马上仰看红日当空,热不可言,望前一看,都是一片荒土,并无树林,口中又渴,回头说:"高源,你看前面可有歇凉之处,可以买杯茶吃。"高源说:"往前再走几里路,就有歇凉之处。"彭公催马转过山弯,见前面有许多男女老少,手中都拿着香,仿佛是上庙烧香赶会的样子。前面不远,有一座村庄,树木森森,人烟稠密。彭公进了南村口,听那行路之人说:"天有正午,娘娘该升座啦,你们快走吧!"彭公往前走了不远,见街西有一座茶馆,字号是"别墅山庄",挂了茶牌子,是雨前、毛尖、武夷、六安等名目。彭公下马,高源等三人也下了马,把马拴在一处,进了茶馆,要了一壶茶。

　　只见外面进来一个人,身挂香袋,年有三旬以外,是乡村农人打扮,与那彭公等四人坐在一处,说:"四位喝茶么?"徐胜说道:"你是往哪里烧香去?"那人说:"我们这村叫鸡鸣驿,这正西村头有座庙,叫仙圣母娘娘庙。这庙内原先有一个道士叫贾玄真,因得病身死,近来又有一位活佛娘娘,在此显圣舍药,无论是哪里人都来烧香,她一见就知道姓名,你四位贵姓?"徐胜说:"我姓徐,他姓高,那位姓刘。"那人给了茶钱去了。徐胜对大人说:"这件事又是妖言惑众,哪有什么活神仙之理呢?"跑堂的过来斟水,徐胜说:"你们这里有一位活娘娘呵?"跑堂的说:"我们这里有一位九圣仙姑娘娘,乃是贾玄真老道的表妹,说是九圣娘娘降世,济困扶危,舍药治病,每逢三六九日在此舍药救人,初一十五,远近村庄的全来烧香。今日是五月十三日,你们去看热闹吧!"那跑堂的说完去了。徐胜说:"这是新闻,依我之言,咱们找店住下,访访这段事情。"彭公看那北面路东,有一座客店,字号是"三元客店"。彭公说:"你与高源二人去访查明白,禀我知道。我与刘芳住在客店,等候你二人。"徐胜说:"莫若你老人家也去逛逛如何?"彭公说:"我去也不便,还有四匹马没人看守,你等去吧。"

　　徐胜便站起身来,同高源一直往西去了。走了有半里之遥,见买卖人不少,医卜星相,甚是喧哗,路北便是那一座天仙娘娘庙。徐胜进了大门,见正北是大殿,东西各有配殿三间,正北大殿上的大龛①,挂着黄云缎幔帐,头前供桌上摆着五供儿一堂。正北设着莲花座,并无神像。两旁等候烧香的人齐说:"娘娘驾到了!"只见外面四对黄旗引路,一顶四人小轿,轿内坐着一位娘娘,后跟仆妇二人。抬至殿前,那两个仆妇便搀扶娘娘下轿。徐胜看那位娘娘,年有十七八岁,头戴珠冠,身披蓝绸衫,周身绣团花,西湖色百褶宫裙,足下金莲二寸有余,南红缎宫鞋,面如桃花,柳眉杏眼,朱唇白齿,真是梨花面,杏蕊腮,瑶池仙子凡间降,月里嫦娥不染尘,美貌标致,世间无双,令人可爱。徐胜、高源二人见那娘娘这样打扮,透些风流俊俏,美貌无比,就知不是好人。见她升了大殿,两个仆妇和两名童儿站在旁边。烧香之人齐跪在殿前,说:"愿娘娘万寿无疆!"叩头烧香求药

---

　　① 龛(kān)——供奉神佛的小阁子。

的不少。忽见有一少年人进来，年有十七八岁，面如满月，眉清目秀，俊品人物，身穿两截罗汉衫，内衬白绵绸裤褂，西湖色春罗套裤，白袜云鞋，手举高香，跪在娘娘驾前说："娘娘在上，弟子景耀文因母亲病重，求神护佑，赏赐仙丹给我母亲治病，弟子必烧香还愿。"那娘娘微睁杏眼一看，说："原来是景耀文来讨药，娘娘念你一片虔诚，赐你金丹一粒。"从囊中取出一粒药来，交给仆妇。仆妇下来说："公子，你跟我来用药。"往那少年之人鼻孔一揸，那少年人立刻跟仆妇往西院内去了。高源一看这些怪异，忽又见外面进来一人，年在三旬以外，身穿紫花布褂裤，白袜青鞋，面皮微紫，紫中透黑，粗眉圆眼，跪在那娘娘驾前说："娘娘救我，我姓王行二，绰号人称小刀子王二，今年我三十一岁，并未成过家，浑身酸懒，求娘娘可怜我吧！"那些个烧香的男女老少一听，无不惊异！只听那娘娘说："王二，你的来意我也知道，来人给他一粒药，吃吃就好。"那仆妇下去，给了王二一粒药吃，王二一发愣，那仆妇扯他站起来往西院内去了。

徐胜暗说："她明是一个活人，如何是神仙呢？我去问问她就是。"想罢，上前说："娘娘，我是远方之人，听人说娘娘显圣，我有些不信，我要看看是怎样灵验，只求娘娘说我是哪里的人氏，姓什么，叫什么？"那娘娘一看徐胜，不由杏眼含情，香腮带笑，说："你的来意我也知道，你不信于我，我也不恼你。你姓徐，是过路的，不必生事，你去吧！"这几句话说的徐胜一言不发，心中暗为佩服。

书中交代：她既是肉体凡人，如何知道徐胜的名姓呢？这是徐胜在茶馆之中，与那烧香的人说闲话时漏了名姓。那人就是他们一伙的，专在庙的临近处，看到如有形迹可疑之人，他就装成烧香的人过去访问名姓。他们共有十数个人，都替娘娘办这事，暗探明白，回去告诉她。

天有正午之时，烧香人等不断。至日色平西，娘娘要起驾了，仆妇扶着下座，立刻出庙。就在西面路北，另有一所院落。高源、徐胜二人跟到门首，见娘娘轿子进了大门，他二人才回三元客店，在上房见了大人，细说方才之事。彭公说："这是妖妇煽惑愚民，本处地方官就应该办她。"徐胜说："大人，吃了晚饭，我再去打听她夜内作何事故？"此事关乎地面，彭公欲访真情，便说："也好！"

四位用完了晚饭，高、刘二人保护大人，徐胜带短链铜锤立刻出了店。天不到初更之时，他飞身上房至庙西那所院落。徐胜见内有灯光，跳下房来,在窗户外用舌尖湿破窗纸,看那东里间是两间明窗,上挂四盏纱灯,各点了蜡烛。北边靠东墙有四个皮箱,西边是条案桌椅,桌上有烛台一只,东边椅子上坐着的就是白日那位娘娘。靠南窗户是大床,床上摆着小炕桌一张,上摆六碟菜儿,一壶酒,两双杯箸,西边有三十多岁的两个老妈。只听那娘娘说:"我今日很烦,把我的衣服拿来我换换。"那仆妇立刻把东边箱子里的衣服取过来,放在她面前的床上。她脱了蓝绸衫裙子,换了衣服,又叫仆妇说:"给我拿茶来。"仆妇送上茶来,那娘娘喝了几口说:"你们下去,把那姓景的给我带来,我要亲身请他喝酒。"那老妈答应出去。

　　徐胜飞身上房,施展珍珠倒卷帘的架势,隐身藏于房檐之下,只见那侍唤的老妈进了西厢房,把白日烧香求药的那位少年领进上房。他迷迷糊糊,也认不出人来,愣坐在床上。那娘娘先掏出一个药瓶儿,倒出药来,往那少年人的鼻孔一抹。那景耀文一睁眼,说:"这是哪里?"老妈说:"你不必嚷!我们娘娘与你有一段天缘,你不可错过!"那娘娘也说:"景耀文,我是王母之女,今临凡世,与你有一段金玉良缘,该当成为夫妻。今日我见你来,也是天缘,你喝两杯酒吧,我也陪你两杯。"那景耀文说:"我是因母病才来求药,你们用什么诡计,诳我来此?快送我回去吧!你们胡说,哪里有神仙还要男人的道理?"那娘娘说:"你好不明白,人生在世上,夫妻是人伦之大道,你说神仙不要男人,那玉皇为什么有王母娘娘,还要生几个仙女呢?你要从我,咱们两个喝酒吃饭,安歇睡觉,明天我送你回家,给你母亲治病。你要不依我,我先杀了你,你不能救你母亲,也不能回家去了。你好糊涂,你看我哪一样长的比你不好,你自己说,我与你结为夫妻,也不亏你。"徐胜一听,说:"这厮也太不要脸,定不是好人,我进去拿她。"不知怎样拿法,且看下回分解。

第七十六回

粉金刚夜探迷人馆　九花娘见色起淫心

　　话说粉面金刚徐广治在屋檐之上，听见屋内那娘娘百般哄劝，那景耀文并不依从。徐胜要进去，又怕莽撞，心想，不免再看一个水落石出就是。

　　书中交代：这娘娘原是靠山庄的人，在家姓桑。父亲早丧，母亲刁氏，生他兄妹三人。她二位兄长，一名桑仲，一名桑义。她乳名叫九花娘，幼年七八岁时，有一个跑马戏的张妈妈看她好，认为干女儿，传了她一身好武艺。张妈妈死后，她又跟哥哥练习拳脚。后来许配一个保镖的人，姓何名必显，十六岁过门，又跟男人练了些刀枪棍棒。其性妖淫，一夜无男人陪伴，如度一年。过门未及一年，何必显得了虚弱之病死了。她无有公婆管教，时常招些男人，无论什么男人，过了一个月她就够了，稍不开心，便把他杀掉。去年十八岁，她就杀了有二十多条人命。她有一个远亲表兄，姓贾名玄真，在鸡鸣驿天仙娘娘庙内出家。她时常来庙中住着，贾玄真与她通奸，也得病死了。她就在这庙中，托言代神看病。她认识的奸夫，也常在这里住。她借娘娘下降为名，招些男女来，好看哪个少年男子长的好？她受异人传的迷魂药，有一条手帕，名曰五彩迷魂帕，这院别名就叫迷人馆，每夜要用两个，方称她的心怀。

　　今夜把景耀文带到这里，蜜语甘言，那景耀文却一概不懂。她心中不悦，用迷魂帕往他鼻孔中一抹，那景耀文又昏迷过去，不省人事。叫仆妇带他上外面去，再把那小刀子王二带上来。仆妇等去不多时，又带进一个穿紫花布裤褂的来，坐在椅子上，那九花娘把解药给王二抹在鼻孔之中。那王二本是一个土匪，听人传言，说九花娘离了男子不成，他才至庙中找九花娘戏耍。今苏醒过来，睁眼一看，见屋内灯光闪烁，九花娘便装打扮，更显姿容秀美。他连忙跪倒在地说："求娘娘开恩救我，我是一片虔心，来求娘娘救我的。"说着他伸手过去，就摸九花娘的金莲。九花娘假装好人，一掌打在王二的脸上说："好不知事务的东西，你走这里来撒野了！"王二笑嘻嘻的说："多谢娘娘赏我一个嘴巴，若再打我一下，我连肉都麻了。"九花娘一听也笑了,说:"你这癞子起来吧,我看你人长的粗率,倒还会说话。"那小刀子王二起来坐在床上,仆妇人等把酒斟上说:"二位喝酒吧!"那王二两只眼睛都直了,往前一伸手就拉住九花娘的手腕,说:"娘娘且慢喝酒,先赐我片刻之欢。"九花娘说:"你先别忙。"

正在说话之际,忽听外面房上有人说:"老九,叫你受等了,我来迟一步,罚我三杯吧。"从外面进来一人,年有二十五六岁,乃是河南紫金山金翅大鹏周应龙的余党,姓韩名山,绰号人称玉美人。因官兵在紫金山拿了周应龙,他自己漏网,逃至此处避难。由二月间认识九花娘,二人见面心意相投,如鱼得水,并无半点不好之处。后来,韩山就管住她不准再交别人,九花娘如何肯听?韩山也无法可治。今日韩山是从张家口来,一到院中,听见九花娘正与一男子吃酒调情。玉美人韩山说:"好无耻的娼妇,你又招引野男子,在此败坏风俗。"拉刀进屋内,一抡单刀就把小刀子王二杀了。九花娘看韩山杀了王二,一时间心中不悦,蛾眉直竖,二目圆睁,一伸手把墙上所挂之刀抽下来,说:"韩山,你太无礼!"也提刀就砍。韩山说:"老九,你翻脸无情,这还了得呢!"九花娘说:"你要管你姑奶奶,如何能够?我看着那个男子长的好,我要留他在这里睡,你敢杀我心爱之人,我焉能饶你!"玉美人韩山说:"好贱婢!你也不知大太爷的厉害!"便提刀相迎。九花娘一摔手帕,照定韩山面门打去。韩山双脚站立不住,昏迷倒地。九花娘过去一刀,把韩山的人头砍了下来,又叫仆妇来收拾血迹,点上檀香。

粉面金刚徐胜在房檐上看见九花娘这样的行为,跳下房来,说:"淫贼,你这样可恶,杀害活人,我来拿你!"九花娘一听说:"哎哟!是哪一个?"她抽出刀来,叫仆妇执着灯笼,来至外面一照,见徐胜年约二十余岁,心中一动,说:"你这位是从哪里来的?"徐胜哈哈一笑说:"好无知的贱婢,我看了多时,特来拿你。"抡了短链铜锤,照定九花娘就打。九花娘一闪身躲开,说:"壮士何必如此呢?你要喝酒,谁不与你,请进屋中,你我谈谈心,我看你也不是寻常之人。"徐胜说:"呸,别不要脸啦!我乃堂堂正正奇男子,烈烈轰轰大丈夫,岂能与你无名贱婢为伍。"九花娘说:"你真不知自爱,开口伤人,我焉能饶你?"抡刀就剁,徐胜急摆短链铜锤相迎,二人战有几个照面,九花娘一摔迷魂帕,照定徐胜面门打去,徐胜昏迷,栽倒于地,不省人事,立刻被仆妇人等拿住,捆了抬到屋内,放在地下。

九花娘剪了蜡花，又朝徐胜脸上细看，果然是美男子、俏丈夫。她先去取解药来，亲自伸出十指尖尖的手儿，把解药抹在徐胜鼻孔之内。徐胜苏醒过来，睁眼一看，见九花娘站在眼前，闻着有一阵冰麝脂粉丹桂之香，便说："你拿住我不杀，所因何故？"九花娘笑嘻嘻地说："你贵姓呀？我是一片好心，拿你进来，有心要与你结成百年之好，长久夫妻，我也没有男人，你要依我，咱们是合而为一。你要不依我，你也有个名姓，是哪里的人，来此为何？"徐胜说："我姓徐名胜，字广治，绰号人称粉面金刚。我听说你这里常常害人，来此结果你的性命，替众人除害。"九花娘说："你既然是绿林中人，更好说话，我这里有的是金银，任你所用，你往哪里去，我跟你往哪里去？你我年岁相当，又何必这样装腔作势呢？"徐胜说："我乃绿林英雄，岂能与你少廉耻之人作为夫妻。你要杀我，任随自便，你若放我，也任你自便。"九花娘说："你当真不从我，我要杀你。"徐胜说："你就杀吧！徐大爷视死如归，你又为何这样胆怯？贱婢，你不算是人。"九花娘说："你也太不要脸啦！我要结果你的性命，如伤一蝼蚁。"说着抢起单刀，照定徐胜脖项就砍！徐胜闭目，只等一死，忽然觉着脖项一凉，九花娘只在他的脖项边上拍了一刀。徐胜一睁眼，那九花娘笑说："我有心要把你杀了，我又舍不得。你要是依从我，丰衣足食，我哪样配不上你，你好无知。"徐胜见这光景说："你要真想和我成为夫妇，须依我一件事，我往哪里去，你跟我往哪里去。"九花娘说："那是自然，我既嫁你，我就随你去。"说着就把徐胜放开了。

徐胜站起身来，一看他那短链铜锤在八仙桌上放着，九花娘坐在东边的椅子上。徐胜愣了半天，伸手抓住短链铜锤，往外就跑。九花娘说："你这人口是以为非。"拉单刀追了出去，照定徐胜就是一刀，徐胜抡铜锤就打，二人在院中杀在一处，九花娘又摔出迷魂帕，照定他面门打去。徐胜闻着一阵异香，一阵昏迷，又倒于地下，被九花娘捆好放在屋内床上，说："再拿解药来！"仆妇人等又取解药来，放在徐胜鼻孔之内，少时便苏醒过来。徐胜一睁眼，说："好贱婢，你真不要脸，又要怎样？"九花娘说："你这匹夫，口是心非，你方才说依允我，我放了你又要走，此事也就是我，要是别人，早把你杀了！你自己还不知事务，你要好好的依我，万事皆休。"徐胜说："娘子你放开我吧，我再也不走了，你要信我，你就放了我。"

九花娘说："你起誓我才放你。"徐胜说："我若再走,叫我永不转好运气。"
九花娘过去把他放开,说："你起来,不可说诳,咱们二人吃酒吧!"

　　徐胜坐在床上,九花娘叫仆妇人等预备酒菜。徐胜坐在东边,九花娘
坐在西边。徐胜打算要用酒灌醉了九花娘,便好拿她。二人对坐吃酒。
九花娘所遇的男子也不少,并没一个比徐胜长得好的,故此甚爱徐胜。二
人先喝了几杯酒,九花娘说："我给你半杯酒喝。"把自己的一杯酒吃了一
口,剩下的给徐胜喝了。二人又来猜拳,正喝到高兴之时,忽听窗外一声
喊："独占鳌头啦!"伸进一只手来,吓了徐胜与九花娘一跳!二人连忙问
是何人?只听外面说："好徐胜,你在这里作乐了。"不知外面是谁,且看
下回分解。

第七十七回

老龙背火烧欧阳德　靠山庄淫妇暂避难

话说粉面金刚徐胜与妖妇九花娘二人吃酒猜拳，正在高兴之际，忽然间从窗外伸进一只手，说："独占哪！唔呀，你们喝哇！"徐胜一听，就知是小方朔欧阳德来了。

欧阳德从北新庄假装钦差大人，坐着大轿出了保安，顺大路往前走了约有七八里路，忽然对面过来一个和尚，年约三旬以外，他走到轿前抽出刀来，照定轿内分心就刺！欧阳德一撤身，正刺在左肋之上。欧阳德练的软硬功夫，骨软如绵，善避刀枪，这一刀虽说未伤，看来亦甚凶险。他跳下轿去伸手一抓，未曾抓住，那和尚如飞地走了。

原来那是漾墩正东三义庙的和尚，名叫法空，别号人称玉面如来，与青毛狮子吴太山、金眼骆驼唐治古二人素有来往。因吴太山等由北新庄逃至漾墩三义庙内，见了玉面如来法空，细说在河南与彭大人结仇之事。法空说："我替你等报仇！你们在庙中等我去拦路行刺，把彭大人杀了，与你们雪当年之恨，你们看我的主意好否？"吴太山说："贤弟，你当真要替我们报仇，我等皆感恩不尽，事不宜迟，你就此前去！"玉面如来法空自己收拾干净，由漾墩起身，就住在白水铺店内，等候彭公的大轿。那日早饭后，听人传言说，要过钦差啦！他在暗中带了单刀，等在半路之上，见正南人马车轿不少，他从旁边过去，暗抽单刀，照定大轿里边就是一刀！欧阳德一把未曾抓住，他就跑了。欧阳德追赶下去，大轿也就停住了。张耀宗、蔡庆过来询问，彭兴说："是有刺客啦！欧阳义士追下去了，咱们且别往下去。彭禄，你先去前边鸡鸣驿打店。"彭禄答应下去，到了前边打店，正住在三元店，与彭公同住在一个店内。

欧阳德追了法空有几里路，未曾追上，急忙回到鸡鸣驿，访知公馆是在三元店。正往前走，只见高源在门首站着，说："欧阳义士，你往哪里去？"欧阳德听见是高源叫他，随问："大人住在哪里？莫非大人也住在此处吗？"高源说；"不错，是住在这里。"二人进店到了北上房之内，见大人正在吃茶,与刘芳说着闲话。一见欧阳德二人进来,大人说:"义士你从哪里来?"欧阳德把方才在道上遇见刺客之故说了一遍。彭公听罢,说:"此事多亏张茂隆给信,义士你又有胆量,要是本部院坐着轿,定丧于贼人之手,义士你受惊了。"欧阳德说:"总是大人的洪福,吾也未曾有伤,就是便宜刺客,让他逃走了,可惜可惜!"彭公说:"刘芳,叫店家要酒菜来,与欧阳义士压惊。"刘芳到外面要了酒菜,彭公与他三人共桌而食。饮酒之际,天色黄昏,点上了灯烛。欧阳德酒饭已毕,说:"大人明日仍不必坐轿走,看贼人还当如何?"大人说:"甚好!"叫小二撤去残席,拿上茶来。欧阳德喝了几碗茶,听见外边天交初更,忽然想起一事说:"徐广治怎么不见?"高通海说:"别说了,还提徐胜呢,白昼之间,我二人到天仙娘娘庙瞧跳神舍药的人,他说要去探访这位娘娘,今夜晚去了多时,还不见回来。"欧阳德说:"唔呀不好!这里正闹淫贼妖妇九花娘,莫非是她?吾早要拿她,未得其便,今日吾去看看如何?你二人在此保护大人。"刘芳说:"你认得天仙娘娘庙么?"欧阳德说:"这里是我的熟路,我知道就在村西头,我去也!"

他到了院中,纵身上房,施展飞檐走壁之能,先从房上走,又从地上行,来到了天仙娘娘庙。他往各处哨探,见西院中灯光隐隐。来至西院之内,正遇徐胜头次被擒,欧阳德方要往下跳去救他,忽然后边有两道黑影儿扑了过来,临近一瞧,却是水底蛟龙高通海、多臂膀刘德太二人也跟下来了!欧阳德说:"你二人来了,大人何人保护?"刘德太说:"大人已安歇了,无人知道,我二人前来看看如何?"三人下了房,在窗外往里一看,见徐胜被九花娘拿住,用绳儿捆着,九花娘说:"若是你与我成为夫妇,我就放你。"徐胜破口直骂!欧阳德说:"你们看,徐胜果然是好人。"正说着,又听九花娘百般劝说徐胜,徐胜还是不允,她举刀要杀,却只拍了徐胜脖子一下。那徐胜说:"我应允了就是。"高、刘二人听见,眼都气红了。又见九花娘放开他,二人便喝酒猜拳,九花娘叫"大三元"!徐胜叫"五魁呀"!九花娘又叫"八匹马"!欧阳德便从窗外伸进一只手来,说:"独占呀!你这不要脸的淫妇,往哪里走!"

九花娘拿刀就从窗户外出去。高通海说:"徐老大乐上了,好哇!我等奉钦差大人之命,特地前来捉拿淫妇。"九花娘听到这说话之人有四五个,细想此事不易取胜,莫若远走高飞吧!欧阳德蹿上房去,刘芳也从后面追去！粉面金刚徐胜本无心要九花娘,今见蛮子哥哥同高源、刘芳三人赶到,九花娘从后窗逃走,便把短链铜锤拿起来,跳至院内说:"三位兄长慢走,我来也!"九花娘只跑得如同丧家之犬,漏网之鱼,恨不能肋生双翅,飞上天去。

欧阳德追了有十余里之遥,天有五鼓的时候,口干舌燥,也不见九花娘的踪迹在哪里?此地并无村庄,见前面却有一座小庙,借着月色光华,瞧的甚真,庙门上有字是"神仙祠"。欧阳德走至门前,拍了两下,只听里面有人说:"是哪一位叫门?"欧阳德说:"是吾,你开门吧!"里面把门一开,出来一个老道,年约三旬以外,说:"你找谁呀?"欧阳德说:"吾是远方来的,走至此处,失迷了路途,不认得东西南北了,口中又渴,望求真人赏一杯茶吃就是了。"老道说:"你跟我来吧!"随带他进了山门,让至东厢房内。欧阳德到了屋中,坐在那边椅子上。那老道立刻进北里间内,托出一个茶盘来,给他斟了一碗茶说:"善士贵姓呀?"欧阳德说:"吾姓欧阳名德,乃江南人氏,来至此处访友,未领教真人贵姓仙名?"那老道说:"我姓桑名仲,乃是本处的人。"欧阳德喝了两碗茶,忽然头眩眼迷,倒于地上,不省人事。桑仲说:"贤妹、二弟,你二人快出来吧,我已把恶人拿住,那欧阳德中了我的计策了。"从南里间屋内出来了九花娘与桑义。

书中交代:这庙是九花娘的两个胞兄桑仲、桑义所占,他二人也是绿林中人,会使薰香、蒙汗药,借这庙常常害人。今日九花娘从天仙娘娘庙逃至此处,来他兄长这里避难。桑仲、桑义自来不敢得罪他妹妹,三人正自说话,忽听门外有叫门之声,九花娘说:"不好了,外面欧阳德来也。"桑仲说:"贤妹你不必害怕,我拿住你的仇人,把他万剐凌迟,与妹妹报仇,你看好不好?"九花娘说:"兄长多要留神,他的本领高强,不可大意。"那桑仲出去,让欧阳德进来,在茶里下了蒙汗药,便把他迷住了。桑仲又叫弟、妹二人出来,把欧阳德砍了两刀,却砍不动他。桑仲说:"不要剁,我把他用火烧死就是了。"九花娘说:"二位兄长费心。"桑仲、桑义二人把欧阳德抬至外面一个山冈之上,地名老龙背,又把干柴抬出两捆来,放在欧阳德身上,点着了火。桑仲、桑义同九花娘三人,收拾细软之物,竟奔靠山庄去了。

欧阳德在老龙背被烈火焚烧不表。单说那粉面金刚徐广治与高源、刘芳三人的脚下本事,实是跟不上小方朔欧阳德。他三人赶到了老龙背,不见欧阳德在那里,只见桥下青烟上升。他三人见那桥下有一双毛窝儿,正是欧阳德所用之物。徐胜说:"了不得啦!我蛮子哥哥被人烧死了。"放声大哭起来。高源说:"且慢!这火内并无腥臭之味,如何能烧死呢?你我先到庙中看看,借一个水桶来把火救灭,细看那里面要有骨头,不能全烧成灰,如无骨头,欧阳义士定然未被火烧死。"徐胜说:"此言有理。"三人进了庙内,见里面东西配房并无一人,找了一个水桶,拿了两根木棍,在老龙背桥下挑了一担水,用水浇灭了火,再用木棍拨着一找,却并无一点骨头,也不知欧阳德是死是活?三人找了有两刻的工夫,天色已经大亮,只得把水桶、木棍仍送在庙内,无可奈何地转回鸡鸣驿去。不知欧阳德的性命如何,且看下回分解。

第七十八回

彭钦差思念欧阳德　小蝎子单人斗群寇

话说粉面金刚徐胜、水底蛟龙高通海、多臂膀刘德太在老龙背各处找寻，不知欧阳德的去向，也不知是生是死。三人回至鸡鸣驿三元店内。大人正盼念众位，忽见徐胜三人进来说："大人等候多时，心急了吧！"彭公说："我亦着急，欧阳德哪里去了，为何不见回来？"徐胜把方才老龙背所遇的情形说了一遍。彭公说："你三人可将妖妇捉住了无有？"高源又把昨夜追九花娘之故细说了一遍。彭公问道："这里是哪处管？"刘芳说："这里是保安管。"彭公说："着人去报地方官，不许叫妖妇再行来往，并行文各处捉拿九花娘，此事交本处该管职官办理，如拿住九花娘之时，要按律重办。"刘芳来至外面，叫店中伙计把本处地方叫来。不多时，本处地方吴奇来说："哪位叫我呢？"刘芳说："我叫你，我是跟查办大同府的钦差彭大人的，来在此处，查知九花娘扰乱地方，妖言惑众。昨日我们已把妖妇赶走，你急速到你们地方官那里去报，此庙查抄入官，内有箱子一只，被杀死尸两个，你报官埋葬就是了。"吴奇答应去了。刘芳回到上房禀过大人。

彭公同这三人用了早饭，算还店账，便起身骑马往北。走至漾墩地方，天有正午之时。四人见此镇人烟稠密，买卖不少，正北有一座酒楼，字号"广和"，上有牌匾，写的是："名驰天下，味压江南"。彭公下马说："暂且在这酒楼吃上一杯酒。"高源下马，接过大人的马来，徐、刘二人也下了马，把马都拴在酒楼的东西店内。三人同彭公上了酒楼一瞧：那酒楼是五间，靠北窗是六个座位，楼窗儿支开，四面都有时样花盆，栽的各种奇花，令人可爱。大人在第三个桌儿上坐下，看那四面窗户大开，名花放香，真是目爽神清。跑堂的送过茶来，说："四位要什么酒？"彭公说："要几壶莲花白，四样凉菜。"跑堂的把酒菜送来，彭公吃了几杯酒，想起欧阳德侠心义胆，一旦死于贼人之手，甚为可惜！正自思想，忽听楼下有人说："哎呀！好一座酒楼，吾要上去看看。"只见从楼下上来一个人，说话是南方口音,年约十七八岁,白生生的脸膛,手中提了一个小包袱,上来站在那楼门口,看见彭公桌上四人正自饮酒。他过去给徐胜行礼说:"徐大人,你老人家好哇!小侄儿有礼了。"徐胜一瞧,这人好生面善,一时却想不起来,连忙说:"你坐下吧,我一时间想不起来,你是在哪里见过我?"那蛮子说:"徐叔父,你在宋家堡酒楼救过我,你老人家忘了吗?"徐胜说:"哎呀!我想起来了,我自与你分手,你往河南省去了,几时跟你师父走的?"

这蛮子原来姓武名杰,字国兴,绰号人称小蝎子。他自从在宋家堡酒楼上与徐胜分手,拜在欧阳德跟前学艺,便跟他师父到了徐州沛县武家庄,在他家里住着。跟他师父终日习练已成,长拳短打,刀枪棍棒样样精通,武艺超群。因欧阳德要朝千佛山,他正患病在家,不能跟随。他说等病好了,再上千佛山寻找去。如今他病好了,与母亲说知,要去找他师父。他母亲说:"你多带路费去吧!如学好武艺,即速还家,免得我思念于你。"武杰答允,随即将所用之物和路费包好,把小包袱带在身上,就此起身。在路上晓行夜住,饥食渴饮,非止一日。那一日到了漾墩地方,因天气炎热,他想歇歇便走,见路北有一座酒楼,他进去顺楼梯上楼,只见楼上有四个人在那里吃酒,他一看正是粉面金刚徐广治,连忙过去给徐胜行礼。

徐胜问他是从哪里来的?他便把在家中养病,如今要往宣化千佛山真武顶,去找师父小方朔欧阳德的话说了一遍。徐胜说:"我给你引见引见。"用手指定大人说:"这是你师父的故人,过去行礼。"武杰问徐胜说:"这是哪位,姓什么?"徐胜说:"你附耳过来。"武杰低头过去,徐胜说:"这就是查办大同府的钦差彭大人。"武杰连忙行礼说:"草民有礼。"又给那刘芳、高源行礼,坐下问徐胜说:"你老人家可见过我师父无有?"徐胜说:"你早来一天,可以见着,如今再要见他,怕不能了。"武杰说:"莫非师父死了吗?"徐广治说:"那九花娘跳神施药,我等夜探迷人馆,追走妖妇九花娘,你师父在前,我三人在后,追至老龙背地方,见桥下一堆烈火,不见妖妇,也不见你师父,我等知那九花娘诡计多端,她有迷魂帕,又有迷魂药,故此我等疑你师父已死在他人之手,我三人回店等他,也不见回来,大约总是死了!"武杰听了说:"哎呀!我师父要是死了,我再往哪里去学武艺?"说罢放声大哭!徐胜说:"无妨,你跟我等保大人去查办大同府,那总兵傅国恩克扣兵饷,私造一座画春园,在那里招军买马,积草屯粮,意欲造反。你若跟去，拿了贼人，破了画春园，连你都有好处，可以得一个功名，光宗耀祖。"武杰说："我要给我师父报仇，找那九花娘去。"徐胜说："连你师父还不是她的对手，你如何去得呢！这里现在各处拿她，她在鸡鸣驿有案。"

彭公正听武杰、徐胜说话，忽然楼下人声一片，不知所因何故？便叫高源去问问那跑堂之人。高通海说："跑堂的，你到这里来，我有话问你！"跑堂的说："你找谁，叫我做什么呢？"高源说："那街上人声喊叫，所因何故？"跑堂的说："我们这漾墩地方，东头有一座关帝庙，庙内有一个和尚，绰号人称玉面如来法空。他们庙中常来些保镖的人，个个都是武艺精通。他要开镖局子，自己请了各处有能为的人二十多位，今日是亮镖，我们这里人要瞧瞧热闹，看看这些人都练什么武技。"高源听了，就在大人跟前把那跑堂的话说了一番。

彭公说："吃完了酒，你我也去逛逛，看是何人开镖局子，有什么热闹。"高源答允，忙同大人吃完酒饭，给了钱说："咱们走吧！"彭公带四个人下楼出了酒馆，又告诉店家照应好马匹，我们去逛逛就回来！店家连忙答应。

彭公同四人直往东走，见大街上的人不少，又见那村东路北有一座大庙，山门外用绳儿拦住闲人，当中摆着刀枪架子和各样兵刀，正北有八仙桌五张，板凳椅子上坐的均是河南漏网之贼，有青毛狮子吴太山、金眼骆驼唐治古、火眼狻猊杨治明、双麒麟吴铎、并獬豸武峰、红眼狼杨春、黄毛吼李吉、金鞭将杜瑞、花叉将杜茂。

这九个人自北新庄逃至此处，和庙中的僧人玉面如来法空相认，说："我等在花得雨家中，遇见彭大人的差官拿了花得雨去。如今逃至此处，想要上霸王庄投奔花得雷去，给他送信，叫他害了彭大人，替他兄弟报仇。我等就中取事，也替我们大寨主金翅大鹏周应龙报仇。"法空说："你等不必走，就在这里暂住，等他来时，我去行刺。"法空打听钦差已来，就去行刺，正遇欧阳德坐了大人的大轿，他暗中抽出刀来照定大轿就是一刀，欧阳德一把未曾抓住，下轿就追，却未能追上。他逃回庙来，大家商议要合伙行事，以多为胜，如钦差轿到之时，他们各持兵刃刺向大轿，先杀了彭大人，后再杀他的余党。

众贼早已安排定了，今日在这里练习刀枪，为的是遮人眼目，怕那邻里人等瞧出他们的形迹可疑,便说要开这个镖局子,在这里操练武艺。大人来至人群中,见那看热闹的甚多,拥挤不堪。大人的头前是高源、刘芳二人开路,徐胜、武杰在后面跟随。彭公等一看,吃了一惊,高源、刘芳、徐胜这三个人,全认得这伙贼人。高源等想要回去,也挤不出去了。

那贼人吴铎站在当中,方要练武,忽听那西边说:"借光,闪开了,我来啦!"只见进来一个士兵说:"你们别练了,我奉守备彭老爷之命,不许你们在这里招惹是非,今日还要伺候过往的钦差呢,怕闹出事来,我们老爷担当不起。"法空说:"我们是做买卖,与他什么相干?"那个士兵说:"好!你不怕就完了,我走了,回头见。"那吴铎说:"我练一趟,有哪一位行家老师,可以上来,我奉陪你走几趟。打我一拳,我送白银一两,踢我一脚,我送靴子一双,如有一拳一脚赢了我,我立刻磕头,还送白银十两。我们这里亮镖演武,如同一个擂台,要有人上来打了我们,谢了银子还要磕头,要打了你们,也不要给我东西和银两,只是打死不偿命,怕死的就别上来!"说完了,他先练了一路拳脚,雄赳赳地一团高兴。那吴铎乃青毛狮子吴太山所传,武艺精通,练了一趟拳,无不喝彩,人人说好!忽听那正南上有人说:"唔呀,好大口气!我来领教领教你有何能,敢这样吹大气,吾要同你比比高低,看你有什么武艺!"此时走进一人,不知是谁,且看下回分解。

第七十九回

武杰忠勇斗吴铎　桑婆害人用巧计

却说吴铎站在场内说了几句大话,那正南上有人说:"我来也,看你有什么能为?"走进去站在当中。彭公一瞧是武杰,回头问徐胜说:"你叫他去的吗?"徐胜说:"不是我叫他去的。"大人说:"他一个人如何能赢贼?"说着,只见武杰与吴铎交手,战了几个照面,一腿正踢在贼人的左胯上。吴铎说:"哎呀,好娃娃! 你伤了我啦!"并獬豸武峰左手抽出刀来,跳至当中说:"我来拿他!"高源说:"不好! 这伙贼是要杀!"这时,红眼狼杨春也抽出刀来!他已瞧见彭公同高源、刘芳、徐胜等人在人群之中站立,怕彭公带人来拿他们,就想先下手为强。正要动手,只见正西来了有二百名官兵。

原来本处的守备彭应虎,乃是河南参将彭应龙之弟,由武举人在兵部效力,升了漾墩守备,乃是要缺,兼理民事。今日接了上司劄子①,说有查办大同府钦差彭大人,今日到漾墩,一早便骑马来到东郊,见关帝庙前有刀枪架子,外拦绳子,不知何故? 他回衙派人来查,不多时回来说,是开镖局练武艺的。彭爷吩咐说:"你告诉他,今日过钦差,不准在此招惹是非。"士兵奉命到了庙前,却被法空抢白几句。他回到衙门,即把和尚不遵王法,要立镖局子,连老爷还骂了几句的情形说了一遍。彭应虎是一个细心人,一听就知道今日钦差早晚要来,这事若被钦差查出,我担个地面不清之罪,这还了得! 吩咐千总、把总调二百步队,各带军器齐集衙门。彭应虎带领众人,来至关帝庙前,见那些看热闹之人不少。彭爷吩咐快拿这一伙人! 那玉面如来法空与青毛狮子吴太山等,知事不好,连忙各拿兵刃,飞身上房,呼哨一声,群贼便逃走了。那看热闹的人一乱,也四散奔走。彭应虎吩咐不许一名漏网。武杰提单刀追并獬豸武峰去了。

彭公见众人大乱,无可奈何,说:"高源,你头前开路,我要回店歇息了。"刘芳说:"我叫官兵人等给大人引路。"彭公点头。刘芳叫道:"本处

---

① 劄子(zhá)——公文。

守备老爷,快把闲人赶散,今有钦差彭大人在此。"彭应虎听了,连忙领着兵丁人等,来至大人面前说:"漾墩守备彭应虎,来给大人请安。"彭公吩咐引路。此时关帝庙前闲人散去,群贼也各自逃生去了。

武杰见这伙人往西北逃走,他施展陆地飞腾之法,追至黄昏时候,也不知武峰往哪里去了。天色已黑,不知东南西北,又不见一个村庄。走了有半里之遥,见正北有灯光闪出,乃是一个山庄,约有六七十户人家,村西路口有三间瓦房,内里灯光隐隐。武杰上前叩门,听里面有人问道:"是找谁呀?"武杰说:"我是远方人,从此经过,错过了店栈。"哗啦一声把板门开了,出来一个半百以外的妇人,手执一个灯笼。武杰一见说:"求你老人家开恩,我借宿一夜,喝一点水。如方便,不论是什么吃食,给我吃些也好,明日一总叩谢。"那老妇人一听武杰之言,说:"我家并无男子,既然借宿,你进来吧!"武杰进去一瞧,北里间屋内点着灯呢,这屋内却无有什么摆设。武杰坐下,那老妇人把灯点上,自己往后去了。武杰坐了半刻,那老妇人出来,给他斟了一碗茶,又拿出一壶酒,摆上两碟菜来,说:"客人,我们这荒村野径,只可吃些家常便饭,没有什么可吃的,你吃酒吧!"武杰说:"老太太,我走远路过此,只求老太太赏饭吃,我就感恩不尽了。"武杰吃了两杯酒,觉得头昏眼眩,心中发慌,天旋地转,倒在地下,不省人事了。这婆子一阵冷笑说:"娃娃,你飞蛾投火,自来送死,老娘结果了你吧!"走至外面,把门闭好,复又来至屋中,拿起一口朴刀,照定武杰就剁!忽然听后边窗户外说:"妈妈且慢动手。"

你道这人是谁?原来正是九花娘。她从老龙背与两个哥哥桑仲、桑义火烧了欧阳德,便收拾细软到这靠山庄来。九花娘的母亲在这里住着,人皆呼为桑妈妈,以开贼店为生。今日用蒙汗药迷住了武杰,方要杀他,忽听窗外说:"母亲不要杀他。"九花娘自外边进来,见小蝎子武杰倒在就地,她用灯一照,说是一个人物,要把他带到后面。桑妈妈抱武杰至后院上房内,放在西里间屋内床上。九花娘说:"妈妈,你收拾几样菜,我要喝点酒。"桑妈妈答应去了。这里九花娘看那武杰丰姿俊俏,更在韩山、徐胜以上。九花娘淫心荡漾,到那边取过解药来,抹在武杰的鼻孔之中。少时武杰苏醒过来,睁眼一看,见一位美貌女子,笑吟吟地坐在那里,说:"你醒醒,坐起来喝碗茶。"武杰说:"哎呀!这是哪里呀?你们要拿我呀!"九花娘将手扶起武杰来,紧贴着他身旁坐下,说:"你别嚷!我是救你的恩人,你须从我一件事。你姓什么,叫什么?"武杰说:"吾姓武名杰,字国兴,徐州沛县人氏。你姓什么,叫什么?"九花娘说:"我姓桑,名叫九花娘,行九。这是我娘家,你今来此,真是三生有幸,我把母亲叫来,叫她预备酒菜,你我喝一杯酒,然后拜天地成为夫妇。"九花娘叫她母亲两声,她母亲立刻来到屋内,问道:"叫我做什么呢?"九花娘把她要同武杰成为夫妇的话说了一遍。桑妈妈说:"很好!我给你们收拾菜去。"

武杰见九花娘有十分亲近之心,他眉头一皱,计上心来,说:"娘子,你既愿意与我作为夫妇,你方才是用什么计策治住我的?"九花娘说:"我在后边听有人叫门,我娘把你让进来,要害了你,得些财帛衣服,是用迷魂药治住你的。我瞧你是年少之人,死了可惜,救你到这后边来,你我成为夫妇,你想好不好?"武杰说:"好是好,你把那迷魂药拿来我看看。"那九花娘打开小抽屉,取出两个小瓷壶儿,一个白瓷红花,画的是"明月松间照。清泉石上流";另一个是蓝花壶儿,上画龙睛凤尾淡黄金鱼。她把瓷壶儿放在桌上,倒出些药面来,对武杰说:"这红面药是迷魂药,人要闻入鼻孔内,有一股香味入窍,立刻昏迷不醒,这药在蓝瓷壶内装着。"又指着白面药说:"那是通灵还生散,要被迷魂药迷住,非此不能苏醒过来,在那白瓷壶儿装着。"武杰说:"果然真香,你用药迷我过去,试试真假。"九花娘用手抹点药,给武杰鼻孔内一闻,武杰立刻昏迷过去,不省人事。九花娘连忙用解药给他解过来。武杰愕然片刻说:"好药好药!"那九花娘说:"果然是好药,天下无二,我可以算第一份了。"武杰说:"你家就是你母女吗?"九花娘说:"还有我两个兄长,名叫桑仲、桑义,他二人皆在绿林中,今夜出去做买卖了,顺探鸡鸣驿庙内的事情。"

武杰听了,伸手捏了一点迷魂药,抹在九花娘鼻孔之中,说:"我试试你迷糊不迷糊。"九花娘便昏迷不省人事。武杰又倒出点迷魂药来,站在屋门等候。不多时,桑妈妈从厨房收拾了酒菜,用托盘端进来。武杰伸手接过托盘,趁势用药向桑妈妈鼻孔一抹,桑妈妈立即倒于地下,不省人事。武杰把二人全皆捆上,放在屋内。又把菜放在桌上,自己取酒壶来自斟自饮,心中甚为喜悦,说:"我要把两个人杀了,也是一件人命官司,莫若送至宣化府内,听本处官府治罪于她,彭钦差明日也该至宣化府了。"武杰正自高兴,忽听得院内扑通两声,跳进两个人来,直说:"天到三更之时,为什么还不睡呢?"武杰一听,吓得失魂丧胆!要叫人堵在屋内,如何是好?不知后事如何,且看下回分解。

第 八 十 回
使迷药反被迷己　拍花人终被人拍

　　话说那小蝎子武杰,在靠山庄把妖妇九花娘母女用迷魂药拿住,捆好了放在屋内。他自己正在饮酒,忽听院内有脚步之声。原来是九花娘的兄长桑仲、桑义二人,去探鸡鸣驿天仙娘娘庙中之事,到了那里一问,知已由本处地方禀官,从庙中抄出来两个死尸,将庙入官了。桑仲、桑义二人回来,要给妹妹送信,一进院内,武杰听得明白,急忙捏了一点迷魂药,暗暗藏在屋内门后。桑仲在前,一进门,被武杰用药一抹,正抹在鼻孔之上,一阵昏迷,倒于地下,桑义也被武杰所迷。天有四更,武杰把四人全都捆好,自己喝酒,等候天亮。正是:

　　　　白昼怕黑嫌天短,夜晚盼亮恨漏长!

直候至东方发白,天色大亮,自己出去,一直到靠山庄街上,问本处乡约、地保在哪里? 有人指示明白。武杰立刻找着乡约周英、地保刘信二人,要了一辆车子,来拉九花娘母女兄妹四人。武杰说:“我是跟钦差彭大人的,你们帮我送信到宣化府知府衙门,我必有重谢。”周英、刘信二人说:“这是我们分内差使,理应送去。”

　　三人赶到宣化府知府衙门以外,武杰说:“哪位值日?”有班头姚变答应,立刻过来说:“我今日该班,你是何人? 来找谁的? 到这个衙门,为的是何公干?”武杰说:“我捉住有名的贼匪、害我师父的仇人九花娘等四人,送衙究治。”

　　谁知这知府王连凤,乃吏员出身,在任三年,爱财如命,剥尽地皮。且其性最淫,自本年在当地城隍庙降香,路遇九花娘与他眉眼传情。王连凤一见这样美貌的妇人同他眉眼传情,他如何放得过去,便遣家人过去问那妇人是哪里人氏? 他回衙等候,不多时家人来报说:“小人去问那妇人,说是姓桑,名叫九花娘。那妇人叫我先回去,请老爷今夜在书房等候。”王连凤一想,天下竟有这样容易事,自己在书房备了一席酒,在那里慢饮等候。天有二更之时,外面九花娘从房上下来,一见王连凤带笑说:“老爷受等了,我一步来迟。"王连凤说:"美人贵姓?"九花娘说:"我名叫九花娘,娘家姓桑。"王连凤说:"多承美人一番爱怜之心,真是'月明书院美人来',你我吃一杯吧!"吃了几杯酒,就留九花娘在书房安歇。二人尽欢一夜,鸾颠凤倒,锦帐温柔,被里风流,不可尽述。王连凤已入迷途。九花娘在此一连住了几日,便告辞走了。王连凤送了她一些衣服首饰,九花娘也时常来往看望。

今日王连凤正在闷闷不乐,家人来报说:"有一个人名叫武杰,他拿获了九花娘全家四口,送到大人台前来。"王连凤说;"你先去把那九花娘四人领进来,我随后再问那武杰就是了。"家人出去,到了外面,叫班头姚变跟他来至武杰面前说:"武杰,你把这四个人叫他苏醒过来,我要问他明白的口供,老爷吩咐出来的。"武杰说:"那是了,我把他四个解过来。"一伸手把解药掏出来,往那九花娘四人的鼻孔一抹,立刻苏醒过来。姚变说:"跟我们来吧!"同家人王海带四人来至书房之内。王连凤说:"美人你来了,我正想你呢!"九花娘一瞧,心中想:"我一迷糊,怎么来至这里,莫非其中有什么缘故?"想罢,一瞧自己被捆绑着双臂,连母亲与二位兄长都是这样。王连凤亲解其绑,家人把三人也都解开了,叫他等坐下,细问情由。九花娘把昨晚之事,细述了一遍。王连凤说:"美人不必害怕,我告诉你吧,我已把武杰稳住了,我给你报仇。你在这里吃酒,我传伺候升堂。"呼三班人役去带武杰,家人立刻传出去。王连凤叫家人预备一桌酒席伺候,九花娘母女兄弟四人,就在书房吃酒。

他换了官服,立刻到了二堂,吩咐带武杰上来。三班人役一喊堂威!说:"带武杰。"武杰上堂跪下,口称:"老爷在上,我武杰叩头。"王连凤问道:"你是哪里人氏? 在哪里拿来这四个人?"武杰说:"吾是徐州沛县人氏,因为找师父来至此处。听师父的朋友说,吾师已被九花娘害死。吾昨日在靠山庄迷失路途,遇见那桑婆子,求些水解渴,她用药把吾迷住了,吾即不知人事,却被她女儿九花娘把我放开。吾问她是何人? 她说是九花娘,特意救吾,愿与吾成为夫妇。吾假意允了,稳住了她,用计把她全家兄妹拿住,叫那靠山庄的地方人等用车拉至此处。求老爷给吾详细审问,与吾师报仇。"王连凤说:"本府明白了,你是借充官人,在此搅乱我的地面,拉下去先给我打。"三班人役过去要拉武杰。武杰说:"且慢! 狗官,你今想要打吾,吾有个地方和你说理去。吾拿住妖妇,你还要来打吾。"说着一飞身蹿上房去，说："吾去见钦差大人，把你告下来。"知府方要说拿人，外面人忽报钦差到了，只得连忙带人出衙门前去迎接。

彭公从漾墩跟守备彭应虎到了公馆之内，见里面摆设一新，少时兴儿坐轿亦至。彭公住宿一夜。次日，刘芳、徐胜、高源三人来给大人请安。大人说："那武杰昨日没回来？"三人齐说："没回来！"大人说："如在哪里看见他，叫他跟我当差，我提拔提拔他。念他师父待我那点好处，侠义一生，却死于那妖妇之手。我要拿住妖妇，必要把她碎尸万段，方出我胸中之气。"正说着，守备来给大人请安。彭公说："你这地面该管行文之处，拿那九花娘妖妇。她在鸡鸣驿妖言惑众，目无法纪，真该碎尸万段。"彭应虎答应说："是！"大人用了早膳起身，至日色平西，到了宣化府。

王连凤率满城文武，齐来迎接大人进城。到公馆方要下轿，武杰过来给大人请了安，说："大人救命，冤枉哪！"彭公说："武杰跟我到公馆来，我有些话问你。"武杰立刻到了上房，就把在靠山庄拿住了九花娘之故，细细说了一遍。彭公听了，勃然大怒，说："好一个无知的匹夫！徐胜，你跟武杰去到那宣化府衙门，要那妖妇九花娘。"徐胜答应，即带武杰到知府衙门，问班头是哪个？姚变过来说："我就是，二位老爷有什么事呢？"徐胜说："我是奉钦差大人之命，来此要九花娘，见我们大人去。"姚变说："我去回禀一声。"

王连凤已把桑仲、桑义、桑妈妈，九花娘四人放走，心中甚是不安。只见班头姚变进来说："老爷，外面有彭钦差那里的差官徐老爷来至此处，要九花娘。"王连凤说："你告诉他，我这里没有九花娘。"姚变出来说："二位老爷，我们知府老爷说这里没有九花娘。"徐胜说："你胡说，搜去。"徐胜带武杰至书房之内，说："王大人，你藏匿贼人四名，所因何故？大人派我向你要这四个人，是武杰明明白白交给你的，怎么说没有了？"王连凤说："他并未交给我，我也不知九花娘是何人，我何必藏他呢？"徐胜听了，回至公馆，把知府不交九花娘之故，细说了一番。

彭公一听此言，说："徐胜，你明日去访查贼人的下落。她万不敢在这宣化府衙内隐藏，必然逃出城外，在临近之地暂避几日。你明日同武杰去找她，找着下落，必要与老义士报仇，方出我胸中之气。"徐胜答应，他也知九花娘是万恶淫妇，恨不能一时拿住，好替欧阳德报仇雪恨。

次日天明起来，用了早饭，徐胜同武杰二人出了公馆，在宣化府大街上东瞧西望,只见买卖茂盛,人烟不少。顺路出了北门,又往西北走去。红日当空,天气正热,走了有七八里路,往前一看,都是荒山野岭,不见有人行路,连一株树木也没有。徐胜早晨喝了几杯酒,至此时渴上来,觉着口中甚干,对武杰说:"贤侄,你我找一个凉爽地方歇息吧。"武杰说:"也好!吾也是热得很。"二人说着,过了一条土岭,见一座村庄就在跟前。二人来至临近,见东村口外有一座清茶馆,坐北向南,外搭天棚,挂着茶牌子、酒幌儿,里边有几个座儿。徐胜、武杰二人进去落座,跑堂的送过茶来,放在面前桌上。二人吃茶,问掌柜的说:"这村庄叫什么名儿?"那茶馆中掌柜的说:"我们这里叫松林庄,你二位要去哪里呀?"徐胜说:"我们就到这里找一个人。"正说着话,忽从正西来了两个人,直奔这茶馆而来。又出一件岔事,且看下回分解。

第八十一回
徐广治探松林庄　马万春筵接群寇

话说粉面金刚徐广治同小蝎子武杰，来至松林庄内东头茶铺吃茶，忽见西边来了两个人，抬了一个坛子，至茶馆门首说："秦掌柜的，还有多少斤酒，都卖给我们吧！我们庄主爷今日来了好些朋友，都是保镖的。还有一个妇人，叫九花娘，她先就和我们庄主有来往，今日也来了我家。今日厨子宰了一口猪，还有鸡鱼等物，家中酒不够了，你有多少，都卖给我们吧！你明日自己再去取钱。"那茶馆掌柜的说："你们灌一坛子去，若还要，还有几篓呢，你二人把坛子抬进来吧！"二人抬进去，打上酒，抬着去了。

徐胜问那掌柜的说："方才这二位是哪里来打酒的，他们主人姓什么？"那掌柜的说："我这庄主姓马名万春，绰号独角太岁，练的一身好武艺，专会打毒蒺藜，内有毒药，打中了六个时辰必死。他家那所院子，墙外是壕沟，墙里有埋伏、脏坑、净坑、梅花坑、立刀、窝刀、弩弓、药箭，绷腿索、绊脚索，各样埋伏削器不少，他家永不闹贼。"徐胜与武杰吃了饭，喝了几碗茶，会了茶钱。他见红日平西，天色已晚，带武杰出了酒店。二人进村口走了不远，只见那松林庄外都是多年的松柏树，村内街道平坦，走至十字街口，见路北有大柳树两株，枝叶茂盛。坐北向南，一座走马大门。门内两条大板凳上，坐定有三四个人，都是家人的样子。那徐胜往里看了一眼，见里面画阁雕梁，房屋不少。徐胜、武杰绕至西边，见那十字街往北一条大路，路东皆是马家院墙。徐胜往北走了一里之遥，见北边往东是一所花园，由西北可以进去。徐胜、武杰探得道路，又出了北村口，在各处逛了有一个多时辰，日头已落，找一个无人之处，收拾好了。徐胜说："贤侄，凡事要见机而作，今日入这一座松林庄，不知吉凶祸福，必须探得明白，才能回复大人，请大人好调兵来剿贼人。"武杰答应。

二人候至初更，见路静人稀，便进了村口，到了马万春的住宅，由西北飞身上墙。见墙内俱是奇花异草，摸出一块问路石来，把石头掷于就地，只听下面扑通一声,声音透空,连忙向东走了几步,还不敢下去。忽见前面有一株大树,离墙有三尺多远。徐胜站稳了,一蹿抱在树上,武杰也蹿上树去。二人跳在就地,往前走了一箭之地,听更房正交初更。他们蹿到上房,见前边有几层院落,正南上一片灯光。徐胜施展珍珠倒卷帘的功夫,往里瞧看,见正面摆三张八仙桌,房上垂下八盏纱灯,东西两边各有桌椅条杌①。正面坐定一人,身高约有七尺,面似青粉,环眉阔目,鼻直口方,四方脸,连鬓络腮胡须,身穿蓝绸衫,足蹬青缎快靴。这正是本宅庄主独角太岁马万春。他在当中,挨他肩下坐定的是九花娘。东边正座上,是青毛狮子吴太山。西边坐定金眼骆驼唐治古、火眼狻猊杨治明、双麒麟吴铎、并獬豸武峰、红眼狼杨春、黄毛吼李吉、金鞭将杜瑞、花叉将杜茂。桑仲、桑义那兄弟二人,坐在一处。这伙贼人是从漾墩关帝庙中逃至此处。玉面如来法空,已往河南灵宝县访他师兄去了。

那桑氏九花娘母女兄弟四人从宣化府出来,不敢往回走,只得来投松林庄。这马万春也是一个绿林贼人,他与九花娘素有来往,早就有奸。今日群寇在这里筵乐,他说:“众人不必害怕,赃官彭朋不来便罢,若要来时,我这一座松林庄也似铜墙铁壁,天罗地网一般,来一个拿一个,来两个拿一双。我手中竹节钢鞭,不敢说天下无敌,那无名小卒亦不能赢我,我的暗器百发百中,打中六个时辰,必死无疑。”吴太山说:“马庄主你有所不知,那狗官彭朋手下有几个人,一名水底蛟龙高通海、一名多臂膊刘芳、一名粉面金刚徐胜,还有一个小方朔欧阳德厉害无比,实在难惹。”桑仲说:“那欧阳德被我兄妹三人拿住,焚烧在老龙背,不知被人救去无有?”吴太山说:“那欧阳德确实难惹,我真怕他。”马万春说:“你休长他人之威风,我也听人说到有一个小方朔欧阳德,也是无名小辈,他要来时,我把他碎尸万段。”九花娘说:“是欧阳德那王八蛋坏了我些个事情。”

小蝎子武杰一听,心头火起,说:“好一伙王八羔子,你们在这里乱乱糟糟的混讲究,吾来拿你。”拉刀跳下房来。九花娘一看,正是冤家对头,说:“庄主,千万不要放他走了,这厮是我的仇人。”马万春一听,伸手拉刀说:“众位英雄,你等随我来呀!”群贼立刻各拉兵刃,窜至院内。家人把号锣一打,那看家护院的庄丁人等,各执兵刃,同声喊杀!刀枪棍棒,灯笼

---

① 条杌(wù)——条凳。

火把,照耀如同白日一般。武杰见马万春提刀过来,他趁势一刀,马万春用刀往上一迎,武杰抽回刀来分心就刺,那马万春用刀往外一磕,武杰便一闪。马万春一干人等齐至院内,摆兵刃把武杰围上。徐胜说:"好小辈! 今有粉面金刚徐胜来也。"举锤直奔吴太山,照定当头就是一锤,吴太山用刀相迎,二人打在一处。九花娘见徐胜下来,心中一动,想起那日二人在庙内吃酒,何等快乐,却被蛮子冲散。他今既来,我要引诱在无人之处,说些套话谎哄于他,我看他还有爱我之心无有? 要真有爱我之心,我二人海角天涯,做一个长久夫妇,倒也不错。

九花娘想罢,提刀跳过去,说:"呔! 姓徐的你来了!"徐胜提锤直打九花娘,九花娘用刀相迎,且战且走。直走到大厅东边一个夹道儿,往北去又是一所院落。九花娘退至夹道中无人之处,说:"徐胜,你是来找我吧? 我也有心跟你去,你是真心找我来还是假意找我来呢?"那徐胜说:"呸,你别不要脸啦! 你这淫妇杀害人命不少,死期已届。我是奉钦差之命,来拿你这混账王八羔子的。"说着照九花娘就是一锤。九花娘说:"好匹夫! 你真不知死活,竟有这胆量敢来同你姑奶奶较量。我再拿住你,决不能同你甘休。"说着,暗自在鼻孔中抹点解药,把五彩迷魂帕一抡,正抡在徐胜的脸上。徐胜便昏昏迷迷,不省人事。九花娘取过一根绳儿,把徐广治捆上,再摸出一点解药来给他一闻,少时即苏醒过来。徐胜一睁眼见自己被人捆上,九花娘站在眼前,立刻间勃然大怒,说:"你真不要脸,淫妇,你又要把我怎么样呢?"九花娘说:"我是走背运呢,遇着了一个负心之人。你当真不从我,也没有工夫与你生气,我把你碎尸万段吧!"

正说在这里,马万春和吴太山二人已追到,群贼还在那里同武杰战在一处。马万春见九花娘与徐胜往后去了,他不放心,杀条路来到夹道,见九花娘已然把徐胜拿住,正对他说什么碎尸万段。马万春说:"美人闪开,我来也!"吴太山也赶到了,说:"庄主,你把他拿住了,叫家人抬到前厅发落。"马万春叫了几个庄丁打手,捆好徐胜,抬至前边来,说:"众位寨主,千万莫放走了他,务要斩草除根,免生后患!"

武杰见徐胜被获遭擒,他自己飞身上房,蹿房越脊,如履平地。马万春知事不好,摸出毒蒺藜照定武杰就是一下,正中他后胯之上。武杰觉着疼痛,自己忍了,往外逃走。他急如丧家之犬,忙如漏网之鱼,恨不能肋生两翅,飞上天去。后边那青毛狮子吴太山和独角太岁马万春,带金眼骆驼唐治古、火眼狻猊杨治明、双麒麟吴铎、并狮豸武峰等一干众人,追出村外,见那武杰脚程虽快,无奈被毒蒺藜打伤后胯,忿忿不平地往前逃生,恨不能飞到公馆之内,调官兵来剿这松林庄。后面马万春说:"小辈,你休想逃走! 上天,我追你至灵霄殿;下海,我追你至水晶宫。"武杰走了几里,前面是一道沙土冈。他体倦身乏,上气接不到下气,忽见眼前南北这道沙冈,高有一丈二尺,长有三里地,他往上跳,腿一软,便倒在地下,不能转动,心中发慌,说:"唔呀,吾命休矣!"把眼一闭,只等死在他人之手。马万春相离有半箭之遥,他一举刀说:"娃娃,你今休想逃命!"正要跳过去剁那武杰,只见后面山坡上跳下一人说:"唔呀! 你们这伙混账王八羔子,吾与你等势不两立。"青毛狮子吴太山一瞧,连说:"不好! 你们众位休再往前,今有小方朔欧阳德来也!"

书中交代:小方朔欧阳德那日在老龙背被迷魂药治住,桑氏弟兄二人放火将他烧在桥下,他兄弟二人与九花娘便逃走了。这时从正北来了一位高僧,乃是千佛山真武顶的方丈红莲长老。他是修道之人,久在深山,永不出庙,受过高人传授,善晓天文地理,懂卦爻之妙。他这日掐指一算,知道徒弟欧阳德有一场大难,该遭劫数,非吾自去不能救他。红莲长老来至老龙背,把那火扑灭,救了欧阳德。又给了他一粒仙丹,这才苏醒过来。欧阳德瞧见是他师父,连忙叩头。红莲和尚说:"你俗缘已了,急速跟我归山受戒。"欧阳德的发辫亦烧得没有了,遂乘势落发,法名善修,在山上受戒,耐苦修行。今日奉红莲长老之命,叫他下山来沙土冈救他徒弟小蝎子武杰。欧阳德领命到了这里,见那武杰正倒在沙土冈之上,正西是一片声喧,灯笼火把。欧阳德背起武杰来走了四五里,已离千佛山不远,把武杰放在就地,说:"徒弟! 你今为何这个模样? 我是不知。"武杰说:"师父,你老人家走后,过了几日,弟子病症亦好,吾即来找师父。在漾墩地方,路遇吾徐师叔与彭大人私访。高源、刘芳说师父被妖妇九花娘害了,弟子想要给师父报仇。吾在漾墩关帝庙内,遇见那些贼人正立镖局子,徐叔父说他们是河南犯罪逃脱之人。吾当下与那贼人吴铎比过拳脚,就有官兵来拿贼人。吴铎等逃走,吾暗中追了下来,也没有追上。半夜间吾误入靠山庄,遇见仇人九花娘把我拿住不放,要同我成亲。我知道她是害你老人家之贼,便用计谎骗她的解药,拿住她母子兄妹四人,送至宣化府。谁知那知府王连凤却把九花娘放走,还不认这件事情。吾在彭大人那里告下来,彭大人派我同徐叔父来找九花娘,到这松林庄遇见独角太岁马万春。他窝藏淫妇与众盗贼,把我徐胜叔父拿住,打了我一暗器,吾此时觉着心中不安。"说了话,一翻身倒于就地,不省人事。不知后事如何,且看下回分解。

第八十二回

武杰养伤真武顶　胜奎剿灭松林庄

话说小蝎子武杰觉着伤口一阵疼痛，倒于就地。欧阳德一瞧，知徒弟是受了马万春的毒蒺藜，非胜家寨的五福化毒散、八宝拔毒膏治不了这毒蒺藜伤。欧阳德把徒弟背起来，顺路上了真武顶。

独角太岁马万春见武杰被蛮子欧阳德救走，他立刻率众回归松林庄。天色大亮，大家在大厅之上净面吃茶，歇了有一个时辰。家人摆上早饭，万马春吃了酒，与九花娘说："美人，你看昨夜这事真怪，你我两个人和众英雄连那个人也未曾拿住，真是令人可恼！"吴太山说："那厮命不该绝，今已拿住这个，名叫徐胜，叫家人绑他上来，你我追取他的狗命，或乱刀分尸，或开膛摘心，方出我等胸中恶气。"马万春吩咐家人，在大厅前排班站立，把徐胜绑将上来，我要审问于他。家人答应，把徐胜从东院空房之内绑了，推至大厅之前。徐胜见独角太岁马万春坐在当中，九花娘与他并肩而坐，两旁坐定群贼，桌上摆的山珍海味，大家正在吃酒。徐胜看罢，勃然大怒，说："你这伙狐群狗党，今把你徐大爷拿住，该当怎样？我乃六品千总，奉钦差之谕，来拿你这伙叛逆之贼！你等要杀国家职官，情如反叛，在官应役之人也拿你等。你等上为贼父贼母，下为贼子贼妻，自己终身为贼，骂名扬于万世。审问明白，把你等平坟三代，祸灭九族。我徐胜今日死在你等之手，总算为国尽忠。"马万春听徐胜所骂之言，立刻把酒杯一掷说："好无名小辈，敢毁骂你家庄主爷，叫家人们把他绑在抱柱之上，开膛摘心，作一碗人心汤，大家吃了醒酒。"

那家人王荣，带手下人来至徐胜面前，伸手将他绑在抱柱之上，叫家人挑一担水，拿过一个木盆来，放在徐胜面前说："姓徐的，你要骨气点，我要开你的胸膛了。"徐胜说："小子，你只管来，你爷爷不怕，大丈夫视死如归。"王荣回头，叫伙计姚谎山过来，说："伙计，你胆量大，把他开膛摘心。"姚谎山说："交我吧！我把他开膛摘心，咱们也取出他的人肝来，叫厨子给咱们作一点清烹人肝，你我喝酒。"王荣说："好！姚贤弟，你就照样办理。"徐胜此时虽说不怕死,也是胆怯,想起家中父母早丧,就剩下自己孤身一人,一死之后,结发之妻不能见面,彭钦差那里一点信儿都无人去送,大概武杰亦死于此处了。心中说:"结发之妻,你要见我之面,我这一灵不散,可去给你托上一梦,你要替我报仇雪恨。"徐胜想到这里,只见姚谎山将手中光闪闪的一把牛耳尖刀,长有一尺六寸,宽有三寸有余,衔在了嘴内。他腰系一条红围裙,来在徐胜跟前,用手把他的衣服纽扣解开,先用左手在徐胜心头一点,定准下刀之处,照定前心正要刺去,忽然从西房上飞下一只镖来,打在那姚谎山的后脑海之上,"哎呀"一声倒于就地,鲜血直流,登时身死。

这时从西房上跳下一位老英雄,年过七十以外,身高七尺,面如紫玉,雄眉阔目,准头端正,四方口,花白须,身穿蓝绸子裤,系洋绉褡包,足下白袜,青缎皂靴,手使金背刀。这位老英雄,他是在此处宣化府黄羊山胜家寨住家。他父名神镖胜英,平生所练硬功夫,天下无敌,会打各样暗器,教了一个大徒弟黄三太、二徒弟神弹子火龙驹戴胜其,还有自己儿子名叫胜奎,家有良田千顷,百万之富,行侠仗义,人送外号叫银头皓首胜奎,他是少年白头,为人谦恭和蔼。今日因小蝎子武杰受毒蒺藜之伤,他师父欧阳德救至千佛山庙内,知道非胜家寨五福化毒散、八宝拔毒膏治不好。欧阳德连夜赶到胜家寨,天色已亮。叫庄客回禀进去,银头皓首胜奎接了进去,问道:"欧阳贤弟久违了!你于何时出家?"欧阳德把前项之事细述一遍,又说:"吾徒弟被你的家人独角太岁马万春打了一毒蒺藜,他窝藏江洋大盗,还有妖妇九花娘,杀了六品千总徐广治,你是他的主人,事犯当官,也是跑不了的。"胜奎说:"贤弟所说,一概不知。吾今点齐家将,拿他前来问罪,我给你拿药去。"进里院取出五福化毒散和拔毒药,欧阳德拿着便立刻告辞去了。

这里银头皓首胜奎到了外客厅之内,叫家将哼将军李环、哈将军李珮二人,点六十名家丁,各带兵刃出了庄门。胜奎上马,到了村外,说:"李环、李珮,你二人跟我到松林庄去,如见贼人,一并拿获。我先上房,到里面看他所作何事,你等从大门进去。"胜奎说完,两个家将答应,立即前往,催马来到松林庄前,红日东升,庄门大开。胜奎跳下马去,立刻飞身上房,至里面见大厅上绑定一人,正要开膛。胜奎说:"好小子!"一镖打倒姚谎山,跳下房来,说:"马万春,我派你在这松林庄照应我的田地,你竟敢聚集匪类,私立公堂,擅杀职官,我先把你拿住,交官治罪。"外边来了哼将军李环、哈将军李珮两个家将,领了六十名庄丁也来到。九花娘见事不好,先自逃走。马万春是跟胜奎练的,不敢动手。青毛狮子吴太山等都知道胜家寨的厉害,无人敢惹,全皆逃走。胜奎拿住马万春,把徐胜放下来,问他因何被绑,哪里人氏?徐胜把自己的来历,细述了一遍。胜奎说:"原来是彭大人那里的差官老爷,我把这厮交尊驾送至宣化府去。"徐胜说:"甚好,就托庄主分心,还未领教庄主尊姓大名?"胜奎说:"我家住宣化府黄羊山胜家寨,姓胜名奎,绰号人称银头皓首。我这家丁马万春任性妄为,我也曾说过他,他总不听,我今不能管他,叫他去官府领罪。"徐胜说:"很好!"立刻套了一辆车,把马万春装于车上,给徐胜一匹马骑,叫李环、李珮送徐胜押马万春到宣化府去,胜奎自己回家。

徐胜等押解着马万春,顺路到了宣化府钦差大人的公馆。徐胜下马进了公馆,见高源、刘芳二人正自吃完早饭。他们看见徐胜,说:"你二位昨日怎么没回来呢?大人感冒风寒,正自无有主意。"徐胜说:"我见大人细说,你二位随我来!"到了上房,彭公方吃完早饭,见徐胜进来,问道:"你从哪里来?武杰往哪里去了?"徐胜说:"我二人奉大人之命,去找那妖妇九花娘。至松林庄有贼人马万春窝藏江洋大盗,与九花娘都在那里。我被获遭擒,武杰也不知死活。我被马万春正要开膛摘心,有他主人银头皓首胜奎,知道他家人马万春不法,领庄丁把我救了,拿获马万春,唤他家人李环、李珮送我押马万春来至大人的公馆,求大人速办马万春。"彭公说:"把马万春带来,我要细细问他。把来人差回去,说与他主人无干。"徐胜出来说:"你二人回去,大人说与你主人无干,把马万春留下就是。"李环、李珮二人回去不表。

却说徐胜带领众人,领马万春至大人面前跪倒。大人喝道:"下跪的是马万春么?"马万春答应:"是。"大人说:"你窝藏江洋大盗与妖妇九花娘,谋为不轨,杀害职官,情如反叛,你从实招来!"马万春说:"我是爱交朋友,因吴太山是保镖的,他同我至厚,昨日来家拜访,还领了七八个朋友,说是往口外去找人。九花娘她母亲是我姨娘,她来至我家,我们是亲戚。"彭公一拍桌子说:"你说你们既是安善良民,为什么与我的差官动手?把我那个差官给杀了,要破这个差官的腹,你从实招来!"马万春说:"我昨日晚上同朋友吃酒,从房上跳下两个人,提刀动手,我等认作是贼人前来明抢,故此同他动手。一人被我们追至村外,让那小方朔欧阳德和尚所救,不知往哪里去了?被我所拿之人,只审问他是哪里的贼,姓什么,叫什么?我主人来说我私杀官长,我要知是大人的差官,小人断不敢如是。"彭公说:"马万春,我来问你,九花娘往哪里去了?吴太山这八九个人,又往哪里去了?"马万春说:"小人被我主人拿住,他等全都吓跑了,我也不知他们走哪里去了。"彭公说:"马万春,你敢结交匪类,隐藏大盗,你就不是好人。"即叫高源、刘芳说:"你二人速送他去县衙,按律办他。"便把他所做的事,写了一个名帖,交高源、刘芳将他送至县衙。彭公暂住这里养病,递了一个折子,参知府王连凤庸劣无知,办事糊涂。过了几天,上谕下来:宣化府知府王连凤即行革职。这且不表。

且说武杰在庙内养病,他师父已把那毒蒺藜伤给他治好。自上了五福化毒散、八宝拔毒膏,他那镖伤已好,但在庙中吃的是小米粥、馒头,他实在不惯,自家又不能走。一日,他在千佛山真武顶山门以外,瞧见那山前山后,树木成林,果然是峭壁石崖,山清水秀。自己往前信步行走,下了山坡,一路上青山叠翠,碧柳如烟,樵夫高歌于山坡,牧童驱牛于野外,青绒一片,俄然一新;农夫禾锄于田野,渔翁垂钓于河岸,游鱼正跃,野鸟声喧。武杰到处赏玩,不知不觉到了宣化府西门内大街。见坐北向南有一座酒楼,上写胜家酒楼,包办筵席,应时小卖,里边刀勺乱响。武杰手无一钱,因腹中饥饿,便进了酒楼,见东边是柜,西边是灶,后有些座位,那东边是楼梯。武杰登梯子上楼,见这座酒楼上是十间,北边有六个座儿,南边有六个座儿,楼窗大开,四面都是奇花异草。武杰坐在西边第三个座上,叫跑堂的过来,要酒要菜。跑堂的答应,问道:"要什么酒、什么菜?"武杰说:"给配四样菜,要两壶黄连叶酒。"跑堂的下去,不多时摆上小菜碟子,又把酒送来摆上。那武杰自斟自饮,越喝越高兴。只因到真武顶上,并未吃着酒肉,今日开斋,故吃得很高兴。吃喝已毕,跑堂的撤去残桌,算了账,该钱三吊四百五十文。武杰说:"给我写上吧。"跑堂的说:"我们这里一概不赊,俱是现钱。"武杰说:"你跟吾去取吧。"跑堂的说:"我们这里不跟你去取。"武杰抡起巴掌,正打在跑堂的脸上。跑堂的立刻跑下去说:"掌柜的,楼上来了一个吃饭的,他不但不给钱,还打我。"掌柜的姓邹,山东人,听伙计一说,气得他大怒,说:"好一个蛮横的,你吃了饭不给钱,还敢这样无礼。伙计们,把他拿来打死,我给他偿命。"有几个伙计立刻就拿家伙，只见从楼上跳下一个小蛮子来，往外就走。众伙计说："小辈！你休想逃去，我等把你生生打死。吃了饭不给钱，你还打我们的人。"武杰也不同众人说话，往外就走。有一个伙计过去，伸手要抓武杰，却被武杰一拎腕子，拉倒在地。那些伙计各摆兵刃，往上围住了武杰。不知后事如何，且看下回分解。

第八十三回

武国兴大闹胜家楼　银头叟亲传惊人艺

　　话说武杰见众人围上，各执兵刃要打。武杰挥拳打倒几个人，吓得那几个都不敢过来与他交手了。忽听西边来了十数匹马，马上骑的是银头皓首胜奎。他同家将李环、李珮，还有十几名手下人等，来至宣化府酒楼，要在这里作乐几天。这座酒楼本是胜家所开，在宣化府一路无人不晓。今日胜奎来到此处，见那饭铺门首，有一伙人在打架。胜奎说："你等所为何事？做买卖不准欺负人。"酒楼伙计说："他吃了饭不给钱，还打了跑堂的，实是可恨！"胜奎说："有这样事，李环、李珮，你二人前去拿他。"二人答应，掖起衣襟，往前一赶步蹿过去，扬拳就打。那武杰一撤身闪开，抬腿一脚，正踢在李环左腿之上，仰身倒于就地。李珮见哥哥被人家踢倒，他过去要报仇，也被武杰踢倒。胜奎看武杰十八九岁，姿容秀美，品貌不俗，便有三分喜爱之心，要问他姓什么，叫什么？武杰本来无理，出于无奈，跳出圈外就往西跑。胜奎说："别追，让他跑！"这班人跟老英雄往西门外一瞧，他在前头，一直的顺路往千佛山而去。

　　那胜奎见武杰顺道上千佛山，这里众人随后紧紧追赶。那武杰回头看见众人追他，暗说："不好！我要丢人。"方进山门，看见师父正在那里站着，忙说："师父救我。"欧阳德说："你为什么缘故，细细说来！"武杰说了方才之事，欧阳德说："你进去吧！吾自有道理。"胜奎追到山门，见善修和尚在这里站定，他二人本是故交，知道欧阳德是一个侠义之人。二人见了礼，胜奎说："你在这里作何事情？方才进你们庙中的那个人，你可认识他吗？"欧阳德说："那就是小徒武杰，他在这里受不了清苦，上宣化去我也不知，叫兄长生气。"胜奎说："他的武艺练得怎么样？"欧阳德说："也无非知其大概。"胜奎说："把他送在我庄上闲住几天，一则饭食也好，二则我无事传他练些武艺。"欧阳德说："甚好！武杰你出来，给胜大爷叩头，你跟去在那里养几天伤，就跟胜大爷学些武艺。"武杰答应，先给胜奎叩头。

胜奎回归胜家寨,把武杰留在内院,将书房三间叫他居住,又派书童耘田去伺候他。武杰瞧那书房之中,甚是洁净,有花梨紫檀楠木桌椅和条几,墙上是名人字画,有条山对景、工笔写意,花卉翎毛,各样古董玩器不少。每日单有人伺候武杰酒饭。武杰白昼无事,就跟胜奎学习拳脚,议论各样兵器,胜奎皆一一指教于他。这胜庄主有一子,名胜起山,早丧。留下一子一女,女儿名叫玉环,幼读书,好武艺,博学多览,知古达今,练得一口单刀,家传迎门三不过飞镖、甩头一只,袖箭弩弓等各样的暗器,今年十七岁。儿子胜官保,今年八岁,聪明过人,在学房读书,也从胜奎学些武艺,家中人喜爱他聪慧灵敏,人送绰号小神童。武杰自从来至胜家寨,胜奎待他甚厚,可教给他那些拳脚和打镖,他总练不会。胜奎也不厌烦,耐心指点他打镖该当如何取准,如何使劲,如何分为上中下三路。武杰领会在心,白天却故作不会之状,夜晚等到院中无人,他便照样施展招数,在院中点上几根香火,放在百步之外,他摸出镖来,对准那香火之光打去,连发三镖,连中三镖,每夜自己都留心习练。那胜奎白日教给他,他总装不会,是怕自己会了,师父就不肯教了,因此故作粗笨。

这夜他正在练习拳脚之间,忽然听得一阵琴音甚美,心中一动,说:"吾自幼常听母亲论琴妙处,这里乃北边之地,也有抚琴之人,吾要听听是在哪里?"武杰飞身上房,施展飞檐走壁之能,顺声音找去,窜过了两层房,只见正东北有一所院落,琴声就从那院中出来。即至临近,但见上房三间,坐北向南,屋中灯光闪闪,院中宽大,有各种奇花,放着奇香,借了月光,看得甚真,果然是十分的鲜丽。武杰至上房檐前,见是前出廊、后出厦的房子。他施展武艺,使了一个夜叉探海式,翻了一个珍珠倒卷帘的架势,隔着竹帘,借着灯光,看得屋中甚真。当中放一张八仙桌儿,桌上两边是一对素烛,当中一个香炉,内烧檀香。桌子北边放着一张琴,在正北有一把椅子,坐北向南,上面坐定一个女子:年有十六七岁,光梳油头,淡抹脂粉,轻施蛾眉,粉面桃腮,品如金玉,身穿蓝月白绸子女褂,蓝绸中衣,足下金莲二寸有余。这位姑娘性好抚琴,受过名师指教,无事总要抚弄一曲。今夜月白风清,叫使唤仆妇人等全皆退去,自己净手焚香,正抚到得意之时,忽然断了一弦。这位姑娘乃是胜奎的孙女儿,名叫玉环,性情刚暴,众人皆怕,又有一身好武艺,会打几样暗器。今夜忽然琴断一弦,留神一看,只见帘外房檐之上趴定一人。她站了起来,进东里间屋内去了。

　　武杰并不知道她做什么去,还望着屋中,看她是作何事故?那女子看见外边有人,进到东里间屋内,取手帕把头罩好,从墙上摘下一口单刀,把后边那扇窗户一推,飞身出去,蹿上后房坡,往前走了几步,见那人还在趴着,也不知是谁?胜玉环故意踩得瓦檐一响,叫他回头,好看看是谁。武杰回头看她抢刀,趁势落于就地,胜玉环就跟着跳下去了。武杰手无寸铁,又飞身上房。胜玉环叫丫环鸣锣,她也跟着上了房,立刻追了下去。武杰方要往西院中跳,忽然听到各处锣响。胜家寨有这个规矩,夜内有贼,便以鸣锣为号,锣声一响,各处人等知信,四面往里攻来。这寨中庄丁有二百余名,李环、李珮二人为头目,来到这院中,胜奎老英雄也出来了。李环等各执灯笼火把、松明亮子,照耀如同白日一般。武杰也不敢回书房去了,自己往北房上去。胜玉环的性情又傲,总要拿他,在后面加紧追赶。众人也跟着追出了后寨门。天有五鼓,武杰见眼前一座山口,他这时慌不择路,恨不能飞上天去才好呢。李环、李珮也赶到此处,说:"姑娘不要性急了,这座山是个葫芦谷,他从这山口进去,没有出去的道路,还得从这山口出来。"胜奎也赶到这里,说:"姑娘你回去,都有我拿他,看他往哪里逃?我非拿住他不可。"胜玉环说:"爷爷,你这么大年岁也追下来了,还是进山口捉拿他为是。"胜奎说:"也好!姑娘守住山口,我带李环、李珮进山拿他。"胜玉环答应,执刀等候。

　　武杰进了这座山,见荆棘满地,道路崎岖,恨不能飞出谷口。忽听后面追赶喊嚷之声,天色已亮,自己看这山里面,越走越宽大,正北是一座青石崖,东西两座高山,这三处都是高峰峻岭,不能上去的。正在为难,忽然间见正北有一座树林,从那树林中起了一阵大风,这时突然窜出一只虎来,浑身皆黑黄毛色,其大似牛,一见有人,它把尾子一摇,又把浑身的毛儿一抖擞,摇头一晃,直奔武杰而来。武杰手无寸铁,正自着急,忽然想起囊中还有十只镖,便摸出一只来,照那虎头就是一下,正打在虎眼之上,又一镖打去,那虎把前爪一扒地下石子儿,就地滚了两个滚儿,立时身死。胜奎带李环、李珮等来至山内,见那边站立的是武杰,打死了一只猛虎。

　　胜奎正自忿忿不平,忽然后面欧阳德来了。他连忙走过来说:"欧阳贤弟,你这个徒弟在我家中住着,他黑夜上我孙女玉环院中,所为何事,颇不明白,我要领教领教。"欧阳德说:"我奉师命前来和解。武杰你过来,昨夜为了何事,深入内宅,你从实招来!"武杰把听琴之故,细说了一遍。

那胜奎听了，也近情理，见武杰句句是实话，并无虚语，方才又打死了一只猛虎，真是少年英雄。胜奎先前见面之时，便有爱慕之心，这也是前世宿缘。他拉欧阳德至南边说："贤弟！我意欲把我孙女玉环许给武杰为妻，你要做主为媒。"欧阳德说："吾奉吾师之命，正为此事而来。"胜奎叫家人把那只虎抬回家中，先请姑娘回去吧！家人把胜玉环劝回家中。欧阳德说："徒弟，你来给胜老英雄赔罪，闹了一夜，也未曾睡觉。"武杰说："实是我粗心的过失。"胜奎说："都是自己人，不要疑忌。"三人说了话，一同出山，回至后寨门，进了大门，来至客厅，家人献上茶来。

欧阳德拉武杰至西屋内，说："徒弟你这里来，我有话和你说。你今十八九岁，尚未定亲，吾给你说一个亲事，就是这胜家寨老庄主的孙女，今年十七岁了，你不可推脱。"武杰说："家有老母，吾不能自己做主。"欧阳德说："你写一封家信，吾自去问你母亲，你只要点头，无有不允之理。"武杰说："既然师父这样说，吾就应允了。"欧阳德叫他拜了胜奎，叙了年庚，大家摆酒庆贺。武杰写了一封家信，连定亲之故都写明白，就烦师父欧阳德带去。欧阳德接了书信，告辞往徐州下书去了。

这且不表。单说胜奎从此厚待武杰，他又告诉家中人等知道，这小姑老爷无人不敬。过了几日，胜奎想要往宣化府去听戏，欲邀武杰散心，商议好了，便叫家人备马。胜奎换了衣服，方同武杰出了庄门，见对面来了一人，年约二十以外，身高七尺，眉清目秀，身穿蓝绸长衫，内衬白裤褂，蓝绸子套裤，足蹬青缎快靴，手拿小包裹，正望大门里瞧。胜奎见那人面目可疑，神色不对，就将武杰拉至书房。不知所说何事，且看下回分解。

第八十四回

采花蜂大闹上蔡县　苏永禄巡捕恶淫贼

　　话说银头皓首胜奎要带武杰上宣化府听戏,方到庄门,见眼前站定一人,年有二旬,白净面皮,俊品人物,仪表非俗,二目贼光透露于外。胜奎见这个人是探道的样子,便告诉家人,不必备马了,你等且回去。他一拉武杰,来至书房,说:"武杰,可看见咱们门首站定一人,你知道是谁否?"武杰说:"我看他仿佛江湖之人,二目贼光闪烁,今夜要多留神就是。"

　　书中交代:胜奎所见的那少年之人,乃是庆阳府北尹家寨的人氏,姓尹名亮,外号人称采花蜂。他父名叫尹路明,外号人称镇山豹,他叔父叫尹路通。他父尹路明出家在罗家店金龙宝善寺,跟神弹子火龙驹戴胜其当和尚。尹亮也跟戴胜其学练各样武艺,会打毒药镖,使一口单刀,又有飞檐走壁之能,窃取灵丹之巧。他学了五年武艺,因他父亲已死,自己便遨游四海,阅历名山胜境。他好淫贪色,看见好妇人,无论在哪里,夜晚必要前去,先采完了花,然后一刀杀死,用粉漏子漏下一个采花蜂在墙上。他受异人传授一宗薰香,无论什么人,薰过去人事不知,非用解药或凉水这两样东西,才解得过来。因逛了一趟苏州回来,又听说河南是名胜之地,那日到了上蔡县境界,住在西关顺兴店内。他无事必要出去,在大街小巷各处闲步,只见买卖兴隆,人烟稠密。

　　这日在西门内路北,见有一座朝阳庵,庙门首有一少年妇人上车。尹亮看那妇人,年有二十以外,光梳油头,戴几支银簪针环,面如桃花,二目有神,身穿雨过天晴细毛蓝布褂,青布裙儿,蓝布中衣,足下金莲二寸有余,又瘦又小。上得车去,只见山门内有一老女尼说:"今天早些回来,庙内无人。"又有一位老人说:"这位姑娘才是贞节烈女哪!娘家姓李,姑娘才十八岁,许配蔡举人之子为妻。未过门,她的男人死了,她跟母亲前去吊孝。到了婆家,她自己剪去头发,一定要守望门寡。蔡家的婆婆也劝她不要守寡,那姑娘定要出家,就在这朝阳庵拜老尼慧安为师。今日是娘家来接她去,真是千古贞节的烈妇。"采花蜂尹亮听那老人讲论这一段事,听在耳内,记在心中。

他找一个酒馆坐了一天,到天晚之时,回到店内自己的住屋安歇睡觉。候至天有五鼓之时,店内众人俱都睡熟,他换了夜行衣服,头戴罩头帽,身穿灰色裤褂,足蹬青缎快靴,把白昼衣服包好,斜插式系于背后,身带百宝囊,内装十三太保钥匙和开门撬户的小家伙,又带了薰香。他出了房门,把门带上,飞身上房,蹿房越脊,进了上蔡县城,到了朝阳庵庙内。见那庙中是大殿一层,东西各有配房,大殿之东是一所院落。北房屋中木鱼声声,灯光闪烁。尹亮到台阶上,见东西屋内皆有灯光。在西窗外湿破窗纸一看,见那屋中靠北墙是一张大床,床上一张小桌,桌上烛台一只。靠东边床上,坐定那白昼上车的人。尹亮看罢,不管伤天害理,到了房门首,一推就进到了西间屋内。那女子正念救苦真经,求神佛保佑,忽见帘子一起,进来一个并不认识的男子,站在眼前。那女子说:“你是什么人,我们这里乃是尼庵,你夜晚来此何干?”尹亮一笑说:“娘子!我白昼看见娘子上车,一见芳容便心神不定。我的魂灵已被你勾来,今夜前来相会。望求娘子赐片刻之欢,我有薄礼相赠。”那位贞节女子听了尹亮之言,羞的满面通红说:“何处狂徒这样大胆,你快快出去,我要喊出人来,把你拿住,那时你悔之晚矣!”尹亮说:“你当真不从我!”那女子听了尹亮之言,便嚷叫起来说:“师父快来,不好了,有贼来了!”老尼僧在东房内听说有贼,连忙过来,采花蜂尹亮一伸手拉出刀来,抓住那女子的头发,抢刀就砍,一下正中脖项,人头落地。老尼僧掀开帘子一看,见尹亮杀了人,也嚷说有贼!又被尹亮一刀砍倒在地,连怕带吓,登时身死。尹亮从那囊中摸出粉漏子来,漏了一朵鲜花,上落一个蜜蜂儿。他回转店内,到了自己所住之房安歇睡觉。

次日大早起来,听店中伙计说:“西门朝阳庵尼姑庙内闹贼,砍死尼僧,杀了贞节烈女,本地官人去禀官相验,少时咱们瞧热闹儿去!”吃了早饭,采花蜂尹亮换了衣服,同众人来至尼姑庙内,随众人去看热闹。

那上蔡县知县李凤仪,乃科甲出身,自到任以来,勤于政事,爱民如子,大有政声。今来至朝阳庵下轿,早有本处官人预备了公位。老爷落座,吩咐刑房人等验看。稳婆验完,来至公案前回话说:“此乃被刀杀死,一个女子,一个老尼,皆是刀伤致命之处。”李老爷有两个班头,一名紫面虎苏永福,一名雨雪豹苏永禄,乃亲兄弟二人,武艺精通,在本县当差役,远近闻名。李老爷派他二人,看里面有什么疑忌。苏永福到了里面北禅堂内,闻着血腥之气,直透入鼻孔之内。各处验看,知贼人是从门内进来的,并无别的行迹,惟那北墙之上有一朵鲜花,上落着一个蜜蜂儿。看完回来,说:"下役奉老爷谕,看那屋中并无别的行迹,惟北墙有一朵鲜花,上落着一个蜜蜂儿,是贼人留下的暗记。"李老爷吩咐本地官人,领棺材收殓这两个死尸。

老爷回署,立刻把苏永福、苏永禄二人叫进书房之内,说:"你二人领本县票,在大小店口、庵观寺院之内,访查形迹可疑之人,或绰号叫采花蜂者,拿来有赏。我给五天限,如捉不到贼来,我要重办你们!"又在四处贴了赏格:"如有拿获尼庵杀人凶犯者,赏银五十两,如有送信者赏银三十两。倘若知情不举,窝聚贼人,被本县查出,定当按律从重治罪,决不姑宽!"二位班头乃亲手足兄弟,二人领了老爷谕票,便带他们的小伙计在大小店内访查,却并无贼人下落。

那日东关外又出一案,裁缝铺杨五之妻夜内被杀,也留一朵鲜花,上落一个蜜蜂儿,是先奸后杀的。老爷验尸回来升堂,叫苏永福过来说:"本县派你拿获采花蜂淫贼,你并不认真缉捕,给我打。"苏永福说:"老爷恩施格外,下役昼夜去查,无奈访不着下落,只求老爷开恩吧!"李老爷说:"我这次不打你,你三天后再交不出贼人来,我要了你的性命。"苏永福连忙磕下头来,回到自己下处,与二弟甚觉为难。苏永福说:"你我必须改扮才成,我扮一个卖带子的,你会什么,也改扮一个卖什么的,暗带单刀铁尺,叫那手下伙计,都在下处等候。"苏永禄说:"我学过捏江米人,我家里还有一份柜子呢,你我就改扮起来。"兄弟二人改扮作小买卖人,到各处去寻访此案。

苏永禄出了上蔡县城,在各村庄去捏江米人玩艺人,走了几个村庄,并无有开张,也不知贼人的下落。他在店中住下,次日又去各村绕弯。走至一个村庄,叫做李家铺的,他把柜子放下,在一个大户人家门首歇息。只见从里面出来几个女子,有两个十八九岁的,有十四五岁的,还有两个七八岁的小童,要来买江米人,问要几个钱? 苏永禄说:"五十个钱捏一个人来,捏一个哈巴狗儿要三十个钱。"那小孩说:"你一样捏两个我们瞧瞧。"那苏永禄说:"捏了就是你的,你若不要,我没处卖。"那小孩说:"也好!"苏永禄就在那大门首捏起江米人儿来。正捏着,忽见从西来了一个人,年约二十以外,俊品人物,头戴马连坡草帽儿,身穿青洋绉大衫,足下青缎抓地虎快靴,面皮微白,站在苏永禄的身后,见到门内那几个女子,只看得目不转睛。苏永禄回头瞧了那人一眼,就知他不是什么好人,二目贼光闪闪,正自看得出神,又望大门各处看了几眼,就像是探道一样。苏永禄暗中留神,自己捏完了人儿,要了钱,便暗中跟那少年之人走了有五六里之遥。他见那人进了上蔡县城,就不知往哪里去了? 苏永禄到了下处,等他哥哥到来,就问他兄长访着了没有? 苏永福说:"并无下落,你怎么样?"苏永禄把在李家铺遇见那人的情形说了一番。兄弟二人定计,要捉拿采花蜂,且看下回分解。

第八十五回

尹亮误入纪家寨　烈女无故被贼杀

话说紫面虎苏永福与他兄弟永禄，挑选了四十名快手，各带随身兵器，先出了上蔡县城，来到了李家铺。他们都躲藏在庙内，派地方官人去暗中探听，又派了几个精明的伙计，在大户人家分为八方暗中探望，如有生人上房，他们大众各带兵刃，先围宅院，然后拿贼。苏永福分派已定，大家即在那庙内隐藏，以候回音。

单说采花蜂尹亮，自从那日在尼姑庵内杀了那贞节女子，他还住在店内，白天出去观瞧那有姿色的女子，夜晚前去采花，在上蔡县杀了七条人命，并不怕人前来拿他。今日在李家铺见那两个女子，他又要前去采花。天有初更之际，他来至李家铺村头，在各处一望，并无巡更之人，便至那大户人家门首，飞身上房，蹿房越屋如履平地，正在各处探听动静，忽听外边人声喊叫，齐嚷拿贼！采花蜂尹亮听了，立刻翻身蹿在高屋上一望，只见灯笼火把，照耀如同白昼。苏永福摆铁尺上来说："淫贼哪里逃走！"尹亮大吃一惊，见正南上有一人摆铁尺过来，抡起就打，尹亮用刀相迎，二人杀在一处。本宅庄主李庚辰也赶来了，齐聚家丁，前来帮助拿贼。尹亮飞身往西逃走，苏永福随后追赶。尹亮回手一镖，正中那苏永福的左肩头，哎哟一声，倒于地下。苏永禄连忙赶过去搀扶起来，叫伙计先抬回家去。他又拿刀去追尹亮，方要出村，只见尹亮站在那里说："无名小卒，休要前来送死！"苏永禄抡刀就砍，尹亮架开，摆刀分心就刺，苏永禄一撤身闪开，又摆刀剁去，尹亮躲开刀，施展平生的武艺，把苏永禄杀得浑身是汗，遍体生津。尹亮看见那边有几十名庄丁人等追赶下来，他才自己跑了。

苏永禄也不敢追赶，见那些快手前来，便埋怨众人说："你们为何不早来帮我拿贼？你们好不知事。"众伙计说："我们把苏头儿先派人抬着，护送回家去了。"苏永禄无奈，带着众人回归衙门，据实禀明知县。李凤仪赏了苏永福十两银子养病，派苏永禄急速剿拿采花蜂那杀人之贼。苏永禄说："回老爷，那贼被这一惊，他必不敢在这里住了，求老爷赏银，再办海捕公文,出境捉拿。"知县老爷说:"我给你海捕公文,并路费银子十两,你要用心访拿贼人。"苏永禄谢过老爷,把文书银两一并领下,到家中见苏永福的镖伤甚重,自己为难,先把镖取下,上了些拔毒散,再到外边去请先生。只见一个老道人,正在十字街前卖药,名为百花丹,专治各样病症,每粒不论多少钱都可。苏永禄见那道人仪表非俗,紫面长须,便花了几文钱买了几粒药回来,给他哥哥吃了一粒,敷了一粒,苏永福方才止住疼痛。苏永禄收拾随身的包裹,扮作一个卖带子的,往北路寻踪探迹,跟随下来。

单表采花蜂尹亮,自那日采花未能成功,回归店来,算还店账,想要上北京去逛逛,顺便出张家口外去访几个朋友。那日到了京都,逛了两天,出德胜门正往前走,忽见一座大镇,南北大街,买卖兴隆。他走至村西头,见北边有一所大庄院,里面楼台殿阁,外面树木森森。采花蜂尹亮正往里瞧,想着自己盘费不多,要偷点银子。正在想着,忽见从大门里出来一群妇女,那头前有一个十八九岁的,生得眉黛春山,目凝秋水,淡妆素服,出门便上车去了。大门里还站着一个女子,也生得天然俊俏,品貌不俗。

书中交代:这所宅院便是狼山纪家寨,神手大将纪有德就在这里住。方才走的那个女子,是纪有德妻子娘家的侄女,名叫刘彩霞,她的父亲早丧,跟着兄嫂度日,时常在姑妈家住着,今日是有事回家。她坐车走时,刘氏与女儿纪云霞送了出来,带着些仆妇丫环人等,在门口站立,观看过往之人。看了片刻工夫,那刘氏带着女儿便回归后院去了。纪云霞到了屋中,叫那丫环把刀摘下来,教丫环练了几路刀,自己也练了几趟刀法。吃了晚饭,那纪云霞专爱习学武艺,功夫纯熟,她每日必要练完了自己的功夫,才能去睡觉呢。今夜正在练功夫,天有二鼓之时,忽听外边铜锣声响,人声一片。纪云霞飞身上房,看见前院一片火光。神手大将纪有德听见锣响,先叫起纪逢春来,又叫起家中人等,要他们留神,这才到了外面,见家人嚷嚷说:"方才有一个人从外往里一跳,走至三道门,脚登着弦子,两只木狗一咬他,他便纵身上了东房。我们看得真切,即鸣起锣来,知会你等众人知道。"纪有德说:"真是无名小辈,他连我都不知道了,这是新出手的人。"正说着,听见那边有人说话:"哒!大太爷我乃采花蜂是也,我从此路过,留下名姓,吾去也。"纪有德听了此话,带人快找贼人,却再也找不着了。大家乱了一夜,说:"可别睡觉,恐怕贼人再来!"次日,纪有德给临近的亲戚送信,叫他们夜内留神,本处出了采花蜂淫贼。

话说采花蜂夜间又未能如意,自己回到店内安歇睡觉。次日天明,算还了店账,他一想本处不能久住,要投奔一个朋友去了。他离开了狼山镇,自己顺路直往前走,天有已正之时,见前面有一处村店。尹亮进了南村口,见那村庄人烟不少,正是由张家口进京的一条大路。他见路东有一个随墙门楼,里面是上房五间,东西配房各三间。门前有一株大柳树,柳树下放着一条大板凳,上面坐着一位姑娘,年有十八九岁。采花蜂尹亮一看,正是昨日在纪家寨门外听见的坐车之人。

这位姑娘就是刘彩霞,她昨日由姑妈家中回来,见到哥哥刘顺说:"你带信叫我来家,有什么事呢?"刘顺是猎户人家,娶妻韩氏,听得妹妹问他,就说:"你嫂嫂一个人忙不过来,又有两个小孩子,这穿的衣服都做不了,接你回家来帮着做点活计。"刘彩霞听了,就说:"做什么活,拿来吧!"今日,刘顺又对她说:"姑妈那里来信,说昨日纪家寨闹采花蜂,乃是飞贼,你少在门外站立,要多留神。"刘彩霞这姑娘心高性傲,一生不服人,她听了偏在门口站立,观看来往之人,如有采花蜂真从这里过,她安心要施展能为,拿住这淫贼。今日见一少年人,二十来岁,站在西边,目不转睛地直看。刘彩霞暗中看见,故装未曾看见的样子。

尹亮正在两眼发直,忽听南边有卖带子的声音,回头一看,认得是上蔡县的班头,前来访拿他的雨雪豹苏永禄。他并不放在心上,就往北走去。苏永禄虽认得尹亮,只是自己觉着不是他的敌手,便不敢动手,只好在后面远远哨探他在哪里住?或是采花蜂尹亮睡着之时,方敢拿他;或是等尹亮在哪里出恭,或离那该管之处近,便好调兵拿他。此时他见尹亮往北去了,跟了几步,心中一想,说:"我看他不住眼地看那柳树下的女子,料他今夜必来,我何不找店歇息,今夜来此看个机会,也好拿他。"

苏永禄想罢,自己找了一座小店,喝了些酒,睡在炕上。至天已日落之时,苏永禄说:"掌柜的,把我的带子寄在这里,我去找一个朋友。他与我约定在这里相见,等到这般时候,还不见来,我去到村前村后走一趟,找找他去。"店中掌柜的说:"也好,就是这样吧,你找他去要快些回来。"苏永禄暗带单刀,来到刘顺的住宅,找一个避人之处好看动静。等至二更时候,见从正北来了一条黑影子,走得甚快,飞身上房,进了刘家院内。苏永禄看了,也飞身上墙,见那采花蜂正在窗外偷眼观看。忽见屋中灯火灭了,那采花蜂又到西边去观看,往里一瞧,见屋内灯光闪闪,并无一人。尹亮正自狐疑之际,听见屋上瓦檐响,采花蜂一抬头,只见屋上跳下一人来,说:"好采花蜂贼,你敢来此找死,我来也!"抡刀就剁尹亮,尹亮用刀相迎。屋中姑娘早收拾好了,手提单刀,跳至院中说:"采花蜂贼人,哪里走!"南墙上苏永禄说:"本宅主人,千万不要放走这个贼人,他乃是采花蜂,在河南地方留下许多命案,我是奉县谕来捉拿贼人的。"拉刀跳了下来。采花蜂尹亮把刀一摆,飞身上房,却被刘彩霞一镖,正中他的肛门。尹亮觉着那只镖进去了二寸多,也这是他采花的报应,今夜该挨家伙了。

　　尹亮逃走,又来到了保安州地面,只见街市中人烟不少。他走至十字街前,抬头往西一看,见墙内有一座楼,楼窗大开,内有一位旗装打扮的女子,年有十八九岁,梳着一个大两把头,穿一身银红色的衣服,眉如弯月,目似秋水,准头端正,唇若涂脂,带着两个丫头,正看那往来的行人。采花蜂尹亮一看这是二府同知的内衙,知道里头必是同知的内眷,这位姑娘果然生得美貌,我不免今日就住在这里的店内,夜晚图一个乐儿,我若得这位美貌佳人,乃平生之大幸也。

　　尹亮住到魁元店内,要了些酒菜,自己喝了几杯,心中甚是高兴。天晚自己关门睡觉,睡至三更之时,起来听外面并无动静,便换好了夜行衣,背插单刀,出了上房,把门关上。掏出暗记儿,画在门首。他飞身上房,蹿房越脊,如履平地,到了同知衙门,就在各处偷听,见那楼檐下透出灯光。采花蜂尹亮提刀来至窗户临近,湿了一个小窟窿,往里一看,见屋内围屏床帐甚好,床上坐着之人,正是那白昼所见的女子,同两个丫环在那里说话。尹亮进了上房,即把两个丫环杀死,说:"美娘子,从白昼见你一面,无刻忘怀,你须从我片刻之欢!"那女子一听此话,说:"好贼人,杀了人啦!"采花蜂说:"你嚷,我连你也杀死!"一伸手抓住那女子,说:"从不从,快说呀!"那姑娘还是嚷,尹亮举刀欲杀,只听下面一片声喧,采花蜂要被获遭擒。不知后事如何,且看下回分解。

第八十六回

陈清捉拿采花蜂　尹亮夜入三圣庙

话说采花蜂尹亮拉着那位姑娘,连恐吓带央求。那烈女视死如归,大骂淫贼,说:"你这伤天害理之贼,还不给我退去!"尹亮说:"好,你是不要命了!"一刀便把那姑娘杀死。他用粉漏子漏了一朵梅花,上落着一个蜜蜂儿,又提笔在粉墙之上写了几句诗,留下姓名。写的是:

> 背插单刀逞英雄,云游四海任纵横。
>
> 白昼看见窈窕女,黑夜前来会美容。
>
> 豪杰有意求云雨,佳人薄幸太无情。
>
> 因奸不允伤人命,我号人称采花蜂。

采花蜂写完了字,投笔于桌上,往外逃走。方要走时,忽见对面来了几个查夜的人,连忙藏躲,候他过去,他才走了。

二府同知法福理次日早晨起来,肉跳心惊,行坐不安,正不知所因何事?忽见乳母刘氏来报,说:"老爷不好了,姑娘不知被何人杀死?"法福理听乳母之言,吓得面如土色,连忙带领从人,亲身到妹妹房中去,看是什么缘故?到了楼上,血腥之气透入鼻孔之内,见他妹妹和丫环的死尸仰卧于地。抬头一看,见墙上还有几行字迹。法福理看罢,立刻气得面目改色,大骂贼人。自己先派家人预备棺材,叫他们装殓起来。然后升堂,叫齐了三班人役,说:"来人,传捕快陈清、冯玉二人前来,派他二人办案。"衙役等答应,急速把两个大班头叫来。那陈清绰号人称赛叔宝,冯玉绰号人称醉尉迟,二人练的好武艺,结交天下英雄,在本衙门充当捕快头目,办案拿贼,称为第一。今听老爷呼叫,连忙上堂,给老爷请安,说:"老爷呼唤下役,有何事吩咐?"法福理说:"陈清、冯玉,你二人乃头役之流,今日本府衙内,被采花蜂贼人杀死三条人命。我给你二人三天限期,定要拿住采花蜂淫贼。他杀死丫环与小姐,还在墙上留下诗句。你二人如拿获贼人,本分府赏白银二百两,倘若你等不认真查拿,我定要从重处治。"二人答应,立时领签票出了衙门,回到下处,换好随身衣服,暗带兵刃,先在各处寻访踪迹,却并无下落。

二人无法可施,到十字街庆芳楼酒馆正面楼上坐下。那冯玉一生最爱饮酒,千杯不醉,他生得面黑,因此得了一个绰号叫醉尉迟。二人见酒楼上吃酒的人不多,方才坐下,跑堂的认得他两个,说:"二位班头来了,今有什么公事?"陈清说:"我出城探视我们冯贤弟,他最爱饮酒,不论在哪里都喝,你给我二人要几样菜,送上十壶酒来。"二人喝了几杯,心中闷闷不乐。陈清说:"冯贤弟,你我在衙门内总算数一数二的,今日这案就不好办。你想,这采花蜂是怎的一个绰号儿,你我也不知是男是女、是僧是道、是老是少,并未看见,怎么拿他? 就是采花蜂来了,咱们也不认识,这如何是好?"冯玉说:"大爷且喝酒,喝完了酒再想主意。俗语说的好,吉人自有天相,我不是说大话,这个贼人也不算什么英雄,杀了人留下诗句,是并无一人识他,我要知道他的面貌如何,他想逃走就比登天还难。"陈清说:"这话说的是,你我要认识他,拿他就如探囊取物,不费吹灰之力。"

二人正说着话,忽见南边对面桌上,一个人站了起来,身高七尺,白净面皮,长眉朗目,俊俏人物,身穿宝蓝绸绉长衫,足蹬青缎快靴,在那边吃喝完毕,把大衫脱下来包在包袱之内,手中拿着小包袱,来到赛叔宝陈清、醉尉迟冯玉跟前说:"你二位方才所说之话,我已听够多时了。你二位乃本分府的班头,要拿采花蜂的吗?"陈清、冯玉二人说:"不错,你怎知道?"那人说:"你二人认不认识采花蜂呢?"陈清、冯玉说:"我们并不认识这采花蜂是何人。"那人说:"二位要拿他,远在千里,近在目前。"陈清听到这里,一拉那人说:"朋友请坐,你必是认识此人,可带我二人一同前往,这要拿住他,我二人必然重谢。"那人说:"你不必拉我,我告诉你吧!"陈清放开手说:"请坐细讲,咱们三人且喝完酒去。"那人一阵冷笑,说:"我酒是用过了,你要拿采花蜂就是我,我就是采花蜂。"陈清、冯玉二人听了说:"好,你算是好朋友,我二人正在为难,你打这场官司,我们好交朋友,无论怎么,都有我二人照应你。"那人听到这里,说:"要打官司,我手中之刀却不愿意。"伸手抓刀,抢起就砍,陈清、冯玉抢起铁尺相迎。这二人武艺超群,与采花蜂三人杀在一处,把那些吃酒之人,都吓得各处藏躲。

尹亮跳下楼去,陈清、冯玉二人各摆兵刃说:"你往哪里逃走?"方跳至大街,正南来了苏永禄,一看那采花蜂尹亮从楼上跳下来,他把带子一掷,提刀赶将过来说:"采花蜂,你往哪里走!我必要结果你的性命,二太爷自上蔡县跟你下来,甚不容易。"采花蜂尹亮听苏永禄喊着过来,要帮助陈清、冯玉动手,急伸手掏出一只毒药镖来,照定那冯玉咽喉打去。冯玉连忙一闪,正中左肩之上,"哎哟"一声,倒于地下,不省人事。那时采花蜂便跑了。

陈清过来扶起冯玉,苏永禄也赶到说:"了不得啦!这是毒药镖,我家兄曾受他一镖,请人看过,尚不知生死。"陈清说:"兄台贵姓?是何处人氏?来此何干?"苏永禄:"我姓苏名永禄,乃上蔡县班头,为捉采花蜂而来。他在上蔡县留下两条命案,我兄长中了他一镖,还不知生死。我奉谕前来拿他,见你二位与他动手,我赶奔前来想要把他拿住,不想这个朋友又被他所伤,未领教你二位贵姓?"陈清说:"我叫陈清,他叫冯玉,是本处的捕快头目。只因昨天夜间,衙内出了杀死小姐、丫环等三条命案,我二人奉老爷之命来拿采花蜂。我这二弟家有寡母,他要死了,便无人奉养。这镖打在肩头,你看全都肿了,这是毒药镖,我常听人说过,非胜家寨五福化毒散、八宝拔毒膏不能治此镖伤。"苏永禄说:"这胜家寨在哪里?"陈清说:"天下皆知宣化府黄羊山胜家寨,老庄主神镖胜英,收了些徒弟,都是有名之人。他死去了,今还有他的儿子,也有五六十岁了。神镖胜英这位老英雄,可算是有名的豪杰,他家有五福化毒散、八宝拔毒膏,最能治这毒药镖伤等症。"苏永禄听了,说:"我去要点药来,你也给他请人调治才好。"陈清说:"我在这二府衙门等你,千万别过三天。他这镖也是胜家寨传授,打在四肢还轻,三天准死。你去吧,千万给求了药来。"苏永禄说:"你我一见如故,我无不尽心。"

他顺路出了保安,正往前走,忽见采花蜂尹亮在前面不远。苏永禄不敢过去拿他,只在暗中跟随,看他往哪里去,再作计较。跟了有七八里路,见前面有一座古庙,里面有东西配房大殿,尹亮一下就窜进去了。苏永禄心中说:"他在这里很好,我自有主意。"转身向南,又来在保安地方,要上酒楼去访问陈清在哪里住。只见从酒楼上出来一人,是差官模样,头戴纬帽,高提梁、通红缨儿,身穿蓝纱袍子,外罩红青纱八团的马褂,足蹬官靴,身高七尺以外,玉面朱唇,双眉带秀,二目神光满足,二十以外的年纪,精神百倍。他一见苏永禄便带笑问道:"苏二哥,你来此何干?"苏永禄听见叫他,一看却是粉面金刚徐广治。苏永福、苏永禄二人曾在徐胜家中会过的,今在此处见面,乃是故旧相逢。

　　书中交代:"徐胜是从哪里来的呢?"原来是彭公在宣化府参了王连凤,办了马万春,因偶染风寒,便上了一个请假的折子,派徐胜押折入都。这是他从京中回头,皇上已有旨意下来,着彭公在宣化府养病,钦赐太医两名,赏假十日。徐胜带家人徐禄方才在保安用了饭,一出门遇见苏永禄,便问他来此何干?苏永禄把上项之事全皆说明。又说:"采花蜂现今就住在古庙。"徐胜说:"你为何不去拿他?"苏永禄说:"我不是他的对手,如何能成功呢?"徐胜说:"我帮助你。徐禄,你先拉马回宣化府等我交差,去吧!"家人答应去了。

　　这里二人又吃了一回酒,天色已晚,便各带兵刃,来至保安城外。走了有六七里路,已至这座古庙。只见满天星斗,等到大约有二更时候,二人就蹿上房去。苏永禄说:"我在房上眺望,看你怎么样拿他。你须要小心,他的暗器伤人,最是厉害。"徐胜说:"不要你嘱咐,我准给你拿住,不能让他跑了。"徐胜跳下西房,听这屋内有人睡觉,进了西禅堂之内,黑暗中看不真切,只听炕上有人出气之声。徐胜过去按住,却被那睡觉之人抓着胳膊,把他夹在肋下,来至当院,先抡圆巴掌,打了他两个嘴巴,说:"混账王八羔子,你采花采到吾和尚这里来了,吾把你狗头揪了下来。"徐胜听见说话的是蛮子哥哥欧阳德,连忙说:"别打,是我。"欧阳德说:"打的是谁?"徐胜说:"我是徐胜。"欧阳德听见说:"唔呀,你来此何干呢?"

　　苏永禄从西房跳下来说:"徐爷,你叫人打了。"徐胜说:"我给你引见引见,这是我兄长欧阳德,那是上蔡县的班头苏永禄,是来拿采花蜂的,兄长你从哪里来?"欧阳德说:"吾是上徐州下书信的,胜家寨胜奎的孙女,给我徒弟武杰为妻了。我得了回信,昨天在这庙内,因身体倦乏睡着了,及至醒时,不见了包袱,连婚书回信全被贼人偷去,还在吾和尚帽子上印了一朵梅花,上落采花蜂一个。吾想他今夜必来,故作睡着了等他。"徐胜说:"这个贼真真可恨!"正说着,听见东屋上有人说:"呔!今有你大太爷采花蜂尹亮在此,已听够多时,你等哪个前来送死。"欧阳德、徐胜、苏永禄三人听见,齐拿兵刃要捉采花蜂。不知后事如何,且看下回分解。

第八十七回

采花蜂夜入胜家寨　苏永禄设计捉淫贼

话说采花蜂尹亮白天进庙的时候,欧阳德已在西禅堂睡着了,他便在东禅堂歇下。徐胜如往东禅堂去,准把那采花蜂尹亮拿住了。今夜尹亮在东禅堂听见外边有人说话,偷听多时,连忙飞身上房说:"吥!你三人要拿你大太爷,我要失陪了。"欧阳德听说,眼都气红了,说:"哎呀,混账王八羔子,你往哪里走,我来拿你!"这三人也飞身上房。采花蜂尹亮往北逃走,天色浑黑,道路崎岖,走了有三四里路,就从岔路上往北去了。追了几里路,也没赶上。欧阳德说:"吾也不能回千佛山去了。"徐胜说:"苏二哥,你我分手吧!我回至宣化府,禀明大人,派差官来拿他就是了。"苏永禄说:"我到胜家寨去,讨点五福化毒散、八宝拔毒膏,好救那醉尉迟冯玉的性命。"苏永禄走了一夜,天色大亮,在一家饭店吃了早饭,便直奔胜家寨去,这且不表。

单说采花蜂尹亮连夜逃走,到了天亮,他把欧阳德的包袱打开一看,里面有二十两银子,一封书信,一纸婚书,是胜奎的孙女许约武杰为妻。尹亮想:"这胜家寨是把式窝儿,他的孙女儿必是千妖百媚,万种风流,我要到那里去探道,今夜晚图个乐儿。"尹亮来至胜家寨,在各处探明了出入路径。他站在庄门直瞧,哪知里面银头皓首胜奎正要带武杰上宣化府去听戏,方到门首,见那人贼眉贼眼,正往里瞧。胜奎便吩咐不必备马了,随带武杰来至书房。

武杰说:"祖父,你老人家为何又不去了?"胜奎说:"你方才没看见么?那照壁前站定一人,身高七尺,白净面皮,长眉朗目,手拿一个小包袱,二目神光透散,必是一个贪淫好色之徒。他来探道,今晚咱们必须预备。"先派李环、李珮把庄丁人等调齐了,共有一百三十七名,大家齐集大厅。胜奎吩咐道:"今夜要各自留神,一齐预备家伙捉拿贼人。你们安排好了,把灯盏放在盆底之下,听锣响为号。"众庄丁齐声答应,说:"我们大家预备就是了。"胜奎走到后面去告诉内眷,要大家留神,今夜有贼。又叫胜玉环姑娘夜晚留神,细防贼人。胜玉环有两个丫环,一名秋菊,一名碧桃,也都很有能为。今日三个人正在练习拳脚,听见她爷爷吩咐这话,三人齐声答应,暗作准备。

到了天晚,胜玉环吃了晚饭,坐在外间屋内,自己无事,把兵刃放在手边,说:"秋菊,你把净面水取来,我净了面,想要抚琴。"碧桃收拾香案,净手焚香,胜玉环便端正坐定抚琴。正抚到得意之时,忽然断去一弦,心中说:"这必是有生人偷看。"她一回头,见后窗户有一个窟窿,就知暗中有人偷看,便吩咐叫人来。丫环说:"姑娘有什么事?"胜玉环说:"我要到里屋更衣,你二人烹茶伺候!"碧桃说:"奴婢已经烹好了香茶,请姑娘用吧!"胜玉环说:"我换了衣服再用。"进了东间屋内,把簪环摘去,用手帕罩头,收拾好了,又换上铁尖靴,带上镖囊,摘下一把单刀来,把前窗支开,飞身出去,上房到了后面。往下一看,见一人正向屋中观看。胜玉环并不害怕,跳下房来,照定那人顺手就是一刀。那人一闪身躲过,说:"咹!那个女子休要动手,我久爱你姿容秀美,一见神魂皆消,我采花蜂乃有名英雄,你要与我结为夫妇,我绝不负你就是了。"胜玉环一闻此言,气得粉面通红,说:"秋菊、碧桃,你二人快叫人拿贼,我来捉这小辈。"抢刀就剁,采花蜂用刀相迎。二人正杀得高兴,听见正南上一片锣声。那李环、李珮点齐庄丁,与武杰等各执兵刃,来至前面,说:"快拿贼呀!"

采花蜂尹亮也知这胜家寨乃把式窝儿,恐寡不敌众,正在犹疑,忽见一条大汉来至面前,抢朴刀说:"好贼! 敢来至胜家寨讨死,吾不能与你善罢甘休。"照定采花蜂就是一刀。尹亮闪身躲过,说:"小辈大胆!"把刀花一变,两三个照面,一刀砍在李环的肩上。李珮说:"好贼,休要伤吾兄长,吾必结果你的性命。"抢刀过来。武杰也提刀嚷着过来,说:"吾要你的狗命。"正在这时,胜奎带着庄丁人等也赶到了。采花蜂尹亮见难以取胜,心知久战必败,便把刀一摆,望北直扑花园而来。这里众人追着说:"好贼,往哪里逃走!"采花蜂把身一纵,藏在花果厅的后坡,见众人各处追寻一回就走了。大家回至前厅,胜奎说:"叫厨子给备点菜,咱们好吃酒。"

那胜玉环见贼人已经逃走,便把头上的手绢、耳环摘下,把镖囊、单刀也挂好了。又叫丫环把帐子里的被褥安置好,一个丫环手执灯笼,一个丫环搀扶着她,到茅房方便已毕,回房中安歇。胜玉环说:"你两人睡觉也要留神。"秋菊说:"姑娘说得是,我们把所使的兵刃都放在手下,倘有动静,也好帮助姑娘。"三人说着话,来到外间屋里。胜玉环见椅子上有两个男子的脚印儿,自己挂在墙上的镖囊与单刀,也都不见了,回头说:"秋菊,我那镖囊、单刀,都是你挂在壁上的,怎么不见了?"秋菊说:"我不知道。"胜玉环说:"这其中是什么缘故呢?"

原来,采花蜂尹亮见胜玉环带着丫头上茅房里去,他在后窗户瞧得明白,见人出来,便把窗户一推,进入屋内,登着椅子把单刀与镖囊摘了下来,系在自己腰上。急忙中却把镖囊系反了,自己的镖囊口系在外,胜玉环的镖囊口朝里,动手时只有干着急,是不能掏出镖来的。他把单刀插在背后,听见院中的脚步声,知道是胜玉环回来了,便藏在床下,一语不发。胜玉环进屋就看见自己的兵刃不见了,便问秋菊。秋菊说:"这可是闹鬼儿,明明我挂在那里,为何没有了呢? 姑娘,你看这边椅子上,还有男子的脚印,这是何人偷去了?"胜玉环说:"你们点上一盏灯,在各处都照照就是了。"

采花蜂尹亮这时一揪床头,从床底下钻了出来。胜玉环往院中一跳,把秋菊所用的刀先从桌上拿在手中。尹亮说:"美人还说什么? 快从我共入罗帐。"胜玉环说:"淫贼,你往哪里走! 你这里来,我与你势不两立。"尹亮追至院中说:"美人,你趁此从我,你的镖和刀都已在我手中,你还有何能为?"胜玉环并不还言,气得抡刀就剁。那碧桃、秋菊两个丫环连忙鸣起锣来。前边银头皓首胜奎正与武杰谈心,听见那边锣声一响,便说:"不好!"连忙带兵刃与暗器,武杰也带了镖囊,带领李环、李珮说:"咱们快到后边,必是那贼又来了,吾是不能饶他的。"李环说:"方才被他砍了一刀,我上了铁扇散,伤已好了,今日必要结果这混账东西。"胜奎来至后院,说:"好匹夫,你又在我这里搅哪!"胜玉环见祖父同武杰全到,她把刀一摆,跳出圈外,又回到房中换好了衣裳,出来与贼人再战。那秋菊瞧见尹亮把镖囊朝里,知他掏不出来,说:"你们快拿他,他掏不出镖来了。他把我们姑娘的镖袋偷去,系在他的镖袋上,可是里儿朝外,他不能掏镖,你们快用暗器打他吧!"

那武杰眼都气红了,说:"我问你叫什么名字? 你要是英雄,你就直说;你要不是英雄,你就不敢说。"那采花蜂尹亮一听武杰之言,说:"小辈! 大太爷行不更名,坐不改姓,我姓尹名亮,外号人称采花蜂,今日特意来借盘费。"胜奎借着灯笼火把,瞧得甚是明白,说:"小辈! 你白天在我门首探道,老夫就已知道了你。你今敢来这里采花,还充好人。你这无名的小辈,我今日拿住你,定要送官治罪,也叫你知道胜家寨的厉害。"采花蜂尹亮与小蝎子武杰动着手,又见众庄丁各带兵刃围绕上来,他知道这胜家寨不是好惹的,专讲打暗器,自己的镖又取不出来,只得说:"呔! 蛮子休要逞强,我失陪了。"武杰说:"你走不了,我非拿住你不算英雄。"紧紧跟在背后,二人相离有一丈多远,采花蜂上房,武杰也上房。二人蹿房越脊,到了东南角的围子墙上,采花蜂上墙跳出墙外,武杰也上了墙,见采花蜂就在眼前。武杰上前,将至采花蜂尹亮的背后,提起腿来一脚踢去,就将采花蜂踢倒,摔于地下。此时李环、李珮二人也赶到此处,先用绳子将贼人捆好,从西边大门进去,将贼人抬至大厅。不知后事如何,且看下回分解。

第八十八回

群贼聚会溪皇庄　苏永禄偷探贼穴

话说采花蜂尹亮跳出墙外，被武杰一脚踢倒，捆上抬至大厅，点上了灯笼，照耀得如同白昼。胜奎听见贼人已被拿住，立刻吩咐带了上来。家人抬至厅前放下，胜奎说："这人不是采花蜂，你等拿错了。战了半天，还不认得那贼吗？你等来瞧，那个贼他是白净面皮，此人是黑脸膛，这就不对了。"那被捆的人说："众位把我放开吧，我有话说。我是河南上蔡县的班头，奉县谕来拿采花蜂的。众位不信，我有海捕公文。"苏永禄便把在那三圣庙请徐胜捉采花蜂，在庙内遇见欧阳德丢了婚书之故，说了一番。胜奎把苏永禄放开说："这倒难为你了。"苏永禄说："庄主，还求赏五福化毒散、八宝拔毒膏二份，我有个朋友叫醉尉迟冯玉，他受了采花蜂的毒药镖伤。"胜奎说："那采花蜂所练刀法和所打的毒镖，乃吾门中秘传，不知他是何人门徒？"苏永禄说："此人来历我倒不知。我听人传说，传授毒药镖的，在南边就是神弹子火龙驹戴胜其，他传授了两个徒弟，并不知其姓名，或者就是他的门徒。"胜奎说："戴胜其是门中弟子，我久已知道他出家了，为何又收下这个万恶徒弟，真真可恨！我给你拿药去。"胜奎至后面把药取来，苏永禄收下便告辞走了。来到保安二府衙门，找着赛叔宝陈清，把膏药给他去解救冯玉，下余之药便寄至家中救他大哥，这且不表。

单说苏永禄在各处访查采花蜂的下落，这天出了宣化府，奔怀安县而去。正走着，因天气炎热，想找个村庄歇息。只见正东林木森森，是所庄院，前有一座土台，上面站了十数个人，内中就有采花蜂尹亮。其他是青毛狮子吴太山、大斧将赛咬金樊成、赤发灵官马道青、赛瘟神戴成、金眼骆驼唐治古、火睛狻猊杨治明、双麒麟吴铎、并獬豸武峰、红眼狼杨春、黄毛吼李吉、金鞭将杜瑞、花叉将杜茂、钻天鹞子段文成、赛李逵蒋旺，这伙人皆是江洋大盗。内中还有金刀将于景龙、燕子风飞腿袁天化、镇八方神镖孟小平，皆是飞檐走壁之人。苏永禄并不认得，心中说："尹亮一人我尚且不能胜他，何况这些人？我不免在暗中偷瞧，再作道理。"

书中交代:采花蜂尹亮已从胜家寨逃至了溪皇庄。这里庄主叫花得云,乃北新庄花得雨的二哥。他也是裕王府的皇粮庄头,练的一身本领,爱交天下英雄。他手下有钻天鹞子段文成、金刀将于景虎、燕子风飞腿袁天化、镇八方神镖孟小平等,此四人也是江洋大盗,在溪皇庄保着花得云,结交天下英雄,后又来了一个赛李逵蒋旺,在此分赃。青毛狮子吴太山等也来投奔于他。如今采花蜂尹亮又投到了这里来。

苏永禄瞧得明白,找了个僻静之所吃了晚饭,心中说:"待我先去探庄,再去宣化府禀报钦差彭大人,求他给我派官兵,或派他手下的英雄亦好。"主意已定,收拾好便进了溪皇庄。他飞身上房,在各处一瞧,只见灯光闪烁。他蹿房越脊,直向西行,到那花得云住房前后,共有一百五十多间。苏永禄正向前走,抬头见一片灯光,这里乃是一座花园,内有各种奇花异石,东南正房五间,花厅在东西配房,正西有望月楼、避暑庄、逍遥阁、安乐斋、暖阁凉亭、游轩跨院、蔷薇架、合欢楼、翡翠轩等各式奇巧景致。那花得云坐地分赃,乃有名英雄,今夜在北花厅给尹亮接风,商议如何害死彭公,给他四弟花得雨报仇,这是他的心意。苏永禄向窗内一瞧,见里面高矮、肥瘦、丑俊不齐,皆三山五岳英雄,四海九州豪杰。花得云正中坐定,说:"尹贤弟,你今来此,给我想个主意,替四弟报仇!我三弟在怀安,也知这信息,他派钻天鹞子段文成来此,约请各路英雄,刺杀彭公。"尹亮说:"这也不难,我同一个朋友到他公馆,夜内行刺,杀了他就算完了。"

这时,金刀将于景龙回头见窗户有个洞穴,料定外面有人,他性情粗暴,便嚷叫道:"众位不好了!后窗户有个奸细来暗探消息,快拿兵刃去捉奸细。"苏永禄听了,吓得全身是汗,心想:我今日死在溪皇庄了。他听见大厅上一乱,回头见一株大树,连忙上树藏伏,不敢出气。花得云这伙人来至外面各处一找,并无一人。段文成说:"于贤弟这是谣言,这里哪有人呢?我想咱在这里并未作案,有谁敢来暗探!"于景龙让众人说了一番,自觉没趣。大家回至大厅,齐说:"于大哥眼花了。"

那苏永禄吓的两眼翻白,后见众人入了大厅,他才慢慢的下来,心想:"三十六着,走为上着,我快上宣化府彭大人那里,请几位英雄来捉这些贼人。"正想着,忽见后面有一个人追了下来,心中更为害怕,说:"不好!有贼人追下来,这人脚程甚快,我须快跑。"自己在前跑,那人直追,他急了,见前面一个坟茔,内有跨栏墙,正中是宫门。苏永禄料想跑不了,便飞身跳入墙内,自己隐藏起来,不敢出去。他暗中从古钱窟窿向外一瞧,见那人围着墙向里直瞧,并不走开。他自己一想:"莫若走为上策!"想罢,飞身往外就跑。他才要逃走,只见那人过来一脚,便把苏永禄踢倒,按在地下,说:"你往哪里走? 我以为你是英雄,原来是个无名小卒。"不知后事如何,且看下回分解。

第八十九回

粉金刚暗探溪皇庄　苏永禄定计捉淫贼

　　话说苏永禄被人按倒在地下，那人说："采花蜂，你这回跑不了啦!"苏永禄说："你这人说话声音甚熟，我不是采花蜂。"那人说："原来是苏二哥! 我是徐胜，只因我同你分手之后，至公馆见大人回明了，听说采花蜂还在各处采花，大人派我与水底蛟龙高通海、多臂膀刘德太三人来拿采花蜂，我白天访得明白，采花蜂就住在这里。我在这村内查访他的下落，忽见你从里面出来，我把你当采花蜂了呢。"苏永禄说："尹亮正和群贼在一处吃酒，内有花得云等二十多人，我不敢动手，你要敢去，我便同你去。"徐胜说："你头前领路!"二人又往溪皇庄而来。苏永禄说："我给你在房上瞧着，见机而作。"徐胜说："不用你帮忙，有我一人，足够杀这些贼人了。"

　　二人进了村庄，路北就是花得云的住宅。两人上房，又来至那所院落，听见里面正在猜拳行令，吃的甚是高兴。徐胜扒在后窗户，往里面瞧的真切，见花得云和钻天鹞子段文成二人在一桌谈心，正说到要上宣化府行刺。徐胜听得出了神，于景龙一抬头，又见后窗户有一个人影，急忙出去。徐胜早已知道，一锤正打在于景龙的面门，他呵呀一声，翻身在地，登时死了。大厅众人各拿兵刃，来至后面。有人说："小辈哪里走?"段文成抡豹尾鞭就打，徐胜急架相还。众人齐把徐胜困住。采花蜂掏出毒镖，一镖正打中徐胜左肩。徐胜受这一镖，只觉腰背发麻，浑身疼痛。他不敢恋战，忙把锤花一拨，打出圈外，飞身上房，蹿房越脊逃至墙外。众人往外就追，说："别放走了他，务要把他拿住，碎尸万段。"

　　徐胜中镖之后，头眩眼黑，两腿发软，恨不能一下飞上天去。他慌不择路，走了四五里之遥，后面追赶之声渐远，见路北一座古庙，便推开庙门入内，把闩插好。他疼得全身是汗，用身子倚着山门，听众贼追至这里，齐说："往这里跑来的，他如何能跑得如此快，我等尚须留神，往下追去。"花得云说："他跑不远的，藏在庙中亦未可定，你我进至庙内看看有没有?"

尹亮说:"他已然中了毒药镖,就是让他逃走了,三天也得烂死。"众人又追了有四五里路,不见徐胜下落,只得回头说:"如今饶他,让他落个全尸。"赛李逵蒋旺说:"你等先走,我要出恭。"众人说说笑笑,一同往西走了。

徐胜在庙内,听众贼从大道上过去。他因镖伤疼痛不止,大骂贼人道:"采花蜂这狗娘生的,我无故受他一镖,想不到竟死于此地! 只是公馆没人知晓,无人给我报仇。我堂堂正正奇男子,轰轰烈烈大丈夫,一旦死在匹夫之手,万不能同他甘休,做鬼也要拿他等报仇。"蒋旺出完恭,走至这里听见徐胜在庙内大骂贼人,便拿钢斧走至山门说:"小辈,你藏在这里,我把你掏了出来。"徐胜听到有人说话,因伤痛不能转动,说:"谁人推门?"蒋旺说:"我名蒋旺,外号赛李逵。"他连推了几下,推不开门,便说:"我不从山门进去,我跳墙过去吧!"飞身跳进庙去。徐胜是站不起来了,瞧那贼人身高七尺,面如刀铁,黑中透亮,粗眉怪目,手拿加钢斧。徐胜说:"呔! 蒋旺你是朋友,快拿斧子过来,给我一斧子了账,咱二人结个鬼缘,你可别送我上溪皇庄凌辱我。"蒋旺说:"好! 你既说到这里,我就给你一斧子吧!"过去刚要砍,忽听大殿有人说话:"小辈! 休伤白虎星君,吾神法宝取你!"蒋旺吓了一跳,一回头见白花花一宗物件,扑奔面门而来,要躲也躲不开了,扑哧一声,正打在面门,"哎呀"一声倒于地上。

徐胜抬头一看,见大殿上出来一人,赤身露体,扑奔过来把蒋旺捆上。徐胜一看那人,却是水底蛟龙高通海。徐胜说:"高大哥! 你救我回公馆,快去胜家寨给我求点五福化毒散、八宝拔毒膏,好救我这条性命。"高通海说:"别忙! 我先把他衣服剥下,我穿上了然后再说。"

书中交代:高通海因奉彭大人之命,派他同刘芳、徐胜来拿采花蜂。三人分手后,高通海走有七八里路,见路旁一片苇塘,有几人在那里洗澡。高通海走的全身是汗,也想洗澡,便把衣服脱了,跳下水去。那些洗浴之人,皆不敢向深处去。高通海施展分水法,蹲入水底,洗完上来,见那几个洗浴之人已踪迹不见,衣服也没有了。心想,这一下可坑了我啦! 他不敢进村,候至天晚才出了苇塘,见正北有座山神庙,他推山门进去,其中并无僧道,便把门关上,倒在供桌上睡着了。方才徐胜同蒋旺说话,把他惊醒,见到徐胜要被蒋旺杀死,连忙把供桌上的铁香炉照定蒋旺说:"休伤白虎星君,吾神来也!"一下正打中蒋旺,被他按倒捆上,把衣服剥下来自己穿上，只是靴子太小穿不得，趁着他未醒过来，先把他的口堵上，又把徐胜送至大殿台阶之上。心想：贼人回去，见少了一人，必要来找，我且把山门开了，把他立在山门内，我藏在他身后就是了。高源一瞧蒋旺脸上血污怕人，又给他抹了一把香灰，站在他的身后把斧子抢动如飞。

且说花得云等众贼回至庄中，单只少了蒋旺。众人说："莫非他漏了单，给人拿去了！"旁边孟小平说："我找他去。"忙奔至山神庙，听山门内呕的一声，不觉吓了一跳！只见一人披发抢斧，嗷嗷直叫。孟小平打了一个冷颤，掏出镖来，照定那人就是一镖，正打在蒋旺心上，登时身死。高源扶住死尸不让他倒下，又把双斧耍了起来。孟小平说："真怪！这一镖既已打中，为何死尸不倒，我看看去。"才走至山门外，见死尸向他一倒，躲避不及，被那死尸压倒了。高源趁势一斧，便把孟小平耳朵劈掉半个。他捆上孟小平，把蒋旺尸体送在庙内，又把孟小平的靴子脱下，自己穿上正合适，再将孟小平的发辫拆开，让他站起，自己躲在他身后耍着斧子。

这时村上又来了采花蜂尹亮、双麒麟吴铎，并獬豸武峰，他三人来至七贤祠，听山门有鬼叫，见一人散了发，耍着斧子。尹亮掏出镖来，照那人就是一镖，又把孟小平打死。高源将尸身向外一掷，说："呔！吾神来也。"吴铎、武峰二人，吓得往外就跑。尹亮说："不必跑，我自有道理。"他用刀就砍，高源用斧急架，二人便杀在一处。高源哪里是尹亮的对手？高源说："你是何人？爷爷下不砍无名之鬼。"尹亮说："大太爷姓尹名亮，外号人称采花蜂，你是何人？"高源说："我姓高名源，表字通海，人称水底蛟龙高法官是也！专会勾魂请将，我一念咒，叫天兵天将前来捉你。"说着直往东走去。尹亮一动手，就知高源不是他的对手，便往下直追，说："小辈，你不必吓我。"高源说："看你怕不怕，我高法官要念咒了！"他嘴里唧呱几声说："值年太岁快来帮我！"正走在树林之中，忽听空中有人说："我值年太岁是也！采花蜂休想逃走。"不知后事如何，且看下回分解。

第 九 十 回

神手将拿获淫贼　赤松林路逢众寇

话说尹亮追至林中,听空中说"吾神来也!"便吓的回头就跑。高源本是造谣,只见树上跳下一人,是个紫面的男子,甚是面熟,一时却想不起了,便说:"朋友,你是谁呀?"那人说:"高兄弟不认得我了,咱们皆河南人,你在上蔡县剿灭宋家堡之时,我曾见过尊驾。我是令尊大人的徒弟,名叫苏永禄,你忘了不成?"高源说:"好!你我千里有缘,你从哪里来的?"苏永禄就把已往之事说了一番。二人正谈着,那边尹亮早听得明白,说:"好!"飞也似的来至这里,抢刀就砍,二人哪里是他的对手,只累的全身是汗。忽见大道上来了七八个骒驮,四个人伏,两个骑马之人跟着,在朦胧月色中看的甚真。其中一人,见那边有三人厮杀得难以分解,说:"三庆儿,你瞧那边是路劫么?咱们去看看。"

原来大道上的来者,是神手大将纪有德,他要上宣化府去发点果子卖,顺便要提拔提拔他儿子,叫他跟着彭公效力当差。他知道要到大同府拿傅国恩,非他不可,故此带领儿子同四个庄丁,押着驮子,一来散逛,发卖果子,二来要见大人。这时走至溪皇庄,瞧见那大道上有三个人动手,叫把驮子站住,立刻带了他的儿子三庆儿、学名叫纪逢春、人称打虎太保的摆刀过来一看,原来是高通海同一个面生之人,正与采花蜂动手。他抢刀过去说:"高源不必害怕,我来拿这淫贼。"高源见是纪有德,说:"姑父,你老人家同逢春兄弟快来拿这淫贼呀!"采花蜂正在戏耍高源,忽见来了这父子两个帮手,武技纯熟,也不容他有掏镖的工夫,走了几个照面,被纪逢春照定他胸口就是一锤,把他冲了个觔斗,将他捆上。高源说:"还须一位至胜家寨去,求点五福化毒散、八宝拔毒膏,因徐胜被尹亮打了一镖,现在七贤祠还不知死活。"纪有德说:"这镖伤万不容缓,我去胜家寨找胜奎二哥,我二人是素有往来的。你们去两人先把徐胜背至公馆,我正午必到。"又叫苏永禄把尹亮跟这驮子送至宣化府衙门。

苏永禄押着尹亮走了二里之遥,忽见眼前有一伙贼人,跳出来说:

"站住别走,你等做什么的?"四个庄丁吓的不敢言语,苏永禄也知道寡不敌众。段文成说:"别走,我等瞧瞧!"众贼一找,从驮子里面找出采花蜂来,把绳子一抖打开,吃了几个杏儿,便同尹亮去了。四个庄丁说:"苏大爷,怎么不同他动手呢?"苏永禄说:"我一人岂是众人的对手。"正说着,纪逢春、高源背徐胜来至此处。苏永禄说:"不好了!尹亮被人抢去了。"纪逢春说:"为何不去追他?"苏永禄说:"我因寡不敌众,不敢同贼人争锋。"三人无奈,叫庄丁护送骡子,到了宣化府,天已大亮。

神手大将纪有德同武杰来至公馆,先给徐胜上了药。高源把溪皇庄之事回禀了大人。彭公说:"把纪家父子叫上来。"高源出去,带了纪有德来至上房。纪有德请过了安,说:"大人此去大同府,如有用我之处,我必前来,还求大人提拔我父子。"彭公说:"如有相烦之处,必请台驾协肋。"就赏了纪有德一桌酒席,派高源相陪。大人写了一封信,派人给宣化镇,叫他引兵剿灭溪皇庄。此时张耀宗已接印多时,便即日带兵前往溪皇庄。这时花得云已闻风率众潜逃,只查得七贤祠内有尸身二具,交地方官掩埋,率众回归,禀明了彭公。

纪家父子告辞去了,徐胜伤痕已好。大人交代各地方官严捕贼人,即日起身到了怀安,住进公馆。知县杨文彩前来参见大人。彭公说:"这里乃关外之地,尔等要各处留神,暗访采花蜂等贼要紧。"次日,彭公未曾起马,就听人传言,这怀安县采花蜂闹得很厉害。大人说:"这贼为民之害,我给你等三天限,务要拿住贼人。"徐胜、武杰、高源、刘芳四人答应,各带兵刃,暗地探访。四人分为四路,这日并未回来。

高源、刘芳在各村镇庵观寺院全皆访到,并无贼人下落。次日回至公馆,见管家彭禄眼都哭红了,说道:"不好了!大人昨夜不知哪里去了?"二人一听,吓的魂上九霄,忙至上房内一看,见墙上还写了几行字:

彩霞独立站云端,花花世界美名传;

风声一动伤人命,钻水取火并非难。

天下绿林皆恨你,鹞拿赃官报仇冤;

子时三更来至此,盗去贪官十豆三。

高源、刘芳看罢,正在为难,徐胜、武杰也回来了。听说此事,急的目瞪口呆。徐胜说:"此事不好办,你我四人往各处去找。"次日天明,吃了早饭,高源、刘芳往西北,徐胜、武杰往东南走去。

单说高、刘二人，走了八九里，在道旁林中歇息。刘德太说："这事你我该落什么罪名？"高源说："大人若找不到，你我到官皆是剐罪。"刘芳说："要是剐罪，咱们不如上吊死了。"高源说："上吊不如抹脖子好。"刘芳说："也好，你先抹吧！"高源说："抹脖子怪疼的，你我跳河吧！"刘芳说："你会水，跳河你凫水走了，我却死了。"正说着，高源说："你看那面采花蜂来了。"刘芳抬头一看，见正南来了三个骑马之人，内中有两个皆是少年人物，白净面皮，身穿蓝绫绸大衫。二人上前说："呔！你等从何处来的，快下马受死。"只见当中骑马的人说："你二人可是高源、刘芳，来此何干？"二人一看，见那人身长七尺，身穿蓝绸大衫，四方脸，花白胡须，六十余岁，精神百倍。二人忙上去行礼，认得这位姓褚名彪，人称金刀铁背熊。因保了一支镖，上大同交去，带领八臂哪吒万君兆、赛时迁朱光祖二门徒，要至口外访个朋友。他们走到这里，遇见高、刘二人说："你等在这里做绿林买卖了？我听人说，你们现在彭公面前当差，可真么？"二人说："是。"褚彪说："你二人当差，来此何干？"刘芳说："叔父要问，一言难尽，我二人自保大人，升了千总之职。前日到这怀安县，查访此地有个采花蜂尹亮，在各处闹得很厉害。大人派我四人查捉淫贼，不料昨夜大人却被贼劫去，我等回公馆得此消息，来至这里寻找，还没有下落，预备在此上吊。叔父可知此处有绿林中人否？"褚彪说："此处倒有一位，他同大人无仇，皆是自家人，姓贾名亮，人称花驴贾亮，我同你去问他一问。"

他五人一直往西，到了梅花岛蓬莱山庄贾家。贾亮正要出去，听到有人叩门，叫家人开门出来一看，原来是故友褚彪带了高、刘、朱、万五人。见礼已毕，在北房落座。褚彪把前事一说，贾亮摇首说道："这里绿林尚有谁呢？"忽听屋内有人说："爹，你忘了，那墙上贴的名帖，想是他吧！"不知此人是谁，且看下回分解。

第九十一回

怀安县盗寇劫钦差　蓬莱庄贾亮定巧计

话说贾亮听褚彪之言，正在思虑，听见女儿贾赛花说："爹，你忘了，那墙上的名片，他就是绿林中人。"贾亮见名片上写的是"花得雷"三字，便想起霸王庄来，说道："那庄上绿林英雄不少，庄主花得雷练的一身好功夫，招聚江洋大盗，曾请我入伙。他家有招贤馆，广聚天下英雄。大哥花得霖远走他方，并无音信，至今踪迹全无，二哥花得雷，老三叫花得云，四弟花得雨已被彭公在北新庄杀了。他招纳各路绿林，要给四弟报仇。他家离这里有六七里路，周围有四五里，院内有些埋伏。"刘芳说："他家有什么能人？"贾亮说："我全不知名姓。"褚彪说："你我今夜去到他院内探探再说。"

万君兆、朱光祖二人保着镖先走了。四人吃了夜饭，各拿兵刃，直奔霸王庄而去。天有初鼓，贾亮在行走之间，忽一筋斗栽倒，不能动弹。三人连忙过来说："你老人家怎么了？"贾亮说："我有个心疼病，今日又犯了，我实在不能前往。"又要高、刘二人送他回家。二人没法，背起贾亮回蓬莱山庄去了。褚彪径自走入庄内，正在各处寻找，忽然足下一绊，翻身栽地。串铃一响，庄丁跳出来把褚彪捆上，送至大厅。褚彪破口大骂。花得雷说："来人，给我乱刀分尸。"旁有钻天鹞子段文成说："这人莫非褚大哥吗？来至此处为何？"褚彪说："我访友至此，听说霸王庄有绿林中人聚首，夜来探访，不料却被拿住。"段文成说："你没保镖，就留在此处吧！"褚彪："庄主威镇口北，久仰大名，幸见尊颜，三生有幸。"花得雷说："老英雄乃侠义之人，我等多多得罪。"褚彪说："皆是自家人，不见怪的。我探得一事，现在查办大同的钦差，手下广有英雄，庄主要多多留神。"花得雷说："敬请放心，彭公已被我拿了。"褚彪说："想必要分尸万段，替四庄主报仇。"花得雷说："正是！"

书中交代：彭公是怎样被他捉来的呢？因那夜大人在公馆灯下看书，闻见一股异香，登时昏迷睡去。外面采花蜂尹亮、钻天鹞子段文成二人进来，把大人背上就走。尹亮说："且慢！你我留几句话在此。"说着，提笔在墙上写完了,背起大人便直奔霸王庄。花得雷忙叫人先把大人监在八宝弩箭亭内。众人齐集大厅,花得雷兄弟齐说:"今日这事,众人想想该怎样办?"众人听了,也有说杀的,也有说放的,其说不一。袁天化说:"彭公乃当朝一位钦差,难道就如此丢了,那些差官不来找吗?倘或找来,这小小霸王庄能敌多少官兵?大兵一到,玉石俱焚,必须从长计议才是。"花得雷说:"无妨,我杀了他也没人知道。即便知道,我去投奔大同画春园。那里正招兵买马,图谋大事,杀了他也代傅国恩除此一害。"这时旁边出来一个家人,说:"依奴才之见,莫如先监了他,等他的差官来找,将他等全都拿住。如拿不住,再作区处。"花得雷说:"也好!你派四个人看守就是了。"

那家人下去,来至弩箭亭,把大人救醒,说:"大人好哇?你不认得我了?"大人说:"这是何地?我为何来至此处?"那家人把上项之事一说。彭公说:"你是谁呀?"家人说:"我名朱桂芳,保定人,大人前升河南巡抚时,误走连洼庄,我要救大人,未得其便,走漏了消息,也没敢回去,便逃至这里,不想在此相会。大人只管放心,你可写封信,我给你送到公馆,自有人来救。"大人说:"好!"朱桂芳取来文具,大人写好信,说:"你到我公馆内,交给高、刘二人亲收为是。"朱桂芳自己怀了书信,又取来一壶茶,一匣饽饽,请大人用完。

天色已晚,大众都在前厅吃酒,褚彪问道:"未知是否杀了彭公,给四爷报仇啦?"花得雷说:"还未杀。"心想:这人莫非来探彭公下落的?不妨试试他。又说:"老英雄看是杀了好,还是放了好呀?"褚彪说:"捉虎易,放虎难。放走了他,若调官兵前来也有不便,不如探听风声,再作道理。"花氏兄弟说:"也好!"天晚各自安歇。

次日天明,家人朱桂芳来说:"大爷寿辰快到,今年朋友又多,奴才请示如何备办酒席,我好先去办来。"花得雷说:"我都忘了,你到账房去,叫他按例照办。"朱桂芳答应,带了钱来至怀安城内,找着钦差的公馆,在门首说:"烦众位入内通报一声,就说我来投信,找高、刘二位,有紧急事相商。"正问着,见高、刘同欧阳德自蓬莱山庄来了。差人说:"这一位姓高,这位姓刘。"朱桂芳说:"我有机密大事求见,并有字柬,二位请看。"高源说:"你跟我来。"四人同至上房,武杰、徐胜正在为难,见他们来了,说:"高兄访的怎样?"高源说:"有信。"未知如何,且看下回分解。

第九十二回

朱桂芳公馆送信　定妙策共破贼巢

话说高源接了信，朱桂芳把自己的来历，从首至尾细说一番，众人才知大人的下落。拆开信来一看，上写道：

字谕高源等四人知之：我因深夜看书，为贼所愚，身陷死地。幸遇家人朱桂芳，设法护庇。今遣他送来一纸，汝四人见字，不可声扬，须定妥策，救我出得贼巢，再拿叛盗可也。慎重！慎重！

年　月　日　　彭友仁谕

众人看完，说："你家主人本月十六日生辰，我等自有妙策，你在里面，务必接应才好。"朱桂芳答应去了。

欧阳德说："我去求人相助，在他生辰那天，咱们扮作打花鼓的进去，但须有些女子，好叫他不疑，只是贾亮父女，还嫌太少。"正自忧愁，张耀宗来了，与大家见过礼，忙问："大人在哪里？"高源说："别提了！"就把已往之事一说。张耀宗说："咱们须定一高策，救他才好！昨日旨下，命我补授大同总镇。我今带了家眷，及岳父蔡庆老夫妻同来此处。"欧阳德说："这下好了，叫贾亮父女，同你岳父母，还有二位贤妹，暗藏兵刃，好去捉贼。"忙派人去请贾亮、蔡庆。不一会，众人皆到。贾亮说："候他生日那天，我去拜寿，蔡老先生你同女眷扮作走马戏、唱女戏的，高源、刘芳保着大人，徐胜、武杰敌住采花蜂，张耀宗知会本地官员，领兵在村外哨探，锣响为号，你我同家眷进去捉花氏兄弟，内里还有褚彪相助。"分派已定，贾亮把女儿接来，给窦氏引见，与蔡金花、张耀英相见，彼此心投意合。

一夜无话。次日，窦氏同三位姑娘各带兵刃，上了两辆太平车。蔡庆同贾亮先至霸王庄，早有花氏兄弟及尹亮等出来，迎入北大厅落坐。挂灯结彩，热闹非常。花得雷说："老英雄乃世之豪杰，今得相见，三生之幸也。"贾亮一一问了姓名，见了褚彪，装作不知。贾亮说："我知庄主今日寿辰，特来拜祝，并送上马戏一班，有些女子武技甚好。"花得雷说："又叫老英雄花钞，实在心感。"便让家人去把唱马戏的叫进来。家人答应出去，少时同了些女子进来，都在二十上下，长的千娇百媚，万种风流。此时花得雷同尹亮神魂飞荡，心想："这样的美人，我从未见过，今天留下一个才是。"花得雷说："美人，先来陪我们吃酒吧！"

蔡庆说："呔！狗徒休要做梦，我铁幡杆蔡庆是也。今日官兵已至，儿辈快拿众贼啦！"说罢，一摆虎头钩上来，钻天鹞子段文成、燕子风飞腿袁天化敌住蔡庆。尹亮抢刀直奔张耀英，夫人用刀相迎。滚地雷刘清、一条枪景顺、机灵鬼龙大奎三人，直奔窦氏和贾赛花、蔡金花。吴太山与黄毛吼李吉等也各拿兵刃动手。褚彪、贾亮说："好！我来结果你等这些不知王法的贼。"抢刀相助蔡庆，与众贼杀在一处。

且说龙大奎见这些人正在动手，自己便跳出圈外，要去刺杀大人，以除后患。他到了后花园八宝弩箭亭，说："呔！你等看守之人，快把门开了，我奉庄主之命来杀狗官。"朱桂芳一听大惊，说："龙大爷，我等奉庄主之命在此看守，他说非他来叫开门，我等不敢开，否则庄主要我等之命呢！"正说着，房上跳下一人，抢刀照龙大奎就是一刀，龙大奎抬头一看，忙用刀相迎，说："你是何人？趁此通名。"那人说："我乃水底蛟龙高通海是也。"说着，一刀就把龙大奎砍倒。朱桂芳把门开了，刘芳背了大人，高源引路出了后园。

内里花得雷见势不好，说："我命休矣！你我不如逃走，再约朋友报仇可也。"花得云说："二哥，家内都有家口，如何能走？"二人正在议论，家人来报宅院已被官兵包围。采花蜂见势不好，跳出圈外，方上房跳出墙外，见那边过来一人，说："淫贼！往哪里去？今日这里就是你尽命之所。"尹亮回首一看，乃是苏永禄。尹亮说："你乃我手下败将，还敢前来送死。"苏永禄说："你别说大话，我有人拿你。"说着，背后跳出一人，照尹亮就是一掌。尹亮一闪身要想逃走，已被这人伸手抓住了，说道："唔呀！你这王八羔子，往何处走？"先按倒在地，打了几掌，说："苏永禄，你先将他扛回公馆去吧！我助众人捉那些余党去。"欧阳德来至前厅，他一说话，吴太山等人便不敢交锋，全都逃走了。这里花氏兄弟与刘清、景顺四人被获，众官兵拿了四十多名余党，大家回到了怀安县。

彭公早到，先请众人相见。欧阳德已经回山，不辞而别了。众人齐集上房，大人说："为我一人，累众义士吃这辛苦。"就认了贾赛花、蔡金花作为义女，各给纹银百两。褚彪、贾亮告别。张耀宗和蔡庆也告辞上任去了。大人派高源等五人看守尹亮,明日审案。用了晚饭,再把朱桂芳叫过来,说:"你回家呢,还是愿意跟我当差?"朱桂芳说:"我那年不敢回家,是因不知武连死活,现家内尚有老母妻子,我也不能不回家去。"大人说:"我给你白银五百两,等我剿了贼,再赐你一些逆产①。"朱桂芳答应下去。大人甚为困乏,上床和衣而卧。天有二更,由房上跳下了钻天鹞子段文成,用刀把门拨开,抡刀照大人脖项就砍。不知彭公生死如何,且看下回分解。

———————————

① 逆产——背叛朝廷的人的财产。

第九十三回
审淫贼完结大案　诛恶霸公颂清平

　　话说段文成正抡刀要杀大人,不防背后有人托着他的胳膊,他的刀就坠落于地,被一脚踢倒,用绳捆上。大人惊醒,一睁眼却见高源按住一人。大人说:"高源,他是何人?"高源说:"大人安歇,我等皆不放心,故此在外面巡查,便看见此贼前来行刺。"大人说:"带他下去,明日再审。"大人心想:高源粗中有细,我必要提拔于他。

　　次日,怀安县来给大人请安。大人吩咐:传怀安县的三班人役,各带刑具伺候。不多时,俱已齐备。大人吩咐带上花得雷、花得云来,两边威喝一声,二人跪在阶下。大人说:"你叫什么名字?"花得雷说:"我名花得雷,他是我胞弟花得云。"大人说:"你今年多少年纪,在霸王庄住了几年?"花得雷说:"旗人是正蓝旗汉军,裕王府内包衣人,三十六岁,在花家庄居住。"大人说:"不是叫霸王庄吗,怎么说叫花家庄呢?"花得雷说:"旗人那庄子,原名花家庄,因我有些财产,请了一些看护宅院的人,他等时常在外面欺人,故此外人就呼为霸王庄,我已把这些人散去了。"大人说:"你既把匪人散去,为何还窝聚江洋大盗,将本院背在庄内,私劫长官,罪不容诛。花得雷说:"那是段文成所为,这并不知。"大人吩咐把他二人带下,把捕获的余党传上。不多时,尹亮、刘清、景顺三人跪下,大人问了口供,全都招了。又吩咐带刺客上来,大人说:"你叫甚名字? 行刺本院,是被何人所使? 从实招来!"刺客供认,说:"我叫段文成,山海关人氏,我因庄主被获,来此报仇,不想遭擒,只求速死。"大人说:"你同尹亮将本院劫去,是何人指使?"段文成说:"我奉庄主之命来的。"大人命把花得雷带上。不多时,花得雷传上,大人说:"你窝聚大盗,坐地分赃,劫抢钦差,拒捕官兵,行刺大臣,目无王法,从实招来,免得皮肉受苦!"花得雷见众人已供,料想不能活命,也就招了。

　　大人把折子写好,连供单奏上一本。过了几日,圣旨下来:花得雷凌迟处决,花得云、尹亮等一并凌迟处死示众,余党均着就地正法。彭朋随地访查民隐,认真负责,钦赐"忠君爱民"四字。在事出力人员,高源赏给游击,以都司尽先补用;刘芳即用守备,加都司衔;徐胜候补守备;武杰以把总用。大人谢了恩,把苏永禄叫上来,说:"你也该回上蔡县销差。"苏永禄说:"我回去销差,到家看看兄长,就回来当差。"大人赏了他一百两银子。又把花得雷家产抄没入官,给了朱桂芳五百两银子,众人全都有赏。所有一干人犯,由知县监斩,枭首示众。

次日,大人坐轿动身,前呼后拥,往大同进发。这日到了大同府,早有本处官员来迎接大人,入了公馆,吩咐请总兵张耀宗前来相见。长班去不多时,张耀宗进来,给大人请安。大人说:"我前派你探访画春园,是甚样式?"张耀宗说:"傅国恩实是反叛,在大雄山修了座画春园,方圆有三百里。守南山口的是赛霸王周坤,守东山口的是小二郎铁丸子张能,二人皆有万夫不当之勇。他招聚兵马,分为二十四营,安排甚为严密,难于剿捕。"大人说:"你管带多少马步军队?"张耀宗说:"门生管马队一千,步队四营二千,共三千人。"大人说:"你每日勤操,候我调用!"张耀宗答应下去。彭公吩咐武杰白日睡觉,夜内巡查。又命高、刘、徐三人,明日改扮访查画春园,务要将事办的妥实,不可荒唐。三人答应下去,天色已晚,各自安歇。

次日,三人换了衣服,出了大同府,向西北行去。三人走了二十多里,来至一处村庄,约有二百多户人家,坐北向南,周围是月牙河,两岸种植垂杨,南边有一道小桥,北边是五间楼,店号"五柳居"。三人进店登楼,要了些酒菜,至日夕算了账,又问明了上画春园的路。三人来至东山坡上,说:"咱们在此分手,五更天仍须在此相会。"

三人分手后,徐胜到了山根之下,一直向西,来到了画春园界墙外面。他蹿身上墙,见里面楼台殿阁,乔木参天,群花吐秀。徐胜跳下,往里走去,见一道粉墙,有四扇绿屏门。他进了屏门,见这院落甚为宽大,正北高楼五间,灯光闪闪,听屋内有人说:"你们别睡,咱喝酒吧!今日大人同一位新来的九花娘在望月楼喝酒,那九花娘生的千娇百媚,万种风流,比那些姨太太好加百倍。"徐胜进了北院门,登楼一看:北边靠墙是一张八仙桌,桌上摆了几样菜,正中坐定一人,年有三十七八,面如紫玉,环眉阔目,东面坐的桑氏九花娘,旁边站着一个丫头。徐胜想:进去拿他二人,解至公馆,必是一件奇功。才要用手掀帘,只见那丫头走到东间屋内,托了一盘果子,放于桌上。徐胜看的不假,大喊:"淫妇、乱臣,休要逃走!"他一掀帘板进去,见那九花娘、傅国恩立起身来,往东间掀帘入内。徐胜伸手要抓,只觉足下一沉,扑通一声,从地上落了下去。

原来这楼是傅国恩新造的,安设的皆是一些假人,有走线。因知道彭公那里能人不少,必暗派人来探访画春园,先安放好了,专等拿人。方才那丫头进去,托出一盘果子,放在桌上,这都是削器。徐广治上了楼门,足下踏着弦子,身落下去,被人拿住。要是被千斤坠打着,更休想活命。那屋上落下来的,名叫翻天印,正堵着那个窟窿儿。徐胜坠入网兜,不知生死如何,且看下回分解。

第九十四回

众英雄三探画春园　刘德太中计被贼获

话说徐胜落到了他人的撒地紧身落网兜之中。楼下有四个人轮流值夜，听见铃子响，忙过来把徐胜捆上，说："伙计们，把他带至门外，明日回禀大人。"徐胜明知准死，便不住口的大骂贼人。

再说刘德太自分手之后，他由东南往北，见到一座贼营，更鼓齐鸣。又向北走了有三里路，见这画春园围墙高一丈六尺。他飞身上墙，站在上面，向东一看，见那里是一片宅院。纵身跳了下去，忽见眼前有一个人立在树后，他向前走，那人也向前走。刘芳向前紧追，那人到了东北院，便从屏门进去，把门插上。刘芳也跳下墙来，见这院落是三合房，明三暗五。他见那人进了此房，就拉出单刀，追至北房内，忽然身子竟落在翻板下面。那板下是七八丈深的山涧，里面多有毒蛇，这个埋伏，就叫水涧板房。那看板房之人，共有十名，为首的头目，名叫冷二，绰号冷不防，正同伙计在一处吃酒，听到串铃一响，便知是拿住人了。立刻把走线按住，用挠钩把他钩住捆上。

再说高源同刘芳分手后，他下了边墙，见西边一带白墙，朱门绣户，他推门进去，听见上房内有人说："来人倒茶！咱们大人既然要人马招齐，才可起手，何必如此招摇？今日听说钦差来了，我必禀明大人，叫他派人前去暗探。我今日还听说，大人又收了青毛狮子吴太山、金眼骆驼唐治古、火眼狻猊杨治明、双麒麟吴铎、并獬豸武峰、金鞭将杜瑞、红眼狼杨春、黄毛吼李吉，还收了个桑氏九花娘，同他很是对味。"高源在窗外向内一看，是一个三旬以外的男子，白净面皮，西面一人是一个二旬以外的男子，此二人都是傅国恩的心腹，一个叫田永禄，一个叫柳万年。高源看得明白，忙转身向外走去。刚有一箭之路，忽见前面有一个人，高源想：我来追这小子！高源追得紧，那人走的紧，高源追的慢，那人也走的慢。高源说："我听人说，这园内削器不少，我今可要留神！"他紧紧跟着，只顾追那木人，却不防足下有个浇花用的水井，自己竟身落井内。这三人来探画春园,全都中了埋伏。

　　次日天明,傅国恩升了集贤堂,请各位英雄早宴,共商大事。待九花娘梳洗之后,也要出来陪侍。这集贤堂是九间大厅,十分宏敞,堂下一百名亲军护卫,都是少壮男子,手执鬼头刀分列两旁,堂上还有人役伺候。少时,周坤、张能、朱荣、何玉同着吴太山等人,齐至集贤堂内,说:"寨主在上,我等有礼。"傅国恩说:"众贤士请坐。"家人送上茶来,众人吃茶。傅国恩说:"我等在此啸聚,共图大业,无奈兵微将寡!今有彭钦差奉旨来至大同府查办事件,他手下能人不少,我意欲派人前去密探真情,又不得其人,我实无主意,众位有何高见?"金毛虎朱荣、铁太岁何玉二人说:"寨主既要探访真情,派我二人前去探访明白,回来给寨主送信就是。"正在纷纷议论,便有望月楼家人前来禀见,又有水涧板房家人冷二来见。傅国恩说:"把他等带上来。"外面那两个家人来至集贤堂内,说:"禀寨主得知,昨夜小人拿住两个奸细。"傅国恩说:"把奸细带了上来!"家人把徐胜推上,站于阶下。傅国恩问道:"下面站的何人?"徐胜说:"我是徐胜老爷,你等诡计多端,要杀要剐,任汝自便。"傅国恩说:"你是彭钦差的差官吗?"徐胜说:"然也!你这无父无君之人,该把我怎样呢?"傅国恩一听,气往上冲,吩咐护卫把他乱刀分尸。不知性命如何,且看下回分解。

第九十五回

徐广治辱贼骂盗　高通海出死得生

　　话说徐胜被人拿至集贤堂，傅国恩问了三言两语，便命人乱刀分尸。徐胜一阵冷笑，说："我视死如归，死后也落个流芳百世，总算为国尽忠。我是堂堂正正奇男子，轰轰烈烈大丈夫，不像你这叛国逆贼，食君之禄，不能致君泽民，竟甘作叛逆，上辱祖宗，祸及本身，量你这小小弹丸之地，乌合之众，天兵一至，必是玉石俱焚！当今圣上聪若尧舜，德配天地，四夷来朝，八方宁静，五谷丰登，万民乐业，汝官居总戎，乃作此叛逆之事，父母被辱，妻子蒙羞，终身遭人唾骂，百世厌弃。你只管处死我吧！我虽死犹生。"傅国恩又命把刘芳带上来。刘芳也是破口大骂。傅国恩说："既是彭朋一党，全皆杀死。"旁有九花娘说："寨主不必动怒，先把他二人看押起来，候余党全都拿住，一并杀之，再不然候出兵之日，杀他祭旗。"傅国恩说："也好！"便派小头目史永得把他二人收在桃花坞内。九花娘的心中，仍是出自爱怜徐胜的旧情，她还想着在鸡鸣驿时，徐胜已然应允了她，愿结为夫妇，却被小方朔冲散了。他今日既已被擒，暗中叫傅国恩不杀二人，是为救徐胜，还想同他结成夫妻。

　　再说高源身落井内，自己定了定神，听这水是向东流去的。原来这井是引的山涧之水，预备作浇花之用，东南用板闸住。高源过去把木板提起，窜身出去一看，那夹涧之中皆是青石。自己向东方泗水走了一里之遥，看看哪边可以上去。高源上来一看，天已四更了，就跳上墙向东走去。忽听林内有一个人自言自语说："那毛二也该来了，天已四更，我二人奉了巡捕营朱寨主之命，派我俩到大同府去密访真情实据。"高源借月光看得甚真，便过去说："你姓什么？"那喽兵见到高通海，吓了一跳！说："你是谁呀？我看着甚是眼熟，想不起来了。"高源说："我叫出追高，你叫什么？"那喽兵说："我叫郎青，是巡捕营的巡捕兵，今日派我同毛二去探访彭钦差的消息，我在此等他来一同前去。"高源说："他是哪营的？"郎青说："他是奋勇营何寨主那里派来的。"高源抽出刀来，便将郎青一刀杀死,把他的衣服剥下自己穿上,又摘下了腰牌佩在自身,把他的尸身扔在山涧之内。方才收拾完了,忽听西边叫道:"郎大哥呀,郎大哥!"高源说:"毛二弟,你来了。"那毛二看见高通海就发愣,说:"你是郎大哥吗? 不对啦!"高源说:"毛二弟,你忘了我啦? 咱二人在一起扫过雪堆,我叫郎二,我兄长犯了病,叫我来替他。"毛二想了半晌,细看高源,穿的也是本园衣服,这才说:"二哥,我看你可眼熟,一时想不起来了。"高源说:"不早啦,你我走吧!"二人出了山口,走了七八里,便谈得心投意合。

此时天色大亮,已来至大同府的北关外,二人找了一座酒饭馆进去,在一个僻静之处落座,要了些酒菜,喝酒谈心,甚为快活。高源是有心把他灌醉了,他却以为高源是出自真心,便尽吐肺腑。毛二说:"郎二哥,你是交朋友的人,当下咱们都是骑虎难下之势,傅寨主他自无主意,现又被九花娘所迷,闹的他一点主意都没有了,我也是进退两难之人。"高源说:"我看寨主也是不能成大业的人,第一件不能容人,第二件不能用人。贪淫好色,大事难成。咱们还是见机而作。"二人吃喝已毕,出了酒馆,来至公馆。高源说:"你站在这里等我,我先进去细探虚实。"高源到了里面,见武杰正站在那里漱口,连忙说:"武贤弟,你快派人把公馆门外站立的那人拿进来审问,他名叫毛二,是画春园的奸细。"武杰出去,便把毛二拿来捆上。

高源到上房给大人请安,大人说:"你等同去探画春园,为何就你一人回来,他二人哪里去了?"高源把三人分手入画春园之事细说一番,又说已拿住一个奸细,候大人审问。彭公说:"来人,把他带了上来。"外面立刻带毛二来至上房,跪在大人面前。彭公说:"你叫什么名儿?"毛二说:"小人叫毛二。"彭公说:"你是作什么的?"毛二说:"我在画春园当雇工。"彭公说:"你只管直说,本院绝不怪罪你,你若不说实话,即用严刑。"那毛二吓的心神不定,说:"但求大人开恩,我实说了,小人是大同府人,自幼父母双亡,独身无依,就在总镇衙门充当更夫,后来他因克扣军粮,逃至万山之中,修了座画春园,招兵买马,意欲谋反,小人前进无路,后退无门,今日派我来探听消息,被大人拿住,只求大人开一线之恩,留我一命。"彭公说:"带他下去,我破了画春园之后再放你吧。"随即吩咐请总镇张耀宗前来。

家人去不多时,张耀宗来了,先给大人请安。彭公说:"你可坐下,我同你有话商议。昨日我派三人去探画春园，今日才回来一人，他说那贼人在里面设了各样削器，徐、刘二人被擒，不知死活。我想这事甚不容易，必须调大兵剿灭，方可成功。"张总兵说："大人如奏请大兵前来，倘或贼人知音远遁，大人便有妄奏不实之罪。依我之计，不如先发一支兵至那里巡山，看他动作如何？他若摇旗擂鼓，我等即可同他交锋，胜则擒贼，不胜再奏请大兵前来，不难一鼓荡平。"彭公说："官兵人少，如直入贼穴，第一件不明地理，第二件寡不敌众，还须访求高人，知道这画春园系何人所造？该如何破法？方可成功。"正说着，只见武杰进来，给大人请安说："大人不必着急，这座画春园系何人所修，有人知道。他乃是我的舍亲，住在宣化府黄羊山胜家寨，姓胜名奎，人称银头皓首，当年黄三太就是他父亲胜英的徒弟。今日还同我提起画春园之事，说到当初布置之人，他是知道的。"大人说："甚好！你去请他到这里来。"

武杰答应下去，到外面把胜奎请至上房。彭公见他年过花甲，仍精神百倍，便说："老义士请坐。"胜奎说："有大人在此，万不敢坐。"彭公说："你我道义相投，知己之交，可不拘朝廷之礼。"胜奎落座，家人看茶。彭公说："老英雄乃当世豪杰，今我来至大同府，系因叛贼傅国恩叛反朝廷，招聚兵马。但因画春园内埋伏不少，该当如何破法？老义士当有妙计。"胜奎说："大人不必忧虑，这傅国恩此时反情已露，大人可先请能人，定计破他埋伏，外面用官兵围之，再派能人分四路擒拿漏网之贼。"彭公说："老义士此论甚妙，无奈不得其法，不知此位高人现在哪里，能破这画春园的机关？"胜奎说出一人来，有分教：

　　豪杰共施惊人艺，忠良大展补天方。
不知后事如何，且看下回分解。

第九十六回

审淫贼罢结大案　侠义女探画春园

　　话说银头皓首胜奎正与彭公商议破画春园之策，胜奎说："大人要破画春园，自有一人可用，他住家在狼山纪家寨，姓纪名有德，人称神手大将。"彭公说："不差，前在宣化府他曾提说过的，我至大同府如有用他之处，叫我给他一信。老义士既然知道他能破贼，就烦老义士前往一行，不知尊意如何？"胜奎说："大人可修书一封，我去请他。"彭公写好信，交给胜奎带走了。

　　张耀宗随即告辞，回至衙中，同夫人蔡氏闲谈说："今日我在公馆，听妹丈徐胜昨夜探画春园去了，三人只回来一人，不知吉凶如何？这事不大好办。"夫人说："我也听父亲说过，这画春园真如天罗地网一般。"夫妻在内室说话，不想却有人偷听，正是那姑娘张耀英。她因丈夫两日未回，心神不定，今日知道兄长到公馆去了回来，便想来探个虚实。方走至上房，听见兄嫂二人正谈到三人去探画春园，至今才回来一个高源，那二人不知吉凶如何？姑娘听了，心中一动，至亲莫如丈夫，我不免去探访一番。

　　姑娘回至房中，带上各样暗器，换上铁鞋，背插单刀，暗暗出了上房，飞身上屋，蹿房越脊，顺马道跳下城去。走了七八里路，天色昏黑，借着星斗之光，施展陆地飞腾之法，顷刻已至周坤大营，只闻刁斗互击，警卫森严。过了大营，来至画春园界墙，见园内树木荫深，楼台罗列，自己扔了块探路石，听落了实地，随着跳了下去。又见眼前一片芙蓉树，东北竹墙，当中一所房屋，甚为高大，正北是一座四望亭，高九丈有余，上边安装玻璃，内置桌椅条凳。她心中说："这所花园不小，当初修建时也布置得很好。"向北走了一里之遥，见一片桃林，中有一所院落，灯光闪闪，内有更夫正在吃酒。姑娘在窗外，用舌尖湿破窗纸，向内一看，见那几个更夫猜拳行令，正吃的得意洋洋。内有一人说："五位贤弟呀，我史永得不是说大话，我每日喝酒，永没醉过。今日你我坐在一处，应了古话啦，酒逢知己千杯少，话不投机半句多，你我必须多喝几杯。"另有一人叫印大海的说："史头儿,你也是个明白人,这酒儿不可多喝,恐怕误事。"史永德说:"这东西是我最爱的,你叫我别喝,你就不是朋友了。"印大海说:"你我奉命看守拿获之人,或有人前来暗探,那如何是好?彭钦差手下能人不少,不可不留神!"史永得说:"不要紧,你不必多虑。"侠良姑听的明白,到了北边屏门之内,见院中空无一人,拔出单刀向地下一使劲,并没一点动作。又慢慢走至台阶之上,见屋门紧锁,侠良姑才要伸手去把锁打开,忽从左边廊檐上飞下一双抓来,把她两个肩头抓住,不能转动。忽然门锁落下,门儿开放,由屋内出来一人,青面红发,二目有电,身披彩衣,手拿绒绳,一伸手就把张姑娘抓住,用绒绳捆上。姑娘吓的通身是汗,如今被人拿住,不能再出此画春园了。又想:我是个女流,如落于贼人之手,不得落一个好死。

正在为难,忽自正南飞也似来了一人,先用刀把飞抓绳割断,把飞抓起下来,那自行人儿有两个轮子,便自行进去,并不管张耀英。姑娘细看,是嫂嫂恶魔女蔡金花赶来,她才放心,说:"嫂子来得正好,你先把我绒绳解下。"蔡金花把绒绳放开,二人下阶,侠良姑说:"嫂嫂怎么知道追奔前来?"蔡金花说:"妹妹你可吓死人了,我同你兄长正谈心,你房中的丫环来说,你带兵刃走了。你哥哥也急啦!我忙把你亲家母叫起来,我同父亲说,是你来探画春园啦!我等也没法,你兄长便带兵刃追了下来。至画春园内分成四路,我不敢紧走,只可慢慢的来至桃花坞,见你在这里,我也不知削器如何破法,就用刀割开绒绳儿,把飞抓起下来。"侠良姑说:"嫂嫂不可入屋,怕有埋伏。"蔡金花说:"你我到外面去,找我父母同你兄长,一同回去吧!"张耀英说:"也好!"二人到外面,各处寻找蔡庆、窦氏、张耀宗三人。

且说张耀宗同蔡庆分手,处处留神,在各处访查徐胜、刘芳的下落。走了有半里之遥,见绿柳成行,北面有七八间敞亭,那亭内灯光隐隐。张耀宗想要过去看看,忽见那面来了一只白狗,摇头摆尾,扑奔而来。他连忙闪在一旁,那狗一张口,就放出十支诸葛连珠弩来。他用力照定那狗的脊背就是一刀,喀嚓一声,分成两段,原来是一个木狗,肚内安着诸葛连珠弩,甚为奇巧。他自己着急,不知妹妹现在哪里,一则骨肉连心,二则她是个女流,倘落在他人之手,如何是好?又向前走了五六里,见前面一带界墙,墙内北房七间,屏门四扇。张耀宗至屏门之内,见台阶下有一片埋伏,自己慢慢用刀试着,走了七八步远,又见屋内纱灯悬挂,灯烛辉煌,内有各样摆设和八仙桌。东面坐着之人，正是那傅国恩，西面是妖女九花娘，二人对坐钦酒，旁有一侍女伺候，桌上放着各种果品菜蔬。张耀宗看罢，进了北大厅，方一伸手，足下一沉便坠入坑内。内有四人看守，每日一换。今日值班人姓吕名祥，他同三个伙计用绳把张耀宗捆上，说："咱们去禀明前边巡捕头目吴太山，他是咱们寨主的好友。"张耀宗说："你等四人是傅国恩的什么人？你家主人乃朝廷的总兵，竟甘心叛逆，不久天兵一到，玉石俱焚。"吕祥说："你姓甚名谁？"张耀宗说："我姓张名耀宗，外号人称玉面虎，该杀该剐，任凭于你。"吕祥说："你不必多说，自古及今，胜者为王，败者为寇，天下者非一人之天下也，有德者居之，无德者失之。我带你见见我家巡捕寨主去。"四人推张耀宗来至上面，先把翻板扣上，然后抬他到了西北那所院落。

　　吴太山、吴铎、武峰三人，奉傅国恩之命，巡查奸细。天有二更之时，方要带护卫去查夜，忽见手下人来禀告说："今有万木林内看守之人，拿住一个奸细，抬至此处，请你老人家发落。"吴太山坐在上面，吩咐带人上来。四个人抬着那人来至北大厅，吴太山早看见是张耀宗，眼都红了，说："张耀宗，你也有今日，我前在河南紫金山受你这厮羞辱，不想你今日也落在我的手内，你也是大数已尽，活该我来替大寨主周应龙报仇。"又吩咐说："你等快把他绑在外面将军柱上，给我开膛摘心，我今夜要多吃几杯酒，正想喝一碗醒酒汤。"手下人答应，把张耀宗绑在柱上，把木盆放在面前。有个喽兵，三旬以外的年岁，把衣服掖好，系上围裙，拿一把牛耳尖刀，来至张耀宗面前，说："来人，先拿一桶水来，照定他头上浇下。"那家人来至跟前，举起水桶，浇了一桶水。张耀宗说："好贼！你只管来用刀，给我一个痛快吧！"那家人说："听招呼吧！"先把衣服给他解开，手执牛刀，照定张总兵前胸就是一刀。不知性命如何，且看下回分解。

第九十七回
群雄共探画春园　英雄谈笑破削器

话说玉面虎张耀宗被青毛狮子吴太山拿住，绑在木桩之上，那手下人拿牛耳刀照定前胸就刺，张耀宗只是闭目等死。不想家人方要刺时，由房上飞下一镖，正中那家人背心，立刻身死。

此时从房上跳下一人，身高六尺，膀大腰圆，面若傅粉，仪表不俗，头戴青绢帕罩巾，手提单刀，跳下来说："唔呀！混账王八羔子！"来者正是小蝎子武杰，因在公馆听高源说徐胜被他人所擒，心想徐胜是自己的救命恩人，他今被画春园所擒，心甚不安，便换好衣服，带上兵刃，立刻出了公馆，顺路走至山边，爬上山来，借着月色，只见山左山右都是陡壁石崖，由此直上西北，见画春园就在目前。他顺路下去，心中说："我一进画春园，必须处处留神，如落贼手，就不能救我徐大叔了。"他蹿房越脊，处处留心，走了七八箭远，眼前灯光闪闪，来至切近，见下边灯光一片，有一个人手执钢刀，正要开张耀宗的膛。武杰掏出一只镖来，照那人就是一镖，登时身死，自己跳下来破口大骂，说："唔呀！你们这些混账王八羔子，自河南屡次助恶叛逆，我不能与你等善罢甘休。"说着，抢刀就砍。吴太山说："好一个大胆匹夫！你自己前来送死，我不拿住你，你也不知道我的厉害。孩子们，鸣起锣来，知会各处。"便一摆老虎钩相迎，他欺武杰一人，足以取胜，吴铎也拔刀相助。

武杰一人寡不敌众，正在为难，忽由屋上跳下四个人来，先把鸣锣之人杀死，然后赶了过来，前面一人说："武杰你不必害怕，我蔡庆来也。"后面的说："吴太山，你老太太金头蜈蚣来也。"武杰留神一看，原来是蔡庆夫妇同蔡金花、张耀英二人。

因蔡金花救了张耀英，二人回头走了不远，就遇着了蔡庆夫妇。四人见面，共叙所见之事。蔡庆说："不好！咱们先回去，明日候纪有德来时再作道理，此地是他修的，他必知底细，我等不可冒险找祸。"张耀英心中不愿回去，却也知道这画春园的厉害。四人言明，这才向东走至一所宅院之外,忽听里面人声喊叫,锣声响亮。蔡庆吃了一惊说:"不好!这锣声一响,恐怕贼众齐来,你我要受贼人之害。"四人蹿上房向下一看,见吴太山、吴铎、武峰三人,率领四十名喽兵,正在那里迎战武杰。那武杰独战群寇,并不害怕。蔡庆跳下去把鸣锣之人杀死,窦氏母女同张耀英三人也跳下房来。蔡金花先砍断绑绳,把张耀宗放了,然后夺了一口刀,夫妻二人同众贼动手。吴太山见事不好,手下人又因未经大敌,都已跑了,这里没有传锣,各处也不知道,他无奈一捏嘴,吱儿一声暗号,同吴铎、武峰先钻入北上房,把门紧闭起来。

众人知道这里有埋伏,也不敢向里去追,便出了院落。张耀宗说:"你我既已身入虎穴,必须救出他二人才是。他二人现在不知生死,若要知道准信,也可设法救他才是道理。"蔡庆说:"方才我听张姑娘说,他二人在桃花坞内被人看守,你我先至那里拿住更夫,细问明白。事不宜迟,迟则有变,你我快走!"六人来至桃花坞内,听见更房内有一人正自说话,已带着八分的醉意,说:"你等都睡了,也不打更去,我史永得打更去。"他拿起一个梆子,一溜歪斜的出了更房,要去绕弯打更。他连手内梆子也拿不住了,扔在地上,两只眼迷迷离离的正走着,忽然倒于就地,被张耀宗按住,说:"小子,你叫什么名字?这所屋内,有被你等拿住的彭大人差官,快早说实话!若不说实话,当时结果你的性命。"史永得说:"好汉爷!饶我的命,我实说就是了,你要不放开我,我死也不说。"张耀宗说:"我放开了你,你要跑了,我去找谁呀?"史永得说:"你老人家只管放心,我不跑。"张耀宗说:"你说实话吧,再不说我给你一刀。"史永得说:"我告诉你吧,这北房是有埋伏的,一进门便有滚板、翻板,东间屋内收着一个姓徐的,一个姓刘的,你们从东边窗户进去,救出他二人吧。"张耀宗把史永得捆上,说:"你受点委屈吧!"又给他把口堵上,放在西边无人之处。张耀宗来至东窗口,把窗户打开进去,见徐胜、刘芳二人坐在北边椅子上,绳捆两臂,双足套在地上窟穴之内,不能转动。他先把二人绳扣割开,然后把地上的木板移开,把二人口中所堵之物掏了出来,说:"张大人你来了,我等真是再世为人,可惨可惨!我二人打算今生今世不能同你见面了,想不到今夜绝处逢生。"张耀宗说:"妹丈和刘兄,你二人不知,我今夜也几乎死在贼人之手。"就把自己之事说了一遍。二人听了,各各嗟叹!三人从窗口出来,天已四鼓。

蔡庆等四人看见徐、刘二位，立刻见礼。蔡庆说："你我今夜不能进他的内宅院子，天已四更，我等先回公馆禀明大人，调齐官兵，候纪有德来再为办理。"众人方才要走，又听见正北当中八卦团城之内锣声大作。不多时，东西南北，四面八方，锣声不绝。各处灯笼火把，松明亮子，照耀如同白昼一般。蔡庆说："不好，你我快走！听这八方传锣，必是吴太山回明了傅国恩知道，你我莫若走为上策。"众人向南，直走到南界墙外，忽听正北一片声响。蔡庆说："不好，我等快走！"张耀宗、徐胜两人向南边一看，只见灯笼火把照耀如同白日，那边山口有二百名喽兵一字儿排开。当中一人，姓周名坤，绰叫人称赛霸王，身高八尺，膀大腰圆，项短脖粗，面如锅底，环眉大眼，二目神光满足，头上青绢帕包头，身穿青小袄，腰系青褡包，精神百倍，手使浑铁棍，重有八十斤，立在当中，说："咋！你等这些该死的囚徒，往哪里走？我等候多时了，你等休想活命。"此时画春园角门大开，吴太山约会群寇，已带飞虎兵三百赶到。不知后事如何，且看下回分解。

第九十八回

侠良姑镖打周坤　纪有德献策定计

话说蔡庆等人来至南山口,有周坤率领喽兵,各执长枪大刀,截住去路。刘芳一见,气往上冲,拿刀跳过去,说:"小贼,你休要逞能,待我刘老爷结果你的性命。"抡刀就砍,周坤举棍相迎,刘芳抽回刀分心就刺,周坤用棍向外一磕,刘芳躲避不及,被棍将刀打落,连忙回身就跑。蔡庆跳过去,一摆虎头钩,二人又杀在一处。只听正北人声喧嚷,天翻地覆。张耀英说:"不好!,你看画春园余党来了。"蔡金花回头一看,见是吴太山同吴铎、武峰三人。

他们由画春园前巡捕房内地道中逃走,至北有一座八卦团城,是傅国恩的家小、亲丁人等居住。内分八门,暗设机关。前有三门;头道门是金眼骆驼唐治古、火眼狻猊杨治明、金鞭将杜瑞、花叉将杜茂这四个人把守,外有听差的门房;二道门是红眼狼杨春、黄毛吼李吉把守;三道门是锦毛虎李祥把守。三道门内有八卦亭子九间,那便是傅国恩的议事之处。吴太山来至头寨门,见了唐治古、杨治明说:"你这里有多少兵,快些鸣锣聚众。我那里来了七八个彭钦差的手下人,我三人寡不敌众,被他等杀败了。"杨治明说:"杜贤弟,你二人看守寨门,鸣号调队。"那八卦城头道门有五百名亲兵护卫,又有一百名该值的,这里一棒锣响,人皆传齐。吴太山说:"你等队伍已齐,跟我来!"他率领众军,同唐治古、杨治明、吴铎、武峰五人,追出画春园的南角门外,见眼前人声鼎沸,蔡庆正同周坤交手。

侠良姑张耀英一回头,见后面追兵来了,心中着急,伸手掏出一只镖来,照定周坤打去,正中他的左肩"哎呀"一声,拉棍往回就跑。刘芳也掏出墨羽飞篁,照定喽兵就打。蔡庆等人各摆兵刃,冲入贼队,只杀得东倒西歪,尸横山口,血染草红。

吴太山等来到这里,张耀宗、蔡庆、武杰、徐胜、刘芳、窦氏、蔡金花、张耀英等早已出了南山口,直奔大同而来。天色大亮,他们进了北门,张耀宗兄妹、蔡庆夫妻自回镇台衙门去了。徐胜、刘芳、武杰三人来至公馆。那高通海正在门首站立,见他三人回来,心中大喜,说:"你三位回来了,我实不放心。"徐胜说:"好险呀!我同刘爷几乎死在他人之手。我等先去到上房见大人,不知大人可曾起身么?"高源说:"已然起来了,众位去吧!胜奎今日五更天就起身走了,去请神手大将纪有德来此,共商破那画春园之策。那里面的削器埋伏也不知共有多少,闹的我们心神不安,我那日落在井中,也实在惨。"徐胜说:"你落在井内,如何能出来的呢?"高源说:"兄弟你不知道了,吉人自有天相,那井原是借的山泉,向东就是一道涧,我从涧中逃出,还拿住一个奸细,名叫毛二,我把他带至公馆,也算一件奇功。"徐胜说:"还是你正走红运,这些事多叫你遇着了,我等快去见大人吧!"

三人来至上房,大人刚净完了面,彭禄儿在一旁伺候吃茶。一见他三人进来,大人这才放心。三位给大人请了安,彭公问徐胜、刘芳说:"你二人探访画春园的情形,为何今日才回来呢?"徐胜说:"卑职等奉大人谕,去至画春园暗探动静,见那里面楼台亭阁不少,我上了他的望月楼,见那当中坐着一人,像是九花娘,正同一人在楼上吃酒。我进去拿她,不想那楼板却是活的,把我翻落在下,被他拿获。"大人说:"你既被擒,怎么能回来的呢?"徐胜说:"我被他擒,自想必死。他把我绑在画春园当中的八卦团城内,那里有大殿九间,傅国恩同盗寇在座,被我破口大骂。他并没有杀我,又把我同刘芳押在桃花坞内。昨夜张耀宗、蔡伯父等人才把我等救出来。"彭公说:"此时画春园贼人不少,为何尚不起手?"徐胜说:"贼人手下兵丁不少,如今大概是被九花娘之色所迷。他那座画春园也赛过铜墙铁壁,天罗地网一般,如何能把官兵放在心上?"彭公说:"趁此时贼人未起手,就调官兵扫除他吧!"徐胜说:"大人不必多调官兵,只要虚张声势,派张耀宗把他标下所有的兵丁调齐,然后再设计破画春园,未知可否?"

正在纷纷讨论,忽见彭寿儿同胜奎进来给大人请安。彭公说:"老义士你还未去吗?请坐吧!胜奎说:"我并非是不去,只因昨日奉大人谕,今日大早五更天就起来备马,领了家丁上纪家寨去请纪有德,不想走至半路,正遇纪有德父子带着家人前来大同,要助大人共破画春园,拿获叛贼。此时已经来到,要面见大人。"彭公说:"快把纪老英雄请进来。"家人出去不多时,见纪有德父子进来,先给大人请安,又同众人相见问好。大人说:"老义士!你前日帮助拿获逆贼采花蜂,我甚佩服老义士的智勇过人。今来收服画春园的贼人,无奈我手下众人全皆被伤,无力可出,久仰老义

士英名远震,真乃当代英杰,不知目下有何妙法,可破贼人?"纪有德说:
"多承大人夸赞,我实无能。今蒙大人吩咐,万不敢辞。所议之事,不宜
过迟,迟恐有变。大人这里共有几位英雄?"大人说:"他们有四五个人,
如不够用,张总兵处还有他的亲戚蔡老义士,可以请过来商议。"大人即
派人去请大同总兵同蔡老英雄前来。

　　不一时蔡庆来到,大众叙礼已毕。大人说:"纪老英雄,还是你出一
个主意,想那万全之策才好。"纪有德说:"那画春园的山南,有个山口子,
东方也有山口子,这两处大人必须派兵把守,先给他看着。他的那些喽
兵,都是无业游民,不能成其大事,只须精兵三百名即可收服。大人必须
派精明强干之员,方可成功。"彭公说:"就命大同总兵张耀宗,着他派兵
前去。"纪有德又说:"大人还须派精明大员,列队在东南两座山口子作为
接应,先取了山口,以惊贼心。"彭公说:"再派张耀宗的兵去攻打就是
了。"纪有德说:"他今叛反,现有盟单总账,花名册子,收在那八卦团城之
中。那里有一座迎春阁,在阁内天花板上的悬笼龛①中,就是总账和削
器。那里靠北墙的一张桌子是活的,不知道的去盗盟单,脚一登桌,即被
人捉住。总账就在那里放着,如要过去,必须先拉那八仙桌子,从那北墙
便出来两个自行人儿,手执钢刀向地上砍来。不知道的去探画春园,瞧见
迎春阁上有盟单总账,只要一贪便宜,一登那桌子,桌子即往下一沉,同地
板相平,两只足正被套住,那两个木人便过来抢刀砍死为止,休想活命。
不知谁敢去盗盟单,也好按名捉拿,若无人敢去,我另有主意。"粉面金刚
徐胜说:"我可以去盗得。"纪有德说:"武杰、纪逢春,现有柬帖一纸,派你
二人照此柬行事,可成一件奇功。"又说:"蔡老英雄、高源、刘芳,你三位
可以同我挑选一百名精壮之人,明日一早同我去破画春园,探明道路,共
捉傅国恩、九花娘等。"众人答应。

　　大人见他调度有方,心中甚喜,吩咐彭禄儿预备酒席,给纪义士接风
掸尘。彭禄儿答应下去,立刻在配房摆好酒席,纪有德、胜奎、蔡庆三人共
坐一桌,高源、刘芳、徐胜并众英雄列座,大家开怀畅饮,彼此谈心。天晚
安歇。次日天明起来,纪有德便领了众人去破画春园。不知该当如何,且
看下回分解。

---

　　① 笼龛——笼阁子。

第九十九回
群雄共破画春园　刘芳奋勇战贼寇

话说神手大将纪有德,同蔡庆、胜奎三人,点了一百精兵,又对众人说:"不走东山口和南山口,咱们爬山走飞云渡口,过接天岭,直奔画春园的正门。你等看见自行人儿,切不可追,它往回走,也不可拿刀砍它。"众人答应。纪有德带领众人,直奔那山边,到了飞云渡口,顺小路上接天岭,爬山向画春园而来。

吴太山自那日带领庄丁人等,追蔡庆到了南山口,因周坤中了镖伤,不能抵挡众人,他也不敢往下去追,便领队回了头道寨门。天明之时,议事厅上金鼓齐鸣,傅国恩同妖妇桑氏九花娘升座。青毛狮子吴太山、金眼骆驼唐治古、火眼狻猊杨治明、双麒麟吴铎、并獬豸武峰、红眼狼杨春、黄毛吼李吉、金鞭将杜瑞、花叉将杜茂、赛霸王周坤、小二郎张能在两边列开坐位。此外尚有众多的无名小辈,鱼翅鸡毛,打闷棍套白狼的,都是一些无知之人。又有亲军护卫兵二百名,青绢帛包头,青绸子褂裤,青缎子快靴,怀抱四尺多长、宽二寸有余的斩马刀,皆是三十来岁,一色打扮,在两旁站立。傅国恩和九花娘当中坐定,说:"列位英雄请坐!"众寇落座,家人献上茶来。傅国恩开言说:"周坤贤弟,你派人去探彭公,他来大同府共带有多少英雄,有无兵马,可打探详细否?"周坤说:"业已有信,他带来的英雄不少,兵马却没有。昨夜从画春园把拿住的人救出去了,我等列队未能追回,今日正要回禀寨主知道。我看不如将人马调齐,杀上大同府,先拿了钦差彭公,然后便进兵攻取怀安、雁门、代州等处,再攻宣化府,进了北口,长驱直入,可以图王霸之业。寨主若是不早下手,恐他兵马来到,那时前进无门,后退无路,悔之晚矣!"

傅国恩听周坤的一番议论甚是有理,但他生来却是个没主意的人。当初这大雄山是周坤、张能二人在此占山为王。他做大同总兵时,同二人是八拜之交。傅国恩身为大员,不思报主,却一心反叛朝廷,并把营中的兵饷,每名扣银五钱。因此有中营游击郭大奎上了一本,陈说克扣兵饷,并非长远之道,唯恐暗中有变。傅国恩说:"我带之兵与你无干。你既作忠臣,皇上何不派你?"这几句话,说得郭大奎闭口无言,只得任其所为。他怀着一腔忠义之心,忿忿不平,同他营中人说起总兵克扣军饷之事,这五百名马队人人皆忿,都要去杀傅国恩。因说话不密,被他家人傅祥得知,回禀他主人,说:"郭大奎同他手下兵丁要杀你老人家,他手下人说要反叛了。"傅国恩听了,勃然大怒,说:"这还了得!"忙传郭大奎进帐,说:"你违我军令,私自谋反,克扣兵饷,绑出去杀了!"中营的马队兵丁,知道主将被杀,大家连夜逃走了。傅国恩知道这件事办得不好,立刻带领亲随人等逃至大雄山,在那里招兵买马,修造了一座花园。这是他早年修好,自己又重新安置的。张能、周坤及阖①山之众,全皆归降。便立起大旗来,准备起兵。忽然探子来报:有兵部尚书彭朋,奉旨查办大同府。傅国恩不知吉凶祸福,即同众人商议。大家一时无策,有说可战的,有说兵马太少,不可轻进的。这也是他缺少智谋,把几十年克扣兵饷所积的钱,全都招了兵啦!

这日商议军务大事,吴太山说:"看光景宜急速起兵,不可死守。如不能急速起兵,可以找一座高山峻岭,方可守护,要说在这里,焉可持久!"傅国恩说:"我费了多少金银,修的这样,要是走了,我舍不得这所花园子。我有一个朋友,现在磨盘山为王,姓马名雕,绰号人称金面太岁,我已派人去请他前来相助。"吴太山等说:"也好!就是如此办吧!"这日大设筵宴,同众人谈心议论,直吃了一天的酒,至晚才撤除杯盘,各回汛地②,大家安歇。

次日天明,纪有德等便从接天岭下来,到了画春园外,先高声说:"哒!你等该值看门的人听了,我们奉了钦差大人之命,来拿反叛傅国恩一人,你等要知非改过,不随叛逆之人,可扔了兵刃,全皆没罪,如再执迷不悟,那时拿住你等,碎尸万段,把首级挂在通衢③示众!"吴太山看见南边来了一百多名官兵,为首之人,率领一些英雄前来。此时他没有得到南山口的信息,又不见周坤的动静。只得摆刀跳过去,说:"哒!你等休要

---

① 阖(hé)——全部。

② 汛地——明清时,因队驻防的地段。

③ 通衢(qú 音渠)——大路。

前来讨死,今有吴太山在此等候多时了。"胜奎说:"你吴太山年过六旬,尚不知世务,竟与贼为伍,甘心反叛!今有钦差调齐官兵前来捉拿反贼,还不急速投降,免得多杀人命。"那吴太山瞧这些官兵不过百十名,并不放在心上。他倚仗着人多,就抡刀直奔胜奎而来。胜奎说:"你不要逞强!看你这匹夫有何能为?"摆金背刀急架相还,二人打了数合,胜奎一镖打中吴太山的左肩,他回头就跑。唐治古、杨治明二人,各抡刀直奔刘芳、高源而来。高、刘急架相迎,四人战了多时,胜奎又是一镖,打中了杨治明的右肩,两个贼人便往大门里跑。高源方要追去,听纪有德说:"高源你休要逞强,不可追去,再走两步就有性命之忧!"高源听了,立时止步。纪有德到了近前,把东边的滚板,用刀割开走线,又把翻板支住,在中梁使千斤闸支住,用刀割断了弦,这才带领众人进了头门。

　　到了二道门外,见东西配房各五间,正北有五百名手擎长枪的飞虎兵,金鞭将杜瑞、花叉将杜茂二人在那里把守,说:"你等这些无知之徒,休要呈强,我二人在此久候多时了。"纪有德说:"你二人是我手下败将,也敢如此无礼!"抡刀就砍,杜瑞用鞭相迎,战了几合,纪有德一刀把杜瑞的鞭磕飞,一脚踢倒在地,不能起来,这里官兵将他捆上,抬至空房之内。纪有德破了二道门的绷腿绳、绊腿索、立刀、窝刀、自发弩箭等器物。外面张耀宗带领大队三千人马,分两路从东南两座山口进兵,已先破了南山口。周坤一人,如何能敌官兵之众,众匪四散逃走。张耀宗便带领官兵,把画春园团团围住。纪有德知官兵已到,大事成就了,便领着众英雄破了三道重门。

　　那傅国恩在里面知道四面八方已被官兵围住,他自己升了议事厅,把所有的战将请来一处商议。他说:"众位英雄,大家要助我一膀之力,同他决一死战,不知你等肯出力否?"那众人齐声答应,说:"寨主,现今的事,万不可同他争锋。头一件,外面周坤同他带领之人,均已散了。"正议论之间,忽然从东屋上跳下来小二郎张能,他说:"众位英雄,如今大事不好了,我守的东山口已失,大队官兵已把画春园围住,请寨主早为准备。"傅国恩说:"张贤弟,我想同他决一死战!你等快鸣锣,集齐了人,以待敌人。"

　　再说纪有德把各处的削器总弦割断,进了三道重门,见傅国恩、九花娘及众将各摆兵器站在那里。纪有德用刀一指,说:"叛国之贼,你休想逃命!天兵至此,还不早早投降,免尔等一死,如再执迷不悟,你的巢穴已破,玉石俱焚,悔之晚矣!"小二郎张能手使弹弓,一弹子照定纪有德打来,被纪有德磕开,连打几下,都未打中。他心中发慌,说:"不好! 不如三十六着,走为上着,不可死在他的手内。"张能跳出圈外,上西厢房逃走了。高源一见急忙追赶,二人就像走马灯的样子,追出画春园去了。纪有德摆刀直奔傅国恩,粉面金刚徐胜摆刀要拿九花娘。不知后事如何,且看下回分解。

彭公案

中

[清] 贪梦道人　著

华夏出版社
HUAXIA PUBLISHING HOUSE

第一○○回

高源捉拿傅国恩　徐胜单探磨盘山

话说水底蛟高通海去追小二郎张能，出了画春园，往那面走了。神手大将纪有德见贼党齐聚在议事厅前。刘芳抡刀跳至当中，说："傅国恩，你大清朝总镇，食君之禄，不思忠君报国，反作叛逆之事。你这画春园所集不过乌合之众，要同官兵抗拒，焉可成事？"傅国恩领众在前，说："你是何人？"刘芳说："我姓刘名芳，字德太，绰号人称多臂膀，我跟彭钦差大人当差，专查贪官恶霸。外有马步大队，已把你画春园围的铁桶相似，你等想要逃走，比登天还难。"傅国恩一阵冷笑，说："刘芳，你今既敢带兵前来画春园，你可知道这里的厉害，待我先拿你就是！"他一回头说："杜茂！你把他给我拿住。"杜茂摆叉跳出来说："刘芳，你也是绿林中人，何必这样猖狂？看你二爷拿你。"拧叉分心刺来，刘芳用刀急架相迎，二人战在一处。

那粉面金刚徐胜要去迎春阁，盗取贼人的盟单，以便指名捉贼，他蹿身上房，小心留神，绕过东房，往北走了一箭之远，在房上各处寻找，抬头一看，见迎春阁就在目前，院中清静无人。粉面金刚徐胜看罢，飞身上了迎春阁儿，把门推开，见正北有八仙桌一张，墙上有悬笼，内有盟单总账等物。徐胜先一接桌子，那桌子吱的一声，往下一沉，立刻与楼板并齐。那北面墙上的门板一开，由里面出来两个木头人儿，手执大刀向地下就剁，只听得喀嚓一声，那刀砍在桌面上却抽不出来了，那两个木头人儿便不能转动。忽由房上盖下来一个铜罩儿，正罩在徐胜的身上，又有七八个钢钩儿下来，也都钩在他的身上。徐胜既不敢嚷，又不能思动，只得等死而已。

神手大将纪有德率领众人，在议事厅前同众寇正在恶战。刘芳同杜茂二人战够多时，不分胜负。红眼狼杨春、黄毛吼李吉这二人又各摆兵刃，跳过来协力相助。蔡庆、胜奎也摆刀跳过去相迎。青毛狮子吴太山跳过来说："纪有德，你真匹夫也！当初修画春园之时，你也说过不能再生异心，今日你又相助彭朋来破画春园。你想要做惊天动地之人，并欲求取功名富贵，这都是缘木求鱼，焉能得到呢？"纪有德说："呔！你休要摇唇弄舌,你纪大太爷是安善良民,守分百姓,岂可同贼人为伍?你这叛逆之人,都是乱臣贼子,人人得而诛之!我等今奉钦差之命,领官兵前来剿除你等。"吴太山抡刀就砍,纪有德急架相迎,二人各施平生艺业,杀的难解难分。

傅国恩同九花娘二人见事不好,又听外面喊杀连天,人声一片,他的一个家人由后院跑出来说:"寨主爷,大事不好了!如今大奶奶已投环身死。"傅国恩一听结发之妻投环身死,心中悲痛,落下几滴泪来,说:"唉!悔不听贤妻之言,只落得这般光景,如今大事不成,如之奈何!我自得了九花娘,一点顺事没有,想是被色所迷,我也把事做错了。"他无奈一拉九花娘,二人进了大厅,到了西面的空屋内,把北墙下的那一张床儿给挪开了,地下有一块八卦图的木板,再把那木板移开,一捏嘴儿,一声哨子响,二人便下了地道逃走了。那青毛狮子吴太山、金眼骆驼唐治古、火眼狻猊杨治明、双麒麟吴铎、并獬豸武峰这五人也跑进大厅,找到地道,从沟中逃走了。

这地道是当初造画春园时预先准备的,直通正北山边二十里之外。那里有一座望山坡,上面修了一座映雪亭,这座亭子上有一块石头是活的,无人知道。今日傅国恩见外山口已破,四面都是官兵,又见纪有德、胜奎十分勇猛,便趁着那红眼狼杨春、黄毛吼李吉、花叉将杜茂等同众人杀得难解难分之时,先由地道逃走。他同九花娘及吴太山等五人顺地道逃向西北,正走至当中,忽然心中一动说:"吴太山!你想该由哪面走呢?西北这条路,是当初纪有德监工修的,后来我因怕纪有德变了心,倘或事情败露,要由这条路走,恐被他人所获。我自己又派心腹人自十字路口向西又修了一条地道,从那西边的青松坡下出来,你我是由哪条路走呢?"吴太山说:"寨主如今大事不成,意欲何往?"傅国恩说:"我投磨盘山去,还要奔潼关外去访几个朋友,依我之见,还是由西北这条路走为上策,你等要向西走,如外面走漏消息,那时他派人在那里候着,如何是好?"吴太山听他之言,说:"也好!就依你往西北走吧。"桑氏九花娘有千里脚程,她紧随着顺地道一直走了十七八里之遥,大约快要到了,傅国恩便把随身一个包袱交给九花娘,说:"娘子,你好好收存这个包袱,你我二人可指这里边的物件以度晚年,那里面有些金银细软之物。"九花娘也甚愿意,就把包袱接了过来。众人已至望山坡地道山口,吴太山说:"待我托起这块石头来。"方用手一托,那望山坡地道的亭子内,早有两个人在此等候,一个是打虎太保纪逢春,一个是小蝎子武杰。

他二人自早晨奉神手大将纪有德之命,拿了一个字柬,来至无人之处。武杰是认得字的,便说:"纪贤弟,把你那字柬拿出来我看,是派你我往哪里去?"纪逢春掏出字柬来交给武杰。他接过来打开一看,上写着:

> 字示武杰、逢春二人知悉:汝二人急速绕道奔画春园之西北,在望山坡有一亭子,名曰映雪亭。汝二人不可远离,就在那座亭子上守候,如见石头动处,你二人急速拉兵刃捉拿叛臣傅国恩等。此乃第一奇功,百年莫遇之巧机也。千万千万! 汝二人遵行。

武杰看罢,说:"贤弟,你我快走。"二人出了大同府北门,直奔画春园之西北,到了望山坡,见那映雪亭就在南面山坡之上,东边是一片松树林,西边有一道沟,北面是一片平川之地。二人就在亭子上一坐,天有过午之时,忽听见亭子底下有脚步之声。见那亭子底下的石头一动,小蝎子武杰说:"唔呀! 王八羔子,你这混账东西往哪里逃走? 我等在这里等候多时了。"

里面傅国恩听见上面有人说话,知道有人埋伏在此,连忙一撤身子,回头就跑,说:"不好! 你等快同我出西边那个山口吧!"九花娘跟随着又折了回来,大家走至十字道口儿,便从新修的西边那条路上紧走,生怕有人追上。他等走至这西边地道口,一托这块石头却托不动。吴太山说:"这块石头何以托不动,是什么缘故呢?"傅国恩说:"有一百二十斤呀!"吴太山说:"不然,要是一百十多斤,我倒可以托得动它了。"傅国恩一托,也是托不动,说:"真是奇怪,这是怎么一回事呢?"

书中交代:在外面石头之上,原来有一个人正在那里睡觉,他就是高通海。他因为追小二郎张能没有追上,心中一烦,就想在这块石头上歇歇再走。他正歇着,忽然石头一动,听见里面有人说话。高源说:"待我闪在一旁,看是何人? 我要是他的对手,我就拿他可也。"他连忙闪在一旁,里面吴铎又来托这块石头。不知后事如何,且看下回分解。

第一〇一回

高源智擒傅国恩　黄顺倒反磨盘山

　　话说彭公派人大破画春园,水底蛟龙高通海在画春园西北卧牛石上睡着,不想青毛狮子吴太山等从地道逃生,来至此处,一托石头,并未托动,早把高源惊醒。他慌忙躲开,隐藏在树后,只见石头忽悠悠一起,往旁边一转,从里面上来了青毛狮子吴太山、大斧将赛咬金樊成、赤发灵官马道青、赛瘟神戴成、金眼骆驼唐治古、火眼狻猊①杨治明、双麒麟吴铎、并獬豸武峰、九花娘和傅国恩。

　　他等见彭公手下的办差官带兵来把画春园一破,料想不能存身,便带领众位英雄,由新地道的沟内逃出。大众来到树林之内,吴太山站住说:"傅寨主,我等就此告辞。"傅国恩一闻此言,心中一愕,说:"吴大哥,我打算到磨盘山寻找我拜兄金眼太岁马雕,你我再复夺大同府。"吴太山说:"贤弟!我等暂住头英山,到那里邀请几位朋友,带领喽兵来帮助兄长,共成大事。"说罢,一举手便告辞而去。九花娘与傅国恩二人往前走了不远,九花娘也站住说:"傅寨主,你意欲何往?"傅国恩说:"你我二人包裹之内,可值六千金之数,我想到磨盘山找金眼太岁马雕,在那里招军买马,聚草屯粮,再图恢复大事。"九花娘说:"寨主,你皆因心无主张,目不识人,以至大事败坏。马雕乃贪利小人,不念旧义,到那里恐他未必从你之意。我今暂且告辞,待寨主大事成就,我必前去寻找。"傅国恩一闻此言,五内皆裂,说:"我为你修盖画春园,惹得官兵前来剿拿于我,实指望你我二人共效于飞②,焉想到今朝半途而废? 美人回来! 我还有几句知心话语要对你讲。"任傅国恩唤得口干喉哑,九花娘连头也不回,说罢而去。傅国恩见此光景,唉了一声,说:"罢了! 从前恩爱,至此成空,昔日风流,

---

① 狻猊(suān ní)——传说中龙的九个儿子之一,喜烟好生,一般出现在香炉上。

② 共效于飞——夫妻相亲相爱。

而今安在？果然妇人心狠意毒，应了古人之语，仙鹤顶上血，黄蜂尾上针，两般不算毒，狠毒妇人心。"傅国恩见九花娘已经自去，无精无神，直奔磨盘山。

高通海在暗中观看多时，先见人多，不敢上前动手，后见只剩了傅国恩，便绕在他的前头，来到磨盘山口。等不多时，见那傅国恩来到了。高通海笑嘻嘻地上前相迎，说："傅大人，你老人家意欲何往？磨盘山喽兵参见。我奉我家大王之命，到画春园打探军情，不想在此遇见大人。"傅国恩说："你叫什么名字？不必上画春园去了，我的大事已坏。"高通海说："我叫出流高，来吧，你跟我上山。"傅国恩说："甚好！我就跟你前往。"高通海说："大人平常来时，都是骑马坐轿，今日步行上山，叫我家大人知道，说我无能。来吧！我背着你老人家前往。"傅国恩不知是计，过来就扒在高通海身上。

高通海将他按倒在地，解下他身上丝绦，将傅国恩捆上，扛起刚要走，树林之内蹿出一人，手执一把明亮钢刀，一声喊嚷，把高通海去路挡住，说："此山是我开，此树是我栽，有人从此过，留下买路财，牙缝半个说不字，一刀一个土内埋。"高通海抬头一看，见此人身高七尺以外，头上青绢帕包头，上身穿蓝绸短汗衫，青洋绉中衣，足下登青缎子抓地虎快靴，面色姜黄，粗眉大眼，高颧骨，咧腮嘴，项短脖粗大脑袋，大约四十以外，带着一团威风杀气。高源一瞧，甚是面善，忽然想起此人，乃是河南内黄县野马川坐地分赃的英雄蓬头鬼黄顺，连忙过去见礼，说："黄大叔，久违少见。"蓬头鬼黄顺听高源之言，把刀一横，仔细留神一看，认得是高家庄鱼眼高恒之子，连忙说："高老大，你在此做甚？"高通海说："黄大叔，你老人家不知道么？小侄男前在河南，保了巡抚彭大人，屡次剿贼立功，现今保升侍卫。今大人奉旨查办大同府，剿拿叛臣傅国恩，破了画春园。内中有在案脱逃之贼吴太山等，我奉大人堂谕，来捉拿贼党。吾在此处已拿获了傅国恩，今遇见叔父在此拦路劫人，不知叔父因何由河南来到此处？"黄顺说："高源，我与你通家之好，把我的事告诉你料也无妨。我因在河南事不遂心，故而来到磨盘山投奔金眼太岁马雕，暂在此处借山栖身。不想马雕人面兽心，反复无常，我到此处，他并不以朋友之礼相待。我打算在此地做下两案，留下他的名姓，叫官兵来剿磨盘山，捉拿马雕，不想却在此遇见贤侄。"高通海说："黄大叔不必生气，小侄男有妙计一条，你老人家仍回磨盘山,小侄男明天面见大人,调遣官兵前来剿山,捉拿山贼,与叔父报仇雪耻。我扮作内黄县下书之人,混进磨盘山,里应外合,可将贼人拿获。"黄顺说:"甚好!你同去告禀大人,就说九花娘现在磨盘山隐藏,大人必带官兵前来捉拿妖妇。山里还有一位二寨主陈山,乃是我知己好友,我约会他协力相帮。"高源点头说:"就此告辞了。"

他扛起傅国恩,顺大路回归大同府。来至公馆门前,先叫当差之人把傅国恩看管好,自己转至里面,到大人跟前来报功。此时银头皓首胜奎已然告假回家。高通海过来给大人请安,说:"卑职已将叛臣傅国恩拿获,现在外面,听候大人发落。"大人吩咐把傅国恩带上来。左右两旁齐喊堂威,将傅国恩带至跟前,当面跪下。彭公问道:"傅国恩!你乃是边疆总兵,今天已被擒获。你快把克扣军饷,官逼民变,私自窝藏江洋大盗,隐匿要犯九花娘,拒捕官兵之事,从实招来。"傅国恩一听此话,吓得浑身发抖,说:"大人不必三推六问,我俱皆招认,只求速死。"彭公叫他画供,定罪入狱,又将一干办案差官唤至面前说:"本院奉圣旨来至大同府,今已将叛臣傅国恩拿获,但还有贼党多人漏网,内有谋害亲夫、杀伤人命的妖妇九花娘,不知他等逃往哪里?你等大家前去分头探访,知道妖妇并群贼的下落,前来禀我,算得头功。"高源赶紧过来请安,说:"卑职拿获傅国恩之时,见九花娘逃往磨盘山金眼太岁马雕那里去了!"彭公一闻此言,即派徐胜、高源至磨盘山查访,如果是实,回来禀我知道,派官兵前往剿拿。

二人领堂谕下来,高通海说:"徐老爷,你会写字不会?"徐胜说:"会写,你写什么,拿来我给你写。"高源拿过信笺,背着人用笔划了半天,折叠好了,封在信封内。又拿过笔来,送在徐胜面前,叫他写上,信由河南内黄县野马川发,即呈费大太爷拆看;下面写刘珍顿首拜,再写年月日。高通海将信收好,同徐胜出了公馆,竟奔磨盘山而来。走在半路之上,高通海说:"徐老爷,我进山去,你在这里给我打接应。我要是久不出来,你即回公馆,赶紧调兵来救我。"徐胜点头答应。

高通海来至山前,抬头一看,见这座磨盘山坐北朝南,上面树木森森,曲径环绕。高通海正往前走,忽见树林内出来十数个巡山喽兵,手拿钢刀,拦住去路,说道:"你是何人?胆敢前来探山!"高通海说:"朋友请了!在下高姓,排行在大,外号人称出流高,乃河南内黄县野马川滚了马刘珍刘寨主手下的头目,来至此处给蓬头鬼黄顺下书,烦你几位前去回禀。"

喽兵说："你跟我等前去,在寨门听候。"高通海随同喽兵来至大寨门,抬头一看,见这座寨门甚是高大,更楼①之上,插一杆大旗,上写四个大字："聚义招贤"。高通海站在寨门旁,喽兵跑进分赃厅来,见众寨主正同黄顺吃酒。

这山的大寨主是金眼太岁马雕,二寨主是花叉将小丧门孙立、三寨主是老英雄青锋剑陈山。蓬头鬼黄顺正同马雕谈话。马雕乃是吝啬小人,他也是河南内黄县人,与黄顺系患难之交,今见黄顺无时无运,来到此处,心中甚是不乐,慢不为礼,黄顺因此记恨在心。

今天正在闲谈之际,忽见下面上来一人说："外面有下书之人,求见黄大爷。"黄顺吩咐叫他进来。不多时,高通海由外面进来,跪倒行礼说："黄寨主,我奉绿林中朋友之命前来,今以刘珍为首,已给你把宅院都修盖好了,还置了水旱田地二十余顷,请你老人家回去。"把书信递给黄顺。黄顺看信皮上写着:内信由河南内黄县野马川发,绿林众眷友同拜。黄顺方才打开要看,高源说："事关机密,须背着人。"黄顺打开一看,微微一笑。不知书中写的是何话语,且看下回分解。

---

①　更楼——旧时专为报更用的建筑物,里面设置着报更用的鼓。

第一〇二回

徐胜探贼遇多姣　赛花见貌怜才郎

　　话说蓬头鬼黄顺打开书信一看,微微一笑。马雕在旁偷看,见黄顺微微一笑,他就知道这信内必有喜事,吩咐喽兵,叫厨下赶紧备酒,给黄大太爷送行。黄顺心中说:"马雕真乃人面兽心,我来投奔这许多日子,他从未与我在一处吃酒。今天听见有朋友请我,立刻摆酒给我送行,真乃势利小人。"黄顺把书信带好,吩咐下面把出流高带下去吃饭。高通海这信上面,原来却画着一个王八,有头有尾,一看不觉一笑。早有喽兵在分赃厅下摆了一桌酒,大厅上也把圆桌摆好,四个人对坐吃酒,今天大家开怀畅饮,不在话下。

　　单说徐胜在山前等候高源,不见回来,心中正在犹豫,忽见树林之内出来一伙喽兵,为首一个女子,手使铁棍一条,生得形同夜叉,相貌丑陋。怎见得,有赞为证:

　　　　前顶秃,斗鸡眼,瓯口塌鼻梁,脑袋小,黑又瘦。大麻子似酱稠,
　　多亏她把粉擦得厚,又被风儿吹裂了口。蓝布衫,白挽袖,印花边,黄
　　铜纽,红中衣,裆儿瘦。小金莲够九寸长,实难受,一步一歪一嘎悠。
徐胜看罢,大吃一惊!这不是《西游记》妖怪出世,定是《封神榜》天将临凡。那丑丫头来至徐胜面前,见徐胜年有二十以外,白净面皮,俊品人物,身穿蓝绸国士衫,腰系凉带,足下薄底快靴,肋下佩定绿鲨鱼皮鞘太平刀,暗带短链铜锤。丑丫头用手中棍一指,说:"呦!对面小辈,通上名来,你今来到我这磨盘山,有何事故?"徐胜说:"丫头要问,你家老爷姓徐名胜,表字广治,别号就叫粉面金刚。今天奉大人堂谕,来至磨盘山捉拿山贼,寻找妖妇九花娘。"这女子一听徐胜之言,说:"我乃大寨主金眼太岁马雕之女,名唤马赛花。我看你这人倒也安稳,你跟我进来,你我二人成为百年之好。"徐胜一听,把眼一瞪说:"丫头趁早住口,不要胡言,你老爷乃是烈烈英雄,堂堂丈夫,岂肯与你贼女为伍。"马赛花一听此言,勃然大怒,说:"匹夫,你休要不知自爱,待我来结果你的性命。"说罢,抢棍就打。那

徐胜看这丫头所使的这条铁棍,甚是沉重,知道厉害,连忙用短锤相迎。二人不分高低上下,正在这般景况,忽然徐胜失神,被马赛花一棍打倒。马赛花急忙过来按住捆上,把徐胜扛起来,竟奔自己住的院子来。

这院中是上房三间,东西各有配房三间。把徐胜放在东里间屋中,马赛花说:"徐胜,你若是愿意活,跟你姑娘成为百年之好,你我郎才女貌,也是姻缘有分,天作之合。"徐胜假意应允说:"姑娘,你急速放开我,你所说之事,我全都应允就是了。"马赛花一听徐胜应允,便过去把他放开,派仆妇、丫环去到厨房备酒,少时就将杯盘摆在桌上。这几位仆妇、丫环都知道马赛花脾气,不敢在此服侍,先躲在外面,后各归自己房中歇息。粉面金刚徐胜与马赛花二人,推杯换盏,打算将她灌醉,盗回他的短链铜锤,打死马赛花。传了五六杯的光景,徐胜说:"我腹中饥饿,你去拿些吃的来。"马赛花叫了两声仆妇,无人答言,自己出来,去至厨房说:"刘三,预备几样点心,赶紧送到我屋内。"马赛花转身仍回上房,却不见了徐胜,不由得大吃一惊!连忙各处寻找,踪迹不见。

书中交代:粉面金刚徐胜见马赛花出去,拿起自己兵刃,离了上房,蹿了两层院子,见正北有一座高楼,来至楼下,便登楼梯往上扑奔。一瞧是一明两暗,屋内灯烛辉煌,东里间屋中,顺着前檐木床,挂着芙蓉纱蚊帐,上面挂着花篮,里面有栀子①、茉莉、晚香玉、夜来香各种奇花。顺北墙一张花梨木条案,上面摆定四样瓷器。条案头前是花梨八仙桌,镶着墨玉心,两边两把太师椅,桌上放着一盏把儿灯,上面点着一枝白蜡。靠东墙挂着镖囊一个、单刀一把,下面梳头桌一张,有妇人一切应用之物,屋中有一阵丹桂冰麝之香。徐胜正看到得意之际,忽听楼梯上有一妇人的声音,吓得他无处躲藏,有心出去,又怕被人堵在门首,自己无奈,只得撩起床帏,伏身藏在床底下,隔着帏缝往外偷看。只见进来一个十八九岁的姑娘,头上梳盘龙髻②,耳戴秋叶梅坠金环,脸似桃花,眉舒柳叶,唇似樱桃,杏眼含情,香腮带笑。身穿银红色女衫,周身织金边儿,南红缎百褶宫裙,下面南红缎子宫鞋,月白裹脚,绿绊腿带,红鞋之上绣着挑梁四季花。头前一个丫环,手执红纱灯笼在前引路,后面又跟着一个丫环。那姑娘坐在

---

① 栀子(zhī)——有一种常绿灌木树,夏季开白色花,很香,它是果实叫栀子。

② 龙髻(jì)——在头顶上有发结的一种发型。

床上，正在徐胜头脸之上。粉面金刚无处可躲，听那女子听道："小香，你去跟着小玉把洗澡木盆搭上楼来。"两个丫环转身下去。徐胜在床底下进退两难，只见两个丫环搭着洗澡盆上来，放在这美貌女子面前，仆妇拿来两壶开水，倒在盆内。

这姑娘乃是青锋剑陈山之女，名唤陈月娥，跟他父亲学得全身的武艺。陈山甚是疼爱此女，欲选择名门，无奈他是山贼，所有官宦人家，与他焉能往来。今日陈月娥方在楼下练了半天拳脚，自己觉着身体倦乏，想着到楼上歇息。此时天色已晚，想要洗脚，却不想有外人藏在自己屋中，她先把长大衣服脱去了，换上便服，婆子倒上一碗茶来。陈月娥正要吃茶之时，忽听楼下一阵大乱，丫环小玉上来说："姑娘可了不得啦！下面马赛花手拿铁棍，来到这里，要找姑娘拼命。"陈月娥一闻此言，先吩咐人将木盆拿开，然后摘去簪环，由墙上摘下单刀，带上镖囊，转身往外就走。旁边仆妇慌忙拦住说："姑娘暂且不必动怒，我到外面问她，因何故堵在这里喊骂？"陈月娥一听仆妇之言，甚是有理，说："李妈，你就此前去问个明白，再来禀我知道，待我结果了她的性命。"正在说话之际，忽听楼下一声怪叫，马赛花堵在门口，说要徐胜，只气得陈月娥怒气填胸，拉刀就要与马赛花见个雌雄。要知后事如何，且看下回分解。

第一〇三回

陈月娥闺中自缢　徐广治再会多情

　　话说马赛花在屋中不见了徐胜，自己寻踪找迹，找到这花园里，知道陈月娥在此楼上居住，料想徐胜必是被陈月娥请去寻欢作乐，便把我扔在九霄云外。她来至楼下，用手中铁棍一指说："陈月娥，趁此将那个姓徐的小白脸放了出来万事皆休，如若不然，我要杀上楼去，把尔等全皆杀死。"这陈月娥拿单刀，来至楼门以外说："姊姊休要胡说，咱们这山上哪里来姓徐的人，我并未见着。"马赛花把手一摆，说道："陈月娥，你不必撒谎，眼见那徐胜往你这院中来了。你说未见，他往那里去了？"陈月娥说："实不知道，你往别处寻找他去吧！"

　　二人正在争论之际，忽听外面一声喊嚷："丫头，你气死我也！我一世英名，被你毁坏了。"马赛花一看，正是金眼太岁马雕。因他正在前厅吃酒，见一心腹来报道："姑娘今日巡山，遇见一个姓徐的，姑娘将他拿获，扛到自己的屋中去吃酒，方才还到后面厨房去催菜呢。"金眼太岁一闻此言，只气得三尸神暴跳，五陵豪气腾空，伸手拉了一口鬼头刀，离了坐位，直奔他女儿住的院中，在各屋内寻找，并不见男子的踪迹，也不知马赛花往哪里去了，一问仆妇人等，方才知道马赛花拿着铁棍，找到陈月娥院中去了。他拿刀追到东院，正遇见马赛花与陈月娥口角相争。马雕劈头就是一刀，马赛花往旁边一闪，用手中铁棍相迎，说："爹爹，你不要管我的事，趁早走开。"马雕说："你气死我也！老父今天先把你杀死，然后再去寻找那厮。"马赛花并不答言，摆铁棍上下翻飞，猛一变着，啪嚓一声，竟将马雕打死。

　　下面人一阵大乱，早有人飞报与花叉将小丧门孙立、青锋剑陈山、蓬头鬼黄顺。那三人正在吃酒之际，喽兵来报说："大寨主马雕，被他女儿一棍打死了。"花叉将孙立一听此言，就由兵器架上拿起一条三股漆金耙，哇呀呀一声喊叫，说："气死我也！"他方一走开，又有巡路喽兵跑上来说："报！外面来了大同总兵玉面虎张耀宗，带领五千马步军，把磨盘山围了个水泄不通,说从画春园逃窜的漏网之贼,全在磨盘山隐藏,连九花娘都在这里,要想个主意。"黄顺说:"陈大哥,我本是安善良民,你也是侠义英雄,我今天已把这座磨盘山献与彭大人了,哪位给我下书信给高通海?"陈山说:"好!你我就此前往,先把领兵大人接进山寨,然后再与大众商议。"便同着黄顺,先把张耀宗请至分赃厅坐下待茶。陈山听得东院中一阵喊杀,说:"你等少坐,我去去就来。"陈山提刀来至东跨院,只见马赛花正与孙立两下动手,一棍又把孙立打死。陈山过来问道:"马赛花,你这厮好生大胆,你把你父亲打死,又打死二寨主孙立,这是什么缘故,从实说来!"马赛花说:"你问原因,我就为你女儿,她把我那姓徐的人偷藏起来,快把姓徐的还我,万事皆休。"陈山把女儿陈月娥叫下楼来说:"儿呀!这姓徐的是何等人?你快将他放下楼来。"陈月娥说:"女儿楼上并无闲杂人,马赛花是信口胡说!"陈山说:"我女儿楼上并无什么姓徐的,你满口胡说乱道,还不与我退去。"马赛花说:"你帮着你女儿胡赖不成,你说没有,我进去要翻。"陈山说:"我女儿楼上并无什么姓徐的,翻不出便怎样?"马赛花说:"翻出姓徐的,我带了同走,我没话说,如若翻不出来,我把脑袋输给了你。"陈山回头又问他女儿陈月娥说:"儿呀!楼上有人你也说实话,无人你也说实话。"陈月娥说:"爹爹请放心,楼上并无别人,如要翻出别人,孩儿情愿输脑袋给她。"陈山说:"好!马赛花,你真是无父无君之人!我且问你,这个姓徐的是何人?"马赛花说:"徐胜是我新定的丈夫,跟我在屋中吃酒,被你女儿拐来的。"陈山说:"你只管上去翻来。"陈月娥手下的仆妇丫环,俱皆不悦,说:"我们姑娘这楼中,连三岁孩童无故都不得登楼,又哪里来姓徐的,你这是无故生非。"

　　正说之际,蓬头鬼黄顺带着玉面虎张耀宗、水底蛟龙高通海来至东跨院,见陈山等正与马赛花口角相争。高通海来至陈山面前,说:"陈寨主,我等正短一位老爷,是同我一起来的,姓徐名胜,字广治,外号人称粉面金刚,现在不知被你山中何人所害,踪迹不见。"陈山说:"高老爷,你说这话有因,我等正为此事争辩。那位徐老爷是被马赛花擒去了,逼着要与她成亲。这马赛花到厨房催菜,回来又不见了徐老爷。她拿着一条铁棍各处寻找,说徐老爷被我女儿藏在楼上,我叫她上去寻找。"高通海说:"甚好!既然如是,就叫她上楼寻找如何?"陈山说:"也好!我在头前带路,马赛花你跟我前来。"说罢,举步上楼。

　　床底下徐胜早已听得清楚清楚,有心出去,又怕坏了人家姑娘的名节;有心不出去,又怕马赛花翻着,不知如何是好! 此时,他只得撩起床帏,钻身出来,站在陈山面前说:"在下姓徐名胜,我就是粉面金刚。我可有几句话要说,在下奉堂谕前来探山,误被马赛花擒住,那丑丫头要逼我与他成亲,我假意应允,她即将我放开。她上厨房去催菜,我才逃来此处。我只打算这楼上无人居住,不想乃是姑娘的香闺绣户。我隐藏在床下,姑娘并不知晓。"马赛花在下面用棍一指,说:"姓徐的,你趁此跟我回去拜堂成亲,万事皆休。"徐胜说:"丫头,你这是在梦里说话,老爷焉能要你!"马赛花一听此言,把三角眼一瞪,黄眼珠一转,说:"姓徐的,你真是前来找死。"摆棍向徐胜搂头就打,徐胜跳出圈外,不敢与丑丫头交锋。旁边跳过蓬头鬼黄顺来,大喊一声! 陈山亦摆利刃,协力相帮动手,说:"月娥丫头呀! 你是要我这条老命。"

　　陈月娥一语不发,只羞得面红耳赤,转身来到屋中,把汗巾解将下来,紧拴在窗棂之上,说:"此事我跳进黄河也洗不清楚,被爹爹说了几句,我还有何脸面活在世上? 莫若急速一死,到阴曹地府找我那去世的娘亲,以了今生冤孽。"说罢,便伸脖颈往里一套。不知性命如何,且听下回分解。

第一〇四回

陈山率众投钦差　黄顺自归内黄府

话说陈月娥正要投环上吊一死，不想丫环、仆妇赶到，先把姑娘救下，幸喜得以苏醒过来。此时，外面众人早把马赛花围上。

徐胜先跳过墙去，往前行走，约有五六里之遥，只见眼前有一座古庙，坐北向南。徐胜也不知是何庙宇，蹿上房去往各处留神细看：见东边单有一所跨院，里面灯光隐隐。徐胜蹿房越脊，到了东院之内，跳下房来，用舌尖舔破窗棂纸，往屋中仔细一看，只见里面顺着前檐是一张湘妃竹床，床上有小桌一张，上面坐定的正是桑氏妖妇九花娘。另有八仙桌一张，两边有太师椅两把，八仙桌上放着一盏蜡灯，椅子上坐着一个仆妇。

书中交代：九花娘因何来到此处？只因她与傅国恩分手之后，自己拿着一个包裹，内有珍珠细软之物，可值三千两之数。她打算远走高飞，找一深山幽僻之处，躲避此难。那一日走到这座庙门前，看见上面有一块匾，写的是九圣庵。她自觉身体倦乏，来至山门叩门，里面出来一位老尼僧将山门开放。老尼僧将她让至禅堂，分宾主落座，叫仆妇捧上茶来吃了两盏。老尼僧问道："施主尊姓大名，从何处而来？"九花娘说："师父要问，在下乃鸡鸣驿人氏，娘家姓桑，婆家姓汪。只因丈夫去世，自己孤身一人，想要出家，情愿在此晨昏三叩首，早晚一炉香，望师父慈悲，收我做个徒弟。"老尼僧说："甚好。"夜内，她就将老尼僧一刀杀死，尸首扔在一旁，把使唤的仆妇人等叫来。九花娘说："你等不必害怕，如要走漏消息，我一并杀了。"

今日晚间，九花娘桑氏独自一人，正在屋内发呆，只觉着发似人揪，肉似钩搭，行坐不安，不知所因何故？徐胜在外面一瞧是妖妇九花娘，便飞身跳入院中，大嚷一声，说："妖妇！你今天休走，我等特意前来捉拿于你。"九花娘在屋内一听，吓的脸色改变，急忙将灯吹灭，先撺出一个机凳来。粉面金刚闪在一旁，那妖妇随后蹿到院中，摆动单刀，往外一看，原来却是当年鸡鸣驿相遇，在心中盼想的俊俏郎君徐胜。妖妇一见，冲着徐胜扑哧一笑,用手指点着说:"呀! 我打算是谁? 原来是你,小没良心的,你还跟我动手? 走吧,有话到屋里再讲。"粉面金刚徐胜面目一沉,把眼一瞪,向她说道:"妖妇,你谋害亲夫,谣言惑众,协助叛臣,刺杀钦差,种种不法皆身犯国律,目无王章。你要有知识,我把你捆上,解到大人公馆,任凭大人发落。"九花娘见徐胜并无半点情意,把手中的刀一指说:"徐胜,你真不知时务。我仙姑认情,给你说的是金玉良言,谁想你翻脸无情,恶语伤人。你我二人,分个强存弱死。"说罢,抢刀就剁,粉面金刚摆手中铜锤相迎。二人走了有三五个照面,九花娘见徐胜甚是凶勇,便转身往南就走。徐胜随后紧紧追赶,九花娘偷眼一看,伸手拿帕照徐胜一摔,徐胜只闻一阵异香,便翻身跌倒在地。九花娘把他扛将起来,送到屋中,放在床上,先把徐胜的手臂捆好,然后把解药抹在他鼻孔之上。徐胜打了两个嚏喷,苏醒过来,大骂道:"妖妇,你快把我结果性命,我只求速死。"九花娘在徐胜旁边一站,说:"你我无冤无仇,你何必这样心狠意毒。今日庙中无人,你要从我这件好事,你我二人就在这庙中一住,做一个海外散仙,任意逍遥。"徐胜一想,莫如假意应允,用酒将她灌醉,拿她前去报功。想罢,说:"九花娘,前番在鸡鸣驿,我确有心爱慕于你,谁知被高通海、刘芳、欧阳德冲散,直到如今,我还心中恋念,不忘前情。这也是你我姻缘有分,今天异地相逢,真遂我心中之愿。"九花娘一听此言,说:"徐郎! 我知你是一位有情有义之人,这才算是我目能识人。"说着就将徐胜放开,告诉婆子、丫环烹茶备菜。

他二人携手同行,来到上房,在里间屋中落座吃茶,诉说别后情形。九花娘问道:"徐老爷,自打鸡鸣驿分手之后,你心中还有意惦念我么?"徐胜说:"自从你我分别,我是茶思饭想,并无一刻忘怀,不知美娘子你心中如何?"九花娘唉了一声,说:"自从你我分别之后,我有心想要上吊身死,又恐你在世界上还想念于我。今天见你,真遂了我平生之意。"婆子擦抹桌案,摆上杯盘。徐胜还是真饿了,自从他跟高通海直奔磨盘山而来,大已到二更以后,尚未吃饭。今晚看见摆上各种菜蔬,心中甚乐。九花娘一瞧,摆上十六样果子,亲手拿起酒壶说:"徐郎,我今天敬你三杯酒,头一杯酒,给你消愁解闷,这是一盅压惊酒;第二杯,你我破镜重圆,总算是双喜绵绵;第三杯,你喝一盏成双酒,我也陪你喝一杯。"二人对坐着吃了几杯酒,徐胜安心要将九花娘灌醉,所以巧语花言地哄那九花娘。后来又猜拳行令,开怀畅饮。

　　正在得意之间,外面来了几位英雄。原来水底蛟龙高通海同着陈山、张耀宗,已将马赛花拿住,将她绳缚二臂。再找徐胜时,却已踪迹不见。高通海说:"你我大家分头寻找。"他同陈山、张耀宗三人,顺着后山小路下来,到了九圣庵,蹿过墙去,只见东厢房中灯烛辉煌,里面有男女之声。高通海将窗棂纸舔破一看,招手叫张耀宗、陈山说:"你两个人来看。"三位各拉兵刃,要闯进屋内捉拿九花娘。要知后事如何,且看下回分解。

第一〇五回

群雄共捉九花娘　总镇亲访剑峰山

话说粉面金刚徐胜在九圣庵内与九花娘吃酒，徐胜假意殷勤，九花娘乐得心花儿都开了，亲手给徐胜斟酒，二人开怀畅饮。怎见得，有赞为证：

　　徐广治在灯儿下，见那个粉香脂艳又在目内。一阵阵风送娇美，媚于座上。徐广治装就了那等情形，心儿耿耿，眼儿宁宁，春扇儿摇摇，引动了芳卿。淫妖错上了巫山十二峰，意儿摇，芳心动，魂儿荡漾，魄儿飘零，软却却如梦如惊。荡荡悠悠，恍恍惚惚，目不转睛。说什么天儿长，地儿久，心坎上温，眼皮上供。曾记得，长生殿订了百年约，趁今日良宵，海誓山盟。花里魔王更甚一层，蜜语甜言万分情。目下的郎君与众不同，隐刚直，添柔性，假堆欢，笑语迎，把一位粉面金刚玉罗汉，当做了黄蜂多情。徐广治神色与他等相似，却原来是一派的虚情假意装成。

徐胜正与九花娘吃酒，外面高通海同张耀宗、陈山三个人赶到。

　　高通海在外面一声喊嚷："妖妇九花娘，今天你往哪里走？我等特意前来拿你。"九花娘先把灯儿吹灭。徐胜举起桌子，照九花娘就砍。九花娘拉刀由东里间屋内蹿出，奔到了西里间屋。徐胜在里间嚷道："张大哥、高大哥快来，妖妇往西里间屋中去了。"徐胜抓短链铜锤追至西里间，再找妖妇已踪迹不见。高通海进屋来把灯点上，众人到西屋仔细寻找，见后窗户已开，想必是从这里逃走了。大家在前后院又寻找一遍，陈山见并无妖妇踪迹，便说："你我大家暂回磨盘山去吧。"众人这才回归磨盘山。

　　此时天光大亮，陈山把高通海请至里间屋内，说："高老爷，我有一事相求。"高通海说："什么事？请进。"陈山说："老汉只有一女，就是高老爷方才看见的那个姑娘。求高老爷做个大媒，给徐老爷说说，不知意下如何？"高通海满口答应说："你听信吧！"转身来至外面，一见粉面金刚，便把陈山之意细说了一遍。徐胜倒也愿意，说："高老爷，这内中还有一段情节，我已定下张氏门中亲事，他如愿意，你可把此事对他说明，如不愿意,作为罢论。"高通海又对陈山把话细讲,陈山说:"高老爷你去把定礼要来,就算一言为定。"高通海过去告诉徐胜说:"陈山愿意,你就拿出定礼来吧。"徐胜解下一对荷包交给陈山,拜了岳父,重新大排筵席,款待张耀宗等。陈山把喽兵点齐,拿过花名册簿,把孙立、马雕收殓,葬在山前,再把马赛花捆好,装在车上,这才随同大同总兵张耀宗等直奔公馆。

来到大人公馆以外,高通海、徐胜、张耀宗先到里面给大人请安回话,说:"卑职等奉大人堂谕寻找妖妇九花娘,在磨盘山有山贼马雕等抗拒官兵,卑职等已将贼人打死。当时内中有一陈山,为人忠厚,率众投降,现在外面听候大人示下。"大人吩咐先把陈山带上来。少时,外面把陈山领至大人面前,跪倒磕头,口称:"罪民陈山,参见钦差大人。"大人一看陈山,约有五十以外,面皮微黄,重眉大眼,准头端正,四方口,颔下一部花白胡须,身穿一件蓝绸长衫,足下白袜云鞋。大人说:"陈山起来,下面坐下,本阁有话问你。"陈山说:"有钦差大人虎驾在此,草民焉敢坐下。"大人说:"坐下好讲话。"陈山说:"告坐。"大人说:"这磨盘山方圆有多大地方?你手下有多少喽兵?除此之外,那里还有山贼么?"陈山回说:"这磨盘山有五百名喽兵,为首的是马雕、孙立。小人因带着女儿从山前路过,被马雕、孙立拦住,大战一天,不分胜负,他约小人上山,做了山寨主。钦差大人派兵剿山,草民不敢抗敌官兵,今马雕、孙立已死,因此率众来至大人台前请罪。"大人说:"你既知道改过,又何罪之有,从此跟本部当差,本部还要保举于你。"陈山说:"承大人栽培。"

大人把众办差官叫到跟前说:"把磨盘山喽兵编成名号,归大同府镇标补额。以前因傅国恩克扣军饷,兵变之后八千兵只剩三千有余,就在这磨盘山五六百喽兵之内,挑选精明干练之人补为头目。"然后又问道:"现在九花娘往哪里逃走去了?"高源说:"昨天夜晚在九圣庵动手,妖妇此时已经逃走。"大人说:"奉旨所缉之要犯俱皆拿获,唯有九花娘逃走,我再给你等三天限,必须将九花娘拿住,如无此贼,我定要开参。"高通海吓得战战兢兢,刘德太默默无言。正在忧虑之际,外面来禀报说:"有汝宁府上蔡县的班头紫面虎苏永福、雨雪豹苏永禄二人求见大人。"彭公说:"叫他二人进来。"外面答应。

不多时,带进苏家兄弟二人来跪下说:"卑职叩头,求大人赏差事。"彭公见苏永福年约五十以外,身高八尺,面如紫玉,雄眉阔目,身穿青洋绉长衫,足蹬青缎快靴,手拿折扇。大人说:"二位班头,前者你等将采花蜂拿获,本部也曾说过,叫你二人跟我当差。我今已把叛臣傅国恩拿住,内中只有一个奉旨严拿的妖妇九花娘漏网。我这里现正派人寻找,你二人来得甚好,跟着他等查拿贼匪,去访九花娘的下落。"苏永福说:"我同苏永禄在大同府南门外茶馆,听见几个卖鱼的说,此地有一座剑峰山,方圆三百余里,里面有一个大寨,寨主人称活阎王焦振远,他的五个儿子人称焦家五鬼,他父子六人在此种地不交粮,无人敢惹。今日卖鱼人说,他家五少庄主得了一个美妇,我想怕是那焦信把九花娘留住,亦未可定。"彭公听罢这话,说:"高源、刘芳,你二人哪个拿贼去?"旁边只见大同总镇张耀宗过来说:"钦差大人,卑职接任不久,地面尚未办理清楚。今朝也不必派戈什哈前往,卑职暂且带一名跟班之人,到那剑峰山去见活阎王焦振远,叫他把九花娘献出来,两罢干戈,不知大人意下如何?"彭公说:"好!"

张耀宗辞别大人,转身下来,到了自己衙门,另换一身蓝绸子服色,叫外头备马,带两个亲随,骑马出了大同府,直奔剑峰山。三十余里路,展眼就到。张耀宗勒马一看,见这座山是东西两个山头,坐北朝南山口。他催马进了山口,一瞧里面是大峰俯视小峰,前岭连接后岭。催马再扑奔西北,约走有数里之遥,见东西是个山环,由西往东的九道山涧归到一处,成了一条莲池河,南北有三十余丈,东西有八里多长。在河当中栽了许多莲花,靠南岸有五只小船,南岸有东房五间,西房五间,木头牌上挂着一张告示。张大人催马向前,抬头仔细观看,上面书写着:"剑峰山晓谕附近居民人等一体知悉,出入须有腰牌,不准混乱。倘有无知匪人私行进山,被山寨巡查之人拿获,定行重处,决不宽待。"张耀宗看罢告示,只见莲花岛内,有无数捉鱼捕虾之人。忽然从班房内转过一人,说:"你是干什么的?若教我山主瞧见,定把你拿进山去,细细拷问于你。"张耀宗听罢,叫家人把靴页拿出来,取出名片一张,又在家人耳边说了几句。家人来至那人面前,说道:"这是我家老爷,乃大同总镇,特来拜望你这剑峰山的寨主活阎王焦振远。"这人即将名片接过来,说:"你且在此等候,我前去回话。"这人手执着张耀宗的名片,来至河沿叫船,跳上船去,到里面通报。

那活阎王焦振远与五鬼正在大厅静坐闲谈,那人把名片往上一举,说:"回禀寨主,大同府新任总兵张耀宗前来拜访。"活阎王接过名片一瞧,说:"老夫与他素无往来,这剑峰山不受外界所管,地方狭窄,不敢容留贵客,叫他急速回去。儿呀,你出去快对他说。"地理鬼焦智转身出了大厅,见到张耀宗说:"姓张的,你是这里的总兵么? 我家与你素无往来,再者我们这剑峰山地处僻壤,不受外界所管。"张耀宗一闻此言,在马上勃然大怒。他忍了心头之火,在马上举手抱拳,说:"焦庄主,本镇奉钦差彭公之命,特来寻找妖妇九花娘。听人传说九花娘落在这座山中,你把她献了出来,与你无干。"焦智听他之言,一阵冷笑,说:"你满嘴放屁,我们这里头并无闲杂人等来往,你无事生非,跑到这里找事,趁此给我走开。"张耀宗勃然大怒,伸手拉刀,要在剑峰山捉拿地理鬼。不知胜负如何,且看下回分解。

第一〇六回

禀钦差捉拿焦振远　告奋勇五探剑峰山

　　话说地理鬼焦智来到莲花岛北边,口出不逊,怒恼张耀宗,伸手拉刀一指说:"本镇好意前来拜访,你这厮却不懂事,出口伤人,待我回去禀明钦差,必要剿拿你等。"焦智说:"我们这里并没有什么七花娘八花娘九花娘,这是哪里来的晦气。"说罢,张耀宗无奈,便与跟人回归大同府。

　　来在公馆门首下马,到里面见大人回说:"大人在上,职员奉堂谕至剑峰山要九花娘,山内活阎王焦振远不服王法,将九花娘隐藏山中不献,还出言不逊,把职员骂回。待职员调兵前去剿拿。"大人说:"这还了得,你暂且下去,本阁自有道理。"张耀宗下去后,大人说:"来! 高源、苏永福、苏永禄,你们三个人前去剑峰山明查暗访,如果焦振远实是反叛,我再调兵拿他不迟。"高通海回禀说:"大人既派我去,就不要苏永禄,要派苏永禄,就别派我。苏永禄为人奸狡,跟我到不了一处。"大人说:"我派人由不了你,下去吧!"

　　高通海叫苏大、苏二过来说:"二位哥哥,咱们商量商量,既是活阎王不服王法,他必有点能为①。你们二位跟我去,我来拿贼,你们捆人。"苏永禄一想,自然还是捆人的便宜,便说:"高老爷,你是护卫,我们是个微末差使,当然是高护卫拿贼,我们捆人。"高通海说:"走吧! 你我就此前往。"三个人说说笑笑,来到剑峰山口。高通海在前引路,进了剑峰山一瞧,只见青苗满地,绿树荫浓,两旁边的高粱地都长有一人多高。苏永禄说:"我们两人就在高粱地里藏着,你去拿贼。"他在心中暗说:"高通海你上当了,你去拿伴贼,叫我们过去捆,倒是自在之事。"

　　高通海来至剑峰山交界处一瞧,东西是一道河,须得从此地摆渡过去,才能到得了剑峰山。河北岸有二十多间房,大概是该班人等住的,河南有十间房,一边立着一个交界牌,上面插着一杆白旗子。交界牌上

----

　　① 能为——能耐。

写着：

> 管理剑峰山一带等处焦，为晓谕附近居民人等一体知悉：此山乃
> 焦姓所管之地，如有官府之人私自进山，探亲访友，须先到莲池岛听
> 差房挂号，领写执照进山，方保无事。如无执照，拿获立斩。

高通海瞧着，忽见听差房内出来几个庄兵，说："来的小辈，你是做什么的？通上名来，今日奉寨主之命查拿奸细。"高通海一闻此言，把眼一瞪，说："小辈，你也认不得你家老爷是谁？我要跟你等一般见识，算我无有大量。你等趁此把活阎王焦振远叫了出来，我两个人分个强弱真假。"这些人一听此言，微微冷笑说："你这小子别说浪言，我家寨主岂肯跟你无名之辈动手。伙计们，拿家伙！"这些河兵看着高通海只有六尺多高，其貌不扬，身穿紫色马褂裤，青布快靴，面皮微黑，短眉阔目，高颧骨，三山得配，四方海口，手中执一把短刀在那里一站。有十几个河兵，各拿兵刃，扑奔高通海而来，摆兵刃就剁。高通海一声喊嚷，说："你这一伙强徒，好生大胆，竟敢与高老爷动手！小辈站定了，听我告诉你等，你家老爷姓高名源表字通海，绰号人称水底蛟龙。"这几个河兵一听，半信半疑，说："你既是高通海，我们大家把你拿住了，好去报功。"这十几个人一齐拥上，高通海也并不把他等放在心里，几个照面，被高通海砍得东倒西歪。

内中有一个跳上船去，跑进剑峰山，前去禀报活阎王焦振远说："有钦差彭大人手下的办差官，名叫高通海，来到剑峰山莲池岛要九花娘，把看河之兵砍杀不少。"焦振远一闻此言，说："气死我也！哪个将这小辈拿进山来，碎尸万段？"地理鬼焦智拉虎尾三截棍，说："待孩儿前去拿他。"

他带领几个庄兵，出离大寨门，见高通海正在那里发威。庄兵大声喊嚷，说："四庄主出来了。"高通海往对面观看，见顺莲池岛船上过来一人，身高六尺，项短脖粗，大脑袋，面皮微黑，黑中带紫，两道扫帚眉，一双大眼，高颧骨，上身穿月白绸子小汗褂，青洋绉中衣，足下月白袜子，青缎子实纳帮皂鞋，手持虎尾三截棍。船一到岸，就拧身蹿将上来，手中一摆兵刃说："对面小辈，你是何人？通上名来。"高通海把刀一顺，说："呔！你要问你家老爷，年年高，月月高，日日高，人走时运马走膘，骆驼单走芦沟桥，姓高名源，表字通海，人称水底蛟龙，这就是你家高大老爷。"焦智一闻此言，气得哇呀呀喊叫，说："小辈，你胆大包天，敢到这剑峰山来找死。"高通海说："你先别嚷，咱们俩要动手，得先说说。"焦智说："你要说

什么?"高源说:"既要动手,要善打恶打,文打武打,要是善打,各划一圈,你在东边,我在西边,不准出圈,若出圈算输,再不然两人对骂,谁骂得过算谁赢。"焦智说:"依你各划一圈,咱两个动手。"高通海就拉出刀来,在圈里一比,焦智摆三截棍在圈里耍开,闹的通身热汗直流。焦智说:"不用文打,改为武打。"摆虎尾三截棍搂头就是一棍。高通海往旁边一闪,说:"且慢,要我动手拿住你,也不算英雄,我叫过两个跟我之人,把你拿住。"高通海站在圈外就嚷:"苏二哥快来捆人!"

苏永禄从高粱地内拉着一把短刀,往外就跑,还当是高通海将贼拿住了,及至临近一瞧,原来贼人还在那里站着,便说:"高护卫,你把他打躺下,我才好捆,站着我如何捆的上呢。"高通海说:"我打倒了还用你捆?你过来吧,快拿这个贼。"苏永禄一瞧无奈,只得摆刀上前动手。焦智的虎尾三截棍十分纯熟,哪里把苏永禄放在心上,三五个照面,一棍将刀打落,再一扫堂棍将苏永禄打倒,过来几个河兵,把他捆上了。高通海又嚷道:"苏大哥快出来吧! 苏二哥捆不过来了。"苏永福由高粱地出来一看,见二弟已被人拿住,他自己乃忠厚之人,怒从心起,拉刀直奔焦智动手。几个照面,亦被焦智打倒。高通海吓得战战兢兢。不知后事如何,且看下回分解。

第一〇七回

高源智擒地理鬼　焦礼大战水底龙

话说苏永福来至战场,与焦智走了几个照面,刀被棍磕飞,大爷转身要跑,被焦智一腿踢倒在地,过去几个河兵,把大爷捆上。焦智摆棍扑奔高通海而来,高通海知道这事已不能躲避,用手中刀一指说:"焦智,你真乃太岁头上动土,不知高老爷的厉害。"焦智并不答应,摆棍搂头就打。两人走了有三四个照面,高通海已浑身是汗,口中急喘。焦智见高通海看着不行了,把手中之棍一裹。高通海说:"罢了罢了!"出圈外往东北就跑。焦智用手指着说:"高通海,今日上天追你到灵霄殿,入地也要跺你三脚。"高通海说:"罢了罢了! 真是命该如此,生有处,死有地,三个人叫人拿住两个,剩我一个人回去,我也对不起他二人,不如跳河一死。看来这道河就是为我挖的,今天我做一个水底亡魂、河中怨鬼,也就是了。"说罢,往里就跳。

地理鬼一看,喜出望外。追至莲池岛河涯,见高源冒了两冒,焦智把三截棍扔在岸上,扑通一声,也跳下水去了。高通海在水底蹲着,睁眼静等。地理鬼焦智本来水性平常,在水中不能睁眼,只用两手去摸。高通海由后面一掐脖子,把地理鬼一气灌了三口水,拉上岸来捆好,又过去把河兵杀散,将苏氏兄弟二人放开,说:"你们先把此贼扛回大同府,我在这里等着捉拿活阎王。"二人一听,心中甚为喜悦,说:"高护卫老爷,我们不等你了。"高通海说:"你二位只管走,今天我非把九花娘拿住不回公馆。"苏大爷扛起地理鬼,二人径自去了。

高通海站在莲池岛,破口大骂道:"活阎王焦振远,快把九花娘送了出来,万事皆休,如若不然,高大老爷杀将进去,鸡犬不留!"

河兵赶紧去大寨回禀。活阎王正与焦面鬼焦仁、霹雳鬼焦义、独角鬼焦礼父子四人在一处谈话,见外面跑进一个河兵来说:"回禀大寨主得知,适才我家四庄主已被彭大人办差官拿去了。"活阎王一听,说:"这还了得,彭大人敢将我儿拿去,老夫跟他势不两立。"独角鬼说:"爹爹暂息雷霆之怒,待孩儿亲身到外面捉拿办差官,救回我四弟。"焦振远说:"也好! 你就此前往,将赃官的办差官拿住,老夫要亲自审问。"独角鬼焦礼拉虎尾三截棍,带领二十多个喽兵,各带刀枪棍棒,出离大寨门,到了莲池岛,坐摆渡船过河。

高通海正在那里叫骂,一瞧里面出来的独角鬼焦礼,身高八尺,面如重枣,身如油墩,手提三截棍,比方才的地理鬼长得雄壮。高通海看罢,问道:"来者你是何人? 快通报你的姓名,高老爷不拿无名小辈。"独角鬼用手一指,说:"你就是赃官彭朋手下的办差官吗? 我等与你无冤无仇,何故将我四弟拿去? 我今天特意前来问你,所因何故,你趁此说来,你三太爷名叫独角鬼焦礼。"高通海也通了名姓说:"我奉大人之命,特来寻找九花娘,你等将她放了出来,万事皆休,如若不然,高老爷先将你拿获,面见钦差,按律治罪。"焦礼听罢,气得哇呀呀乱叫,说:"你这小辈着实大胆,竟敢这般无礼!"摆棍就打,高源往圈外一闪,把短刀变着路数,与焦礼杀在一处,两人不分高低上下。走了十几个照面,高通海累得浑身是汗,撒腿就跑,焦礼随后追赶。高通海说:"好小辈! 你当真要追赶高老爷!"焦礼说:"追你又该当如何?"高通海说:"我受异人传授,能呼风唤雨,撒豆成兵,倒海搬山,待高老爷拘一个天兵天将来将你拿住。"说罢回头,见焦礼已赶至跟前。高通海摆刀就剁,却却焦礼一棍将刀磕飞。高通海吓得魂魄皆冒,转身飞跑,焦礼紧紧相随。高通海说:"小辈! 看我的法宝取你。"只见白亮亮的一宗物件,直扑奔焦礼而来。焦礼忙往旁边一躲闪,过去一看,原来却是一把壶。焦礼说:"你力穷智竭,今天休想逃走。"高通海一壶未打着焦礼,撒腿又跑,抬头一看,见眼前有一片树林,他急中生智,说:"哈哈,树林之内的埋伏还不出来,等待何时? 我已然把独角鬼焦礼给你诓①到。"焦礼一听此言,止住了脚步,怕树林之内真有埋伏。高通海飞身跑进树林,焦礼见无人出来,心中甚为喜悦,拉棍又往前追去,只见高通海仍在前头,撒腿奔跑。焦礼在后面紧追不舍,看看就要赶上。高通海说:"小辈你真可恨,我高大法官今天真要祭起法宝拿你。"说罢,回手哗啦一下,黑乎乎的一宗物件,正打在焦礼的面前。焦礼觉着不大疼痛,留神一看,原来是一个褡裢,里头还有六个钱,只气得他狂叫如雷,大骂

---

① 诓(kuāng)——欺骗的意思。

道："小辈高通海，今天我要放你逃走，誓不为人。"高通海见焦礼仍在紧追，抬头一瞧，见眼前有一道沟，眉头一皱，又计上心头，说道："沟里的朋友，快出来帮着我捉拿独角鬼，千万别放他逃走啦！"焦礼说："你不用使诈语吓唬于我，我早已知道你诡计多端，今天休想逃走，你就是有十面埋伏，我也要将你拿住。"高通海计穷力竭，跑得两腿发直，只见眼前有一道沙岗，由东北至西南长有三四里之远。高通海往沙岗上一跑，脚底下一滑，身子一沉就摔倒在地，口中喊道："哎呀！我高通海今天性命休矣！"独角鬼一瞧，哈哈大笑，说："小辈，你也有今日，我焉能容你逃走！"说着，赶上前来，摆棍照定高通海当头就打。只听沙岗后一声喊叫："唔呀！混账东西，不要伤人性命，待我来拿你！"

这时蹿过两个人来，上首那人，说话是江南口音，手中拿着包裹；下首这一位，面皮微黄，黑中透亮，短眉毛，圆眼睛，项短脖粗，手使一把轧油锤。这二位原来并非别人，上首这一位是小方朔欧阳德的大弟子，家住江南绍兴府，姓武名杰，表字国兴，绰号小蝎子；下首这一位，家住狼山纪家寨，姓纪名逢春，乳名小三庆儿，乃神手大将纪有德之子，受过能人指教，武艺绝伦。只因高通海奉大人堂谕，带着苏永福、苏永禄再探剑峰山，捉拿九花娘，武国兴与纪逢春便来禀见大人，也要前往。大人说："你二人须要小心，不可任意。"二人点头，各执兵刃出了公馆，直奔剑峰山。

二人因道路不熟，便在沿途之上到处访问。走有数里之遥，眼前是一带山庄，及至身临切近，见路北有个茶馆，北房三间，搭着天棚，周围苇子花障，头前扎出一个门来，挂有一块纸匾，上面写着"养性山庄"，有一副对联，是两块木头刻成的，挂在两边，上联是："檐水无鱼，蜘蛛偏作网"；下联是："茶烟有鹤，鹦鹉可为杯"。二人觉着口干舌燥，迈步进了养性山庄，要来一壶茶，暂且歇息，顺便打听道路。二人叫伙计过来问道："这里离剑峰山多远？"伙计说："还有十二里路，你们二位到那里找谁？"武国兴说："我们打听个人，你可知道？"伙计说："剑峰山那里，前后有一万多家，看你问哪一个，有名便知，无名不晓。"武国兴说："此人大大有名，有个活阎王焦振远，你可晓得？"小伙计一听这话，上下看了武杰一眼，说："慢说是我，在大同府就是女子小孩，也没有不知道的。你是哪里人氏，找他有何事故？"武杰说："我与他素无往来，只因我有一个表弟投在剑峰山，被他人所害。"伙计听了说："你老人家千万别去，我有几句良言相劝，焦家父子甚是难惹，慢说你一两个人前去找他，就是调三五千人去了，也难讨公道。那里面连环三四百里，不受外界所管，居住的人家俱属他管。依我劝你，还是不去为妙。"武杰说："我既到此，焉有不去之理?"给了茶钱，二人出了养性山庄，扑奔剑峰山而来。

　　正往前来，见一道沙岗拦住去路，忽听那里喊叫："我高通海性命休矣!"二人赶过去一瞧，只见独角鬼焦礼正举棍要打高通海。武国兴一声喊嚷："混账王八羔子，休要伤我朋友。"抖手就是一镖! 纪逢春也抢锤照定贼人就打。焦礼摆三截棍独战二人，并无半点惧色。高通海扒起一把土来，照定焦礼面门就甩。焦礼满面是土，不能睁眼，被纪逢春一锤打倒。三人过来，正要去捆焦礼，忽听得那边人声呐喊，大概是活阎王带领庄兵，前来捉拿高通海。要知后事如何，且看下回分解。

第一〇八回

三杰捉拿独角鬼　高源夜探剑峰山

话说小蝎子武杰与打虎太保纪逢春双战独角鬼焦礼,正在不分胜负之际,焦礼让高通海一把土撒了一脸,被纪逢春一锤打倒,按住捆上。高通海说:"你二人把他带去面见大人,我把九花娘抓出来,拿住为首的活阎王,方才回去。"武杰说:"高老爷,你凡事须要小心。"高源说:"好,你二人去吧!"三人正说之际,忽听得西北上人声呐喊,高源说:"你二人快把独角鬼给扛回去吧!"高源把那条三截棍挂在树上,溜在高粱地内隐藏,武杰等二人扛起独角鬼径自去了。

再说霹雳鬼焦义又出来探听消息,向河兵一问,方知独角鬼追高通海去了,连忙过了莲池岛,带领着四五十名庄兵追赶下来。天色已晚,远远听见风吹三截棍的声响,众人追至临近,见是独角鬼的三截棍,连忙摘将下来,说:"老爷你看,这必是那高通海把三爷诓在这里,被他的余党捉去。"焦义说:"这话倒也有理。走吧,小子们,你等跟我去回禀老庄主知道。"众河兵点头,一同回去。

高通海先由旧路把短刀找着,又跑至莲池岛从各处观看,只见那该班①房子外面,有两木桶炖肉,一桶干饭,旁边有碗。高通海过去先偷了人家两碗肉饭,蹲在高粱地内吃完。天已黄昏,听见外面焦义率众归寨,他便扑奔正东,来至莲池岛,跳下凫水过去,直奔正北。到了山寨门外,蹿上墙去一瞧,见里面无数房屋,这所山庄总有八百来户人家。高通海先到岛北,来寻找活阎王的住家。走至十字街一瞧,见路北的大门,想必是焦振远的住宅,便飞身蹿上房去,里头有五六层院子,灯烛辉煌,他蹿房越脊,各处寻找。

高通海来至正房,隔着虾须帘子望里观看,见桌上放着一盏蜡灯,点着羊油烛,东边椅子上坐定一人,站起来身高八尺,马蜂腰,窄肩膀,上身

---

① 该班——值班。

穿蓝绸子短汗衫,青洋绉中衣,玉色绸子袜,青缎儿鞋,面皮微紫,紫中带黑,两道花白英雄眉,一双虎目,准头端正,四方海口,花胡子,神光满足。旁边站定一人,年有四十以外,身躯肥大,面皮微紫,浓眉大眼,鹦鹉鼻子,黑胡须,月白布裤褂,足下白袜青缎靸鞋。西边站着一人,淡黄脸,两道抹子眉,一双大环眼,高鼻梁,四方口,月白裤褂,青缎快靴。东面坐的,正是活阎王焦振远,左面站定焦面鬼焦仁,右手站着霹雳鬼焦义。焦振远说:"儿呀!老夫年已六十余岁,一生就是不服人,今天赃官彭朋无故竟遣差官将你两个兄弟拿去!快把那几个河兵给我叫过来!"不多时,只见进来十几个河兵,都跪在台阶以下,说:"老庄主呼唤我等,有何事故?"焦振远说:"老夫在剑峰山居住,世代并未遇见这样赃官。你等今日在莲池岛该班,那办差官来时说些什么?要从实说来。"内有一河兵,姓张,素常爱说爱笑,人送他外号叫快嘴张八,他说:"今天早起我该班,来了一人姓高,名叫通海,他来至莲池岛说,庄主把妖妇九花娘隐藏起来了,如快快送出来,万事皆休。四庄主出去,三言五语就动起手来,先胜后败,被他诓到莲池岛拿获。后来三庄主出去,把高通海杀得落花流水,望影而逃。三庄主追了下去,却不知他怎样拿法?这是实话。"

活阎王焦振远一听,说:"反了!俺焦振远当年乃是安善良民,守分百姓,只因那一年年荒岁乱,此地五谷不收,本处知府催讨钱粮,把我这街坊押在衙门之内不少。老夫一时动了善念,替众乡邻完纳钱粮,焉想到赃官却说我收买人心,必有谋反之意,要将我下在狱中。众乡邻苦苦求告,赃官不准,我几个孩儿才各执三截棍打进衙门,将老夫背回剑峰山。从此老夫一恼,所有剑峰山四百里之耕地不纳钱粮。我立起连庄会来,凡有官人到此催讨,便把他捆上,扔在莲池岛,当时活埋。今天老夫在山中安闲无事,赃官无故前来找寻于我,将我两个孩儿拿去。焦面鬼,你拿铜锣一面,把连庄会之人聚来,细细拷问。"焦仁答应,吩咐外面鸣锣聚众。活阎王便叫人把杌凳搬在房檐下。高通海翻身来到后院,见院中栽种翠竹,青枝绿叶,有一人多高,靠后墙有百叶窗,挂两个气死风灯。

高通海此时来至后房,扒住房檐底下,打外往里,瞧见活阎王堵着屋门坐定,回手拿过一根檀木棍放在身旁。焦振远吩咐来人都五个一排,叫了进来,在他面前一站。焦振远问道:"现有彭大人手下差官,向我这里要九花娘,老夫不知这九花娘是何许人也?你等有知道的,只管说。"这一排五个人，都是五六十岁的，互相盘问，均说不知。焦振远将手中霸道棍一擎，说："你等知道的只管说，决不加罪，如要隐匿不说，被我访查出来，必要重办！"只见那边过来一个老者，乃是剑峰山的渔户，说："庄主爷要问这九花娘，乃鸡鸣驿人氏，在鸡鸣驿跳神舍药，杀害数条人命。她先跟赃官知府王连凤勾串，后来又逃至画春园，跟叛臣傅国恩在一处勾串，拒捕官兵，情同叛逆。今朝逃走，我等实在未见。"焦振远说："好，你五个人下去。"又换上五个人来，都知道活阎王脾气不好惹，哪个也不敢谎言。问到第五排上，内中有一人，年有三十多岁，姓胡名叫牛儿的说："你们四个人想想，这事说不说？"那四个人说："要是不说，阎王爷访查知道了，你我的性命不能保。要等他老人家拷问起来再说，到那时你我不定怎么死呢。牛儿，咱们几个人不如过去一说，也就算洗干净出去了。"胡牛儿把手一伸，说："据我想来，要是说出去，这个主儿咱们惹得起他么！"那四个人说："也是，他许过咱们银子，每人十两，今一说出，十两银子就算没了，得罪了他，又不落钱。"胡牛儿说："你我见机而作，看事做事吧。"说着，就听那边叫道："胡牛儿，你等讨罪，休怪老夫翻脸无情！"那四人便冲着焦振远说："我们四人不知道，胡牛儿是知道的。"

　　焦振远一听此话有因，把手中霸道棍一举，说："胡牛儿，你这厮好生大胆，你拿老夫当何如人？焦仁，你把他给我吊起来！"只吓得胡牛儿"哎呀"一声，撒了一裤子尿。焦仁过来刚要揪他，他说："庄主老爷不要生气，我说实话。"焦振远说："你趁此说来，若有半句虚言，将你脑袋打碎！"胡牛儿跪在活阎王面前，把从前之事细说一遍。活阎王只气得暴跳如雷，这才追出九花娘的真实下落。要知后事如何，且看下回分解。

第一〇九回

活阎王夜拷九花娘　彭钦差升堂审妖妇

话说胡牛儿跪在活阎王面前说:"老庄主不要生气,小人从实招来。那一日小人在莲池岛该班,巡查河岛,瞧见对面树林内坐着一个小媳妇,年有二十多岁,长的十成人才,正在那里啼哭。小人带着伙计们过去一问,她说是靠山庄的人,丈夫在外贸易身死,婆母娘要将她出卖,她不愿意,情愿守节,便逃出来坐在那里啼哭,想要跳河。众伙计都知道我没成家,想要说给我,小人嘴说不愿意,心里却巴不得能够成就才好。一问那媳妇,娘家姓桑。小人说:'我今年才三十九岁,年岁也不算太大。'那妇人正要跟我走,旁边有一伙计却不答应,说他五十多年光棍,要有这个便宜,先得让他,不然他就拼命。小人也不敢滋事,便说咱们来拈阄①,谁拈着算谁的,偏巧这阄叫他拈着,我二人便争斗起来。那时候五庄主巡查莲池岛,瞧见这妇人长得有几分姿色,便说你二人不必争吵,我将她带去。这个妇人一听五庄主要她,就说:'呦,庄主爷呀!你要是救了我,我情愿给你铺床叠被。'我家五庄主说:'你跟我来!'临走之时还说:'你们大家别白辛苦,每人赏你们十两银子,不准对老庄主说知,如走漏消息,要你们这几个人的性命。'自那日五庄主走后,至今并未见面,几两银子也未得着。忽然间,那天大同府总镇张耀宗来拜望老庄主,说要九花娘,又被少庄主将他辱骂回去。今天来了一个高通海,堵着山口定要九花娘,这都是真情实话。老庄主要问九花娘的下落,可将五庄主叫来,一问便知。"

焦振远吩咐众人各自回家,这才回头叫道:"焦仁,你去把五儿叫来,我要细细追问于他!"焦振远性如烈火,听说这事是他儿子做的,直气得颜色更变,一用力就把杌凳坐碎。焦仁先把他父亲搀到屋去,说:"父亲不要生气,我把老五叫来问他。"焦仁便直奔西院。

且说九花娘自九圣庵逃走出来,带着一个包袱,珠玉宝货价值三千黄

---

① 阄(jiū)——为了赌胜负或决定事情抓取的东西。

金。她知道剑峰山可以隐藏,故此来至莲池岛,正遇着短命鬼焦信巡查河岛。九花娘一见,彼此意味相投,二人便回到了山寨。焦信把九花娘带到自己院中,这天正在一起喝酒,忽听外面传锣声喧,自己出去讯问庄兵,方知是彭钦差派差官来要九花娘,心中就有些害怕。回到房中见了九花娘,就说:"老九,原来是你谋害亲夫,怎么好? 这个乱你惹的太大了!"九花娘说:"我不是的,你不要疑心。"二人正在说话,只听得外面在叫老五,说:"你这乱真不小,竟将妖妇九花娘隐藏在你房中,我说你这两天怎么不出去呢,老爷子现在上房等你哪,你这事瞒不住了!"吓得焦信战战兢兢,他怕大哥进来把九花娘堵在房内,便说:"大哥别进来,你兄弟媳妇在洗脚呢。"

那大爷一听就愣了,在院中一转身就回到大厅,见焦振远已另换机凳坐着。焦仁说:"我方才到老五院中叫他,他说弟妇在房中洗脚,孩儿不能到房中去。"焦振远说:"好! 你去到后院把你妈叫来,连你媳妇并焦义之妻也叫来,要她们到五儿院里搜去。"

这时,焦信早已吓得战战兢兢,便对九花娘说:"你把包袱收拾收拾快走吧! 我今天还不定死活呢,因我家的家法甚严,我父亲大人永不准人劝他。"九花娘一听,说:"呦! 一夜夫妻百日恩,百日夫妻似海深,我自从到这里来,多蒙五庄主待我恩重如山,我焉能舍你一走?"娇滴滴地拉着焦信,直哭。焦信本是酒色之徒,真是酒不醉人人自醉,色不迷人人自迷,便说:"老九,我也是舍不得你,无奈今天这是万不得已。"九花娘说:"你也不必前去见爹爹,我亲身去见他,管保你无事,咱二人做一对太平夫妻。"焦信一则贪她美貌,二则被她的蜜语甜言所迷,也就答应下来了。那九花娘便拿起包袱直奔大厅。

焦振远正要叫他的妻子、儿媳去搜九花娘,只听外面有脚步声音,帘栊①一起,进来一个年轻少妇。高通海此时正在后窗外扒着,瞧的甚真,见外面进来了九花娘:不高不矮,头梳盘龙髻,戴着几支玉簪环耳坠,鬓边斜插粉白牡丹,趁着一张粉脸腔,眉舒柳叶,唇绽樱桃,果然风流人才,真正俊俏品貌。身上穿一件鸡心白汗褂,品蓝缎子中衣,系着一条银红色汗巾,上边金线拉着蝴蝶,足下窄窄金莲,南红缎子宫鞋,月白布裹足,一对

---

① 帘栊(lóng)——门帘。

金莲只二寸有余，又瘦又尖又小。她手中拿着包袱，来到焦振远面前，真是娇滴滴声音宛转，软却却万种风流。说："公爹在上，小妇人桑氏磕头。"焦振远说："你是何人？"九花娘回道："你老人家要问小妇人，娘家姓桑，小妇人排行第九，只因丈夫故去，我婆母逼我改嫁，小妇人不允，她又私自叫媒人转卖，小妇人偷着跑在外面，来到莲池岛意欲跳河，遇见你五儿子，他倒是一番善念，将小妇人救到家中，我无可报恩，情愿铺床叠被，伺候五庄主，他也不敢回禀你老人家知道，因此我特意前来见你老人家。"

　　活阎王接过九花娘包裹一看，见其中的珠宝夺人眼目。高通海在后面也瞧的真切。只听焦振远说："桑氏，这包裹是哪里来的？里面什么物件？"九花娘说："是家中所藏之物。"焦振远说："你当家人活着时作何生理？"九花娘说："是做小本生意。"焦振远又问道："哪里来的这些珠宝？明明你是谋害亲夫，今天来到我的跟前，竟敢花言巧语。焦仁、焦义，快拿绳子把她捆上，吊在房柁之上，待我来拷问于她！"焦仁、焦义就将九花娘吊了起来。焦振远站起身，拿起霸道棍说："你说了真情实话，我不打你，不然我把你生生打死！"九花娘说："我并未谋害亲夫，所说都是实话。"说着，嘴里不住地求饶，说："老庄主请暂息雷霆之怒。"焦振远照定九花娘吧吧一连就是几棍，只打得她浑身是血。

　　这时焦振远回头一看，那包裹、烟壶都已不见踪迹。原来高通海在后窗户偷看焦振远拷问九花娘，他想："九花娘包裹内总值三千黄金之数，莫如我今天偷盗在手，也不算我白来。"他眉头一皱，计上心来，拉出了一把短刀，借着焦振远打九花娘一下，他就将窗棂砍一下。十几下后，高通海已把窗棂砍断，伸手将包裹、烟壶拿了出来。高通海心中说："千万别叫焦振远瞧见，他要瞧见，我准得被擒，焦振远的脚程日行二百余里，那如何是好？"正在犹疑，焦振远回头瞧见窗户被人砍开，包裹内的珠金烟壶已全然不见。焦振远说："焦仁、焦义，抄家伙拿贼！"他父子三人蹿上房去，料高通海性命难逃。要知后事如何，且听下回分解。

第一一〇回
焦面鬼大闹公馆　焦振远劫牢反狱

　　话说活阎王焦振远带着两个儿子，飞身上房，睁眼往后山一瞧，见两道黑影向正北跑去，便往正北追赶下来。原来，正赶着有两个狐狸在后墙以外配对，见高通海往外一跳，吓得母狐狸回头就跑，焦振远父子三人追赶的就是那两个狐狸。高通海见焦振远父子三人追到后山去了，就跳进去把那包袱珍珠宝贝围在腰间，心里说："不入虎穴，焉得虎子，趁此不拿了九花娘，还等待何时？"他到了前边，在脸上抹了一脸锅烟子，来到上房一瞧，九花娘还在那里高吊着。他赶过去说："老九，我特意前来救你。"九花娘睁眼往下一看，说："呦！你是何人？"高通海道："我乃是焦振远做饭的厨子，外号叫出流高，刚才我在外头瞧了你半天，老九，凭你这人怎受过这样苦打？打你一下，我在外头甚是难受，打在你的身上，疼在我的心里。适才我见焦振远已追赶贼人下去，故来到屋中跟你商议，救你逃走，你我到了外头就拜堂成亲。你要是愿意，我把你救下来，你不愿意，也趁早说。"九花娘一听，睁眼瞧瞧高源，见他长得其貌不扬，心想："莫若我假意应允，等他把我救到外头，用刀将他杀死，我再远走高飞。"想罢，说："高司务，你快把我救下来，你我趁此逃走。"高通海过去把绳扣解开，一瞧九花娘身上伤痕不轻。九花娘说："高当家，快背起我来吧，我连一步也不能走。"高通海说："我背着你。"背起九花娘就出了大厅，刚出大厅，顺着山道走了不远，只见焦振远带领焦仁、焦义回来，正向高通海迎面走过来。吓得高通海战战兢兢，慌忙往树下一蹲，等焦振远父子过去之后，他才背起九花娘下了剑峰山，扑奔莲池岛。

　　来到了河沿之上，他把九花娘放下了。九花娘说："那可不成，你是爷们，可以脱去衣服过河，我是个妇人，若将衣服鞋子湿了，哪里去换？"高通海说："也罢，我把你举过河去。"高通海举起九花娘，跳在莲池岛河内，在河边一站。九花娘说："不行，你扛着我吧！我骑在你脖子上，你手牵我的手。"高通海一听摇头，说："不行，我抱你过去吧！"九花娘说："甚

好,你就来抱我。"高通海抱着她凫水走在莲池岛中间,说:"老九,你洗洗
澡吧!"九花娘说:"不成,我晕水,你把我抱过去。"高通海说:"不成,我若
渡你过去,你就要害我了。"九花娘说:"不能。"高通海说:"你起个誓。"九
花娘说:"我跟你要是三心二意,叫我不得善终。"高通海说:"你得叫我,
你不叫我,我也不能渡你过去。"九花娘说:"我叫你什么?"高通海说:"你
瞧着办。"九花娘说:"叫你出流高大哥。"高通海说:"不成,我也不便跟你
细说,实在告诉你吧,我家住湖广高家庄,姓高名源,表字通海,外号人称
水底蛟龙。"九花娘一听,知是彭钦差手下的办差官,吓得颜色更变。说
着话,高源把九花娘往下一沉,灌了两口水,人已八成死了,便带到南岸,
再拿帕子把嘴堵上,绳绑两臂。高通海将脸上的泥洗了一洗,背起九花娘
往前行走。

　　天光已亮,有行路之人见一个少年男子,背着年轻少妇,大家都跟着
瞧。高通海说:"众位瞧啥,她也不是外人,是我媳妇。只因为我久不在
家,她竟跟人家飞眼,勾引少年男子,这个绿帽子我算戴上了。昨天被我
堵在屋内,把男的杀死,背着她奔大同府,上衙门去打官司,大家要瞧热闹
就跟我走。"内中有上年岁的人说:"这个朋友,我告诉你的可是好话,捉
奸要杀杀两个,要杀一个可得偿命。"高通海说:"我下不去手,舍不得杀,
我就把她送衙门打官司。"大众直跟至大同府。高通海来到大人公馆,当
差人刚要让他,他说:"把马号门开开!"高通海进了马号,说:"你们瞧热
闹,只管进来瞧。"大家也就进了马号。高通海说:"你们大家认得我不认
得?"众人都说:"并不认识于你。"高通海说:"你们既然不认得我,我来告
诉你们,我姓高名源,表字通海,绰号人称水底蛟龙,跟彭钦差大人效力当
差,我拿的这个就是妖妇九花娘桑氏。看号的,把门关上,他等都跟九花
娘有好,待我回禀钦差大人,重办他等。"大众吓得目瞪口呆,说:"高老
爷,千万不可这样办法,我等都是无知之人,求高老爷开恩,把我等放了
吧!"高通海说:"你等愿打愿罚?"众人说:"愿打怎样?愿罚怎样?"高通
海说:"认打,我就回禀大人治罪;认罚,你等各带有多少钱,都给我留
下。"大众说:"我等愿罚。"高通海说:"你等既然愿意认罚,我也不必翻
了。"叫看号的拿一个笸箩,将门开开,一个一个出去时,各将钱倒尽。内
中有一个机灵鬼,褡裢里有二百钱,用手一撮,倒出来两个钱,转身就走,
却被高通海揪住说:"你慢走,高老爷眼中不揉沙子,你把褡裢拿过来我

瞧瞧。"机灵鬼无法,只得把褡裢拿过来,被高通海将钱倒了,这才放走。这一阵,高通海得了有百余串钱,把看号的王忠叫过来说:"你无男无女,高老爷送你这百串钱做棺材本。"王忠趴下磕头,谢过高通海赏钱。

高通海这才进到里面,见彭公正升堂与众办差官商议军机大事,便过来给大人请安,说:"卑职奉大人堂谕,前往剑峰山哨探,昨天拿住了独角鬼焦礼、地理鬼焦智,已派苏永禄、苏永福、纪逢春、武杰解回,候大人审讯。"彭公说:"已然审问明白,交大同府将他等与马赛花一同入狱。"高源说:"我已将妖妇九花娘拿到。"大人说:"既已拿到,就把她带了上来。"高源将九花娘背到大人面前,将口内手帕拿出。九花娘换了一口气,睁眼一看,见上面坐的彭大人。大人说:"九花娘,你谋害亲夫,勾串叛臣,情同叛逆,快将你所害的人命,从实招来!"九花娘说:"大人在上,小妇人已然被获遭擒,只得实说,毋须大人多问。"九花娘便将已往之事俱皆招认,旁边有先生记下口供,叫九花娘画供,交大同府入狱。来到狱中,马赛花一见九花娘,倒也投机,二人就在狱中拜为干姐妹,说说笑笑,很不把死放在心上。

彭公正与众办差官商议,要派兵剿灭剑峰山,只听公馆外一阵大乱。大人方要派人到外面查去,只听得房上有人说话,说道:"彭大人!我们与你近日无冤,往日无仇,为何把我三弟、四弟拿来!"众差官一瞧,来者正是焦面鬼焦仁。

他昨日晚上同父亲追那两个狐狸,绕了两道山弯,未见踪影,回到大厅,那九花娘已踪迹不见。只气得活阎王哇呀呀怪叫,说:"这必是赃官手下的办差官夜探剑峰山,将九花娘盗去!"父子三人又在前后寻找一遍,亦无踪迹,天光已然大亮。焦振远说:"儿呀!老夫这条命不要了,真是闭门家中坐,祸从天上来,你我并未做犯法之事,彭朋将我两个孩儿拿去,如同摘去我的心肝,我今天到大同府公馆找那赃官讲理,为何无故将我的孩儿拿来?"焦仁说:"爹爹暂息雷霆之怒,待孩儿去到大同府与彭朋讲理,把我的两个兄弟领回。"焦振远说:"儿呀!休要睡着做梦,赶紧鸣锣聚众,把剑峰山众乡亲给我叫来!"焦仁吩咐庄兵鸣锣,不多时,山前山后,山左山右,一百零八村处处大寨锣响,众人不敢不来,都知道活阎王厉害,三棒锣不到,查出就要立斩。众乡邻齐集大寨,说:"庄主爷今天鸣锣聚众,叫我等有何吩咐?"焦振远说:"你等有事,我保护于你;我家有事,你等同心助我。只因赃官彭朋无故把我两个孩儿拿去,实属以官欺人。我欲带领你等,先杀赃官,自立为大同王。"众人说:"我等静听庄主吩咐。"焦振远说:"焦仁,你先去与赃官讲理,速将你两个兄弟带回,万事皆休;如若不然,我杀奔大同府去,刀刀斩尽,个个诛绝。"焦仁转身出了寨门,直奔大同府公馆,门首挡拦,他便拧身上房,要去与彭大人讲理,大闹公馆。要知后事如何,且看下回分解。

第一一一回

彭钦差调兵剿贼　银头叟慈心惹祸

　　话说焦面鬼焦仁飞身上了公馆房屋,跳在院中,说:"彭大人,你倚仗钦差,欺负平民,无缘无故地把我两个兄弟拿来,我家并未做犯法之事,今天焦大太爷特来会你讲理。"彭公一听此言,勃然大怒!在大人一旁站着的,有老英雄陈山、粉面金刚徐胜、大同总镇张耀宗、小蝎子武杰、打虎太保纪逢春、水底蛟龙高通海、多臂膀刘德太、苏永福、苏永禄、李环、李珮等。大众一瞧焦仁甚是雄壮,肋下佩一口钢刀。李环一笑,说:"好小辈,这乃是钦差大人公馆,也敢这样无礼。"拉手中刀照头就剁,大鬼飞起左腿,正踢在李环身上,摔手蹿出圈外。俗云:打架亲兄弟,上阵父子兵,李珮一瞧,就要过去替兄报仇,一摆刀照定大鬼分心就刺,焦仁一扫堂腿,李珮也扔刀躺在就地。苏永福一瞧,说:"你真要反,胆敢拒捕办差官。"过去要把焦仁打倒。焦仁哈哈大笑,说:"你这些小辈,也敢跟大太爷动手!赃官彭朋,你趁早把我两个兄弟放出来,万事皆休。"彭大人说:"来!给我拿他,这还了得,小辈要反!"纪逢春拉兵刃蹿将过去,刘芳、高源协力相帮。李环等也返过来,各摆兵刃,八个人将焦仁围在当中。焦仁并无半点惧色,手中这一口钢刀,在当中闪展腾挪。战了二刻,粉面金刚徐胜也摆短链铜锤过来,帮着众人动手。约有七八个照面,武国兴反手一镖,正打在焦仁腿上。纪逢春一锤,又打在贼人背脊之上。焦仁翻身栽倒,众人人手众多,将他拿获。大人吩咐把他带过来,问道:"焦仁,你好生大胆!竟敢到本部院公馆这里来持刀行凶,想你素日不法可知。我皇上自定鼎以来,君正臣忠,万民乐业,你等胆敢不服王法!"焦仁还是怒目横眉,口出不逊。大人吩咐把他带下去,交大同府钉镣入狱。

　　到了狱中,见他三弟焦礼、四弟焦智,都是全副家伙,对他说:"大哥你也来了,我二人中了高通海诡计,哥哥你怎么也进来了?"焦仁就把奉父命来公馆讲理,被人拿获之事说了一遍。兄弟三人正在谈心,有一看差事的人,是个秃子,名叫吴成的说:"你们哥仨个,有没有个朋友来见我?"

焦仁说:"见你做什么?"吴成说:"我是这里牢头,如有朋友见我,堂上堂下有个照应;没有朋友的话,就许把你放在鞭床上。这个地方比不得你剑峰山,犯了王法,就得由我管。"焦仁说:"既由你管,你照应我们哥仨一点就是了。"那秃子说:"我们这里头,靠山的烧柴,靠水的吃水,无多有少,无大有小,你得拿过一点来瞧瞧,怎么空口说白话?"大鬼说:"你先等等,少时就有朋友送银子来给你。"吴成说:"也好!"焦仁坐在那里,一瞧众友,实在可惨,也有杀人凶犯,也有滚马强盗,一个个唉声叹气。忽听外面已起了初更,焦礼说:"大哥,难道你我就在这里等死么?"焦仁说:"贤弟耐烦点吧!少时自有道理。"天有三鼓之时,外面夜静更深。焦仁说:"秃子你过来。"秃子吴成只打算是给他银钱,往前一站。焦仁举手拿碗,照定秃子脑袋就砸。吴成哎哟一声,就开了瓢儿。秃子嚷道:"了不得啦!这个差使扎手,伙计们快过来几个,把他锁在柱子上。"焦仁说:"二位贤弟,时辰已到,咱哥们该走了。"一抖手,啪嚓啪嚓,手铐脚镣全碎。焦仁正用手铐乱打牢头禁子,忽听墙上一声喊嚷,乃是活阎王焦振远、霹雳鬼焦义、短命鬼焦信父子三人,各带虎尾三截棍,前来劫牢反狱。

只因焦振远在山中等候焦仁多时,不见回来,心中甚是焦躁,便把他两个孩子叫过来,说:"你二人各带兵刃,跟我到大同府去探听你兄长的下落。"焦义说:"你我就此前往。"三人一同来到大同府,天交初鼓,掏出白莲套索钩住城墙,揪绳上去,一直找到大同府衙门,来到狱内。焦振远拧身跳上墙去,把上面的荆棘用刀砍了,说:"焦仁、焦礼、焦智,老夫特意前来救你,快跟我走吧!"焦仁在里面大嚷道:"众难友听着,如不愿在这里受罪,可趁此跟我逃走。"马赛花把脚镣打断,把九花娘的家伙亦给她打开,随同焦家父子六个一同出狱。

正在这个景况,猛听得对面锣声响亮,原来是城守营巡夜的官兵赶到。当时焦家父子各持兵刃,把官兵打散。这时钦差大人公馆早已得信,众办差官各拿兵刃,城内喊声震天,说:"活阎王焦振远前来劫牢反狱,杀伤人命无数,拐去叛逆马赛花、妖妇九花娘,大家分头拿获,不让他们逃走!"玉面虎张耀宗带领官兵,一直追到西门,踪迹不见。知府并大同府总镇、城守营守备及狱官均来到公馆请罪。

候大人次日起来,大众跪伏在地,求大人恩施格外,说:"我等失于提防,大盗焦仁、焦礼、焦智、马赛花、九花娘,俱被活阎王焦振远劫牢反狱抢去,还砍伤无数官兵,我等在大人台前请罪!"大人说:"你等起来,这焦振远情同叛逆,本部院恩施格外,前番不作彻底追究,他还这样不服王化,着实可恼!"正在说话之际,有人进来禀报,说:"有黄羊山胜家寨银头皓首胜奎自家中前来,给大人请安。"大人吩咐命他进来。胜奎来到里面,叩见大人。大人说:"老英雄不必多礼。"胜奎来到公馆,大人都以客礼相待。胜奎说:"听说焦振远冒犯大人虎威,大人意欲调官兵拿获于他!"大人说:"是。焦振远反叛国家,本部堂拜折入都,调官兵前去拿获反叛。"胜奎赶紧跪下,求大人恩施格外,说:"焦振远一时糊涂,纵子行凶。他乃是我拜兄,我早几天来,可无此事,只求大人恩典,若是一调官兵,焦振远就得平坟灭祖。"彭公说:"既然如此,我看在你面上,只要把马赛花、九花娘带来完案,与焦振远无干。"胜奎给大人磕头出来,心中喜悦,想道:"我这一去,替二哥办了这等大事,可尽某朋友之道。"胜奎喝了两碗茶,出了公馆,便赶往剑峰山,总想着这事焦二哥必然愿意。天有巳牌①之时,已到剑峰山的山口。

书中交代:胜奎与焦振远乃是幼年打出来的交情。胜奎是神镖胜英家传的拳脚,十八般兵器件件皆通,迎门三不过飞镖,甩头一子,刀法精通。自胜英死后,他时常去大同府闲逛,因他家在这里还有几座银钱庄号。那日十字街来了一个卖艺之人,他去帮一个场儿,偏巧焦振远也在那里瞧热闹。他过去帮场儿,焦振远也帮场儿,二人各施所能,比了几路拳脚,练了几路刀。焦振远的武艺比胜奎强,二人打出仇来了,定于次日在西门外等,不见不散。二人就由那一天起,在西门外比试武艺,一连就是七天,还不分高低。这一天,二人正在酣战之际,从正西来了一位英雄,说:"你二人暂且别打,天下的把式都是一家,何必较量?我是特来会会你哥儿两个的。"说罢,一分招数,焦振远就知道比他高明。三人问了名姓,来的这人乃是元豹山的邱成,江湖人送外号叫他报应,又叫金眼雕。从此三人结拜。焦振远心里总想赢邱爷,他父子六人练了六条杆棒,那一日趁着请邱大哥在家中吃酒,吃了就要和邱爷比比武艺。邱爷一想,这定是他父子要瞧瞧我的本领如何,就说:"老二你来吧,你要把我扔一个筋斗,愚兄就甘拜下风了。"焦振远父子六人都不行,便从此敬重大哥。三

---

① 巳牌(sì pái)——旧式计时法指上午九点钟到十一点钟的时间。

个人后来上了年岁,倒也义气深重。

　　这一天胜奎听见二哥惹了这样大祸,故此在大人台前苦苦求情。他想:今日到剑峰山,兄长是决不能不依的。他时常往这里来,河兵、家人都以三老爷子呼之。今日这些河兵看见胜奎,却都不过来见礼。胜奎至莲池岛,说:"来呀! 你们摆我过去。"那些河兵摇头晃脑地说:"来了!"却都慢腾腾的,也不磕头。已先有一个人跑去报与焦振远。胜奎这一进山,惹出一场是非来了。要知后事如何,且看下回分解。

第一一二回
忍气吞声寻自尽　假装疯魔挡金兰

　　话说银头皓首来至莲池岛，有人通报进去，焦振远也不来迎接，就叫五鬼出来，见了胜奎也不磕头。胜奎不知所因何故，进了寨门，问道："焦仁，你父亲在哪里?"焦仁说："现在上房，三叔里边坐!"胜奎来到上房，他每次来时，焦振远必要亲自出来，今到上房，焦振远却并不迎接。胜奎掀帘进去一瞧：焦振远正在东边椅子上坐着，桌上搁着翡翠烟壶，羊脂玉烟碟。焦振远面向外坐着，瞧见胜奎进来，却反脸看着顶棚。胜奎跪倒给二哥磕头，心中说：五鬼见了我，连头都不磕，我叫你长长见识。他心里想，口里说："小弟给二哥磕头，二哥这一向可好?"焦振远眼往上瞧，置之不理。焦仁看不过了，说："胜三叔来了，给你磕头。"焦振远说："这两天我耳聋，听不见了，这顶棚糊得啦!"焦仁说："胜三叔来了，你耳闭起来了。"焦振远这才一低头，说："呦，我打算是谁? 原来是贵客临门，请起。"胜奎搭讪着，在那边椅子上坐下。焦振远说："胜三爷发财升官之际，怎么这样闲散，贵足踏贱地，到我这剑峰山来了?"胜奎说："二哥休要听外人传言，小弟一不在官，二不应役，哪里来的升官发财。"

　　书中交代：焦振远因为什么不理胜奎，内中有一段隐情。他想，我既跟胜奎是拜兄弟，前番就不该让大同总镇张耀宗来要九花娘，那时他不管，见我劫牢反狱取胜了，却出来做好人，他必是在彭大人那里夸口，到剑峰山不用刀枪，要拿回马赛花、九花娘，好叫他孙女婿得功做官，故此焦振远心中多疑。坐下之后，焦振远就问："你来此何干?"胜奎说："哥哥要问，只因九花娘在案脱逃，落在兄长这里，办差官来捉拿时与兄长口角，这已往之事全不必提了，兄长可把马赛花、九花娘交给小弟带回大同府，我画押管保兄长无事。"焦振远一阵冷笑，说："胜奎，我父子昨天要不得胜，你今天也不会来。你来诓九花娘、马赛花，见了彭朋，这件功劳是你得了。听我告诉你，马赛花是我的干女儿，九花娘已然与我五儿成亲，都是我心爱之人，焉能交还与你?"胜奎说："我乃一片热心，念你我兄弟金兰之好，故在大人台前屡次叩求，大人才恩施格外。兄长若不将马赛花、九花娘交与小弟，只恐兄长有祸。"活阎王一听，气往上冲，说："胜奎你住口，从今以后别再提我是异姓兄弟。"说着，又把手用力在桌上一拍，说："从此我与你割袍断义，划地绝交，我家中地方狭窄，也不敢相留贵客，请吧！"

胜奎一听话不投机，站起往外就走。出了大寨，自己越想越难受，真是话语似箭，不可乱发，一入人耳，有力难拔！心想："我在大人跟前说下大话，说是来到剑峰山，就把马赛花、九花娘带回，事到如今，我哥哥不念结义之情，将我羞辱出来，我又有何面目去见大人？"自己正往前走，忽听见莲池岛河兵说道："胜三爷，你来到这里要马赛花、九花娘来了，你白来了一趟，九花娘已跟我家五庄主成为夫妇，马赛花已被老庄主认为义女。"胜奎一听此话，刀绞柔肠，过了莲池岛，向南走了约有一里之遥，来到一树林之内，心中发恼说："若是回去，见了大人不好交代；若是不回去，自己办事又有始无终。"胜奎前思后想，自生人以来，今天头一回着急，便把腰中丝绦解下来，找着一棵歪脖树，搭上丝绦，拴好了套儿，说："罢了！罢了！想我胜奎年已六十八岁，不料今天死在这里。"慨叹之后，又冲着正北，说："焦二哥，你有眼不识金玉，小弟正是血心热肠，实指望将事罢休，救你一家人的性命，你却不辨真假，我口眼一闭，全皆不管了。"自己伸脖颈刚要入套，猛然又想起一宗大事："焦振远不念结义之情，倚仗自己的武艺，不把国家皇上的王法放在心上，我何不去找寻大哥？"想罢，自己将丝绦解了下来，直奔元豹山而去。

走了七八里之遥，一进山口，就是元豹山了。胜奎自头年中秋节后来了一趟，至今约有数月，还未与大哥会面。他顺着元豹山山坡走了不远，来到金眼雕的家门首，门前有一棵老杨树，金眼雕往常无事，就在这树下乘凉，他家还有一条没毛狗。胜奎来到此处，未见大哥在此，却过来几个庄客，磕头说："三老爷子来了，你老可好？"胜奎说："好！你等头前带路。"这些庄客带着胜奎来到大门，早有人通报进去，等不大工夫，出来一人，说："胜三叔来了，小侄男接待来迟，给你老人家磕头。"胜奎一看，乃是大爷金眼雕所收义子邱明月，今年三十六岁，受他父亲所传武艺，也使得杆棒一条，生着微黑的脸膛，浓眉大眼，准头端正，四方口，身穿一件蓝绸子短汗衫，青洋绉中衣，足下青缎快靴。他一见胜奎，连忙叩头说："三叔，你老人家是从哪里来？家中全好？"胜奎说："孩子，你父亲在家中吗？

我来找他有事。"邱明月说:"三叔,你老人家不知道么?"胜奎就问什么事? 邱明月说:"你老人家有所不知,我父亲自从过了五月节后,就得了疯迷之症,见人就打,所以我已把他老人家锁在空房之内。"胜奎一听,就说:"我可真不知道,知道了我就来看兄长。"邱明月说:"你老人家先歇歇,少时再来请你老人家。"胜奎说:"明月,我听兄长一病,五内皆裂。"邱明月说:"好! 你老人家跟我来。"出了客厅,到后院一看,是北房三间,东西各有配房三间。来至上房以外,邱明月把门一开,说:"爹爹,我胜三叔来了。"只见金眼雕此时一双眼发直,只当不知。胜奎来至屋中,说:"兄长! 你老人家这一向可好? 小弟胜奎特看我兄长来了。"邱成把眼一翻,伸手把铁链拉断,过去就把胜奎抓住,说:"我乃西天自在仙,你跟我见见,三十六天罡①,七十二地煞②,托塔天王,金吒、木吒、哪吒全来了。"把胜奎耍了两刻工夫之久,然后才轻轻放下。

胜奎一想,这件事非大哥不能办,偏巧他又疯了,此事应该如何呢? 想罢,说:"这事我也无法可治,非请高明先生断乎不可,我先走吧,过三五天再来。"说罢,往外就走,想起来还是无脸回公馆面见大人,不如上吊一死罢了! 走到山下,进了松林之内,前思后想,只是一死。又一想:且慢! 大哥一身的功夫,他如何会疯? 猛然一想,计上心头,要请金眼雕捉拿活阎王。要知后事如何,且看下回分解。

---

① 天罡(gāng)——指北斗星,也指北斗星的柄。
② 地煞(shà)——地上的凶神。

第一一三回

胜奎智请金眼雕　邱成礼服活阎王

话说胜奎见兄长已病，离了元豹山，来到松林之内，细想：我大哥乃一世童男，焉能得这样疯邪之症，其中必然有诈，莫非我大哥已知剑峰山之事，假装疯癫？他低头一想，转身直奔大同府，到了总镇大人衙门。

他的孙女胜玉环，现在也在这里住着。家人往里让，来到了里边。天有初鼓时候，张耀宗尚未安歇，见胜奎前来，连忙让坐，说："三老爷子，天到这般时候，从哪里来？"胜奎说："我来瞧瞧孙女胜玉环，还有一点小事。"张耀宗亲自带胜奎至内宅西院中，那胜玉环与侠良姑在一处居住，此时二人正在讲论武艺。胜奎进来说："二位姑娘尚未歇着？"胜玉环说："呦，老爷子来了，你老人家请坐。"胜奎说："我来找你有一件事，你把夜行衣包拿来，跟着我去。"张耀宗就问："胜老丈有什么要紧事情？若有用我之处只管说，我可以前去效力。"胜奎说："倒没有要紧事，如有，我必然约请大人。"

来到外面无人之处，胜奎对玉环说："你跟我到元豹山邱大爷那里，把夜行衣换好，把百宝囊中的红胡子拿了出来，挂在脸上。你到那里道路也熟，去你邱大婶母屋中，就说你是飞虎山大寨主，知道她是邱明月之妻，长得貌美，今特意前来将她背去。"胜玉环说："爷爷，这是怎么一段隐情？你说明白我再去，要一背邱婶母，邱爷爷知道了焉能答应？"胜奎说："玉环你有所不知，因焦振远在大同劫牢反狱，彭钦差要调官兵前去拿他，我念结拜之交，在彭大人台前求情，只要他把九花娘、马赛花送回归案，大人乃慈善之人，劫牢反狱之事就一概不究。我去到剑峰山，活阎王焦振远反生疑心，说我给彭大人办事，不念拜兄弟之情，九花娘他也不放，他反倒扯旗造反，要与官兵打仗。我无奈到元豹山找你邱大爷爷，焉想到你邱大爷爷又无故疯了，想必其中有诈。我今把你改扮起来，到元豹山你把邱婶母背将起来，邱大爷爷一听必然着急，他必要往外追你，我再出去把他拦住，那时候他装疯癫的机密便泄露了。"胜玉环说："此计甚妙，就此前往。"

　　爷孙两个蹿房越脊,如行平地,来到西门,顺马道上城,把白莲套索挂在垛口,先叫玉环顺着绒绳下去,胜奎随后下去,再将白莲索起下来。二人借着月色,直奔元豹山。天有二鼓之时,来到了元豹山,胜玉环飞身蹿进院去,她知道邱明月之妻住东院北房,屋中灯光尚未熄灭,把纸窗舔破,望屋中一看,只见黄氏尚未安歇,邱明月亦不在房中。胜奎在房上瞭望。胜玉环进了屋中,黄氏一瞧,见有一红胡子、蓝靛①脸的人,哇呀呀一声喊嚷道:"我乃飞虎山大寨主,今天我将你背去,跟我到山寨同享荣华富贵。"将她背起来就走。

　　金眼雕在上房,已听见院中喊嚷,连忙赶奔前来,说道:"小辈,胆敢在我这里撒野,待我来拿你。"飞身就追。胜奎从上面跳将下来,说:"大哥,你的疯病好了?"金眼雕说:"你在此等等,我先把这贼人揪住。"胜奎说:"且慢,那不是外人,你也别骂,是胜玉环改扮的。"邱成说:"老三,你吓着我了,这条计谋真好。"说着话,胜玉环已将黄氏送往房中,把鬼脸红胡子摘去了,便给婶母请安。邱爷让胜奎来至上房,二人方才落座,见邱明月身穿夜行衣从外面进来。胜奎道:"明月,你往哪里去了?"

　　原来胜奎来时,金眼雕已知道活阎王焦振远所做之事,便故意装疯。把胜三骗走,这才把邱明月叫过来,说:"你今晚换上夜行衣,直奔剑峰山,前去探访其所作所为之事,回来禀我知道。"邱明月晚间出了元豹山,一直来到莲池岛,由西边狭窄之处蹿过去,来到山寨门外,飞身上墙,见里面灯烛辉煌,活阎王焦振远正在那里坐定,五鬼在两边侍立。焦振远说:"若无赃官彭朋前来,我定将九花娘结果性命;今前来捉拿于她,我偏要把她留下,把马赛花认作我的义女。今天已将莲池岛河兵调齐,预备与赃官彭朋对敌。胜奎回去必要说我的过恶,因我未中他的谎哄之计。"焦仁听至此处,说:"据孩儿看来,今天众河兵见他并未行礼,孩儿等遵父命也未与他行礼,爹爹又忖度了他一番,只怕他前去元豹山寻找我邱大爷前来,那时恐你弟兄反目。"焦振远说:"儿呀!我平日的仇人就是邱成,当时我三人结义,也是出于不得已而为之。我因与胜奎相打,邱成路见不平,前来与我相打,是老夫甘拜下风,胜奎便要我三人结拜。为父的主意是,练三截棍一条,非赢邱成不出我心中之气。这几年我并未与他交锋,

---

　　① 蓝靛(diàn)——深蓝色。

便是他来,我们二人也未知谁输谁赢?"

邱明月听得明白,立刻蹿出寨门,回归元豹山,见邱成正与胜奎在那里同坐,就把刚才暗探剑峰山之事述了一遍。只气得金眼雕面目改色,说:"这还了得,气死我也!老三,明天我跟你前去找他。你是什么情由?快对我说来!"胜奎又把从前之事对邱成说了一遍。

少时天色大亮,二人吃完早饭,起身直奔剑峰山,来到了莲池岛。众河兵一看,连忙过来见礼,说:"邱老爷子来了。"大家跪倒磕头。邱爷每次到剑峰山,均要赏钱,河兵一见,急忙进去回禀。

焦家父子六个,一听金眼雕来了,连忙往外相迎。一瞧金眼雕这个打扮,杀气腾腾,身穿的青洋绉大褂,胜奎跟随在后。活阎王过了摆渡,至金眼雕面前,说:"大哥在上,小弟有礼。"焦面鬼焦仁带着四个兄弟,过来给邱大爷磕头。金眼雕和胜奎上了摆渡说:"二弟,我有话对你说,到里面再讲。"来至庄门,早有焦振远之妻带着几个儿媳出来迎接。邱大爷说:"你们起来,不要行礼。"到了里面一瞧,靠北墙是一张花梨木八仙桌,两旁有两把太师椅子,桌上摆着古玩。金眼雕看罢,在东边椅子上坐下,焦振远在西边陪坐,胜奎也在一旁坐下,焦仁等一旁站立。

邱成说:"老二,我今天前来,就为你与三弟之事。他因你我三人同结金兰,故在彭大人跟前苦苦哀求,你倒反面无情,不念旧义。"焦振远一闻此言,说:"大哥你有所不知,只因彭朋无故派大同总镇张耀宗堵着山口,来要九花娘,又把我三个孩儿拿去,我这才带领焦信、焦义前去劫牢反狱。我三弟既然要管,为何不早出头?直到等我把三个孩儿救出来,他才前来。大哥可以把小弟父子六个绑上,送到彭大人跟前请罪。要凭彭钦差手下办差的拿我父子,势比登天还难。"金眼雕说:"好!我把话对你说明。前者破了画春园,你三弟已经归家,并未在公馆,这才有彭公手下差官前来寻找儿花娘,把你两个孩儿拿去之事。你不应该打发焦仁去公馆内持刀行凶,现在又劫牢反狱,情同叛逆。大人要调遣官兵,你是灭门之祸,多亏老三在大人台前苦苦求情,只要你把九花娘、马赛花交出,便万事皆休。"活阎王一听此言,把眼一瞪。要知金眼雕大闹剑峰山的后事如何,且看下回分解。

第一一四回

下书信邀请三雄　定妙计捉拿五鬼

话说邱成说了那一番话之后,焦振远说:"兄长!你说这话都是偏见。马赛花是我的义女,九花娘是我的儿媳。除去兄长你,天下也无第二人能来拿我。"邱成说:"好!我不拿你,一百天之内,定有人拿你。姓邱的今天跟你割袍断义,划地绝交。"说着站将起来,照定桌案之上,啪嚓就是一掌,把桌案击得粉碎,说:"老三,咱们走。"便带着胜奎,出离上房。焦振远目瞪口呆,不敢拦阻。

且说邱成同胜奎出了剑峰山,越过莲池岛,来到树林之内,站住脚步。胜奎说:"此事兄长做差了。焦振远练就虎尾三截棍,天下无敌,又有一身软硬功夫,天下除去兄长,谁还是他的对手,这事倒不好办了。"邱成说:"兄弟你跟我来,你岂不知泰山高矣,泰山之上还有天;沧海深矣,沧海之下还有地。你只知道愚兄功夫高强,还有三个人可以和愚兄比肩。"

二人说着来到元豹山。到了家中,邱明月叫家人送过茶来。金眼雕说:"明月,拿过文房四宝来。"金眼雕执笔,立刻写了一封信,说:"明月,你拿这封信直奔河南嵩①县,上金银山元宝岭珍珠峰三仙庄,交与你伍大叔,请他弟兄三人前来捉拿五鬼。"胜奎问道:"兄长常提的伍氏三雄,莫非就是这三位么?"邱成说:"不错。"

邱明月收拾行李,带了盘费,下元豹山来到大路,直奔河南。他饥餐渴饮,晓行夜宿,非止一日,来到了嵩县地面。讯问上金银山的路,有人指引,来到三仙庄西头,在路北大门的门首叩打门环。只见里面出来一个老丈,面皮苍老,一瞧邱明月说:"找谁?"邱明月回道:"我乃大同府姓邱的,叫明月,奉我父之命来找伍氏三雄。"老丈一听,说:"你是金眼雕邱成之子么?你不认识,我在江湖人称神偷王伯燕。你在这里少站,我到里面回禀一声。"

---

① 嵩(sōng)。

　　王伯燕进里面一回,伍氏三雄亲自迎接出来,把邱明月让到了里书房。邱明月过来给伍氏三雄行礼,把书信呈上。伍显打开一瞧,说:"我知道了。"吩咐待茶,又带着邱明月到了里面,给三位婶母请安。然后说:"邱明月,你先回去,书信写的是千万别过七月初十,那时我三人必到。"邱明月走后,三人也就收拾起行。

　　原来,他三人从前曾到元豹山拜访邱成,见他家门口有老树一棵,板凳上坐着一位年迈之人,约有七十余岁。三人过来见礼,说:"借问老丈,有一位金眼雕邱成,他在哪里住?"老丈说:"你们三位贵姓?来找金眼雕何事?"伍氏三雄说:"我等乃是河南人氏,久仰这位绿林侠义,特意前来,要习学能为。"那老丈哈哈一笑说:"在下我就是邱成,有劳三位,请里面坐。"举手往里让,来至客厅内,有家人献茶。这三个人一见金眼雕形迹,心中有些不服。在此住了两天,就要请金眼雕练趟拳脚。邱成说:"你三位过来,若打到我身上一拳,就算你三人赢了。"伍氏三雄一闻此言,各施能为,把金眼雕围住,焉想到三五个照面,三个俱皆栽倒。金眼雕过去搀扶,三人要跪倒拜师。金眼雕说:"我收你等做徒弟。"这三个人就在此处,跟金眼雕练些软硬功夫,能避刀枪。整整三年,艺能练好,邱成说:"我有几句话嘱咐你等,不准违背。头一件,你等不准偷僧道、孤儿寡妇、忠臣孝子,义夫节妇。第二件,我有信一到,毋论你等有什么事,先办我的事,再办你私事。第三件,由京都往北,不准你三人做买卖。"三人答应。金眼雕给了一百两银子盘费,三人走后,一年准来两趟,金眼雕生日必来拜寿,年节必来拜年。

　　今朝见了这书信,伍氏弟兄三人说:"师傅来信呼唤你我,必有要紧之事。信内写着活阎王劫牢反狱,大反大同府,你我收拾,这就起身。先在京都听几天戏,再择日动身。"伍大爷之妻石氏说:"今奔元豹山,得几时回来?"伍大爷说:"大约中秋回来过节。"说罢,三人出了门首,顺着大路往北,晓行夜宿,非止一日,到了北京,在高升店住下,到大栅栏听了四五天戏。

　　这天,三个人算还店账,出了德胜门,路东有个羊肉馆,三人进去要了几壶酒、几样菜。正在吃酒谈心,进来了二十多个官兵,跟着一位老爷,乃是北营千总陆廷魁,生得虎背熊腰。因为德胜门外有财主夜内被盗一案,本衙门差人探访,有点踪迹,便带着官人来拿办,却扑了个空。陆廷魁请兵丁在羊肉馆吃饭,刚刚一进来,瞧见伍氏三雄俱生得雄壮,且语音不对,面生可疑,便坐在这三位对面,也要酒吃饭。这些官兵不住直瞧伍氏三雄。伍芳为人最好诙谐①,便说:"你们这几位是办案的么?"陆廷魁说:"不错,朋友你怎么知道?"伍芳说:"我看你等都是军官打扮,我实对你说,我就是绿林中人。"陆廷魁说:"你既是绿林中朋友,这场官司你打了吧!"伍芳说:"我倒愿意,有两个朋友他不愿意。"陆廷魁说:"就是跟你同坐的这两位么?"伍芳说:"我先把饭账给了,等我细细告诉你。"又叫伙计过来说:"这有银子一块,剩下的给你喝酒。"伙计把银子拿了过去。伍芳说:"你要问我的两个朋友,倒不是他们二位。"陆廷魁说:"不是他们二位是谁?"伍芳说:"我给你叫他去。"那些官兵说:"快别叫他走了!"伍芳腰里使劲,蹿上天窗,大爷、二爷随着也都蹿了上去。官兵一阵大乱,登桌子、搬板凳,扒上天窗,见三人已踪迹全无。陆廷魁说:"你我还办什么案,这样的贼人,对面都拿不了。"

伍氏三雄由德胜门起身,这时已是七月初旬,便连夜奔往大同府,只恐误了日期。路上伍芳忽然叫道:"二位哥哥先走,我在这里告便。"原来伍芳知道,北新庄有一个北霸天花得雨,已被彭钦差所杀,不知他家中还有什么人?今天在此路过,他就想前去探访。说罢,自己即扑奔正西,一里之遥,就到了北新庄。蹿到里面一瞧,见房屋甚多,眼前有一所跨院,在北上房东里间内灯光闪烁,并有男女欢笑之声。伍芳把窗棂纸舔破,往房中一看:见有一个少年男子,二十多岁,怀中抱着一个妇人。那妇人虽然淡妆素服,长得却十分秀丽,乃是花得雨的侍妾,名叫金娘,与家人进财有奸。那妇人说:"我给你银子,叫你给我买些衣服,你全都在北京南城给你小妈子了,连我一件可爱的东西都没买来。"进财说:"咱俩睡觉吧!"伍芳一看,气往上冲。二人宽衣解带,便把灯光吹灭。三爷把门撬开,来到屋中里间,用手一摸,举刀要砍,奸夫淫妇的两个人头却不见了,不知已被何人杀死。要知后事如何,且看下回分解。

---

① 诙谐(huī xié)——说话有趣,引人发笑。

第一一五回

高通海大闹剑峰山　活阎王率众拒官兵

话说伍芳在北新庄要杀奸夫淫妇,拉刀到了屋中,伸手一摸,那奸夫淫妇二人早被杀死,不知被何人所杀。伍芳转身到了外面,飞身蹿上房去,追赶二位兄长。三人正往前走,忽见前面树梢之上悬挂着两个人头,正是一男一女。伍芳就知其中必有能人,也未与二位兄长细说。

三个人这一天来到大同府,天有二鼓之时,在南门外一瞧,店已上门,连叫几家俱未叫开。三人急了,三爷便蹿进院内,见小伙计正在大门里睡着了。三爷过去一摇他的脑袋说:"住店!"小伙计一瞧,面前站定一人,年有三十余岁,手中拿着一个包裹。小伙计说:"你打哪里进来的,店门都上锁了,这时候还住店?"三爷说:"我赶路的,快开了门,外面还有两个朋友。"小伙计不敢怠慢,连忙起来,说:"你老人家贵姓?"三爷说:"姓人,我外头等你,你如不开门,先把你脑袋带走。"说罢,转身到外面等候。天气炎热时节,店里没啥买卖,各屋都空闲着。小伙计把门开了,将三位让至上房。小伙计说:"掌柜的睡了,你们三位要吃什么,可不现成。"三爷说:"我们前途已吃过晚饭,你拿壶茶来就罢了。"小伙计把灯点上,送进茶来,转身出去。兄弟三个喝了两碗茶,躺下歇息。

次日早晨起来,小伙计送进洗脸水和茶来。三爷从兜囊拿出一块银子,说:"伙计,除去店钱,还剩二两有余,都给你买鞋穿吧。"小伙计一瞧,喜出望外,说:"你们三位上哪儿去?回来还住我们这里。"三位说:"我们同上大同府,三五天回来。"

说罢,穿上长大衣服,一直进了南门,见街市甚为热闹。伍大爷说:"你我找个饭铺,吃完酒饭,我们就上元豹山去。"二爷点头,三人正找饭店,只见从对面来了一人,年有三十来岁,身穿一件素旧花布汗衫,破蓝布中衣,一脸污泥,过来把三位拦住,又给他们打躬作揖。伍大爷并不认识,疑惑这必是一个要钱的。这三位本是仗义疏财之人,伍大爷一伸手,从袋中掏出一把钱来说:"来吧!朋友给你。"那穷人把头一摇,表示不要。伍大爷一想,说:"朋友,你有何为难之事?只管说。"那个穷汉还是摇头,一语不发。伍大爷一瞧路中有座饭馆,三人转身进去,那穷汉也跟在后面。三人到了雅座落座,那人也跟进来坐下。跑堂的拿一壶茶来,倒了四碗,递给了四位,还当这穷汉是跟着这三位来的,又赶紧问四位爷要什么酒菜?伍芳说:"你给我们来一桌果席,先来三斤绍酒。"跑堂的擦抹桌案,把杯盘匙箸拿了过来,少时把干鲜果品摆上。那穷汉拿过酒壶来,给他三位斟上,他自己也斟了一杯,说:"大叔喝酒!"伍大爷甚不愿意,想这穷汉着实可恼,我等并不认识,他硬要喝酒。大爷把酒杯一推,说:"这厮好生大胆,我等与你并不相识,为何坐在我们这里一同吃酒?"那穷汉说:"三位叔父瞧我是穷汉,就不认识我了,咱们有交情。"伍大爷说:"你既说与我们有甚交情,可知我三个姓什么?在哪里住?"那穷汉说:"三位威名远震天下,人人皆知,家住河南嵩县金银山元宝岭珍珠峰三仙庄,姓伍人称伍氏三雄。"这三个一愣,说:"你既知我们姓氏住址,我们是亲兄弟不是?"那穷汉说:"这个事我更知道,你三个虽称伍氏三雄,同姓不同宗。大叔是三仙庄的人,家中婶母娶的却是三杰村石家之女石氏。二叔姓的是文武之武,家住山东登州府福山县,与伍大叔虽然同居,不是亲生兄弟,二婶母是河南嵩县贾氏之女。三叔是山西太原府人,我三婶母也是贾氏。你弟兄三个今天被朋友约来,要到剑峰山剿灭那里的强徒。"这三位弟兄一听,甚是诧异!伍芳说:"你是何人,怎么认识我等?"那穷汉说:"小侄儿与三位叔父真是通家之好,我家住湖北高家庄,姓高名源字通海,绰号人称水底蛟龙。"伍显一听,哈哈大笑,说:"原来你是鱼眼高恒之子,我们不是外人,你七八岁时,我常常往你家中去,后来在河南还见过一次,你这孩子,还能认识我等。"高通海说:"听得胜奎老丈说,七月初十你三位准来,故此改扮穷人的模样,今天在这里遇见,我有一事相求,望三位叔父千万别推辞。"伍大爷说:"什么事?贤侄请讲。"高源说:"请三位叔父跟我到剑峰山,把贼人诓出来,你们先给我当跟班的。"伍大爷说:"也好,今日可是七月初十,你先派人给元豹山送去一信。"高源说:"也好!"

　　说完,吃了饭,给了饭钱,高源带三人先到钦差大人公馆,面见神手大将纪有德、粉面金刚徐胜等一干人。然后把三人带进里面,见了大人。彭大人已知焦振远不服说合,在剑峰山聚集乡民,扯旗叛反。大人便派张耀宗带五千官兵,在剑峰山口排列队伍,帮着众家英雄前去动手。又派高通海为前部先锋,带了伍氏三雄。高通海说:"三位叔父,你等若一泄露,焦家父子准不出来,冲着你三位的威名,就能镇住阎王小鬼。"伍氏三雄大笑。大爷说:"小子你去吧,大叔给你当跟班的。"

他们到了剑峰山口,又一直往北,来至莲池岛外,将船钩在北岸一瞧,见正北扎了三座大寨,旌旗招展,刀枪密布。东边这座大寨,都是打鱼的渔户,西边是打樵的樵夫,当中都是猎户,约有二千余人。在莲池岛听事房外,悬挂一张告示,是焦振远出的条规。高通海来在这里,今天是官服打扮。众河兵瞧见他来了,说:"这个年年高又来了,别上他当,这小子一肚子净坏。"高爷头戴青呢得胜冲天盔,手拿短刀,大叫一声,说:"对面贼崽子,趁早告诉焦振远,叫他快来受捆,就说造化高在此。"这些河兵说:"你不用在此发威,什么枣儿糕、豆儿糕,你认得不认得我,我叫饥膈大爷,拿过来给我吃了。"

正在说话之际,正北一棒锣响,出来了短命鬼焦信,带领二百河兵,各执明晃晃刀枪,坐船过了莲池岛,一摆三截棍,说:"高通海,你这是自来找死!"说着就要过来动手。高通海说:"叫我第三个小跟班的把你拿住。"这个短命鬼忽听高粱地里一声喊嚷,说:"高通海只管放心,三叔来也!"要知伍氏三雄大战五鬼,且看下回分解。

第一一六回

报应捉拿活阎王　三雄奉命擒五鬼

话说高通海要与短命鬼焦信比武,焦信哪里把老高放在心上? 高源说:"我要是拿你,也算不了英雄,我把那小跟班的叫过来,就能把你拿住。"短命鬼说:"你只管叫来,我大爷岂肯把无名小辈放在心上。"高通海叫道:"小跟班的快来,我在这里把贼叫出来了。"

那高粱地内,三爷伍芳一听,说:"高通海不必害怕,三叔来也!"从里面就跳了出来。焦信一看,来者这位,三十以外年岁,白净面皮,身穿蓝绸子褂裤,足下青缎快靴,手提杆棒,来至他面前,说:"小辈,你就是焦振远吗?"焦信说:"我名叫焦信,你是何人? 胆敢这样前来送死。"伍芳说:"你这厮也不认识某家,我乃伍氏三雄的三爷伍芳便是,特意前来拿你。"抖杆棒照定那焦信就是一棒,焦信往圈外一跳,抢虎尾三截棍就打。二人杀在一处,正自不分上下,早有人报进山去。

活阎王正同四鬼议论,忽见有人来报,说:"五庄主爷与那姓高的并未动手,来了一个使杆棒之人,甚是猛勇,自道他是伍氏三雄。"独角鬼焦礼说:"四弟,你跟我到外面,给五弟助阵,可要千万留神,那高通海诡计多端。"地理鬼焦智说:"好!"带领五十余名亲随,拉三截棍,到外面过了莲池岛。焦智一看,高通海正在那里站定,仇人见面,分外眼红,说:"呀!高通海,四老爷那天中了你诡计,今天你自来送死,休想我再中你之计。"一摆三截棍赶过去说:"小辈看打。"高通海说:"你且站定,我要拿你,那算不得英雄,你是我手下败将。我把那二跟班的叫过来,拿你不算什么。"他一回头说:"二跟班的快来!"

只听高粱地内,伍元答话:"高通海休要害怕,我来也!"拉着杆棒跳过来,直奔地理鬼,抖杆棒就打。焦智闪身躲开,使三截棍盖顶就砸,二人杀在一处。独角鬼说:"高通海,你从哪里请来这几个小辈? 我先把你打死,少时再拿那几个鼠辈。"蹿过去抢棍就打,高通海往圈外一跳,说:"且慢,拿你须得我的大跟班。"他回头就嚷,说:"大跟班的快来呀,又有贼出来了！"

伍大爷说："呔！高源不要害怕，伍大叔来也！"伍显拉杆棒跳过来就打。焦礼摆三截棍说："来者何人，你通上名来！"伍显说："我家住河南嵩县金银山元宝岭珍珠峰三仙庄，姓伍名显，绰号人称伍氏三雄，我特意前来拿你这一伙叛逆之人。"焦礼说："我等在剑峰山住，与你往日无冤，近日无仇，这是无故前来送死，要知世务，趁早去吧！"伍大爷听了一阵狂笑，说："慢说是你，就是焦振远前来，他也只得甘拜下风。"用手中杆棒一挥，三五个照面，便将独角鬼摔倒在地，直摔得他东倒西歪。高通海就过来将他捆上。

方将独角鬼捆了，只见活阎王带领焦仁、焦义、马赛花、九花娘，后面跟着五六百名庄兵，过了莲池岛，把庄兵一字摆开。马赛花看见把焦礼拿住，一拉手中浑铁棍，过来照定伍大爷劈头就打。大爷往旁边一闪，一缠手中杆棒，就把马赛花拉倒在地。马赛花急忙爬起来，抓棍又扑奔上前，三五个照面，又被伍大爷捺①倒，一连五六次，被高通海赶过去按住捆上。

此时，张耀宗已带领五千名马步队，与众英雄赶到剑峰山来，把山口堵住了。武国兴、纪逢春追赶过来，在一旁瞧伍氏三雄动手。伍大爷拿住了马赛花，焦义摆棍扑奔上前，又与伍大爷动手，二人各施所能。二爷伍元已然把地理鬼拿住，三爷伍芳也把独角鬼拿住。

焦振远和焦仁一瞧，把眼都气红了。焦振远拉兵刃扑奔伍元，焦仁战住伍芳。九花娘扑奔正西，想要逃走。大家说道："妖妇今天往哪里逃走！"九花娘一伸手，把五彩迷魂帕一招，武国兴说："我这里有解药。"众人这才拉兵刃与九花娘动手，九花娘在正当中遮挡，并无半点惧色。走了有七八个照面，九花娘看看还想窜逃，武杰抖手一镖，正打在九花娘的腿上，"哎哟"一声，翻身栽倒，被高通海骑在她的身上，将她捆上。高通海将九花娘扛回本队，交与官兵看守。伍大爷与焦义动手，几个照面，就把焦义捺倒，纪逢春抢锤过去，照焦义腿上就打，高通海把他的三截棍抢去，武国兴等过来把焦义捆上。伍大爷赶过来说："二弟，你帮助三弟去捉住焦仁。"

伍大爷与焦振远一个照面之后，焦振远说："老夫闻你之名久矣！为

─────────────

① 捺(nà)——"按"的意思。

何无故前来,与我作对?"伍显说:"只因你劫牢反狱,不服王法。"焦振远说:"小辈休要夸口,你赢得了老夫这条虎尾三截棍,老夫甘拜下风。你赢不了,你休要想逃活命。"伍大爷并不答话,一摆手中杆棒,照焦振远就缠,焦振远施旱地拔葱往上一蹿,二人在战场斗了有两刻工夫,不分胜败。

伍大爷正在难以取胜之际,只见西山坡之上,站立二位老英雄,上首是金眼雕邱成,下首是银头皓首胜奎。只因高通海遣人至元豹山送信,说伍氏三雄来到了,邱成便同着胜奎到了剑峰山。邱成见伍大爷赢不了焦振远,带着胜奎下了山坡,来至临近,说:"伍显闪开,待我来。"

焦振远一瞧邱成赶到,气得暴跳如雷,说:"邱成老匹夫,你倚仗着彭大人,我今天跟你一命相拼。"说着话,抡棍照定金眼雕就打。金眼雕伸手把杆棒拉出来,照焦振远缠腿一绕,三五个照面,就把焦振远拿住了。那边也把焦仁拿住。伍氏三雄又同众官兵堵住了山口。金眼雕说:"你等不准伤害良民,剑峰山民众是被焦家父子所欺,你等若扔下兵刃,保你无事,如不扔兵刃,拿住立斩。"众庄兵俱把刀枪扔了,跪了下来。金眼雕说:"大家不必进山。"正说之际,只见剑峰山烈焰腾空,有惊人之事。要知后事如何,且看下回分解。

第一一七回

捉叛逆群雄建奇功　彭钦差回都见圣主

话说金眼雕正在阻挡官兵,不叫进山。山内焦振远之妻,知道他父子被擒,全家绝无生路,就放火将庄院一烧,全家投火而死。这边吩咐百姓将火救灭,押解着焦家父子直奔大同府,官兵各归本标。

众人回到公馆,把剿灭剑峰山之事回禀了大人。大人吩咐,把焦振远带上来细细审问。焦振远并不隐瞒,俱皆招认。便把他父子六人,交大同府钉镣入狱,九花娘、马赛花并收女监。大人拜折入都,将剿灭画春园、剑峰山的出力人员,奏明圣上。又款待邱成,厚赏伍氏三雄。金眼雕随即带领伍氏三雄回元豹山。

过了几日,圣上旨意下来:叛臣傅国恩克扣兵饷,纵兵叛反,着在大同府就地正法。九花娘、马赛花凌迟①处死。焦家父子着彭朋酌量照例治罪。

这一天,有金眼雕带着伍氏三雄,同胜奎来给焦振远求情,苦苦哀告大人,要给焦振远留后。大人说:"焦仁大闹公馆,目无官长,持刀行凶,理应斩首。焦振远纵子行凶,劫牢反狱,理应凌迟处死,看在邱成面上从轻办理。焦信窝藏九花娘,起祸之端,亦行斩首,只把焦义、焦礼、焦智充军西安府,永不准回。"是日派大同总兵和知府二人做监斩官,在大同府西门外施刑。将诸事办理已毕,胜奎辞别大人,回黄羊山胜家寨,所有功劳都给了孙女婿武国兴,又派李环、李珮保护武国兴跟随大人入都。伍氏三雄随同邱成上元豹山。神手大将纪有德立功不要,全给孩儿纪逢春。

大人将事件办毕,骑马回都交旨。一路之上秋毫无犯,到了京师面见圣主。粉面金刚徐胜得了河南参将,高通海、刘德太赏三等侍卫,武国兴升天津卫守备,纪逢春以南山千总补用,苏永福升京都右营把总,苏永禄

---

① 凌迟——古代的一种死刑,将受刑人身上的肉一刀一刀割去,使其慢慢死去,即"千刀万剐"。

升南营把总。众人辞别大人，各各领凭，带家眷上任。徐胜又回大同府完婚，娶侠良姑过门。武国兴带着胜玉环和李环、李珮，奔天津卫接守备任。此时，只剩下苏永福、苏永禄、高源、刘芳四人在京，住在大人衙内。

伍氏三雄在元豹山住了几天，想要回南，便在邱成跟前告辞。金眼雕送了五十两盘费，三人离开元豹山，顺着道路往前行走，饥餐渴饮，晓行夜宿，这天来到新保安地方。正在茶楼吃茶，只听喝茶的人在说："咱们这个地方，老爷倒是清官，自到任以来，断事如神，不幸这地面又出了无头命案。北新庄花得雨的侍妾金娘，与家人进财通奸，二人被人杀死，把人头挂在大道柳树之上。他家人中有人呈报当官，老爷验尸回来，一无凶手，二无对证，咱们这里的两个班头陈清、冯玉，虽是久惯办案之人，为这件事也甚是为难。"内中又有人说："杀人的这位，倒要算惊天动地的英雄，他杀的是奸夫淫妇。"众人正喝茶说着闲话，三爷伍芳说："大哥、二哥！提起这一段事情，我还没有对二位兄长说起。那一日走到这里，瞧见奸夫淫妇，不想我方到屋中，早有能人把他等杀死，人头不见。今朝此事尚未完案，二位兄长想想，此事应该怎么办理？"大爷说"这件事你不知道是谁做的么？"三爷说："我不知。"大爷说："那天晚上，是我把他二人杀死，将人头挂在树上的，这场官司我还得打，你们回河南三仙庄，家中事情全托靠你二人了。"三爷说："这场官司我打了，你二位兄长回去吧。"伍元说："大哥、三弟都不必争，这件事理应我去。你二人回家，我来替兄弟、哥哥打这场官司。"说着就给了茶钱，下楼直奔二府同知衙门等候。

大爷、三爷跟随在后，来到班房之中，说："哪位班头该班？"过来两个班头陈清、冯玉说："我二人是这里班头。"大爷说："北新庄杀死二人的是我。"二爷说："北新庄杀死两人的是我。"三爷也说："是我。"两个班头知道这三位都是英雄，连忙问道："贵姓？"大爷说："姓任，叫任大，这是我两个兄弟任二、任三。"二位班头就将他们弟兄俱自认是凶手这稀奇之事禀明二府，请老爷酌量办理。

法福理乃清正之官，一听此言，吩咐升堂。两班役吏答应伺候，将伍氏三雄带上堂来，跪下磕头。法福礼往下一看，见三人虎背熊腰，威风凛凛，五官之上带着一团英雄之气，不像行凶作恶之人。做官的讲究聆音察理，鉴貌辨色，他一见伍氏三雄，就知是侠义英雄，往下问道："你姓甚名谁？家住哪里？因何在北新庄一刀连伤两命？从实招来！"伍大爷说：

"草民是河南嵩县人,名叫任大。只因那一日夜过北新庄,听人传言奸夫淫妇奴仆欺主,以下犯上,我自幼受过异人的法术,便夜入北新庄,杀死了奸夫淫妇。听说老爷捉拿凶手,我等特意前来投案。"伍元与伍芳也是这样说法。老爷吩咐,暂且把他们三人看押起来。这老爷本是清官,见三位义士前来投案,就有些爱慕之意,故暂且退堂。

且说三仙庄伍大爷的家中,石氏算着中秋节时,丈夫同二位兄弟该当回来了,却至今不见音信。她同贾氏正在思念之时,家人通禀说:"舅老爷来了。"石大奶奶问道:"是哪位舅老爷?"家人说:"三杰村的碧眼金蝉石铸。"大奶奶说:"快请进来。"石铸到里面给姊姊行了礼,又见过了贾氏,说:"我姊丈现在那里? 他三人怎么至今尚未回家?"石氏说:"你姊丈同他的二位兄弟,被大同府元豹山金眼雕邱成约请,到剑峰山捉拿焦振远和五鬼去了。"石铸说:"我久闻金眼雕之名,未能见面,小弟明天去探问姊丈的消息,访问金眼雕便知。"石铸吃完饭归家,次日便出门上路了。

那日到达京都,住了两天,便出离德胜门。石铸想:我姊丈在元豹山住着亦未可定,就顺着大路往前行走。到了保安州地方,听人纷纷谈说:"此地出了新闻之事,北新庄夜内捉奸,杀死奸夫淫妇,一月之间凶手无获。忽然来了三个人自行投案,说是姓任,乃是亲兄弟三个,哥哥要认,兄弟也要认,彼此相争。"石铸一闻此言,就知道是绿林侠义所为,可惜我不认识这三个姓任的,不如今天去到衙门探监。便到了二府同知的衙门首,说:"哪位该班? 我来瞧那任大、任二、任三。"班头说:"你贵姓?"石铸说:"我叫任四。"班头就和他一同来到班房,说:"任大爷,你兄弟任四爷来了。"三雄听了莫名其妙,只得说声"有请"。只见石铸前来,伍氏三雄吃了一惊。石铸这一来,闹出一件惊天动地之事。要知后事如何,且看下回分解。

第一一八回

三雄投案保安州　金蝉行宫盗玉马

话说伍氏三雄一瞧石铸由外面进来,知道他脾气不好,就怕闹出意外的事情。石铸过来见了礼,见左右无人,便说:"你三位被邱爷所约,办理正事,因何来到这里,遭这样官司?"伍显说:"我告诉你吧,这件事是我杀的人。他二人要替我打官司,几次叫他们回去,就是不听我的话。我告诉你,人生天地之间,要不辜负此身。我虽身受国法,却是英雄所为。你跟我练了一身功夫,日后做事也须像我这样。我虽在九泉之下,也不忘叫你跟我练了一场。"石铸说:"这件事头一个是彭大人的不对,第二就是邱成不懂交情,他是明知不管。我走了,你兄弟三人放心,我先把彭大人告下来,然后斗斗这金眼雕邱成,瞧他是何如人?"伍氏三雄说:"你千万不可管这件事,这是我三人自愿投案,彭大人并不知道,也不与大人相干,你回家去吧。"石铸给三人买了些点心,留下了银两,告辞说:"我这一去,只管放心,过了半月,你三人的官司就算完了。"说罢,出了衙门,回到北京,在前门外西河沿高升店内一住。

此时康熙老佛爷驾在京西海甸,住了几天,圣驾又前往热河避暑,带了随行保驾的文武百官来到避暑山庄。这天在行宫晚膳,伺候圣驾的是梁九公、莫珠侍御和小太监十余名。天有三更,圣驾安歇。次日天明,康熙老佛爷的安乐宫内,失去了心爱之物九点桃花玉马。在砚台之下,留有字柬一张。早有人呈进,万岁爷闪开龙目观看,上面写了八句诗:

> 子民斗胆犯天颜,跪叩当今圣驾前。
>
> 邀请三雄捉五鬼,事毕遭屈在保安。
>
> 忠臣不作忠臣事,豪杰一怒到金銮。
>
> 行宫失去桃花马,绰号人称碧眼蝉。

康熙老佛爷看罢,龙颜大怒,说:"这九点桃花玉马,乃是朕心爱之物,竟有胆大贼人,把我的文玩盗去。"圣上旨意下来说:"朕在行宫失去九点桃花玉马,着交兵部尚书彭朋即行拿获,连贼人所留字柬一并发抄。"

　　书中交代:这九点桃花玉马乃是外国所进之贡物,羊脂白玉琢成,上有九朵粉红桃花。康熙老佛爷用它作为笔架,今朝失去,心中甚是不乐。

　　圣谕一下,彭大人即行回京,先叫高源、刘芳、苏永福、苏永禄四个人来到宅内,说:"你四个跟我当差有年,今圣上失去桃花玉马,你等可知这贼是哪里人氏?姓什么、叫什么吗?"高通海说:"大人明鉴,那盗玉马之贼,留下四句诗来,说到了三雄捉五鬼,此事大人不必着急,我去保安探听回来,禀与大人知道,因那诗上有'事毕遭屈在保安'之句。"大人说:"你既要去,诸事要小心,我给你十两银子路费。"

　　那高通海自京都起程,来至保安州二府同知法福理衙门,差役人等都过去迎接高老爷。高源便问了陈清、冯玉一些话。陈清道:"这里北新庄刀杀奸夫淫妇一案,有任大、任二、任三自行投首。我等看他们是个朋友,满照应他三人,现收牢中。"高通海说:"我看看这三个自行投首打官司的,你带我到他那里。"他们到了班房之中,高源一看,连忙过去,行礼说:"三位叔父因何在此?小侄男前来有紧要事相求。"伍显问道:"高源来此何干,有什么紧要事只管讲来。"高源说:"只因圣上在热河避暑山庄失去九点桃花玉马,那贼人临走还留下八句诗,小侄男已把诗底带来,三位叔父请看,可知这盗玉马之贼是谁?"伍显接过来一看,说:"高源不必着急,这是我小舅子石铸。这孩子好大胆子,真是新出犊儿不怕虎,他竟敢作这件惊天动地的事情。高通海,你可急速到元豹山找金眼雕邱成大哥,叫他写一封信,送至河南三杰村,叫石铸带玉马自行投首打官司。"高通海说:"就这样办,三位叔父只管放心,小侄男回京面见彭大人,求大人托个人情,管保无事。"

　　高通海说罢,出了二府同知衙门,慌慌张张直奔元豹山。到了山前一叫,家人出来问道:"你是谁?"高通海自报了姓名,家人带他进去,见金眼雕邱成正同胜奎着棋。高通海上前见礼,在旁边恭恭敬敬一站。金眼雕说:"你坐下,来此何干?"高通海就把伍氏三雄在保安杀了奸夫淫妇,自行投案打官司;碧眼金蝉石铸盗去九点桃花玉马,在康熙圣驾前留下字柬告彭大人;万岁降旨,叫彭大人派差拿贼;大人派小侄男到保安探问伍氏三雄,大爷伍显知是石铸,叫我到元豹山来找邱伯父,写一封信送河南嵩县三杰村,叫石铸带玉马投案打官司的原委,一一述了一遍。金眼雕听罢,便叫高通海先自回去。他拿过文房四宝,提笔写道:

　　石铸贤弟台览：小兄邱成书奉。只因前番约请贵亲伍氏三雄，捉拿五鬼事毕，即自敝处告别回家。不料他兄弟在保安行侠作义，杀死奸夫淫妇，自行投案。小兄闻得贤弟气愤不平，误怪小兄知之不问，在圣驾前盗去九点桃花玉马，留下字柬，真乃惊天动地之人！小兄久闻鸿名，如轰雷贯耳。可惜小兄无福未识尊颜。现在圣上派彭大人访拿盗玉马之人，想贤弟乃盖世英雄，现应随带玉马，自行投案。令亲之官司，自有小兄一面承当，勿劳挂心。后会有期，书不尽言。

书信写好，封叠起来，把邱明月叫过来，说："你带盘费起身，奔河南嵩县三仙庄，将信交给你伍大婶母，转交石铸，听候回信回来。"邱明月答应，转回收拾行李盘费，带了护身兵器，便来辞行。金眼雕对胜奎说："三弟，你我到保安探看三雄兄弟，随明月一同下山去吧！"走在道路之上，三个人各施陆地飞腾之法，展眼来到保安。

　　邱明月先告辞走了，头一天到昌平州。一路晓行夜宿，这一天到了三仙庄。来至门首，一见王伯燕便提说下书信之事。王伯燕说："三位奶奶全不在家，都往娘家去了。出这庄头，往南过了伏牛山，三里之遥，就是三杰村，有一人名叫石铸，那是我们大奶奶的娘家，你上那里投递书信去吧！"

　　这且按下不表。话说这时正有人来到三杰村，在石铸门首把刀拉了出来，拍门叫喊道："盗玉马之贼快快出来，我等特奉大人堂谕，前来拿你。"只听里面一声喊嚷，蹿出一人。要知后事如何，且看下回分解。

第一一九回

四英雄嵩县办案 一豪杰戏耍高源

  话说多臂膊刘德太和苏永福二人,来至三杰村石铸的门首叩门,说:"我二人是京都来的,特意来捉盗玉马之人。"只听里面一声喊道:"哪里来的小辈,敢在我的门首吵嚷!"苏、刘二人抬头一看,只见一人出来,年在二十余岁,身高六尺以外,穿一件青洋绉大褂内衫,蓝绸裤褂,足下青缎实纳帮抓地虎快靴,淡黄脸面,两道重眉,一双碧眼神光满足,黑眼珠碧绿,白眼珠灼灼放光,准头端正,四字口,很透雄壮之气。刘芳一瞧,就知道此人是个人物,说:"我姓刘名芳,这位姓苏,我二人跟随彭大人当差,我乃是三等侍卫,他是京营把总。因这里有一石铸,他盗了圣驾前的九点桃花玉马,我二人奉彭大人堂谕前来办案。朋友你是何人?快通上名来。"这人说:"我就是石铸。你们二位是办案的?不错,九点桃花玉马是我盗的,你们二位过来把我拿住,我跟你去打官司。"苏永福一听,拉刀上前,照定石铸劈头就砍。石铸一闪身,飞起腿来,把苏永福的刀踢飞,一进步来了个连环腿,把苏永福踢倒。刚要过去捆人,刘芳过来批刀就刹。石铸从腰中拉出杆棒,一抖手又把刘芳摔倒在地。苏永福抓起刀来,复又过来动手,亦被石铸扔倒。一连扔了七八个筋斗,绊得二人晕头转向。石铸喊叫家人六儿,拿绳子把二人捆上,说:"你们二位既来了,我早给你们收拾公馆出来,在我这里住两天吧。"叫过几个家人,把二人抬到了西跨院。

  这院中有个四方亭子,周围有栏杆,瞧着当中,其形就像一眼井,砖砌的井口,上头有架子绳,有荆条筐,能往下系人。下面是三间房,里面也有桌椅条凳,应用家伙俱全。石铸把刘芳、苏永福倒捆双臂,放在荆条筐里系下去,在上面嚷道:"你们二位拿嘴把绳解开,渴了有茶,饥了有饭,闷了有骨牌过五关。"刘芳、苏永福到了人囤里一瞧,内有围屏床帐,铺盖被褥,那边还有一堆小铜钱。苏永福用牙把刘芳的绳扣解开,二人对坐,面面相觑。刘芳说:"咱们乃皇上家的三品职官,石铸好大胆子,竟把你我放在人囤里。"苏永福说:"不要紧,咱后面还有接应。"二人便躺在床上睡觉。

不言二位被擒。再说高通海同着苏永禄来到了嵩县，他眼珠一转，说："苏二哥，我们商量商量，是你拿贼我捆人，还是我拿贼你捆人？"苏永禄说："高老爷你的爵位大，你去拿贼，我来捆人。"高通海说："既然如此，到了三杰村，晚上你给我打接应吧。"

高通海一直扑奔三仙庄，来到伍氏三雄的门首叩打门环，见里面把门一开，正是神偷王伯燕。高通海一见认识，就过去叫了一声王大叔，赶紧行礼。王伯燕说："高通海你从哪里来的？"高通海说："我来投信。"王伯燕说："三位奶奶都不在家，在伏牛山正西石铸那里住着，你有什么事？"高通海说："既然如是，我上三杰村，这里就不进去了，你老人家请回。"

高通海转身出了三仙庄，一直扑奔三杰村。来至村西头，见有几个庄农人正在那里闲谈。高通海过去说："借光，有一石铸他在哪里？"这几个人说："你从我们这里一直往东，到了十字街西路的北大门就是。"高源说："借光了，多承指教。"他往东来到石铸门首，上前叩了几下门。里边家人六儿连忙出来开门问道："找谁呀？"高通海说："我叫高通海，来找我石大舅，这里有书信一封。"六儿说："先等等，我到里面给你回禀。"此时伍大奶奶同二位贾氏正住在娘家，都在这院中闲谈，见家人来报，说："外面来了一个姓高的，口称来找石大舅。"伍大奶奶说："请进来吧！"六儿出去，把高通海让了进来。他把书信呈上，石氏一看，说："你叫高通海，我看书信知道你是三等侍卫，奉堂谕来拿盗玉马之贼。这也不是外人，你石大舅出去了，等他来时，叫他跟你前往。"高通海："你老人家给我引见吧！我也不是来拿石大舅，是来请他老人家跟我前去。到了京都，我等自能保他老人家无事。"伍大奶奶对高源按子侄之礼接待，叫家人送过茶来。

正在说话之间，石铸从外面进来了，说："姊姊，你怎么让进一个嘎杂子来？"伍大奶奶说："你别胡说！这不是外人，是鱼眼高恒高大哥之子，名叫高源，现在是乾清门三等侍卫。现有你姐夫陪你，只管前去，跟他进京打官司。不要紧，自有照应的。"高通海来给石大舅行礼。石铸说："走吧！咱们爷俩书房坐着。"高通海跟着石铸来到书房，二人对面落坐。石铸吩咐家人摆酒，说："今天尽欢而饮，明天我跟你前去打官司。"高通道说："是！那样一来，舅舅你就成全了我了。"石铸说："不要这么叫，英雄无岁，江湖无辈，我不当你的舅舅，我怕挨的骂多。"高通海说："石大舅，自己爷们,不要玩笑。"石铸说:"喝酒吧!"石铸安心要把高源灌醉了,把他捆上,装在人囤里。高通海也打算把石铸灌醉了,动手把他拿住。两个人都是暗藏诡计,不肯多饮,吃了几个满杯,二人就谦让起来。直到黄昏时候,石铸已酩酊大醉,说:"高源,你见过这九点桃花玉马没有?"高源说:"我未见过。"石铸说:"我拿过来与你瞧瞧去,叫你开开眼界。"在西墙有一暗窑儿,外挡蓝布帘,上下有搭子板,石铸一伸手把板拉开,拿出一个玉马来。高通海一看,是羊脂白玉的,上面有九点桃红,粉红颜色。高通海说:"拿来我瞧瞧!"伸手刚要接去,石铸一撩蓝布帘,又放在暗窑之内,把搭子板放了下来。二人又对坐饮酒,直吃到月上花梢,方才用完了晚饭。石铸说:"我也不进里面去睡了,咱爷俩都在这屋内吧!"叫家人搬过二件铺盖,在前檐坑上睡觉。

高通海净惦记着玉马,天有二鼓之时,见石铸已然睡着。他慢慢起来,刚一下地,石铸说:"你做什么去? 外头的狗甚是厉害,你去撒尿我跟着你。"高通海说:"我听外面有贼。"石铸说:"那么你上外头瞧瞧去。"高通海本想要拿玉马,见石铸一醒,他改说外面有贼。石铸见他出去,也随后跟了出来,说:"贼在哪里?"高通海猛然想起苏永禄在房上等着他,就说:"石大舅,你上正房瞧瞧去,房上有一个奸细在那里扒着。"石铸到上房一瞧,果然在后房坡扒着一个人,便一声喊嚷,说:"好贼崽子,真正好生大胆,敢到我这里扰乱!"苏永禄吓得魂魄皆冒,伸手拉刀过来动手,被石铸踢了一个筋斗。苏永禄说:"好贼,敢动你家老爷! 我乃钦派委员苏二爷,特来拿盗玉马之贼,你胆敢拒捕。"石铸把他拿住,放到人囤之内,与刘芳、苏永福一同坐坐。石铸回到书房,再找高通海已踪迹不见。

原来高通海见石铸拿贼,他便进了书房,从暗窑内将玉马拿出来,放在怀中,跳墙直奔嵩县衙门。他大摇大摆,心满意足,说:"该班的过来,快回禀你老爷知道,就说我是京都乾清门的侍卫老爷,奉彭大人谕前来办案,找回了九点桃花玉马,叫你们老爷派人给我护送。"官人连忙往里回禀,知县立刻升堂,把高通海请了进去,说:"既是上差到此,找回了九点桃花玉马,快拿来我看,此物从何处得来?"高通海说:"这地面窝藏了贼盗,趁此派官人把盗玉马之人拿来。"知县说:"你先拿玉马我看,少时我派差役给你办案。"高通海伸手掏出玉马来,不看犹可,一看不禁呆呆发愣。要知后事如何,且看下回分解。

第一二○回

笑面虎投信三杰村　碧眼蝉毁书骂邱成

话说高通海自怀中掏出玉马来一看,却是个冰糖做成的,不是真玉马。知县说:"你可有办案的文凭?"高通海本来不懂官事,一听此言,说:"我给你拿文凭去,在我伙计手内拿着呢。"知县说:"你冒充上差,扰闹本县公堂,该当何罪! 今先将你拿住,然后再细细追问。"

高通海飞身蹿上房去,越想越生气,复又来至三杰村。先到村外隐住身形,等天黑夜晚,来到石铸门首,由房上跳进去,把六儿吓了一跳,说:"那位怎么从上跳下呢?"又说:"高爷呀! 你快走吧! 昨天我们大爷说,你是一个办案之人,你是讲交情的,夜内不留神,却被你把玉马盗去。今天你又来了,我家大爷要翻脸把你拿住,依我说你走吧!"高通海伸手把刀一抽,说:"你一嚷,我就把你绑上! 我问你,拿住那几个办案的官,都放在哪里,是死是活? 你说来我听。"六儿见高通海手中拿着钢刀,便说:"高老爷别生气,拿住的几个人都在后院,那里有个人囤。"高通海把六儿绑上,把嘴堵上,放在门房里头,再将门带上,自己奔后院到了人囤,把荆条筐一拉说:"下面的三个人快坐到筐内,我高通海是特来救你等的。"下面刘芳等一听,心中甚喜,想必高通海已把石铸拿住,大家有了出头日子了。

高通海正在这里叫人,忽听前面石铸赶到,只吓得往房上一蹿。石铸在后面紧紧跟随,追出十里之遥。见前面有一条河,高通海一想,说:"将他诓在河里,可以拿住他。"石铸刚到了小河边,高通海说:"我不活了。"石铸说:"你不用耍花招,你外号叫水底蛟龙,焉有不会水之理,咱俩到水内比比雌雄。"高通海在水里翻着眼睛,看他下水之时是怎样下法,只见石铸翻身落水,在水面真像一个大活蛤蟆,他料想水斗也不能赢人,便连夜赶回北京城去了。

且说石铸回到家时,笑面虎邱明月正拿着书信来到门首。六儿自从吃了高通海的亏,石铸将他放开,从此诸事留心,不敢大意。他这时正在门房,听外面有人打门,连忙开门出去一瞧,见此人四十余岁,长得虎背熊腰,黑黑的脸膛。六儿说:"你姓甚名谁? 找谁的? 说来我好给你回禀。"邱明月说:"我乃大同府元豹山的邱明月,上三仙庄送信,听说伍大奶奶在这里住家,故来此送信。"六儿说:"你是面交,还是我给你拿进去?"邱明月说:"我见了婶娘面交。"六儿转身进去,回禀伍大奶奶说:"有大同府元豹山邱明月前来下书。"石氏一听,连忙叫六儿请进来。六儿转身出去,把邱明月带进里面。邱明月先给三位婶母行礼,见旁边还有一位三十多岁的媳妇,不知是谁? 石氏说:"明月,我给你引见,这是你石大舅母。"邱明月过来行礼,刘氏答礼相还。只听外面有人说话:"雕崽子来了,这个样是要到我门上来跟我斗斗。"石铸说着来到屋中。伍大奶奶说:"兄弟你回来了,别满嘴胡说,这不是外人。明月过去见见,这是你石大舅。"邱明月知道是碧眼金蝉,听婶母引见,连忙过去行礼,说:"石大舅,现有我父亲书信在此,一看便知。"石铸接信拆开一看,把脸一沉,说:"邱明月,你爷儿们诡计多端,想要把我诓去,我不能上这个当。今天我先结果你的性命,然后等金眼雕来一比雌雄。并不是在我的家门口,我姓石的不对,皆因你爷们先不对。拿书信请人至剑峰山捉拿五鬼,给你把事办完,不求有功,只求无过,我姊丈在保安遭屈打官司,你爷们知之不管,我一怒才盗了九点桃花玉马。彭大人办差的不能拿我,你又拿书信诓我来了。"说着话,把衣裳一摔,拉出杆棒,就要跟邱明月动手。伍大奶奶一瞧,气往上冲,说:"石铸你可是要反,你要这么不懂情理,我就一头撞死。"石铸用手一指,说:"姓邱的,在我家也不能动手,由这里往北,有个伏牛山钓鱼台,我在那里等你。你去是英雄,不去是鼠辈。"邱明月说:"很好! 你在头里等我,哪个怕你不成?"说着话,石铸头前走了。

伍大奶奶对邱明月说:"不准你去,石大舅年轻,你要容忍他。"即将书信扯碎说:"你回去吧,早晚必有官人拿他。"邱明月说:"婶母只管放心,小侄男决不做无礼之事。三位叔父在保安遭官司,我父子实不知道。后来是高通海送信,我父子才知信息。我父连夜奔往保安州,派我拿书信前来,叫我唤石大舅到京中,有我胜三叔面求彭大人,保管无事。"伍大奶奶说:"贤侄请回吧,我也不留你。"叫家人送上了五十两盘费。邱明月说:"婶母,这里盘费够用,我要走了。"

邱明月出了三杰村,走了有四五里,见前面是一道山岭,半山坡有一块平地,四面有七八十棵松树。邱明月非从此地经过不可,他方才走到树林,见石铸手拉杆棒过来,说:"邱明月慢走,石大太爷在此等候多时。"邱明月一瞧,气往上冲,从腰中拉出杆棒,说:"石铸,你真欺我太甚,你来打大太爷,我怕你么!"石铸说:"好!你既不怕我,快拉兵刃过来,姓石的要不捺你一个筋斗,就不算英雄。"邱明月赶过去方要动手,只见伍大奶奶坐着爬山虎由正南而来,手拿一把刀,说:"石铸,你要一动手,我就自刎。"石铸最怕他姊姊,因他自幼父母双亡,跟随姊姊长大成人,这身功夫又是跟姊夫练的,他一见姊姊要自刎,只吓得自己颜色更变,说:"雕崽子,你回去告诉你老雕,我姓石的要斗斗他。他若敢来,我把他的翎篁①给他拔来做扇子,挖了他的雕眼,就怕他不敢来!"邱明月说:"好,你等着看吧!不上一月准来找你。"石铸说:"我等他一个月,如他不来,我去找他。"邱明月听了这个话,只气得浑身直抖。

他下了伏牛山,认上大路,一路上晓行夜宿,那一日到了元豹山。进了厅堂,见胜奎正同他父亲吃茶,便先给二老行礼。邱成问道:"石铸见了书信,他与你说些什么?"邱明月把石铸所说的话,从头至尾述了一遍。金眼雕一闻此言,气往上冲,要上河南找石铸,水箭打金蝉。要知后事如何,且看下回分解。

---

① 翎篁(líng huáng)——清代官史礼帽上装饰的表示品级的长而硬的羽毛。

第一二一回

胜奎实心遭诡计　邱成水箭打金蝉

话说邱成一听邱明月所说，气得须眉皆张，说："我要不找他，不是英雄。"胜奎说："兄长暂息雷霆之怒，那石铸乃年轻无知之人，不知兄长的厉害。"金眼雕性如猛虎，并不答话，转身到里面带上盘缠，随即换了衣服，下元豹山直奔河南嵩县去找石铸。胜奎连忙追赶，先回到了胜家寨，带上镖囊和金背刀，也连夜奔往河南。

这日到了河南嵩县，离三杰村二里之地，有一个清化镇，西头路北有一德胜店。胜奎进了北上房，净了面，吃了茶，便问伙计说："这三杰村有一碧眼金蝉，你可知道？"伙计说："知道，乃嵩县有名人物，无人不知，哪个不晓，你老人家贵姓，找石大爷有什么事？"胜奎说："我来访访他，吃两杯茶就去。"胜奎问明道路，出了店门，一直奔往三杰村，来到十字街路北，到了石铸家门首，刚要打门，只见一人在门首站立，自言自语地说："闻名不如见面，见面胜似闻名，敢情刚才就是金眼雕来找我家主人，看他未必是我家主人的对手。"胜奎说："石铸在这里住吗？"六儿说："不错，你贵姓？找我家主人何事？"胜奎说："我家住大同府黄羊山胜家寨，姓胜名奎，绰号银头皓首，找你家主人石铸，有几句要紧的话说。"六儿说："我家大爷被朋友所约，游山玩景去了。"胜奎说："我住在清化镇德胜店，回来叫他等我。"六儿说："是了。"胜奎转身回店。

六儿回到门房，想到金眼雕方才来找过，我已经回了，现在又来了个姓胜的。这些人都没有来过，待我们大爷回来，细细回禀，叫他早做准备。正在思想之际，听外头又嚷嚷说："石铸在这里住吗，我就是金眼雕。"六儿出去说："还没回，还没回，你在哪个店住？我家主人回来，叫他找你去。"金眼雕说："我住清化镇西头德胜店，在西院北房。"六儿说："是了！你老人家回去吧。"

金眼雕走后，石铸才由外面回来，喝了个醉眼朦胧，来在门首，说："六儿，今天有什么事没有？"六儿说："方才有一个大同府元豹山来的邱成,到这里找你三次了。还来了一个姓胜的,自称住在胜家寨,他叫胜奎。"石铸一听发愣,见胜奎复又返来。六儿用手一指,说:"这个就姓胜,大爷你看。"石铸一瞧,这人有七十余岁,白四方脸,慈眉善目,准头方正,四字方口,海下一部银髯,身穿蓝绸长衫,足穿白袜云鞋。石铸此时酒也醒了,说:"来者莫非胜家寨的银头皓首胜三哥么?"胜奎说:"不错,你是何人?"石铸道了姓名,说:"今天我已酒醉,不能让往家中,有什么话,明天到三杰村后面,有个钓鱼台,从辰到巳,等你两个时辰,准约会,不见不散。"胜奎说:"好!我就此告辞。"

胜奎回店,此时金眼雕已然安歇。胜奎并不知他住在跨院,即回屋中歇息。

天至傍晚之时,金眼雕又至三杰村去找石铸,方到门首,只见家人六儿说:"我主人留下话了,明天到伏牛山半山腰中,那里有一块平地,天至正午,不见不散。"金眼雕说:"好!就是这样,我在那里等候于他。"说罢转身就走。刚走到清化镇十字街,见一群人在一座店门首围得风雨不透,金眼雕分开众人,往里一看,见一人约有二十余岁,生得虎背熊腰,正在那里练石头,足有二百多斤。众人围着呐喊,说:"这人力气不小,他名叫马二,乃清真教的人,外号叫做马二愣。"金眼雕看他练了半天,无非是些笨功夫,并无出奇之处。金眼雕分开众人进去,大众一瞧,见他年有八十余岁,黑脸膛,须发皆白,二目神光满足,身穿一件白绵绸汗衫裤,青绸子中衣,白袜青缎皂靴,挟着一件青洋绉长衫。马二愣说:"我练的这石头,有二百四十斤,你这个年岁了,趁此躲开,别碰着你。"邱成哈哈一笑说:"你所练这个,无非是孩童玩意。"走过去单臂便将石头举了起来。马二愣一看,惊得目瞪口呆,连忙问道:"老丈贵姓高名?"邱成说:"我乃大同府元豹山之人,姓邱名成,外号人称金眼雕。"马二愣说:"原来是邱老爷子,我常听保镖的人说,你老人家的威名远震。来吧!我给老人家磕头拜为老师,你住在哪个店里头,打发人把行李搬了过来。"邱爷见马二愣忒①志诚,并无半点虚言,便说:"那就派人把我的包裹拿过来吧。"晚上,马二愣预备了炖牛肉,邱爷吃了晚饭,就告诉马二愣所练的软硬功夫招数。马二愣说:"邱老爷子,我们这地方有一石铸,我总赢不了他。我二人在先很

---

① 忒(tuī)——"太"的意思。

好,后来因练功夫练出仇来。他要叫我拜他为师,我又不肯。你老爷子就教给我练点真能为,也叫我出出这口气。"邱爷说:"也好!我明天见见这位石铸。"马二愣转身出来,邱成就睡了。

一夜无话。次日,胜奎因跟石铸定了约,老英雄决不失信,便带刀出店,直奔三杰村,逢人便问钓鱼台在哪里?有人指引,他来到了三杰村后面,眼前有一堆土,高有二丈,方圆有四五尺,周围有几十棵树,名为钓鱼台。台上还有土台一座,瞧瞧倒也干净。胜奎在大树之下将包裹放好,坐在上面等候石铸。约有两刻之时,只听那边有人说:"一步来迟,胜老丈在此受等了。"胜奎一瞧石铸笑嘻嘻地过来,连忙站起来说:"我今天来此,所为你与金眼雕之故。此事皆因我而起,我要不拿活阎王焦振远,焉能请伍氏三雄。贤弟,诸事皆不可认真,邱成来时,你赔个不是,带着玉马出去打官司,有我照应,绝无受累,要叫你受了委屈,也对不起伍氏三雄。"石铸说:"你叫我跟你打官司,还叫我给老雕赔不是,你这是出来说和的吗?我告诉你说,胜三!姓石的我是个英雄,天塌了有地接着,脑袋掉下不过碗大疤拉。我既敢惹他,我就要会会他。你怕金眼雕,我是不怕金眼雕的。"胜奎一听,这个小子说话讨人厌,就伸手将刀拉出来,把长大衣服一甩,一摆金背刀说:"小辈!三老爷子没那些话跟你说,我先把你捉住,送到当官治罪。"

胜奎乃家传八卦追魂夺命连环刀,十一刀不容人还手。当年神镖胜英老英雄的这一刀法,传过三个徒弟,大徒弟是江南绍兴府人,人称飞镖黄三太;二徒弟是陕西长安的神弹子火龙驹戴胜其;第三个就是胜奎,父传子受,焉有不尽心之理?当年神镖胜英,仗着迎门三不过飞镖,甩头一子,和这八卦追魂夺命连环刀扬名天下。

今天胜奎施展出这路刀法,石铸如何能敌得了!石铸说:"胜老丈别动手,我输了,情愿跟你前去,你说怎办就怎办?"老胜奎乃是慈心的人,如何肯赶尽杀绝,自己就往圈外一跳,把刀法一收。石铸累得满头流汗,手拿棍棒,并无还手之力。他瞧着胜老丈在那里站定,便笑嘻嘻地过来说:"老头,真有你的。"说着往前一凑,抖起杆棒,就把胜奎搋了个大筋斗,按倒就捆。老头本来力气不足,石铸先把他稳住了,如何能防备?石铸说:"咱们两不该,你赢了我,我也赢了你,谁也不算输。"他扛起胜奎便奔伏牛山去找金眼雕。要知后事如何,且看下回分解。

第一二二回

伍显戴罪回嵩县　石铸隐身伏牛山

　　话说金眼雕离了清化镇，来到伏牛山，见来了一个挑水的，就把他叫住问道："你挑水一天，能卖多少钱，是甜水苦水，从哪里挑来的？"那挑水之人说："我们这里多是井水，这水在北边，龙王庙里头有井。"金眼雕说："你给我挑两挑水，挑到伏牛山半山的那片空地，我给一块银子。"那挑水的穷人一听，乐得心花俱开，长了这么大，还没见过银子，听见金眼雕说给银子，他连连答应说："老爷子，你头里等我，这就到。"金眼雕点头，来到半山平川之地，在树林中找一块干净之处落座。原来金眼雕练就了一宗水箭功夫，把水喝到肚腹之内，用混元真气把它托住，一张嘴使这股水出来，厉害无比。今天金眼雕要拿这个来赢石铸。正在思想之际，见挑水的已然来到，金眼雕搬起水桶，喝了一口，站起来走了几步，把水滋出来，又照样来三次。他告诉挑水的，再挑一挑来。挑水的去不多时，又挑了水来。金眼雕给了他一块银子，约有二两多重。挑水的接过来，只乐的欢天喜地。

　　金眼雕把水喝了，运在肚腹之中，就见石铸扛着胜奎从半山坡而来，来至近前，说："姓邱的，把你这拜弟交给你吧！"说罢，将胜奎放下，先把绳扣解开。胜奎站了起来，含羞带愧。邱成一瞧，气往上冲，就说："一个蛤蟆崽子，邱大爷今天把你扒叉坏了。"石铸抖杆棒过去，邱成说："你先站住，我要跟你一般动手，赢了你不算英雄。像你这个能为，还搁不住我一口唾沫。"石铸说："好一个老雕，你不用拿大话吓我，你赢得了石铸，我甘拜下风，跪倒给你磕头，拜你为老师。"邱成说："好！我在这里站着，你过来使这杆棒兜我一个筋斗，我就给你跪倒磕头。"石铸赶过去，一抖手照老雕就缠。那邱成使千斤大法一站，石铸用尽平生之力也兜不动他。石铸心中仍然不服，一连几下，俱都如此。金眼雕往旁边一闪，石铸要往前蹿。邱成说："石铸你站住，我一口唾沫要啐不倒你，就算我输。"便把口内的水，照定石铸迎面张嘴一啐，白亮亮似水箭一样，正打在面门上。

石铸翻成栽倒。邱成说:"我要拿他到京都完案。"胜奎说:"大哥不可,随他去吧!"

说着话,二位老英雄转身下了伏牛山,刚往前要走,只见那边又来了挑水之人。邱成一瞧,正是方才那个挑水的。金眼雕把挑水之人叫住,说:"你把树林之内躺着的那人,背送三杰村石宅。"挑水之人说:"我认得。"金眼雕又掏出了二两多银子给他。那挑水之人接过银子,找个地方把水桶先存好,就把石铸背起来直奔三杰村。

邱成同胜奎回到店中,算还店账,歇了一夜,次日便上路回京。那一日来到京都地方,住在西河沿高升店。次日换上衣服,邱成同胜奎来到了彭大人住宅。到了门房,有人往里回话。彭公正在书房之内,听见胜奎同金眼雕邱成前来,连忙吩咐有请。此时,高通海已回来,彭大人正为石铸这一案不能回奏,心中着急。胜奎同邱成来到书房之内,见了彭公施礼。彭公让二位坐下,说:"二位义士从哪里来?"邱成把上河南之故细说了一遍。彭公说:"本部正为盗玉马之案不能复奏,二位义士有何高论?"胜奎说:"要拿石铸,大人必须递折子奏明,由保安调来伍氏三雄,叫他等带着内大班去往河南,可以把他拿来,派别人去只是枉费跋涉。"彭公一听此言,深以为是。即派人摆酒款待胜奎、邱成。次日大人递了折子,提说盗玉马之贼,有伍氏三雄知情。可以派人先调伍氏三雄,然后派内大班跟随至嵩县办案。圣上准奏,即派内大班的汤文龙、何瑞生,押着伍氏三雄前去办案。

这日由京都起身,晓行夜住,来到了三仙庄。一打听,石铸此时正在家中养病,因他自从被邱成打坏身体,这时尚未养好。伍氏三雄带着汤文龙、何瑞生来到三杰村,到村里一打门,六儿开了门,大爷说:"你家主人可在家?"六儿说:"在家。"伍氏三雄直奔书房,就来拿他。及至掀帘进去,见房中无人,又连忙把六儿叫过来问道:"你说你家大爷在书房,此时哪里去了?"六儿说:"白日就在房里睡觉看书,小人此时并未见他,你老人家可在前后各处找寻吧!"伍氏三雄到里面去见伍大奶奶,提说石铸之事。伍大奶奶;"是在书房。"伍大爷说:"既在书房,现在必是逃走了。"正在说话之际,家人来报说:"石大爷到那边把二奶奶、三奶奶房中的东西全给碎了。"此时西院的贾国栋、贾国梁也都过来了,对伍氏三雄说:"石铸在家中歇了几天,惹了祸啦,听说后头还有个人囤。"伍大爷把六儿叫进来,说:"后头人囤放着人么?"六儿说:"有人,有三位办差的老爷,被我们大爷拿住了放在里面。"

伍氏三雄赶紧到里面把三人救出来,一问刘芳、苏永福、苏永禄,才知道从前之事。贾国栋、贾国梁说:"如今他到三仙庄把东西碎了,你们何不前去找他?"伍氏三雄就同二位班头和办差官前去捉拿石铸。方到了三仙庄,见王伯燕从里面出来,说:"石大爷走了,他把二奶奶、三奶奶房中的东西全给碎了。"伍大爷一想,他必然是跑了,绝不敢回家来的。贾国栋、贾国梁说:"他跑了我知道,他所去的地方我也知道。我三人时常在一处,他这一走,必然是上青龙山、伏牛山的峡谷间,那里有座三清观,有一老道刘道元跟他是拜兄弟,他准往那里去了。"伍氏三雄说:"咱们到家中歇歇,回头再去找他。"先叫厨子做点菜喝酒。刘芳、苏永福、苏永禄都是河南人,大家叙了些闲话。正在说话之间,家人来报说:"石大爷跑到贾大爷、贾二爷家中去了。"众人一听,连忙站起,又回到三杰村。到了贾国栋、贾国梁家中一瞧,二人气得半晌不能说话。原来,贾国梁之妻为人忠厚,素常与石铸论着兄嫂,也说一言半语取笑话。如今他竟把贾国梁之妻抹上一脸锅烟子,把贾国栋之妻捆在树上,还将衣服剥去。家人说:"我等已把二奶奶放开,石大爷他打完闹完就走了。"贾国栋、贾国梁说:"好,我拿住了他,焉能与他善罢甘休?今天晚上到伏牛山去找,那里准能把他找到。"众人说:"也好。"气得伍大爷浑身直抖,说:"石铸你气死我也!我自幼教他武艺,叫他做正大光明的事情。不想他任意胡来,惹下这等大祸,叫我跟他着急。我自今以后,与他势不两立。你们几位跟我来,先到伏牛山去找他。"

众人来至三清观叩打庙门,里面刘道元出来迎接,一见是伍氏三雄,连忙往里让。大爷说:"我们不进去了,石铸在这里没有?"老道说:"没来,石大爷这一向都没来过。"伍氏三雄说:"既然如此,我们走了。"候至天黑,众人复又来至三清观,把庙一围,伍氏三雄蹿过墙去,只听得石铸正与老道说话。大爷一声喊嚷,石铸便由后窗户逃走。伍显赶紧就追,石紧一低头,打出了紧背低头锥,只听大爷"哎哟"一声!未知性命如何,且看下回分解。

第一二三回

哭丧计捉拿石铸　遇故友义结金兰

话说伍氏三雄追赶石铸，刚出了三清观，石铸回身照定那伍大爷的咽喉一锥，只听"哎哟"一声，伍大爷翻身倒地。后面众人说："好石铸，你竟敢把姊丈打死！"各摆兵刃追赶石铸。伍二爷到来，把大爷背回了三仙庄，又派人把伍大奶奶接回来，说："大爷被石铸打死了。"伍大奶奶回来一瞧，见伍大爷挺在床上，摸摸身上冰凉，不禁放声大哭，口中不住地直骂石铸，又派人到外头瞧了一口棺木。贾国栋、贾国梁立刻去讲棚①，伍元、伍芳找和尚讲放焰口，一家人穿白挂孝。

那石铸与庙里的老道相好，听到他姊丈叫他，一害怕就跑。他姊丈追来，他冷不防一锥，也没想到竟把姊丈打死了。听伍元、伍芳说把他姊丈打死，他还不信。候至天光大亮，他便改换了衣服，来到了三仙庄。在村口一探听，只见有人三三两两地坐在一处说闲话，说："伍大爷在此庄中居住多年，没得罪过人，平生所学能为，都传授了他内弟石铸。谁知那石铸盗来玉马，惹下大祸。他姊丈来拿他，竟被他一锥打死。今天家中办事。石铸这厮真是丧尽天良。"石铸一闻此言，五内皆裂，心中又想："且慢，我姊丈诡计多端，怕他其中有诈，待我访真了再说，别中他的计。还是先回三清观改扮行装，细细访知，如果是实，我再去不晚。"石铸到庙内换衣，心想："我本无心把你打死，你老人家一死，小弟决不活着，我要活着，只恐千载落个骂名！"

他痴迷了半晌，又复回三仙庄。在伍家的大门对过，有个茶馆，他拿手巾把脸一蒙，进了茶馆，倒杯茶摆在桌上，偷眼瞧大爷家的门口，正在搭吹鼓手棚，又听见喝茶之人也提这回事情，说："石铸丧尽天良，不该做出这无情无义之事！"开茶馆的掌柜，姓杨名泰。这人爱说爱笑，跟石铸素常也爱开玩笑，听众人这样说，他便答了话，说："石铸竟做出这件事来，

---

① 讲棚——找棚铺搭灵棚。

人人骂他,我现在给他起个外号,叫贼鬼子。"石铸听见,一声不言语,站了起来就走。他来到姊丈门口,推门进去,到了院中一瞧,棺材就在那里停着。他放声大哭,说:"姊丈,我石铸服罪。"正在痛哭之际,棺材盖一起,伍大爷蹿出来便把石铸拿住。

书中交代:此乃是伍大爷见石铸狡猾,自己就翻身栽倒,他对过来的伍元、伍芳说:"你二人就说我死了,我闭气装死,可以拿他。"伍元、伍芳这才大嚷起来,说:"伍大爷死了!"石铸和贾国栋、贾国梁、刘芳等,都一概不知是诈,连伍大奶奶和家中的女眷,也都不知道伍大爷是假死。今天石铸一来,伍大爷便由棺内蹿出,将他揪住。石铸说:"好!你们这条计真高,官司我打了,拿家伙来把我锁上吧!"何瑞生说:"贤弟,又何必锁上呢,你跟我们入都打官司就得了。"伍显说:"我来给你引见,这汤大哥和何大哥,当年也是绿林中的朋友,现在京都充当内大班,奉圣旨押着我三人前来拿你。大丈夫做事敢做敢当,方是朋友,我三人打这场人命官司,也是自行投案的,就是身受国法,死在云阳市口,也是自作自受。"石铸说:"姊丈既然说到这里,我今日做这件惊天动地之事,也是为的留下英名,传于后世,虽刀斧加颈,并无半点惧色,咱们今天就此起身,我姓石的绝没有什么儿女情长,家中事情自会有人照应。"伍氏三雄一听,说:"很好!汤二哥,你们把家伙给他带上!"

石铸说:"你们几位先跟我到对过的茶馆拿点东西。"大家跟随进了茶馆,石铸说:"杨泰!我盗来的九点桃花玉马交给你了,拿出来吧,跟我去打这场官司。"杨泰一听,吓得颜色更变,浑身直抖,说:"石大太爷别开玩笑,我怎么见着你的九点桃花玉马?"伍氏三雄也知道杨泰是个好人,绝不会做这个事,便说:"石铸,这是怎么回事?你不可诬赖好人。"石铸说:"我实在是把玉马交给杨泰的呀!"杨泰只得给石铸跪下,说:"石大太爷,我从此再不敢跟你开玩笑了,你饶了我吧!"石铸说:"饶你也成,把你媳妇给我叫过来,给我个乖乖。"杨泰是新成家的,夫妻还不错,要不这么办,只得打场官司,他知道这是刚才说话叫石铸听见了,石铸这个人说得出来,做得出来,莫若跟媳妇商量,给你一个乖乖,完了这回事,只得说道:"石大爷,我去叫她给你个乖乖。"站起来到后头跟媳妇商量,媳妇不愿意,当着大众怕害羞。杨泰又出来给石铸跪下去,说:"石大爷,我知道方才说错了,我是贼鬼子,你老人家再骂我几句。"石铸哈哈一笑,说:"杨泰,我叫你认识认识我,背地里不准骂人。"

　　说罢,出了茶馆,带着众人到三杰村把玉马取来。此时天色已晚,大家都住在伍爷家中,贾国栋二人告辞回家。伍大爷晚上把石氏叫来,对坐谈心,说:"娘子,我和你是半世夫妻,总算和美,我这一人都中,吉凶未定,你我从此分手,只怕不能再见了。倘若我死之后,你同两位弟妹要合作度日,不可争闹。"石氏说;"丈夫请放宽心,贱妾所不放心者,就是丈夫和石铸所作之事,都是命盗案子,罪在不赦,倘若彭大人不念旧情,你四人准有性命之忧。"伍大爷道:"凡事皆是天定,不由人算,我此去如京中平安,不到一月之内自有回音。"说罢安歇。

　　次日净面吃茶,在书房之内,又叫进王伯燕来。伍显说:"王大哥,你我孩童厮守之交,我三人此去凶多吉少,国有王法,律有明条,杀人偿命,我等倘若身受国法,你在家中要多多照应。"王伯燕说:"何瑞生大哥,京中神力王府有咱们一个朋友,叫飞天豹武七鞑子,他现在京中作何事故?"何瑞生说:"飞天豹武七鞑子在老王爷府中,得了庄园处总管。后来他得了一场病,在家里教了一个小徒弟,叫费德功,练得倒很好,就是五官相貌长得太凶,怕的是后来不安分。现在他移居在京东三河县武家庄,算是王府的皇粮庄头。京中老朋友死了不少,前门外大栅栏开镖局子的何云龙何二哥也死了,老四霸天之内,飞天鹞子贺兆熊也死了,真是不堪回首忆当年。"王伯燕说:"你哥两个京中熟识,伍家贤弟到了京里,请多多照应。"汤文龙说:"彼此都是自己兄弟,何须叮嘱,想当年在山东德州镖打窦二墩之时,都是少年英雄,到如今已是须发皆白了。"正说话间,厨房摆上饭来,大家吃完饭,套上了车。

　　石铸与伍氏三雄便装打扮,家伙都放在车上,由三仙庄起身,晓行夜住,饥餐渴饮,非止一日,来到京都。到了彰义门,伍氏三雄说:"绕道走平则门,我去瞧个朋友。"众人坐着车辆,来到平则门外,见路北有一座黄酒馆,字号是秘香居。伍氏三雄说:"咱们把家伙带上。"跳下车来,进了秘香居。群雄大闹秘香居,龙虎风云会。要知后事如何,且看下回分解。

第一二四回
武登科慈心招祸　侠义心拯危救贫

　　话说伍氏三雄到秘香居黄酒馆门首,忽然想起一事,跳下车来,各带刑具进了酒馆。

　　书中交代:秘香居掌柜的,姓武名叫登科,在东华门外金鱼胡同住家。父母在日,久走苏杭二州,贩卖绸缎为生,在前门外鲜鱼口开了一座德昌泰绸缎店。武登科娶妻王氏,乃是崇文门内苏州胡同珠子王家的女儿。夫妇两个自父母死后,用了十数个男女家人。武登得念了数年书,下了两次场未中,也无心求取功名,就在家中度安闲岁月。

　　这一年冬至天气,他吃完早饭,信步出了前门,天气甚是寒冷,滴水成冰。在前门外桥头,见有几个穷人,正蹲在地下斗骨牌。武登科站在一旁,瞧这几个人身无棉衣,甚是单寒,看了多时,问道:"你这几个人,天气这样寒冷,为何还在此地赌钱,太不知世务了。"这几个穷人一瞧,见武登科年方二十有余,白净脸皮,俊品人物,知道是一位富豪子弟,连忙说道:"大爷有所不知,我们这几个人,拿副骨牌在这里解闷,把冷饿就忘了,哪能够像大爷,天冷了多穿上两件。"武登科一听说:"你几个人为何不想营生? 都是二三十岁,正在青年,何至冻饿而死。"这几个人说:"要有两三吊钱,护护身体,还可以寻亲找友,找个正事。"武登科道:"每人我给你两吊钱,跟我拿去吧!"这四个人说:"谢过大爷,不知大爷贵姓?"武登科通了居处姓名,带着那四人到德昌泰来。走在半路之间,那前门外的穷汉甚多,一见这四个人,便跟随他等,问明武大爷是舍钱的,全都欢喜。武登科到了铺子门首,说:"你几个人站着,我叫人给你钱。"跟来的那些穷人说:"怎么给他等钱,不给我们呢,舍钱还挑着人舍吗?"武登科一听,说;"不要嚷,每人给你们两吊钱。"就叫店中先生开付德昌泰门外的穷人。只见人越聚越多,店中先生说:"点点人数,先给个字条儿,再来领钱。"共合五百八十七人,每人给钱两吊。武登科在铺中吃了晚饭,放到三更天,穷人尚未散尽。登科无可如何,说:"明天再放吧,铺子该关门了。"好容易把穷人赶散，才关了门。

次日天光一亮，穷人又围满了。这真是善门难开，善门难闭。武登科由店中坐车回来，众穷人又跟到金鱼胡同，堵着门口直嚷直闹。武登科打发家人去告诉他们别嚷！来了多少人，每人给两吊钱。家人查点数目，照数放了。次日，穷人比先前更多，舍了不到半月，把一座德昌泰绸缎铺也卖了。后来又把家中囊内所存财物，全折变尽了。不到一月之间，家中四壁皆空，落得一无所有。夫妻对坐闲谈，登科说："明天穷人又来，该当如何？"王氏说："我倒有个主意，明天来了，就说五天放一回，今天来了一概不给。"至第五天，武登科又把家中房屋变卖。舍了两三个月，就剩自己住的这处房子了。

他有一个表兄，叫赵得福，原先在钱铺做买卖，后来铺子关了，改行跟官，跟了个姓庆的，乃是织造，在外头几年，很不得意，姓庆的已被参，回来时仍一无所有。这天来找武登科，放声大哭，说："兄弟，你得救我，现在我身上无衣，肚内无食，一无所有。现有朋友给荐举在白大人那边看门房，这个事可以熬得出头来，现需一百银子，兄弟你得救我。"武登科说："我这两天正为难，家里已一无所有，产业都被我舍了。我身底下这处房有红契，你拿去押了吧，你拿一百，剩了给我。"他们对过住着一家街坊，姓苟，家里开了纸铺，很有些钱，便把房契在对面押了一千两。他表兄拿了一百两，给他九百两。那赵得福临走时说："兄弟，你等着吧，我发了财必还你。"打这赵得福走了，他舍了两天，钱又没有了。

大奶奶到娘家见了二位哥哥说："家中有急用项，暂借二三百银子。"他哥哥说："倒是二百还是三百？姑奶奶永没张过嘴。"王氏娘子本来是闺中弱秀，听哥哥一问，脸就一红，说："哥哥，借多少是多少。"大爷叫账房赶紧称三百两银子来，留姑奶奶吃完了饭，送王氏回家，便把银子带在车上。武登科一瞧借了银子来，叫家人搬到银铺合钱，次日一舍就完。王氏这天与武登科谈心说："借了钱一舍就完，这一回该当如何？"武登科说："我跟他们说没钱了，他们都不信，大家都齐呼我财神爷，下回你再到你娘家去借。"果然到了舍钱的日子，又让王氏借了一百两银子来。如是者三次，到第四次又去借时，王大爷说："姑奶奶，我供不起你舍，你们家里三四万银子都舍了，你又坑害我来了，没钱。"

王氏生气回家，对丈夫说了。武登科一想：现在自己没钱舍了，使人家的又指什么还？次日，穷人来了几千，武登科出去说："我实在没有钱了，众位不信，就请进来看，等我有钱时再舍吧。"央说了半天，那善心的穷人就走了，那恶心的穷人开口就骂。武登科晚上到了苟宅，将自己住的五十余间房卖了三千两，剩下九百两之数，夫妻两个赎赎①当，把家人辞退，每人给银十两，慢慢谋事。

夫妻二人便搬到京西离城二十里他家的坟地去住，那里就有看坟的，单有一处阳宅，于是把看坟的搬在别处住，自己置了些粗糙的应用物件。这房是北房三间，东西各有配房，倒也整齐。看坟的姓赖，叫赖天生，素日就不法，时常卖树木，有祭田二百亩也叫他给卖了。本来武登科自幼就不懂营运，坐吃山空，自端午节后搬出城来，住到过八月节，把这点余资又花了有一半。这一天，夫妇因多吃两杯酒睡沉了，次日起来，所有的银钱钏镯②首饰衣服，又被贼人挖了窟窿，偷盗去了。夫妇彼此埋怨，并无一点主意。天气寒冷，夫妻两个度日如年。偷去他这些财物的，原来并非外人，乃是赖狗赌输了，看他主人老实，夜晚就挖窟窿盗去了财帛。武登科无法，到九月时候，想起他的表兄，何不进城找他去呢。次日，告诉大奶奶找点东西当作盘费，说要进城去找赵得福。王氏还有一件半新不旧的蓝布裰，也不过当上三四百文。

武登科家中的早饭是碎米稀粥，他随便吃了，拿起小包裹便直奔平则门，进了城，打听到白大人住在后门外金丝套胡同。到了那里，一瞧路北大门里头，挂着许多官衔牌。他来到门房说："辛苦！我找赵二爷，劳驾把他叫出来。"众人说："你等等吧！"不多时，赵得福从里面出来，人也改了样，衣裳架弄着，又白又胖，真是人得喜事精神爽，一见武登科，说："兄弟你来了，今天我忙，要跟大人上衙门去。你搬到哪里去了，我总没见着你。"武登科说："现在京西坟地里住，剩了几个钱都丢了。"赵得福说："你等着，我进里边去。"不多时拿出一吊钱，说："给你做盘费吧，这里还有十两银子，你垫办着过日子，过腊月二十再来，我给你二十两。"武登科回家，到了腊月二十二又来这里找他表兄。只瞧见白大人封了门，奉旨抄家，连他表兄都交刑部了。无奈回去，到家中把表兄打官司的事述说一

---

① 赎（shú）——指赎回抵押在当铺里的东西。

② 钏（chuàn）镯——镯子。

遍,王氏也是无法了。到二十三祭灶,都说两句吉祥话,他夫妻两个说:
"灶王爷,我们过了年,人家都说好人相逢,恶人远离,开市大吉,万事亨
通。我们是恶人相逢,好人远离,开市大吉,万事恒宁。"正说之际,只听
房上有人答言说:"我乃恶人相逢!"又一个说:"我乃好人远离!"又一个
说:"我乃开市大吉!"扑通一声,扔下一宗物件。要知后事如何,且看下
回分解。

第一二五回

访知己义结金兰　献珍珠替友赎罪

话说武登科同着王氏祭灶,正说恶人相逢,好人远离,开市大吉,万事恒宁。只听房上有人说:"我乃恶人相逢!""我乃好人远离!""我乃开市大吉!"扔下一个包裹,径自去了。他夫妻拣起来,觉着沉重,到屋中打开观看,里面竟是黄白之物。

武登科说:"暂且把这些都装在炕洞之内,留下十数两银子,换了过年。"王氏说:"你先作一个好买卖,然后慢慢的往外换银子。"武登科说:"也好!我买一个筐儿,过年卖瓜子为生,倒也不错。"不多天转过年来,便置了一个筐儿,在干果铺买了些黑白瓜子,进城去做小买卖,带着换了几两银子回来。他天天如是,要在西四牌楼黄酒馆子喝一遍酒。人家做买卖都要赚钱,他做买卖却赔钱,如取两吊钱货,他一卖就剩一吊本了。他做着这买卖,也无非遮掩身子,不过为了慢慢的兑换银子。他天天在黄酒馆喝酒,总在吊数。前一两天,黄酒馆子不解其意,日子一长,可就留了神。大家想:他做小买卖能剩多少钱,天天在这里吃几吊钱?瞧此人甚是安稳,喝了酒举止端详,并不像浮浪子弟。

这天那个掌柜的过来说:"客官你贵姓?"武登科说:"姓武。"又问他在哪里住家?武登科说:"现在平则门外坟地,原是金鱼胡同人。"这个掌柜的又说:"咱们还是当家,我也姓伍。"武登科说:"我是文武之武,叫武登科,你是哪个武?"山东人说:"是行伍之伍,我乃山东登州府福山县人。先前在东华门做买卖,金鱼胡同的一家财主,开德昌泰绸缎庄的,天天舍钱,就是你么?"武登科说:"不错,是我。"那山东人说:"我叫伍振纲,久仰你的大名。你做这小买卖,能赚多少钱,天天在这里吃一吊多钱,赚得出来么?"武登科说:"我这是无事拿它消遣,真指着靠它吃饭,如何能行?现时我有个亲戚,在外头做官,回头给我些钱,叫我做买卖。我以卖瓜子为名,要访能人开个买卖。"伍振纲说:"我有一个买卖,在平则门外北驴市口,也是黄酒糟坊,现在关了。开着的时节,还放西四旗的账,现在因东伙不和,把买卖就收了,我在这玉泉居算是白帮忙。"武登科说:"要开个黄酒糟坊,得用多少钱来?"伍振纲说:"要不放账,有一千两银子就好做买卖;要放四旗的账,本钱就要多了。"武登科说:"你带我到平则门瞧瞧这个地方成不成?"伍振纲说:"很好。"

说着话,会了酒钞,出了酒馆,二人顺大街到了平则门外。来到那座酒馆门首,便推门进去。这里面有看房的,见二位进去,连忙让坐,倒了两碗茶。武登科说:"伍大哥,你今年多大年岁,咱们哥俩换换帖,结为金兰之好。"伍振纲说:"我今年二十九岁,你既不嫌弃,咱两人磕头。"两个谈说些闲话,晚饭就一同吃了。伍振纲自己回铺子,武登科回家。

次日,伍振纲起身到武登科家中,给王氏引见了,哥俩就在家中神前结拜。伍振纲年长,武登科是兄弟。武登科把自己所存的黄白之物,叫伍振纲拿到金店去换,择日子将平则门外的铺子开张,起的店号是秘香居。铺子后单有一所院子作住宅,把王氏娘子接来,就在后院居住。这买卖日见兴盛,用着七八个伙计。

这一天,武登科正在柜上坐定,回思父母在日,家大业大,后来因我一时荒疏,把一份家业全都舍了,穷得一无所有。也是上天有眼,得了邪财,却不知道是何人周济我的? 总算是祖上有德,还可以护住身衣口食。这二年买卖又大得利息,打算在城里头再开一处。正在思想之际,只听外面一阵大乱,帘板一响,进来几个犯罪之人,都是项上带锁,腿上砸着铁镣,手上戴着手捧子。头一个进来的说:"好一个秘香居,今天在此吃两杯酒,也该算算账了,这个买卖是我开的。"武登科一瞧是四个犯人,有两个内大班班头和几位办差官跟随。他一听话里有话,连忙赶过去问道:"你们几位从哪里来? 尊姓大名?"伍显说:"大爷我叫恶人相逢。"伍元说:"我叫好人远离。"三爷说:"我叫开市大吉。"武登科知道是周济自己的恩人,连忙说:"此处不是讲话之所,你们几位跟我到雅座。"众人跟武登科到雅座之内落座。武登科说:"恩公尊姓大名,倒是怎么一段情节?"伍氏三雄自说了姓名,又说了那一年在京中之时,我三人知道索皇亲乃是当道权臣,在京访他。见你正自舍钱,后来变房卖屋,知道你是善良之人受了穷困。我三人平日乃绿林人物,偷不义之财,济贫穷人家,杀贪官,诛恶霸,我等偷了索皇亲一些金银,共有三千多两,一半是黄金,那日扔在你的院中。现今我三人遭了人命官司,故来到这里,把话说明。

伍振纲这时从外面进来，说："我已听了多时，既是三位兄弟，这也是前世宿缘，你我今天在此结义为友。兄长的官司不要紧，我慢慢的托人情，给兄长办理，不知三位兄长意下如何？"伍氏三雄说："也好，就是我五人结义为友。"五人是伍显、伍元、伍芳、伍振纲、武登科。按次序行礼已毕，请伍氏三雄到了里院，王氏出来给三位兄长见礼磕头。伍氏三雄每人脱下一件贴身穿的棉紧身，递与武登科说："贤弟，你把这三件衣服叫弟妹拆洗拆洗，我等官司大概是秋后处决，到临出来时，你把这衣服给我等送去。"武登科接过衣服，送到后面。

伍氏三雄吃完了饭，便与石铸等告辞出来。头一天进城，大家先奔大人宅中。刘芳、苏永福、苏永禄进去回话，把伍氏三雄拿石铸之事细说一遍。大人赏了伍氏三雄和石铸一桌酒席，叫刘芳告诉他等只管放心，本部院定然递折子保奏他等，决不能叫他们身受国法。刘芳出去，叫家人把酒席摆上，汤文龙、何瑞生同坐吃酒。刘芳把大人所说之言，对四人述了一遍。这四人俱感念大人好处。次日，汤文龙、何瑞生押解伍氏三雄和石铸交送刑部，把四人看押起来。彭大人复奏已把盗玉马之贼拿获，玉马由刑部缴呈，折内说明了拿石铸乃伍氏三雄之功。

武登科自伍氏三雄走后，便叫王氏将三件棉紧身一拆，原来里头是无数珍珠，都是出号大颗，满屋中尽是宝光。王氏以前在娘家见过这种珠子，于是忙对丈夫说道："这乃无价之宝。"赶紧拆了一件，将珠子倒在匣子之内，有几千颗之数。一连拆了三件，多少不等，俱有黄豆大小，光彩夺人眼目。王氏说："你明天先拿十颗珠子，到大栅栏门框胡同，问问这珠可是无价之宝。"

次日，武登科用匣儿装着十颗珠子，到外面来见伍振纲说："四哥，昨日三位兄长留下衣服，乃是三件珍珠汗衫，现在拆出许多珠子，我今天拿了十颗，到珠宝市前去变价，好给他三位兄长打点官司。"武登科出离酒馆，进了平则门，到前门外珠宝市头一家珍宝斋红货铺，进去一道辛苦，便把匣儿拿出来，说："我有几个珠子。"掌柜的一瞧，赶紧往柜房里让，连忙问道："尊姓大名，府上哪里住？"武登科说："我在平则门外驴市口开黄酒糟坊。"掌柜的说："这几个珠子我买不起，你在这里坐坐，我把行中街坊请来搭伙买，想你家中必然还有，这真是无价之宝。"便叫学徒的倒茶。掌柜的出去约请行中之人，不多大工夫，进来珠宝行的十几个人，大家过来给武登科见礼。

　　正在要讲价钱之际，由外面进来一人，年有半百，头戴五品顶戴，身穿绫绸，两只龙箭袖袍，足下绣底官靴，长得五官俊秀。一进来，珍宝斋掌柜的就说："延太爷来了。"连忙往里让。这位老爷乃是内务府的郎中，姓延叫荣廷，为人最好古玩，常常到珠宝市这几家铺户来往。今天一进来，掌柜的杨万兴说："延老爷这些日子老没来，今天有点货，你也开开眼睛，省得说我这铺子没有奇货的。"延荣廷进了柜，大家谦逊让坐，就把武登科的十颗珠子递过来。延荣廷一看，失声赞美说："这宗物件我是初次见到，现今太后老佛爷要攒一盏珍珠灯，必须用顶大的珠子一千颗。此时里头有二百余颗，短欠不少，叫我出来采买，我知道珍珠市面的几家没有，往各处找遍了，今天遇见这样的宝贝，真是太后洪福。"武登科一听，眼珠一转，计上心头：何不就将此珠进上，替兄赎罪。要知后事如何，且听下回分解。

第一二六回

康熙爷私访秘香居　西霸天大闹黄酒馆

话说武登科一听延荣廷之话，知当今万岁爷正要采买珍珠，便说："这十颗珠子，你们如要留下，我要白银万两。"杨掌柜说："珠子虽好，我看也不值万两之数，你还得说一个实价钱。"武登科说："我回去和家中商议商议。"便拿起珠子回家。

次日带了两匣明珠，奔彭大人住宅，求大人把珠子献给万岁爷，给伍氏三雄赎罪。彭公一见这珠子，把武登科叫进书房之内，问明他的来历。武登科直言无伪，把来历说明了。彭公立刻办好折底，上写道：

> 奏为献珠赎罪，恳恩援免，恭折仰祈圣鉴事。窃有保安州杀死奸夫淫妇一案，本因风闻传言仆人与主母通奸，以下犯上，故路见不平，一刀连伤二命。凶手伍显、伍元、伍芳自行投案，现交刑部按律治罪。前奉谕旨：派伍显等赴嵩县拿获石铸，请回玉马，虽稍有微劳，不敢仰乞圣恩将伍显等从轻减罪，今已定秋后处决。现有武登科者，自幼与伍显等三人义结金兰，情同手足，不忍坐视。因闻我朝欲采办珍珠，他有祖遗珍珠千粒，情愿献上，替伍显等赎罪。奴才想国家向有条例，谨恭折具陈，是否有当，伏乞皇上圣鉴训示。谨奏。
>
> 大学士兵部尚书奴才彭朋

彭大人次日即将折子递上。康熙老佛爷正在京西海甸畅春园避暑，一见这道折子，传旨下来："彭朋奏武登科进珠替友赎罪，着刑部从轻办理，钦此！"刑部接了这道上谕，又有彭公和武登科上下托情，伍氏三雄遂定了个递解回籍。石铸偷盗御用之物，交回并无伤损，发西安府充军起解。石铸先走了。伍氏三雄有汤文龙等领出刑部，就算完了官司。

三人来到秘香居与武登科见面，悲喜交集，说："贤弟，若非你献珠赎罪，愚兄等性命难保。"武登科说："此乃兄长物件，小弟不过代劳。你三位暂且不必回程，在此帮小弟做这买卖，照料照料。"伍氏三雄倒也愿意，顺便在京游逛几天。

　　武登科在西直门内新街口又顶过一个黄酒馆，字号改为内秘香居。武登科、伍振纲同在内秘香居照管，伍氏三雄在外秘香居照管。他们搬了一个凳子在柜前一坐，喝酒人一瞧，见大爷不像做买卖的样子，把眼睛一瞪，甚是可怕，都不敢进来。第二天换上了伍二爷，这人倒是和气，见人也知道让，再说他又是山东人。做了几天，武登科说："三位兄长，你们到城里去吧，那边清闲，这边杂乱。"伍氏三雄也甚愿意，就来内秘香居照应黄酒糟坊。

　　买卖做了没有半个月，本地面营里探访着了，知道他三人是打递解逃走的，知会地方要办案。这天来了有四五个官兵，把秘香居一围，地面的老爷说："伙计们围上！"只见由正北跑来汤文龙、何瑞生说："不是外人。"才把官兵拦了回去。他二人进了酒馆说："我听说三位兄台在此做了买卖，早要前来挂红，还有一件事嘱托你们三位，金眼雕邱大哥要来，你给我个信。"二人告辞。过了几天，胜奎同金眼雕来瞧伍氏三雄，在这里住了五六天，二人才回家去。

　　这三个人的买卖一天比一天好，外秘香居又放四旗的账，买卖也日见起色。这一天早晨起来，武登科正在柜房坐着，只见从外面进来一人，说："掌柜的，你后堂有多少座，我今天要请客。"武登科说："这后堂有来喝常酒的人，天天在此，你要说全包了，我不敢应，要一个座还成。"那一人说："我是本地面的把总苏二老爷，就订一个雅座，与新放固原总兵高通海，河南永城副将刘芳二位送行。"武登科一听，方要带他到雅座儿看看，只见后面来了一人，说："伙计，不用订座了，高、刘二位大人全不来了，明日是彭大人那里请，定于本月还要起身哪！"

　　这两人方才走后，只见外面又进来二人：头一位三十以外年岁，身穿两截罗汉衫，内衬蓝纱裤，足下篆底官靴，手摇团扇；后面跟的那位，也是文雅之人，有二十以外年岁。伍振纲同武登科一看，认得头一位是吏部主事伊里布，后跟那位是内阁中书伊拉东阿，他二人无事时常在此喝酒。武登科让到后堂，早有跑堂的过来，说："二位老爷才来呀，要什么酒？"开了几样果子。二人正自吃酒，只听外面一片声喧，门首拴马桩上，拴了一匹黑驴，鞍鞯①鲜明，从外面进来一翁，头戴草纶巾一顶，身穿蓝绸子长衫，

――――――――――

　　①　鞍鞯（jiān）——垫马鞍的东西。

足下篆底官靴，五官端方，相貌惊人，手中拿着打驴鞭子，另有一番精神。

书中交代：来的这位并非别人，正是当今万岁康熙老佛爷。只因武登科献珠子替伍显赎罪，皇上想，他一个买卖人家，焉能有这些珍珠子？今日万岁爷无事，便想到秘香居访访此人。这康熙圣上乃是马上皇帝，时常出来私访，所有事情必要身历其境，然后才降谕旨，派大臣办理。今天早膳后，在畅春园传御马圈首领把黑驴鞴①上在宫门等待，传四驿馆统管预备便服一身，在安乐宫把衣裳换了。圣上传旨：王公大臣在秘香居打围，各要改扮私行，不要露出本来面目。万岁出了宫门，早有御马圈首领李进祥，把驴拉着过来伺候，万岁上驴之后，回头一摆手，李进祥就回去了。

万岁这条驴，乃是陕西蹩百万进贡来的，此驴日行六百余里，有天生的神力。康熙老佛爷正往前走，只见后面过来一头花驴，鞍辔鲜明，上面驮定一人，年约四十以外，身穿青洋绉大褂，青缎子抓地虎靴子。此人姓张行八，住家在平则门外，外号人称花驴张八。今天是朋友相约，北霸天要在秘香居跟那阎王张八和判官李五见面。这花驴张八最讲究骑好驴，他这驴是德胜门马棚买的，算京都第一。今天瞧见万岁爷这驴走得好，皮毛又好，他在后头就嚷："前头老朋友站住，咱两跑一趟。今年德胜门外黄寺打鬼，我这驴跟快马跑了几趟，都没落下。三月三在蟠桃宫，有个马车孙四，那些快车快马，我这驴也都没落下。"万岁爷听见有人叫，回头一看，原来是一个骑驴的，长得相貌凶恶，绝不是安善良民，并不理他，仍催驴往前。张八在后头紧紧跟着，这条花驴也真快，一展眼就追上黑驴。花驴刚一闻黑驴，那黑驴本是龙种，一抬腿正踢在花驴额下。花驴一疼，前腿抬了起来，就把张八扔在南边一个水坑里。

万岁爷这驴一直奔平则门外，到秘香居门首下驴，将驴拴在马桩上，进了秘香居，一直来到后堂。这座秘香居是五间一排，五层二十五间，门首通连后堂，一边一个雅座。万岁爷进来一瞧，西边有两人喝酒，东雅座没人，就掀帘子进去。武登科一瞧此人，就知道不俗，连忙跟着进来，笑嘻嘻地问道："老爷子用什么酒菜？"万岁爷说："给我拿一瓶真陈绍酒，开四碟果子，你们这里掌柜的姓什么？"武登科说："这个小买卖是我开的，我叫武登科。"说时，伙计已把酒菜摆了上来。

---

①　鞴（bèi）——把鞍子等套在牲口上。

　　就在这时,外面三三两两进来喝酒的不少。武登科正在柜房,见进来一人,年有二十余岁,身穿紫花布裤褂,长得凶眉恶眼,足下青缎抓地虎靴子,进来就说:"掌柜的,我乃是张八爷那里派来的,叫我给你们送信。今有北霸天赵七皇上,要与东城九仓的阎王张八、判官李五,在你这秘香居见面。"武登科一闻此言,就是一愣。要知后事如何,且看下回分解。

第一二七回

秘香居金口封报应　伍振纲酒店见当今

话说武登科听那人说有赵七皇上，要在秘香居与群雄见面。那赵七皇上乃著名棍徒，他本是金枝玉叶宗室，因不安分，在家私自窝娼聚赌，犯了案，发往盛京。到了盛京，他仍然聚赌，得了银钱不少，也交了许多朋友。后来他想要回京，带了不少金银，一出盛京，就看见后面有一人，步下行走甚快。走了有两天，这天走在半路之上，天降大雨，他进了一座店，见屋中都住满了，只有北上房三间没人住。赵七皇上自己租了房，后面跟着他的那人也进了店中，见没闲房，就要往别处去住。赵七皇上出来说："朋友，你来屋中住，我一人一马，能占多大地方，你跟我进上房，哥儿们一同住。"那人也不推辞，进了上房屋中，二人对坐，要了酒菜，吃酒谈心。那人吃了两杯酒，就说："赵七哥，我闻你之名，便由盛京跟你下来，要劫你的赀财①，不想你是个朋友，我叫飞天老鼠伊士杰，今日你我二人结为生死之交。"赵七皇上说："很好！"二人撮土为香，就在店中结义为友，赵七皇上年长为兄，伊士杰为弟。次日，二人就分手了。

赵七皇上自归京之后，他因略通翰墨，结交官长，五城兵吏头目都和他有些往来。他永远是文人打扮，后面带着些打手，四九城仓局，两面的文武，混混的要人，无人不知道他。今日那张八差遣他手下的打手花尾巴狼张小三，来秘香居订座。伍振纲过来说："今日这后边先有人订了座儿啦，我们不敢应两个主儿。"花尾巴狼张小三把眼一瞪，说："不论是什么人定座儿，先让我们爷过去；如果不然，我要拆你这个门面。"伍振纲说："你回去说一声，谁早来谁坐。"张小三径自去了。

那边雅座中的伊里布出来，要笔砚说："我给你写两副酒馆中的对联。"万岁爷一看是伊里布和伊拉东阿在西边的雅座儿，也走了过去。二人一见就要叩头。万岁爷一摆手说："不必，你等写！"伊里布写了一联，

---

① 赀(zī)财——钱财。

是:"万事不如杯在手,一生都是命安排!"伊拉东阿写的是:"酒气冲空,野鸟闻香化凤;糟粕有味,游鱼得味成龙。"写完,万岁一时高兴,过接笔来也写了一联:"醉里乾坤大,壶中日月长。"横批写了四个大字:"十万家春。"写完,圣上回东雅座儿去了。

武登科一抬头,见外头进来一人,手中架着一个夜猫子,拉着一条大黄狗,身长八尺以外,足下青布快靴,紫微微的脸膛,雄眉阔目,这是御前的巴图鲁①,改换行装,奉旨前来保驾。跑堂的酒保儿拿过酒去,外面又进来一条大汉,穿花布裤褂,夹着一个酒坛子似的烟壶儿,来到后堂坐下要酒。接着又进来一位先生,头戴纬帽,身穿上截白下截浅青的一件绸大褂,足下一双旧靴子,戴着一副墨晶眼镜。他二人一文一武,到了后堂坐下,叫小二摆上酒来。

书中交代:头一位是白大将军,后跟着的是都察院巡城都老爷孙殿甲。这时又进来一位,黑脸膛,生的虎背熊腰,身穿葛布袍,足下青布快靴,怀中抱着一个黄梨花皮的大猫儿。后跟一人,穿皂青褂,手拿一个鸟笼子,里面却装着一个刺猬。武登科、伍振纲二位吩咐伙计好好照应,今天所来之人,其中可疑。众伙计答应。

说话之际,外面进来了花驴张八。他在半路上要跟万岁爷赛跑驴,被万岁爷的黑驴踢了一下,把他摔下去,滚了一身土。他追上花驴,拉住定了定神,上了驴慢慢来到平则门外,便遇见拦路虎李二愣、花太岁朱奎。他二人是南霸天宋四虎那边的朋友,先到平则门外找张八,后上秘香居等候众人。今天是东九仓上的人物字号全来,众人见面,彼此行礼。张八先把驴拴在外面,然后同李二愣、朱奎二人进了秘香居,见后堂人都占满了,就在后堂以外落座。一看后边那些人,都是形象各别,又看不出是作什么的。少时,听外面车响,到门首下车。进来了阎王张八,判官李五,这二人带着十几个跟随来的,都是土棍形象。进了秘香居,与花驴张八见面,彼此问讯,都说:"七哥来没来呀?"

正在说,只见从外面进来一人,手拿明晃晃一把钢刀,身高八尺,凶眉恶眼,脸上有好些疤拉,尽是刀伤,身穿紫花布汗衫,青洋绉中衣。来在柜外,把刀往柜上一拍,说:"延大老爷今天没钱使用,你们拿二百吊钱出

---

① 巴图鲁——满语 baturn 的译音,在这里指勇将。

来,万事皆休;如若不然,我要收买卖!"武登科见这人生的凶恶,连忙叫伍振纲出去问问他是怎么一段缘故。伍振纲来至外面,说:"朋友,你在这里找哪位要二百吊钱,未领教尊姓大名?"那人说:"我在西四牌楼砖塔胡同住,有一个西霸天气死雷延八太爷就是我。你们见了谁啦,就敢开这秘香居?我今特来摘你这匾。今天有二百吊钱叫你等开;如要没有二百吊钱,这秘香居让我开几天。"伍振纲说:"你等等,少时我给你二百吊钱就是。"先派人往内秘香居请三位兄长,然后派人到营里送信,唤兵来捆他。

　　书中交代:这西霸天气死雷延八太爷,本是镶红旗周凤山佐领下面的人,在善扑营①当二等布库。因他在外面设摆赌场宝局,那一年打死人,便被提督衙门拿获,送交刑部,发往黑龙江充军。他到了军所,住了几天,就问这里有几块局,这里的字号是姓什么?那配军所中之人告诉他说,此地有一戴二色,九块局的,看案人物第一。延禧这天到了局上,一找姓戴的,不多时从正东来了一个人,骑一匹没尾巴的牛,来到门首下牛。那人有四十以外年岁,赤红脸膛,酒糟鼻子大眼睛。一进局,延禧就过来说:"久闻你二哥大名,真乃三生有幸,我叫延八,避罪来到此处,求兄长照应。"戴二色说:"兄长来此无以为敬。"一伸手从炉子内拿出一个火球儿来,两个手指一捏。延禧接过来,坐在床上把裤子撕开,把火球放在大腿之上,烧得那肉直响,并无半点痛楚之相。戴二色一看说:"罢了!真有你的,我须捧你一场!"立刻要请饭,次日就在各局给他拿挂钱。

　　不到半月之久,他立刻在黑龙江练出字号来,后来又有两块局的案子,由此人人皆知。本地有一个生铁笼杜永,十九岁,来到局上找道儿,延禧喝令就打,连打三次并未出声,他有了气啦,非要打坏这个小儿。他又用棍打他一顿,竟把这小儿当时打死。延禧惧怕,连夜骑了一匹快马逃回京都。黑龙江行文各处拿延禧。他自来都中,更不安本分了,接连打死两条人命,都未抵命,从此更加胡作非为。

　　他今天来秘香居要讹②伍振纲,正在这里发威,只见外面进来七八个人,齐奔延禧而来。要知后事如何,且看下回分解。

---

①　善扑营——清代禁卫军之一,专为承应皇帝,演习摔跤、相扑、射箭等技艺的军营。

②　讹(é)——讹诈的意思。

第一二八回
气死雷持刀借钱　赛昆仑怒打延禧

话说延禧在那里摇头晃脑大骂，外面进来了七八个本汛的官兵，知道延禧是个逃军，前来拿他。延禧手拿钢刀，跳过来要动手，那些官兵便一哄而散。延太爷正在这里耀武扬威，外面进来伍氏三雄，同着一位老英雄，年有七十以外，家住西安门外，是内务府西楼佐领，姓方名飞，外号人称铁掌赛昆仑。他今天到内秘香居来看伍氏三雄，同在一处吃酒谈心。这时武登科遣人前来说："有一个恶棍，持刀在外秘香居讹诈，姓延名禧，自称西霸天气死雷延八太爷。"

铁掌赛昆仑方飞一听此言，气往上冲，他正想着要找延禧管教管教。因前番他收了一个徒弟，乃是琉璃厂四宝斋南纸铺的小东家，姓张名叫玉堂，年十三岁，跟着铁掌方飞练拳脚。方飞夏令天爱吃烧羊肉，打发张玉堂拿了一只大瓷盆，去买六百钱烧羊肉，买二十烧饼。刚出西安门，就遇见气死雷延禧带着七八个打手，都是小辫顶、大颧骨，不是安善良民，时常在街面上抓哥弄姐。今天一瞧张玉堂，长得是俊品人物，这几个人说："合字没路把哈溜丁角，孙盘儿尖肘着，急付流扯活。"张玉堂听这话，也不懂他们说的是什么？这几个过来说："小学生给老师买羊肉去？跟我走吧，请你喝个茶。"张玉堂说："上哪里喝去？"这几个人说："就在这茶馆。"张玉堂一瞧，这个为首的穿一身青洋绉裤褂，抓地虎靴子，长得粗眉恶眼。他们来到茶馆坐下，要了两壶茶，问张玉堂要什么东西？叫了一桌子，吃了有五六吊钱。吃完，这几人要带张玉堂回他们的下处。张玉堂说："你们几位走吧，我给师父去买东西。"这几个人说："好！你吃了我们的东西，要想走么？趁早跟我们去，万事皆休。"张玉堂说："你们这些狐群狗党，也不认识小太爷是谁？"一纵身就蹿上房去，回头说："你们几个小辈姓什么，叫什么？"延禧一道字号，张玉堂回去，烧羊肉也没买来，气得直哭。

铁掌方飞就问："你这孩子是把钱丢了，为什么哭？"玉堂把刚才在西安门外边,遇见西霸天气死雷延八太爷之事细说了一遍,把一个铁掌方飞气的颜色更变,说:"好崽子,找寻到咱们爷们头上来了,素常我就知延禧不安本分,见了我,他们就躲着,我总得找他管教管教。"张玉堂不敢哭了,说:"师父不必生气,咱们爷俩找他去。"铁掌赛昆仑说:"要有你大师兄神弹子李五李公然在,不用我出去,现在他走张家口的镖。"吃完晚饭,铁掌赛昆仑方飞带领着张玉堂,直奔西安门外,知道气死雷延八太爷在西四牌楼上局看案子,刚到西四牌楼,就听人说:"刚才把延禧给办下去了,这小子可遭了报啦,这场官司够他打的。"方飞一打听,知是局上打死了人,延禧果然遭了人命官司,就说:"何必要跟他一般见识,话该这小子,要不遭人命官司,我也要打他八成死。玉堂跟我回家吧,等延禧定了案,要是杀人,我们瞧个热闹,要是发他,等他回来再报仇。"张玉堂也没什么仇,不过说的不是人话,有心打他,又怕他人多,只恐双拳难敌四手,好汉打不过人多。方四爷说回家,就把这件事搁下了,直到如今没提。

　　今天方飞来瞧伍氏三雄,都是故旧兄弟,平日甚是亲近,正在谈话,听外秘香居的人来报延禧讹诈。方飞一听,记起前情,说:"三位贤弟跟我前往,我管教管教这孩子。"伍氏三雄跟随在后,一同来到平则门外。四爷一进酒馆,认识他的人甚多。方四爷原在平则门外叫过字号,因那一年有一辆拉石头的车子陷在烂泥里,六个驴子也拉不动,他过去一伸手抄起那个轱辘,赶车的一摇鞭,就把车拉出来了。一用力,方四爷的靴底都掉了,从此人人皆知他有异样的能为。今天一到秘香居,有认识的就起来让座。方飞说:"众位请坐,我有事。"来到延禧跟前说:"我正找你,在这儿遇见了,这是活该。"延禧一瞧,恼羞变怒,抡刀照方飞就砍,方飞一腿把刀踢飞,又一腿将延禧踢倒。方飞有紫沙掌功夫,在他身上打了两下,延禧就地乱滚。方飞立刻把地面官人叫来,把延禧捆送衙门,按逃军办他。

　　这里伍氏三雄与方飞单找了一张桌子坐下,又听外面进来一人说:"唔呀!好一座秘香居,我是一步来迟了。"外面进来一个和尚,夏天光景还头戴棉僧帽,身穿棉布袍,足下高袜子、棉僧鞋。伍氏三雄一看,正是小方朔欧阳德。他奉师父红莲和尚之命,下山募化十方,重修真武顶。今天听见秘香居有热闹,故特意赶来。伍氏三雄一让,他摇摇手,来至后面找了一张桌子坐下,要了一斤黄酒。

　　这时又见外面来了一辆车,淡黄油漆,雪青洋绉帏子,五大扇玻璃窗,十三太保围子。车上跳下一人，身高七尺以外，细腰窄背膊，身着淡青色绸长衫，内衬蓝绸套裤，足下白袜，青灰缎快靴，戴着十八子香串，手摇团扇，后面带着一群打手，都是无赖之人。进了秘香居，告诉堂倌，把后堂吃酒的都赶了出去。内中就有人说："赵七皇上来了。"康熙老佛爷在后堂一看，心里说："朕在此秘访，怎么又来个皇上？"一瞧后面跟着一群恶棍，都不是安善良民，这些人全都落座。欧阳德向雅座一看，见康熙老佛爷正坐在那里饮酒。自己心中想："今天圣驾在此，暗中必有保驾之人。"正在想着，只见跟着赵七皇上来的阎王张八，判官李五，这两个人都是东九仓后的花户，他们来到赵七跟前说："七哥，我们哥俩约你至此，非为别故，特为南霸天给你二人见见。只是还有一事，有你一个知己朋友郭文化，在你避罪关外之时，你的家中人口，都是郭文华那里供米面日用之费。等你回来之时还他。你到如今一概不还，这就是你的不好。今日我等来此，也是文化所托，叫我和兄长说话。"赵七皇上说："二位有所不知，内中还有隐情，等闲着之时，我告诉你二位其中的缘故。"那众匪棍正在谈话之际，欧阳德立刻进到房中，向康熙爷跪倒叩头，向康熙爷募化重修真武顶。要知后事如何，且看下回分解。

第一二九回
秘香居群雄见驾　飞云僧智盗手串

话说小方朔欧阳德来到雅座，给万岁爷磕头，说："老爷子在上，和尚这里磕头。"康熙老佛爷问："你是什么人？"欧阳德说："我是千佛山真武顶的广惠和尚，我善观气色，看出你老人家是位有造化之人。"圣上说："既然看出我是何等样人，你要说对了，我重重赏你。"和尚说："不要讨赏，我要说对了，求你老人家给我修庙。"圣上说："你说来，你只要说对了，我必给你修庙。"和尚说："你老人家相貌非凡，我亦不必多讲，恐外人听见，多有不便，应了一个字，'群去羊'。"万岁爷点头，便问他千佛山真武顶用多大工程。正在说话之际，又进来一个和尚，面皮微白，身穿蓝洋绉僧袍，年有三十余岁，白袜僧鞋，站在康熙老佛爷身后。圣上疑惑他是跟广惠和尚一同来的，就不理会他，猛然低头一看，见二纽上珍珠手串不见了。圣上一回头，那白面和尚已踪迹不见，急忙说："拿和尚！"外面来了果公、敖公、巴图鲁公、白大将军、神力王爷，过来就把欧阳德按住捆上。万岁说："不是他，是刚出去的那个和尚。"这才把欧阳德放开。欧阳德就同伍氏三雄、铁掌方飞追那和尚去了。

圣上吩咐将一干匪棍字号和那赵七皇上即行拿获。在赵七一旁保护的人叫伊士杰，外号人称飞天老鼠，他本是东路上的飞贼，跟赵七是拜兄弟，保护他来秘香居。今见众人要拿赵七，他拉刀就要动手，只听白大将军说："你等胆敢拒捕，现在圣驾在此，传本地官兵前来捉拿匪棍赵七。"伊士杰瞧事不好，怕越闹越大；再瞧那边有个天窗，他蹿上天窗，上面扒着一人说："无知小辈，还不给我滚下去！"上面扒着的正是报应邱成金眼雕。探知万岁私访秘香居，他来瞧着热闹，暗中保驾。康熙佛爷说："伊士杰被人打下来了。"报应邱成说："谢过万岁龙恩。"皇上抬头一看，见上面金眼雕由天窗跳了下来，趴在地下磕头。万岁爷吩咐带那黑驴，有保驾人将驴拉过来。众匪棍才知万岁爷在此私访。万岁正忙着起驾，只见欧阳德同着伍氏三雄、铁掌方飞回来了。

书中交代，刚才那白脸和尚，乃是庆阳府尹家寨巡海鬼尹路通的侄儿，采花蜂尹亮的哥哥。他在家名字叫尹明，出家拜神弹子火龙驹戴胜其为师父，出家名字叫飞云。他在庆阳府听人传言说，他兄弟采花蜂尹亮被彭大人拿获斩首，他要报仇，就带上盘费来至京师平则门外，找了客店住下，天天在街上闲游，要访明彭大人的住处，谁拿的采花峰尹亮，要将他们碎尸万段。

这天瞧见九天庙后，正西有一座华阳庵，走在门口，只见门一开，出来了一个尼姑，有二十多岁，长得十成人才，黑真真两道眉毛，水灵灵一对杏眼，面似桃花。飞云一看目瞪痴呆，那尼姑一见飞云站住不动，连忙带笑开言说：“师父里面吃茶，这有何妨？”飞云本是风流浪子出身，后来削发为僧，也是采花的淫贼，擅打十二只毒药镖，使一对蒺藜锤，久在外采花作乐，比他兄弟尹亮尤甚一层。今天见尼姑一问，他笑嘻嘻地说：“好师兄，我正想到贵刹拜访，你我真是前生之缘。”尼姑进了庙门，在前头引路，一过大殿，往东一拐，有四扇绿屏，关着两扇。进了这院中，是北房三大间，东西厢房各三间，来至北上房，迎面有八仙桌和椅子，便让飞云坐下。尼姑问道：“师兄法号怎么称？”飞云自己通名，又问：“这庙当家的几位师兄？法名怎称？”那尼姑说：“我叫惠性，这庙中就是我治家，我使唤着六个人。师兄今从哪里来？贵寓何处？我看你这样，必然有什么心事？”飞云说：“我来此地，办一件心腹之事，现在平则门外店中居住。”惠性说：“店中房屋也脏，何不搬在我这庙里来？”飞云说：“好！既是当家慈悲，我求之不得。”惠性说：“打发人跟你搬去。”飞云即带人将铺盖搬在华阳庵，与尼姑二人情投意合，夜晚便同榻而眠，从此飞云就与尼姑通奸有染。飞云问她喜爱什么东西，要去给她买来！尼姑说：“我别无所爱，就爱一挂珍珠手串，你明天到前门挑顶好的珠子，买一挂来！”

飞云点头答应。那天吃完早饭，出来见秘香居车马不少，他也来此吃酒。小方朔欧阳德正在那里相面，他一眼瞧见万岁爷的手串甚好，就假装在万岁爷身旁站着听话，冷不防伸手将珍珠手串盗去，转身出了秘香居，一直往西就跑。后面欧阳德同伍氏三雄、方飞在后追赶，来到华阳庵前，便踪迹不见。小方朔欧阳德跑进庙去，方飞也蹿进庙去各处寻找。只见第三层房东跨院的北上房，那和尚正与尼姑对坐说话，将珍珠手串交与尼姑。那尼姑接去一瞧，甚为喜悦，说：“自我有生以来，并未曾看见过这珠子,又大又起宝光。"飞云说:"我才将手串得着,今天秘香居有几个能人,恐怕他们追下来,我到外面瞧瞧。"转身出来各处一看,并无一人。自己正在发呆,只见由正房后蹿过一人,说:"唔呀!好一个混账王八羔子,你将万岁珍珠手串盗出来了。"飞云一闻此言说:"你是何人?"欧阳德通了姓名,二人就在院中动手,方飞与伍氏三雄在房上观看。走了五六个照面,飞云虽然武艺高明,怎能敌得了欧阳德,又一瞧伍氏三雄和铁掌方飞,都是威风凛凛。他自己一想,莫如走为上策,便往圈外一跳。欧阳德说:"混账王八羔子,我要让你走了,我就不是英雄。"跟随在后,即刻追出西墙,再找飞云已踪迹不见。各处树林寻了一遍,也不见飞云僧踪迹,便回到庵内将尼姑捆上,问道:"刚才那一僧人,交你什么东西?快些拿了出来,万事皆休,不然把你碎尸万段。"那惠性说:"众位老爷不必动怒。"赛昆仑方四爷过去,把绳子解开,说道:"你把珍珠手串交还,与你无干。"尼姑趴地下给众人磕头,把珍珠手串拿了出来。伍氏三雄说:"我们先把手串拿回,好叫众人放心,然后再寻找淫贼。"伍氏三雄回到秘香居,正赶上万岁爷起驾。要知秘香居之事,且看下回分解。

第一三〇回

彭钦差奉旨西巡　卫辉府捉拿贼寇

话说伍氏三雄将珍珠手串夺回，交与了大臣，奏明盗珍珠手串之贼，乃是飞云僧。圣上传旨：飞云僧案后捉拿；秘香居一干匪棍，着本汛送刑部审问回奏。圣驾骑黑驴，回归畅春园。本汛官兵立刻将众匪棍俱皆拿获，送交刑部各按律治罪。

过了一年，高通海屡次升迁，已得陕甘固原提督，来京引见。他先拜见彭大人，谢了提拔之恩，还带了许多的土物送给大人。彭大人嘱咐他在外面做官，第一要勤俭，要查拿盗贼，清净地面，整理军装，操演阵势，上不负国家重任之托，下尽自己为臣之道。高通海一一答应，过了几天，又上任走了。

转过年来，到了四月初旬光景，有陕西甘肃巡抚大人折本进京，言说西夏反王、贺兰山金斗寨的金枪大王白起戈，屡次起兵犯境，请圣上早作准备。当时交界在骆驼岭，反王时常过界抢掠。圣上一见这道折子，龙心大怒！旨意下来，派大学士彭朋查办此一事件，钦赐尚方宝剑一口，如朕亲临，文武官员准其先斩后奏，便宜行事。

彭大人谢了恩，拜了几天客，又有至近亲戚给彭大人送行。彭大人带着京营把总苏永福、苏永禄，四月初九日请训出京，先头通知各府州县，沿途预备钦差公馆。这一日到良乡县是头一站，按站住下再走。大人的四位管家，是彭兴、彭禄、彭福、彭寿。

一日，大人的大轿来到卫辉府地面，离城还有一里之遥，本地面的知府和文武各官出来迎接，止在拦轿给大人请安。说话之际，那边来了十数个男女，齐声喊冤，状告飞贼张黑虎，因奸不允，杀伤性命。大人接过呈子一看，上写：

具呈人刘秉琦，系卫辉府人，年四十六岁。

呈为匪贼越墙入室，持刀行凶，因奸不允，刀杀人命，恳恩饬差拿贼，以除凶恶而安善良事。窃小的系清白传家，贸易为业，住家在卫

辉府南门小胡同路北。小的家中只有一女,年方十七岁,已许配茶叶
行张德明为妻。尚未定婚娶日期,突于三月二十六日有贼人跳墙入
室,进小女房中持刀意欲行奸。小女喊嚷,小的听见过去,小女已被
人杀死,贼人复又持刀将小的砍倒后逃走。贼人临走留下八句诗词,
贴在墙上。此贼尚未逃窜,现住东街悦来店,叩恳大人饬差拿获,讯
究惩办,以除凶暴,而伸冤枉,实为德便。

　　　　　　　　　　　　　　　　　　　上呈。

大人接过呈子一看,内有一纸系贼人所留诗句,上写道:

　　　　自幼投师爱练武,英雄生来心性鲁;

　　　　终朝秉性好采花,来至河南卫辉府;

　　　　白昼看见美多姣,因奸不允刀下苦;

　　　　豪杰到处要留名,陆地飞行张黑虎。

大人看罢,又把别人叫上来问道:"你等所告何人? 可有呈状?"众人说:
"我等俱是口诉,所告者皆是张黑虎,共是九条人命,皆是少妇长女,因奸
不允被杀。"大人吩咐把他等带在轿后,至公馆细细审问。

　　彭公轿至卫辉府城内,十字街东路北公馆。大人下轿,文武官参见已
毕。彭公吩咐将告状人带上来。大人问:"刘秉琦,你既知张黑虎在悦来
店住,为何不在本府控告,差人传他?"刘秉琦说:"回禀大人,这张黑虎在
本地闹的甚凶,文官老爷要去传他,他对文官老爷持刀威吓,晚上还去到
衙门,把文官老爷和夫人赤身露体地捆在树上。武官老爷要去拿他,不论
有多少官兵围着,他都走的了。本地面有一个马快班头,甚是出名,姓许
叫许振英,办案拿贼可称第一。他去拿张黑虎,不但没拿成,夜内全家被
杀,一无凶手,二无对证。"大人说:"你这一说,这本地面官兵是不能拿
他,赶紧把我的办差官叫上来。"苏永福、苏永禄上来,给大人请安。大人
说:"你二人赶紧带本地的官兵,到悦来店把张黑虎拿来,不可将他放
过。"二人点头答应,说:"大人请放宽心,谅此毛贼横行,我二人到那里将
他拿来,按律治罪于他。"

　　二人转身下来,叫本地的官兵带路,走在道上,苏永禄说:"大哥,你
跟大人当差,没立什么功劳。这回大人出来,手下没有能人,就是你我,要
立下功劳,大人要保举我们升官。"苏永福说:"你我就此前往,不必多
讲。"来到店门首,小伙计正在大门边坐定,一瞧本地面带着二位办差的

老爷,手拿单刀。小伙计连忙问道:"你们几位老爷找谁? 到我们店来有什么事?"苏永禄用刀一指,说:"我二人是跟钦差彭中堂查办事件的,听说你店住有个飞贼张黑虎,在哪里住? 叫他出来跟我们打官司。当初采花蜂尹亮是我苏永禄拿的,北巡大同府,破画春园剑峰山,我还拿过活阎王焦振远。"这店里小伙计姓王行六,有个外号叫话把王六,伶牙俐齿,能言会道,说:"你们二位老爷,一直奔北上房,那三间是他一人住着,住了有二年,不给房钱,我们也不敢撵他,你们进去拿吧,他在屋里吃大烟呢。"苏永禄说:"好贼崽子,胆子真正不小,知道我们哥俩在此,还不出来受死,等待何时?"二人进了屋中,并无一人。苏永禄说:"是了,刚才我们来到店门口,你们故意高声说话,叫贼人听见跑了。再不然,你们早有人去送信,与贼人是一党通气。来人,把小伙计捆上,带到公馆,跟他要张黑虎。"小伙计吓得浑身直抖,放声大哭,说:"大老爷不可,我是实实在在没放走张黑虎。二位大爷要不信,问问本地面官人,我们把他是恨疯了,但愿把他拿住,给我们除了害,我等怎能放他?"正在说话之际,那边跑过来一个听差人,说:"了不得了! 你们二位快回去吧,张黑虎上公馆刺杀大人去了。"

　　书中交代:张黑虎正在店中吃烟、苏永福说话声音高大,他在屋中听得甚真。他本是一个夜走千家盗百户的江洋大盗,知道彭钦差手下能人甚多,要不把彭大人刺死,在此地也住不了,不如先给他下手。便由墙上摘下一把鬼头刀,跳在院中。飞身上房,一直蹿到大人的公馆。正赶着大人在上房坐定,众文武在两旁站立,等拿到张黑虎审问。众告状人在外面伺候,个个喜悦,想大人一到,定能拿住张黑虎报仇,从此可以除此一害,拨云见日。大家正在议论,只见张黑虎手拿明晃晃一把钢刀,由屋上跳在公馆院内。这些文武官吓了一跳,文官往后跌倒在地;那武官各拉单刀。大人在上面一瞧,张黑虎年有四十以外,身穿凉绸裤褂,足下白袜、蓝宁绸花鞋,手中拿着一把鬼头刀,面皮微黑,黑中透紫,粗眉大眼,二眸子滴溜溜地乱动,四方口,长得甚是雄壮,拿刀冲着大人一指,说:"彭大人,我与你素无冤仇,你是查办西夏的钦差,何必在此多管闲事?"彭大人说:"好一个盗贼,胆敢在本阁公馆持刀行凶,目无官长,来呀! 给我拿他。"这里卫辉府的参将叫何占敖,一伸手把刀拉出来,过去用刀一指,说:"胆大张黑虎,你真真不要脑袋了。"一摆刀照定张黑虎劈头就剁,张黑虎一闪身,抬脚将刀踢飞,何占敖回头就跑,被张黑虎一腿踢了个筋斗。

　　这时候苏永福、苏永禄赶到,大嚷一声:"张黑虎,你真胆大包天!"张
黑虎抬头一看,见苏永福、苏永禄威风凛凛,二人都是纬帽高提梁,翡翠翎
管,六品蓝翎顶戴,身穿蓝绸衫,腰束凉带,足下薄底靴子,前后掖着衣襟,
手中擎着单刀。苏永福是紫脸膛,年有半百,苏永禄是淡黄脸皮,二人各
摆兵刃要拿张黑虎。要知后事如何,且看下回分解。

第一三一回

苏氏兄弟各奋勇　黑虎行刺遇英雄

话说苏永福二人由外面一摆刀,直扑张黑虎而来。张黑虎飞身上房,二人紧紧跟在后面上房去追。张黑虎一看,说:"原来是两个无名小辈,我要去了。今夜三更时分,我来取你三人性命。"说罢径自去了。苏永福二人只得回来。

彭公说:"你二人把贼人拿住了吗?"苏永福过来说:"回禀大人,贼人已然逃去,大人请放宽心。"彭公说:"你当差太油滑。好生办案,我还要提拔你哪。今晚此贼要来,你二人应当如何呢?"苏永福二人说:"大人请放心,我二人今晚在此等候,将他拿获。"大人说:"既然如此,晚间你二人就在外间屋中安歇。"大人吩咐知府,将一干告状人等带下去取保,候本官拿住贼人,传他等前来对词。文武官各告辞回衙。

少时摆上酒饭,大人用了晚饭,苏永福、苏永禄在一旁侍立,大人在灯下看书。大人说:"这不是公堂,你二人不必立规矩,搬个凳儿,你二人坐下!"苏永福、苏永禄二人就在大人身旁坐下,听见外面天交初鼓。二人吃过茶,又有一个更次,忽听前房哗啦吧嗒一响,大人叫苏永福兄弟二人到外面观看。两个人出去,到院中一瞧:只见房上的瓦掉下有四五块。二人又找到西后院,从地下拾起一根三楞钢锥,拿到里边灯下一瞧,上面有血,闻了有些臭,许是打在屁眼上了。大人接过钢锥一看,上面有字,写的是"碧眼金蝉"。大人说:"这个钢锥是碧眼金蝉石铸的。"苏永福、苏永禄一听,吓得颜色改变,都知道石铸能为,这两个人还在人家的人囤住过。大人问道:"你两个人谁是对手。"苏永福、苏永禄二人齐说道:"要是碧眼金蝉石铸前来行刺,卑职实不是他的对手。"大人说:"你二人不必害怕,我想石铸前者发配西安府,那是本阁递折保奏,按王法还该重办于他。现在他在西安府,必是他知恩报德,暗中保护本阁,这是刺客被他用钢锥打跑了。"二人一听大人所说有理,这才放心。大人说:"你二人就在这外间屋搭铺,我进东里间屋中安歇,彭兴他四人在西屋安歇。"

此时天已交三鼓，苏永福二人搭上铺，躺下就睡着。至四鼓时光，苏永禄被尿胀醒了，屋中又没有夜壶，伸手一摸，把彭兴的洗脸盆摸着，撒了满满的一盆。刚要放好，瞧见外头有人用手中刀把门撬开，咯吱一下，门分左右，见一人手执钢刀，迈腿就要进来。苏永禄一急，连尿带盆照贼人就是一下，喧啷一响，那贼人成了尿蛋，飞身上房，径自逃走。苏永禄一嚷，说："快来，刺客给我打跑了！"这时苏永福醒了，大人也醒了。

众人乱了半夜，天光已亮。本处文武官齐来参见，给大人预备好了车辆，请大人起马。大人说："本阁今天不走，俟拿住贼人张黑虎，再为动身。"文武官不敢往下多讲，给大人预备早饭。吃完饭，大人把苏永福弟兄叫在面前，说："贼人在昨夜连来两次，你等竟未将他拿住。今天你二人在上房廊檐下值宿，不许睡觉。贼人必来，务要将他拿住！"苏永福二人答应："是！"大人说："白日无事，你二人去歇着，养好了精神，夜晚拿贼。"

苏永福二人吃了早饭，睡到平西之时，苏永禄起来上街，灌了一瓶酒，预备熬夜好喝，见有一个卖驴肉的，就花了八十钱买了一包，回到公馆，跟苏永福商量说："咱们哥俩在廊子底下一坐，你脸朝东，我脸朝西，贼人东边来，你拿胳膊一拐我，贼人要由西房来，我拿胳膊一拐你；贼人要从房上来，我你都瞧得见。"二人商议好了。晚饭后，大人安歇，彭兴将上房隔扇一关，苏永禄搬了凳，二人堵着上房门首，靠背一坐，静等贼人前来。

等到初鼓之后，大人在里面翻来覆去，并未睡着，躺在床上想道："当初我自三河县起首，办过左青龙，拿过武文华，都是白马李七侯一人约请侠义所办。后来两次巡抚河南，又办了无数奇巧之事。本阁查过大同府，那样的活阎王，俱有能人拿住。跟我当差的豪杰英雄，俱都高升做官，现在就是苏永福、苏永禄这二人跟我。苏永福为人忠厚老实，苏永禄精明强干。我今来到卫辉府地面，有恶贼张黑虎，搅扰地方，闾阎①不安，非将此贼拿获，本阁不能起身。"正在思想之际，天已交二更。

苏永福坐的目瞪痴呆，似乎要困。苏永禄说："兄长别睡，咱们哥俩喝酒吧。"拿过酒瓶来，自己喝了一口，复又递与兄长。苏永福喝了一口，复又递给苏永禄。他两个传酒换菜，正吃得高兴，大爷一瞧东房来了一个

---

① 闾(lǘ)阎——古代贫苦人民居住的地区。

人,扒在后房坡背后,背着一口单刀。大爷用胳膊一拐,二爷苏永禄一瞧,西房也来了一个,在西房后坡一站,背着一条虎尾三截棍,苏永禄也拿胳膊一拐。二人见东西房上来了两个刺客,吓得直抖,体似筛糠,不摇自战,不热汗流。苏永禄的眼快,一瞧东房上正是恶贼张黑虎,西房上来者是剑峰山活阎王焦振远第三子独角鬼焦礼。苏永福二人知道这二贼厉害,心想今天我二人准死。

张黑虎昨日由公馆走后,就住卫辉府西门外,那里有一个妓女,外号人称自来红,他没敢回悦来店,跑到自来红那里去了。这个妇女今年二十二岁,很得了张黑虎一些银钱,就算是张黑虎的大包家,不许她接外人。她使唤两个老妈,一个厨子,买了一个小丫头。自来红能自弹自唱,"琴腔"、"岔曲"她都会。昨日张黑虎拿着刀,气昂昂地进了自来红的院中,来到了屋里,将刀往桌上一放。自来红说:"你今天怎么来得早?"张黑虎说:"小娘子你不知道,老爷今天正在店中吃烟,有一个奉旨钦差彭大人,见了有几个呈子告我,他便派办差官到店中找我去。我拿刀找到公馆,跟他大闹了一场。我今夜回来,晚间要到公馆,将他等全行杀死。娘子摆上些酒来,你我吃酒。"老妪①把东里间床上小桌擦抹干净,少时掌上灯,摆上十数样果子,两壶绍酒。自来红亲身给张黑虎斟上一杯,自己也满了一杯,拿了弦子,弹了一个《盼情郎》,哄得张黑虎心花俱开。真是三杯花作合,酒是色媒人,张黑虎一瞧自来红喝了几杯酒,更透着好看,便安歇睡了。天交四鼓,张黑虎直奔公馆,被苏永禄一尿盆打了回来,在这里又住了一天。

今天交了三鼓,自己收拾好了,来到公馆,要报那一尿盆之仇。来到东房坡,瞧见西坡有一人等着,他心想:"昨夜使尿盆打我的就是你,我今天不杀你,誓不为人!"西边独角鬼焦礼一瞧,东房有一人,他也想道:"昨天用钢锥打我屁眼的必然是你,我今天要不报打眼之仇,誓不为人!"二人拉刀跳在院中动手。要知后事如何,且看下回分解。

_____

① 老妪(yù)——年老的女人。

第一三二回

记前仇公馆双行刺　念旧恩保护彭大人

话说张黑虎从东房跳下来，用刀一指，要报一尿盆之仇；西房上独角鬼焦礼，也跳在院中，摆三截棍要报钢锥打屁股之仇，二人就各摆兵刃，在院中一场大战。那张黑虎刀法精通，焦礼虎尾三截棍也是家传的武艺，二人越杀越勇。

彭大人此时尚未睡着，听见外面动起手来，把窗户纸撕破，往窗外一看，原来并不是苏永福二人，那使棍的是独角鬼焦礼，使刀的是张黑虎。苏永福二人堵门站着，低言悄语，正在那里说话。大人叫苏永禄过来，问他这二人在院里动手是怎么回事？苏永禄说："这是两个刺客。"大人说："既是刺客，为何不拿？"苏永禄说："这是驱虎吞狼之计，使刀的要把使棍的砍死，我们二人过去拿使刀的；要是使棍的把使刀的打死，我二人再拿使棍的。"大人说："说得倒有理，你应该把二人都拿住才是。"

大人躲开，苏永禄仍来到苏永福一旁，喝一口酒，咬一口驴筋，瞧着二人动手。忽从房上撒下一泡尿来，正流在苏永福的脖子上。苏永福抬头一瞧，见房檐上坐着一人。苏永禄拿起酒瓶，往上一抛，上边并无动作；又把这驴筋抛上去，亦被那人接去。那人在屋上哈哈大笑，说："真有我的吃，我的喝。见了我的面就把酒菜扔给我了。"苏永禄一瞧，不是别人，正是碧眼金蝉石铸，不觉吓了一跳，两个刺客，我们要拿一个还费事，这又来一个！只听石铸在屋上一声喊嚷，说："钦差大人只管放心，今有军犯石铸前来捉拿刺客。"

书中交代：石铸自盗玉马，冒犯君颜，有欺君之罪，必须死在云阳市口。后来万岁开恩，赦去死罪，发配西安府充军，这都多蒙钦差大人保奏，才能够免了死罪。石铸到了西安府，得他两个内兄，花枪太保刘得勇、花刀太保刘得猛的照应，使一个小童，到军牢所来服侍石铸，花了一些钱，上下都打点好了。石铸到了这里，银钱富裕有余，家中也有两个内兄办理好了。

　　石铸来到这地方，倒交了一班朋友，都是西安府的人物字号。头一个外号叫镇西方郑文彩，在西安府设着几块局，一见石铸就亲近，二人算是拜盟弟兄；第二个就是西安府的班头，姓金，在这衙门和那知府的手里，都是当红的差，外号人称赛叔宝金英；还有一个在本处开镖局子，走东西四路总镖头，人称神力无敌王天寿；本处武营还有一位把总姓魏，这人一身的好功夫，姓魏叫得标，因喜爱石铸英雄，也就赶着跟他交朋友。练把式的都爱跟石铸交朋友，还有一个铜头李四、铁胳膊华三，这一干人等，大家天天来请石铸吃酒。

　　在这军牢班里，凡是避罪的人，没有不感念石铸的，因他有的是银钱，时常周济这些贫苦的避罪之人。唯有三个避罪的，石铸与他等面和心不和。这三个人乃是大同府剑峰山活阎王焦振远的儿子霹雳鬼焦义、独角鬼焦礼、地理鬼焦智。这三个人时常背地商议说：“发来的这个石铸，乃是伍氏三雄伍显的小舅子，咱们同伍显有不共戴天之仇，拿咱们哥几个的就都是他。咱们虽不能找伍显报仇，要是拿住他小舅子，要了他的命，也算咱们报了仇了。”焦智说：“且慢，这石铸既盗玉马，必是有名的英雄，你我不可造次，如遇到机会，再治他不迟。”

　　这三鬼每逢到赶集的日子，就去抓集。做小买卖的人，没有不怕他们的，人人怨声载道。石铸要是在抓集的日子，见到了他的朋友，一说这个做买卖的跟我相好，就让过去了。三鬼套着跟石铸交朋友，天天也在一处吃喝。后来做小买卖的，都知道要跟石铸交好，每逢到抓集的日子，大众把石铸请了去，石铸去到集上一站，三鬼过来抓集，石铸就说：“三位兄长，让步吧，这个跟我交好。”连着一条街，三鬼什么也没抓着，到了晚上回去，这三人是一肚子的气，说：“照着这么办，咱们哥仨在这里混不了。”焦智说：“我有个主意，明天吃完早饭，约石铸逛去，出城到了无人之处，咱哥仨就说跟他比武，用车轮战法把他累乏了，一棍将他打死。”焦义、焦礼说：“好！打死他你我逃军，找一处高山招军买马，省得在这里受这腌臢①气。”三人商议已定，天晚各自安歇。

　　次日早晨起来，到石铸那屋里说：“石大爷起来了！”石铸正在喝茶，说：“你们找我有什么事？”焦智说：“我们三人约你出城去散逛散逛。”石

　　① 腌臢(ā zā)——不痛快的意思。

铸说:"好!"吃完早饭,同着三鬼出了城,走有三里多地,来在树林之内,霹雳鬼焦义说:"我久仰你的杆棒出名,今天咱们比比武。"石铸说:"很好!"拉出杆棒就要动手。石铸功夫纯正,又正在英雄少年之际,几个照面,就把二鬼焦义摔了一个筋斗。焦礼过去也是不行。三鬼一瞧赢不了石铸,焦智也就不敢动手,说:"你我喝茶去吧,这也不是仇敌恶战。"

打了这一回,石铸就对他们留心了,每逢要跟他们出去,自己诸事都很小心。这三鬼更是仇上加仇。这天是焦智出的主意,要请石铸逛山,先用酒把他灌醉,亮棍将他打死。这天来请石铸逛山喝酒,石铸就留上心了,怕的是三鬼算计他,走在道上,时刻不敢大意。到了山里头,他们自己带了酒来的,石铸说道:"你们三位是好意,你们先喝吧!"这三人拿起就喝,石铸一瞧,酒里没有情节,这才接过来喝。这三人推杯换盏,直灌石铸。石铸喝了几杯,假装酩酊大醉说:"三位别让了,我的酒已够十分。"三鬼心中暗喜,疑惑石铸中计,少时就可以报仇。只要把他结果了性命,兄弟三人从此就没有可怕之人。三人站起,连叫石铸数声,石铸一言不发。三个人伸手拉虎尾三截棍,一瞧石铸还躺着不动。焦义说:"你们哥俩走开,我一棍把他打死。"焦礼说:"哥哥交给我吧。"刚一拉棍,只见石铸蹿将起来说:"好贼崽子,胆敢算计石大爷!"伸手一拉杆棒,就把独角鬼摔倒在地。霹雳鬼、地理鬼各拉三截棍上来,石铸与他三人走了十几个照面,三鬼叫石铸摔的晕头转向。三鬼拉着三截棍,往南就跑。石铸追出山口,正遇见郑文彩、金英、铜头李四、铁胳膊华三,他们听说石铸被三鬼约去山里吃酒,怕是三鬼暗害石铸,便约了好些人,各拿刀枪,赶奔下来。只见三鬼慌慌张张,拉棍跑出山口,石铸拉着杆棒随后追来,一见众人说:"你们哥几个回去吧,我已然把三个鼠辈打败。"

众人约请石铸在酒楼吃酒,直等到天黑,他自己回到屋中,喝了两碗茶,觉着肚腹疼痛,想要出恭,就来到了三鬼住的房后院,蹲着出恭。只听得屋内焦义说:"听说咱们的仇人彭朋,奉旨查办西夏,已到了河南地面,咱们这杀父冤仇不能不报。"焦礼说:"我打算明天动身,也不住店,只带上干粮、水葫芦、一张狗皮,晚间就在山内睡着隐身。"石铸一听屋中所说的话,出完了恭,来到自己屋中,告诉小童好好看着家,他也收拾起一份行路的物件。次日天光已亮,就在后面暗暗跟着独角鬼。

这一天到了卫辉府,天色未晚,一打听,知道了钦差公馆就在十字街路北。焦礼在公馆外头探了路道,等到夜晚,飞身进了公馆,石铸也暗地跟随在后。焦礼在前房檐一扒,听屋中说话,石铸就打他一紧背低头锥,正打在焦礼屁股上。他往下一滚,连瓦掉下两块来,跑在西院先把钢锥拔出扔了,蹿房越脊逃出西门。离城四里就是山,进了山洞,把狗皮铺下,躺在那里养伤。石铸在北边也找了一个山洞,盘膝一坐,白天也未出山。等到晚上,焦礼头里走,石铸后面跟随,又到了公馆。焦礼因与张黑虎动手,石铸跳下房来就要拿贼。要知后事如何,且看下回分解。

第一三三回
追刺客复回西安府　调石铸赦罪保钦差

话说石铸来至公馆，见张黑虎正与焦礼动手，他从屋上跳下来，说："钦差大人放心，军犯石铸在此保护大人。"说着拿酒瓶子照定张黑虎一抛，正打在他面门之上；又把菜照定独角鬼的面门打去，大骂道："我拿你这两个刺客。"说时拉出杆棒，跳在院中，先照定张黑虎一紧背低头锥，正打在张黑虎大腿之上；再抖杆棒直奔独角鬼焦礼。他乃是石铸手下的败将，一照面就被石铸扔倒。张黑虎抢刀过来就剁，被石铸杆棒缠头，便翻身栽倒。张黑虎急忙爬起，把刀一顺，问说："你这厮使的叫什么兵刃？"石铸说："你不认得，我这兵刃叫摔蛋。"张黑虎说："你不要骂人。"说着飞身上房，蹿出公馆逃去。焦礼也蹿上西房，一回头说："石铸，我跟你远日无冤，近日无仇，何必苦苦追赶我？"石铸说："你要安分，我也不拿你，大人不忍把你们剪草除根，才留你这条狗命，你竟恶心不改，又来行刺。"焦礼并不答言，蹿出墙门。石铸赶出西门，来到西口之内，焦礼把东西拾起来，连夜往回走，石铸暗暗跟随，及至到了西安府，这才放心。

独角鬼回来，对他二哥和四弟将公馆之事说了一遍，二鬼咬牙忿恨。焦义说："我有个主意，须如此这般。"焦礼说："也只可如此，你我一个对一个，又不是他的对手，二哥的主意很好。"大家安歇。

次日焦义带着二鬼来找石铸，说："石大爷，我们来见见你，咱们前头勾了，后头抹了，我们从今后改恶向善，追悔前非。石大爷和咱们照旧的交朋友，你也别记仇，搬弄是非。我们一时懵懂①，听信小人之言，才与你为仇。"石铸说："得了，你们三人也不必往下多说了，我石铸也不记恨人。"三鬼从此又跟石铸时常谈话。

这一日军牢营忽然点名，说文书下来要调石铸。跟石铸相好的朋友，大家都害怕，因他是个避罪的军犯，既有文书下来，必没好事。石铸并不

---

① 懵（měng）懂——糊涂，不明事理。

在意,焦家三鬼却甚为喜悦,心想石铸这回准死。石铸来到知府衙门,知府把他叫到堂上,说:"有奉旨钦差彭大人,现查办西夏,来文书调你保护大人当差,本府赏你五十两银子作盘费。"石铸磕头下来,到了军牢营,大众都给石铸道喜。这些朋友凑公仪给他送行,又把伺候的小童打发回家乡去。石铸起身出了军牢营,他的这些朋友,都备酒前来送行,送了有一里多路。石铸每桌上喝三杯,总有一百余桌。石铸酒量虽大,也觉得喝的甚多。

出了西安府一里多路,焦家三鬼也备了酒菜等着石铸。一见石铸到来,三人带笑开言说:"英雄不记仇,知道你高升了,我三个给你预备点酒,一来给你送行,二来还有相求之事。你跟了彭大人当差,将来必要做官,我三人在此地受困,只求你在大人台前说几句好话,给我们讲个人情,我三人情愿给大人牵马坠镫。"石铸说:"甚好!三位不必托付,我但得一步地,何故不为别人,只要你们三人把心搁正了,没有不提拔的。"说着话,端起酒来就要喝。又想,我跟三鬼屡次作仇,我这要走,酒里恐他搁点东西,想罢,说:"你等先喝,主不吃,客不饮。"焦义说:"我这两天忌着酒,今天是为石铸大爷预备的。"石铸说:"那么你们哥俩都不喝呀!"独角鬼瞧着地理鬼一使眼神,三个人站起身就走。石铸把酒往地下一泼,一片火光,知道酒里放有毒药,见三鬼已跑,也不再追赶,认上大路,就奔卫辉府而来。

这且不表。单说大人自那夜见石铸把刺客追跑,就知道苏永福二人武艺平常,立即办三角文书去调三个人来。头一个调西安府石铸,第二个调天津卫守备武杰,第三个调狼山千总纪逢春。文书发走,大人在这里歇了三天,才叫本地面准备车辆,起身往下行走。

到了嵩阴县地方,忽听有人喊冤,即吩咐轿子站住,把喊冤之人带过来。原来是两个人手拉手地前来告状。头一个身穿月白裤褂,白袜青鞋,年有五十余岁,过来说:"给大人磕头,小的姓李叫李泰来,住家在李家集。我有一个女儿叫玉娘,给何天赐的儿子何芳为妻。小的上他家接我女儿,他却无故把他的儿子藏了起来,把我的女儿卖了。"大人又把那另一个告状的叫过来,此人半百以外,身穿蓝布裤褂,五官慈善,跪倒在地说:"大人在上,小的叫何天赐,住在何家庄,我儿何芳,娶李泰来的女儿为妻。前两天我儿媳说:'她娘亲的生日到来,小两口就骑上一匹驴到娘家去。他把他女儿藏起来,把我儿子害了,反来跟我要人。'"彭公说:"你两个是儿女亲家,其中必有缘故,你二人先暂且下去,三日后听传。"把何天赐、李泰来交本地面带下去取保。

大轿来至嵩阴县公馆,大人下轿,来至上房。本县知县姚广寿过来行礼。大人吩咐:"贵县回衙理事,明早预备车辆,本阁起马。"知县告辞回衙。大人用了晚饭,在灯下看书,细想何天赐这案,其中必有情节。大人看完书便安歇了。

次日早晨起来,正在喝茶,只听得外面有人喊冤!大人叫苏永禄去把喊冤人带进来,不准威吓他。苏永禄出去一瞧,是两个年青的人,手拉手地来喊冤屈。苏永禄说:"你二人不要嚷,跟我进来!"门口听差人正要拿鞭子打他,苏永禄说:"钦差大人吩咐,喊冤之人不准你们打他。"即把二人带了进来。大人瞧这二人,面带狡猾。头一个跪倒说:"大人在上,小的是伏牛山的地方,姓怀排行第三,名怀条子。只因伏牛山跟青龙山交界之处有两个死尸,脑袋在青龙山地面,身子在伏牛山地面,这该归青龙山地方去办,不与我相干。"又把那人叫上来一问,他说:"小的叫文四,是青龙山的地方,有两个死尸,脚在伏牛山地面,头在青龙山地面,这归伏牛山办,不与我相干。我二人知道钦差大人明镜高悬,来求大人公断!"大人说:"你两个囚徒,这些小事也来搅我,应当重办于你!既是地方,在搭界上出了人命,还不去报知县,轰了下去!"两个地方刚要走,大人说:"把他二人叫回来。"两个地方又回来跪下。大人说:"青龙山、伏牛山这两个死尸,都是什么样?"文四说:"一个是二十多岁男子,长得白净面皮,身上有三处刀伤;一个是五十多岁老道,身上有一处刀伤。"大人一听,这事又有了差异,何天赐、李泰来所告丢了儿子儿媳,是男女两个。这伏牛山是两个男尸,其中料必还有别的隐情。即派本地知县姚广寿,带着苏永禄和刑房仵作前去验尸,说:"本阁今天不走,等验明白回来禀我知道!"

苏永禄二人下去,跟随知县到伏牛山、青龙山验完尸回来,回话说:"老道一处刀伤,致命身死,那少年是三处刀伤,他便是何天赐的儿子何芳。"立时把何天赐传去认明。知县派本处地方看守,如有人认尸,准其领尸。大人吩咐知县派人捉拿凶手;又叫苏永福二人改扮出去私访。

苏永福二人刚出公馆,见对面来了三骑马。苏永禄止住脚步,用手一指说:"要办青龙山、伏牛山两条命案,就在此人身上。"要知后事如何,且看下回分解。

第一三四回

嵩阴县二老鸣冤　青龙山地方告状

话说苏家兄弟二人，奉大人之谕出外私访，见对面来了三骑马，是天津卫守备武国兴、哼将军李环、哈将军李珮。只因前番武国兴升了天津卫守备，银头皓首胜奎不放心，说他年轻，临接家眷之时，胜玉环刚从元豹山回来，叫李环、李珮保护前去。武国兴知道他二人老成经事，到天津接了任，所有事情都是商量办理。今见大人调他的文书，先把家眷打发人送到黄羊山胜家寨，他三个人便直奔西大道，追赶钦差而来。

这天来到嵩阴县，天有已正。正好在大人公馆门外，见到苏永福、苏永禄二人，连忙下马，过来给苏大爷、苏二爷行礼。苏永福连忙答礼相还，二人带着武国兴来到里面参见。彭大人说："武杰，你这几年的名声很好，只因本阁奉旨查办西夏，我想你们来跟我当差很好，这次我必要保你们升官。"武杰说："多谢大人栽培。"彭大人说："我昨天到嵩阴县，有何天赐、李泰来前来喊冤，说丢了儿子媳妇两个，今天伏牛山有了何芳的死尸，却不见李氏下落，又有一个老道被杀，这乃是一件无头案，你等下去改扮行装，出去访拿凶手。"武国兴答应下来，换上便衣，带着李环、李珮出了公馆。

苏永福二人也随即出来，到了嵩阴县北门外，见路东有一座酒馆，苏二爷跟苏大爷说："要访查此事，总是要在茶馆酒店，听些个闲话，喝酒是个由子。"二人掀帘进去，到了后堂，找张桌子坐下，堂倌过来，大爷要了两壶酒，两样菜。刚要喝时，有一人嚷着进来，说："你们酒馆有人吗，看着点马，丢了你们要赔！"苏永福一瞧这人，头戴新纬帽，高提梁翡翠翎管，六品顶戴，身穿灰色葛布袍，足下青缎靴子，腰系凉带，袍松带紧，面皮微黑，短眉毛，圆眼睛，蒜头鼻子雷公嘴，正是狼山千总纪逢春。苏永禄连忙说："纪老爷这里吃酒。"纪逢春说："苏大哥、苏二哥，你哥俩好呀？"苏永禄说："来吧，你这三年，狼山千总做足了吧。"纪逢春说："不好，瞎混了三年，很不得意。"吃完饭，纪逢春给了饭钱，出酒馆解开了拴着的那匹黄马。三个人回归公馆，面见大人，回说在外面访拿，还没有查出什么结果。

不多时，武国兴也回来了，众人在大人台前回话。外面听差人又来回禀说："有西安府来的军犯石铸，在公馆门外下车，前来给大人请安。"彭公吩咐把他叫进来。听差之人把石铸叫进来，至大人台前行礼，说："大人在上，军犯叩头。"彭公说："石铸，你有一身本领，为何埋没？本阁知道你是个义士，我今奉旨查办西夏，前往贺兰山，调你来随我办差，如有功便保你升官。"石铸说："大人恩施格外，军犯敢不效死。"彭公说："你吃完了饭，到外面去查访青龙山的命案，有一道人被杀，不知是哪里的人，又无苦主。何天赐、李泰来二人喊告，何芳同妻子李氏回娘家不见了，现时青龙山有何芳的死尸，却不见李氏下落，你到外面访查访查。"石铸说："回禀大人，我由西安府来，先到了家里，就听说村外出了无头案，待军犯细细打听，回来禀知大人。"

石铸吃完饭，出了公馆，到那里一瞧死尸，原来老道不是外人，却是石铸的朋友，三清观的刘道元。石铸一瞧就明白了，来到三杰村家中，石大奶奶说："你怎么又回来了？"石铸说："我已见过大人，因为伏牛山、青龙山这案子，大人叫我出来私访，哪知就是我的朋友叫人给杀了。"刘氏说："你在西安这二年，交了些朋友，有跟你有仇的没有？"石铸说："很有几个知己朋友，跟我有仇的是焦家三鬼。"正说到这里，听外头咕咚一响，石铸出来一瞧，见没有什么动作，又到了屋中，说："我跟大人当差，就有高升日子了，你在家好好度日。"刘氏娘子说："也不用你嘱咐。"石铸出来一瞧，天已到掌灯时候，这里离嵩阴县还有二十里地，想着办案要紧，连忙回到公馆，叫武国兴、纪逢春跟着他，直奔伏牛山三清观前去办案。

这三人各带兵刃，出了公馆，石铸在前头领路，来到伏牛山三清观外头。石铸说："你二人在此站站，我先进去瞧探。"武国兴说："你我分两边进去。"三个人各蹿上房去一看，见东厢房老道住的屋子，内有灯光人影。石铸一翻身，使珍珠倒卷帘下去，在窗外将窗棂纸舔破，向里观看，见屋中是顺前檐的炕，炕上有一张八仙桌，摆着几样菜，当中向东坐着的是张黑虎。北边坐着一人，面皮白净，年有四十以外，头带九梁道巾，身穿蓝绸短道袍，足下白袜云鞋；另一个老道也是短道袍，白净皮面，正同张黑虎在喝酒，石铸一看并不认识。这个时候，武国兴也来往屋中一瞧，便拉石铸到那边没人之处，说："石铸兄，当中坐的那个吾不认识，那两个老道，乃是当初桑氏九花娘的两个哥哥，叫桑仲、桑义。"石铸一听说："原来是这两个老道，也是逃走漏网之贼。当中就是那到公馆行刺的张黑虎，身背九条命案。"石铸说罢，叫武杰、纪逢春摆兵刃一旁等候。里面三个贼人正在说话。石铸来到门首，一声喊嚷，说："桑仲、桑义、张黑虎。你三个贼人还不出来受死。"

原来张黑虎从卫辉府逃出，来到此处，遇见桑仲、桑义，便问："你二人在哪里住着？"桑仲说："我们哥俩自遭官司之后，闹得家破人亡。三清观有个老道友刘道元，我二人就在他这里存身，夜里出去做点买卖，遇有过往的孤行客便把他劫住，得点财帛，在这庙里吃喝，你要没地方去，就在这里一同住吧。"张黑虎说："甚好！"同着二桑来到三清观，终日同吃同喝。刘道元是个老实人，也不问他们做什么，只见他们时常夜里出去，背回一个包袱来。这天刘道元说："你们三位是绿林的英雄，我这里住不成，请搬家吧，要叫官人知道，连我也一齐抓走。"桑仲说："不要紧，你不用管我，这与你无干。"刘道元说："我不能不管，庙是我的。"

桑仲兄弟也不理会他，这天同着张黑虎下山，瞧见一个妇人，骑着驴，有二十多岁，头上黑真真的头发，白白的脸，蛾眉皓齿，杏眼桃腮，虽然是乡间妇女，长得十分美貌。张黑虎一见，恶念顿起，他过去一伸手便把驴嚼环揪住。后面跟着一男子，正是何天赐之子何芳，同妻李氏回娘家，一见张黑虎揪驴，何芳就问："这是哪来的野男子？敢这样无礼。"张黑虎把眼一瞪，说："你老子瞪眼就要杀人，我看这妇人有几分姿色，我要把她带走。"何芳一听此言，火往上冲，赶过去要打张黑虎，却被张黑虎抢刀砍死道旁，把这妇人吓得痴了。桑仲、桑义过来，三个人赶驴来到三清观，张黑虎把这妇人攙下来，将驴打了两刀背，这驴就跑下山去了。三个人拉着这妇女进了庙内，在屋中将妇女倒捆二臂，这妇人连哭带骂。刘道元说："这可不像话，趁早将妇女放下，万事皆休，如若不然，我到嵩阴县把你们告下来。"桑仲、桑义一想这事不好，要留着他，只怕他坏事，举手一刀就把老道砍死。他二人将死尸搭在大道上，又回来把血迹收拾干净，一听那妇人还在哭骂。桑仲说："这可不成，我有个主意，把她捆了搁在南屋里饿着她，她依从咱们这回事，再把她放开，给她饭吃。"

今天这三人正在屋中喝酒，桑仲说："你我三个人在此住不长了，现在咱们做的这两条命案,有人在钦差那里喊了冤,彭大人正住在嵩阴县,定派人出来访拿咱们。"正说到这里,外头官兵已把庙围住,只听得院中一声喊,说:"桑仲、桑义、张黑虎还不出来受死。"三个人把灯一吹,各拉兵刃。要知后事如何,且看下回分解。

第一三五回

见死尸石铸泄机　闻凶信连夜追贼

话说石铸在院中一嚷,三个贼人把灯吹灭,先摔出一个机凳,然后是张黑虎跟着出来。武国兴劈头就是一下,喊道:"唔呀!混账王八羔子,你难走哉!"纪逢春一摆短把轧油锤,往上杀来,桑仲兄弟也蹿出去动手。武国兴敌住桑仲,纪逢春战住桑义,石铸抖杆棒一摔,张黑虎就蹿上房去,想要逃走。石铸一声喊嚷,说:"贼崽子,石大太爷今天不能放你逃走。"又回头说:"武老爷!你们二位拿这贼,我追他去!"

跳出庙外,见张黑虎在前,石铸就说:"张黑虎,你不是英雄,快站住你我分个上下,要跑便把你英名丧尽了。"张黑虎说:"石铸,你欺我太甚,你打算我真的怕你不成!"止住脚步,把刀一摆,就向石铸拼命。石铸一拉杆棒,想把张黑虎擒住,算得头功。石铸赶过去一抖杆棒,便把张黑虎捺了一个筋斗,张黑虎爬了起来,慌不择路,往前就跑。石铸哈哈大笑说:"鼠辈,你快站住,我把你捆上,跟我去打这场官司,万事皆休,你今天休想逃走。"张黑虎知道前边有一道河,回头说:"石铸,你是英雄,咱二人去前面河内分个上下,不去者是鼠辈也!"碧眼金蝉石铸说:"贼人你必会水,要在你得力的地方与我动手,石大太爷是不怕的,由你去吧。"说着来在河岸,只见贼人一滚身就跳下水去。石铸是水旱两路的英雄,在水内能使截爪镰,可惜不能带来,他也未带来水衣水靠,便拉单刀跳在水中。只见张黑虎正在水内,翻眼向这边瞧。石铸一语不发,摆刀分心就扎。张黑虎一闪身,二人在水里走了七八个照面,不分高低。张黑虎甚是着急,又两三个照面,已被石铸一刀扎在腰上。张黑虎觉着一痛,一张嘴咕噜噜灌了四五口水,手忙脚乱,刀也扔了,只得被石铸拿住,又灌了两口水,才提到岸上去捆好了,扛回三清观来。

这时纪逢春正在庙门首嚷说;"小蝎子,你往哪里去了?"石铸说:"纪逢春,你可曾把贼人拿住了?武老爷往哪里去了?"纪逢春本是个傻小子,又不会说话,听石铸问他,说:"我和武杰正与两个贼人动手,他两人一上墙,我二人追上房去,他二人跳出庙去,我二人分头一找,连贼带武国兴都踪迹不见了。"正说着,武杰由外边进来,说:"吾追下两个贼人,至北边树林之内,见两个贼人绕树林逃去,我故此回来了,你石大爷可曾将张黑虎拿住?"石铸说:"已经拿住,咱们三人回公馆面见大人吧。"

纪逢春扛起张黑虎,三人就回嵩阴县,来到公馆门首,先把张黑虎交与听差之人,天已大亮。石铸同武杰、纪逢春进了公馆,见大人刚才起来,正在吃茶。石铸把拿张黑虎之事,回禀了一遍,大人点头说:"石铸,我有句话对你说,你别着急,夜内四更时分,有你家里人来送信,说你媳妇叫焦家三鬼带人背走了,我已派苏永福兄弟前去追赶,你们的邻居贾氏兄弟也追下去了。"石铸一听此言,咕咚一声栽倒在地。大人命人将他扶起,过了好半天,才醒过来,说:"好三鬼!我决不能跟你善罢甘休!"站起来就走。大人叫武国兴、纪逢春去帮着石铸拿贼。

他等走后,大人传嵩阴县三班升堂,审问张黑虎。先问卫辉府刘秉琦之女因奸不允,杀伤人命,临走又留下字句之事,张黑虎都一一招认。大人吩咐交嵩阴县钉上刑具,把他入狱,这才将何天赐、李泰来传到当堂。大人说:"你女儿现在三清观空房锁着,何芳已被张黑虎所杀,老道也是他杀的。现已将张黑虎拿住,当堂具结完案。李泰来把你女儿领回,何天赐领你儿子的尸首,各具结完案。三清观道士刘道元,掩埋庙外,着本地绅董另外安置道人。"彭大人把事办完,吃过早饭,天有巳正,忽听外面一片声喧,苏永福兄弟二人来了。大人一见,细细询问说:"你等到三杰村,可曾将石铸之妻救回,贼人是否已经拿住?"

书中交代:石铸自西安府大人调他走后,三鬼气愤不平,回到军牢,焦义说:"你我这场官司是被屈含冤,父子六个叫彭朋斩了三人,你我又在此受罪,几时才能出头?"焦智说:"咱们先得有个投奔之处才成。逃军一走,不能回大同府,此时有赃官彭朋手下余党张耀宗做大同府总镇,他丈人铁幡杆蔡庆,金头蜈蚣窦氏,想必跟着他。"独角鬼说:"咱们不回大同府,你说上哪里去?咱们站起来就走,也没有人能拦住。"焦智说:"咱们收拾好了,明天起身,奔河南二山营,那里有二位大王叫幌杆神大汉班山、铁头狮子班海,他们有个妹妹叫班立蛾,原先想给咱们五老爷,五老爷还不要她。他如今招军买马,聚草屯粮,是绿林合字都去投奔他,他待人不错。"三鬼商议好了,次日夜内就由军牢营逃走。看差人等知道,连夜禀知文武官,说三鬼逃军,立派官兵四面追寻,也未赶上。

三鬼来到二山营,见这个地势是两座山夹着一处寨,外面有一道河,非坐船不能过去。三鬼来到山口一瞧,这水由东山口至西山口有三里,由南至北也够五里,四外山涧流下来的水,都归这河里,虽然是死水,倒也很深。焦智一捏嘴,打一声呼哨,只见东边柳阴深处,顺着河沿过来一只小船,船上的两个水手来到岸边说:"三位太爷要进山么? 找哪一位?"三鬼说:"我们来找这山的寨主幌杆神大汉班山,我们兄弟三个,乃是大同府剑峰山姓焦的。"水手一听说:"原来是剑峰山活阎王焦振远的少爷焦家五鬼。"焦义说:"不错,正是我等。"水手说:"你暂且等等,我进去回一声。"焦义三人便在此等候。小船到了对岸,这北岸上有五间听差房,十个人该班,有事即往里回禀。船上水手说明焦家三鬼投奔之事,有人就跑进二山营大寨。

此时班山、班海还在大厅会客,此人乃是飞云僧尹明,他由秘香居盗珍珠手串,被欧阳德追到华阳庵,又逃到二山营来住着。今天正在喝酒,有人来报说:"剑峰山霹雳鬼焦义,带他两兄弟前来拜访二位大王。"大汉班山一听,说:"既然焦家兄弟前来,都是你我的好朋友,你我须去迎接进来。"吩咐喽兵齐队,大开寨门,用船渡过三鬼。班山等迎出寨门,众人见面,彼此行礼,各叙寒温,让至分赃厅大家坐下,重新摆酒。

众人正在吃酒,只见班山之妻柳氏、班海之妻杨氏,同着班立娥三个人上了分赃厅,三鬼又过来彼此见礼,落座吃酒。班山问道:"焦二哥,听说你们遭了一场冤屈官司,把你们发往西安府,你们是怎么完的?"焦义把逃军之事说了一遍,现因无处投奔,就来到贤弟这里暂且存身。班山说:"你们在西安府就没几个交友,为什么逃军?"焦义一闻此言,眉头一皱,说:"贤弟有所不知,我们弟兄遇了仇人,就是那盗玉马充军的碧眼金蝉石铸,他欺负我兄弟甚苦,我等又不是他的对手,故想借着贤弟的鼎力,帮我等到三杰村把石铸满门杀死。"班立娥听了就说:"急不如快,今天就走,我也帮着焦二哥去。"商量好了,班山、班立娥同三鬼五个人来至三杰村,天刚掌灯,找着石铸的门,便蹿墙进去,要杀石铸的满门家眷。要知后事如何,且看下回分解。

第一三六回
三鬼定计害石铸　班山率众敌英雄

话说班山等来至三杰村，问明石铸的住居下落。众人进至院中，焦智在房上偷听屋中说话，那石铸正说到和焦家三鬼有仇，便由房上跳下，蹿出院子，连那几人也跟他跑出去了。焦智说："白来了，他要在家，你我不是他的对手。"正说着，只见石铸由街门出来，径往嵩阴县去了。

他几个人等石铸走远了，才进到院中，班立娥提刀进房，把使唤的婆子、丫环吓得躲在桌子底下，她用刀一指刘氏、说："你这妇人不准喊！"过去将刘氏倒捆二臂，用手绢把嘴堵上，背起来带着大众出了宅院。他们刚出院子，老妈子、丫头就喊说："了不得！有喊把大奶奶背走了。"隔壁院中就是贾国梁，贾国栋哥俩，听见后连忙拿起兵刃，带上家人，点起灯笼火把，追出三杰村一看，却不知贼人往哪里跑了？有人说是往西偏北跑了的。

贾国栋派腿快的到嵩阴县给石铸送信。他这里聚齐村人追赶下去，有二里之遥，见贼人正在歇息。贾国栋一声大叫："好大胆的贼人，竟敢抢掠民间妇女，你往哪里走？"那地理鬼说："你们几位背着石铸的媳妇先走，我挡住后面来追的人。"班山说："等我来迎他。"贾国梁一抖花枪，分心就刺，班山用刀将花枪架住，跟着进身抢刀就剁。地理鬼也摆虎尾三截棍，劈面照贾国栋打来，贾国栋摆刀相迎。几个照面，被地理鬼一扫堂棍将贾国栋摔倒。幸亏众家人各往上拥，才把贾国栋救起来，背着送回家去。贾国梁一瞧兄弟受伤，自己心慌，也被班山一刀背正打在脊背之上，便往回奔走。

众人保护地理鬼，也不再追，往前要赶上班立蛾。这时有人一声喊，说："好贼人慢走！你家苏大老爷同苏二老爷来也。"这二人因有人到公馆送信，大人派他俩追贼，追到此处，知道贾国梁兄弟二人受伤，这才喊嚷起来。地理鬼对班山说："这两个都是饭桶，无能之辈。"苏永福拉刀直奔班山，苏永禄是不得已而为之，也直奔地理鬼。这二人怎敢得了地理鬼与班山，走了有五六个照面，大爷就喘上了。苏永禄早就跳在圈外，用手中刀一指说："焦智你打听打听，苏二老爷乃当世英雄，拿你们这贼崽子，真算不了什么，二太爷今天要拿住你们，到公馆去报功。"地理鬼说："你不用练贫嘴，你过来！"苏永禄说："虽不能拿你，我有一计，你走到哪儿，我跟到哪儿，只要我知道你的住处，就在本地面调官兵拿你。"焦智一听，这个主意真好！他与班山往西追上班立娥，一瞧苏永禄二人又跟下来了。此时天光已亮，只气得独角鬼焦礼直跺脚，说："四弟，我挡住后头，不叫他们知道往哪里去，你看两个小辈又追下来了，待我前去动手，你走开，我来把他拿住。"一摆三截棍，跳过来说："苏永福、苏永禄，你这两个无知鼠辈，快过来跟你三太爷比个高低！"

苏永禄知道不是独角鬼的对手，正在踌躇，见石铸拉着杆棒赶奔前来。苏永禄大声喊嚷说："石太爷快来，贼在这里。"焦礼一瞧，吓得魂飞天外，拉着虎尾三截棍说："石铸，你女人已然叫我们背走，如今你还有什么脸活着？"石铸并不答言，抖杆棒照焦礼就缠，焦礼也用三截棍照头打来。石铸往旁边一闪，杆棒一变招，就把独角鬼摔了个大筋斗，爬起来拉着三截棍就跑，石铸上前就追。石铸有日行千里的脚程，这三鬼只是日行七八百。石铸追有一里多地，见那伙贼人已在眼前，内中有一个姑娘，好像背着一个人。石铸一声喊嚷，说："你这一伙贼人，还不把人留下来！"班山说："这一个就是石铸，你们前头走，我断后路。"焦礼说："可要留神，他很厉害。"班山赶过来，照定石铸就是一刀，石铸一闪身，跟进一步，一杆棒把班山摔个大筋斗。班山爬起来就跑，有半里地远，见焦义等在那里说："我来挡后路，这叫车轮战法，把他累乏了，咱们拿活的。"石铸一瞧是焦义，心中明白他们使车轮战法，赶过去照着就打。焦义且战且走，石铸已累得浑身是汗。离三杰村已有三十余里了，贼人仍然倒换着抵挡石铸。石铸因有两三天没得歇息，这事很使人生气，又着急，只觉得眼前一发黑，哇的吐了一口血就栽倒在地。班山、焦礼止跑着，见石铸吐血栽倒，闭气身亡。班山说："三弟你在这里站站，我过去拿刀把他杀了。"独角鬼说："且慢，石铸这厮诡计多端，他必是追不上咱们，打算把咱们诓回去，要是被他围住，你我就得被擒。"班山说："既是这样，咱二人走吧。"二贼提刀往前走了。

石铸连急带喘，气死过去。苏永福二人赶到，把石铸扶起，慢慢叫唤过来。苏永福说："咱们两个把石大爷送至三仙庄,再作道理。"说着,纪逢春、武国兴二人也赶到了。苏永福说："你二人往下追贼,我二人送石大爷回三仙庄。"纪逢春答应。

苏永禄背起石铸回至三仙庄,此时伍氏三雄已由京中回来。他们在京内养息了一年,精神甚是充足。苏氏兄弟二人把石铸送至书房,把上项之事述说一番。伍氏三雄一听,说："不陪二位,我三人先追贼人要紧!"说罢,三人拉棒追贼去了。

书中交代,班立娥原打算将那妇人背回,给他二哥为妻,故没叫别人来换,自己也累了,说："众位哥哥,你我找一个饭店吃饭,歇歇再走,也不要紧。"班山说："前面就是仇桑店,你我到那里找一座大店,吃了早饭再回山,也不为晚。"众人直奔仇桑店,到了村东头一看,是东西的街,路北有一座店,字号是"天成客栈"。冲门是影壁,转过影壁是北上房三间,东西厢房的单间不少,好大一座客栈。班山到这店中问道:"伙计,上房可干净。"伙计说:"干净!你们几位请来吧。"班山带路,众人跟随来至北上房西里间,是顺前檐的炕。把刘氏搁在炕上,班立娥说:"叫她先透透风,别闷死了她。"

书中交代,这仇桑店是个大镇店,有一千二百户人家,倒有七八百家姓刘的,是开店的都姓刘。这店是花枪太保刘得勇、花刀太保刘得猛所开,掌柜的是刘得勇的叔叔,今年五十六岁。跑堂的叫刘七,来到柜房说:"来的这几个人语音不对,形容各别,背着个大包袱,我瞧像个人,搁在了西里间,他们在外头坐着,不叫我进去。"刘掌柜说:"你就在外间屋去说话,我舔窗户纸瞧瞧。"跑堂的来到上房,说:"你们五位洗洗脸,喝碗茶,菜先要着,咱们这地方包办酒席,应时小卖,整桌、半桌、零用都有。"他们在这里说着话,老掌柜就在西面里间窗外,舔破窗纸一看,原来不是别人,正是侄女。他想这其中必有情节,便回到柜房,叫他两个儿子来到窗外,把窗户的上扇支起来,下扇下下来,将刘氏慢慢地抱出,再把口中的东西掏出来,派人送到刘得勇家中,顺便给他送信,叫他快来拿贼。班山要了菜,他们心满意足,刚把菜摆上,只听外面哗啦一声,众人齐声喊嚷,二太保带领徒弟前来拿贼。要知后事如何,且看下回分解。

第一三七回

仇桑店太保捉贼　二山营侠义出世

话说刘家店的伙计把刘氏送到太保家中，那刘得猛、刘得勇正在院中教徒弟练把式，一听见姑奶奶被焦家三鬼抢走，幸亏落在自己店中，若到别人店中，这件事就坏了。二太保叫徒弟抄家伙头前带路，又吩咐伙计把店门关上。跑堂的刘七正在店中跟三鬼说话，听见外头一嚷，班山拿起酒壶，就冲刘七砍来。刘七一闪身，往外就跑。班山、班立娥同三鬼跳在院中一看，见这些人各拿兵刃，刘得勇年有五十以外，身穿蓝绸裤褂，足下青缎快靴，手提杆棒照定焦义前心冲来，焦义用虎尾三截棍一磕，往上就打。那刘得猛摆刀直奔焦礼。众徒弟跟焦智、班山、班立娥杀在一处。

正在动手之际，瞧热闹的已将刘家店围满。忽然一阵大乱，从房上跳下一人，身穿紫花布裤褂，足蹬紫花布快靴，黑脸膛，雷公嘴，短眉毛，圆眼睛，手用短把轧油锤，来者正是打虎太保纪逢春。他跟武国兴追赶三鬼，见天已大亮，肚中有些饥饿，打算要找镇店吃点东西。小蝎子说："我也饥了，你跟吾走，前面有了饭店就吃，吾是不带钱，先到前面一看，你在这里等我。"武杰奔仇桑店而去，就把傻小子纪逢春扔在树林之内。你左等不来，右等不来，自己也奔仇桑店来找武国兴。他瞧见路北店前站了无数人，见人就问："借光，我饿了，哪里叫我白吃？"有人用手一指说："那店里就白吃。"纪逢春认作是真话，来到天成客栈门口，说："瞧热闹的，远着点，这白吃饭的有什么可瞧？"旁边就有爱说话的说："你是来这店白吃？"纪逢春说："我饿了。"那人说："你饿了，好，这里大人给大份，小人给小份，大份是炒肉炖肉，一张大饼，两碟包子，两碟馒头，你要不饿给半份，临走还给四百钱。"纪逢春说："是了，里头人太多了，你们挤不进去，把门关上。"那人说："关着门，你怎么进得去？"傻小子说："我会上房进去，找个地方就吃了。"一拧身蹿上房去，只见院里不是吃饭的，是打架的，他也不知道是谁打谁，摆锤就奔地理鬼，三五个照面，又奔花枪太保而来，大家都不知道他是哪头的人？纪逢春跟三鬼动手，不多时又奔二太保，乱打一回，只累得浑身是汗。

正在难解难分，房上武国兴赶到。原来他把纪逢春扔在树林之内，是要来仇桑店吃饭。走到饭店门口，听说里面来了个傻小子，拿了短把锤乱打，也不知道是哪里的。武国兴蹿在房上一看，说："唔呀！纪逢春你这混账东西，你不要乱打。"他又对二太保说："我们是钦差彭大人公馆的，大人派我二人帮着碧眼金蝉石铸前来拿贼。"说罢跳在院中，一摆刀照焦智就砍。纪逢春这才明白，便帮着二太保敌住三鬼。

正在交手之际，由房上又来了伍氏三雄，一声喊嚷说："好贼！光天化日，朗朗乾坤，你们胆敢抢夺良家妇女，我等特意前来拿你！"拉出杆棒，跳在院中。三鬼瞧伍氏三雄一到，知道不是对手，一捏嘴，呼哨一声，众贼上房往北逃窜。伍氏三雄带了大众紧紧追赶。三鬼慌不择路，出了仇桑店，往西北走有三十里，就是二山营。来至一道河沿，三鬼和班山、班立娥都会水，五个人就跳下水去。伍氏三雄止住脚步，问二太保可会水？二太保回说不会水；又问纪逢春、武杰，二人也不会水。众人说："往北有一道桥，可以过去。"

三鬼同班山在水内，见由二山营山口出来一匹驴，上面骑着一个年轻的少妇。这妇人浓妆艳抹，穿了一身华美衣裳，仔细一瞧，正是班山之妻柳氏金娘，后头跟了个和尚。原来是飞云僧尹明与柳氏通奸，所以尹明时常在班山这里住着。今日班山和三鬼奔三杰村，班海吃醉酒就一概不管，尹明即找了一匹驴来，驮着柳氏，想要逃走。刚出山口，正遇见班山、班立娥同着三鬼回来。飞云一瞧班山等凫水回来，恐怕他五人追来，赶紧打驴往西走去。班立娥说："大哥，你瞧这是报应，咱们去背石铸的媳妇没背来，叫人家救去了，我嫂子倒跟和尚跑啦，这都是你交的好朋友，跟你还是盟兄弟呢？时常在咱们家住着，妻子不避，我嫂子叫他给拐走了，照这样的朋友，你多交几个。"班山一瞧，气往上冲，说："尹明你不该做这伤天害理之事！你在我家，我待你甚厚，情同手足，你今把我班山一世英名丧尽，我把你拿来碎尸万段，也不解我胸中之气。"自己凫上北岸，便来追赶飞云。飞云一瞧他来了，把驴打的直跑。按说他日行千里脚程，他这是难舍柳氏金娘。

正往前跑，只见从两边树林出来有二百喽兵，个个都是黄虎头帽子，身穿黄衣，上面有字，写的是"龙山练勇"，各拿藤牌一面。这有五十名长枪手,五十名藤牌军,一百名水军,各人拿着三截钩镰枪,头戴着分水鱼皮帽,身穿着水衣水靠。这一百水兵,都能在水里三五天。这一百刀枪手,都能爬山越岭。当中一人,年纪二十有余,头戴麒麟盔,身穿麒麟铠,身高七尺以外,细腰窄背,五官俊秀,面如白玉,眉分八彩,目似朗星,准头端正,四字方海口,怀抱宝剑,把飞云去路挡住,说:"你一个出家人,带了个妇人,这是你什么人? 快说实话,放你过去。"飞云说:"你不必管,骑驴的不是外人,是我嫂子往娘家去,她母亲病了,家里没人接她,我来接她。"只听后面班山说:"好飞云,你真人面善心,我把你当知己的朋友相待,你竟到我家中把我妻子拐去,今天你休想逃去!"头前站定的那人便拉宝剑扑奔飞云僧。飞云伸手拉刀,照那人就是一刀,那人用宝剑往上一迎,呛啷一声响,把单刀削为两段。只吓得飞云僧往圈外一跳,拨头往南边的岔路就跑,直奔河沿,顺着河沿往西逃走。要有人追他,他就下水凫水逃走;无人追他,他就由岸上走。焦家三鬼同班山、班立娥赶到,后面伍氏三雄喊说:"对面的贤弟,别放走那五个贼人。"不知这位使宝剑之人是谁,且看下回分解。

第一三八回

蒋得芳地坛传艺　马玉龙怒打恶霸

　　话说对面来的这位少年英雄,原籍京都顺天府大兴县,在安定门外镶黄旗老营房住家,乃是镶黄旗满洲人。自幼父母双亡,跟随叔父婶母度日。他父亲在日,曾做过一任知府,因为官清正,宦囊空虚,又不应酬上司,来了查办事件的钦差,没送官礼,便把他参了。他父气死,留下此儿,姓马名玉龙,也曾给他定下亲事,乃关知府之女儿。他父亲死时,他才四岁,多亏叔婶把他抚养大了,挑了一份一两五钱的钱粮,叫他在弓房拉弓,年已十二岁。

　　这天,他进安定门,走到了地坛墙脚根,见到两个老者。上首一位,方面长须,身穿蓝绸大褂,足下青缎快靴,面皮微黑,重眉阔目,鼻如梁柱,花白胡须,手中拿着包袱。下首坐着的那位,年有六十多岁,身穿青绸大褂,足下青缎快靴,白面长须。小孩子正往前走,这两个老者把他叫住,说:"小孩站住,你姓甚名谁? 在哪里住? 我看你很伶俐。"小孩说:"我姓马叫玉龙,在老营房住。今天没上学,我进安定门内买零碎东西。"黑面老者就问:"你闲逛呢,家有什么人?"马玉龙说:"我家有叔父婶母,父母都不在了,我才念了两个月书,我叔父怕花钱,不叫我念了,晚上上弓房,二位老爷子在这闲逛呢。"二位老头说:"我们时常在此闲逛,常见你经过,我们要收你做徒弟,你愿意不愿意?"马玉龙说:"二位老爷子教我什么?"那老者说:"教你练把式。"马玉龙说:"好! 我婶母不叫我念书,叫我赶驴去,我不愿意,又叫我叔父打我。二位老爷子收我做徒弟,我求之不得。请问高姓大名? 我在哪里练?"那白面老者说:"我姓蒋名得芳,绰号人称飞玉虎。"那一位说:"我姓叶叫得明,人称海底捞月,你愿意就给我们磕头。"马玉龙一听就趴地下磕头,说:"二位师父在上,徒儿行礼。"蒋得芳把他往肋下一夹,进了地坛,到一个清雅之处,教马玉龙练了几路拳脚。马玉龙甚为灵便,一教就会。晚半天打发玉龙回去,说:"你到家不用提起练把式,天天这往这里来,你就说赶驴子去了,每日我给你二百钱。"

马玉龙自此以后,每日跟二位老英雄习练武艺,整整三年,练了长拳短打,十八般兵器样样精通。这一天,叶得明赐他一身麒麟宝铠,蒋得芳赐他一口湛卢宝剑,又给他五十两银子作为零用,说:"我二人要上浙江普陀山访友,你我师徒青山不改,细水长流,他年相见,后会有期。"二位老英雄走后,马玉龙把包裹银两和剑匣拿到家中收好,却不敢告诉叔父。叔父说:"你已十五岁了,也应挑份钱粮。"便叫他上弓房,定规日子前去。

一日,你叔父到他屋中找东西,翻出一个包裹,见有一口宝剑,几十两银子,叔父说:"怪不得他时常买东西,我也不知道他是哪里来的钱,原来这孩子做了贼了。我马氏门中,乃是清白人家,除却养马当差,一向是安分度日。"正在说着,马玉龙自外面进来了。他叔父勃然大怒,说:"你这孩子甚不安分,这是哪里来的东西? 快些说实话。"马玉龙说:"叔父你不要管我,我并没有做贼,这包袱宝剑是我师父给的。"他叔父说:"你趁早出去,我家中不能存你了。从今以后,不许你进我的家,你去自立门户,把我的钱粮也带了去。"马玉龙见叔父往外拉他,自己料想不走也不成了,就说:"叔父不必生气,明天一早我走就是。"他叔父赌气回自己屋中去了。

马玉龙进了屋内闷坐,对着一盏孤灯,自己思想:"我父母双亡,如今叔父往外一撵,又无亲眷骨肉,哪里是我安身之处? 世间上的苦人苦不过我。虽有万种伤心,也只是唉声叹气,能对何人可言?"想到这里,写下了四句诗:

　　　　万种忧愁诉与谁,对人欢喜背人愁;此时莫作寻常看,一句诗成
　　千泪垂。

思前想后,不知不觉已到三更之后,因实在无处投奔,又不能不走,自己不能睡着,恨不能一时天亮。坐够多时,他说:"天呀! 你怎么还是不亮?"正是:

　　　　白昼怕黑嫌天短,夜晚盼亮恨漏长。

等到东方发亮,急忙收拾,包上麒麟宝铠,用剑挑了包袱,带了几十两银子,也未见他叔父的面,自己就出来了。

他想进安定门找一个朋友,信步往前行走,刚一进城,只见大道西面,有一位年过半百的老太太,手提着菜篮油罐,在站着发愣,一见马玉龙过来,就把他叫住说:"大爷,借问一声,哪里卖油?"马玉龙一瞧,这位老太

太必没上过街,连油盐店都不认识。马玉龙说:"老太太贵姓?没上街买过东西么?"那位老太太说:"今日我是头一天,用的仆妇昨日走了。只为家中日用艰难,才把人辞去。不怕大爷笑话,我因找不到买油的地方,在这里站了半天了。"马玉龙说:"您贵姓?在哪里住?"老太太说:"就在这西面姑姑寺,姓关。未领教大爷尊姓,在哪里住?"马玉龙说:"我在安定门外老营房住,姓马名玉龙,眼前被我叔父赶了出来,今天也没地方住。"那老太太一听不是外人,便说:"你父亲是做过云南大理府知府的德寿马大人么?"马玉龙说:"不错,太太怎么认识?"那老太太说:"我当家人做过永善县知县,名叫关荣。"马玉龙一听,原来是未过门的岳母,也顾不得害羞,就把自己无处投奔的事说了一遍。老太太说:"既然如是,跟我家去吧。到家中你两个人兄妹称呼,再过三年两载,择日给你们完姻。你从此可要上弓房拉弓,好挑份钱粮,去取功名。"马玉龙说:"是!"带着老太太买了东西回家。那是一门一院,三间北房,一间东厢房做了厨房。老太太给马玉龙和关玉佩姑娘引见了。从此他就住在岳母家,找了个弓房拉弓,自己的这份钱粮,添补家中买菜,那几十两银子添置几件衣服,他在弓房也交了几个朋友。

　　转过年来,到了四月间,有弓房的兄弟富海、文成二人,来约他出南城听戏。这三个人吃完早饭,由交道口雇车出了前门,一瞧戏报子,就是查家楼热闹。文成、富海同马玉龙三人来到查家楼,买了一个座,正在前面,可听可看。刚才坐下,还没开戏,见下面上来四五人,头一位有四十多岁,喝得酒气醺醺。身穿宝蓝绸裤褂,手拿折扇,后面三人都是长随打扮。来到马玉龙跟前,就叫看座的把这座腾出来。看座的说:"大爷来了,我单给你找个好座吧。这个刚坐了,不知道大爷出城,要有人送信,也就留下了。"那人喝醉了,他一听这话就把眼一瞪,说:"放屁!我叫你腾,你趁早给我腾,我不懂你什么卖不卖,要打算这戏馆子不愿意开,回头太爷就给你封门。"看座的苦苦央求,他只是不听,站在那里直骂。马玉龙有点生气,有心问问他,他为甚不向我们说,为什么非要在这里听不可。文成低言对马玉龙说:"了不得啦!这要座的是索皇亲那里的管家,叫童老虎。他倚仗索皇亲,在外面时常欺人,放旗帐,无所不为。"看座的只得过来向马玉龙三人请安说:"请你三位让一让,这西边有一张桌儿,改天再来补情。"马玉龙听这人苦苦哀求,自己是个慈心的人,就说:"伙计,我三人过那边去吧。"文成、富海都答应,三人过去了。

　　那童老虎四人坐下,见外面又进来五六个不安分之人,拉着一位五十多岁的买卖人,来到童老虎面前说:"童大爷,我说把房子卖了给你钱,你今天又把我拉来。我赵振邦并不坑人,我借你一百吊钱,每月十吊的利钱,我也没落下。"童老虎把眼一翻说:"我这钱,你使三年多啦,今日你急速还我三百吊钱算清账,要不然,你把你女儿给我作姨奶奶,省得我买一个侍女。"赵振邦说:"我女儿有了人家,不久就来迎娶,童大爷不要开玩笑。"童老虎借着酒胆,一伸手就打他一个嘴巴。赵振邦掉下一个牙来,流血不止。童老虎还在那里骂。马玉龙实在生气,过去一伸手便把童老虎抓起来,往下一扔,登时身死。要知后事如何,且看下回分解。

第一三九回
英雄卖艺遇老侠　豪杰避罪占龙山

话说马玉龙路见不平，把童老虎抓起来扔下去，登时身死，连戏也停住了。本地面官人到来，听戏的人都嚷道："楼上把索皇亲的管家童老爷扔死了！"官人上来问："哪个是凶手？"卖座的一努嘴，马玉龙说："杀人偿命，欠债还钱，二位贤弟回去吧，官司我打了。"富海、文成无法，二人只得走了。

官人把马玉龙锁上，带到城司。老爷升堂一瞧，见马玉龙五官俊秀，不过十六七岁，问道："你叫什么名字？在查家楼听戏，因何把童老虎打死？从实招来。"马玉龙说："我是镶黄旗满洲旗人，当养余兵，今天同着朋友在查家楼听戏，这童老虎一进戏楼就骂。旗人跟他素无冤仇，是他酒醉狂言。有一个姓赵的，叫赵振邦，欠他一百吊钱，每月利息十吊，三年来并不欠他利银。他跟姓赵的要三百吊钱清账，这还不算，他又要以账目折算人家的姑娘。姓赵的说，他女儿已有夫家。童老虎举手就打，开口就骂。是我过去将他举起摔死，旗人给他抵命。"老爷派仵作到查家楼验了尸首回来，当天就把马玉龙送交刑部，收在南所牢里。

马玉龙自生人以来，也不曾打过官司，这是头一回。来到刑部一瞧，这牢头禁卒甚是厉害。看铺的一瞧马玉龙虽是个小孩，却是人命重案，给他上了手铐镣。看铺的说："姓马的，你有朋友没有？"马玉龙说："我没有朋友，你就是我的朋友，你多照应我吧。"看铺的说："我告诉你，我们靠山的烧柴，靠河的吃水，无大有小，无多有少，你有朋友见我们吗？"马玉龙说："我也没朋友，我也没钱，你怎么办，怎么好！"铺头告诉禁卒，把他给鞭起来。马玉龙一上鞭床，天有二更，自己难受，一拱身就由鞭床跳起来说："众位朋友，我要失陪了。"看铺的说："你哪里去？"只见他蹿出院去，一拧身就没有影子，值铺的便直嚷起来说："了不得啦！收的凶手越狱了！"

马玉龙蹿出狱去，来到他岳母家中。岳母说："听说你打死了人，我正不放心。"马玉龙说："岳母，我实对你说吧，我师父教给我飞檐走壁之能。如今在这京城不能存身了，我这一走，不定几时回来。"岳母说："今后你夫妻怎么办呢？"马玉龙说："我不是丧尽天良，你老人家另找名门吧。"关玉佩说："我不是不知羞耻，这话不能不说了。忠臣不事二主，烈女不嫁二夫，你走后我可以等你十年八年，就是你不回来，我可以削发为尼。"马玉龙说："既然如是，我鳏①居一世，非你不再另娶。"老太太从箱内拿出一枝白玉莲花，折为两半说："日后你夫妻对上莲花，算是夫妻团圆，千万不可遗失。"马玉龙收拾起来，把麒麟宝铠和宝剑包好，给他岳母磕了头，站起来蹿房越脊，扒出城往西路走去。海角天涯，竟没有投奔之处。

　　这天到了庆阳府，盘费也没了，只得在庆阳十字街热闹的地方，把包袱一搁，宝剑往地上一放，自己往当中一站说："穷人当街卖艺，虎瘦拦路伤人。在下是外路人，因到贵方宝地投亲不遇，袋中空乏，我自幼练过一两着笨拳，不知道贵处老师子弟在何处，知道可以登门拜访，众位，踢过一趟腿，打过一路拳，下来帮我一个场儿。都是学徒的老师子弟，天下把式一家，大家是武圣人的门徒。众位有钱帮我个钱，没钱帮我个人缘，大家给我站脚助威，我就知情。"说完话，打出一趟拳脚，直正出奇！怎见得，有赞为证：

　　　跨虎登山不要忙，斜身绕步逞刚强。上打葵花式，下踢跑马桩。喜鹊登枝檐边走，金鸡独立站中央。霸王举鼎千斤式，童子翻身一炉香。

　　练完了气也不喘，面不改色，真是行家瞧门道，力巴②瞧热闹，一着一式，样样都好。大家齐声说好，真有人扔钱。马玉龙一想：当初师父嘱咐过几句话，一不准卖艺，二不准做贼，三不准当番子。如今出于无奈，不能饿死，只得卖艺，就是师父知道，我是为燃眉之急，他二老也难怪我。我但有一线之路，绝不卖艺。这些人给完了钱，足有两吊。

　　马玉龙正练得高兴，由外面进来一位老道，扛着铁牌，夏天时候还戴着道冠，身穿棉道袍，百衲千层，来在场子当中一站，一语不发。马玉龙

---

①　鳏(guān)居——单身。

②　力巴——壮丁，苦力，带有贬义。

说:"道爷,你在这里站着,叫我还怎么练?"老道把铁牌往地上一放,一指马玉龙,一指铁牌。马玉龙看他的意思是叫我拿起来,便把宝剑往地下一搁,过去一抄铁牌,使尽力气,却分毫不动。马玉龙只顾拿铁牌,一回头见老道把他的包袱宝剑拿走了。马玉龙吓得惊魂千里,随后就追,大声喊嚷说:"老道你趁早给我,万事皆休。"直嚷得舌干嗓哑,老道仍不闻不问。追出有四里之遥,老道才站住了,马玉龙说:"道爷别开玩笑,你拿我的包袱宝剑干什么?"老道哈哈大笑说:"我瞧你练宝剑,你的武艺不过十分之一,赢得力巴,赢不了行家。你若不信,把宝剑给你,你能沾着我的衣裳,就算你赢。"马玉龙说:"老师父,弟子不敢,知道仙师是世外高人。"又扒地下磕头,说:"此时我无处可投,只求你收我做个徒弟,学习能为。"老道哈哈一笑说:"你既认我为师,跟我去把铁牌拿来。"师徒回到练把式的所在,见老道单手就把铁牌拿了起来。这铁牌的形状就仿佛打执事的"肃静回避"牌那样,重够五百斤。

老道带着玉龙回转云汉岭,过了青竹山,拐过两道山弯,就是青竹观。这里真是山清水秀,地僻村丰。及至来到山门,上面写着"敕赐青竹观",一副对联写的是:

天地间一轴大画,乾坤内两颗明珠。

老道一拍门,出来两个道童,把玉龙带进山门,由大殿往西,进了八角月亮门,院内栽松种竹,来到北房,马玉龙说:"师父请上,弟子重新磕头,适才大不恭敬。"老道在上面,马玉龙跪在地下,磕了八个头,说:"师父你贵姓?"老道说:"我复姓诸葛双名山真,江湖人称龙雅仙师铁牌道人。"玉龙磕完头起来。老道自里面拿出一部《达摩老祖易筋经》来给他看,又把他的手拉过来看了,再看他的眼神,知道他还是个童子。自这日教给马玉龙鹦爪力重手法、一力混元气,还有《达摩老祖易筋经》,杆棒一条,宝剑一口,各样兵刃的招数。

住了三年,各样练了八九成。龙雅仙师遣人把金眼雕找来,说:"给你收了个师弟,你把有头有脸的请几位来,给他见见,久后他出去,好照应他等。"金眼雕遵命,请了知己的侠义十多位,在青竹观,大家给马玉龙送号,称为忠义侠。众人又送他一身衣裳。这龙雅仙师能算奇门遁甲,便叫他奔龙山去找立身之地。

马玉龙这日奉师命下山,往前走了几天,也不知龙山的所在,只得沿途打听。这一日正往前走，只见山路崎岖，眼前有一带树林。刚走到树林，忽听里面一棒锣响，出来了无数喽兵，把马玉龙去路挡住。要知后事如何，且看下回分解。

第一四〇回

为找镖水斗霹雳鬼　斩班山兵定二山营

话说马玉龙抬头一看，见树林中出来白余名喽兵，各执刀枪棍棒，为首一条大汉，身高八尺，膀阔三停，面如刀铁，黑中透亮，粗眉大眼，手使一条浑铁棍，一声喊嚷说："对面小辈！趁早留下买路金银，饶你不死！"马玉龙说："小辈好生大胆，通上名来，你家好汉剑下不死无名之辈。"黑大汉说："你家寨主姓胡名元豹，外号人称铁臂猿。"马玉龙说："你过来，若赢得了我手中宝剑，我给你留下买路金银；若赢不了，我结果你的性命。"胡元豹举棒照马玉龙就打，马玉龙往旁边一闪身，用宝剑往上一扎，贼人将棍往里一撤，又往外一蹦，马玉龙蹿在贼人身后，用脚一挂贼人的腿，那贼人往前一跄，便咕咚栽倒。马玉龙一脚把他蹬住，问道："小辈愿死愿活？"胡元豹说："我愿活，你叫我起来，有话和你商议。你要不愿意走，我这山寨正短帮手，让你为主。"马玉龙这才放他起来，说："你这山寨有多少喽兵？"胡元豹说："本山有二百多人，一年光是这山的果树，这些人就吃不了。你既是愿意在这里，兄长请上受我一拜。"马玉龙说："你今年多大年岁？"胡元豹说："我今年二十五岁，咱两交友不论年岁，我认你师兄，你是小哥哥，我是大兄弟，咱们上山吧。"叫喽兵过来，参见了新寨主，众人回到山寨。马玉龙一瞧，这山前通大路，后路通渭水，山高有数里之遥，上面方圆三十多里，真是英雄用武之地。

马玉龙自到山寨，立起镖旗来，在此处招军买马，聚草屯粮。又在各处贴示，如有客货，不拘往哪处走，只要起票插镖旗，如有失落，照数赔补。从此一立镖局，四外客官都齐奔龙山镖，走在道路之上，真是太太平平，没人敢劫。也有失落的时候，马玉龙便亲身去把贼战败，把镖要回。如是者二年，远近四方，无人不知。

这一日有绸缎客人的十万镖走到二山营，被幌杆神大汉班山、铁头狮子班海劫去了。绸缎客人跑回龙山，哭诉前情。马玉龙立刻点起二百虎头兵，由这伙绸缎客人引路，正遇见飞云僧带着柳氏逃走。马玉龙把飞云赶走,把柳氏杀了。这个时光,班山、班立娥同三鬼由东往西跑,离马玉龙不远,又往北跑,要进二山营。那伍氏三雄等见了马玉龙说:"马贤弟,别叫他五个贼人走了。"马玉龙刚要往前追,一瞧那五个贼人都跳下水去,游着进山去了。马玉龙见过伍氏三雄,问了好。伍氏三雄说:"听说贤弟在龙山开镖局子,我早想瞧你来了,只因在京开了两个黄酒店,老没回家。新近在家住了几天,只因活阎王焦振远的儿子焦家三鬼,把我内弟碧眼金蝉石铸之妻背出来,到了仇桑店,遇我们舍亲把人救下了。贤弟,我给你引见几个朋友。"一指刘得勇二人说:"这是我内弟石祷的内兄,花枪太保刘得勇、花刀太保刘得猛;这是龙山的忠义侠马玉龙,你们哥儿多多亲近。"三人彼此见礼,又把武杰、纪逢春也引见了。

纪逢春、武杰说:"我二人奉大人堂谕,前来拿贼,如今叫贼人跑了,如何交代?我二人要进山去打探贼人下落,回来再请众位,帮着进山拿贼。"说罢,二人往北进了山口,一瞧是一片大水,东至西够五里,南至北也够五里,无船不能进去。武、纪二人见由东边过来一条小渔船,上面站着一人,年有三十以外,面皮紫黑,浓眉大眼,头上花布手巾罩头,身穿一件单坎肩青布中衣,脚穿两只草鞋,手拿撑船篙,后舱有个小孩掌舵。武国兴、纪逢春说:"打鱼的,把我们渡过去,我们给你几个钱。"这打鱼的说:"二山营军令甚严,只许我们打鱼,不许我们渡人。要偷着渡人,一知道就把我们杀了。你们二位进山有什么事?"武杰说:"我们来找二山营的山贼。我且问你,这山里就是山寨,没有住户人家?"渔人说:"没有,这山寨来往的就是喽兵,不许闲人进去,若叫他们拿住就得死。"武杰二人艺高胆大,跳上那条渔船,使船的便撑到河当中,说道:"你二位拿出钱来,船家不打过河钱。这要叫他们里头大王知道,连我们的性命不保。"武国兴囊中没多钱,只有几百散碎钱,纪逢春腰中也未带钱。武国兴把钱掏出来搁在船头之上,使船的一瞧,连连摆手说:"这几个钱不行,你两个人过去,至少也得十两银子,有就把你渡过去,没有我再把你渡回南岸。"武国兴一闻此言,说:"你们这些东西甚是可恶,我没带银子,由此渡到北岸,这也不少了,你们真是在山野之地讹人。你把我们渡回南岸吧,我们不过去了,拿了银子再过去。"使船的说:"不成,不能再渡回你去。"又告诉小孩说:"咱们下水。"二人扑通跳下水去。武国兴两人都不会水,前不能进,后不能退。纪逢春说:"好!咱们熬着吧,饿死为止!"武国兴正闷着,忽见船头一起,船尾一落,小船一翻就把二人弄下水来,几个水手将他二人拉上北岸,四马攒蹄捆了,送进二山营面见大汉班山。

外头伍氏三雄同二太保与马玉龙六人站着说:"这二山营不会水不能过去。"马玉龙说:"我带着的这二百人都会水,你五人不会水不要紧,都坐藤牌上,四人送一位。"马玉龙派人将藤牌放在水内,将他五人送到北岸。马玉龙带着众喽兵凫水过去,一直往北,来到寨门一瞧,只见寨门紧闭。伍氏三雄上前打门,里面无人答言。三人蹿身上墙,过了两层院子,一瞧是十间分赃厅,东西各有配房,正当中坐的班山、班海,东边是焦家三鬼,西边是班立娥,两边站二百名喽兵。只听班海埋怨班山说:"你们上三杰村,就该把石铸媳妇一杀,把房子一烧;要背她来,就该径直回山寨,又到店中叫人家救下了。后面既有人追来,你等就不应该回山,这就叫引虎入穴。"焦义说:"三哥不要埋怨,这不是拿住两个了,我想后面的再不敢进来。"伍氏三雄在房上听得明白,知武、纪二人被擒,不知死活,便往下一跳,大嚷一声,说:"焦义、焦礼、焦智,你几个凶徒从西安府逃军,就该奉公守法,又无故抢掠民间妇女,这是你等自己找死!"说着各拉出杆棒,在院中一站。焦家三鬼拉虎尾三截棍,蹿过去就要动手。班山、班海也脱了长大衣服,正要准备动手,只听得外面一片声喧!马玉龙已率众杀进了二山营。要知后事如何,且看下回分解。

第一四一回

焚山寨玉龙归山　丢钦差群雄私访

话说马玉龙拿剑劈开寨门,率众进了山寨。刘得勇摆枪战住班山,刘得猛战住班海。那班立娥到马玉龙的面前一看,见他生得面如傅粉①,双眉带煞,二目有神,鼻如玉柱,四字方海口,俊俏人物;就向前一凑,用刀一指说:"呦! 来者那位,你是何人? 先别动手,姑娘有话和你说。"马玉龙抬头一看,见迎面站定一个女子,长得十分美丽,雪青洋纱绉手帕包头,上身穿一件蓝洋绸短汗衫,系着一条银红色汗巾,葱心绿洋绉的中衣,足下南宫缎红鞋,月白裹脚,鞋帮绣的挑梁四季花。面似桃花,眉舒柳叶,唇绽樱桃,杏眼含情,香腮带笑,拦住马玉龙并无动怒之心,笑嘻嘻唯有爱慕之容。马玉龙用剑一指说:"那女子闪开,我乃龙山公道大王忠义侠马玉龙,皆因班山、班海不知事务,撕我的镖旗,劫下了镖,我今特意前来要镖。你这女子快闪开,叫班山、班海过来跟我动手,我乃堂堂英雄,岂肯跟你这三绺梳头,两截穿衣之辈动手!"班立娥一听并不嗔怪,还是笑嘻嘻地说:"原来是马寨主,寨主有几位压寨夫人,你今多大年纪,镖是我们劫了,你不要生气,如数还你。"马玉龙说道:"放屁! 哪有这些闲话,还不与我闪开。"班立娥一听,恼羞成怒,照定马玉龙就是一刀。马玉龙见她举刀砍来,即往旁边一走,并不还手,一连让她三刀,班立娥见马玉龙不还手,疑是爱她,可算有情意之人,还是笑嘻嘻的眉来眼去。马玉龙气往上冲说:"你这丫头真不要脸!"摆手中宝剑,跟进就是一剑,呛啷一声,把班立娥的刀削为两段。班立娥一闪身,马玉龙用拨草寻蛇式,跟进又是一剑,班立娥立即人头落地。正是:

　　可怜红粉多姣女,化作南柯一梦中。

　　那边班山一瞧他的妹子被马玉龙杀死,勃然大怒,摆刀直奔马玉龙,恶狠狠地泰山压顶般劈头剁来。马玉龙一闪身,用宝剑一找刀,呛啷一

---

　　① 傅粉——搽粉。

响,又把班山的刀分为两段。班山往圈外一跳,不免心中着慌,到兵器架边又拿一条三股掺金叉,照定马玉龙的肚腹刺来。马玉龙让过叉头,宝剑一盖,呛啷一响,叉头落地,只吓得班山一身冷汗,赶紧又拿了一口刀上来,三两个照面,即被马玉龙将他劈为两半。

此时三鬼已被伍氏三雄摔得晕头转向。二太保双战班海,正不分上下。三鬼一瞧班山已死,这马玉龙之剑又神出鬼没,比石铸、伍氏三雄还要厉害,真有万夫难敌之势。三鬼拉着三截棍就跑,伍氏三雄和马玉龙往外追去。追至河沿,三鬼跳下水去,说道:"你们哪个再来战三百合。"马玉龙一拱手,跳下水去说:"你们哪个来?"霹雳鬼将棍交与了地理鬼,拉出刀来,照马玉龙头上就剁。马玉龙的水性,乃是海底捞月叶得明的亲传,如今在龙山又常常操演水兵,今天与霹雳鬼动手,两个人绕来绕去,约有十几个照面,宝剑一挥,就将霹雳鬼焦义斩为两段。独角鬼、地理鬼一瞧,吓得魂魄皆冒,踏水逃命去了。

马玉龙同伍氏三雄复返山寨一瞧,见二太保已将班海拿住,众喽兵跪在就地,大家只求饶命。马玉龙问道:"先拿的那两位办差官现在哪里?"喽兵说:"现在西跨院空房内捆着呢。"喽兵到西跨院把武杰、纪逢春放出来,又把镖照旧交出,送到山口,插了镖旗,客人雇车走了。马玉龙叫众喽兵拿过花名册子,按名一点,共四百二十名。伍氏三雄说:"马贤弟,你有这能为,何必在绿林?现在彭钦差查办西夏,不如弃暗投明。"马玉龙说:"我久有此心,恨不得其门而入。"武国兴说:"我回去禀明大人,这份功劳多是你一人的。你拿笔把旗子分半拉开,写清楚你立的功劳,求大人递折子申说明白。"马玉龙拿笔写了一张条,交与武国兴。大家吃完了饭,武国兴二人同伍氏三雄和二太保,有喽兵摆渡过河。马玉龙放火烧了山寨,将所有细软金银,连喽兵一起带回龙山。

单说武国兴、纪逢春走在路上说:"我二人也不上三仙庄瞧石大爷去了。我等回公馆交差,二太保自回仇桑店。"伍氏三雄说:"武老爷、纪老爷回到公馆,替我等给大人请安。"武国兴答应。二人回到嵩阴县,到了公馆,见大人已把何天赐、李泰来之案办理清楚。

苏永福、苏永禄二人在先回来时,提到石铸累病,他媳妇已被三鬼勾串贼人背去了,大人甚不放心。今见武国兴、纪逢春二人回来,大人便问石铸之妻可曾救回?贼人拿住没有?武国兴把经过之事述说了一遍,大人这才放心。次日给石铸写了一封信送去,叫他病好时即速前来当差。

大人在路无话。这一天来到永城地面,永城副将多臂膊刘芳,同着本地文武官员,前来迎接大人进城。打下公馆,文武官又齐来参见。大人把刘芳叫上来说:"刘芳,你自到这里,管着多少兵,你每日伺候何事?"刘芳说:"卑职统带六营,四营马队、二营步队,共三千人。三六九日是本营操演,初一十五是卑职看操,操演布阵,查拿盗贼。"大人说:"是了,这也不负皇上俸禄①之恩,理应如是。"说罢,有在公馆伺候的人,已给大人预备了上等的酒筵。刘芳又上来给大人请安说:"卑职有下情告禀,跟大人当差的人,都是卑职的故友,卑职想在大人跟前讨个脸,邀请众位到卑职衙门吃杯酒,只求大人开恩。"大人说:"这是你们交友之道,我在这公馆也没事,你同他们去吧。"

纪逢春过来说:"姊夫,我正想上衙门瞧瞧我姊姊去,你来请我们喝酒,这倒巧了。你这几年做副将,剩了多少钱啦?"刘芳瞪他一眼,纪逢春还说:"我们这样的亲戚,你还不说实话。如今做官的,除了咱们中堂,哪个不爱银子,我就爱钱。"刘芳也不理他,同着李环、李珮、武国兴、苏永福、苏永禄等人,在大人跟前告辞。来到副将衙门,进了客厅,纪逢春又到后院面见了姊姊,再来至大厅,同大家落座吃茶。刘芳吩咐摆酒,手下人擦抹桌案,立刻把酒菜摆上,大家开怀畅饮。刘芳说:"咱们今天尽醉方休,我得出个酒令。"纪逢春说:"你趁早不必咬文嚼字,我是不懂。"刘芳只得说:"就这么喝着也好。"内中就是苏永福老成经事,喝了十几杯酒,便站起来告辞说:"你们几位喝着,我回公馆瞧瞧去。"刘芳说:"苏大哥何必这样忙?"苏永福说:"我去去还回来。"

此时天有二鼓以后,苏永福到了公馆,只见北上房东里间的窗户掀开了,就知道不好!连忙叫彭兴、彭禄来点上灯,把外间屋门打开,苏永福同着众管家到东里间一瞧,钦差大人已踪迹不见,不知被何人劫去了!要知后事如何,且看下回分解。

---

① 俸禄——官吏的薪水。

第一四二回

杨香武细说隐情　霍秉龄探访机关

话说苏永福一瞧大人不见了，在床下还搁着一双鞋，就问彭兴："大人何时安歇？"彭兴说："大人吃了晚饭，看了两本书就安歇了，我等才去睡觉，不知大人哪里去了？"苏永福说："赶紧到外头找找，你等先不用声张。"苏永福到了外头，拿刀蹿上房去，在各处都寻找不见，渺无踪迹。彭兴等人不敢睡觉，等了有二刻功夫，见苏永福回来说："了不得了！大人要一丢，奏明圣上，我们多是剐罪。"彭兴说："我也免不了呀！"苏永福说："赶紧打发人到副将衙门去送信，叫他们几位别喝酒啦！"

那里纪逢春已醉的动不了，正趴的桌上睡觉，苏永禄也醉了。送信的来到副将衙门说："刘大人，了不得啦！公馆里钦差大人丢了。"刘芳一闻此言，立即把酒菜搬去，众人的酒也吓醒了，跟着来到公馆。众人落座一问，彭兴又说了一遍。武国兴说："好！你我这些能人保着大人查办事件，走在这里会把大人丢了。"彭兴等都在那里发愣。苏永福说："此时急也无用，少时天亮，纪逢春兄弟，你与我弟兄三人去城里城外各处查访，武老爷同二位李兄长到各处庵观寺院，查访行迹可疑之人，寻找大人下落。"大家答应。少时天光已亮，各换便衣，暗带兵刃，又嘱咐彭兴不可声张，要有文武官员前来参见回事，只说大人欠安，等大人精神复原再见。

纪逢春同苏大爷、苏二爷私访不表。单说武国兴、李环、李珮三人出了公馆，信步前行，来至北门以外，只见人烟稠密，买卖热闹，路西那里挂着的大酒幌，是个大葫芦。武国兴看罢，一拉李氏兄弟，来到了这座酒馆。跑堂的过来问道："三位要些什么酒菜？"武国兴要了两壶酒，两样现成小菜，三人慢慢饮酒叙谈。武国兴心中忽然想起一件事来，说："李大人，我在千佛山真武顶向老和尚学会了扶乩，回头我就沐浴净身。"李珮说："甚好！你我事不宜迟，回头就买香烛纸锞。"正在说着话，跑堂的又过来续上几碟菜。李环问："伙计贵姓？"跑堂的说："我姓李。"武国兴说："哪边有吕祖庙？"李伙计说："就由我们铺子往北，不过一箭之地，往东有条胡同,东头路北就是吕祖庙。这吕祖爷的签,勿论什么事,只要诚心诚意的求,烧一炷香,那签就能说得清清楚楚,灵得很。"武杰说:"我何必扶乩,我就烧炷香,念念扶乩的咒,求一支签,只求吕祖指一条明路,大人是死是活,大人要死了,我也不等文书来调,定我的罪,先找棵树去上吊。"李环、李珮说:"小姑老爷,你发什么愣? 大人没下落,我们也是不活了。"武杰吃了几杯酒,给了钱,又掏出一块银子,叫伙计去买一份香烛,剩的钱也给了他。李伙计笑嘻嘻地接过银子,请了一份香供、元宝、黄钱。

武国兴同李环、李珮拿着香烛,出了酒馆,一直往北,进了东胡同,走到吕祖庙,见当中的门和两边的角门都关着。武杰来到东角门拍了两下,里面出来一位老道,穿着月白道袍,月白中衣,白袜僧鞋,面皮微紫,细眉虎眼,三山得配,准头丰隆,年有七旬以外。武杰一瞧,这老道的两眼灼灼有光,暗道:"这老道必不安分,准是贼人,大人被他背了也未可知。"老道一瞧这三人,就知道是"鹰爪孙①",说:"三位施主烧香么?"武国兴说:"正是! 你把殿门开了,我等前来烧香。"老道开开门,武国兴一瞧,正面是吕祖神殿,头前一堂五供,两个签筒,一个是问事签,一个是问病签。武杰把香点着,暗暗祷告,心中说:"吕祖爷爷在上,信士弟子武杰乃江南人氏,跟随钦差彭大人当差,来至河南永城地面,昨夜在公馆把大人丢失,不知落在何方? 因知吕祖爷乃有灵有圣之神,只求吕祖爷指示是吉是凶? 若有灵验,弟子愿重修古庙,再塑金身。"李环、李珮一旁跪着,也在心中祷告,烧完了香,便向老道要签筒。老道说:"是问事还是问病?"武杰就说问事。老道把签筒递了过来,武杰接过手中摇了两摇,落下一支签来,一看是中下。老道接过来,按着号子一找,抽出这张签来,上面写道:"此人病体虚弱,乃大凶之兆,须用人参茯苓汤补气健神为妙。"武杰接过一看,说:"我问事的,你却递给我问病的签筒,人都丢了,我把药给谁吃?"拿起签筒就照老道打去,老道往旁边一闪,签筒打在了墙上。老道把眼睛一瞪,说:"好个无名小辈,擅敢来太岁头上动土,今天你三个人休想再出我这吕祖庙。"

老道翻身蹿到外面,把长大衣服甩去,进西厢房拿出一把刀来。武杰告诉李环、李珮,快拉兵刃拿贼。二人正解包裹拉单刀,只听西厢房一声

---

① 鹰爪孙——江湖人对官府捕快的贬称。

喊"何处来的小辈,竟敢在我这里搅扰?"武国兴一瞧,出来的这人也有七十岁,面皮微黄,寿眉金眼,身穿蓝袍,白袜云鞋,微有花白胡须。武国兴一瞧不是外人,赶紧把刀扔下,过去行礼。原来这位老道,正是赛毛遂杨香武。武国兴行了礼,杨香武说:"别打了,不是外人。真是大水冲了龙王庙,一家人不认得一家人,快过来给你们引见引见。"

那杨香武自从当年在保定府收了八臂哪吒万君兆,又给万君兆定了亲,说的是猴儿李佩之女。后来杨香武就洗了手,来到河南永城找霍秉龄。他当年也是绿林中人,在这庙中出家。杨武香从此就在这里当老道。二人在此庙内,晨昏三叩首,早晚一炉香,很是奉公守法。今天武杰要跟霍秉龄动手,杨香武由西房出来,一见却是故旧之人。武国兴扔刀行礼,杨香武给霍秉龄一引见,捡起刀来,一同进了西厢房落坐。杨香武说:"武杰! 你此时还在绿林哪?"武杰说:"不是! 此时我跟彭钦差彭大人当差,奉旨查办西夏,来到永城。昨晚公馆有贼人来把大人背去,我今天出来各处寻找,遇到二位就好办了。你们二人在此住久了,大概有什么窝子、坑子,谅必知道,只求二位指引。"杨香武二人一听,低头思想。霍秉龄向杨香武伸出了四个手指头,说:"贤弟,也许是他!"杨香武点头说:"不错!"武杰就问是谁? 杨香武不慌不忙,说出这件事来,武杰才如梦方醒。要知后事如何,且看下回分解。

第一四三回

探虎穴险遭不测　入水牢英雄被擒

　　话说武杰在吕祖庙巧遇杨香武,细说丢失大人之事,问杨香武知不知道此地有贼匪窝藏的地方。二人想了半天,杨香武说:"此地正北有一红龙涧,四边是水,当中有座山寨,里头招聚有四五百喽兵,为首的大王叫四头太岁戴魁章,二寨主叫铁面大王朱义,三寨主叫混江鱼马忠。他那里招军买马,聚草屯粮,时常有绿林在那里窝藏。提起这人,你也该认得,河南汝宁府宋家堡赛沈万三宋士奎之子宋起凤,他现在红龙涧,是戴魁章的门婿。戴魁章之女已死,他就在山寨住着。后来他定要出家,戴魁章就把他送到我们这庙来,我们哥俩跟戴老四有些交情,不能不收,就把他收下了。焉想到宋起凤不守本分,住在这庙里,却招些烟花妓女,时常到庙里来找他。我瞧着不好,把宋起凤责打了几下,他夜晚便偷了一盘薰香,径自回红龙涧去了。他到了红龙涧,在岳父那里却不敢胡作非为。彭大人做河南巡抚时,剿灭宋家堡,你师父收你不是就在那里吗?"武杰说:"你老人家既然知道这回事,这红龙涧我们也不认识,何妨求二位老前辈前去探听探听。"杨武香说:"霍大哥,你去探探吧。你到红龙涧如此这般,可以探出真情实话,我们在此等候。"

　　霍秉龄穿上衣服,暗带单刀,出了吕祖庙,一直往北走了二十多里,便到了红龙涧。这个地势是:一道河从正西到了红龙涧,便分为两股,一股奔东北,一股奔东南,把红龙涧夹在当中。一直到了红龙涧正东,两股仍归一道,往正东直通黄河。红龙涧里头,方圆有四十里,一道山涧水由西北直通东南,里头有水牢,在山前河的北岸,有二百只兵船,扎了一座水师营。霍秉龄到了南岸,那边的喽兵一瞧,认得是霍道爷,赶紧放过船来,打发人往山寨送信。此时戴魁章正在大厅同宋起凤谈心,只见喽兵报道:"外面霍道爷前来拜见。"

　　书中交代:宋起凤那天在永城街上闲游,听说要备办公馆,迎接钦差大人。他一打听,正是做过河南巡抚的彭大人。他想道:"当初在宋家堡要不是赃官彭大人，何至闹得我家破人亡，把我几百万家私都抄没入官？今天他既到此地，夜晚我到公馆，将他背到红龙涧来千刀万剐。"自己找了酒馆，一喝喝至二更，来到无人之处收拾停当，飞身上房，到了大人的公馆，先在各房窃听。此时北上房西里间，彭兴尚未睡着，正跟彭禄说："他们也自在。大人此时睡了，众位办差的老爷还不回来，天也不早了。"彭禄说："他们也许住在副将衙门，不定回来呢。"宋起凤知道公馆没人，他便放心扑奔东里间，把薰香盒子点着，由窗户中送了进去。有两刻工夫，瞧瞧四外并无动静，这才蹿进屋中，把上下窗户下了，将大人背起，蹿上房去。回到红龙涧，已是天光大亮。

他把大人背到分赃厅，等他岳父戴魁章起来。此时二寨主、三寨主并不在山寨，带着喽兵下山劫镖去了。戴魁章起来后，到了分赃厅，宋起凤过来说："小婿把我的仇人背来了。"戴魁章说："你的仇人是谁？"宋起凤说："就是那奉旨查办的钦差彭朋，我今由永城公馆中把他背来了。"戴魁章一听此言，不觉一愣，说道："一个钦差大人，你怎么背来了？你要把他杀了，情知反叛，皇上岂能跟你善罢甘休？依我之见，不可粗鲁，先把他搁在水牢，听听外面消息，然后再作道理。"宋起凤不敢违抗岳父，就把大人背在水牢里，又回来在大厅一同吃饭。

戴魁章正在为难之际，喽兵来报说："霍道爷来了。"宋起凤说："岳父别叫他进来，多半是彭大人那边的奸细。"戴魁章说："你这孩子胡说乱道，霍大爷跟我是故旧之交，焉能反向彭大人，我得亲身出去迎接。"带着亲随人等出了大寨门，霍秉龄已到近前。戴魁章连忙过去行礼说："兄长在上，小弟戴魁章不知，接待来迟，兄长这向可好？"霍秉龄连忙说："四弟，你我至交，何必客套。"说着，霍道爷在前头走，戴魁章在后跟随，到三道寨门，方一迈步，宋起凤从门后蹿了出来，抡刀照定霍秉龄就剁。戴魁章在后面看的真切，飞起腿来，照定宋起凤身上踢去，将他踢了一个筋斗，摔在就地。霍秉龄说："好孩子，你杀起我来了。"戴魁章啐了宋起凤一脸唾沫说："你霍大爷是我的知己好友，你为什么无故暗算？"霍老道忙闪在一旁说："戴老四，我和你都是知己之交，这孩子不知好歹。"戴魁章说："大哥跟我到大厅之上，我有话说。"霍秉龄说："我今来此，非为别事。我和杨老五都输了，今天有人传言说，由京都来了一伙客人，有二三十万两银子，我约你带着喽兵下山，做个买卖，给我二人补补亏空。"戴魁章说：

"那倒容易,二位哥哥要用个三千两五千两的,只管言语,小弟这里有钱。"霍秉龄问道:"刚才我一进来,宋起凤拿刀就要杀我,说我是奸细,这是怎么一段事情?"戴魁章说:"霍大哥,你也不是外人。"方才要说,只见宋起凤又在摇头摆手。戴魁章说:"你这孩子真乃无知,我告诉你,这是我知已的朋友,你还是不信。这件事即使我告诉你霍大爷,也坏不了事。"宋起凤见实在拦不住,只得说:"你要说就说吧!"

戴魁章说:"有个奉旨查办的钦差彭大人,昨天来到永城,霍大哥你知道不知道?"霍秉龄说:"我知道,杨老五也认识,当年他三盗九龙杯之时,多亏这位大人之力,他很喜爱咱们绿林中人。"戴魁章说:"这位彭大人,因和宋起凤有杀父之仇,昨日晚间,他施展飞檐走壁之能,到了公馆,把彭朋背到我这红龙涧来,正闹得我进退两难。有心杀了他,他是奉旨的钦差,皇上焉能善罢甘休?我这里正没主意。大哥你来了,要代我想个法子。"霍秉龄一听,心中说:"敢情钦差大人真在这里。"

宋起凤一言不发,眼珠一转,计上心来,说:"霍大爷,我有几句话要在你老人家跟前请教!"霍秉龄说:"不知何事,快请说来。"宋起凤便说:"大人现已背来,是杀了好还是放了好?"霍秉龄带笑说:"据我想来,是杀不得的,彭大人官居一品,奉旨查办的钦差,位显爵尊①,咱们要把他一杀,他手下能人甚多,纸里包不住火,没有不透风的墙,倘若被他们知道,奏明圣上,调遣官兵把红龙涧一围,谅咱们这弹丸之地,焉能抗敌天兵。"宋起凤说:"依你这样说,把他放了吧。"霍秉龄说:"放不得,俗话说,擒虎容易放虎难,斩草不除根,终为丧身之本;纵虎归山,长出爪牙定要伤人。你要把他放回去,他记起前仇,调官兵到红龙涧来,那时岂不反受他人之治。"戴魁章说:"宋起凤你听,还是上年岁的人有见识。"宋起凤说:"杀不得,放不得,这怎么办哪?我倒要请教有何高明的主意。"霍秉龄:"我倒有个主意,你们爷两个商议商议,如若好,就依着我说的办,如不好,咱们再想。"戴魁章说:"大哥你说吧。"霍爷问道:"现把彭大人搁在哪里?"宋起凤说:"在水牢里。"霍秉龄说:"你且把彭朋搁一个月四十天的,打听他的办差官都找不着了,散了伙了,皇上家也不追寻了,那时你再把他一杀,这件事够多干净。"戴魁章说:"兄长说的对,你离永城甚近,若有什么

---

① 位显爵尊——地位显赫。

消息，给我送个信来。"霍爷说："就是吧！"

　　喝了几杯酒，霍爷告辞，离了红龙涧，坐船过了河。回到吕祖庙，见了杨香武、武国兴等人，把红龙涧之事细细说了一遍。大家设谋定计，要搭救钦差彭大人。不知后事如何，且看下回分解。

第一四四回

石铸水牢见钦差　刘芳再探红龙涧

话说霍秉龄回至吕祖庙,见了武杰、杨香武。武杰说:"你老人家到红龙涧,可曾探着大人的下落?"霍秉龄把红龙涧之事细述了一遍。武杰说:"这件事可不好办,此时公馆之内没有会水的人。"杨香武说:"高通海呢?"武杰说:"他现在官至提督之职,早就高升了。公馆倒有一位会水的,比高通海水性还好,家住嵩阴县三杰村,名叫石铸,绰号人称碧眼金蝉,盗过皇上的九点桃花玉马。"杨香武说:"不错,我也听说有这么一个人。"武杰说:"二位老爷,如今出了这个岔事,还求你二位到公馆去帮着办理办理。"杨香武同霍秉龄一听武杰的约请,便慨然应允,把吕祖庙一锁,即同武杰来到公馆。彭兴是认得杨香武的,今朝在此地相见,共叙寒温,提说当年之事。

正说着,纪逢春同苏永福、苏永禄回来了,一个个垂头丧气。武国兴问道:"你等出去访拿,可有什么消息?"苏永福说:"我三人出去访查了一天,未知下落。"武杰将他三人向杨香武二位引见,又把前事说了一遍,三人这才明白。正在商议之际,外面有人进来禀报说:"碧眼金蝉石铸来给大人请安。"众人说:"他来就好办了。"

石铸自从追赶三鬼,累得吐了血,回到三仙庄,才请先生调治好了,伍氏三雄又把他送回三杰村。这一天,他内兄刘得勇也把刘氏送回,在家里刚住了一天,门外有一位道长来访石铸。此人就是他的师父,是教他水性与暗器的,姓董名叫妙清,外号人称银须道。今由北海回来,一瞧石铸,给了他一粒百草金丹,才把吐血治好了。他师父走后,石铸把家中事情安置好了,托贾国栋、贾国梁二人照应。这一天晚上,夫妻对坐吃酒,石铸说:"娘子,我明天要去追赶钦差,家中事就靠你料理。我受大人知遇之恩,我当舍死相报。"刘氏说:"我把家中安排好了,上仇桑店去住着。你这一去,为的图个功名富贵,我也不能拦你。"石铸说:"大丈夫生在天地间,总要落一个千古芳名。"夫妻谈了几句话,天晚安歇。

次日石铸起来,收拾停当,带上盘川①,拿了杆棒,辞别妻子,便起身走了。听说钦差公馆在永城,石铸来到门首,便叫差人进去回话,就说石铸前来给大人请安。里面办差官迎接出来,把石铸接进公馆,大家见礼。苏永福说:"石贤弟,你的吐血病好了?"石铸:"多承兄长惦念,小弟遇见师父,给我一粒百草仙丹,已将病治好。我在家接到了一封书信,故此不敢耽延。"武国兴说:"石大爷,我给你引见位朋友。"用手一指说:"这位是人称赛毛遂的杨香武,这位是霍秉龄,这位就是盗玉马的碧眼金蝉石铸,你们三位多多亲近。"石铸说:"这就是盗九龙玉杯的杨五爷,久仰大名,今天得会,真乃三生有幸,求老英雄多多照应!"杨香武说:"英雄无岁,江湖无辈,你我不必说这些闲话,现有一件为难的大事!"石铸说:"大事小事,倒不要紧,我既来了,要先给大人请安。"彭兴和武杰说:"大人昨天在公馆丢了。"石铸听了就是一愣,连忙问道:"怎么大人会丢了?"武杰说:"大人来到永城,副将刘芳请我等前去喝酒,当时公馆没人,大人就丢了;苏大哥先回来的,给我等送信,我等这才知道。今天我出去私访,遇见杨五爷,才知彭大人被宋起凤背到红龙涧,现放在水牢,虽然未死,但恐山贼不定几时就杀了大人,你我要赶快设法搭救。"石铸说:"你们众位不必害怕,虽然红龙涧四面是水,我能进去把大人救出虎穴龙潭。"接着又对众人说:"这红龙涧的地势如何,那水牢由哪边进得去,哪位知道?"霍秉龄说:"这山涧是由西北直奔东南,里头水深两丈有余,浅地方也够七八尺。南边有闸板,水要落下去,就把闸板放下,截起水来,水牢就在这沟涧之内。戴魁章乃鲁莽之夫,里头也没有埋伏,你要会水,由水路进去,倒可以救出大人。若由旱路进去,那三道寨门防守很严,甚不容易,总由水路进去是为上策。"石铸说:"就是我由水路进去,你们几位也不必嘱咐了。"

石铸收拾停当,带上截肘镰刀和紧背低头锥,便起身顺大路直奔红龙涧。到了那里抬头一看,见北岸有许多船只,明分八卦,暗按五行,上面号灯齐明。他飞身便跳下水去,正行在水师营东边,凫有一里之遥,一瞧这道山涧,必有一股流归大河。仰面往上一瞧,东西山头上俱有房屋,里面灯光闪烁。石铸明白,这必是红龙涧了。他凫水就奔这山涧来,见里面宽处有两丈,窄处七八尺,两旁石头上尽是青苔。石铸又往前凫,见闸板提

---

① 盘川——古代对路费的称呼。

在半空,水由闸板下直流。进了头道闸板,凫了五里地,又见一处闸板,铁页子包着,也提上去了。往上一瞧,有二十余丈高,当中似一条线路。石铸钻过二道闸板,一直往里凫,又有四五里才到水牢。

这座水牢在水面上,原是山石掏出的一个大窟窿。从北边有一道台阶上去,有十间房,四十名喽兵围在那里该班昼夜巡查。石铸看罢,用手一按,钻到水牢,一瞧大人正在那里闭目盘膝,坐着睡觉。墙上有一个黄沙碗,有半碗油,点着不明不暗的灯。石铸过来说:"大人受惊了!民子石铸营救来迟,大人急速跟民子归回公馆,再调遣官兵来捉拿这伙贼人。"大人睁眼一瞧,见石铸穿着水衣水靠,便说:"石铸,你怎么知道贼人的下落?"石铸说:"民子在家养病,一接着大人的信,就赶到公馆来了。有人已探访明白,知大人在此遇难,民子故连夜前来。"彭大人说:"你怎么把我救出去呢?"石铸伸手摸出一块油绸来,长有四尺,宽有四尺五六,说:"大人把这块绸子包着七窍,能挡住水,我背大人由水内回归公馆。"大人说:"好!"石铸就把大人背了起来,大人把绸子往头上一罩,拿手拢住了。石铸出了水牢,刚刚来到闸板,说:"大人把眼闭着,拢住绸子,我要钻出水去。"刚一拱身,当的正撞着脑袋。石铸赶紧往上一冒,换了一口气,仰面睁眼一瞧,只听得上头正有人说话:"这个会水的,胆子真是不小,打算要把赃官彭朋救走。你回去吧!就在这水牢内住上两天。"石铸一听此言,便知中了人家的诡计,只吓得惊魂千里!要知后事如何,且看下回分解。

第一四五回

诉前情求放钦差　暗设计刺杀大人

话说石铸中了计策,闸在水牢之内不能出去,只得在石穴之内把大人放下,气得一言不发,大人说:"这个水牢,由北边往上有条路。"石铸出去往上蹭着石头台阶,到上面一瞧,见有铁页子上着锁,也不能出去。石铸无奈,回来见了大人,说:"上面不能出去。"大人说:"你我二人暂在这里,等候饿死了吧。"

杨香武等人一夜不见石铸回来,天光已亮,便把副将刘芳请来,有话要与他商议。手下听差之人,奔副将衙门把刘芳请来,到了公馆与众人见面。刘芳问大人的下落,杨香武说:"石铸昨天奔红龙涧,暗进水牢,至今未回。我这里想出一个主意,跟你商议。当初你父亲的拜兄弟四人,你都还记得记不得?"刘芳说:"我记得头一位大爷,是神偷王伯燕,第二位是金翅大鹏周应龙,第三位就是我父亲花刀无羽箭赛李广刘世昌,第四位是四头太岁戴魁章。"杨香武说:"你这个四叔就是红龙涧的大寨主。你且穿上官衣,我同霍秉龄跟着你去面见戴魁章,求他把钦差放出来,并且叫你四叔洗手,跟你上衙门,他无儿无女,你就养老送他的终。我想戴魁章不能不依从这件事情。"刘芳一想这个主意很好,说:"我去换衣服,吃完了饭,你我三人就去,也不用带人。"

公馆摆上饭来,大家吃完了,刘芳备上三匹马,三人便骑马起身。霍秉龄、杨香武暗带兵刃,出北门顺路走了二十里之遥,来到红龙涧。船上喽兵一瞧,见刘芳头戴纬帽,三品顶戴花翎,身穿官服,外罩红青八团马褂,肋下佩带太平刀。往常杨香武要来,不用回禀就放过船来,今天却不敢自专,先进去回禀。

戴魁章这时正在大厅,宋起凤说:"岳父,昨夜晚水牢上拿住一人,我说霍老道是奸细,你还不信,刚走就有人来探水牢。今天吩咐外头喽兵,若霍老道来,先回禀我知道,不准放他进来。"故此喽兵先进去回禀说:"回禀大王爷知道,外面现有杨香武、霍秉龄,同着永城的副将刘芳来在南岸,要拜见寨主。"戴魁章一听,站起身来说:"我须亲身出去迎接。"宋起凤说:"岳父且慢,今天这来者必有情节,依我之见,还是不叫他进来为妙。"戴魁章说:"你知道什么? 这乃是我的两个老哥哥,既同着本地的官长前来,必有要紧之事。"戴魁章亲身列队,迎出寨门,摆渡直到对岸,见了杨香武,过去说:"大哥在上,小弟戴魁章行礼,霍大哥昨天见过了。"又用手一指刘芳说:"此位是谁?"杨香武说:"我给你引见引见,刘芳过来,给你戴四叔行礼。"戴魁章连忙说:"大哥不可,英雄无岁,江湖无辈,肩膀齐为弟兄,哪有这么称呼的?"杨香武说:"老四,你休这样客套,他并不是外人,乃是河南内黄县野马川花刀无羽箭刘世昌之子,名叫刘芳,字德太,绰号人称多臂膀,现做永城副将。他父亲与你是八拜之交,这还是外人么?"戴魁章说:"你就是刘芳,这可不是外人。"方才同着上船,过了河,来到寨门。戴魁章:"杨大哥、霍大哥是常来的,刘芳却是初次到这红龙涧,且让他头里走。"刘芳不肯,说:"三位都是我长辈,小侄焉能头里走?"戴魁章说:"恭敬不如从命。"刘芳说:"既是叔父伯父吩咐,小侄就在前头引路。"进了寨门一瞧,两旁都是排队的喽兵。

宋起凤自戴魁章出去迎接,他就拿了一把刀在门后等着,只要他三人进来,便将他等杀死,以除后患。他瞧刘芳进来,照刘芳的脖颈抢刀就剁,刘芳手捷眼快,转身一抬腿,将宋起凤的刀踢飞,又进一步把宋起凤踢倒在地。戴魁章说:"好孽障,我来了个朋友,你就想暗害;我的盟侄来了,你又抢刀就砍,若不是他手捷眼快,竟要死在你手里,你也太不知事务了。"说的那宋起凤闭口无言,半天才说:"岳父有所不知,我跟他仇深似海,当年破宋家堡之时,就有他在内,我跟他有杀父冤仇,不能不报。"戴魁章说:"他是本地的副将,既与你有仇,你本该夜晚背刀,到他衙门内去杀他,你在我这里不能如此。从今以后,再不准你二人记仇。刘芳过来,这是你大姊丈宋起凤。"刘芳过来行礼,宋起凤只好答礼相还。

众人一同来到分赃厅落座,杨香武先开言说:"老四! 我等今大前来,内有一段隐情。要是别人之事,我也不管。刘芳他是本地的副将,是你的盟侄,他今天上庙里去找我们哥俩,说钦差大人一丢,他等即要革职拿问,不知道是哪路英雄办的这事? 我二人因知他是你的盟侄,故此把实话告诉了他,今天同他来见你,求你将钦差大人放出来,当面给大人请罪,即可两罢无事。还有一节,刘芳在此做官,你在此地占山,叫别人瞧着也不相宜,打算请你上永城衙门,你又无儿无女,他愿供奉你老人家,送终也有他。人生在世,也无非就是这样。四弟,你想想这件事,我办得算不算粗鲁。"戴魁章听了这一片话,就是一愣。刘芳在旁也说:"四叔,你老人家要这样办理,小侄男就接你老人家去到永城,我单给你老找一处房,叫人伺候。"戴魁章一听此话,心中犹疑①。

宋起凤一听,却怕戴魁章应允此事,放了彭大人。他心中暗想:"有了!我且去到水牢之内,先把赃官杀死,他便答应也晚啦!"宋起凤把主意定了,又一想:"不好!昨日水牢之内,还拿了一个,打算饿他十天八天,再下去拿住他。也罢!凭我这一身能为,也算行的了,我去杀他两个。"想罢,由兵器架上拿了一口刀,转身下去,方要往东拐,刘芳早已看见,就知道宋起凤是不怀好意,要去杀害大人。刘芳追了上去,伸手拉出太平刀一口,一语不发,手起刀落,就把宋起凤杀死。

前边喽兵一齐呐喊,戴魁章站起来往外一瞧,见刘芳已把宋起凤杀死,勃然大怒,说:"刘芳!你胆大真大!"刘芳恼羞成怒,一声喊嚷说:"戴魁章,我已将狗子杀死,你要替他报仇么!"刘芳总是年轻,伸手由兜囊掏出石子,照戴魁章头上打去。那戴魁章头上有三个粉瘤,故此人称四头太岁,今天被刘芳一石子打在粉瘤之上,打的哇呀呀直嚷,伸手抄起双戟,吩咐喽兵鸣锣聚众,连杨香武、霍秉龄一齐拿住。戴魁章把双戟一摆,直奔刘芳。众喽兵把霍秉龄、杨香武围上,各执刀枪棍棒,齐声喊嚷。

正在这个景况,只见山后来了金花、银花、金瓶、银瓶四位压寨夫人,人称四美,各摆兵刃来至前厅,一齐上前围住了杨香武和霍秉龄。杨香武说:"好戴老四,你真翻脸不认人,我自来没栽过筋斗,今天老哥哥的命不要了,跟你拼啦!"两下动手,正在不分上下之时,只听喽兵说:"姑娘来了。"刘芳动着手,留神一看,见由后院出来了一位如花似玉的女子,年有十七八岁,身穿桃红色短绸衫,外套镶金边的坎肩,腰系雪青汗巾,葱绿绉绸的中衣,南江宫缎花鞋,瑶池仙子,月殿嫦娥也不如她。这女子一到,刘芳他三人要想逃走,势比登天还难。要知后事如何,且看下回分解。

———————

① 心中犹疑——心中犹豫。

第一四六回

刘芳怒杀宋起凤　周庄水牢请英雄

话说刘芳与戴魁章动手,正杀得难解难分。戴魁章虽然勇猛,因瘤子一破,痛得心虚发慌。听到姑娘来了,只见她摆刀直奔刘芳。刘芳本不是戴魁章的对手,又来了一个帮手,便想逃回永城,调官兵来围困红龙涧。刚蹿上房去,那姑娘抖手一飞爪,便将刘芳抓下房来,叫喽兵捆上了。姑娘又奔杨香武、霍秉龄而来,来至近前,掏出墨羽飞篁石子,先把杨香武打倒,霍秉龄亦被她的绊腿绳绊倒。二位老英雄上了几岁年纪,都是力尽精乏,被他们拿住。戴魁章吩咐暂将他们搁在空房之内,等我歇息之后,将他们碎尸万段。众喽兵把三人捆好,抬着扑奔东跨院。在搁大人的水牢北边,上面也有铁叶子,把他三人搁在荆条筐内送下去,两个喽兵也顺着台阶下去,把三个人捆在木桩上,再出来将铁页子盖上,用锁锁好。那上面有三间房屋,由五个喽兵昼夜看守。喽兵回到前寨,早有人把宋起凤的死尸装殓起来。金花给戴魁章上了刀疮药,四个美人把他送往后寨,给他压惊解闷。

刘芳在水牢内说:"戴魁章翻脸无情,我死了不要紧,连累他们二位跟我受罪。"杨香武哈哈大笑,说:"我是洗手的人,生有处,死有地,虽然咱们爷们死了,也落个忠义之名。"刘芳说:"你我不要紧,还有个钦差大人,要是死在这里,皇上焉能不调兵剿他!"天有初鼓,刘芳心想:"我这个副将得来也不容易,要是死在这里真冤!"他越想越烦,只听铁叶子哗啦一响,下来一人,手中拿着红纸灯笼。霍秉龄只当是戴魁章派人来杀他们,仔细一看,这人已有六十余岁,花白胡须,身穿蓝缎裤袄,白袜青鞋。他来在刘芳面前,用灯笼一照,说:"这是刘大人么?"刘芳说:"不错!你要做什么?"那老丈说:"我奉家主之命,前来请你到上头有事。"刘芳问道:"你家主人是戴魁章么? 我二人是仇人了,请我做什么?"那老人说:"我家主人并不是戴魁章,大人上去,到我们那里就知道了。"他把刘芳的绳扣解开说:"大人可不能走,这红龙涧如同铁壁铜墙,天罗地网,外头巡查的人甚多,大人走也走不了。"刘芳说:"是了!我且跟你前去,见你家主人,你前头带路。"

那老汉打着灯笼,刘芳跟随在后,顺台阶出了水牢。一直拐过两层院子,便是座大花园,内有北房三间,东西厢房各三间,北房中灯烛辉煌。那老丈把帘栊一掀,刘芳进了屋中一瞧,屋内倒也干净,靠北墙有一张花梨木条案,东边摆着乳泉窑大瓷瓶,西边摆着文王百子图的果盘,上有佛手、木爪,当中金鱼缸内,养着龙睛凤尾的淡黄金鱼,两边有两架盆景,墙上挂的四条屏,画着杏林春燕,有一副对联,写的是:

业能养身须着意,事不关己莫劳心。

头前一张八仙桌,两张太师椅,桌上用斑竹攒成一只笔桶,旁边有一块端砚及文房四宝。东里间挂着落地幔帐,西里间围屏床帐俱全,屋内并无一人。刘芳在椅子上坐下,那老丈把蜡花夹了一夹,去了不大的工夫,端进一个茶盘来,有小茶碗两个,小瓷壶一把,倒了一碗茶,说:"大人在此少坐,我去请我家主人。"刘芳说:"你去吧,急速快来。"老人家便转身出去了。

刘芳在屋中等候多时,听大寨已交二鼓,才见那老丈回来,笑嘻嘻地说:"大人饿了,我给大人预备点饭,我家主人少时就来。"刘芳本来在公馆就吃的不多,此时火也下去,又喝了两碗茶,肚内发空,听老丈说要预备饭,便说:"甚好。"老丈转出去端了几样菜,拿了一壶绍酒来,刘芳也不做假,自斟自饮,吃了个酒足饭饱。刘芳说:"老人家,饭若是还有,到水牢给我们两个难友送一份去,还有我们钦差大人那里,也求你费费心。"那老丈说:"有我去办理,少时就回来。"刘芳说:"你去吧!"

老丈先给杨香武送去两份饭,又来到钦差大人的水牢,见那些看水牢之人俱已睡着,便私自把钥匙盗了,出来把铁叶打开,将一壶酒和几样点心搁在小筐内送下去,蹲在上面说道:"钦差大人,这筐内有几样点心,暂为充饥,等半天就来救大人出这龙潭虎穴。"石铸过来把小筐接下去说:"你是谁?"上面答言说:"小人姓周名庄。"说完了话,把下面的筐再拉上来,照旧把铁页子锁上,把钥匙仍放在原处,转身回到后面,一瞧刘芳还在那里吃茶。

刘芳一见他进来,说:"这般时候,你家主人还不来,是什么情节?"老丈说:"我家主人正同压寨夫人在那里说话。"正说着,听外面有脚步响,

老丈说："我家主人来了!"帘栊一起,进来一个如花似玉的美人,怎见得,有词为证:

> 只见香风阵阵,行动百媚千娇。巧笔丹青难画描,周身上下堆俏。身穿蓝衫可体,金钗轻拢鬓梢。销金扇子手中摇,粉面香腮带笑。

仔细一瞧,却是白天拿他的姑娘,进来跪在地下说："难女白天冒犯虎威,冲撞大人,望乞恕罪!"刘芳说："你是什么人,见我有什么事?"那老丈也在一旁跪下,二目落泪,痛苦地说："大人要问,内中有一段不白之冤。我家主人姓王,原籍顺天府大兴县人,名叫王文贵,在陕西做二府同知。只因夜晚出去办案,把腿摔坏了,告了终养,回归原籍。路过此地时,寨主戴魁章的两个拜弟,铁面大王朱义、混江鱼马忠,带领喽兵下山,把主人主母杀死,几个家人也都跑了。我家姑娘那时才九岁,是我苦苦给山贼磕头,才把我主仆二人带进山寨,留我当家人,伺候众位寨主。戴魁章喜爱我家姑娘,他夫妻两个教我家姑娘长拳短打,刀枪棍棒。前年梁氏一死,那戴魁章行同禽兽,竟要收我家姑娘做压寨小夫人。多亏二寨主苦苦劝他,才未成事。我家姑娘因为此事,还上了一回吊。后来我把从前之事告诉了她,我家姑娘就惦念着替父亲报仇。今天白昼动手,我家姑娘把大人拿住,回到后面,我对她说,来的都是跟钦差大人的差官,我家姑娘才派我到水牢把大人请出来,打算商议商议,救出大人,里应外合,倒反红龙涧,捉拿戴魁章。"刘芳说："你们可有什么主意?"周庄说："有!打算求大人写封信,我亲身送到公馆,去调官兵前来。我把水牢铁页子打开,把钦差和众位救出来,外头官兵往里杀,里头往外杀。只要出去时,大人给我姑娘安置个地方。"刘芳说："姑娘请起,你拿笔来,我给你写信。"王媚娘起来,在旁边一站。刘芳说："这信我写了,你明天送到永城十字街前公馆,有一位武老爷,是江南人,你把信交给他。还有一件事,你家姑娘出去,可到我衙门住着,我给他找个门当户对的人家。你二人是我救命的恩人,我刘芳不能不报。"周庄说："只求大人收我家姑娘为侍妾。"刘芳点头。周庄把刘芳送回水牢,次日送书信,请群雄大破红龙涧。要知后事如何,且看下回分解。

第一四七回

见书信群雄定计　谢家沟贼人遇贼

话说刘芳写好了书信，交给周庄，仍回到水牢之内。次日，周庄把书信拿到公馆，对听差的人说："这公馆有位武老爷，我要见见他，有机密之事。"听差人问他名姓，周庄说："我姓周名庄，有紧要书信面交。"听差人进去回禀了，出来说："武老爷叫你进去，跟我来。"周庄便跟着到了里边。

众位英雄正因杨香武、霍秉龄、刘芳上红龙涧，至今未见回来，甚是着急。听到有人来看武老爷，下机密书信，众人忙说："把他带进来。"周庄进来后，武国兴说："我就姓武，有书信拿来我看。"周庄把书信呈上，武杰打开一看，上写道：

国兴贤弟如晤：昨日同杨、霍二位由公馆起身，来到红龙涧。不料戴魁章翻脸无情，彼此动手，怎奈寡不敌众，我三人被获遭擒，捆在水牢之中。幸有周庄主仆，原是良善之人，系被贼人抢掠进山为寇，晚间由水牢将兄救出，告诉前情，愿为内应，捉拿贼寇，以报前仇。务望贤弟约请众位英雄，攻打红龙涧，你我里应外合，可以救出钦差，幸①无迟误为盼！此请

兄刘芳手缄

武杰看罢，与大众诉说此事，然后又问周庄："你是哪里人？你家主人是怎么一段情节？"周庄说："小人叫周庄，因我家主人卸任归家，被贼杀死，小人苦苦哀告，才将小人并我家姑娘带进山去。那时我家姑娘九岁，戴魁章夫妇甚是疼爱，教练长拳短打，刀枪棍棒。前年他原配之妻一死，戴魁章就起禽兽之心，要收我家姑娘为妾。多亏二寨主苦苦劝他，始得保住我家姑娘的名节。是我把前情向姑娘说明，我家姑娘想报父母之仇，又怕贼人心怀不良，落在贼人之手。故此请出刘大人，定下计谋，情愿里应外合，逃出火坑，捉拿贼人，倒反红龙涧。"

---

① 幸——希望。

正说之际，又有听差人进来禀报说："河南上蔡县葵花寨的铁幡杆蔡庆前来给大人请安，现在门口下车。"武国兴与纪逢春、苏永福、苏永禄、李环、李珮一齐迎接出去。只见一辆太平车，套着两匹黑骡，赶车的人有二十多岁，甚是雄壮。一看蔡庆，头戴马连坡草帽，面皮微黑，身穿青洋绉大褂，足下青缎快靴，花白胡须，二目神光满足。车上坐着金头蜈蚣窦氏。这夫妇两个，由上蔡县葵花寨起身，要奔大同府去看女儿蔡金花。因听说大人在永城，故绕道前来，给大人请安。武国兴过去见礼，说："姥爷、姥姥在上，外甥男行礼。"纪逢春过去就说："蔡大爷好呀！"武国兴瞪了傻小子一眼，心里说："混账东西！讨我的便宜。"李环等行礼，把蔡庆、窦氏让进公馆。武国兴已叫听差人等给周庄备饭，此时正在那里吃饭。

蔡庆进来，彭兴等过去行礼，都知道是大人的亲家。大家行完了礼，蔡庆说："大人在哪里？我给大人请安。"彭兴说："大人你见不着了，我们这里正为难呢！大人夜晚被宋起凤偷着背到了红龙涧。那里的山大王叫四头太岁戴魁章，把大人搁在水牢之内。石铸去救大人，也被他擒了。昨日刘芳同杨香武、霍秉龄前去，也被他人拿住。现时这周庄刚送信来。"蔡庆一听，叫人把信拿来一阅，又把周庄叫过来说："周庄，你先回去，天至正午时，你把众人救出来，把兵刃给预备好了，我们就到。我与戴魁章素有旧交，我先去说合此事，他如应允，两罢甘休，如不应允，再动手拿他。你先救出众人要紧。"周庄转身告辞走了。

蔡庆说："我与戴魁章从前相好，武国兴、纪逢春，你二人就说是我的徒弟，李环、李珮就说是绿林的朋友，前去拜望他。苏永福、苏永禄调本处官兵接应。我先跟他说合，他如依从，把大人请出来，两罢甘休；如不依从，再行拿他。"大家商议好了，武国兴请蔡庆用过早饭，再由公馆起身。蔡庆说："已经吃过。"武国兴说："既然吃过，你我就走。"

众人暗带兵刃，连金头蜈蚣窦氏一齐上了车。赶车的秃子刘亮，一摇鞭出了北门，二十里地，展眼工夫就到了红龙涧。来到河沿，秃子刘亮捏嘴一吹呼哨，那边放过两只船来，船上喽兵问道："是哪路的英雄？来此何干？"蔡庆说："我乃河南上蔡县葵花寨的寨主铁幡杆蔡庆，前来拜望你家寨主。"喽兵便进去通报。

戴魁章坐在大厅，思想拿住了这些人怎么办，正不得主意，打算等二弟朱义、三弟马忠回来，再行商议，见有喽兵进来禀报说："铁幡杆蔡庆夫

妇,带着朋友前来拜访。"戴魁章想:"这是我知已的朋友,须要出去迎
接。"便吩咐喽兵摆队,大开寨门,亲身出来迎接。到了河岸,见蔡庆已下
了车。戴魁章说:"蔡庆大哥在上,小弟有礼。我时刻想念哥哥,今日得
见,真乃三生有幸。"又赶过去给嫂嫂行礼。蔡庆说:"贤弟久违。"窦氏
说:"戴老四,几年不见,你发福了,一向可好?"戴魁章说:"托福!"蔡庆
说:"戴老四,我给你引见引见,这二位是江湖绿林中人,李大爷和李二
爷。"用手一指武杰说:"这是我二徒弟。"又指着纪逢春说:"这是我大徒
弟,他是哑巴。"原来他们在路上,嘱咐纪逢春不要说话,怕他说漏了,等
到动手时再说,就说他是哑巴。众人彼此见了礼,一同上船过河,来至大
寨,只见众喽兵虎视眈眈,排队站立。

到了分赃厅,分宾主落座,刚要说话,又见喽兵慌慌张张跑进来说:
"二寨主、三寨主劫镖回头,在河岸下马,禀报大寨主知道。"

书中交代:二寨主朱义,三寨主马忠劫的是山西红旗李煜的镖。李煜
打发徒弟蓝猛头一次保着三十万银子入都,沿路各山寨都送去了信。戴
魁章跟李煜是故旧之交,蓝猛走在这里,把书信送到红龙铜,戴魁章不好
意思去劫,故此打发朱义、马忠改扮行装,跟出去两站再劫。

这一天,蓝猛正往前走,来到四野无人之处,只见由对面树林之内,一
声呼哨,放出几支冷箭。从里面出来四五十喽兵,都是花布手巾包头,身
穿蓝布裤褂,白袜子,花绑腿,手中使四尺多长的斩马刀。为首的朱义、使
三股烈焰托天叉;马忠使三尺青铜蛾嵋刺,把镖车一拦,大家齐声嚷:"不
种桑来不种麻,全凭利刃作生涯。若要不信从此走,一刀一个尽皆杀。"
蓝猛一瞧,说声"不好!"客人又没跟着,就是他一人,说:"二位合字请了,
在下姓蓝名猛,我师父是红旗李煜。"朱义、马忠说:"不认得你,也不用道
字号,留下镖来,万事皆休,如若不然,叫你死无葬身之地。"蓝猛一听,知
不是行中的人,抖手中枪分心就刺,朱义用叉往外一叉,马忠又摆蛾嵋刺
扎来,蓝猛敌住二人,并无半点惧色。斗够多时,蓝猛终是寡不敌众,只累
得浑身是汗,遍体生津,自己虚扎一枪,拍马败将下来。

朱义、马忠告诉赶车的往回走,喽兵押着,走有三十里之遥,天色已
晚,来到了谢家沟。路东有座大店,写着"谢家老店,安寓客商"。车辆进
店,他二人住在上房,喽兵住在东西配房。两个人要了一桌上等海味席,
喽兵是六人一桌的便席,吃喝完毕,叫伙计算账。只听一声锣响,有人要
在谢家店抢镖。要知后事如何,且看下回分解。

第一四八回

蔡庆一怒抢寨主　窦氏翻脸战马忠

　　话说朱义、马忠打了店中伙计。伙计说："你们真不睁眼,寨主爷今天就在院中。老掌柜的,快出来,这两个不讲礼。"只听东院中说："哪里来的无知小辈,敢在这里撒野? 小子们鸣锣聚众!"只听当啷啷的大锣一响,由东院中出来有五六十名打手。为首的两个人,头一个身高八尺,面皮微紫,粗眉大眼,准头端正,花白胡子,身穿蓝绸子裤褂,足下青缎快靴,手中擎着一条铁棍。后跟那人,身躯矮小,项短脖粗,身穿青绸裤褂,足下青缎快靴,手使一对虬①棒。他们来在院中,一声喊嚷说："你两个睁错眼了,在我这店中,谁敢打我的伙计,在太岁头上动土,今天你两个且留下!"朱义拧手中枪,马忠摆青铜蛾嵋刺,跳在院中。

　　书中交代:这开店的人姓谢,人称金头太岁谢自成;使虬龙棒的是他师弟,叫矮金刚公孙虎。他们在店中也有几十名打手。今天看见朱义带着喽兵,各拿兵刃进店来,就知道他不是好人,这镖必是抢来的,故此带着打手,要把镖留下。朱义、马忠摆兵刃正要动手,只见从房上蹿下一人,跳在院中,说："大家且慢动手,幸亏我来了,都是自己人,我要来迟就坏了。"朱义一看不是外人,原来是拜弟一枝桃谢虎,今年十七岁,跟他叔父练了一身好功夫,到后套《施公案》里捉拿的一枝桃,就是此人。他赶过来说："叔父在上,这是我两个拜兄,红龙涧的二寨主、三寨主;这是我叔父,这是我叔叔公孙虎。"朱义、马忠见礼,谢自成说："原来是二位贤侄。"一同进了上房。谢虎说："二位兄长,哪里做的买卖?"朱义把劫蓝猛的事说了一遍,天晚各自安歇。

　　次日朱义、马忠告辞,店里也没要他们的饭钱。他二人回到红龙涧,派喽兵先进去回禀,他二人看守镖车。戴魁章一听,吩咐有请。朱义、马忠进来说："蔡大哥! 你老人家原来在此。"蔡庆说："二位贤弟! 我一来

---

　　① 虬(qiú)龙——古代传说中有角的小龙。

瞧瞧你等,二来还有一件小事,要与你等商议。"朱义说:"蔡大哥从哪里来的?"蔡庆说:"我由葵花寨起身,来至永城瞧一位朋友,顺便看望你等。"戴魁章吩咐献茶,喽兵端上茶来。蔡庆说:"四弟,今天我有件事跟你商议。我来到永城,听说钦差大人被你的亲戚宋起凤背到这里来了。我想你是明白人,怎么做这糊涂事?他是奉旨的钦差,你要害了他,皇上焉能善罢!依我之见,你把钦差彭大人请出来,当面请罪,我把大人带走,兄弟你还占你的红龙涧,两罢甘休,你看好不好?"戴魁章把眼一翻说:"蔡大哥!我只当你来瞧我,原来也是为赃官彭朋,你们都是他一党。"

这个时光,金头蜈蚣窦氏早已下了分赃厅,周庄点头,叫她跟着到了后面,把那里的喽兵全皆杀死,将铁页子的锁拧开,把刘芳、杨香武、霍秉龄放了出来。那边石铸也把大人背了出来。周庄早已把各人的兵刃预备好了,大家齐抄兵刃,杨香武说:"我跟着霍大哥到前头帮忙。"刘芳说:"我保大人。"石铸说:"我背大人。"窦氏才要过来行礼,只听那边一声喊嚷,说:"伙计拿奸细,今天你等休想走一个。"马忠摆青铜蛾嵋刺,带着四十名喽兵,早把金头蜈蚣的去路挡住。

原来,前面蔡庆跟戴魁章一句话说翻了,蔡庆一脚把桌子踢倒,众人齐抄兵刃动手。马忠想先把钦差大人杀了,然后再把蔡庆等俱皆杀死,这个红龙涧也不要了,只带着喽兵奔潼关去。那里有他的战友,正在招军买马,聚草屯粮,以图大事,早已有人送信前来,应许封他等为一字并肩王。想罢,用手中蛾嵋刺一指,带着四十名喽兵,直奔东跨院来。到了水牢一瞧,见窦氏正在放人,便叫喽兵摆开,一声喊嚷说:"窦氏贱婢,你敢在此多事。"窦氏一瞧,说:"马忠,好猴儿崽子,你也不知道老太太的厉害,今天我要管教管教你。"一摆虎头钩,马忠摆青铜蛾嵋刺,二人杀在一处。杨香武、霍秉龄蹿房越脊,奔分赃厅去了。刘德太说:"我来开路!石大哥,你我先将大人背出红龙涧,抢到贼人的船只,先把大人渡过河去。"石铸说:"很好!"这时,马忠一刺把窦氏的裤子撕了一个洞,羞得窦氏蹿房就跑。马忠又摆蛾嵋刺扑向刘芳。石铸顾不得刘芳,背着大人就蹿上矮墙。只听外面锣声震耳,喽兵越聚越多,展眼有二百多人,已把刘芳围住。

这时马忠蹿至分赃厅,一瞧戴魁章敌住蔡庆,四位压寨夫人敌住武杰,纪逢春、朱义战住杨香武、霍秉龄,外有喽兵三百多人帮着动手。他带一百多喽兵,就往外去追赶石铸。石铸背着大人,沿路有喽兵阻挡,他又要动手,又要保护大人,十分费事。马忠一声喊嚷,说:"小辈!你趁早把赃官放下,饶你不死。"石铸背着大人跑出寨门,一直奔命似地往前走,快到河沿,又见水师营的锣响,出来有二百余喽兵,当中有两个头目。石铸扑奔正东,躲开贼人的水队,边走边说:"大人不要害怕,只要凫过水去,就不怕了。"来到河沿,就跳下水去。后面马忠喊嚷,说:"水师营的水手,张蛟、张鳌赶紧齐队,那边就是赃官彭朋,若要拿住,赏银一千两。"张蛟、张鳌一听,呛啷啷一棒锣,出来了二十只飞虎船,往日一船四个水手,今天用了八人,多加一倍。马忠跳下船去,船分两队,双龙出水似地追赶石铸。石铸在水中背着一个人,不大得力,又见前面两边有人,也不知道是何人?只听后面喊杀连天,回头一看,见船由东西两路追下来,东西一碰,便将石铸围在当中。马忠在船上喊嚷,说:"众喽兵听真,你等大家齐心努力,快把赃官彭朋拿住。此时赃官有如笼中之鸟,釜中之鱼;若叫他逃了,就如同纵鱼入海,放虎归山。"大家齐声答应说:"寨主不必嘱咐,我等必要努力。"

大人在石铸背上一瞧,见贼党甚众,便说:"石铸,我看你顾前不能顾后,顾右不能顾左,上不至天,下不至地,背着我焉能打仗?你快把我放下,你由水中逃命去吧!我虽死在水中,倒落个整尸首,免被贼人擒去。你逃到公馆,再告知地方官,调兵来给我报仇。"石铸一听此言,如万把钢刀刺心,甚是难过,便在水中涕泣说:"民子受大人之恩,既然从龙潭虎穴背出大人,来到此处,焉能舍了大人,我去逃命?活着我跟大人活,要死我跟大人死。"大人一听石铸这话,心中也甚是难过。

只见在那飞舟之上,马忠一声喊嚷,说:"背大人的那个小辈,你可有名姓?"石铸凫着水,把眼一翻说:"大太爷家住河南嵩阴县三杰村,姓石名铸,人称碧眼金蝉,盗过玉马,已改邪归正,保了彭大人。你等要知大太爷的厉害,叫我把大人背走。大人有好生之德,饶你不死。"马忠一听,原来你就是石铸,今天我也不跟你动手,只吩咐手下喽兵,响梆子放箭,把赃官射死。石铸一瞧不好,自己能拿兵刃拨挡箭枝,后面却不能护庇大人。正在危急之际,只听水面哗啦一响,由贼人船缝中挤进一只浪里钻的船来。船上有杆大红旗在空中飘摆,蜈蚣走穗,焰火掐边,坠脚铜铃被风一吹,哗啦啦地在响。船头站立一人,身穿麒麟宝铠,怀中抱定宝剑。要知后事如何,且看下回分解。

第一四九回

请侠义红龙涧要镖　见钦差马玉龙拿贼

话说石铸背着钦差大人，被马忠所困；正在危急之际，见西北来了一只浪里钻，船上站立的正是马玉龙。

只因蓝猛在漫山洼丢了镖，自己正要上吊，又一想说："且慢！临来之时，我师父说过，在河南地面上，要有紧急为难之事，到龙山请那公道寨主帮你。我今在此正自为难，何不亲身到那里去，请他给我寻找三十万银两的镖。"想罢，立刻催马走了一夜，到次日早饭后，便来到龙山。

一进山口，有巡路人拦住，说："你往哪里走？前面就是山寨。"蓝猛跳下马来，一瞧此人年有二十余岁，头戴老虎帽，身穿月白裤褂，套着号衣，上面写着"龙山练勇余德胜。"蓝猛说："我乃山西保镖的，保着三十万两银子的镖，在离此不远之处被人劫去。久闻龙山寨主是侠义英雄，特来拜求寨主，给我寻找。"那喽兵说："你跟我走吧！"就带着蓝猛进山，来到了寨门的号房，说："你这里等着，我进去回禀一声，见与不见，听我的回话。"喽兵转身进去，不多时，从里面出来说："我家大王有请。"

蓝猛进寨门一瞧，两边排着的都是老虎兵。马玉龙在当中站定，面色微白，白中透润，鼻如玉柱，唇似涂脂，身穿蓝绸衫，足蹬官靴，年有二十余岁，精神满足。蓝猛过去行礼说："久仰大王威名，今得见尊颜，真乃三生有幸，小人蓝猛有礼。"马玉龙答礼相还，让进大厅，分宾主落座。马玉龙说："蓝大哥，方才我听手下说，是你把镖丢了，不知丢在何处？劫镖之人使什么兵刃？有几个人？是什么样？"蓝猛说："我这镖丢在漫山洼，劫镖的有五六十人，一个黄脸的使蛾嵋刺，一个黑脸的使三股叉。"

马玉龙一听就明白，吩咐预备船，船上插一支号令，又叫手下人备饭，陪着蓝猛吃完了，即一同上船。马玉龙身穿麒麟宝铠，怀抱湛卢剑，吩咐开船。离红龙涧还有四五十里之遥，船多靠了岸，吩咐众喽兵下水。马玉龙带蓝猛坐着一只船，那些喽兵就在水里跟随。来到红龙涧，一听梆子直响，不知何人正在打仗？马玉龙这只船挤进船缝，只听得红龙涧的水兵直嚷说:"赃官彭朋,你与石铸二人今天死在乱箭之下,休想逃活命。"马玉龙在船上一听,心想:"原来是盗玉马的石铸在此。我久仰此人,恨不能见面,焉想今天在此奇遇?"见他背着钦差大人,便在船头嚷道:"石大哥,快把大人背到这里来。"石铸一瞧,知是龙山的马玉龙,急奔过来上船。

混江鱼马忠一瞧,气得颜色更改,说:"对面来者,你我是连山的街坊,为何干预我的事情?"马玉龙说:"乱臣贼子,人人得而诛之。钦差大人乃是忠良,为国为民的清官,你为何做此伤天害理之事?"大人在后面问石铸说:"你可认识此人?"石铸说:"久闻此人侠义英雄,乃是龙山的马玉龙。"大人说:"既然如此,吩咐马玉龙即将这伙贼人并贼首戴魁章拿获,不准一人漏网。"石铸站在船头说:"马贤弟! 大人有谕,命你赶紧拿贼。"

马玉龙怀抱宝剑直奔马忠。马忠在船头用手中青铜蛾嵋刺一指说:"马玉龙,你太不知自爱。"马玉龙说:"你这山贼草寇,不知国法王章,任意胡为! 谅你这无名小辈,胆敢发威。今天我为蓝猛要镖,扫灭你这伙贼寇。"马忠往水中一跳,说:"来,你我在水内战几合,你若能够赢得了我这蛾嵋刺,饶你不死。"马玉龙一听,也蹿在水内,二人各摆兵刃,来往恶斗。原来马玉龙深通水性,水内战斗最是他的能处。他在水中能看三丈远,马忠也能看三丈,两人走了十几个照面,不分输赢。马玉龙一剑将马忠的水衣划破,马忠只吓得惊魂千里,顺水逃上船去。

马玉龙又吩咐响梆子放箭。诸葛鼓一响,由水内上来二百飞虎兵,露出半身,各人身穿油绸号衣,手使三截钩连枪,背着竹炮。马忠一瞧,就是一愣! 由水内出来的二百水兵,人人踊跃当先。马玉龙二次诸葛鼓一响,二百水兵一字排开,俱把竹炮换在头里。三次诸葛鼓一响,一阵连珠炮,竟把马忠的船打翻十只,马忠落在水内蹿跳。马玉龙先带蓝猛来到南岸,查点镖银,分毫不短。蓝猛叩谢了马玉龙,仍然保镖去了。

这时只见正南尘沙滚滚,土雨翻飞,又来了一千马步军队,打着永城副将的旗号,带官兵的是苏永福,苏永禄,本城的参将、游击、都守也来了。队后抬一大轿,是大人的管家彭福、彭禄,预备官服来此迎接。钦差大人上了马玉龙的船,苏永福和众文武等过来参见大人。大人吩咐马玉龙带着水队,同石铸凫过水去捉拿贼寇。

马玉龙带着二百飞虎兵,同石铸凫过水去,来到了大寨。此时铁幡杆蔡庆正累得热汗直流，口中带喘，难以敌挡。戴魁章的几百喽兵把武杰、纪逢春、李环、李珮、杨香武、霍秉龄、刘芳围在当中，正杀得难解难分。只听得外面一阵大乱，马忠由前面败了进来，一见朱义就说："二哥，大事不好了。现有龙山马玉龙率领他本山的二百喽兵，杀进了红龙洞，二哥要早做准备。"朱义把叉一摆，带亲随百十人来到寨门，吩咐把寨门开放，只见马玉龙同着碧眼金蝉石铸来至近前。朱义用手中叉一指，说："马玉龙，你胆敢前来送死，我来替你三弟报仇吧！"摆手中叉照马玉龙分心就刺，马玉龙用宝剑往上一迎，呛啷啷一响，便把叉头削为两段。朱义拨头就跑。马忠在旁边说："二哥，你看大事不好了！这都是戴魁章宠信宋起凤，把你我铁壁般的一座大寨，闹得冰消瓦解。你我二人趁此走吧，不必跟他在此捣乱！"二人由后寨逃走，直至后来在大狼山二次出世。这是后话，暂且不表。

且说马玉龙来至大厅前，一瞧众喽兵把差官困在当中，那铁幡杆蔡庆与戴魁章正杀得难分难解。马玉龙正要过去相助，见那边跳过来一个年轻的少妇，粉面朱唇，约有二十余岁。头上绢帕包头，身穿银红色短汗衫，足下红缎宫鞋，腰系蓝绸汗巾，来至马玉龙面前，用刀一指说："呔，小辈你是何人？胆敢在这里撒野。"马玉龙说："我乃龙山公道大王，奉钦差大人之命，特来剿灭你这伙山贼。你这妇人趁早闪开，叫戴魁章过来送死。"那妇人说："我乃压寨夫人金花是也，你既是龙山大王，为何帮着彭大人？依我之见，你我都是连山的街坊，何必帮着外人，与我等为仇。"马玉龙说："贼婢！皆因戴魁章目无王法，私把钦差彭大人抢掠上山，现有官兵前来，竟敢拒捕！"金花听罢，照定马玉龙抢刀就砍。马玉龙往旁边一闪，说："你这小妇人，还不急速退去，我有心结果你的性命，恐污了我的宝剑。"金花对马玉龙颇有爱慕之心，虽然动手，却眉眼传情，言语勾挑。马玉龙乃是烈性的男子，一瞧这妇人举止轻薄，气往上冲说："你这妇人着实讨厌，待我结果你的性命。"宝剑一摆，三五个照面，竟将金花一剑挥为两段。银花一瞧姊姊被杀，并不答话，摆手中双刀照马玉龙砍来。马玉龙用拨草寻蛇式把双刀削断，举起宝剑又将银花杀死。金瓶一瞧二位姊姊被马玉龙杀死，勃然大怒，赶奔前来。书要简短，四个美人一连俱被马玉龙杀死了。

戴魁章一瞧这事情不好，只气得哇呀呀直喊！再一瞧喽兵俱已逃走，朱义、马忠也踪迹不见。龙山的飞虎兵遇人便杀。马玉龙摆宝剑跳过来，石铸在后面喊嚷，说："众位办差的老爷听真，这位乃是龙山马玉龙，奉钦差大人之命，前来捉拿戴魁章。"蔡庆往旁边一闪，马玉龙一摆宝剑，扑奔戴魁章。戴魁章不敢交锋，拧身跳出圈外，扑奔寨门，往外逃走。此时马玉龙等在背后紧追不舍。戴魁章打算今天逃出潼关，奔庆阳府连环寨，以图后来报仇雪恨。后边马玉龙喊嚷，说："戴魁章你休想逃走，我奉大人堂谕，定要拿你。"戴魁章跳下水去，马玉龙和石铸也跟着下去，相离不过两箭地，眼看就要追上。戴魁章急急忙忙，回头一瞧，见马玉龙相离有一丈远，说："马玉龙，我与你素不相识，生平未会，往日无冤，近日无仇，你为何苦苦追赶于我？"马玉龙说："我与你虽无冤仇，但奉大人之命，要拿住你交与钦差。"戴魁章当下并不多言，仍然凫水逃命，正往前走，只见对面哗啦一声水响，又出来一位惊天动地的英雄，手使一对子母鸳鸯锤，把他的去路挡住。要知后事如何，且看下回分解。

第一五〇回

捉山贼魏国安出世　灵宝县苏永福被杀

话说戴魁章正往前面凫水逃走，只见对面水中出来一个人，手中摆子母鸳鸯锤挡住去路。戴魁章看那人有三十以外，是个秃子，身穿水衣水靠，面皮微紫，紫中透亮。石铸在后面一看，认得是师兄追云太保魏国安。

书中交代：来者这位，家住在天津卫河东水碓子。自幼儿拜银须道董妙清为师，练就水上功夫，长拳短打，刀枪棍棒，样样精通。他与石铸是师兄弟，在绿林中偷富济贫，杀贪官，斩恶霸，到处剪恶安良。只因他在家中，为朋友打伤人命，到案打官司，又从监狱逃出，流落到了河南。今天看见红龙涧有无数官兵前来剿贼，他意欲帮着拿贼，到树林中换上水衣，入水正遇戴魁章。他一见戴魁章就是一锤。戴魁章正要往岔路逃走，即被后面马玉龙施展鹰爪力的功夫，将他抓住，不能脱身。马玉龙将他拉至南岸捆好，一瞧山寨已经起火。周庄同王媚娘收拾细软金银，出山直奔永城，先找店住下，静候刘芳的消息。里面剩下的喽兵还有三百五十余名，抄出贼人财物二百车，贼船二十五只。刘芳先把火扑灭，派本地官兵看守红龙涧。

马玉龙参见大人，大人说："前者武杰拿回的履历条，说你在二山营拿贼有功，本部院就要保举你。"马玉龙说："托大人洪福。旗人本是镶黄旗满洲二甲养余兵，因为在京师打伤恶霸，逃走在外，流落数年。现占龙山，以保镖为生。今天是受人所托，前来要镖，奉大人之命拿贼。大人若肯开恩递折，把旗人圈回本旗，旗人愿效犬马之劳。"大人说："你且回去，把龙山众人散伙，我在前站等你。"马玉龙答应下来，与石铸等人相见。石铸说："兄弟，你把龙山散了伙，千万可要回来，这是万年不遇的机会。"马玉龙说："是。勿劳大哥嘱咐，我这就告辞。"说罢，跳上船去，带着喽兵径自去了。

大众押解着戴魁章，大人坐着大轿，来至公馆下轿。众人道："大人受惊了。"大人即把永城的官人叫来，立刻升堂。众人呐喊，把戴魁章带上来跪下。大人说:"戴魁章,你可认识本部院? 你今年多大年岁? 哪里人氏? 在红龙涧有几年?"戴魁章说:"我原籍是河南内黄县戴家屯的人,由二十八岁起,同我两个拜弟朱义、马忠,招聚了五百多名亡命之徒,我跟大人并无冤仇。"大人说:"你在红龙涧打劫客商,拒捕官兵,情同反叛,你惧皆招实,不必往下再说。"大人吩咐把戴魁章钉镣入狱。大人又叫把杨香武、霍秉龄请上来,赏给一百两银子。杨、霍二人执意不要,便告辞回庙。蔡庆上来给大人请安,道了受惊,彼此询问别后之事。蔡庆把要看女儿之事说了一遍,又说:"因听说大人到此,故绕道前来给大人请安!"大人吩咐款待蔡庆,又叫石铸把帮助捉拿戴魁章的那人叫上来。听差人说:"石铸送他师兄走了,尚未回来。"正说着,石铸已从外面回来,过来给大人请安。大人说:"石铸,你上哪里去了?"石铸说:"我师兄魏国安要上庆阳府找我师父去,我苦苦留他,他不肯在此,因此我给他十两银子川资,送出西门之外。"大人说:"可惜! 我看此人水旱两路艺业极好,我要栽培他,他却走了。"石铸说:"这是他命小福薄。"

大人在这里把诸事办理完毕,即把戴魁章就地正法,派刘芳监斩。蔡庆已然告辞,奔大同府瞧看女儿去了。这里刘芳点齐了二百名兵丁,还有公馆众人护决,恐怕戴魁章余党来劫法场。知道红龙涧寨主问斩,瞧看热闹的人甚多。戴魁章来到法场,自己说:"想不到我戴魁章落到这步田地。"说了几句,刽子手把戴魁章一杀,人头号令,红龙涧抄产。大人按公事公办,参奏刘芳身为副将,地面不靖①,竟有贼党聚众成群,占山落草为寇,究属捕务废弛②。圣上旨意下:刘芳理应革职,开恩着降二级,随彭朋当差,戴罪立功。马玉龙着准回营当差,石铸着赦罪立功,以把总用,均赏加一级。众人谢恩。大人歇息数日,刘芳把家眷并王媚娘留在永城,买所房屋居住。

大人带着刘芳起身,下一站到了灵宝县。本地面知县龚文煜③在十字街迎接钦差大人,进了公馆,参见已毕,即归本衙,众办差官各归配房。大人用完晚饭,在灯下看书,又把苏永福叫了上来。大人喜爱苏永福,见

---

① 靖(jìng)——平安,没有变故或动乱。

② 废弛——政令因不执行或不被重视而失去约束作用。

③ 煜(yù)。

他虽已年过半百,但老成历练,公事熟习。大人问他:"现在你跟我当差这几年,你家还有什么人?"苏永福说:"家中就是结发之妻,另有一小子,在家拉弓练武。"大人说:"这一次回来,你等多要得些好处。再者,你也年过半百,为人练达,我很喜爱你。我这衣箱和要紧的东西,都在里头,你不必在下面睡,搬在这东里间来,给我看着。"苏永福答应,便下去把铺盖搬来了。

刘芳说:"咱们分前后值夜,走路又不乏。"石铸也说:"咱们八个人,四人一天。今天我跟刘老爷、武老爷、纪老爷,明天换二位苏老爷和李珮、李环四人。"刘芳说:"石大爷,今天咱两人前夜,你们没事就睡觉去。"武杰说:"吾跟纪老爷后夜。"刘芳说:"三更天换班,谁该值的时候出事,就是谁的事,各要小心,不准推诿。"纪逢春说:"小蝎子,咱们两个睡觉去。"两个人走后,天刚起更,石铸说:"刘大人!咱们一同出去绕弯,大人此时还没睡觉呢。"刘芳说:"石大爷!你明天再别这么刘大人、刘大人的,咱们这样的交情,不用这么客套,往后你就叫我刘大哥,我称呼你石贤弟。"石铸说:"恭敬不如从命,从今以后,倒是兄弟相称为是。"

正说着话,听外面梆响起更,公馆以外,有本地城守营的官兵巡更走夜。石铸到院中一瞧,满天星斗,皓月当空,看看上房大人已经安歇,西配房是彭兴、彭福等人,东配房南里间是武杰二人。石铸瞧瞧没有动静,翻身蹿下房去,四顾无人,这才蹿下房来,进了东配房北里间,见刘芳正在那里吃茶。石铸坐到二更,刘芳又出去一趟,不知不觉已到三更。石铸说:"我上那屋叫他们去。"石铸进去先把武杰叫醒,又叫纪逢春,叫够多时,纪逢春仍在酣睡,鼾声如雷。武杰拧他一把,方把傻小子拧醒了。武杰说:"换班了。"纪逢春一醒,抓锤转身就出了东厢房,只见上房屋蹿出一人,手中拿着血淋淋的一个人头。纪逢春就嚷:"了不得了,大人叫贼给杀了!"要知后事如何,且看下回分解。

第一五一回

访刺客误入福承寺　飞云僧行刺报前仇

话说纪逢春由东房出来,见上房蹿出一人,手拿一个人头。他说:"呦! 了不得了! 刺客把大人杀了。"刘芳与石铸尚未睡着,蹿到院中,苏永禄也醒了。石铸问纪逢春,他用手一指说:"你瞧,上房门开了,有一个手提人头,蹿上房去,往东北跑了。"石铸蹿身上房,见影影绰绰有一人在前;低头在房上一瞧,见有鲜血滴下。石铸顺黑影追去,一声喊嚷,说:"刺客休走! 你好大胆量,竟敢刺杀彭大人,任凭你上天入地,我也要把你拿住。"后面刘芳也追赶下来,直追至正东的一片树林,听那边有狗直吠,及至身临切近,再找贼人已踪迹不见。刘芳说:"石贤弟,可曾看见贼人往哪边去了?"石铸说:"我追到此处,就看不见了,咱们回去吧!"

众人由原路回到公馆,只见上房隔扇已开,灯光明亮,彭公在椅上坐着,彭兴等两旁伺候。石铸等这才放心,过来给大人请安,说:"大人受惊了。"原来大人正在睡梦里,忽听外面一嚷,起来急叫彭兴。彭兴过来点灯,在各处将灯一照,说:"大人,了不得了! 苏大老爷被人杀了。"大人站在东里间门口一瞧,见人躺在床上,人头已没,血流满地。石铸等回来,大人说:"昨天我把苏永福叫进来,我喜他老成练达,叫他给我看东西,不想被贼人所刺。"苏永禄放声大哭,说:"我哥哥一世忠厚,不像我机灵,怎么会遭这样报应。"大家劝他说:"苏二哥不必哭了,凡人死生有命,富贵在天,大家想个主意,替苏大哥报仇。"大人说:"我明天不走了,这贼人胆子甚大,必是戴魁章余党来刺杀本部院,误伤苏永福,明天谁出去访访这案。"纪逢春过来说:"大人不必着急,明天我去访刺客,准可以把他拿来。"大人说:"你一个粗鲁人,焉能办这事,不必要你前去。"随唤武杰说:"你明天吃完早饭,带着李环、李珮,换了便服出去明察暗访,访查明白,回来禀我知道。"武杰答应。大人说:"你等下去歇息。"天尚未亮,大家恐贼人去而复来,各人留神,这叫贼走关门。

大人回到西里间睡了一觉,天光大亮,本地知县龚大老爷已把车辆马匹预备好了,来请大人起马。大人说:"昨日我这公馆闹刺客,你可知道么?"龚文煜说:"卑职不知。"大人说:"今天本部院不走了,等把刺客拿获再走。"正说之际,听得外边有人喊冤!大人说:"把喊冤之人带来。"不多时,只见石铸带进一人,年纪约在三十以外,面皮微紫,粗眉大眼,身高七尺,身穿蓝布裤褂,手中拿着一个包裹,来至上房。刘芳一看,说:"这人二目神光满足,莫非是刺客来至这里,以喊冤为名,要看看大人是死是活。"众办差官手拿兵刃,见那人跪在地下说:"小人姓骆名文莲,在灵宝县东门外住,家中人就是我生身的父母和结发妻子。我在本营技艺队上当差。只因昨晚三鼓以后,我母亲有一宗病症,非吃我妻子之乳不好。我妻子跟我母亲在东屋,小人在西屋睡。听外面有人叫娘子开门,小人知道我妻子素来安分,并无外心,出去把门一开,这贼人拿着包袱照我面门打来,打了我一个筋斗。贼人是两个,把我妻子背了就走。"说着,把包袱递上来,打开一瞧,还有一包油纸,再把油纸打开,原来却是苏永福的人头。大人说:"你不必虑!本营听差人,你们可认得他是本营的人。"听差人上来回禀说:"不错,他是本营技艺教习,他会把式。"大人问明白了,叫骆文莲下去。用完早饭,叫小蝎子武杰和李氏兄弟改扮行装,包裹单刀,暗带镖囊,出外查访。

三个人出了公馆,顺着道路走出西门,打算到各村庄和庵观寺院访查。刚走了不远,只见男男女女手捧香烛,仿佛要去烧香的样子。武杰过来问一位老者说:"请问今天是去哪个庙烧香还愿?"那人说:"离这里六里之遥,有一座福承寺,寺中有一位肉胎和尚,名叫法缘,他是一位肉胎活佛,在寺施医,故此我们都上那庙里烧香还愿。"武杰一想:"世界上哪有肉胎活佛,这明明是妖言惑众,我到那里看看再作道理。"带着李氏兄弟往前又走了约有四五里之遥,方才走到跟前,只见人山人海,这座庙宇并不靠着村庄,门口有两根旗杆,山门关闭,只走东角门。武杰来至山门,就要朝里走。门口小和尚把武杰拦住说:"要进里面看病,必须挂号,每天只看一百个人。如不挂号,不准进去。"武杰说:"吾也不烧香,吾也不还愿,吾也不看病,吾是到这里游玩的。"拦门的小和尚把武杰一看,穿的衣服甚是鲜明,品貌不俗,想必是一位世家子弟,便说:"老爷你贵姓?跟我进来,我带你各处看看。"武杰说:"我姓干。"小和尚说:"原来是干爷,你是谁的干爷?"武杰说:"吾没有让你叫我干爷。"

小和尚前头带路,一直往里走,过了大殿,来到西跨院一瞧,是北房三间,东西各有配房。武杰来至上房一瞧,屋中靠北墙有一张八仙桌,两边有太师椅,墙上挂一轴条幅,上面画的山水人物,旁边有一副对联,上联写:"名教中有乐地";下联是:"风月外无多谈"。武杰看罢,沉吟半天,坐在东边椅上问小和尚的法名叫什么? 小和尚说:"我叫兰月,我给施主倒茶去。"转身就出去了。武杰掀起帘栊一看,屋中围屏床帐俱全,靠北墙有一张小琴桌,放着一卷经,一个钟架子,上头挂着风磨铜的钟。武杰拿起铜锤,将钟打了一下,只听墙里头咯吱咯吱连声响,当中往上一卷,露出一个门来,听得里面说话是江南的口音,有脚步之声。他往门旁一闪,从里面出来五个妇人,都是花枝招展的,有二十来岁,走出了夹壁墙来。墙门一关,字画又放下了。小和尚进来一看,武杰正在那里发愣,小和尚说:"不叫你进来,你偏要往里间屋去,无故你又打钟,若是我师父知道,定要打我。"武杰说:"你们这个庙里私造夹壁墙,容着妇人美女。"

小和尚转身要走,被武杰踢倒,按在当中,叫李环、李珮找绳子把他捆上。李环正在捆人,东阁门又来了一个小和尚,看见捆他师弟,拨头就跑。武杰拉刀追去,刚跑到大雄宝殿,见和尚正在替人看病,一群男女都在那里焚香。武杰追小和尚来到大殿以下,又蹿出一个和尚来,手拿一口单刀,把他的去路挡住,吩咐手下僧人鸣锣聚众,把山门关好,不准放这男子逃走。只听钟声一响,众僧各拿兵刃,来在大殿前把武杰围在当中。武杰一看,连叫李环、李珮各拉兵刃动手,捉拿贼人。李环、李珮由西院出来,拉手中朴刀,跳在当中,与这一伙僧人动起手来。要知后事如何,且看下回分解。

第一五二回

识破机关捉刺客　武杰三人被贼擒

话说这座福承寺,先前本来是个十方善地,后来来了一个游方的和尚,名叫法缘,把方丈害死,另招些和尚,练得一身硬功夫,外号人称金眼头陀。法缘有个师弟,叫玉面如来法空,在京北漾墩东头老爷庙。彭大人北巡大同府时,他拦路行刺,被欧阳德追走,逃在此处,找着他师兄法缘,就在这里住着。他本是采花的淫贼,终日在外寻花问柳。后来看些医书,配些丸散膏丹,每逢初一十五,派人在外帖报子,就说佛祖显圣,在此施舍丸散膏丹。初一十五看病舍药时,见有年轻少妇和貌美的女子,就跟着她,知道了她的住处,晚上前去采花。前一个多月,又来了一个朋友,乃是飞云僧尹明,他从二山营逃走,无处投奔,故来到福承寺找玉面如来法空。法空说:"你就在这里吧!我这里看病舍药,有几个对眼的女子,就搁在夹壁墙地窖子里。"飞云就在这庙里居住,有十几个徒弟,养着二十多名打手,尽做些伤天害理之事。

这一天,飞云同法空上灵宝县闲走,来至东门外,有一随墙门楼,见一妇女在门口卖菜。飞云瞧这妇人二十余岁,虽是乡妇村姑,却长得十分美貌。飞云站住,目不转睛地从头至下看够多时,回头对法空说:"合字并肩,调羹儿,招露把哈,里衫头盘尖,晕天汪攒,越马撬箔①入窑儿,肘着急复留扯活地。"他怕人听见,说的这片话,乃是江湖黑话:"合字并肩"是自己哥们;"调羹儿"是回头,"招露"是眼睛,"把哈"是瞧,"里衫头"是个妇人,"盘尖"是长得好,"晕天"是夜里,"汪攒"是三更天,"越马"是飞墙,"撬箔"是拨门,"入窑儿"是进去,"肘着急复留扯活地"是带着走。

二人进了城,找个酒铺喝酒,正喝的高兴,听说公馆预备好了,今天要接钦差彭中堂。飞云听见,心中一动,说:"彭大人今天来到这里,我要不趁此报仇,等待何时?"给了酒账,到公馆探子四面通路,二人便往回走。

---

① 箔(bó)——这里指用苇子或秫秸编成的帘子。

刚到东门,只见对面来了报马说:"闲人站开,钦差大人到了!"飞云同法空往人群里一扎,只见大人坐着八抬大轿,头前顶马是刘芳,众办差官在马上虎视眈眈。飞云在暗中一瞧,也有认得的,也有不认得的。见钦差大轿过去,他二人才出了东门。飞云说:"师弟,你要有胆子,今天晚上前去报仇。"法空说:"胆子我比你更大,晚上我帮你忙儿。"二人说着话,回到庙中。

等到晚上,二人换了夜行衣,背插单刀,直奔灵宝县公馆,瞧见东厢北里间隐隐射出灯光,北上房东里间有人睡着。飞云撬门,一个鹞子翻身,进了东里间,手起刀落,把苏永福杀死,提着人头跳了出来,被纪逢春看见一嚷,众人就来追赶。飞云来到东城根以外,拿油纸包袱把人头包好,来到白天看见的那妇人的门口,二人跳进墙去,在院中一使诈语,骆文莲起来把门一开,被飞云用人头打去。法空进到屋中,把骆文莲之妻背起来,二人蹿房越脊回到庙内,暂把周氏搁在夹壁墙,派几个妇人去劝她。飞云把事情办完,说:"我去看望朋友,今天又是舍药的日子,诸事你要小心,赃官手下能人甚多,怕的是差官前来私访。"话说完,飞云就走了。

法空仍然上座,给人看病。天至正午之时,只见武杰追赶小和尚,那夹壁地窨子已被他识破。法空跳下座位,吩咐鸣钟聚众,知是彭大人的办差官,要关山门,把众烧香的吓得往外直跑。众僧人把武杰三人围上,法空拉出单刀,问道:"来者何人? 敢在这庙中吵闹。"武杰说:"我乃江南人氏,跟随彭大人当差,出来办案;你们是出家的和尚,竟有夹壁墙地窨子。"法空摆手中刀,与武杰杀在一处,棋逢对手,不分胜负。走了十几个照面,法空对小和尚说:"赶紧至后楼上把你师太爷叫来,这三个小辈甚是扎手,叫你师太爷来把他们拿住。"

小和尚回头就跑,一直来到后楼,金眼头陀法缘正睡着。小和尚过去叫醒他说:"师太爷,了不得了! 外头来了一个蛮子,带着二人到这里来办案。"法缘一伸手,把那月牙方便铲一擎,下得楼来,直奔前院。走至大雄宝殿前,瞧见众人交手,他一声喊嚷说:"尔等闪开了!"武杰抬头一看,见这和尚身高八尺以外,头大项短,面似乌金,黑中透亮,两道浓眉,一双大环眼,灼灼有光,准头端正,四方海口,头披散发,打着一道金箍,身穿半截青僧衣,高腰袜子,护膝青僧鞋,手使一把月牙方便铲。李环一见,摆刀过来说:"凶僧,你胆敢拒捕,李大老爷拿你。"照定和尚就是一刀。和尚将铲往外一崩,李环的朴刀出手飞起,震得虎口崩裂,被和尚一脚踢倒,吩咐手下捆缚起来。李珮一瞧哥哥被擒,说:"好小辈! 胆敢拿我兄长。"摆手中朴刀,分心就刺,三五个照面,亦被和尚拿住。武杰一瞧,撇下法空奔向法缘说:"唔呀好混账王八羔子! 你不要走。"摆手中刀,变着招数,闪展腾挪,与和尚走了有七八个照面,一刀砍在和尚脖颈之上,看是一道白印,和尚不以为然。武杰大吃一惊,知道和尚有金钟罩、铁布衫护身,善避刀枪,自己兵刃不能赢他。武杰知道和尚的金钟罩有三路练不到,上面是非门的嘴练不到,前身肚脐眼练不到,后面屁股眼练不到,非得拿刀扎这三处,才能破得了。武杰辨别方向,用刀扎这三处,跟他动手,直累得浑身是汗,口中唔呀喇呀地直嚷! 正在危急之急,见墙上跳下一人,口中说:"呦,小蝎子! 你在这里哪!"武杰一瞧是纪逢春,说:"快来帮吾拿他。"

书中交代:大人派武杰走后,纪逢春上来告假,要出去私访。大人怕傻小子出来惹事,把他交给石铸看着,不叫他出屋。这里派人买一口棺材,把苏永福装殓起来。吃完早饭,石铸看着纪逢春,在东厢房和大家说着闲话。纪逢春说:"石大哥,我上茅房出恭①,你要不要跟我蹲着去。"石铸说:"废话,你上茅房,我就在外头看着,大人有话,我反正不能叫你走了。"纪逢春站起来往外就走。这茅房在后面西北角上,纪逢春本不想出恭,进了茅房就跳过墙去,撒腿跑出了灵宝县西门。走了有二里之遥,一瞧无数的男男女女往西直跑,纪逢春就问:"你们上哪里去?"内中有爱说话的,说:"我们上福承寺烧香,有活佛舍药,去了个蛮子,扰了活佛,下来动了刀啦。"纪逢春知是武杰,连忙顺路找到福承寺,见山门紧闭,里面有锣声。纪逢春往西绕了不远,蹿上墙头,见武杰正被围住。纪逢春跳在院中说:"小蝎子,你不必害怕,我帮着你拿这群贼和尚。"纪逢春摆锤照定法缘打去。这一路锤,把法缘闹的不知该当如何。法缘只仗着有金钟罩,皮粗肉厚。此时武杰跟法空动手,被小和尚拿挠钩钩倒,吩咐将他乱刀分尸。不知后事如何,且看下回分解。

---

① 出恭——大便。

第一五三回

英雄夜探福承寺　　三杰大闹孝义庄

话说武杰被挠钩钩倒，玉面如来法空吩咐把他乱刀分尸。金眼头陀法缘说："且慢！暂把他捆上，要细细问他。"法空说："师兄言之有理，既然如是，孩子们把他捆了。"纪逢春一瞧他三人都叫人家拿住，傻小子一想："不好，剩我一个人，焉能打出围去！"自己正在犹疑，被法缘一方便铲拍在背上，拍了他一个筋斗。法缘吩咐手下人把他捆上，叫小和尚搭在后面空房之内，等到今晚二更，审问明白，再结果他等的性命。

手下人答应，把他几人搭起，直奔后面。走过了两层院子，小和尚把南房一开，通连五间无隔扇，里面埋着十二根木桩，靠西头还捆着一个人，就把四人一排，也捆在木桩上，靠西首一个李环，一个李珮，武杰第三，第四个就是纪逢春。小和尚出去把门关上，纪逢春说："小蝎子，你我四个人叫秃驴拿住，我问问你为什么？你们滚起来！"武杰说："这个庙里的和尚，就是行刺的贼人，他屋中有夹壁墙地窖子，藏着五六个妇人。"纪逢春说："是了！这个秃头和尚，真是厉害不过，你我也拿不住他。这回和尚把你我一害，我陪着你受冤。你倒是做了守备，聚了媳妇，我纪逢春还是童男子。"

正说着，天已日落，这屋对面不见人。少时，进来了一个小和尚，在墙上用黄沙碗点了一个灯笼。纪逢春往对面一瞧，靠西头原来捆着一个妇人，在那里有呻吟之声，年约二十以外。纪逢春就问那妇人："你是哪里的人？因为什么被和尚捆在这里？"那妇人说："小妇人周氏，丈夫骆文莲，家在灵宝县东门外。昨夜晚被和尚把我背来，要行无礼之事。我骂了和尚一顿，他把我送在窖子里，叫那些妇人来劝我，我把那些妇人骂了一番，和尚打我一顿，把我捆在这里。你们几位因何也叫和尚捆上？"纪逢春就把办差之事述说一遍。

此时天已交三鼓，那玉面如来法空和法缘自拿住这几人之后，归到住房，正在喝酒。法空说："师兄，这件事不好办。今天拿住的这几个都是办差官,有心把他们杀了,又怕钦差大人手下能人甚多,必派官兵前来,有心把他们放了,又怕纵虎归山,长出牙爪,定要伤人。师兄,你有什么高明主意?"法缘本是粗鲁人,除了练武,别无所好,听见问他,就说:"这件事据我想来,还是把他杀了,捉虎容易放虎难。"正在说话之际,听外面说:"师弟师兄,你们喝上了,我一步来迟,罚酒三杯。"飞云从外面进来了。他一早出去,离这八里地有座孝义庄,他有两个朋友,时常去那里练习武艺。今天在那里一天,因惦念庙中有事,急速回来。到了院中,看见小和尚正端菜,他便说:"一步来迟,当罚酒三杯。"

一进屋中,法空说:"师兄你来了!好,我正在等你,有件为难的事。"法缘说:"师弟,这件事非你不能成功。"飞云说:"二位有什么大事?"法空说:"你坐下再说。"叫小和尚拿来杯筷,给飞云斟了一杯酒,法空说:"师兄,你要问这件事,自你走后,小弟上座瞧病,天有巳刻时候,来了一个野蛮子,自称名叫武杰,带着两个大汉,叫李珮、李环,都是彭大人的办差官,直嚷拿贼!我和师兄跟他等动手,又来个雷公崽子,自称叫纪逢春。这四个人皆被我弟兄拿住,现在捆在空房木桩之上,我们正没主意,怎么办法,你出个主意。"飞云说:"把他捆绑过来,咱们喝着酒问问他们,拿他几个人解闷。问完了,我再杀了他们,也不为晚。"法空就叫小和尚点起灯笼火把,拿着绳杠去到后面带人。

此时天有二鼓,自从起更,墙上灯越来越暗,纪逢春就害怕起来。他素常怕鬼,一回头跟武杰说:"小蝎子,我心里直哆嗦!这屋里怪害怕的。"正说着,窗纸哗啦啦一响,响了三遍,只听锁一响,门往外一分,纪逢春一瞧,却一人没有,心中正在害怕,只见门外站着半截白塔似的一个影子冲他直嚷,好似呼哨的声音。傻小子仔细一瞧,这个身影高有八尺,帽子就有二尺,面似黑炭,两眼如灯,舌头一尺长,手拿一根哭丧棒,堵着墙门一站,冲他几人嚷了两声!纪逢春叫人家捆着,跑又跑不了,只得说:"你是神归庙,是鬼归坟,我们跟你无冤无仇,别在这里吓唬我们。"只听那鬼口吐人言,说:"我是屈死的,死有三年了,孤孤单单,冷冷清清,大庙不收,小庙不留,今天该我找替身之人,你可来了!"冲着纪逢春点头。纪逢春一听,说:"鬼呀!要拿替身,那边有一个妇女,你且把她拿去。"那鬼说:"不成!我是男的怨鬼,不要妇人,今天我这替身,是个雷公嘴,黑脸膛,我过去一闻,就知道他。"一瞧这鬼晃悠悠进来,纪逢春说:"我的妈呀！奔我来了。"那鬼来至近前，用凉舌头一舔，纪逢春"哎哟"一声，真魂出窍，竟至吓死。

有两刻工夫，纪逢春才醒过来，一见捆着的人一个都没有了，连捆着的那个妇人也不见了。他想："鬼一舔我，一糊涂，他们都没了，叫鬼吃了。是嫌我模样不好，再不然，是我有造化，他不敢吃我，就把他们吃了。我要有造化，就应该把我放开，怎么还捆着我呢？"正在胡思乱想，瞧那鬼又回来了。纪逢春心想："我叫他放开我一跑，倒也不错。"想罢，说："你这鬼怎么又来了？"鬼说："你是我的替身，今日必须跟我上吊去。"纪逢春说："我跟你上吊去，你先把我解开。"那鬼过来把绳儿解开，又拿绳子把纪逢春套上，拉着往外就走。纪逢春直往回拽，闹了一脖子麻刀刺。想要跑又跑不了，无奈只好跟着人家前去。纪逢春说："鬼！你先把我放开，我跟你走就是了。"那鬼哈哈大笑，说："不行！我要把你放开，你上房跑了呀。"纪逢春心中说："好厉害的鬼！他知道我会上房。"

这时只见对面来了两个人，纱灯引路，后跟七八个小和尚，拿着绳杠棍子，奉飞云之命来提这五个人。他们走到后院，一看对面有个大鬼，穿着白衣，紫脸膛，舌头耷拉着。那几个小和尚："你是神趁早归庙，是鬼趁早归坟。我这庙与你远日无冤，近日无仇，你不必在我这里吵闹。"纪逢春听那边有人来，自己胆子也放大了，用力往回一抽，那鬼一撒手，把纪逢春跌了个大筋斗。纪逢春爬起来，一拧身就蹿上房去。那鬼拿着哭丧棒，奔小和尚打来，小和尚回头就跑。

那三个和尚正在喝酒，看见徒弟慌慌张张地跑进来说："师父！咱们后头院子有一个大鬼，你三位快瞧瞧去。"三人一听，气往上撞，拿起兵刃，带着众僧掌起灯球火把，亮子油松正往前走，只见对面站定一个穿白的大鬼，迎面把众人挡住，把头上帽子一摘，抖丹田①之气，一声喊嚷："好秃驴，大太爷特来拿你！"要知后事如何，且看下回分解。

----

①　丹田——穴位名，指人体脐下一寸半或三寸的地方。

第一五四回

孔寿赵勇双中计　钦差恩收二英雄

话说众僧人见前面那鬼把帽子一摘，衣服一脱，伸手拉出杆棒，正是碧眼金蝉石铸。石铸因纪逢春由茅房逃去，他等了半天还不见出来，就回到前面。苏永禄问纪逢春哪里去了？石铸说："他由茅房逃去了。大人把他交给了我，他竟私自出了公馆。"又说："我去找他回来，不然他在外头闹出事情，大人必要说我。"

他把公馆托付众人照应，自己带上杆棒，出了公馆，各处去寻找纪逢春，直找到日落时，还无踪迹。又到了一个镇店，离北门有五十里，地名叫北乡镇，是南北大街，路东有个饭店，石铸进去找了个清静地方，要了几样菜，一壶酒，自斟自饮。吃完饭、给了饭钱，天已黑了。

石铸出了这镇店，一直往南，信步往前行走。天有起更，眼前有一带树林，只见由林中出来一个大鬼，嗷的一声，把他的去路挡住。石铸吓了一跳！一声喊嚷："好贼崽子，你把石太爷当做何人？你当我不认识你。"抖杆棒过去，把他撩了个筋斗，就听那鬼哎呀一声，说："爷爷饶命，小子我瞎了眼。"跪在地下哀求饶命。石铸说："我不杀你，你姓甚名谁，在此做鬼害了多少人？说出实话，饶你不死。"那人说："小人姓赖名磨，外号叫狗尿苔。今年二十四岁，家有七旬老母，我肩不能挑，手不能做，一无所指，故此想出这个主意。今天头一天就遇见你老人家，你要去我的命，我母亲就会饿死。今天饶了我，你积德了，我也再不做这个了。只要你把我放了，我背着母亲沿门乞讨，要一碗吃一碗，把我母亲养着。爷爷把我杀了，我母亲就要上吊。"石铸说："你既是孝子，我也不杀你，你把这衣裳脱下来给我，我给你十两银子去做小买卖。"赖磨说："好！你积德了，救了我母子的性命。"石铸掏出十几两银子来给了他，赖磨磕了头走了。

石铸把衣裳卷起，在他后面跟随有二里之遥，见一带村庄，三间土房，外有篱笆院。那赖磨在门前连连叫门，里面有女的声音，骂着出来说："贼兔子，你别嚷了，等着老娘给你开门。"石铸在外面见她提着灯笼往前走,借灯光一看,是个二十多岁的妇人,一脸的粉,浓妆艳抹。又听赖磨说:"别开玩笑,咱该走运气,今天遇见一个冤大脑袋,给我一个筋斗,十几两银子,终日间你叫我打镯子,今天可巧了。"石铸在暗中一听,心想:"好小子,我花十两银子,卖了个冤脑袋,我跟他进去,听听他两个到屋中说些什么话。"石铸绕到后面,蹿上房去,一飘身跳进院中,来到窗棂以外,把窗纸舔破,一瞧里面是顺檐的炕,赖磨把银子掏出,放在炕上,说:"明日我花二三两银子给你打副镯子,再打点酒来一喝,我倒养着个孝顺儿子。"石铸一听:"好呀!我给了他银子,他还骂我!我到屋中细细问他两个。"石铸推门到了屋中,赖磨正说的高兴,见石铸进来,吓的颜色更变,跪在地下说:"大太爷别生气,小孙子我是热病,好说胡话呢?"石铸说:"你两个人是怎么一段事情,说实话饶你不死;不说实话,我立刻结果你二人性命。"赖磨说:"此人跟我本不是夫妻,他是拜兄刁虎之妻。我先跟刁虎打杠子,因他好吃酒赌钱,我跟他媳妇商议,把他勒死了。大太爷别生气,你愿意要,我让与你。"石铸一听是奸夫淫妇,伸手把刀拉出来说:"我本想饶你的性命,但你两个是奸夫淫妇,就是送到当官,也要抵偿性命。"说罢,举刀就把赖磨杀死。那妇女跪倒哀告!石铸一踢,手起刀落,又将那妇女杀死,转身放起火来。

他往前又走,只见前面有一座庙,灯光隐隐未熄。石铸来至近前,拧身跳上墙去,在各处窃听。这时法缘同玉面如来法空正喝酒谈心,商议拿住公馆办差官之事,怎么办法?石铸一听,便在各处寻找,来至后面,见南房有灯光隐隐,房门锁着,听里面纪逢春说:"小蝎子,我心里觉着怪害怕的!"石铸说:"好小子,今天偷着跑了,叫我找了一天,今天吓唬吓唬你!"便把赖磨那鬼衣服穿上,抓一把沙土往窗户上一甩,把锁拧开进去,把纪逢春下当吓死。他把武杰、李环、李珮连那妇人都放开了,因知李环、李珮年长老成,叫他们把这妇人背送到骆文莲家中,到公馆调兵前来拿贼。武杰盗回了兵刃,交给李环、李珮,两人带着周氏先走了。

石铸又进去把傻小子拉出来,正遇着几个小和尚,拿着绳杠前来。石铸把纪逢春放下,把小和尚赶去。法空、法缘、飞云三人各执兵刃,带领众僧来到了后面。石铸脱去鬼衣,一声喊嚷!拉出杆棒说:"你这群贼和尚,石大太爷今天来拿你。"武杰由房上跳下来,把纪逢春的锤也递给了他。石铸一抖杆棒、就把法空捺个筋斗。纪逢春过去把他捆上,拿着铲说:"小和尚,你们谁敢过来,我一铲就打死你。"法缘摆着那月牙铲,照石铸喉咽就是一下。石铸往旁边一闪,抖杆棒又把法缘掉倒。法缘一滚身爬起来,瞧着石铸发愣,不认得他使的叫什么兵刃,问道:"你是什么人,使的是什么兵刃?"石铸道:"僧人,你要问我的姓名,大号石铸,绰号人称碧眼金蝉。我使的这兵刃叫摔蛋棒。"过去又把法缘一连捽了十几个筋斗,只摔得法缘晕天转地,力尽筋舒,被纪逢春将他捆好。外面李环、李珮已带着官兵进庙,把小和尚俱皆捆好。飞云瞧事不好,师兄师弟俱皆被擒,便飞身蹿上房去,奔出庙外逃走。石铸说:"李环、李珮、你们带着官兵,将法空、法缘并庙中众僧,解回灵宝县。我同武老爷、纪老爷去追赶飞云。"

说罢,三人摆兵刃蹿上房去,跟随在后,出了福承寺,往西追赶。飞云日千里脚程,正望西赶不远,只见由树林中出来无数的灯球火把,亮子油松。石铸越走越近,一瞧有二百人,打着灯笼,上写着"团练乡勇,守望相助"。为首是两个骑马的:头前这人,有二十一二岁,面皮微黄,粗眉大眼,准头丰隆,四方海口,绢帕包头,身穿蓝绸裤褂,足蹬白底快靴,手中擎着一条花枪,在马上威风凛凛;后面这人,有十八九岁,手拿一口宝剑。这两个带着有二百多人,把石铸三人围住。

原来飞云时常到这里来,这村庄有两家大财主,是福承寺的会首,那黄脸膛姓孔名寿,绰号人称金锤将;白脸膛姓赵名勇,绰号人称银锤将,他们与飞云素有来往。孔寿的父亲是个文状元,做过一任知府,已然故去;赵勇的父亲是个武状元,做过参将,也故去了。这二人自幼是师兄弟,又是结义兄弟。孝义庄有二百团练乡勇,为的是防守盗贼,奉本地知县堂谕,归他二人管理。今天孔寿、赵勇正在闲谈,飞云逃在这里,到了会所,他说庙中闹了明火,叫几个贼人追了下来。孔寿、赵勇这才点起庄兵出来,把石铸等围住,惹出来一场大祸。要知后事如何,且看下回分解。

第一五五回

访贼人避雨葵花观　迷魂酒豪杰被贼擒

　　话说孔寿、赵勇二人带着二百名团练乡勇,听飞云一面之词,要往福承寺拿贼。走在半路之上,正遇石铸三人,孔寿疑这些人是贼,传令把他们围上。那纪逢春就要动手,石铸说:"且慢动手,待我向他们一问。你们都是做什么的?说明白再动手。"孔寿说:"我等是孝义庄状元屯的,我叫黄面金锤将孔寿,那是我拜弟白面秀士银锤将赵勇。我二人带着庄兵,上福承寺去拿明火执仗的贼人,是飞云和尚来请的。"石铸听了这几句话,心中已经明白,说:"你别动手,我们三人是奉旨钦差彭大人手下的办差官,飞云和尚是奉旨严拿的要犯。你们别把飞云放走了,我跟你们到孝义庄去。"

　　孔寿、赵勇一听,问明这三人的姓名,一同来到孝义庄,到了门首下马,把三个人让进去,问道:"飞云师父在屋里么?"大众说:"和尚走了!"石铸说:"我告诉你说,飞云走了不成!你们带领庄兵把我们截住,私自把严拿的要犯放走了。"孔寿、赵勇说:"并不是我放的,是他自己走的。"石铸说:"你们不劫我们,他不会走了。你们跟我到公馆去回话,我们不好交代。"孔寿、赵勇说:"明天我们跟你到公馆。"石铸就在这里等至天光大亮,孔寿、赵勇套上马车,叫他三人坐着,二人骑马,带着两个侍候人,同奔灵宝县而来。

　　至公馆门首,众人下马,孔寿、赵勇、石铸三人进去回话。此时大人刚审完法空、法缘及众僧,交本县钉镣入狱,按律治罪。石铸上来给大人请安,说:"我三人追赶飞云,到孝义庄村头,被团练会首孔寿、赵勇带领二百庄兵,将我三人围住,把飞云放走。"大人说:"飞云乃奉旨严拿的要犯,竟敢放走!把他二人带上来。"二人口称:"生员①孔寿、赵勇,参见钦差大人!"大人一看,这两个人五官纯厚,不像行凶作恶之人,问道:"你二人既

━━━━━━━━━━━━━━━━

①　生员——秀才。

是本处乡绅,又是生员,为何将奉旨捉拿的要犯飞云放走了?"孔寿说:
"大人在上,生员乃是福承寺会首,并不知飞云是贼。他在福承寺住着,
常到生员家去,因生员好练武,常与他练习武艺,今天晚上他到我会所,说
他庙中闹明火,要生员同赵勇领着庄中团练乡勇去救。走至半路上,正遇
大人的差官石老爷三人,见他们各带兵刃,口音不对,又是夜间,我等盘问
完了,把他三人带至庄中,飞云已走。他三人说是大人这里的差官,我等
实不知飞云是贼,故此同众位老爷们前来回话。"钦差一听这话,知道孔
寿、赵勇是好人,中了飞云之计,又问道:"你二人与飞云认识,可知道他
是哪个庙中之人,俗家姓什么?"孔寿说:"原籍庆阳府,姓尹名明,在罗家
店三皇庙出家。他是神弹子火龙驹戴胜其的徒弟,还有一个兄弟,叫一枝
花尹庆,他胞弟采花蜂尹亮早已身受国法。"彭公说:"你等纵贼脱逃,我
理应按律治罪,今格外施恩,派你二人带差官去寻找飞云僧,如拿住之时,
我赏你二人。"孔寿、赵勇二人叩头说:"求大人收留台下,生员愿效犬马
之劳。"彭公立刻派纪逢春、武国兴、李珮、李环四人,跟孔寿、赵勇去捉拿
飞云。六人叩头下来。大人又把苏永禄叫上来,说:"本阁已给你审问明
白,你兄长被飞云僧、法空二人所杀;我今已把法空、法缘拿住,明日先斩
这二人,给你兄长祭灵。你把你兄长之灵,暂寄关帝庙内,叫本庙僧人照
应。"苏永禄答应下去。大人必须把此事办理清楚,方才能走。

且说纪逢春等六人一同出了公馆,孔寿先把家人打发回去。这六人
出灵宝县西门,一直往西。武杰说:"孔老爷,你知道飞云往哪里去了?"
孔寿说:"我时常见他由我们孝义庄往西过去,我不知是哪个村庄,咱们
往西北山里慢慢访问。"武杰说:"也好,就是这样办理吧。"六人说说讲
讲,一直往西北走了有十里之遥,只见眼前就是山口,靠山口有几十户人
家,路北是个野茶馆,搭着天棚。纪逢春要在这里喝茶,武国兴说:"咱们
进山找个山庄喝茶吧,顺便访问飞云的下落。这里冲路北是一个要地,焉
能访事?就是飞云也不能在此处喝茶。"

六个人进了山口,走了四五里之遥,只见西北阴云密布,少时下起雨
来。武国兴说:"这里前不靠村,后不靠店,你我衣服都湿了,哪里避雨去
呢。"孔寿说:"离这里三里有座庙,那老道我们倒也认识,就到那里去避
风雨吧。"武国兴说:"很好!既是有你认识的地方,你我赶紧快走。"六个
人快快走去,只见在那半山中有一座庙,坐北向南,外头是一片树林。来

到山门前，见上面有一块泥金匾，写的是"敕建葵花观"，两边有角门，一叩门，从里面出来一个道童，说："孔爷、赵爷，这么大雨天，你们两位还来游山？"孔寿说："我们到山里找人，下起雨来了，到这里避避雨，你师父可在家？"道童说："我师父出去访友，两天没回来，我师太爷在这里照应着，他姓马，你们也认识的。"孔寿说："也好！我们先到鹤轩坐坐，你把马道爷请来。"童儿把门关上。这是大殿三间，东西各有配房。童儿把东配房帘栊掀起，众人进了鹤轩一瞧，这屋倒也清雅，迎面有一张八仙桌，两边有椅子，挂着一张画，画的是"醉翁之意不在酒"。两边有一副对联，上联是："只恨仙人丹药少"，下联是："不叫酒满洞庭高"，写得丰姿秀硬。南里间屋内，围屏床帐俱全，北里间垂着帘子。众人把湿衣脱下，搭在绳上。小道出去倒茶，不多时捧进茶来说："我师太爷就来，孔爷在此等候片时。"

　　道童又出去不多时，外面有脚步声音，帘栊一起，进来一位老道，年有六十以外，身高八尺，背厚腰圆，面皮微黑，头戴道冠，身穿浅月白布道袍，连须络腮；由外面进来，合掌当胸，打一稽首说："孔爷、赵爷，二位少见。"孔寿说："马道爷请坐，我来给你们引见。"众人各通姓名，马老道说："你们同这几位差官，来此何干？"孔寿打了一个咳嗽，说道："马道爷，提起这个人，你也认识。他就是同我们在一处的那福承寺的飞云和尚。昨夜三更时分，他去到我们会所，只说他庙中闹了明火，让人追下来了。我们两个一想，彼此素日相好，他庙中闹了明火，焉能不管？我二人点起二百庄兵，要上他庙中拿贼。半路上遇见三位办差官，我们误认做贼了。后来他们把我二人带到公馆，蒙钦差大人开恩，给了三天限，叫我们拿住云飞，将功折罪。我二人带四位老爷出来访拿飞云，到这里就下起雨来，这是已往从前之事。"马老道说："可惜出家之人，竟做这非理之事。"孔寿说："马道爷，天下大雨，若有酒拿来我们喝点。"马老道一听，连声说有，即叫道童拿来了一壶酒，几样菜，把八仙桌搭在当中，摆上六份杯筷。老道说："你们几位喝着，我可不陪了。"这六个人擎杯吃酒，刚喝了三五杯，只觉着头晕眼眩，扑通翻身栽倒，俱皆被获遭擒。要知后事如何，且看下回分解。

第一五六回
马道元大战武杰　乱石岗逢凶化吉

　　话说孔寿、赵勇同着四位办差官,在葵花观鹤轩喝酒,俱皆晕倒在地。

　　书中交代:这个马老道,原来与本庙老道是知己之交。那老道姓于名长业,道号清风,手使滚珠刀一口,削铁如泥,练的金钟罩护身,自生人以来,未遇见敌手,头两天出潼关,访友去了,留下马道元看庙。飞云今天一早来到庙里,说:"马道爷,了不得,乱惹大了!"马道元说:"你惹了什么事?何必这么惊慌?"飞云说:"我跟法空到灵宝县闲游,听说咱们的仇人赃官彭朋西下查办,便想夜晚到公馆把他杀了,不料却错杀了苏永福。我把人头带到东门外,那里有骆文莲之妻子,长得有几分姿色。我一使诈语,骆文莲走了出来,法空就将那妇人背回庙中,捆在空房。昨天来了几个办差官,已被我拿住。夜晚又来了个姓石的,手使杆棒,把法空、法缘拿住。我跑在状元屯,叫孔寿、赵勇替我挡一阵,就跑到这里来了。马大哥,你要替我出个主意。"马道元道:"师弟,你不必害怕。据我想,彭大人手下的办差官,俱是无名小辈,他不来找你,算他万幸,他要到这里,愚兄抖起精神,把他等全皆拿住,剪草除根,报仇雪恨。师弟你先别睡,你我二人下一盘棋。"两个人正在下棋,忽听外面打门,就叫童儿看看去,说道:"有什么事?禀我知道。"童儿出来,把众人让了进去,又回来说:"是孝义庄的孔寿、赵勇,同着数人前来避雨。"飞云说:"了不得了!是找我来了。"连忙问童儿:"都是什么样儿?"童儿说:"一个江南人,一个雷公样。"飞云说:"那江南人是欧阳德的徒弟武国兴,那雷公样的是纪有德的儿子纪逢春。另外两个人是李环、李珮。马大哥,你想个主意,该怎么办?"马道元说:"兄弟你只管放心,我出去管保拿住他们。"

　　飞云在后面等着,马道元出去说了几句话,这才预备酒,暗下了蒙汗药。一见众人皆倒了,老道哈哈大笑说:"你等真是放着天堂有路不走,地狱无门却自找寻,我到后面叫出飞云来,结果你等的性命。"到了院中,一看雨已住了,叫道:"飞云师弟,你急速出来,杀这几个该死的囚徒。"飞云僧从后面拿出两口刀来，给了马道元一口，说："师兄，你跟我来，先杀办差官，然后再结果孔寿、赵勇的性命。"来到东配房门口，把帘子掀起，只见武杰由地下站起来了。

原来武杰知道其中有诈，他喝酒之时，暗中把酒吐在手巾之上，一见众人躺下，他就说："唔呀，了不得了！要了我的命了。"他也假装栽倒在地。见老道出去之时，他听老道口中叫飞云师弟，就知道飞云现在这里，吾何不动手拿他？现在见老道由外面进来，武杰说："唔呀，你这混账东西，跟飞云和尚原是一党。出家人应该吃斋念佛烧香，做这杀人放火之事，早晚必遭天报。"马道元往外一跳，在院中把刀一举说："蛮子你出来，祖师爷告诉你几句话。"武杰往院中一蹿，只听老道说："我幼年在绿林独霸为首，杀男掠女无所不为。前番彭大人下河南之时，我在圆通观已将他拿住，却又被河南都司镔铁①塔常继祖把我拿住，入了开封府监狱。是紫金山的朋友金翅大鹏周应龙，带着绿林劫牢反狱，才将我抢出，来到这里。你小小年岁，哪知祖师爷的来历。"武杰一听说："老道你不要逞能，咱两个来分个强存弱死。"抢刀照老道就砍，老道用刀相迎，二人杀在一处。飞云掏出一只镖来，打算暗打武杰。武杰把刀一摆，往圈外一跳，说道："老道，我要失陪了，你是好的别走。"说着，往墙外一跳。飞云及时抖手一镖，武杰身体灵便，微一闪身躯开了。飞云说："师兄，千万别放走他！放走了他，这事就要坏了。"马道元说："师弟只管放心，料他也难逃走。"

一僧一道随后就追。武杰因穿着厚底鞋，山道又滑，不能快跑，看看老道就要追上。武杰见前面有几棵树就说："树后的朋友，你不要藏着，快快出来。"马道元在后面哈哈大笑说："小辈子，你不必使诈语，上天入地，我也要把你拿住。"武杰跑进树林之中，回过头来，又恶狠狠地照老道头上就是一刀。老道往外一蹦，武杰把刀抽回来，分心就扎，又战了八个照面，只累得武杰浑身是汗，遍体生津，一不留神，被老道把刀磕飞。武杰赤手空拳，拨头逃走，走了几步，因脚下不甚得力，便伸手把两只鞋脱下来，回头照老道面门就是一下，说："唔呀！着宝贝！"只见黑糊糊一宗物件，直奔老道："把马道元吓了一跳！"老道一瞧，原来是一只鞋，不由得哈哈大笑说："原来你这小辈，就是这样能为，你今天休想逃走！依我之见，

---

①　镔（bīn）铁——精炼的铁。

你还是趁早站住,叫祖师爷把你拿住。"武杰把两只鞋都扔出去了,实在累得不行,口中直嚷:"唔呀! 救人哪! 吾是钦差大人那里的办差官,六个人叫他拿住五个,他还要斩草除根。这个老道是越狱脱逃的反叛,那个和尚是奉旨严拿的要犯。"往前一跄,脚底下一滑,扑通翻身栽倒。后面马道元一阵大笑,说:"小辈,你还往哪里去! 待祖师爷来结果你的性命。"武杰把眼一闭,只等一死。老道往前一蹿,方要抢刀,又听得石岗之下,有人喊道:"好,光天化日,朗朗乾坤,胆敢在这里杀人? 我先把你拿住,呈送当官,再问你二人所因何故?"要知后事如何,且看下回分解。

第一五七回

葵花观一棒会清风　灵宝县僧道双行刺

话说恶法师马道元，刚要举刀杀死武杰，只听有人喊说："好！！老道你敢在此杀人，待我来拿你。"说着拉出杆棒，即把老道阻住。武杰爬起来，一瞧是石铸，这才放了心。

原来是赵勇、孔寿带着四位差官走后，大人不放心，又把石铸叫上来说："公馆现在刘芳、苏永禄可以照料，你去暗中访拿飞云，给苏永福报仇。"石铸奉命下来，换上便衣，带了十余两散碎银子，腰围杆棒，暗带兵刃。只见他身穿绸大褂，内衬青洋绉裤褂，青缎抓地虎靴子，头戴马连坡草帽，手拿全棕竹的折扇，出了公馆，一直往西，料想贼人必是奔潼关大路。石铸每逢进了山庄，必要打听有庙没有？有新来的和尚没有？细细的访问一回。走至山口，天下起雨来，见路北有座茶馆，石铸进去要了一壶清茶喝着。雨住了，石铸给了茶钱，打算等道路干干再走。

正在这般时候，忽听山口内武杰喊嚷着来了。石铸把外面衣裳脱下来折好，拉出杆棒，上了石岗一瞧，正赶上马道元要杀武杰。石铸一声喊嚷："好！老道你为何杀人？我先拿住你。"说着就蹿过去，把老道挡住。老道一瞧，就是一愣！见石大爷淡黄脸面，黑真真的两道眉毛，一双碧眼，蛤蟆嘴。马道元看罢，说："你是何人？为何拦住我的去路？"石铸说："老道，你不认识大太爷。我姓石名铸，绰号人称碧眼金蝉。"武杰起来说："别放走了他，他是河南越狱逃脱的贼犯，跟奉旨捉拿的飞云僧合谋一党，他们五个人现在业已被擒。"石铸过去就把老道捺了一个大筋斗。老道蹿起来，在一旁发愣，也不认识这兵刃叫什么？好像有九尺长，头上有铁球，过来一缠腿就把他摔倒了。他问道："你使的这叫什么兵刃？"石铸说："叫摔蛋不漏黄。"马道元拨头就跑，说："好厉害的摔蛋不漏黄。"飞云一瞧石铸把马道元摔倒，掏出镖来抖手就是一镖。石铸手疾眼快，径自躲开，说："好贼和尚，石大爷也有暗器，这是你招出来的，你们暗器伤人不算英雄，明器伤人才是豪杰。石大爷这是明器，你留神吧！"飞云竟往前走着,一听石铸说:"招打。"一回头却什么也没有,拨头又跑。这时,石铸把紧背低头锥上好,又说:"招打!"飞云竟连头也不回,这一锥正好打在幽门上。飞云终日采花,今日才招了报,遇见铁家伙了,自己伸手给拔了出来,撒腿就跑。直追到葵花观门首,马道元只得止住脚步,大骂石铸:"今天道爷跟你一命相拼,分个上下。"把朴刀一摆,直奔石铸,飞云在旁也摆动单刀,二人一齐奔上。石铸哈哈大笑说:"谅你两个该死的囚徒,有何能为!慢说你两个人,就是十个人,石大爷也不在乎。"这二人过来,如恶虎相似,抢刀就剁。石铸先把飞云扔倒,抖杆棒又把老道捺了个筋斗。二人爬起来仍奔石铸,左一个,右一个这两个人被石铸摔得头晕眼花。

正在动手,纪逢春等由庙内出来了。原来是武杰先进庙中,用凉水把五个人灌醒,各摆兵刃出来,帮着石铸动手。飞云、马道元二人累得热汗直流,口中带喘,只有招架之功,并无还手之力,看看就要被获遭擒。石铸等人正洋洋得意,料想今天必能拿住这两个贼人,他们一个奉旨捉拿的要犯,一个是越狱脱逃之贼,拿回公馆,可算得奇功一件。正在这番光景,只见由西面来了一个老道,口念:"无量寿佛,好大胆的贼人,竟敢在此搅闹。"

石铸正在动手,只听那边有人喊嚷,跳出圈外一瞧,由正西来了一个老道,身高八尺以外,细腰窄背,面色微黄,浓眉阔目,燕尾胡须,手中拿定一把拂尘,年有四十以外,来至切近说:"马大哥所因何故,与这些人动手?讲说明白再动手不迟。"马道元一瞧,是本庙主人清风道于常业来了,心中知道清风的能为武艺,定能赢得了石铸,便说:"清风兄快来,这几个都是钦差大人的办差官。"清风道于常业本是绿林贼人,受过高人的传授,有金钟罩、铁布衫护身,手使一口滚珠宝刀,一听飞云、马道元之言,说:"你二人闪开,待我拿住这些小辈,细细审问于他。"说着,摆刀直奔石铸,劈头就砍。石铸往旁边一闪,抖杆棒要把老道捺一个筋斗,焉想杆棒一缠,老道往下一蹲,他会一趟地滚刀,兵刃向外,石铸的杆棒一到,老道往外用刀一削,就把石铸的杆棒上头削去,趁势又往前一进,就把石铸的胳膊削下一条肉来。石铸说声"不好!"鲜血淋淋地拨头就跑。孔寿等五人知道自己不是对手,也不也过去动手。老道随后追出山口,见众人去远,这才回来。

　　石铸跑着,因伤痕太重,疼痛难忍,扑通栽倒在地。孔寿将他背了起来,众人跟随着直奔灵宝县。大家向石铸说:"老道砍的刀伤,可伤着筋骨么?"石铸说:"没有,若再下一寸,胳膊就截了。你们背着我回到公馆内,一上金枪散就好了。"说着话,来到灵宝县西门,天也晴了,雨也住了,一轮红日即将西沉。

　　到了公馆门首,众差人说:"众位老爷回来了,大人方才还问了两回,你们快见大人去吧!"孔寿背着石铸,来到里面放下。武杰打起帘子,扶着石铸进了上房。大人正在东边椅子上坐着看书。石铸说:"回禀大人!武杰等跟随赵勇、孔寿去到葵花观,遇见贼盗马道元,把他等用迷魂药酒灌倒。我把飞云、老道打败,武杰把众人救了出来。我等正在动手,有葵花观本庙的老道于常业,一照面就把我的杆棒削去,把我的肩头削下一块肉来。"大人说:"这恶道实在厉害,明天我派官兵前去拿他。"石铸说:"拿他倒是小事,只怕今晚老道前来行刺。他不来便罢,他要来时,合公馆的人都不是他的对手。"刘芳过来给石大爷上了止痛药,将杆棒拿出去,叫人修理好了。大人说:"你等先下去吃饭,少时再说。"

　　众人吃完了饭,天已黄昏时候。大人叫刘芳下去,把灵宝县城守营的官兵一齐调来,在公馆外面扎住,说:"你等都带上兵刃,如老道来时,定要将他拿住。"众人安排好了。天有五鼓之时,只听见上房一声呼哨!西房上是飞云僧在巡风,北房上是清风恶道于常业。老道来到北房,正听见屋中有人说话,他一声喊嚷:"赃官彭朋和众小子,祖师爷今天来结果你等的性命。"要知后事如何,且看下回分解。

第一五八回

受毒镖石铸讨药　私逃走胖奎追孙

话说清风道于常业来到上房,听到屋中讲话,他一声喊嚷:"赃官彭朋,还有你手下这些无知的匹夫,今天我为朋友前来报仇。"屋中刘芳一听,先把灯吹灭。石铸在大人跟前,因身带重伤不能出去。众人静等老道下来,打算叫他明枪易躲,暗箭难防。飞云一瞧上房把灯吹灭,他就知道公馆没有能人,说:"道兄不用说了,下去结果他等的性命。"老道拉出宝刀,方要往下蹿,不想后面有人照他腿上一踢,说:"妖道,你滚下去吧!"一脚就把老道踹下房来。老道一翻身,两脚落地,站在院中往上观看。房上站立一人,年有二十以外,正是龙山公道大王马玉龙。他自红龙涧拜辞大人,回到龙山,自己有心要散众,带着铁臂猿胡元豹去投奔大人,又怕大人只给个微末的前程,万岁爷再不准圈回本旗,就有许多不便,莫如先去暗中探听消息,看大人是如何办法?他日间找店住下,一一探问。原来大人公馆里闹刺客,差官苏大老爷被杀,人头扔在东门外骆家,把骆文莲的妻子背走了。大人公馆真有能人,第二天就把贼人访着,乃是这里西门外福承寺的和尚,他装活佛舍药,瞧见有美貌的年少美女,晚上就去采花。大人的差官把和尚拿住,只跑了一个飞云,把骆家媳妇也找回来了。现在大人要把飞云拿住,给苏差官报仇才走呢。马玉龙对伙计说:"不许人来叫我,一叫我就犯病。我叫你时,你再来。"伙计连声答应。马玉龙因为怕夜里出去被店中人看见,露出形迹,故诸事多加小心。伙计转身出去,马玉龙便把灯一吹,盘膝而坐,息气养神。天交初鼓,马玉龙把衣服换好,隔着窗棂一听,店中俱皆睡熟。马玉龙出来,把门伸手倒插,在墙下见四外无人,拧身蹿至房上,蹿房越脊,往前直奔公馆。到了公馆的后房坡一扒,有片刻工夫,就见两道黑影,一个奔西房,一个奔北房,看是一僧一道。那老道在北房上站住,和尚在西房上一扒,马玉龙在后一掣身,怕叫二贼瞧见。大人同众人所说之话,马玉龙早听明白。听了老道说要刺杀大人,马玉龙很快绕到北房后坡,一脚把他踹了下去。

马玉龙随即蹿下房来说："钦差大人,请放宽心! 现在马玉龙前来捉拿贼盗。"于常业被马玉龙踢下来,气得二目圆睁,他自生人以来,还没吃过这个亏,便把滚珠刀一顺,说："来的小辈,你是何人? 胆敢暗算我祖师爷。"飞云僧在西房上喊嚷说："道兄留神!"马玉龙道："你要问,我姓马名玉龙,在龙山人称公道大王。你是何人? 不守本分,胆敢前来刺杀钦差。"老道说："小辈,你也不认识我,我姓于名常业,道号清风。我与赃官彭朋无仇,他不该派人到我庙中来搅闹。"石铸听见说："马贤弟! 这个老道白天破了我的杆棒。大人有谕,叫你把他拿住。"马玉龙遵命,摆宝剑剁去,老道用宝刀往上相迎。石铸在屋中说："马贤弟留神,老道使的是宝刀!"飞云在房上也说："道兄留神,他使的宝剑。"二人说完,马玉龙与老道彼此留神,互避兵刃,马玉龙怕刀伤了宝剑,老道怕宝剑伤了宝刀。二人斗够多时,老道一刀照马玉龙劈头砍下来,马玉龙不能闪开,用宝剑往上一迎,呛啷一响,火光迸裂,吓得老道往旁边一闪,口念无量佛,一瞧宝刀丝毫未动。马玉龙跳在圈外一看,宝剑也并无伤痕。二人重新又战,马玉龙把宝剑施展开来,使的是八仙剑,怎见得有诗为证:

> 拐李先生剑法高,洞宾先生实难描。
> 钟离背剑清风客,果老跨驴削凤毛。
> 国舅走动神鬼惧,采和四门放光毫。
> 仙姑摆了八仙阵,湘子归魂命难逃。

话说马玉龙这宝剑分八八六十四路,剑法精通,把老道围在其中。此时屋中把火点上了,彭大人要瞧马玉龙战清风,把帘子高卷起来,在门前站立,众办差官在两旁侍立,只见马玉龙把老道围住,甚是好看。

飞云在西房上瞧老道赢不了马玉龙,便把镖拨出来,一抖手,白亮亮的直奔大人刺来。只听扑通一声! 红光迸溅,鲜血直流。众办差官说："不好! 房上有贼人暗算!"众人各摆兵刃,蹿上房去。和尚喊嚷,说："老道兄风紧,扯活吧!"老道把刀一顺,蹿上房去,与飞云逃走。马玉龙一瞧众差官多追出去了,他不敢再追,怕贼人用调虎离山之计,回来刺杀钦差彭大人。马玉龙过来一瞧,镖打的不是钦差大人,却是一位差官,有二十多岁,黄脸膛,正是黄面金刚孔寿。

马玉龙过去给大人请安,大人说："你来了,本阁正盼想你。今日若非你来,老道定要大肆横行。"马玉龙过来把孔寿扶起来一瞧,镖正打在肩上,说:"这镖是毒药镖。"此时石铸等也回来了,与马玉龙彼此见礼。马玉龙说:"这位差官被毒药镖打了,还不在致命处,但是过三十六个时辰准死。"石铸说:"不错,我也知道他这镖是神弹子火龙驹戴胜其的传授。要让这镖打上了,别人的药还解不了,非得胜家寨的五福化毒散、八宝拔毒膏才能救回。此地到胜家寨,往返有一千六百多里,须日行千里的脚程,三天赶了回来,才能救得了这个人。"马玉龙说:"我可走得了,无奈我跟胜家寨不认识,再说那是人家传的宝贝,焉能要得来?"武杰说:"我们倒是亲戚,但我的脚程只可走五六百里,来回要五六天。"大家一看,就是石铸能行,说:"石大爷,你去走这一回,好吧?"石铸说:"可以。孔爷也不错,昨天我受伤,他背了我十几里地,君子人知恩报德。"他回头告诉赵勇说:"你千万别去告诉孔爷家中,也别请人调治,只等我回来。"

说罢,石铸带上盘川,出了公馆。这一夜行有千里,次日早饭后就来到胜家寨。庄客往里禀告,胜奎亲迎出来。石铸上前请安,二人携手进了庄门,到大厅落座,家人送上茶来。石铸刚要说话,见帘子一响,进来一位小英雄,这又生出了岔事。要知后事如何,且看下回分解。

第一五九回

胜玉环千里寻夫　小神童大闹旅店

话说石铸来到胜家寨,银头皓首胜奎接至客厅,落座吃茶。石铸刚要说求药之事,只见帘子一响,进来一个小学生,有十二三岁,梳着双歪辫,扎着红头绳,穿着蓝绸大褂,刚才下学。胜奎说:"官保,你过来见礼,这是你石爷爷。"小孩过来行礼。石铸一瞧这小孩长得清秀,问道:"胜三哥,他多大年岁了,念什么书呢?"胜奎说:"他今年十三,因他伶俐,人送外号小神童。当初我儿在日,家传的八卦追魂夺命连环刀,一生爱在镖行走镖,后来被仇人所害。那时胜官保的母亲正怀着他。人家怀胎十月,他是十二个月。自生养下来,他就伶俐。到六岁上,这孩子爱闹病,这天来了一个化缘老道,化了一天,别的都不要,却要化这孩子。你想,我能给么?我儿不在了,就守着他一个,我焉能舍得?老道说,叫他跟我三年,我再把他送回来。我问他在哪个庙里?你既然要他,我送了他去,我也放心。老道说他就在万松山接云岭青竹观,复姓诸葛,双名山真,人称龙雅仙师铁牌道人。我一听这道不是外人,原来是金眼雕的师父,这才把他送去。他在庙里整五年,前年才回来,跟老道练的长拳短打,刀枪棍棒。临回来时,老道给了他一宗宝贝,叫龙头棒,专破金钟罩、铁布衫,里头有根鹿筋绳,绳上按着闷心钉。"

胜官保在家又跟他爷爷练了二年,能为大长,连自己也不知有多大的本领了。他今天下学,听说来了一个碧眼金蝉石铸,当年盗过九点桃花玉马,这人能为甚大。胜官保一听,心中不服,来到大厅,先给他爷爷行礼,便上下打量石铸。他爷爷给他一引见,又对石铸夸了半天。石铸忍不住说:"三哥!你把话说完了!我是夜猫子进宅,无事不来。现在我们的亲戚武杰,叫飞云的毒镖打了,看看要死。我想咱们老哥们这样的交情,冲着你我,不能不管。现在来跟你要五福化毒散、八宝拔毒膏,你趁早拿出两份来,我赶紧回去。大人现在灵宝县里。"胜奎一听就吓愣了!说:"石老大,你且坐着,我赶紧到后面去拿。若非你有日行千里的脚程,真了不得了。好个飞云,打起我们爷们来了。连他师父打镖,还是胜家的传授呢。"说着话,胜奎就到后面拿药去了。

胜官保在这里站着:说"石爷爷,你使什么兵刃?"石铸说:"我使杆棒。"官保说:"给我瞧瞧。"石铸解下来说:"给你瞧。"官保说:"就是这个,你练一趟。"石铸说:"怎么练,小孩儿你懂什么?"胜官保说:"略知一二,你拿杆棒捺我个筋斗,我立刻跪下给你磕三个头。"石铸拿杆棒到了外头,想要轻轻一缠,把他摔倒。谁想这小孩一个旱地拔葱,蹿在石铸身后。石铸一连几个照面,并未把胜官保捺倒,就站住说:"行了,冲你能躲我这几手杆棒,就算行了。"胜官保说:"不行!我这里也有兵刃,你瞧瞧,叫疤拉硬。"说着打腰中解了下来。石铸一瞧,像条大长虫,上有龙头,后有龙尾,长够九尺九寸九,按天地人三才置造,龙头一张嘴,把子午钉打出来,专打金钟罩、铁布衫。石铸说:"好孩子!这条杆棒你会使么?"官保说:"我刚练,还没有练好呢。石爷爷!你站着瞧我练练。"石铸说:"可以。"官保一抖手,石铸没有防备,就被官保捺了个筋斗。石铸说:"好孩子,摔起爷爷来了。"心里说:"这孩子要到公馆,能为在我以上,准能做官。既有这样的能为武艺,为何还在家中?"想罢,说:"胜官保,愿意不愿意跟我去?"胜官保说:"早就愿意去找我姊夫,就是没人带我去。"石铸说:"我愿意带你去,就怕你爷爷不叫你去。"胜官保说:"我爷爷不叫我去,我偷着去,咱们俩再见吧!"石铸说:"我先把药送回去,救了那个人,回头在黄花铺会友楼等你,不见不散。"

说着话,胜奎从后面出来,拿了两贴膏药,两包药,说:"石贤弟,你回去时,不怕人死了,可以把牙关撬开,把药灌下半包,剩半包敷在伤处,把膏药剪个小窟窿贴上。"石铸说:"是了!事不宜迟,我这就告辞了。"胜奎往外送出大门,石铸一抱拳,径自去了。

胜官保眼珠一转,计上心头,说:"我这一去,投奔钦差彭大人,倘有人中了飞云的毒药镖,那时千里迢迢,谁来我家要药?莫若我先偷着带上几包。这五福化毒散、八宝拔毒膏的药箱子,就在我姐姐房中,我不免使个调虎离山之计。"想罢,到了他姐姐屋中,行礼已毕,胜玉环说:"弟弟你回来了,你爷爷给何人取药?"胜官保说:"姐姐你不知道呀?我姐夫被贼人毒药暗器打的甚重,现在外面书房,你快去看吧!"胜玉环一听,吓了一跳,连忙带着仆妇、丫环,往外直奔书房。胜官保把锁打开,抓了几包药,拿了几贴膏药,偷了几十两碎银子,就由后门出去。

到了外面,不敢走大路,净走小路。他心急似箭,恨不能一步赶上石大爷。头一天走在一个乡镇,地名窦家集。胜官保到了一座店门首,说:"店家,你这里可有上房没有?"店中的伙计说:"我们这店,不准住小孩。"胜官保说:"你们这店要不让我住,我就往别处去。"伙计说:"你往别处甚好。"胜官保说:"我们大人在后面,驮轿车辆,共四十多位,我先来打店,你敢说不让住!"掌柜的一听,连忙跑出来说:"小爷先别走,我们伙计不会说话,你老人家要住几间屋?"胜官保说:"上房三间,东西配房也预备十间,你们还得多预备酒菜,我们来到就要吃。我先定下十桌,赶紧叫灶上预备,先给我要菜,叫点酒。"伙计们把他带到上房,抹了桌案,倒上一壶茶来。胜官保在这里吃着茶,伙计又把酒菜摆上。此时厨房灶上忙了起来,预备干鲜果品,水菜海味先用开水泡上,刀勺乱响,预备了十桌燕菜上等席。胜官保吃了个酒足饭饱,天已三更,掌柜的进来说:"小太爷,怎么到这时候,你们大人还不来?"胜官保说:"你派伙计上大路接接去,我是抄道来的,横竖也就快到了。"掌柜的出去告诉伙计:"你们打上灯笼,往南边大路接接去。"两个伙计打着灯笼径自去了。

胜官保吃饭已毕,心中说:"小子,你不愿意住小孩!今天这一回,我就要把你治过来。"他在炕当中出了一回恭,径自越墙去了。掌柜的等伙计回来,说是大道上人影都没有,来到上房一瞧,小孩已形迹不见。桌上的菜也没有了,在屋中一闻却臭的很,一看是炕上有粪。掌柜的埋怨伙计不该得罪他,既得罪了他,就该留神。伙计说:"这也无法,叫他冤了。天气又热,咱们大家过节吧。"掌柜的对伙计说:"这罚你一年的工钱也不够。"彼此争论不表。

单说胜官保连夜往下一走,天光大亮,来到的这座镇叫罗家店。心想找个饭店,吃点什么,再问问离黄花铺还有多远?正往前走,见对面来了一位老者。胜官保一瞧,正是大同府玄豹山的金眼雕,他赶紧往人群中一藏,心中说:"要叫邱老爷子瞧见,准把我送回家去,莫若我暗暗跟他,瞧他干什么来的?"

书中交代:金眼雕邱成因生了一场病,三四个月都不见好。这天飞云路过玄豹山,前去行刺,砍了邱成几下却砍不动。邱明月回来,一看他父亲病得甚重,便想起一个人来,若得父亲病好,非此人不可。要知后事如何,且看下回分解。

第一六○回

罗家店小儿戏老叟　黄花铺双棒会清风

话说邱明月从外边进来，刚一进屋，见飞云手举蒺藜锤，照邱成头上就打。邱明月一声喊叫，说："好贼！胆敢前来行刺！"飞云一听，回头照邱明月就是一锤。邱明月一闪身，飞云蹿出院中，拧身上房逃走。邱明月也不追贼，赶紧看他父亲，幸邱成有善避刀枪的功夫，未曾受伤。邱成昏迷不醒，明月请人百般医治，并不见好，急中忽然想起一个人了。他收拾收拾，带了盘川，咐嘱家中小心服侍，自己出了玄豹山，直奔千佛山真武顶来。

一路饥餐渴饮，晓行夜宿，这日来到千佛山，到了真武顶山门，邱明月扑奔东角门叩门。不大工夫。只见里面出来了一个小和尚，问他找谁？邱明月说："我是玄豹山姓邱的，来找欧阳叔父。"小和尚随去通禀，欧阳德亲身迎了出来。邱明月一见，上前请安。欧阳德把邱明月让了进去，过了两层院子，来至客堂落座。小和尚倒了茶，邱明月说："欧阳叔父！今天小侄前来，非因别故，只因我父亲染病甚重，名医请遍，服药无效，我特来请叔父前去看病。"欧阳德说："唔呀！明月你等等，我回禀老和尚去。"说着话，欧阳德直奔后面，见了红莲和尚，把邱明月来请看病之事说了一遍。老和尚乃是修善之人，说："既然如此，你就去吧。"欧阳德转身出来，到了前面，说："明月，你用过饭么？"邱明月说"已吃过了。"欧阳德说："你既吃过饭，我奉老和尚之命，下山同你前去。"邱明月喜出望外。二人即刻起身，下了真武顶，顺大路径奔大同府来。

到玄豹山，进了屋中，欧阳德一见邱成病体沉重，便把老和尚赐的灵丹妙药拿了出来，划了一道符，用水送下去。邱成顿觉神清气爽，明白过来，认得是欧阳德，说："贤弟你一向可好，从哪里来？"邱明月说："是孩儿去把欧阳叔父请来给你治病的。"邱成说："好贤弟！你要把病给我治好。我病着时常糊涂，叫飞云这猴儿崽子打我几锤、砍我几刀，我好了前去找他，把他叉坏了；找不到他，就找他师父神弹子火龙驹戴胜其，死了我刨他的坟。"欧阳德说："唔呀！人死不结冤，你要这么办，那我就走，你这病才好一半，我不给你治了。"金眼雕说："别走，我不去找就是。"欧阳德说："不成！你得起誓。"金眼雕说："我要去，就叫人把我杀了。"欧阳德说："那不算，你有一力浑元气，童子身，杀不了你。"金眼雕说："我要刨了他坟，叫人把我活埋了。"欧阳德说："上天有神，起誓应誓。既然如此，我就给你治好。"隔两天给他吃一帖药，整二十一天，邱成好得亦复如初，欧阳德便告辞回山。

过了一个多月，金眼雕已精神百倍，想起飞云打他之事，便带上二十多两银子，换上便服下山了。他日行千里的脚程，那一天来到罗家店，天刚出太阳。胜官保一见，赶紧躲开。只听金眼雕说："好一个罗家店，倒也热闹，我先找个饭店，吃点什么再走。"他找钱庄换了五两银子，要了两吊钱，余者要票带好，来到羊肉铺，买了一吊钱的羊肉。金眼雕转身又往前走，把钱贴掏出来，见前面鱼盆内有几条鲤鱼，心中甚为喜悦，说："这鱼倒也不错。"便问卖鱼的说："大约要多少钱？"卖鱼的说："别人要一吊五百钱，你给一吊钱，别还价。"金眼雕说："先放在盆里，给你两吊，拿贴换去。"卖鱼的接过来就换钱去了。邱成等着，一瞧卖鱼的换钱回来，再瞧鱼却没有了。邱成气的两眼发直，心想："我自生人以来，今天是我栽筋斗的日子，真有人偷我，有心不答应，卖鱼的是小本营生，也不与他相干。"又想："我先买镐去，好刨戴胜其的坟，可别把银子再丢了。"来到一家铁匠店，店中代卖各种铁器。金眼雕说："给我拿个钢镐，该多少钱，我给你。"那伙计从里面拿出来放在柜上。邱成问了分量多重，连挑了七八根才挑好，说："掌柜的，你收银子吧。"伙计说："银子在哪里？"金眼雕一瞧，桌上的银子又没有了，心想："这贼好快手！"气得他发愣说："这镐搁这里吧，回头再来买。我刚掏出银子放在柜上的，一下没有了，回头来取吧。"

邱成还没吃早饭呢，现在银子没有了，他又是说面子话的人，吃完饭焉能不给钱？自己一想："我只得把青洋绸大褂当了，好去吃饭。"路西就有当铺，他当了五吊钱，把钱票和当票往腰中一带，进了路东的饭店，一进门就说："拿你们柜上的钱，给我去买一斤羊肉，省得我去。该给多少钱，吃完了算。"他要了两壶酒，一边喝着，一边生气。

这时，只见胜官保由外面乐嘻嘻、跳跳蹦蹦地跑进来，金眼雕说："官保,你这孩子打哪里来?"胜官保说:"我跟我爷爷上这儿来取租子,住在王升的店中,我出来上街买东西,听到像你说话,过来瞧瞧。"邱成一听胜奎来了,想拜弟家中是财主,既来收租子,不定收回多少去呢!便说:"官保,你去把爷爷请来,说我等他。"胜官保手里拿着的几个钱,掉在地上,滚到八仙桌底下了。他便钻在桌底下,把钱捡了出来。胜官保走后,金眼雕怕胜奎来了菜不够吃,又把跑堂的叫过来说:"我这有票子,你给我去买鱼。"一伸手,钱票、当票又踪迹不见。金眼雕只气得两眼发直,跑堂的也在一旁发愣!金眼雕说:"不买了,等我的朋友来,再拿钱买吧。"跑堂的下去,金眼雕左等也不来,右等也不来,自己刚要吃饭,跑堂的却端上一盘焖羊肉,两条鲤鱼来。金眼雕说:"谁要的,我没要。"跑堂的说:"这是外敬,不能算钱。"邱爷吃完饭,还不见胜奎来。"跑堂的过来说:"老爷子还要什么?"邱爷说:"不要了,你算账吧。"

伙计把家伙收下去,算了一吊六百文。那邱爷手内分文皆无,跑堂的倒先送来一包银子、票子,连洋绸大褂都给他赎出来了。还有一张字柬,写的是:"胜官保孝敬"。连饭钱也给了。邱爷一看,又是气,又是乐,乐的是绿林接续,又出了一辈英雄。

不说邱成自己归山。且说胜官保自罗家店又走了有三十里之遥,来到黄花铺十字街一看,路西有座会友楼,便进去上楼坐下,要了几壶酒,几样菜。方要吃酒,只听楼梯一响,有人说话:"合字并肩,招露把哈,悬窑上坐的鹦爪孙对了盘,急复溜扯活。"他说的是江湖黑话。胜官保一瞧,进来两个江洋大盗,小英雄就要在此拿贼。要知后事如何,且看下回分解。

第一六一回

碧眼蝉独战四寇　小神童智斗清风

话说胜官保听见楼下有人翻着江湖黑话上楼,他仔细一看,这人身高八尺,面皮微黑,黑中透紫,粗眉大眼,天灵盖有一个大肉疙瘩,身穿青洋绉大衫,青缎抓地虎靴子,手拿大包袱。后面那人,身高六尺,面皮微黑,也是浓眉阔目,鹦鹉鼻子,咧腮嘴,身穿蓝布大褂,青洋绉褂裤,手拿着大包袱。上得楼来,见楼上就是胜官保一人喝酒,这小孩倒也有趣,靠着楼窗。这两人也靠楼窗坐下,说:"伙计,你拣好吃的炸炒几样,不怕多花费钱。"胜官保一瞧,是剑峰山在案的逃军贼犯独角鬼焦礼、地理鬼焦智。胜官保认识他们两人,他们却不认识胜官保。胜官保心想:"这两贼由西安府逃军,我常听我爷爷说,要把他两个拿住,去见彭钦差。"想罢,就要拉杆棒动手。又一想:"我是个小孩子,他们两个人,我摔倒一个,那个过来,这个又起来,我能拿一个,不能拿两个,莫如到本地面带官兵前来,可以剪草除根。"想罢,胜官保把伙计叫过来说:"我这个小包裹,你给我看着,我下楼去去就来。"伙计说:"小爷,你交给我吧。"

胜官保出了会友楼,见对面来了一老者,便过去行礼,说:"借问老丈,这黄花铺哪里有武职衙门? 本地有多少官兵?"老丈说:"这里就有千总衙门,学生你找衙门做什么?"胜官保说:"找人。"那老丈说:"你由此往南走两箭地,往东进小胡同,朝北有座关帝庙,隔壁贴着斗封告条,那就是千总衙门。"胜官保问明白了,与老丈拱了拱手,一直往南去,走了有两箭之地,见东边有一条胡同,进去往北走,果然就是千总衙门。胜官保来到衙门门口说:"辛苦,哪位老爷该班?"里面出来一位门讯头,年有四十多岁,说:"学生你找谁?"胜官保说:"我找你们千总大老爷,调本处官兵,帮我去办案。"门讯头说:"你有什么凭据拿来,我给你去回一声。"胜官保说:"我没有办案的文凭。"门讯头说:"但凭口说,怕我们老爷怪罪下来。"胜官保没法,只好回来,又一想:"凭我这身能为,也拿得住他了。"这叫艺高人胆大。他刚到会友楼门口,见对面来了一人。胜官保一瞧,正是碧眼金蝉石铸。

石铸自前日在胜家寨得了五福化毒散,八宝拔毒膏,连夜赶回灵宝县,见孔寿看着要死,浑身冰凉。他把化毒散用酒灌了一半,在镖伤口上用了一半,再用拔毒膏给他贴好。石铸说:"我告半天假。"公馆中的众办差官,这两天都在访拿飞云和清风。石铸来到黄花铺,天交正午,正遇胜官保站在会友楼门口发愁。

石铸说:"你早来了,为什么在这里发愣?"胜官保一见石铸,喜不自胜,说:"石爷爷!你别嚷,我告诉你一点事。"石铸说:"有什么事,你说吧。"胜官保把石铸拉在无人之处说:"刚才我到了会友楼,靠了楼窗,要了两样菜、一壶酒。我正在喝酒,听见楼下有人说江湖黑话,上来了两个人。我一瞧是剑峰山的独角鬼焦礼、地理鬼焦智,我认识他们,他们不认识我。我常听我爷爷说,他们是西安府的逃军,我想要动手把他们拿住,又怕摔倒这个,那个过来,我没捆的工夫,这才下楼去找本地面的千总衙门,调官兵来帮着我拿。谁想他们说办案没文凭,他们不管,我无奈回来,正在发愁。石爷爷你来了甚好,此时二鬼在酒楼上吃酒,你我一人拿一个。"石铸一听,甚为喜悦,拉出杆棒进了酒楼,胜官保就在外面等候。

石铸上了楼梯一看,二鬼正在吃酒。他发一声喊说:"好贼崽子,石大爷找遍天下,不想今天在此遇着,你们还跑得了么?"二鬼急忙打开包裹,取出虎尾三截棍,不敢与石铸交手,便跳下楼去。石铸说:"我把你这两个无知的小辈拿了,石大爷与你们仇深似海。"二鬼跳在当街,又见胜官保举杆棒过来,便撒腿就跑。石铸由楼上跳下来,同胜官保往北就追。追出北村口,有两条岔路,一条奔西北,一条奔正西,却不知二鬼往哪条路上去了。石铸说:"我往正西路,你往西北追,十五里地为止,追不上回头到会友楼见。"胜官保说:"是!"就往西北追去。

石铸往正西追出四五里地,见二鬼在对面树林中,手拉三截棍,正在那里站着,独角鬼焦礼说:"四弟,你我不用混了,要讲在剑峰山,谁不知焦家五鬼。今天叫石铸追得望影而逃,你我拉出虎尾三截棍,莫如跟他一死相拼。"二人见石铸追上来了,焦礼说:"姓石的!今天咱们一死相拼!"石铸说:"你两个该死的囚徒,我跟你们仇深似海。你兄弟不该串通班山、班立娥,盗去我的家口。我拿住你们,生食你二人之肉。"说着,抖杆棒扑向焦礼。焦礼摆三截棍照石铸头上就抢,石铸往旁边一闪,一杆棒就把焦礼捺了个筋斗。焦智赶了上来,石铸一回身,又把焦智捺倒。两个人哥哥起来,兄弟躺下,有十几个筋斗,摔的头昏转向,要跑也跑不了。这时,只见打正西树林之内,又跑出来一个和尚。石铸留心一看,正是飞云,拉手中刀说:"焦家二位兄弟不必害怕,我来帮你二人拿住石铸。"石铸心想:"这二鬼还拿不住,又来了一个和尚。"飞云摆手中蒺藜锤,照石铸就打,石铸一闪身,把飞云捺倒。石铸一人敌三人,着实累了,口中带喘。这三个贼人一瞧,喜出望外。

书中交代:飞云从何处来得这样巧呢?内有一段隐情。只因灵宝县双行刺,被众差官赶跑。飞云也不敢回葵花观,自己落荒逃走,在灵宝县附近的一个所在,住了两天,听了听风声。他想:葵花观是去不得的了,莫若投奔黄花铺的静街太岁黄永,那里是绿林的窝子。今天走在这里,正遇二鬼跟石铸动手。他与焦家二鬼平素相识,就问:"三哥、四哥从哪里来?为何跟石铸动手?"焦礼说:"兄弟你不知道,我与石铸仇深似海,你帮我把他拿住,碎尸万段,方出我胸中恶气。"石铸一想:"三个贼人并力相拼,也不好办,胜官保这孩子又不知往哪里去了?"石铸正在盼念胜官保,自己眼看累得不行,有心跑吧,怪丢人的;要是不跑,工夫大了,就得死在他三人之手!

石铸心中正在盘算,又听见正西念无量佛,这来者并非别人,正是清风恶道于常业。他从公馆被马玉龙追跑,逃出城来,因找不着飞云,自己连夜回到葵花观,见着马道元说:"大哥趁早逃走吧!我同飞云这个乱子惹得不小。"马道玄说:"留两个道童在庙里看守,我去云游四方,过一年半载再回来。师弟你上哪里去?"于常业说:"我上黄花铺,找我拜兄静街太岁黄永,暂避两三个月。"清风走到这里,见飞云三人正与石铸动手,要立斩石铸。不知石铸性命如何,且看下回分解。

第一六二回

胜奎公馆见钦差　石铸古庙逢贼寇

话说石铸正与飞云和二鬼动手，只见从正西来了一个老道，口念无量佛，正是清风恶道于常业，摆滚珠宝刀，上前就要动手。石铸说："了不得！我一人敌他三人，就累乏了。老道一来。我只得甘拜下风。"老道把宝刀一顺说："飞云贤弟！焦氏弟兄！你等闪开，待我过去将他拿住。"

石铸往圈外一跳，老道刚要上来，只见由正东跑来一个小孩，说："石大爷，你在这里，我找你半天了。"石铸说："你来吧，这个老道交给你拿，他是到公馆行刺的刺客，手中使的宝刀，你要留神。"胜官保说："知道。"拉出龙头杆棒就扑奔老道。老道一瞧：这小孩有十二三岁，拉着一条杆棒，其形像条长虫，上有蓝鳞，不知是什么所造，便把手中刀一顺，说："你这小娃娃叫什么？"胜官保说："我姓胜，叫胜官保，外号人称小神童。你叫什么东西？通上名来！"清风道说了名姓，摆刀往下就刺，胜官保用杆棒往外一崩，只听得猛地一声响，金光迸现，吓得胜官保往旁边一闪，老道往圈外一跳，各看各的兵刃，彼此均无损伤。老道就知道这条杆棒厉害。胜官保一变招数，三五个照面，便把老道摔了个筋斗。老道爬起来，气得哇呀呀乱嚷："山人自生人以来，未遇敌手，今天被你这小娃娃把山人摔倒，我跟你一死相拼！"胜官保说："老道不要发威，小太爷不拿住你，誓不为人。"两个人就在这里大战一场。老道被胜官保的子午闷心钉打得痛苦难挨，见事情不好，只得甘拜下风了。他冲着和尚一使暗语，说："合字急复溜扯活吧！"

清风、飞云同二鬼往西就跑，官保要去追赶，石铸说："得了，不必去追，即便追上也拿不了。今天你要不来，我得死在他等之手。"胜官保说："我先往西北追了有十五里，不见二鬼，就回到了黄花铺，见你还没有回去，我才追来。"石铸说："咱们同回酒楼喝酒去吧。"二人回到黄花铺会友楼，跑堂的说："小爷，你的酒和菜都凉了。"石铸说："给我们煎炒烹炸四个碟来，要两壶酒。"二人吃完饭，石铸给了钱，一同出了会友楼，径奔灵宝县。

到了公馆，听差人说："石大爷回来了，你这个乱子惹大了。"石铸说："什么事？莫非是孔寿死了？"听差人说："不是。孔爷倒好了，是胜家寨胜奎老丈来了，说你把他一家人闹得五零四散。"石铸说："不对呀，我怎么会把他一家子闹的五零四散？我见见他去。"石铸到了里面，见胜奎正与大人说话。

书中交代：自从胜官保走后，胜玉环到前面来说："老爷子！刚才我兄弟说他姊夫被毒药镖打了，送到家来，你到后面拿药，怎么不跟我说？"胜奎说："不错，小姑爷是受了毒镖伤，现在灵宝县，石铸来此讨药，一千多里路程，谁能送得来？胜官保这孩子学坏了，说的瞎话，你到后头把他叫来。"派家人到后头各处找寻，胜官保却没了。胜奎一想："了不得，这孩子必是叫石铸给拐了去了。"派家人向四路追寻，到晚上回来，都说踪迹全无。胜奎埋怨胜玉环说："你不该走出来，这必是官保偷了药，跟着石铸去了，明天我前去追他。"晚上又找了一夜。胜玉环便改扮成道姑，暗带单刀、镖囊和盘费，一早起身，寻找胜官保去了。

次日，胜奎听说胜玉环又走了，更加着急，带上盘费和金背刀，赶紧起程。一路上打听胜官保、胜玉环，并无下落。这天来到公馆，往里回禀，大人吩咐请进去。胜奎来到里面给大人行礼。大人赐了座位，胜奎便把石铸讨药时把胜官保诓骗出来，胜玉环听见武杰受了镖伤，也改扮私自出了胜家寨，至今并无音信的话说了一遍。大人叫把石铸叫上来，众人说："石铸上黄花铺接胜官保去了。"

正在说着，石铸同胜官保进来了。官保见了胜奎，给他爷爷行了礼，石铸亦来见过胜三。大人说："石铸，你到胜家寨去讨药，怎么说武杰被毒药镖打了？胜玉环私自出了胜家寨，皆因你多言之故。明天你带着胜官保、武杰、纪逢春、李环、李珮、孔寿、赵勇七个人，出去访问玉环的下落。"这八个人领命去了。天色已晚，各自安歇。次日吃过早饭，石铸带七个人出了公馆。彭兴追出来说："大人吩咐，你们众位办差老爷出去访问，晚上大人在下站潼关等候。"石铸说："是了。"

他带着七个人出了灵宝县，问武杰往哪里走？武杰说："咱们还是往西去。"这几人进了山口，走有十几里地，夏令天时，忽然下起小雨来了。石铸说："这山道一沾雨真滑，访问事情，该找村庄镇店，进山口有十几里,连村庄都没有一个。"胜官保用手一指说:"石大爷,前面树林里也许有村庄,咱们去避避雨。"众人赶紧向前奔去,只见切近是座高山,半山中有一带松林,露出红墙。众人到跟前一瞧,原来是座寺庙,正山门有块泥金匾,上写着"敕建玉圣庵"。众人到东角门打了几下,门里头没有人应。雨越下越大了,胜官保说:"叫也听不见,我跳进去开门吧。"胜官保跳进去把门开了,众人进去,又把门关上。众人往西一看是韦陀殿,韦陀的站像坐南向北,再过去是大肚弥勒佛,坐北向南,这殿倒也干净,就是黑点。石铸说:"别嚷!咱们就在这里避避雨。这庙是个尼姑庙,叫人瞧见了,不许咱们在这里。"

纪逢春闲不住,扒着供桌一瞧,有五碗饽饽,他这透骨饿,拿起来就吃。石铸坐着一想:"自己把胜官保带出来,胜玉环又跟着出来了,年轻的小媳妇,倘若出点岔,一来对不起胜三,二则对不起武杰。"纪逢春这里吃够了,来到北边,把大殿门上的窗户撕破。这时正下着毛毛雨,只见从大殿旁边的角门出来两个小尼姑,打着雨伞,纪逢春一瞧,眼就直了。头一个有十七八岁,刚剃了头,面似桃花,蛾眉皓齿,身穿鸡心白夏布小汗褂,品蓝中衣,漂白袜子,青缎子僧鞋,脖子上是银项链,镀金钩。两个人一样的打扮。听那尼姑说:"师弟,咱们当家的派人去请庄主爷了,活该这个道姑倒运,咱们师父把她治住,回头叫他陪庄主爷喝酒,如不依从,就把她搁在逍遥自在风流椅。"这小尼姑把二层大殿开开,进去,工夫不大,又出来往里院去了。

纪逢春见院中无人,慢慢把隔扇开开出去,到了院中,一直奔二层殿,把隔扇一推,进殿一瞧,也不知是什么佛爷?供桌上五供俱全,供桌头有一把罗圈椅。纪逢春过去往下一坐,只听走弦一响,就将他抱住,两把钢钩把腿往左右一分,打屁股底下出来一个大活蛤蟆,往上一颠,咯吱咯吱直响!纪逢春不认得这是逍遥风流椅,按西洋削器制造,无论什么贞节烈妇,坐上就要失节,厉害无比。要知后事如何,且看下回分解。

第一六三回

纪逢春初试风流椅　胜玉环误入玉圣庵

话说纪逢春误上风流椅，便惊动了本庙主人。这玉圣庵原来不是什么清静禅寺，佛门善地。庙里当家的姓乌，叫乌赛花，是个绿林女贼，记名在这庙里带发修行。暗中勾引凤凰山的什么小孔雀吴通，在她庙中常来住宿。她收了两个徒弟，乃是良家姑娘，被她诓哄来的，年有十六七岁，长的十成人材，起名叫妙清、妙静，在庙中终日教以歌舞，并不拜佛念经。庙中还养着七八个婆子，八九个打手。

昨日晚间，乌赛花正在庙中闲坐，外面有人打门。婆子出来问明，进去回禀说："来了个道姑投宿。"乌赛花吩咐有请。这来者正是胜玉环，她自胜家寨出来，沿路找尼姑庵投宿，或者找大店自己包房住，一边找寻胜官保，一边访问大人公馆的下落。她要打听丈夫被何人的毒镖打伤，伤痕好了没有？今天走岔了路，赶不到镇店，来到玉圣庵叫门，里面把门打开了，过了二层殿，走东边屏门进去。胜玉环念声无量佛，与乌赛花彼此见礼。乌赛花让她落座，胜玉环说："庵主贵姓？出家多少年了？"乌赛花说："我姓乌，道号叫慈云。未领教道友仙乡何地，尊姓大名？"胜玉环说："我姓胜，出家名字叫修真。"二人互问经卷，胜玉环都对答如流。胜玉环在家没事，本来熟读经卷，故此今日能对答如流。两个人越谈越近，吃完了晚饭，各自安息。

次日早晨，玉环要走，乌赛花苦苦相留。摆上早饭，乌赛花就在酒内下了蒙汗药。胜玉环喝了两杯，只觉得昏昏沉沉，迷糊过去。乌赛花叫把她推在空房，又在后头的打手中把一个姓何的叫来。原来这个人姓何叫苦来，也是绿林中的毛贼，在庙中吃碗闲饭，跑跑道儿。他常到吴家堡来，给乌赛花去请吴通。今天叫他来，要他到吴家堡去把大老爷请来。

何苦来出了玉圣庵，径奔吴家堡。小孔雀吴通此时正在家中会客，他父亲叫吴延年,他有个兄弟叫癞头鼋①吴元豹,也是一身的好功夫,全是江湖的贼人。今天吴通正因他拜兄小鹞子周治由凤凰山来,二人见面,一起叙谈离别之情。家人献上茶来,说话之际,有人禀报说:"玉圣庵的何苦来,要见大爷,有要紧话说。"吴通所做的一些邪僻事,不敢叫周治知道,自己赶紧出来。何苦来过来请安,说:"我奉当家的命,来请大爷。昨天来了一个投宿的道姑,长得十分美貌,当家的已用迷魂酒把她迷住,请大爷到庵中去追欢取乐。"吴通说:"知道了,少时就去,你回去吧。"吴通转身进去,周治就问什么事?吴通不敢直言,只说:"大哥不必问,有些小事。你我多日不见,咱们吃酒吧!"吩咐摆酒,家人摆上酒来,吴元豹相陪,三人推杯换盏。周治说:"今天我是请你来的,七月二十是连环寨金钱水豹金清的生日,这日遍请天下的水旱英雄,一则给他祝寿,二则作为群英会。"吴通说:"是日必到,何必哥哥来请。"说着话,推杯换盏,就把周治灌醉。天下起小雨来,周治便躺在客房睡着了。

吴通记念着上玉圣庵的事,告诉吴无豹说:"周大哥醒了问我,你就说上玉圣庵了。"自己穿上油靴,打着雨盖,叫家人备上马,带着四个家人出了吴家堡,一直奔玉圣庵来。来到玉圣庵下马叩门,有人把他接进去,家人把马拉到后院。

吴通来到东院,乌赛花说:"方才叫何苦来请你去,怎么这个时候才来?"吴通说:"凤凰山小鹞子周治来了,我陪他喝几杯酒,知道他的脾气不好,我没敢告诉他上你这里来。听何苦来说,昨天来了个小道姑,长得极好。"乌赛花说:"这个道姑真好,就怕她不依从。"吴通说:"不要紧,到前面大殿瞧瞧去。"两个尼姑回来说:"风流椅现在大殿,没有人动。"吴通说:"好,先叫厨房摆酒菜,预备整齐了。"

正说着话,就听前面大殿上一嚷:"小蝎子快来救命!"石铸同大众进二层殿,一瞧纪逢春这个样,都不禁大笑起来。武国兴拿出刀来,把椅子劈了,才把纪逢春救了下来。忽听外面说:"哪里来的这群小辈,敢在庙中搅闹?"石铸等出来一瞧,院中站着一人,身高八尺以外,头大项短,面如紫玉,盘着辫子,蓝绸裤褂,薄底快靴。手中擎着一根花枪,带了十来个打手。李环说:"你这庙中都不是好人,预备风流椅子,陷害妇女失节。

---

① 鼋(yuán)——元鱼,即鳖。

这庙既是尼姑庵,哪里来的野男子? 你姓什么,叫什么名字?"小孔雀吴通说:"大太爷名叫吴通,绰号人称小孔雀,我是凤凰山的寨主。这玉圣庵是我的家庙,你们是哪里来的?"李环说:"我等是彭钦差大人那里的办差官,奉大人谕,特来查拿盗贼,小辈别走!"说着抡刀就剁,吴通用花枪一拨,趁势分心就扎。三五个照面,李环被吴通一枪扎在腿上,忙往圈外一跳。李珮赶过去动手,几个照面也被吴通所伤。孔寿摆短链铜锤,抡起来就打,尚未分胜负,只见由里面来了一个年轻少妇,生得芙蓉粉面,头上青绢帕罩头,身穿蓝绸汗褂,品蓝绸中衣,系着银红洋绉汗巾。在她后面跟着两个小尼姑,各带单刀,蹿过来帮着吴通动手。纪逢春敌住乌赛花,武杰一人与两个小尼姑杀在一处。石铸抡杆棒跳过去,说:"贤弟你闪开,我来和他分个上下。"吴通一看石铸拉着这样的兵刃,并不认识,用枪分心就扎。石铸用杆棒往外一崩,把花枪磕开,往里一进,抖手一下,就把他抡了一个筋斗。吴通爬起来说:"哇呀! 你使的什么兵刃?"石铸说:"我这兵刃,名为摔蛋。"吴通一连过去几次,都被石铸摔倒,心中着急,只见外面忽然蹿进一人,左手擎着藤牌,右手擎一把钩镰刀,来者正是小鹞子周治。

他因在吴通家酒醉睡着,醒来不见吴通,便问吴元豹:"你哥哥上哪里去了?"吴元豹说:"上玉圣庵去了。"周治又问:"上玉圣庵去干什么?"吴元豹说:"他这里有个外家,名叫乌赛花,原是绿林女贼,老爷子把她弄来,搁在玉圣庵,时常去那里作乐。今天庙中来请他说,昨日有个投宿的道姑,已用迷魂药迷住,请他去追欢取乐,不怕她不依从,那庙里有逍遥自在风流椅。"周治说:"我找他们去,这玉圣庵往哪里走呢?"吴元豹说:"出了这村,一直往西南走六里地,路北有座山,这庙就在半山腰中,坐北朝南。"周治拿上钩镰刀,穿上的那身衣裳,叫通口兽面鱼鳞甲,在水旱两路全能护身。收拾好了,便奔玉圣庵来。一到庙中,只听有喊杀之声,要跟众差官分个上下。要知后事如何,且看下回分解。

第一六四回

众差官败走头英山　赛瘟神怒摆四门阵

话说小鹞子周治来到玉圣庵，听见里面锣声震耳，急忙跳进院中，把藤牌一顺，手中的钩镰刀一摆说："吴贤弟你闪开，我来捉这无名小卒。"吴通闪开，周治将刀使了一个白鹤展翅，石铸抖杆棒想要摔他一个筋斗，焉想这个贼人甚是厉害，他把藤牌往地下一扎，骑马式一蹲，杆棒就被他这藤牌给支开了，又趁势一刀，跟进去把石铸的左肩削下一条肉来，周治再一变招，把石大爷杀了个落花流水。众差官听石铸一嚷！立刻蹿出庙去。吴通说："周大哥别放他们走了！他们都是钦差彭大人的办差官，追上去把他等斩草除根，以免复起。"乌赛花说："带着打手追吧！"

石铸等慌不择路，往西南直跑，吴通等就在后面追赶。石铸见前面密林之内，放出一支冷箭来，锣声大响，又出来了三四十喽兵。为首的那个头目说："对面行路之人，快献上买路金银，放你等过去，如其不然，要走比登天还难。"石铸说："我们是跟钦差彭大人的办差人员，今天奉大人之谕，出来访拿贼人，你要知我们厉害，趁早躲开，如若不然，叫你死无葬身之地。"那喽兵头目叫葵天雄，把眼一瞪说："咍！你也不知我们这里的规矩，我告诉你们，我等是不怕王法不怕天，终朝酒醉在山前，就是天子从此过，也须留下买路钱。"石铸还未答话，纪逢春赶过去说："小子，你也不认识纪大爷，我先把你处死，然后再找你们为首之人。"抡锤就打，后面那三四十个喽兵，不是他的对手，立刻跑到山上去报与为首之贼。石铸见众人散去，就要带着七人闯过这座山去。只听山上有人喊嚷，一阵锣鸣鼓响，下来了三位寨主。

原来这座山叫头英山，在此处占山的人，都是《彭公案》前部之贼，头一位是大斧将赛咬金樊成，还有赤发灵官马道青、赛瘟神戴成。这三位自大同府画春园逃走，就来到这里占山。离此地往西南七里之遥，又有一座山叫二英山，上有青毛狮子吴太山，金眼骆驼唐治古、火眼狻猊杨治明、双麒麟吴铎、并獬豸武锋，两下里合为一山。今天听喽兵来报，说："彭大人手下的办差官从山前经过，伤了几个人。樊成说："鸣锣前去，把那些办差官全行拿住，一个也别放走。"三人各带兵刃，带了二百名喽兵下山，只见吴通、周治带着人正往前追。他们全都认识，彼此见礼，说："彭大人那里的办差官，你我一起去追。"众贼寇合在一起，往西北追了七里之遥，听见前面喊杀连天！原来是石铸八人闯过头英山，正遇二英山的巡山大王武锋。他认识纪逢春和武杰两人，立刻把喽兵一字排开，先派人给山上送信，说有仇人到了。然后把刀一摆，说："对面小辈别走，我久候多时，你们是飞蛾投火，自来送死。"纪逢春说："了不得，原来是仇人，你等由画春园逃走，跑在这里来了，我先把你拿住。"一摆锤跳过去说："武锋，我来捉你！"照定头上就是一下，武锋一闪身，用刀就扎。走了七八个照面，只听山上锣声远震，青毛狮子吴太山带着唐治古、杨治明，吴铎和三百名喽兵，各执刀枪，来至下面，把这八个人都给围上。正杀着，吴通，樊成等也带兵来到，众贼会合一处。

戴成说："吴寨主，你这里不是操演过一座阵势吗？今天要一对一的拿这些人，可就费事了，我来给你出个主意。"说完，立刻令字旗一展，那些兵丁全皆往西南且战且走。五六百个贼兵把八位英雄拥至一处山中，四面是山，当中空旷。石铸带胜官保在前，孔寿、赵勇二人断后，往东一闯，越杀人越多，实在不能出去。他们往南闯，这些贼人又结队成群地围了上来。石铸看了四面，不知是怎么一座阵势。那吴太山、樊成、吴通三处的贼人凑在一处，正在那里吃酒取乐，只气得碧眼金蝉石铸暴跳说："众位差官老爷们，我自生人以来，未受过人家之制，今日困在这里怎么好，你等有什么主意？"武杰又气又急，说："石大爷，我也糊涂了，你们众位商量办理吧。"正在议论，只听梆子一响！众贼人在那山中齐声说："阵内你等众人听着！我这山中已擒了无数英雄，你等若是跪下来求饶，我等也是生儿养女的慈善之人，可以饶你不死。"石铸说："我姓石的即便死了，也是大清朝的差官，焉能归贼。"石铸一骂，这八个人全都大骂起来。那戴成传令说："你等响梆子放箭，把他们射死。"只听梆梆梆连声直响，箭如飞蝗。

石铸此时正想一抹脖子，只见正南上一阵大乱，这些喽兵纷纷倒退，从外面进来了一位老英雄，也没拿着兵刃，伸手抓起一个喽兵来，一反手掐脖拧腿，朝着众喽兵就打。石铸一看不是外人，正是大同府玄豹山的金眼雕邱成。

原来他由罗家店回头，因有伍氏三雄听到彭钦差奉旨西下查办，就来找师兄，想要暗保彭大人，顺便访几个朋友。邱爷带着伍氏三雄和邱明月，这一天来到了灵宝县地面，一打听彭大人已奔潼关。他五人住了一夜，次日也顺大路径奔潼关而来。走到半路上，天降细雨，就在一个乡镇上避雨。雨住了，伍氏三雄说："咱们正好逛逛这雨洗山林一色新。"走至二英山，只听得杀声震地，五个人登高一望，邱爷说："不好！这里有山贼摆下阵势了，快跟我到那里看看。"来至临近一看，中间却是石铸等八个人。邱爷说："师弟！你三人不识这个阵势吗？"伍显说："我不知道，兄长说说！"邱爷说："这个阵名叫四门斗底阵，阵眼在北山坡，那杆大旗上面有一个刁斗，斗内有四个人，拿着青白红黑四杆旗子，阵内人要往东，刁斗之内东方的甲乙木青旗摇动，那些喽兵都由外往东，越杀人越多；阵内之人要往西，刁斗之内西方的庚辛金白旗摇动，那些喽兵又往西，四面都是这个样子。要破此阵，须先毁阵眼。待我去把阵眼破了，你们三面去接应石铸，先把他等带出来，再去杀贼。"邱爷说明，立刻往山坡上一跑，先把当中旗杆往怀中一抱，只听喀嚓一声，旗杆一倒，那些兵全皆摔死。邱爷到了山坡，捉拿群贼。要知后事如何，且看下回分解。

第一六五回

邱成威名惊群寇　徐胜剿灭荒草营

话说邱成把大旗扳倒，摔坏了四个人，自己直奔北山坡，找大斧将赛咬金樊成。众贼人一瞧是金眼雕，说声不好！各抄兵刃，往山里逃奔。这伙贼人都知道金眼雕的威名，不敢交锋，只得逃走。金眼雕招呼伍氏三雄和笑面虎邱明月下来，把四门冲散。喽兵见大王爷逃走，大众也四散奔逃。

石铸叫众人给邱成行礼，见过伍氏三雄。叙礼已毕，邱成问道："石大兄弟，这几天你们从何处来？"又说："胜官保你这孩子，真淘气。"胜官保一听，过来给邱爷爷行礼。石铸便把带出胜官保，胜玉环私走不知下落，胜奎来到公馆，大人派我等出来访查，到了这尼姑庵，纪逢春坐风流椅，与贼人动手，不敌败走之事述说一遍。金眼雕说："今天我跟你到玉圣庵去报仇。"石铸说："也好！他庙里还有打手呢，咱们大家瞧瞧去。"

石铸带着众人，仍按旧路，展眼来到玉圣庵。此时雨过天晴，风吹云散，一轮红日将要西沉。石铸说："你们众位先在这里等等，我进去瞧探瞧探，还有多少贼人。"大众说："也好！"石铸蹿上房去，来到二层殿东院，扒在后屋坡，听见乌赛花正在屋中对徒弟说："把细软物件收拾收拾，庄主爷同小鹞子周治回吴家堡了，把那个中迷魂酒的道姑放出来过过风，拿被褥包上，给庄主爷送家去。"石铸一听，想必是胜玉环，一声喊嚷："好一个胆大女贼，你这庙里竟敢勾引江洋大盗，暗害良家妇女！我等是钦差大人的办差官，特意前来拿你。"乌赛花拉刀出来说："伙计们抄家伙，这个绿眼珠已叫庄主爷追跑，现在他又来了。"乌赛花话未说完，外头众人就赶进来了。乌赛花摆刀扑奔石铸，被石铸一杆棒把她捺了个筋斗。乌赛花爬起来，又要奔向石铸，即被武杰在房上一镖，打在哽嗓咽喉，立时身死。众打手见庙主已死，各自逃去。

石铸带着众人，由空房内把胜玉环找出。胜官保拿了茶盅，用凉水将胜玉环灌醒，问她因何至此？胜玉环说："走岔路了，来此投宿，不想她是女贼。"大众一想，胜玉环虽然找着了，可把她送到哪里去呢？胜官保说："我到这庙外找找，要有车，就一同前往潼关，只要追上大人就好办了。"胜官保东瞧西望，要打听哪里有镇店，好把他姐姐先送去，然后找车再走。

正在犹豫之际，见大路上来了四辆车，两乘驮轿，车上插着旗子，上面写着"奉旨宁夏镇总兵徐"。胜官保站在山坡，往对面一瞧，头前一位有二十多岁，白胖子，俊俏人物，头戴纬帽，高提梁翡翠翎管，三品顶戴花翎，身穿蓝绸国士衫，腰系凉带，青缎粉底京鞋，佩带绿鲨鱼皮鞘太平刀。众人一瞧，来的正是河南参将粉面金刚徐胜。大家迎将过去，徐胜下马，彼此见了礼。徐胜说："你们众位老爷，因何来到这里？"众人说："奉钦差大人谕，出来拿贼找人。"

徐胜自破了画春园和剑峰山，钦差大人保奏他实授了河南参将，便把侠良姑张耀英迎娶过门。到任以来，操演军阵，查拿盗贼，制造军装器械。未及半年，营务一律齐整。这天徐胜正在衙门闲坐，由知府衙门来了一套文书，原来是本处正北离城七十五里，有二十多个村庄，全都隔教，常常打劫来往客商。有座荒草山，为首两个大王，人称开山将军石四禄，定山将军石五禄。这二人在山上招军买马，积草屯粮，传邪教引诱愚民，现在聚众不少。有一个道台赴京引见，被荒草山的贼人伤了十三条人命，抢去不少珠宝细软。昨天到府衙报官，派人去拿，竟胆敢拒捕，又伤了七个官人，因此来请参将调兵去剿灭荒草山。徐胜见了文书，到里面辞别夫人说："我要带兵去剿灭荒草山。"夫人侠良姑张耀英也要亲身跟了去，到那里观看。次日，徐胜同着夫人，下教场点了三千马步队，带了一个月的粮草，浩浩荡荡来到荒草山山口安营。侠良姑张耀英同徐胜在大帐查点完军装器械，一夜无话。

次日徐胜带着一千步队，列开队伍，遣人前去讨战。只听里面响了三声大炮，由山口内闪出两杆白旗，上绣金龙。大旗往左右一分，出来了约有三千个贼兵，个个白绫缠头，手中拿着大枪，腰中佩着短刀，身穿青布裤褂，足下都是青靴，上绣白花。徐胜在马上一抬腿，把枪摘了下来，用手中枪一指，说："你等这伙反叛，胆敢造反，哪个为首，叫他出来受死！"只见贼队中出来一骑黑马，在当中耀武扬威。徐胜一看，这人头戴三角白绫巾，双插白鹤翎，勒着金抹额，身穿白缎箭袖袍，上绣蓝团龙花，面似银盆，浓眉大眼，手中擎着一条枪。徐胜看罢，问道："来者何人？通上名来！"

那贼人说:"你家会总爷姓石名四禄,乃天地会八卦教教主,你等要知道我的厉害,急速退去!"徐胜说:"本大人奉上宪文书,特来剿灭你们这伙反叛。"石四禄一听,气往上冲,催马挺枪,照徐胜分心就刺,徐胜用枪相迎,两个人大战了二十余合,粉面金刚徐胜一枪刺死石四禄,又带兵往前追赶。追至山口,贼人已经远遁①,只见对面山头下来滚木檑石,把山口堵住,徐胜只得带兵回营。

一连攻打几天,贼人防守甚严,损伤官兵不少。徐胜甚是着急,一看这山头的险要之处,都有滚木檑石,若要攻打开来,须得个把月工夫,回到大营便闷闷不乐。侠良姑张耀英问道:"大人因何面带烦恼?"徐胜说:"夫人有所不知,这十余日损伤官兵不少,这毛贼竟不能攻破。"张耀英说:"大人乃是侠义英雄,这些毛贼何足挂齿?"徐胜一想这句话,说:"蒙夫人提醒了我,今晚我换上夜行衣去探荒草山。那日枪挑石四禄,到如今还不知内里有几个为首之贼。"张耀英说:"大人何不调兵在外接应? 你我夜探荒草山,里应外合,把贼人刺死,放火烧了山寨,可以成功。"徐胜说:"我前日和贼人对阵之时,把枪变着招数,三五个照面,一枪就把贼人挑于马下,贼众这才归山。今日夫人所见甚是,我派都司赵忠、守备李庆带一千兵,以山头火起为号,从外面接应。你我换上夜行衣,夜探荒草山。"

外面天有初鼓,夫妇收拾好了,便出了大营,直奔荒草山。二人找幽僻小路,爬过山岭,忽上忽下,已离山头不远。一看没有灯火之光,就知此地无人把守。来至山头,夫妻二人顺山坡下去,往北一里多地,有两座大营,正面就是山寨。二人来到寨门,见寨门紧闭,便蹿上房去,来到了分赃聚义大厅。只见石五禄坐在当中,两旁有十数个美女相陪。在大厅外面,有两个气死风灯,排着三百名刀斧手。石五禄已喝得大醉,说道:"众位夫人,会总在此占山十余年,不想本地参将徐胜跟我作对,一枪将我长兄挑死,大兵围困荒草山。我等他粮草一缺,可以去偷营劫寨,代我长兄报仇。"徐胜一听,就要跳下大厅去刺死贼人。不知后事如何,且看下回分解。

---

①　遁(dùn)——逃走的意思。

第一六六回

升总镇荣任宁夏府　救玉环夜遇众英雄

话说粉面金刚徐胜要去刺杀石五禄，侠良姑张耀英说："大人不必心急，少时贼人必睡，等他睡了，将他杀死，放火将大厅一烧，岂不省事。"这时贼人说："天已不早，我到后面安歇，你等也安歇去吧。"外面二百兵四散，手下人掌起灯来，在前头引路，石五禄转过大厅，正往前走，徐胜由房上跳下，手起一刀，将贼人杀死。侠良姑张耀英放火将大厅烧着，少时烈焰腾空，外面赵忠、李勇一见火起，带兵往里面杀来。此时天交三鼓，众贼人俱皆睡熟，趁势闯进山口，杀伤贼兵四百余名，生擒二百多名，其余的四散奔逃。天光闪亮，荒草山一律肃清。徐胜在山上歇了一天，将拿住的贼人就地正法，带兵回归河南省城。

巡抚拜折入都，保奏徐胜。康熙老佛爷旨下，着徐胜来京引见。徐胜携眷入都，到部投文。是日有兵部堂官带领引见，康熙圣上甚为喜悦，正值宁夏总兵缺出，圣上旨下："宁夏镇总兵着徐胜补授，钦此！"徐胜谢了恩，请训起身。

这日来至玉圣庵，正遇胜官保等人在庵前站立。大家过来见礼，说明来历，徐胜才知道是为了寻找胜玉环，赶紧叫老婆子把胜玉环接在驮轿上，与张耀英同在一处。徐胜说："我先到潼关追大人去，你们还不走么？"石铸说："我们必须将他等斩草除根，然后再走。"

徐胜带着胜玉环告辞走后，众人回庙将贼党杀尽，死尸都扔在山涧喂狼。众人到厨房找出酒来，大家团团围住喝酒。天有三鼓，月上花梢，大家吃完了饭，也不见贼来。次日大家商议，这庙中有什么细软东西，大家分彩。金眼雕同伍氏三雄与邱明月先起身走了。石铸说："这庙里的马号有吴通喂养的骡马，大家都挑一匹骑着。"纪逢春进去抱出一床红呢被，搭在一匹大白骡身上，用两条汗巾一结，就算是鞍鞯。大家一瞧，都笑他呆小子，说："你瞧，这倒是真红真白。"大家都上了马，纪逢春倒骑着白骡。武杰说："你为何倒骑着？"纪逢春说："我为跟你说话。"武杰说："摔死你个混账东西,吾也不管。"

　　众人顺着山路出了山口,到了一座镇地,只见人烟稠密,买卖不少,路北有个大客店,字号是六合老店。众人下马进店,有人把马接过去添草喂料。众人来到上房,伙计打来洗面水,倒茶说:"众位老爷是打尖的?"石铸说:"不错。"伙计说:"依我说,众位老爷别走了,今天瞧瞧热闹吧,白了头发也没见过。"石铸说:"什么事?"伙计说:"这地方叫周家集,有个财主姓周名玉祥,家有百万之富,有个儿子死了,现在留下一个孙女,名叫周翠香,长得十分人材,媒人也说过几家门当户对的,但这周家是把式窝,这姑娘的能为武艺,可算盖世无双。因此立了擂台,有人赢了姑娘,就把姑娘给他。这擂台立了十多天,一直没有上台打擂的人。谁上台能赢得了,又得了媳妇,又得了家私,这倒是件美事。"石铸说:"我们吃完了饭,大家瞧瞧去,这事倒透着新鲜。"傻小子说:"这个事我倒去得,你们都有媳妇了,我还没有媳妇。狼山纪家寨,谁不认得咱们爹。"众人一听,对石铸说:"纪老爷要去。"石铸说:"看这个小模样准成。"纪逢春听了石铸这一说,也信以为然。

　　大家要了酒饭,纪逢春先吃了,假装出恭,就溜出去打听擂台在什么地方。经有人指引,他来到十字街路北,只见搭着擂台,其形好像戏台,外面围了无数人,上面摆着刀枪架子。有瞧热闹的人说:"快出来了。少时老头一出来,就有上台打擂的。"正说着,由大门出来一位老丈,身穿蓝绸长衫,足下青缎快靴,花白胡子。带着十几个家人,跟着一位十六七岁的姑娘,生得芙蓉白面,头上蓝绢帕罩头,身穿绿洋绉中衣,银红色女裤,足下穿小红鞋,来到擂台,登着梯子上去。那老英雄说:"在下姓周名叫玉祥,这是以武会友。小老儿自幼喜爱刀枪拳棒,如有愿意上来比武者,打我一拳,我给纹银十两,踢我一脚,我赠元宝一双,将我摔倒,我赠彩缎十箱。这是我的小孙女,前番有亲友来提亲,我都推辞了。今天我定下一个规矩,如有年貌相当之人上台比武,赢得我孙女,情愿招赘为婿。"

　　说完了这话,正西有人答言说:"闪开,待我来!"一拧身蹿上擂台。周玉祥一瞧,这人身高七尺,乃是刺儿山的大寨主,姓牛名必。他同二寨主马松听说这里立擂,特意前来打擂。听周玉祥一说,就蹿上台来说:"老英雄闪开,我要跟小姑娘比武。"周玉祥一听,往旁一闪,姑娘周翠香过来,并不答言,二人便比试拳脚。牛必两只眼上下打量姑娘,三五个照面，便被姑娘踢下台去。大家叫好！马松一瞧，气往上冲，说："牛大哥闪开，我来替你报仇。"蹿上台去，通了姓名，周玉祥已知道他是个匪人。几个照面，也被姑娘踢下台去。这时忽听那边一声喊嚷，蹿上一人来，淡黄脸膛，身穿蓝绸裤褂，足穿薄底鞋，盘着大辫子，来到台上说："姑娘请了，在下领教一二！"来者正是恶淫贼飞云僧尹明。

自黄花铺被胜官保、石铸将他与清风和二鬼赶走，这四个人也没敢去投奔静街太岁黄永，打算要出潼关访友，路过周家集便住了店。飞云说："人都认识我，我别再和尚打扮了。我买一身在家人的衣服，勒上网子，弄条假辫子，打扮成在家人的样儿。"今日听说周家集打擂，他也来瞧热闹。一见刺儿山的两个寨主，俱被姑娘踢下去，又见姑娘长得十分美貌，就要上台戏耍，晚上再去采花作乐。

此时，石铸同着胜官保、武杰、孔寿、赵勇、李环、李珮都由店内出来找纪逢春，到了台下，恰见马松被踢下台来，飞云上了擂台。纪逢春凑过来对石铸说："石大爷，我看上去的那个好眼熟，你等看他像谁。"石铸说："我看倒像飞云，怎么他会有这么一条大辫子？也许是一个模样的人，咱们且看他的武艺如何！"只见他跳在台上，向姑娘拱拱手说："请了，我要领教一二！"姑娘周翠香看了他一眼，说："使得，我奉陪。"二人握拳比武，走了几个照面，姑娘一脚踢去，飞云往旁边一闪，被姑娘一伸手就把辫子揪下，下面齐声叫彩！

纪逢春一看，认出正是飞云和尚，一摆锤蹿上台去说："吠！对面小辈，休要逃走，我等在此久候多时。"照定飞云就是一锤。飞云一看，这里有彭大人的那些办差官，就知道不好！掏出毒药镖，照定周翠香就是一镖，翠香翻身栽倒。若不是纪逢春赶上来，周翠香必被飞云所杀。飞云见纪逢春上来，知道后面必然有人，将刀一摆蹿下台去。迎面有武杰挡住说："唔呀混账王八羔子，你往哪里去！"抡刀就剁。清风恶道于常业拉出滚珠宝刀，要帮助飞云动手。那些瞧热闹的早吓得四散奔走。胜官保拉出龙头杆棒，大骂道："飞云恶贼，休要逞强，小太爷前来拿你！"清风道于常业一瞧是胜官保，就吓了一跳！知道他的厉害，喊道："飞云贤弟，风紧拉活吧！"孔寿、赵勇大家往上一围，众差官今天要捉拿这一僧一道，大闹周家集。不知后事如何，且看下回分解。

第一六七回

群雄大闹周家集　飞云擂台险被擒

话说众英雄围住了飞云、清风。清风见势不好,摆开滚珠宝刀,连蹿带跳,同飞云径自逃走。众人也不再去追。周玉祥将众差官拦住,一一问了名姓,先把孙女翠香派人送回去,然后让众人到了家中,献过茶来。

周玉祥问道:"石大老爷和众位从何处来?钦差大人现在哪里?"石铸说:"大人现在潼关。我等在灵宝县奉大人谕出来找人,现在人已找着。路过贵庄,见阁下在此立擂,不想飞云和尚却上台搅闹。他在平则门外秘香居盗过圣上的珍珠手串,是奉旨在各府州县严拿的恶贼。那老道也在大人公馆行过刺的刺客,今日我等一时荒疏,未能将他拿获。"周玉祥说:"这就是了,现在小老儿的孙女被镖打伤,伤势甚重,如何是好?"武杰说:"了不得了!飞云打的追魂夺命五毒镖,若打在致命之处,立时就死;若打在别处,见血三十六个时辰,毒气归心准死!大同府胜家寨倒有解药,无奈二千多里路,求了药来,人已死了,怕赶不上。"周玉祥一听,吓得半晌无话,目瞪痴呆,自己唉了一声,说:"老汉六十多岁,就是这一个孙女。众位老爷有好生之德,想个法儿来救她这条命。"

胜官保说:"老丈不必烦恼,我能医治,你带我到后面去瞧瞧吧!"周玉祥一看这胜官保,有十三四岁,五官俊秀,举止端方,问道:"这位少老爷贵姓?"石铸说:"他就是大同府黄羊山胜家寨银头皓首之孙、金刀将胜起山之子、小神童胜官保,家传的八卦追魂夺命刀,甩头一子三只金镖,天下扬名,无人不知。这打姑娘的飞云,他的师父是神弹子火龙驹戴胜其,乃是神镖胜英的徒弟。飞镖黄三太也是胜英的徒弟,胜家出来的把式不少。"老英雄周玉祥说:"原来是胜大少爷,众位略位,请胜大少爷先给我孙女治镖伤去。"

胜官保跟老英雄进了内宅,来到上房,见周翠香已是昏迷不醒,那只镖正打在大腿之上。胜官保叫老英雄把镖取下来,又叫老婆子拿剪子把裤子剪个窟窿。他掏出一包五福化毒散,叫老婆子找一碗阴阳水,将化毒散灌下,再用半包调匀敷住伤口,又将八宝拔毒膏贴上。告诉说:"明天早饭后,用两条鱼氽汤,用葱姜蒜做佐料,不要放咸盐,吃下去毒就发出,人可复原如初。"

老英雄一听,心中甚为喜悦,连连揖谢,把他让在客厅,吩咐家人摆酒。老英雄说:"今日众位不可拘礼,老汉敬酒三杯,众位随便痛饮,不可藏量!"酒过三巡,老英雄把石铸请到里间屋内说:"今日有一事相求。"石铸说:"老兄有话请讲。"周玉祥说:"老汉的孙女,蒙胜大少爷治好,我要请你为媒,将孙女许他为婚。"石铸说:"可以,我去跟他商量,他如愿意,还要跟他爷爷商量。现在他的爷爷银头皓首胜奎,已跟着大人到了潼关。"周玉祥说:"石大爷,你多分心吧。"

石铸转身出来,把胜官保叫在里间屋内说:"周玉祥托我为媒,要把他孙女许你为婚,你愿不愿意?"胜官保听石铸一说,心中甚乐,就说道:"石大爷,你要作得我爷爷的主,就应承;要作不了我爷爷的主,就算了,别叫我爷爷说我。"石铸说:"你爷爷要不愿意,都有我呢。"带着胜官保出来给周玉祥行礼,礼毕,复又入座。大家给周玉祥道喜,开怀畅饮。石铸说:"今天天色已晚,莫如到店里将东西和马匹拉来这里住,明天起身。"大家吃完了饭,便遣人到店里把马匹拉了过来。周玉祥又搬过来几份铺盖,天已二鼓,众人说:"老丈请自便吧,我等也要歇了。"

周玉祥辞了众人,回到后面去,石铸等各自安歇。刚才睡熟,天有三鼓之时,又来了几个刺客撬门。原来飞云、清风走后,因癞头鼋吴元豹跟飞云是拜兄弟,便直奔吴家堡去。他们在吴家堡同焦家二鬼闲谈,飞云说:"今天石铸一伙必住周家集,我定要将他杀死,才消我胸中之恨。"清风说:"我帮着你。"四人商议已定,吃了晚饭,收拾好了,由吴家堡直奔周家集而来。到了墙外,四人蹿上墙去,穿门越户,来到大厅,扒在前坡,见众人团团围住,同周玉祥喝酒。清风一看有胜官保在,便对飞云说:"不必心急,此时若叫他们知道,动起手来,你我还得甘败下风。莫如叫他明枪易躲,暗箭难防,等他们睡熟,你我撬门进去,结果他等的性命就是了!"飞云说:"所见甚是。"越过后坡,扒着等石铸众人睡熟,就跳在院中,将客厅门撬开,一听众人还在东厢里间沉睡哩!

此时纪逢春因让尿给憋醒了,蹲在地下,正拿便壶撒尿,听得外面撬门,他也不言语,等帘子一掀,见是飞云,他便拿起夜壶打去,只打得飞云浑身是尿，连这夜壶也摔破了，飞云抱头往外就跑。石铸等也都醒来，各提刀刃去追刺客。飞云在前头跑，清风在后面跟，二鬼也拼命跳出墙外。这八位英雄出了周家集，一直往东北追了十几里地，见眼前黑糊糊地有一片庄院，再找飞云、清风和焦家二鬼，已经踪迹不见。

石铸说："他们四人必是进了村庄，咱们追进庄去看看。"石铸在前头，众人跟随进了村庄，蹿上房去，蹿房越脊地往前走。石铸见前面一片火光，来至切近一看，却是一座大禅院，五间大厅，坐北向南，挂着八盏纱灯，支着两个气死风灯，两边还支着高脚灯，有二十多人在那里练把式，这个扎花枪，那个练花刀，也有练棍的。当中坐着一人，身高约有七尺，黄白面皮，细眉毛，圆眼睛，头上一脑袋秃疮，身穿花布褂裤，薄底靴子。左边坐着飞云、清风，右边坐着焦家二鬼。石铸扒在后房坡往下一瞧，当中这人正是癞头鼋吴元豹，就听他跟清风说道："于大哥，你们哥弟几个到周家集刺杀仇人，可结果了他等的性命？"清风说："你问你拜兄吧！"飞云说："你瞧我脑袋才上了刀疮药呢，正当中被砍破了一道口儿。这真是他们命不该绝，我同道兄和焦氏兄弟去到那里，他们正在喝酒。等他们睡了，我们撬门进去，那纪逢春正撒尿，打了我一尿壶，大家也都醒了。我等急往回跑，还怕他们追了下来，他们有两个使杆棒的，一个叫石铸，一个叫胜官保，真是厉害，连我清风哥的滚珠宝刀都不行。真要追下来了，我等还得跑。"吴元豹一听，哈哈大笑说："兄长太软弱了，他不来是他的便宜。就是那盗玉马的石铸，他也不算朋友，他媳妇叫班山、班立娥背走过了夜，那还成什么体面？"石铸一听，气往上冲！孔寿与飞云因有毒镖之仇，也大喊一声！不想又生出了一场大祸飞灾。要知后事如何，且看下回分解。

第一六八回
结秦恶周家识英雄　追刺客群雄皆被获

　　话说孔寿在房上,看见飞云一伙贼人正在那里谈说行刺之事。孔寿想起一镖之仇,飞身跳在院中,一摆链子锤说:"飞云!孔大爷我跟你朋友相交,你无故夜晚移祸于我,把几个差官引到我们那里。你逃走了,我都不恼你;又在葵花观把我等用迷魂药醉倒,要杀我们。也是我等命不该绝,石铸将我们救回公馆。你这厮夜晚行刺,又用毒药镖把我打伤,幸喜有朋友不远千里去讨药,才救了我的性命。我今既有命见你,你我今日是一死相拼了。"飞云僧方要上去,吴元豹说:"飞云兄闪开,待我来捉拿这无知小辈。"蹿出座位,一顺手中的八楞亮银锤说:"来者你是何人?敢在这里吵闹!快通上名来。"孔寿通了名姓,说:"小辈,你是飞云僧的什么人?"吴元豹说:"我的绰号人称癞头鼋,我这吴家堡一向无人敢来撒野,你这无知小辈也不知我的厉害。"说罢,一摆那对银锤,锤头碰锤头,只听喀嗒一响,由锤内冒出一股黄烟来。孔寿闻着异香,只觉得天旋地转,头晕目眩,心里慌乱,眼前一黑,就扑通栽倒了。吴元豹便吩咐手下人把他捆上。

　　赵勇一瞧孔寿被人拿住,气往上冲!说:"贼人休要逞强,待我前来拿你!"说罢,一摆短链铜锤,跳到院中,照吴元豹就是一锤。吴元豹将身闪开说:"你是何人?"赵勇说:"你家大太爷姓赵名勇,人称白面秀士。"吴元豹一听此言,把双锤一碰,又放出了一股黄烟,赵勇闻着异香直透鼻孔,头晕眼花,心中一乱,也扑通翻身栽倒。

　　房上众人看着都不禁一愣,疑惑这个秃子有什么妖法。纪逢春见孔寿、赵勇被擒,一摆短把轧油锤,蹿下房来,一语不发,照定吴元豹面门就打。吴元豹把身一闪,用锤一磕,纪逢春一闻异香,身子也躺下了。武杰见他们被擒,摆手中刀跳下去说:"唔呀混账东西,你是什么妖术邪法?"吴元豹说:"你家庄主受过神仙传授,捉拿你等不费吹灰之力。"武杰并不回答,照定贼人摆刀就砍。吴元豹往旁边一闪身,双锤一磕,一股黄烟直冲出来，武杰也栽倒在地。李珮、李环见小姑爷被擒，拉刀并力下去，贼人一磕锤，二人也都昏迷栽倒。

石铸说："胜官保你可别下去。"胜官保说："连我姐夫都被擒了，我焉有不下去之理？"石铸说："别忙，我等想个主意。他这锤不是妖法邪术，他也不念咒语，只把双锤一磕便冒出黄烟，人闻了烟气即迷昏过去。我先把鼻子用纸堵上。再下去拉杆棒把贼人捺倒，把锤抢过来瞧瞧。"石铸找纸堵着鼻孔，拉起杆棒跳下房去说："吴元豹，你休要逞强，待我来拿你。"吴元豹一瞧石铸拉着一条杆棒，精神百倍，就知道他的武艺超群出众。飞云说："吴贤弟留神，他这杆棒厉害！"话犹未了，石铸一抖手就把吴元豹摔了个筋斗，过去刚要抢锤，清风摆滚珠宝刀奔来，石铸只得拉起杆棒往圈外一跳。吴元豹爬了起来，一摆锤扑奔石铸。石铸往里一吸香气，这股黄烟都吸在肺子里，心中觉着一迷，便翻身栽倒了。吴元豹吩咐把七个人俱都捆好。

胜官保在房上看见七个人全都被获，有心跳下去，又怕赢不了，心中想道："贼人此锤定有解药，我看他自己闻上黄烟并不理会，我何不先到后面访他这解药，我要把解药得着，就拿他的药去救这七个人。"想罢，往东北一看，有一百多间房子，都是雕梁画栋，甚是齐整，还有一座花园。胜官保蹿房越脊，正往前走，只见下面来了两个打更的，前头这个拿着梆子，胁下夹着单刀，第二个左手拿着大锣，右手拿着钩竿子。头里这个说："吴福大哥，咱们敲完了三更，先别睡觉，去喝点酒。咱们打更的，不过是应酬二字，也没有什么江湖巨盗、绿林豪杰敢来偷盗，难道还不知咱们庄主的威名，来了也得甘拜下风。"后头那个说："兄弟，你既然预备了酒菜，咱们就喝点去。"正说着，胜官保跳了下来，用龙头杆棒把前头一个摔倒地上，把后面的那个也拿住了。两人一瞧，原来是个小孩子，虽不甚害怕，却也不敢声张。官保说："我问你二人，前头练把式的那个秃子，他使的锤是什么东西？说了实话便罢，不然我就将你二人打死。"吴福说："大太爷，我说实话，你问的那个秃子，他是我们二庄主爷，叫吴元豹。他使的那锤叫瘟瘟锤，是他师父给他的。他师父瘟瘟道人，名叫叶守敬，那锤一出黄烟，人闻见就要躺下，未曾动手，必须先闻解药。"胜官保说："你二庄主的这解药在哪里搁着？"打更的说："由这里往西拐过去，就是北院四合房，这解药是我家二主母收着。"官保说："此事果真，回头我赏你们银子；

若说瞎话,我把你二人打死。"说着,他便把那两人的嘴堵上,搁在墙拐角无人之处。

胜官保转身往西过了一层院子,跳上房去一看,是北房五间,南房五间,东西配房各三间,院中花木不少,房中灯光闪闪,人影摇摇。胜官保在北房使了个珍珠倒卷帘,夜叉探海式,用舌尖将窗纸舔破,往房里一瞧,乃是顺前檐的火炕,炕上摆着小炕桌,一盏把儿灯,搁着两个盖碗,两个茶盅,靠西墙堆着一堆被褥。房里有一张梳头桌,靠北墙是一张花梨条案,摆着两盆盆景,当中是水晶鱼缸,两旁有玉泉窑的大果盘。炕上坐着一个妇人,看年纪在三十上下,身穿一套素服,倒是蛾眉皓齿。地下站着一个使唤的丫环。就听这妇人说:"冬梅呀!天到这般时候,怎么庄主爷还不进来睡觉?"丫环说:"二奶奶你还不知道么?大庄主因为玉圣庵庙里的人叫人杀了,心里烦恼,同姓周的出了潼关。二庄主爷在外教徒弟练把式呢,又来了几个朋友。庄主爷告诉我把药给他过了箩,我给忘了,回头庄主爷知道我没有收拾好,又犯了脾气,要拿皮鞭打我,趁此时没事,把药拿过来给他收拾好了。"那妇人说:"也好。"丫环拿钥匙去到东里间打开箱子,拿了一个包儿,里面有一个瓷盆,还有半盆药,用小箩过了细面,装在两个瓶儿里。冬梅说:"二奶奶,天不早了,不用等庄主爷了,留一个人等他,咱们睡吧。"

胜官保在外面看得明白,想使个调虎离山之计,把他们调出来,就把药偷了,不知道天可凑我个巧机会呢?只见那妇人把药瓶搁在条案之上,胜官保一想:"我使什么调虎离山计呢?"见院中有些花草,眼珠一转,计上心头。他把廊檐下的四个气死风灯搁在一处,掏出一把硫磺洒在上头,用引火之物一引,就烧起来了。胜官保蹿上房檐,等人出来,好进去偷药。就听那冬梅说:"二奶奶,了不得了,外头着火了!"王氏带着两个丫环赶紧出来一瞧,是气死风灯着火了,有一股硫磺味,这必是歹人放的。

胜官保见王氏出来,他一个千金坠下来,转身进了屋子,掀开里间的帘子,见两个药瓶却没有了,后窗户还忽忽悠悠地动呢。胜官保一蹬桌子,蹿出后窗户一瞧,踪迹全无不禁一阵发愣!心想:"我好容易才找着这放解药的地方,要救出那七个人来。我自己也算很快的了,不想他人更快。我们来了八个人,七个被获,此时还不知死活,我有何面目回公馆见人,不如跟贼人一死相拼了吧!"不知后事如何,且看下回分解。

第一六九回

盗解药豪杰救友　吓群贼英雄成名

　　且不说小神童胜官保未能得着解药,说要到前面去跟贼人拼命,替七个人报仇。却说前面癞头吴元豹拿住七个人,对飞云说:"拿的都是彭大人的办差官,该当怎么办呢?"飞云说:"还短少一个,内中有一小神童胜官保,使龙头杆棒,专打金钟罩、铁布衫。虽是小孩子,比这七个人本事还大,是清风的硬对头。他们是一定同来的,咱们到房上去找找,定要拿住这小子,别放走了,让他回到公馆一说,必要调兵前来围困吴家堡,那时画虎不成反类犬了。"吴元豹说:"既然如此,留两个人看着拿住的人,咱们同清风哥上房找找去,派二鬼在底下看住。"吴元豹同飞云、清风上房去,各处瞧了一回,并没有看见什么人。吴元豹说:"他怕没来。"

　　三个人又重新落了座,吴元豹说:"清风哥,你看这七个人是杀了呢,还是怎么办? 小弟一时懵懂,不知怎么着好。"清风说:"这七个人万万放不得! 你我都是绿林中人,他们是办案的,放虎容易捉虎难,放了他们,他们回去必定调兵来复仇。依我之见,莫若将他七个人俱皆杀死,将尸首扔在山涧喂狼,就是彭大人派人来了,也无凭据。"吴元豹说:"清风大哥言之有理,我就依着你办吧。要凭我的能为,我也拿不住这七个人,这都靠我师父瘟瘟道人叶守敬给我的一对护身宝锤。"清风说:"好,叫弟兄们立上木桩,将他七个人捆上,开膛挖心。"吴元豹说:"我还有个主意,拿解药把他们解过来,叫他们死个明白。"又叫徒弟去把柏木桩拿过来,栽在那个地方。清风说:"不用这么费事,这房都是出廊檐,在东房柱子上绑两个,西房绑两个,北房绑两个,地下搁一个就得了。"飞云说:"就是两个两个的开膛,我亲自来动手。"

　　说着话,先把纪逢春、武国兴绑在西边柱子上,南边是武国兴,北边是纪逢春。吴元豹在兜囊内掏出个瓷瓶来,给武国兴,纪逢春鼻子上抹了点药,反转来在月台下落座。待有半刻功夫,纪逢春、武国兴各打了个喷嚏,明白过来,见院中捆着五个人,众人的兵刃在地下摆着,都被人家绑了。

纪逢春说："小蝎子，你我大家都叫这秃子拿住了，他使的那对浪锤，为何这般厉害？你死了倒是做了官，娶了媳妇，我还没乐过一天。这真窝心，叫贼崽子把我杀了，我死也不得甘心。"武杰说："傻小子，不要埋怨了，大丈夫死而何惧，你我虽死，也落了一个忠勇之名。"只见从那边来了一个人，手执明亮亮一把钢刀，腰间系了一条围裙，上面尽是血迹。有人拿过一个木盆来，放在纪逢春面前。又有一个人过来，送来两桶凉水。那个拿刀之人，名叫吴明，乃是吴元豹的家人，时常杀人。今天他拿了一把刀，来到纪逢春面前，先把水照身上一喷，然后把衣服一撕，用牛耳尖刀照定前心就刺。

　　这时，北房上飞来一块瓦片，正打在吴明手背上。吴明抬头一看，见房上跳下一个小孩来，正是小神童胜官保。他来到前面一瞧，见姊丈同纪逢春都缚在柱子上，一个拿着尖刀，正要开纪逢春的胸膛。他揭下一块瓦片来就打，正打在那人手背上，随身蹿下来，一抖龙头杆棒，把吴明摔了一个大筋斗，脑袋正摔在台阶上，脑浆直流，立时身死。老道清风说："吴贤弟，这个小孩子厉害呢！他手里的龙头杆棒，专打金钟罩、铁布衫。"吴元豹一听，哈哈大笑说："我只当清风哥的能为，已是天下无敌，不想你也有可怕之人。这一个小小的顽童，待小弟前去拿他。"吴元豹跳在当中，把双锤一抱，说："娃娃，你就是小神童胜官保吗？也不知二太爷的厉害，胆敢来此吵闹！"胜官保说："你不要发威，我把你拿了，给几个朋友报仇。"照吴元豹就是一杆棒。吴元豹吓得往圈外一跳，把双锤一磕，一股黄烟出来，胜官保一闻便栽倒在地。吴元豹说："小辈，我也不开你的膛、挖你的心，我用双锤把你打死！"清风说："且慢！先把他捆上，今日晚间，你我拿他下酒，回头把人心取出来，交与厨房做清烹人心。"吴元豹说："也好！"叫家人把胜官保捆上。

　　吴元豹又来到月台，吩咐摆上五席酒，他在当中，西边是飞云、清风，东边是焦家二鬼，徒弟在两旁垂手侍立。众人摆上酒来，叫家人先把吴明的死尸搭在庄门外，用棺木盛殓起来，明天掩埋。众人答应，下面收拾好了，又把吴寿叫上来。吴元豹吩咐说："你先把那雷公嘴开了膛，取出心来，交给厨房做清烹人心，大家喝酒。"吴寿答应下来，捡起牛耳尖刀，来到纪逢春的面前。纪逢春把眼睛一闭，静等一死。吴寿先用左手一摸心窝，然后用尖刀对准了心口，方要往下扎，只听房上一声喊嚷，说："小子休要逞强!"随着声音,有如一阵清风过来,手起剑落,就把吴寿劈为两段,吴元豹下得一愣!一看这个人,头戴遮耳护顶麒麟盔,身穿麒麟宝铠,手拿湛卢宝剑,面如傅粉,目若明珠,鼻梁高耸,唇似朱霞。清风、飞云和二鬼一瞧,只吓得魂飞天外!

来者并非别人,乃是忠义侠马玉龙。他自灵宝县战败了清风,见到大人。大人说:"前番本院专折入都,皇恩浩荡,准汝回旗当差。又因破红龙涧有功,赏你六品军功,跟随本部院差遣委用。"马玉龙听了,即给大人请安。

石铸带着七人走后,大人把金眼头陀法缘、玉面如来法空就地正法,给苏永福报仇,灵柩寄存在关帝帝庙里。然后大人便带着刘芳、苏永禄、马玉龙、胜奎由灵宝县起身,到了潼关。本地总镇石文葆迎接钦差大人,早预备下了公馆。大人进了公馆,众文武参见已毕。马玉龙来给大人请安说:"蒙大人提拔之恩,我告几天假,把龙山伙伴散了,再回来跟大人当差。"大人说:"很好!明天你就起身!"赏了他五十两盘费。

马玉龙这天来到周家集,正在饭店吃饭,听说擂台底下打起来了,出来一瞧,乃是石铸众人追拿飞云、清风。他赶紧算清饭账,出来一瞧,不见了石铸众人。一打听,才知是周玉祥把众人让到家中去了。马玉龙回到饭店,叫伙计们在后店腾出一间干净屋子。他喝了两碗茶,说:"伙计!我有宗心疼病,你晚上店中有什么事,别惊动我。"伙计说:"是了。"马玉龙为人最是细心,他将主意想定,出来将房门带好,蹿上屋去,扑奔周玉祥的住宅。石铸等去追刺客,马玉龙也跟到了吴家堡。众人在东房上,马玉龙在北房上,见孔寿下去,一个照面,被那秃子一磕锤,冒出一股黄烟,就栽倒了。赵勇下去也是如此。马玉龙一看不好!这秃子的锤有邪术,他们的人不知,想必有解药。马玉龙跳到地下,进了厨房,用剑一指厨子,说:"休要喊叫!你若开口,我就把你杀死。你们庄主爷使的那锤,我问你可有解药?"厨子说:"有的。"马玉龙问:"在哪里?"厨子说:"在北院主母的手内。"马玉龙进了北院,在后窗户瞧见丫环正收拾那药,一时却没主意去偷。可巧,胜官保用了调虎离山之计,马玉龙手快,就将药得到了,径奔前面而来。正是:

　　宝剑惊群贼,妖魔吓了魂。

要知后事如何,且看下回分解。

第一七〇回

苏小山搬灵回故里　赵文亮谋产害胞兄

话说马玉龙闻上解药,跳在院中。那飞云、清风一瞧说:"兄弟可要小心留神! 若将他拿住,咱们可以横行天下。"吴元豹说:"兄弟只管放心,你休长他人威风,灭咱们锐气,我过去就能把他拿住。你就是马玉龙么? 今天你是飞蛾投火,自来送死。"马玉龙微微冷笑说:"小辈你休夸口,我今天要将你拿住,叫你知道忠义侠的厉害。"说着,举宝剑分心就刺。吴元豹把双锤一磕,一股黄烟冒出,只见马玉龙站立不动,吓得他就没了主意,无奈只得一摆双锤打去。马玉龙用宝剑一削,呛啷啷锤头落地,吴元豹拨头就跑。飞云、清风和二鬼都知道马玉龙的厉害,也随着吴元豹往后就跑。

马玉龙紧紧跟随,跟到角门,又回身来把武杰、纪逢春解开,掏出一瓶解药,叫把众人解开,闻上解药,就都醒了过来,各人即从地下拿起兵刃。马玉龙与众人见过了礼,说:"我们到后面找贼去吧。"众人蹿上房去,各处寻找,并无动静。来至东北角的一座花园,树后有三间北房,听里面有人唉声叹气,大骂癞头鼋吴元豹,把小太爷困在这里。众人来至临近,见锁着门。马玉龙将锁打开,众人进去一瞧,房檩上吊着一个人,年约十八九岁。众人把他解开,问他因何在此吊着? 这位小壮士给众人见了礼,说:"在下是河南上蔡县人,姓苏名奎,字小山。这吴家堡是我姥姥家,我奉母命来到这里,不料我两个舅父小孔雀吴通和癞头鼋吴元豹,全不念亲戚之情,说我父亲叔父皆保了彭大人,因此我们三两句话就斗起嘴来。我二舅父要杀我,我大舅父不肯,把我吊了起来。你们是谁? 我都不认得。"众人说:"上蔡县有个苏永禄,你可认得?"苏奎说:"那是我叔父。"石铸说:"这可不是外人,刚才我们拿的飞云,你父亲就死在他手。"苏奎一听,就是一愣! 说:"你们众位高姓大名?"石铸给他引见了,各人都通了名姓。石铸说:"如今只得呈报当官,把他的家眷拿了去,贼人必来,那时就好办了。"马玉龙说:"使不得,做事不可这样狠毒,大概不久贼人也能拿得住。石大哥,我对你说,我在大人跟前告了假,回归龙山散众,三五日内回来。你等回周家集不可耽延,赶紧到潼关去保护大人要紧。"石铸说:"也好! 既然如此,苏小山你跟我们到公馆找你叔父去吧!"苏奎说:"也好,我跟众位去。"

石铸带着众人来到周家集,天光已亮。周玉祥早已起来,见了众人说:"昨日晚上诸位受惊,可曾将贼人拿住?"石铸说:"我们并未拿住贼人,追至吴家堡,遇见一位友侄,我们就要回转公馆去了。"周玉祥说:"我今天送众位上公馆去吧,家中也无甚事。"石铸说:"甚好,既是老英雄愿往,我等求之不得。"大家吃完了早饭,各备坐骑,又给苏奎备了一匹马,顺着大路直奔潼关。到了潼关,来到公馆门首下马,听差人把马接了过去,石铸说:"你们进去回禀,我们是大人的差官,回来给大人请安。"听差人进去,少时刘芳、苏永禄迎接出来,彼此问候。苏奎过去给叔叔行礼,苏永禄问明来历,说:"来了很好,你父亲在灵宝县被贼人杀了,回头我带你去见大人。"

众人进了公馆,给大人行礼。碧眼金蝉石铸把玉圣庵寻找胜玉环之事细细回禀了一遍。大人说:"我知道了。徐胜现已升任宁夏镇总兵,他来拜我,我留他跟我一同起身。他在对门打了公馆,他已将这事告诉我了。"苏永禄带苏奎上来给大人叩头说:"这是我哥哥苏永福之子,名叫苏奎,今年十八岁。"大人一看,生得虎背熊腰,便问他在家作何事体? 苏奎说:"在家中练习拳棒,操演十八般兵刃和飞檐走壁的功夫。"大人说:"好! 你父亲跟我当差多年,不想被贼人杀死,甚为可惜! 我必专折奏明圣上,说明你父亲的功劳,保举你做官。今天先赏你二百两银子,你搬灵柩回籍,然后回来随本部堂西下查办。"苏奎给大人磕头,说:"多蒙大人恩施格外,我爸爸在九泉也感大人之恩。"苏奎下来,众人也都下来。石铸见了胜奎说:"给你两亲家引见引见,这位姓周名玉祥,人称老凤鹦的就是。"银头皓首胜奎一愣! 石铸便把胜官保定亲之事,向胜奎说了一遍。两个人谈些家务,甚投脾气。大人原本打算住四五天,等马玉龙来了一同走。次日,大人觉得身体不爽,就不走了。

苏永禄送走苏奎之后,在公馆隔壁酒铺内喝酒。对面桌上坐着一人,身穿洋绉大衫,很阔气的样子,凑过来问苏永禄在大人公馆当的什么差? 苏永禄说:"我是派的委员,是个守备,在大人公馆里乃第一个红人,名叫苏永禄。阁下贵姓?"这人说:"我姓赵名文亮,是潼关华阴县人,离关十里的赵家庄,有个赵百万就是我。"苏永禄说:"久仰久仰! 你来这里是问事务的,还是访友的呢?"赵文亮说:"我来是要到钦差大人跟前打官司的,苏老爷给我说个人情。"苏永禄说:"我跟钦差大人是说一不二的,你要把实话告诉我,若有半句虚言,我可不管。"赵文亮说:"我有一个哥哥叫赵文明,我们哥俩是同山隔海,他是我先母所生,跟我父亲贩卖红货,久走江南。我父亲在日,已把我们家业平分,他做买卖将本折了,又来找我分家,说家并没有分过。我们在华阴县打了一年多官司,老爷也没断出这事怎么样儿。听说钦差大人从此路过,我想华阴县的县太爷,他是监生出身,也断不出什么输赢,故此托情,只要把我哥传来,请大人打他一顿,说他捏词妄告,谋夺家产。我也不用说。树上开花,敬送你一万银子,先兑给一家钱铺。"苏永禄说:"行,只要把你哥哥当堂打一顿具结,你花一万银子,这个事我办得了。你说的可是实话? 若有虚言,我可不管。"赵文亮说:"实告诉你吧,这份家产,我打算不分给他。他这几年买卖所剩之钱,分文都未交在家中。他到家来还要与我分家,我要分一个钱给他,都算我输了。"苏永禄说:"你兄长现在哪里?"赵文亮说:"我兄长现在永成银号住着,也是我家开的,我告诉铺中人,不叫他在那里住,号里人又都不肯得罪他。"

苏永禄立刻派听差人,先传赵文明至公馆内院。苏永禄一看这人五官忠厚,品貌平和,便叫进屋内来一一细问。赵文明说:"老爷不必细问,我二人一父二母,这份家业是父亲创立的,他先在家管理家务,今年我来家和他算账,他口出胡言,反说我来诓他,在华阴县打了一年官司,并未分出谁胜谁败。今天他又在这里告我,我跟他见见钦差大人。"苏永禄说:"好。"

他先把赵文亮带到大人面前。此时天已初鼓,大人问:"什么人?"苏二爷说:"回禀大人,这个赵文亮托人情于我,许我一万银子,要把他胞兄威吓一顿,说他兄长谋夺家产,妄告不实,当堂叫他兄长具结,永不准他再告。"这一下,只吓得赵文亮一言不发。大人吩咐把赵文明带上来,问明情节,即把赵文亮申斥了一顿,叫他与兄长平分家产,不准再来打官司。又派本处地方官,押着他二人回去分家。一夜无话。次日大人一睁眼,见面前插着一把钢刀,还有字柬,把大人的黄马褂、大花翎偷去了。要知后事如何,且看下回分解。

第一七一回

丢龙衣钦差见字柬　说旧理大闹于家庄

话说钦差大人将赵文亮之案断结,天色已晚,大人安歇,众办差官各归配房,一夜无话。次日大人醒来,面前插着明晃晃一把钢刀,还有一张字柬。大人起来,叫家人彭兴进去,把那刀起了,将字柬递上来。大人打开仔细一瞧,写的是:

> 江河湖海属我能,豪杰做事鬼神惊。
> 受人所托来行刺,应为飞云与清风。
> 清官断案真堪敬,盗去马褂大花翎。
> 若问英雄名和姓,绰号人称锋江龙。
> 清官作事实堪夸,羡慕忠良不忍伤。
> 清风飞云苦哀告,怕有差官把他拿。
> 暂盗花翎马褂去,留下字柬插下刀。
> 清水滩内有名姓,圣手龙女马玉花。

大人看罢,又叫众差官来看了一遍,派兴儿到房中去看箱子,果然黄马褂、大花翎已丢失了。兴儿说:"回禀大人,箱子内黄马褂、大花翎不见。"大人向众差官一说。大家给大人请安,说:"求大人恩典,卑职等无能,被贼人盗去大人的物件,只求大人赏我等三天限!"大人说:"就给你们三天限,赶紧给我去办。"众人齐声答应。

周玉祥拿过字柬一看,说:"你们众位老爷,可知道贼人的住处么?"众人说:"我等不知,老英雄要知道,何妨指示一条明路。"周玉祥说:"众位请坐,听我细细说来。出潼关一百四十里,有一座清水滩,那一片水是由卧龙湖流出来的,有一百五六十里。当中有一座大山,外头有一座竹城和水寨,都是生长的竹子,西面北面是山,东面南面是竹城。两面有十六里地,非会水之人,不能到竹城下面。就是会水也进去不得,竹城下有拦江网,两旁有刀轮。里面为首的一位寨主姓马,叫水龙神马玉山,手使一对分水双截拐,有万夫不当之勇。他跟前还有五个儿子,两个女儿,人称马氏五龙。长子叫镇江龙马德、二子叫闹海龙马显、三子叫独角龙马铠、四子叫混江龙马海、五子叫探江龙马江,一个个在水面的能为出众。他的大女儿叫母夜叉马金花、二女儿叫圣手龙女马玉花。竹城有两座水师营,带兵都督两个,一个叫三眼鳖于通,一个叫闹海金甲王宠。他这清水滩内,出产的果木东西不少。种田地不纳钱粮,朝廷管辖莫及,他就是逍遥自在的太平王,无人敢惹。方才留下的这两张字柬,明明是他的大儿子和二女儿来了。"石铸说:"既是老英雄知道,大既道路也熟,何妨带我等去哨探哨探!"周玉祥说:"甚好! 你们哪位跟我去? 收拾收拾,咱们就走。"

　　石铸、胜官保、武杰、纪逢春、孔寿、赵勇、李环、李珮八个人在大人跟前面禀明白,便同着老英雄周玉祥起身。当天住在半路,第二天一早又由店中起身。周玉祥说:"到于家庄再吃饭,那里距清水滩八里地,都是一趟买卖,有鱼市,倒很热闹。"众人说:"很好。"大众来到于家庄一瞧,东庄口路北有一家饭馆,卖的家常便饭二荤店。众人进了饭馆,倒上茶,纪逢春说:"这个座不好。"石铸说:"咱们要点什么吃,回头绕湾瞧瞧清水滩的地势,再想主意。"说罢,要了些酒饭来吃。

　　纪逢春不喝酒,又吃得快,吃完出来一瞧,西边鱼行倒很热闹,街北尽是卖鱼的。一瞧北边那个卖鱼的,是个油葫芦大秃子,粗眉毛,大眼睛,高颧骨,身穿紫花布裤褂,赤足大觐鞋,手提一杆西洋秤,也买也卖。纪逢春一瞧秤是灌水银的,往里买总够二十两,往外卖只够十二两。纪逢春从前在家中听神手大将纪有德讲说西洋法子,八宝转心螺丝,各样削器埋伏,无一不懂。纪逢春过去说:"秃掌柜的,你这杆秤够十几两?"这个秃子叫于亮,乃是清水滩三眼鳖于通的兄弟,是于家庄鱼市的经纪,素常就倚着这杆秤讹人。今天听纪逢春一问,秃子把眼一翻,说:"天下秤都是十六两,何必多问呢?"纪逢春说:"你这杆秤瞒心昧己,叫它多就多,叫它少就少,你要不信,我替你劈开瞧瞧。"于亮说:"你趁早滚开!"纪逢春拿起秤来喀嚓一声,折为两段,里头原来是空的,灌的水银。他卖给人家东西,把水银倒在头上;买人家的东西,把秤一掉过,水银就流在秤尖上去了。大秃子于亮见纪逢春把他的水银秤折了,就好:"好一个雷公崽子,无故找我晦气。"向纪逢春脸上就是一个嘴巴。纪逢春不留神,这一嘴巴打的脸上冒火。他真急了,拿起秤砣照定秃子的脑袋就是一下,秃子当即栽倒在地。

这卖鱼的全恼了,全都抄了扁担,过来要打纪逢春。他一瞧不好,伸手掏短把轧油锤,就听西边说:"闪开闪开! 于大爷来了。"纪逢春一瞧,这人马蜂腰,窄臂膊,身高七尺,浓眉阔目,高颧骨,大耳朵,身上穿蓝绸短衫,青绉绸中衣,足下抓地虎靴子,手提一口单刀。来者正是于通,听说兄弟被人打死,急由家中提刀赶来。他见纪逢春掏出锤来,要跟众卖鱼的动手,赶上来照纪逢春就是一刀,纪逢春用短把锤相迎,两个人一连走了三五个照面。

石铸等正在饭馆吃饭,听有人说:"来了个外乡人,雷公模样,一秤砣把于亮打死,于通提刀来拿他,要拿到清水滩,准得杀了!"石铸说:"了不得! 傻小子惹了祸,咱们快看看去。"众人给了饭账,出来一直往西,见纪逢春正累得浑身是汗,口中带喘! 石铸拉杆棒跳过去,说:"纪老爷闪开,交给我来拿他。"于通一瞧,这人身高七尺,青洋绉裤褂,薄底快靴,绿眼珠,一脸的蛤蟆疙瘩,来到这里,说:"你们这里真不说理,杀人偿命,欠债还钱,我们伙计打死人,这里有地方官,该打官司就到衙门里去,自有道理。你这是要来打架,咱们二人打吧。我叫碧眼金蝉石铸。你叫什么?"于通也通了姓名,抢刀就剁。石铸知道他是清水滩一党,一顺杆棒,把于通挑了一个筋斗。那边于亮也苏醒过来了,有人就把他送回家中。于通被摔了两个筋斗,料想自己不能赢他,拉刀往前就跑。

石铸追至街上,把纪逢春叫到他吃酒的那个地方,说了他几句。周玉祥说:"咱们走吧,这里耳目众多,你我到邓家店那里好说话。"众人立刻跟周玉祥出了饭铺,来到路南的一个大店,伙计们都认识老镖头,以为他是来这里逛鱼市的。石铸说:"这店共有几间,不准再租与别人,该多少钱,我们给多少钱,这店算是我们包赁了。"店中伙计答应,就把店门一关,都凑到南院厨房喝起酒来,人家叫门,他们也听不见了。纪逢春说话诙谐,进了大门说:"刷了勺啦,不做了。"说完话,慢慢进到屋中,往炕上一歪,躺在那里假睡。这时外面有人把门踢开,进来了两位英雄,要找方才说话之人算账。欲知后事如何,且看下回分解。

第一七二回

旅店巧遇分水兽　双杰夜探清水滩

却说纪逢春说了一句诙谐话,惹得外面叫门之人把门踢开。屋中之人都出来了,说:"大爷别生气,这是为什么? 哪个人惹着你了?"

外面来的两人,头前那个姓王名德泰,绰号人称金眼蛤蟆,久在大江使船,打鱼为生。他有两只渔船在清水滩打鱼,因为马玉山不准别的船在清水滩捕鱼,昨日有两只巡船,由少寨主独角龙马铠带着十个水兵,把王德泰的鱼抢去,还打了几个水手。王德泰受了伤,来到小江口毛家庄,找他师父分水兽毛如虎,要去清水滩刺杀独角龙马铠,给他报仇。走在毛家庄,天色已晚,爷俩个要住这客店,掌柜的姓邓,跟王德泰也有交情。他一叫店门,却听里面说:"刷了勺啦,不做了。"王德泰一听就恼了,什么人有这么大胆子! 把门踢开,王德泰就问:"谁说来,给我找这个人。"掌柜的说:"大爷你听错了,伙计们不敢说,要说这个话,那还成什么买卖规矩?"王德泰说:"没听错,是说来着。"掌柜的说:"今天对你这么办吧,我把伙计叫出来,看是谁说的,立刻就认出来了。"他把伙计都叫出来一站。王德泰、毛如虎:"不是,我听得出口音来。"掌柜的说:"对不起二位,我这店内,今天有位客人包赁了,不许租给别人。也许是住的客人说笑话呢!"王德泰说:"这个说话的人嗓音特别。"跑堂的说:"不错! 有这么个人,他们住在店里,内中有个雷公样的,说话嗓音特别。"毛如虎说:"他们在哪里住?"伙计们说:"在北上房。"

毛如虎、王德泰师徒二人来到北房以外,说:"刚才是哪个小辈,敢隔着门骂太爷? 出来见见我,别装聋,装聋不是朋友。"石铸一听外头有人骂,回头瞧纪逢春躺在炕上,低着头,一声也不言语,就说:"是你惹人家的,又在这里躲着来。"纪逢春说:"我哪惹事来着?"外头听到这口音,说:"不错,就是这个,你滚出来! 要不出来,别等我们进去揪你,你竟敢辱骂大太爷。"石铸等一听,对纪逢春说:"傻小子,你惹了人家,叫人家来骂,你不出去,算个什么英雄?"

　　各人俱拉刀出来，刚要动手，石铸一瞧说："别动手，这不是外人，毛二哥你好呀？"毛如虎一瞧是碧眼金蝉石铸，急忙说："呦！石贤弟！久违得很，现在由哪里来？你一向可好？"石铸说："我此时改行了，我保了钦差彭大人。"毛如虎说："好！"石铸把二人让进房中，给大家引见，各通了名姓。毛如虎说："兄弟，你既保了钦差彭大人，带着的众位，都是同事的老爷们了，你们来此何干？"石铸说："只因大人到了潼关，夜晚闹贼，失去了黄马褂、大花翎。贼人临走时留刀寄柬，这位老英雄周玉祥知道是清水滩的贼人，勾串了飞云、清风和焦家二鬼，我们打算来哨探清水滩，听说有竹城水寨，很不容易进去。"毛如虎说："我也是上清水滩。我徒弟王德泰在清水滩打鱼，昨日被独角龙马铠把鱼抢去，把人也打了，我素常跟马大哥有交情，这不是欺辱我们爷们吗？咱们今天遇见，晚上一同前去，使个调虎离山之计，可以进去。"石铸说："毛二哥！这调虎离山之计怎么个用法？"毛如虎说："他这水寨竹门底下有拦江双护网，两旁有刀轮，咱们在外头一骂，他们的人一放出船来，必撤去削器，咱们就乘势进去，得便将独角龙马铠杀了，你们去找黄马褂、大花翎。"石铸说："甚好！今天你我到那里，就用这条计策。"

　　毛如虎、王德泰二人要来酒饭，吃完了晚饭，石铸将水衣包好，三个人同出邓家店，一直往西到了清水滩河边。石铸一看，这片水一眼望不到边，往南可至大河，往西北直通卧龙湖，正北是黑漫漫一片竹城，夜晚上面都掌起灯来。三个人看罢，打开包袱，戴上分水鱼皮帽，穿了水师衣靠。石铸挎上截爪镰，毛如虎带上三截钩镰钻，王德泰带上钩镰刀。三个人将日间所穿的衣服，围在腰内。往北走了不远，有王德泰的两只鱼船在那里等着，上面十六个伙计，见主人回来了，都过来参见。王德泰说："我这口气难出，就把师父找来了，这个人是我师父的朋友碧眼金蝉石铸，过来见礼。"三个人上了船，王德泰说："师父，石大爷！你们二位喝酒吧！天才起更，少待片刻再去不迟。那巡查竹城的是三眼鳖于通，闹海金甲王宠，巡查水师连营的必是镇江龙马德、都是水陆两路精通，咱们可要留神。"毛如虎说："不要紧，这清水滩十年前我进去玩耍过一回，跟水龙神马玉山有一面之识。今天我们进去，能将黄马褂、大花翎盗回，将马铠杀死，这仇就算报了。"石铸说："好！就此前去。"

　　三个人跳下水去，来到竹城，近前一瞧，此处水有三十余丈深，那竹子半是天然,半是人工,用铁条穿起来,日久了,竹子和铁长在一处,如同铜墙壁一般。这竹门宽有二丈四尺,高有四丈八尺,上有跳板,巡更人就在上面。晚上有号灯,白天有两杆旗,竹门下有刀轮,水催内转,会水的要由竹门下过去,撞在刀轮上就死,撞在当中的护网上,铃铛一响,莫说是人,连鱼也跳不进去。石铸说:"毛二哥,你我骂呀!"说罢,冲着竹门喊嚷,说:"对面清水滩的小辈听真!我等特意来捉拿你这些无知小子!"

里面巡查竹门的闹海金甲王宠,正与马德、于通在大船上说话,问于通白昼在于家庄与何人打架?于通说:"我兄弟于亮与一个姓纪的打起来,后来他们又来了一伙人,内中有一个使杆棒的,名叫碧眼金蝉石铸,用杆棒把我捺了几个筋斗,我才跑回来。"马德说:"了不得,这是钦差彭大人的办差官,准是为马褂花翎而来,咱们须小心防范。"王宠又问少寨主:"飞云、清风和二鬼来到这里,你同二姑娘到公馆去刺杀钦差,没杀又回来了,这是怎么一段情节?正要打听。"马德说:"王大哥,听我告诉你。只因飞云、清风跟我三弟马铠是盟兄弟,又是咱们绿林的朋友,来到这里说他们被彭大人赶的无处可投,还说彭大人跟绿林中人为仇作对,老寨主派我到公馆把彭大人的人头取回来,给飞云、清风消消气。老寨主是好胜的脾气,二姑娘又一定要跟我去,我二人到了彭大人公馆,见彭大人正在审问赵文明、赵文亮兄弟争产之案。这大人是为国为民的清官,故此我二人不肯杀他,只盗了黄马褂、大花翎,寄柬留刀,留下了名姓。我想彭大人手下办差官必要前来,老寨主吩咐,叫我们在前寨留神,如有动作,赶紧往里送信。他们不来便罢,来一个拿一个,来两个拿一双,他等休想逃走。"正说着,就听竹城外大骂,说:"小辈敢来找死!"马德一听,立即鸣锣聚众,调队出来捉拿众差官。要知后事如何,且看下回分解。

第一七三回

三杰水寨战群贼　石铸设计出虎穴

话说分水兽毛如虎同石铸、王德泰正在外面大骂，只听寨门之内一阵锣声，把竹城门打开，出来有十只大战船，船上灯笼火把齐明，镇江龙马德手使三股托天叉，站在船头之上。毛如虎三人乘机便由水内潜身进去，直到那竹门之内，石铸暗中留神一看，见那竹门两旁都摆着刀轮。马德的船只到了外头一瞧，连一个人也没有。王宠说："了不得！咱们中了贼人的调虎离山之计，方才一开竹门，他们便由水内进去了。"马德说："既然如此，把竹城门关上，叫他休想出去。我还有个主意，咱们也把他骂出来，拿活的，一面给山寨里送信，就说进来奸细了，叫他们各处留神。"说着将船头拨回来，把寨门关好，按上刀轮，挂上护网。马德等站在船头大骂："无名小辈，把寨主爷诓出去，你们都进来了，你打算寨主爷不知道呢？你是英雄，上来跟寨主爷斗上几个回合，谅你们这些小辈也不敢出来！"

石铸三人听见上面喽兵直骂！那石铸一生最恼人骂，就由水内露出来，说："对面小辈，休要破口骂人！大太爷姓石名铸，绰号人称碧眼金蝉，奉钦差大人堂谕，特来捉拿你们这些贼人。"分水兽毛如虎、金眼蛤蟆王德泰也出来答话。那三眼鳖于通拿着三尖钩镰枪，跳在水内，扑奔石铸分心就刺。石铸闪身，二人杀在一处。马德扑奔毛如虎动手，王宠直奔王德泰动手。六个人杀了个难解难分。石铸偷眼一看，王德泰能为武艺虽好，却不是王宠的对手。王宠受高人传授，久在水面操演，王德泰枪法迟慢，他一变家数，就将王德泰一枪刺死。毛如虎一瞧急了，师徒连心，他徒弟的仇没报成，倒叫人家杀死了，老英雄就要以死相拼。王宠把王德泰刺死，又摆刀帮着马德来战毛如虎。这时上面一掌号，下来了二百名士兵，个个水性精通，枪法纯熟。几个照面，毛如虎腿上受了一枪，正要分路逃走，被马德、王宠生擒活捉了。石铸抛开于通，分水逃走，倚仗自己水性好，三五个转身，于通就看不见了。

马德、王宠、于通出了水面，把毛如虎捆好。马德一瞧认识，说："毛如虎好大胆,你徒弟在这里打鱼,素常跟我们有来往,今天为什么带奸细来搅我们? 你带来多少奸细,要说实话!"毛如虎把眼一瞪,说:"我徒弟已死,如今既然被你们拿住,快给我一死!"马德说:"我这里也不发落你,来呀!"四个人过来将他搭去大寨,交老寨主发落。于通说:"告诉各处头目留神,走了个碧眼金蝉石铸。"马德派了五百喽兵,说:"掌起灯笼火把,大概他也出不了这竹城水寨。你等四路巡查,如拿住他,赏银二百两,不拘在哪里见着,立即鸣锣聚众,大家一齐去拿,咱们这竹城水寨,如同铁壁铜墙,好似天罗地网,谅他插翅难飞。"众喽兵答应,四散巡查,去捉拿石铸。

石铸逃在无人之处,自己一想:"这清水滩势派甚大,有两座水师营,都是明分八卦,暗合五行,分金木水火土,东西南北中。晚上是灯笼,白天是旗号。南方丙丁火是红灯笼,北方壬癸水是白灯笼,东方甲乙木是蓝号灯,西方庚辛金是白号灯,中央戊己土是黄灯笼。"此时四面船只荡漾,齐声喊嚷捉拿奸细! 石铸想进大寨探听,又因道路不熟,怕有削器埋伏,便不敢身临险地,心想:"莫如混出竹城水寨,再作道理。不然天光一亮,我也要被获遭擒。且到店中见了周玉祥,大众商量妙计,再破竹城水寨。"想罢,就见那边渔船上的众喽兵喊嚷:"拿呀! 拿呀,这个奸细出不去了,竹门上了刀轮和护网,他一去就得拿住,咱们四下搜寻!"

那石铸一沉身,由内慢慢奔向竹门,来至切近一瞧,两边刀轮直转,每轮装有六十四把鲇鱼头刀,锋利无比,碰上准死。石铸知道厉害,愣了半天,无法出去,猛然间急中生巧,计上心来,心想:"我拿住一个贼兵,先把他弄死,搁在这网里,铃铛一响,他们当是拿住我了,把死尸拉上去时,我就出去了。"想罢,回身冒上水来,往正西一瞧,来了一只船,上面有七八个人,为首一人手中拿着花枪。石铸容船过去,由后头一扳船尾,掌舵的觉船一动,回头一看,石铸使出了黄莺掐嗉,就把那人揪下水去。那些人说:"奸细在这里,快快鸣锣聚众! 呛啷啷锣声一响! 各路船只都奔到这一处来。

石铸在水内用铁爪镰刀把那喽兵刺死,拉着直奔竹门旁,把死尸搋在网内。上面看守拦江护网的是三眼鳖于通,带着二百喽兵,听走线铃铛一响,知道是拿着人了,吩咐往上拉网。两旁的水鬼喽兵把网拉上来说:"不错,拿住了一个。"此时马德、王宠也都过来,大家拿灯光一照,乃是喽兵小头目葛云。马德说："了不得！石铸这个主意真高。咱们多派水兵下去看看吧！他这一走,明天必有人来。"

石铸钻出竹城,冒出水来,换了一口气,往前凫到了鱼船之下。众伙计说："石大爷回来了。"石铸说："我给你们送个凶信,你们管船的王德泰死了,他师父毛如虎也叫人拿住了,还不定死活。"这几个人说："既然如此,只求石大爷给我们管船的报仇。你用我们这两只船,只管言语。"石铸说："你们把船靠在东岸僻静的地方,三五天我们必有人来。你们船上谁是头目?"那人说："小人叫王顺,我做的小头目。"石铸说："我再来找你。"坐着船到了东岸,石铸跳下船,就一直奔往邓家店。

天光已亮,石铸脱了水衣,换了便衣。周玉祥就问："石大爷,昨天探清水滩怎么样?"石铸说："三个人死了一个,拿住一个,我还算好,逃出了活命,这地方好险!"周玉祥说："我就知道是险,黄马褂、大花翎,也不一定就在里头。"石铸说："字柬上留有名字,就是往回盗也不容易,我虽会水,来去甚不容易,不知老兄台还有什么高明主意没有?"周玉祥愣了多时,说："我想出一个人来了,他是我拜侄,为人精明强干,也是绿林的英雄,住在冯家庄,离此八里地,姓冯名叫元志,外号人称小丙灵。此人使一口单刀,能打十二只连珠穿梭镖,能为出众,本领高强,他跟镇江龙马德是金兰之好。咱们去把他请出来,到清水滩打听毛如虎的生死。"石铸说："也好！事不宜迟,咱们这就去冯家庄。"

算了店账,周玉祥带着众人,八里地转眼就到。这冯家庄是个乡镇地方,买卖铺户和客店都有。来到西头路北大门,门前有四棵龙爪槐。周玉祥上前叫门,出来一个老家人说："周老爷从哪里来?"周玉祥说："我来请你家主人,有个巧机会,叫他弃暗投明。"老家人往里相让,到了上房,众人落座。老管家出去,不多时,冯元志进来,见过周玉祥,然后同众人彼此见礼。周玉祥说："我来非为别故,只因彭大人在潼关失去黄马褂、大花翎,我同众位差官,特来请你去探清水滩的虚实,从此可以弃暗投明,未知贤侄意下如何?"冯元志说："甚好。"就听外面一声喊嚷："胆大冯元志！你要弃暗投明,我先把你杀死。"不知这位英雄是谁,请看下回分解。

第一七四回

探水寨马德接义弟　半山坡金花见才郎

话说冯元志在大厅与周玉祥见过礼，又与众差官彼此行礼。周玉祥说要请他到清水滩，打听马褂花翎的下落，访问毛如虎的生死如何。冯元志当下应允，吩咐家人摆酒。只见外面进来一人，说："好！冯元志你今天弃暗投明，把弟弟忘了。"众人一看进来的这人，年有二十多岁，淡黄脸膛，细眉毛，大眼睛，高鼻梁，薄片嘴。身穿蓝绸大褂，足下青缎子抓地虎靴子。冯元志说："贤弟别着急，我来给你引见。"周玉祥问："贤侄！这位是谁？"冯元志说："是我拜弟，姓赵叫友义，外号人称小火祖，跟我同在绿林。我二人乃是知己之交，金兰之好，患难相扶，荣辱共之。"赵友义给众人见了礼，周玉祥说："好！大人正在用人之际，大丈夫学成文武艺，货与帝王家，从此弃暗投明，比绿林胜过百倍。"赵友义说："好！既蒙众位提拔，不知要我二人作何使用？"周玉祥说："大人丢了黄马褂、大花翎，昨日石铸同分水兽毛如虎、王德泰上清水滩去哨探，王德泰已死，毛如虎被擒，我想冯贤侄同清水滩素有来往，可以前去探探。"冯元志说："我去探听明白，这座清水滩也破不了，非有会水的不成，你们哪位会水？"石铸说："就是我会水，这些人没有会水的。"冯元志说："我家有些好茶叶，明天就以送茶叶为名，可以去哨探机密。"石铸说："你先去吧。我听你回信。"

冯元志当即把茶叶用包打好，雇人挑到清水滩河口，又雇了一只渔船，把茶叶搁在船上，一直来到竹门以外，在船上叫门。里面问是什么人？冯元志说："是我！我是冯家庄的冯元志，你家少寨主马德是我的知己之交。今特来给老寨主送礼，烦劳你等进去回禀。"里面喽兵听明，赶紧来水师营回禀镇江龙马德。

马德正同于通、王宠喝茶谈话，见喽兵前来回禀，说有冯家庄的冯元志前来拜访寨主爷。马德一听，说："原来是我拜弟冯元志来了。我二人已有两个月不见，我甚盼念，快预备船只，我亲身出去迎接！"于通、王宠也跟随在后，竹门大开，把冯元志让进里边来，将茶叶箱子搭在大船上。

冯元志掏出一块银子,给了渔船,便同马德进了竹城,来到水师营的大战船。冯元志给马德行了礼,又见过于通、王宠,彼此行礼落座。

马德说:"贤弟许久未来,一向可好?"冯元志说:"现有南边来的一个朋友,送我一些茶叶,我想一来看望兄长,二来把茶叶恭敬老太爷。"马德说:"多蒙贤弟盛情。"吩咐喽兵摆酒。把茶叶叫人先送进大寨,他们四人推杯换盏喝酒。冯元志话里套话说:"兄弟!小弟听得一事,要向兄长领教。现有钦差手下的差官在各处访查,说彭大人丢了黄马褂、大花翎,落在兄长这里,小弟不知虚实,因跟兄长有金兰之好,焉有不挂心之理?"马德说:"贤弟你既然来了,又不是外人,我也不能不告诉你。只因前几日来了几位绿林朋友,乃是飞云、清风和焦家二鬼。飞云跟我三弟是拜兄弟,投奔我这清水滩来,说钦差彭大人把他们追得无处安身,见绿林人就杀,跟合字作对。寨主一听这句话,有点气愤不平,就叫我去把彭大人杀了,给绿林除害,我二妹妹也跟着我去。我们晚上到了公馆,正赶上彭大人问案,一瞧这位彭大人是位清官,不忍杀他,便将他的黄马褂、大花翎盗来,寄柬留刀。昨天晚上有毛如虎勾串来了三个人,现已将王德泰杀死,将毛如虎拿住,关在水牢,只跑了一位碧眼金蝉石铸。"冯元志说:"这就是了,可有一件,咱们清水滩虽然种地不纳粮,也不为犯法。如今得罪了彭大人这件事,说大就大,说小就小。"马德说:"这是老寨主的主意,愚兄不能自专。"冯元志说:"这就是了。"

又喝了几杯,冯元志已酒够八成,说:"哥哥!不喝了,酒够十分了。"马德说:"我也不留你在船上安歇,晚上我们巡更守夜,不得安神,先把你送上山寨去吧,去见见老爷子,飞云、清风都在那里,给你引见这几位朋友,你就在里头各厅睡吧。"派了两个喽兵,掌上灯笼,把冯元志送上山寨。

冯元志告辞出来,只见月色朦胧,四面巡更船只飘荡,号灯齐明。冯元志正往前走,忽见半山坡过来一对号灯,后面一位丑姑娘,身高八尺,面皮微黄,身穿蓝绸短汗衫,大红洋绉中衣,两只金莲够一尺长,穿一双大红缎鞋,满帮花,一脸稠麻子,黄眉毛,三角眼,火盆口,断梁鼻子,一嘴黄板牙,一脑袋黄头发,手拿浑铁棍,重有八十斤。今天奉老寨主之命,巡查前后山寨,怕有奸细私行出入,因知道这两天彭大人必派人来探清水滩。这丫头倒有万将难敌之勇,就是一样不好,其性最淫,连马玉山也管不了她。

她瞧见喽兵长的好，就拉在屋内，行云雨之事，若不依她，就一棍打死了。

今天往下走来，见两个喽兵正带着冯元志上山。冯元志本来长得俊秀，今天喝了两杯酒，白生生的脸膛，透出粉红的颜色，齿白唇红，真是俊品人物。马金花一瞧，问喽兵道："你们由哪里带来这个人？要上哪里去？老寨主派我来巡查奸细。"喽兵说："姑娘你不认识，这是冯家庄的冯大爷，跟大少寨主有金兰之好。在水师营已喝了酒，现送进山寨来见见老寨主，到客厅安歇，派我二人服侍。"马金花说："原来是冯大兄弟，跟我走吧。"又告诉两个喽兵："你们回去吧，老寨主正同人喝酒呢，冯大兄弟刚喝了酒，回头再喝，别灌醉了，叫他到我屋里去睡吧。"冯元志一听就愣住了。他本是正人君子，自己一忖度，这不像话，男女授受不亲，要叫马大哥知道了算什么事？连忙说："姊姊，我得先进去见见老寨主，你要查山就请吧，明天我再去请安。"马金花说："不成，依不得你！"不容分说，过去把冯元志拉着就走。

冯元志因不好翻脸动手，被马金花拉着走了不远，来到一座花园，就在大寨之外的半山腰中，这是她寻欢作乐的地方。这里有几座亭台，北房里面灯光闪闪，服侍她的两个丫头，一个叫仙人掌，一个叫霸王鞭。她把冯元志拉到屋中，推到东边椅子上落座，自己就坐在西边椅子上，叫仙人掌过来倒茶。冯元志说："姊妹拉了我来，有什么事呢？"马金花说："你跟我哥哥是拜兄弟，我没见你来过。"冯元志说："我常来。"马金花又问他家中还有什么人？冯元志说："我家中就有母亲。"马金花说："你可娶过亲么？"冯元志说："没有。"再问他多大年岁？冯元志说："我二十岁。"马金花说："咱两人同年，我瞧你这人倒很好，也是前世的姻缘，我还没有夫家，今天好日子，咱两人就做夫妻，我这模样也不丑。"冯元志一听，说："不成！今天我是来看望你大兄，再者婚姻大事须有父母做主，也没有这般说法，趁早让我走吧！"马金花说："你不依我，你也走不了。"冯元志说："我就是要你，你也别着急，待我回去跟我母亲说了，托媒人来。"马金花说："咱们今天成了亲，明天再对父母说也不晚。"冯元志听她说的不像话，站起来往外就跑。马金花赶上来把他拉住，只听外面一声喊嚷，说："好不要脸的东西！"倒把冯元志吓了一跳！要知后事如何，且看下回分解。

第一七五回

小丙灵镖打群寇　镇江龙救友联姻

话说冯元志被马金花拉去之后，那两个送冯元志的水兵，怕马德见怪，连忙往回走，想去回禀马德知道。刚走了不远，只见马德怕冯元志酒醉，不大放心，也追了上来，正遇两个水兵。问明情形，就叫两个水兵头前领路，来到小花园，正听到马金花求亲，冯元志说的都是正大光明的话，要走时被马金花拉住。马德一见，气往上冲，说："丫头真不要脸！"从外面进来。马金花一看，说："你休要管我的闲事，慢说是你，就是咱们老寨主都不管我，你趁此走开！"冯元志说："大哥来了，你想这件事怎么办法？我还是回去禀明母亲，找个媒人，名正言顺，也体面些。"马德说："算我的媒人，明日咱们就办，今天先把他交给我带去。"马金花说："哥哥，今天我把他交给你了。"马德说："就是了。"说着话，把冯元志带出来，送到大寨门，叫喽兵送了进去。

他走进三道寨门，来到分赃聚义厅，只见里面灯烛辉煌，两旁支着四个大气死风灯，还挂着无数的纱灯。正当中坐着水龙神马玉山，身长八尺以外，一张紫脸，粗眉毛，大环眼，皂白分明，虎视眈眈，身穿蓝绸长衫，足下薄底靴子，年有六十以外，花白胡须。往东边一溜，上面是清风道于常业，往下是飞云、焦家二鬼，还有小孔雀吴通、小鹞子周治、癞头鼋吴元豹七个人。西边是头英山和二英山的漏网之贼，大斧将赛咬金樊成、赛瘟神戴成、赤发灵官马道青、金眼骆驼唐治古、火眼狻猊杨治明、双麟麒吴铎、并狮豸武锋，青毛狮子吴太山。紧下面是他的四个儿子，闹海金龙马显、独角龙马铠、混江龙马海、探海龙马江。在两旁是大小喽兵头目，站立伺候。冯元志进了大厅，躬身行礼，口称："伯父在上，小侄男冯元志在下磕头。"水龙神马玉山知道他是马德的盟兄弟，今天送茶叶来的，连忙站起身来说："贤侄，你两月未到我这里来，一向可好？ 在绿林做买卖么？ 你母亲可好？"冯元志说："承伯父下问，小侄家中平安无事。只因有朋友从南方来，送我两箱上好的茶叶，我特意孝敬伯父。不想小侄两个月未来，伯父寨中又添了十几位英雄。"马玉山用手一指飞云说:"贤侄有所不知,这个和尚跟你二哥是结义弟兄,他在真武庙出家,乃是当年神弹子火龙驹戴胜其的门徒。只因他得罪了彭大人,被办差官追拿,躲在我这里。他几个人苦苦求我,要你大哥去把赃官杀死。"

说到这里,只见飞云直摆手。马玉山说:"飞云,这不是外人,冯元志他是常来的,如同我儿一般,瞒他做什么?你大哥未将赃官杀死,只把他的黄马褂、大花翎盗来,寄柬留刀。昨日晚上来了三个人,扎死一个,拿住一个,跑了一个。"冯元志说:"就是了。"飞云说:"老寨主太诚实了,前日盗了马褂花翎,昨天就有奸细。今天他来送礼,必是彭大人那里烦他出来探访清水滩的机密。你把实话说出来,他去泄了机密,关乎你我的性命,老寨主要慎重。"

马玉山一听这话言之有理,说:"冯元志,你是绿林英雄,跟我儿结拜,我待你如同亲生,你怎么替彭大人做内应来探清水滩的机密?"冯元志一听,不禁张口结舌。飞云说:"老寨主,对不对,你看他没的说了。"冯元志本来喝醉了,刚才又被马金花一恼,听了飞云所说之话,叫马玉山一问,他是年轻的人,就气糊涂了,半晌才拨回话头来说:"你这厮拆散我们的和气。我冯元志一不在官,二不应役,我跟彭大人有什么牵连?再说姓马的,你也太不懂情理,我好心好意来送礼物,你却出言无状,满口胡言,冯爷少陪了。"说着往外就走了。

飞云说:"别叫他走了,他是奸细。"马玉山说:"既然如此,快把他拿回来。"马铠素日跟冯元志不对,一听马玉山吩咐,拉刀赶过去说:"小辈,竟敢在清水滩撒野!"照冯元志就是一刀,冯元一闪身,拉出刀来,二人杀了七八个照面。冯元志抖手一镖,正打在马铠的肩头。马铠往旁边一蹿,旁边恼怒了双麒麟吴铎说:"小辈,我来给少寨主报仇!"摆朴刀就砍。冯元志闪身使了个怪蟒钻窝,分心就刺。贼人刀法纯熟,三两个照面,却被冯元志一镖,打在左腿上,急忙跳在圈外。此时武锋、唐治古、杨治明、周治、吴通、吴元豹一看不对,一个人不是冯元志的对手,大众凑胆子,各摆兵刃,把冯元志围在当中。冯元志全无半点惧色,手中遮隔架拦,又把武锋一镖打倒,紧连着又是一镖,打在吴通的肩头上。

清风道于常业见小丙灵冯元志甚是凶猛,拔出滚珠宝刀,一声喊嚷:"列位英雄闪开,待我跟他比试几合。"冯元志一连胜了七个人,见老道手中擎着宝刀,说:"冯元志好大胆量,你可认识山人么?"冯元志说:"大太爷耳闻有你这个杂毛老道,你来便怎么?"清风说:"我要结果你的性命。"冯元志并不答言,摆刀就剁,老道闪身相迎,二人走了几个照面。冯元志抖手一镖,打在老道的肩上,却将镖撞回,并没打动。冯元志囊中的八只镖都用了,知道老道有金钟罩护身,镖不能伤他,必须找他上中下三处金钟罩练不到的地方。冯元志就倚仗连珠镖取胜,现在镖已用尽,刀又不能伤老道,心中着急,一失神就被老道的宝刀将他的刀削为两段。冯元志往圈外一跳,被老道踢倒在地。水龙神马玉山吩咐把他乱刀分尸。

众贼各拉兵刃,刚要赶过去,由外边跑进一人,说:"且慢!你等刀下留人,不准动手。"众人一愣,见不是外人,正是少寨主镇江龙马德。马玉山说:"好个马德,莫非你不怕死么?"马德说:"不是。天伦在上,孩儿我有下情回禀,我跟他是金兰之好,结拜弟兄,他言语冲撞你老人家,在此动手,孩儿一概不知。我不敢违抗父命,只求父亲缓杀他两天,尽我交友之道,今天就把他交给孩儿。"马玉山说:"就是吧。"两旁的人把冯元志捆上,马德带着他到了住宅西边,那里有座小花园,倚着山涧做出一个水牢。马德说:"兄弟,你在此暂避少时,我想法救你。"

在这水牢旁边有三间房,里面影影绰绰,木桩上捆的是毛如虎。冯元志进去,毛如虎认识他,说:"冯大兄弟么?你来了好,我这一个人正闷得很,被贼人拿住了,不死不活,他把我杀了倒好,再不然就把我放了。你被获遭擒是怎么一段情节?"小丙灵冯元志把上面之事说了一遍,分水兽毛如虎甚为叹惜,说:"贤弟!咱们哥俩倒是有缘,不能同生,却能同死,你我一同到枉死城中挂号,追魂账上勾名。"

不提二人谈话,单说马德扑奔内宅,见他母亲金氏尚未睡觉。马德一进去,金氏就问:"马德,你在外头巡山,来此何干?我听说外头动手,你父亲要杀人,说是你的朋友,这都因为什么?我正要打听,你进来好。"马德说:"我父亲要杀的人,是我的拜兄弟、冯家庄的冯元志,外号人称小丙灵。他跟孩儿是知己之交,今天来山看望,送了父亲两箱子茶叶。我父亲因听信飞云一面之词,硬说他是奸细,现在被我父亲拿住。前者孩儿曾对母亲提过,要把我二妹妹许他。这人品貌出众,文武全才,今天还得母亲允许这门亲事,方可以救他。"金氏说:"你把姓冯的请来我瞧瞧,如中我意,我就能救他。你父亲不答应,都有我呢!"马德听说,即转身来到水牢,把冯元志解开,带着来到里面。老太太在椅子上坐着,一看冯元志品貌俊秀,心中就爱。刚要说话,忽然由外面进来一人,大喊一声,将马德揪住。要知后事如何,且看下回分解。

第一七六回

赵友义献策请族兄　纪逢春打虎遇豪杰

话说马德把冯元志带至上房,尚未说话,忽从外面进来一人,把马德揪住。马德一看,是他的妹妹马金花。她在外面巡山,听说里头打了起来,要把冯元志乱刀分尸,杀这没过门的女婿。她一听就急了,要来跟老头子拼命。到了大厅,听说没杀他,哥哥带到后面去了。她很喜欢,来到后面就把马德揪住。马德吓了一跳,回头一看却是马金花。马德说:"老寨主叫你巡山,你来此何干?"马金花说:"我听见咱们老头子要把冯大兄弟杀了,他要杀死冯大兄弟,我就拿棍把他打死。哥哥,你给我说了婚姻没有?"马德说:"你先出去,这件事交给我,你也不怕羞,这没有对说对讲的,你又要惹老太太生气了,你去吧,我给你办。"马金花说:"我交给你啦!"转身提棍出去。

冯元志给金氏行完了礼。马德说:"兄弟,你跟老寨主因何变脸?"冯元志把上项之事说了一遍。马德说:"兄弟,你不要瞒我,你我是金兰之好,你真是特意来瞧我的,还是有什么要紧事呢?"冯元志说:"哥哥,我也不瞒你,实是有一个老前辈,名叫周玉祥,他认识几位差官,提说彭大人丢了马褂花翎,落在清水滩,昨日毛如虎被擒,叫我来打听飞云、清风和焦家二鬼在这里没有?我明人不做暗事,这是已往之事。兄长莫若劝老寨主趁早把马褂花翎送去,我托几位知己朋友完全其事,不知兄台尊意如何?"马德说:"不行!这件事我作不了主。我倒有一件事要与你商议。"冯元志说:"什么事?兄长请说,小弟洗耳恭听。"马德说:"兄弟你也没有成家,刚才我约你出来,是老太太要瞧瞧你,我跟老太太商议,要把我二妹妹嫁给你,咱们两家结为秦晋之好。我二妹妹玉花你也见过,她跟金花相差天地。"

冯元志因时常到清水滩来,内宅堂客他都见过,马玉花确实长得十分人材,水旱两路的武艺精通,足智多谋,文武全才。冯元志听马德一说,心中甚是愿意,说:"既是兄长吩咐,小弟敢不从命。"马德说:"好,既然如是,快过去给老太太磕头。"冯元志拜了岳母,说:"兄长救了我,一不做,二不休,你再把毛如虎也放了,他乃是我的朋友。"马德说:"就是吧!回头我就把你二人放出去。兄弟,你也不必管彭大人的事,他自有能人来把马褂花翎盗回。这座清水滩也不算什么,愚兄只得听天由命,自知不好,但子不能违父命,老寨主只听老三一面之词,宠信飞云、清风二人,闹出乱来,我也没法。兄弟,你暂且少待。"老太太叫使唤人倒过茶来,冯元志喝了两碗茶,马德又带他到了后面。

天有三鼓,马德在头前引路,把冯元志和毛如虎二人送至寨外,来到山坡之下,到了水师营,要了一只小船,船上有几个亲随,都是他的心腹。来到竹城下面,顺着梯子上去,城上有跳板,马德用白莲套索先把毛如虎系了下去,刚要拴冯元志,身后有人拍了马德一下说:"你好大胆,竟敢私自放人。"吓了马德一跳,回头一瞧,正是马金花因巡查竹城以外,来到此处。马德说:"你别嚷,我放的不是别人,乃是冯元志。"马金花说:"亲事你给我说停当了么?"马德说:"停当了,明天媒人就来。"马金花向冯元志说:"你可别忘了。"冯元志说:"就是吧!"马德便把冯元志放了下去。

冯元志同着毛如虎二人凫水出了清水滩,一直来到于家庄店中,见了石铸等人,把清水滩之事说了一遍。石铸说:"冯贤弟,你还得协力相帮。"冯元志说:"只要有用我之处,我万死不辞。"石铸说:"很好!毛二哥你也别走,一来你得给徒弟报仇,二则破了清水滩,你如愿意当差,我必竭力保举。"毛如虎说:"我倒不想当差,但总得给徒弟报了仇才能走,不然对不起他。"石铸说:"那好,咱们一同回公馆去吧。"

正在这番光景,只见正东尘沙滚滚,土雨翻飞。原来是早有人将探明清水滩的情节禀明了大人。大人着实震怒,本地面官府失查,竟有贼人聚党窝藏,盗去黄马褂、大花翎,还敢寄柬留刀。大人即派本地调三千马步军,叫徐胜、刘芳前往攻打清水滩,不许贼匪一人漏网。徐胜、刘芳点齐军马,带了一个月的粮草,大队路过于家庄,来至清水滩东岸择吉地安营。徐胜乃将门之后,操军布阵,行营打仗,样样精通。他按东西南北中扎了五座大寨,埋下鹿角,撒下铁蒺藜、绊马索,安了粮台,立下行营。

徐胜、刘芳升中军帐点名,外面进来回禀说:"现有碧眼金蝉石铸,带着胜官保、孔寿、赵勇、武杰、纪逢春、李环、李珮、周玉祥,还有三位义士冯元志、毛如虎、赵友义,前来参见大人。"徐胜、刘芳吩咐:"有请众位差官老爷。"不多时,石铸同众位英雄进了中军帐,彼此行礼,一旁看坐。徐胜就问道:"石大爷,你同周老英雄来探清水滩,那里有多少贼人?我二人奉大人之命,前来剿贼。"石铸说:"你二人这是白来,白白耗费国帑。头一宗,马队不能进去,又没有战船,这清水滩到竹城有十二里水路,进了竹城,还有贼人的水师营,过去才是山寨,清水滩方圆二百余里,来这些兵无用。"徐胜一听此言,就是一愣,说:"这些兵丁都不会水,又没船只,奈何!"毛如虎说:"我有两只小渔船。"徐胜说:"两只小船能带多少人?石大爷,你知道贼人有多少船?"石铸说:"里面有大约八百只船,声势很大,漏网的贼人均在此窝聚。"徐胜说:"众位有什么妙计,能破清水滩?"小火祖赵友义说:"重赏之下,必有勇夫,可以招募人,谁能献策破了清水滩,便在大人跟前保举他得做高官,看谁人能出条妙计?"石铸说:"倒有一个人,也有战船,如把他请来,破这清水滩就易如反掌。"徐胜说:"既有人,石大爷何不早说呢?"石铸说:"就是龙山马玉龙,他自潼关走后,大概也快回来了!"徐胜说:"石大爷你就辛苦一趟,到龙山把他连水兵请来,船只不足,可以在这里按官价采买民船。"石铸说:"事不宜迟,我就此告辞。"

　　石铸走后,徐胜说:"冯壮士、赵壮士,你二位是本地人,地理总熟,这清水滩的水通什么地方?可有旱路没有?"赵友义说:"我自幼投明师,练的火鸽子、火蛇、火枪、火箭,就为这座清水滩。我家中有十二个箱子,引火的物件都在里面,只要有能人破清水滩,我把这些东西拿出来,可以烧他的这座竹城。"徐胜说:"既有这能为,可以用得着。"赵友义说:"这座清水滩东南两面是水,往下通大河。西北是山,里面方圆有一百六十里。竹城里面有两座水师营,要破这清水滩,非得有会水的带兵,用几十只战船攻打竹城,才能破得了。"徐胜说:"要采买民船,能买多少?要是叫官船局派船,总得半年,大人西下查办,焉能等得了?"赵友义说:"我倒有个主意,现在二位英雄,手下有飞虎舟战船二十只,若能请了出来,破清水滩易如反掌。"赵友义说出两个人来,要请他们大破清水滩,捉拿马玉山。不知后事如何,且看下回分解。

第一七七回
小火祖谈古激婶母　赛专诸携友投军营

话说小火祖赵友义,在中军帐与徐胜提起此地有两位英雄,水旱两路精通,有二十只飞虎舟战船。徐胜说:"这二位英雄,姓什么? 叫什么? 家在何处? 既跟你有来往,何不请来同破清水滩。"赵友义说:"这二位就在清水滩。这河道西边有座小孤山,山上有个义侠庄,庄上有一位英雄,姓赵名叫文升,人称飞叉太保赛专诸,乃是我的族兄。此人最是孝母,手使一杆三股烈焰托天叉,能打十二支飞叉,以打猎为生。他还有一个拜弟,住家离义侠庄有一里之遥,地名叫段家岭,这人姓段名文龙,绰号人称小孟尝飞刀太保。他为人最好交友,娶妻于氏,乃是清水滩三眼鳖于通之妹,也是水龙神马玉山的干女儿。马玉山要请他二人入伙,他二人不肯,娶于氏的时候,陪送了二十只飞舟。大人拿出名片来,我同几位差官去请他二人弃暗投明,叫他二人来帮着破这清水滩。"徐胜说:"甚好,你同谁去呢?"胜官保说:"算着我。"武杰、纪逢春、孔寿、赵勇、李环、李珮几个人商议好了,说:"事不宜迟,明天早饭时候咱们就去。"赵友义说:"就是了。"摆上酒筵,大家喝酒吃饭。天色已晚,各归营房。徐胜派官兵巡查营门,严加防范,怕有贼人前来行刺。

次日早饭已毕,赵友义叫毛如虎摆过渔船来,把他们渡过清水滩,那渔船就在小孤山等着。众人离了大营,一直来到小孤山,大家下得船来,只见山连山,山套山,高低不等。赵友义说:"毛二哥! 你这船别动,我们都不会水。"毛如虎问:"你们今天回来不回来?"赵友义说:"我们今天不回来,明日正午准到。"毛如虎说:"你们众位请吧!"赵友义带着众人步山梁,蹿山顶,说:"众位看这一片景致,真是山清水秀,地僻林丰。想当年我同几个朋友在此闲游玩景,到如今却一个也不见了。"武杰说:"这个地方甚好,在那边树林下摆上一桌酒菜,可以吟诗作赋。"纪逢春说:"你别瞎说了,在这里吟诗作赋,来个狼把你吃了。"

大家说着,顺山坡往西北走去,突然对面起了一阵腥风。大家抬头一看，并没有什么云彩，正在纳闷，却见前面来了一只猛虎，黑纹黄毛皮，头大项短，两个大耳犹如蒲扇一般，后头尾巴一扫，风就随着起来，真是云从龙，风从虎。众英雄说："不得了，虎来了！快上树躲避。"纪逢春说："小蝎子，你看大猫来了！我去拿住它，抱过来大家瞧瞧。"武杰说："混账东西，你不要找死，这是老虎。"武杰上了树，胜官保也上了一棵柏树。其余这些人，也有藏在石后的，也有躲在洞边的，就只有纪逢春掏出锤来，在当路站着。这虎见前头有人挡住，它本来不饿不出来，出来就要找食吃，瞧见纪逢春，便把尾巴一绞，前爪一按，噗的一声，就蹿了过来。傻小子说："捅嘴。"这一锤就把虎牙打得活动起来了。胜官保掏出镖来，一镖又把虎眼打得鲜血直流。纪逢春一嚷，说："拿活的，我还要养活的呢！别打它的眼睛。"这虎眼睛受伤，蹿起来有一丈多高，向纪逢春扑来。傻小子由虎肚子底下蹿过去，照虎腿就是两锤，把虎腿打伤了一只。胜官保又是一镖，把虎眼打瞎。纪逢春一连十几锤，竟把猛虎打死。

　　这时，只见由对面来了一人，行走如飞，头戴黄老虎帽，身穿虎衣虎裙，面皮微紫，粗眉大眼，说话声音洪亮，说："谁把我的老虎打死了？"纪逢春说："爷爷把你的虎打死，你不愿意，连你打死。"那猎人一听，摆手中钢叉刺来，纪逢春用锤磕开。胜官保由树上跳下来，拉出龙头杆棒，要帮助纪逢春动手。赵友义赶紧跑过来说："别动手。"这二人往旁边一闪，赵友义说："兄长，小弟磕头行礼。"那位打虎的英雄，正是飞叉太保赛专诸赵文升。众人过来，赵友义都给一一引见，彼此行礼。只见西面又来了一位黑面的英雄，也是这样的打扮，手拿斩虎刀，正是飞刀太保小孟尝段文龙，带着几个家人，挑着猎获的野兽。赵文升说："段贤弟！我给你引见几位朋友。"大家彼此见过了礼，段文龙说："赵二哥由哪里来？这几位都是你绿林的朋友么？"赵文升说："走吧，有话咱们再说。"

　　二太保约请了这八位，叫家人抬着死虎，往西走有三里之遥，便来到了义侠庄。进村口过了十字街，往东一拐，到了路北大门，赵文升往里一让，众人进去，来到北上房的客厅，见屋中甚是雅致。众人落了座，家人献上茶来。赵文升问道："兄弟，你这一向可好？同来的这几位可是绿林朋友，到此做什么？"小火祖赵友义说："兄长！这几位都是钦差彭大人手下的办差官，小弟本来在冯家庄住着，现在冯元志已弃暗投明，小弟想身为绿林，终久算是怎么一回事呢？故也投在大人营中。只因清水滩的水寨厉害,官兵无战船不能攻打,小弟故在大人台前保举二位兄长,破了清水滩,见了彭中堂,准得高官,能骑骏马。"赵文升说:"兄弟此言差矣! 为人尽忠不能尽孝,尽孝难以尽忠。家中老母年迈,我上无三兄,下无四弟,虽然以打猎为生,却可以在家时时定省,尽为子之道。我若依你所说,出去当差,怎奈是老母在家,无人侍奉照应。"赵友义说:"兄弟此言差矣! 岂不知一子得志,九祖升天。你若出去领兵做官,上能光宗耀祖,下能庇荫儿孙,给老太太请来诰封,岂不是子耀孙荣?"赵文升说:"兄弟你说得甚好,不过此时无论什么功名富贵,都难动我铁石之心,非得在老太太百年之后,我才能出世求名。"赵友义苦苦相劝,赵文升只是执意不从。大家知道他是个孝子,赵友义也就不往下再劝了。赵文升吩咐摆酒,大家喝着酒时,赵友义忽然计上心来。不知他用何等妙计,且看下回分解。

第一七八回

段文龙杀妻助友　　水龙神兵困孤山

话说小火祖赵友义喝着酒,猛然想起一条妙计,要请赵文升出山。他喝了两杯酒,站起身来,就扑奔后面。此时老太太正在后面闲坐,刚吃完晚饭,有几个使唤人服侍着。老太太问前面什么人来了? 使唤人说:"赵二爷同着几位朋友,在客厅喝酒。"正说着话,赵友义进来给婶母请安。老太太问赵友义说:"你有一个月没来了,这些日子在做什么呢?"赵友义说:"现在我跟钦差彭大人效力当差。"老太太说:"好孩子倒有志气,总比在绿林胜过百倍,这是何等体面,从此有了出头之日,好极了,这也是祖上的阴德。"赵友义说:"我今天来此非为别故。既得了差事,我要提拔提拔我哥哥。我已在徐、刘二位大人台前保荐了兄长,帮助官兵去剿清水滩的贼人。今天同着几位办差官来请他,我哥哥说有老母在堂,尽孝不能尽忠,尽忠不能尽孝,忠孝不能两全。我想,万年难遇的巧机会,不可错过了。再说古来的英雄豪杰,有老母在堂,扶保真主的也甚多。东汉时有个姚期,侍母至孝,在禹王庙遇见刘秀天子,君臣龙虎风云会,姚母说:我儿得其主矣! 老太太叫姚期扶保刘秀走国,自己悬梁自缢。姚期三年孝改为三月,三月改为三日,三日改为三时,后来成其大事。西汉有个王母,他儿名叫大刀王陵,后来保了汉高祖,他母亲被楚王捉了去,要他在阵前招降王陵。王母给他儿子写了封书,叫他扶保汉室真主,至死不准降楚,后来王母落个千古美名。"

赵老太太听赵友义说了这一大篇,便说:"罢了! 你说的这些话,都是前朝贤母教子有方,老身焉能比古?"赵友义说:"小侄男今天特来请婶母吩咐一句话,我哥哥便一步登高,从此赵氏门中可以光宗耀祖,显耀门庭。"赵老太太说:"好! 既然如此,等你哥哥进来,我跟他商量,你哥哥生性太左,不过老身说的话,他倒言听计从,顺者为孝。就是你嫂嫂也很不错,前者有一位朋友,约你哥哥进京闲游,他说父母在不远游,因老身上了年岁,他不肯去。今天你等来请他出世求名,他也是挂念老身,不肯前去。

少时他进来,我劝劝他,总是去的为是,老身在家中倒也安心。"赵友义说:"婶母,这样办,你老人家落个美名,千古流芳!"

说完话,赵友义仍到前面来,同大家一起吃了晚饭。饭后,赵文升进里面看视老娘可否安歇,老太太便说:"老娘听见你兄弟赵友义说,他保了彭大人,同着几位差官来请你跟段文龙一同前去。我想这倒是个好机会,你在家打一辈子猎,算是怎么一回事呢?你兄弟叫我劝你归彭大人,我想这倒是个正路,你的意思打算怎么着呢?"赵文升说:"母亲,孩儿并非不愿光宗耀祖,无奈老母在堂,孩儿就是得了一官半职,你老人家这样大的年岁,孩儿焉敢远离。"老太太说:"不然,功名富贵,人人敬重。自你父亲去世后,老身隐居在此,你虽然学了一身武艺,却不甚通达文理,终究哪得出头?既有彭大人的差官请你,学成文武艺,货与帝王家,为何不落个忠孝双全?老身命你前去为是。"赵文升是一个孝子,听了母亲的吩咐,就说:"孩儿谨遵母命,明天就收拾行装起身。老娘千万保养身体,家中有什么事,要快给孩儿报信。"老太太说:"是了?"

赵文升起身出来,对段文龙说:"段贤弟,你的意下如何?"段文龙说:"兄长愿意打猎,小弟跟着打猎,兄长愿意保彭大人,小弟也跟随保彭大人,任凭兄长吩咐。"段文龙跟赵文升是师兄弟,又是结义兄弟,他二人食同桌,夜同眠,乃生死之交。赵友义一听,说:"段兄弟既愿意随大哥前往,可有一件事,得带着二十只飞虎舟。你这二十只船有多少人?"段文龙说:"这船不是我的,是你嫂子陪送的,每条船上有十名水手,十只船一百人,有一个头目,共有二百人。他们是清水滩的喽兵,虽在我这里当差,钱粮还在清水滩领。每只船上大约可容五六十人打仗,一只船可带一架炮。这件事我得跟你嫂子商量,就是她愿意,还怕喽兵不愿意呢。要破清水滩还得赶紧的破。我听说三眼鳌于通请了一位能人,按着元朝末年陈友谅的办法,能造架二十尊大炮的炮船,转着弯向四面巧打。如今水龙神马玉山,要造一百只这样的炮船,预备官兵剿他时好打仗,现在尚未动工。"赵友义说:"请你二位带着船去,还有一位马玉龙,是大人新收的差官,手下有水战的喽兵,只要他一到,定日期就破清水滩。"段文龙说:"好!今天就住在这里,明天你们几位同到我家。这二十只船,暂时我不敢应允,明天商议成了更好,不成你们几位也别恼。"赵友义说:"就是。"大家喝了几杯茶,天已起更了,有家人服侍,搬出铺盖,众人就在客厅安歇。

　　次日早晨起来，大家净面吃茶。段文龙说："你们众位同赵大哥到我家去。"赵友义说："也好。"大家一同出了赵宅，走了二里之遥，眼前一道青山峻岭，这个地方就叫段家岭。进了东村口不远，路北大门口有四棵槐树，大八字影壁，拴着二三十匹骡马。段文龙家中是大财主，来到门首，众家人迎接进去，大家来到客厅。段文龙说："众位请坐。"吩咐家人倒茶，预备酒宴。

　　他转身进去，来到内宅，见了妻子于氏小霞，说："夫人我今天有一件事跟你商议。"于氏说："丈夫有话请说。"段文龙："赵文升有个族弟，也上咱们家来过，叫赵友义，现在跟彭大人当差，奉旨西下查办，来到潼关，被清水滩盗去黄马褂、大花翎。昨天他同着几位差官，约请我跟赵大哥同破清水滩，从此弃暗投明，将来保举我二人做官。这清水滩非由水路不能攻打，须用这二十只飞虎舟，我来跟娘子商议。"于氏说："丈夫此言差矣！我大哥在清水滩身为水军都督，水龙神马玉山是我的义父，这二十只船是我义父陪送我的，你如何能够带着这二十只船去攻打清水滩？别的产业是你段家的，我都不管，这二十只船不能叫你动。"段文龙说："我已经应许朋友了，说你哥哥跟马玉山不是正道，无故窝聚贼匪，不服王法，在清水滩助纣为恶，上不合天理，下不顺人心。彭大人乃是清官，他却无故听信贼人的话，偷盗大人的黄马褂、大花翎。我先用良言相劝，他如依从，将马褂花翎交出来，把贼人献出来，我保他无事，清水滩也不能破，岂不两全其美，你要想想。"于氏一听，把眉头一皱，说："你要帮着彭大人攻打清水滩，我就自刎，或者上吊。"段文龙说："你这贱婢真无知，我好言相劝，你倒不知自爱。"于氏倚着娘家清水滩的势，说："我就这样无知，偏要不知自爱。"说着话，就吩咐备船，要上清水滩，站起来就往外走。段文龙赶过去说："你上哪里去？"一脚踢了于小霞一个筋斗。于氏往段文龙怀中一扑，说："你把我杀了，好不好！"段文龙说："你叫我杀你，我就杀你。"由架上摘下一把单刀，手起刀落，将于氏杀死了。这时只听得外面一阵大乱，段文龙惹出了一场大祸。要知后事如何，且看下回分解。

第一七九回

众水手拐船逃走　清水滩大战群贼

话说段文龙将他妻子于氏杀死，只听外面一阵大乱，不多时有家人进来回禀说："二百水兵知道把他们的姑奶奶杀死，他们驾着那二十只船，大概是给清水滩送信去了，庄主爷可要早做准备。"段文龙一听这二十只船逃走，就急了，如今没有战船，还是不能去攻打，便来到前面同赵文升和大众述说。

赵文升说："兄弟，你太粗鲁了，一个妇人家有什么见识，你何必把她杀了？你这一杀不要紧，水手跑了去给清水滩送信，你得罪了一片仇人。"段文龙说："我既将贱婢杀死，兄长你就起身投奔大营，设法购买民船去攻打清水滩。"赵文升说："既然如是，你先派家人把弟妇的尸身殡殓起来。"段文龙立刻派人买了一口棺材，把于小霞殡殓起来，把家中安置好了，来到前面款待众位差官。吃了晚饭，段文龙带上斩虎刀和十二口飞刀，赵文升带上三股钢叉和十二支飞叉。这二人的飞刀、飞叉，并非掐诀念咒，妖言惑众，都是武艺上练的功夫，七八十步之内，打人百发百中。二人收拾停当，同着小神童胜官保，小火祖赵友义及众位差官，出了段家岭。

来到小孤山，众人下了山坡，毛如虎正在那里等着。赵友义说："二位兄长，我给你们引见一位朋友，这位姓毛名叫如虎，人称分水兽。"彼此行礼，众人上了船，毛如虎说："了不得了！刚才由那边绕过二十只船去清水滩送信，我久在这河上使船，认得好像是段家岭的船。"段文龙说："不错。"就把上项之事说了一遍。小火祖赵友义说："咱们急速开船，不要在此久待，恐清水滩知道了，我等插翅难飞。"

众人即刻开船，刚往前走了不远，只听得清水滩竹城之内号锣齐鸣，竹门大开，由里面出来二十只船，旌旗招展。原来是段家岭的二十只飞虎舟，来到清水滩送信，说："飞刀太保段文龙保了钦差彭大人，他把姑奶奶也杀了！"清水滩的贼人说："既然如是，你们的船就归清水滩吧。"那飞虎舟的水手头目，姓白名叫尽忠的说："我等不归清水滩。"带着二十只船径自去了。看守竹城水寨的喽兵，报知三眼鳌于通。于通立刻通报王宠，马德，调二十只兵船，点齐一千名水鬼喽兵，要上段家岭找飞刀太保段文龙，给他妹妹报仇。刚出了竹门，就见由小孤山那边来了一只小船，有四个水手，毛如虎掌舵，船上八九个人，内中就有段文龙。于通吩咐将小船拦住，不准放我的仇人过去。这二十只小船一字排开，于通在船上用钩连枪一指说："段文龙，你这忘恩负义的匹夫，你将我妹妹杀死，我跟你仇深似海。今天你还想逃奔，我特意前来报仇雪恨！"

　　段文龙知道会有一场恶战，无奈自己又不会水。赵友义一想说："了不得了！这船上就是毛如虎一个人会水，还有四个水手。我等都是旱路的英雄，在旱路动手，即便不能得手，也可以跑。这三面朝水，一面朝天，倘若败了，无路可逃。"段文龙说："众位不必害怕，既是于通来找我报仇，我前去挡他。"段文龙站在船头，把斩虎刀一顺说："于通，你们都是乱臣贼子，人人得而诛之。你妹妹不懂三从四德，被我所杀。你倚仗清水滩，要来跟太爷比并高底，那就快来吧！"于通的船头一动，将两只船并在了一处。于通用三截钩镰枪，照段文龙分心就刺。段文龙用刀磕了出去，劈头就剁。贼人用钩连枪往上一架，段文龙拔刀照贼人分心就扎，于通再用枪一崩，两个人走了有七八个照面。段文龙将飞刀掏出，其形似柳叶，两边有刃，一抖手就剁在贼人左肩头之上。于通往船后一跳，将飞刀起下来扔在河内，掏出一包铁圣散搽上，立即便止痛收口。

　　于通刚要吩咐众水手动手，只见竹城内又出来十只船，是镇江龙马德、闹海金甲王宠带着五百喽兵来到近前，分双龙出水之势，就把众差官的一只小船围在当中。马德见于通受了飞刀之伤，他把三股叉一托，站在船头说："请段文龙、赵文升答话。"段文龙、赵文升二人站到了船头。马德说："前者你二位也到清水滩来过，都是知己之交。你等今天反归了彭大人，要想一走，比登天还难。"赵文升哈哈一笑，说："马德，你别不知世务，今天你倚仗着人多势大，带领战船阻挡我等去路，你我分个强存弱死。"说罢，照马德就是一叉，马德也用叉相迎，二人在船上一往一来，不分胜败。闹海金甲王宠心想："看少寨主赢不了赵文升，二人难分上下，待我帮助少寨主结果了他的性命。"想罢，跳在船头，摆手中钩镰枪，过来帮助马德。段文龙也摆刀蹿过来大嚷："小辈休要倚仗人多。"说着话，抢刀就剁，敌住王宠。

　　于通在旁边见段文龙、赵文升二人武艺出众,他又不知道谁会水谁不会水? 瞧那船上老少不等,有七八位英雄,知道都是彭大人手下的差官,就忙叫他的心腹人奔往清水滩给老寨主送信。于通把战船列在四面,把众差官的船围在中心,想拿住段文龙,给他妹妹报仇。他把兵摆开,一瞧王宠、马德不是赵文升二人的对手,便吩咐喽兵鸣金,将大寨主和都督撤回来。船上的锣一响,马德、王宠各将兵刃一顺说:"且慢动手,我回队看看,再来捉你等这些小辈。"

　　马德回到队中,问于通说:"贤弟因何鸣金,莫非你有私心?"于通说:"我看兄长同王宠赢不过他二人,甚是着急。我有一计,可以将他等全都结果了性命。"马德说:"有甚妙计? 你何不早说?"于通说:"这也不晚,咱们调齐弓箭手,万弩齐发,他们必往船内躲藏,再派人把他们的船钻一个窟窿,往水内一沉,那时你我下水,他们一个也跑不了,俱可拿住。"马德说:"好,事不宜迟,立刻就传号令。"梆子一响! 这些喽兵不敢说有百步穿杨之能,却也是个个久练纯熟,一听号令,立刻拉弓搭箭,乱箭齐发。赵文升、段文龙和众差官各拿兵刃拨挡箭枝。

　　这时,那边有数人手执锤子凿子,跳在水内,在船底下打了几锤。纪逢春说:"呦,漏了!"水手说:"老爷们,船上别说这些话!"纪逢春说:"你还忌话呢!"后头武杰也嚷了起来:"唔呀了不得了! 水进了船啦!"毛如虎说:"这可了不得,船上就我和水手会水,你们众位都不会水。"众人说:"上不靠天,下不靠地,只得被获遭擒了。"纪逢春就嚷救人! 赵友义说:"你别嚷! 活着一同做人,死了一同做鬼。"说着话,船一摆,已进了半舱水,看看要沉。

　　正在这时,由东南上来了一只大飞舟,上有一杆红旗,是蜈蚣走边,穗坠铜脚铃,船上有十六个水手,五六十名水兵,个个都戴的分水鱼皮帽,穿洞绸连脚裤。船头站定一人,也是水衣水靠,绿眼珠、蛤蟆嘴。来者并非别人,正是碧眼金蝉石铸,带着水兵要大闹清水滩。要知后事如何,且看下回分解。

第一八〇回

镇江龙率众劫差官　碧眼蝉冲围救众友

话说那赵文升、段文龙同众差官的船只,被马德的兵船困住,四边一放冷箭,派下去的水鬼就来钻船底,连破了几个窟窿,水直往里流。纪逢春说:"了不得啦! 咱们要死! 这可是一点主意也没有!"武杰说:"纪逢春你不必喊嚷,凡事总有定数。"正在着急之际,只见石铸坐着一只兵船来了。那船上插着一杆大旗,有五六十名飞虎兵,各穿水衣水靠。石铸站在船头,大喊道:"众位不必害怕,今有碧眼金蝉来救你们。"赵友义一看,连忙蹿过去,众人都往那船上一跳。及至跳过去,他们自己坐的那只船就沉了。

马德见外面进来一只船,救了赵文升等,便问:"来者是哪里的兵船?"石铸哈哈大笑说:"你是镇江龙马德,咱俩见过一仗。太爷姓石名铸,绰号人称碧眼金蝉,当年盗过桃花玉马,我调兵刚回来,要破清水滩。"

书中交代,石铸为何回来的甚快呢? 只因马玉龙在大人跟前告假,回龙山散众,他在吴家堡破了瘟瘟锤,救了众人,次日即告辞起身。沿路饥餐渴饮,晓行夜宿,这日来到龙山。胡元豹给马玉龙行礼,说:"兄长,你这一改邪归正,日后可以做官,这里你就不管了么?"马玉龙说:"不然,等我得了一官半职,自然给你兄弟写信。"说完话,一鸣锣,把八百名水兵调齐,也有执枪的,也有执刀的。马玉龙说:"众位贤弟跟我这几年,我待你等也没甚好处。我此时改邪归正,跟钦差彭大人去当差,你等有亲的投亲,有友的投友,没亲没友的就在这里跟胡元豹把守龙山!"大家说:"我等实无处投奔,要有一线之路,还不能来当喽兵呢! 我等愿意跟胡寨主守山。"马玉龙说:"也好。现在彭大人正在用人之际,我打算挑二百名精壮之人,咱们自带口粮,去保彭大人。"他把八百人的花名册一点,整挑了二百人,都是二十以外的年岁。马玉龙说:"你等各带一身水衣,一身号衣,带足半年的粮草。"众兵丁便各去收拾行装。

　　马玉龙在山上住了两天,临走时又把胡元豹叫过来,说:"我去后,你要少喝酒。我手下这六百人要时常巡查,不准在外滋事。"胡元豹一一答应。马玉龙叫兵丁穿上便衣,一同下山,走出有两站多路,正遇见石铸。二人一见,彼此行礼。马玉龙下马来就问:"石大哥,你上哪里去? 大人可好?"石铸说:"大人现在潼关。清水滩的贼人,因听信飞云、清风一面之词,盗去黄马褂、大花翎,寄柬留刀。我去探过一回,那里有竹城水寨。"

　　这日到了潼关,把关的人问:"什么人,要有过关的牌票路引,放你过去。"马玉龙说:"众位辛苦。在下姓马名玉龙,跟随彭钦差大人当差。所带这些人,是我的兵丁。"这把关的人不听,在头前挡住,马玉龙真急了,一敲诸葛鼓,众老虎兵往前一拥,就将把关人撞倒了十几个。马玉龙骑马,连兵丁进了关来。大人公馆对过有座三元客店,马玉龙叫兵丁暂且住下,自己便进了大人公馆。大人一见他和石铸回来,甚为喜悦,赏了他二人一桌酒席。

　　马玉龙谢了大人,来到三元店,同石铸喝酒。马玉龙就问清水滩的情形,石铸说:"我去过一次。"便将大概的情况述说一遍,马玉龙直气的拍手打掌。酒饭已毕,大众安歇。

　　次日,马玉龙吃了早饭,在大人跟前告辞,带着二百名兵丁,径奔清水滩。走了四五里,只见兵队站住了。马玉龙问是什么事? 众兵往两旁一闪,有一人来给马玉龙行礼。马玉龙一看却不认识,便说:"你是谁?"那人说:"寨主爷真是贵人多忘事,小人姓白叫尽忠。"马玉龙这才想起来,他原先曾在自己手下当喽兵头目,因喝酒滋事,打了他二十棍,赶出来了。马玉龙说:"你此时在哪里?"白尽忠说:"由龙山出来,有我表兄荐举在清水滩当头目。后来于家姑娘嫁给段家岭段文龙为妻,以二十只飞虎船为陪嫁,小人就升了管船的头目。"马玉龙说:"好,你既是管船的头目,为何来到此处?"白尽忠说:"现在段文龙把他妻子杀了,我不愿跟清水滩,来奔寨主爷,船就在小江口停泊,我想在进潼关之前,先来见寨主爷。"马玉龙说:"好! 现在我正需用船,上面水手可齐?"白尽忠说:"齐!"马玉龙说:"我现在跟彭大人当差,要做了官,你们也可以得到一官半职。"

　　白尽忠引路来到小江口,马玉龙同石铸上了船,按花名册把人点齐,又把自己带的二百名兵丁,也写在册子上。石铸说:"马贤弟,了不得啦,你听清水滩鸣锣响鼓调队,想跟官兵对仗,我坐一只船探探去吧!"马玉龙说:"好,要有什么事,急速给我送信,我好接应。"石铸说:"我要不回来,你就赶紧去。"

石铸坐了一只飞虎舟下来,由船缝中挤进去,到里面一看,纪逢春等人的船,眼看就要沉没。石铸一招手,众人跳过船来。马德见那些水手中有认识的,原来是段家岭的船,不禁一愣。他知道石铸水旱精通,现又来了,心中甚是纳闷。石铸说:"你不要倚仗人多,依我之见,还是趁早放我等过去。"话未说完,于通吩咐放箭。这船上的水兵都有藤牌,用藤牌一挡,箭就碰回去了。于通一瞧,这才吩咐水鬼下水去毁他的船底。这些水鬼下去,十个人一排,有一个人领道,那九个在水内都不能睁眼,不过能换几口水。号令一下,下去了五排,直奔船底。头前有一个小水鬼引路,刚奔到船底,见黑糊糊一片,不知是什么,及至身临切近,刚要凿船,过来了一人,也不说话,照着水鬼就是一枪。一张嘴就死一个,一连扎死七个。原来是分水兽在水里保护这只船。这些水手见不能前进,一个个赶紧凫水逃走回来。镇江龙马德看见这些水鬼,一冒死一个,就知道不好,说:"咱们跟他来个以多为胜,休放他等逃走。"

正说着,忽听大寨之中锣声震地。工夫不大,竹门大开,马玉山带着大斧将赛咬金樊成、赤发灵官马道青、赛瘟神戴成、小鹞子周治、癞头鼋吴元豹、小孔雀吴通、飞云、清风和焦家二鬼、青毛狮子吴太山、双麒麟吴铎、并獬豸武峰、金眼骆驼唐治古、火眼狻猊杨治明等一干人众,乘坐战船出了竹城,直奔众差官而来。石铸的船被围在中间,他一看贼人越来越多,只听见马玉山吩咐:"众孩儿们,今天务必将所来的人,连赵文升、段文龙一并拿住开膛摘心,倒点人油蜡烛!"说罢,群贼各摆兵刃,往上一围。未知后事如何,且着下回分解。

第一八一回

马玉龙调兵下龙山　水龙神赌赛众英雄

　　话说水龙神马玉山率领绿林群贼，一百只飞虎舟，摆出双龙出水式，一字排开。他在大九龙舟上一坐，有人给他拿着跨海双铜。在他身后站着的是闹海龙、独角龙、混江龙、探江龙，各抱着兵刃，身穿水师衣靠，左首是飞云、清风，同着吴家堡众贼，右首是头英山大斧将等一党。碧眼金蝉石铸打算闯出重围，一看来了无数战船，就知道走不了，说："毛二哥，你还是下水保船要紧。"毛如虎跳下水去，护住船底。石铸带上截爪镰，撑船往上闯去，就听那旁有人大声喊嚷，说："杀不尽的群贼，还敢前来送死。可认得癞头鼋吴二太爷！"石铸见他单坐一只船，站在船上发威，众人知道他的瘟瘟锤厉害，全都不敢过去。忽听那边水声大震，来了十余只飞虎战船，船头之上正是忠义侠马玉龙。他知道这清水滩开了仗，怕石铸有失，急带船前来助阵，来至切近，分开战船，闯进重围。

　　石铸一见帮手来了，这才放心。纪逢春说："小蝎子，你瞧我干爷来了。"武杰说："混账东西，你怎认的？"纪逢春说："我是他大叔，我们两头大。"马玉龙说："众位差官，不要害怕，这秃子使的那叫瘟瘟锤，他媳妇把解药给我了。"纪逢春一听，说："秃子，你媳妇把解药给了我们，怪不得你叫癞头鼋。"马玉龙把药瓶掏出来，给每人闻一鼻子。纪逢春说："我揍这个秃子。"说着就跳了过去，大嚷道："秃子！你那天蒙了我，今天可要揍你了。你还充朋友，你媳妇跟我们都好，把解药都给我们了！"癞头鼋说："你是何人？"纪逢春说："你不认得我，你站定了，别吓得一溜筋斗。我住狼山纪家寨，有个神手大将纪有德，那是我的爷，我是纪逢春，小名叫三庆，都告诉你了，我还是千总老爷。秃子，你伸过脖子来，我一锤把你脑袋打碎了，你愿意不愿意？"癞头鼋并不答言，把锤照纪逢春就打。纪逢春一闪身，就把锤法施展开来，连说："捅嘴，扫腿，掏心，贯耳，捅屁股，打麻筋，划拉腰眼，砸屁股蛋！"这一路锤，把吴元豹闹的首尾难顾，自己往回就败了。一转身，被武杰一镖打倒。纪逢春按住就捆，捺在这边船上。

　　小孔雀吴通见兄弟被捉，拉出朴刀大嚷："雷公崽子休要逞强，趁早把我兄弟搁下。"一摆刀，要奔纪逢春。武杰一声喊嚷，说："混账王八羔子，休要逞强，待我拿你。"二人在船头各摆刀动手。飞叉太保赵文升一摆叉，过去帮助武杰，有三五个照面，伸手取出飞叉，照定了吴通一飞叉，只听得哗啦啦一声响，有诗为证：

　　　　画木狼筋杆，飞叉七寸长。

　　　　左手托叉杆，右边把手扬。

　　　　飞叉打出去，敌人必着伤。

一叉将吴通打倒，武杰把他捆上。小鹞子周治一瞧拜弟被人拿去，气往上冲，一摆钩镰刀，大叫："小辈，休得两个打一个。"抢刀照赵文升就砍。赵文升用叉一崩，二人走了八九个照面。石铸一瞧周治这身衣裳，头戴分水鱼皮帽，身穿通口兽面鱼鳞甲，甚是喜爱，就想过去将他拿住，得他这身衣裳。随即跳过船来，帮着赵文升动手，几个照面，把周治赐了个筋斗，过去把他捆上，将那身水衣给剥了下来。

　　水龙神一瞧，三个人俱皆被擒，便吩咐五百水鬼下水去砍他的船底。这些水鬼由船后跳下水去，各有头目带领。石铸一见不好，急忙抄起钩镰枪，跳在水内。马玉龙的诸葛鼓一响，又下去一百水兵，各摆兵刃，扑奔五百水鬼。马玉龙在船上一瞧，水花一翻，水一红，一个死尸翻了上来。工夫不大，这水鬼已死了有七八十个，带伤的也不少。水龙神马玉山一瞧不好，就知道这些人来的厉害，吩咐鸣金，把水队撤回。手下锣声一响，水内喽兵逃上船来。

　　水龙神的船往前一进，问对面之人以何人为首？马玉龙说："你问我为首之人何干？"马玉山说："我要会会此人！"马玉龙说："你既要问，我虽非为首之人，这兵却是我带来的。你就是清水滩为首之贼么？我姓马，名玉龙，人称忠义侠，在钦差彭大人手下当差。"马玉山说："好！你们上段家岭约请段文龙，我倒不恼，大不该将我义女杀死，你们如把段文龙送过来，我放你们过去。"马玉龙说："你要赢得了我这口宝剑，我回复彭大人，永不拿你，你若赢不了，你们休想逃生。"马玉山刚要过来，后面独角龙马铠说："爹爹且慢，有事弟子服其劳，割鸡焉用牛刀，待孩儿前去拿他。"一摆手中鬼头刀，扑奔马玉龙，迎头就剁。马玉龙见刀临近，呛啷一声，将刀削为两段，马铠只吓得拨头就跑。马显拉刀过来，也是如此，一连四个贼人俱皆败回。

水龙神马玉山一摆跨虎双铜,刚要去时,就听那边王宠说:"老寨主且慢,咱们有三千多兵,他只来三四百人,何不放箭将他们射死。"马玉山一听王宠之言甚妙,这才传令擂鼓,吩咐弓弩手万弩齐发,把他们全皆射死。王宠一响梆子,众喽兵都是每人六支梅竹箭,四力弓,一齐放箭。马玉龙的诸葛鼓一响,众飞虎兵个个把藤牌一擎,堆起一座山来,这箭到藤牌上,就碰了回去。这一阵箭射出,众喽兵的箭都没了。马玉龙再一响诸葛鼓,众飞虎兵把藤牌撤去;又一响诸葛鼓,众飞虎兵把装有自来簧的竹炮安插好了;三次诸葛鼓一响,一阵连环炮,将水龙神的大队打伤无数,众贼人个个胆战心惊。

水龙神说:"我有话讲。"马玉龙就问:"你要说什么话?"马玉山说:"你我两家为仇,所为黄马褂、大花翎,这东西是我遣人盗来,你若应我一件事,今天我放你走。"马玉龙说:"有什么事? 可允则允。"水龙神马玉山说:"我久闻你是英雄,黄马褂是我盗来,你能到清水滩把黄马褂、大花翎盗回去,我将飞云、清风和焦家二鬼捆上交给你,我情愿到公馆请罪。"马玉龙说:"好! 三天之内,我盗不出黄马褂、大花翎来,我把脑袋输给你。"水龙神马玉山说:"大丈夫决无更改,你拿住我们的三个人还得放回来。"马玉龙说:"可以。"吩咐手下人将吴通、周治、吴元豹三人放开。又说:"由今日起,三天之内,若盗不回黄马褂、大花翎,我把脑袋输给你,挂在清水滩。"马玉山说:"既然如此,吩咐水手把船撑开,放他们过去。"

马玉龙这才带着石铸等人的船只,径奔东岸,扎下水师营,会同徐、刘二位大人,商议盗黄马褂、大花翎。

这且不表。单说水龙神马玉山率领众贼,回归清水滩,派于通、王宠紧守竹门,派马德巡查前后山寨竹城。他带着群贼下船进了山寨,回到分赃厅。天色已晚,摆上酒筵,大家喝酒。飞云说:"这件事老寨主做得太粗,官军营中能人甚多,真要有人来清水滩把黄马褂、大花翎盗去,老寨主你当如何?"马玉山说:"你只管放心,咱们这竹城水寨,真是铁壁铜墙,就是插翅也难进来。"飞云说:"能人背后有能人,现在黄马褂放在何处?"马玉山说:"在我内宅严密的所在。"飞云说:"依我之见,点火一烧,剪草除根,即便有能人进来,也须是白来。"马玉山说:"我焉能做这事? 我既跟他打赌,倒要看看他的能为。"飞云说:"你把这东西拿出来,我们瞧瞧也放心，还许那天已被人盗去了，今天他才故意这么允你。"

　　正说着话，马德从外面进来。马玉山说："今天我派你查前后山水旱两路，可要多多留神。方才飞云一说，提醒了我，那天有奸细进来，由水牢把人救走，又跑了碧眼金蝉石铸，你到后面把马褂花翎取来我看看。"马德说："我到后面拿去。"转身出了大厅，扑奔后面，到他妹妹马玉花屋中说："妹妹，你开开箱子，把黄马褂、大花翎拿出来。"马玉花问："做什么?"马德说："老寨主说这两天拿奸细，今天在外面跟大清营差官打赌，怕有能人前来盗去，今天给大家瞧瞧好放心。"马玉花把箱子开开，将马褂花翎拿出来，马德瞧了一瞧，拿往前面。此时天有初鼓，大厅内灯烛辉煌。马玉山接过包袱，打开给众人一瞧，仍然包好，叫马德送到后面收好，又对大家说："今夜咱们都不睡觉，回头分四路巡查，天亮再睡。"大众说："甚好。"马德仍然到外面巡山，众贼分四路巡查，直到天光大亮，并不见奸细进山。群贼回到大厅，彼此询问，这才准备安歇睡觉。忽然外面有人进来禀报说："现有官军营的马玉龙来说：昨日已将黄马褂、大花翎盗去，现在竹城外请寨主爷出去答话。"要知后事如何，且看下回分解。

第一八二回

破竹城豪杰入虎穴　盗龙衣侠义出龙潭

话说水龙神马玉山正与众贼在大厅之上谈话，见天色大亮，从外面进来了把守竹城之兵，说："外面有马玉龙坐着一只小船来说，黄马褂大花翎已然盗去，现在竹城外请老寨主答话。"水龙神一听就是一愣，说："这件事情其中有诈，待我亲自去那里观看。"便带着那些绿林之人，出了分赃厅，来到山坡之下，叫过几只船来，众人上船径奔竹城。飞云说："老寨主不可听他一面之词，我想那黄马褂、大花翎，他们未必盗去了，不能这样容易。"

说着话，众人同上竹城，一看外面：马玉龙站在船头，穿着麒麟宝铠，怀抱宝剑。后面有纪逢春、武国兴、孔寿、赵勇、石铸、胜官保等人跟随，纪逢春手中托定一个黄包袱，里面正是黄马褂、大花翎。马玉山同群贼站在竹城跳板之上，看得真真切切。

书中交代：马玉龙自打小孤山带着众人回归大营之后，在水师营把徐胜、刘芳请来。众人见面彼此施礼，徐胜这才问道："马老爷，今天带着水兵与贼人交战，胜负如何？"马玉龙说："我由龙山回来，走在途中，有我原先手下一个叫白尽忠的兵，敬我二十只飞虎船，听见小孤山那边众差官被困，我这才救回。"赵文升、段文龙见过徐胜、刘芳二位。徐胜说："二位壮士只要设法出力，我见了大人，必要保举你二人做官。"说着话，摆上酒筵，众人按次序落座，大家吃酒。

马玉龙说："今天我与敌人交战，连胜数阵。水龙神马玉山与我打赌说：黄马褂、大花翎是他遣人盗去，三天之内，若我到水寨将马褂花翎盗回，他把在案之贼捆上，送到公馆，并亲自到公馆领罪。我说三天后盗不出来，我把人头输给他。"徐胜说："这件事马贤弟做得太粗，若论能为，贤弟可是出乎其类，水旱两路的武艺出众。但头一条，对清水滩地理不熟，二则外头周围的竹城，天生地设，如同铁壁铜墙，又不比旱岸能跳上去。"马玉龙说："凡事自有天定，不由人算，虽然竹城甚险，我到那里就许有个机会,把我引进去。"徐胜说:"这也是尽人力而听天命。"众人吃完了晚饭,徐胜、刘芳告辞,马玉龙送出了水师营门,众差官各归自己帐篷。

马玉龙自己闷对孤灯,定了定神,想道:"大丈夫生在天地之间,必要烈烈轰轰做一场事业,才不辜负此生。今天我等夜静之时,换上衣服,径奔竹城,要仔细探探,我得设法把竹城破了才好!"想罢,把衣服换好,背上宝剑,慢慢出了中军帐,只见月朗星稀,水直往东南而流,月光照着浪头,如同万道金蛇。马玉龙来到竹门,见紧紧关闭,便沉身入水,水中刀轮直转,看看不能进去,又凫水往东,但见竹色发青,青枝绿叶,直冲霄汉。马玉龙想道:"我这宝剑能削铜铁,剁纯钢,难道这竹子就剁不动么?我拿宝剑将竹子削断,可以钻了进去。"想罢,用宝剑在上面一砍,下面一砍,砍出有二尺多长,二尺多宽的一个窟窿,上头有枝叶架着,也倒不下来。

他进去一看,里头这一片水有数里之遥,从水寨竹门两旁望去,是两座水师营,过了水师营,才是山根。马玉龙来至山下,望上一瞧,山头寨门上挂有号灯。马玉龙顺着山坡来到寨门,拧身跳上墙去一看,里面房屋不少,东边是存米粮之仓廒①,西边是军装库。马玉龙蹿进里面一瞧,有灯火之光,来至切近,见是九间大厅,东西配房各十间。

马玉龙此时在东配房一扒,见院中有四个气死风灯,纱灯不少,照得明如白昼。大厅正当中是马玉山,身背后是他四子,左首是飞云、清风、二鬼、吴通等,右首是头英山来的群贼。马玉龙想道:"清水滩山寨房子有数百间,这两件东西,他必放在严密之处,我要找也费事,必须设法拿住他贴近之人,才能问出来。"

自己正在思想,就听见马玉花叫丫环小兰。丫环说:"二姑娘叫我做什么呀?"马玉花说:"天有什么时候了?"丫环说:"方才交二更二点。"马玉花说:"你同苏妈到老太太房里,给我要两样点心去,方才吃不下去,此时有点饿了。"丫头答应,点上灯笼,到东厢房又叫出一个仆妇。

这二人走后,马玉花在床上喝茶。旁边有一个小丫头,名叫小玉,有十三四岁,在一旁伺候。马玉花喝了两杯茶,觉得肚腹疼痛,说:"小玉,你点上灯笼,跟我上茅厕中去。"丫环把灯笼点上,马玉花跟着出了上房,

---

① 仓廒(áo)——仓库。

去上茅厕。

忠义侠马玉龙一看，喜出望外，想道："这可是天从人愿，现在屋中没人，我去将马褂花翎盗了出来，成我一世之名，来早不如来巧了！"就由房上跳下去，来到屋中，先把灯吹灭了。这是绿林中的规矩，逢林而入，遇灯而吹。他由百宝袋中取出十三太保的钥匙，把箱子开开，一晃火镰子，便照见里面有黄缎子包袱一个。马玉龙打开一看，正是黄马褂、大花翎，心中喜不自胜，将包袱拿起，转身往外就走。只见门口躲着一个人，说："哈哈！你好大胆子，敢身入龙潭虎穴，来盗黄马褂、大花翎，今天你往哪里逃走？"马玉龙一听此言伸手拉宝剑，这是真急了！身入龙潭虎穴，只要有人一嚷，鸣锣聚众，即便有霸王之勇，也杀不出去。

他一拉宝剑正要砍，就见这人一晃，蹿了出去。马玉龙紧紧跟着，蹿出来一瞧，这人却没有了。马玉龙说："好怪呀！"赶紧蹿上房去，随后一追，就见前面一条黑影，电转星飞，直蹿出三道寨门以外。马玉龙心内想道："这必是本地之贼，上水师去调兵，我要将他拿住，斩草除根！"一边追着，一边说："前头小辈慢走，你是何人？"任凭你嗓子叫干，前头这人并不答话。马玉龙甚是着急，说："你再不答话，我要骂了。"前头那人说："别骂。"这才止住了脚步儿不走。马玉龙赶上前来，睁眼一看，方才放心，向石铸说道："几乎急煞我也！原来还是兄长。"要知后事如何，且看下回分解。

第一八三回

马玉花坠城几乎死　赵友义献计破竹城

话说马玉龙临近一看，见不是外人，正是碧眼金蝉石铸。原来大众在水师营吃完了酒，石铸直替马玉龙发愁。他知道那竹城水寨，就是会水也很难进得去，然而他却把马玉龙的宝剑忘了。他心中说："我暗中看马玉龙怎样进这竹城水寨，莫非他还有异样能为么？"马玉龙出了中军帐，下了水，石铸就在后头跟着。见到马玉龙用宝剑去破竹，自己这才明白，真是一处不到一处迷，实在是比我多了一手。他仍在暗中跟着，见马玉龙果然身体灵便，直到看到他把这黄马褂、大花翎盗出来。石铸故意吓他，引他走下山来，听他要骂，这才站住，说："贤弟别骂，是我。"

马玉龙见是石铸，就说："石大哥，你真吓着我了！"石铸说："兄弟真是英雄，愚兄佩服！"二人这才下水，出了竹城水寨，石铸仍把那竹子照样插好，叫人看不出进来的道路。二人回到水师营，天才四鼓。马玉龙也不睡了，心满意足，真是人逢喜事精神爽。

候至天光大亮，营中一放调队炮，众人都起来了。马玉龙说："石大哥你跟我上去。"又问："还有谁去？"纪逢春说："我去。"武杰、孔寿、赵勇、胜官保一同坐了一只船，也没带兵。后面毛如虎、周玉祥、小丙灵冯元志、小火祖赵友义、段文龙、赵文升坐了一只船，怕他们打起来，好打接应。马玉龙这只船到了竹城下，一叫竹门，把守竹门的是王宠、于通。喽兵问："来此何干？"马玉龙说："我们来找水龙神马玉山，我已将黄马褂、大花翎盗得手中，快把飞云、清风、焦家二鬼和吴家堡的群贼送了出来，万事皆休，如若不然，杀进竹城，鸡犬不留。"那守竹城之人一听这番言语，吓的战战兢兢，都说大清营中有出类拔萃之人，咱们这里如此严密，人家来去随意自便，不费吹灰之力。

兵丁转身跑进去一回，马玉山和众贼俱都一愣。众人跟水龙神一同到了竹城之上，果然见纪逢春托着马褂花翎。飞云一看，说："老寨主呀！别上他们的当，官军营中别的大人，也有黄马褂、大花翎，他先拿到这里，叫你老人家一看,好把我等捉住交给他。"这水龙神一听此言有理,立刻派马德到山寨去取黄马褂、大花翎,别叫他弄假的来哄我,凭这竹城水寨,进来哪能这么容易?马德下了竹城,坐着小船来到山根,要了一匹快马,跑上山去。来到宅内,马玉花刚梳了头,同丫头在院中看花。马德说:"妹妹可了不得,快开箱子看看,马褂花翎丢了没丢?"马玉花来到屋中一看,箱子没锁,说:"莫非昨天哥哥你拿进来,我没锁上?"这才打开箱子一看,里头包袱中的黄马褂、大花翎踪迹不见,马玉花就愣了!说:"我屋里外人进不来,莫非他会算?"马德说:"你跟我去见老爷子吧,他的脾气我惹不了!"马玉花说:"我跟你去。"兄妹二人转身往外走,他母亲正到这院里来看女儿,一听此事甚不放心,要跟着女儿到外面去看看是怎样办法。

母子三人出了大寨,坐船来到竹城,顺梯子上去。马德回说:"父亲!妹子屋中的黄马褂、大花翎已被人盗去。"马玉花说:"天伦在上,昨夜孩儿睡沉,并不知人盗去。"马玉山一闻此言,半晌无语。那飞云僧一看马玉龙,又一看马玉花,贼人的贼心太多,就说:"这个事一人搁的,十个人儿也找不着。老寨主你看,马玉龙人品俊秀,莫非他有内应,哪能这么容易盗去了,老寨主还不明白吗?"马玉山本就有气,听了此话,心想有理,哪能这样巧?没有内应,如何这么容易呢?正想说话,纪逢春就嚷:"马玉山,你女儿把黄马褂给了我们老爷了,昨天在山寨睡了一夜,刚才回来。"马玉龙说:"你别胡说,我马玉龙乃当世英雄,岂肯做此苟且之事?"马玉山一听,气得哇呀呀怪叫,说:"好丫头!我马玉山一世英名,被你败尽,我要你死。"马玉花说:"亲娘,你白生养我一场,我不能尽孝了!我也不知是谁作弄,惹人家议论。"说罢,往前紧走几步,他母亲要拉没拉住,由竹城一扑,跳了下来,总有二丈多高。毛如虎一瞧,知道她是冯元志之妻,赶紧跳下水去,救上船来。她母亲放声大哭,马德把他母亲劝走了。

马玉龙说:"水龙神马玉山,你我昨天打赌,我如将马褂花翎盗来,你就把贼人献出,可是这样?"马玉山恼羞成怒说:"这马褂不是你盗的,总有内应。"飞云在一旁说:"老寨主说的是。"马玉山说:"凭你的能为,你也不行,这是我本山人给你的,我不能把飞云他们交你,你有能为就来攻打清水滩。"马玉龙哈哈大笑说:"马玉山你不是英雄,你既然失信,三天之内我必要破你这清水滩。"

说完话,带着众人回到大营之内,先派人把徐、刘二位请至水师营,大家共同商议。徐胜说："马贤弟既把黄马褂、大花翎盗来，该当如何？"马玉龙说："贼人说要破了清水滩他才服。"徐胜说："这竹城水寨甚不易破，我所调来的潼关兵，都不习水战。"马玉龙说："贼人倚仗竹城水寨坚固，他不惧有多少官兵。我们须先把竹城破了，无奈我就是一口宝剑！"徐胜说："传令下去，合营的兵丁，谁能设法破开竹城，赏黄金千两，如要做官，当时保举守备。"

正说着话，小火祖赵友义过来说："众位大人，我来到这里还寸功未立，我家中有十二箱火器，是火鸽子、火蛇、火枪、火箭，攻城时就叫三军放火箭，虽然竹子湿，多加硫磺也能烧着。"徐胜、马玉龙一听，甚为喜悦，说："赵壮士既有家藏之物，叫人快快取来。"赵友义带了二十名兵丁回家去取火器，径奔于家庄正西的麒麟山。赵友义到了家中，把所藏的二十只箱子，叫兵丁搭着，回到大营来见徐胜、马玉龙。他把火器箱子打开，众人看过。徐胜吩咐说："赵壮士，你带五十名兵丁，两只战船去烧竹城，明天早晨听传号令。"小火祖赵友义连声应诺。大众安排已妥，各归账房歇息。

次日，营炮一响，众将齐集。中军帐内，徐胜坐在当中，两旁是刘芳，马玉龙，众官排班落座。徐胜说："马贤弟调派攻打前敌，我同刘大人接应。"马玉龙这才传令，叫石铸、毛如虎带五百官兵，五只战船，攻打前敌；叫小丙灵冯元志，小火祖赵友义、赵文升、段文龙、周玉祥带五百官兵，五只战船，焚烧竹城；他自带龙山水军，孔寿、赵勇、李环、李珮、武杰、纪逢春、胜官保，五只战船，作为中队接应；徐胜带五百官兵，五只战船，作为后队接应；刘芳护守本营。

吩咐已毕，外面营门兵丁进来禀报说："门外来了两个人，就是河南嵩阴县仇桑店的花枪太保刘得勇、花刀太保刘得猛，二人奉钦差大人谕，禀见众位老爷。"众人一听说："有请。"石铸赶紧迎了出来。

书中交代："刘得勇、刘得猛自仇桑店捉拿二鬼之后，自己把家中安置好了，来追钦差，要保护大人西下查办。将来可以得一官职。"二人由仇桑店起身，一直追到潼关。打听钦差大人现在潼关未走，二人便到公馆来找石铸。听差人说："石爷不在公馆，同徐、刘二位带兵到清水滩剿贼去了。"二人说："烦你们回禀一声，见见大人。"大人一见，说："你二人既来，先去清水滩帮助众人剿贼，我必要保举你们。"二人来到大营，一回禀，便请他二人进去，一同开船来打清水滩。不知后事如何，且看下回分解。

第一八四回

小火祖火器烧竹城　水龙神水寨战官兵

话说石铸将二刘让进大营，众人引见已毕，他俩说："奉钦差大人谕，前来帮打清水滩。"石铸说："好！刚派了我的前敌，你二人就跟我去打前敌吧！"刘得勇、刘得猛同石铸、毛如虎点了五百兵丁，五只战船，三声号炮，开船直奔清水滩竹城之下。石铸吩咐官兵，在船头喊嚷："竹城之内听了，赶紧去报知马玉山，叫他急速出来。我们是彭大人派来的前敌，若不出来，攻破竹城，杀你们一个鸡犬不留。"把守竹城的于通、王宠带有七八百名喽兵，并不答言，一阵乱箭齐发，众兵丁摆刀刃拨挡箭枝。

后头赵友义带着五百官兵赶到，见石铸攻城，贼人坚守着并不出战。这才打开箱子，叫众兵齐放火箭。只见射在人身上，衣服就着；射在脸上，头发胡子乱烧；火鸽子一放，如同火球飞上竹城，烧的贼兵乱窜，焦头烂额，有的跳水淹死，有的被火烧死。王宠、于通一瞧不好，展眼之间，竹城上一片火起，他二人撑不住了，赶紧顺梯子下去，一面点兵，一面往里面送信。

马德把队调齐，吩咐开城与官兵开仗，速报老寨主率领群雄，决一死战。王宠将竹门大开，头队兵船就是他带了五百水鬼喽兵，一百钩连刀手，出了竹门一字排开。花枪太保刘得勇一见贼人两队船往前逼过，用枪一指，问："来者何人？通上名来。"王宠说了名姓，问："你是何人，敢来清水滩送死？"刘得勇说："我奉彭大人谕，调兵剿灭你这伙贼寇。"船头一并，刘得勇拧枪就刺，王宠摆钩连刀急架相迎，二人动手。于通带兵出来，与刘得猛交锋。马德兵船出来，毛如虎敌住，正是棋逢对手，不分胜负。

只听清水滩内连珠炮一响，水龙神马玉山带领合山喽兵，一百二十只战船，出了竹门，大家会合在一处，一直扑奔官兵大队而来。水龙神马玉山坐在当中，两旁是他四子，马金花手擎铁棍，耀武扬威。

此时头英山同八个贼人，那青毛狮子吴太山老奸巨猾，一看见竹城火起，已被官兵围住，势派不小，他叫过吴铎、武锋，说："你我自紫金山逃走后,到头英山存身,不想被金眼雕一阵赶走,又来到这清水滩,现在马玉龙水旱精通,谅清水滩难保,依我之见,走为上策,不如闯出重围,以免束手被擒。"樊成说:"言之有理,你我投奔何处?"吴太山说:"奔庆阳府连环寨可以存身,那里有我的好友。"这几个人说:"甚好! 你我闯出重围,保护自己,不必管清水滩之事。"吴太山领着,八个人剩两只船,一直扑奔西南岸。这里离竹城有十五里,地名叫鱼腹浦。八个人下了船,告诉水手说:"你们回去,我们奉寨主之命,有要紧的机密事。"水手答应,这八个贼人径自投奔庆阳府去了。

这两只船刚要往回走,内有一个管飞虎舟的水手头目,叫阮雄的说:"众位慢走,咱们大家回清水滩,我看今天凶多吉少。这吴太山等人分明是要逃走,依我之见,你我众人也走吧! 船上现在有米粮,咱们投奔两淮地面的落马湖,去找猴儿大王李佩,你我可以安身。"众水手一齐称好,说:"既然如此,何不就此前去投奔!"说着话,拨转船头径自去了。

这且不提。单说竹城外开仗,王宠、于通俱已败了。马玉山过去与石铸、毛如虎、刘得勇、刘得猛杀在一处。吴家堡的吴元豹瞧见马玉龙率三队已经赶到,所有这些办差官他都不怕,就怕马玉龙。今天见马玉龙一来,他刚要逃走,迎面有一只战船挡住,大嚷:"小辈别走,我特地前来拿你。"吴元豹一瞧是纪逢春,摆锤就打,纪逢春摆锤相迎。正交着手,武杰抖手一镖,打在吴元豹的哽嗓咽喉,栽倒船头。纪逢春过去,一锤打了个脑浆迸流。吴通一瞧他兄弟死了,气往上冲,拉刀要代他兄弟报仇。正要过去,小鹞子周治说:"你看王宠、于通败了,头英山那几位也跑了,你我别在这里白填,三十六着,走为上着。"吴通说:"咱们上哪里去?"周治说:"愿意回凤凰山也可,不回凤凰山,你我径奔庆阳府前去访友。"吴通说:"也好,我兄弟死了,我也不能给他报仇,官兵势派甚大,你我赶快走吧!"立刻跳下水去,凫水逃走。刚走了不远,遇到王宠、于通,问道:"你二位哪里去?"周治说:"我看大事不好,走为上策。"王宠也说有理,四个人凫水奔清水滩上岸,于通到家收拾行李,逃命去了。

水龙神马玉山一瞧,人越杀越少,闹海龙马显已被毛如虎拿住,又见石铸把马德拿住。水龙神马玉山真急了,一摆手中跨虎双锏,扑奔石铸。纪逢春、武杰、孔寿、赵勇、李珮、李环,围住混江龙马海、探江龙马江。

马玉龙拖着宝剑,掠阵观敌。马金花一眼瞧见马玉龙比冯元志长得尤为俊美，自己颇有爱慕之心，一摆铁棍，闪在马玉龙背后。马玉龙一看，来了个丑姑娘，用宝剑一指说："你是什么人？还不退去。"马金花说："我是清水滩大寨主之女，我此来不是同你动手，要同你商量一件事。"说着话，伸手就要来拉。马玉龙气往上冲说："好贱婢！男女授受不亲，你这贱婢真是无耻。"马金花一瞧说："呦！你这小白脸，我好心好意待你，你怎么这样大脾气？我拉你上船，同你商量，我今年二十二岁了，大约也还长得不丑，我二人郎才女貌，倒也不错。"马玉龙一听此言，拉出宝剑，照丑丫头就是一剑。马金花闪身用棍相迎，两个照面，被马玉龙一剑结果了性命，将死尸踢在河内。

再说石铸不是水龙神马玉山的对手。看看要败。马玉龙说："石大哥闪开，待我捉这匹夫。"马玉山一看儿子被捉，竹城烧了，贼党跑了不少，他是真急了，便要一死相拼。他摆铜过来，十数个照面，被马玉龙将他的跨虎铜一剑削断。马玉山往圈外要跑，被石铸一腿赐倒，按住捆上，搁在官兵船上。

独角龙马铠同飞云、清风和焦家二鬼同在一只船上，一看事情不好，被捉的被捉，逃走的逃走，清水滩已是冰消瓦解，就剩马江、马海在动手，也看着要败，莫如三十六着，走为上着，回头马玉龙带官兵一围，想走也难了。马铠想罢，吩咐水手开船，扑奔西北卧龙湖，似离弦之箭而去。石铸见飞云等逃走，说："追他。"跳上一只船，同胜官保、武杰、纪逢春、孔寿、赵勇六个人带六个水手，如流星赶月般追了下去。这里众人又把马江、马海围住。

石铸等六人赶出十里之遥，眼前有个湖口，有一条水由那里流出来，便将船迎着波浪走。水手说："众位老爷！这船是不能再走了，过了这湖口，那边就是卧龙湖的地界了。"说着话，石铸见那边来了一只船，把飞云等接了进去。石铸站在船头，大叫道："里面的人听真了，他们乃是贼寇，我们是办差的官员，如要将他们放走，我回头去调了官兵来拿你，不然就把我们接进去。"果然出来一只船，六个人刚跳上船去，胜官保说："不好！"话未说完，这只船往下一翻，把六个人翻在水内，都有性命之忧。要知后事如何，且看下回分解。

第一八五回
卧龙湖差官中计　清水滩一律清平

　　话说石铸六人上了这船，一进湖口，船一翻就把六个人掀下水去。石铸艺高人胆大，只说不要紧，焉想一下去就由不得自己了。往上要钻，只听当啷哗啦一响，下面就有拦江网的钩子，把衣服连肉钩住，不动尚好，若要一动，疼痛难挨。石铸也不敢动，有人拉上网去，把六个人俱皆捆上。

　　石铸睁眼一瞧，这湖内越往西，水越宽；南首一座大山头，东首也是山头，是穿山的一道湖口；北边是山坡，靠北岸有五百只战船。眼前站立二人，带着五百个水鬼喽兵，上首这人有二十五六岁，身高七尺，头大项小，头戴分水鱼皮帽，面皮微紫，两道粗眉，一双阔目，高颧骨，四字口，怀抱纯钢蛾嵋刺；下首这人也是这样打扮，怀抱着一对钩镰刀。

　　书中交代：这卧龙湖的山上有一位寨主，姓余名化龙，人称闹海蛟，原是庆阳府连环寨的二寨主，只因兄弟不和，自己一怒出了连环寨，带着家眷，占了这卧龙湖兴隆寨。他自己的结发妻子已故，只有一个女儿，跟他练的一身好功夫，人称白蝴蝶余金凤。余化龙今在此山，又收了两个义子，系原先占山的大王，也姓余，一个叫铜头龟余强，一个叫铁背龟余猛。山上有七八百喽兵。他与水龙神马玉山都是结义兄弟。

　　今天马铠带飞云等前来投奔，到了湖口，一打呼哨，这是绿林中的暗令。余强、余猛把守湖口，便放出船来，将他们接了进去。余强问马铠从哪里来？马铠说："被仇人追了下来！这几位不是外人。"便给余强引见了，说："兄长设法把那追来的人拿住才好，我到里面给伯父请安去。"余强即派手卜人带他们进山。

　　余化龙此时正在大厅，看众兵丁操练刀枪拳脚。飞云、清风一看：这位老寨主年在花甲以外，身高七尺，面如紫玉，二道英雄眉，一双虎目，鼻如悬胆，四字方海口，一部花白髯，飘洒胸前，身穿青洋绉长衫，足下白底快靴，两旁有五六个童子。马铠过去见礼，余化龙问："贤侄从何处来？"马铠放声大哭，说："伯父须救小侄男，现时我等已上天无路，入地无门。

只因我父亲得罪了彭大人,派官兵来将清水滩瓦解冰消,使我一家骨肉分离。我被官兵追赶,逃奔而来,伯父要不管,我只得束手被擒了。"余化龙说:"你父亲性情偏执,本有些任意妄为,终于惹出家败人亡之祸。不要怕,若有人追来,我给你报仇。"吩咐喽兵,将他们带到后面逍遥阁上歇息吃酒。飞云等也都上前见过。

八个喽兵带着他们来到后面逍遥阁。不多时,摆开桌椅,将酒肴端上来。众人落座,马铠说:"我空为大丈夫,可叹家败人亡,上不能顾父母,下不能顾妻子,我随你们同做了避罪之囚。"飞云说:"兄弟不要发愁,英雄报仇,十年不晚。"众人正吃酒,忽听外面一阵大乱,飞云便叫喽兵前去探问。

原来,余化龙叫喽兵把马铠刚带至后面,就有喽兵进来禀报说:"少寨主拿住了六个人。"余化龙吩咐手下人押了进来。不多时,两人搭一人,搭到分赃聚义厅前。两班喽兵站立,余化龙问道:"你六人姓什么?叫什么名字?"石铸说:"老贼要问大爷姓名么?大爷姓石名铸,绰号人称碧眼金蝉,当年盗过九点桃花玉马,改邪归正之后,跟随钦差彭大人奉旨西下查办,差遣委用。你们这伙贼人好大胆量,竟敢把贼人放走,将差官老爷捆上。要知事务,快将差官老爷放开,不然我们后队一到,把你们全都拿住。"余化龙哈哈大笑:"你家寨主服软不服硬,你们如苦苦哀求,我也许把你们放开,要说这话,就不成了。来呀!将他六人搭入空房去,少时我将他们开膛摘心。"喽兵一听,将六个人搭在后面那空屋之中。这时,前面又一阵大乱,余化龙叫便人前去探问。

原来是余强、余猛正守湖口,见由清水滩来了一只船,上面立定一个人,头戴包耳护顶麒麟盔,身穿麒麟铠,抱着宝剑。来者正是马玉龙,他在清水滩与贼人开仗,又将马江、马海拿住,共拿住父子四个,剑斩了马金花。所有那些喽兵,杀死的不少,淹死的不少,也有凫水逃走的,生捉一百多人,归降二百多名。马玉龙进了竹城,得了战船五百余只,就见山寨火起。原来是马玉山之妻金氏,知道他父子被擒,想着也不能活了,点起一把火烧了山寨,一家投火而死。马玉龙大获全胜,一查点自己的人数,却不见石铸、胜官保、武杰、纪逢春、孔寿、赵勇六人。乱军之际,也没见他几人往哪里去。内中有兵丁看见的说:"马老爷,那几位是追马铠、和尚、老道五个贼人,往西北追下去了。"马玉龙问:"往西通到何处?"喽兵说:"往西十数里是卧龙湖兴隆寨,有一位寨主,叫闹海蛟余化龙,他与这清水滩有来往。卧龙湖湖口有一只船往里接人,一打呼哨就会出来,那水的浪头往外流,外面船进不去,非要他的船放出来,上了他的船,他有绳子拉进去。"马玉龙说:"我要赶快追去,恐他六个人受害。"

　　徐大人押着马家父子,带了大队回归大营。马玉龙便坐着一只飞虎舟,带了十二个水手,来到这湖口。一捏嘴,呼哨一响,余强、余猛瞧见,果然放出船来。马玉龙叫自己的船在此等候,水手答应。马玉龙上了卧龙湖的船。余强、余猛一想:活该又拿住一个,只要一上船来,必定被擒。马玉龙一上船就留神,恐贼人起不良之心。不想船底下有四五个水鬼,将船一翻,就把马玉龙掀下水去。余强、余猛叫人拉网。马玉龙掉进网内,只觉得有钩子挂住麒麟铠,便用宝剑一挥,将此网削了几个窟窿,一挺身,就钻出来说:"好小辈!你胆敢用这样诡计。"摆宝剑直扑余强。余强用蛾嵋刺分心就刺,马玉龙用宝剑一磕,将蛾嵋刺削为两段。余强说声"不好!"刚要跑,马玉龙一剑已到,幸亏余强手眼快,一闪身,只被马玉龙将左肩头削下一条肉来。余猛一瞧哥哥带伤,摆钩镰刀要给哥哥报仇,照马玉龙分心就刺。马玉龙一闪身,用宝剑往下一削,又将钩镰刀削为两段。一反手,宝剑直奔脖项,余猛虽及时藏头缩项,却将发辫削去。两个人拨头就跑,吓得众水鬼喽兵,一个个齐声呐喊!马玉龙快要追到山口,见余强顺山坡往山寨逃去。他仍在后面追赶,刚到寨门,听见里面锣声大震,就知道群贼聚众。马玉龙手执宝剑,闯进龙潭虎穴,要与余化龙大战一场。不知后事如何,且看下回分解。

第一八六回

余金凤智斗忠义侠　马玉龙招亲卧龙湖

话说马玉龙举宝剑闯进大寨一瞧，余化龙已聚了有三四百喽兵。一见马玉龙进来，余化龙将双钩怀中一抱，便问："来者你是何人？"玉龙说："我乃龙山马玉龙是也，你们这一伙山贼，竟敢将彭大人的办差官拿住！"余化龙说："不差，是我把你们的办差官拿住。你若赢得了我这对虎头钩，我将他们放出来，你若赢不了我这虎头钩，连你也休想逃走。"说着话，两人就在大厅前各摆兵刃，动起手来。马玉龙的宝剑上下翻飞，打算要把虎头钩削断，余化龙手中甚快，不能伤着，两个人各施所能，战有两刻之久。

正在难解难分之际，忽听人说："姑娘来了。"马玉龙偷眼一看，只见后面来了一个姑娘，长得花容月貌，头上蓝帕罩头，身穿银红色汗衫，葱绿绉绸中衣，足下窄窄金莲，红缎花鞋，腰系雪青汗巾，手拿宝剑，长得朱唇皓齿，玉面桃腮，真有倾国倾城之貌。她是闹海蛟余化龙之女，名叫余金凤，文武全才，水旱两路精通。今天听说前厅有人正与父亲动手，自己甚不放心，拿着双剑赶奔前来，叫父亲走开，要来拿他。马玉龙心想："我是男子汉大丈夫，她是一个女流，就是胜了她也不体面。"赶快往旁边一闪说："那一个女子快快闪开，我乃堂堂英雄，烈烈豪杰，岂肯跟你这三绺梳头，两截穿衣的女子交手？"余金凤一听，气的蛾眉直皱，杏眼圆睁，拿宝剑照定马玉龙就砍，马玉龙将宝剑急架相迎。闹海蛟余化龙在北台阶一站，观看一男一女交手。这姑娘的一双宝剑，好似双龙搅海，马玉龙的一口单宝剑，犹如怪蟒钻窝。马玉龙想用宝剑将姑娘的双剑削断，便可以赢她，无奈这姑娘的宝剑封避躲闪真快。正在不分胜败之际，忽见余金凤往旁边一闪，马玉龙一进步，那姑娘一抖手，使出红莲套索法，将马玉龙套上，其形仿佛盘香，上面有铁钩钩住，余金凤用力一揪，竟把马玉龙揪倒，众人过来就要拿绳子捆他。余化龙说："别拿绳子捆，这个人的功夫不俗，他必会卸骨法，到后面拿匹绸子来把他缠上。"马玉龙一听，这一招真损,自己闭目不语,心想:"一生未曾遇过敌手,今天来到这兴隆寨,竟被人拿住,把一世英名化为流水。"众人把他捆好,搁在大厅前东配房中。

余化龙叫他女儿回后面去,这才来到大厅,把余强、余猛叫上来,上了些止痛的刀疮药,说:"你两个跟那姓马的动手,他身上必有硬功夫吧!"余强说:"一照面我二人就败了,大概他身上必有硬功夫。"余化龙说:"他使的这口剑,名为湛卢,乃春秋时欧冶子①所造,能削铜铁、剁纯钢,水斩蛟龙,陆断犀象,杀人不见血。他身上那硬功夫,拿他的宝剑可以杀他。"余强说:"爹爹何不就将他杀死,斩草除根,倘要放他逃走,后来萌芽复生,是卧龙湖心腹之患。"余化龙说:"我有我的心腹事,非你所知,你到西院把那姓石的放开,就说我请他。"

余强、余猛来到西配院空房之内,把石铸身上的绳扣解开,说:"朋友!你可别走,我们老寨主请你有话说。"石铸说:"我岂是那样的人物,要将众人都放开,我还许走。"余强带着他来到大厅,余化龙降阶相迎,让石铸上座,叫手下倒过茶来。石铸说:"老寨主,我乃阶下囚犯,既被你拿住不杀,为何又以客礼相待,不知所因何故?"余化龙说:"我有一事相求,望足下分心。方才我拿住一个马玉龙,乃龙山公道大王,人称忠义侠。我久仰此人大名,乃当世英雄,我虽把他拿住,并无加害之心。我意欲把女儿配给他,结一门骨肉至亲,烦劳足下为媒。如成全此事,我帮你将飞云、青风和二鬼拿住,如今马铠也在我这里,他既入了我这卧龙湖,不亚进了龙潭虎穴,就是肋生两翅,谅他也飞不出去。只要马玉龙一答应,我立即将他五人拿住。"石铸说:"既是老寨主这番厚意,就算成了。我去我去,我这个兄弟,我能做得他十分主。"

余化龙叫喽兵带石铸到配房一瞧,只见马玉龙被人家拿绸子缠在身上。石铸说:"马贤弟!今天你这是初次受困。"马玉龙一见石铸,只臊得满脸通红,说:"石大哥!小弟活不得了,一死而已。"石铸说:"兄弟,我为你的事而来,方才如何被她擒住?"马玉龙将动手之事说了一遍。石铸说:"不要紧,你这筋斗没栽到外人手里。刚才老寨主请我为媒,他只此一女,要与你结亲。你如应允了,他还帮同把飞云、清风和二鬼拿住;你若不依从,我们大家都不能活。"马玉龙说:"这事并非我不愿意,无奈自幼

———————————

①　欧冶子——春秋战国时期的越国人,我国古代铸剑的鼻祖。

已定下关氏,尚未过门,你能跟他明说吗?"石铸说:"这件事总要说明的。"

　　说到这里,石铸出了配房,来大厅见了余化龙。石铸说:"刚才所说这件事,马贤弟倒没有不愿意的,无奈他父母已给他定下了关家之女,如今尚未过门。"余化龙说:"那倒不要紧,过门之时以姊妹相称,还有什么事要说吗?"石铸说:"这就好办了。我可以去跟他商议。"石铸又返回来说。马玉龙说:"既是他这样从权,我也未必不可,凡事自有天定,不能由人。"石铸这才又回到厅房,将话说明。

　　余化龙赶忙带人过来,把马玉龙解开,搀扶起来。马玉龙拜了老泰山,余化龙便跟他要定礼。马玉龙说:"我出来追贼,身边未带什么物件,择日再送定礼吧。"余化龙说:"好。"便叫余强、余猛赶快去西院把那五位放了出来。余强去了不多时,将武杰、纪逢春、孔寿、赵勇、胜官保五人带至大厅,将众人兵刃交还。引见已毕,彼此见礼,余化龙便吩咐摆酒。喽兵答应,来到厨房说:"快备酒筵,今天寨主爷大喜的日子,必然有赏。"厨子立刻预备酒席。

　　少时,喽兵将桌椅排开,酒菜上齐。马玉龙、石铸上座,东首是孔寿、赵勇、纪逢春、武杰、胜官胜五人,西首是余化龙相陪吃酒。石铸问:"老寨主跟水龙神马玉山是怎么认识的?"余化龙说:"马玉山之妻金氏,是连环寨四十八寨总寨主金清之胞妹,我与金清是总角之交,故此马玉山时常到连环寨来。我们是口盟的结义兄弟,平常我就知道他的脾气偏颇,只知有己,不知有人。我时常良言相劝,他并不听信。后来他在清水滩的所做所为,甚是可恶,我已跟他断绝往来。他屡次派人请我,我都未去清水滩。今天那马铠同飞云逃到我这里,苦苦哀求我救他。我知道飞云在京都盗过手串,是奉旨严拿的要犯,焦家二鬼是逃军,清风道人是行刺的人,这都情同叛逆,我焉能保护他们? 我只可将他等拿获,交与大人,这也是他自作孽,不可活。"石铸说:"事不宜迟,且等等吃酒,我们先把这几个贼人拿住再吃酒吧!"余化龙说:"他们现在后面花园内,好似笼中之鸟,釜内之鱼。"说着话,众人各抄兵刃,要去捉拿飞云等众贼。要知后事如何,且看下回分解。

第一八七回

飞云暗探机密事　玉龙私访遇贼人

话说余化龙带着众人，意欲捉拿飞云等，众人会合在一处，一齐扑奔后面，来到逍遥阁之下。余化龙说："你们分四面扎住，一齐上去，把他们惊走了，反为不美。"马玉龙说："我上楼，你们都在楼下，分为四面。"众人说好，马玉龙同余化龙上楼来，只见桌椅酒席还排着，贼人却一个不见了。余化龙不禁一愣，不知道这几人哪里去了？马玉龙也看得真真切切，现在人都没了。

书中交代：这五个贼人中，就是飞云诡计多端，为人精明强干。他虽然在逍遥阁上吃酒，听到外面一阵大乱，就说："你们众位喝着，我到前面去哨探哨探。"来到前面一瞧，见已把石铸等六个人捆上了，心中甚是喜悦，回到后面向马铠说："这位老寨主真待你不薄，他已将追你我的几个人拿住了。"马铠说："那是自然，我们是老世交，要靠不住，我也不来投奔这里了！"飞云说："虽已拿住这六个人，他可没杀，捆上搁在了西院。若真有交情，他既捉住了，就该把你我请过去，看着一杀，那才是真的。只怕还有变，我们不可大意。"清风说："这话有理，画龙画虎难画骨，知人知面不知心！"

正说着，又听前面一阵大乱，飞云出来一看，是马玉龙进了山寨。他暗中看着余化龙跟马玉龙动手，正不分胜负，又见余金凤出来。飞云把脖子一伸，两眼一眯缝，心中说："真是深巷卖好酒，兴隆寨竟有这样美貌的佳人，今天我飞云要不走，晚上去找她追欢取乐，凭我的小模样也算过得去。"这飞云本是采花淫贼，见了姑娘媳妇，他就要想。今天一见余金凤长得花容月貌，真是十分人才，及至飞云见到余金凤把马玉龙拿住，只吓得他一吐舌头："这个手艺，我可不敢了！我要去采花，惹翻了她，也这样揍我，不用打草稿。"他瞧着把马玉龙捆上，余化龙在讲宝剑时，他听的甚是入味。后来听说请石铸去提亲，飞云就冷了半截，说："我和尚再没有这样的便宜事了，我们想法赶快逃走，别等死了。"回去向马铠一说缘由，问马铠有什么主意？马铠说："有主意，我们奔庆阳府找我娘舅去，他是连环寨四十八寨的总寨主，叫金钱水豹金清，二寨主叫滋毛水虎金亮，两人统辖四十八寨，俱归他调遣。咱们去到他处，约请水旱两路英雄去劫杀彭大人，可以给你我报仇，事不宜迟，赶紧走，如喽兵问起，你我须如此如此。"众贼人点头答应，跳出后墙，到了河边。喽兵问说："你们几位上哪里去？"马铠说："我们奉寨主爷谕，有机密大事，快放船过来。"喽兵将船靠岸，他等便扑奔西南去了。

及至余化龙带着众人来到逍遥阁，一看贼人已踪迹不见。余化龙说："了不得了，我失神了！谅他走得不远，赶快追！"众人跳出后墙，顺山坡来到前面河岸，见隐隐三里之远，有一只小船，料是飞云等人。余化龙就问："谁叫你们把他等渡走？"喽兵头目过来禀道："他几位说，是老寨主叫他们去办机密大事，我们都知道他等跟老寨主有交情，却也不敢违犯，由一个小头目和四个水手，送他们上青松岭，这时已追不上了！"马玉龙说："总是贼人命不该绝，自有定数。"余化龙说："你我大家回去吧。"

众人回到大寨，来到分赃厅，重新落座吃酒。余化龙问道："众位都保举什么官了？"石铸说："我从嵩阴县跟大人当差，立了几件功劳，大人赦了我的军罪。前番大人奏折入京，也将马贤弟赦罪，收回本旗。我二人都得了六品军功，现在有官无职，听大人差遣委用。"余化龙说："我将来办一件大事，总要天下扬名，立下功给我姑老爷，能官居一品，那就遂心愿了！"马玉龙说："是了。"大众吃完了酒，天色已晚，不能回去，都住在大厅之内。

次日早饭后，余化龙叫余强、余猛把众人送出卧龙湖。有马玉龙的一只船过来迎接，众人跳上自己的飞虎船，向余强、余猛二人告辞。马玉龙的船来至东岸，众人回到大营，将清水滩贼人之口供讯明，撤回潼关，兵回本汛，把黄马褂、大花翎交还大人。大人吩咐把水龙神马玉山带上来，一问口供，马玉山颇有不怕死之色，目无王法，口出不逊。大人说："我理应重办你这窝藏贼党，拒捕官兵之罪，均拟斩立决。"冯元志上来给大人磕头，说："民子被差官所约，打探清水滩，若非马德，民子同毛如虎已死在清水滩了。求大人格外施恩，给马氏门中留后，公侯万代，禄位高升。"大人说："你起来吧，这样的贼人理应斩草除根，念你给他求情，本阁从轻办理。马玉山窝藏贼首，理应凌迟处死，今姑且从轻，改为斩立决，就地正法，人头号令。马显乃叛贼之子，屡次拒捕官兵，实属目无王法，本应枭首①示众，本阁因冯元志求情，将马显、马德、马江、马海充军新疆不回，所有拿获之一干贼党，递解回原籍，交地方官严加查办，不准逗留在此！"

俟将潼关众贼之案办定，大人专折入都，鼎力保举所有清水滩之立功人员。石铸、马玉龙、赵友义居功之首，余者按次序造具履历清册，呈送兵部。大人在潼关歇息，等候旨意。

过了数日，有礼部右侍郎田文忠，奉圣旨按驿站加紧前来潼关，先遣报马来到公馆。彭大人见了报单，不知钦差天使来此何干，聚集众官等候迎接圣旨。次日辰刻，有探马到，彭大人即带领所属文武迎接圣旨。接进公馆，圣旨一悬，大人按见君礼，行了三跪九叩。钦差田文忠把圣旨展开，宣读道：

奉天承运皇帝诏曰：兵部尚书彭朋勤劳卓著，办事精明，屡次剿灭巨寇，安抚黎元②，实有先贤之风。朕赏赐银龙佩一块，赐免死金钱一个，钦此钦遵！所有保举人员，有宫门抄单。马玉龙以守备用，赏加四品衔；徐胜、刘芳、武杰、纪逢春、苏永禄各赏加一级。石铸、胜官保、赵友义、冯元志、段文龙、赵文升、刘得勇、刘得猛剿贼有功，均钦赐把总，跟彭朋差遣委用；苏永福立功后，被贼杀死，照军营阵亡例，恤其子，应得世袭云骑尉，暂以千总用，归彭朋手下效力。又旨：飞云盗去珍珠手串，屡次搅扰地方，着③彭朋即行拿解④，钦此。

众人随大人谢恩。田文忠说："现在大内失去九头狮子印，在乾清门寄柬留词，今将原诗抄来，请大人一看，主上限一月缉拿。"大人这一听，就是一愣。田文忠大人将诗句拿出来，彭大人一看，只吓的魂不附体，不想又出了一件惊天动地之事。要知后事如何，且看下回分解。

---

① 枭（xiāo）首——把人头砍下来。

② 黎元——百姓。

③ 着——派。

④ 拿解——捉拿。

第一八八回

清风暗用迷魂酒　英雄识破巧机关

话说彭大人接过诗句一看，大吃一惊，知道这件事不容易办，乃是仇人跟我作对，妒忌我在圣上驾前，有忠诚信实之名，这回就怕我的命没有了！众差官见彭大人接过这张纸柬，面色改变，也情知不好。这诗句原来写的是：

> 白刘石姓论英雄，夜入京都紫禁城；
> 禁地盗去狮子印，拿问彭朋便知情。

彭大人呆了半天，这才吩咐款待钦差，细说大内的缘故。田文忠说："只因上月二十三日太后老佛爷万寿，王公大臣在里面庆贺。宫内有戏，出入的人未免杂乱，夜晚就把九头狮子印失去。天光一亮，乾清门递上字柬，万岁爷就知道贼人跟大人有仇，先着顺天府五城一体严拿，至今并无音信。只因见了大人奏折，保举人员不少，知大人爱收英雄，故此给你一个月限办理此案。"大人点头，这才摆上酒肴，款待钦差。次日，田文忠告辞，回京交旨，彭大人送出公馆门外。

大人回来，把众差官叫来说："现在圣上失去九头狮子印，贼人留下诗句，明明把我告下来了。圣旨限我一月，要将贼人拿住。我也不知是哪路贼人这样胆大，我给你们十天期限捉贼，我必定要着实保举。"众人答应下来，各有各的知己之人，改扮行装，离了公馆。

内中单表马玉龙同石大爷、胜官保三人，出了潼关北门，走有七八里之遥，石铸说："马贤弟！你看这件事情够多腻，竟有白、刘、石三人在京师内地，盗去九头狮子印，把大人告下来！你知道这白、刘、石三人是哪路人物？"马玉龙道："小弟虽在绿林，这两年不甚交接同道之人，实不知这三人是哪路英雄。石兄最爱交接绿林之人，谅必知道。"石铸说："我实在想不起这三姓中的人物。"马玉龙说："我今晚回去，到店中问问我师兄，他可知道这些事？天下有名的绿林，他无不认识。"石铸说："有理，看我姐丈他可知晓此人。"玉龙说："这很好。"

　　二人正说之际，见眼前有一片黑树林。三人进了树林，只见里边一座古庙，坐北朝南。抬头一看，山门上有一匾，泥金字写着"敕建玄真观"，山门紧闭，东阁门也关着。里边是三层大殿，还有配房。此庙已年深日久，有不少坍塌之处。马玉龙说："石大哥，且到庙中歇息，庵观寺院，乃是过路茶园，我们进去，勿论是老道和尚，他必预备。"石铸说："那是自然，我也渴了！"胜官保说："我也渴了，我们先进去吃杯茶吧。如今到哪里去访北京丢失的东西？我们在此地查访，倘贼人在北京，我们不是白劳神么？"马玉龙道："这话也是，大人既派我们出来，不得不如是。"三个人这才打门，里面把门一开，是个十五六岁的道童，头绾丫髻①，身穿蓝布单道袍，青护领，白袜青鞋，手拿一把拂尘。一见众人，连忙合掌当胸，打一稽首，口称："无量佛，三位施主老爷从何处来？"马玉龙说："由潼关到此访友。"

　　小道童让三人进了庙，在东鹤轩落座。道童转身进里边去，工夫不大，托出三碗茶来，问道："三位施主贵姓？府上何处？"石铸问他："你这庙中有几个老道？你可有师父？"小童儿一一禀说："我有师父，师父好练武，没事就在庙中练长拳短打，刀枪棍棒，十八般兵刃，样样拿得起来。我们两个人，有四顷水旱稻田，山上有四块果木园子。"马玉龙一听，知是富足之庙，吃了两杯茶说："道童，把你师父请出来，我们见见。"童儿说："你们来的不巧，我师父今天带着我师弟下山访友去了，这庙留我看着。"石铸说："是了。"玉龙坐够多时，说："石兄，依我之见，我们不必往别处去了，在此歇息之后，就回公馆吧！"石铸说："也好。"胜官保一语不发，只听他二人的吩咐。此时天已不早，已交未末申初。马玉龙说："天不早了，我们慢慢回去吧！"小道童说："你们三位施主是哪里人？"马玉龙说："我们是北京的。"小道童说："昨天来了三位，住在我们庙中，也是由北京来的。我打听半天，说北京很热闹。他们一位姓白、一位姓刘、一位姓石。"马玉龙一听这三个姓，说："三位在此住了几天？"道童说："就是昨天一天，他们很开通，给了二十两香资。"马玉龙说："你知道这三人是哪里的人？"道童说："他们是庆阳府的人，昨天他们住在这里，说京中热闹非常，我听得恨不能飞去，无奈心有余而力不足。"马玉龙说："一处不到一处

----

　　①　丫髻——道士作的头发形。

迷，其实也是一样。"心中暗想："这话有根，莫非这人真往这里来了？这可活该，无意中访出点消息来了。明天我们顺着大路寻访，也许能找着贼人。"他想再跟道童盘问盘问，便说："我们少待片刻再走。"道童说："何妨多歇息一会，晚上庙里粗斋现成。"石铸说："也好。"

　　道童转身出去。胜官保说："石大爷！你瞧巧不巧，误碰误撞，会访着贼人的踪迹，真会这么来了，这也是贼人该当遭报。"说着话，道童端进酒菜来让三位吃。石铸、马玉龙二人坐下斟酒，马玉龙看酒发浑，不禁一愣。心想：这道童说话很老实，也许这酒是剩在坛子底下的，便说："道童，你叫什么？"道童说："叫永清。"马玉龙说："你吃这一杯酒吧！"小道童一听，脸一红，眼珠一转，马玉龙就看出破绽来了，说："你吃。"道童说："不会吃。"马玉龙说："你不吃不成。"道童回头往外就跑，马玉龙赶上揪住，他如何动得了。马玉龙捏住他的嘴，把酒灌下去，只见小道童一咧嘴，扑通栽倒在地。石铸说："贤弟！此事多亏你细心，不然我们都入牢笼。"马玉龙说："兄长，咱们快到后面瞧瞧是怎么一回事？"

　　石铸拿了杆棒，三人出了东鹤轩，往后走了一重院落，由大殿往东一拐，就看见四扇屏门，当中开了两扇，进了屏门一看，是北房三间，东首屋中隐隐射出灯光，只听屋内正有人说话："马大哥，我们要遇见别人，还好动手，唯有马玉龙，他真是个英雄。"马玉龙一听，不是别人，正是飞云、清风和焦家二鬼，还有独角龙马铠，五人同一个老道士，正在屋中提说此事。石铸大嚷一声说："好贼崽子，你们的诡计焉能瞒得了石大爷，待我今天捉拿你等去见大人请功。"三人把门一堵，飞云等想要逃走，却比登天还难！要知后事如何，且看下回分解。

第一八九回

余化龙泄机佟家坞　众差官卧底邪教中

　　话说马玉龙、石铸、胜官保三人来至后面的屋中,正值飞云、清风等同一老道说话。石铸一看这老道,原来就是由葵花观逃走的恶法师马道元。

　　他自葵花观逃走,来到这里,将本庙的老道害死,就在这庙中存身。飞云等人由卧龙湖逃走,清风就要奔庆阳府。飞云说:"暂且莫忙,就在附近的地方歇两天,等彭大人动身后,我们再走,如碰着他,遇见办差官员,岂不被获遭擒。"清风说:"好,我们奔玄真观,听说马道元在那里。"众贼这才来到玄真观,与马道元同在一处。头天晚上,来了三个贼人,在这庙里投宿,乃同凤凰山一百单八鸟之内的贼人,约飞云众人上佟家坞,飞云众人不去。这三个人走后,飞云想要回京都。清风说:"不好,京都人烟稠密,我等身皆背重案,依我之见,还是奔庆阳府找我师父去,即使有人去找我师父,也不怕他。"飞云说:"别忙,住两天再说。"

　　今天马玉龙等人进来,小童进去一说,飞云出来探明,向众人说:"可了不得,来的这三个人,都是你我的对头。"马道元说:"不要紧,回头留他们吃酒。"便告诉小童,要话中引话,别叫他们走了,留下他们吃酒。小童故此出来说闲话,留下众人吃斋,这才把迷魂酒端出来,没灌成人家,马玉龙倒把他灌了。

　　石铸等三人来到后面,听见是对头冤家飞云、清风和焦家二鬼。石铸在外面一嚷,马道元由里面蹿出来,摆刀扑奔石铸。马玉龙赶过去就是一剑,马道元闪身来奔马玉龙,三五个照面,就被马玉龙一剑把刀削断。马道元往圈外跳去,被胜官保一龙头杆棒打倒,石铸过去按住捆上。马道元只是瞑目受死,一语不发。马玉龙再往屋内一瞧,飞云等都已不见,由后窗户逃走了。

　　马玉龙再上房一瞧,踪迹不见。这才说:"我们将马道元带走吧!那几个贼人跑了,山路崎岖,也不必追了。"石铸说:"既然瞧见了,总要去追,昨天圣上还降谕旨,捉拿飞云,今天要把他拿住,也是一件惊天动地之功。"马玉龙说:"无奈贼人已跑远了,不见踪迹,你我不是枉用心机吗?"再一找,连道童也跑了。石铸只得把马道元背起,三个人离了玄真观,径回潼关。

天光大亮,来到公馆,正遇大人派徐胜做监斩官,押解水龙神马玉山出斩。石铸进去面禀:"现在拿住马道元,他前在葵花观陷害差官,今又窝藏飞云等人。"大人说:"自我头次下河南,他在圆通观就身背命案数条,早应身受国法,带他上来!"大人看了一看,也不讯问,吩咐随马玉山一同就地正法。左右将马道元绑上,押解市口,老道破口大骂。杀完了贼人,大众回来了。大人问道:"你们出去查访九头狮子印,可有下落?"众人回说:"并无踪迹,实不知被哪路贼人盗去。"

大人派众差官一连查访多天,并无下落。大人心想,再查访不着,递上复奏折子,就要起身。

这天,只见有人进来禀报说:"外面有一位余化龙,来找马玉龙马大爷。"马玉龙一听岳父来了,赶快出来迎接。来到外面,见余化龙骑着花驴,一概新鲜,过去行礼说:"岳父从哪里来的?"叫听差的人把驴接过去,拉在马厩喂上。把余化龙让进公馆,众人过来见礼,还有不曾见过的,都给引见了。马玉龙说:"岳父来此有公干么?"余化龙说"有一机密大事,我特来禀见钦差大人。姑老爷,这件事我给你办好,虽不能保你封侯封王,也能官居极品,名扬天下。我得面见大人再说。"马玉龙说:"有甚大事,可以对我先说说。"余化龙说:"这是万年不遇的巧机会。"马玉龙说:"既然如此,你老人家在此少待,我去禀见大人。"

马玉龙直奔上房,给大人请安,说:"现有我岳父余化龙来求见大人,说有机密大事。"大人说:"请进来吧。"马玉龙来到配房,说:"钦差大人有请了。"余化龙说:"这几天,你们大家都急了吧?"马玉龙说:"急什么?"余化龙说:"皇上丢了九头狮子印,你们不着急吗?"马玉龙说:"现在我们寻找十几天了,并无下落,既是你老人家知道更好。"余化龙说:"我一时半时也说不完,见了钦差大人再说吧。"马玉龙在前头带路,余化龙跟随着来到上房。大人正在椅子上坐定,余化龙过去行礼,大人吩咐看座。彭福搬来凳子,摆在一旁。他是一个民人,大人给的这脸面不小。

余化龙告了座,说:"钦差大人在上,草民来此非为别故,因有一件大事,要在大人台前告禀。"大人说:"余义士有什么事,只管请讲,不必这样吞吐。"余化龙说："在潼关西北，离此有一百八十里路，山内有一佟家坞，那里住着一家财主，姓佟，人称佟百万，家有千顷之地，买卖无数，他家山内还开有金矿，由此得了无数的富贵。我与这佟家坞的庄主是结义的兄弟，佟百万倒是本分人，由举人报捐皇上家银钱，皇上赏给金陵建昌道，在外做官。他有四个儿子，叫金柱、玉柱、锁柱、宝柱，在佟家坞方圆二百里地之内，都是他一家的买卖房屋，还修了二十里地的城池，均归他佟家所辖。他有一个师父，叫人和教主、化地无形的白练祖，在四川峨眉山上练气，这个老道上知天文，下知地理，前知五百年，后知五百年，能呼风唤雨，撒豆成兵，他立了一个教，名为天地会八卦教，在家中设立了招贤馆。白练祖又从江西信州萃聚峰请来他的两个师兄：大师兄叫天文教主张宏富，二师兄叫地理教主袁智干，在佟家坞立了三教堂，收了五百徒弟，分散到普天之下，给他劝教。内中有东西南北的都会总，分掌四面。前者佟金柱给我写信，也请我入教，因知道我跟他父亲结义，封我一字并肩王，佟金柱他自立为开天中正王。民子想：我要一入伙，就算反叛，因此就没有回信。他自起义造反，又给他父亲写了一封信去，佟百万一见，又气又怕，就病倒了。他病得十分沉重，就在江南买了七八块坟地，又告诉他妻子买七八口棺木，一死之后，在各坟地各埋一口，恐怕他儿子造反被刨坟；果然未及一月就死了。他妻子尹氏，还有一女叫佟金凤，由南边回来，由我卧龙湖经过，给我带了许多土产，并说佟金凤已死在半路，甚是烦闷，要约我入伙，把我女儿余金凤过继他为女儿。他等定于七月十五日挑选兵马大元帅，我想约我们姑老爷设法定计，捉拿这一伙反贼，一则为国家除害，二则为众位立功，岂不两全其美，但不知大人意下如何？"大人一听此言，说："那九头狮子印，莫非落在佟家坞么？"余化龙说："大人要问，内中还有一段隐情。"要知后事如何，且看下回分解。

第一九○回

马玉龙改名诈降　谢自成奉令查店

　　话说余化龙听大人问起九头狮子印的事情,便说:"只因那佟家坞要选一位天下都招讨兵马大元帅,原来在招贤馆有佟金柱知己的几个贼人,内中有一个姓杨名堃①,人称白猴,此人偷盗甚能,就在佟金柱跟前说下大话,要到京都盗取九头狮子印。他带了两个贼人前去,一个叫抄水燕子石铎,一个叫燕翅子刘华。这三个贼人到了北京城,有二十余日,竟将九头狮子印盗出来,打算挂兵马大元帅时就用此印。我听见这个消息,打算明天先同我女儿,随佟百万之妻尹氏去佟家坞。我一去就是一字并肩王,让我们姑老爷同公馆的办差官先去几位,若能抢得这个兵权到手,就好破贼。"大人一听,说:"此事如果是真的,本阁必要专折奏明圣上,保举老义士做官。"余化龙说:"民子并不愿意出世为官,我得的功,给我姑老爷,只求大人提拔栽培。"大人说:"老义士,你先请吧,我一定派人到佟家坞卧底。"

　　余化龙回身来到配房,说:"姑老爷,你们去时,如不换衣服,不得进佟家坞的边界。"马玉龙就问:"天地会八卦教是什么打扮呢?"余化龙说:"天地会中的打扮,也不从古,也不从今,里面的武将,都是头戴三角白绫巾,有的勒金抹额,有的勒银抹额,身穿白缎箭袖袍,都是青缎靴,扎白花,各以白鹅翎为记。他们说话不离本,出手先见三反搭、二纽扣,背后系金钱。他们教中人,全是这样打扮,你们要去,须要更改姓名,扮着天地会的式样。"马玉龙说:"是了,你老人家请吧,五天之内我们必到。"余化龙告辞,大家送出公馆以外。

　　马玉龙回来问道:"上佟家坞卧底,谁人跟我同去?"花枪太保刘得猛、黄面金刚孔寿,白面秀士赵勇三个人说:"算着我们。"花刀太保刘得勇、纪逢春说:"算着我们。"武杰说:"算着我。"连石铸、胜官保等八个人

---

　　① 堃(kūn)——同"坤",多用于人名。

都愿去。回明了大人,每人赏给二十两银子置办服色。傻小子纪逢春拿了二十两银子就问:"我置办什么服色?"马玉龙说:"天地会以白为主,靴子要扎白花,腰缠白绫。"

纪逢春一听,转身向外走去,一出公馆,就碰见出殡的,过去把丧家拦住说:"咳!你等慢走,把你这身衣服卖给我,连你这帽子和手里拿的棒都卖给我。"丧家说:"你家谁人死了?"纪逢春说:"你胡说,老爷当要的,这是差事,我给你二十两银子,你愿卖不愿卖?"丧家一想:"已经到坟地了,这孝衣只值一两银子,为何不卖,得着二十两银子,也好还亏空。"便说:"我卖给你。"说着话,把孝衣孝帽脱下来,连幡递给纪逢春。纪逢春把二十两银子给了丧家,随即穿上孝衣,带上孝帽,拿幡进了公馆,一直来到上房。大人正在看书,纪逢春说:"大人你瞧瞧,好不好?"大人一见,气往上冲,公馆衙门本来最忌穿白,便叫当差的把他赶了出去。纪逢春来到差官房,众人一瞧,全不悦了。武杰说:"混账东西,谁死了?你还不磕头。"纪逢春说:"你们叫我穿白的,现在又来说我。"马玉龙说:"你这不对,你把幡撕了吧!"纪逢春瞧人家贴白太阳膏,他便把幡撕成白布饼,贴在天灵盖上,又把孝袍撕了,另换衣服,系了一条白带。

次日众人骑马,纪逢春仍骑玉圣庵得来的那匹白驴,大众起身出了公馆,顺大路直奔佟家坞。头一天住在半路,第二天正午就来到佟家坞边界。众人进了山口一瞧,另换一番天地,所有住户的门口,也有画白八卦的,也有画黑八卦的,也有画白圈的,不知道是些什么暗记?马玉龙都留神记在心中。

日色西斜之时,来到佟家坞城里,住在东关客店。这店坐北朝南,内中房子不少,字号"天成客栈"。众人下了马,小伙计过来说:"你们诸位都是来下场的吗?几位就住上房吧。"众人进了屋中,石铸说:"这武场可全是佟家坞的人,还是有外来的人?"小伙计说:"哪里人都有,可都是我们教中人。上一个月,从华县、延津县、山东白莲池、苏州太湖、直隶北京来的不少,个个等着得这元帅呢!今天你们几位来巧了,我们这一百多间房子,原先都已住满,这上房先住着红毛太岁郭明、白面狼吕寿、乌云豹张鼎、病二郎吕福。他们在这店住了一个月,佟家坞的王爷今天刚请了去,打了公馆,上房这才空出来,你们几位就住了吧。"马玉龙说:"很好,你去倒壶茶来。"小伙计转身出去,工夫不大,端上茶来说:"你们几位会总贵姓?"马玉龙说:"我姓马名士杰,你问我名姓做什么?"小伙计说:"晚上我们得上店簿,上巡捕所去回禀,那巡捕所的两位会总,专查各店的住客,怕有不是我们的教中人,来打探机密事。会总爷要查问是哪路的人,必有哪路会总爷的信,不然也挂不上号,也不能进场。"马玉龙心想:"我们没有信,也不知岳父他老人家来了没有?"自己正在思想,店家拿出花名册,头一名就写了马士杰。胜官保改名关保。一问纪逢春,傻小子说:"我叫纪闯儿。"石铸说:"我叫石柱儿。"众人都按名字写下去。

店家走后,马玉龙要了一桌酒,九个人同桌吃酒。又告诉伙计:"你下去吧,叫你再来。"石铸一看这席,鸡鸭鱼肉,干鲜果品俱备,甚是不错,说:"马贤弟!你我这样的人物,总是走南闯北,竟不知此处有这样的反叛!"马玉龙说:"店中悄言,这里全是他们的人,诸事都要小心才是。"石铸说:"这个自然,我也知道有此一说。"众人推杯换盏,吃到月上花梢,店中人便来回伺候。

天有初更之时,忽听得外面马蹄奔腾,人声呐喊。石铸等人听见就是一愣,都出了上房,往外一看,只见店门大开,由外面进来有五十名八卦教的兵丁,各执刀枪棍棒。为首的两个人,一高一矮,高的头戴三角白绫巾,勒着金抹额,二龙斗宝,插着白鹅翎,身穿白缎子箭袖袍,上绣黑牡丹花,腰系丝绦,足下青缎靴子,扎着白花,手执铁棍;下首矮小身子的那个,也是这样打扮,五短身材,紫脸膛,手使一对虬龙棍,带来了五十名兵丁,直奔上房而来,把马玉龙等人吓了一跳。要知后事如何,且看下回分解。

第一九一回

赛霸王力胜五杰　马玉龙单臂举鼎

话说从店外进来了两位会总，直奔上房说："店主，上房坐定的是些什么人，可上好了店簿？"那店家说："并无外人，都是会中人，是来夺都会总的，头一名马士杰。"那两位会总一听，说："原来马会总住在这店，一字并肩王吩咐我二人，在各店中查店之时，要留神打听。这马士杰乃是老王爷的徒弟，今既住在这里，我去见见。"说罢，来至上房，说："马大爷！今天才到。"马玉龙说："不错，今天才到，会总贵姓，你怎么认识我的？"那会总说："在下姓谢名自成，绰号人称金头太岁，那是我拜弟矮金刚公孙虎。我二人是巡捕所的都会总，昨日一字并肩王交派说，这几天你们几位必到，都是他老人家的徒弟，还说如来之时，叫我二人查店遇见了，先给他老人家送个信。今天可巧在这里就遇见了。店家，马会总无论吃了多少钱，不准要钱，开一笔账到我那里去取吧。"马玉龙说："使不得，我给了就完啦。"谢自成说："这些小事，我已给了。"马玉龙说："我也不必再让，你我后会有期就是。"谢自成告诉店家要加意伺候，说："这是并肩王的徒弟，来到这里，我们的王爷必定重用。"说罢，带着手下人去了。这店中伙计和掌柜的，时常便来问茶问水，很透殷勤。

一夜无话。次日是七月十四日，一早余化龙就叫家人给马玉龙送来一个包袱，内装改换行装的衣服。马玉龙打开一瞧，是一顶三角白绫巾、一件白缎子绣花团龙袍、一件箭袖袍、一双青缎靴子上面扎着斗翅蜂。接着，又派人送过来一桌酒席，担来一坛美酒，还说："老王爷少时就来。"马玉龙众人这才排开酒席，同坐吃酒。工夫不大，听后面一片声喧，纪逢春出去一瞧，有五十名步队扛着刀，五十名马队，当中一匹坐骑之上，正是闹海蛟余化龙，带着十数个跟人，来到店门首。

众人迎接出去，马玉龙带着大家行礼。余化龙带着亲随人等进了店中上房，马玉龙又过去行礼。余化龙说："我正盼想你们多时，今日来的正好，明日是你们夺印的日期，先给你们挂上号，明天去演武厅伺候进场，今天我带你们先去看看。"余化龙见屋中没有外人,就说:"明天你们能夺了这个元帅,一来九头狮子印可以到手,二来有了兵权,也好办了,现在贼人势派甚大。"马玉龙说:"明天看事做事,见机而作。"

余化龙说了几句闲话,这才带着众人出了店门,先到号房挂上号,然后直奔十字街,带领众人看了佟金柱的王府。在十字街的西面,坐北向南,东面是王府,西面是预备下的元帅府,街南是演武厅,南边一片是教军场,周围有五里之遥,按次序分金木水火土五方。马玉龙等看明,这才回店。

余化龙回归王府,又派了十多个人来伺候马玉龙。店中掌柜的和伙计,都知道他们是一字并肩王的徒弟,没人敢惹。马玉龙在店中没事,同众人闲谈了一天,倒很自在。晚上,店中给抢状元的老爷预备进场吃的饭,打状元灯笼。马玉龙同众人在店中吃了酒宴,天有三鼓,外面人声呐喊,街市上一阵大乱。马玉龙同众人骑上马,各带兵刃,来至演武厅挂了号。

在正东站着一瞧:北边是九间九龙厅,当中坐定佟金柱,头前有十二个童儿,打着金锁提炉,二十四位镇殿会总都是肋上佩刀,有五百亲兵护卫。东面摆着座位,是一字并肩王余化龙;西面是他的三个兄弟佟玉柱、佟锁柱、佟宝柱。下面两旁站着铜头狮子袁龙、铁头狮子袁虎、金头太岁谢自成、矮金刚公孙虎,这四个人各执兵刃。佟金柱身后有四扇屏风,做出两条金龙,二龙戏珠。今天两旁夺印之人不少,有佟金柱的手下大将抄水燕子石铎,奏明佟金柱说:"要来夺印之人,须先练弓刀石,然后上马动手,讲究马战、步战、水战,若能连胜五将,准其挂帅,余者量材取用。"

那佟金柱升座演武厅,拿过花名册一看:头一个是赛霸王胜昆,山东人,乃是武举,上京会试时因失仪被赶出了南天门,自己没脸回家,就在北海子大红门放响马,打劫来往客商。后来遇见八路都会总妖道吴恩,看他是一个英雄,约他到佟家坞来,派他为散值会总。佟金柱对他甚为喜爱,以优礼相待,想在造反时派他为帅,又怕众人不服,故此想出立这武场,考取英雄。倘再有比胜昆能为武艺高强的,就派别人;若没有时,就派他为帅。故此各路的天地会、八卦教中人,都得了信,定于七月十五日,在佟家坞来夺取帅印。

今日天下各路八卦教的会总,全都在此了。佟金柱看头一位就是胜昆,叫上来说:"你如在前三场完时连敌五将,立胜五杰,便准你挂印为帅。"胜昆他本是武举人出身,要先拿前三场,把人赢了。他想:天下绿林不会弓箭的多,故此出这主意难人,不会弓箭的不能上来,前三场就交代不了。

今天胜昆下了彩山殿,要过头号弓,拉了几膀搁下,又把大刀拿过来,耍了前后背面花,把刀耍完了,再练头等石。大众齐声喝彩。把石头练完,他站在当中一抱拳说:"天下众会总人等听真,在下姓胜名昆,绰号人称赛霸王。今王爷千岁要挑天下都招讨兵马大元帅,如有交代完前三场的人,下来跟我比武。"这时,只听得西方庚辛金白旗下一声喊嚷:"待我来。"只见出来一骑金睛闪电白龙驹,鞍鞯鲜明。那人跳下马来,身高八尺,细腰窄背,勒着金抹额,二龙斗宝,当中一朵红绒桃,身穿粉绫缎箭袖袍,足下白缎靴,面皮微白,海下虎须,正在壮年;在"马得胜钩"上,挂着一条五钩神飞枪。他来到彩山殿之下,先参见了开天中正王,报名说:"臣张鼎,绰号人称乌云豹,乃河间府商家林人氏。"佟金柱说:"你下去,若能连胜五将,准你挂印为帅。"张鼎说:"遵旨。"转身下来,拉了三膀头号弓,耍了大刀,拿了石头。

张鼎原来是武秀才出身,只因在家不务正业,好吃喝赌嫖,身入邪教。今天把刀、弓、石练完,过去说:"胜兄,你我马战、步战?"胜昆说:"你我步战比拳,不必比兵器。"二人擦拳比试,三五个照面,张鼎就不是对手了,只打得力乏筋疲,败了下去。

马玉龙这边的众人,只有四个人是武秀才出身,即花刀太保刘得猛、花枪太保刘得勇和孔寿、赵勇能练刀弓石、马步箭。刘得猛、刘得勇过去看看头号弓,拉了两膀,前三场未能交完,四个人碰了钉子下来。胜昆哈哈大笑说:"真正有能为的再上来,若无真正能为,不必上来现眼!"话犹未了,就听东北一声呐喊,出来一位惊天动地的英雄,要在演武厅比武夺魁。不知此人是谁,且看下回分解。

第一九二回

胜官保误言泄机　余化龙夜探帅府

　　话说胜昆正在教军场发威，藐视天下英雄，只听得东北一声喊嚷，出来一人，正是打虎太保纪逢春。大众睁眼一看，见此人身高七尺，身穿紫花布裤褂，腰系白带，现换的一双青袜，扎着白花，人家是两贴太阳膏，他却在天灵盖上贴一块白饼，面皮微黑。他来到彩山殿说："王爷在上，我叫纪阉儿，给王爷叩头。"佟金柱一瞧这个模样还要当元帅，就说："纪阉儿，你也敢到彩山殿夺取帅印？ 有什么能为，真像马猴精，你是哪里人？ 谁带你入教的？ 是哪路会总拿文书把你调来？"他这几句话，便问得纪逢春张口结舌。

　　旁边余化龙一看，甚是着急，要是傻小子说错，泄露机关，岂不坏了大事。他连忙说："王爷，这纪阉儿是我卧龙湖喂马的喽兵头目，此人武艺颇佳，刀枪棍棒，拳脚纯熟，是跟我徒弟马士杰来的。王爷挑选英雄，不可以貌取人，何不叫他下去交代三场，如武艺高强亦可重用。"又说："王爷！自古因以貌取人而失事者常有。当年王莽开科取士，夺取五虎状元，中了岑彭的才貌，不中马武的奇才，因嫌马武貌丑，就赶出了南天门。焉知马武系文武全才，一怒便在望月楼题下反诗一首，写的是：

　　　　自幼生来心性卤，脚踹壮士如泥土。

　　　　论文备读五车书，曾受十年寒窗苦。

　　　　王莽开科取贤人，不辞千里来比武。

　　　　老贼白眼慢贤人，因我貌陋当面辱。

　　　　此处无地可容身，怒拿长剑寻汉主。

直至刘秀走国，狐蹄冈姚期、马武双救驾，保了光武中兴，在受禅台诛苏刚莽。这皆是王莽一念之差，那时要是点中了马武的状元，焉能如此？ 这也是天理循环。再说唐僖宗皇帝开科取士，黄巢也因貌丑不中，被赶出南天门。那黄巢一怒，反出长安，起兵夺取了西京，杀人八百万，只杀得唐僖宗避兵四川。后来程敬思搬兵沙陀国，请了晋王，二十七镇诸侯聚会河中府。黄巢未灭朱温反,五龙二虎擒彦章。这皆因僖宗一念之差,惹出这样大祸。今日王家共举大事,再不可以貌取人。"佟金柱说:"王叔千岁所说有理,纪阃儿,你就趁此下去,如能过了前三场,再与胜昆比武就是了。"

纪逢春答应,把头号弓拿了过来。他本来没拉过弓,今日把弓套在脖子上,用手一拉,连拉几下,说:"来吧,你们哪个敢过来,照我这样练一回。"放下了弓,又把大刀拿起来,顶在头上转了几下,就像狗熊耍扁担那样,然后又把刀换在背上,耍了几下放下。他这才去拿石头,使了平生之力,好容易把那石头拿了起来,自己放下去说:"黑大汉,来来来,你我二人比试武艺。"胜昆一瞧这纪逢春相貌虽然丑陋,力气倒也不小,忙说:"纪阃儿,你可会拳脚?"纪逢春顺口答言说:"会拳脚。"二人走了有五六个照面,纪逢春一失神,被胜昆一脚踢了一个筋斗。纪逢春只臊的面红耳赤,自己回了东房。胜昆更加洋洋得意,说:"众位听真,有本领的再来,没有本领者,不必来此处人前现眼。"

话犹未了,只听东边有人说:"对面小辈休要夸口,我来也! 你们可知道玉面哪吒马士杰的厉害?"原来马玉龙不愿出来,虽然是来此卧底,又恐怕有人认识。石铸见纪逢春一输,说:"马贤弟,我们干什么来了?"说着话,石铸就嚷,把玉龙往外一推。马玉龙听石铸已嚷出自己的姓名,便不能不出来了。马玉龙先到彩山殿见了佟金柱,行礼已毕,佟金柱一看马玉龙头戴三角白绫巾,身穿白缎箭袖袍,绣蓝团龙,腰系五彩丝带,足下青靴,面皮微白,透出粉红,如桃花一般,目似朗星,眉如漆刷,鼻梁高耸,唇似丹霞。佟金柱一瞧,就喜爱这一英杰,说:"马士杰你下去,如能将前三场交完,再与胜昆比武,力胜五将,可得都会总之爵位。"

马玉龙回身下来说:"胜会总,你方才拉的是哪一张弓?"胜昆说:"是头一张弓。"马玉龙说:"那边的那一张弓呢?"胜昆说:"那是出号弓,名为小黄龙,比头号弓大三四力,没人拉得开。"马玉龙说:"我试试看。"拿过这张弓,一连拉了十几膀。胜昆一瞧就是一愣,知道这马玉龙的能为其大。又见马玉龙拿起大刀,不费事就耍了两趟。再把头号石拿过来,说:"你们是拿石头,还是举石头。"胜昆说:"是拿石头,举不起来。"马玉龙把那头号石一连举了几次。佟金柱一瞧,站起来喝彩,向两旁众会总说:"该孤家成其大业,竟有这样的能人。"

马玉龙练完了刀弓石,就与胜昆比拳。胜昆如何是马玉龙的对手,三五个照面,就被马玉龙踢倒了。胜昆站起来说:"我拳脚输给你不算,若有兵刃,你我比试。"马玉龙说:"可以。"胜昆过去拿了一口鬼头刀,早有胜官保给马玉龙送过来湛卢宝剑,两个人就在当场动手。要论胜昆的能为,十八般兵刃件件精通,他自以为压倒天下英雄,自生人以来,未遇过敌手,今天头一次栽在马玉龙的手下,就想用兵刃来赢对手。他一摆手中鬼头刀,当场就剁,马玉龙微一闪身,留心看他的行门过步,就知道他是行家,两人走了五六个照面,马玉龙只在他身后随着,足有两刻工夫,胜昆就是找不着人,如同大人戏耍婴儿一样,大家齐声喝彩。佟金柱也看的目定神移,站起身来连声称好。马玉龙一换架式,在他眼前一晃,胜昆往前一砍,马玉龙又到了后面。他瞧着全是马玉龙,走了又有半刻之久,那胜昆仍不认输。马玉龙把宝剑门路一分,施展出七星八步追魂连环剑,把胜昆的刀削为两段。胜昆往圈外一跳,说:"马士杰,我并没有输你,是我的刀输给了你,这不算,我要有宝刀,你的宝剑也削不坏,我们马战吧。"

说着话,有人就给他拉过一匹乌獬豸,抬过一根浑铁点钢枪。马玉龙说:"不行,我没有马。"他来到彩山殿说:"回禀王驾,我没有战马,不能跟他比武。"佟金柱说:"来人,把新得的那匹赤炭火龙驹拉来!"手下人答应,到马号将那马备上金鞍,拉到彩山殿来。佟金柱问马士杰:"你有长柄刀么?"马玉龙说:"没有。"佟金柱说:"你使什么兵器?"马玉龙说:"十八般兵器不拘。"佟金柱说:"我有一条赤金画杆盘龙戟,就是沉重,你可能用?"马玉龙问有多少重?佟金柱说:"八十斤。"马玉龙说:"叫两个人抬来!"马玉龙接了过来,还觉轻些。这才下了彩山殿,跨上坐骑,施展出六合枪,大英雄要震吓群贼。不知胜负如何,且看下回分解。

第一九三回

杨堃疑心访玉龙　神童数语露机关

话说马玉龙上了赤炭火龙驹，来到当场。胜昆早已托枪上马，恨不能一枪挑了马玉龙。即至离身切近，胜昆说："马士杰！你即便今天不夺这印，也是一字并肩王的徒弟，必是大会总的爵位，何必跟我苦苦作对？"马玉龙说："不然，今天你我是人前比试，当场不让，举手不必留情。"胜昆一听此言，气往上冲，说："马士杰！你太不自爱，今天我跟你分个强存弱死。"说着话，抖枪分心就刺。马玉龙用戟一崩，照胜昆刺来。胜昆把枪往回一撤，怀中抱月，使尽平生之力，往外一推，已被画戟在左肋下削了一条肉，鲜肉迸流。胜昆由马上跳下来说："我们不必马战了，殿前有一铁鼎，谁能举起算谁赢。"马玉龙说："可以。"胜昆过去端起来，在殿前来回走了三趟放下。马玉龙说："这何足为奇，春秋时的伍子胥，在临潼会上单手举鼎，吓退十八路反王。今天你这是端鼎，自古有举鼎的英雄，没有端鼎的豪杰，待我前来举鼎。"说着话，过去单手将鼎举起，在彩山殿前走了三趟放下。众人齐声喝彩。有诗曰：

英雄神力鬼神惊，举鼎千斤显奇能。

至今千古留话柄，犹忆英雄神力名。

佟金柱回头向余化龙说："王叔老千岁，你看总是我的造化不小，天生这样英雄，保我共成大业。"余化龙说："这乃是王家的洪福，我看他二人必有大用，不必叫他二人再比了，二虎相争，必有一伤。"佟金柱说："是，把他二人宣上来，我都要重用。"这才叫谢自成传旨，叫马士杰、胜昆上殿。佟金柱说："马士杰为都会总，胜昆为副都会总，乌云豹张鼎为前军会总，病二郎吕福为后军会总，铜头狮了袁龙为左军会总，铁头狮子袁虎为右军会总，金头太岁谢自成、矮金刚公孙虎为中军会总，金眼魔王安天寿为管粮会总，红毛太岁吕寿为前部先锋。所有今日在场中的二百余人，都封为散值会总，纪阎儿为散值副会总。"大家谢了恩，开天中正王佟金柱吩咐摆酒，众人按次序落座。手下人摆上酒来，大众开怀畅饮，直至席散，早有人将伺候都会总的轿子抬来,接马玉龙前往帅府。

马玉龙一上轿,前面五十名飞虎队扛刀,对子马开路,旗锣伞扇,令旗令箭,到了帅府门首,放了三声大炮,才进仪门下轿。马玉龙升堂,有站堂的中军会总,立刻送上花名册来,大小三百余位,都来伺候禀见。马玉龙点了名,告诉他们明日看操。众人下去。马玉龙来到后面一看,早有浓妆艳抹,十七八岁的二十名美女,都是奉了佟金柱之命,在此伺候都会总爷,此外还有二十名歌童,二十名舞女。马玉龙一看,说:"我不要你们伺候,都下去吧!"那些人各自回去。

马玉龙这帅府院中,是北房五间,东西配房各五间,院中有二十几盆花,当中有个大鱼缸,内中养了许多的金鱼。马玉龙派石铸等七人在外面安歇,夜晚留神巡查,不可大意。石铸、纪逢春答应,各自去了。马玉龙爱惜胜官保,在公馆之时,已认做义子。今日叫胜官保暂充小童,就算是他的亲随之人。众人走后,天有初鼓之时,马玉龙叫胜官保把屋中卧具收拾一下,然后好安歇。官保到屋中,见是两张床,各人一份。马玉龙吃了茶,到了屋中。胜官保说:"干父,谁知道你老人家是龙山公道大王忠义侠马玉龙呢?只知道你叫马士杰。"马玉龙说:"胜官保,你从今以后,说话要留神!贼党甚多,倘或有人看出我们的破绽来,那时你我都有性命之忧。"胜官保说:"天有初鼓之时,谁还敢到帅府打探?"马玉龙说:"不可大意。"

想不到此时外面真有一个贼人在哨探。胜官保这一说,乱子大了!原来白天在教军场夺会总时,内有三个贼人起了疑心,就是抄水燕子石铎、燕翅子刘华、白猴杨堃。见马玉龙得了都会总的印,他三人心中不服,说:"胜昆是多年旧人,马士杰刚来两天,王爷大为不公,我看他们是官府派来卧底的奸细。"白猴杨堃说:"我听说钦差大人现在收了个能人,是龙山公道大王马玉龙,正在潼关住扎。也怪我们闹得声势太大,传在彭大人耳朵中,派人前来卧底,也未可知。今天我到帅府去打听打听,看这个马士杰到底是何如人?他要真是会中人,那是王爷该成大业,你我造化不小,打他这一挂帅,准保旗开得胜,马到成功。"刘华说:"杨大哥,今晚上你就去探探。"

三个人说好了,到天交初鼓,杨堃将包袱打开,换上夜行衣,勒上抄包,背插一口单刀,装上百宝囊返魂香,自己收拾好了,拧身蹿上房去。这招贤馆离帅府相隔只有两层房,他来到马玉龙的上房,使出珍珠倒卷帘式,头朝下,隔着后窗户,听屋中说话。正听见胜官保说:"谁知道你老人家是龙山公道大王忠义侠马玉龙,只知道叫马士杰,明日得了招讨元帅印,这就能有生杀之权。"白猴杨堃一听此言,心中吓了一跳,暗说:"不好,我们三人使了心机,才将九头狮子印弄到手,要不是我来探听,怎知他们是诈降? 我今既来,到前面用薰香把他们治住,我要拿他的宝剑杀他。"想罢,听见屋内二人已睡,便来到前院,先把自己鼻孔堵上,然后把薰香盒子取出来。他这盒子有活心螺丝,一捏盒口儿,冲定窗孔就往里一冒烟。约有一刻工夫,大约里面烟已满了,二人也醒不了啦! 杨堃拔出背上的刀,先把门一开,把薰香盒子放在肚兜中,进了上房,从墙上把马玉龙那口湛卢剑摘下来,要杀马玉龙等二人。要知后事如何,且看下回分解。

第一九四回

施薰香制服侠义　设妙计杀害贼人

话说白猴杨堃拿薰香盒把马玉龙熏过去,拨开门进到屋中,先从墙上把宝剑摘下来,心内说:"这是我们王爷的造化,要凭一个对一个,我真不是对手,现用薰香将他们治住,结果他等的性命,就除去心腹之患。"把手中宝剑举起来,照定马玉龙脖颈方要往下剁,忽然背后嗖的一声,飞来了一只镖,正打在白猴杨堃的右膀。他觉得一疼,把宝剑松了手,回头一瞧,那人就到了,一腿将他踢倒捆上。杨堃一瞧,却是余化龙,便说:"好,你们都是奸细,你勾串彭大人的差官前来卧底,我一嚷,把你们碎尸万段。"余化龙一听,赶紧把杨堃的口堵上。

书中交代:余化龙因何而来?只因为他回到卧龙湖兴隆寨,把山寨之事交与他两个儿子铜头龟余强和铁背龟余猛,老英雄同着佟百万之妻尹氏,就带着余金凤下了山。原来尹氏生有一女,名叫佟金凤,长得跟余金凤一般不差。先前佟金凤死在半路,尹氏便将余金凤改名为佟金凤,嘱咐家人不准泄露,以免佟金柱兄弟四人发烦。余化龙同着尹氏来到佟家坞,佟金柱一听母亲带着妹妹回来,赶紧迎接到家。因知余化龙曾跟他父亲结义,就封为一字并肩王,另造一处王府。尹氏到了家,见他儿子要造反,一着急,三四日就一病身亡。佟金柱将他母亲安葬,自认着余金凤是他亲妹妹,所有家中照料之事,均交余化龙承管。

余化龙因马玉龙白天得了都会总,就知道教中人有些不服,只怕夜晚有人去行刺,又怕马玉龙等人说话不留神,泄露了机密,就想去嘱咐众人一下。刚来到帅府院中的东房上,就见杨堃正用薰香往屋中放。余化龙一愣,就知道马玉龙他们说漏嘴了,幸亏我来,不然这几个人就没有命了。正想着,见杨堃拨门进去,就由房上跳下来,掏出一只镖打去。老英雄真快,跟进去就将杨堃踢倒捆上。杨堃要嚷,余化龙把他的口给堵上了。老英雄一想:"这个乱子不小,杨堃是佟金柱的心腹人,封为开国将军大会总之职,虽然把他拿住,杀又杀不得,放又放不得,我且先把他们救过来再说。"余化龙来到金鱼缸前，取了凉水，先把马玉龙的牙关撬开，灌下一碗去，又把胜官保的牙关撬开灌下一碗。少时，两个人打了两个喷嚏，苏醒过来。

马玉龙一睁眼见是余化龙，自己正和衣而卧，赶紧起来说："你老人家这个时候尚未安歇？"余化龙说："我因不放心，来瞧瞧你们，我要不来，这个乱子就大了！"便用手一指，让他瞧瞧。马玉龙一看，原来地下绑着白猴杨堃，自己只觉着一阵头晕，连忙问道："杨堃来此何干？ 这是怎么一段缘故？"余化龙说："我来的时候，见他用薰香把你们熏过去，正要拿你的宝剑刺杀你。想必是你们说什么话，露出本来面目了。"马玉龙说："胜官保！你看见了，你误说几句，必是让他听见了，要不是他老人家来，你我性命就没有啦！"胜官保说："再不敢多说了。"余化龙说："无论有人没有，你们说话不可露出本来面目。这佟家坞什么能人都有，倘若叫人知道，不但前功尽弃，自己也性命难保！"马玉龙说："这个杨堃如何处置，你老人家有主意没有？ 我想要把他杀了，佟家坞城内又无处遗尸。第二节，短了一个人，必要查问。要是把他放了，他回去一说，你我都是奸细，叫佟金柱知道，你我的性命不要紧，国家大事就难办了！"

余化龙翻二目愣了半天，还是老英雄足智多谋，精明强干，说道："你不要愁，我自有主意处置他，管保无声无色，没有口舌。从今以后，你们众人无论在哪里说话，都要留神。"马玉龙说："不劳你老人家嘱咐，一朝被蛇咬，十年怕草索。"余化龙说："我也不必多嘱咐，总之诸事要谨言慎行，我将这杨堃带走就是。"马玉龙说："你老人家带他上哪儿去？ 千万不可放他。"余化龙哈哈大笑说："我一辈子不会做这种荒唐事，姑老爷你只管放心。"说着话，把杨堃扛了起来，他早想好主意，我也不杀他，却要叫他死了。

余化龙把杨堃放在外面，来到他女儿院中。余金凤早已安歇，老英雄走到窗户以外，叫女儿起来，有机密之事商议。余金凤一听，赶忙起来，掌灯开门。老英雄进了里间屋中，余金凤说："爹爹，什么扑通一声，搁在外间屋中？"余化龙说："拿住一个白猴杨堃，皆因姑老爷奉钦差大人之命，带着差官前来卧底，今天得了这里的都会总大元帅，我怕他说话不严密，去给他送信，正赶上杨堃去探消息，拿薰香熏了马玉龙、胜官保，正要行刺，被我把他拿住，有心杀了他，又怕弄出大祸，可是要放也放不得。这件事,女儿你是聪明人,你可杀他。"余金凤一翻眼睛,说:"是了,你老人家先走吧!"

余化龙回身出去,余金凤把杨堃提到屋中说:"杨堃,你愿死愿活?"杨堃说:"愿死怎样,愿活怎样?"余金凤说:"你愿死,把你杀了;你愿活把你放了,只不准对佟金柱提说今晚之事。"杨堃一想,说道:"这可是活该,我口里应他,只要丫头放开我,我就去见开天中正王,一五一十说一遍,连你妹妹都是奸细,把他们都剐了!"

书中交代:余金凤这是为什么呢? 因想着已捆了他半天,有绳子印,且把他放开再杀,谅他也跑不了,故此先拿好言语把他按住,然后给他个冷不防。杨堃说:"你只要把我放开,明天我一概不提。"余金凤过去把他解开,白猴杨堃站起来往外就走,原来被捆了半天,浑身都麻了,刚往外一迈步,余金凤拉出宝剑,一剑就把贼人杀死。她把剑鞘压在枕头底下,把宝剑扔在一旁,这才厉声喊嚷快来人。外头婆子、丫环、伺候人等听公主一嚷,赶忙起来,点上灯笼火把。

佟金柱此时尚未安歇,听后面一乱,他最疼他妹妹,赶紧叫人去打探。手下人回去禀报说:"公主院中闹贼,已被公主拿住。"佟金柱一听,气往上冲,说道:"好贼,竟敢来闹我家? 待我去瞧瞧是哪路贼人?"便带着谢自成、袁龙、袁虎、公孙虎、左丧门孙玉、小吊客周通、急先锋萧可龙、金眼魔王安天寿、抄水燕子石铎、燕翅子刘华等大小三十几家会总,挎刀佩剑,前呼后拥地前往后院。余化龙和马玉龙听见王府掌号,必有机密大事,也来伺候。

佟金柱坐着轿子,四人抬着,前头四对"气死风",灯笼火把,直奔后面。来到东跨院,丫环、婆子全出来迎接,会总都在院中站着。佟金柱兄弟四个,进了上房,拿灯光一照,却是白猴杨堃死在地上,姑娘穿着小衣裳,宝剑在地上,剑鞘在枕头底下。佟金柱问道:"妹妹! 这是怎么一段事情?"佟金凤说:"哥哥,你还问呢? 这小子该当剐了,半夜三更,我正似睡不睡,他拨门进来,往床上伸手就摸,我一嚷,他往外就跑,我一剑把他扎死了,幸亏我跟爹爹练过把式,不然可了不得啦!"佟金柱一听,气往上冲:"好杨堃,我待你不薄,竟敢如此放肆!"说罢,吩咐众人把他乱刀分尸。众人刚要动手,内中有一人喊嚷起来:"且慢,尚有不白之冤。"要知此人是谁,且看下回分解。

第一九五回

请教主卜算决疑事　许婚姻收买英雄心

　　话说佟金柱吩咐把杨堃乱刀分尸,众人正要动手,内中有人喊嚷:"且慢动手。"佟金柱说:"这个不要脸的东西,谁还拦着。"抬头一看,却是抄水燕子石铎。佟金柱说:"你为何拦阻?"石铎道:"杨堃死的冤屈!"佟金柱一听,气往上冲说:"他还冤? 昏夜进入公主院中,是为穿窬之盗也。"石铎说:"实不相瞒,我三人白天看马士杰能为出众,夺了都会总之爵位,我们怀疑他是现在保了彭大人的龙山公道大王马玉龙。我们虽未见面,但久闻其名,此人也使宝剑。因此散了酒宴之后,我们商议,叫杨堃到帅府哨探。他换上夜行衣走的,我们大家等着,不见他回来,正不放心,听王爷传号,我们因此前来。他明明是上都会总府里打听机密事,怎么会死在这里?"佟金柱说:"你好糊涂,他做背人之事,焉能告诉别人?"石铎说:"不能,我同他患难之交,他素来并无此种恶行,我敢在王爷台前妥实保他。"佟金柱说:"你太糊涂,你就能保他,他已经死了! 再说,他既是好人,何故要上这屋里来?"旁边刘华过来说:"王爷! 都会总马士杰是真投降还是假投降,我有个主意可以知道。"佟金柱说:"你有甚主意?"那刘华说:"现在后面有三位天地会八卦教的教主,他老人家能掐会算,前知五百年,后知五百年,善晓过去未来之事,把他老人家请来一问便知。"佟金柱说:"有理。"即派亲军护卫,站殿会总谢自成和公孙虎到三教堂去请人和教主白练祖,就说孤家在此立等。两个人转身下去,径往三教堂去了。

　　这三位教主中,天文教主张洪雷管初一、十五讲经说法,劝诲众会总,所有教中条规,问一答十,道德深远;地理教主主管的纸马纸刀枪,天天拿符咒去催,到一百天能上阵打仗;人和教主能掐会算,到处劝教,所有教中人都是他劝的,他收了两个徒弟,一个是八路都会总赛诸葛吴代光,一个是劝善会总蔡文曾,都有经天纬地之才,神出鬼没之机。今天白练祖一听王家请他,吩咐打轿,四人抬着,头前四个童儿打着气死风灯,四个童儿打着金锁提灯,来到前面余金凤住的院子。众人迎接都教主进了屋中。

马玉龙一瞧这个老道，就是一愣。方才石铎、刘华所说的话，马玉龙已听得明明白白。只见这老道身高八尺，手中拿着拂尘，面皮微白，在当中一坐，真似太白李金星，带禄活神仙。佟金柱在一旁躬身施礼说："教主爷在上，我有一事不明，要在教主跟前领教。"老道说："无量佛，童儿拿过卦盒来，我山人一算，便知吉凶祸福。"童儿把桌子抬过来，老道站起来，眼往上翻，口中念念有词。他拿出一个卦盒来，内有十二文金钱，名为太乙金钱数，心诚则灵。老道把卦盒摇了三下，哗啦往外一倒。此时马玉龙同石铸等人暗中担心，要是老道真算出我们是诈降，就先拔剑把他杀死，然后倒反佟家坞。石铸等正目瞪痴呆，只见白练祖拿过卦盒一倒说："无量佛，大胆！"马玉龙往后倒退一步，手按剑把瞧着老道。那老道说："善哉善哉！白猴杨堃起心不良，想到公主房中采花作乐，死之不屈。"佟金柱说："是了，你们大家可曾听见教主爷说的，他死之不屈。教主爷，昨天来了个马士杰，得了都会总，教主爷占占他是真降假降？"白练祖拿过卦盒又摇了摇，说道："善哉善哉！马士杰乃上方白虎星君，一转应保王家千岁开基定鼎，王家不要疑心。"佟金柱说："是，我也不敢疑心，无奈众人议论纷纷，众口难调。"说完了话，白练祖坐轿回去了。佟金柱吩咐众会总："你们各回本处安歇去吧。"

佟金柱带着三个兄弟和几个会总，来到书房之内。佟金柱说："三位兄弟，我想买服马士杰的人心，你们可有什么主意？"佟玉柱说："我倒有个主意，可将我妹妹给他，招为驸马，骨肉至亲，他还能变心么？"佟金柱说："贤弟此见甚和我意，我想的也是这个主意，正要跟你们商量，回头可叫叔父余化龙作媒。这是他的徒弟，谅他不会推辞。再叫你嫂子劝劝妹妹，爹爹在日，脾气养得娇些，有些任性，叫她嫂子跟她说明白了，马士杰相貌出众，武艺高强，真是再找不着。"大家说此事明天就办，便各自安歇了。

次日，余化龙正在自己屋中盘算，一想昨天之事好险，贼人三教堂的老道能掐会算，总是大清朝洪福齐天，不该事败，才没有算得出来。他正在思想，有手下人进来回禀说："王家千岁请你老人家，有要紧的机密大事相商。"余化龙赶紧换上衣服，随着来到书房见佟金柱。见两旁只有几个小童，屋中并无外人，余化龙说："王家千岁呼唤我有何事故？"佟金柱说："叔父请坐，小侄今有一段心腹之事，要同你老人家商议。"余化龙说：

"贤侄有话请讲,你我如同至亲骨肉一般,何必这样客套?"佟金柱说:"我看中了叔父的令徒马士杰,打算把公主给他,故请叔父前来商议。"余化龙说:"这没有什么可商议的,只要你喜爱他就行。"佟金柱一听这话,就打发人去把马会总请来。

工夫不大,马玉龙来到书房,见了佟金柱,一旁落座。余化龙说:"徒弟!今天王爷把你约来,非为别故,是叫我做媒,把公主许配于你,这也是天作之合,你可不必推辞。"马玉龙一听说:"既是师父分派,徒弟焉敢违背?"余化龙说:"好,这是王爷指婚,过去谢恩。"马玉龙无奈,过去给佟金柱行礼谢亲,大众也给他道喜。此事就算余化龙为媒,佟金柱拿书一瞧,择定了初二的日子,心中甚为欢悦,便摆上酒菜来大家痛饮。吃完把残席撤去,又说了些闲话,才各自安歇。

一夜无话。次日佟金柱跟马玉龙商议,说现在兵精粮足,要成大事,唾手可得。马玉龙说:"甚好,大家慢慢商议。"

到了初二大早,收拾出一所空房,悬灯结彩。马玉龙一看,甚为喜悦,换上新做的衣裳,与众人俱都见礼。新人余金凤跟马玉龙拜了天地,共入洞房。余金凤偷眼一看,马玉龙真乃俊品人物,心中也甚为喜悦。马玉龙一看余金凤,果然是绝世美人,见屋中没人,就说:"娘子,我有一事跟你商量,现在你我虽是夫妻,但我有一种童子身上的硬功夫,善避刀枪,不能破身。如今你是开脸的姑娘,我是个童身的新郎,暂为夫妻之名,却不做夫妻之事。"余金凤臊的面红耳赤,半晌才说道:"事有定数,不由人算,任凭丈夫的尊便,请放宽心。"说着话,各自安息。马玉龙很赞美余金凤姑娘的烈性,次日起来,刚漱完口,就听王府外一阵大乱。要知后事如何,且看下回分解。

第一九六回

挑先锋二次选豪杰　报父仇舍命刺反叛

话说马玉龙正在屋中漱口，听外面一阵大乱，进来一个童子说："奉命来请都会总，早间王驾千岁点名，按花名册放赏，说还少一个前部先锋官，要请都会总到演武厅选拔人才。"马玉龙说："是了，你先去吧。"这才换上衣服，外面早有听差的伺候着，便骑马来到王府，下马进去参见佟金柱，与众人彼此见礼落座。

佟金柱说："妹丈，你来了甚好，我们要挑选一个精明强干、武艺超群的英雄，故在此演武厅前比武，夺取前部先锋。"马玉龙说："王家千岁所见甚是，带兵出阵，必须要有前部先锋，以便逢山开路，遇水搭桥，攻打头阵，探报军情。"佟金柱说："妹丈言之有理。"即吩咐手下人等摆酒。童儿答应，连忙传知膳房，预备酒宴。工夫不大，桌椅摆开，酒席齐备。

王家兄弟四人相陪，马玉龙推杯换盏，喝了几杯，问道："王家千岁打算以什么武艺来拔取呢？"佟金柱说："先练刀弓石，交代前三场，如能连敌五将，力胜五杰，得取前部先锋。"马玉龙说："王家千岁所说之言，甚不容易。大概咱们天地会八卦教里面，绿林中人甚多，虽然武艺高强，却没练过刀弓石，要先练刀弓石交代前三场，再比武艺，就挑不出多少人来。依我之见，就讲陆战、步战、水战，如能连胜五将，便可以考取。"佟金柱说："妹丈说的有理，明天就在校军场演武厅考取。现在大概各路英雄，各处会总，俱已回来，尽可以挑选人才。"大众商议好了，吃完酒饭，将残席撤去，马玉龙即告辞回归帅府。

他立刻叫听差的人到各店送信，就说王家千岁有旨，明日凡是天地会八卦教的各路英雄，先来挂号，后到校军场演武厅考取前部先锋。亲随人等答应出去，到各处送信去了。马玉龙在帅府又同石铸等人诉说此事，用过晚饭，各自安歇。

一夜无话。次日马玉龙刚才起来，有人进来禀报说："王家千岁有请都会总。"马玉龙说："是了，少时就到。"换上衣服，早有亲随人等伺候，将马备好。马玉龙带着亲随人等出了帅府，到了王府门首下马，来至里面见了佟金柱，众人落座。佟金柱又吩咐摆酒，大家吃完，这才吩咐带马，外面早有五百亲军护卫，二十四家会总伺候。佟金柱同马玉龙出了王府，各自上马，头前有小童提着金边炉，檀香扑鼻，耀武扬威。王府对过就是操练军马的地方，甚是宽大，有一处栅栏上面挂一横匾，写的是"练军中营"。周围有院墙，方圆足有十数里。佟金柱带着队伍进了栅栏，往东一拐，路北有九间大厅，是营官看操的所在。来至近处，众人下马，里面有听差人等迎接王驾和都会总。佟金柱兄弟四个在前，余化龙、马玉龙跟随在后，进了大厅。佟金柱坐在当中，余化龙在上首，马玉龙在下首相陪落座。二十四家会总在头前立候，众削刀手在两旁排班保护。石铸、胜官保等人站在大厅西边，见四面瞧看热闹之人不少。

佟金柱说："妹丈，今早为何来的甚迟？"马玉龙说："王家有所不知，只因夜寐不眠，心中忧虑，故此早间睡沉。"佟金柱说："妹丈所思何事？"马玉龙说："我想军国大事，如一旦兴兵，就只可前进，总要挑选出精明强干的先锋，安营扎寨，凡事都要见机而作。"佟金柱说："好，今天妹丈就来挑选前部先锋，有能为者即可委派。"便吩咐把花名册拿过来，递给马玉龙。展开一看，头一名就是红毛太岁吕寿，即吩咐把吕寿叫上来。

原来，吕寿在前本想夺取都会总的，只因前三场不能交代，故此在这里充当小会总。今天听说考取前部先锋，他早就前来等候，听上面一叫，赶快上来参见佟金柱和都会总。马玉龙吩咐：若能连敌五将，力胜五杰，准得先锋之官。吕寿回身来至当场，把秃脑袋一晃，说："天下英雄听真，在下姓吕名寿，人称红毛太岁的就是。"只见他身高七尺，头发不多，黄中透红。头戴三角白绫巾，身穿白绫箭袖袍，腰系白绫带，足穿白花青靴，双贴白太阳膏，手提单刀，来至当场，一声喊嚷："若有真正能为的，下来跟我比试。"话犹未了，就听东边一声喊嚷："待我来。"吕寿一瞧此人，年有二十余岁，面皮微黄，粗眉大眼，来到厅前报名。此人姓赵名泰，人称云中虎，手使一条花枪。报完名姓下来，一举手说："吕会总请。"抖枪照吕寿分心就刺，吕寿往旁边一闪，摆刀急架相还，五六个照面，吕寿一刀竟将云中虎赵泰结果了性命。吕寿闪在一旁，晃着脑袋，得意洋洋地说："刀枪没眼睛，有不怕死的下来，与我比试高低。"

这时，只听正面一声喊嚷："前部先锋让给我。"众人抬头一看，是个十几岁的小孩子,手拉一条其形似长虫的杆棒,来的正是小神童胜官保。他跳在当场说;"我叫关保,你来跟我比试。"吕寿一看是一个小孩,并不放在心上,抢刀过来劈头就砍。胜官保一闪,抖动龙头棒,就把吕寿摔了个筋斗。吕寿翻身爬起来,哇呀呀地乱叫,说:"你使的叫什么兵刃?"胜官保说:"我使的这个叫扒拉硬。"吕寿说:"什么叫扒拉硬?"胜官保说:"你不碰不硬,一碰就硬。"吕寿气往上冲,摆刀又剁。胜官保闪身,连把吕寿摔了几个筋斗,只摔得吕寿头晕,爬起来就跑。

这时,那旁又是一声喊嚷,声音洪亮,说:"小孩!待我来夺先锋。"胜官保抬头一看,也是一个小孩,有十二三岁,梳着冲天立的小辫子。这位小英雄来至演武厅,要做一件惊天动地的大事。要知此人是谁,且看下回分解。

第一九七回

问情由义侠救孝子　刺反叛舍死射贼人

　　话说胜官保把吕寿摔了几个筋斗,吕寿下去,就听正南一声喊嚷说:"既许小孩夺取先锋印,待我来!"众人一看,也是个十二三岁的小孩,长的好看,头梳冲天的小辫,身穿蓝绸褂裤,足下抓地虎靴子,面皮微白,浓眉大眼睛。来至切近,胜官保说:"你这小孩也要跟我比试比试。"那小孩说:"是比拳还是比兵刃?"胜官保说:"随你。"那小孩说:"咱们比拳。"胜官保说:"可以。"两个小孩一比拳脚,各分门路,走有几个照面。胜官保越比越爱,心说:"这个小孩子,身眼步法,一招一式,必受过高人传授,若非是我,敌不住他。"两人又走了几个照面,胜官保说:"咱们等等动手,我且问你,你姓什么? 叫什么?"这小孩说:"我姓李名芳,是金头太岁谢自成的书童,我们比拳不算,我要比比暗器。"胜官保说:"也可以。"

　　二人来至演武厅说:"我二人要比暗器,不知会总爷怎样吩咐?"佟金柱说:"在西边立一高竿,上面悬挂金钱,打着算赢,打不着算输,不拘是何等暗器。"胜官保说:"我打镖吧。"小孩说:"可以。"胜官保就在当场掏出一只镖来,一抖手就是一下,只听当啷一响,正打中金钱,大众齐声喝彩。一连三下,皆中金钱,众人无不称赞。李芳过来说:"你打这个不算为奇,我这里有种暗器,叫紧背低头锥,还有三支袖箭,我要打中金钱眼,叫他落住,第二支袖箭要把头一枝顶开,这名叫为凤凰争窝,第三支要把金钱绒绳射断,我过去还要把金钱接住,名为金钱不落地。"胜官保一听,暗自摇头,说:"这功夫我练不了,你可别说了不算。"李芳说:"我若练不了就算输。"

　　佟金柱等人听了,都有点不相信,会打暗器的甚多,都不能这样,这小孩说话口气太大,未必能练。小孩说:"你们瞧着我这头一支,叫凤凰寻窝,不偏不正,叫袖箭落在金钱眼中,使力大了就过去,小了不到。"小孩说完话,大众听了,连佟金柱的两眼都直了,看着金钱目不转睛。小孩见众人眼睛都看金钱,一抖手,一支袖箭直奔佟金柱的咽喉而来。佟金柱一闪身,袖箭正钉在大厅正当中。那是四扇屏门,上有金龙两条,呈二龙戏水状,匾上写的是"聚英堂"。佟金柱把袖箭躲开,站起身来哇呀呀直嚷说:"好大胆的顽童,竟敢刺杀孤家!众会总,给我把他乱刀分尸。"这些会总正要拿刀过去,马玉龙一想:这个小孩必有不白之冤,十二三岁好大胆量,我不救他,可惜就要死在乱刀之下?

书中交代:这个小孩因何要刺佟金柱呢?原来李芳住家在离佟家坞八里的李家集,他父亲名叫李禄。佟金柱未造反之先,李禄给佟家赶车。佟金柱时常出去打猎,路过李家集,看见李禄之妻在门前买线。佟金柱问手下人:"这是谁家的妇人?"手下人说:"这是赶车的李禄之妻刘氏。"佟金柱回家,就把李禄叫过来说:"李禄,你家住在李家集呀?"李禄说:"不错。"佟金柱说:"你家有些什么人?"李禄说:"家有结发之妻。"佟金柱说:"我给你一百两银子,你再娶一个。我听说你的妻子貌美,你把她送来给我为妾。"李禄一想,这件事如何使得,便说:"庄主爷家中娇妻美妾十几个,有银钱什么样子卖不到,何必跟小人争夺?这件事,小人不敢从命。"佟金柱一听,气往上冲说:"你这厮太不要脸,我好心跟你商议,你竟敢推委,快把他给我捆起来。"有二十多个恶奴过来,把李禄捆起,吊在下面一阵乱打。李禄连疼带气,当夜三更天就死了。佟金柱吩咐把他埋在乱葬冈,立刻叫人到李家集把李禄之妻抢来。旁有一人叫得福的说:"不便去抢,人多聚众,事就大了。若小人前去,不费吹灰之力,就把她接来。"佟金柱说:"你果能有此妙计,我就赏你五十两银子。"得福说:"是了。"

次日,他雇了一乘轿子,来到李家集。李禄之妻刘氏,晚间心神不定,听见有人叫门,连忙出来问是谁?得福说:"你不认识我,我在佟家坞佟庄主爷那里。现在我李大哥得了一种大病,请先生一瞧,先生说要叫他亲近之人给他煎药,你快去看看。"刘氏一听丈夫病的厉害,忙换衣服,托街坊照应门户,出来上了轿子,同着得福来到佟家坞。佟金柱一瞧抬来了,甚为喜悦。刘氏下了轿一瞧,房子甚为整齐,廊子底下坐着一人,紫微微的脸膛,粗眉大眼,此时夏令景况,他身穿凉绸褂裤,手托着一根银水烟袋说:"你是刘氏?你的男人李禄,已被我打死了。自那日我看见你有几分颜色,想把你接来服侍我,省得跟他受罪,让你在这里呼奴使婢,身享荣华。"刘氏一听把她丈夫打死,不由怒从心上起,气向胆边生,说:"好恶贼!你把我丈夫打死,我要跟你打一场官司。"回身往外就走。佟金柱吩咐把她揪回来,吊起就打。一个女人家怎能受得住,自己一想:"我已怀孕,我若死了,连报仇的都没有,只好依从他。"就说:"要我依从须等我产了孩儿。"佟金柱说:"那可以。"便把她交给周氏看管着。

过了一个月,刘氏分娩,养下一个男孩。这周氏也是李家集的人氏,刘氏说:"周妈妈,你要行好,给李氏门中留后。"周氏说:"可以。"刘氏说:"久后我儿子大了,请你把我夫妻被屈含冤之事对他说明。所有我家中的房子家什,都给你老人家,只求把我儿子抚养大了。"周氏说:"就是。"来在上房,向佟金柱说,要家去两三天回来。周氏就把小孩带了出去。过了两天,刘氏才说:"分娩下来,小孩已死掉扔了。"佟金柱也不理论。后来刘氏悬梁自尽,佟金柱只得把她埋葬。

周氏以开店度日,把这小孩养到八岁,长得甚是伶俐。这天来了个和尚,一看这小孩,就问周氏:"他是你什么人?"周氏说:"他的话长呢!"就把小孩之事细说了一遍。和尚说:"既然如此,叫他跟我去,我收他做徒弟,三年后把他送回,可以给他父母报仇。这里给你二十两银子,并非买他,给你吃杯茶。"周氏就问和尚的宝刹在哪里?和尚说:"我在庆阳府山里的镇涛龙王庙,我叫赛达摩正修。"周氏说:"好!大师父既然爱他,我也不能拦阻。可有一件,三年后你可要送他回来,我见见他,你再带走。"正修说:"是了。"就把小孩带在庙中,教他水旱两路的功夫,使一双镔铁棍杖,会打紧背低头锥袖箭。能为练好,正修又把他父母的冤屈之事告诉了他,说:"你若有心报仇,我把你送回李家集。"李芳回来,周妈妈叫他跟会总谢自成当书童,他心心念念要刺杀佟金柱,老不得下手。今天因挑取先锋,准小孩下场,他才以此暗器为名,打算要把佟金柱一袖箭射死。未想到佟金柱闪身躲开,吩咐群贼将他乱刀分尸。可怜这样的孝子,就要死在群贼之手。不知后事如何,且看下回分解。

第一九八回

讲古迹哄信佟金柱　收义子巧入三教堂

　　话说佟金柱吩咐要把李芳乱刀分尸,马玉龙一看,就知道他有不白之冤,得设法救他,便说:"你们且慢,刀下留人。"佟金柱大为不悦,说:"妹丈! 他刺杀孤家,你还给他讲情?"马玉龙说:"不然,王家千岁有所不知,他乃小小顽童,前来行刺,必有人主使,若把他乱刀分尸,岂不便宜那主使之人。可把他交给我细细审问,追出主谋之人,斩草除根,以免后患。"佟金柱一听,说:"言之有理,还是我粗心了,妹丈精明强干,胜我百倍。"这才吩咐且慢动手,将他交与了都会总。又问:"这是谁的小童?"有人说乃是谢自成的书童。便吩咐把谢自成捆了,传令佟家坞四门紧闭,不准放人出入,如有差遣,须有我令箭为凭,将此事办理清楚,才许出入。

　　吩咐已毕,马玉龙便将李芳带到都会总府来细细审问。听差人等跟随马玉龙下了演武厅,回到了会总府。马玉龙吩咐闲人散去,派石铸把守前门,再不准放闲杂人等出入。又派孔寿、赵勇在房上巡查,怕有奸细探听。纪逢春、武国兴、刘得猛、刘得勇四人,带着李芳来到里面,放在马玉龙的面前。马玉龙说:"那个小孩,你不必害怕,你为何行刺,从头至尾对我说来,我定宽恩设法救你。"小孩叹了一声说:"你不必问了,我只闭目等死,我跟你无冤无仇,可恨,可恨!"马玉龙说:"你恨什么?"小孩说:"我恨不能把佟金柱碎尸万段,你们或杀或剐,快快叫我一死。"马玉龙说:"你好糊涂,你认识不认识我?"李芳说:"认识你又怎么样? 你等不过是一群反叛!"胜官保说;"我告诉你,我姓胜名叫官保,现改名关保。那位是马大人,系奉彭大人之委派前来卧底,我们这些人都是来剿灭反叛的。因为看你必有不白之冤,想要救你,你可别糊涂。"

　　李芳一听,瞧了瞧马玉龙这些人,又仔细瞧了瞧胜官保说:"我实在不知道,敢情我遇见贵人了。唉! 也不管你救得我救不得我,跟你说说吧。我姓李名芳,父亲叫李禄,当年给佟金柱赶车。佟金柱因见我母亲貌美,就将我父亲害死,将我母亲抢去。那时我还没有生养呢,我母亲用巧言说，要等分娩以后再从他。后来生下我来，叫周妈妈带了出去，我母亲就悬梁自尽了，这都是周妈妈告诉我的。我八岁跟龙王庙赛达摩正修学徒，练的长拳短打，刀枪杆棒，十八般兵刃件件精通。现今我当小童，来到佟家坞并不为钱，就为刺杀佟金柱。他每逢出来，总有数十个人跟着，刀枪如林，不能近身。今天因挑取先锋，我以打暗器为名，要刺杀佟金柱，替父母报仇，不想未能伤他，这也是天数！既是大人前来卧底，若能搭救小子，真乃重生父母，再世爹娘。如不能搭救，我就一死，也甘心瞑目，决不埋怨。"马玉龙说："你这孩子倒是赤胆忠心，我如救了你，你就在这里服侍我，不必服侍谢自成了。"李芳说："大人如救了我，我情愿认大人为义父。"马玉龙说："好，我就收你为义子吧！"

说罢，叫人把李芳带着，我带他同见王爷去。胜官保说："你老人家不可这样，既要救他，见王爷怎么说呢？"马玉龙说："这非你可知。"这个时候，石铸等人也都进来，知道这小孩是为父母报仇，马玉龙正要救他。石铸说："他眼睁睁的刺杀佟金柱，怎么救他？"马玉龙说："石大哥，你没读过书么？"石铸说："我虽读过书，这样事一时懵懂，我实在想不出主意来。"马玉龙说："此乃小事。"石铸说："既然贤弟有了高妙主意，何妨对我说说。"马玉龙就在石铸耳边如此这般地说了几句。石铸拍掌大笑，说："贤弟真是聪明，才高智广，比愚兄强胜百倍。"马玉龙又在李芳耳边说，你须如此如彼。这才带着从人，押着李芳来到王府禀见佟金柱。

佟金柱正同他三个兄弟议论行刺之事，该当如何办法。佟金柱说："问出主谋之人，便可剪草除根，总是都会总的智略，比你我高强。当时只将小孩一杀，仍难免后患。若非自家亲戚，他也不肯这般用心。"正说着，有人禀报："都会总已审明刺客，前来回报。"佟金柱吩咐请进来。马玉龙来到里面，参见了佟金柱，旁边落座。佟金柱说："妹丈可问实刺客是何人主使？急速拿获，剪草除根，方出我胸中之恨。"马玉龙说："王家千岁，这个小孩有一段隐情，我且说一段故事，叫做耕牛救主遭鞭打，哑妇击杯反受辱。"佟金柱说："何为耕牛救主遭鞭打？哑妇击杯反受辱？我不懂，妹丈且细细说与我听。"

马玉龙说："这两个故事都是真的。当年有个牧牛童儿在山上放牛，困睡在树荫之下。这牛正在山坡吃草，来了一只狼要吃牧牛童儿。这牛虽是畜牲，其性最灵，见狼要伤他主人，就过去跟狼相拼。这牛全仗两个角,把狼打败了。牛见狼已经走远,即过来用角撞那牧牛童儿。这牧牛童儿醒来一看,并没有什么,勃然大怒,拿鞭就把牛打了二三十下说,好个畜生,你无故扰我睡觉!打过仍然又睡。"佟金柱一闻此言,说:"这牛好心好意救他,那牧童反来打他,可恨!可恨!"马玉龙说:"牧童睡着,又来了两只狼,那牛连踢带咬,把狼打跑,怕狼再来,过去又一撞牧童。他醒来一看,又没有什么,说你这畜生着实找打,我要睡觉,你却不让我睡。拿鞭子把牛打得直叫。牛跑开后,牧童一想,往常这牛并没有撞过我,今天必然有故。他便躺着装睡,一瞧那两只狼又来了。人有人言,兽有兽语,两只狼商议好了,一只跟牛打,一只吃牧童。牧童一见,起来拿牛鞭把狼打跑了。这才知道先把牛打屈了,从此以后厚待耕牛。这哑妇击杯反受辱之事,说的是明朝万历年间,有一周昌,娶的妻子是个哑巴,后来他又买个妾,名叫碧桃,其性最淫。周昌在外贸易,数月不回,她何能守得住,竟与邻少通奸,往来甚密,如胶似漆。后来听说周昌要回来,她舍不得这少年,二人一商量,那少年说:现有一包毒药,如周昌回来,你给他接风,将药下在酒内,把他毒死,我们做个长久夫妻!他们知道哑巴又聋,也不避她。后来周昌回来,碧桃殷勤侍奉,就把药酒拿出来。哑巴见周昌刚要喝,过来就抢。周昌说:'你这蠢才!'揪过来痛打,打过仍然要喝,哑巴又抢了过来。一连三次,周昌心想必有缘故,这才把酒倒在地下,只见一片火光。他把碧桃捆上,送在官衙一问,才知他私通邻人,设法谋害亲夫。后来将碧桃按律问罪,周昌从此也重待哑巴。"

　　佟金柱说:"妹丈为何说这个呢?"马玉龙说;"这就是李芳的故事,王家把他带上来问问为何行刺,就知道了。"佟金柱吩咐带李芳。李芳来到面前,佟金柱一问,李芳如此如彼一说,佟金柱竟哈哈大笑起来。不知李芳说的是何妙语,且看下回分解。

第一九九回

拜教主细访妖异事　见纸豆方知邪术精

　　话说佟金柱吩咐带上李芳来。左右一声答应,把李芳带了上来,跪在下面。佟金柱说:"李芳,你为什么拿袖箭刺杀孤家?"李芳说:"我是一片忠心,竟惹出一场大祸。当时我在校场拿袖箭正要去打金钱,只看见王驾背后有一条张牙舞爪的长虫,要抓千岁。我想这必是妖精,故此一箭打去,却不知这东西哪里去了? 我是救驾,不想千岁爷倒说我是刺客,要把我乱刀分尸。我死不要紧,只怕冤屈了好人。"佟金柱一想:"这话有理,教主爷时常说我是真龙,这必是我瞧他出了神,真龙出窍,小孩眼里瞧见,恐怕龙来抓我,故用袖箭把龙打跑,倒是一番好意。这真是耕牛救主遭鞭打,全是一片忠心。谅他一个小孩子,又跟孤有什么深仇呢?"想罢,便吩咐说:"来人,把李芳松绑,封他为散值会总。再去把谢自成放开,这与他无干。"马玉龙说:"把这李芳叫来伺候我吧,我倒爱这孩子的忠心赤胆。"佟金柱说:"就叫他伺候妹丈。"

　　李芳上来给大家磕头,往旁边一站。马玉龙坐着一想:"我来卧底虽得了权,听说还有三教堂。今日趁着没事,我何不叫他带我去拜拜三位教主,且看看他是何如人也,什么邪教?"想罢,说:"王家千岁,我蒙厚恩,得了都会总之职,统辖教中之人,但于何时起兵,先取哪座城池? 我要拜见教主,请教主指我一条明路。"佟金柱说:"很好! 既然如是,我同妹丈就去拜访三位教主。"先叫童儿到后面去送信,然后便同马玉龙坐轿直奔后面。

　　到了后面一瞧,这院子是八角月亮门,外面挂着一块牌,写的是:"教堂重地,闲人莫人,如敢故违,重责不贷。"由里面出来两个道童,头绾双髻,各拿一把云帚,都是齿白唇红,说有请王驾会总。马玉龙同佟金柱进这院子一瞧,当中有条路,两旁栽的海棠,阴面结海棠,阳面结苹果,此时七月天气,海棠苹果正结满枝头,青红可爱。一直来到二道重门,门外东房三间,有四十个人在此值宿听差,若有事,只须一打点,里面就有人出来，无事则不准出三教堂。佟金柱、马玉龙二人由童儿引路，走过影壁，一瞧是北房五间，东西各有配房三间，院子里栽松种竹，大殿上有一块匾，写的是"三教堂"。两旁柱子上有一副对子，写的是：

遵光天之造化，渡后世之愚蒙。

马玉龙来到三教堂阶下，往里一瞧，里面金壁辉煌，大有可观，廊檐下挂着八只攒竹灯，里面靠北墙有一座悬龛①，都是硬木雕刻的。帘幔帐龛下，一溜三个莲花台座，前有三张八仙桌，桌上摆着三堂鲜果供。头前有六个道童，打着金锁提灯，捧着宝剑、葫芦等物。当中莲台上坐着一个老道，头戴鹅黄缎子莲花道帽，身穿鹅黄缎子道袍，绣的金线八卦，内衬蓝绸褂裤，足下云履。赤红的脸膛，一部白髯约有一尺多长，洒满胸前。这位就是天文教主张洪雷，乃是江西信州龙虎山铁冠道人张天师一族。东边一个老道，头戴九梁道冠，身穿宝蓝道袍，黑面皮，两道刷子眉，一双环眼皂白分明，准头端正，海下一部黑须，这位就是地理教主袁智千。西面坐着人和教主化地无形白练祖，身穿粉绫道袍，面皮微白，浓眉大眼。这三位教主，都是威风凛凛，相貌堂堂。

马玉龙上前给教主叩头。张洪雷一见有人叩头，即合掌当胸，口念无量佛，说："你起来，山人前知五百年，后知五百年，你我倒有一段仙缘，我收你做个徒弟吧！"马玉龙立即跪倒叩头，说："师父在上，弟子愚昧无知，要求师父指教。"张洪雷说："咱们这教中也没有什么出奇的，你也不是外人，我带你去瞧瞧。"说着话，老道下了宝座，带马玉龙、佟金柱来到里面，只见北窗下有一张花梨条案，上面有五个大斗，斗上用红绸盖着，有符押着，在正中供着一张八卦太极图。张洪雷一指说："徒弟你看，这就是教中的法宝，能敌朝廷百万之兵。"马玉龙说："这是什么宝贝？"张洪雷说："这是你二师父袁智千练的豆人纸马，每天咱们要念两个时辰教中的黑经，子午时叫童男童女吹阴阳之正气。"接着又带马玉龙来到西屋，见有四只箱子，两个大柜，上有封皮。张洪雷说："这都是豆人纸马。"马玉龙说："这个怎么用呢？"张洪雷说："这得借星斗之光，练一百天，我学的是奇门八卦。"马玉龙说："师父栽培，弟子可以练一练吗？"张洪雷说："可以。"马玉龙说："到八月就起兵，恐怕豆人纸马接不上。"白练祖说："我看

---

① 龛（kān）——供奉神佛的小阁子。

十一月甲子是个好日子,要起兵就在那天。"佟金柱、马玉龙俱皆答应。

吃了两杯茶,二人告退下来。走在路上,马玉龙问道:"王家千岁,这三位教主,平素就安歇在这教堂里么?"佟金柱说:"不是,他们在东跨院另有一个所在。"二人来到外面,上了轿子,各回自己府第。

马玉龙来到帅府,石铸问他上哪里去了? 马玉龙说:"我救了李芳,又同佟金柱到三教堂去拜望三位教主。"石铸说:"好! 我正在焦愁,知道天地会八卦教有三位教主。贤弟既到里面去,必要探知他们是怎样一段局式?"马玉龙就把刚才张洪雷所说之言,和他所见的豆人纸马,从头至尾说了一遍。石铸说:"好贤弟! 你打算出个什么主意呢?"马玉龙说:"这里的情由,十分之中,我才明白了二三成。再等探听明白,你我另行商议。"石铸说:"也好,你我细细访查,看他的总花名册上,八卦教会共有多少人,还有为首的是谁?"马玉龙说:"你我大家留心就是。"这天,兄弟几个在帅府吃了半天闷酒,各自安睡。胜官保、李芳伺候马玉龙,就算小童儿,马玉龙认他二人作为义子。

次日早饭以后,马玉龙正同众家英雄谈论闲话,外面有人往里飞禀,说:"王家千岁请都会总急速前去,有机密大事。"马玉龙赶快带着众家英雄,出了帅府,上马来到王府。马玉龙进了九龙厅,见佟金柱兄弟四人正同余化龙议论军情。马玉龙参见已毕,落座说:"不知千岁有何事议论?"佟金柱说:"我风闻有个奉旨钦差彭大人,现住潼关,要调兵剿灭佟家坞,故请妹丈来商议。"正说着话,有人往里飞报说:"王驾千岁,大事不好,现有金眼雕邱成带人来打佟家坞,各防守汛地的会总已抵挡不住。"佟金柱一闻此言,吓得一阵发愣。要知后事如何,且看下回分解。

第二○○回

金眼雕头探佟家坞　马玉龙率众见师兄

话说佟金柱听手下人禀报说，金眼雕邱成带人来打佟家坞，连忙说："妹丈，你带各路会总前去迎敌。"又派铜头狮子袁龙、铁头狮子袁虎、小吊客周通、金眼魔王安天寿、急先锋萧可龙、金头太岁谢自成、矮金刚公孙虎八路会总，并三十六位小会总，点齐三千会兵，浩浩荡荡出了佟家坞东门。只听得十字街喊杀连天，人声呐喊，山摇地动。马玉龙带着众人，往前直奔。

书中交代：金眼雕怎么会到这里？只因为白猴杨堃、燕翅子刘华、抄水燕子石铎三人到京都盗九头狮子印，这案就背在内大班的班头身上了。康熙年间的内大班头，一位叫汤文龙，一位叫何瑞生。汤文龙是康熙老佛爷御口亲封的，叫汤夸子，当年黄三太在沙滩劫饷杠，汤文龙追至良乡县，黄三太知道他是办案的，打了他一镖，他将镖接住，也不敢再追。后来黄三太救驾，找九龙玉环，倒跟了他交了朋友。他生平所学的武艺，不教徒弟，就传授了他儿子汤英。何瑞生有一子叫何玉，也是跟他父亲学的能为，十八般兵刃件件皆精。他哥俩都进了内大班，承袭父亲的差事。现今失去九头狮子印，万岁爷震怒，交派都察院和顺天府文武衙门一体访拿。汤英、何玉回明上司说："这贼必不在京，求办一套海捕文书，我二人出去访拿贼人，请回九头狮子印，倒是一件大功。"上司给他办了一件海捕公文，赏了四十两盘费。小哥俩正是艺高人胆大，初出犊儿不怕虎，藐视天下英雄。

这两个人由京都起身，日行夜住，要直奔潼关访查。因料想这贼人盗去九头狮子印，寄柬告彭大人，必是跟彭大人有仇。现今彭大人在潼关，此贼必在附近，到那里可以寻踪访迹，将九头狮子印请回。两个人在路上不敢耽延，这一日到了潼关，打听彭大人还未走。他二人住在天成客店，碰见了金眼雕和伍氏三雄，正带着邱明月在上房住着。二人又赶忙过去给邱大爷行礼。邱成一看，愣了半天才想起来说："原来是二位贤臣，你们从哪里来的？不要行礼。"汤英、何玉也认得伍氏三雄。他们在京中开黄酒馆子，跟汤文龙、何瑞生是穿房入户的交情，见了汤英，何玉二人，焉能不加照应，就让到屋中问道："二位贤侄从何处至此？"他们就把丢了九头狮子印的事说了一遍。又说道："现在父亲把差事一交，让我二人接了。"金眼雕说："我明天带你二人到佟家坞去找九头狮子印，找回来便罢，如找不回来，再作道理。"商议好了，又说："今天咱们暂住一天，明日起身。"汤英、何玉说："好。"

一夜无话。次日大早，邱成叫伍氏三雄和邱明月看店，他带着汤英、何玉直奔佟金坞。金眼雕贴上两张白太阳膏，小辫子扎上红头绳，说道："你二人见我这打扮了。"又由兜内掏出四个太阳膏来，递与汤英、何玉说："你二人也照我一样打扮，到那里见了他们的人，说话不离本，出手先见三反搭、二纽扣，背后系金钱，你们只看我的眼色行事，不可多说多道。"二人点头，跟着金眼雕就进了佟家坞。

众人一看金眼雕这打扮就愣了！原来在小辫上扎红头绳，这是教中老祖宗的打扮，大众全皆纳闷，不知哪路来的，不敢错待。金眼雕来到佟家坞东门，进了一个饭店。众人一看又是一愣，这个八卦教的是八十多岁还了童，扎着红头绳，这个辈数大了。金眼雕一进来就说："本字辛苦了。"跑堂的过来说："大爷你来了？"金眼雕说："来了。"伙计说："本字辛苦？"汤英正要说，何玉拉了他一把，他才不言，同金眼雕坐下。邱成说："你们吃什么？"汤英说："摆上金波玉液，我也吃不下去，我心里有事。"邱成说："既如此，待我来吃。伙计过来，你们这里卖什么？"伙计说："包办酒席，应时小吃都现成的，老爷子你吩咐吧。"邱成说："你把九寸盘子的白肉拿十盘。"伙计一听，这个老头是半疯，五个人也吃不了。工夫不大，先摆上五盘，后又上五盘，酱油醋碟摆好，又叫了几壶酒。邱成把十盘肉吃完，把汤英、何玉都给震住了。瞧他吃的人说："这个老头必不是人，一定是教主显圣，教诲咱们。"他们怎知道邱成这个功夫，再有十盘，他也能吃的下去，因用水火交济，随吃随化。这连汤英、何玉也没见过。

吃喝完毕，汤英伸手只掏出百十来钱，银子都丢了。汤英说："好贼崽子，偷到咱爷们这里来了。"只气得眼睛直翻，呆呆发愣。邱成说："不要紧。"汤英说："不是别的，咱们是干什么的？办案会叫贼给偷了。"这句话不要紧，却漏底了。内中就有几个过来答话说："你们二位是在哪里恭喜?"汤英说:"我们在京都充当内大班,奉旨出来拿盗印之贼。"邱成再使眼色已拦不住了。

汤英话犹未了,就听人呐喊:"拿呀!他们不是教中人哪!是奸细呀!"呛啷啷一棒锣响,有东门散值会总胡忠,带了二十几个人正查街,听说有奸细,便带人来到了饭店。众人说:"会总爷,他三个人是京都来办案的班头。"邱成哈哈一笑说:"老太爷明人不做暗事,我姓邱名成,人称金眼雕,住大同府元豹山,奉钦差大人之谕,带着三千官兵,二十名战将,前来剿灭反叛。"说着话,赶过去就奔胡忠。胡忠手中拿着一口刀,想邱成是个老头子,并未放在心上,用刀一晃,撤回来分心就刺。邱成伸手把刀抓住,一腿就把胡忠的腿踢断了,伸手把那贼人抓了起来,脑袋冲下,只吓得这伙贼人回头往外就跑。忽听那旁一声喊嚷:"尔等快快闪开了,待我来捉拿奸细。"原来是马士杰带领众会总前来捉拿汤英、何玉,要与金眼雕决一胜负。不知后事如何,且看下回分解。

第二〇一回

说情由放走二班头　断魂山巧遇独行侠

话说金眼雕把散值会总胡忠力劈两半,就听东门内锣鼓齐鸣,人声呐喊,先出来一对白旗,上首是天地会门旗,下首是八卦教门旗,背后写的是:"改山河扶保真主,灭大清另正乾坤"。当中一杆帅字旗,是白缎子青蜈蚣走穗,火焰掐边,坠脚铜铃被风一摆,哗啦啦乱响,前面是一个"马"字,后面是"三军司命"。马玉龙骑着赤炭火龙驹,头戴三角白绫巾,身穿白缎子箭袖袍,足下白缎子靴,手擎画杆方天戟,衬着他的白脸膛,真好似当年吕奉先一样。跟他来的八位会总,各人手擎兵刃。来到东门外面,就听说把散值会总给劈了。头一个铜头狮子袁龙要立头功,摆刀过去,铁头狮子袁虎帮着哥哥,二人就把汤英围上。汤英手执铁尺,力敌二贼,并无半点惧色,在当中蹿纵跳越,那铁尺上下翻飞,按着单鞭的门路,拨挡着两口刀。这边有左丧门孙玉、小吊客周通把何玉围住说:"哪里来的小辈?敢来送死!"汤英、何玉哈哈一笑,说:"你们这群贼崽子,也认不得你家班头,我乃京都慎经司内的大班头,奉旨来拿盗印之贼。"孙玉、周通刀法纯熟,以多为胜,就把他二人围住了。

谢自成一看金眼雕,乃是一个年迈的老头,一摆棍就扑奔过去,想要取胜,焉想到一过去就被金眼雕将棍夺去了,一腿把他踢倒。谢自成爬起来,只吓得魂魄皆冒,看了一看金眼雕就跑。矮金刚公孙虎持手中虬龙棍扑奔过来,想要替谢自成报仇,跳过来照着老雕就是一棒。金眼雕一伸手就把棒接住,夺将过去。公孙虎又一棒打去,金眼雕用这条棒一崩,公孙虎哇呀呀直嚷,竟将虎口崩裂。金眼雕说:"贼崽子!你瞧这个。"双手一撅,竟将铁棒撅断了,吓得公孙虎屁滚尿流,扔棒拨头就跑。金眼雕并不追赶,又过来扑奔这伙贼党,抓住了谁,便拿人打人,直打了个落花流水。大家四散奔逃,齐嚷厉害。

正在这般景况,铜头狮子袁龙、铁头狮子袁虎已把那汤英拿住,左丧门孙玉、小吊客周通也把何玉拿住。金眼雕一瞧就急了,心想:"我带着两个晚辈来打佟家坞，叫他二人遭害，如何使得，我也对不起汤文龙、何瑞生！今天我这老命不要了，跟他们分个强存弱死。"金眼雕过去乱打，并无一人能够敌挡。

马玉龙一看，便从马上跳下来扑奔金眼雕。老英雄一看，就明白是师弟前来卧底。走了几个照面，金眼雕装败就跑，马玉龙紧紧随后追去，两个人脚程都快，展眼就到了无人之处。马玉龙说："师兄！你老人家只管放心回去，这两个人我能救得了。"金眼雕说："这两人就是京都汤文龙、何瑞生之子，我既带了来，叫他们被害，我也对不起他们。"马玉龙说："师兄！你老人家只管放心，都有我呢，必定叫他二人不吃亏。还有一句话，你见了大人，叫大人派人扮个假马玉龙来打佟家坞，此时这贼人多有怀疑。"金眼雕说："是了，我回去禀明大人，打你的旗号来打佟家坞，以去贼人之疑。你在此得了事，我也放心了。诸事可要小心谨慎，大人是派我来打听打听。"马玉龙说："师兄！你请回去，事情交给我办，决错不了。"金眼雕这才告辞。

马玉龙回到本队，一瞧众会总已把汤英、何玉绑上，正在等都会总回来。众人见马玉龙回来，齐说："都会总！现在我等把这两个人拿住，该当怎样发落？"马玉龙说："你等押着跟我见王爷去。"众人说："是。"便押着两人，跟随马玉龙进了佟家坞东门。

来至十字街王府门前，马玉龙下了马，早有人回禀进去。反王佟金柱吩咐有请，马玉龙带着众人进去，参见了佟金柱落座。马玉龙说："王驾千岁！现在东门外拿住两个奸细。"佟金柱说："妹丈将他审问明白，结果了性命就是，何必问我。"马玉龙说："是！"吩咐左右把这两个人带到帅府里去，众人就把汤英、何玉带往帅府。

马玉龙告辞回去，升了座，吩咐众会总在外面伺候，把亲随石铸等几个人叫上来，再把汤英、何玉带上。这两人破口大骂。马玉龙说："你二人不要骂了。你二人是哪里人？把来此的缘由，说来我听听。"汤英说："我二人乃京都人氏，在御前内大班当差，奉旨来找九头狮子印。小大爷叫汤英，他叫何玉，既被你拿住，我二人只求速死。"

马玉龙吩咐把他二人绑上，带了五百兵及石铸等人，大家来到佟家坞西门，问道："杀人在什么地方？"兵丁回答说："在断魂山。"马玉龙说："既如是，把他二人绑到断魂山，削首号令。"即带五百官兵和手下的亲随人等,来到断魂山口,凡是天地会的兵丁,一个不叫进去,都在山口站立。

马玉龙带着石铸、胜官保、孔寿、赵勇、刘得勇、刘得猛、纪逢春、武国兴八个人,押着汤英、何玉,进了山口,一直往西。走之不远,就在北山根预备一个马扎坐下,石铸八个人坐在两旁,汤英、何玉在跟前站着。马玉龙说:“你二人认识我不认识?”汤英、何玉说:“你是反叛。”马玉龙说:“你二人是不知道,我并不是反叛,我是朝廷的职官,奉钦差彭大人谕前来卧底,方才同你们来的金眼雕邱成,是我师兄,他叫我救你二人。”汤英、何玉说:“我等实不知道你老人家尊姓大名。”马玉龙说:“我姓马名玉龙,原在龙山,绰号忠义侠,人称公道大王。我带着龙山的兵勇,自备粮草,来保钦差彭大人西下查办。现在知道这里出了反叛的邪教,我等前来卧底。”汤英说:“久闻你老人家大名,你老人家得救我二人了!”马玉龙说:“我师兄嘱咐,叫我救你二人,但是要秘密,我好前去回话。”石铸说:“马贤弟!我倒有个主意。”马玉龙说:“石大哥既有妙计,何妨说来?”石铸过来说:“这条妙计,须得我亲身去把天地会八卦教的人拿两个来,把他二人杀了,就说是汤英、何玉,把死尸扔在山涧喂狼。”马玉龙说:“这条妙计倒好,恐怕不密。”石铸说:“就怕他二人走之不密,得派个妥当人来送他们。”马玉龙说:“就是想不出派谁好,要派你等,倘会中人碰见,也多有不便;倘若把他二人截回来,那时你我的大事就要泄露了。”

正说着话,就见由石铸身后蹿出一人。纪逢春一看说:“石铸!你爸爸来了。”只见这人碧眼紫面,身高八尺,穿一件青洋绉裤褂,手拿一口红毛折铁宝刀,说:“好一个忠义侠马玉龙,你们这一班人都是彭大人的奸细。你们吃着喝着,反吃里爬外。今天所说的话,都被会总爷一一听见,你等休想逃走一个。”马玉龙一听,吓得魂魄皆冒。要知来者是谁,且看下回分解。

第二〇二回

邓飞雄访友走天涯　黄花铺救人打恶棍

话说马玉龙在断魂山要救汤英、何玉，他以为在这山里头，有兵堵住山口，外人进不来，眼前都是自己人，便说了几句泄机的话，露出本来面目。焉想到山石之后有人偷听，拿红毛宝刀跳将出来。这一段书，乃是双侠聚会。

此人家住山西太原府双义庄，姓邓名飞雄，绰号人称千里独行侠赛判官。他本是绿林中之义侠，自幼投明师，访好友，把一份家业全都练了艺业，交了朋友。后来得遇名师虬髯老僧教练武艺，功夫学成，临走给他一口宝刀。这口刀乃是孩儿铁所打，能切玉断金，削铁如泥。他爱独自游行天下，专在绿林偷富济贫，杀赃官，除恶霸，到处做侠义英雄的本色之事。

这一年来到黄花铺，在会友楼上吃酒，骑着的一条驴就拴在下头。刚一上楼，跑堂的就一愣，只见他绿眼珠一转，一部虬髯长得真像神判钟馗。他找了张桌子坐下，跑堂的过来说："大爷，你楼下吃吧！"邓飞雄问："为什么叫我楼下吃，莫非我不给钱？"跑堂的说："不是，今天这楼上头，是我们本地的净街太岁黄勇包下请客，不叫卖外人。"邓飞雄说："他可是先来定的座，给了多少钱？"跑堂的说："不是，他吃饭向来不给钱。这条街上的饭铺，他都不给钱。"邓飞雄说："那他必是你们东家。"伙计说："他也不是东家，不是掌柜的。这楼上没外人，我告诉你吧，他是我们本地的恶霸，结交官长，走动衙门，家里养着好几十个打手，本地没人敢惹。你是外乡人，走在这里吃点什么，回头要撞上就不得了！"邓飞雄哈哈大笑说："我只当他定座吃饭给钱，好招主顾，原来他是恶霸。我自做人以来，没见过这种人，今天你这一说，我倒不下去了，我等他来给我怎么个不得了。我要见见这个恶霸，给你们本地除害。"跑堂的说："你是外乡人，强龙不压地头蛇。这里都是他的人，你老要受他的算计。今天楼上没人，要是有人，我真不敢说这个，叫他的余党听见，必要把我们这楼给拆了。我们这一方，都没人敢惹他。"邓飞雄乃是行侠仗义之人，听了他这话，半信半疑,自己倒要瞧瞧这个恶霸是真是假?要真是如此,他自有道理。

邓飞雄要了两壶酒、两碟菜,跑堂的见他不走,长的凶狠,便也不敢深拦。邓飞雄正自斟自饮,忽听楼下一阵大乱,侧耳一听,有人说:"掌柜的!我们太岁爷打发我来,问问定的菜全不全,你们要是耽误了,太岁爷说要放火烧你们的房。"下边的伙计和掌柜的齐说:"不敢耽误,都预备全了,太岁爷哪时爱来,哪时来。"说着话,就听得楼梯一响,上来一个人。邓飞雄一看,这人身穿紫花布裤褂,面皮微青,两道短眉毛,一双三角眼,蒜头鼻子,薄片嘴。来到楼上,把眼睛一翻说:"堂倌,嘱咐你楼上不卖座,你怎么又卖了?"跑堂的说:"这位太爷来的时节,我们说楼上不卖坐,他说要在此等人,不愿下去,不卖不行。"这小子乃是黄勇的管家,叫坐地炮黄福,来到邓飞雄面前说:"呔!你这小子是哪里来的,不知道我们太爷把楼包了么?你竟敢占这楼,趁早连胳臂带腿给滚下去吧!"邓飞雄一闻此言,气往上冲,过去就是一个嘴巴,这小子跌了个一溜滚,正滚在楼门,顺着梯滚下去了。他站起来就跑,一边说:"别让他走了,我给太岁爷送信去,你要走了,不是好朋友。"跑堂的说:"太爷!你这乱子可惹大了,他是净街太岁的管家,倚仗他主人的势力,时常在外欺压人。他这一回去,回头必来,光打手就有四五十。"千里独行侠邓飞雄哈哈一笑说:"这无名的小辈,叫他把他主人叫来,只管约人去,我等着他。"跑堂的也不敢往下多说。

工夫不大,就听楼梯一响,由下面一声喊,上来一人。只见他身高八尺,扫帚眉,大环眼,身穿着一身凉绸的裤褂,足蹬一双花鞋,带的五六个人,内中就有刚才摔下去的那小子黄福。他见了主人,并没敢提刚才叫人打楼上摔下去。那黄勇坐了一张桌子,瞧了邓飞雄一眼,也没言语。跑堂的一瞧,赶紧过去说:"大太爷来了,给菜。"说着话,把干鲜果品摆了一桌子。就听黄勇说:"福儿、禄儿,你二人去把刘成给我叫来。"这两个家人答应下去,不大的工夫,这两人就揪着刘成上了楼。

这刘成有六十多岁,穿月白裤褂,白袜青鞋,是个做买卖的老实人打扮,来到楼上,只吓得战战兢兢地跪下来说:"庄主爷别着急,我这里给你老人家办着钱呢!"净街太岁黄勇说:"你也不用还我了,你好大胆子,我打发管家去要钱,你不但不给,反出恶言,今天我把你叫来,你是打算多时给呢?"刘成说:"小人买卖实在不好,不然早当奉还庄主爷了,决不敢拖欠这些日子。"就听黄勇说："你把女儿折给我,我想买个使唤丫头,咱们两罢甘休。"刘成说："小人的女儿已有了婆家,我不能自己做主;我女儿要没有婆家,庄主爷的吩咐,决不敢违背。"黄勇一闻此言,气往上冲说:"老匹夫! 你真正是不要脸。"千里独行侠邓飞雄一听,站起来把刘成一拉,说："老丈! 你过来。"黄勇瞧了邓飞雄一眼,也不言语。邓飞雄说:"老丈你坐下,你该他多少钱,还过没有? 说实话,不准撒谎。"刘成说:"小人原是成衣铺的手艺人,原先我们是三口过日子,我妻蔡氏故去,有个女儿给了人家,尚未迎娶。去年我妻子一死,小人一病,一文钱没有,是太爷的管家说太岁放钱,小人就借了十吊钱,到家一数,每吊却短二百,坐地是八扣,十吊给八吊,每日还要三吊利钱,过三天就取一个月利钱。从去年五月至今,整整一年,净利钱我给了三十六吊,这还要扣我的女儿。"邓飞雄说:"我要救了你,你得搬家。你要不搬家,我走了,他还是欺负你。"刘成说:"这房子是我租的,我也没有什么,我带着女儿投亲去,结的亲在临安城,我就去那里投奔。"邓飞雄:"既然如是,我周济你十两银子,给你作盘费。"刘成说:"那我就走。"邓飞雄过来对黄勇说:"朋友! 老丈该多少钱? 我给了,叫他下楼吧。"黄勇说:"行。"

把刘成送下楼去,邓飞雄又回来喝酒,也不理他。黄勇等了有一个时辰,才说:"朋友? 你既替他还账,把银子拿过来。"邓飞雄说:"你这恶霸欺压良善,勒索乡人,你是太岁,我就在太岁头上动土。"说着话,拉出了宝刀,这位英雄要大闹会友楼。要知后事如何,且看下回分解。

第二○三回

英雄奋勇斗群贼　恶霸安心施诡计

话说净街太岁黄勇见这人手拿红毛宝刀，过来就要动手，急忙举起他坐的椅子，照邓飞雄砍去。邓飞雄一闪身躲开，吓得跑堂的往楼下就跑。邓飞雄赶过去与净街太岁黄勇动手，三五个照面，黄勇就被邓飞雄摔了个筋斗。净街太岁起来说："好，你别走！光棍打光棍，一顿还一顿。"说着往下就跑。邓飞雄哈哈大笑："你只管去，大太爷等你三天。"黄勇说："好！"带着一群贼恶奴下楼，径自去了。

旁边跑堂的说："大太爷！你老人家听我良言相劝，快下楼拉驴走吧！怕的是回头你老人家受他的暗算，那时悔之晚矣！"邓飞雄说："你不要管，你的话倒是一片良言，我在这里非得等出个样儿来。不然，我走了，岂不被贼人耻笑我胆小？"说着话，要了洗脸水，擦了擦脸，仍然坐下吃酒，并无半点惧色。

吃了两三壶酒的工夫，就听外面一阵大乱。跑堂的说："可了不得！打架的招人来了！"邓飞雄由楼窗往下一看，只见由正北来了六七十人，各拿刀枪剑戟，斧钺钩叉，十八般兵刃俱全。黄勇在后面督队，有几个家人头前引路，来到楼前说："哪里来的这么个野种？敢到黄花铺太岁头上动土，把他揪下来，打死也无非臭块地。"在下面破口大骂。邓飞雄气往上冲，用绢帕把头包好，拿起红毛宝刀，往外看了一看，由楼窗蹿出外面。他两脚落地，金鸡独立的架式，把宝刀怀中一抱，这只手一撕蒜瓣胡子，说："哪一个前来打架？看热闹的靠后，我的宝刀无眼。"那边见邓飞雄只是个人，贼人便想以多为胜，往上一拥就是十几人，枪刀并举，剑戟齐发。邓飞雄将宝刀一阵乱削，贼人兵刃就嚓嚓嚓一阵乱响，如同砍瓜切菜一般，枪也断了，刀也伤了，木棍也成两截了。

这些人中，有黄勇家里的一个教师，姓孟名士德，绰号人称花叉将，一摆手中叉，扑奔邓飞雄而来，口中喊着："尔等众人闪开，待我前来拿他！"抖叉分心就刺。邓飞雄一撤身，躲过叉头，用宝刀照叉脖就是一刀，把贼人的叉头削断,一翻腕子,直奔孟士德的脖颈。孟士德说声不好,赶紧使出缩颈藏身式一躲,已被邓飞雄将脑皮削去一块,只吓得他拨头就跑。这伙贼人一看邓飞雄来的凶猛,无人敢上前来。净街太岁黄勇一看不好,带着众人径自逃跑了。大众齐声喝彩,都说素常恶霸欺压良善,咱们没人敢惹,今天来了敢惹他的了。

黄勇同众人败走,邓飞雄仍回会友楼,因溅了一身血迹,叫跑堂的打洗脸水来洗了。他把包袱打开,换上一件干净衣裳,开了酒饭帐,问道:"你们这里有店么?"跑堂的说:"我们这里倒有店,掌柜的胆小,不敢留你老人家住,你下楼去找店吧,我们这地方的店不少呢。"邓飞雄说:"也好。"叫他把驴备好,搭上褡套,自己拉驴出了会友楼。

一直往南,见路西有一座大店,邓飞雄说:"你们可有干净房?"小伙计说:"你来的不巧,我们这店都住满了,你到南边那店找去吧。"邓飞雄一连找了六七个店,都是这样的话,心中甚是焦躁。直走到紧南头一瞧,路东有座大店,字号是"聚成店"。邓飞雄说:"可有上房?"小伙计说:"有上房。"邓飞雄说:"既有上房,把我这褡套搬下去,将驴刷饮遛喂好,明天多给酒钱。"小伙计说:"是了。"便把褡套搬到上房南里间屋中。

邓飞雄进来一看,倒很洁净,顺窗门有张八仙桌,一边一把太师椅,东边是炕,墙上挂着几张字画。伙计打了洗脸水,倒了茶问道:"大爷贵姓?"邓飞雄说:"我姓邓。"伙计说:"吃什么?"邓飞雄说:"我刚吃过了,吃一碗茶歇息吧。"伙计说:"太爷,你没到我们这里来过,我们这里出一种好酒,名为透瓶香。"邓飞雄说:"少时再喝,你先去吧,叫你再来。"小伙计转身出去。邓飞雄自己坐在屋中,思想方才之事,可气可乐,暗说:"总是我好多事,不然,焉有这一场气闹?"

自己歇了半天,无一解闷,便把伙计叫来,要了一桌好菜,预备几瓶好酒。伙计转身下去,不多一时,将杯盘摆上。邓飞雄将酒斟出一瞧,酒无异色,又不发浑,并无什么缘故,自己这才放心吃酒。吃过几瓶酒,天有起更,叫伙计撤去残桌,躺在炕上昏昏睡去。

焉想到邓飞雄竟中了黄勇的诡计。皆因白天黄勇被邓飞雄杀败之后他告诉黄福:"你给各店去送信,有绿眼珠、一部虬髯、拉着黑驴姓邓的,哪个店也不准让他住,谁要留他,明天我要告他,跟他一场官司。各店一得信,谁也不敢惹他这净街太岁!"

南头这店正是黄家开的。邓飞雄到别家店里，都说住满了，没有房，找到这店才有了房。邓飞雄想着，要有房，不拘哪个店。黄勇故意叫他别处住不得，住在这黄家店，他好报仇。邓飞雄喝醉了睡着，有人就去给黄勇送信。

黄勇本是绿林中坐地分赃的贼头，今天有几个贼人住在他这里，大家给他出主意说："姓邓的若住这店里，等他睡着了，拿返魂香把他熏过去，再把他绑到会友楼门口，容他醒过来，兄长痛打他一顿，叫众人瞧瞧，把面子找回来，这个仇就算报了。"黄勇说："甚好。"店中伙计来送信说，邓飞雄已经睡着了，他这才叫了一个朋友，姓毛名顺，外号人称神偷照不宵的，拿着鸡鸣五鼓返魂香来了。他自己闻上解药，由窗户把薰香匣子送了进去，工夫不大，把邓飞雄熏过去了，进去就把他捆上。一想这人必会卸骨法，又拿绒绳把他缠上。回去一禀报，净街太岁黄勇说："众兄弟！暂且在店里看他一夜，明日早饭后在会友楼门口，找找今天这场。"众人答应，来到店中看起邓飞雄来。

一夜无话。次日早晨，邓飞雄苏醒过来，才知道被人家捆上，便破口大骂，众人也不理他。黄勇同众人吃完了早饭，把邓飞雄捆着，来到了会友楼门口。众人一看，大家叹道："这位英雄昨天把黄勇打败，今天怎么会叫他拿住？"邓飞雄虽然受绑，口还能说："黄勇，你不是英雄，一刀一枪把我拿住，我姓邓的就算栽了。你这是猫偷狗盗之辈，虽然被你拿住，我这心中不服。"黄勇吩咐："给我打！"有人答应，就拿过绳棍来，是绳子拧成的，用水泡了，只伤肉不伤骨，把邓飞雄打的浑身是伤。

正在这番景况，自正南来了一骑马，带着四五个人。众人往两旁一闪，马上这人说："慢打！待我来搭救邓飞雄。"来的这位，乃是一位惊天动地的英雄。不知是谁，且看下回分解。

第二〇四回

郑华雄慷慨救友　恶匪棍见色起心

话说黄勇正打邓飞雄，由正南来了一匹马，一人骑着，带着五六个从人，来到此处下了马。瞧热闹的众人说："这位要管，可以救得这被害的人，就怕他不管。"

书中交代：来者这位是郑华雄，绰号人称赛灵官，就在这黄花铺住家，是个武举出身，家大业大，很有钱，专爱结交天下英雄。今天他见会友楼门口围着一大圈人，叫家人一打听，众人就把昨天如何打架，今天那人被黄勇拿住拷打的事细说一遍。郑华雄立刻来到跟前，下马一看，这人已打的够八成死。此时黄勇也是骑虎之势，越打邓飞雄越骂，他没法下台，不能不打。郑华雄来到跟前说："黄兄！这人乃是外乡人，因何得罪兄长？请看在小弟面上。"黄勇说："我本应把他打死，既是老弟台你来了，看在你面上，我把他放了。他要打官司，我跟他打官司。"那郑华雄说："既是我出来管，焉能叫你们去打官司"来，把他的东西都交给我吧。"黄勇说："是。"叫人把他的褥套包袱，连刀同驴拉来，这才把邓飞雄放开。过了半天，邓飞雄才醒了过来，他心中明白，说："黄勇！只要我有三分气，我必要报今日之仇。"郑华雄说："兄长！你我萍水相逢，今天初遇，先跟我到家养伤，有什么话，好了我再让你们见面。"邓飞雄说："尊驾贵姓？你是何人？"郑华雄通了姓名，说："兄长先到我家，把伤养好，有什么事再说。"邓飞雄说："这可以。"这时有人搭着邓爷，跟着郑爷，来至临近，就在南头路东大门，把邓爷搭到书房。所有邓飞雄的东西，也都放在书房，又请了一位医家来给他上了些止痛的药，好在没伤筋骨，内服清火散淤活血之剂，自然一天就比一天好起来。

约半个月工夫，邓爷已复旧如初。黄勇也常打发人来，想要托郑爷给引见，以为无冤无仇，打算要交个朋友。送来的好多礼物，邓爷一概不收，全都驳了回去。邓爷好了，就同郑华雄拜了结义兄弟，郑华雄待他如同胞兄弟一般，所有家中的事情，都不避邓爷。郑华雄上无父母，家有结发之妻,还有一个胞妹,叫瑞兰姑娘,知三从,晓四德,念过书,尚未许配人家,郑华雄对这胞妹甚为疼爱。

邓爷在此住有半年。这天,哥俩正在书房内谈讲喝酒。郑华雄说:"兄长,我有一件事跟你商议,我在淮阳的一项租子,有三年未能取来。屡次派家人前去催取,那地方的佃户却甚是刁滑,非我亲身去不能办理此事,无奈家中不能离身,兄长你可给我想个主意。"邓飞雄说:"这有何难,你把租帐交给了我,我给你去走一趟。"郑爷说:"好!既然如此,我把租帐查好,兄长择日起身。"邓飞雄自己收拾好了,也不带跟人,就骑着驴起身走了。

这且不表。单说这天黄花铺大庙唱对台戏,郑华雄带着他妹妹瑞兰姑娘,到庙中烧了香,来在街市上看会,却被净街太岁黄勇看见。瑞兰姑娘本来长得够十成人材,举止端庄,温柔典雅。黄勇看见,回到家中,便时时刻刻挂念,得了一宗单相思病,他净想人家,人家不想他。病了有十几天,这天他的朋友毛顺来了,黄勇说:"兄弟,你来了好,这两天我正想同个知己的朋友开开心。"毛顺说:"兄长有什么忧思的事情,对小弟说说,小弟或可以替你分忧,给你出个主意。"黄勇说:"只因那天这庙上有会,我同众朋友去看会,偶见瑞兰长得十分美丽,使我一见神魂飘荡,把我的魂灵勾去了。我回来茶思饭想,时时挂念,自打那一天,我总是闷闷不乐。"毛顺一听,哈哈大笑说:"兄长聪明一世,懵懂一时,此乃小事,何必这样忧虑?小弟给你画策,管保美人到手。"黄勇说:"贤弟既有高明的计策,何妨说说。"毛顺说:"明天先打发人去跟郑华雄求亲,他如应允,迎娶过门,跟他总算是亲戚。他如不应允,小弟有一个一狠二毒三绝计,管保他家破人亡,兄长也美人到手。"黄勇说:"兄弟你说说这计。"毛顺说:"这件事得耗费你点银子,就可以办好了。"黄勇说:"只要美人到手,银两却是小事。"毛顺说:"此地属唐县所管,这县衙门有二位师爷,不是跟兄长相好么?你老人家到衙门内见见师爷去,这计叫买盗扳赃,若有汪洋大盗的案子,你花钱买通,叫他牵拉郑华雄,说他窝贼分赃,衙门上下花了钱,签票一出来,把他拿去,那时你再遣人到狱里去跟他提亲。他如应允,官司叫他完了;他如不应允,便将他置于死地,带着打手,到他家把他妹妹抢了来。"黄勇说:"此计甚好,我明天就去,县里有一位曹师爷,号叫子高,跟我相好,只要他给我把这件事办好了,我谢他一千两银子。"毛顺说:

"那倒可以,快些为妙。"

次日,黄勇带着几个人来到县衙门口,叫人进去把曹师爷请到衙门旁一个酒馆的雅座。曹子高一见黄勇就说:"黄大哥!久违得很,这一向我们衙门里甚忙,不然我要瞧老兄台去,今天来此何干呢?"黄勇说:"我有一件要紧的事,求兄台分心。我有个仇人叫郑华雄,兄长衙门收了盗贼的重案,我花钱将他卖通,把郑华雄扳出来,衙门上下都托兄长打点。"曹子高说:"这件事我给你去办,上下须得银子三千。"那黄勇说:"兄长吩咐,我不敢违命。这件事,兄台就代我办办吧!你我通手办事,非止一日,我现有一千两银铺的对帖,下月今日取银,求兄长收下。"曹子高说:"你在这里等着别走,我给你办好了,你别喜欢;办不好,你也别恼。"黄勇说:"全仗兄台鼎力,小弟也不便深说。"

曹子高回到衙门,立刻把听差人叫来,问此时狱里收的都是些什么差事?听差的说:"贼情盗案人命不少,你一看单子就知道了。"曹子高这才把里面管狱的二爷孙喜请到他屋中说:"有一朋友叫黄勇,要卖盗扳赃。他有个仇人郑华雄,要将他扳上,你把这件事办理好了,我谢你一百两银子。"孙喜说:"你听我的信吧。"

孙喜去至狱中,有两个盗犯名叫卞龙、卞虎,乃是明火执仗,刀伤事主的案子。孙喜一见卞龙、卞虎就说:"你二人这个案子也不甚重大,我倒想着救你,家中有什么人?"卞龙、卞虎说:"家有老母妻子。"孙喜说:"要想救你,你须扳出一个为首的来,才好设法。"卞龙说:"本是我二人,教谁为首?"孙喜一天查狱两次,都是这话。到第三次查狱,卞龙这才说:"孙二爷!你救我二人,想个什么主意?"孙喜说:"你过堂时可将黄花铺的郑华雄拉出来,说他为首,我准保你二人得出虎穴龙潭。"卞龙说:"是。"到了晚上过堂,就把郑华雄扳拉出来。知县立刻发下签票,派官人拿郑华雄到案。要知后事如何,且看下回分解。

第二〇五回

定巧计曹先生受赃　嘱贼人恶家奴弄权

　　话说知县派王成、李永两个班头，和七八个散役，急到黄花铺锁拿郑华雄。孙喜出来告诉黄勇。黄勇说："暂且不必传他，先到我家，听我的信。"班头随即同黄勇来到家中。毛顺说："大哥办了么?"黄勇说："办好了，先打发人去提亲，他如应允，咱们花两个钱，叫官人回去，不必传他;他如不应允，再传他。"毛顺说："我去。"

　　他径奔南街，来到郑华雄的家门首打门。家人出来问他找谁? 毛顺说："你进去回禀，说我来拜望郑大爷。"家人往里一通报，郑华雄将他迎到书房，家人献上茶来。郑华雄："毛兄久违，今日怎么闲在?"毛顺说："今天我一来拜望兄长，二来受朋友之托，有一件好事。"郑华雄说："什么事情? 请讲。"毛顺说："闻兄长有一令妹，尚未许配人家，因黄勇他断了弦，老不能得其人，未能续娶，听说令妹德容言工俱全，叫我来做一冰人，你两家倒是门当户对，未知兄长尊意如何?"郑华雄一听此言，心中大为不悦，说："兄长此言差矣! 一来黄勇的妻子并未死了，二来他年有四十，小妹才二十，年岁也不相当，门户也不相当，我实不敢高攀，兄长请勿复言。"毛顺一见话不投机，便说："郑大哥! 我是一片好心，你既不愿意，必有你后悔之日，那时你再愿意，可就晚了!"郑华雄口里不言，心中不悦，暗说："我家是书香门第，缙绅人家，黄勇乃是窝藏贼人的匪棍，我焉能与他结亲?"就说："我没有什么后悔的，毛兄喝茶吧!"毛顺说："我就此告辞。"郑华雄送到门口，心中气愤，自己回到上房，与妻子王氏坐在一处谈说："娘了! 方才有一件可气之事，黄勇打发一个姓毛的来，他跟我有一面之识，因为邓大哥挨打，见过他一次。他来给咱们妹妹提亲，你想咱们焉能与贼子结亲?"王氏说："大爷不必生气。反正不给，也就完了。"

　　正说着话，外面有人打门。家人进来说："大爷! 有本县的班头带着几个伙计，来请大爷过堂。"郑华雄立刻出来一瞧，认得是王成、李永，他二人常在衙门管些闲事。郑华雄说："你二人来此何干?"王成抖铁链就把郑华雄锁上。郑华雄说:"你二人好大胆量,我乃有功名之人,胆敢锁我?"王成说:"我们老爷有票,来此锁拿,你做的事,你还不知么?待到衙门你就知道了。"叫郑华雄上了车,众差人围随着来到衙门。往上一回禀,老爷吩咐伺候升堂,把郑华雄带了进去。郑华雄口称:"老父台!举人郑华雄叩头。"知县说:"你好大胆,倚仗你是举人,在家中窝藏江洋大盗,刀伤事主,把已往所干之事,给我招来。"郑华雄说:"举人奉公守法,并未做这样不法之事。"老爷一听,叫差人用刑。郑华雄说:"我在家中窝藏江洋大盗,何为凭据?"知县说:"你只当你是举人,我不能办你,我革去你的武举再重办你。王子犯法与庶民同罪,你说本县是无凭无据的吗?来人,把卞龙、卞虎带上来。"左右一声答应,拿牌到狱中,把卞龙、卞虎提出来。工夫不大,卞龙、卞虎上了堂,说:"郑大哥!你在家中作乐,我们哥俩打了官司,你不管了。这段事情,可下不去了!我们两个人是受刑不过,才拉出你来,若是受得了,也不能拉你。"郑华雄说:"老父台!武举是本分人,不认识他两个。"老爷说:"你这东西混账,你既说不认识,人多得很,你们怎么不拉别人?你分明是无赖,不动刑,你也不认。"吩咐左右快打。这一堂,郑华雄五刑都受到了,并无口供,知县把他钉镣入监。

郑华雄到狱中过了两天,黄勇遣人又来说亲,说:"你要允了,黄勇说你这官司他给你办,如不应允,黄勇一概不管。"郑华雄把媒人骂了出去。媒人回去一禀报,黄勇说:"今天晚上带人抢他的妹妹。"告诉毛顺聚集绿林几个毛贼,凑了十几个打手,先给郑华雄家送去两匹彩缎、两锭黄金、一副金首饰,假说郑华雄应允,今日晚间就要迎娶,先把东西送去。王氏娘子一听就知道不是真事,对送礼的人说:"我家老爷打着官司,就是办事,也不能如此之急,其中必有情节,你把东西拿回去吧。"这送礼的人,叫把东西扔下就走了。

王氏把人叫过来,给县衙郑华雄送信,再来到后面对姑娘郑瑞兰一说。瑞兰姑娘自幼念过书,知晓三从四德,心里聪明伶俐,听得嫂子一说,心中很难受,如万把钢刀刺心,说:"嫂嫂!请放宽心,贼人不来便罢,贼人要来,我自有道理。"天有日落之时,家人到县衙送信回来说:"大奶奶!小人到县里给大爷送信,官人不容见面。"王氏说:"那也无可如何,明天雇一乘轿子,回娘家见我兄长,大家商议办理。"正说着话,天有掌灯时,外面鼓乐声喧,黄勇骑着马,带着二三十个贼党,把大门打开,各执明晃晃刀枪,跟着两个婆子,到后面把姑娘拉上轿子,大家搭着走了。王氏放声大哭,众人也不敢出来拦阻。

黄勇喜不自胜,花轿来到自家院子,两个婆子要挽郑瑞兰下轿。轿子落平,婆子一掀轿帘,吓得大声急喊,说:"庄主爷可了不得了!"黄勇说:"什么事?"婆子说:"新人自己拿剪子扎死了。"黄勇一听,吓得目瞪口呆,说:"这便如何是好?"神偷照不宵说:"大哥,这算什么?"黄勇说:"人命关天! 再说我抢了来,要跟我成了亲,也好办了,这要一报官,明明是抢掠民间少妇长女,因奸不允,逼死人命,我这场官司打不了。"毛顺说:"有主意,准与你无干。"黄勇说:"贤弟有什么妙计?"毛顺说:"既然人已死,仍旧把轿子给抬回郑华雄家中,给他扔下,咱们一走。"黄勇说:"甚好,贤弟你就带着人给他送回去吧!"

毛顺带人将瑞兰仍然搭到郑华雄家中,由轿内把死尸搭下来。王氏还在痛哭,家人禀报说给搭回来了。王氏出来一看,妹妹已死,嗓子插着一把剪子,立刻遣家人赴县喊告。

次日,王氏回到娘家见她两个哥哥,一个是文举,一个是廪生,他们立刻约窗友及本处绅士,同递公禀,去保郑华雄,说他本是缙绅人家,并不做为非之事,卞龙、卞虎诬赖好人,求老父台细细详查。知县见本处四十余名举监生员都来保郑华雄,不能不准,便将郑华雄当堂开放,再用刑具拷问卞龙、卞虎,这两个人也就不敢深扳郑华雄。

这场官司虽然完了,郑华雄又告黄勇抢夺妇女,逼死他妹妹。黄勇有银钱买通上下,并不承认,由县至府道省城,官司打了三年,未见输赢,郑华雄家中却已花得一无所有。他只等大哥收租回来,却三年也没回信。这天大雪,正在屋中发愁,就听外面喊叫:"郑华雄!"正是:

　　　　雪中送炭真人少,锦上添花世间多。
要知后事如何,且看下回分解。

第二〇六回
义兄仁心酬知己　英雄杀人报友仇

　　话说郑华雄过的一贫如洗，冬寒天冷，身上无衣，肚内无食，四壁一空。因为给妹妹报仇，跟黄勇打了这几年官司，家中花的干干净净，始终也没有把黄勇治倒。这一天坐在屋中，正与娘子发愁，就听外面喊叫！郑华雄隔窗一看，说："娘子！你我不必发愁了，恩兄来了。"王氏一瞧，果然是邓飞雄，拉着那匹黑驴，比从前更发福了。头戴大红皮风帽，身穿蓝绫绸狐皮袄，腰系蓝绸搭背，外罩青宁绸猞猁皮马褂，气宇雄壮，来到了门口。郑华雄一想哥哥上淮南地面去取租子回来，这就有了钱了，连忙出来说："兄长一路风霜，想煞小弟也！家门不幸，遭此大祸，只等兄台回来，给我出这口怨气。"说着话，过去想要拉手，就见邓飞雄一扒拉，竟将郑华雄摔在雪地，说："郑华雄！你在淮南哪来的租子？叫我去帮你讹人，到那里打了二年多的官司，若非是我姓邓的，别人就回不来了！本来打算我这回来的盘费钱，都跟你要，跟你还有什么交情！看你这样穷了，便宜你，我走了。"王氏在屋中一听，把眼都气直了，说道："当初若不是我们，你邓飞雄就叫净街太岁黄勇打死了，如今你却丧尽天良。"外头那些左右的街坊一瞧，全都有气，暗骂邓飞雄，哪知道当初救他，如今却丧尽天良！就见邓飞雄径自拉着驴去了。

　　书中交代：邓飞雄乃是侠义英雄，焉能做出这天良丧尽之事？这内中自有一段隐情。只因邓飞雄到了淮南地面催取租项，那佃户最刁，不容易取，三年多没给，郑华雄又没去，就打算不给了。邓飞雄来到淮南，结交本地之人，访了半年，哪个佃户刁恶，哪个佃户老实，都访查真了，然后在本地衙门把刁恶的告下几个来。一年多的官司，把刁恶的俱皆制服，那老实的就不敢滋事。三年多才把此事一一办完，所有拖欠的租子，每年应收一千五六百两，除了花费，共收有七千两，叫老实的佃户护送回来。

　　这一日到了黄花铺村口德成店，叫佃户在店中看守，邓飞雄拉驴径奔郑华雄住宅来。来到门口，一瞧就愣了，门上贴着户部张寓，由黄花铺后街移此。来到房门一打听，原来郑华雄已把房子卖了，连连打了三年官司，过的一贫如洗，搬在后街场院房里去了。邓爷心内烦闷，不知道兄弟因何三年的工夫，一败涂地，自恨没一个靠近的人打听打听才好。自己拉驴正往前走，就听那边有人叫："恩公往哪里去？"邓飞雄回头一瞧，却是那会友楼遇到的刘成。邓飞雄一见就惊问道："刘成，你怎么还在这里住呢？"刘成说："我倒是搬了家，昨天我偷着来的。大爷！你这边来，我有话说。"他把邓飞雄让到一个小酒馆里，说："邓大爷！你何时来的？"邓飞雄说："我刚到。"刘成说："我常到郑宅打听，方知你老人家是代郑爷到淮南取租子去了。你走之后，黄勇看见郑瑞兰姑娘美貌，便托人去提亲。郑华雄不允，黄勇就花钱买盗扳赃，把郑大爷拉上，钉镣入狱。然后他带人在晚间把姑娘抢了去。姑娘在轿子内用剪子自己扎死了，黄勇又把姑娘尸首抬了回来，扔在郑宅。后来有举监生员递了公禀，才把郑大爷保出来。郑大爷又告黄勇抢夺妇女，逼死人命，黄勇买通上下，并不承认，由县至府道省城，官司打了有三年多，不见输赢，郑大爷却把家业都花尽了。"把已往之事都说了一遍，邓飞雄说："是了，我这里有几两银子，给你吧！"刘成说："小人不敢领，现在我在亲戚家住着，有钱花用，本应给你老人家买点东西来孝敬才是，我还敢要你老人家的银子？"邓飞雄说："不要紧。"给了刘成几两银子，站起身回到屋中，把小伙计叫来，说："我跟你打听打听，净街太岁黄勇在哪里住？"伙计说："就在东村口路北，门口有两棵槐树，别家都是土房，就他家住的是瓦房。"邓飞雄说："明天给我雇辆车，我要用一天一夜。"伙计说："我把赶车的刘三叫来。"

次日早晨，天下大雪，邓飞雄这才拉驴去找郑华雄，一见面，就说些无情理之话，气得郑华雄、王氏默默无言。邓飞雄要走时又说："量小非君子，无毒不丈夫，从此以后，你我划地绝交。"郑华雄说："好！你真丧尽天良，若不是我，当初黄勇已把你打死。"邓飞雄说完话，径自走了。回到店中，他把众佃户叫过来说："我有一封信给你们看看，明天有一位姓郑的来取这租银。"众佃户看明，邓飞雄这才把信封好，又写了一封信揣在怀中，叫了一桌酒席，请众佃户作乐。到了上灯的时候，赶车的刘三已把车套来。这刘三最好喝酒，有个外号叫醉鬼，来到店中说："邓太爷！坐车到哪里去呢？"邓飞雄说："此地有个郑武举，他家坟地在哪里？他有一个妹妹，自己用剪子扎死了，埋在哪里，你可知道？"刘三回说："我知道。"邓飞雄说:"你就拉我到坟地上去。"这才叫店中伙计算了店账,给了酒账钱,又给了众佃户回去的盘川钱,说:"你在店中等候。"邓飞雄把驴拴在车后,买了些祭礼纸锞,带着自己随行的东西上了车,一直来到郑家的坟地上。

此时天已到了初鼓之后,邓飞雄说:"我还短点祭礼,刘三你看着,我去去就来。"转身径奔黄花铺,来到郑华雄住的所在,跳进篱笆墙,由窗户洞把两封信送进去,站在窗格以外说:"郑贤弟,愚兄白日所说之言,乃是一条计策,因怕连累了贤弟,叫街坊邻右知道你我已割袍断义。今天我要去杀死黄勇满门家眷,给你妹妹报仇,你我从此分手。信内写得明白,你明天到店中去取租银七千两,你夫妻好好度日。"里面郑华雄正在气愤之际,听外面是拜兄邓飞雄说话,又由窗格递进了两封书信。郑华雄打开一看,上面写的是,淮南租项均办理清楚,现在西村口德成店寄存,明天叫郑华雄去取。下面写着:"今晚间去杀黄勇满门家眷,给妹妹报仇,恐怕连累贤弟。"郑华雄一看,这才明白,赶紧叫拜兄时,院中已踪迹全无。

邓飞雄送下书信,这才直奔东后街黄勇的住宅,飞身蹿上房去,跳在院中,逢人便杀,由前院杀起,一直杀到后面。西跨院北房西里间屋中,里面传出去猜拳行令之声,邓飞雄进到屋中一瞧,是顺前檐的木床,挂着狐狸皮幔帐,靠北墙有八仙桌一张,上有一盏把儿灯,屋中摆设俱全,床上有一张炕桌,摆着各样果子。黄勇向西而坐,穿着小衣裳,月白绸子汗褂,青绸中衣。在他对面,有一个十八九岁的妇女给他斟酒。独行侠把手中红毛宝刀一顺,说:"黄勇!你还认得某家?今天我特来取你的人心祭灵。"刚一伸手把黄勇揪住,外面一声喊嚷:"谁敢在此杀人行凶?待我来。"竟把独行侠堵在屋中。要知道后事如何,且看下回分解。

第二〇七回

侠义躲祸归邪教　英雄报国访知音

话说邓飞雄刚要刺杀黄勇，忽由外面进来一人，正是神偷照不宵毛顺。他本是江洋大盗，帮同黄勇胡作非为，夜晚看家护院。今天正在东房坐着，有人跑进来说："毛大哥！可了不得了！来了一个人，像是钟馗，杀伤了无数的人，连夫人和两个小孩子，七八个姨奶奶，全皆被杀，现在上西房院去了。寨主爷今天花一千五百两银子，买了一个美人，正在跨院喝酒呢！"毛顺一听，连忙来到西跨院，一看邓飞雄正要杀黄勇。他拿着刀在外面一嚷，邓飞雄抛下黄勇，出来直奔毛顺。毛顺用刀劈头就剁，邓飞雄用红毛刀往上一迎，呛啷一声，将贼人的刀削为两段，趁势一刀，便将毛顺结果了性命。进到屋中，黄勇已踪迹不见，美人吓得跪倒，苦苦哀求。邓爷说："我与你无冤无仇，黄勇哪里去了？"美人说："现在床底下。"邓飞雄一伸手把黄勇拉出来，说："黄勇，光棍打光棍，今天你为何畏刀避箭？"黄勇说："大太爷！你不要跟我一般见识，饶我这条命吧！"邓飞雄说："我一则前来替郑瑞兰报仇，二则来报我当年之仇，我看你这贼眼，着实可恨。"说着话，就把黄勇的眼睛剜出，按住他将衣服撕开，一刀将肚腹剖开，黄勇只疼的怪叫如雷。邓飞雄将人心取出来，用油纸包好，连那妇人共杀了三十余条人命。看看天有三鼓，自己刚要走，又一想："大丈夫做事，不可连累了别人。"即用人血在墙上题诗一首，写的是：

> 侠义到处论英名，剪恶安良逞奇能。
>
> 黄勇窝聚江洋盗，目无王法任胡行。
>
> 恶霸此地无人惹，豪杰一见气不平。
>
> 诛贼除去乡民害，留下姓名邓飞雄。

邓飞雄写完了诗句，拿着人心，拧身跳出墙外，直奔郑家坟地，给了醉鬼刘三二两银子车银，打发他回去。来到坟前，将人心摆在当中，烧了纸钱，说："贤妹阴灵不远，愚兄邓飞雄已将恶霸黄勇杀死，妹妹的冤仇，总算报了！"

邓飞雄拉驴逃出潼关,听说佟家坞聚众招贤,他这才投奔来此,归顺邪教,以便避罪。佟金柱一见邓飞雄是个英雄,派他为火炮会总,手下管二百火枪手,都是年轻力壮之人。邓飞雄虽在佟家坞,乃是不得已而为之,心想若有官兵前来,他便倒反佟家坞,捉拿贼人,可以将功赎罪。他挑出十几个年轻力壮的人,收为徒弟,教他们练把式,接着又认为义子。这些人都愿意跟他练把式,后来这二百人拜盟,都成了他的干儿子,随他调动。他告诉这些人说:"你们有了能为艺业,不可久在这邪教之中,被反贼所害。何时有官兵来剿灭佟家坞,咱爷们就做一件惊天动地的大事,倒反这佟家坞。"这二百人说:"只听你老人家一句话,我等情愿相随。"邓飞雄带着这二百人,就住在佟家坞偏西北的火焰山,那里造出一座土城,东西门内俱有火德真君殿一座,另有火炮会总的住宅,这二百人各有住的所在,也有军校场和演武厅。

今天邓飞雄听说有金眼雕带着人来打佟家坞,他心里就一动。自那天挑选都会总之时,他一看马士杰的武艺、人品出众,怎么会来投反叛,其中必有缘故。夜间,邓飞雄到都会总府探了两三次,也没探出个消息来。今天听说拿住了两个班头要杀,就打算要救这两个人。他在断魂山石碣后一藏,听马玉龙说出真情,他就乐了。原来这忠义侠马玉龙也是我辈中人,他一想:"我何不戏耍戏耍他?"这才一拉红毛宝刀,说:"好大胆的马玉龙!你吃着佟家坞,敢情是来卧底?今天休想逃走,会总爷将你拿住,在王驾前报功。"马玉龙一听,吓得魂飞千里,伸手拉出湛卢宝剑,过去要将此人结果性命,斩草除根。马玉龙赶上来,独行侠拨头跑了,马玉龙随后就追。纪逢春说:"石铸,你爸爸来了。"石铸说:"傻小子,别开玩笑,那是你爷爷。"说着话,众人各摆兵刃,跟马玉龙随后追赶。往正北有一道山岗,当中一股小道,只容一个人走。独行侠在前,马玉龙在后,正在往前跑着,就听前面有一人说:"师弟不要害怕,他跑不了。"马玉龙一瞧,是师兄金眼雕邱成来到了,心中甚为喜悦,料想这贼人跑不了,可以斩草除根。

书中交代:金眼雕在两军阵前,跟马玉龙分手之后,本来要回去,又怕马玉龙救不了汤英、何玉,自己心里觉着对不起汤文龙、何瑞生,莫如我再回去看看。他由正北绕前,正往前走,看见马玉龙追赶独行侠,这才答话。独行侠止住脚步说:"老英雄与马玉龙,你们二位不必截我。"马玉龙说:"尊驾你是何人?"邓飞雄说:"我姓邓名飞雄,绰号人称千里独行侠。你们二位带着汤英、何玉,都上我那里去。"金眼雕虽没见过,耳朵里却听说过有这么个人。"邓飞雄又说:"马贤弟! 你我一见如故,不要客套,同我到营盘去吧。"马玉龙说:"石大哥! 你到山口,叫那五百兵各归汛地,不必伺候,然后到火炮营盘找我。"马玉龙跟独行侠各通了姓名,给众人引见了,一同径奔火焰山。

　　来到营盘,进了东门,一直往西路进去,有东西房三间,是听差人的住处。进了重门,大众来到上房,分宾主按次序落座。马玉龙说:"兄台在此有几年? 小弟实是眼拙。"邓飞雄说:"我在此避罪三年,我比贤弟年长几岁,一看你来了,五官一团正气,就料想不能是归天地会、八卦教的人。现在我管带二百人,火枪火炮都归我管。今天我是访你去,你我从此各吐肺腑,不可拘束。"金眼雕说:"我把汤英、何玉带走,你们有妙计遮盖么?"邓飞雄说:"久闻老哥哥大名,今幸得会。你只管带走,我自有妙计遮掩。"金眼雕说:"好兄弟,你多分心吧! 我这就走了。"马玉龙说:"师兄回去见了钦差,千万要派人改扮马玉龙来打佟家坞。这里众人的贼口难调,说我是奸细,大人派人充我的名姓前来,为的是好去贼人之疑心。"金眼雕说:"是了,这里道路你可熟,由哪边走好?"邓飞雄说:"兄长在这里吃两杯酒,候至天黑,我告诉你道路。"金眼雕说:"也好,我等天黑再走。"邓飞雄说:"你等少待,我去去就来。"工夫不大,邓飞雄手提着两个血淋淋的人头进来,叫石铸、纪逢春、胜官保三人拿到断魂山去。这三人回来后,马玉龙刚要问独行侠是哪里杀的人头,就听一阵大乱,蹄跳马嚎,由外面往里飞报说:"回禀会总爷,现有众会总爷带人扑奔前来,不知所因何故?"马玉龙一听此言,吓得惊魂千里! 要知后事如何,且看下回分解。

第二〇八回

练火炮英雄收义子　断魂山双侠见老雕

　　话说马玉龙正同邓飞雄在一处谈话,问他是从哪里杀的人头? 只见从外面进来一个手下人说:"回禀会总爷,现有铜头狮子袁龙、铁头狮子袁虎,带着二百兵队前来,不知所因何故?"邓飞雄先把金眼雕、汤英、何玉三人隐藏起来,然后吩咐请袁龙、袁虎。不多时,袁龙、袁虎二人从外面进来,一见马玉龙在这里坐着,连忙过去见礼说:"都会总原来在此,我二人奉王爷之命,特意前来请都会总去王府,有紧要机密事商议。"马玉龙说:"你等先请回去,我随后就到。"

　　袁龙、袁虎告辞走后,邓飞雄吩咐摆了两桌酒,把金眼雕、汤英、何玉请出来。马玉龙、金眼雕、邓飞雄三人一桌,石铸等大众一桌。邓飞雄说:"马贤弟! 如不嫌弃,你我结为金兰之好,可以各吐肺腑。"马玉龙说:"好! 既然如是,兄长请上,受我一拜。"二人叙了年齿,马玉龙就问:"兄长,方才杀的那两个人,是哪里的?"邓飞雄说:"在我这火炮营东边有一带仓房,是囤米的地方,有人看着。我时常看见有人以出恭为名,在那里不知做些什么? 我今天方一出去,瞧见有两个人由东西奔空仓房去,两人东瞧西望,怕人瞧见的样子。头里这人有十八岁,俊俏人物;另一人长的一脸横肉,甚是凶恶。我在后面跟着,见他二人进了空房,就在窗外一瞧,原来他二人竟做那伤天害理之事,那少年是个龙阳生,那大汉是看粮房的,二人正在屋中欢乐,我进去一刀结果了性命,将死尸扔在山沟喂狼。"马玉龙说:"原来如此,这也该杀。"双飞雄说:"我在这里三年,原打算官兵来时,带着这二百人倒反佟家坞。今日遇见贤弟,就有帮手了。"马玉龙说:"我虽然来这里不久,贼人的机密,也知道了不少。"邓飞雄说:"他这三教堂我没进去过,听说有豆人纸马,撒豆成兵,这种邪法不好破。"马玉龙说:"我打算先破他的邪术,那几罐豆子我都瞧见了,已变了颜色,里头透出血筋。我设法把他这邪法破了,不然交兵时是一大患。"邓飞雄说:"贤弟诸事要留心仔细。"马玉龙说:"不劳兄长嘱咐,我自然都要细心。"

　　说了些话,天正黑了。金眼雕说:"我要告辞。"邓飞雄说:"老兄台,出了我这东门就是佟家坞,兄长往南走有十里之遥,往东有路,白日有巡山的,晚上没有。"金眼雕说:"是了,我就此告辞。你我兄弟他年相见,后会有期。"金眼雕带着汤英、何玉走了。马玉龙说:"我也告辞。"邓飞雄说:"我不送了,贤弟没事再来,弟兄可以谈心。"马玉龙道:"可以。"外面有人伺候马匹,马玉龙出来一看,见邓飞雄二百名兵一字排班站立,都是二十多岁,衣貌整齐。马玉龙说:"我来到这里,你等大家伺候,明日到都会总府,每人赏银四两。"众人道了谢,反正是贼人的银子。

　　众人随同马玉龙出了火焰山东门,进了佟家坞西门,直奔王府。来到门前,便有人往里通报。马玉龙来到九间大殿一看,佟家四柱正请赛霸王胜昆饮酒。佟金柱说:"我请妹丈非为别故,一来今天得胜,二来有件机密大事,我得告诉妹丈。现在有潼关总镇石文倬,他也是咱们会中之人。我何时起兵,他必献出潼关。现在又新收了几百个人,还没拿花名册子来。今天他给我打信说,彭钦差大人现在调兵来打佟家坞,本来咱们的声势还小,只怕的是官兵。"马玉龙说:"这不要紧,他不来便罢了,他要来时,跟他们开兵打仗,那有何妨!"佟金柱说:"好,妹丈将兵队操练整齐,如官兵来时,可要记着,石文倬是咱们的人,两军阵前对敌,可以假杀假砍。"马玉龙说:"是了,请不必多嘱,我二人见面,必定假杀一场,决不致伤他性命。"佟金柱吩咐摆酒,直吃到起更之后。

　　马玉龙回归帅府,石铸等众人问好。石铸说:"先要把贼人的总册子弄到手,才好知道天下哪些是教中贼人,以谁为首?"马玉龙道:"这不容易,还须慢慢访查。今天晚上,我打算先把他的豆人纸马儿破了。"石铸说:"怎么破法?"马玉龙说:"可预备一篓豆,跟他那豆一样,待晚上夜静之时,到三教堂把他的豆倒出来,把生豆装进去,然后预备几壶开水,由箱子缝倒进去,再用水把那些纸马湿了,他使的时节就不中用了。"石铸说:"甚好,今天已晚,明天再办,你我安歇吧!"石铸出去,怕有奸细窃听,在房上又绕了个弯,看看回来。大众安歇,一夜无话。

　　次日早晨,石铸买来了一条口袋,装了几斗豆子,把应用的物件俱买备齐。马玉龙说:"等到夜晚,你我大家前去。"石铸众人齐声答应。候至夜晚,马玉龙带着众人,提了几壶开水,纪逢春扛着豆子,众人蹿房越脊,来到了三教堂。纪逢春同众人进去,先把斗里的豆子倒出来,把买的豆子放进去,又把开水倒在箱子之内,将纸马浇湿。众人正在这里收拾,只见从外面进来一个老道,口念:"无量佛!善哉!马玉龙你好大胆量,敢做这样事情,你的来意,我早就知道。"马玉龙一看是张洪雷,拉出宝剑,照老道就砍。老道用手一指,马玉龙便目瞪痴呆。石铸等齐摆兵刃过去,俱被老道用法术治住。马玉龙等知道机关已破,大概必死在贼人之手。只见老道过来,把玉龙解开说:"马玉龙!今天我要把你等送到前面,你等就有性命之忧。我本是龙虎山的炼师,先前我打算传道,不想后来贼人举意造反,如今我倒成了骑虎之势。你来的时节,山人就已知道,无奈不能扭天而行,我收你做个徒弟吧。哪时破佟家坞,我必助你一臂之力。"马玉龙谢过师父,跪倒磕头。老道说:"此后机关不可泄漏。"马玉龙点头,老道便把众人全都撤了法术。众人一同仍归帅府。马玉龙说:"众位,方才之事好险!"石铸说:"是。"天色已晚,各自安歇。

次日早晨,就听王府掌号,由外面进来一人说:"回禀都会总,王驾千岁有请,有机密大事商议。"马玉龙这才率众人来到王府。佟金柱迎接到大厅,说:"妹丈来的甚好,方才有人来报说,彭钦差派宁夏镇总兵、粉面金刚徐胜,带同马玉龙来打佟家坞。方才又有咱们会中的潼关石文倬来报,钦差彭朋要带兵跟我决一死战。他如来时,我打算叫妹丈抵挡一阵。"马玉龙说:"王驾请放宽心,官兵如来,定杀他片甲不回。"正说着,有探子来报:"现有潼关总兵石文倬、宁夏总镇徐胜,带同马玉龙率领官兵五千来打佟家坞,现离东门四五里。"马玉龙说:"王驾不必担心,待我亲去抵挡。"旁有胜昆说:"勿劳都会总出马,待某稍效微劳。"点齐三千教匪,杀出了佟家坞。要知后事如何,且看下回分解。

第二○九回

双侠结义吐真情　定计夜破纸人马

话说马玉龙同佟金柱正提说军情大事,外面探子来报,说有官兵来打佟家坞。马玉龙说:"王驾不必着急,待某前去。"旁边胜昆说:"不劳都会总前去,待某前去。"这才同众会总带领三千教匪,出了佟家坞东门。来到一片空旷之地,瞧见对面旗帜号带飘扬,官兵把队伍列开,左边五百马队,是潼关总镇石文倬带兵;右边五百马队,打着龙山马玉龙的旗号。

书中交代:这马玉龙乃是刘芳改扮。当中的二千步队,由粉面金刚徐胜督队,他骑着一匹坐骑,两旁的战将有飞叉太保赛专诸赵文升、飞刀太保小孟尝段文龙、小火祖赵友义。公馆其他的众差官俱在两边。这边胜昆问:"哪位会总当先临阵?"红毛太岁吕寿一声喊嚷说:"胜会总,待我前去。"一摆手中的单刀,来到两军阵前。徐胜说:"哪位将军前去将贼匪拿来,算是头功。"旁边飞叉太保赛专诸赵文升说:"大人在上,某虽不才,愿将贼人拿获。"说着话,一摆三股烈焰托天叉,来至两军阵前,用叉一指说:"教匪,你等好大胆量!天兵到此,还不赶快率众归降,我求钦差大人开恩,饶你等不死。"吕寿一听,勃然大怒,摆刀照定赵文升就砍过来,说:"鼠辈休要胡说,等会总爷结果你的性命。"两个人走了三五个照面,赵文升伸手取出飞叉,照定贼人一抖手,正叉在哽嗓咽喉,吕寿当时身死。只怕贼队中一声喊嚷:"好鼠辈,胆敢伤我好友,待我捉拿于你。"由对面跑出一人,赵文升闪目一看,这人头戴三角白绫巾,身穿白缎箭袖袍,手中擎着一口单刀,面皮微白,两道细眉,一双三角眼,鹰鼻子,吊角口。来者乃是白脸狼贾忠,是天地会、八卦教的散值会总,跟吕寿乃是拜兄弟。他见吕寿死在两军阵前,气往上冲,照定赵文升抢刀就刺。赵文升往旁边一闪,用叉往上相迎。两个人走了七八个照面,赵文升一叉正中贼人前胸,贼人翻身栽倒,登时身死。

这时贼队中的乌云豹张鼎,又提枪出队,径奔阵前。段文龙见兄长连胜两阵,足显英雄,便一摆斩虎刀上前说:"兄长闪开,待我来。"段文龙来到当场,将赵文升换了回去。乌云豹张鼎一瞧,气往上冲,拧手中枪照段文龙分心就刺,段文龙用刀往上一磕,将枪磕开,搂头就砍,贼人用枪往上一迎,三五个照面,又被段文龙施展飞刀,结果了性命。病二郎吕福心想:"我们同伴四人,如今死了三个,剩我一人也无味,莫如跟他相拼了,给他三人报仇。"想罢,蹿出队外,并不答话,一摆木棍照段文龙搂头就打。段文龙往旁边一闪身,躲开木棍,抡刀照定贼人砍来,贼人用木棍一磕,两个人走了七八个照面,段文龙掏出飞刀,又将病二郎吕福砍倒在地。赛霸王胜昆见连伤四将,官兵甚是勇猛,自己一想:"打了败仗回去,有何面目见佟金柱?"这才把令旗一晃,大队往上一齐拥来,打算兵将齐杀。这边徐胜督队往上冲去,两边齐声呐喊,大杀一阵,各有所伤。天色已晚,各自鸣金收兵。

胜昆回到王府说:"官兵甚是勇猛,我兵不能取胜。"马玉龙正与佟金柱喝酒,便说:"众家会总不必害怕,明天我去捉拿他等。"正说着话,有探子来报说:"回禀王驾千岁,现有八路都会总赛诸葛吴代光,带领飞云、清风、焦家二鬼和独角龙马铠,已到了孽龙沟靠山观,明天就来佟家坞。"佟金柱说:"妹丈,好了! 吴代光一来,就不怕了! 他会一手阴阳八卦幡,百发百中,在两军阵前,取上将之首级,如同探囊取物一般。"马玉龙听了心中一动,赶紧问:"这位会总上哪里去了? 他所带的什么人?"佟金柱说:"他是咱们教中的八路都会总,除了三位教主,就属他大,因往各处劝教,天下凡是咱们会中之人,他都认识。他出去招募海岛的英雄,山林的盗寇,由今年春天走的,如今才回来。他约请的是我两个朋友,一是神弹子火龙驹戴胜其的徒弟飞云和尚,能打十二只毒药镖,武艺高强;一个是清风道于常业,跟我是口盟,手使滚珠宝刀,有金钟罩护身;还有一个独角龙马铠,是清水滩水龙神马玉山之子,跟我也是故旧之交,再有剑峰山的焦家二鬼,这几个人可称五虎英雄,活该咱们共成大事。"马玉龙一听这话,就知道机关要破,自己打算明天带队出去,倒反佟家坞。想罢,说:"王驾千岁请放宽心,明天官兵讨战,我率本部人马前去迎敌。"佟金柱说:"甚好,妹丈如打胜仗,咱们择日兴兵,共取大业。"说着话,摆酒同饮,给胜昆压惊。席散便各归府第。

马玉龙来到帅府,把石铸等人叫了过来,往外看看无人,便说:"石大哥! 现有飞云、清风、焦家二鬼前来,咱们在此立脚不住了。告诉胜官保、李芳收拾行囊,看我的眼色行事,可进则进,可退则退。"众人点头。马玉龙吩咐已毕,大家安歇睡觉。

次日早晨,马玉龙在帅府传令,将众会匪调齐,调五千马步军队出战。马玉龙仍骑佟金柱的赤炭火龙驹,手拿赤金盘龙剑。众人各上坐骑,督队出了佟家坞东门。来到战场,把队伍列开,只见官兵当中由徐胜带队,石文倬在左边,刘芳假扮马玉龙在右边,两旁的办差官还有苏永禄、苏奎、周玉祥、胜奎、陈山、冯元志、赵友义、段文龙、赵文升等一干英雄,老老少少,均在徐胜马前马后。马玉龙看罢说:"哪位会总出阵,斩将夺旗。"抄水燕子石铎拉刀闯出队伍,来到阵前说:"哪个来与你家会总爷比并三合?"粉面金刚说:"哪位前去拿贼?"小丙灵冯元志一声喊嚷:"待我去。"来到阵前,举单刀扑奔石铎。石铎想自己能为出众,本领高强,很不把冯元志放在心上。及至二人一交手,他一看冯元志刀法纯熟,武艺高强,这才大吃一惊,如其败了回去,又恐被人耻笑。两个人走了七八个照面,被冯元志一镖打在肩头,石铎败回本队。刘华出来,未上几合,也被镖打伤败回。一连胜了贼人六阵,只杀得天地会众战将无人出头。马玉龙催马来到近前,石文倬一瞧,赶紧鸣金把冯元志调回。冯元志说:"大人为何鸣金?我正杀得高兴。"石文倬说:"我看将军连胜六阵,恐力尽精乏,待本镇亲往拿他。"便催马来到两军阵前说:"会总,你我假战三合,到火焰山无人之处,我有话说。"马玉龙跟他战了三五个照面,石文倬往西败走,马玉龙随后就追。来到无人之处,石文倬由怀中掏出一本花名册,说:"都会总!这是我在潼关招募的兵册,我虽吃朝廷的俸禄,暗中却给咱们会中办事,何时都会总进兵,我先献出潼关。"马玉龙说:"你认得我不认得?"石文倬说:"你是都会总。"马玉龙抖手一戟,将石文倬打倒,就地按住,用丝绦捆了,搁在火龙驹上。马玉龙拨马回到阵前,一声喊嚷:"众家兄弟跟我归队。"众贼人吓得跑进佟家坞,报知佟金柱说:"驸马反了。"佟金柱气往上冲,吩咐调齐大队,待我御驾亲征,捉拿驸马。要知后事如何,且看下回分解。

第二一〇回
徐总镇二打佟家坞　刘德太改扮马玉龙

话说马玉龙把石文倬捆住,搁在马上,回到两军阵前,把马一勒说:"众家兄弟跟我回营,我已拿住里应外合的反叛。"话犹未了,石铸等众人便催马直奔官兵队中。这时由佟家坞又来了两骑马,头前是闹海蛟余化龙带着女儿余金凤,拿着九头狮子印,他在佟金柱面前只说是来此观阵,暗中却是倒反佟家坞。父女一见马玉龙等人归了官军,也就催马过来。马玉龙说:"岳父!你老人家先带你女儿回潼关去,保护大人要紧。"余化龙这才拿着九头狮子印,带着余金凤催马去了。这里贼队大乱,有人跑进佟家坞前去禀报。

佟金柱正同袁龙、袁虎、谢自成、公孙虎及手下亲随会总谈话,有人往里飞报,说:"回禀王驾千岁!现有驸马马士杰拿了石文倬,倒反佟家坞,是他手下的人都走了。"佟金柱心里一愣。少时又有人来禀报说:"一字并肩王余化龙,也带着公主归顺了官军。"佟金柱说:"好,真是女生外向,怎么妹妹也反了!"他焉知其中隐情。谢自成说:"王驾千岁还在睡梦里,这一伙人都是余化龙引来的。"佟金柱说:"好,给我备马,待我去捉拿这群小辈!"就在这光景,有人进来禀报说:"八路都会总禀见。"佟金柱吩咐有请。吴代光带着五个贼人来至银安殿,参见了佟金柱。众贼人也有不认识他的,睁眼一看,只见这老道身长七尺,面如冠玉,头戴青缎九梁道冠,身穿紫缎道袍,背后背着一口宝剑。大众起身让座。吴代光合掌当胸,口念无量佛,说:"王驾千岁!贫道游方半载,聘请了几位英雄,来此扶助王驾。我在擎龙沟听人传言,王驾千岁得了一位擎天白玉柱。"佟金柱说:"会总不要提了,是我收了个马士杰,不想连我妹妹都给他拐去了!今天他在两军阵前,擒了石文倬,倒反佟家坞,我正要亲自去拿这小辈,你等前来,赶紧跟我到两军阵前捉拿这马士杰。"吴代光说:"也好。"这才给佟金柱引见了众贼。

佟金柱点齐三千教匪,吩咐带马抬枪,率众离了王府,一直奔东门外。

两军阵前,佟金柱见马士杰率领来降的众人,已把石文倬拿获,在马上只气得三尸神暴跳,说:"谁人出去给我把马士杰拿来?"话犹未了,吴代光说:"王驾千岁在上,待山人前去把他拿来。"老道出了本队,来到两军阵前,点名叫马士杰快快出来。马玉龙一见,气往上冲,说:"妖道!你是何人?待我拿你。"这时队中闪出一人说:"大人且慢,让我前去拿他。"马玉龙一看,乃是潼关守备李玉标,手中拿着一条花枪,催马直至阵前。老道一瞧,出来的这人是五品顶戴,年有三旬以外。李玉标来到近前,催马拧枪,照老道分心就刺,妖道闪身问道:"来者何人?"李玉标通了姓名,只见老道伸手取出阴阳八卦幡,说:"孽障,你这是前来送死。"说着话,一抖阴阳八卦幡,一股黑烟直扑李玉标胸前,立时栽倒身死。马玉龙气往上冲,刚要催马,听旁边一声喊嚷,说:"大人不必着急,待我捉拿妖道。"马玉龙一看这人的样子,身高八尺,三品顶戴,手中擎着一口大刀,乃是本营的参将郝云鹏。他来到两军阵前大骂:"妖道休要逞强,竟敢把我朋友李玉标打死,待我前来报仇。"抢刀就砍,老道并不答言,一抖阴阳八卦幡,郝云鹏焉能逃走,翻身栽倒战场,当时殒命。

妖道吴代光连胜了官军八阵,粉面金刚一瞧事情不好,赶紧吩咐鸣金撤队。他同着马玉龙来到营里,先审问了石文倬一遍,叫差官把他解送潼关,交钦差大人办理。徐胜说:"马贤弟!妖道这个阴阳八卦幡,可实在厉害。"马玉龙说:"徐大人有所不知,这个妖道还不要紧,另有两个老道,他二人上云南、四川调兵去了。要是他两个在此,更了不得了!两个妖道俱有法宝,一个有混元一气瓶,一个有神火五云幡。那里头的豆人纸马,我已给他破了。明天开仗,要瞧事做事。今天若有能人夜入佟家坞,盗他的阴阳八卦幡,刺杀吴代光就好了。"众人一听这话,有一人说:"大人不必忧虑,某虽不才,今晚愿进佟家坞,盗回阴阳八卦幡,刺杀妖道。"马玉龙等回头一瞧这说话之人,正是小丙灵冯元志。马玉龙说:"冯贤弟!你要去佟家坞,头一节道路不熟,二节贼人的防守甚严。"冯元志说:"不入虎穴,焉得虎子?我今天必要前去。"小火祖赵友义说:"大哥!我给你巡风料哨。"说着话,二人回身下去,吃了晚饭,收拾好了,来到外面一瞧,天还不到初更。这才进中军帐,辞别了徐胜、刘芳、马玉龙。

冯元志在前,赵友义在后,二人出了大营,直奔佟家坞。远远见佟家坞城头弓上弦,刀出鞘,号炮齐鸣。到了东门一看,打算要由城上进去,势比登天还难。赵友义说:"大哥,咱们由城上是不能进去的了。"冯元志说:"你我在大人跟前夸下海口,焉有这么回去之理?"赵友义说:"大哥!咱们由城上进不去,你跟我来。"二人来到这东门以南,见城下有出水的水闸,有铁箅①子可以挤进去。二人瞧了一瞧,这才由铁箅子钻了进去,幸喜里面没什么水。原来这佟家坞里边的水,都归这里流出护城河,里面甚不干净。好容易蹿上岸去,听到已交二鼓,二人蹿上房去,直奔佟金柱王府。走到一处院子,见灯烛辉煌,是北房五间,院中有四个大气死风灯,上房屋中坐的正是吴代光、飞云、清风、焦家二鬼和马铠等人。赵友义一拉冯元志,心里说:"他们来了。"正是:

　　　　踏破铁鞋无觅处,得来全不费工夫。

找没找着,倒碰上了。两个人在房上一扒,就听妖道说:"众位贤弟,山人一步来迟,叫马玉龙他等逃走了。我要早来两天,俱将他等拿住。"清风说:"道兄!你不要小看马玉龙,他实在厉害,如见面时可要小心,我屡次受他所欺。"吴代光哈哈大笑说:"贤弟,你此言差矣!岂不是人外有人,天外有天,他既是英雄,今天在阵后为何不出来?天不早了,你等到西配房安歇,我到上房安歇。"众贼散去,吴代光来至西里间云床上坐,众道童把上房关好,在东里间伺候。此时天有三更,冯元志在房上等候多时,料想老道睡熟,这才叫赵友义巡风,拉刀跳在院子,将上房门拨开,要刺杀老道吴代光,偷取阴阳八卦幡。不知后事如何,且看下回分解。

---

　① 箅(bì)。

第二一一回

双杰夜探佟家坞　　独侠智救二英雄

话说小丙灵冯元志由房上跳下去，看看四面无人，这才将上房门拨开，来到外间屋中，听西里间屋中老道睡着了，便把帘栊掀起，手擎钢刀进去，用刀对准了老道前胸就是一下。老道口念无量佛，跳下床来，一脚把冯元志踢倒就捆。

书中交代：老道原有金钟罩、铁布衫护身，冯元志因不知道他有硬功夫，已被人家捆上，自己只得把眼一闭，就等一死。老道并不声张，把靠窗桌上的烛花剪了一剪，坐在床上说："你好大胆量，敢来谋害山人，你是官军营里的，今天对我说了实话，我也不杀你。"冯元志把眼睛一瞪，说："妖道！你要问你家老爷，我叫冯元志，跟随钦差大人当差，只因在两军阵前，你连赢数阵，我特意前来杀你。既被你拿住，是杀是剐，给你老爷快行吧！"吴代光说："你们来了几个人？是从哪里进城的？"屋中老道审问冯元志，外面急坏了小火祖。赵友义一想："我们是结拜兄弟，有福同享，有罪同受，他既被擒，我焉能袖手旁观？总得使一个调虎离山之计，把冯大哥救出来。我们俩生死之交，活在一处为人，死在一处为鬼。"他往后一瞧，在这西北上却是大军草料场。赵友义一想："我若去放火，众人只顾救火，我就可以把冯元志救出。我二人烧了他的粮草，又可以脱离此难。"他刚要走，忽听瓦檐一响，赵友义一看，原来是清风道于常业。这老道睡觉最警醒，听到上房有动作，起来一看，见吴代光正审刺客。他料想刺客一来，不止一个，必有巡风之人，故到房上瞧瞧，若有人便将他拿住，剪草除根，以免萌芽复发。他蹿上房去，正好看见了赵友义，拉出滚珠宝刀就跳在院中。赵友义一想跑不了啦，自己拉出手中刀，大骂："妖道！你们这些反叛，不久必遭恶报。"说着话，照清风抢刀就剁。清风哈哈大笑道："我这小辈，也敢在祖师爷跟前这样猖狂。"两个人就在院中走了有七八个照面，赵友义如何是清风的对手，已被清风的宝刀将他的单刀削为两段。赵友义大吃一惊，往旁边一闪。贼人跟进去一腿，把赵友义踢了个筋斗，按住捆上，把他扛到屋中，交与八路都会总说："道兄！小弟又拿住一个。"吴代光说："好！贤弟你且坐下，我要耍笑耍笑这两个小辈，细细问个明白，然后用我的宝剑，将他二人剐了。"清风道："说得甚好。"两人正在说话，又听外面传来锣响。吴代光说："贤弟，什么事？"清风说："我并不知道。"二妖道这才把道童喊起来，说："你二人好生看着这两个人，我们出去看看是什么事情传锣。"两个道童说："是。"

清风和吴代光出来，拧身蹿上房去，往西北一看，只见照的通红。两个人赶紧蹿房越脊，赶奔过去，及至临近一看，有谢自成、公孙虎、袁龙、袁虎大众救火，锣声震耳，吴代光问："谢会总，怎么起的火？"谢自成说："我同公孙虎巡查，由外城来至十字街，就见火起，我们赶奔前来一问，更夫一概不知，幸亏人还凑手，不然连米仓都烧了。我闻到这里有硫磺味，必是有人放火。"吴代光说："谢会总！你带兵细细搜查，我那边已拿住两个奸细了。"说着话，两个老道蹿房越脊，又往回走来。这里就是马玉龙住过的帅府，吴代光、清风跳下房来，进了北上房屋中。吴光代一看，不禁大吃一惊，四个道童已人头落地，拿住的两个人也踪迹不见了。吴代光说："咱们失了神了！这是调虎离山之计，咱们一去瞧火，他们就有人把道童杀了，把人救走。"

书中交代：冯元志、赵友义二人被获之后，彼此埋怨。赵友义说："你不该自己不小心。"冯元志说："你应当走，给他等送信。"正说着话，外面一阵冷风把八仙桌上的蜡烛吹灭，只听噗哧噗哧，四个道童已被杀死。过来一人，一手把赵友义一夹，一手把冯元志一抱，转身出去。这两个人也不知道是谁，来到一个所在，才把他二人放开。冯元志一看，屋中灯烛辉煌，眼前这人身高八尺，年有四十以外，青绢帕罩头，一身青衣，紫面皮，黑虬髯。赵友义就问："阁下何人，把我二人救出虎穴龙潭，这是什么所在？"那人说："我姓邓名飞雄，绰号人称千里独行侠。我在这里管火炮，与马玉龙是结拜之交，他倒反了佟家坞，我尚未反，在这里看着贼人的动作，三五天我也要归官军营中。今天我来刺吴代光，盗他的阴阳八卦幡，不想咱们走一起了。你们二人回去告诉马大人，叫他放心，明日打仗，我暗助他一臂之力，破这贼人的阴阳八卦幡。"这二人说："甚好，我们走了。"邓飞雄带着他们曲曲弯弯地走出甚远，用手一指说："由此往东南就是官军营。"二人拜谢救命之恩，转身回归大营，面见徐大人、马玉龙等，述说了上佟家坞之事。

天光已然大亮，一掌号，炮声一响，诸将进帐。当中是徐胜，左边是刘芳，右边是马玉龙，众差官在两旁列坐。刚要出兵，上来一位差官说："大人吩咐众位老爷，如将佟家坞打开，把为首的拿住，不准放一人漏网。"徐胜答应，款待了差官。众人又写了请安的禀帖，交差官带回。刚分派好了，只听得佟家坞号炮齐鸣。工夫不大，蓝旗来报："佟金柱带领八路都会总吴代光和众会总，在两军阵前把队扎住，前来讨战。"徐胜发令齐队，今天要跟贼人决一死战。

他调齐三千马步队，同着众家英雄来到战场，把队列开一瞧，吴代光耀武扬威地问道："哪个跟山人决一死战？"马玉龙一想：昨日被他连伤数将，今天我再不出阵，谁还敢去。便说："我给众位略阵观敌！"吩咐擂鼓助战。马玉龙并未骑马，来到两军阵前，老道亦在步下。马玉龙把宝剑怀中一抱说："妖道！你等太不知事务。自古顺天者昌，逆天者亡，我皇上有道家家乐，天地无私处处同，省刑罚，薄税敛，你等无故设立邪教，引诱愚民百姓受刀兵之灾，皆因你等所起。你等若知事务，快率众投降，我求大人开恩，给你等留一条生路。"吴代光一闻此言，说："哪个跟你斗嘴嚼舌，祖师爷特来结果你的性命！"

正说话之际，只见佟家坞的二百火炮兵，由邓飞雄带领着来到了阵前。佟金柱一见邓飞雄，心里说："这才是我的臂膀。"邓飞雄说："众会总！待我来催队上前。都会总！我给你略敌观阵。"吴代光见马玉龙口巧舌能，气往上冲，一拉阴阳八卦幡，就听哗啦一声。不知忠义侠性命如何，且看下回分解。

第二一二回

忠义侠初会八卦幡　邓飞雄倒反天地会

话说吴代光在两军阵前，一看马玉龙怀抱宝剑，便想先下手为强，刚一拉阴阳八卦幡，那邓飞雄由后面就是一红毛宝刀，照老道脖颈砍来。老道拿阴阳八卦幡一迎，已被红毛宝刀将八卦幡削为两段。妖道一转身逃回了贼队，马玉龙即催督大队往前追杀。此时，众办差官个个踊跃，人人争先，只杀得这些八卦教匪望影而逃，败进佟家坞，紧闭了四门。

邓飞雄带的二百兵一阵火枪，把教匪打死数百之众，这才同马玉龙收兵来到官军营中。马玉龙把邓飞雄给徐胜、刘芳众人都引见了，徐胜这才吩咐摆得胜酒。

次日，又派人攻打佟家坞，贼人在里面防守甚严，一连三天，都未能攻开。这一天，徐胜说："咱们今天分三路进兵，马贤弟在正东，刘贤弟在正北，我在正南，三面攻打，由西门放贼人逃走。"这才齐队攻城，一连又是两天。到第三天，众人说："今天务要齐心协力，将佟家坞攻破，不破城决不收兵。"大家齐了队伍，来到佟家坞一瞧，只见四门大开，里面连一个贼人都没有了。马玉龙叫人进去探查，这佟家坞贼人不少，怎么会一个都没有了？马玉龙三队人马进城，各处一搜寻，见细软物件也都没有了，只剩下些粗笨的东西留在空房，便料定贼人必是往西北逃窜了。

徐胜说："众位差官！现在佟金柱率众逃走，必然去之不远，只在深山幽谷之中避兵，哪位差官前去打探？"话犹未了，小丙灵冯元志、小火祖赵友义、小蝎子武国兴、打虎太保纪逢春、黄面金钢孔寿、白衣秀士赵勇、碧眼金蝉石铸、小神童胜官保、哼将李环、哈将李珮十个人说："我等愿去探听贼人的消息。"徐大人说："你等十个人前去打探，有无下落，明天必须回来，道路上要谨慎小心，恐贼人暗设诡计，那时多有不便。"十个人点头答应，说："大人请放宽心。"众人下来，各自收拾好了，带上兵刃，出了佟家坞西门，顺山路往下寻访踪迹。

石铸在前头引路，众人在后面跟随，大家走出了十数里之遥，眼前到了一处山口。此时众人觉着口干舌燥，想要找个地方喝水，歇息一下才好。往前一看，见隐隐有一带树林，及至走近前边一看，却是小小的一处村庄。进了西村口，路东有一座酒馆，众人就想进去探听佟家坞贼人的下落，又可以喝些酒。这十个人进去一看，见有几张桌子，有一个小伙计和一个老头儿。这老头儿有六十多岁，身穿月白布裤褂，是个乡下人的打扮。众人落了座，那老者说："你们众位喝酒么？"石铸说："你这里可有什么菜呢？"那老者说："我们这里有煮鸡子、豆腐干，我看你们几位老爷不像这里人，贵处哪里？来此何干？"石铸说："我们是官军营里的，跟你打听一件事，那佟家坞的教匪，我们的大兵困了他好几天，昨夜晚已朝西北逃了下来。他们是什么时候过去的？你总该知道。"老者说："这我知道，昨夜晚四更天时，人马乱跑，约有数千之众，只吓得我们不敢开门。他们沿着蟹龙沟的大道往西北走了。这蟹龙沟有一股小道通往陇上，十分崎岖难走。"石铸说："就是了，你给十壶酒、十碟菜、一壶茶，回头我们去哨探哨探，不知此处离蟹龙沟口还有多远？"老者说："这村庄就是蟹龙沟，沟口叫菜园屯。"石铸说："这村有多少人家？"都是作何生理？"老者说："有四五十家，都是砍柴打猎的安善良民。"老者将酒拿来，众人喝了三五杯，石铸就觉着头晕眼眩。赵友义说："石大哥不好，我喝了这酒，心里直闹，眼前天地乱转。"说着，众人俱皆翻身栽倒，昏迷不醒。那老者哈哈大笑说："孩子们过来，把他们俱皆捆上，扛到后边开膛摘心，给会总报仇。"

书中交代：这个酒馆的老者，原来姓蔡名叫文曾，人称劝善会总。他是地理教主袁智千收的徒弟，命他带领五百会匪，在此把守蟹龙沟口，静等官军营的办差官前来，他好往里送信。今天石铸等人一来，他就知道了，便在酒内下了蒙汗药，把石铸等人全皆麻倒。蔡文曾叫小伙计把门关上，将众人扛到后院之中。他一声喊嚷，出来有十几个打手，都是他手下亲随之人，便把众人往木桩上一绑。他对手下人说道："把我的丧门剑拿来，我要亲自结果他等的性命。"他叫伙计去摘酒幌子关门，谁叫都不许开。小伙计答应，正要拿叉去叉幌子，就见来了一匹马，一匹骡，骑马的是马玉龙，骑骡的就是邓飞雄。

原来那十个人走后，马玉龙甚不放心，就同着千里独行侠追赶下来，刚走到这里，见酒馆的小伙计慌慌张张要摘幌子，两只眼东瞧西望。俗语云："光棍眼里不揉沙子。"马玉龙、邓飞雄二位英雄一看，就知道必有缘故。马玉龙一声喊嚷,说:"慢摘幌子,喝酒的来了。"小伙计一听,撒腿往里就跑。不跑还罢了,他这一跑,马玉龙更加疑心了,赶紧下马,拧身蹿上房去,往后一瞧,只见十位英雄都是绳捆双臂,有一年迈之人,手擎丧门剑,正要结果众人的性命。马玉龙一声喊嚷,说:"好一个胆大反叛,光天化日,竟敢杀害众差官老爷,待我来拿你。"说着话,由房上跳下来,摆宝剑照蔡文曾就是一剑。那贼人闪身躲开,说:"来者你是何人?"马玉龙说:"你家老爷姓马名玉龙,绰号人称忠义侠。"蔡文曾哈哈一笑,说:"原来是你。"一摆丧门剑,照定马玉龙砍来。马玉龙用宝剑一迎,贼人的丧门剑往回一撤,抖手就是一镖,马玉龙一闪身就将镖接住。蔡文曾大吃一惊,这才知道马玉龙为人能干,武艺出众。又走了三五个照面,蔡文曾不敢恋战,翻身蹿上房去逃走。马玉龙随后紧追,一面叫邓飞雄将众人救了,再跟上来。

邓飞雄说:"是。"来到院中一摸众人,满身发燥,口吐白沫,知是中了蒙汗药酒,赶紧找来凉水,把众人的牙关撬开,一个个俱皆灌醒。石铸瞧邓飞雄在此,便说:"好一个老匹夫,他酒里有东西,把我等全皆治住。"邓飞雄说:"咱们赶紧搜搜,好去追赶马贤弟,他一人追贼去了。"众人一搜,见并无一人,只剩了空房,这才出了酒馆,往西进了山口。

追出有五六里之遥,也不见马玉龙的踪迹。邓飞雄说:"怪呀!我救你等的工夫不大,也不致走出甚远?"石铸说:"就恐走岔了路。"邓飞雄说:"不能,此处并无二路,贼人必奔蟄龙沟去了,咱们再追着瞧瞧。"又往前走出了一里之遥,见眼前一带树林,当中一股大道直通正北。这时来了一个老道,年约六十以外,头戴如意道冠,身穿蓝缎道袍,手拿一柄拂尘,一指说:"你这群孽障,好大胆量,竟敢前来送死。"石铸过去一抖杆棒,想把老道搛倒。老道闪身躲开,由背后拨出一杆黄旗,上有八卦太极图。他用旗一指,一股黄烟直扑过来,石铸便翻身栽倒。众家英雄要想逃走,势比登天还难。要知后事如何,且看下回分解。

第二一三回

困贼巢英雄奋勇　靠山观反寇避兵

　　话说石铸翻身栽倒,胜官保就是一愣,拉龙头杆棒过去说:"好老道!你姓什么?"老道说:"山人乃瘟瘟道人叶守敬是也,我是靠山观的观主,只因佟家坞的庄主派我前来把守山口,抵挡官兵,你等要知世务,急速退去。"胜官保一听,气往上冲,抖龙头杆棒照老道就缠。老道闪身,用手中旗一指,胜官保也翻身栽倒了。孔寿、赵勇一想说:"我们哥中了毒镖,石大爷千里去讨药,今天他被难,我们要一走,可实在不对!"想罢,各摆兵刃扑奔老道。老道往旁边一闪,用手中旗一指,孔寿、赵勇便翻身栽倒。纪逢春、武国兴二人赶了过去,一个拉刀,一个摆锤,大骂:"老道!你休得卖弄这邪术,待我前来拿你。"刚一过去,老道一摆旗,一股黄烟扑奔过来,二人亦栽倒了。李环、李珮过去亦照旧如是。冯元志、赵友义一想说:"来了十个人,躺下八个,我二人回去也没法见人,莫如生在一处做人,死在一处做鬼。"这两个人一摆兵刃上去,仍然被老道一指,一股黄烟扑来,栽倒在地。千里独行侠一瞧,有心不过去,眼看十个人被害,有心过去,自己也得甘拜下风。

　　正在为难,只见忠义侠马玉龙赶来了。邓飞雄说:"马贤弟快来,这个妖道叫瘟瘟道人叶守敬,他有妖术,把旗子一晃,就出来一股黄烟,众英雄俱皆栽倒了。"马玉龙说:"兄长不必担惊,待我拿他。"赶过去一摆宝剑,照老道劈头就砍。老道一晃旗子,想要把马玉龙治倒。他这旗子乃是瘟瘟香所配,并非妖术,焉想到马玉龙有解药,并没有栽倒,老道就心中发慌。只见马玉龙这口湛卢宝剑,分开门路,上下翻飞,宝光缠绕。有诗为证:

　　　　湛卢宝剑寒光绕,常在英雄怀中抱;
　　　　斩金剁银削铁铜,杀人不带血光毫。

　　不一会便把老道的宝剑削为两段,只吓得老道拨头就跑。马玉龙并不追赶,先救众人要紧,便由兜囊掏出解药来,有邓飞雄帮着把十个人救了过来。众人起来,还糊里糊涂地不知是什么缘故。唯有胜官保说:"我跟这个老道一动手,闻见一股异香,跟那秃子吴元豹的是一样的。"马玉龙说:"不要紧,我还有一瓶解药呢。每人给你们闻点,咱们去追这老道。"

双侠带着十位英雄往下一追,直奔正北,看见东西两座山头下面,有两面八卦旗,由几百名兵丁把守,滚木檑石,防守甚严。马玉龙瞧了一瞧,知道贼人就在山里。想要去巡查进山的道路,无奈深山曲径,只恐贼人设有埋伏。马玉龙说:"众位兄弟!咱们暂且回去,调了大兵,再来攻打这孽龙沟。"众人这才往回去,约有半里之遥,只听山头之上有人一声"无量佛",口唱山歌:

> 寻真误入蓬莱岛,青松不老人自老;
> 采药童子未回来,落花满地无人扫。

站在山头哈哈大笑,说:"马玉龙,山人特来指明你的迷路。"马玉龙抬头一看,乃是天文教主老师张洪雷。马玉龙知道他是世外高人,连忙过去行礼,口称:"老师从哪里来?"石铸等也过去行礼。

老道下来,带着众人到了树林之内。众人搬来石凳,大家落座。张洪雷说:"徒弟!你今天特来与你送信,贼人气数已败,不然山人还不下山。"只因我师弟袁智千、白练祖谣言惑众,不久必要遭劫。我下山就为他二人,恐他们杀害生灵。今天我来告诉你,我要归山了。这孽龙沟乃是绝地,只要官兵前来困住山口,里无粮草,外无救兵,久则必败。我由信州龙虎山来,所为收服袁智千、白练祖,怕他二人任意胡为。我今天有一个总账给你。你回去调官兵来,按账拿他,管保贼人不能漏网。这孽龙沟有一条小路,两股地道,派人把守住,即可一网打尽。"马玉龙说:"你老人家上哪里去?"张洪雷说:"我去访几个朋友,你等把事情办理完毕,到江西龙虎山前去找我。山人就要告辞了,你们也赶紧回去调兵吧!我这总账上,贼人逃走的地道都有。"马玉龙接过账本,说:"你老人家乃世外高人,既不愿出世为官,弟子也不相强,你老人家请吧!他年相见,后会有期。"

老道走后,马玉龙带领众英雄回归大营。徐胜就问:"马贤弟!刺探贼人下落如何?"马玉龙说:"小弟进山,在菜园屯赶走了劝善会总蔡文曾。他是邪教的一个贼头,众办差官中了他的蒙汗药酒,小弟赶到,才将他杀得逃入深山之内。后又遇一使瘟瘴香的老道,乃是吴元豹的师父,亦是小弟将他追跑。追进山去,见贼兵防守甚严。小弟还见了我师父张洪雷,赐我两本总账,原来这天地会是道正人邪,现在三教主未在此地,就是佟金柱和吴代光几个妖道。我先回账房,细细观看这两本总账,明天就兵围孽龙沟。"徐胜说:"甚好。"这才吩咐摆酒。

席散之后,马玉龙回到自己账房,打开总账一看,原来天地会、八卦教在天下各处有多少兵,何人为首,上面都写的明白。这孽龙沟正北的靠山观,修得有五个亭子,当中乃是地道暗沟,官兵如攻之甚急,贼人便由地道逃出。须先派官兵把守,可以一网打尽。看够多时,天已不早,马玉龙就歇息了。

次日马玉龙拿着这本总账来见徐胜,述说了上面写的道路。徐胜说:"马贤弟!你挑几个人,那孽龙沟山后的道路崎岖,看谁能去把守,等候佟金柱。我在前面带兵攻山,料想可将贼人拿获。"

马玉龙仍带邓飞雄、石铸等十个人及龙山的二百飞虎兵,邓飞雄的二百子弟兵,各带十天粮草,爬山越岭,绕道径奔孽龙沟后山。来到山坡下边,果然有五个亭子,众人却看不出哪里是地道。纪逢春过去一瞧,说:"马老爷!这个我知道,咱们爹会造埋伏削器。"马玉成说:"别混拉你爹。"纪逢春过去,来到当中的亭子,一见地下有块白玉石,便说:"你们看,这就是地眼。"马玉龙说:"咱们等着,你们十个人,两人把守一个亭子,如贼人出来,即行拿获。"众人点头。马玉龙又说:"邓大哥!世上真有哄不尽的愚人,拿不尽的贼。佟金柱家有百万之富,何不享福,却立意造反。"邓飞雄说:"我避难三年,就等官兵来此。他这孽龙沟是个绝地,里无粮草,外无救兵,日子一多,能不甘拜下风。"二人正在谈话,天已黑了,微有星斗之光。马玉龙说:"此地在万山之中,乃极险之地,倚仗你我都是英雄,无所畏惧,但这山中的毒蛇怪蟒,豺狼虎豹,必要伤人。"正说着话,就听地道内有脚步声响。在当中亭子内的石铸、胜官保就是一愣,连忙招手,对马玉龙、邓爷说:"有动作!"话犹未了,就见石头一起,上来了几个为首的贼人。众英雄各摆兵刃,要捉拿这群反寇。不知后事如何,且看下回分解。

第二一四回

双侠带兵等反寇　地道捉拿恶贼人

话说马玉龙同邓飞雄带着十位办差官,及四百子弟兵,正在这亭子上等候贼人,就听见地道内真有动作。石铸把二位侠义叫过来说:"地道内有脚步响。"众人便在此小心等候。

书中交代:佟金柱那日打了败仗,吴代光的阴阳八卦幡已被邓飞雄削为两段;铸出来的铁枪铁炮,也被邓飞雄用锡铅灌上,不能够使了;三教堂的豆人纸马,则被马玉龙破了。这一个败仗,伤损会匪不少。他败进佟家坞,在王府聚集众将商议。吴代光说:"王驾千岁!当初已把事情做错,本不应当叫余化龙进佟家坞的,他勾引来了奸细,才坏了我等的大事。"佟金柱说:"最可恼者,我妹妹金凤跟马玉龙一心,却对自己的骨肉无情。马玉龙又勾串邓飞雄倒反天地会,好生大胆。此时地理教主、人和教主都不在这里,咱们把天文教主张洪雷请出来占算占算,看看是打仗好,还是不打仗好?"胜昆说:"也好,先把教主请出来问问。"佟金柱说:"咱们径奔三教堂去吧。"说完,带着胜昆、玉柱、锁柱、宝柱一同来到后面的三教堂,鸣锣击鼓。

张洪雷升了座位,佟金柱等人都跪在前面。佟金柱说:"祖师爷!前者请你老人家下山,所为开疆辟土,夺取大清的江山社稷。现在地理教主、人和教主已走,马玉龙倒反,无人敢挡,这便如何是好?"天文教主张洪雷说:"现在你的气数不佳,可急到孽龙沟避兵百日,自有机缘相遇。"佟金柱赶紧吩咐手下亲随,前去知会内眷,收拾细软,连夜逃离佟家坞,径奔孽龙沟。那山上有一座大庙叫靠山观,两位老道是天地会、八卦教的头目,一个叫瘟瘴道人叶守敬,一个叫虎囤道人叶守清。

此时佟金柱查点兵丁,除去死亡的尚有八千之众,连带家眷也还有三四千人,便连夜预备驮轿车辆,逃奔孽龙沟,指派赛霸王胜昆断后。孽龙沟原有劝善会总蔡文曾带三千兵丁在那里驻扎,佟金柱派他扮作乡人模样,在菜家屯山庄卖酒,借酒铺栖身,以便探听消息,如有大兵来到,往里好送信。佟金柱把营盘扎在靠山观下,就住在这个庙里。这庙前后五层大殿,后院有一股地道可以逃生。现在山寨内已是兵多粮少,本打算等官兵撤了,再回佟家坞去。没想到蔡文曾、叶守敬都被官兵追了回来,直说差官厉害,来探孽龙沟了,不久官兵必到,请王驾千岁早作准备。佟金柱又叫人出山,去探动静。

这天,有人禀报说:"粉面金刚徐胜和刘芳,统马步军队五千之众,已将孽龙沟围困得滴水不漏。"佟金柱一想:"里面粮草不多,久守必死,不如逃奔他方。"再一找张洪雷,却踪迹不见。佟金柱不由得心慌起来,这才问吴代光:"都会总! 你同飞云、清风可有什么主见? 现在你我里无粮草,外无救兵,久守必死,这便如何是好?"吴代光说:"依我之见,带着大兵杀出重围,奔往云南楚雄府大竺①子山,就在那里招军买马,聚草屯粮。"佟金柱说:"既然如此,都会总你同飞云、清风、焦家二鬼、独角龙马铠保着我兄弟四人,由地道逃走。叫胜昆、袁龙、袁虎、谢自成、公孙虎保着家眷,带大队杀出重围。"吴代光说:"请王驾千岁传下密令,今天就走。"又告诉胜昆:"闯出重围之后,可往云南楚雄府大竺子山,或四川峨眉山两处见面。"大家商议已定,佟金柱收拾好了,就由地道逃走,没人知道。

次日来到靠山观第五层殿的供桌底下,将木板掀开,往下一看,黑洞洞的。佟金柱问谁人先下去探探路径? 大家全都摇头。本来众人全皆不熟,这才把本庙老道请来一问。瘟瘟道人叶守敬说:"这地道那头,上去是五个亭子,能上五个人。由这一条道下去,到里边分五路上去,里头都是干净的,时常派有道童打扫。"佟金柱说:"我先下去吧。"他弟兄四人在前,吴代光等跟随,走了有一里地,用手一托,佟金柱头一个就蹿将上来。石铸说:"小辈来了,我已在此等候多时。"佟金柱一看,气往上冲,摆手中钢鞭照石铸就打。石铸闪身就是一杆棒,胜官保也一抖龙头杆棒,二人各要争功。佟金柱练得有一身的硬功夫,旱地拔葱,蹿在一旁,石铸就是一愣。这时马玉龙过去就是一剑,佟金柱说:"马玉龙! 你自从来到佟家坞,我并未将你错待,再说你我骨肉至亲,何必苦苦追我?"马玉龙哈哈大笑说:"佟金柱你还在梦里,你中了我等的假降之计。"佟金柱说:"好!"一

---

①　竺(zhú)。

摆钢鞭,照马玉龙就打。马玉龙用宝剑一迎,将鞭削为两段,跟进一脚,就将佟金柱踢倒。石铸、胜官保赶了过去,按住捆上。那边佟宝柱已被邓飞雄拿住。佟玉柱、佟锁柱正被八位差官围住,马玉龙、邓飞雄过去,二人并力相帮,邓飞雄即将佟锁柱拿住,马玉龙又将佟玉柱拿住。大家把贼人俱皆捆好,再看地道还有没有人出来。马玉龙说:"你们谁有胆量下地道去一探。"纪逢春说:"我去。"马玉龙说:"要去去两个人。"石铸说:"我跟他去。"

二人顺地道下去,里面黑洞洞的,出手不见掌,对面不见人。二人摸着石墙往前走,直到山里头,一推板,上面是锁住的。纪逢春用锤一打,石铸用力一托,喀嚓一声,就把铁链崩断。纪逢春上来一瞧,只见烈火腾空,喊杀连天。

原来佟金柱上去刚一动手,吴代光同清风就不敢上去,说:"你我只可由前山杀出重围,有能为的都在后面。"妖道吴代光到前面,吩咐胜昆把家眷放在当中,把贼队调齐说:"今天闯出重围,才活得了,要是出不去,就没命了。"大家督队奔往孽龙沟口。这时徐胜正在攻山,只见乱石一飞,贼人闯出了山口,有如翻江搅海,甚是凶勇。徐胜一想:"杀人一千,自损八百,何况贼人个个拼命。"便吩咐队伍往两边列开,留条出路叫贼人逃走,再由两边杀贼,只留一路让他奔逃。这时贼人已无心恋战,官兵直追出了八里。这一阵,贼人死有数千。吴代光带着一伙贼人,逃奔四川峨眉山,再图报仇。这是后话不提。

单说马玉龙、邓飞雄拿住四个反叛,给贼人带上了手铐脚镣。又派官兵在贼巢搜查,得了马匹粮草,军装器械不少,都交钦差大人发落。众人撤队回到潼关,大人立刻升堂,把佟金柱带上去讯问口供。佟金柱此时直供不讳,连石文倬也一一招认。大人拿过贼人的总账,行文各处捉拿教匪。即把那五个叛逆钉镣,交马玉龙押解入都交旨。马玉龙等答应下来,各自收拾行装,准备押解五个贼人入都,众差官都心中甚喜。不想马玉龙等这一入都,又出了一场大事,真是天有不测风云,人有旦夕祸福。不知后事如何,且看下回分解。

第二一五回

见驾封官访岳母　程老诉说被害情

　　话说钦差大人派马玉龙率领众差官，押解佟金柱五个贼人进京交旨，立刻派奏折师爷办折底，奏明圣上。工夫不大，奏折师爷已将折底办好，呈与大人过目。大人展开一看，上面写道：

　　　　钦差大臣大学士兵部尚书奴才彭朋跪奏，为潼关会匪约期起事，拿获首要各犯，并酌保出力员弁①，参折仰祈圣鉴事。

　　　　窃奴才遵旨查办西夏，行抵潼关，访闻佟家坞地方，有会匪纠党约期起事，奴才即派守备马玉龙等，调拨丁勇，拿获会匪佟金柱等四名，讯实设立教堂，纠党约期叛反。并拿获潼关总镇石文倬，讯实与其结盟拜会，勾串教匪，均属罪大恶极，法无可贷。当经守备马玉龙奋勇拿获，并请回九头狮子印，除尽根株等情。该员实属智勇兼优，年力富强，勇敢善战。并会同各员弁等，不分畛域②，协力擒拿首要各犯，洵③属异常出力。相应吁恳天恩，照异常劳绩，随案奏请俱奖，以示鼓励。并饬④取各员履历送部。外有潼关拿获各犯，派员押解进京，请旨定拟。酌保出力员弁，各缘由恭折具奏，伏乞皇上圣鉴训示。

　　谨奏

大人看罢，封固好了，即叫马玉龙等随折差押解众会匪由潼关起身。千里独行侠邓飞雄、碧眼金蝉石铸、小神童胜官保、小玉虎李芳、小蝎子武国兴、打虎太保纪逢春、哼将李环、哈将李珮、小火祖赵友义、小丙灵冯元志、花枪太保刘得勇、花刀太保刘得猛、飞刀太保小孟尝段义龙、黄面金刚孔

---

　　① 弁（biàn）——旧时的低级武职。
　　② 畛（zhěn）域——界限。
　　③ 洵（xún）——实在。
　　④ 饬（chì）——命令。

寿、白衣秀士赵勇、雨雪豹苏永禄、小义士苏小山等,也跟随马玉龙动身前往。公馆只留下金眼雕邱成、伍氏三雄、银头皓首胜奎、老风鹦周玉祥、闹海蛟余化龙、粉面金刚徐胜、多臂膀刘芳等一干老少英雄保护钦差大人。

马玉龙带着众差官直奔京都,按站有大人的文书,各地方官多派官兵护送。这一日到了京都,把差事送交刑部,投了文书,马玉龙等人即在南城住了客店。过了几天,圣上即在养心殿召见马玉龙,由兵部人员带领引见。马玉龙将自己的出身缘由,一一奏明圣上,另有履历清册。康熙老佛爷乃是有道明君,接了彭公的奏折一看,龙心大悦。旨意下来:守备马玉龙着免补都司游击,以参将尽先补用,并赏加副将衔。所有在事各出力人员,均有加级记录,马玉龙仍归彭朋差遣委用。马玉龙下来,到了朝房,裕亲王也甚为喜悦,把他叫到王府,认为义子,扫打一处房院,叫众差官居住。马玉龙心想:"岳母和未过门的妻子,就在安定门内住家,何不前去寻找寻找。"

次日,马玉龙吃完了早饭,带着胜官保、李芳,备上了三匹马,问石铸等人要上哪里去?石铸笑说:"上前门听戏。"马玉龙这才奔安定门,到了他岳母住的所在。抬头一看,门上却贴着"陈寓",便打门问道:"借问一句,这里可有一位关老太太?"那人说:"不错,早就搬了。"马玉龙心中甚为烦闷,看那旁边立着一位老者,原是姓程的邻居,一看认识,连忙过去行礼说:"程老伯父,一向可好?"老者一看他戴着红顶子,身穿官服,带着两个小童,三匹坐骑,便说:"这位大人怎么称呼?"马玉龙说:"二太爷,你不认得我了,我是马玉龙。"程老丈一想说:"呵!你是那马大爷,这几年不见,你做了官了,你来了好。"马玉龙说:"伯父,你可知道我岳母家搬在哪里?我访问怎么都不知道,是什么缘故呢?"程老丈说:"幸亏你遇见我,要问别人,更不知道了。此时这胡同的老邻居都搬了,就是老汉尚未搬家。这里也没别人,提起来话就长了。自你走后,你岳母她母女做针黹度日,甚是安分,焉想有个看街的,此人姓刘,外号叫醉鬼刘三,他本是索皇亲的管家大人黑心狼刘熙亭之侄,倚仗他叔叔的势力,在此地无所不为。他拿了一身裤褂来,叫你岳母给做,每天来跑三四趟。一天,你岳母刚刚上街去买菜,他跑进屋中,说的不是人话,伸手要拉姑娘。姑娘急了,扎了他一剪子,不想就把他扎死了。你岳母回来,见屋中躺着个死尸,就愣了,一问姑娘,姑娘如此如彼一说,你岳母便自己出头打官司,不肯叫姑娘上堂。刘三的叔叔有钱有势，一定要你岳母给他侄儿抵偿。你岳母打了三个月官司，死在刑部，姑娘就把房子卖了，把你岳母的尸首领回来埋葬，她就上这安定门的尼姑庙，带发修行。那庙里的老尼倒真疼她，哪知在庙里还没半年，老居姑忽然死了，庙里就只剩姑娘一个人。她也不出庙门，就知道早晚烧香，供奉佛祖。那年庙里又着了火，这姑娘无处安身，只得扮作道姑，去云游四方找你。这已去了一年多，或许是死了。"马玉龙听了，心中甚是凄惨，谢过程老丈，一转身带着胜官保、李芳，拉马出了胡同。

三人上马，回归东单牌楼三条胡同。刚一进胡同，就见一群人围着，拥挤不动，总有二百来人。马玉龙跳下马来，分开众人，好容易挤进去一看，原来是个清水脊的门楼，众人不知在看什么，门口有一位拉着红马，长的横眉怒目，有二十多岁。马玉龙叫胜官保过去，打听打听是什么事？胜官保过去，见有一位年长之人，便问："借问老爷子，这里有什么事？"那老者说："学生！你看看吧，小孩家不要打听。"马玉龙见胜官保碰了个钉子，自己就靠墙一站，倒要瞧个水落石出。只见由东口来了三十多人，各拿刀枪棍棒，为首之人，坐了一辆车，淡黄油漆本地胶，十三太保的围罩洋绉绷弓，倭缎卧箱，真金什件，一个大干草黄的骡子，赶车的二十多岁，甚是强壮。车上这人，身高有七尺，面皮微白，细眉毛，三角眼，手拿一把折扇，来到说："闲人退后！要有人多管闲事，我是一齐打。小子们，到里头把那姑娘抢出来，我拿车拉了走，官私两面由他。"马玉龙站在一旁，听一老者自言自语说："有王法的地方没王法，比反叛还厉害！"马玉龙说："老丈，这是怎么回事？老丈你说说。"那老者见马玉龙身穿官服，连忙说："大人快救人吧！这是德行事。"便从头至尾一说。要知后事如何，且看下回分解。

第二一六回

花烛夜失去黄马褂　金眼雕泄机追风侠

话说马玉龙来到三条胡同，见一群人意欲抢人，便向旁边一位老丈访问情由。老丈说："我就在这胡同往来，这位是索皇亲的管家，姓刘名黑虎，号叫熙亭。他倚仗索皇亲的势力，在外面欺压良善，包揽词讼，无人敢惹。这家姓柏，夫妻两个过日子，有一十七八岁的女儿，还未有婆家。他原本是绣花行的手艺，后来改了刻丝的手艺，不拘谁家，蟒袍朝衣要是脏了，他都能收拾，不怕烧了窟窿，他总能织得整旧如新，在京都算是第一份。只因刘黑虎给他拿来两件索皇亲的蟒袍，叫他收拾。头天拿来，第二天就丢了。刘黑虎便带着人来说：'把这东西丢了，你也赔不起，把你女儿折给我算了。'这柏家虽是手艺人，倒是根本人家，焉肯把女儿给他？今天他就带人来抢姑娘。实对大人说吧，他家常常窝聚江洋大盗，这明明是他叫人偷了去，今日又来抢人。"

马玉龙一听，这索皇亲的管家，原来也是我的仇人，我岳母就是他逼死的，不由得气往上冲，把马交与胜官保，赶过去说："光天化日，朗朗乾坤，你胆敢在此抢掠民间少妇良女？"说着便直奔那刘黑虎。刘黑虎跳下车来，见马玉龙说话是本京口音，长得又是文相，他并不搁在眼里，就吩咐打手："给我打！"这些打手见马玉龙没有兵刃，一个个倚财仗势，扑奔过来。马玉龙微微施展能为，已把众人打了个落花流水，东奔西逃，各不相顾。刘黑虎说："你姓什么，通个名姓，住在哪里？"马玉龙说："我就住在这王府，我姓马，你打我只管来。"说着话，就见由门内出来一个老头，有五十多岁，趴在地下给马玉龙磕头说："今天要不是恩公救命，他将我女儿抢去，我一家准得死。"马玉龙说："不要紧，你起来，他如明天再来，你到王府回事处报一声，我姓马。"那老者说："是。"

马玉龙回到王府，见了王爷，就述说索皇亲的管家刘黑虎甚是凶恶。王爷一听，说："这还了得，一个家人倚仗主人的势力，竟如此作恶胡为，明天我递折子，参他主人纵奴为恶。"这王爷第二天果然参了索皇亲，又把刘黑虎送交刑部。刑部一追问，他均供认不讳，那蟒袍是他遣贼人盗去的，姓唐名雄，跟他是结拜弟兄。那唐雄跑了，便把刘黑虎定了刺面军罪。

马玉龙在王府住了三五天，递了谢恩的折子，这天刚要动身，旨意下来，要剐佟金柱、石文倬。马玉龙等人在菜市口看了一天热闹，次日便拜辞了王爷，起身扑奔潼关。晓行夜宿，饥餐渴饮，这一日来到潼关，先到公馆给大人道喜。大人见马玉龙升了官，荣耀归来，心中也甚为喜悦。

马玉龙见过大人，又下来给他师兄金眼雕磕头。闹海蛟余化龙说："姑老爷升了官，你夫妻在佟家坞是假姻缘，如今可以择日办喜事了吧？"马玉龙说："我在京寻访了结发之妻，也未访着，家中遭难，竟出这样的逆事。"余化龙尽力劝说："凡事自有天定，不由人算。"马玉龙无法，只得择日办，一来升了官，也可以冲喜。是日挂灯结彩，车马盈门，公馆众人都来贺喜。马玉龙悲喜交集，一想自己在外闯荡数年，也算有了今日这番光景。晚间，跟余金凤二次又入洞房，喜不自胜。马玉龙说："娘子，你我洞房花烛，总算名正言顺，但我如今保着大人西下查办，所为功名富贵，我练的是一力混元气、鹰爪力、童子功，你我还是各自安歇。"余金凤说："但凭大人吩咐。"马玉龙坐下，心中想起当年跟岳母度日，因遭官司逃走，现今却得了副将，身享富贵，可是又不能团圆。他越想越难过，坐在那里就睡着了。

天光一亮，马玉龙一睁眼，就见桌上有人寄柬留刀，不禁吓了一跳。马玉龙拿过字柬一看，写的是：

降龙伏虎一枝花，香闺绣阁是吾家。

玉龙弃旧迎新去，烈女寻夫到天涯。

旁边气坏英侠女，忘恩负义实可杀。

暂拿马褂花翎去，我父人称追风侠。

马玉龙看罢，气往上冲，这明明是结发之妻关玉佩的口气，可又不是她的笔迹。一找马褂花翎，果然不见了。又看了看，这个贼是由斗门进来的。

这时，石铸、纪逢春、胜官保等进来道喜。马玉龙说："众位不必道喜，我是喜中添忧。"大家就问："忧从何来？你说一说。"马玉龙说："昨晚把黄马褂、大花翎丢了，有人寄柬留刀，你们众位老哥可知道追风侠是谁？"石铸等人都说不知。马玉龙说："把公馆众人都请来，今天在我这边吃喜酒，我可以打听打听。"纪逢春、武国兴二人就把公馆中的老老少少都请来了。大家叙礼已毕,马玉龙说:"众位弟兄请坐,我有一事不知,要向大家请教。只因昨晚在洞房花烛中失去黄马褂、大花翎,有人寄柬留刀,众位可知追风侠是谁?"众家英雄一个个默默无言,齐说不知。此时就是金眼雕不在场,余者俱都在此。大众说:"这追风侠在江湖绿林中没听见过。"马玉龙说:"现在字柬上就有,你等请看。"拿出字柬来,众人看了半天,全都纳闷。

正在这般时候,就听外面说:"师弟!我来给你道喜。"众人一看,乃是金眼雕带着伍氏三雄和邱明月来了。马玉龙说:"师兄请坐,小弟理应磕头道喜。"金眼雕微微一笑,说:"兄弟!你可急坏了吧?"马玉龙说:"我急什么?"金眼雕说:"你的事你自己知道,我老哥哥可不该说。昨天还幸亏你安顿了,要不然,你的脑袋都没有了!"马玉龙说:"师兄,你说这话我知道,昨天晚上我失去了马褂花翎,有人寄柬留刀,也不知是哪路贼人?"金眼雕说:"师弟!这个贼你惹不起,我倒知道,只怕兄弟丢的东西拿不回来,还要栽筋斗。"旁边石铸说:"既是老英雄知道,何不说出来,大家可以商量个主意。"金眼雕说:"大人明天起身,奔庆阳府可走不着这股道。这个地方名叫陆村,前者我同伍氏三雄去访朋友,就是瞧他去的,此人大大有名,比你我弟兄更有能为,现已七十余岁,当年跟我在绿林行侠仗义,到处杀赃官,剪恶安良,做的功德不少。此人姓刘名云,表字万里,绰号人称追风侠。他有一儿一女,儿子叫醉尉迟刘天雄,女儿叫无双女赛杨妃刘玉瓶。你这东西多半是他女儿拿去,我带你去拜访他,把东西要回来就得了。"马玉龙说:"哪位跟我去?"胜官保、李芳、孔寿、赵勇、刘得勇、刘得猛、武杰、纪逢春等人全都要去,就剩徐胜、刘芳、胜奎、周玉祥、陈山、苏永禄、苏小山等跟大人奔庆阳府,余者多跟马玉龙奔陆村,就打潼关起身。余化龙告诉马玉龙说:"我先带女儿回一趟卧龙湖兴隆寨,把喽兵遣散,再回庆阳府祭祖,你我在庆阳府见吧。"马玉龙说:"好!"送了二百两银子作盘费,余化龙径自去了。马玉龙叫众人把公馆的事情办理好,又来禀明大人,他要到陆村去找马褂花翎。大人说:"我在庆阳住半天等你。"要知陆村三侠聚会,且看下回分解。

第二一七回

找花翎三侠初聚会　　出酒令戏耍老英雄

　　话说马玉龙、金眼雕带领众家英雄径奔陆村，在道上紧紧催马，恨不能一时赶到。天有午牌，来到了陆村。这村庄四外是山，当中有一块平地，周围有二十多里之遥，住着三百余户人家，甚是丰盛。李环、李珮、武杰、纪逢春四人先催马跑去，一进村口，来到十字街，就问本地之人说："有一位追风侠刘云住在何处？"这人用手一指，就见路北的大门，在门口有四棵槐树，拴着几十匹骡马。纪逢春等人下了马，过去拍门，只见出来一人，头戴纬帽，足穿靴子，是个跟班的打扮，问道："你等找谁？"纪逢春说："来找追风侠刘云刘庄主，我们是潼关马大人那里的。"这人说："众位老爷在此少待，我进去回禀一声。"

　　工夫不大，只见由里面出来一人，身高八尺以外，头大项短，穿一件绉绸长衫，足下青缎抓地虎靴子，面皮微黑，四方脸，抹子眉，大环眼，二目神光满足，四字口，燕尾胡须，来到门前一抱拳说："四位老爷是由潼关公馆中来么？请里面坐，不知哪位是副将马大人？"纪逢春说："我姓纪，名叫逢春，是个守备，我们这个蛮子是游击，一道同马大人来的，庄主你贵姓？"这人说："我姓刘，名叫天雄，追风侠是我的天伦，既是纪老爷、武老爷到来，有失远迎。"说着话，又一拉纪逢春说："纪老爷！"纪逢春只觉着力量甚大，直嚷道："慢慢的呀！"武国兴一瞧，就知道刘天雄手上有硬工夫。武杰搭讪着正要进去，焉想刘天雄把门一横说："武老爷！久仰你的大名，你我亲近亲近，拉拉手吧。"武国兴有心跟他拉手又怕敌不住他的气力，栽给他怪丢人的；有心不拉手，他却不叫进去。

　　正在这番景况，马玉龙、石铸赶到了。武杰说："我们马老爷来啦，你们拉拉手吧！"大家下了坐骑，马玉龙一听武杰的话，就知道他们是吃了亏了，连忙赶过去一抱拳说："这位庄主贵姓？"武杰说："这位是少庄主刘天雄。"马玉龙说："久仰大名。"刘天雄哪里看得起马玉龙，过去一拉手，马玉龙只使了对成力说："少庄主！多多照应。"刘天雄顿觉半身都麻了，连忙说：“不错。”

正说话之间，就听里面说："小畜生休要跟大人见脸！"马玉龙一看由里面出来的这人，年约七八十岁，精神百倍，身高八尺，面如银盆，眉分八彩，目如朗星，四字口，海下一部银髯，身穿宝蓝绉绸的一件长衫，足下白袜云鞋。马玉龙连忙上前行礼，说："久仰老庄主大名，今幸得会。"刘云说："老儿有何德能，枉劳大人下顾，实是蓬荜生辉。"马玉龙这才给众人引见，通了名姓。

此时金眼雕和伍氏三雄尚未来到，马玉龙带领众人往里走，进了二道重门，只见北房五间，有两个家人把帘子一掀，说："请众位老爷进到上房。"马玉龙等进了上房，众人落座。马玉龙说："听我师兄说，阁下威名远震，特意前来拜访，还有一事相求。"追风侠说："大人所委何事？"马玉龙说："我在潼关失去黄马褂、大花翎，听说落在这一方，求老英雄给寻找寻找！"刘云道："我提一个人，大人可曾认识？"马玉龙说："尊驾提的是哪一位？"刘云说道："有一人姓关名玉佩，不知大人你可认识么？"马玉龙一听此言，心中一愣，说："那不是外人，乃是吾结发之妻，老英雄如何知道的？"刘云说道："若提起这话就长了，我慢慢对大人说。"

书中交代：关玉佩因何来至此处？只因家中遭了事，母亲死后，就在尼姑庵出家。那位老尼姑的娘家姓刘，父亲也是江洋大盗，她就把所学的一身武艺，都教给了关玉佩。刚练了二年，偏巧庵中失火，老尼姑一急死了。关玉佩因无力修庵，自己便云游四海，到处为家。走到陆村化缘，追风侠见是一个女僧，就让到家中跟他女儿相见。两个人情投意合，便留下关玉佩，不叫走了，后来她们又拜了干姊妹。关玉佩曾对刘玉瓶说道："我本是知县的女儿，自幼许配镶黄旗满洲养余兵马玉龙为妻，因他那年遭了官司逃走，我母亲将玉佩莲花摔为两半，日后要对上莲花，才能团圆。"刘玉瓶姑娘说："不要紧，叫爹爹和哥哥在外访查这个人，还有没有？"刘玉瓶就向父亲说明白，要他在外面明查暗访。

一天，刘云跟刘玉瓶说："我访着此人了，但是北京人，先前占据龙山，人称公道大王忠义侠马玉龙。此人武艺超群，现在跟彭大人当差。"刘玉瓶说："好，明天就派人去送信，叫他来娶我姊姊。"谁知派去的人回来说："马玉龙因拿获反叛，御赐副将，赏穿黄马褂、大花翎，现在已定了日子另娶妻室。"关玉佩一听，就哭道："痴心女子负心男，他既已定了亲，我还等候什么?"刘玉瓶说:"姊姊不要哭,马玉龙当初海誓山盟,非你不娶,今天他丧了良心,我同你去把他杀了。"关玉佩说:"也好。"姊妹商量好了,因上潼关的道路不熟,又叫哥哥刘天雄带路。

黄昏时起身,三个人脚程都快,来到了潼关。只见马玉龙办喜事的店里挂灯结彩,鼓乐声喧。来往都是大人的办差官。三个人在僻静处藏身,等到二鼓以后,来到洞房,由窗户外一看,见美人坐定,果有十成人材。马玉龙进来一坐,趴在桌上便睡着了。关玉佩一想:"我杀不得他,我由京都一走,叫他哪里知道? 莫如我拿他的东西,叫他知道,他必前去找我。我想他并非无情无义之人,我夫妻尚可破镜重圆。"前思后想,不忍下手,便对玉瓶道:"妹妹,你我不可狠毒,只叫他无情,不可我不义,只将他的马褂花翎拿去,叫他知道,给他寄柬留刀。"刘玉瓶一想说:"姊姊还有怜念之意,人非草木,谁能无情?"两人把马褂花翎拿了出来,刘玉瓶提笔写诗一首,姊妹们就同刘天雄回归陆村。

他们到了家中,把寄柬留刀之事,告诉了老英雄刘云。刘云道:"今天马玉龙必来,金眼雕知道我的绰号,家中须有预备。"正在说话,外面家人进来说:"潼关马大人带着众位差官前来。"刘天雄迎了出来,他藐视天下的英雄,当是都像纪逢春那样的,焉想被马玉龙一拉就受不住了。刘云出来把众人迎进去,这才提起关玉佩之事。马玉龙直言无隐,对刘云把当年之事述说一遍。刘云说:"不要紧,马褂花翎现在我这里,活该你夫妻破镜重圆,你的意思怎么样呢?"马玉龙说:"我不能忘恩负义。"刘云说:"好。"便吩咐摆酒,大家喝酒。马玉龙、邓飞雄、刘云三侠一桌,众差官由刘天雄陪着。刘云见马玉龙的举止谈吐不俗,但不知肚子里学问如何?忽然眼珠一转,要用文学考考忠义侠马玉龙。焉想这一来,又生出了双喜临身,比剑联姻一段情节。要知后事如何,且看下回分解。

第二一八回
破镜重圆夫妻相见　比武招亲再定多姣

　　话说刘云同马玉龙在一处喝酒,说:"马大人武艺超群,必然文才出众。"马玉龙说:"只是粗通翰墨。"刘云说:"那日我有一友,在一处喝酒,他偶然出一对联,在座的四五个人都未能对上。"这时,他就把文房四宝拿了出来,说有一张字柬,请大人观看。马玉龙接过来一看,写的是:"业能养身须着意。"马玉龙看了,微微一笑说:"老英雄既然拿出来,我可以当场出丑。"提笔写了一句:"事不干已莫劳心。"刘云拿过一瞧,哈哈大笑,说:"对的好。"马玉龙说:"甚是浅薄,老丈台爱。"刘云说:"你我喝这闷酒没意思,咱们说个酒令,要用折字法,一字折成二字,临完落在字上。咱们在座的要说不上来,罚酒三大碗。"众人说:"谁先说?"刘云说:"我先说一个:一个朋字两个月,二字同头霜共雪,要得前言答后语,不知哪个月下霜,哪个月下雪。"马玉龙说:"邓大哥先说。"邓飞雄说:"我是个粗笨人,我说一个:一个出字两个山,二字同傍锡共铅,要得前言答后语,不知哪个山内出锡,哪个山内出铅。"马玉龙说:"我说一个:一个吕字两个口,二字同傍汤共酒,要得前言答后语,不知哪口喝汤,哪口喝酒。"石铸听着,就问纪逢春:"你会说不会说?"纪逢春说:"不会。"石铸说:"我教给你。"附耳如此如此,傻子听明白了,立刻跑过来说:"别忙,我来一个。"他一手指着邓飞雄,一手指着刘云说:"一个爻字两个叉,二字同傍你共他,要得前言答后语,不知哪个叉你,哪个叉他。"邓飞雄蹬了他一眼,刘云说:"这是哪位?"马玉龙说:"他是守备纪老爷,爱开玩笑。"刘云说:"咱们喝酒,我有一事相求。"马玉龙说:"有话请讲。"刘云说:"我有一个女儿,养的娇惯,自从我干女儿关玉佩来了,二人甚是投缘,姊妹昼夜不能相离,我打算把我女儿也给马大人,未知意下如何?"马大人说:"这件事不好办,头一条我有结发之妻,定那余氏时就先说明白了,我已有了两房,只恐有误令爱。"

　　正说着话,刘天雄由外面进来,在他父亲耳边说了几句。原来是刘玉

瓶在后面跟他哥哥说了,这马玉龙名扬四海,要跟他比比武艺。刘云说:
"那如何使得?大人乃朝廷贵客,来到咱们这里,应以宾客相待。天雄你
回去跟她说两句,她就不出来了,你就说是我给她说的话。"刘天雄说:
"是了。"关玉佩听说马玉龙来了,甚为喜悦,心想:"我二人自幼就在一
处,如今该当见面。"自己正在前思后想,一听刘玉瓶要去比试,未免就要
拦阻,说:"你我总是闺门,再说可不是姊姊脸大,你我姊妹情同骨肉,今
后你还跟姊夫比不了么?"两人正说着话,刘天雄进来说:"妹妹,不要比
武了,爹爹已将你许配了马玉龙。"刘玉瓶脸臊的通红,半晌无言,心中却
甚愿意。凭马玉龙的人才武艺,关氏姊姊又甚好,唯有余氏还不知是什么
脾气?

　　刘天雄出去。刘云便请出邓飞雄、石铸做媒,把女儿许配了马玉龙。
当时拜了老泰山,大家正喝喜酒,外面金眼雕和伍氏三雄赶到。刘云迎接
出去说:"邱贤弟,伍大哥!为何一步来迟?"金眼雕说:"我在店中算清了
饭帐,刚要走,又来了一个朋友,耽误了两个时候。"刘云说:"是哪一位?"
金眼雕说:"是山西的镖头红旗李煜,这朋友此时也七十多岁了。前者,
他叫他的徒弟蓝猛押着四十万镖上京,走到红龙涧被人劫了,后来我师弟
马玉龙才给找了回来。他这趟亲自出来,要给他道谢,再让他徒弟历练历
练道路。走到潼关,我们撞见了,就在店中叙了离别之情,都是老哥们,许
久未会,故此来晚了。"刘云往里让说:"老哥哥来早来晚,算你做个媒人
吧,我把你侄女给了你师弟马大人了。"金眼雕说:"我来喝你的喜酒。"大
家喝酒贺喜,直吃到二鼓以后,忽听后面一阵大乱,打更的跑过来说:"回
禀老庄主,后面玩花楼闹采花贼。"刘云一听,臊的双颊带赤,说:"这还了
得!"众家英雄各摆兵刃,要去拿贼。

　　书中交代:来的采花贼不是别人,乃是飞云、清风和焦家二鬼。他们
自从孽龙沟乱军之中杀出,与马铠等人落荒而逃,路过陆村时,看见一座
花园,里面楼台亭阁,正北支着楼窗,见有二位姑娘,一个汉装打扮,一个
旗装打扮,长得花容月貌。这几个采花贼一瞧,神魂飘荡,目不转睛,四个
人就在陆村正北三里地的小庄住了店。这小庄南靠大道,他们住进了三
间上房。伙计瞧见一个和尚,一个老道,两个俗家都带着兵刃,就知道来
历不明,处处都要留心。贼人说:"要一桌上等酒席,只要好吃,不怕钱
多。"伙计说有,转身下去,将席摆上,四个人开怀畅饮。独角鬼吃着酒一

想:"我没采过花,今天在陆村看见这两个姑娘,长得真正好看,今晚我去一趟,她要从我,也是件乐事,可别叫他等知道。"

四人安歇,睡到天有二鼓之时,焦礼偷着起来,短打扮,背着一口刀,也没拿虎尾三截棍,出来将门带上,拧身上房,跳落地上,往前就走。他没采过花,今天这是头一遭。三里地,转眼就到了陆村。来到花园东南,拧身蹿上墙去,投石问路,打探明白,脚站实地,来到楼下,又拧身上了玩花楼,听听没甚动作。原来这座楼是刘玉瓶、关玉佩白日赏花之处,晚上并不在这里睡,二位姑娘另有绣房。这楼上也有床帐,焦礼进去一摸没人,他想是来早了,姑娘还没睡,我先躺着等她,不想心中一迷就睡着了。飞云是采花的行家,自从白昼看见二位姑娘,他便时刻记念在心,想在夜间去采花作乐。至三更以后,他收拾停妥,便穿上夜行衣裳出来。他不知道焦礼已去,拧身蹿上店房,施展飞檐走壁之能,来到了玩花楼。进去一摸,只当是姑娘睡了,心想:"我拉下她的裤子,她醒了也不敢喊。"他伸手去把中衣一拉,立刻上床往怀中一搂。焦礼醒了,一巴掌打在那秃脑袋上,说:"好小子!"飞云说:"三哥别嚷,叫本家听见。"焦礼说:"好,玩完了叫三哥。"飞云说:"我哪里知道,我要知道是兄弟,怎能玩你?"两个贼人正在说话,就听外面一声喊嚷:"有贼!"飞云、焦礼二人往外一看,原来是花园中的两个更夫,正由玩花楼下面经过,听见了上面有相打之声。这二人在本宅五六年,并未听到有贼,因这一方远近皆知追风侠父子的英名,绿林之贼人被他杀了甚多,故此无人敢来。今天焦礼、飞云二人皆不知这是追风侠刘云的住宅,才敢前来采花。二人拉刀追出来,照定更夫搂头就砍。更夫立刻往前飞跑,喊叫:"有采花贼!"焦礼、飞云方一上房,就听前面一声喊:"呔!好大胆的贼人,休要逃走,竟敢来我这陆村搅闹,你可认识追风侠?"一摆巨阙剑,要捉淫贼飞云。要知后事如何,且看下回分解。

第二一九回

彭钦差西巡到庆阳　飞云僧喝令杀大人

话说飞云、焦礼二人，把两个更夫正追至前院之中，追风侠刘云一摆宝剑来到了后院。金眼雕邱成、伍氏三雄、马玉龙、石铸等人全都跳出来了。飞云一瞧，吓得真魂出窍，知道这几位英雄不是好惹的，连忙拨头逃走。刘云立即追出花园，一看已无下落。

飞云二人回至小庄店中，清风说："你二人真不知自爱，好容易才逃出虎穴龙潭，又去招惹是非。"飞云说："好险哪！我本来要去采花作乐，不想却到了追风侠刘云的家中，马玉龙等人都在那里，各摆兵刃要拿我二人。焦三哥先去的，我也不知道，我一摸他，他就喊嚷，闹得我也无法。正和他说理，外面来了更夫，把楼门堵住了，我俩总算逃了回来，好险哪！"清风说："你我明日快走，只怕人家追来，我也无法劝你二人，总不听说。"天也亮了，算还酒饭帐，又吃过了早饭。焦礼说："道兄！你我闹得有家难奔，有国难投，连个立足之所都没有了。"清风说："我倒有个投奔处，你三人如愿意去，我就带你们同往。"飞云说："小弟也实在无地可投，兄长你往哪里，我都跟你前去。"焦家二鬼说道："兄长！我二人乃被罪之人，全靠兄台护庇。"清风说："那你我几人同到庆阳走走。"这四人便离开客店，往前上了大路。

那日到了庆阳府，已是日落之时，就在南门外店中住下。店家说："你们四位是来看会的么？"清风道："这里有甚热闹？"店家说："我们庆阳年例，三月初一至十五，有半个月白会。今年由潼关来了彭大人，他在潼关剿了半年贼，昨日才到的这里。知府孔大人怕闹事，出了一张告示，不准行香走会。此地的铺户合约，又递了一张公禀，说此处年例都有这个会，这是神圣有灵，才能感动这样的香火。今日不能因钦差一来，便断了数百年香火，众生意铺户也都少卖钱。孔知府还是不准，今年就没有会了，只有上刀山跑马的，那上刀山的女子十分美貌，在马上练好些玩艺，你四位明日进城去看看。"清风说："好！我四人也不挪店了，瞧一天回来，还住这里吧。"店内小伙计送来茶水,四个吃完了晚饭,点上灯,又谈了几句话,才各自安歇。

次日清晨起来,吃完了早饭,四人进了庆阳府南门,一直往北,只见街上人烟稠密,男女老少甚多。清风等到了十字街一看,北边拉着长绳,把男女分开,那跑马之人尚未来到。工夫不大,只见由西大街来了一伙人,尾随着一位五十多岁的男子,很是精神,两道英雄眉,一双虎目,拉着一匹红沙马,后面跟着一个四十以外的老婆,淡黄脸皮,身穿蓝布衫,半大脚,手中拿着一对虎头钩;还有一位十八九岁的女子,头梳幡龙髻,插着几枝鲜花,身穿桃红小袄,腰中系着一条银红色汗巾,足下红缎平底花鞋,月白裹脚,金莲二寸有余,又瘦又小,面似桃花,宽脑门,尖下颏,眼似秋水,鼻如玉柱,唇似涂脂,牙排碎玉,站在那里,真有一种倾国倾城之貌。飞云等四人一看,不由出神,二目发直,心中甚是爱慕。

书中交代:这跑马之人,并不是远方来的,乃是本处府城西门外五里小张家庄的人,姓张名和武,妻子朱氏,所生一女名叫秋娘,自幼练的一身功夫,刀山马术,样样精通,夫妻就靠着女儿挣儿文钱吃饭。秋娘尚未许人,也很孝顺父母。今天定的是他家的马术,就带着一个跟人,扛着刀枪棒棍和所用的各色物件来了。只见张和武当先鸣锣,叫伙计拿一对流星锤耍着,打开了一个场子。张和武看见刀山都摆设好了,先耍了一回虎头钩,又走了一回单刀。他把身上的短汗衫脱去,赤着膊,一看那刀山,全都是用的铡草刀,一路刀刃朝上,约二丈有余,看着甚险。他一登头一把刀刃,大家齐声叫好,连着往上走,直走至顶上,钻了刀洞儿,又把刀刃对着肚皮,一伏身压在刀刃之上。这时连男带女齐声喝彩。由刀上走下来,他女儿张秋娘又耍了一路宝剑,然后也上刀山,拿了一把大顶,练了几样出色的功夫。下来并不歇息,又上马使了一个金鸡独立,一只脚站在鞍鞒之上,让那马行走如飞,大家喝彩。一连练了几趟,方才下马歇息。

那飞云僧正看得中意之时,猛一抬头,见正北有一座席棚,一位老爷身穿官服,是三品顶戴花翎,有四十名官兵,都是身穿号衣,手中拿着鞭子在乱赶闲人,不准男女混杂,如有匪棍搅闹,官兵立即拿获,送县治罪。这位大人姓彭名云龙,乃是原任河南参将,后调直隶参府。他丁父忧之后,才调补庆阳参将。因知道钦差彭大人奉旨查办甘肃、宁夏事务,今日又有会,怕匪棍滋事,便自己带着本营的四十兵丁前来弹压地面。

　　书中交代:彭公自潼关带着众英雄起程,这日到了庆阳府,知府孔文彬、知县张海澄、参将彭云龙及都守千把等官,接钦差至公馆之内,徐胜、刘芳各官的女眷,都住在对面店中。大人所在公馆,在这十字街路南。大人想等马玉龙一天,次日因知道此地有刀山马术,吃了早饭,便叫苏永禄、陈山、苏奎、周玉祥四人各换便衣,同他到外面去看看此处的地土民风。四人答言:"是。"即换了衣服。大人也换了一件衣服,随同这四人来到外面,一看人山人海,男女老少不一。大人往东到了十字街,见席棚内有武营参将,带着官兵乱打闲人,怕有无知之徒,混杂男女。大人又见街北店门首,有侠良姑、张耀英、胜玉环、周翠香等在那里看热闹。大人见从正西来的跑马之人,男女三四个,在十字街这里先耍了几趟兵刃,然后那女子练马上的能为。大人又见那西边坡上,有一少年在那里坐定,有二十多岁,五官清秀,品貌端方,后跟两个老家人。大人正自观看,周玉祥、陈山两人紧靠在大人左右,苏永禄在前分开闲人,怕挤着大人,苏奎在后跟随。

　　正在观看之际,只听正东一阵大乱。原来是飞云僧见大人在西边站着,便向清风打黑话,说:"合字并肩来,招路把哈,遮天万字,亥赤字遮凉天,下亮清字摘赤瓢儿。"清风并不认识彭大人,听飞云一说,一摆滚珠宝刀,蹿下东坡,要来刺杀大人。要知后事如何,且看下回分解。

第二二〇回

改扮私访遇刺客　玉环神镖救彭公

　　话说飞云僧见大人身穿便服,在那里站定,便调着坎儿告诉清风:"合字并肩来,招路把哈,"这是说:"道兄,你看彭大人在那边站着呢,快拉刀过去结果他的性命。"清风拉刀走下东坡,向着看热闹之人说:"哪位是彭大人?"旁边看热闹之人,一指参将彭大人说:"那位就是。"清风分开众人过去,拉宝刀就把彭参将结果了性命。看热闹之人齐声呐喊说:"快拿刺客。"飞云一看就知道是杀错了,连忙过去拉清风说:"杀错了,你来看。"说着用手往西一指。清风说:"原来是我杀错了。"方一转身奔彭大人,只见看热闹之人齐声呐喊说:"贼老道杀了官啦!"官兵各摆兵刃,就要过来捉拿清风。

　　清风直奔西土坡,照定彭公便砍。这时,旁边那一位少年,把自己坐着的椅子,向着清风的面门打去。清风一闪身往旁边躲开,摆宝刀便要动手。那少年身后过来一个老家人说:"大爷! 临出门之时,老太太吩咐在外面不准多管闲事。"拉着少爷径自去了。

　　陈山、周玉祥见贼道拉刀扑奔大人而来,他两人就急了,赶紧把草帽摘下,往地下一扔,将大衣裳一甩,拉刀扑奔清风,一声喊嚷说:"好贼崽子,休要逞强,老太爷的老命不要了,今天跟你一死相拼!"清风道哈哈大笑,哪里把他二人放在心上。苏永禄说:"二位老人闪开,等我拿他。好贼崽子,你也不认得苏二老爷是谁?"老道还没见过苏永禄,见他拉刀挡住去路,即跟他杀在一处,三五个照面,便把单刀削为两段。苏永禄拨头就跑,清风并不追赶,又跟陈山、周玉祥杀在一处。二位老英雄焉是清风的对手,清风见瞧热闹之人四散奔逃,急拉刀直扑大人。大人见他过来,赶紧往北就跑,因知道公馆就是胜奎一人,徐胜和家眷都住在这路北店中,又见那侠良姑张耀英同胜玉环正在北土坡瞧着热闹,就边跑边喊说:"好飞云! 胆敢刺杀本部院,快来人给我拿他。"彭公是上年纪的人,又没受过惊,嘴里虽然说着,声音都岔了。飞云追到就剩七八步远,哈哈一笑说："赃官，你我是冤家对头，不杀了你，我也睡不安然，今日将你杀死，我才心气平和。"

大人往北跑着，这北坡有七八尺高，只跑得直喘。张耀英、胜玉环戴着满头珠翠，正坐着瞧看热闹，见大人被贼人追下来，连忙叫人拿手绢扎头。这时大人一上坡，腿一软，就跌倒在地。胜玉环见大人摔倒，离三四步贼人的刀就到了，心里一急，伸手由兜囊掏出一只镖来，照定飞云哽嗓咽喉打去。飞云闪身没有躲开，正打中肩头，贼人翻身栽倒。瞧热闹的齐声喝彩。侠良姑张耀英也说："胜玉环好准的镖。"胜玉环一伸手便把大人拉上坡来。

刘芳得信后，他手中拿刀，赶紧由公馆出来，来到北土坡，把大人背起往店中就跑。飞云爬起来，蹿上坡就跟侠良姑动手。胜玉环连忙跑进店内，摘去钗环首饰，脱去裙子，换上薄底快靴，用绢帕缠头，由墙上摘下单刀，奔了出来。此时清风已将陈山、周玉祥的单刀削断，抛开二位老英雄便扑奔北土坡，见两个妇女正与飞云动手。飞云见清风过来，说："道兄！你我将两个美人拿到庙里，一人一个。"只气得张耀英满脸通红，赶过来朝着清风用刀砍来。刘芳把大人背到店中，将房门带上，提刀出来，见胜玉环与飞云动手，张耀英跟清风动手，两位堂客已敌不住那一僧一道。刘芳过去，摆刀帮助张耀英战清风；粉面金刚徐胜也换了衣服，赶出来帮胜玉环捉拿飞云。此时，焦家二鬼摆虎尾三截棍乱打，已将官兵打倒不少，扑奔店门而来。张耀英一看不是贼人的对手，只得且战且走。老道哈哈一笑说："你这贼婢今日休想逃命！"清风、飞云二人随着追进店去。工夫不大，侠良姑张耀英鬓角热汗直流，口中带喘，本来妇人力弱，如何是贼道的对手？老道精神越杀越旺，张耀英看看不好。正在危急之间，就听街市上一阵大乱，马蹄乱响。仔细一看，乃是石铸、刘得猛、纪逢春来了。傻小子倒骑着白驴，众人各骑着牲口赶奔前来。纪逢春一瞧，跳下白驴，说："好杂毛老道，不见不散的，准约会。"老道一瞧众人来了，心中就是一愣。

书中交代：众位办差官在陆村把事情办理好了，今天一早起来，骡马已经喂足。头一起是武杰、纪逢春、石铸、李环、李珮、刘得猛、刘得勇七个人，在前直奔庆阳府。一到南门外，就听瞧热闹之人说："有一个刺客，是个老道，把彭大人给杀了，这阵城里已经大乱。"纪逢春等七人一听，心想："真要是咱们大人被杀，那可不好了！"急的石铸直催坐骑的驴子，恨不能一时赶到公馆,好知道是怎么一段缘故。刚走在十字街,就听见路北店中杀声一片。只见焦家二鬼,正在房上摆棍,意欲动手。众人跳下坐骑,由李环、李珮二人看着马,他五人各摆兵刃,到了北土坡,说:"呔! 对面贼人休要逞能,我等来也。"

此时,店中的徐胜、刘芳、张耀英、胜玉环四人,已敌不住清风、飞云。焦家二鬼在房上刚要摆棍跳下,却看见石铸带着四人蹿上房来说:"好!二鬼休走,你我见个高下。"纪逢春、武杰、刘得猛、刘得勇这四人也来到院中,帮助那几位动手。清风的宝刀无人可敌,也不把这几位放在心上。大家正杀得难解难分,又听得房上一声喊道:"杀不死的妖道,今天你休想逃走,待我拿你。"清风抬头一看,原来是马玉龙、邓飞雄、胜官保、李芳四个人。这一来,妖道要想逃走,势比登天还难。欲知后事如何,且看下回分解。

第二二一回

群雄奋勇拿飞云　豪杰奉命捉刺客

话说清风、飞云和焦家二鬼，正与这些差官动手，只见屋上有忠义侠马玉龙、邓飞雄、胜官保、李芳等四人赶到。原来，马玉龙在陆村把贼人赶走，订了亲事，同他岳父说明，候彭大人西巡回来，就迎娶过门。刘云带着儿子刘天雄，也要跟姑老爷去保着彭大人西下。马玉龙应允，先派赵文升、段文龙由潼关带着四百子弟兵去庆阳，扎在南门外面。这二人走后，马玉龙便同着邓爷先去追大人，叫众人在后面跟刘云、邱爷、伍氏三雄慢走，定在庆阳府相见。

马玉龙等刚进庆阳府城，就听人传言，说和尚老道杀了彭大人，又在十字街口路北店内和几位妇人打起来了。忠义侠连说："不好！我赶紧前去看看。"到了店门外，只见李环、李珮二人拉着几匹马，一见马玉龙来到，连忙把清风、飞云和焦家二鬼杀了参将彭云龙，把彭大人追进这店中的事说了一遍。马玉龙等忙下坐骑，把马交李环二人看守，四人蹿上房去，见清风正在院内发威施勇。马玉龙一看众人处于下风，也有受伤之人，连忙一声喊道："贼道休要逞能，我来结果你的性命！"跳下房来直奔老道，两下里一照面，清风就吓了一跳，说："不好，吾命休矣！"飞云也说："合字风紧，越马急付流扯活。"他是告诉老道：跳墙快跑了吧！清风往圈外一跳，蹿上西房，同飞云和二鬼往外就跑。邓飞雄一挥红毛宝刀说："对面无知小辈，你等往哪里走？我来拿你！"追至西房跳下，同马玉龙等众位英雄往前追去，只见那四个贼人一直奔出了西门。

贼人正往前跑，见对面来了十几个庄客，各拿着花枪、木棍、铁尺，为首一人，原来就是方才在十字街用椅子打老道的那个少年人。他乃本处姚家寨的人，姓姚名广寿，绰号人称神行太保，能日行一千，夜行八百。他父亲在日名叫姚文汉，作过一任归德镇总兵，早已故去。姚广寿自他父亲故去之后，白日习文，夜里练武，打算求取功名，继承父志。他为人最孝，今日在十字街打了老道一椅子，老家人怕惹事，把他拉回家中，见了老太太,备述上项之事。老太太说:"姚福!你好不懂事,那老道要杀彭大人,你何不教你家少爷拿他?乱臣贼子,人人得而诛之,这还了得,竟敢杀官。"姚广寿说:"他把俺们这里的参将彭大人杀了,又追奉旨的钦差彭公,这还不是反了?要不然,让孩儿再带着庄客去看看,帮助众人捉贼。要捉住了,也落得一个英名。"老太太说:"儿呀!此去你要谨慎小心了。"姚广寿答应下来,调了十几名庄丁,他自己使两把三尖两刃刀,名叫"二郎夺魁"。那些庄丁各抄刀枪出了姚家寨,离护城河不远,就见妖道、淫僧同二鬼往这里跑来。后面,马玉龙带着众英雄喊杀连天,追奔下来,姚广寿摆兵刃把河桥堵住,说:"贼辈休走,我已在这里等候多时,你等休想逃命。"清风一看,前面有人挡住,后面有人追赶,此事不好!急中生计,说:"三位贤弟,你我该当如何?"飞云说:"合字,由龙宫道字扯活,别嚷啦。"老道点头会意。原来飞云是叫由水中逃生,这四人都会水,一翻身跳下了护城河,说:"呔!鼠辈们不必追赶,老爷们失陪了。"凫着水往北径自去了。

马玉龙方要下河,只听姚广寿说:"大人尊姓大名?民子姚广寿有礼。"马大人自通了姓名,说:"尊驾是谁?带着这些庄丁,所因何故?"姚广寿把自己的来历说明,马玉龙说:"既是你来拿贼,跟我到公馆,我带你去见彭大人。"姚广寿说:"好!大人恩施格外,无奈我家有老母在堂,不能远离,大人今后如有用我之处,派人赏我一信,我必亲到。"说完便与众人分手。

马玉龙等先回城内,把钦差大人接回公馆,大家给大人请安。彭公说:"本部院本要看看此地的民风,不想遇见这几个贼人。我想,这几个贼人乃是奉旨严拿的要犯,今日他走之不远,石铸你们带几个人出去探访,将他捉住。"石铸答应,便和邓飞雄、胜官保、李芳、纪逢春、武国兴等各带兵刃,出了公馆,往西门外访拿清风等人。

书中交代:那四个贼人由水中逃命,见众人没往下追,心中暗喜,便由北边上去。只见对面是一带树林,里面隐隐露出房屋,必是一个山庄。一到村头,飞云就见那路北有一所院落,周围都是篱笆墙,里边三间上房,门首拴着一匹马。他一看,就认出是方才跑马戏的那匹马,又见院内正坐着练武的那个女子,飞云便目不转睛地直瞧这个人家。那玩马戏之人就是张和武,久走江湖,他一看心中就明白了,说:"女儿!今夜晚留点神,要闹贼。你把我打野兽使的那条火枪先装好药，用时凑手。"他女儿张秋娘答应，进屋中办理去了。这张和武以作马戏为名，本来是为了给他女儿找一个富贵人家，还要那男子生的美貌多才，方能把女儿给他。今日庆阳府城内，合城的铺户出三十两银雇他们三天，今日才头一天就叫人给搅了，把本地参将彭云龙杀了，这马戏也止住了。他父女二人只得回家来。此处名叫张家庄，离庆阳八里地，他们父女这天吃完晚饭，并不点灯，专等贼来。天有二鼓之时，贼人果真来了。

原来飞云等人就住在张家庄店内，吃完晚饭，清风说："三位兄弟，我等今日好险，若不是跳河，只怕不好，明日还须找一个清静地方躲避躲避。"飞云说："事到如今，俺还所什么事呢？乐一天是一天，我是想透了。"说完话，四人各自安歇。飞云因惦记张秋娘，那里睡得着？翻来覆去，直候到二鼓以后，自己起来慢慢地穿好衣服，拿单刀往外走了不远，便蹿上房去。走了有一箭之地，就到村口。他将篱笆门扭开，里面张和武听见有了动作，立刻把刀带在腰中，房门打开，火枪一顺，照定对面贼人射去。当的一声响，飞云早就闪开，一摆刀说："呀！好小辈，我是花钱来了，今日在十字街见你女儿长的美貌，故特意前来，你们不过是游娼，虽说是卖脸不卖身，只要老爷有钱，你们也得卖身。"张和武一听，说："放你娘的狗臭屁，我们是玩马戏之人，也不懂什么游娼，他是前来送死。"说着，一摆刀蹿出房门，往院中一跳。屋中的老婆说："好大胆的贼人，这里是安善良民，你竟敢自来送死，叫女儿来，你我帮助你父亲拿住他。"秋娘用绢帕把头包好，换上铁尖鞋，方要出去，只听院内"哎哟"一声，老婆上前一看，说："好贼！你拿什么暗器把我的当家人打死了。"。说着话，跑在院内，手中使一对棒锤来打飞云。飞云色胆大如天，打死了一条人命，他还不走。见那婆子来到，七八个照面，又一镖把婆子打死，竟连伤二命。屋内秋娘一看，说："好一个无知的匹夫，来来，我和你一死相拼。"说着拉刀出来。那飞云一见，不忍杀她，说："美人不要生气，这是他等自己讨死，你要从我片刻之欢，咱们两个人作一对长久夫妻。"张秋娘又气，又心疼父母，她如何是飞云的对手？走了有五六个照面，张秋娘的刀竟被飞云一脚踢飞。秋娘拨头往南就跑，飞云一看，说："小娘子，你休要逃走，你看四野无人，我是舍不得杀你的，我要舍得杀你，我早就结果你的性命了，你还跑得了吗?"张秋娘只顾往前跑,心中一慌,脚底下一绊,翻身跌倒在地。飞云一看,说:"丫头! 我和你生前有缘,咱们做一对露水夫妻。"说着往前一赶步,就要把秋娘按在地下行那不端之事。要知后事如何,且看下回分解。

第二二二回

张家庄飞云采花　姚家集英雄救女

　　话说张秋娘倒在地上,气喘吁吁的不能起来。飞云乐得手舞足蹈,说:"丫头呀!你这可是我的人了,俺们在这里成为夫妇。"说话之间,刚要往前一扑,只听对面一声喊:"贼人好大胆,光天化日,朗朗乾坤,你竟敢强奸人家良民子女,这还了得!"飞云往对面一看,见一少年英雄,手擎"二郎夺魁",跟着十几个庄丁,各拿长枪大刀。

　　来者这位,他正是姚广寿。只因今晚在家中练把式,听见张家庄那里先是狗咬,后又听见锣鼓齐鸣,人声呐喊,姚广寿立刻去拿灯球火把。原来这两个村庄,相隔只有二三里地,哪村有事,都要彼此救护。这姚家集是个小山庄,离张家庄三里多路,他带着人走在半路之上,瞧见张秋娘已被贼人追的不能走了,倒在那里。姚广寿听贼人嘴里胡言乱语,他气往上冲,说:"贼和尚!你休要撒野。"飞云听见有人骂他,抖手就是一只毒镖。姚广寿把镖接在手内,说:"你这镖还没练好呢!你先回去,投明师再练几年。"仍然把镖照飞云打去。飞云方一转身躲避,第二镖已打在肩头之上。姚广寿赶过来,一摆"二郎夺魁",就把飞云围上。七八个照面,一脚把飞云踢了一个筋斗,叫家人把他捆上。然后再把秋娘搀扶起来,一同回到姚家集来。老太太这时尚未睡觉,说:"把那女子带进来我看看。"这时,家人已把飞云吊在马棚,然后就把张秋娘带了上来。老太太仍教姚广寿带庄丁到张家庄去,看看张和武夫妻性命如何了。姚广寿答应下来,带着庄丁便走。

　　姚老太太一问张秋娘,年方十九岁,尚未许人,此时父母已被贼人用毒药镖打死,就剩一人了。老太太爱秋娘美丽,又怜他命苦,就说:"姑娘!我孩儿和你同岁,老身打算把你配我儿广寿,不知你意下如何?"张秋娘见老太太慈善,方才又是姚广寿救她的,人家这样对我,这明明是成就我的。想罢,便给老太太磕头。姚老太太吩咐把贼人带上,我要审问。家人下去不多时,把飞云带来放在地下。老太太拿拐杖照定那秃头就打,说:"你一个出家人,作这种无耻之事。"打的飞云脑袋上尽是疙瘩,哎呀哎呀地直嚷,说:"你们快把我杀了吧!"老太太说:"杀你? 把你送到钦差彭大人那里,自有人杀你。"

不表姚老太太审问飞云。且说姚广寿带着十数名庄丁来到张家庄,见张和武门首站定许多人,见姚大爷来了,就说:"你老人家来了。张和武夫妻受暗器身死,他女儿已不知去向。我们听见这里一嚷,就鸣锣聚众,到这里时已不见贼人,就见张和武夫妻的死尸。"姚广寿:"他女儿被一个和尚追在半路之上,我赶到把和尚拿住了,现绑在我家,张家女儿也在那里。"只听一旁有人答话,说:"那和尚乃是奉旨严拿之贼,我等是跟彭大人的办差官,你把他交给我就完了。"姚广寿一看,西边站着老少四位,俱是差官的模样,正是千里独行侠赛判官邓飞雄、碧眼金蝉石铸、小神童胜官保、小玉虎李芳。

原来,这四位由公馆奉钦差大人之命,往城外村庄察访清风、飞云和焦家二鬼,今日也住在张家庄东头的店内。听见外边联庄会的锣响,他等起来,各持兵刃,先蹿上房向外看去。店内人也都起来了,说:"你等众位要去看热闹,叫伙计点上灯笼。我们村中有规矩,如有语言不对,夜内就当贼给办了。"石铸说:"我们拿贼还怕什么?"说罢,四人一直由店中径奔热闹之处,只见一伙人围着说:"贼人用暗器伤了两条人命。"后来姚广寿到了,各通了姓名,他等才说明白。石铸说:"既是你把飞云拿住,我们跟你家去看看就是。"姚广寿说:"众位差官老爷到了也好,跟我走吧。"石铸说:"我到店中告诉他们一声,房钱也都给了。怕人家等门。"说着去了。不多时回来,跟着姚广寿到了姚家。姚广寿先到里边见过母亲,姚老太太说:"孩儿! 我给你定了亲了,张秋娘是一个孤苦之人,咱们成就她就是了。"姚广寿说:"但凭母亲做主,我今把彭大人那边的差官老爷带来,把那飞云交他们带走。"老太太说:"我方才问了贼人半晌,他也没说出住处,我派人仍把他绑在马棚之内。"姚广寿亲自来到马棚一看,见飞云还吊在那里,他这才走进书房,叫家人送过茶来,说:"石老爷、邓老爷吃几杯酒再走,此时城门也不能开。"邓飞雄说:"酒是不吃了,先把飞云带过来,我等讯问讯问他。"姚广寿答应一声,立刻命家人去马棚带人,不禁大吃一惊,那飞云已被人救去了。

原来姚广寿和石铸等说话之时,清风和焦家二鬼正在暗中偷听。他三人也是在店内听到锣鸣人喊，一眨眼却不见飞云。清风说："二位贤弟快跟我来，咱们去看看吧。"二鬼答应，三人出了房门，随即蹿上房去，来到了张和武门首，只见这人群纷纷议论，说姚广寿带着四个差官到他家去了，要把拿住的和尚交给他们，解到公馆去见钦差大人。清风就知那是飞云，便在后面暗跟众人到了姚家集，去至马棚一看，只见飞云高吊在那里，头上打了几处伤，看之不忍。清风见左右无人，就把飞云的绳儿解开，蹿上房去，三人逃出姚家集，径自去了。

　　姚广寿派来的人，一看飞云和尚不知被何人救去，连忙报主人知道。石铸说："上房追吧。"姚广寿说："我来之时还有呢，你我分四路追赶。"石铸说："不可，贼人一共有四五个人，倘若你我追散了，岂不是寡不胜众，先到房上去看看贼人是怎样去的。"说罢，众人走出书房，来到院中，上房向各处一看，踪迹全无。众人说："飞云命不该绝，他所作之事，要拿住非剐了不可。论人命，他杀了有几十个人了，真是贼星发旺。"姚广寿回来置酒请这四人，直吃到红日东升。邓飞雄说："石贤弟！你我该回去了，到公馆看看大人走不走，如不走，你我就在临近地方，再去察访那贼。"石铸说："姚庄主！你有这样的武艺，为甚甘老林泉之下？现在钦差彭大人正在用人之际，这次查办西下，回头来就有个保举。"姚广寿说："为人忠孝不能两全，我家并无三兄四弟，老母已年近古稀，我出门甚不放心。只要公馆有用我之处，遣人来叫我就是了。"石铸说："贤弟！你今日没事，跟我四人先到公馆去看看，我给你引见几个朋友。昨日我们奉大人之命出来，一共是六个人，走在半路之上，有一位纪逢春，他一定要往北，同武国兴不知住在哪里，今日约兄弟同去见见。"姚广寿说："也好，叫家人备马，俺们骑马去吧！马玉龙大人我见过，昨日追贼时在城下说了半晌话，今天我跟你们到公馆去。"石铸说："很好，别叫备马，就这样走吧。"姚广寿跟着四位方一出庄，就碰见了纪逢春和武国兴。石铸问他二人昨日住在哪里？武杰说："也住在张家庄店中，听见乱了，吾叫纪逢春，他怎么也不醒，把我急坏了。"说着话，已到了公馆门首。只见苏永禄由里面出来，说："你们几位这才回来，公馆出了大祸，这个乱儿真不小。"众人不禁目瞪口呆。要知后事如何，且看下回分解。

第二二三回
寄柬盗去银龙佩　英雄细述曾家场

话说邓飞雄、石铸等六人，带着姚广寿来至钦差大人公馆门首，只见苏永禄从里面出来说："你们几位才回来，公馆失盗，大人正在着急呢！"

书中交代：彭公昨日回至公馆之内，众人都给大人道了受惊。赵友升、段文龙带子弟兵也来了，兵丁都住在南关店内，二人到公馆见了众人。此时金眼雕邱成同追风侠刘云、刘天雄、伍氏三雄、邱明月、胜奎等人，都住在对面店内。众差官在这里伺候大人吃了晚饭，才下来各自安歇。马玉龙自己到对面店内照应师兄和岳父，也就住在那店里了。

一夜无话。次日大人一睁眼，就见床头有一张柬，上插明晃晃的一把钢刀。大人大吃一惊，一翻身起来，忙叫兴儿。那彭兴、彭禄、彭福、彭寿由西屋来到东屋，一看吓的浑身是汗，便把在床上插着的那把钢刀拿起，将字柬递给大人。彭公接过来一看，上写道：

> 曾姓斗胆到堂前，拜见当朝十豆三。
>
> 耳闻帐下英雄广，今朝观罢少魁元。
>
> 暂拿碧玉银龙佩，专等佳人胜玉环。
>
> 要问某家何处住，双塘壬癸庆阳南。

大人看罢，下床至外面梳洗吃茶，一找万岁爷赏的碧玉银龙佩，果然丢了。彭公吩咐人去请众差官，不多时，众人都一一来到，连马玉龙也来了。庆阳府知府孔文彬过来伺候钦差起马，还求大人替参将彭云龙递个折子，说："他家甚苦，妻子田氏，儿子彭恩元尚幼。"大人说："可以。昨日街市闹刺客，夜里我公馆内竟有大胆之贼，把圣上钦赏的碧玉银龙佩盗去，还敢寄柬留刀，你等来看。"众差官个个面红耳赤。知府连忙请罪，说："卑职到任不久，钦差遇到这样的事，只求大人恩施格外。"大人说："贵府要速速派人捉拿盗银龙佩之人。"众差官看了字柬，也不知是怎样一个贼人。这时邓飞雄到来，先见大人请安，把出去访贼的大概情形，回禀了大人。又把挑广寿带上来，给大人行礼。

　　众差官下来，退至西配房之内。知府也走了。众人把字柬另写一张，一起参解。纪逢春是个粗人，他一听上面有"专等佳人胜玉环"一句，就说："小蝎子武杰，你是要当王八，有人争你的媳妇。"武杰臊的满脸绯红，说："唔呀，混账东西！不要开玩笑。"胜官保一翻手也打了纪逢春一个嘴巴。纪逢春说："呦！你们人多，倚仗什么？"武杰微微一笑，说："就该打你这东西。"石铸说："纪老爷！休怨人家打你，谁叫你如此草率，说话不留神呢。"赵友义说："不要乱，咱们有知道这个姓曾的在哪里住吗？有没有？"众人俱各摇手，齐说不知。姚广寿说："我可知道，这个人甚是厉害，乃是我们此地有名的人物。"石铸一听就说："既是兄长知道，何妨直言，我们大家想个主意。"姚广寿说："这个人我也只是闻名，并未会过。他姓曾名天寿，绰号人称神拳太保，家传的神拳，能隔山打牛，百步打空。他家中豪富，住在庆阳府南门外东南八里，地名曾家场。那是个集镇，凡卖艺的都不敢往他那庄中去，那里三岁的孩童都会把式。"马玉龙说："很好，我有一个主意，赵文升、段文龙、刘得勇、刘得猛你们四位，扮作卖拳的，先上曾家场。"这四人吃完早饭，径自去了。他又叫纪逢春、武杰、邓爷、石铸、孔寿、赵勇、冯元志、赵友义、李环、李珮这十个人去作四太保的接应。又请岳父刘云、内兄刘天雄、邱大爷、胜奎、伍氏三雄，同他带着胜官保、李芳，一起前去。公馆有徐胜、刘芳等人保护彭钦差。姚广寿便给马玉龙当向导。

　　且说四位太保扛着刀枪，穿上便衣，出了庆阳南门，一路来到了曾家场。一看这个集镇，总有几千户人家。他们找一个宽大热闹之处，就把兵刃一放。赵文升用白土画出一个场子，方要练武，只见从那边来一人，有三十多岁，说："你们这卖艺的，可知道这里的规矩？要在我们这地方练武，先要拜我们这里的庄主。如不拜我们庄主，即时把场子踢翻了。"赵文升说："你是作甚的？"那人说："我叫李福，是曾家场的地保，向你要地方钱。你练完了，可按三七股分给我，如若不然，你们在这里练不成了。"赵文升说："放你娘的狗屁，老爷在此练把式卖艺，你要什么钱？滚开吧！爷爷没钱赏你。"那地保李福见这四位长的凶勇，不敢再说，一转身径自去了。段文龙说："我来耍刀，你耍叉吧。"二人在当场一练，外面人都齐声说好把式，就是没一个给钱的。段文龙一看，和赵文升一使眼色，一边练着，一边把人尽挤在一条小胡同之内，再把胡同一堵说："哒！

不给钱走不了！"那些看热闹之人一害怕，摘下褡裢，全倒出来了，这一下就有十几吊钱。二人回来又练，可就没人敢瞧了。

这时，只见那边来了一人，年有三十以外，面皮微白，来到这里说："四位请上我们庄主家中去练，只要我们庄主一喜欢，就可以多送你等一些银钱。"赵文升说："是了，你家主人姓什么？在哪里住？"那人说："就是这里正东，姓曾，是我们这本村的首户。"四个太保说："是曾天寿吗？"那个人说："是。"刘得勇听明白了，说："很好，我们这就跟你去。"四人收拾起来，扛起兵刃跟那人就走。

书中交代：曾天寿一听家人说来了四个卖艺之人，把人诓进胡同里要钱，便说："这还了得，去把四个卖艺之人给我叫来。"家人答应，去到外面把四太保叫来了。四人一看是坐北向南的大门，门外有两块上马石，七八株垂杨柳，拴着八九匹骡马。四人进到二门之内，一看这院落是北房五间，东西各有配房三间。这四人把兵刃放下，走在北上房屋中落座。家人说："我家主人这就出来。"正说首，外边又进来千里独行侠等十个人。因在街上看见四太保被人请去，怕他等受伤，便先到曾天寿的门首说："我等特来拜访这里的庄主。"那家人进去，不多时就出来说："我家主人就出来，你等吃茶吧。"先给众人送过茶来。众人等候的那工夫大了，才见从里面出来了两个小童，说："我家大爷就出来。"只见从东西配房出来八个家人，在上房两廊下一站，不多时又出来了两个童儿，也站在旁边。这才听到一声咳嗽，由里面出来了一位英雄。要知后事如何，且看下回分解。

第二二四回

群雄改扮访贼人　豪杰有意欺差官

话说众办差官来至曾家场神拳太保曾天寿家中,在客厅坐候多时,还不见主人出来,心中都要看看这人是怎么一位英雄。天有正午,只见从里面出来一位年在二十以外的俊品人物,众人都站了起来,只当是神拳太保曾天寿出来了。却听那人说:"我家主人先派我问问众位,是从哪里来的? 到此何干?"石铸说:"我等是跟钦差大人的办差官,来此见你家主人,要访问那盗银龙佩的贼人。"那人转身进到里面,又过了片刻,才见从里面出来一人。

大众观看,只见那人身高七尺,头戴新纬帽,身穿蓝绫绸袍儿,腰系凉带,足下青缎官靴,面皮微白,尖下颏,目如朗星,眉似刷漆,鼻高耸,唇似丹霞,彬彬儒雅,一团书气。来至客厅,各自通了名姓。曾天寿说:"今日贵人光降,真乃寒门有幸,不知众位来此何干?"石铸说:"只因钦差彭大人昨夜在公馆之内失去银龙佩,有人在床上寄柬留刀,上边说是曾姓之人。"曾天寿说:"原来为此事而来,这个容易,我告诉你几位吧,这盗银龙佩之人我倒是认识,要说带众位去捉他,我不是小瞧众位,就怕你们赢不了他。"飞叉太保赵文升和飞刀太保段文龙本是粗人,一听曾天寿之言,说:"你休长他人威风,你可带我二人去把他拿来。"曾天寿说:"二位若不相信,连我这样的能为,还时常甘拜下风。你二位先别动气,咱们先试试,如能赢我,我再引二位拿贼去。"赵文升说:"庄主! 我看你像个瘦弱的书生,你还有本领呢? 咱们比试比试。"曾天寿说:"把院中铺上绒毡。"来到院中,段文龙说:"我一人就能治他,不劳兄长。"跳过去伸手就要去抓,曾天寿一闪身,照定他左肋之上用二指一点,段文龙就像得了半身不遂之症,骨软筋酥,倒在地下。赵文升一看,也不知神拳太保的厉害,又跳过去一抓。曾天寿一闪身,他这一把就抓空了。曾天寿照他脉门一点,他也就躺了下来。花枪太保刘得勇、花刀太保刘得猛二人同奔曾天寿,这二位拳脚精通,投过明师,访过高友,指望过去赢他,焉想一对面,二人也躺了下来。连石铸那样的英雄,他也不识人家的这路拳脚。孔寿、赵勇、纪逢春、武国兴四人议论说:"咱们分四面上去,叫他首尾不能顾及,把他扔一个筋斗,咱们就算不输。"便走过去说:"咱们看你到底有多大能为?"四人一齐拥上,曾天寿不慌不忙,几个转身,那四人全都被他用点穴的功夫治倒。

邓飞雄见赵友义、冯元志都害怕了,自己一想:"来了十几个人,躺了人家半院子,多丢人! 我看他这拳脚,准是邪门传授,要讲血气之勇,我可真没把他放在心上,他这邪门我却不懂。"正自猜疑,只见从外面跑进一个家人来说:"回禀主人,外面有副将大人马玉龙,同着老少英雄在门外下马。"曾天寿说:"待我出去迎接。"只见追风侠刘云同着马玉龙已经走进来了。

马大人身穿便服,蓝绉绸长衫,足下青缎官靴,手摇团扇,白净面皮,俊品人物。左有一童,是双歪丝辫,白脸膛,神清气爽,怀抱一口宝剑;右边一个童子有十二三岁,圆脸,环眉大眼,梳着冲天小辫,扎着红头绳,正是小玉虎李芳和小神童胜官保。后面老少侠义全都来了。马玉龙一看他们来的人躺了半院子,自己气往上冲,勉强忍住。只见曾天寿先赶来请安,说:"绅民不知大人驾到,未能远迎,望求大人恕罪。"胜官保说:"庄主! 我们这些人怎么得罪了庄主,治他等在此?"曾天寿说:"众位老爷们并未得罪,只因盗银龙佩的那人,比我的武艺高出百倍,我说众位要先得赢我,我再带众位拿贼去。是我一时斗胆,冒犯了众位老爷的虎威。"马玉龙说:"你点的哪路穴?"曾天寿说:"是活穴。"马玉龙说:"岳父,师兄!你二位帮我忙儿,先把众人救起来,叫他们走百步以外,周身血一活就好了。"说着话,三人到了众人跟前,也有用手推的,也有用脚踢的,不多时,众人都起来了,走上几步,身体复旧如初。

马玉龙说:"庄主,我看你倒是个聪明之人,如何自作无知之事? 这盗银龙佩之人,你说要比你的能为大,如赢得了你才能拿盗银龙佩之贼,我且先领教你的武艺。"曾天寿说:"大人,我天大的胆,也不敢和你比武。"马玉龙说:"好,你把我的办差官全都赢了,又不敢和我比武了。我是要见见那盗银龙佩之贼人,先和你试试。"曾天寿一听,说:"好哇! 大人既要和绅民比武,绅民斗胆,也要跟大人偷学两招。"说罢就一抱拳。曾天寿倚仗着自己家传的独门五祖点穴拳,能隔山打牛,百步打空,平生未遇敌手,故眼空四海,目中无人。今见马玉龙要同他比武,哪里放在心上,自己总以为天下第一英雄就属他,焉知道天下能人甚多,出类拔萃之人不可胜算,真是人外有人,天外有天。马玉龙才同他一交手,就知道这是五祖点穴拳,能隔山打牛,百步打空,自己听师父讲过,非八仙拳不能破他。连忙一换招数,就把八仙拳施展开了。走了五六个照面,曾天寿竟不能点在马玉龙身上,自己甚是着急。马玉龙一换式,顺手一指,却把曾天寿点倒在地,立刻上去,先把他扶起来说:"得罪得罪。"曾天寿今日是初次遇到敌手,脸一红,连说:"惭愧!实在仰慕大人的拳式。"马玉龙说:"我要领教那盗银龙佩之贼人,你带我前去见他。"曾天寿说:"那盗银龙佩之人,是我胞弟,他叫曾天福。"马玉龙说:"你是兄长,他是你的胞弟,怎么你叫曾天寿,他叫曾天福?这个我不明白。"曾天寿说:"是先生给起的,他的能为比我更高,性情倨傲,故此我也管不了他。他要是爱上什么,就要什么,昨日在庆阳看马戏,必是看见了什么佳人,他回来和我说,我也没往心里听,他说非把这佳人要来不算。"武杰一听,气得二目圆睁,恨不能这就把他拿住,方出这口气。这时从外面进来一个家人说:"二爷回来了。"众位英雄一听,各拉兵刃,要去拿那贼人。欲知后事如何,且看下回分解。

第二二五回

忠义侠智斗曾天寿　武国兴奋怒见佳人

话说从差官闻报二庄主爷回来了,武杰一听,先就气往上冲,拉手中单刀,赶紧扑奔后面。众人跟随着来到了花园之内,一瞧甚是宽阔,里面房屋不少,往东一拐,单有一座跨院。家人头前带路,到了门首,向众人说道:"我家二庄主就在这院里呢!"武杰头前进了院子,一看是北房三间,东西配房各三间,院中有十几盆花,上房有一个人在椅子上坐着,手中拿一顶毡帽盖着脸,身穿一件青绉绸长衫,脚穿一双青缎子抓地虎靴子,仿佛睡着了的样子。武国兴把手中刀一顺,说:"唔呀,混账东西! 你好大胆量,在公馆盗去大人的银龙佩,还寄柬留刀骂人。"往屋中一跳,举刀就要剁去。那人站起来往里面屋中去躲,走慌了神,把靴子甩掉,漏出三寸金莲,倒把武杰吓了一跳,连忙退出来说:"哎呀,了不得! 这是一段什么缘故?"

书中交代:这人原来是曾天寿的胞妹,名叫芸卿,家传的一身好本领。那日在庆阳府看马戏,见和尚老道乱杀人,她有心要帮助捉贼,又想自己乃是一个女流,并不认识人家,何必过去? 后来见胜玉环镖打飞云,众人都说好镖,曾芸卿就派跟他的家人去访问这胜玉环是做什么的? 那家人去不多时,回来说:"回禀姑娘,这胜玉环乃是跟钦差彭大人的差官夫人,很有武艺。"曾芸卿一生秉性高傲,最不服人,总想要会会胜玉环,看她是什么一个人物。到夜里,便亲自去到大人的公馆,把银龙佩盗来,又留下了一把刀,一首诗。诗上写了"专等佳人胜玉环",原是为了见到胜玉环,和她比武,不料这件事弄得大了,那胜玉环如何能来呢? 她回到家中和兄长一说,曾天寿说:"妹妹你做错了! 明天钦差大人派人来拿盗银龙佩的人,那还是小事,玉环她丈夫和娘家的兄弟准来,这便如何?"曾小姐说:"不要害怕,我想玉环乃女中丈夫,她必前来,那时我奚落她一番,然后再去请罪。"兄妹议论好了,立刻派家人预备,静等明天人来。果然今日家人先来报信,说那卖艺之人如何厉害,曾天寿就知是钦差大人派来明察暗访的差官,便派家人把四个卖艺之人叫来。那四位英雄先来,随后又有纪逢春、武国兴等十人来到。曾天寿见马玉龙同众人都来了,一想:"我若说是我妹妹芸卿所做,他们也不相信,不免叫他等目睹。"便先在外面告诉心腹家人:"你进去对我妹妹就说是胜玉环来了,叫她换上那一身男子衣服,随后你再到客厅来报二爷回来了,你就去你的。"曾天寿安排好了,然后才带众人来到花园之内。当时武国兴气往上冲,进房中见有一男子用毡帽遮头,便用刀砍来,那曾芸卿见不是胜玉环,却是个蛮子,吓了她一跳,连忙往屋中一跑,又把靴子甩落了一只。

武杰唔呀了两声,连忙退出来,到了外面就问。曾天寿说:"我也不隐瞒了。"就把上项之事说了一回,让众人到书房中落座。曾天寿随后又把钦差彭大人的银龙佩取出来,放在桌上,再把石大爷拉到外面,要叫他做媒,将妹妹许配武杰。石铸说:"这件事,我倒可以做得了一半主。"曾天寿说:"正是。"二人说完进来,石大爷一讲,武杰说:"我有妻子,凭我这身分,还养得两个佳人么?"石铸说:"不必推辞了,你方才把人家姑娘赶的脱靴现足,你不要,人家怕不答应。"纪逢春说:"这世间事就是不公道,小蝎子武杰已有媳妇,还有人家赶着给他,我一个没有,也没人给我。武杰,你让给我一个吧。"武杰说:"唔呀,混账王八羔子,休开玩笑。"胜官保由后面照定纪逢春一拍,打了他一个嘴巴;曾天寿也瞅了纪逢春一眼。武杰哈哈大笑说:"好!有人打你这不知世务的东西!"石铸说:"你愿意,就给人家定礼。"武杰一想,这事也不好推辞,便把自己随身的一块玉佩拿出来给了曾天寿,彼此行了礼。曾天寿启口说:"这件事还要求马大人同众位老爷,在大人台前美言一二,说几句好话。"马玉龙说:"是了,我等必替你说。"曾天寿说:"今日天气不早了,也不能进城去,我这里备办酒席,求大人老爷赏脸。"马玉龙、石铸说:"就是吧。"曾天寿叫家人摆上酒来,众人开怀畅饮。马玉龙有爱慕英雄之心,便说:"曾天寿!你既然有这一身本领,为什么埋没林泉,何不图个出身,当下如随钦差西下查办,回来就是一件奇功。"曾天寿说:"既是大人厚爱,我愿效犬马之劳,求大人提拔就是。"马玉龙点头说好。说罢,众人推杯换盏,直吃到月上花梢,方才停杯罢盏。家人撤去残肴,送上漱口水来,漱完口,又吃茶,待家人安置好了床铺,这才安歇。

次日起来,净面吃茶,吃完了早饭,先叫纪逢春、孔寿、赵勇、李环、李珮先走,其余均随马玉龙一同走。纪逢春忙到外边,拉过驴来骑上,他一高兴就加鞭紧打。孔寿、赵勇说:"你忙什么? 一同走好不好?"纪逢春也不理论,只顾往前。出了曾家场的村口,应该往正西走,可是这驴却收不住了,一直就往西南跑去。这驴跑的真快,转眼到了一处庄门。纪逢春勒不住,这驴见了大门就往里跑。那大门内搁着有十几担瓷器,有人在树荫下歇着,见跑进一头白驴,上面还骑着一个人。众人怕这驴撞了瓷器担,赶紧就轰。驴一害怕,一摇脑袋就把纪逢春给摔了下来,正摔在瓷器担子上,打坏的碗不少。那些人都跑过来说:"哪里来的这野男子,往人家院里跑? 我们这瓷器都是由江西定做来给庄主爷过生日的,自己画的茶样,有钱都没地方买去,你赔吧!"纪逢春把眼睛一瞪,说:"赔东西是小事,你赔人吧! 把人摔坏了,你赔得起么?"众人说:"担子被你撞了,碗都破了。"纪逢春说:"我的屁股也摔两半了。"众人说:"你不用跟我们胡搅,先把你捆上见我们庄主爷去。"

　　正说着话,只见由里面出来一人。众人说:"少庄主出来了,咱们告诉告诉他,哪来的这个雷公崽子?"纪逢春也不答应,连声说:"好好! 你们非赔人不成。"说着话,抬头一瞧,由里面出来的这位少年,长得五官清秀,面如白玉,很是儒雅,细声细语地说:"你们嚷什么呢? 他是哪里来的? 上咱们这里来做甚?"众人说:"大爷,我们在这里正盘查瓷器,他骑着驴跑进来,把咱们的瓷器砸了一挑,不说情理话,还说把他的屁股摔两半了,叫咱们赔人,你说可恨不可恨?"这位少庄主一瞧纪逢春长相特别,穿着紫花布裤褂,抓地虎靴子,拉着一头白驴,黑脸膛,短眉毛,圆眼睛,雷公嘴,便说:"别放他走了!"众人各持兵刃,齐奔纪逢春而来。要知后事如何,且看下回分解。

第二二六回

纪逢春跑驴惹祸　曾天寿指引英雄

　　话说纪逢春跑驴到了一所庄院内,把人家的瓷器碰了一挑,他还不说情理话。这时出来一位少年人,喝令家人打他。纪逢春伸手把锤掏了出来,要打众人。只见孔寿、赵勇过来说:"哪位是这里的庄主呢? 我们这位是一个痴人,说话言语粗直,都看在我二人面上,碰坏了多少瓷器,查查数目,照买的价赔吧。"那少年人过来说:"方才他要照你们二位这样说话,我们也不能欺他。这批瓷器要说照样买,此地却没有。这是我们派人到江西定做来的,每件瓷器上都有"双塘山钱记"五个字,这是一百桌碗碟,还有十六只大瓶。他的驴跑到这里,把那边瓷器担子上的碗都碰坏了,他还不说正话。"孔寿、赵勇过去,叫纪逢春给人家赔个不是。纪逢春说:"把我屁股摔两半了,他们赔得起吗?"此时李环、李珮早回曾家场去送信,说:"纪逢春走错了路,跑到一处大庄院里,碰了人家的瓷器还不说理,咱们快去看看。"

　　曾天寿同众差官全皆上马,一直到了纪逢春碰坏人家瓷器的那所庄门。曾天寿说:"你们众位来吧,我给众位引见几位英雄。"一看孔寿、赵勇二人正劝纪逢春,曾天寿说:"众位! 这里是我的亲戚,不要紧。"石铸就问这山庄叫什么名? 曾天寿说:"这里是双塘山钱家寨,是我姑父家。我姑父曾出仕做过一任游击,现在自己告了终养。姑父姓钱名文华,绰号人称神枪太保,我表弟叫少太保钱玉。"正说着,只见那少年过来,向着曾天寿作了一揖,说:"表兄! 你怎么和他们走到一处了?"曾天寿便把已往之事说了一回,派家人把众位老爷的马接过去,到里面坐坐。

　　这时,只见由正北屏门之内出来一人,说话声音宏亮。众人一看,那人年有半百之外,身高八尺,面皮微紫,雄眉阔目,身穿蓝洋绉大衫,足下白袜云鞋,手摇一把翎毛扇,出来说:"原来是曾天寿,同你来的是何人?"曾天寿过去给姑父行礼,说:"姑父! 我给你老人家引见几位朋友。"用手指定马玉龙说:"那位是副将马大人,绰号忠义侠。"这神枪太保钱文华,当年开过镖局,家传枪法,远近驰名。追风侠刘云也认识他,过来见了,又给金眼雕,伍氏三雄等都引见了。钱文华说:"众位光临,真是三生有幸,请里面坐。"众侠义见钱文华是位英雄,都说:"很好,我等正要拜访。"

钱文华叫曾天寿带路,到了里面。众人见这所庄院,画阁雕梁,甚是华丽齐整。里面是上房五间,东西配房各三间,往东西各有门户。到了上房台阶之上,早有两个小童在那里掀起帘子,请众位进去。进到屋中,只见靠北墙摆着花梨木条桌,桌上文房四宝俱全,还摆着几个佛手,木瓜,大瓷瓶儿。墙上挂着一幅字画,画边有对联,写的是:

平生不做皱眉事,世上应无切齿人。

刘云、邱成、伍氏三雄众人落座。钱文华叫家人献上茶来,这才问道:"众位侠义英雄,来此何事呢?"马玉龙说:"我等跟随钦差彭大人西下查办,来到庆阳府。因彭大人公馆内失去银龙佩,还在大人床前寄柬留刀,故我等来到曾家场,把银龙佩找回。"曾天寿就把自己妹妹许亲之事细说一遍。钱文华便吩咐摆酒,要请众位赏脸吃杯水酒。马玉龙等知道钱文华与曾天寿是至亲,不是外人,这才用手一指纪逢春说:"我们这位是粗人,把你的瓷器碰坏了不少,也不懂得说情理话。"钱文华说:"此乃小事一段,何足挂齿。"

正说到这里,有家人进来回禀说:"庄主爷!你的拜弟,开会仙亭酒饭铺的周天瑞叫人家给打了,看看要死,现在搭着送来了。"钱文华听了就是一愣,说道:"我这拜弟素常公正,不是惹事的人,现被何人所打,快把他搭进来我瞧瞧。"家人答应出去,工夫不大,就见搭着一扇门板,把周天瑞抬进院中放下。众人看他浑身是血,甚是可怜。钱文华见他尚能说话,就问:"兄弟!你被何人所打?因为什么?"周天瑞说:"兄长!我也没有朋友,你得给我报仇。我这会仙亭是几千两银子的本钱,现今总算一本万利。因有一个大王韩登,他是东门外二十五里地界冰山冷村的人,外人都叫他大王爷,倚仗着人情势利,无所不为。他常在我那里吃喝完了不给饭钱,昨晚又带着四个妓女来到会仙亭。当时正有官宦人家带着堂客吃饭,他带着四个妓女吃完了饭,把衣裳全脱了,做了些不才之事,把别人的饭座全搅了,人也不敢惹他。我过去说了几句话,口角相争,今天他就带人来,说这会仙亭是他的买卖,把我拉出来打成这样。兄长!我是买卖人,从来没同人打过架,他打了我,还骂到哥哥,你要给我报仇,先照样打他,夺过会仙亭来,再跟他打官司。"钱文华一听,说:"这还了得! 打架打官司,都有我呢。"

众侠义一听,都各有气,说:"世上还有这等事,吃喝不给钱,反吵闹打人,夺人买卖,太是强霸欺人了!"马玉龙说:"钱庄主! 你先给他上点止疼的药,再吃一服去心火的药,叫他只管放心,三天之内,把会仙亭给他夺过来报仇就是了。"钱文华说:"既然如是,我给众位大人磕头。"周天端说:"他是天地会、八卦教,没人敢惹他。"马玉龙说:"他既是八卦教,拿住他就地正法。前番佟家坞被我们剿灭,现在凡是漏网的案后贼人,拿住就杀。明天我先访真了,再去拿他。"钱文华说:"我跟众位大人去。"钱玉说:"我也去。"马玉龙说:"很好。"

大众这才备马,一同出了双塘山钱家寨,径奔庆阳府。先把银龙佩交还大人,并把曾家场之事一一回明了,又说:"现有大王韩登,是八卦教的余党,在本地欺压商贾。"大人说:"这还了得,地方官为何不办他?"马玉龙就把周天瑞之事说了一遍。大人说:"他既是邪教,你可以按教匪办他,带兵前去捉拿。"马玉龙领命下来,到外面见了众家英雄,大家商量主意,要捉拿大王韩登。不知后事如何,且看下回分解。

第二二七回
周天瑞请兰兄报仇　马玉龙仗义除恶霸

　　话说马玉龙把众差官叫到面前,大家设谋定计。他说:"明天我带着胜官保、李芳先去吃饭,瞧瞧这个韩登是什么样子? 我变法挑眼,跟他打起来,你们也在外面吃饭,咱们装做不认识,大家把他打跑了,叫周天瑞重新开张。"大家说:"很好。"商量已定,次日起来,吃了点心,众人说:"咱们现在就去。"三三两两,头前走着。

　　这座会仙亭原来在庆阳府北门外,坐东向西,先前是大户人家的花园子,门外地方也宽。马玉龙带着胜官保、李芳,出了庆阳府北门,走了不远,抬头一看路东的酒馆,挂着酒幌子,大牌楼金碧辉煌,上有泥金匾,是"会仙亭"三个大字,两旁有一副对联,上联是:"烹炒三鲜美";下联是:"调和五味香"。马玉龙进了饭店,一看却并无饭座。这是因为大王韩登接过买卖来,就没人敢来吃饭,都知道他讹人,是一些匪徒,并不是安分的买卖人。马玉龙一看栏柜上坐着一个大胖子,年约三十八九岁,一脸横肉,项短脖粗,竖眉恶眼,身穿青洋绉裤褂,青缎抓地虎靴子,手拿一把遮天黑的雕翎扇子。见马玉龙带着两个小童进来,他便认作是一位阔少。他手下有四个管家,一个叫知古今、一个叫事情根子、一个叫谷化人、一个叫坏事端。这四个人比大王韩登还可恶,一个个倚仗主人之势力,在外面欺压良善。他们见马玉龙二十多岁,中等身材,面如白玉,五官俊秀,身穿月白洋绉大褂,足下白袜缎鞋,手摇一把团扇,带着两个小童,一个梳着双歪辫,身穿蓝川绸大褂,小抓地虎靴;一个梳着冲天竖的辫子,身穿青洋绉大褂,青缎抓地虎靴子。

　　马玉龙直奔后面,花园中楼台亭阁,很是雅致,从会仙亭后面一拐,就是五间客厅。马玉龙进来,有伺候的人赶紧把帘栊掀起。马玉龙一看,围屏床帐俱全,两个跑堂的却不像做买卖的样子,说话时一脸的匪气。这两个伙计见马玉龙来了,说:"你们三位要什么菜?"马玉龙说:"给我们来一桌上等海味席面。"这两个人答应下去,不多时,将酒菜摆上。马玉龙就问："掌柜的姓什么？叫什么名字？"两人说："我们掌柜的姓韩，在东门外住，叫大王韩登。"马玉龙说："这酒席多少钱一桌？"伙计说："不要问价，吃完再算。昨天有人一问价，把我们掌柜的问恼了，叫打手拉出去打了个腿断臂折，跪着给我们掌柜的磕了半天头，给了一千吊钱，才算了事。"马玉龙一听，说："你们这地方好凶恶，这还了得。"跑堂的瞧不起马玉龙，马玉龙也不理他。喝了几杯酒，算把早饭吃了，说："伙计拿了去吧，把账给我开来。"跑堂的说："不用开账，这酒席带饭座，你给四千吊钱吧。"马玉龙说："给我写在账上。"说着话，站起来就走。伙计往外追着说："掌柜的！你瞧瞧他们，吃了四千文，一个钱不给，就要走。"

大王韩登一听，说："好！吃完了不给钱，真是太岁头上动土，叫打手给我打。"因为怕周天瑞来打架，家伙都凑手，众打手立刻抄起木棍，就往里跑。马玉龙带着胜官保、李芳正往外走，打手照着马玉龙搂头就是一木棍，被胜官保飞起腿来，踢在肋下，踹了一溜滚，棍也扔了。这时又上来一个打手，李芳一脚踢去，这个也栽倒了。李芳、胜官保一阵乱打。在前面喝酒的人也都翻了，纪逢春、武国兴、孔寿、赵勇、李环、李珮、冯元志、赵友义八个人站起来，一脚就把桌子踢翻。那边赵文升、段文龙、伍氏三雄、金眼雕邱成、碧眼金蝉石铸、醉尉迟刘天雄、千里独行侠邓飞雄也拿起椅子和茶碗，向打手砸去。

大王韩登一瞧这些人，语音不对，老少不一，甚是诧异。外面有人嚷说："韩登你出来，你当初是怎么夺人家会仙亭来的，光棍打光棍，一顿还一顿，今天瞧瞧你是朋友不是？"大王韩登一听，说："了不得，果系周天瑞约来的人，要是庆阳府镖局子的人，没有我不认识的，这些人情形各别，我却并不认识。"他向着四个管家说："你们可看见了？"四个人说："瞧见了。"韩登说："我养兵千日，用兵一遭，今天这场架可打得？"一看众打手，这个脑袋破了，那个胳膊坏了，哎哟哟的大家全不敢出去。知古今过来说："庄老爷不必着急，我出去就是。他们说的，光棍打光棍，一顿还一顿，咱们打得过人家就打，打不过他们，我便挨打，决不连累大王。"韩登说："好！既是这样，你出去吧！"知古今拿着单刀往外就跑，纪逢春正擎着短把轧油锤等着呢，见知古今打里面一出来，长得兔头蛇眼，鼠耳猴腮，他过去就是一锤。知古今拿刀一迎，被纪逢春一扫堂腿踢倒躺下。大众刚过去要打，知古今直嚷："祖宗饶命吧！"马玉龙说："不用打他，叫他去吧。”

　　知古今一走，韩登把眼都气直了，说："好小子！素常跟我说大话，瞧见人一多就走了。"事情根子说："庄主爷，你瞧我的，我可不能像他那样畏刀避剑，吃着庄主爷的饭，我不能为庄主爷出力，还能叫爷们生气么？"韩登说："你出去拿一匹白布来，我缠缠腰。"韩登原本是绿林之人，这几年因不练功夫，成了个大胖子。他赶紧把白布一撕，在身上缠好，抄起两口刀来，打算一死相拼，如闯得出去，万事皆休，闯不出去，听他们打便了，这是他自己的本心。那事情根子一照面就被人踢倒，刚要打他，早爷爷妈妈的乱叫起来。马玉龙说："叫他滚吧！"事情根子连滚带爬地溜了。谷化人说："庄主爷！你看这两人真是活现世，咱们爷们还怎么混，我去见他。"把辫子盘好，也没拿家伙，他跑出去就到众人跟前一跪，说："众位爷们，只当我是个屁，把我放了吧，别再打我。"马玉龙说："我们打的是英雄好汉，像你们这些鼠辈，谁来打你，快滚远些吧！"坏事端说："庄主爷！你看他嘴里说的好，出去这个样子，我也不爱说，决不能像他们那样。"说着往外就走，刚一出门，却朝着每位磕一个头。马玉龙说："走走走！"这小子站起就走，还说什么光棍不吃眼前亏。大王韩登一看，只气得三尸神暴跳，七孔内生烟，四个管家都是这样，自己着实焦躁，这才把双刀一摆，要与众人一决雌雄。不知后事如何，且看下回分解。

第二二八回

打韩登复夺会仙亭　下请帖设聚群雄会

话说大王韩登见他的管家一个不如一个,俱皆逃走,自己气得容颜改变,一摆双刀跳在门外。纪逢春一摆锤过来,却不是韩登的对手。他当年本是个绿林中的飞贼,只因自己发了财,把功夫丢下,放了一身肥肉,今天用白布缠起,仍然不改当年威风,把双刀使得上下翻飞。纪逢春走了几个照面,就叫小蝎子快来帮他。武杰一听说:"混账王八羔子,你自己不行了,就嚷叫老子,我来帮你。"说着话,来到临近,帮着傻小子动手。

这大王韩登骁勇无敌,石铸瞧他二人赢不了人家,自己赶紧靠过去,杆棒一抖,就把韩登摔了一个筋斗。韩登躺下就不起来了,说:"你们是周天瑞约来的么?打架不恼助拳的,你们打吧。"大家说:"好!你既是朋友,我们就来瞧瞧。"众人各拿霸道棍打他的下半截,韩登并不哼哈叫苦。众人一看,尚未打坏他的皮肉。这内中自有行家,刘云走过来说:"你们别打了,白费力,就把棍子打断,他也不知道疼。他这个叫蛤蟆气,非得见血才破的了,不见血是白打,他也不知疼。"马玉龙说:"你们去把周先生搭来。"钱文华说:"早就搭来了,未曾通报于你,他要过来看打韩登,没叫他来。"马玉龙说:"叫他来看看,给他报仇。"

钱文华吩咐家人,将周天瑞搭在韩登面前。韩登睁眼一瞧,周天瑞说:"姓韩的,你打我的时候,含糊不含糊。"韩登说:"你不含糊。"周天瑞说:"你们且莫打。"便从袖内拿出一个锥子来说:"韩登!我要你一点东西,给不给?"韩登说:"我既躺下,要脑袋都给,由你挑。"周天瑞说:"我倒不要你的脑袋,我要你一只左眼。"韩登说:"你拿刀割了去。"周天瑞手中拿着锥子,就把韩登左眼剜出,血流不止。马玉龙说:"这再打他,把他的蛤蟆气给破了,他就知道疼了。"大众这才把韩登打的皮开肉绽,鲜血直流。

马玉龙说:"韩登,你打官司,就把你送到衙门去。"韩登说:"我不打官司,你们不拘哪位,把我送到东门外二十五里的冰山冷村,我知你们几位的人情,日后我有能为,再报今日之仇。"石铸拿过一碗糖水来,说:"你喝了这碗糖水吧!"韩登焉知道厉害,接过来就喝了。石铸说:"这二次打可不好挨,要不横心,就得出声。"马玉龙说道:"不用打了,哪位送他去?"众人都不答应,打成这个样子送了去,一个也不用想回来。韩登说:"我姓韩的是朋友,冤有头,债有主,哪位送我是行好,我决不能恩将仇报。"小火祖赵友义说:"我送你去。"碧眼金蝉石铸说:"算着我。"纪逢春问武杰:"小蝎子!你有胆子没有?"武杰说:"唔呀混账东西!我的胆子比你大。"纪逢春说:"既有胆子,咱们送他去。"四个人拿过杠子木板,把韩登放在上面,搭着顺大路径奔冰山。

展眼之际,走出了二十余里。来到这个村庄一看,有土围子,东西南北四门,南北的门关着,就走东西门。四个人搭着韩登进了西门,又走有一里之遥,来到路北的大门口,刚把韩登放下,忽然锣声震耳,四门就紧闭起来。那四个管家带领喽兵,拉起白旗,摆了犉牛阵,个个手拿双刀,大家齐声喊嚷,要给庄主爷报仇,把他们四个人剁了。知古今、事情根子、谷化人、坏事端各个耀武扬威,手执钢刀,一拥而上。大王韩登说:"且慢,且慢,你们别不要脸。这四位是特为送我回家的,俗语说得好,冤有头,债有主,我的仇人是周天瑞,这四人是我的好朋友。你们四个人在那里说的很好,见人家就软,回到家门口倒凑胆子逞能,快给我把他们带下去。"知古今说:"庄主爷别恼,我想着使个稳中计,回来齐人,给庄主爷打接应。"坏事端说:"我怕庄主爷人单势孤,也是这个主意。"大王韩登说:"你们不要胡说,快快退去。请问送我来的四位贵姓?"石铸等各道了名姓。韩登说:"四位请进里面坐坐,吃杯茶再走。"石铸说:"我等不吃茶了。"

四人回归会仙亭,一看周天瑞旧日的伙计,掌柜的、掌灶的、跑堂的都回来了。周天瑞说:"我这买卖要重新开张,你们众位帮我忙,以后韩登决不能与我善罢甘休。"马玉龙说:"那是自然,现在我们在这里访拿清风、飞云和焦家二鬼,大人还住几天呢,每天我给你拨十个人来把守。"钱文华说:"我同钱玉给你照料柜上。"周天瑞说:"怎敢叫大人劳心?每天有四五位就行了,若有事,再到公馆送信。"纪逢春说:"我在后边跑堂,我一人掌班。"马玉龙说:"也好,你愿意就在这里吧。"头一天留下了孔寿、赵勇,众人在这里吃完了饭,才回归公馆。第二天,周天瑞接过会仙亭重新开张,买卖照旧兴隆。

　　韩登回到家后,这口气不得出,把四个管家叫过来,写了几封书信,叫他们各骑马匹,去请他的朋友,前来报会仙亭之仇。头一封是去乔家寨请乔家五虎;第二封送到刺儿山请他的拜弟马松、史丹、王霸、吕胜、牛必;还到张家沟请野人熊张大成;到龙山请铁臂猿胡元豹;到大龙山请镇江龙马德、闹海金甲王宠、三眼鳖于通、马江、马海;到小狼山请铜头狮子袁龙、铁头狮子袁虎、铁面大王朱义、混江鱼马忠;另外再请凤凰山一百单八鸟,连环寨四十八寨主,红果山侯氏八杰,二龙沟他的拜兄神偷苗天庆。这各山各寨人请多了,定于本月十五齐聚冰山冷村,明设群雄大会,暗中要取庆阳府,自立为庆阳王。后来又派家人到迷魂庄、三元庄、尹家庄去请人。总之,天下各处约的人不少。

　　这日韩登正在家中养伤,有家人进来禀报说:"庄主爷的拜弟、河南嵩阴县三杰村的蝴蝶张四爷来了。"韩登一听是知己的拜弟,赶紧吩咐有请。不多时,蝴蝶张四爷由外面走了进来。大众一瞧,这人手中拿着包裹,内中是夜行衣和单刀。他见了韩登就说:"兄长你好?"韩登说:"哥哥栽了! 要有兄弟在这里,我也不至这样。"就把会仙亭之事说了一遍。蝴蝶张四乃江湖有名的大盗,与韩登是金兰之好。今日一听韩登这一片话,不由怒从心上起,恶向胆边生,便说:"好哇,欺负到你我兄弟头上来了! 我今先到会仙亭去剁他两个,叫他认认我。"韩登说:"贤弟,你先不要去,我已经将天下英雄请来,在我家设立英雄会,报了会仙亭之仇,再夺庆阳府,自立为庆阳王。我是天地会中之人,我也想开了。"张四说:"我先到会仙亭看看那里的光景如何。"说罢,蝴蝶张四手拿单刀,一直来至会仙亭,脚登板凳说:"哎! 四太爷今日照顾你们来了!"看这座儿的,正是纪逢春,他一见张四那样,就说:"这里忙着呢。"张四摇头晃脑,正在洋洋得意,只听里面屋中说:"孙子来了吧!"张四一看屋中之人,连忙进去说:"原来是爷爷你老人家。"不知屋中说话之人是谁,且看下回分解。

第二二九回

众差官义助周天瑞　粉蝴蝶泄机请英雄

话说蝴蝶张四来在会仙亭，要给大王韩登找一个面子，焉想屋中有人叫他："孙子你来了。"张四一看，认得是碧眼金蝉石铸，连忙过去行礼。

书中交代：石铸怎的认识张四？只因石铸先前在家中跟她姐丈练杆棒之时，每天由三杰村来到三仙庄，晚半天才回来。张四本来是绿林中人，在三杰村十字街路南开杂货店，用着两个伙计，一个姓周，一个姓王，别人也不知张四是个绿林。他看见石铸常从此处经过，就想出了一个主意，拿两条绳子接上，在那边一拴，心里说："不知石铸练的杆棒如何，他走到这里，我耍笑耍笑他，把他兜到，他这功夫就算没练成。"他把绳子拴好，等着石铸晚上回来。待他走至近前，冷一抖绳，想把石铸摔倒。焉想到石铸手疾眼快，一下蹿过去了。石铸说："有小辈要暗算石大太爷。"说话之际，就回家来。

原来石铸家中没有别人，就是妻子刘氏。石铸回家，刘氏就说："我等你吃晚饭呢，你天天跟你姐夫去练艺，有什么能为了？"石铸说："你不知道，老娘们懂个什么？"夫妻吃完了饭，说话喝茶。

那蝴蝶张四用绳子没把石铸兜倒，一想，这个人的能为可以，我再去瞧瞧，戏耍戏耍他。想罢，等伙计睡了，自己收拾起来，背上单刀，蹿房越脊，来到石铸所在的后房坡，一听两口子正在屋里说话。刘氏说："你练的能为长进了没有？"石铸说："长进什么，今天有个孙子想要暗算我，料他还要来的，他要来偷我，我把他拿住捆了，搁在炕上，再把你搁在他身上，咱两人玩一回，叫他喝一点汤。"张四一听，倒抽了一口冷气。石铸说着话，就由后面窗户出来。张四正要跑，被石铸一腿踢了个筋斗，把他捆上。石铸说："好小子，你敢来偷我。"张四说："石大爷！我不是来偷你，我是来访你的，你老人家饶了我吧！"石铸说："饶你，你是认打认罚？"张四说："认罚怎么样？"石铸说："你要认罚，我认你做个干孙子，你给我立字据，见了面，我叫你孙子，你就要叫我爷爷。"张四说："我认罚了。"石铸说:"就凭口说不成,明天你要给我立字据,叫铺子里的两个伙计作中保人。"张四说:"你怎么说怎么办,只要你把我放了。"张四转身就走。石铸说:"明天我在铺子里找你去,你给我写字据。"张四点头答应。石铸见他一走,前后又绕了个弯,天已不早,便安歇睡觉。

次日天亮,就到张四的杂货铺去叫门。周伙计、王伙计一看,说:"石大爷要买什么? 必定是大奶奶要临盆了,来买红糖鸡子,不然怎么这样早? 石大爷得了个儿子吧。"石铸说:"不是得了儿子,是得了个孙子。"周伙计说:"你别取笑了。"石铸说:"你瞧,真是得了个大孙子,今天还要请你们喝喜酒。"王伙计进去叫掌柜的醒醒,外面石大爷来了。张四一听,赶紧穿衣裳出来说:"爷爷来了。"石铸说:"孙子才起来。"张四说:"果然是才起来。周掌柜的,拿笔给我写张字,我认石大爷做爷爷。"石铸说:"我得了个大孙子,今天请你们吃饭。"周掌柜一听,说:"这是没有的事,我们掌柜的二十多岁,认二十多岁的做爷爷,却不认我。"说着,拿笔写了一张字据,石铸便拿出银子来请众人吃饭。从此张四见到他就叫爷爷,两人论真了。

今天蝴蝶张四来到会仙亭,正赶上石铸、邓飞雄、赵文升、段文龙四个人在那里要菜喝酒。外面蝴蝶张四一通名姓,石铸说:"孙子来了,进来吧。"邓飞雄一看这个人的样子,跟石铸的岁数仿佛,可是石铸一叫他,他就叫爷爷,赶紧过来磕头。纪逢春瞧出便宜来了,就说:"石大爷! 你给我引见引见。"张四看了他一眼,也没言语。石铸说:"孙子坐下,我有话说。"蝴蝶张四说:"爷爷! 什么事?"石铸说:"必是大王韩登请你来的,对不对? 我告诉你,他惹不了我们。那一天夺会仙亭之事,都是跟钦差彭大人的差官干的,也有我在其中。要打架,我让你见见,这三位都是等着和韩登打架的。"指着大家"这位姓邓名飞雄,绰号人称千里独行侠,那二位是飞叉太保赵文升、飞刀太保小孟尝段文龙,都是钦差彭大人那里的差官。"张四问道:"你老人家在哪里住呢? 此时作什么公干?"石铸说:"我如今也改了行为。"张四说:"改了什么行为?"石铸说:"我如今已赦罪封官,保了实缺把总之职。你趁早不要帮助他来惹这个大祸,官私两面,他都不行。"张四说:"我不知道原来是这么一段缘故。爷爷,我来告诉你一个信吧,如今大王韩登派了四个管家,分头去请各路英雄,也有山林盗寇,绿林响马,定准本月十五日在他家摆设群雄大会。他明是报会仙亭之仇,暗是要夺了庆阳府,自立庆阳王。他乃会中之人,原先是八卦教、天地会,后来又改白衣教、反天会。"石铸说:"要有此事,我问你愿意做贼,还是愿意做官?"张四说:"爷爷,我愿意做官。"石铸说:"你既愿意做官,就先到大王韩登那里去卧底,等着天下各处山寨的绿林盗贼来了,你拿笔记上一个清单,某处某人带多少人,都要记清,这就算是你的奇功一件。"张四说:"就是吧。"

在这里喝了几杯酒,他才告辞回归冰山冷村,见了大王韩登说:"兄长!我到那会仙亭大骂一场,连一个敢言语的都没有。"韩登吩咐家人给四太爷备酒,家人立刻到厨房要了酒菜来摆好,请张四太爷吃酒。韩登说:"张四爷,你明天先在家替我照应天下水旱两路的英雄。如来之时,你带一个家人记一本账,我已派人把粮米都办好了,不久全到,所有这些全都派贤弟照料。"张四说:"也好。"

过了两日,外面人来报说:"现有乔家寨乔家五虎赶到。"大王韩登即派张四迎接进来。乔镇进来,一看韩登浑身是伤,就说:"韩大哥!你这伤痕是被何人打的?"大王韩登便把会仙亭之事细述了一遍。乔家五虎一听,气往上冲,说:"大哥!你不用等群雄赶到,我等即去会仙亭找他,给哥哥你报仇。"乔镇说着话,带了四个兄弟,立刻由冷村直奔会仙亭。原来乔家寨离冷村三十余里,所请的人就是它近,故此他等先到。这乔家五虎,每人使一条花枪,来到会仙亭,一直奔后面花园的五间大厅,进去落座,叫跑堂的要酒来。跑堂的摆上来,这五个人每人一桌。乔镇说:"咱们瞧瞧这个会仙亭,掌柜的是怎么个样子,敢把我拜兄韩登给打了。咱们吃完了再打,给韩登报仇。"说完了话,各道名姓,大爷叫乔镇、二爷叫乔元、三爷叫乔亨、四爷叫乔利、五爷叫乔贞。正道着名姓,就听外面一阵大乱。不知后事如何,且看下回分解。

第二三〇回

乔五虎为友施威　金眼雕英名退敌

话说乔家五虎正在那里发威,听外面一阵大乱,由外面进来了赵文升和段文龙,一个擎着叉,一个拿着斩虎刀,两人就在乔家五虎对面的两张桌子坐下,说:"堂官!我听说来了五个虎,我二人一向就在深山打虎。"说话间,只见金眼雕由外面进来说:"好!我今天瞧个热闹,我叫王小,也专打老虎。"说着话,就坐在一旁,要了一桌酒席。

小白虎乔贞一瞧,连忙过来说:"你老人家是大同府元豹山的邱老爷子,可不是外人。我姓乔,名叫乔贞。我提个人你必认识,咱爷俩还见过,有个花驴贾亮,你老人家可认识?"金眼雕说:"不错,他是我的朋友,你怎么认识他?"乔贞说:"他是我的岳父,前五年在贾家庄,我们还同桌吃过一回饭。"金眼雕一想,这才想起来,说:"这就是了,你们哥几个做什么来的?"乔贞说:"我们是来替韩登报仇的,只为他前番受了欺辱,我等特来给他报仇。"金眼雕说:"你们哥几个趁早回去,不用在此找事。打韩登的那些人,都是钦差彭大人手下的办差官,你们赢得他么?我等是人家请的助拳。"乔家五虎说:"我们不知道他得罪了彭大人的办差官,就知道是周天瑞把他打了。"金眼雕说:"他是个反天会的邪教,这里调了官兵,正等着拿他呢!"乔家五虎说:"我们不知道这事,是他拿书信把我们约来跟周天瑞打架的,没提别的话,我们并不知道他是邪教反叛。今天有你老人家在此,我们也不能帮他打架,我们要回家了。"金眼雕说:"正理,你们走吧。"乔家五虎叫伙计算账,金眼雕说:"这乃是小事一段,不必了。"金眼雕会了饭账,乔家五虎便走了。

这天,蝴蝶张四来找碧眼金蝉石铸,有人就把石大爷请来。张四说:"我特意前来送信,贼人定于本月十五日聚齐,你老人家早作准备。"石铸说:"我带你见见忠义侠马爷。"张四说:"也好。"立刻跟着石铸到那边面见马玉龙,就把大王韩登大摆群雄会,约请天下英雄的事,如此如彼一说。马玉龙说:"好,他不来便吧,他真要来,叫他来时有路,去时无路。你先回到那里卧底去吧,他来多少人都记明白了,你再前来送信。这件事办好了,算你一件功劳,我必要保举你做官。"蝴蝶张四说:"多蒙众位大人台爱,我务必办理。"转身告辞走了。

马玉龙说:"这件事可闹大了,大王韩登有意造反,咱们总得预备预备。"邓飞雄说:"是,咱们去禀明大人。"马玉龙说:"兄长,你我把四百子弟兵都聚在一处,是日叫我岳父和刘天雄,同我师兄弟金眼雕和伍氏三雄带兵。在会仙亭对过有座楼,叫堂客们作为瞧热闹的,见贼人由房上逃走,谁能打暗器的,要在暗中防备。北边还有一块空旷之地,可叫我师兄带兵在那里埋伏。刘大人和徐大人带领本部兵丁,庆阳府知府调城营兵三千,把城门紧闭,不准放一个人进城。我带公馆内众英雄在会仙亭各备兵刃,如贼人来了,他必先奔会仙亭。是日铺子的伙计、掌柜,都叫他们歇工,省得他们在动手时碰着。咱们扮做伙计,跑堂和掌柜的都用咱们的人。"大家安排好了,静等大王韩登。

蝴蝶张四自从会仙亭回去,就在大王韩登家中代为照料事情。韩登的庄院共有七八百间房,张四给他找人满搭上布帐子,又找了百十个厨子,静等天下英雄前来赴会。过了两天,有人禀报:刺儿山的五位寨主来了。大王韩登连忙叫张四迎接出来。刺儿山的五位寨主下马,他们带来了一百个喽兵。头一位大寨主姓史,身高八尺以外,骑着一匹大白花马;第二个是大王吕胜,黑脸膛,斗鸡眉,母狗眼,吊角口;第三位是马松,瘦小枯干,长的神头鬼脸,带着喽兵,都是些无知之人,来到里面落座。韩登也把衣服穿好,有人用椅子抬着他到了外面,先给众人行礼。

正说话之间,家人来报:张家沟的野人熊张大成,带人在门前下马。张四来到外面一看,见那人身高八尺以外,面皮微黑,刷子眉,大环眼,鼻梁高耸,身穿青洋绉裤褂,抓地虎靴子,长的一身黑毛,有人给他扛着一条鞭棍。这人久在山中放牛放羊,天生的力大,善避刀枪,跟大王韩登是生死之交的弟兄。这是个浑人,不通事务,进里面见过韩登,行完礼,刚摆上酒要喝,又有人禀报龙山的铁臂猿胡元豹到了,即请进来大家落座吃酒。

到了次日,又有红果山的侯氏八杰前来。侯起龙、侯起凤、侯德山、侯宝山、侯尚英、侯尚杰、侯兴、侯茂进来相见,刚坐下,外面凤凰山的八鸟也赶到了。这八人是金毛鸟吴声、银毛鸟吴寿、飞天火鸟王德铠、孔梁喜鹊赵恒通、小孔雀吴通、小鹞子周志、抄水燕子石铎、燕翅子刘华。这八位正要往里走,连环寨的滋毛水虎金亮,四十八寨寨主和水路的八家寨主也来了。"接着,外头又报有谢家沟的金头太岁谢自成、矮金刚公孙虎来见。进去的工夫不大,又报有水中八怪水里滚王墩、浪里钻刘迁、水中漂姜龙、不趁底姜虎、闹海哪吒梁兴、奋江龙王梁泰、双头鱼谢宾、水中蛇谢保八位到来。

　　书要简明,天下水旱各山寨的英雄豪杰,至十四日俱皆到齐了。另外还有尹家川的巡海鬼尹路通前来,此人乃是采花蜂尹亮之父,飞云僧尹明之叔。大众彼此见礼。大王韩登这才在当中一坐,说道:"今日我约请众位,非为别故。"就把在会仙亭与周天瑞打架之事,如此如彼说了一遍。接着又说:"我请众位英雄前来替我韩登报仇雪恨,将会仙亭复夺过来。勿论有几条人命官司,我一个人打了。如有官兵拦阻,连官兵一齐都杀。"这些人俱是山林盗寇,哪管什么王法,都说任凭庄主调遣,立即答应明天吃完早饭,齐队径奔会仙亭。韩登和蝴蝶张四按桌斟了酒,众人开怀畅饮。韩登问道:"明日谁为前锋!"刺儿山五位寨主说:"我们愿为前部先锋。"蝴蝶张四说:"我头一个先去,大嚷一声,他们都要丧胆。"韩登说:"我坐一把椅子,让人抬着,叫知古今四人跟随我。"大众商议已定,一夜无话。次日早晨用了早饭,蝴蝶张四当前,各处寨主带领各山寨的喽兵排队而行。未知胜负如何,且看下回分解。

第二三一回
冰山英雄大聚会　庆阳侠义战贼兵

话说大王韩登带领群贼扑奔会仙亭而来,蝴蝶张四在前头,刺儿山五位寨主为前部先锋。大王韩登原来打算要夺回会仙亭,这还是小事;他的本心是趁势夺了庆阳府,自立庆阳王。

书中交代:马玉龙自那日打了韩登,有蝴蝶张四前来送信,说韩登摆设群雄会,意欲叛反,又是邪教。马玉龙就把韩登之事,回明大人。大人自那天飞云、清风闹庆阳,吓的身子不爽,也不能起身。大人说:"玉龙,你下去瞧着办。"马玉龙知道韩登这天来,早已准备停妥,派徐胜、刘芳调本地城守营的三千兵,把庆阳府四门紧闭;又派金眼雕、伍氏三雄、邱明月、追风侠刘云、醉尉迟刘天雄带四百子弟兵,藏在会仙亭北边的空房之内,听号令一同杀出来;再让众位内眷侠良姑张耀英、陈月娥、胜玉环、周翠香都在会仙亭对过的楼上,各带暗器,如贼人由房上逃走,就拿暗器把他打下来。马玉龙带着公馆众家英雄,在会仙亭里面静等贼来。

天有巳正,就听外面一阵大乱,原来是蝴蝶张四带着前部先锋刺儿山的五位寨主和一百喽兵赶到。蝴蝶张四在头前摆手中单刀说:"众位瞧我的。"来到会仙亭门口,一声喊嚷:"呔!周天瑞听真了,今天大王韩登带众位英雄前来找你,你既是英雄,趁早出来。"里面石铸一探头,说:"孙子来了,我这里已等候多时。"张四一回头,见韩登也正来到。张四说:"韩大哥!我可不是不帮着你,爷爷在里头叫我呢。"大王韩登一听,眼都气直了,大骂张四:"你敢情是奸细,吃里爬外,大王爷打破了会仙亭把你碎尸万段。哪一位给我把张四拿住?"

话犹未了,刺儿山大寨主史丹一摆手中流星锤蹿出来,大喊一声,说:"周天瑞趁早出来,我等跟韩登是金兰之好,异姓兄弟,今天特来给他报仇。"会仙亭里纪逢春一见来的这个年有三十以外,小脑袋,淡黄脸膛,身穿紫花布裤褂,薄底靴子,手拿一对流星锤。纪逢春说:"这个交给我。"一摆手中轧油锤,蹿出会仙亭来。史丹一瞧纪逢春身高六尺,黑脸膛,短眉毛,三角眼睛,雷公嘴,身穿紫花布裤褂,扎青花的袜子,便说:"来者何人"通上名来,寨主手下不死无名之辈。"他哪把纪逢春放在心上。纪逢春说:"贼呀! 要问你老爷,我姓纪,叫纪逢春,外号人称打虎太保。"史丹一听,气往上冲,一摆流星锤,照纪逢春就打。纪逢春用手中轧油锤往外一磕,蹿起身来,对着那贼人就嚷:"捅嘴。"史丹一个没留神,被打掉两个门牙,顺嘴流血,哇呀呀直嚷,败回贼队。

二寨主吕胜一瞧,气往上冲,说:"好鼠辈! 敢伤我兄长,待我来拿你。"纪逢春一瞧,这个贼人身高六尺,面皮微黑,短眉毛,三角眼,薄片嘴,年有三十以外,身穿青洋绉裤褂,青缎抓地虎靴子,手使一条浑铁棒,相貌奇怪,站在会仙亭门外,说:"呔! 对面小辈,你好大胆,竟敢伤我兄长,快来与我比并三合,分个强存弱死。"纪逢春说:"你叫什么名字? 通报上来。"那人说:"小辈! 你家寨主姓吕名胜,乃刺儿山的二寨主是也。"纪逢原一听,摆锤照贼人头顶就打,贼人用铁棍相迎。两个人走了十几个照面,吕胜一失手,被纪逢春一锤打在左肩头上,败回本队。

马松大嚷一声,手使一把短刀蹿过来。纪逢春一看,这个人瘦小枯干,青白脸膛,两道立眉,三角眼,薄片嘴,把手中刀一顺说:"雷公崽子,休要这样无礼,待我来拿你。"照纪逢春就是一刀。纪逢春往旁边一闪身,蹿起来又嚷:"捅嘴。"贼人才一闪身,纪逢春又一伏身,嚷道:"扫腿。"贼人没躲开,一锤正打在迎面骨上,往后退了七八步,几乎躺下,转身就跑。

王霸一瞧,说:"这还得了,谁出去谁败,我去拿他!"一摆手中的双锤,往外就跳。纪逢春一瞧来的这个人,身穿蓝色裤褂,大肚子,一对长把锤,一声喊嚷:"好小子! 待你家寨主跟你对对锤。"并不通名道姓,跳过来照纪逢春搂头就打。纪逢春往旁边一闪身,把短把轧油锤抡开,施展出他这路锤来,一面动手,一面嚷:"捅嘴、扫腿、掏心、贯耳、捅屁股、打麻筋、划拉腰眼、砸屁股。"这一路锤,把王霸弄得手忙脚乱,浑身是汗,遍体生津,没有还手的工夫,急忙跑回本队。

牛必见出去一个败回一个,就说:"你们真是只会吃饭,气死我也!"把手中叉一擎,跳在当场说:"你们这一伙人,真是酒囊饭袋,就凭这么个雷公崽子也拿不了他,还算什么英雄,来给大家助拳,我要拿不了他,我改了姓。"一抖手中叉,照定纪逢春就刺。纪逢春摆锤相迎,三五个照面,只见纪逢春这锤神出鬼没,招数各别,牛必浑身是汗,只有招架之功,并无还手之力。纪逢春越杀越勇,气力又大,他这锤是自己悟出来的,别人不知道门路。正在这番光景,大王韩登那边众人齐嚷:"快给二哥助阵!"牛必心中一慌,被纪逢春一锤打在前胸,贼人翻身栽倒,连滚带爬跑回本队。

韩登一看,说:"刺儿山的五位寨主出去,人家会仙亭只出来一个雷公崽子,就都给打回来了。"话犹未了,听身后一人说:"大王爷休要着急,待我前去捉拿这个雷公崽子。"韩登一瞧,乃是龙山的铁背猿胡元豹,一摆手中铁棍,跳出来就去打纪逢春。马玉龙一看,乃是兄弟胡元豹,便一声喊嚷:"不要动手!"胡元豹一瞧是马玉龙,连忙过来请安,说:"兄长因何至此?"马玉龙说:"这全是钦差手下差官,你还不叫跟你的人过来。"胡元豹说:"是。"来到当场,对韩登说:"我不是不帮着你,现有我兄长在此,跟我的人都过来。"把韩登气得都目瞪痴呆了! 知古今说:"寨主爷不必生气,待我去拿他。"说着照胡元豹就是一刀。胡元豹用铁棍一磕,把刀磕飞,知古今便跑回了本队。事情根子一瞧气往上冲,一摆手中朴刀过来,三个照面,又被胡元豹一棍打在左肩头,败了回去。谷化人见他俩败回来,喊嚷道:"小辈休走,待我拿你。"一摆刀来到了阵前,照定胡元豹就是一刀。胡元豹用铁棍来迎,一扫堂腿扫在贼人脚背上,贼人奔命逃回。坏事端一瞧三个人都败了回来,一想:"我何不人前显耀,鳌里夺尊。"抖起一条枪往外就跑,说:"小辈休走,待我拿你。"朝着胡元豹分心就刺。胡元豹用铁棍将枪拨开,搂头就是一棍,坏事端用枪一架,早把虎口崩裂,捧着手跑回了贼队。韩登一瞧说:"去一个败一个,人家都是英豪,我这里还打什么?"话犹未了,背后一声喊,怪叫如雷:"韩大哥不用愁烦,待我去杀他个干干净净。"不知此人是谁,且看下回分解。

中国古典文学名著丛书

彭公案

下

[清] 贪梦道人 著

华夏出版社
HUAXIA PUBLISHING HOUSE

第二三二回

赵友义计烧师兄　张大成力胜侠义

话说韩登见他请来的人，不是吃里爬外，就是无能之辈，出去就败。正在为难之际，背后一声喊嚷，韩登回头一看，乃是拜弟野人熊张大成。此人力大无穷，久在山中打猎，滚的一身松香马牙沙子，善避刀枪。他原本是个浑人，只懂得吃喝，不懂得别的，跟韩登乃是金兰之好，结义的兄弟，今天被韩登所约，见出去的都败了回来，他就急了。只见他一摆手中的浑铁棍，蹿出来说："哪个小子过来跟爷爷动手。"胡元豹一看，来的这个人身高九尺，面如锅底，重眉环眼，高颧骨，一脸一脖子的松香马牙沙子，身穿青洋绉裤褂，青缎抓地虎靴子，手使一条浑铁棍。胡元豹也是粗人，就说："来的这个黑小子，你叫什么？"张大成说："小子！你要问爷爷的名字，我叫张大成。"胡元豹不容分说，摆棍就打。张大成用棍相迎，他棍法精通，上下翻飞，走有五六个照面，一棍剟①在胡元豹左肩头，败回了会仙亭。

打虎太保纪逢春见胡元豹败了，一摆手中轧油锤赶了过来。张大成一瞧说："雷公崽子通上名来，你也敢来送死？"纪逢春说："闪电娘娘！我告诉你，你老爷叫纪逢春，外号人称打虎太保。要知道我的厉害，快把脑袋伸过来，你瞧好不好？"张大成并不答言，抢棍就打，纪逢春用锤相迎，二人各施所能。纪逢春连战数阵，早就累了。张大成棍法纯熟，力大无穷，两个人走了有几个照面，纪逢春已累得热汗直流，口中带喘。看看不行，他就嚷道："小蝎子！快来帮忙。"武杰一听，喊道："混账王八羔子，你不要嚷，快快躲开，待我拿他。"纪逢春便败回了会仙亭。

武杰摆刀蹿了过去，说："你这混账东西，叫什么名字？"张大成并不答言，抢棍就打。武杰往外一跳，蹿在贼人背后就是一刀，砍在身子上却直冒火星。武杰说："混账王八羔子！你不是人，刀砍上去就像铁铸的。"

---

① 剟（duō）——击。

两个人动手,五六个照面,被张大成一棍将刀磕飞,武杰赤手空拳跳出圈子,败进会仙亭来。李环一瞧姑老爷败回来,不由气往上冲,一摆手中朴刀,蹿出会仙亭,说:"小辈,你敢这样无礼,待我来拿你。"一摆朴刀,照张大成肩上就砍,贼人用棍相迎。两个人走了有三四个照面,李环也不是对手,被张大成一棍打在左肩头,往后倒退几步,几乎躺下,转身败进会仙亭来。李珮见哥哥带了伤,不由气往上冲,一摆手中朴刀,跑出来说:"好大胆贼人,竟敢伤我兄长,待我拿住你,给兄长报仇。"说着话,蹿过来照贼人分心就扎,贼人用棍一拨,三四个照面,又被张大成一腿踢了个筋斗。李珮连忙爬起来,跑进了会仙亭。

花刀太保刘得猛一看贼人甚是骁勇,一摆手中刀,说:"贼人休要逞能,待你家刘得猛爷爷前来拿你。"张大成连胜数阵,洋洋得意,越杀越勇,面不改色。他见花刀太保刘得猛出来,并不答话,抢棍就打。刘得猛摆刀急架相迎,二人动手,有七八个照面,刘得猛一刀砍在贼人身上,但见火星直冒,那贼人却不以为然。刘得猛已经累得浑身是汗,自己败了回去。花枪太保刘得勇见兄弟未能取胜,不由怒从心上起,恶向胆边生,一擎手中花枪,大喊一声,跳出当场,说:"贼人休要逞强,你认不认得刘家太爷?"说着话,一摆花枪,照贼人哽嗓咽喉便刺,张大成用铁棍相迎,二人动手走了七八个照面,要讲能为武艺,真算是棋逢对手,无奈枪扎到贼人身上白扎,刘得勇不久筋疲力尽,自己也败了回去。

书要简短,野人熊张大成连赢了八阵,众差官就都愣了,一个个默默无言。马玉龙一看这个贼人实在扎手,说:"众位不必担忧,待我亲自去结果他的性命。"话犹未了,旁边闪出一人说:"马大人且慢,有事弟子服其劳,杀鸡焉用牛刀?"马玉龙睁眼一看,原来是小太保钱玉,托枪来到两军阵前,他会使家传的追魂夺命连环枪,分八八六十四路。野人熊张大成一看,来者是一个小孩,不过十四五岁,生得五官俊秀,梳着冲天竖的小辫,手中拉着一杆枪,焉能看得起他,说:"来的娃娃,你是何人?"小太保钱玉说:"贼人你要问,小太爷姓钱名玉,外号人称小太保。要知道小太爷的厉害,趁此过来送个整人情,不然就把你拿住。"张大成气往上冲,说:"你这娃娃说此大话,待我结果你的性命!"摆棍搂头就打。小太保钱玉虽然年幼,甚是聪明,心想:"贼人不怕刀砍,必有金钟罩、铁布衫,我这枪找他上中下三路练不到的地方,可以伤他。"主意拿定,便和他动手。

钱玉本是家传的武艺,能为出众,枪法纯熟。二人走了十几个照面,不分胜负。

西边楼上的众女眷明为瞧热闹,暗中看着房上,怕有贼人逃去,好拿暗器打他。侠良姑张耀英见贼人张大成已连胜众位差官八阵,心中就急了。她由兜中掏出一只镖来,打算暗助一膀之力。她见小太保钱玉跟贼人动手,那贼人往西一闪,侠良姑一镖就打他的左眼上,贼人用手一摸,已经进去半截。小太保趁势一枪,扎在贼人的脐上。那贼人觉着一疼,把棍一摔,肚肠迸流,翻身栽倒,当时气绝身亡。

大王韩登见拜弟张大成一死,放声大哭,说:"万没想到我拜弟张大成今天死在这会仙亭,我二人乃是金兰之好,生死的兄弟,伤了我这等样的英雄,实在可恼可恨!"旁边有知古今、事情根子、谷化人、坏事端四位管家上前解劝,说:"寨主爷不必悲伤,这也是天数该然。"大王韩登说:"你看我今天请的人,一个一个都栽了筋斗。我拜弟乃是我的膀臂,他一出去,就把会仙亭的人连赢了八阵。咱们今天来的人,未必还找得出跟他并肩的能为。"话未说完,只听得身后有人噗哧一笑。大王韩登回头一瞧,那人说:"韩寨主,你休要藐视天下的英雄,那野人熊张大成不过是匹夫之勇。韩寨主请放宽心,谅这会仙亭有几个能人,莫非项长三头,肩生六臂,我出去看看他等,管保将他们一网打尽。"说着来到当场,要在人前显耀,鳌里夺尊。不知此人是谁,且看下回分解。

第二三三回

赵文升飞叉取胜 滋毛虎独斗英雄

话说大王韩登见张大成一死,不禁连声叹息。正在为难之际,由背后闪出一人,韩登一看,乃是凤凰山八鸟之内的飞天火鸟王德铠①,便对他说道:"寨主,你既来助我一膀之力,我也感念你的好处。你能出去给我的朋友报仇,也不枉你我相交一场。"说着话,王德铠一摆飞镰大砍刀,背着神火追魂筒,来到两军阵前,说:"小辈休走,过来跟你王寨主比并三合。"小太保钱玉赢了张大成,正洋洋得意,一见来的这贼,形同鬼怪,身高九尺,面如赤炭,粗眉圆眼,高颧骨,头上青绢帕缠头,身穿青洋绸裤褂,薄底靴子,背后插着神火追魂筒,威风凛凛。小太保钱玉看罢,用柳叶枪一指,说:"来者你是何人?胆敢这样耀武扬威。"飞天火鸟王德铠道了姓名,说:"我乃凤凰山的寨主,受大王韩登之约,来找周天瑞报仇,复夺会仙亭。你这个小小的娃娃,岂不是前来送死?"小太保并不答应,把柳叶枪照贼人前心就刺。贼人用刀向外一磕,小太保把枪撤回来,刀磕空了,小太保一拧枪,就奔肚腹扎去,吓得王德铠往圈外一跳,说:"好厉害呀,几乎被他刺着。人无害虎心,虎有伤人意,我不肯下毒手,他竟下了毒手。"便把背后的神火追魂筒拉了出来。那筒口上有一块红绸子,拿五彩线系着的,他把红绸子揭下来,螺丝一拧,冲出钱玉甩去。小太保钱玉不知道厉害,只见七个青烟弹,一到身上就是一片火,把衣服都烧着了。钱文华由里面急跳出来,把钱玉朝肋下一夹,进了会仙亭,往水缸一抛,才将火扑灭了,身上已烧了好几个泡。

钱文华气往上冲,拧手中枪蹿出来,要跟王德铠决一雌雄。老英雄这条枪盖世无双,一出来真像是张牙的猛虎。王德铠心想,要凭能为赢他,只怕不行,还是先下手为强,后下手的遭殃,拿起神火追魂筒,用手一甩,便把钱文华的胡须、衣服都烧着了。老英雄连忙跳出圈外,就地一滚,跑

---

① 铠(kǎi)。

进会仙亭中。这一回恼了黄面金刚孔寿,一摆手中链子锤,跳在当场,用手一指说:"贼子,你就倚仗着这贼火烧人,今天要叫你知道孔爷的厉害。"一抖链子锤,照定贼人面门就打。王德铠往旁边一纵身,将神火追魂筒一甩。孔寿浑身烧着,他赶紧就地打滚,跑进了会仙亭。

书要简短。那王德铠一连烧了九位英雄,那小火祖赵友义见众人都受了伤,自己不能不出去了,便上前说:"马大人,众位不必着急,待我出去,他原本是我的师兄。"马玉龙说:"他既是赵老弟的师兄,何不将他请过来?"赵友义说:"不成功的,他的脾气各别,我自有道理。"往外看了一看,见王德铠带着兜囊,赵友义就知道其中必是火器,这才由会仙亭里哭着跑出来说:"师兄呀!"王德铠一看是师弟,这贼人说:"师弟,你有什么委曲,只管说。"赵友义往王德铠怀中一扑,说道:"师兄你做的好事,害苦了我啦!"飞天火鸟王德铠说:"我做了什么对不起你的事了?"赵友义说:"我此时也不和你说,久后自明。我今保了彭大人,你还在绿林之中,我去了。"说罢,自己转身进了会仙亭。王德铠只觉得囊中一热,呼的一声,连衣服兜囊中的九龙藏珍袋,火药葫芦,硫磺饼等应需之物,全皆烧着了。他吓得战战兢兢,往南就跑,到了护城河,飞身跳下水去,火才扑灭了。这才返回来问:"哪位替我报仇去。"

这时,只见孔梁喜鹊赵恒通跳了出来,大骂道:"赵友义,你是人面兽心,我来和你战三百合。"赵友义把七星利刃手中一擎说:"呔!对面无知的匹夫,你敢大言欺人,我来也。"把七星利刃照定赵恒通前心就扎。赵恒通往旁边一跳,把刀的门路一分,两个人战了七八个照面。赵友义的能为,本来不是赵恒通的对手,正在这个时候,只听会仙亭中一声喊嚷,说:"贤弟休要惊恐,待我来。"一抖三股烈焰托天叉,蹿出会仙亭来,正在飞叉太保赵文升。赵友义知道他哥哥的能为高强,就向旁边一闪。二人走了三四个照面,被赵文升一飞叉打在贼人前胸,跑回了本队。

小鹞子周治急忙摆刀蹿出来,大嚷道:"赵文升休要逞强,待我来拿你。"赵文升用叉照定周治的哽嗓刺来,周治用刀往外一推,打算跟进身来,一刀把赵文升扎死,焉想到赵文升这叉神出鬼没,几个照面,周治就败回来了。贼人连败四阵,怒恼了水八寨的寨主水里滚王墩,手使双锤杀出阵来。赵文升看了看,这个人身高不满五尺,是个矮子,面皮微黑,细眉圆眼。赵文升并不答话,抖叉分心就刺,王墩一闪身,把双锤门路分开,七八个照面,又被赵文升一飞叉叉在左胁上,带着小叉跑回本队。

　　这时,怒恼了连环寨的寨主滋毛水虎金亮。这个人练的一身软硬功夫,鹰爪力,一力混元气,今年七十多岁了,还是全真童子功,善避刀枪,手使一条镔铁狼牙钏,这种兵刃是两面棱,当中圆,不认识的只当作铁棍,有人给他扛着,非得遇见强手,才使这一兵刃。今天他见水八寨的英雄被人家战败,不由气往上冲。心想:"我弟兄威震连环寨,无人不知。韩登是我的干儿子,特来请我助威,要是别人,还请不动呢。"他赤手空拳,出来就奔赵文升。赵文升一瞧,这人好像金眼雕,七十多岁,红唇白脸,精神百倍,身穿绿绸裤褂,白底靴子。他来到赵文升面前说:"我瞧你很横,咱们爷俩来较量较量。"说着便扑奔过来。赵文升一瞧是个老叟,便说:"你趁此回去,不要前来讨死,我乃当世英雄,杀的也是豪杰,你这老头何必送死?"金亮把手一拍前胸说:"小子,你也不知道,你只管拿叉照这里来。"赵文升抖叉就刺,金亮一伸手就把叉脖接住了。赵文升一夺,把叉折为两段,只吓了一身冷汗,败进会仙亭来。

　　段文龙一瞧哥哥败了下来,说:"好一个老匹夫,待我前来拿你。"一顺斩虎刀,照着金亮就砍。金亮用手就来抓刀,段文龙把刀一撤。金亮只拿了三成力,一脚踢在段文龙腿上,便往后倒退了七八步。小丙灵冯元志一瞧几个朋友战败,心想:"我叫他明枪容易躲,暗箭最难防。"抖手就是一镖。金亮一伸手就把镖接住了。冯元志过去举刀就剁,金亮抬手一磕冯元志的脉门,他把刀也扔了,跑进会仙亭,浑身发麻,栽倒就地。马玉龙一瞧,把冯元志搀起来说:"这厮他会点穴。"把冯元志捏了一捏。石铸说:"众位闪开,待我拿他。"马玉龙说:"且慢,我可不是小瞧你,你出去也赢不了他,他有一身软硬功夫,待我出去拿他方可。"马玉龙这才一摆宝剑,出了会仙亭,要与金亮分个上下高低。不知胜负如何,且看下回分解。

第二三四回

金眼雕力劈飞云僧　众差官退敌捉韩登

话说忠义侠马玉龙见众人败在金亮之手,自己气往上冲,把宝剑一顺,跳在外面说:"呔！对面老儿,你真不知自爱,谅你有多大的能为,竟敢帮助韩登,做此无情无理之事。他是叛反国家的邪教,我乃是钦差彭公台下的护卫,我等奉堂谕来捉韩登,你要自爱,趁早退去,免受连累。"金亮哈哈大笑说:"无名小辈,谅你有多大能为,休出此胡言大话,你家寨主爷生平是不怕王法不怕天的。韩登是我的义子,只因前者在会仙亭被周天瑞打伤,约我等替他报仇雪恨。你等既然是彭大人的差官,更应安分奉公。今天你既前来,我要管教管教你。"他由从人手中拿过那根镔铁狼牙钏,要是武艺平常的,一见他这兵刃,就吓住了,重够一百二十斤,金亮拿着不以为然。马玉龙一见,气往上冲,宝剑一摆,迎面就剁。金亮身体灵便,二人各施所能。马玉龙见他这兵刃甚是凶狠,自己也不敢大意,走了七八个照面,不分胜负。马玉龙一想:"师父当初传我八仙剑,说这是道门中仙家护身之用,非得遇见敌手,不可轻动。今天若不施展八仙剑,不容易赢他。"想罢,把宝剑门路一变,分为八八六十四路,就把金亮杀的昏了头。金亮一看,左右前后都是马玉龙,自己把镔铁狼牙钏往上一迎,只听呛啷一声,被宝剑削为两段。金亮说声不好,想要逃去,被马玉龙顺水推舟,一剑把金亮的人头削落,鲜血迸流,死尸栽倒。水八寨的寨主见金亮死,放声大哭,急忙把他的人头、死尸抢了过去。众贼人都知道金亮有金钟罩、铁布衫,一力混元气护身,善避刀枪,武艺超群,一世没遇过敌手。今天被马玉龙杀死,只吓的目瞪痴呆,无人再敢出头。

马玉龙站在当场说:"贼辈何必惊骇？我这宝剑能削铜铁,剁纯钢,切玉断金,何况他这肉头。你等有不怕的,只管上来！"众贼人哪个都比不了金亮,谁还敢再出来？大王韩登一看事情不好,莫如给他个以多为胜,便说:"众兄弟,一齐拥上。"各山各寨的贼人,连喽兵总有二三千之众,就要往上拥来。马玉龙吩咐点燃号炮。会仙亭后面号炮一响,由北边出来了三百兵丁，全皆拿着打山鸟的枪，为首这人碧目虬髯，手执红毛刀，一声喊嚷："贼辈休要叛反，我等奉钦差大人谕，特来拿你。"话犹未了，西北一片呐喊，金眼雕、伍氏三雄、邱明月、追风侠刘云、醉尉迟刘天雄带着二百子弟兵闯将出来，把贼人的去路挡住。金眼雕一眼看见，那伙贼人之中，飞云、清风和焦家二鬼也在其内。这四个贼人自闹庆阳府后，来到这里。清风想在韩登得了庆阳之后，再把韩登一杀，自立为庆阳王，没安着好心。今天四个贼人见各处都有预备，知道事情不好，往后一撤身，打算逃走。这时前面一阵大乱，众差官带兵正跟贼人厮杀。

金眼雕抬头见逃出一个和尚，身高八尺，像是飞云。仇人见面，分外眼红，他见和尚无心帮韩登动手，正想逃走，便说："小子，你还想走么？邱大爷在此等候多时。"伸手过去就抓，和尚举刀砍来，被金眼雕一腿将刀踢飞，伸手一捏，那和尚焉能动得？金眼雕把和尚脑袋冲下，像砸蒜一样在地下砸了两三下，和尚已够半死。金眼雕本来痛恨飞云，两手揪着他的腿腕，一用力就把和尚劈开两半。金眼雕说："小子，今天你也死在爷爷手里！"正在欢喜之时，只见对面飞云、清风和焦家二鬼由那边蹿房越脊，想要逃生。他们见韩登大事不成，方逃到东后院，只见金眼雕正在那里刀劈了一个和尚，这四个立刻就跑。金眼雕邱成一抬头，见那四人正往东北逃走。邱爷一愣，说："这四人中怎么还会有飞云？真乃奇怪，我去把这几个全都捉住，然后再细问情由。"想罢，说："对面无知的匹夫，好生大胆，我来捉你！"

书中交代：那金眼雕邱爷所劈的和尚，乃长乐寺的小庙主体云和尚，素日以采花为乐，也是绿林中人，被韩登请来助威，今日死在邱爷之手，总算情屈命不屈。此时邱爷在后面一声喊嚷："飞云贼子，你往哪里走？今日既见你之面，焉能放过。我病在垂危之际，你还打我三锤，今日我要报那三锤之仇。"飞云一听，吓得魂不附体，越想越怕。他四人急急如丧家之犬，忙忙似漏网之鱼，恨不能飞上天去才好。

金眼雕追赶这四个贼人，暂且不表。单说众位差官在会仙亭带兵丁捉拿贼人，刺儿山的五个人早已逃之夭夭，连环寨有能为的俱皆逃走，没有能为的也有被获遭擒的，也有死在乱军之中的。总而言之，遭劫者死，在数难逃。大王韩登见事情一败，自己有心逃走，但腿已残废，虽然有刀也不能动手，被蝴蝶张四出来将他捆上。铁臂猿胡元豹也把知古今、事情根子、谷化人、坏事端四个贼人拿住。大狼山、小狼山、红果山的众贼人四散奔走,生擒活捉的有百余个,死在乱军中的不少。徐胜、刘芳带领城守营的兵勇也杀出城来,众人捉拿贼人,这且不表。

　　单说金眼雕邱成独自追下四个贼人,他脚程虽快,无奈道路不熟,非山即岭,曲曲弯弯,往东北追下有三四里之遥,只见眼前树林森森,并不见贼人的踪迹。金眼雕觉得舌干口燥,想要找个地方喝水才好,猛然听见风刮铜铃的声音,抬头四下一望,见茂林深处有一座大庙,气象不俗,立刻顺着树林绕过去,到切近一瞧,是一个很大的工程。怎见得,有赞为证:

　　　　上下俱是绿瓦,周围都是红墙。雕梁画栋吐红光,凤阁斜张蛛
　　网。　　珍禽枝头百啭,名花园内群芳。风流富贵不寻常,大有王侯
　　气象。

　　正北的大门上有一块泥金匾,上面写有五个大字:"敕建全真观"。庙外有两根旗杆,东西两个角门俱皆关着。金眼雕来到东边那座门前扣打门环,只见里面出来一个道童,有十五六岁,说:"施主有何事?"金眼雕说:"我是过路的人,因口干舌燥,来到宝刹求杯水喝。"道童说:"请吧。"金眼雕一进这座庙,焉想到惹出一场杀身之祸。不知后事如何,且看下回分解。

第二三五回

追清风误入全真观　设诡计活埋金眼雕

话说金眼雕进了全真观,小童头前引路,转过大殿,是个八角月亮门,进了月亮门,迎面一座假山,上面栽的凤眼竹。这院子是三合房,北上房三大间,前面是廊子,东西配房各三间。小童把帘子一掀,将金眼雕请到北上房鹤轩。金眼雕进去一看,房中倒很清雅,靠北的案头,摆着许多经卷,头前一张八仙桌,一边一张太师椅子。金眼雕进去落座,小童说:"施主贵姓?由哪里来?"金眼雕说:"我姓邱,由庆阳府来,走到贵观,因口干舌燥,有劳观主赐我一杯茶吃。"小童儿说:"哪里话,庵观寺院本是过路的茶园,况我们出家人,讲究应酬十方之事,我给施主倒茶去。"道童转身出去,工夫不多,端进一壶茶来。金眼雕说:"师兄出家几年?"小童说:"我来到这里,混迹已有七年。"邱爷说:"这庙里还有几位老当家的?师兄法号怎么称呼?"道童说:"庙中还有我师父,我们师兄弟四个,就算我大,我叫昆山,师弟叫昆玉、昆元、昆方。施主在此少坐,我去叫我师父去,我师父正用功呢。"金眼雕说:"不必惊动老仙师了。"

那道童回身出去,不多时,只听外面一声无量寿佛,帘子一起,进来一个老道。金眼雕本来最喜欢老道,一瞧进来的这个老道,年在六十以外,身高九尺,面皮微黄,四方脸,剑眉圆眼,海下一部黄须,头戴青缎道巾,身穿绿布道袍,足下白袜云鞋,像个乡下老道的样子。他一进来,向金眼雕合掌当胸,打一稽首,说:"无量佛!施主来了,贫道有失远迎,望求恕罪。"邱爷说:"道爷说哪里话来,偶然行至贵观,在这里求一杯水喝。"老道说:"施主贵姓,仙乡哪里,因何至此?"金眼雕说:"我是大同府元豹山人,姓邱名成,人送外号金眼雕,又叫报应。今日由庆阳来追我的仇人,偶至贵观,还未领教仙长尊姓大名?"老道说:"我姓赵名智全,在敝观已出家四十余年。"邱爷喝了几杯茶,老道说:"施主今日就在小庙中吃素斋吧。小庙中全吃素，不茹荤①，酒也不现成，要喝酒必须上三元坊买去，离此地有四十六里之遥。我这庙中，就有馒头、小米粥，施主若不嫌弃，可以在这里吃点素斋。"邱爷说："好！我正要求仙师赐饭。"老道说："很好。"便叫童子快去备饭。童子立刻走到后面，把师兄昆方等喊至厨房，点火和面。他师父又过来扒在道童耳边，说了几句话。

邱爷在前院心神不定，自己一想："我今天追了一天，也没拿住一个贼人，不觉天色已晚，日落西山。"喝了几碗茶，只觉得肚内透饿，心中说："我在家中吃饭，按时定刻，永不更改。"正在思想，只见老道赵智全由外面进来说："日已西沉，施主今日不能走了。"邱爷说："我不回家，就住在贵观也可。"少时，道童把桌子擦干净了，端来两碟咸菜放下，然后送进两盘馒首，两碗小米粥。邱爷本来饿了，一闻见粥香，心中说："古人的话不错，'饥餍②糟糠甘如蜜，饱饫烹宰也不香'，这句话倒是个至理！"端起来喝了一碗小米粥，又拿起馒首吃了一个。他心中想："我要回去，总要打发人给他送几千钱来，我与他素不相识，他又是一个出家人，哪里有白吃人家的道理？"正在思想之际，只觉一阵心慌，脑袋发晕，天地乱转，自己还想也许是喝了粥，把火压住了。正想往前，一栽身，倒在地上，人事不知。老道哈哈大笑说："踏破铁鞋无觅处，得来全不费工夫。"他站立在台阶上说："清风徒弟，你们几个人快出来，我把你们的仇人给拿住了。"

书中交代：这全真观主姓赵，名叫智全，绰号人称金须道，武艺超群，乃是清风恶道于常业的师父。老道要跟人动手，他有五口飞剑挂在背后，能七步斩黄龙，八步定乾坤。他平生所学的能为，就教了清风一个徒弟，还把自己心爱的一口宝刀给了清风。飞云、清风和二鬼四个人，是由会仙亭逃到这庙中来的。他们赴群雄会，也是由这庙内去的。今天清风说："飞云贤弟，你我几个人仍回庙中去吧。办差官不追便罢，要是追了来，也有师父给咱们做主。"飞云说："好。"四个便跑回庙来。清风说："师父，可了不得啦！今天有我们的一个大仇人追了下来，这人能为甚大，没有他的对手，乃是大同府元豹山的金眼雕邱成，江湖上人送外号叫报应，他善避刀枪，有一力混元气的功夫。"赵智全说："不妨，他不追来算他万幸，他

---

①　不茹荤——不吃荤。

②　餍(yàn)——吃。

如追来，我自有主意。"他正带着四个人来到后面说话，忽听外面打门，先打发昆山到外头瞧瞧去，告诉徒弟说："来的老头若是姓邱，把他请到前院说话，快些回来禀我知道。"童儿答应出来，果然把金眼雕让进来，便来禀报。赵智全说："你们几个人等着，待我去给你们报仇。"赵智全出来跟金眼雕一谈话，就留在庙中吃饭，故意说吃素，庙中没有酒肉。他出去告诉童儿蒸糖馒头，放上麻药。这是他自己配的，别有一路，无论放在酒和面中，都吃不出药味来。

　　金眼雕生人以来，今天是头一次栽了筋斗。老道将金眼雕麻倒，把四个人叫过来说："我已把他拿住，你们该当怎么处置他？"依清风就要拉刀把他杀了。赵智全说："不必，依我的主意，叫四个童儿在庙后头挖个坑，把他活埋了。"清风说："师父吩咐，弟子怎敢违背。昆山，你带三个徒弟拿铁锹到后门外的树林底下，挖一个坑。"四个道童答应，立刻奔向后面，工夫不多，回来禀报说："师父！我等把坑挖好了。"赵智全说："你两个去点灯笼，你两个拿绳子把他捆好，使扛子搭着。"小道童把灯笼点好，赵智全带着清风、飞云和焦家二鬼，道童搭起金眼雕，一起奔后面。出了庙门，来到树林，道童举起灯笼，只见这坑长够七尺，宽有四尺，深有五尺。赵智全便吩咐众人快些把金眼雕邱成放在坑内。这贼人做了此事，真是洋洋得意，可惜老英雄今天就要丧在这些贼人之手。不知生死如何，且看下回分解。

第二三六回
刘云力战金须道　清风设计暗逃生

话说飞云、清风和焦家二鬼,同金须道赵智全把金眼雕放在坑内。赵智全吩咐童子动手就埋。正在这番光景,由正西有一匹黑驴过来,哇哇直叫。来者正是千里独行侠寨判官邓飞雄,后面跟定几匹马。

书中交代:自会仙亭捉着韩登之后,把贼人杀了个七零八落,时已日色西斜。刘云说:"马大人,咱们点点人数少不少!"众人一聚齐,只不见了金眼雕邱成。马玉龙问:"哪位瞧见我师兄没有?"内中有一人说:"我见老英雄追下清风、飞云和焦家二鬼去了。"石铸说:"我也看见是往东去了。"马玉龙说:"石大哥,你把韩登先解送到府衙,交地方官暂且看押。我得往下追我师兄去,他老人家虽然一世英雄,只是心眼最实,倘要中了贼人的诡计,岂不把一世英名付之流水,哪一位跟我去?"伍氏三雄一听,说:"我们都去。"事不关己,关己者乱,邱明月一听就急了。追风侠刘云说:"我去一个。"醉尉迟刘天雄说:"我也去。"千里独行侠赛判官邓飞雄说:"也算着我。"大家有贼人的马匹,各人牵过一匹骑上,一直扑奔东北大道,往下追去。众人心急似箭,恨不能一时追上,见到邱成。

正往前走着,醉尉迟刘天雄猛一抬头,见前面有灯光闪烁。他本是两只夜眼,最为留神,就听那边林中有人说:"埋了。"刘天雄由马上跳下来,一声喊嚷:"贼人好大胆量,光天化日,朗朗乾坤,竟敢在此害人,待我前来拿你。"一摆刀蹿了过来。飞云一看,了不得啦!他们的人都来了。他一摆蒺藜锤,过来就与刘天雄杀在一处。清风说:"师父,了不得啦,他们的人都来了。"金须道赵智全说:"不妨,有我在此。"贼人总是艺高人胆大,只知自己,不知有人。老道自出世以来,未曾遇见敌手,今天见他们这些人来,并不放在心上。老道一摆宝刀,跳过来说:"对面来的一干无名小辈,你等也不知道祖师爷的厉害,胆敢前来送死。"

这边众家英雄早已下了坐骑,追风侠刘云一摆手中单鞭,赶过去说:"贼道你是何人? 快通上姓名来,你家老爷鞭下不死无名之鬼。"老道微微一笑,说:"老匹夫,你也不知道祖师爷的威名,我姓赵双名智全,绰号人称金须道。祖师爷有好生之德,饶你这条老命。"老英雄刘云一听,气往上冲,并不答话,一摆手中单鞭,照定老道搂头就打。赵智全摆宝剑急架相迎,二人各施所能,正是棋逢对手。两个人走了有七八个照面,不分胜负。金须道想:"此人武艺高强,何必跟他费力,不如用我的飞剑斩他,岂不省事?"老道想罢,往后退了两步,一伸手由背后拉出飞剑,照定老英雄抖手就是一剑,直冲冲扑奔哽嗓咽喉。清风道在一旁看着,知道师父的飞剑斩人,能够七步斩黄龙,八步定乾坤。赵智全一用飞剑,准知刘云不能躲过。可他哪知泰山之上还有天,追风侠刘云是何等样的侠义英雄,在江湖绿林多年,能为武艺压倒群雄。老英雄眼神极快,他见老道的飞剑扑奔哽嗓而来,往旁边一闪身,竟把宝剑接住。金须道赵智全大吃一惊,心就是一愣。二人重又动手。

旁边马玉龙抬头一看,恐怕岳父大人上了年岁,受人暗算:"是亲向三分,向火热似炭",英雄一摆宝剑过去,并力相帮。千里独行侠赛判官邓飞雄,一见老道能为高强,剑法精通,恐自己拜弟有失,一摆红毛折铁宝刀,赶奔上前,相帮捉拿老道。金须道赵智全独战三侠,并无半点惧色。飞云僧看事情不好,一摆蒺藜锤跳出圈外,抛了刘天雄,来到那边说:"道兄,你看怎么办?"清风道于常业说:"你我暂且退敌,如师父能够取胜,你我过去竭力相帮,把他等全皆拿住;若师父不胜,你我再作道理。"飞云说:"道兄,焦家二位贤弟,今天若师父敌不过他们,你们三位可以跟我到尹家川,我叔父巡海鬼处,我还有个兄弟叫一枝花尹庆,赴群雄会时你们几位也见着了,我想到那里可以暂为安身。"清风道说:"也好,少时再作道理。"正说着话,金须道赵智全已被马玉龙用宝剑将他的飞剑连伤三枝。老道一想:"我这宝剑也是红毛折铁打造,怎么会叫他的宝剑所伤?工夫一长,我得被他擒住,三十六着,莫如走为上着。"想罢,老道就往圈外一跳,说:"合字风紧,越马拉活神凑子。"飞云、清风和焦家二鬼,一听师父说走,四个人即随赵智全拧身蹿进庙去。

马玉龙等顾不得去追贼人,大众来到树林,先把金眼雕由坑内救出来,只见老英雄口吐白沫,四肢直挺,人事不知。马玉龙说:"这是怎么了。"老英雄追风侠刘云老成经事,为人细心,说:"你们不要急,这是中了蒙汗药,用凉水一灌就好。"那马玉龙飞身进庙,找了一茶杯凉水来,把邱成的牙关撬开，灌了下去，一听肚腹之中一阵肠鸣，马玉龙就知道死不了啦，便说："岳父，你同邱明月和我内弟三位，看守着我师兄。邓兄同伍氏三雄兄长跟我进庙，到里面各处寻觅贼匪。"他们前后全找到了，并不见有人。找到北上房之内，看见屋中那箱柜的柜盖直动，马玉龙说："怪呀！这庙里不能都逃净了，总还有道童儿。"就听柜中说："这屋内没人。"马玉龙说："不错，没有人，这可还说话。"把柜盖打开一瞧，拿出一个道童来，有十六七岁，吓得浑身直抖，说："老爷把我饶了，我说实话。"马玉龙说："你说了实话，我不杀你，你不说实话，就把你剁了。这里做恶的总是你师父，并非是你，他们走了，把这庙扔给你，这不是害你吗？"道童说："你老人家要问什么，我说。"马玉龙说："你师父叫什么？窝藏飞云、清风等一伙贼人，害过多少人？要给我说实话。"道童说："我师父叫赵智全，外号金须道。这庙也不窝藏贼匪，也没有害过人。清风道于常业是我师兄，带来的三个朋友，一个是和尚，两个在家人，原先在我们这里住着。他们去帮韩登助威，今天慌慌张张跑回来，说有一个姓邱的来追他们，他叫报应。我师父出的主意，用蒙汗药糖馒首，把那老头拿住，正要活埋，老爷们来了，他们便由东间屋里的地道逃走，不知上哪里去了？这都是实话。"正说着话，金眼雕已苏醒过来，同着众人来到庙内。马玉龙问师兄因何受害？金眼雕如此如彼一说，马玉龙便将这道童结果了性命。众人来到东里间看了一看，那地道黑洞洞的，也怕有埋伏，不敢下去。天色已晚，众人到厨房找了酒食，吃喝已毕，就在庙中安歇，打算明日再回庆阳府，焉想到又惹出一场事来。要知后事如何，且看下回分解。

第二三七回

赵智全夜刺众差官　马玉龙独探连环寨

话说众位英雄来到全真观,见贼人俱皆逃走,不知去向。众人由会仙亭跟贼人动手,杀了一天,还没吃晚饭,就来寻找金眼雕,此时都已觉着饥饿。到了厨房,见了酒菜,众人就在庙内吃喝。天色已晚,大众也累乏了,便在庙里安歇。

书中交代:金须道赵智全带飞云、清风和焦家二鬼由地道逃出,几个贼人来到了树林。清风道于常业说:"师父!咱们往哪里逃走,也没处投奔。"飞云说:"依我之见,咱们去奔尹家川,倒可以暂为安身。"金须道赵智全叹了一口气说:"我这庙是几百年的香火,庙内有些要紧东西,还有几顷香火地,山上也有果木。你们想想,今日一走,这庙莫非就丢了。依我之见,你们跟回去暗中探听探听,那些差官要走了,咱们还是回庙,再作道理。他们要不走,也可能住在庙中。今天我们一不做二不休,给他来个一狠二毒三绝计,到三更天,你我前去将他等结果性命,报仇雪恨,剪草除根,以去心腹之患,此后你我即可横行天下。"飞云听罢,就说:"好!既然如此,众位在这里等候,我先去暗中探听消息。"

说完,飞云便奔全真观而来。他施展飞檐走壁之能,来到北上房前坡一扒,听里面马玉龙等众家英雄,正在喝酒吃饭,说:"天色已晚,大家都累乏了,今天就在这庙中安歇吧,明天一早再回公馆。"飞云在房上听的明白,又飞檐走壁出去,来到树林向众贼人说:"今天他们不走了,我去正赶上他们吃酒说话。"赵智全即带四个人来到全真观,他在自己的庙中,道路熟悉,蹿房越脊就来到里面。金须道说:"徒弟,你下去吧!内中有人会金钟罩、铁布衫,你用宝刀把他几人结果了。"清风说:"交给我了。"伸手拉出滚珠宝刀,跳在院中,扑奔上房,用刀将门慢慢拨开,进了外间屋中,定了定神,一听屋内俱已睡熟。这贼人心中甚为喜悦,这才扑奔东里间,刚一掀帘,焉想到醉尉迟刘天雄叫尿胀醒了,起来一摸,拿了一个洗脸盆蹲在地下就撒了半盆尿。他本是两只夜眼,猛一抬头,见有个老道正在掀帘探头，便拿起铜盆照老道砍去。清风未曾躲开，只听呛啷一声，泼了一身尿，洗脸盆掉在地下，那些英雄也都醒了。刘天雄说："有刺客。"大家各抄兵刃，往外就追。清风道于常业早已跑出来，蹿上房说："风紧拉活吧！"赵智全一想前功尽弃，也只好逃走了。及至众差官出来，众贼人已踪影不见。大家道路不熟，哪里去追，便回到庙内，也不敢再睡。候至天光大亮，派刘天雄去把本地面的乡约地保找了来。马玉龙说："这座庙你们派人守好，如庙中老道回来，急速到钦差大人彭公馆送信，先把庙内一应的东西物件开一清单出来。"便带着众人回公馆去禀明大人。

　　大人早已把大王韩登等贼人的口供问明。韩登实是教匪，便交庆阳府知府照例重办。昨日石铸由会仙亭回来，晚间是银头皓首胜奎出的主意，大家分前后巡更守夜，以防刺客。总是老英雄足智多谋，三更以后，果然来了贼人。众人把贼惊走了，也都没敢睡。候至天光亮了，大人起来，众人这才吃茶用饭。天有巳牌时候，马玉龙同众人回到了公馆。众人说："马大人，在哪里找到老英雄的？"马玉龙就把全真观的事如此如彼一说，"若不是我等赶到，我师兄就要受害了！"大众正在讲话，只见庆阳知府陆大老爷由外面慌慌张张跑进来说："众位差官老爷，了不得啦！昨天晚上我衙门里闹刺客，把我的印信盗去，还在床前寄柬留刀。"众人一听就是一愣。马玉龙等带着知府来面见钦差大人。知府说："回禀钦差大人，昨日晚上卑职衙门闹刺客，将印信盗去，寄柬留刀。"大人说："字柬你可拿来了？"知府把字柬呈上去，大人展开一看，写的是：

　　　　豪杰夜入庆阳城，去到知府衙署中。

　　　　一怒盗去黄金印，要斗护卫马玉龙。

　　　　钦差不明民遭害，为仇就在会仙亭。

　　　　若问英雄名和姓，我父水豹叫金清。

　　大人看罢，递给马玉龙说："你看看。"马玉龙接过来一看，想了半天，说："太守大人暂且回衙，我等大家商量。"知府下去。大人说："玉龙，这个水豹金清，你可知道是谁？"马玉龙说："卑职不知道。"大人说："你下去跟众人商量个主意，再禀我知道。"马玉龙转身来到众差官住的屋内，把众人俱都叫过来，说："你们众位有谁知道这水豹金清？"内中有蝴蝶张四说："我知道这个金清。在这庆阳府东门外七十五里地，有座连环寨，里面四十八寨的总寨主就叫金清，外号人称金钱水豹。昨日大人在会仙亭杀的那个滋毛水虎金亮,就是金钱水豹金清之兄。"马玉龙一听,说:"这就是了。"张四说:"这连环寨周围地方大了,里面山套山,都是水路,前面四道套口①都有人把守,非得会水的不能进去。"马玉龙说:"既然如此,我明天就先到连环寨去探听消息,再作道理。石大哥,我明日去连环塞,要是三天不回来,你带几个人去打听打听。"碧眼金蝉石铸说:"就这么办,我跟你去好不好?"马玉龙说:"那倒不必,我先去探听明白,回来大家再作商议。我如三天不回来,你再带人去。"碧眼金蝉石铸见马玉龙不叫他同去,自己也不便勉强,说:"兄长,你愿意一个人去也好,我等是眼观捷旌旗,耳听好消息,兄长诸事须要小心,不可大意。"忠义侠马玉龙说:"勿劳兄台嘱咐。"

他自己拿定主意,又来到上房,禀明了钦差大人。大人说:"很好,你去要有事做事,无事急速回来。"马玉龙说:"是。"回到自己屋中,用了晚饭,一夜无话。次日早晨起来,吃了点东西,自己换上随身的便衣,身穿一件蓝绸长衫,足下白袜,镶缎云履鞋。那麒麟盔、麒麟宝铠和水衣水靠,都用包袱包好,带上了湛卢宝剑。自己一概收拾停妥,上去见过大人,辞别了众差官,忠义侠马玉龙这才出了公馆,径奔庆阳府东门,顺大路要探连环寨。这位大英雄焉想到身入龙潭虎穴,要遇一场杀身之祸。不知后事如何,且看下回分解。

---

① 套口——水寨的关口。

第二三八回

忠义侠误走甄家岭　尹春娘镖打甄飞龙

　　话说忠义侠马玉龙由公馆起身,出了庆阳府东门,一直扑奔东北。他心急似箭,恨不能展眼即到。只因道路不熟,树林森森,非山即岭,行至红日西斜,已是口干舌燥,就想寻个镇店歇息。正往前走,远远看见有一村庄,及至身临近处一瞧,稀稀朗朗也有七八十户人家。马玉龙进了西村口,一直往东走,见路北有一处瓦房,盖的甚是齐整,门口有八字影壁,大小门一概都是磨砖对缝,雕刻着花草,像是富贵人家。马玉龙走到门首,就见由里面出来一个小童,不过十四五岁,身穿蓝布褂裤,白袜青鞋,倒也长得俊秀,迎着马玉龙深深一揖。马玉龙说:"学生才下学?"小孩说:"你老人家可是副将马大人,由庆阳府来的?"马玉龙说:"不错,你怎么知道?"小孩说:"我家主人叫我来请你老人家,请跟我走吧。"马玉龙说:"你家主人是谁? 在哪里住?"小孩用手一指说:"就在这门里,你一见就知道。"玉龙一想,说道:"我也没来过,这里怎么有认识我的。"

　　小童头前带路,马玉龙后面跟着,进了大门一瞧,是四合扇朝南房,倒厅三间,连门洞开,东西配房各三间,北上房三间,旁边是一间穿堂,屏风后还有一层院子。马玉龙看了一看,倒也齐整,就问小童说:"你家主人在哪里?"见那小童来到北上房,把帘子一掀说:"在这里。"马玉龙往屋中一看,吓得倒退两步,原来屋子中坐着一位二十多岁的妇人。马玉龙一看,真是进退两难,自己与她并不认识,不由得就愣住了。小孩说:"这是副将马大人。"那妇人说:"呦,贵人来到,有失远迎,大人请里边坐吧。"马玉龙也不好不进去,到了屋中,一看这妇人有二十多岁,长得眉清目秀,唇绽樱桃,香腮带笑,头梳碧龙髻,淡搽脂粉,身穿一件淡青绉绸汗衫,吕蓝色的中衣,足下窄窄金莲,大红缎子花鞋。一见马玉龙进来,那妇人带笑开言:"大人请坐,大人可就是那位忠义侠马大人?"马玉龙说:"是,尊驾怎么知道?"那妇人说:"我还知道大人是由庆阳府而来。"马玉龙说:"不错。"妇人道:"大人可是上连环寨去找印?"马玉龙说:"正是,尊驾可知道这印信是谁盗去的？现放在何处？"那妇人说："我知道，大人少坐，我指大人一条明路。"说着话，那小孩已倒过茶来。

马玉龙心想："正愁道路不熟，她如指我一条明路，岂不甚好。"这才问那妇人贵姓？妇人说："实不相瞒，我丈夫姓甄，名叫飞龙，有个外号叫混海鼋。他在连环寨管带五百只船，凡连环寨出入的人，他必先得知道。昨天少寨主要船出去上庆阳府，天亮才回来，说把知府印信盗来了。"马玉龙说："他既管五百只船，也算个大头目了。"那妇人说："别提了，他一天就知道喝酒，什么都不管。我娘家姓尹，自己名叫春娘；家中还有我父亲，叫巡海鬼尹路通；有一个叔伯哥哥已出了家，名叫飞云。我有两个兄弟，一个死了，叫采花蜂尹亮，现在还有一个，叫一枝花尹庆。丈夫他自娶了我，天天醉了醒，醒了又醉，并不把奴家放在心上。奴家今日得遇尊颜，真乃三生有幸，称了我平生之愿。大人由庆阳府而来，是坐轿还是骑马来的？"马玉龙说："我并未坐轿骑马，是步行来的。"尹春娘说："大人步行来到，可真乏了。二喜，烫点酒，预备几样果子，让大人吃点。"小孩答应出去。马玉龙说："我不会吃酒，因有公干在身，不能久停，尊驾既知道连环寨盗印之事，可否指我一条明路。"尹春娘说："今天晚了，大人不便走了。我看大人倒是风流人物，必然怜香惜玉，奴家可以奉陪满饮三杯。"马玉龙一听她说的不像话，站起来就要告辞。只见二喜在里间屋早摆上几样果子，尹春娘说："大人不必生气，预备两杯水酒喝了，再走不迟。"马玉龙一想，人家诚心诚意，自己也不可再推，说："那我就叩扰一杯吧！"

进到里间屋中，见小炕桌上摆着酒菜，那尹春娘亲手给马玉龙斟了一杯，扑哧一笑，说："我就知道你是会喝酒的，我方才在门首看见大人，叫小童二喜把大人请了进来，只因丈夫不疼爱奴家，故此我一时心动！"说着话，二目传情，那个意思，是想扑在马玉龙怀中一坐才好呢！马玉龙说："不可，我且能因男女片刻之欢，误了一世之名节。"正说着话，就听外面说："好呀！嫂子你怎么招这样个野男子在屋内，我哥不在家，你真要反了。"马玉龙一听，臊的面皮皆赤，心想："总是我自己粗鲁，才致如此。"只见进来一位十八九岁的女子，长的真够十成人才，向马玉龙上下一打量，扑哧一笑。

书中交代：这村庄叫甄家岭，甄飞龙自己娶妻尹氏，他还有一个妹妹，名叫甄丽卿，学得一身好武艺，今年十九岁，尚未有婆家。今天在后院做针黹①，因心中烦闷，想到前面找嫂子谈话，刚一出来，就听她嫂子向男子说那有情之话，不由得怒从心起。及至一进来，见马玉龙二十多岁，生得五官俊秀，眉分八彩，目如朗星，鼻如梁柱，唇似赤霞，品貌出众，一肚子怒气又都没有了，连说："嫂子有这个事，别一个人乐。"说着话，也就上了炕，叫二喜拿杯筷过来，先把马玉龙喝乘的半杯酒，拿起来就喝了。尹春娘说："妹子不要胡说，他跟你哥哥有交情，来了我不能不应酬。"甄丽卿说："嫂子不要瞒我，你说的话，我都听见了。"马玉龙心想："我乃堂堂正正的英雄，又是全真身体，倘若人家爷们回来，岂不把我的英名坏尽，莫如走为上策。"

马玉龙心中正在盘算，想着要走，就听外面喊门。尹春娘一听甄飞龙回来了，大吃一惊，想道："要被他撞见，总得出人命，莫如我给他个先下手为强。"想罢，就摘下镖袋、单刀，径奔外面开门。此时甄飞龙已喝得大醉，被连环寨的喽兵送了回来，正在门口乱嚷。尹春娘说："嚷什么？报丧。"慢慢把门打开说："进来吧。"甄飞龙刚往里走，春娘抖手一镖，正打在他的哽嗓咽喉，当时栽倒身死。甄丽卿见嫂子手拿镖囊出来，她就明白了，想道："她把我哥打死，好去跟姓马的，我岂不苦了？莫如我将她打死，我跟了那姓马的，我也有了人家，倒是一件乐事。"想罢，自己也带上单刀、镖袋，抽出一只镖来，在门前一站。少时，尹春娘洋洋得意进来，想来告诉姓马的，我已把丈夫打死，你非得依从我不可。正往前走，冷不防甄丽卿抖手一镖，正打在哽嗓咽喉，翻身栽倒。甄丽卿赶过去，一刀把尹春娘结果了性命。自己回归屋中一瞧，大吃一惊！不知后事如何，且看下回分解。

---

① 黹（zhǐ）——缝纫；刺绣。

第二三九回

雇渔舟水战胡牛　螺蛳岛英雄被困

话说甄丽卿把尹春娘杀死，自己一想，跟姓马的成为百年之好，也没人来争了。及至进到屋中一瞧，马玉龙已踪影不见。原来她拿着单刀、镖袋一出去，忠义侠马玉龙想："我乃英雄侠义，所干何事，三十六着，还是走为上着。"想罢，自己由后窗户出去，蹿房越脊，直往前奔。走出有三四里之遥，已来到河边，远远见有灯光。及至身临切近一瞧，却是一只渔舟，有两个年迈之人，正对坐吃酒。这道河是从东向西，那船告着南岸，船上点着一个灯笼，有一张小桌，摆着一盘鱼，一瓶烧酒。就听西边这个老者说："人生在世，也不过身衣口食，何必争名夺利？像你我在船上，借着朦胧月色，好酒活鱼，也颇可谈心。世间最乐的事，也就是遇见知己的良友，对坐吃酒谈心，岂不甚好。"东边坐着的那个老者，有六十多岁，也就："兄弟，你说这话对，像这荒年乱世，功名富贵又该如何！"忠义侠一听，这两个渔翁倒是看破了世情，很知足的。

马玉龙来到切近，说："二位老丈请了。"两个渔翁抬头一看，见这人二十多岁，长得五官俊秀，身穿蓝绸长衫，足下白袜云鞋，背着一个包袱，肋下佩着宝剑。老者说："黑夜光景，尊驾到此做甚？"马玉龙说："我要雇你这船，渡我上连环寨。"那老者说："不成，连环寨里不许闲人出入了。"马玉龙说："我那里有知己的朋友，要找金寨主去。"两个渔翁说："既然如此，你请上船吧。"马玉龙说："不知要多少钱？"那老者说："任凭你赏吧。"马玉龙上了船，掏出一锭银子，说："大约五两有余，给你们喝酒吧。"两个渔翁一看，说："你老人家坐来回吧。"马玉龙说："到那里再说，你先开船。"两个渔翁说："不行，现在走不了，总得下半夜潮来，才能走呢。"马玉龙虽心急似箭，也没法子，只得进了船舱，一瞧甚是干净，自己便盘膝而坐，闭目养神。

等到天交三鼓以后，两个船家就起来开船。此地离连环寨的头道套口八里地，展眼就到。马玉龙在船舱内已换上水衣水靠，绸子连脚裤，带上包儿,头戴麒麟盔,身穿麒麟宝铠,又把所穿的衣服用油绸子包好,围在腰内。刚刚收拾停妥,两个渔家说:"到连环寨头道套口了。"马玉龙怀中抱着湛卢宝剑,来到船头,只见这套口两旁俱是山峰,一边有一杆皂旗,一边有一块木头牌,上写着:"连环寨口,不许闲杂人等出入。"里面排着飞虎战船无数,山坡上有一所石房,大概是把守套口的喽兵和听差所住。马玉龙看罢,这才一声喊嚷:"哒!对面贼人听真,我乃钦差彭大人手下的办差官忠义侠马玉龙,奉大人谕前来找印。趁早将印送了出来,万事皆休,如若不然,要杀个鸡犬不留。"那边早有喽兵报了进去。

　　把守头道套口的寨主,姓胡名牛,人称铜头胡牛,手下管着二千喽兵,一百只飞虎舟大战船。他一听喽兵进到禀报,赶紧起来鸣锣聚众,带着五百喽兵下了山寨,乘二十只飞虎舟迎了上来。马玉龙一看为首这人,身高八尺,头大项短,面皮微黑,抹子眉,大环眼,身穿水衣水靠,手使三截钩镰钏。马玉龙看罢,一声喊嚷:"哒!对面来者何人?通上名来。"铜头胡牛说:"小辈要问,你家寨主姓胡名牛。你是何人?敢来这连环寨送死。"马玉龙说:"贼人要问,你家副将大人姓马双名玉龙,绰号人称忠义侠,跟随奉旨钦差彭大人当差。今奉大人堂谕前来要印,你等如知自爱,把印送了出来,万事皆休,如若不然,打了进去,你等休想逃生。"胡牛一听,气往上冲,一摆三截钩镰钏,照定马玉龙分心就刺,马玉龙摆宝剑相迎。两个人动手有三四个照面,马玉龙一剑将那钩镰钏削断。胡牛心想:"我在岸上不是他的对手,何不下水拿他。"想罢,扑通一声,纵身跳下水去,露出半截身来说:"马玉龙你来,寨主爷在水内跟你分个高低。"马玉龙微微一笑,说:"贼辈,你只当你家大人不敢下去,来来来,我就下水拿你。"说着也跳下水去。二人在水中动手,三五个照面,胡牛见马玉龙水性精通,自己就心慌了,早被马玉龙一剑砍在腿上。胡牛转身逃走,马玉龙并不追他,跳上旁边的一只小船,杀了几个贼人,只听得船上的水手战战兢兢。马玉龙说:"你不用害怕,我并不杀你,你姓什么?"水手说:"小人姓吴叫吴能,绰号人称小甲鱼。"马玉龙说:"你渡我闯进四道套口,我不杀你,你要一跑,我就把你拿住剐了。"吴能说:"大老爷,你只饶我性命,我不敢跑。"马玉龙说:"开船。"

　　小甲鱼吴能开船闯进套口,往里径奔,离二套口只有八里,展眼就到。把守二套口的寨主叫铁角何罗,见喽兵报信进去,他便吩咐手下鸣锣聚众,点了二百水鬼喽兵,二十只飞虎舟战船,带队出了二道套口以外,列开了队伍。马玉龙往对面一看,见船只一字排开,为首站定一人,身高八尺,淡黄脸膛,粗眉圆眼,头戴分水鱼皮帽,身穿水衣水靠,手使一对分水铁角。马玉龙说:"贼辈通上名来,你家大人剑下不斩无名之将。"何罗说:"小辈要问,寨主名叫何罗,要知你家寨主厉害,趁早回去。"马玉龙并不答言,船头一碰,照贼人就是一剑。两三个照面,马玉龙一剑就将铁角削断。贼人说声:"不好!"扑通跳下水去。马玉龙小船闯进二道套口,刚来到三道套口,已有金毛海马带着二百水鬼喽兵,十数只战船,把去路挡住。那海马一声喊嚷:"来者何人?"马玉龙通了名姓,贼人摆刀迎头就剁。马玉龙往前一迎,呛啷一声把刀削断,海马逃回山寨。马玉龙船进三道套口,三里之遥就是四道套口。里边早已得信,火眼江珠带着二百水鬼喽兵,二十只飞虎船往旁边一分。马玉龙一看为首的贼人,也有水衣水靠,二人各通了姓名,贼人一摆钩镰拐就照马玉龙打来。马玉龙摆剑相迎,二人各施所能。江珠见马玉龙武艺高强,敌挡不住,翻身跳下水去,说:"来来!"寨主爷跟你战三百合。"马玉龙跳下水去,那贼人且战且走,引他来到螺蛳岛便进了岛口。马玉龙不知是计,紧紧追赶,绕过十数个水湾,再找江珠却不见了。他想要出来,不料走来走去,还是出不来。马玉龙正自为难,就见对面转过一人,要来搭救英雄出这龙潭。不知此人是谁,且看下回分解。

第二四〇回

玉龙独斗水八寇　金清设计引英雄

话说马玉龙被困在螺蛳岛，转来转去，不能出去。正在疑惧之际，只见一晃身，进来一人说："马大人在哪里？快跟我出这危险之地。"马玉龙一看来的这人，三十以外年纪，面皮微黑，粗眉大眼，二目神光满足，头戴分水鱼皮帽，身穿水衣水靠，手中擎着一口单刀，正是镇江龙马德。他上前说道："前次多蒙马大人救我才得活命，我带兄弟三人上边远充军，走至半路，遇见我们山寨的三眼鳖余通、闹海金甲王宠，便把我三人救下，来到这连环寨。那四十八寨的总寨主金钱水豹金清，乃是我娘舅，故此派我为寨主。今见大人困在螺蛳岛，我念旧恩，特意前来把大人引出去，我是这前八寨之主，大人快跟我来。"马玉龙凫着水，跟马德转了几个水湾，便出离此岛。马德说："大人由此往北，就是内寨。"忠义侠马玉龙一拱手，说："很好，容我改日再谢吧。"马玉龙上了小船，吴能撑船要进四道套口，那些兵丁见江珠上山，他等也拦阻不住，只得放马玉龙进去，然后再去送信。江珠吩咐牢守套口，不放他出去也就是了。众人答应说："是。"

且说马玉龙坐船进了四道套口，只见里面山岛连络，水势浩大，正北偏东数里之遥，是一座高山，正是中平寨，乃金家所住，山前水八寨就环绕在那里。当中是金清的水师营，东北是孟家岭，西南是尹家川，由四个大头领所管。这连环寨东西南北四百余座，山里出产牛羊、果木、宝石、银铅矿、金铜矿，所产之物，吃用不了，故此富庶无比。马玉龙这只小船径奔中平寨，早有人报了进去。

此时金清正在水师营议论军情大事。只因金茂远盗了知府印回来，今天一早，他就把印扔在孽①龙潭内，那里的水，鹅毛俱沉。扔过之后，他把金茂远叫过来说："儿呀！我想你伯父之仇，可以报了。料忠义侠马玉龙必来，他不来便罢，他若来时，老夫必要将他拿住，碎尸万段，给你伯父

---

① 孽(niè)。

报仇。"金茂远说:"爹爹要小心,听人传说,这个马玉龙骁勇无比,想我伯父那样的能为,都被他宝剑所劈,如他来之时,总要调齐八寨大队,务须谨慎。"父子正说着话,有探事人报道:"现有马玉龙单人独自打到连环寨,正与胡牛大战。"金清一摆手,吩咐再探。一连回报几次,前寨拦挡不住,马玉龙已进了四道套口。金清吩咐点炮掌号,调齐水师英雄,他要亲临前敌。

这时,外面喽兵点了三响震山雷,一掌号①,八寨的英雄水里滚王墩、浪里钻刘迁、水上漂江龙、不沉底江虎、闹海哪吒梁兴、翻江龙王梁泰、双头鱼谢宾、水中蛇谢保俱皆来到中平寨。外面的喽兵二千,飞虎大战船一百只也已齐备。金清带着金茂远和水八寨的英雄出了大寨,上了九龙舟的大战船,开队往外而来。相距不远,见马玉龙一只小船如飞来到。金清见马玉龙站在船头,头戴包耳麒麟盔,身穿麒麟铠,水衣水靠,油绸子连脚裤,抱着宝剑,真是威风凛凛。金清吩咐把船队一字排开。马玉龙往对面一看,见过来一只九龙舟大战船,当中一把太师椅上坐的就是金清,水八寨的头领各拿兵刃,侍立两旁,在背后伺候的是金茂远。

马玉龙看罢,一声喊嚷:"对面贼人听真,我乃钦差彭大人手下办差官副将忠义侠马玉龙,今天奉大人堂谕,前来要印。"水里滚王墩说:"老寨主观阵,待我去拿他。"金清说:"好,须要小心。"王墩一摆手中钩镰钩,跳过来说:"马玉龙,你自己想想,这连环寨亚似天罗地网一般,你还想出去么!"马玉龙一听,气往上冲,说:"你这一干贼辈,不奉公守法,自安生业,却无故占山为寇,窝聚贼人,打劫客商,还敢前去盗印,寄柬留刀。"王墩说:"皆因你在会仙亭杀了我家老寨主金亮,故此要拿你报仇。"马玉龙说:"金亮相助邪教叛反,乱臣贼子,人人得而诛之,理当身受国法。"水里滚王墩并不答言,一摆手中钩镰枪,照马玉龙分飞就刺,马玉龙一闪身,摆宝剑相迎。二人动手,三四个照面,马玉龙一剑,呛啷一响,就把钩镰枪削为两段。王墩急忙一拧身,扑通跳下水去。浪里钻一瞧王墩被马玉龙杀败,这贼人一声喊嚷过来;马玉龙一翻腕,顺水推舟,宝剑向着贼人脖颈削去。贼人缩颈藏头,一闪身,几乎被宝剑削着,只吓得一身冷汗,魂不附体,跑回本队。又听贼队中一声喊嚷:"好马玉龙!胆敢这样发威,你也

---

① 掌号——吹号。

不知道寨主爷的厉害,待我拿你。"马玉龙抬头一看,这人身高七尺,淡黄脸膛,头戴分水鱼皮帽,身穿水衣水靠,手中拿着一口单刀。马玉龙说:"你是何人? 通上名来。"那贼人说:"寨主爷姓江名龙,江湖上人送绰号水上漂。你要知道寨主爷的威名远震,趁此退去,不必前来送死。"马玉龙一听,说:"小辈你有多大能为,敢说此胡言乱语。来来来,你家大人倒要跟你比并三合。"水上漂江龙一摆手中单刀,蹿过来照定马玉龙劈头就剁。马玉龙一闪身,用宝剑往上一迎,呛啷一响,竟把单刀削为两段,一个照面,贼人拨头就跑。

　　马玉龙一连赢了贼人数阵。王墩说:"你我何必一个对一个地跟他费事,何不大家一齐拥上,将他拿住就得了。"说着话,众贼各摆兵刃蹿过去,就把马玉龙围上。马玉龙独战水八寇,并无半点惧色,手中这口宝剑上下翻飞,有七八个照面,水八寇中已有两三个带了伤,也有伤了兵刃的。金钱水豹金清在船头上看得明明白白,不由气往上冲,把水八寇一声喝退,这才吩咐从人,搭过镔铁狼牙钏,一摆兵刃,要与马玉龙分个上下。不知胜负如何,且看下回分解。

第二四一回

忠义侠被陷卧龙坞　碧眼蝉率众探连环

话说马玉龙一连杀败了水八寇,金钱水豹金清气往上冲,说:"好一个胆大鼠辈,竟敢这样无礼,待我亲身拿你。"吩咐手下喽兵,传知四十八寨,各调齐了兵队,准备官兵来时,将彭中堂杀退,然后杀进庆阳府,自立庆阳王。金清传令叫喽兵给四十八寨送信,然后一摆兵刃,就要过去跟马玉龙动手。金茂远说:"爹爹暂息雷霆之怒,谅此无名小卒,何必爹爹动手,待孩儿前去将他拿住。"金清说:"儿呀,须要小心。"金茂远答应说:"是。"一摆钩镰拐,扑奔马玉龙而来。马玉龙一看来的这人,有二十多岁,面皮微白,白中透亮,浓眉大眼,头戴分水鱼皮帽,日月莲子箍,身穿水衣水靠,油绸连脚裤,手使钩镰拐,精神百倍,品貌不俗。马玉龙看罢,用手中剑一摆,说:"来的小辈,你是何人,快通上名来!你家大人今天特来要印,捉拿你这一干小辈。"金茂远用手中钩镰拐一指,说:"呔!马玉龙休要这等发威,你家小寨主姓金双名茂远,绰号人称破浪分水鼠,你要知道小寨主爷的厉害,趁此退去,如若不然,叫你死无葬身之地!"马玉龙摆宝剑就剁,二人杀在一处。马玉龙这口剑有神出鬼没之能,金茂远这钩镰拐有万将难敌之势。二人各施所能,金清吩咐擂鼓助阵。

此时四十八寨都得了信,知道马玉龙独自一人来打连环寨。别寨不表,单说余家坡老寨主翻江鳌余化虎,正在中军大帐同兄长闹海蛟余化龙谈心吃酒。忽有探事人来报说:"现有钦差彭大人办差官忠义侠马玉龙,单人独自来打连环寨,请老寨主调齐兵船,听中平寨的传牌,敌挡官兵一阵。"余化虎一摆手说:"再探。"闹海蛟余化龙听了大吃一惊。

书中交代:余化龙破了佟家坞后,在潼关将女儿嫁给了马玉龙。因钦差大人要奔庆阳府,余化龙向马玉龙说:"我带着女儿先到卧龙坞兴隆寨,把喽兵遣散,料理料理。大家如不愿散,我带他们回连环寨,顺便到祠堂祭祖。"老英雄便带着女儿余金凤,跟马玉龙分手,自潼关回到卧龙坞。义子铜头龟余强、铁背鼋余猛迎接出来。老英雄到了兴隆寨,把喽兵聚齐说："你等各自回家去吧。"即派余强、余猛带着五百飞虎舟，由水路绕道奔连环寨，他自己带着女儿，收拾好细软金银，雇车前去，来到余家坡，喽兵一报进去，老寨主翻江鳌余化虎听说哥哥回来，不由心中喜悦。因为余化龙出外好几年，虽往返通信，但弟兄手足之情，近来余化虎深为惦念。今日听喽兵一回禀，赶紧亲身排队，把兄长迎接进去，给兄长行礼。余化虎之子余得福、余得寿也上前来给伯父行礼。余金凤见了叔父，行礼问安。余化虎一瞧侄女已开了脸，便问道："兄长，侄女许了什么人家？"余化龙说："贤弟，你侄女已给了跟钦差彭大人的副将马玉龙。他剿灭八卦教匪立的功劳，我今到家祭扫坟茔，看看贤弟，等马玉龙跟彭大人出使回来，那时把女儿送至北京，我再回家度晚年之乐。"余化虎说："我侄女造化不小，此时已是三品诰命夫人①了。"自己越想越乐，又问："兄长，你收了两个义子，现在哪里？"余化龙说："在后面，不过半月必到。"

自此，兄弟二人每日在一处吃酒。那余金凤有她的堂妹彩霞陪伴，姐妹二人甚是和美，除了讲论刀枪棍棒，就是学习针黹活计。这日，余化龙兄弟二人又在前厅吃酒。在这本寨西南，原先曾开出一道银矿，上月十九日祭了山，派四个小头目带领二千五百人挖出矿砂，火炼成银甚好。余化龙说："兄弟呀，你是精明之人，凡天生一方水土，定养一方之人。"正说话之际，只见一个家将来报说："二位老寨主，如今有彭大人的差官马玉龙单人来打连环寨，已杀进四道套口，奉中平寨之令，报与二位老寨主知道。"余化虎一听，心中一动，对探事人说："你再去探明马大人胜负如何，回来报我知道。"探事人下去，又把家将叫过来，问马大人为何打这连环寨？家将就把大王韩登约赴群英会，老寨主金亮因是韩登的义父，就去给韩登助拳，在会仙亭打架，被马爷杀了。金清听到后，即派金茂远盗来知府的印信，如此如彼地细说了一遍。余化龙一听，说："贤弟，你看这件事怎么办？马玉龙是你至亲，金清是你至好，又是街坊，咱们是帮着马玉龙打连环寨呢，还是帮着金清打马玉龙？我看都不能帮。"余化虎说："不要紧，这好办，咱们出去给他们说合说合。"余化龙说："也好。"余化虎这才派人传令，带五百家丁，到那里去给他们说合，如金清不允再说。

再说马玉龙自进了连环寨，连赢数阵，所向无敌，不把这些人放在心

---

①　诰命夫人——封建时代受过封的妇女。

上,正跟金茂远杀得难分难解。金清唯恐儿子有失,眼珠一转,对手下人如此这般一说,正是"安排香饵钓金鳌,预备窝弓擒猛虎",这才吩咐鸣金。把金茂远调回。锣声一响,金茂远跳出圈外说:"且慢,我队内鸣金,少时再与你较量。"金茂远回去,金清便一摆镔铁狼牙钏过来说:"马玉龙,老夫与你较量三百合。"马玉龙的小船往前一拢,金清一摆镔铁狼牙钏就打。马玉龙用宝剑往上一迎,打算伤他的兵刃,焉想到金清手疾眼快,躲闪开来,一个照面,金清就往东南败下去了。马玉龙哪里肯舍,自己撑船就追。这水望东南流,转过两三个山湾,但见金清手拿狼牙钏,却只剩下了他一个人。马玉龙焉知是计,恨不能一时追上,把金清拿住。

原来这金清乃是假人所扮,就为把马玉龙引到前面卧龙坞,那里的水鹅毛俱沉。马玉龙是顺水船,越往前走,船不用撑,竟快得与箭相仿。马玉龙一看连环寨的水都往这一处归,自以为前面逃走的就是金清,焉知真金清早已隐在山湾,等撑船的水手到了险要地方,他早跳下水去,藏在一旁。马玉龙越往前走,浪头越大,水的颜色也变了,自己知道不好,想要站住,哪知风浪催船似箭,也由不得自己。这时,就见前面的船,连马玉龙的这只小船,都嗡噜一下进去了。这大英雄看来今天就要丧在卧龙坞内,不知性命究竟如何,且看下回分解。

第二四二回

斗江珠英雄被骗　报旧恩细说前情

话说马玉龙落在卧龙坞里，早有四个水手报进中平寨来。金清哈哈大笑说："今天我可给兄长报了仇啦！娃娃，你也死在我的手内。"吩咐大排筵宴，请水八寇在中厅吃酒。

且说余化龙、余化虎点齐了兵，刚要奔中平寨，给金清、马玉龙说合，忽听探子前来报信：马玉龙已在卧龙坞内落水。余化龙如在万丈高楼失脚，扬子江中断桡，"哎呀"一声，几乎要昏死过去。他缓过来对探子说："探子，你探的果真么？"探子说："原来那些人都不是马大人的对手，是金清出了个主意，叫四个水和撑了一只船，扮一个假金清来诱敌，马大人不辨真假，便追了下去。转过几个山湾，水手跳下水一藏，那只船顺水进了卧龙坞，马大人的小船收不住了，随后也就进了卧龙坞。"余化龙说："好金清，你害苦我了！"余化虎说："兄长，既然到了那里头，人是万不得活了。那里鹅毛俱沉，连死尸都不能捞，人生有处死有地，马大人犯了地名了，他叫玉龙，此地却叫卧龙坞。"余化龙对手下人说："千万别叫姑娘知道，她的脾气不好，要知道大人死了，绝不会活着。老夫就是这一个女儿，女儿一死，我也不能活了。"众家人说："是了，决不能叫姑娘知道。你老人家不要悲伤，这也是天数使然。"余化虎不住地解劝，待等天明后，就到庆阳府公馆去给钦差彭大人送信。余化龙也只得如此了。他原打算要上庆阳，后来又想："不必了，若是公馆的人一问，我将无言可答，人家要说，你既在连环寨，怎么会叫马大人中计？"

不言这里。且说公馆之内，钦差彭公那日被闹庆阳吓病了，这几天未能办事。石铸聚集众差官说："马大人去探连环寨，今天要不回来，就是三天了。大家该去打听打听，怎样办理？"众人说："连环寨是水路，我等都不会水。"内中却有金眼雕、伍氏三雄和邱明月要去，总是师兄弟更加关心。还有追风侠刘云、醉尉迟刘天雄也要去。石铸说："你们几位都不会水，我去就是了。我要带武国兴、纪逢春、孔寿、赵勇、李环、李珮、冯元志、赵友义几个人去。"众人说:"事不宜迟,你我今天就起身吧。"

收拾收拾,他们各带随身的兵刃,走出了庆阳府东门,顺大路一直来到河口,雇一只小船,九个人上了船,一直扑奔连环寨。到了头道套口,就有喽兵将船拦住,说:"你们上哪里去?"石铸说:"我们是庆阳府来的,找金清。"喽兵说:"可认得我家老寨主?"石铸说:"不认得,我们是钦差大人公馆的,特来拿他。"喽兵急忙鸣锣,铜头胡牛带着手下亲随,由东山坡下来问道:"尔等鸣锣何事?"喽兵说:"有钦差彭大人的办差官要进连环寨,为首一个绿眼珠的,口出不逊。"胡牛一听,跳上了一只战船,扑奔石铸而来。

石铸刚要换水衣水靠来迎胡牛,纪逢春说:"这个交给我。"一摆短把轧油锤说:"小辈休往前走,你可认识纪老爷?"胡牛一看,见纪逢春个子不高,身穿紫花布裤褂,手拿短把轧油锤,问道:"来的小辈通上名来,你也敢来讨死。"纪逢春说:"贼呀,大老爷叫纪逢春,外号人称打虎太保,你要知道我的厉害,把你打死,你瞧好不好?"胡牛一听,气往上冲,说:"好小辈,你也敢在寨主面前撒野。"一摆钩镰钏,照着纪逢春刚要进步,纪逢春蹿起来就嚷:"捅嘴。"胡牛刚闪身躲开,纪逢春一伏身又嚷:"扫腿。"一锤打来,胡牛没躲开,翻身落水。李环、李珮乱砍喽兵,小船闯进头道套口,胡牛不敢追去,只得任凭他等往前闯至二道套口。铁角何罗早已得信,带着二百水鬼喽兵,二十只战船迎了出来,一声喊嚷,说:"你们这些该死的囚徒,好大胆量!连马玉龙都死在我连环寨了,何况你们这些无名之辈。"怒恼了小丙灵冯元志说:"贼人你好大胆量,真是作死。"一摆单刀照何罗就砍,何罗用铁角往上相迎。两个人走了三五个照面,小丙灵冯元志抖手一镖,打在何罗左肩头,扑通掉下水去。这船闯进二道套口,又来到了三道套口。金毛海马带着水鬼喽兵,各拿强弓,打算一阵乱箭,把他们这船给射回去。小火祖赵友义一瞧,说:"众位,交给我了,你等大家且闪在一旁。"小火祖赵友义来到临近,把火喷筒拿出来,站着海马等人一丢,连海马并众喽兵的衣裳都烧着了,各自四散奔逃。

这船闯进了三道套口,石铸早把水衣换好,说:"众位该瞧我的了。"刚至四道套口,火眼江珠带着三百多水鬼喽兵,二十只飞虎舟往两旁分开,他把刀一顺,说:"对面来的是哪里的办差官?前者马玉龙来,都叫中平寨寨主拿住,扔在卧龙坞,何况你们这些无名小辈!依我良言相劝,不如趁早回去,何必送死,寨主爷有好生之德,饶你这几条性命。"石铸一听,气往上冲,说:"贼子好大胆量,竟敢这样满口胡说,待我来拿你。"石铸挎着爪镰,身穿水衣水靠,背着紧背低头锥,腰上围着杆棒,跳了过去,与江珠在船上动手。二人各施所能,江珠见石铸武艺出众,不能取胜,便想:"我何不跳下水去,大概他不会水,我可以将他拿住。"想罢,翻身跳下水去说:"小辈你敢下来,寨主爷跟你战三百合。"石铸一笑,说:"贼辈休逞你水里能为,莫非你家石大太爷还不敢下去,待我到水里拿你。"说罢,扑通跳下水去,扑奔江珠。二人在水内又各施所能,江珠见石铸水性高强,走了四五个照面,料想赢不了石铸,就想诓石铸到螺蛳岛,将他拿住。想罢,且战且走。石铸焉有不追之理,那江珠引来引去,便将石铸引到螺蛳岛的岛口。这螺蛳岛原本是六十四个山弯,奇巧古怪,弯弯曲曲,也有活道,也有死道,人要进去,绝不能活着出来。贼人把石铸引到这里,就进了岛口。石铸一瞧这个山势,心中明白,伸手由兜囊掏出一块画石,拐一个弯便画一道,处处留神。进到螺蛳岛里边,再找火眼江珠却已踪迹不见。石铸吃一惊,只见有一块石碣,写的是"螺蛳岛",要找进来画的道出去,又怕贼人在暗中用暗器伤他,十分为难。

这且不表。单说火眼江珠抄道出来,向石铸的那条船扑奔过去。武国兴等人一看江珠回来了,不见石铸,大众一愣,就知道石铸已经被害。小火祖赵友义说:"众位!咱们来了九个人,打听马大人的下落,现在石大爷被害,我这条命不要了。"他手拿喷火筒,腰带七星尖刀,站在船头说:"江珠过来,你我较量三合。"江珠说:"你是何人?"赵友义通了名姓,把喷火筒照江珠甩了两下,青烟就直往他身上扑去,连须眉衣服都烧着了。江珠说:"好厉害。"扑通跳下水去了。这些喽兵刚要上前,却见石铸一蹿身由水内出来,要捉拿江珠。不知石铸怎样出了螺蛳岛,且看下回分解。

第二四三回

石铸大战水八寇　金清一怒擒差官

话说众人正在动手之际,见石铸由水里钻了出来。这石铸已被江珠诓到螺蛳岛,又怎么能出来呢? 其中有一段缘故。原来石铸在岛里正自为难,想寻路出来,只见由对面来了一个人,说:"石老爷,别来无恙?"石铸一看是镇江龙马德,就说:"寨主,你在这里哪?"马德说:"避罪在此,偷生苟活,昔日多蒙众位老爷护庇,得免身受国法,感念众位老爷的厚恩,我终身时刻不忘。此时我是这里前寨的寨主,特意前来给众位送信,忠义侠马大人死了,你们众位知道么?"石铸一吓,吓的魂魄皆失,说:"此话当真么?"马德说:"前者马大人来,也被江珠困在螺蛳岛,是我把他救了出来的,劝他不听,又跟金寨主动手。金清用计,把大人引到卧龙坞,那卧龙坞鹅毛都沉底,何况是人? 死在里面,连死尸都不能捞。依我劝,你们几位回去吧! 这连环寨赛过天罗地网,战将极多,再说金清积草屯粮,这里又有金银铜铁锡矿,慢说你们来七八位,就是七八十位也是白来。我把你带出去,我也不能帮着,只好暗中把机关让你知道。石老爷,我跟你打听一个人,他来没有?"石铸说:"是谁? 马德说:"冯元志,他是我的亲戚,先前我二人同盟,后又结的亲。"石铸说:"来了,现在得了千总啦。"马德说:"好,总算是遇见恩官,才能改换门庭,胜在绿林矣! 石老爷,你跟我走,我送你出去。"

石铸出了螺蛳岛,马德便由水内回寨。石铸出来一瞧,见赵友义已杀败了江珠。他跳上船去,说:"众位兄弟,大家跟我往里闯。"众差官点头,船进了四道套口。早有喽兵报进中平寨,说:"现有钦差彭大人手下的差官数人,乘一只小船闯进四道套口,大家抵挡不住,寨主爷早做准备。"金清吩咐:"尔等鸣锣聚众,调水八寨的英雄给我捉拿,务要一网打尽,剪草除根。"手下立刻鸣锣,点齐了五百水卒。

金清有一儿一女,他儿金茂远是水旱两路的能为。他女儿金赛玉,外号健仪娘,臂力过人,手使宝剑,会打子午闷心箭,若是被打在身上,只要见了血,子不见午,午不见子,准死无疑。今天金赛玉见他父亲齐队,也要跟着出去瞧瞧热闹。这姑娘今年十九岁,生得花容月貌。金清说:"女儿,你要小心了,将兵刃贴身带着。"金姑娘点头答应,一同上了九龙舟。外面水八寨的寨主,五百水鬼喽兵,也都已预备齐了。金清在船头上一坐,儿女两个在他身背后站立,金鼓大作,人声呐喊,出离了大寨。

金清等往对面一瞧,见是一只小船,两个水手。那水手早吓的魂都没了,要知道是这个买卖,决不敢渡,可事到如今,也就没法子了。金清船一对面,水里滚王墩说:"老寨主,你看来的这几个无名小辈,还用你老人家亲临。我去把他们拿住,在寨主台前献功。"金清说:"好,把他几个拿住,斩草除根,以后就没人敢来了。"王墩一摆手中双锤过来,李环见他身躯矮小,也不放在心上,摆手中朴刀大嚷一声:"矮小子休要逞能,待你家老爷拿你,给马大人报仇。"王墩说:"你等何必又来送死,马玉龙已死了。"李环并不答言,摆刀就剁。两个人走了有三四个照面。王墩一脚便将李环踢下河去,那边有水鬼捞上去捆了。李珮一瞧哥哥被擒就急了,摆刀过去,说:"鼠辈休要逞强,我来给兄长报仇。"劈头就砍,王墩一闪身躲开,用双锤一架,底下一个扫堂腿,又把李珮踢了一个筋斗,喽兵过来按住捆上。这边怒恼了武国兴,大喊道:"唔呀,要了我命哉! 这两个人是由胜家寨跟我出来的,混账王八羔子,你拿了我去,我也不活着了。"一摆单刀跳过去,王墩说:"你是何人,满嘴说些什么,敢在寨主爷面前讨死!"武国兴通了名姓,摆刀就剁。王墩本来武艺高强,两人走了有七八个回合,不分胜负。武杰抖手一镖,打在王墩左肩头,翻身落水,那边已有人救了上去。

浪里钻刘迁气得哇呀呀直嚷:"好蛮子,敢打我兄长,待我来拿你。"过来要替王墩报仇,三五个照面,又被武杰一镖打在大腿之上,败了下去。那江龙把刀一顺,蹿过来说:"你竟敢用镖连伤我水寨的两个朋友。"摆刀照武国兴就砍,武杰往旁边一闪,二人各施所能,双刀并举,走了七八个照面,不分胜负。不沉底江虎见哥哥赢不了这个蛮子,恐他哥哥被害,回头向闹海哪吒梁兴、翻江龙王梁泰、双头鱼谢宾、水中蛇谢保说:"咱们何必跟他单战,莫如大家以多为胜,过去把他拿住得了。"众贼一摆兵刃,往上拥来。纪逢春一瞧,说:"众位,看他们要以多为胜,咱们上去帮个忙。"纪逢春便敌住江虎;孔寿、赵勇敌住梁兴、梁泰;冯元志、赵友义战住谢宾、谢保。

石铸一旁观阵，看这几个人真是棋逢对手，将遇良才，无奈他们都不会水，人家却穿着水衣水靠，就是打下水去也不怕。船上狭窄，贼党甚众，众差官一个个眼都红了。江虎见纪逢春这对锤上下翻飞，招数特别，就跳下水去，说："雷公崽子，你下来，我与你战三合。"纪逢春说："闪电娘娘，你上来，纪老爷不会水。"江虎说："你这小子敢情不会水，我要知道，早把你拿住了。"江虎蹿上船来，又跟纪逢春动手，他安心往船边挤，打算把纪逢春挤下河去。纪逢春本是傻子，也不留神，三五个照面，往后一闪，就扑通一声掉在水内。这水有好几丈深，他喝了一口水，已被喽兵水鬼捞上去捆好。纪逢春在那边直嚷："小蝎子救人哪！可了不得了，大老爷叫人家给拿住了。"武杰说："混账王八羔子，你不要嚷，我把他们拿住，必来救你。"他只顾跟傻小子说话，一失脚也掉在河里，江虎过来把他拿住，拉上来叫喽兵捆了。

石铸一瞧真急了，奔过去一抖杆棒，就把江龙扔在河里。江虎奔过来，石铸一抖杆棒，又把江虎扔在河里。金茂远一看，摆单刀过来说："你是何人？敢在连环寨发威。"石铸哈哈一笑，说："你也不知道大太爷，我乃河南嵩阴县三杰村人，姓名石铸，绰号人称碧眼金蝉。前者盗过九点桃花玉马，蒙彭大人赦罪封官。今天特来要印，拿你这伙贼人。"金钱水豹金清一听，知道石铸的威名，伸手拉镔铁狼牙钏过来，要与石铸分个高低上下。不知胜负如何，且看下回分解。

第二四四回

连环寨群雄被获　闻凶信钦差担惊

话说金钱水豹金清一听石铸道出名姓，知道他是一位英雄，不可藐视，就想将孩儿唤过来，省得年轻人栽在他手里，脸上也无光彩，便吩咐喽兵鸣金，把少寨主叫了回来。手下人一棒锣，金茂远止住脚步，连那四个水寇都跳在圈外。孔寿、赵勇、冯元志、赵友义也回到自己船上。

四个水寇来到大船，问老寨主为何鸣金？金清说："你等闪在一旁，待老夫前去拿这个盗御马的石铸。"众贼人说："老寨主须要小心了。"金清一摆手中狼牙钏，跳在船头，石铸抖杆棒照金清就打。金清用狼牙钏往外一拨，石铸知道不能缠着，往回撤身，一连又是三五棒，却都没有缠着。金清亦未还手，先要瞧瞧这杆棒的招数。几个照面，金清的狼牙钏上下翻飞，石铸使的是软兵刃，自己心里先就发慌，怕赢不了人家，甘拜下风。他见金清的狼牙钏招数各别，想跳下水去赢他，便扑通跳下水去。金清用钏一指，梁兴等四个水怪也跟着跳下水去，五个人把石铸围在水内动手。走了五六个照面，石铸焉能敌挡得住，被金清一狼牙钏又在腿上，后面的钩镰拐又打了过来。石铸往外一闪，蹿上船去。金赛玉照定石铸就是一子午闷心箭，正钉在肩头之上，石铸又由船上跳下水去了。

这时，二十名水鬼各拿锤钻，来钻冯元志他们的这只小船。那两个水手是行家，说："不好了！我这船要坏，水鬼来钻船底了。"冯元志说："船坏了，你上庆阳府去，大人必会赔你。"水手说："船是小事，你们几位的命没了。"冯元志说："快跑吧。"水手说："那我们可顾不了你几位啦。"两个水手扑通跳下水去，径自逃命去了。孔寿说："了不得了！此事应该如何？你我都不会水。"正说着，只听见船底下当当响了几下，就把船底钻漏了五六个窟窿，那水直往里冒，少时船舱中就灌满了水，那船在水上滴溜溜乱转，将要沉没。冯元志见四面是水，无地可逃，一跃身便往敌人船上一蹿，因相离太远，力小未能蹿到，扑通落下水去，被那边的水鬼拿住，这小船也就沉了。孔寿、赵勇、赵友义俱皆被擒。金清吩咐道："喽兵撤队,船回中平寨,把拿住的八个人俱搭到大寨发落。石铸顺水逃走,也不必追他,大约总逃不出连环寨,六个时辰准死,等死尸漂上来,报我知道。"众喽兵答应下去。船到中平寨,金清下船来到里面,吩咐摆酒,要与水八寨寨主同饮。

此时前寨的寨主马德早已得信,知道来的众位差官俱皆被擒,他一打听,内中就有他妹夫冯元志。马德跟金清也是亲戚,他母亲是金清的叔伯妹妹,他是金清的外甥,跟金茂远是表兄弟。今天听说冯元志被擒,自己连忙收拾收拾,就来到中平寨找金茂远。见了面,马德把金茂远拉到无人之处,说:"贤弟,有件事非你不可。"金茂远说:"兄长有甚话? 请说。"马德说:"今天拿住的人,内中有一个姓冯的,名叫元志,乃是我的妹夫,现在跟彭大人当差。今天被擒,求兄弟设法搭救了他。"金茂远说:"原来这位姓冯的是表兄的亲戚,无奈老寨主的脾气火暴,不容易办。既是兄长跟我说了,我焉能袖手旁观,我必设法救他就是了,兄长且在这里等着,听我的回信。"金茂远径奔里面,马德就在外面等着。

金茂远见了他的母亲,就说:"我表兄说,他有个妹夫姓冯,叫冯元志,在彭大人手下当差,今天在连环寨被擒,我父亲少时必要结果他的性命。马德托孩儿设法救他,孩儿没有办法,不知母亲你老人家可有什么好主意?"老太太说:"既是你表兄托你,再说你父亲这件事办得也太粗鲁,拿住彭大人的办差官,情如造反,又岂能白杀了,要惹出抄家败产之祸,那时悔之晚矣!"金茂远说:"我父亲为给伯父报仇,事情既已做到这里,也没法了,只要母亲设法,今天别叫我父亲杀了他们,然后再想主意。"老太太说:"那容易,明天是我的生日,每年逢我的好日子,连杀生都不许,你出去把这话跟你父亲说,就提是我说的,先把他几个暂且押到后面,等过了寿日再杀,晚上我还要瞧瞧这八个人怎么一个样子。"金茂远说:"若不是老娘提起,我一时也懵懂了,我这就去。"

金茂远转身来到大寨,见金钱水豹金清端坐当中,大摆筵席,左边坐着水里滚王墩、浪里钻刘迁、水上漂江龙、不沉底江虎,右边坐着闹海哪吒梁兴、翻江龙王梁泰、双头鱼谢宾、水中蛇谢保。拿住的那八个人已经绑好,众喽兵抱刀在两旁伺候着,单等寨主爷的吩咐。金茂远过来说:"爹爹在上,孩儿有话告禀。"金清说:"讲,何必这样吞吞吐吐,快些说来。"金茂远说:"明天是我母亲的寿日,早间已经传牌下去,晓谕四十八寨,不准杀生害命。现在吃的鸡鸭牛羊，都是昨天预备出来的。方才孩儿去到后面，母亲问孩儿前寨出了什么事，孩儿说拿住了公馆的差官。我母亲叫跟爹爹说，过了明日再杀他们不迟。"金清说："哎呀，我倒忘了，敢情明天是你母亲的生日，是要晚杀他们两天。可是彭大人公馆能人甚多，要被他们救了出去，又如何是好呢？"金清踌躇了半天，终是惧内，既说出来了，他又怎敢违背。愣够多时，才说："金茂远，你有什么主意？只管说来。"那水中蛇谢保抢先说："寨主不要为难，我有一条妙计，就是有能人来救，也是无用。老寨主可把姑娘叫出来，姑娘会打子午闷心箭，只要见了血，把他们搁在后面，就是有人来救出去，六个时辰也得死，又省得杀人，岂不是两全其美。"金清说："有理，还是谢寨主高才。"金茂远一听他出这个毒主意，就吃了一惊。金清说："儿呀，去把你妹妹叫来，要她带上子午闷心箭，把这八个人都给我打了。"

　　金茂远转身来到后面，跟他母亲一说。老太太说："这可怎么好？"金茂远说："不要紧，我叫妹妹别使子午闷心箭，拿没药的箭打，对父亲就说是毒箭，他们哪里知道？"老太太说："甚好，就叫你妹妹金赛玉跟你出去。"兄妹来到外面一瞧，这八个人都在大厅外的木桩上绑着，那纪逢春直嚷："小蝎子，完了，别人死了都不冤，我是大老爷守备，可还没娶媳妇，谁行好，给我一个媳妇，乐一夜再死也不冤。"众人说："这傻小子是色迷，临死还要媳妇呢。"金茂远兄妹来到大厅，金清吩咐女儿，过去把那八个人用子午闷心箭打了。金赛玉答应下来，把八个人的左肩头扎破，一见鲜血，众贼人就知道这八个人都不能活了，六个时辰必死。金清这才派金茂远押着喽兵，将那八个人抬到后边土牢之内。金茂远叫喽兵两人抬一个，由十六个人抬着，转过大厅，往南就是一座花园，靠山修出二十间土牢，打山石挖下五尺深，上面有七尺，共一丈二尺高，有门没有窗户。金茂远将八个人在里面捆好，把门锁上，再回前面来回复金清。

　　马德知道这八个人已中了子午闷心箭，六个时辰必死，又不见金茂远给他回信，自己心中一阵难受，转身就出了四道套口，坐着一只小船，要到庆阳府彭大人公馆，约请众位差官来攻打连环寨，给妹夫冯元志报仇。不知后事如何，且看下回分解。

第二四五回

众英雄三打连环寨　孟巧云五打闷心钉

话说镇江龙马德一片热血心肠,见八位差官都受了子午闷心箭,准知必死,自己想道:"官兵一来,玉石不分,要是把我拿去,三罪归一,也得身受国法,我莫如到公馆送信,叫众差官早拿主意。"想罢,自己带两三名亲随,乘一只小船,越过螺蛳岛,闯出四道套口。胡牛问道:"马寨主意欲何往? 早间有老寨主的传牌,传知四十八寨,不准私自出入。若要出去,须得有老寨主的令箭。"马德说:"我受少寨主所托,到庆阳府采买药料。方才老寨主传的令,我还没得信,既然出来了,莫非我再回去,没什么说的,胡寨主,你替我通报一声吧。"胡牛说:"马寨主还能有什么错,你去吧,少时我替你通报。"马德这才划着小船一直往前,到了沙头镇,就不能再往前走了,只得停泊在此,带着亲随人等上岸,直奔庆阳府。

天将日落之时,到了庆阳府城,进了东门,就询问钦差大人的公馆在什么地方。经人指引,来到了十字街前,见朝南的门首,有一些听差之人。马德说:"烦劳众位到里面通报一声,我来拜这里的差官老爷,有机密事面禀。"门上人通报进去,苏永禄从里面走出来一看,认得他是镇江龙马德。此时马德见苏永禄出来,忙过去请了个安,说:"苏老爷,带我进去见见众位老爷,我有一机密大事,前来送信。"苏永禄说:"你跟我来。"进了大门往西一拐,是北房三间,东西配房各三间,众差官老爷都在里面。内中有追风侠刘云、邓飞雄、邱爷父子、伍氏三雄、胜奎、胜官保、李芳、陈山、周玉祥、苏小山、姚广寿、曾天寿、刘得勇、刘得猛、赵文升、段文龙、胡元豹、张四、刘天雄、徐胜、刘芳、钱文华父子,连苏永禄共二十七位英雄。

自忠义侠马玉龙未回,石铸带着纪逢春、武国兴、李环、李珮、孔寿、赵勇、冯元志、赵友义出去,迄今音信无有。内中金眼雕邱爷就要去找师弟,银头皓首要去找孙女婿,刘云要去找姑爷,邓飞雄要去找拜弟。众人正心中狐疑,只见苏永禄带进一人来,内中有人认识,就知道是镇江龙马德。他进来给众人行完了礼,说:"我虽在连环寨,无非借寨栖身,也不能指望久远。我来这里是给众位送信的,那一日忠义侠副将马大人去探连环寨,困在螺蛳岛,我已把他救出来,他自己又去要印,这才中了金清之计,落在卧龙坞孽龙潭内,那马大人就算当时身死了。昨天碧眼金蝉石铸九人前去,石铸中了子午闷心箭逃走,他们八个人俱被获遭擒。当时未杀,但每人都中了子午闷心箭,约六个时辰准死,今特来给众位送信,可有力量前去搭救。"众人听了,一个个目瞪口呆,纷纷议论,不知该当如何办理? 内中有飞行太保姚广寿、神拳太保曾天寿二人说:"那连环寨里面,我二人最熟。"曾天寿又说:"我家中有二十只船,可以假扮做粮船,众人扮作米客,暗把四百子弟兵藏在里面,叫邓爷、刘爷父子带着,混进连环寨捉拿金清。"马德说:"那不成,扮作米客也进不去,连环寨非里应外合,官兵不能进去。这连环寨四十八寨,就是金家寨、余家坡、尹家寨、孟家岭四家管事,采买的米粮军装,都归这四家管。我虽是寨主,也不管事。你们如跟这四家有认识的,才能进得去,不然是不能进去的。"金眼雕和邓飞雄说:"好办,你既来送信,算你一件功劳。我问你一句话,马大人可是真死了?"马德说:"决不能活,那水鹅毛俱沉。"邓飞雄一听放声大哭,金眼雕也二目流泪。老英雄刘云心中难受,自己的女儿和干女儿都守了寡,这可怎么办,便放声大哭起来。金眼雕说:"不要哭了,我一时懵懂,闹海蛟余化龙他还在连环寨呢,玉龙也是他的姑爷,死了总该知道,他不能不去报仇。马德,你先去给余化龙送信,随后就有人到。你们谁熟连环寨的道路,去走一遭。"曾天寿、姚广寿、段文龙、赵文升、蝴蝶张四说:"我们五人去。"

马德吃了晚饭,次日先回去了。那五个人收拾收拾,暗带兵刃,由曾天寿带路,四人跟随着来到沙头镇,要雇一只小船。船家问:"去哪儿?"众人说:"上连环寨。"撑船的说:"不行,我们不敢进去。这两天连环寨紧着呢,生人不能进去,我们也不能渡一人进去,恐寨主发怒,船要留下。"曾天寿说:"不要紧,我是曾家场的人,里头有亲戚,时常去的,到套口就有人来接,你只管放心,船要留下我赔你。"船家说:"既然如此,你们上船吧。"五个人这才上了船,飘飘荡荡到了头套口,便瞧见对面有兵船拦住,不准进去。曾天寿说:"你们趁早躲开,我进山中找余寨主,他与我乃是故旧之交。"手下喽兵一通报,铜头胡牛带着五六十人下了山,往对面一看,只见一只小船,有四五个人,两个水手,那曾天寿长得仪表非俗,就说:

"对面来者找谁？现在四十八寨老寨主有令,不准放闲杂人等出入。要是平常日子,也不这么紧,只因常有彭大人的差官前来探山,两下正在交兵,老寨主军令甚严,如放一人进出,就要把我枭首。"曾天寿道了名姓,说:"我跟余老寨主是亲戚。"胡牛说:"我得先进去通报,你等余家寨的船来接你吧。"曾天寿说:"你这小子真不要脸,好话跟你说,你也不叫我进去,谅你还挡得住我,我把你宰了得啦。"船头相碰,曾天寿照定胡牛就是一刀,胡牛摆刀相迎,也就是两三个照面,曾天寿一腿就将胡牛踢到河里去。曾天寿家传的五祖点穴拳,神拳无敌,那喽兵又焉能拦得住。

进了头道套口,来到二道套口,何罗没敢下山,又闯过去了。来到了三道套口,只听锣声大震,战船一字儿摆开,金毛海马手使钩镰拐,挡住了去路,说:"小辈好大胆量,焉敢前来讨死?"神拳太保曾天寿把手中刀一顺,哈哈大笑:"贼辈趁此闪开,如若不然,叫你知道我的厉害。"海马哪里肯听,摆兵刃杀上前来。曾天寿会打七样暗器,由兜囊掏出一块墨羽飞篁石来,明着好像要拿刀来剁,冷不防一抖手,正打在贼人鼻梁之上,那海马疼得转身逃走。

这里众人进了三道套口,早有喽兵往里面去送信。火眼江珠先已得信,一听喽兵报道:"外面来了一只小船,口称要上余家寨,为首有一个白脸膛的俊品人物,甚是骁勇无敌。"他这里便安排好了,打算要生擒曾天寿。曾天寿以前上这里来过,知道螺蛳岛三十二盘山,形似螺蛳,进去就出不来。火眼江珠一照面,便被曾天寿一镖打败。众人刚进四道套口,就见对面战船无数,五位英雄要惹出一场大祸。不知来者是谁,且看下回分解。

第二四六回

四太保设计救英雄　彭钦差调兵打连环

话说曾天寿等人一进四道套口,见对面来了战船二十五只,上面是皂色大旗,写的一个"孟"字。今天乃是孟家岭的巡山虎孟基巡查四十八寨,带着一儿一女,儿子名叫打虎将孟达,女儿叫七星秀枝孟巧云。老英雄孟基手使五翅描金幡,有万夫莫敌之勇。打虎将孟达手使浑铁棍,武艺高强,能为出众。孟巧云会打子午闷心钉,打上六个时辰准死,厉害无比。今天曾天寿等人一来,正遇孟基带着喽兵巡察各处套口,查点兵船。出了孟家岭,正遇喽兵来报说:"外面进来了一只小船,上面有四五个人,为首一个白脸膛的,骁勇无敌,已杀进了四道套口,前敌挡不住他。"老寨主孟基一听,说:"再探。"立刻吩咐鸣金齐队。工夫不大,喽兵回报说:"水队喽兵战船俱已齐备。"

孟基带领一儿一女,督着队伍往前直奔,见曾天寿的小船来到,便吩咐把战船一字排开,往对面一瞧,见那只小船上有四五个人,为首的人有二十多岁,身高七尺,一双虎目,准头端正,威风凛凛,杀气腾腾。巡山虎孟基看罢,说:"来者何人? 敢在连环寨这样无礼。"神拳太保曾天寿一声喊嚷:"呔,对面听真了,趁早躲开,休得阻挡我曾大太爷的道,若有半个不字,定叫尔等死无葬身之地。"这边打虎将孟达一听,气往上冲,一摆手中铁棍,跳在船头上说:"小辈焉敢说此大话,你有多大本领,少寨主与你比较比较。"众人一看,来者这人有二十多岁,身高八尺,膀阔三停,面皮微黑,手中擎着一条浑铁棍,站在船头,透着雄壮气概。曾天寿刚要过去,蝴蝶张四说:"曾爷且慢,谅他这无名小辈,焉用兄长跟他动手,待我前去将他生擒过来。"说罢,把单刀一顺,蹿过去一声喊嚷:"呔,对面小子你是何人? 通上名来,你家张四太爷刀下不死无名之鬼,依我相劝,你趁此快快闪开,叫我等过去,不必前来送死!"孟达一听,说:"小辈,你也不知道少寨主的厉害,你叫什么?"张四说:"你家太爷姓张,江湖上人称蝴蝶张四,你叫什么?"打虎将孟达通了名姓,一摆浑铁棍,照定张四搂头就打。

蝴蝶张四往旁边一闪,说:"小辈,你真不知自爱。你家张四太爷是养儿养女的人,不肯结果你的性命,你何必苦苦的找死。"孟达并不答言,摆棍就打,蝴蝶张四用刀急架相迎。二人动手,走了有七八个照面,不分胜负。

那七星秀枝孟巧云一瞧张四刀法精通,恐怕哥哥有失,就想在暗中助他一膀之力。想罢,由兜囊掏出子午闷心钉,往前一凑身,照着蝴蝶张四抖手就是一下。本来孟达的武艺高强,能为出众,乃是家传的棍法,门路精通,招数纯熟;蝴蝶张四就是嘴上能行,武艺手段倒也平常,一动手就知道敌不住了,心中发慌,提防不及,就被孟巧云的子午闷心钉钉在肩头上。张四觉着一疼,半身发麻,扑通翻身栽倒。这时孟达往前一赶步,搂头就是一棍,竟把蝴蝶张四打的脑浆迸流。

打虎将孟达洋洋得意,说:"对面小辈,哪个不怕死的过来,跟你家少寨主爷比并三合。"这边怒恼了飞叉太保赛专诸赵文升,他见贼人一棍把张四打死,不由怒从心上起,恶向胆边生,一摆三股烈焰托天叉,过去一声呐喊,说:"小辈胆敢把我的朋友打死,你等真是目无官长王法,待我前来拿你,给朋友报仇雪恨。"打虎将孟达说:"来的鼠辈你是何人?敢来讨死。"赵文升并不答言,一抖三股烈焰托天叉,照定贼人分心就刺,贼人用棍往外面一磕,照定赵文升劈头打来。二人战在一处,各施所能。赵文升的叉法精通,孟达的棍路纯熟,真是棋逢对手,将遇良材。两个人走了有七八个照面,不分胜负,赵文升便从背后拉出飞叉,照定贼人就是一叉。这赵文升的叉从不落空,七八步打出去,敌人必得负伤,哪知孟达手疾眼快,武艺出众,见叉奔哽嗓打来,身子急向旁边一跳,真似猫蹿狗门一般,飞叉并未打着。飞叉太保赛专诸赵文升见飞叉被贼人躲过,心中大吃一惊,就知道贼人厉害。二人复又动手,走了有三两个照面。七星秀枝孟巧云见赵文升的能为不在兄长之下,又由兜囊取出子午闷心钉,照定赵文升抖手就打。赵文升一不留心,已被打在胸前。英雄觉着一疼,半身发麻,孟达趁势一棍,点在腿上,赵文升就翻身栽倒了。

飞刀太保小孟尝段文龙见哥哥被人家打倒,眼就红了。孟达举棍正要结果赵文升的性命,被段文龙用斩虎刀往上一迎,孟达急忙往后一撤身,就与段文龙杀在一处。那边早有喽兵过来,把赵文升按住捆上。段文龙跟贼人动手,走了有五六个照面,不分上下,便伸手从背后拉出飞刀,照定孟达砍去。孟达一闪身,又把飞刀躲开了。这时孟巧云一抖手,将子午闷心钉打在段文龙左肩头,孟达趁势一腿把段文龙扫倒,喽兵按住就捆。神拳太保曾天寿一瞧这还了得,急摆手中刀照定贼人砍来,贼人用棍相迎。飞行太保姚广寿只恐兄弟有失,也摆刀过去相帮。七星秀枝孟巧云过来敌住姚广寿,三五个照面,抖手又是一子午闷心钉,打在了姚广寿的左肩之上,翻身栽倒,被喽兵过来拿住。孟达与曾天寿正杀得难解难分,孟巧云抖手一子午闷心钉,又打中曾天寿的肩头,被孟达一棍把他打倒,手下喽兵连忙过来按住捆好。这兄妹两人回到了大战船,说:"爹爹在上,孩儿把他等全皆拿住。"巡山虎孟基说:"好。"便把令旗一招,吩咐撤队,叫手下人把拿住的四个人押进大寨。可叹四个英雄被获遭擒,俱皆中了子午闷心钉,六个时辰,一准要丧在贼人之手。不知性命如何,且看下回分解。

第二四七回

曾天寿遭逢敌手　美英雄舍死战贼

话说神拳太保曾天寿等四人,俱皆中了子午闷心钉,被获遭擒,早有探事人报进了余家坡。且说那日马玉龙来打连环寨,被金清设计诓进了卧龙坞,闹海蛟余化龙闻听之后,心如刀斫①,肺似油煎,打算给姑爷报仇,又怕人单势孤,不能取胜,反伤了面皮。随后又听说来了九位差官攻打连环寨,跑了一个,拿住八位,都中了子午闷心钉,更是日夜焦急,无计可施。今天有镇江龙马德来到余家坡求见,喽兵进来回禀:"现有马德要见二位老寨主,说有机密大事。"余化龙说:"把他让进来吧。"

马德带着两个亲随,来到里面一看,见这院落甚是宽大,北上房五间,东西配房各三间,余化龙兄弟二人对坐着,两旁站立三十余名家将伺候。马德紧走几步,先行完礼,余化龙二人答礼相还,叫家人看座。马德说:"二位伯父在此,小侄焉敢坐下?今有机密之事前来禀告,请伯父把左右之人退去。"余化龙即吩咐家将外厢伺候。众家将出去后,马德见左右无人,才说:"二位伯父谅不见怪,我今竟是为副将马大人来的。那日我由螺蛳岛把马大人引出来,我告诉他老人家要诸事小心,他竟中了金清之计,身坠卧龙坞内。昨日公馆来了九位,又被捉住八位。那石铸看来也活不了,他中了人家的子午箭,虽凫水逃生,六个时辰准死。我到庆阳公馆送去一信,众差官纷纷议论,无计可施,要我给你老人家先来送信,今日公馆有曾天寿等到你老人家这里,再做主意。"正说着,家人来报说:"金寨主派人来请,明天到中平寨商议拒敌官兵之事。"余化龙一摆手,说:"知道了。"这时由外面又跑进两个家人来说:"老寨主,今日钦差彭大人派来一只小船,上有五六个人,俱被巡山虎孟基捉住,解往孟家岭去了。"余化龙一听,半晌不言,问马德有什么主意?马德说:"只有先探明被捉之人的下落,设法救出来,再用本山之船,托名采办米面,暗藏众差官来到里

---

① 刀斫(zhuó)——用刀斧砍。

面,先放火烧着山寨,外面官兵一到,里应外合,才破得了这连环寨。"余
化龙说:"好,你先去探访所有被获之人,是死是活,回来禀我知道。"马德
即出了余家坡,坐上一只小船,径奔孟家岭来。

　　书中交代:小丙灵冯元志、赵友义等八个人,自那日中了子午闷心箭,
便把他们搁在土牢之内。金茂远出来再找马德,早已踪迹不见,心想:
"我表兄好荒唐,托我办的事,我给办好了,把他们救了,怎么他倒走了?
我也不找他去,只想法把冯元志救活,才对得起表兄。"他把这八个人的
兵刃拿着,也都搁在土牢之内。自己用完了饭,就来到后面见他母亲。金
茂远说:"那八个人现在土牢,你老人家见不见? 我瞧内中有几个长得不
俗的,跟孩儿相仿。"老太太说:"你去带来,我见见何妨。"金茂远来到土
牢,把冯元志、武国兴四个好模样的带到后面。天已到了掌灯之时,走着
道儿,曲曲折折的,金茂远说:"你们几位不要害怕,刚才打的那子午闷心
箭是没药的,你们死不了,不然这时早见了阎王爷,有朋友给你们托了。"
冯元志说:"谁给托了?"金茂远说:"你内兄镇江龙马德。"冯元志一听,
说:"你讲的不错,我们是拜兄弟,又是亲戚。"金茂远说:"你们是亲戚,咱
们也是亲戚,他是我表兄。"冯元志说:"原来如此,我实是不知。你我总
是至亲,这可不是外人。"

　　说着话,拐弯抹角,来到一所院落,是北上房,明三暗五,前后出廊,院
子点高脚灯,还支着一对气死风灯。金茂远把四个人让进北上房,一瞧倒
也干净,北墙上挂着四条屏,画的是王摩诘的雪中芭蕉,两边对联写的是:
"司马文章元亮酒,右军书法少陵诗。"东间屋里垂着帘子,里面灯光闪
烁,大概必是卧室。西间屋里,围屏床帐俱全,众人进来落座。金茂远给
众人倒上茶,这才奔里间说:"母亲! 孩儿从拿住的那八个人中,带来了
四人,一个叫孔寿、一个叫赵勇、一个叫武国兴,那一个就是冯元志。"老
太太同女儿金赛玉往外边屋内　瞧,见这四个人都是品貌端方。老太太
心中暗想:"女儿也不小了,老头子不办正事,胡作非为,莫非终久还把女
儿嫁给山贼?"想罢,叫金茂远附耳过来,如此如此一说,"你出去问问,我
在屋中听着。"

　　金茂远答应,转身出来说道:"冯兄,你是何处人? 从前作何生理?
由几时跟彭大人当差的? 谁人保荐?"冯元志说:"在下是临潼县的人,当
初有几顷薄田,小弟在家务农,后因大人攻打清水滩,有一个朋友把我找

来保了彭大人，随同剿灭邪教。"就把以往之事说了一遍。金茂远又问武
国兴是哪里人？武国兴也把自己的来历说了。又问孔寿、赵勇，孔寿说：
"我二人乃是灵宝县状元屯的人，本是武童生，在家练的弓刀石，马步
箭。"金茂远又问赵勇今年贵甲子？赵勇说："小弟今年十九岁，十七岁中
的武秀才，十八岁随彭大人当差。"金茂远说："我比你长一岁，我再问你
一件事，尊驾跟前有几位世兄？"赵勇说："我尚未成家。"金茂远说："赵兄
可曾定下嫂嫂？"赵勇说："并未定下。"金茂远说："家中还有什么人呢？"
赵勇说："就有老母在堂，并无别人。"金茂远一听说："既然如此，我有一
事跟兄台相商。我们现在也并非以绿林为业，只因此山有些怪石金矿，时
常有人前来讹诈，故此招集民团护山。前日会仙亭是我伯父惹的祸端，如
今闹的合家不安。现在我有意把你们几位放了回去，说合这件事，两罢干
戈，马大人就算给我伯父抵了命。我还有一个胞妹，长的颇不丑陋，赵兄
若不嫌弃，咱们结为朱陈之好，不知兄台意下如何？"赵勇听罢，心中暗
想："我要应了这亲事，不但我活了，也可以救出大众。"想罢，说："少寨主
既然台爱，小弟敢不从命，无奈我等中了子午箭，六个时辰准死，兄台可有
解药？"金茂远说："不必解药，你们中的不是毒箭。内中有一段隐情，是
我表兄马德托我庇佑，说冯老爷是他的至亲。"冯元志说："不错，他先跟
我拜兄弟，后来又结的亲。"金茂远说："那就求你做大媒吧。"冯元志说：
"是。"跟赵勇来要定礼，赵勇一想，说："这里有我外祖父自幼给我的长命
百岁玉佩，我随身带着，时刻不离。"就从腰中解下来递给金茂远。这时，
只听得外面一阵声喧，正是金钱水豹金清来到后面。四位英雄被堵在屋
内，不知该当如何，且看下回分解。

第二四八回

重亲情设法救差官　联新姻赵勇订侠女

　　话说赵勇订了亲事,正要拜见岳母,就听前面一阵声喧。原来金清正在前面大厅喝酒,水八寨的盗寇说:"今天是老夫人的寿日,我等理应进去拜寿。"金清说:"不必了。"水八寨的人见金清一拦,又说:"我等每人敬你老人家三杯酒,今天总是喜庆的日子。"金钱水豹金清说:"好,今天我倒可以多喝几杯。我想,咱们这四十八寨,每寨就说三千人,总共也有十几万人。这山中方圆数百里,出产的金银各矿,很够用的。官兵不来便罢,彭大人真要递了折子,官兵来时,老夫下传牌传知四十八寨,调齐兵队,就此造反,你等须助我一臂之力。"水里滚王墩说:"老寨主请放宽心,如官兵真来围山,我等先杀退了官兵,然后抢占庆阳府,保你老人家自立庆阳王。"金清哈哈大笑,说:"好,我等既然同心协力,老夫从此无忧矣。明天先把拿住的八个人开刀枭首示众,把人头挂在头道套口,使彭大人的差官再不敢正视连环寨。明日给夫人庆寿,大家畅饮一天,我再定章程。"众人齐说:"是。"金清本来好酒,今日心中喜欢,故此多贪几杯,直吃到二更以后,水八寨之人俱各告辞。金清说:"你等明日早晨就来。"

　　这时,有家将手提灯笼,送老寨主回归后寨。看宅门的家丁,乃是金茂远的心腹,一见老寨主回来,只恐里面不知,故此他大声说:"老寨主回来了,把灯笼交给我吧!"外面家人答应,都回去了,早有人跑进来给金茂远送信。金茂远正要请老太太出来,叫赵勇拜见岳母,忽见家人来报说:"老寨主来了。"金茂远忙拉着那四人来到院中西厢房内,说:"四位可别动,这时外面定有巡察之人,要叫他遇到,真了不得。"冯元志四人说:"放心,请吧。"金茂远出去接他父亲进上房坐下,金清说:"儿呀,我今天多吃了几杯酒,你去到外面,把头目叫进两个来,叫他等带兵看守那被获之人。明天是你母亲生日,不能杀人,大概他们也活不过六个时辰。"金茂远说:"是了,孩儿知道。"

　　金茂远来到西厢房,把四人领到北跨院中自己的居住之所,把酒摆上。然后亲自去到南院,把赵友义、纪逢春、李环、李珮放下来,送到北院和冯元志等见了面。金茂远陪着吃酒,越吃越高兴,对众人说道:"今日众位不能走了,明天我给马德表兄送去一信,再放众位出这大寨,顺山坡往东北,尽走山边,有七八十里地,一夜可到马德的山寨。你们去到那里,他自然要救你们出这连环寨。如若众位到了庆阳府,在钦差大人台前,只求两罢干戈。马副将自不小心,落在卧龙坞,也不是我等所害。至于碧眼金蝉石铸,也不知怎样了,求众位总是无事才好。"冯元志、赵友义说:"我等如到钦差大人的公馆,必定设法把这件事了结就是。"金茂远说:"那好。"众人吃到四更之时,金茂远说:"我把你们还是送到土牢之内,几位再受些屈,千万不可偷着走。这中平寨有七道圈子,巡察的人多,外面还有水八寨围着。"冯元志说:"少寨主只管放心,我们焉能偷着走? 这大寨曲曲弯弯,防守之人甚多,明天还要少寨主指引道路。"金茂远这才说:"我看你们几位也不用上土牢去了,就在我这屋里,明天有人伺候吃喝,到天晚我送你们出去就是。"冯元志说:"好,谢谢少寨主。"金茂远叫众人就在北跨院北厅睡觉。

次日早晨起来,这一天是金茂远母亲的生日,四十八寨的寨主,无一个不来送礼的,金茂远帮着金清应酬了一天。金清最爱听戏,家里自己有戏班子。这金家寨、孟家岭、尹家寨、余家坡四寨,都有自己的戏班子。今天悬灯结彩,金清就在大厅同众人开怀畅饮。金茂远来到后面说:"母亲,现在已把我妹妹许配赵老爷,如今他保了千总,这回跟彭大人查办回来,必然越级高迁,将来还不定到什么地步,我把他带进来见见母亲。"黄氏说:"你把他带进来见我也好,我有几句话要嘱咐他。"金茂远说:"是。"转身来到北跨院,见了众人,说:"赵老爷,你跟我到后面见见老太太,说几句话,我再送你们走。"赵勇说:"是。"跟着金茂远来到内宅。

老太太早在椅子上坐定,赵勇忙过去行礼,拜见岳母。黄氏老太太见他生得五官不俗,一表人才,大为欢喜,便说:"你们回去见了钦差大人,千万要说几句好话。"赵勇说:"是,岳母吩咐,小婿必当遵命。见了钦差大人,一定设法恳求,把这件事完结。"老太太一听说:"好,儿呀,你叫他们几位吃得饱饱的,喝了茶,给他们指一条路,叫他几个人去吧。"

金茂远这才带着赵勇,辞别了老太太,回到北跨院,一问众人吃饱没有? 众人都说:"吃饱了,此时天有什么时候?"金茂远说:"此时不到起更,就在这里喝两碗茶再走。"众人把茶喝足,金茂远说:"你们几位由我这北跨院出去,顺山坡小道一直往北走,到北头再往西北出去,往南一拐,这一绕就有八十多里,那就是前八寨。往西南不远,头一寨是马德所住,你们几位见了他,他必设法叫你们出去。"众人说:"就是吧。"金茂远带着众人出了北跨院,径奔花园子,出了北边角门,抬头一看,天上星斗光辉,对面是一带山峰。众人这才对金茂远抱了抱拳,说:"少寨主,你我青山不改,绿水常存,他年相见,后会有期,我等必要报答活命之恩,套言不叙,就此告辞了。"金茂远说:"你们在路上须要小心紧走,不可多管闲事。"众人说:"是。"这才顺着山坡一直往北走去,只见水八寨那边灯号齐明,照耀如同白昼。众人顺着山坡行至东北角,见有一座大寨,顺着边墙往北走,是一座花园,里面有一男一女正在比武,院中挂着四盏气死风灯,两旁站着四五十个家丁。只见那女子一棍打在那男子的肩头,几乎栽倒。纪逢春在墙外看得明白,不觉失声说:"好。"里面锣声一响,那两个男女各摆兵刃出来,把众人去路挡住。不知后事如何,且看下回分解。

第二四九回

送差官指引迷途　观演武又惹是非

　　话说纪逢春站在墙外看那女子的棍法，见她一棍几乎把男子打倒，不觉失声叫好。里面两人往外一瞧，见围墙外站着七八个人，便吩咐孩儿们各拿兵刃，捉拿这几个无知的小辈。围墙北边是大门，那一男一女带着人绕出来，正截住众人的去路。武国兴借着灯光一瞧，说："傻小子，你瞧热闹，又叫的什么好，真是惹事。你瞧瞧看，他们来把你拿住，就要你的狗命。"众人都有兵刃，也不理论，借着灯光一看，见这个男子有二十多岁，身高八尺，黑脸膛，身穿青洋绉裤褂，薄底鞋子，手中擎着木棍，分量很重；那女子有十八九岁，长得面似桃花，朱唇皓齿，杏眼桃腮，真有倾国倾城之貌。这一男一女带着四五十个人，各执刀枪，迎面把众人的去路挡住。

　　这座山寨原来就是孟家岭，那男子是打虎将孟达，正同胞妹七星秀枝孟巧云在一处比武。那四十多名家丁，跟打虎将孟达练的武艺，都是些年轻力壮，武艺超众之人。只见孟达把去路挡住说："哪里来的野男子，敢在这里窥探你家少寨主，趁此通上名来。"众人都怨纪逢春，无故不应多事，惹出事来了，你去挡人家吧。纪逢春跳过去把双锤一摆，说："好一伙无知匹夫，你老爷叫纪逢春，乃是记名守备，来这连环寨捉贼，你等休得挡我去路。"那孟达白天跟他父亲察看各处山寨回来，他最爱练本事，今日正同妹妹练得高兴，因有人叫好，出来一看，见那纪逢春出言无状，相貌讨厌，就一摆棍说："哒，无知小子，看爷的棒打你。"纪逢春见棍打来，一闪身，把双锤一晃，说："着打！捅嘴、扫腿、掏心、贯耳、捅屁股、打麻筋、拦腰眼、堵屁股。"这一路锤，闹的孟达不知怎么是好。孟巧云在旁边见哥哥不是雷公崽子的对手，暗说："不好。"自己把子午闷心钉上好了，就照定纪逢春前心去。纪逢春一闪身，并未躲开，翻身栽倒，说："小蝎子武杰快来救我，我不行了。"武杰拉单刀跳过去，说："唔呀？你们这几个混账东西，吾来和你决一胜负。"将刀砍去，孟达用棍相迎。两人一来一往，走了十几个照面，不分胜负，孟巧云一子午闷心钉又把武杰打倒。李环、李珮二人过去,亦被人家暗器打中,全都捆好了。赵友义、冯元志、孔寿、赵勇四人一齐拥上,想要捉住这男女二人,焉想到人家也都各有兵刃,尽力抵抗。那孟巧云站在高处眺望,瞧见一有漏空,她就是一闷心钉。书不重叙,展眼之间,那四人也被获了。孟达吩咐家人,先把这八人抬进庄门,听候发落。孟达说:"妹妹好暗器,真是百发百中,只要打上,他就得倒下,那药真厉害。"孟巧云说:"不但灵,我师父教给我的时节,还说过不准无故打人,这毒药钉,没有解药,打了人是不能救的,只要见血,那人就算死了,休想再活。"说着话,兄妹二人进了花园,只听那边家人来请,说:"老寨主派我来请少寨主,说有要紧之事相商。"

再说孟基擒住了曾天寿等四人,押回大寨正待发落,听说有青莲岛的董妙清派人来请,连忙坐上小船,径奔青莲岛而来。那庙里的老道姓董,双名妙清,别号人称银须道,使用铁扫帚,有万夫难敌之勇,跟孟基来往甚密,孟基女儿的武艺就是跟他练的。所有这庙里用的,都由连环寨四十八寨供给,一年四季的灯油粮米,样样都够用了。今天孟基来到青莲岛,进了这庙的角门,就见有两个小道童,正在院中浇花。他们见孟基进来,说:"呀,孟寨主来了。"这时,只见一个老道出来,年在七旬以外,口念"无量寿佛。"孟基说:"久违少见,今天派人来呼唤我,不知有甚事情?"老道说:"请里面坐吧,有话屋里说。"孟基进了上屋,童儿倒上茶来。孟基说:"我今天巡山回来,你派人来呼唤我,不知有什么事呢?"老道说:"我请你有要紧事。"孟基:"你讲。"老道说:"你今天出去,我听说你拿住了几个人。"孟基说:"不错,我巡山拿住四个人。"老道说:"我跟你说,这内中有一段隐情,我有一个徒弟要给你见见,让他跟你把根由一说,你就明白了。"说着就对道童说:"快去把你师兄叫来"。道童出去的工夫不大,带进一个人来。孟基抬头一看,见此人身高八尺,面皮微黄,两道英雄眉,一双碧眼,蛤蟆嘴,正是碧眼金蝉石铸。

书中交代:石铸自那日在中平寨与群贼动手,中了金赛玉的子午闷心箭,便凫水逃生,只觉浑身麻木,疼痛难禁,自知绝无生理,也顾不得赵友义等人,自己凫水往下逃走,真是急如丧家之犬,忙似漏网之鱼,恨不能肘生双翅。原来这子午闷心箭,跟孟巧云的钉都是一人传授,只要见血,六个时辰必死,没有解药。所以说,每逢跟妇人女子对敌,都要留神。石铸知道自己必死,想着找个清静没人的地方等死完了。他凫水出来,赶紧上了山坡，不辨东西南北，往前抢了六七步，就栽倒在地，不省人事。正在糊涂之际，由那边过来一人，原来是位渔郎，今天打了四五尾金鳞大鲤鱼，正往前走，只见坡上趴着一人，仔细一瞧，认得是碧眼金蝉石铸。这人一想："奇怪，他是打哪里来的？"一瞧左肩头上钉着一只子午闷心箭，他伸手拔出来，由箭眼就流出了黑血，闻了一闻很腥，摸摸身上尚热，忙将石铸扶起来，叫道："石贤弟！"连叫几声，石铸忽然明白，睁眼一看，不由心中喜悦，焉想到竟在他乡遇故知。不知此人是谁，且看下回分解。

第二五〇回

受毒钉众人被获　遇故友死里逃生

话说石铸睁眼一看,见眼前一人,身高七尺以外,颈短脖粗,长得三山得配,五岳停匀,身上穿着油绸汗衫,油绸连脚裤,两只眼睛灼灼有光。石铸认得这位是天津卫水碓子的人,姓魏,双名国安,绰号人称追云太保。他前番曾在红龙涧帮石铸、马玉龙拿过四头太岁戴奎章,同石铸是亲师兄弟。石铸定了定神说:"师兄,你我自红龙涧一别,天南地北,人各一方,没想到兄台在此。小弟如今活不成了,我中了人家的毒药暗器。"魏国安说:"我知道你中的是子午闷心箭,箭上写的金赛玉,这个人我认得。你中的这毒药暗器很厉害,我先把你带到师父那里去就是了。自从红龙涧一别,我就到这里来看师父。咱们师父在青莲岛妙清观居住,我已把红尘看破,就跟师父在这里参修。今天我捕了五尾鲤鱼去孝敬师父,不想却在这里遇见师弟,我把你送到师父庙里去吧。"

他手挽着石铸,往前走了有半里之遥,来到庙门,推门进去,到了西跨院之内,说:"师父不好了,我师弟受了子午闷心箭,这便如何是好?"银须道董妙清往外一看,见是徒儿石铸,说:"石铸,你怎么这样狼狈?"石铸把经过之事如此如彼述了一遍,给师父磕了一个头,起来到里面床上躺下。董妙清进去看了看伤痕,便到西屋内取出一粒有弹丸大的金丹,叫魏国安取来半杯凉水,研了一半药,敷在伤痕上,剩下的一半又用凉水化开,给石铸灌了下去,给他盖上被子。然后叫魏国安去用大鲤鱼一尾氽汤,加葱姜蒜全料,等他醒来时喝下去,一见透汗就好了。

魏国安去外面把鱼汤做好,端进来给石铸喝了下去,只听得肚腹内一阵阵肠鸣,立刻出了一身透汗。天有初鼓之时,石铸觉得腹中疼痛,起来到外面一出恭,把毒由大小便中排出去,人也精神了。石铸说:"师父救了我,可是还有同来之人,他们八个都不会水,大概也全被捉住了。听马德说,我们公馆中的副将马大人,死在这里卧龙坞之内,也不知是真是假,明天求师兄你去打听打听。"魏国安说:"就是,明天我必到中平寨去,探

听到了消息,再作道理。此时天色已晚,师弟你吃点东西,歇息歇息,不要
劳神,要是伤痕复发,那就不好。"石铸说:"是了。"

一晚无话。次日早晨起来,董妙清对石铸说:"你去外面散散步,周
身血脉一活,这个伤就可以痊愈。"石铸答应了,转身出了妙清观,站在半
山坡,往四下一看,果然山清水秀,又往连环寨那边一望,水势汪洋,船只
荡漾,很透清爽。石铸正在外面站着,忽听到观中打钟,真是:

　　一棒钟声云霄外,惊醒多少名利人。

此时他心中暗想:"我虽在此,但不知那八人是死是活?"不由心中一阵烦
闷,自己回到庙中。魏国安说:"饭已好了,吃完饭我就去探听探听,你在
庙中等待。"二人就叫道童去打饭来吃。

魏国安吃完,出了妙清观,来到河口,把小船解下来,自己撑着径奔中
平寨。来到中平寨门口,众喽兵认得他是董老爷的徒弟,背后都称他魏秃
子。一见来到这里,众喽兵都说:"魏老爷来了,今天怎么这样闲在,是捉
鱼还是捕虾?"魏国安说:"我不捉鱼捕虾,听说这两天中平寨甚乱。"喽兵
说:"可不是,我们老寨主这两天要调兵打仗呢。今天是中平寨寨主夫人
的生日,过了今天就要调兵了。"魏国安一听,说:"为什么打仗呢?"喽兵
说:"你还不知道呢,我们这里的老寨主金亮有一个义子,名叫大王韩登,
约我们老寨主去给他助拳,他是邪教,明着是夺会仙亭,暗里却要造反。
没想到老寨主去后,被钦差彭大人手下的护卫马玉龙所杀,幸亏水八寨的
寨主,才把尸首抢了回来。少寨主一怒,把知府的印盗来,寄柬留刀,要斗
马玉龙。那天副将马玉龙来了,被老寨主金清诓到了卧龙坞里。昨日又
来九个,只跑掉一个,拿住了八个。依老寨主立即就要杀,赶上我们寨主
奶奶今天是寿日,所以才没杀,还在寨里押着呢。"魏国安听明白了,刚撑
船要走,一瞧孟家岭的兵船,旗幡招展,正与神拳太保曾天寿、飞行太保姚
广寿、飞叉太保赵文升、飞刀太保段文龙、蝴蝶张四打仗。魏国安一直瞧
到四个人被擒、蝴蝶张四死了,这才回去,跟石铸一说。石铸说:"了不
了,死的那个也不是外人,他是我的孙辈,那四个人是我的同事。"董妙清
说:"只要是巡山虎孟基拿了去,还不要紧。国安,你赶紧到孟家岭去叫
孟基,请他务必随后就来,千万说准了。"魏国安答应,自己撑着小船来到
孟家岭,说与管事人。管事人说:"往常没事,老寨主必要到庙里找道爷
下棋,这两天没去,准是有要紧的事,他回来我给你回禀,你不用等着,先

回去吧。"魏国安说:"是。"自己便回归青莲岛来了。

　　孟基回来后,管事的一回禀,赶紧就来了。见了董妙清,坐下叙话,董妙清就问他是不是拿住了四个人?孟基说:"不错,是拿住四个人,都中了子午闷心箭,也活不成了,你徒弟打的。"董妙清这才叫小童去叫师兄。石铸进来,董妙清说:"给你伯父行礼。"石铸过去行了礼,往旁边一站。孟基说:"这是何人?"董妙清说:"这是我二徒弟,叫碧眼金蝉石铸,乃是河南嵩阴县人。前番因为他亲戚在保安打官司,他盗了皇上家的九点桃花玉马,被发往西安府充军。彭大人西下查办,他便暗中保着。后来大人拿文书把他调来,赦了罪,保了把总。徒儿,你把底里根由,对伯父说明了。"石铸就把上项之事说了一遍。孟基听了说:"原来如此,我还不知细情。前者听说马大人落在卧龙坞了,又来了几个人,也被中平寨拿住。今天我见过这几位,这才明白。"董妙清说:"你要过安闲日子,就该急速弃暗投明,免受连累。"孟基说:"甚好!我也久有此心。"董妙清说:"你拿住的这几个人,不就是门路么?"孟基说:"不成,都中了子午闷心钉,没解药也是活不成了。"董妙清说:"什么时候打的?"孟基说:"就在未申时候。"董妙清说:"你既愿弃暗投明,就叫魏国安去把拿住的这几个人渡到这里来,我设法救他们。"孟基说:"好。"立刻带着魏国安回转孟家岭来。焉想到家中正闹的地覆天翻,又出了一件大事。不知后事如何,且看下回分解。

第二五一回

逃生路喜逢故旧　临大难师生相逢

话说孟基听了董妙清之言，深觉有理，一想："自己本不是贼人，只因所居之地都是宝山，出了金银铜铁铅五种矿藏，未去报官，我等深恐被官兵拿获，故此招募无业游民，训练兵卒，以备调用。我等也没抢过行商客旅，无非倚着四十八寨人多势大，地方官也置之不问，这才算万幸无事。如今只为金家的私怨，惹动彭钦差，真要奏明圣上，调来官兵，量这连环寨弹丸之地，如何抵挡得了。再说马副将死在孽龙潭卧龙坞之内，这就不好。我依着董道兄之言，也是一个机会。"想罢，叫魏国安跟他出了妙清观，坐船来到孟家岭，先叫人到里面把孟达叫来。

不多时，儿子女儿全来了。孟基说："你二人往哪里去了？"孟达说："儿子正与妹妹在花园之内练了几趟拳脚，不想有彭钦差的差官八人前来，他们都中了妹子的毒钉，被我兄妹二人捉住了。"孟基说："把先打的那四人给我抬到外面船上，然后把这八个人带来我看看。"孟达即叫家人去办。不多时，就把纪逢春等八个人全都捆好送来了，只听得一个个哼哼之声不止。内中一人长的雷公嘴，嘴里说着："结了，完了，我今年二十一岁，还未娶媳妇，我要死了才冤呢！小蝎子，你想主意救救我吧！"武杰说："我没主意，也不能救你，你自己惹祸，连累了我，还不知忍着。"孟基在上面说："你们这八个人是由哪里来的？怎么会到了孟家岭？从头至尾说了实话便罢，如若不然，把尔等乱刀分尸。"冯元志说："你要问，我等都是彭大人的差官，跟碧眼金蝉石铸来连连环寨，探听马大人的消息。只因在中平寨被金清所擒，我等得便才跑出来了。你要知王法，便是大清朝的安分良民，趁此将我们放了，等大破连环寨的时候，决不连累于你。如若不然，你家差官老爷既被你擒着，要杀要剐，凭你自便。"孟基说："原来你们几个就是跟碧眼金蝉石铸来的。也好，我把你们带到一个所在去吧。"吩咐手下人，把这八个人也搭到外面船上去，又告诉魏国安："你把他们带到庙里去，我明天一早准到。"魏国安说："你老人家何妨一同前去,今天就住在庙里好不好?"孟基说:"也好。"吩咐孟达在家里好生照料,不准多事,便带着几个亲随人同魏国安上了小船,展眼来到妙清观,水手把那十二个人都搭进庙中北上房来。

此时,曾天寿、姚广寿、赵文升、段文龙四人俱已昏迷不醒。老道念了一声无量佛,由柜内拿出一个有海碗大的金漆盒,里面有一百粒百草金丹,便拿出六粒来,叫石铸研了,给那十二个人敷在伤口上。又拿出六粒,叫石铸化开,给那十二个人灌了下去,然后抬到里面炕上,拿棉被一盖,叫他们各自养神。接着又叫魏国安用活鲤鱼加葱姜蒜汆汤,每人一中碗,叫他们喝了下去,只要发了汗,明天见了大小便,就算好了。

这里老道与孟基摆酒对坐谈心。董妙清说:"我到青莲岛数年,除了教这几个徒弟,唯有你我知己。这话我不能不跟你说,我想,金清太无知,他哥哥结交匪人邪教,在庆阳府造反,他又犯下这样的弥天大罪,把副将马大人诬害在卧龙坞,这就是起祸的根由。他只说连环寨天下无敌,其实这不过弹丸之地,钦差大人只要一递折本,朝廷调兵前来,他焉能抵敌?你看佟家坞的佟金柱多大势派,被彭大人不费吹灰之力就破了。"孟基说:"道兄之言极是,金清乃一勇之夫,不懂王章。俗话说的不差,礼服君子,法制小人,金清也该当此恶报。他自从得了这点事,仿佛做了皇帝,对他手下的喽兵,一有错就杀,杀的人太多,也该他绝了!"说着话,天已不早。孟基说:"我还有一件事奉托,这众差官之内,我看有一位姓曾的,这个人长的不俗,人品端方,武艺超群,我打算把你徒弟许配他。这话我不好说,又不知道他此时是什么官,我总算是做贼的,恐怕人家不要,只求道兄慈悲慈悲,成就了这件好事。"董妙清说:"这事明天交给我办。"接着就吩咐道童打点卧具,老道和孟基在东配房同榻而眠,石铸同魏国安在西配房一起安歇。

次日早晨起来,这十二个人的伤都好了。众人大喜,彼此见礼问讯,把分手以后之事谈论一回。冯元志和曾天寿说:"咱们过去谢谢老道救命之恩。"众人又问石铸:"那日中了子午闷心箭,你又怎么遇见了老师的,总之吉人自有天相,你要不遇见老师,我们也活不成了。"石铸把上项之事述说一遍,又把魏国安叫过来,给众人引见了。曾天寿说:"石大爷,你烦恼了。"石铸说:"什么事?"曾天寿说:"你孙子死了。"石铸唉了一声,说:"可惜,我本来打算叫他跟大人当差,得个一官半职再回嵩阴县,没想到他遭了这个劫数,总是他在绿林有了损处,不然咱们又怎么会死里逃生,逢凶化吉?"众人说着话,来到了上房。

　　孟基和董妙清一早起来,二人正在佛堂上吃茶。众人由外面进来,先给孟基见礼,然后都跪下给董妙清叩头,说:"我等若非遇见仙师,性命休矣! 你老人家恩同再造。"董妙清说:"我也无甚好处,众位老爷们是命不该绝。"石铸说:"众位不必客套,起来大家从长计议,该怎么走法呢?"董妙清说:"我这山下有渔船一只,你们众位坐上,叫魏国安送你们逃走,只要出了四道套口就好办了。我还有一事,曾老爷,你现居何职? 家内还有什么人? 今年贵庚? 跟前有几位世兄?"曾天寿道:"我初登仕路,如今跟随钦差效力。母亲尚在,我今年二十岁,尚未娶亲。"董妙清说:"可曾订下嫂夫人?"曾天寿说:"也还未有。"老道说:"我今天要做一个冰人,曾老爷不要推诿。我孟基兄之女,也是我的徒弟,今年十八岁,要给尊驾为妻,不知阁下意下如何?"天寿一听,心中沉吟起来。他见过孟巧云,知道是一个绝代佳人,这老道又是救命的恩人,怎好推却? 想罢,便说:"既是仙师慈悲,我有两句话说,婚姻大事都是父母做主,我须禀明老母,再下定礼。"老道说:"不必,老太太万不能不愿意,你过来拜岳父吧。"曾爷一听,只得把随身的一块玉珮摘下来,交给岳父孟基,然后行礼,又谢了老道。道童把饭摆上,众人方才吃完,忽听外面金鼓大作,人声一片。原来是金清带兵船来到了青莲岛。要知后事如何,且看下回分解。

第二五二回

劝孟基弃暗投明　发慈心普救众命

话说曾天寿订了亲事,拜了岳父,大家正在商议如何逃出连环寨,好到公馆调兵前来攻打,找回知府印信,再给马大人报仇。正要想走,忽听前面锣声大震,一片喧哗。董妙清赶紧叫魏国安出去探听明白,回来禀报。魏国安答应,转身出了妙清观,来到河边,自己上了小船,往前撑去,只见中平寨来的战船无数,旗幡招展,号带飘扬,刀枪密布,人声呐喊。

书中交代:昨天中平寨金清给夫人办生日,到了晚间,又有喽兵进来禀报:"现有老寨主的故友金须道赵智全,带了几个徒弟,前来拜访。"金清吩咐,请水八寨寨主水里滚王墩、浪里钻刘迁带一队兵船,接到螺蛳岛。赵智全自全真观行刺未成,被众人把他追跑。他带着四个人逃至无人之处,止住脚步,叹了一口气说:"徒弟们,我这一座全真观的香火,除去使用有余,今天为你们这一来,闹得我走投无路。"飞云说:"你老人家不要着急,绕道跟我上尹家川去吧。那尹家川在连环寨后山,前山就是上宁夏府的大路。"金须道说:"不必,我倒有一去处。离此处不远有座青草山,山下有个杨家庄,那里有我一个朋友叫出洞鼠杨堃。我想他必念故旧之交,留咱们暂住三五日,再打发人前去探听。"飞云说:"也好,任凭你老人家吩咐,咱们就去吧。"

五个人来到青草山杨家庄,原来这村中的五百多户都姓杨,杨堃家就在一进村口路北,大门外有两棵龙爪槐。他也是绿林贼寇,偷盗窃取,甚是灵捷,就有一样不好,品性最爱贪花。赵智全到门首叫家人进去通报,家人说:"我家庄主爷不在家,你老人家是常来的,请里面坐吧,庄主今天也许回家。"家人杨天禄把五个人请到厅房,倒上茶,又去预备饭。老道问:"你家庄主上哪里去了?"杨天禄说:"做买卖去了,临走时跟六姨奶奶拌了两句嘴,咱们也不知道几天回来。"

赵智全在这里住了两天,因朋友不在家中,觉得也无甚意味。派人前去打听来,得知全真观已交本地官府了。这才带着清风等来到连环寨。

有人回禀进去,胡牛就把他们送至四道套口,王墩、刘迁迎接出来说:"原来是仙长,我家老寨主派我二人来迎接你老人家进寨。"赵智全等人随即上了王墩这船,展眼来到了中平寨。金清父子也迎接出来。老道跟金清是口盟的拜兄弟,一同进了中平寨,来到大厅。金茂远给老道行礼,飞云、清风过去给金清磕头,又给焦家二鬼一一引见,也过去磕了头。

金清说:"贤弟由哪里来? 怎么遇见他们四位?"老道随即把活埋金眼雕之事说了一遍。金清说:"好,原来你等也是被赃官彭朋的差官闹得有家难奔。"飞云说:"可不是么,小侄男的庙在河南灵宝县福承寺,只因我好诙谐,在平则门外秘香居盗去康熙爷的珍珠手串,逃回庙中。后来彭大人奉旨西下查办,路过河南,又派差官把我的庙抄了,还拿了我两个师兄。我走哪里,他跟到哪里。此时我得遇这几位知己的朋友,愿永远患难相扶。"金清问:"焦氏兄弟也是咱们绿林中人吗?"独角鬼焦礼说:"老寨主,我等与赃官彭朋有不共戴天之仇。我弟兄是大同府剑峰山人,我父叫活阎王焦振远,我兄弟五人,绰号人称焦家五鬼,有三人都被彭朋所杀。"金清一听,说:"我的膀臂来了,我也正和彭朋为仇呢。只因韩登设群雄会,我兄长在会仙亭已死于马玉龙之手。"清风说:"就是那马玉龙厉害无比,他的那口剑无人可敌,我最怕他。"金清说:"我告诉你吧,马玉龙早已死在我这卧龙坞中了。我女儿还用毒药暗箭打了碧眼金蝉石铸,拿住了八个人。因为是在夫人寿诞之辰,我叫女儿用子午闷心箭把他们每人打了一下,明天就抬出去戮尸。"金清摆酒,陪着老道吃完,自己才回内宅。这里另有家人伺候他们五个人安歇。

一夜无话。次日早晨金清出来,赵智全等和水八寨的寨主也都到了。吃完早饭,便派人去土牢内把八人抬进前厅来。家人答应:"是!"一个个如狼似虎的去了。去不多时,回来说道:"老寨主,可了不得啦!那八个人踪迹不见,不知哪里去了?"金清说:"他们都不会水,我想走不了,快到各处搜查。"这时又有家人来报:"北花园的角门未关,想必是从那里逃走的。昨日是刘海龙的值夜头目,兼管巡查水旱山寨。"金清吩咐去叫刘海龙,不多时,刘海龙来到大寨,只见金清和八寨的寨主在座,清风等五人列坐在两旁,还有五百家丁站立,都是威风凛凛。刘海龙说:"老寨主呼唤我有什么事?"金清说:"我且问你,你所管何事? 我这里捉住八人,都中了子午闷心箭,放在土牢之内,怎么都不见了?"刘海龙说:"我昨日带兵巡查,听见孟家岭人声喧嚷,就到那里去询问,说那边少寨主拿住了八个人,我可不知是做什么的,想必就是由咱们寨中跑掉的这八个人。昨天孟老寨主还打死一个差官,拿去了好几个,我等都看见了,尚未禀报老寨主知道。"金清一听,说:"既是如此,刘海龙,你急速到孟家岭把他们拿住的那几个人给我要来,就说我有要紧的事情。"

刘海龙答应,转身出了中平寨,坐了小船来到孟家岭,说:"烦劳众位给通报一声,我要见老寨主。"喽兵说:"我家老寨主昨日住在青莲岛,没有回来,有什么事情你说吧。"刘海龙说:"听说老寨主两次拿了十二个人,我奉我们老寨主之命,来要这十二个人,有要紧的事。"手下人进去一回禀,孟达吩咐把刘海龙叫进来。刘海龙进去见了孟达,把金清所说之话述说一遍。孟达说:"你来晚了,昨天那十二个人已被青莲岛老道要去了,还不知道如何发落,我们老寨主也不在家,你回去告诉你家老寨主吧。"

刘海龙回来,就把方才之事说了一遍。金清尚未答言,那清风说:"老寨主,了不得啦!必是青莲岛有人勾串众差官,将他们救走了。你要不信,打发一个精细之人去哨探哨探。"金清说:"青莲岛有个老道董妙清,也许是他跟赃官彭朋有勾串,不必叫人去探听了,我带大兵前去找他,要去便去。"立即吩咐手下人齐队,径奔青莲岛来捉拿众位差官。不知后事如何,且看下回分解。

第二五三回

择佳婿孟基识英雄　信谗言兵困青莲岛

话说金清吩咐手下齐队，赵智全说："大哥，我跟你去。"金清便带着飞云、清风和焦家二鬼，手擎镔铁狼牙钏，乘坐九龙舟，共计六十号战船，锣声震耳，人声呐喊，扑奔青莲岛而来。早有魏国安探听明白，报进青莲岛。董妙清一听，说："好，他既然带兵前来，魏国安你赶紧把船预备好了，山人跟他决一死战。"石铸和魏国安二人即去预备船只。孟基说："我随后就到，道兄总要以和为是，不可动了杀戒。"董妙清说："不然，来者不善，善者不来。"孟基说："这么办好不好？我先去跟他说合，他如听我相劝，那就两罢干戈，金亮算白死，马大人之死亦不必深究。叫他把知府印送去，把众位差官放走，把马大人尸首捞上来，这便两下无事。"石铸一想，说："也好，就这么办吧。"石铸嘴里说是这么办，却暗藏私心，打算暂且应了，等大家一出连环寨，兵权在手，再调兵来拿他不迟。

孟基说罢，出了妙清观，坐上一只小船，迎着金清前去。然后，众人各自收拾兵刃，董妙清手持一把铁扫帚，魏国安手持一把三截钩镰枪。碧眼金蝉石铸自来妙清观，师父就曾问他："你学的杆棒，怎么会赢不了，还中了人家的暗器？"石铸把当初跟姊夫练的杆棒招数一演，董妙清看罢，说："你的杆棒未学全，我教给你三手，名为救命三棒，你再跟清风等动手，就赢得了他们。"石铸学了三棒，自此能为大长。自己这才知道能为还没学全，要常跟师父在一处，可以多知多学。正是：

　　　　鸟随鸾凤飞腾远，人伴贤良品自高。

石铸又学到了能为，自己心中甚为喜悦，今天带上兵刃，同着师父董妙清和众位英雄出了妙清观，顺着山坡下来，到了河岸，魏国安早把船只预备停妥，众人便都上了船。

这且不表。单说孟基先出了妙清观，上了小船，六个水手撑船似箭，迎着金清的兵船而来。只见金清坐在当中九龙船上，威风凛凛；左边有水八寨的水里滚王墩、浪里钻刘迁、水上漂江龙、不沉底江虎；右边是闹海哪吒梁兴、翻江龙王梁泰、双头鱼谢宾、水中蛇谢保；在金清的背后，站着金茂远、金须道赵智全、飞云、清风和焦家二鬼。孟基来到近前，说："金大哥，带兵来至青莲岛所因何故？小弟正在庙中坐定，听说兄长兵困青莲岛，小弟特来领教。"金清说："孟贤弟，你我四家上下合心，同在连环寨做头目，就应该彼此相应，不能反向着外人。你拿住的十数名差官，有由我寨逃走的，有你巡山遇见时拿的，你拿住这十二个人，就该给我一信。你不但不给信，反倒都放了。我特意到青莲岛来要这十二人，你如交给我，万事皆休，如若不然，我要把你赶出连环寨。"孟基说："金大哥此言差矣！凡事宜解不宜结，前者的事情，我已听说了，只因大兄长在会仙亭给韩登助拳，那韩登本是邪教，想要造反，大哥得罪了彭大人的护卫，被马玉龙所杀，现在马玉龙被你诱到卧龙坞，也死在连环寨了。依我之见，两罢干戈，你把知府印拿出来就算完了。"金清一听此言，气得哇呀呀乱叫，说："孟基，你满口胡言，一味乱道，印是我盗来的，打算要回去，你是在睡梦里。我今天既来，非得把这几个人拿去开膛摘心，给我兄长祭灵，也才对得起我的知己朋友。"吩咐左右，谁先过去给我拿住孟基。

　　话犹未了，水八寨的水中蛇谢保，一摆手中单刀说："孟基，你吃里爬外，怎么算英雄？还敢把老寨主的船拦住，说长道短！"过去照孟基搂头就剁，老英雄气往上冲，拉出刀来，说："谢保，你好大胆量，敢过来同老夫动手，谅尔有多大能为。"说着就跟谢保动手。老英雄武艺超群，三五个照面，一腿就把谢保踢在河内，用刀一指："金清，你要听我良言，两罢干戈，我可是为了你好，你别不知自爱。"金清哪把什么王法放在心上，说："哪个去给我拿他？"话犹未了，地里鬼焦智说："老寨主，我到这里未立寸功，待我前去拿他。"金清说："你去把他拿来，算你奇功一件。"地里鬼这小子耀武扬威，一摆虎尾三截棍，跳在船头，一声喊嚷，说："孟基，你过来，待你家焦少寨主结果你这条狗命。"孟基一瞧不是连环寨的人，一摆手中刀说："哪来的野贼，胆敢这样无礼，待老夫拿你。"说着，往前赶步，抡刀直奔贼人。地里鬼这条棍有神出鬼没之巧，老英雄倚仗精明强干，两个人正杀得难解难分，就听正东上金鼓大作，喊杀连天。

　　原来孟家岭得了信，打虎将孟达知道他父亲跟金清开了仗，俗语有云："打架亲兄弟，上阵父子兵。"孟达赶紧调齐了三十号战船，带了孟家岭久习水战的八百水兵，由孟家岭赶到这里。孟达一瞧他父亲正跟地里鬼焦智杀得难分难解,眼睛就红了,怕父亲年迈,不是贼人的对手,一摆手中铁棍,大喊道:"贼人休要欺我家老寨主,待少寨主前来拿你。"独角鬼焦礼一看,恐怕兄弟受敌,一摆三截棍过来敌住了孟达。两下里正杀得不分胜负之际,由青莲岛又撑出一只小船,船上董妙清手拿铁扫帚,带着碧眼金蝉石铸等人,各执兵刃。

清风道一见,说:"师父,那边的一伙人我都不怕,没有我的对手,待我单人一条小船过去,结果那些该死之辈。"用刀一指,过来一只小船,他飞身跳上去,说:"对面石铸听了,你等哪个过来和我比并三合?"石大爷自向师父学会了救命三棒,尚未施展,今日初出茅庐,一摆棒跳过去说:"来来来,我和你战三百合就是了。"那清风抡刀就剁,石铸把杆棒一变招,就把清风摔了一个筋斗。清风站起来说:"他是我手下败将,今日怎么会叫他把我摔了个筋斗,我再来和他见一个胜负。"想罢,抡刀照定石铸又是一下。石铸一改招,又把他摔了一个筋斗。清风也不知石铸是怎么一段缘故,吓得自己也不敢过去了。飞云说:"道兄,你别过去,我看石铸大非昔日可比,必受了高人的指教。"清风甘拜下风,站在船上发愣。金须道赵智全一看徒弟败回,甚是有气,说:"清风,你不必着急,我去拿他。"把怀中的宝剑一顺,说:"对面小辈,你就叫碧眼金蝉石铸吗? 来吧,你跟我战个高下。"一个箭步跳在船头之上,把宝剑一摆。石铸一看,心中说:"这个贼道定有惊人之艺,我和他交手必须小心。"一摆杆棒,跳在船头。不知二人胜负如何,且看下回分解。

第二五四回

世外人一怒开杀戒　金钱豹反目战孟基

话说金须道赵智全见清风不是石铸的对手，自己一怒，手持宝剑跳过去，石铸抖杆棒照老道身上就缠，打算要把他摔倒，焉想到这老道有神出鬼没之能，走了好几个照面，竟未缠着，自己倒累得热汗直流，口中带喘。石铸见老道一剑奔哽嗓咽喉而来，自己着忙，一闪身，竟被老道扎在左肩头，红光皆冒，鲜血直流，吓得赶紧跳下水去，回到本船。董妙清一看徒弟负伤，不由气往上冲，一摆手中铁扫帚，说："好孽障，竟敢伤我的门徒，待我结果你的性命。"金须道一看，说："道友，你我都是跳出三界外，不在五行中之人，何必在这是非场多事。"董妙清说："你既知道，为何前来杀害生灵？今天你休要想走。"一摆铁扫帚，照定赵智全就打，赵智全摆宝剑相迎，两个老道各施所能，杀了个难解难分，把金清那样的英雄都看得愣了。

这边孟基跟地理鬼动手，老英雄一个反背倒劈势，一刀将地理鬼劈下河去。独角鬼见焦智兄弟受了伤，心中一慌，被孟达一棍打在左腿之上，连滚带爬，败回本船。这时怒恼了金钱水豹金清，一摆镔铁狼牙钏，大叫："孟基休要逞强，老夫前来拿你。"孟基说："金清你太不自爱，你我都是这样年岁了，我乃良言相劝，你竟不听，难道老夫还怕你不成？"金清拿狼牙钏照定孟基分心就刺，孟基把单刀门路分开，二人杀在一处。忽然正南金鼓大作，喊杀连天，旌旗招展，刀枪如林，过来了无数的战船。大家都吃了一惊，不知这些战船从何处而来。

书中交代：这内中另有一段隐情。自那天闹海蛟余化龙听说马玉龙落在卧龙坞，老英雄跟兄弟翻江鳌余化虎商议，有心要给马玉龙报仇，自己又恐人单势孤，中平寨兵多将广，倘若不能取胜，岂不枉费心机？他终日忧愁，也不敢叫姑娘知道，怕的是姑娘忧思，又出什么岔事。焉想到纸里包不住火，一两天的工夫，余金凤也就知道了。余金凤那天正在后面同余彩霞说话，听见家人谈说马玉龙之事，犹如万丈高楼失脚，扬子江断索崩舟,心中一阵难受,想丈夫已死,自己还有什么活路!一定要跳卧龙坞,与丈夫死在一处。幸有余彩霞和她婶母苦苦相劝,说:"你就是死了,又该怎么样呢?总要想主意给姑老爷报仇。"余金凤一想也是,这才来到前面见余化龙说:"爹爹既然把女儿终身许配马大人,咱们现在连环寨,马大人死在卧龙坞,爹爹为何置之不问,这是什么心思呢?"余化龙说:"我前者跟你叔父商议,打算给姑老爷报仇,只怕人单势孤,再说咱们跟金清总是多年的老街旧邻,为这件事不好伤了面皮。"余金凤听了就说:"爹爹怕伤邻居,自己的至亲骨肉倒不要紧。孩儿终身怎么办?爹爹要不管,孩儿也不能活了。"余化龙说:"女儿好糊涂,我并非不愿意报仇,只是那金清势派太大。"余金凤说:"不要紧,马大人公馆内也有些朋友,都跟他不错,头一个就有他师兄金眼雕,你老人家一去,众人必来给他报仇。"余化龙说:"我去是得去的,不然叫人家想着,我跟马大人骨肉至亲,怎能不管。女儿,你只管放心,我这就上公馆去约请众位差官,帮着我来报仇。女儿你到后面去吧,不要着急,千万不可自寻短见,老夫这把年纪,就指望你一个,你要一死,老夫该当如何?"说着话,父女都落下泪来,甚为可惨。余金凤本来疼爱父亲年迈,无依无靠,又想着给丈夫报仇,真是进退两难,心如刀剜,无奈回到后面去了。

　　余化龙便跟余化虎商议,派手下人预备五只船,带着余得福、余得寿、余强、余猛一同前去。如能从公馆把众位差官请来,叫余化虎调齐了兵,给打接应。老英雄分派停妥,少时手下人回禀:"船已齐备。"余化龙这才带着余得福等四人出了余家坡,径奔四道套口。把守套口的寨主,知道是余家坡的老寨主,也不敢阻拦。这五只船展眼出了四道套口,飘荡如飞。老英雄心急似箭,催水手赶紧撑船,恨不能一时就到公馆。船到沙头镇,余化龙吩咐余得福兄弟四人在此等待。老英雄上了岸,一直扑奔庆阳府东门,逢人便上前打听。他来到公馆门口,说:"烦劳哪位进去回禀一声,我乃连环寨余家坡的余化龙,要见众位差官,有要紧事。"听差人说:"你暂且在此等候,我就进去回禀。"

　　此时金眼雕众人正在公馆纷纷议论,曾天寿等人上余家坡,不知何故也没见音信。正在说话之间,听差人进来回禀,说外面有余家坡的余化龙前来,要见众位差官老爷。众人一听余化龙来了,甚是喜悦,赶忙出来接进护卫所,彼此见礼。还有未见过面的,邓飞雄都给引见了。余化龙落了座,金眼雕说:"曾天寿他们五个人上余家坡,你见着了?"余化龙说:"我没见着。"金眼雕又问:"老英雄,我师弟马玉龙到连环寨,可是真的死了?"余化龙说:"真死了。去的时候我不知道,他掉在卧龙坞,我才得着信。"老英雄就把所知道的事,如此如彼向众人一说:"现在我来请众位帮我去连环寨给马大人报仇,皆因我人单势孤,金清的党羽太多,不知哪几位肯去助我一臂之力?"金眼雕说:"我正要给师弟报仇。"刘云也要去给姑爷报仇。众人都要尽其交友之道。千里独行侠邓飞雄说:"不必都去,公馆也得留人保护大人。我有二百子弟兵,马大人有二百子弟兵,可叫金眼雕同伍氏三雄、邱明月、追风侠刘云、刘天雄咱们几个跟着余老英雄去。"余化龙说:"好,我由家里带出五只船,现靠在沙头镇。"大众说:"那更好了。"众人商议好了,立刻各自收拾,带好兵刃。千里独行侠邓飞雄打发人去把四百子弟兵调齐。余化龙叫这四百人都暗藏在五只船的船舱里,外面插上余家坡的旗子,渡进连环寨去。众人商议:三更天叫银头皓首胜奎、神枪太保钱文华、小玉虎李芳、小神童胜官保调本地城守营官兵二千,去攻打连环寨,里应外合。商议妥当,余化龙这才带领金眼雕等人出了庆阳府,前去攻打连环寨,替马玉龙报仇雪恨。要知后事如何,且看下回分解。

第二五五回
余化龙公馆调兵　金眼雕舍死报仇

　　话说闹海蛟余化龙,由公馆之内请了追风侠刘云、金眼雕邱成、笑面虎邱明月、伍氏三雄和邓飞雄,这八个人带着子弟兵四百名,分在五只船上。公馆之内,胜奎见过了大人,去调城守营的两千官兵。钱文华父子同胜奎、胜官保、李芳这五个人,雇了十只民船,泊于连环寨外,只等候号炮一响,便里应外合,前去破寨。

　　且说闹海蛟余化龙带着这几位英雄,坐着五只兵船,到了头道套口。防守汛地的喽兵,看见船上之人的语音不对,面生可疑,赶紧跑进前寨禀报胡牛。胡牛在早晨已得了中平寨老寨主传谕,四十八寨都须先得禀报中平寨,领了腰牌令箭,方准出入。如无令箭,凡私自出入者,不论是谁,均拿胡牛是问。今天胡牛正在大寨,听喽兵来报,赶紧带着手下亲兵二百名,出了山寨。来到套口,把船一字摆开,朝对面一看,那五只船都插着余家坡的旗号。胡牛这才问道:"哪位寨主押船?今天有中平寨之令,无论是谁出入,总得有中平寨的转牌,若有私自出入,拿我是问。"闹海蛟余化龙出了船舱,站在船头说:"胡牛,我是本寨的人,你还挡我吗?我是采办米面去的。"胡牛说:"老寨主有所不知,金寨主军令森严,若是违令,脑袋就长不住了。你既说采办米面,我得先往里通信,等海查出来查了,再放你进去。"

　　余化龙尚未回答,邓飞雄就从船舱内出来了。胡牛一瞧,不禁吓得一哆嗦。这个人长的好似神判钟馗,头上青绢帕罩头,面皮微紫,两道长寿眉,一双碧眼神光照,准头端正三山俏,一部虬须项下飘,身穿洋绉裤褂,薄底靴子,他手拿红毛宝刀,将刀一指,说:"贼人好大胆量,竟敢阻挡船只,要知事务,趁此退去,牙缝里若说半个不字,定叫你死无葬身之地。"胡牛一听,气往上冲,单刀一摆,在船头金鸡独立,要跟邓飞雄决一胜负。邓飞雄一摆红毛刀,照贼人搂头就剁。胡牛见刀光闪灼,不敢用刀相迎,就往旁边一闪。这两人各施所能,喽兵喊杀助威,已有人去给二道套口打信。这个工夫，金眼雕、伍氏三雄、邱明月和追风侠刘云都出了船舱，在船头上一站。每人各抱兵刃，就是金眼雕没有兵刃。只见邓飞雄那口刀神出鬼没，真有万将难敌之势。走了有七八个照面，胡牛的刀照定邓爷劈头剁来，邓爷的红毛刀往上一迎，只听呛啷一响，把胡牛的刀削为两段，吓得贼人战战兢兢，往旁边一闪。邓爷又使了一个野战八方藏刀式，把胡牛的发辫削了下来，吓得他飞身跳水，逃生去了。

这五只船一拥而上，喽兵都不敢拦阻，就闯进了头道套口。来到二道套口，只见正北有二十号小船在山口挡住，为首一人乃是铁角何罗，手执双角，说："余老英雄，你从哪里来？你竟带着外人的船只进这连环寨，真是吃里爬外。"闹海蛟余化龙用手中兵刃一指，说："何罗，你趁此躲开，叫我们进去，万事皆休，如若不然，叫尔等死无葬身之地。"何罗一阵冷笑，说："余化龙，你休倚势欺人，谅你有多大的能为。金寨主跟你故旧之交，孩童聚首，又是邻居，同在连环寨办事，你今不帮金寨主，反约外人来了，待我结果你的性命。"闹海蛟余化龙一听，气往上冲，刚要过去，旁边追风侠刘云说："老寨主闪在一旁，待我拿他。"一摆宝剑说："何罗，像你这样的无名小辈，也敢在我跟前发威！我等奉彭中堂谕，来给副将马大人报仇，你们这些贼人都是目无王法，倚仗连环寨地势险要，阻挡官兵，叛反国家，今天差官老爷带兵来到，尔胆敢拦阻！"何罗并不答言，一摆铁角，照老英雄劈头打来。刘云往旁边一闪身，把宝剑的门路一分，乃是十八罗汉剑，内有一手八卦篆文夺命连环剑，施展开了，敌人休想逃走，准死无疑。何罗一瞧老英雄步法精通，左右前后都是刘云，自己首尾不能相顾，他的双角就乱了，被刘云由后面一剑劈为两段。这也是贼人劫数已到，恶贯满盈，手下喽兵吓得四散奔逃，船便进了二道套口。

余化龙说："咱们给他个迅雷不及掩耳，要叫金清得了信，把人调齐了，那四十七寨都帮着他。只有一个马德不帮他，却也不能跟他动手，他们是姑舅亲，只可以袖手旁观，都不能帮。"大家说："咱们往里走吧，但能把金清拿住就好，算是给马大人报了仇，也就完了。如拿不住他，他一撒转牌，这件事就大了，就怕他起意造反，百姓又受刀兵之灾。"余化龙说："我也怕这节，前者听说马大人死了，我有意报仇，就怕受他之敌。我在余家坡共招募有三千人，连我兄弟和两个侄儿、侄女儿几个人，也很有些能为，皆因金清手下党羽甚多，我才不敢大意做事，怕的是画虎不成，反类其犬。"

  正说话间,已到了三道套口。早有喽兵报了进去,金毛海马手执钩镰枪,点齐了四五百水鬼喽兵,将战船一字儿摆开。他听人来报,说这批人刀劈胡牛,剑斩何罗,甚是厉害,现已杀进三道套口,海马就说:"了不得啦!你等快报中平寨老寨主,急速发救兵来,要不然,我也挡不了。"家人答应,坐着快船,立刻前去里面报事。海马来至山前,见有五只快船,都插着余家坡的旗子,上面有几位英雄。金眼雕邱爷站在船头,赤手空拳,说道:"众位,你们该瞧我的了。"海马说:"对面老儿,你不要自寻死路!海寨主有好生之德,不和你一般见识,快叫少年英雄前来与我动手。"邱爷一听,说:"好贼崽子,谅你也不认识老爷我是何如人也,绿林的贼人,闻我之名丧胆,你竟敢笑我人老!我人虽老,拳脚不老,还能制服你了。我家住大同府元豹山,姓邱名成,绰号金眼雕,江湖人称报应。你这小子,真好大胆。"海马见金眼雕未拿兵刃,用钩镰枪分心就刺。金眼雕一鼓肚子,成心卖一手叫他瞧瞧。海马这一枪扎上,仿佛扎在石头上,把自己的手腕子都剟麻了。海马说:"好家伙。"金眼雕说:"小子,我让你连扎十枪,瞧瞧老爷子老不老?"海马把枪一放,这是暗令子,后面一百喽兵就都下了水,各拿铁锤铁钻,打算要把船底钻漏,捉拿众家英雄。不知众人该当如何,且看下回分解。

第二五六回

独行侠刀劈胡牛　老刘云剑斩何罗

　　话说金毛海马见五只船来得凶猛，他扎不了金眼雕，便把钩镰枪一放，喽兵水鬼知道这暗令子，下水就扑奔五只船来。这船上的水手，都是余家坡的，见水花一滚，就说："老寨主，了不得了，水里人来钻船底了。"余化龙这时抄起一根钩镰枪跳下水去，内中有精明的水手，也跟着下去了四五个，每人各带钢锥，都久惯水战。余化龙在水里一瞧，见两个头目，带着一百人往里边来。这两个头目能在水里睁眼看二三尺远，那一百人不过只能凫水换气，不能睁眼。余化龙把钩镰枪一顺，照水鬼肚子扎去，水里动手不能说话，贼人只觉一痛，一张嘴，咕噜几口水就死了。一连扎了十几个贼人，都是一喝水，肚子灌满，就往上漂起来。海马一看，就知不好，心中发慌。金眼雕说："小子，我不叫你见阎王，老子叫你见水底龙王去吧。"一伸手就把海马的衣襟揪住。海马说声"不好"，单手拿钩镰枪照老雕头顶就打。老雕伸手接住，一用力，就把枪拧断，哈哈大笑，说："贼子，今天你休想逃生，叫你知道老爷的厉害。"单臂一举，就把海马举了起来，吓的众喽兵一个个目瞪口呆。金眼雕把海马脑袋朝下，要扔在水里，也是海马该死，却摔在船上，把脑袋碰碎，脑浆迸流，只吓得众贼胆战心惊，把船只往两旁闪开。

　　金眼雕等也不赶杀喽兵，催船往前，进了三道套口。只见水势甚猛，由大寨内奔流而下，这五只船是抢上水，一到螺蛳岛，就见火眼江珠已调了三百长箭手，一个个都是弓开如满月，箭放似流星。江珠早听得探卒来报，他已尽知，一见这五只船进来，就叫长箭手放箭，想用这一阵箭把他们射了回去。刘云一看，把诸葛鼓一敲，只听当当一响，那船上的二百子弟兵各带藤牌竹炮，由里面出来。胡元豹手擎铁棍，说："呔！小子们，我来给我兄长报仇。"这二百子弟兵眼都红了，要替马玉龙报仇。本来忠义侠平日待人有恩，故此能买动人心。他们一个个先把藤牌一顺，挡住长箭，然后把那竹炮的螺丝上好，装满了火药。对面的箭手，每人各有五六枝，容他们先把长箭放完。刘云二次诸葛鼓一响，一阵竹炮，便把连环寨的喽兵打得焦头烂额，五零四散，火眼江珠下水逃命去了。

此时刘云督队进了四道套口，众人说："老寨主，咱们先上余家坡，还是先上中平寨？"余化龙这才打发人，凫水到余家坡送信，就说众差官来了。忽见西北角青莲岛那边金鼓大作，喊杀连天，余化龙也不知出了什么事，又派水手撑小船前去探听明白，回来禀报。小船前去探听，余化龙便将五只大船停住等信，只见正西来了一条小船，上面两个喽兵头目，都是六十多岁，一个叫余天保，一个叫余天禄，带着两个仆妇，两个丫环，船上坐的乃是混海白狐余金凤和余彩霞。

只因余金凤见余化龙走后，自己一想，我与马玉龙两次洞房花烛，虽无夫妻之分，也有夫妻之名，我今天要亲到卧龙坞，给他烧几张纸钱，也算是夫妻一场。打发人出来一问，谁对那边的路熟？家人出来问过，有水军教习头目余天保、余天禄两人，都在这连环寨五十余年了，哪里水深水浅，他二人全都知道，便预备小船说："我二人同姑娘去。"办好了祭礼，余金凤身穿重孝，余彩霞怕姊姊一哭，心中难受，也跳进卧龙坞，便跟着前去解劝。小船刚一出余家坡，余金凤就看见她爹爹的那五只船，渡着不少公馆的人，正在四道套口里的山边靠着。金凤由舱里出来，叫水手喊嚷老寨主答话。余化龙一瞧，说："女儿，你上哪里去？"余金凤说："爹爹，女儿到卧龙坞去祭奠马大人。"

这边刘云、金眼雕、邓飞雄等一听，有如万把钢刀扎在心头，前几天众弟兄还在一处盘桓，焉想到今日却再也不难相见了。余化龙说："女儿，你回来吧，那卧龙坞水势甚狂，船也停不住，等我把金清拿住，设法打捞马大人的尸首，拿金清的人头人心祭灵。"余金凤不听，说："爹爹，我不能回去。我二人夫妻一场，他死了这几天，连一张纸钱都不给他烧，我心中如何过得去？"余化龙也拦不住，知道女儿的脾气，就嘱咐余天保、余天禄二人，要好好照看姑娘，千万不可到岛口去，那里水势甚猛。余天禄答应说："不用老寨主分心，我二人知道。"那余化龙一看刘云哭了，邱成、邓爷也在船上放声大哭说："马贤弟，你死的好苦，我等先前要知道，怎么也不叫你自己来探这连环寨。"邓爷哭的更痛，说："义弟，你我自结拜以来，情投意合，言和语好，知己之交，不想中道相弃。我今来给你报仇，杀了金清，我要学前辈古人，自刎身亡，到地府去寻找贤弟，你我再叙离情。"

　　众人正在悲惨之际,只见对面探子船来报说:"前面是金清在截杀众差官,你等快去。"余化龙说:"好,你等开船。"这五只船到了青莲岛近处一看,但见金清正与孟基杀得难解难分,董妙清跟赵智全二人也不分胜负。水八寨贼人一瞧余家坡的船来了,都以为是救兵来到。余化龙这五只船,就由金清的船边挤了过去。船到当中,碧眼金蝉石铸一瞧是伍氏三雄赶到,再一瞧,千里独行侠邓飞雄和金眼雕也在船上,就知道救兵来到了。傻小子纪逢春一瞧,说:"石铸,你爷来了,那个绿眼珠的。"石铸说:"傻小子,什么东西? 他是爷爷。"说着话,这边大众就喊。石铸说:"众位不必喊,既来了,咱们大家合力同心,给马贤弟报仇。马贤弟确已死在卧龙坞,那里鹅毛俱沉。"飞云、清风一瞧来的这些人,一个比一个厉害,吓得战战兢兢,心想:"要是打了败仗,准得被获遭擒。"这边石铸说:"邓大哥,你帮个忙吧,快去跟金清动手,孟老英雄已斗得浑身是汗,看看要败,别人又敌他不住,非你不可。"千里独行侠一听,把红毛刀一顺,说:"孟老英雄闪开,待我捉拿金清。"众家英雄大战青莲岛,要给马玉龙报仇。不知胜负如何,且看下回分解。

第二五七回
子弟兵水战胜金清　青莲岛马德泄机关

话说千里独行侠邓飞雄把孟基叫开，要过去接战。金清把狼牙铽一顺，问："来者你是何人？"邓飞雄通了名姓，说："金清，你趁此快把知府的印送出来，如若不然，尔等休想逃生。"金清说；"你们都是彭大人的差官，来到连环寨要印，是余化龙把你等带进来的吧。"邓飞雄说："不错。"金清说："邓飞雄，我看你也是个英雄，知府的印是我盗来的，这么办吧，三天的工夫，你能盗了回去，我姓金的束手就擒，三天盗不回去，你又当怎样？"邓飞雄不知金清用的是稳军之计，自己一想，要不应允他，我还算什么英雄？想罢，说："呀，对面金清，你的话也难不住人，我三天之内，就依你盗回印来，你把飞云、清风和焦家二鬼捆上，交给我们，你自己也束手就缚，我带你见彭大人去。"金清说："那是自然，既然如此，你等收兵，咱们不必打仗了。"金清吩咐鸣金收兵，此时西北角上，天气也阴上来了，邓飞雄这才撤队。

孟家岭的兵和余家坡这五只船，就在青莲岛扎下了一座水师营。余化龙叫余得福、余得寿回余家坡去帮他父亲照料山寨，就怕金清暗施诡计。老孟基又到孟家岭调来了久惯水战的二千精兵。余化龙也由余家坡调来二千兵，一共四千四百兵在青莲岛屯扎。余化龙说："这兵若无头自乱，总得有一位执掌军中大事，众人均听一人号令。"金眼雕说："我不习水战。"刘云说："我们地理不熟，不能为帅。"大众一商议，还是余化龙、孟基二人为帅，银须道董妙清为军师，碧眼金蝉石铸、追云太保魏国安为前部先锋。安排已妥，众人说："咱们今日努力破这连环寨，给马贤弟报仇，只准前进，不准后退，如违者按军令处治。"大家俱皆点头。众人说："这印怎么盗法，知道它搁在哪里？"正在纷纷议论，有人进来禀报："现有镇江龙马德求见。"众人吩咐有请。

马德由外面进来，见了众人，行礼完毕，说："众位差官老爷，了不得了，刚才金清发下转牌，把四十八寨的寨主请到中平寨合约，给我去送信，我也不好不去,倘要派我打前敌,见了你们该当如何? 我不能不动手,可又不能跟你们动手,故此前来送信。现在他调了前寨的两位寨主,名叫金头太岁谢自成、矮金刚公孙虎,在外面把守二道、三道套口,每道套口又多添五百兵把守,以堵挡外面来的兵,还派截江太岁郭明,带五百人巡查四道套口。他调红果山的八猴,带四千兵到他寨内,又调凤凰山的八鸟,带四千兵也到他寨中。后八寨的金毛狮子吴太山,带着六千兵,就在中平寨后头管理粮台。我们前五寨的人,有三眼鳖于通、闹海金甲王宠、翻江龙马海、探江龙马江,连我大概是派下了先锋。我先来这里送信,他打算把你们困在此处,让众位内无粮草,外无救兵。还有一件事,那知府的印,非得大有能为的人,会下水的,还得拴上绳才能下去,那印在孽龙潭卧龙坞,由灵石峰扔下去的,你们要先把连环寨办理完了,再去捞印。"碧眼金蝉石铸说:"不用,今天晚上就去,这灵石峰你认识?"马德说:"我认识。"石铸说:"你认识便好,天晚坐一只小船,你同我前去捞印。"马德说:"好,我也不走了,今天晚上先同你去捞印,再设法战金清,要不把他战败了,他也于心不服。"

等到天晚,马德同石铸带着八个水手,坐一只小船由这里起身,在月色朦胧中,展眼之际就绕过中平寨,到了孽龙潭,只见波浪翻涌,水势甚大。这个地方怎么会鹅毛俱沉? 原来是水到这里就打转,无论什么东西,往下一转,沉下就飘不上来。石铸瞧了一瞧,问道:"马德,灵石峰在哪里?"马德用手一指,说:"那就是灵石峰。"石铸看这地方寒气逼人,往东南一望,是一带高山。马德说:"那山水流到这里,就叫孽龙潭。"马德把船靠在北山根,这地方水势甚为汹涌,要再往东南出去半里,船就回不来了,抢水又没有水的力量大,被水一冲就进了卧龙坞。石铸自己到了灵石峰之下,跳下水去,顺着山根慢慢寻找。他一想:"这印要被水冲到卧龙坞去,可就找不着了!"自己在水底眼眼一瞧,借着星光月辉,水底也是亮的。石铸是两只碧眼,神光最足,往下面找了足有一个时辰,仍然渺无踪迹。石铸甚为着急,心中暗想:"这印要找不着,还不定得怎样呢? 多少人舍死忘生,都是为印来的。"心中正在着急,见眼前仿佛有一道红线,急忙走到切近一看,原来正是拴着知府印的那一块红绸子。石铸心中甚为喜悦,伸手把印拿住,这才凫出水面,回到船上。石铸说:"我把印得到了。"马德说:"好,这总算没白来。"

马德吩咐水手开船，回到青莲岛，见了众人。大家听说印已找回，心中甚为喜悦，说："咱们要再把副将马大人的尸首找回来就好了。"石铸说："金清不知世务，强要扭着行事，谅这连环寨能有多少人，敢这样造反！"余化龙说："马德，你也不必在这里，我给你一个主意，你去见金清，讨一枝令箭，就说上庆阳采办军粮。我派姚广寿、曾天寿、魏国安帮你去到庆阳沙头镇，那里有神枪太保钱文华父子，同胜奎、小神童胜官保、小玉虎李芳带着二千官兵，在那里等候接应。你四人到那里见了胜奎，叫他把官兵旗子卷起来装扮成米面客人，混进四道套口。那时咱们合兵一处，再和金清决一胜负。我想金清一败，别人自散，断不能替他报仇雪恨。"众人一听余化龙言之有理，马德便带着三人，坐小船先到自己寨中。把三人安置好了，然后又坐着小船去见金清。

书中交代：金清跟邓飞雄打了赌，原本是稳军之计。回到中平寨，赵智全就说："老寨主，这件事你做得太粗。"金清说："不然，我看这些人都是来给马玉龙报仇的，因有闹海蛟余化龙勾串，当下我的人又凑手不及，若跟他等动手，未必准能取胜，故此以盗印支吾他们。"赶紧叫手下人去办转牌，立刻就把转牌办好了。当时先到各处送信，说老寨主有令，请到中平寨有大事相商。各寨得信，全来到了中平寨。金清说："现在有孟基、余化龙吃里扒外，说咱们是贼，反去帮着彭大人，故此我把众位约来，跟他决一死战。"众人都说："随老寨主吩咐就是了，我等任凭调遣。"金清一听，甚为喜悦，说："众位既肯帮助我，定规三日后开兵，你等各把兵船调齐。"金清要大聚群寇，捉拿众位差官。不知后事如何，且看下回分解。

第二五八回

孽龙潭石铸捞印　卧龙坞余氏祭夫

话说金清跟众寨主合约好了，打算跟众位差官决一死战，把孟基、余化龙两家赶出连环寨，方称他的心意。商量好了，有马德前来禀见说："大军一动，粮草当先，咱们连环寨的粮米，不甚足用，请老寨主早作预备。"金清说："马德，采办米粮之事，别人也不熟，就差你去办理好了，算你奇功一件。"马德答应，领了令箭下来，回归本寨，自己心想："金清总算中他之计。"这才对三位太保说："跟我走吧。"带着十只大战船，每只可乘二百人，每船带四个水手。

马德同三位太保押着船刚到螺蛳岛，截江太岁郭明就迎过来说："马寨主上哪里去？老寨主军令甚严，如违令者，按军令示众。"马德说："我奉老寨主之令，前去采买米面。"郭明说："可有令箭？"马德说："现有令箭。"郭明看有令箭，说："马寨主不要见怪，箭在弦上，不能不问，我是奉老寨主之令，都要查明。"马德说："这是差事，我不怪你，吩咐放行吧。"郭明便叫手下人放马德这十只船出去。

这里离沙头镇十数里，展眼就到。马德一看，沙头镇旗幡招展，有些兵船在这里驻扎，一问正是神枪太保钱文华带领。马德吩咐靠船，同曾天寿、姚广寿、魏国安三人来到营门。往里一回，钱文华等迎接出来，把四个人让了进去。胜奎、钱文华就问："马大人是否真死了？所去的人，都是怎么一段事？马德就把赵勇、曾天寿定亲遇救之事，从头至尾述说一遍。又说："现在奉余化龙之令，叫我以采办米面为名，在中平寨讨了令箭，把官兵渡进去，里应外合，拿住金清，就算给马大人报仇了。"胜奎说："好，咱们何时进去？"马德说："今天别去，明天回去时，可叫官兵藏在船里，号炮一响，我们进去往里一杀，这就好了。"大家商议停当，在沙头镇住了一天。

次日，马德带着十只船，把官兵藏在里头，他在船头一坐，自己以为官兵进去，大事可成。来到头道套口，铜头胡牛点兵方回，见有十只战船，其行如飞,直奔套口而来。他久在水面,知道船要载着粮米,能吃半尺水,这船轻浮,其中想必有诈,马德奉令买米,又如何能这等快呢?自己想罢,带着亲随人等来至河口,把战船一字儿排开,说:"对面马寨主,你是从哪里来?船上渡的都是什么人?"马德说:"我买的是稻米,你来船上看看。"胡牛说:"既是稻米,何必验看。"便吩咐手下人等开关,把船左右一分,马德的船就由当中进去。二道套口是金头太岁谢自成把守,见马德船来,立刻把河内挡住的船拉开,说:"马贤弟,你去了一日,竟把米办齐了。"马德说:"齐了。"话不重叙,一连进了四道套口。马德先叫魏国安去青莲岛送信,又派人去余家坡送信,都知会一声,然后他带着众人径奔正北山根之下。

早有巡察水路的都总管青毛狮子吴太山到中平寨来把此事报与金清。金清一听此信,说:"好个马德匹夫,这还了得!我一起兵,要不把你捉住,你也不知道老寨主的厉害!水八寨之人,同红果山的八猴都伺候船只,我去和马德决一胜负。"说罢,他自领能征惯战的水兵三千名,带着十六寨英雄,直奔前面青莲岛来。

探卒报进水寨,余化龙说:"他既带兵前来,我等要齐心努力,把他捉住。"众侠义齐声答应,立刻各抄兵刃,一同出了水师营,将战船一字排开。只见金清带了无数战船,直奔青莲岛而来,左右十六家寨主,身穿水师衣靠,各拿兵刃。碧眼金蝉石铸站在船头,说:"金清,你说三天内把印捞出来,你就束手就擒。我已到孽龙潭把印捞上来了,你该怎么样?"金清倚仗手下人多势众,哪里把这些人放在心上,手擎着狼牙钏,说:"石铸,来来来,我与你较量三合,看你有多大能为。"石铸自跟师父学了救命三棒,也是艺高人胆大,一摆杆棒,跳过去说:"金清,你这厮好生无理,大丈夫说话,如白染皂,你说三天内把印盗走,就把飞云、清风和焦家二鬼捆上送出来,你也到公馆去请罪。你如今不但不请罪,反来耀武扬威,待我捉拿于你。"金清用狼牙钏分心就刺,石铸一闪身躲开,抖杆棒打算把金清扔一个筋斗,金清往圈外一跳,杆棒并未缠着他。金清的狼牙钏又奔石铸左肩头扎来,石铸实不能躲,翻身跳下水去。

这里怒恼了飞叉太保赵文升,把三股烈焰托天叉一顺,打算拿这叉赢他,照定金清分心就刺。金清用狼牙钏往外一崩,赵文升几乎跌在河里,只觉着臂膀发麻,那狼牙钏甚是沉重。自己心想:"须要小心!我自生人以来,还未曾遇见敌手,今天遇见金清这厮,真有万将难敌之勇。"又走了三五个照面,赵文升只累得力尽精疲,不能取胜,就败了回来。飞刀太保段文龙想要替哥哥挡他一阵,就摆手中斩虎刀,照定金清劈头就剁,金清一闪,用狼牙钏急架相迎。走了七八个照面,段文龙一飞刀砍去,金清一闪身,并未砍着。又走了三五个照面,段文龙已是热汗直流,自己败回本阵。金清一连赢了八阵,众太保个个发愣。此时金清洋洋得意,自以为倚仗他能为出众,无人敌挡,这边就怒恼了金眼雕邱成。千里独行侠邓飞雄正打算拉刀过去,邱成说:"且慢,那一天你二人战够多时,未分胜负,待我前去拿他。"到了两军阵前,说:"金清,你可认得我?"金清见这个上阵不拿兵刃,赤红脸,白胡子的老头,样子很像金亮,不禁一愣。金清问道:"来者何人,休要前来送死。"金眼雕说:"小子,你不认识我,我乃大同府元豹山的邱成,绰号金眼雕,江湖又称报应,要知道我的厉害,速即投降。"金清一听,气往上冲,要与邱成比并英雄。不知胜负如何,且看下回分解。

第二五九回

战金清水寨大交兵　余金凤立志报夫仇

话说金眼雕道了名姓，金清虽然知道老雕的威名，却自以为能为出众，武艺高强，也不把老雕放在心上，说："小辈休要说此胡言大语，尔有多大能为，待老寨主结果你的狗命。"说着话，一摆狼牙钏，照老雕分心就刺。老雕说："好贼崽子。"用手便把狼牙钏接住。二人彼此用力一夺，金眼雕力量无穷，金清焉是敌手，几乎栽倒，已被老雕把狼牙钏夺了过来，吓得金清翻身跳下水去。金眼雕哈哈一笑，说："小辈，我只当你有多大能为，敢情就是这样，哪个过来与我较量一合。"金眼雕英名素著，这伙贼人都是前者漏网之贼，知道邱爷的威名，无人敢过来。余化龙吩咐手下兵丁一齐拥上，这一场厮杀，只杀得船头之上人头乱滚，血染水红。天有未末申初之时，西北一块乌云直上天际，少时大雨如注，两下各自罢兵。

余化龙回到水寨，吃完晚饭，幸喜雨止了。众人聚在一处说："金清兵多势大，急不能服，咱这里连官带兵六千余人，也不算少，竟不能赢他。他四十余寨都调齐了，也有数万之众，要是一反，真乃国家心腹之患。"邓飞雄说："我明日到两军阵前，必要将他捉住。"说着话，已有初更时候，大家安歇。

金眼雕同伍氏三雄、邱明月五人在一只船上，方才安息，外面来了一个刺客，正是金须道赵智全。他在白天打了一个平和仗，一见金眼雕邱成，便勾起了前仇。自己一想："我那座全真观铁桶相似，都坏在金眼雕之手，要不是他，我焉能闹的有家难奔，有国难投。"总是贼人之心，不想那都是他自己闹出来的祸。今天他这一想，便自告奋勇，要到水师营去刺杀金眼雕。这就来见金清，赵智全说："老寨主，今天我在两军阵前，看金眼雕甚是骁勇，我来到此处还毫无寸功，晚间我到青莲岛去，把他等全皆刺死，以除老寨主心腹之患。"金清一听，甚为喜悦，说："贤弟，你我知己之交，你既要去，须得小心，要把金眼雕杀了，我把连环寨的事与你平分督统。"赵智全说："你我知己相交，何在乎那个？"金清吩咐摆酒，说："贤弟，我给你送行,敬你三杯酒,以壮英雄之胆。你这一去,真要把这几个鼠辈一杀,明天我便一鼓而下。"金须道喝了三杯酒,自己背上宝剑,出了中平寨,带着两个久习水战的水手,架着一只小船,扑奔正北而来,到了余化龙的水师营。

天交初鼓之时,他把水衣水靠换好,转身跳下水去,往里面各船上慢慢探听,听到一只船上面,金眼雕与伍氏三雄正在准备安歇。他候至夜深人静,船上人多睡着了,这才蹲①身出来,轻轻由船后上去,慢慢地把大舱板子撬开一看,里面点着一盏灯,似明不暗,睡着五个人,正是金眼雕、伍氏三雄和邱明月。老道看罢,刚要下舱,拉出宝剑来杀这几个人,突然想道:"金眼雕身上有金钟罩,我这宝剑砍不动他。也罢!待我先把那几个杀了。"老道下了船舱,正要举剑,忽然由后面飞来一枝袖箭,正扎在他的头上。老道吓的往外一蹿,旁边有人往前一赶步,一腿把他踢了个筋斗,按住就给捆上。金须道一瞧,正是追风侠刘云。赵智全说:"刘云,你把我放开,咱们无冤无仇,况且也有一面之交,莫不成你就下这毒手,要我的命么?"刘云说:"我不能放你,我如不下毒手,你就下毒手杀了我的朋友。今天派我巡营,我得带你见见余、孟二位,他们要放你,我也不管。"金须道赵智全知道不成,也不便央求,说:"刘云,你是做什么的?"刘云说:"你要问我,我是奉余、孟二位之令,巡查前后营。"说着,把赵智全扛了起来,径奔中军大船。

此时余化龙、孟基二人尚未安歇,正在议论。孟基说:"余寨主,你看这件事,都是金清糊涂,要不是马大人死了,咱们也好说合,总算是多年的邻居了,土居三十载,无有不亲人。如今马大人一死,他是皇上的三品职官,这就不好办了!"余化龙说:"你不知道,我把女儿给了马大人,现已过了门,我们是骨肉至亲。"孟基说:"我倒有所耳闻。"正说话间,有人进来禀报说:"刘老英雄捉住刺客了。"孟基、余化龙说:"请刘老英雄进来。"不多时,刘云进来说:"二位贤弟尚未安歇。"余化龙说:"事情繁琐,我们哥俩正在说事,不想兄台把刺客捉住了,不知是哪个贼人?"刘云说:"是金须道赵智全。"

余化龙吩咐手下人把赵智全带到里面来,说:"赵智全,你好大胆量,

---

①　蹿(zuān)身——向上钻出身来。

你在全真观时,也常到连环寨来,我二人与你有一面之交,你乃是出家人,在庙里享自在之福多好,为何来此做作恶行凶之事?现在金清又派你前来行刺,这是怎么一段事?说了真情实话便罢,如若不然,把你碎尸万段。"赵智全说:"余化龙,你若要问,我原本跟众差官没仇,只因金眼雕追我徒弟清风,后来马玉龙等一去,弄得我有家难奔,有国难投,我就是这个仇。"余化龙说:"今天要是把你放了,你是否还帮着金清造反?"赵智全说:"你要真把我放了,我就回全真观,如能把庙给我,我一定痛改前非。"余化龙说:"我也不害你,任凭你自便,你如回金清那里去,我再拿住,可就不能放你了,你回全真观,官兵决不拿你。"说完话,便把赵智全放开。赵智全口念无量佛,说:"别的我也不讲了,咱们他年相见,后会有期,我走了。"说罢,老道便下船去了。这二位总算做了一件好事,那老道坐着小船,诈出四道套口,离开了是非场,径自隐遁而去。

这里余化龙又叫人往各船去知会一声,要小心留神,千万不可大意,适才已拿住了刺客,众人都听明白了,赵友义就说:"人家敢有人来行刺,咱们就没有一个去中平寨把金清拿来?"赵友义刚说完这话,只见一位英雄气得须眉皆张,更换了衣服,要前去刺杀金清。不知后事如何,且看下回分解。

第二六〇回

捉刺客细问贼情　设妙计英雄被困

话说赵友义等人听说拿住刺客，便谈论起来："人家有人敢来，咱们就没人敢去么？"话犹未了，旁边有一人说："此乃小事，待我前去捉拿金清，管保把他生擒活捉，到钦差彭大人的公馆献功。"众人一看，乃是碧眼金蝉石铸。武杰说："石大哥，你要真能把他拿来，余贼不战自退。"石铸说："今天我不能去，明天再去，如其前来讨战，你我众人就跟他决一死战。"

书中交代：金钱水豹金清在大寨等候赵智全去行刺，一夜不见回来，心中甚是烦闷，便聚集众位寨主商议军情大事。内中有红果山八猴之内的飞刀太保侯起龙说："老寨主不要忧闷，我想赵智全也不致被人拿住，其中必有缘故。我倒有一条妙计，愿在老寨主台前奉献，管保把前来的众差官全都困在连环寨。"金清说："你有什么妙计？快些说来，如果真好，我可以重用于你。"侯起龙说："他们扎营都在北山根，老寨主可调后八寨的人，来与我们十六寨聚在一处，把他们三面一围，也不跟他打仗，老寨主只在外面巡寨，他要往西杀，咱们由东抄他的后路；他要往东杀，咱们由西面抄他的后路；他往北杀，老寨主就由东西两面去抄，叫他首尾受敌。他没法出来，人困马乏，粮草又不能进去，那时咱们大杀一阵，就能杀个片甲不留。"金清说："既然如此，把青毛狮子吴太山等八个人调来，今天也不必跟他打仗，安置好了，明日你们红果山在东边，后八寨围西边，水八寨在北，我带着凤凰山的八鸟在外巡风，围他一些日子，他的粮草一断，就可成功。"接着，他把众位寨主全都请到大寨，大排酒筵。众人到齐，金清又把此计向众人述说一遍。众家寨主说："老寨主请放宽心，量他们有多少人，余化龙自己以为勇猛，老孟基老而无能，董老道不知事务，他们一共不过几千之众，咱们这四十八寨，每寨三千人，就有数十万之众，要打他两家，不费吹灰之力。"大家商议好了，酒散后各归本寨，调齐兵船，静等明天开兵。金清自己也喝得醉醺醺地站起来，回归后寨，有人伺候他安歇了。外面喽兵巡更守夜,严加防守。

书中交代:碧眼金蝉石铸凫水来到船在左近,侧耳一听,三五成群,二五一伙地正有人说话。一只船上有个人说:"刘大哥,咱们这大寨怕要坏。"那人说:"当初老寨主就不应害忠义侠马大人,把他诓在卧龙坞,这才惹得刀兵四起。这孟家岭和余家坡,如今竟帮人家。董老道跟咱们老寨主交好,每月给他庙里三石米,十斤海灯油,给他修庙,还是少寨主的师父,如今也成了仇人,帮着办差官跟咱们打起仗来了。你少说话吧,屋里说话,外头有人听,倘被巡寨的听见,一回禀老寨主,这个乱就大了。今天老寨主在大寨请众位寨主合约,就不叫说,你偏说。"石铸听了听,不再言说了,这才轻轻上了岸,扑奔中平寨。

他蹿房越脊,身体玲珑,如走平地,到了后面一瞧,这个院子是中平寨前山的北跨院。石铸来到北房的前坡,一个珍珠倒卷帘,往房中一瞧,靠北墙一张八仙桌,墙上有一张字画,一边一副对联,上面写的是:"时来风送滕王阁,运去雷轰荐福碑。"八仙桌上搁着一盏蜡烛灯,椅上坐的正是金清,在桌上扒着,胳膊底下压着一本书,仿佛瞧书瞧困,睡着了的样子。石铸一想:"我进去先给他一刀,在腿上或膀子上伤他一处,把他按倒捆了,扛回营去,倒是一件奇功。"石铸胆子往上一撞,拉出佩刀蹿了下来,掀帘进去就是一刀。谁知这金清却是个假人,他脚底下一软,就落在翻板之下。底下有四人,值宿的头目正是飞云和尚。他见上面掉下一个人来,连忙叫手下人拿绳子捆上。飞云一瞧是石铸,不禁哈哈一笑,说:"石铸,你也有今日,和尚爷跟你仇深似海,回头我先拿你去见寨主爷,然后把你剐了。"石铸破口大骂,说:"石大爷中了你们诡计,该杀该剐,石大爷认了命了。"候至天亮,金清升座大帐,飞云上去回话,说:"回禀老寨主,昨天晚上在迎晖轩捉住刺客,乃钦差彭大人的差官石铸。他前来行刺,已被我拿住,请寨主把他剐了,给我等报仇。"金清说:"把他带上来,我看看是怎么一个人物?"不多时,由外面把石铸押上来,绳捆二臂,众人叫他跪下。石铸破口大骂,说:"你们这些该死的囚徒,老爷我乃皇上的命官,焉能跪贼?"金清说:"我自有办你之法。"即派精明喽兵十名看守,不准懈怠,如让贼人逃走,便拿这十人是问。十名喽兵答应下去。

不多时,外边有人来报说:"吴太山的八寨人已移在青莲岛安营;红果山的八猴带本部战船,在青莲岛东边安营;水八寨带本部战船,在青莲岛正南安营。"金清吩咐齐队,挑了战船一百只,带着凤凰山的八鸟,一直扑奔正北,来到余化龙安营之处。水八寨在左边,凤凰山八鸟在右边,金清在当中船上,带着飞云、清风和二鬼,将战船一字摆开。只见正北的闹海蛟余化龙、巡山虎孟基,早传下令来,派花枪太保、花刀太保、飞叉太保、飞刀太保带二百枪手,二百步兵挡住东面红果山的八猴;魏国安、姚广寿、曾天寿、钱文华四人带着马玉龙的二百子弟兵,挡住西南吴太山众贼;南面由余化龙、孟基、金眼雕和伍氏三雄,带着武杰、纪逢春、李环、李珮、冯元志、赵友义、银头皓首胜奎,小神童胜官保、小玉虎李芳、小太保钱玉。把队伍刚派好了,正要开兵,小神童胜官保用手往山坡上一指说:"邱爷爷,我干爹马玉龙来了。"众位英雄往东山坡一看,只见马玉龙头戴包耳护项麒麟盔,身穿麒麟宝铠,怀抱湛卢宝剑,后面还跟着一人,手拿镔铁钢杵,直奔大队而来。不知马玉龙从何而来,且看下回分解。

第二六一回
忠义侠巧遇猛汉　赛达摩怜惜孤儿

话说金钱水豹金清，带领前后左右四十八寨英雄，在青莲岛与闹海蛟余化龙、巡山虎孟基两下开兵。公馆的众位差官和老少英雄，知道马玉龙死在卧龙坞甚苦，要给忠义侠报仇。大家正要开战之际，胜官保用手一指说："众位请看，马大爷来了。"众人抬头一看，只见马玉龙怀抱湛卢宝剑，头戴包耳护项麒麟盔，身穿麒麟宝铠；后面跟着一位大汉，身高一丈，头大项短，面似乌金纸，黑中透亮，头上青绢帕罩头，身穿青绢裤褂，足下薄底靴子，怀中抱着降魔杵，从东山坡往北而来。

书中交代：马玉龙从何而来呢？那一天，他来探连环寨，大战金清，中了谎军之计，进到卧龙坞，那个地方鹅毛俱沉，他如何又能活了？这内中有一段隐情，人要不该死，总是五行有救。马玉龙本是忠心赤胆，为人正直，又何至遭这样的恶报。原来马玉龙的船往卧龙坞撞去，水一打转，他看事情不好，急往水里一跳，倚仗着平生的武艺，水性高强，想要凫水逃走，不想水力甚大，由不得人力，被水冲着，忽然在水面摸着一根碗口粗的绳子。马玉龙抓住这根绳子，顺着往西南扑奔，只见前面透出亮光，便用手扶着绳子，扑向亮光来。到切近一看，见是万山丛中，山连着山，也不知有多远。

马玉龙正在发愣，只见由山坡上跑下一个人来，身高丈余，赤身露体，一身黑汗毛，来至切近，"哎哟"一声，说："哪里来的这个小子，跑到这里来洗澡，爷爷这洗澡的地方，不许别人洗，你来洗澡，爷爷把脑袋给你掰下来。"说着跑了过来，甚是凶勇，就要揪马玉龙。马玉龙看他是一个浑人，不肯用宝剑伤他，待他伸手来抓，马玉龙用手一接腕子，底下一腿，就把那大汉踢了一个筋斗。马玉龙说："你是何人，说明来历，我饶你不死。"这个大汉说："你真有能为，能把你爷爷踢倒躺下，你要问我，我是这坞里龙王庙的和尚，我是带发修行的，叫孙宝元。"马玉龙说："既是出家人，为何说话这般莽撞？你师父叫甚？"孙宝元说："我师父叫赛达摩正修。"马玉龙说："你师父可在庙里？带我前去见你师父。"孙宝元说："我师父不在庙里，头七天就上九陵山采药去了。临走留下话来，叫我看庙，等着一个贵人，他姓马叫马玉龙，来探连环寨，在这里受困，叫我救他，就是我出头的日子。我等得好急，也没见个姓马的来。"马玉龙说："我就姓马，你师父怎么告诉你的？"那大汉一听，趴在地上叩头说："我师父能掐会算，不拘什么事，总要应验。他叫我在庙里等着他，今天既是你老人家来了，跟我上庙里去吧。"

马玉龙这才跟着孙宝元，绕了两个山弯，来到了卧龙坞上面。这座庙是一层殿，东西各有配房三间。孙宝元推开角门，把马玉龙让进东配房，一看里面有几张硬木桌椅条凳。马玉龙问道："你是哪里的人？因为什么出了家？家中还有什么人？是怎么一段情节，你说给我听。"孙宝元说："这些事情我一概不知道，我师父走的时候留下话来，说你老人家要问我的话，这里写的有一本书，给你一瞧，你就知道了。"说着进到里边屋中，拿出一本书来，搁在马玉龙的面前。马玉龙打开一瞧，心中方才明白。

书中交代：这孙宝元原是庆阳府东门外孙家堡人，他父亲叫孙殿荣，家业富有，娶妻韩氏。孙殿荣有一个表弟，名叫杨堃，自七岁父母双亡，家中无靠，就跟着孙殿荣攻几年书。杨堃很精明，也帮着料理些家务，到二十岁时，表兄孙殿荣死了，他就娶了妻子，与表嫂韩氏同居度日。那时孙宝元方才三岁，杨堃之妻刁氏对杨堃说："你我在这儿过日子，将来表嫂一死，宝元也长大了，你又不姓孙，这分家业算谁的？"杨堃说："算孙家的。"刁氏说："你糊涂，我倒有个好主意，咱们把表嫂害了，小孩子懂得什么？把他一甩，这份家私还不是我们的么？"杨堃本来不是安善之人，听他媳妇一说，就把良心昧了，说："你不用着急，这两天表嫂正病着，我给他买些毒药，把她毒死，她娘家也没人。"刁氏说："很好，急不如快。"两人商量好了，见韩氏病得沉重，便假装好意，买了毒药来把韩氏毒死，又买来衣衾棺椁，办了白事，亲友也不知道，就给埋了。剩下孙宝元，终日被他们打过来，骂过去，小孩子懂得什么。

这一天，孙宝元在街上玩耍，遇见赛达摩正修募化十方，从此路过。和尚本来有些来历，一见孙宝元长的不俗，又见乡中人三群五伙地凑在一处，纷纷议论孙宝元家中的事，说当初孙宝元之父殿荣，怎么拉扯杨堃，如今反被杨堃害了！赛达摩正修过去拉着那小孩子的手看了一看，念了一声阿弥陀佛,说:"这孩子有不白之冤,叫他在家,恐怕还有大祸,莫如老僧发一个慈悲,将他带到山中,也可以叫他学点能为。"说罢,四顾无人,就把小孩抱起来,回到了连环寨龙王庙。养到六七岁上,便慢慢教他一些能为。这孩子天生的浑浊,教给他的能为,不过会了十之一二,但却有天生的臂力。正修没事,又去孙家堡把他家的事访得真真确确,常常对孙宝元说,无奈这孩子又记不住。他来到这庙中十四年,已经十八岁了,正修也教他练些水里的武艺,平常就在山里打野兽。他打来了鹿,把皮剥了,吃了肉,又将剩下的鹿筋拧了一根绳,有二十余丈长,用铁钉钉在石缝里,他揪着这根绳天天洗澡凫水,胆子越来越大。在东北这边,也是个山窟窿,他把绳子用大钉钉在上头,天天揪着绳子洗一个来回。马玉龙如不是摸着这根绳子,他也就死在这里了,这总是天意如此,该当早有人给他预备下来。

孙宝元把马玉龙让到庙里。马玉龙一看这本书,已把孙宝元家内的缘由看得明明白白。马玉龙看罢,说:"孙宝元,你师父留的这书,我看明白了。他去采药,叫我等他,你在这庙里吃什么呢?"孙宝元说:"我师父给我留下米了,我有打来的野兽肉。"马玉龙说:"我就在这里住几天吧。"一连住了四五天,正修也没回来,又等了两天,实在等烦了,这才问孙宝元:"你会使什么兵刃?"孙宝元说:"我使杵,还会打龟背驼龙爪,人送我外号叫云中虎混海金鳌。"马玉龙说:"你有个师弟,叫小玉虎李芳,你可认识?"孙宝元说:"我认识。"马玉龙说:"既然如此,你把庙门锁好,跟我奔连环寨去吧!"二人这才来到青莲岛,要大战金钱水豹金清。不知后事如何,且看下回分解。

第二六二回

马玉龙独斗金清　水八寇败阵逃命

话说马玉龙带着云中虎混海金鳌孙宝元,出了卧龙坞龙王庙,想要径奔连环寨。方一出庙门首,孙宝元说:"我师父来了。"马玉龙抬头一看,由西山坡来了一个和尚,身高八尺,披散着发髻,打着一道金箍,身穿百衲僧衣,面皮微黑,黑中透紫,相貌雄壮,真似达摩老祖。马玉龙看罢,止住脚步,等和尚来至近前,便上前躬身施礼,说:"久仰师父法名,如雷贯耳,今日得遇尊颜,真乃三生有幸。"和尚合掌当胸,打一问讯,口念南无阿弥陀佛,说:"对面原来是马大人,老僧今天赶回,就为面见大人,快请到庙中一叙,还有细情要讲。"马玉龙说:"好。"孙宝元又过去给师父叩了头。三人这才转身回到庙内,来至禅堂落座。

和尚复与马玉龙见礼,说:"我到九陵山采药,特意赶了回来,求大人格外留一分功德。大人这次脱险,老僧早已算定。上天有好生之德,大人回到军营,千万要留一分善念,连环寨虽然罪大恶极,大人不可杀戮太甚。"马玉龙说:"谨遵法师指教,我自生人以来,即便是在当年占龙山之时,也未妄杀一人。现在跟大人当差,已然高升一步,我焉能妄杀无辜?"正修说:"好,这连环寨四十八寨,罪在一人,余人可放者放,可从轻者从轻。"马玉龙说:"我等临时见机而作,决不能妄杀。"正修说:"我看大人五官清秀,将来必定显达,真乃国家柱石之臣。贫僧山野之人,妄谈国事,望求大人海涵。"马玉龙说:"多承法师指引迷途,谨当从命。我原打算今天径奔连环寨,把令徒带去,一来可以为我引路,如愿跟大人当差,我必尽力保举,将来也可得一官半职。"正修说:"好,此子家门不幸,有不白之冤,还求大人多加提拔。"马玉龙说:"是了,凭他这身能为,人也朴实,将来前途有望。"正修说:"今天天色已晚,明日再去吧。方才贫僧袖占一课,明天他等在青莲岛交兵,大人此去,正好可以解围。"马玉龙说:"是。"

这才叫孙宝元前去做饭。正修陪着马玉龙吃完了饭,二人对坐,又谈了些因果。马玉龙知是一位世外的高僧,便说:"老和尚,据我看来,人生世上,都是虚名假利,真不如跳出三界外,不在五行中,倒是一场乐事。"
老和尚说:"凡事自有定数,大人是为了国家,非老僧可比。"二人说了半
天,尽欢而散,各自安歇。

次日起来,用过早饭。正修说:"大人今天起身,奔青莲岛正好解
围。"马玉龙叫孙宝元收拾自己的兵刃,给师父磕了头,叫他在头前带路。
山路崎岖,过了几道大岭,远远就听见金鼓之声,震动天地。顺着山坡往
西,绕过这道大岭,他一瞧,眼前正杀的难解难分。马玉龙一声喊嚷,说:
"众位老爷们,久违少见,我马玉龙来也。"

闹海蛟余化龙一瞧马玉龙没死,自然心中欣悦。大家齐声说:"大人
可好?"马玉龙跳上船去,把孙宝元向大众引已毕,说:"众位闪开,待我与
金清分个强存弱死。"余化龙说:"且慢,大人前者落到卧龙坞,怎么能活
命? 这位孙宝元又是怎么一段情由?"马玉龙便把以上之事,向众人叙说
一遍。

金清见马玉龙没死,就是一愣,心说:"莫非他是神仙,我们这连环
寨,就是会水的进了卧龙坞,也准得死,他竟能不死,实在奇怪。"水八寇
一个个都胆战心惊,想着马玉龙的能为必然盖世。马玉龙赶过来,到了船
头,说:"金清,你太不知自爱! 你兄长无故帮着韩登造反,杀伤无数官
兵,被我剑劈,死之不屈。你又叫你儿把印信盗来,是我误中了你的诡计,
哪知道上天保佑,遇见了贵人,将我搭救,这就是吉人天相。你要知时务,
立即息事罢争,把我们的人放出来,你自己到公馆请罪,大人有好生之德,
也免生灵涂炭之苦。你自己斟酌,若不听我的良言相劝,休得怨你家马大
人做事狠毒。"金清说:"好,咱们两人开他一仗,如输给你,我甘拜下风,
束手被擒;你如输给我,又该当如何?"马玉龙说:"我如输给你,就把人马
退回,不打连环寨,两罢干戈,大丈夫一言出口,如白染皂。"

说着,这金清一摆手中镔铁狼牙钏,刚要过去,水里滚王墩一旁说:
"老寨主闪开,待我拿这该死的囚徒。"一摆手中双刀,跳过来照定马玉龙
劈头就剁,马玉龙用手中湛卢剑相迎,两个人在船头走了有七八个照面。
王墩一想:"要在水里,凭我的水性可以赢他。"想罢,往水里一跳说:"马
玉龙你来,咱们两个在水里战三百合,如若逃走,不是英雄。"马玉龙哈哈
大笑,说:"哪个怕你? 水里就水里。"说着话,跳下水去,一摆宝剑,照贼
人刺去。两个人在水里走了五六个照面,马玉龙一剑将王墩左耳削去,吓

得这贼人抱头鼠窜逃走了。马玉龙不忍伤他性命,往后一撤身,王墩败了下去。这时又有浪里钻刘迁跳下水来,一摆钩镰枪,照马玉龙分心就刺,要替王墩报仇。马玉龙闪身躲开,用剑相迎,两三个照面,一剑把刘迁左腿刺伤,这刘迁也逃命去了。马玉龙剑下留情,又把贼人放走。

书要简短,水八寇一个个跳下来,都不是对手,马玉龙一连战败八人,这才翻身跳上船头。金钱水豹金清一摆狼牙钏,照马玉龙刺来。马玉龙说:"金清,尔等一拥而上,你家马大人如用一个帮手,算我不是英雄。"金清并不答话,摆狼牙钏照马玉龙就刺,马玉龙用剑相迎。官兵和喽兵在两边擂鼓助阵,二人在船头上一阵大杀,彼此战了足有一个时辰。金清年迈,只累的力尽精疲,转身要走,打算要败回本队。马玉龙施展出野战八方藏刀式,一腿把金清踢下水去。贼人余党甚多,忙把金清救回。两边各自鸣金,收兵息战。

马玉龙率领大众,回到水师营内,到了中军帐,有金眼雕、伍氏三雄、刘云、刘天雄、邓飞雄、余化龙会合在一处,向马玉龙说:"此事该当如何办理?我等已然回明大人,带领官兵前来,无奈贼党甚众,屡次开仗,这连环寨亦非一时可破。"马玉龙说:"我想今天贼人败了回去,必生诡计,可先派人巡查前后营,护守粮台要紧。"这才赶紧传令,派神枪太保钱文华、神拳太保曾天寿、追云太保魏国安、飞行太保姚广寿、飞叉太保赛专诸赵文升、飞刀太保小孟尝段文龙、花枪太保刘得勇、花刀太保刘得猛八个人巡查前后营。晚上传了口号,中军帐聚众摆酒,大家给马玉龙接风压惊。正在吃酒之际,忽听外面一阵大乱,又有一宗岔事惊人。不知后事如何,且看下回分解。

第二六三回

吴太山献计行刺　八太保捉拿贼人

　　话说马玉龙同着众人，正在中军帐开怀畅饮，交谈叙话。天交二鼓之时，忽然一片声喧。书中交代：只因金钱水豹金清打了败仗，回到中平寨，就把前八寨、后八寨、左八寨、右八寨、中八寨和水八寨四十八寨的寨主一并调齐，在中平寨摆上酒筵。金清这才说："众位英雄，我这连环寨有天生地长的出产，是万年不穷之地，各矿所出的金银，足够每年兵饷。只因我兄长跟彭大人作对，马玉龙领兵来搅闹连环寨，我若不一阵将他杀退，真乃连环寨心腹之患。他如今在青莲岛屯兵，也不能善罢甘休。再说卧榻之下，岂容他人酣睡！"内中有青毛狮子吴太山说："老寨主，我自来到连环寨，寸功未立，多承老寨主厚爱，派我综理八寨，今天我倒有一个浅见，要跟老寨主商议。"金清说："吴大哥，你我系故旧之交，再者俱是绿林，现在就如同一家人，何必这样客套，有什么高见，快快请讲吧！"吴太山说："我想马玉龙乃一勇之夫，年轻见浅，内中就是孟基、余化龙，倒是连环寨心腹之患。余者都是外来的，对这里的地面不熟，不足为虑。如能先把他两个除掉，就好办了。前番金须道赵智全前去行刺未成，被获遭擒，因此无脸回来见老寨主。小弟不才，愿带着双麒麟吴铎、并獬豸武峰、金眼骆驼唐治古、火眼狻猊杨治明、大斧将赛咬金樊成、赤发灵官马道青、赛瘟神戴成这七个人，今天晚上要快船一只，精明强悍的水手二十名，我等去到青莲岛，先派人烧他的粮台，然后刺杀巡山虎孟基、闹海蛟余化龙，叫他首尾不顾。这一阵要是成功了，明日老寨主率领大兵，再捉拿朝廷的差官，可不费吹灰之力。"金清说："好，既是吴大哥肯努力上前，真是愚兄的左膀右臂。"吩咐家人摆酒，给吴老英雄助阵。金清拿过酒壶，亲自给吴太山斟了一杯酒，说："吴大哥，请吃这一杯酒，以壮行色，今天真要把这件事办好，你我一世在连环寨同享富贵。"吴太山连饮了三杯，直吃到初更时分。

　　吴太山把那七个人叫过来，向樊成说："樊贤弟，你我原本是河南人氏,与金翅大鹏周应龙在紫金山啸聚,只因赃官彭朋升任河南巡抚,把你我害得竟无立锥之地。后来到了口外画春园,又被彭朋所害。如今到这连环寨,蒙老寨主厚爱,命我为一寨之主。人生世上,有恩不报非君子,有仇不报枉为人。"大家说:"老寨主既然努力,我等愿助一臂之力,你我就此起身。"此时,二十名水手以及快船一只,早已备齐。八个贼人收拾利便,暗带短刀,金清送出了内寨门。八个人来到外面,上了船只。中平寨离青莲岛有十五六里之遥,朦胧月色之中,吴太山站在船头,往正北看去,只见一片灯火之光,锣鼓掌号,巡夜守更之声,空谷传音,听的甚真。吴太山说:"咱们的船,不要奔他的前营门,那里必有巡更守夜之人把守。咱们扑奔正东,绕道奔他的后营。"一个水手说:"如要奔正东,那里有座卧牛岭,底下有个黑角洞,可以藏几只船。咱们先把船靠住,我下水到官军营打探明白,再请众位寨主前去动手。"吴太山说:"甚好。我看你很伶俐,要把这件事办好,我必保举你做个大头目,你姓什么?"水手说:"我姓吴,叫长寿。我带一个人去,他叫宋尽忠,水性很好。"吴太山说:"甚好。"

这才拨船头来到卧牛岭,果然是一片山坡,底下可以藏船,相离青莲岛扎营之地,不过两箭之远。吴太山就叫吴长寿、宋尽忠二人前去哨探。两个人翻身跳下水去,很快来到官军营的船边,就听上面在问巡查口号。吴、宋二人见船上支着风灯,有人说:"刘大哥,今天这东边是咱们守汛。马大人已传下令来,说今天金清一败,他必施展诡计,晚上要不是来偷营劫寨,就是派水鬼来钻船底,再不然就是放火烧粮台,或者行刺,务须小心留神。"又听一人说:"二弟只管放心,马大人这样能干,咱们这里的英雄也不少,谅金清那些毛贼草寇,他不来便罢,若要来时,也是枉死城门挂号,钩魂帐上题名,不过只是送死。"这时正交二更二点,吴长寿、宋尽忠两人回到船上,说:"老寨主,前面果有预备,方才我二人听兵丁说,已派人巡查各处。"吴太山说:"好,咱们事不宜迟,管他有什么防备没有,胆小焉得将军做,不入虎穴,焉得虎子!"吩咐撑船贴到官军营的船边,叫樊成、马道青、戴成三个人径奔正北,去烧粮草堆。又叫唐治古、杨治明进中军帐刺杀孟基、余化龙、马玉龙。唐治古二人点头答应。吴太山这才叫他两个同伙吴铎、武峰,各拉兵刃,见一个,杀一个,先把为首的杀几个,再作道理。

且说樊成、马道青和戴成三人,扑奔正北,走了不到一里之遥,只见前头灯笼火把、亮子油松,照耀得如同白日。有四个人挡住去路,正是花枪太保刘得勇、花刀太保刘得猛、飞叉太保赵文升、飞刀太保段文龙。这四个人由西往东,曾天寿等四人由东往西,查到营门为度。忽见陆地飞行,过来了三个人。刘得勇把枪一擎,刘得猛把刀一横,一声喊嚷说:"小辈哪里走?太保爷在此等候多时。"樊成一摆刀,说:"小辈趁早躲开,休要挡寨主爷的去路。"刘得勇抖枪照贼人分心就刺,樊成用刀一推,打算跟进又是一刀,不想刘得勇一撤身,使了个反背倒劈势,盖顶砸去,樊成躲避不及,一歪头,就砸在左肩头上,啪嚓一声,樊成几乎栽倒,已把肩头打肿。马道青摆刀径奔刘得勇,戴成也上前协力相帮,四家太保各逞雄威,与三个贼人杀在一处。船上兵丁皆都知道了,立时传锣下去,喊拿奸细。正在动手之际,只听得中军帐锣声一响,出来一人,说:"众位闪开,待我来。"樊成听说话之人声音洪亮,抬头一看,吓了一跳,只见来的那人,好似神判钟馗,身高八尺,挥着红毛宝刀,窜了过来,正是千里独行侠赛判官邓飞雄。他在中军帐吃酒,忽听外面传锣一响,自己拿着红毛刀出来探听,见四位太保同贼子交手,他便一声喊嚷:"好贼,胆敢前来行刺!"不知胜负如何,且看下回分解。

第二六四回

众山寇闻败各逃生　金钱豹决意战侠义

　　话说邓飞雄手使宝刀,截住大斧将赛咬金樊成、赤发灵官马道青、赛瘟神戴成。这三个人正与四位太保杀得难解难分,邓飞雄赶到说:"众位闪开,待我捉拿这些贼子。"一摆刀扑奔樊成,说:"来者贼人,通上名来,你家千里独行侠邓太爷,刀下不死无名之鬼。"樊成通了姓名,一摆鬼头刀,照邓飞雄劈头就剁。邓飞雄用宝刀一找,呛啷一声,便将鬼头刀削为两段。樊成见事不好,回身要走,焉能走得了?邓飞雄往前赶了一步,手起刀落,竟把那樊成削为两段。赤发灵官马道青一瞧,气往上冲,说:"好鼠辈,胆敢杀我兄长,待我拿你报仇雪恨。"一摆手中朴刀,扑奔邓飞雄搂头就剁,邓飞雄用宝刀一迎,贼人撤身躲开,各施所能,走了七八个照面,被邓飞雄一脚踢倒,把马道青捆上。戴成想着要跑,已被飞叉太保赵文升、飞刀太保段文龙、花枪太保刘得勇、花刀太保刘得猛四个人将他围上。戴成抖起精神,跟四人动手,走了七八照面,被赵文升一飞叉刺在左胁,贼人翻身栽倒,被众人捆上,解往中军帐去。

　　这时忽听正南一片杀声,邓飞雄带了四太保又扑奔上前,来至切近一看,灯笼火把、亮子油松照得有如白昼,正是神枪太保钱文华、神拳太保曾天寿、追云太保魏国安、飞行太保姚广寿四位太保跟两个贼人交手,一个身躯高大,一个矮小,正是金眼骆驼唐治古、火眼狻猊杨治明,彼此杀得难解难分。邓飞雄一声喊嚷,说:"四位英雄,不要放走了这两个贼人!我们已然杀了一个,拿住两个了。"说着话,摆刀方要过去,就见正东上青毛狮子吴太山、双麒麟吴铎、并獬豸武峰三个贼人赶到。邓飞雄不能去帮曾天寿,便回身扑奔吴太山。吴太山带着两个同伙,正想要奔中军帐刺杀孟基、余化龙,给唐治古、杨治明打接应。走到这里,见前面灯光照得如同如白昼,迎面来了一人,貌似神判钟馗,手持红毛宝刀,威风凛凛,挡住去路。吴太山把刀一顺,说:"来者你是何人?敢挡我的去路。"千里独行侠赛判官邓飞雄道了名姓,就一摆红毛宝刀,扑奔吴太山而来。这老贼屡次漏网，其滑无比，当年在河南无恶不作，杀人无数，今天遇见邓飞雄，这也是天网恢恢，该当遭报。邓飞雄刀法纯熟，两个人走了七八个照面，宝刀已将贼刀削为两段，老贼回身要走，邓飞雄往前一赶步，一个反背倒劈势，竟把老贼劈为两半。吴太山一死，吴铎、武峰见事不好，转身逃命，焉想到刘得勇、刘得猛两个把吴铎截住，赵文升、段文龙两人把武峰截住。二贼一见，胆裂魂飞，段文龙一刀把武峰劈死，吴铎被刘得勇一枪扎死，就将三个人的头割了下来，交手下兵丁悬挂辕门号令。那边也早将唐治明、杨治古拿获。这八个贼人，是杀了四个，拿住了四个。

　　邓飞雄同八太保将这四个贼人解回到中军帐，面见马玉龙。众人一讯问，这四个贼人也不敢隐瞒，就把吴太山在金清面前献计行刺，来烧粮台的话细说了一遍。马玉龙吩咐不必往下多问，把四个人绑出去砍了，叫军卒将首级号令营门。仍叫八太保巡查前后营，派邓飞雄护理粮台，诸事须要小心慎重。等候天明，再捉拿金钱水豹金清。马玉龙又派人在中军帐分前后夜值宿。众人安歇，一夜无话。次日早晨，马玉龙等用过早饭，调齐了大队，径奔中平寨，要去捉拿金清。

　　书中交代：金清自吴太山等八人走后，又派红果山八猴巡查前后营，派凤凰山八鸟护守粮台。他同水八寨众人在中军帐安歇，自己翻来覆去，心如乱麻，想那八个人一去，要能够杀了马玉龙等还好，倘有不测，又该当如何？若弃走连环寨，竟无立锥之地。思前想后，一直到了三更，似睡非睡，似醒非醒，正在心神恍惚之际，只见由外面进来一人，正是自己的兄长滋毛水虎金亮。此时金清因把金亮之死忘了，忙问兄长从哪里来的？金亮说："贤弟，皆因我一时被韩登所骗，误遭毒手。贤弟不可违抗天命，你的事也不好。我本有许多的话要向你说，天已不早，贤弟诸事都要忍让。"说完了话，回身就走。金清说："哥哥慢走，我有话说。"连叫数声不应，自己正要追去，心中一急，睁眼醒来，乃是一梦。听听外面传锣，正交三更三点。自己心中忧惧，莫非这连环寨要把守不住，但我又岂肯让它落到他人之手？明天我调齐大队，跟马玉龙一死相拼，如得胜便罢，如不能胜，老夫便横刀自刎，以免被获遭擒。

　　直到天亮，早有探子来报："吴太山等俱皆被获遭擒，人头号令青莲岛。"正说着，又有人来报："三眼鳖余通、闹海金甲王宠两人弃寨逃走，不知去向。"接着又有人禀报："前八寨的截江太岁郭明，前来禀报。"金清吩吩叫他进来，郭明来到里面说："老寨主，大事不好了，现有镇江龙马德、探江龙马江二人不辞而走。"金清说："好，别人见我事败逃走还可，唯有马德实在不该。罢了！我走了子午运，他等俱来跟随，如今见我消败，竟各自逃生，真乃可恨可气。郭明，你赶紧聚集众英雄前来，今天要跟马玉龙决一死战。"聚将鼓一响，金清升座大帐。水八寨的水里滚、浪里钻、水上漂、不沉底、翻江龙王、闹海哪吒、双头鱼、水中蛇八家水寇，连郭明都在两旁伺候。等的工夫不小，仍不见红果山八猴、凤凰山八鸟前来。派人前去哨探，不多时回来禀报说："红果山八猴已逃奔孽龙沟，凤凰山八鸟也回归凤凰山去了。"这时，飞云、清风和焦家二鬼赶到大寨，参见金清。金清说："众位，现在就剩你我十几个人了，不走的，总算是我的心腹。昨天我打了一个败仗，马德便不辞而别。老夫这条命不要了，众位可助我一膀之力，今天同马玉龙一死相拼。"

这才调齐兵船，挑能征惯战的水卒二千，俱穿水衣水靠，各拿三截钩镰枪。金清的船在当中，他手擎镔铁狼牙钏，金茂远在他的背后侍立。左边船上是飞云、清风和焦家二鬼，截江太岁郭明，这五个人各持兵刃；左边船上是水八寨的八位寨主，俱都戴分水鱼皮帽，穿水衣水靠。起队炮一响，扑奔青莲岛而来。今日金钱水豹非往常可比，人单势孤，要与马玉龙分一个强存弱死。不知胜负如何，且看下回分解。

第二六五回

忠义侠战败水八寇　飞云僧逃走尹家川

话说金清率领水寇和二千水卒喽兵,离青莲岛不远,见马玉龙已把战船排开,站在船头,怀抱宝剑,一干众家英雄,俱都是虎视眈眈。金清把狼牙钏一顺说:"马玉龙,今天跟你分个强存弱死。"马玉龙说:"金清,你是匹夫之辈,昨日你说要是败了,便跟我到公馆去请罪,今天你不应前言,真不知道自爱。"金清一闻此言,臊得面红耳赤,摆狼牙钏扑奔马玉龙说:"小辈,老夫与你一死相拼。"马玉龙用宝剑相迎,两个人就在船头大战了五六个照面。马玉龙把宝剑的招数一变,施展出八仙剑的门路,又是三五个照面,一剑就把狼牙钏削为两段。金清吓的颜色更改,想着要走,才一转身,被马玉龙一腿踢在左肋。金清栽倒船头,被马玉龙生擒活捉。水八寇一看事情不好,个个翻身跳下水去,各自逃命去了。

飞云、清风和焦家二鬼,同截江太岁郭明坐着一只小船,扑奔正北山坡逃走。官兵齐声呐喊追赶,追云太保魏国安、飞行太保姚广寿、神枪太保钱文华、神拳太保曾天寿、飞叉太保赵文升、飞刀太保段文龙、花枪太保刘得勇、花刀太保刘得猛这八个在前头顺着山坡呐喊:"飞云、清风、焦家二鬼,你等往哪里逃走? 今天已到了山穷水尽之地,你还想逃命么?"飞云一面跑着,一面说:"我自幼在这里最熟,只要过了这断梁山涧道,把铁索桥一拉,他们就不能追了。过去一到尹家川,那就是我的家。"清风说:"甚好,你我快走为是,这连环寨都不是他人的对手,何况你我几个人?"贼人正往前跑,八太保各执兵刃追下来了。

这座山高有四里,上面有一道涧沟,东西长有十余里,南北宽有四丈,有一条铁索桥放下来,连环寨的人能上尹家川。飞云到了桥边说:"拉下来,叫我等过去。"值班的一看,原来是少寨主回来了。飞云僧老家是伊家川,那贼人连忙把桥放下来,请少寨主过去。飞云、清风等刚一上桥,追云太保魏国安等人也已追到,首尾相距不过五六步远。飞云等刚下桥,北边八家太保已上了桥。飞云直喊:"快拉桥。"手下人不敢不拉,一齐上前用力，大家一拉桥，就把八位太保拉了过去。八位太保此时再要回来，却也回不来了。众人说："也罢，只好听天由命了。"那八太保奔到桥北，刚一下桥，众听差的各摆兵刃过来截住。飞云、清风等一直奔下山，往北逃窜去了。这些家丁如何挡得住八位太保，被刘得勇、刘得猛接连砍倒数个，余者俱皆四散逃走。八位太保往前苦苦追赶，要把飞云、清风和焦家二鬼拿住。

飞云、清风等一面跑着，飞云说："只要我叔父在家就好办，倘若他老人家不在家，可就糟了！"清风说："他老人家要不在家，会上哪里去呢？"飞云说："那可没有准，他老人家时常出去访友。要不在家，就只剩我兄弟，他没有多大能为。"说着话，转过山坡，在半山中一瞧，见一座大寨，寨外有二百多名喽兵，正在那里站立，一看见飞云，齐声说："少寨主回来了。"飞云说："后面有人追下我来，你等赶紧齐队，给我抵挡一阵。"说罢，带着清风等往里奔去，就看见他兄弟一枝花尹庆，正由里面出来。飞云说："了不得了！后面有人追我下来。"尹庆说："我先去堵挡一阵，你赶紧进去告诉老寨主，设法来拿他们。有多少人追下来了，可曾将桥拉起来？"飞云说："追过七八个人来，已将桥拉上。"尹庆赶紧将手下二百多人一字排开，说："兄长，快请进寨去，我堵挡一阵就是。"

他伸手抄了一口大砍刀，领着众人走了半里之遥，就见把守山涧浮桥的人赶来说："少寨主，可了不得啦！你去吧，后边的人追下来了。"尹庆说："不要紧，都有我呢。"正说着，对面来了八个人，都是虎背熊腰，威风凛凛。神枪太保钱文华在头前把枪一顺，说："对面小辈好大胆量，敢把奉旨严拿的要犯放走，还敢挡住吾等的去路，快通上名来。"一枝花尹庆道了姓名，抢刀就杀，钱文华用枪一架，分心就刺。两个人走有五六个照面，那尹庆被钱文华一枪刺于左腿之上，回身就跑，电转星飞地往北逃命。曾天寿说："咱们只过来八个人，不可大意，诸事俱要小心留神。"众人说："这座山是尹家川，咱们把巡海鬼尹路通拿住就是了。飞云、清风和焦家二鬼定然在此。"

正说之间，拐过山弯，就看见这座山寨是坐北向南，上面有盘道，寨门东西都是虎皮的石墙，插着旗子，甚是威武。有二三百喽兵在墙上把守，都是弓上弦，刀出鞘。赵文升、段文龙在前头说："山上的贼人，你等要知道世务，快把飞云、清风等放出来，万事皆休，如若不然，我等进去，杀个鸡犬不留。"墙上之人也不答言,就往下放滚木灰瓶,八个人都不能上前。曾天寿说:"你我人单势孤,这座山寨不能进去,只好仍由旧路转回,调来官兵,再攻打尹家川。"众人一听言之有理,仍由旧路往回走,赶来到那铁板桥一看,铁索、板木全都没了。远远瞧见连环寨那边正在交兵,这八个人不能过去,甚是着急,众人说:"你我只可绕道回去。"八个人便绕过尹家川,一直扑奔正北。

　　走了有六七里之遥,见前面有几十户人家。及至身临切近,一看是个码头,东西有五六丈宽,却无船只,便问这里的住户人家说:"这里莫非没船么?"那人说:"头些日子有船,这些日子没有了。你们几位要过去,今天先住在这里,明天我给你们找去。离这三里地面有船,我们去雇,今天你们就住店吧。"众人一看,见路东就有一座店。八个人进了店,小伙计让到了上房。此地乃是背道小路,由此过往的甚少。小伙计端上洗脸水,拿了一壶茶来。曾天寿就问:"此处叫什么地名?"伙计说:"这里叫白家港口。"曾天寿说:"你们这里有什么可吃的,预备几样。明天还要烦你们雇一条船过河,上庆阳府可去得了?"伙计说:"先喝点酒,有什么事,明天再说。"八个人也都饿了,摆上菜来,每人自斟自饮,喝了三五杯的光景,便头昏眼眩,一个个翻身栽倒。小伙计到外头说:"老寨主真有你的,一个也跑不了,都拿住了。"巡海鬼尹路通一听,哈哈大笑。

　　原来这方圆左右,都是尹家川的地面,属尹家所管。这是尹路通出的主意,料想他们回去,一没铁索桥,必奔摆渡口,先把船只移开,他们一见没船,必然就得住店,只要一住,便用蒙汗酒把他等拿住。尹路通先来到店中等着,叫几个伶牙俐齿的伙计在外面支应。一见八个人果然进了店,甚为喜悦。那八个人喝了酒后,翻身栽倒。尹路通吩咐伙计上了门,这才伸手拉刀,要结果那八个人的性命。不知后事如何,且看下回分解。

第二六六回

八太保大闹尹家川　巡海鬼设计捉英雄

话说巡海鬼尹路通,拉刀正要结果八太保的性命,自己又一想,在这店中究竟不便,莫如抬回尹家川,再杀不迟。想罢,这才吩咐手下人等,在外面预备扛子绳子,将他八个人抬回尹家川发落。

暂且不表八位太保被擒。且说马玉龙在青莲岛大获全胜,拿住了金钱水豹金清,水八寇俱皆逃走。马玉龙就带领大队径奔中平寨,前去搭救石铸。此时,那金茂远早把石铸放出,亲身来见马玉龙,说自己情愿替他父亲一死,求大人格外开恩。马玉龙把众位英雄俱会合到中平寨,问余化龙此事该当如何办理?闹海蛟余化龙说:"大人,凡事总要存一分好生之德,若论王法,此事如禀明钦差大人,因他拒捕官兵,情同叛逆,理该凌迟处死。总因金亮结交匪类,金清也是无知,我等系多年邻居,土居三十载,无有不亲人,大人要肯留一分好生之德,留他一线之路更好。"银须道董妙清也说:"大人留一分德行就是了。"马玉龙一想,这才把金茂远叫了过来。金茂远上前叩头,孔寿也禀明了赵勇在此招亲之事。马玉龙说:"金茂远,你父子要按王法办理,拒捕官兵,如同造反,就该刨坟之罪。我等存一分功德,看在孟寨主、余寨主跟你们是多年邻居,今天我格外施恩,从轻办理。你父子若愿意打官司,就把你父子治罪;如愿认罚,这庆阳府的府城早该修理,命你父子出款项修城,另罚十万两银子,上交知府库,以备赈济贫民。"金茂远说:"大人施恩,只要把我父子释放,我等便遵命修庆阳城,交十万银子入知府衙门存库。"马玉龙说:"从此以后,再不许你等招聚匪类。"这才吩咐手下人把金清放开,与孟基、余化龙见面,要三家不可犯心,又劝金清从此以后要循规蹈矩。马玉龙吩咐金清,所有山中的出产地亩,该交租的,以后都要按季交租。那金清将十万两银子交马玉龙带回,又出五十万两交本地城守营开工。马玉龙叫孟基、余化龙监工,将余金凤仍然留在连环寨。诸事俱办理完毕,便带领众家英雄回转庆阳府,来到公馆。

　　大人病已痊愈,见马玉龙回来,甚为喜悦。这才问马玉龙那连环寨之事是如何办理的? 马玉龙把已往之事,从头至尾一一回禀了钦差大人。大人说:"如此办理甚好,本阁这就起身。"马玉龙说:"大人要起程,先叫徐、刘二位大人挑几个好差官,保护大人起程。此时尚有八个人去追飞云、清风和焦家二鬼,直到如今未回,我得赶紧去找,大人到宁夏府,我等必定赶到。"大人说:"也好,你等也应该去找他们,我就带胜老丈、陈山、苏永禄、苏奎、还有徐胜、刘芳和众女眷,他们足以保我了。"

　　马玉龙转身下来,聚集众位差官说:"大人今天先走,就带二位苏老爷,胜老英雄和陈老丈。你我谁去寻找八位太保?"石铸一想:"众位都跟我不错,内中又有我的师兄,我得去。"便说:"谁跟我找去?"内中就有李环、李珮、孔寿、赵勇、武杰、纪逢春六个人愿去。石铸说:"事不宜迟,咱们这就起身奔连环寨后山,绕道上尹家川,去寻找这几个人。"马玉龙说:"你们几位先走,我们是今日晚上走一起,明天早晨走一起,找着他们几位,也不用回来,咱们大家在宁夏府会齐。"石铸点头答应。

　　七个人收拾好了,各带兵刃,又带上几十两盘费,就由庆阳府起身。石铸说:"众位,咱们奔尹家川去,道路不熟,天也不早了,总以早走为是,为朋友不能不受辛苦。"武国兴说:"唔呀,你我俱是外乡人,这道路不熟,非得有本地人不可,或者问问听差人,给我们开一路程单也好。"正说话间,过来一个人说:"石老爷,你们要上尹家川,出庆阳府北门还有九十五里地,今天要去可太晚了。再说山路崎岖,也不好走,你们几位走岔了,倒反为不美。虽然你们几位为朋友着急,也实在无法。"石铸一看这说话的人,姓韩名叫登瀛,在庆阳府当差多年,很是老成。石铸说:"既是你对这边的道路熟悉,可开出一张路程单来,我们四更天就起身。"韩登瀛说:"那可以,回头你们几位就去歇着,四更天我来叫你们。"石铸说:"甚好。"

　　正说着话,小火祖赵友义、小丙灵冯元志从外面进来说:"石大哥,你们明天上尹家川,还有追风侠刘云、千里独行侠邓飞雄、忠义侠马玉龙、金眼雕邱老英雄、伍氏三雄、小太保钱玉、小玉虎李芳、小神童胜官保他们随后接应。你们几位头里走,只管放心,后面有这些人给你们助威。"石铸说:"你们诸位什么时候走?"冯元志说:"马大人说,三更天起身。"石铸说:"好,你们倒走在我们头里了,我们是四更天起身。你去告诉马大人说,不用这么忙,太早了,山路崎岖,不能问道,你们天亮再走不迟。"冯元志回去见马玉龙。石铸这里叫众人吃了点酒饭，安歇睡觉。

到了四更天，大众起来收拾枪刀，将行李装车，托人带往宁夏府。石铸带着六个人由公馆起身时，天已五更了。出了北门，就是关厢，走到会仙亭门首，天气尚早，还未开门。一出了关厢，是三条路，一条路奔正北，是去宁夏府的大道；一条是去东北的小路，奔尹家川；一条道奔西北，到张家沟。石铸带了众人，奔上去东北的小路，一看两旁都是高峻的山峰，前岭接后岭，曲曲弯弯，忽高忽低。石铸在前头带路，正走着，不觉天光已亮，红日东升。石铸说："要按路程单，眼前是望儿山，过去是天汉山，再往前就是青牛溪，咱们到青牛溪吃饭吧。"孔寿、赵勇说："任凭大哥分派。"众人说着话，又往前行走。赵勇说："这次破连环寨，马大人总算是一分德行，要认真办，得死多少性命呀！"石铸说："为人总要有容人之量，不可心狠意毒。"正说着，又往前走有半里之遥，众人抬头一看，有一宗岔事惊人。要知后事如何，且看下回分解。

第二六七回

纪逢春贪色惹祸　乔五虎拷打差官

话说石铸领了六位英雄,一路交谈,只见前面山路崎岖,高低不平。正往前走,猛然见无数的男男女女往东北扑奔,不知所为何故。石铸上前问道:"众位哪里去?"内中有人说:"那边乡庄唱野台戏,我等都是去看戏的。"石铸一听,这才明白。众人又往前行走不远,见一座乡庄地方,也有买卖店户不少,搭着戏台,尚未开台。石铸同着众人,由戏台西边走进一条街,见路北有一座饭店,七个人进到后堂,找了一张干净桌子坐下。跑堂的过来说:"众位老爷要什么吃?"石铸说:"我们乃是远方来的,不知道此地的风俗。"伙计说:"众位是来听戏么?"石铸说:"可不是。"堂倌说:"要什么吃的?"石铸说:"你随便给我们煎炒烹炸,来七八碗菜,先给我们来二斤酒,我们吃饼,越快越好。"堂倌回身下去,工夫不大,便把酒菜和饼都来齐了,会吃酒的吃酒,不吃酒的就吃饼。傻小子纪逢春狼吞虎咽地先吃完,自己就出去了。石铸想着他是出去绕弯,门口瞧瞧又有何妨,大众只顾喝酒,也没人跟他出去。

纪逢春出了饭馆,溜溜达达地来到戏台底下。此时方才开台,靠着戏台东边,有个看台,台上有好些少妇长女,内中有一个二十多岁的妇人,生得一张梅花脸,杏蕊腮,那瑶池仙子、月殿嫦娥也不如她。傻小子纪逢春一瞧,两眼发直,目不转睛。正赶着那美貌妇人一口唾沫,吐在了他的嘴里,纪逢春一张嘴就咽了,傻小子还直嚷:"好香。"上面的婆子、丫环都瞧见了。婆子说:"五奶奶,可了不得,下面有个混账人,你刚才往下吐唾沫,正吐在他嘴上,他咽了直嚷好香。"上面那妇人一听,臊的脸一红,说:"哪里来的野男子,到这里来撒野,快叫人打他。"旁边的家人说:"我给庄主爷送信去,哪来的这野小子,我们这里没有这样人。"家人下了看台,就往北走了。

书中交代:这个地方叫乔家寨,今天是乔家五虎母亲的生日,写了一班戏做寿,来的亲友不少。这一家本是财主,看台上是乔家五虎的家眷。

刚才吐唾沫的那个妇人,正是花驴贾亮的女儿,给小白虎乔信为妻。家人跑回家中一报信,乔家五虎拿着花枪,带了十几个家人,就找来了,远远瞧见了纪逢春,家人说就是这个人。小白虎乔信说:"哪里来的野雷公崽子? 看五爷的枪。"分心就刺。纪逢春一闪身,掏出短把轧油锤,说:"好小子,你敢和爷爷动手,待我结果你的性命。"你把手中的轧油锤一摆,那镇山虎、跳涧虎、独角虎都要过来动手。这一阵大乱,戏也打住了,街上嚷成一片。饭店内石铸等人也听见了,不知是什么事,内中就听得有人说:"你瞧,乔家五虎他家的五奶奶,由看台上往下吐唾沫,正吐在一个雷公崽子的嘴里,他一吧嗒吃了,还嚷好香,也不知哪里来的这么个浑小子,今天有他个乐。"石铸一听就知道不好,是傻小子又惹祸了,赶紧给了饭帐,出来一瞧,就听有人说:"这个雷公崽子被乔家五虎擒住,吊在庙里先打了一顿,然后还要送官究治。"

原来纪逢春跟乔家五虎一动手,几个照面就被人家拿住捆上。这南边有个大庙,乃是合村办公事的地方,纪逢春叫人抬到庙里,用麻绳把大指拴住,悬吊在槐树枝上。乔家五虎就把鞭子拿来了,说:"问问他是哪里来的,姓什么,叫什么,上这里撒什么野来?"大家拿起鞭子刚要打,旁边乔家五虎又说:"打他一下问一下,别给他留情,打死他扔在河里去喂王八。"这时候傻小子心里难受,直嚷:"小蝎子救人来,蛤蟆哥哥救人来。"众人也不知道他说的什么,什么叫小蝎子,什么叫蛤蟆哥哥? 乔信说:"打他!"众人拿鞭子过来说:"你是哪里来的? 好大胆子,敢在我们这里撒野来,你也不打听打听。"

正在打着,石铸等赶来一瞧,见纪逢春叫人吊着,拿鞭子打一下问一声,便赶紧上前说:"众位别打了,他是跟我们一同来的,有何得罪之处,看在小可的面上。"众位说:"你姓什么,叫什么,是什么一回事情? 这个雷公崽子跑到我们这里撒野来了。"石铸说:"在下姓石名铸,绰号人称碧眼金蝉。我等是跟随钦差大人当差的,方才我们一同在饭馆吃饭,他跑了出来,得罪了众位。看在我的面上,将他放下来,我给众位赔个不是。"大家见石铸说话很有道理,便把纪逢春放了下来。

乔信说:"你们众位是跟彭大人当差的吗? 前者你们到过庆阳府,我跟众位打听一个人,有个金眼雕邱成可认识?"石铸说:"认识,你们几位怎么认识邱爷?"乔信说:"前者,大王韩登约我们助拳,在会仙亭遇见金眼雕，我们没有打起来。"石铸说："这就是了，尊驾原来是乔家寨的，我倒听见邱爷说过。"乔信说："你们几位这是上哪里去？"石铸就把连环寨八位太保没回来，我等到尹家川去打听消息的话说了一遍。乔家五虎将他们送出庙外，大家出来就埋怨纪逢春说："谁叫你找便宜去？要不是我们来，你叫人家揍了。"纪逢春说："这些东西可真厉害。"正说着话，又往前走到戏台那里，石铸就听见底下有人说："合字，吊江招路，把哈遮天窑，篾着果儿头，盘儿尖，昏天汪点捏个，流肘儿急，付流扯活。"

　　书中交代，他说的这是江湖黑话，说的是看台上有个美貌妇人，晚上三更天去采花。石铸一瞧，正是飞云、清风两个贼人。石铸说："这可活该，这两个连环寨漏网之贼，是奉旨严拿的要犯，咱们过去把他捉住，斩草除根。"往前一赶说："贼道往哪里走？"清风一看是石铸，他一想，凭着自己的能为，不怕他们。飞云一看，却撒腿就跑。石铸拉杆棒要追，清风拉出滚珠宝刀朝石铸就砍，石铸抖杆棒来缠，老道想顺水推舟，用宝刀将杆棒削断，不想石铸在青莲岛学了救命三棒后，能为大长，一变招数，把老道扔了一个筋斗。清风爬起来发愣，再上前动手，又被石铸扔倒。清风只得爬起来就跑。石铸说："众位老哥们，八位太保到尹家川，大概凶多吉少。这两个必是出来巡风的，大约他等必往尹家川逃去。"飞云、清风出了村口，一直奔往正东。众人紧紧追赶，走了有七八里之遥，拐过两个山湾，树木森森，再瞧僧道已踪迹不见。石铸说："怪呀，凭着你我的脚程也不慢，怎么追来追去，会追丢了。"武国兴说："石大哥不要着急，你我慢慢的寻找。"正在说话之际，只见八位太保从山里出来了。不知八位太保怎样逃出了尹家川，且看下回分解。

第二六八回

众太保误中迷魂酒　世外人巧计救英雄

话说石铸等人正追赶飞云、清风,就见追云太保魏国安、飞行太保姚广寿、神枪太保钱文华、神拳太保曾天寿、飞叉太保赵文升、飞刀太保段文龙、花枪太保刘得勇、花刀太保刘得猛八个人,顺着山坡而来。

书中交代:八位太保自从那一天在尹家川码头,被巡海鬼用蒙汗酒治过去,叫手下人捆好,打算解到尹家川,结果他们的性命。因天色已晚,尹路通想暂且把这几个人在店中搁一夜,次日再往寨里解,便把八个人搁在后院第三层上房,把门带上锁了。尹路通以为,即便他们苏醒过来,捆着也跑不了。他同那店里的伙计,开怀畅饮,直吃到二更以后,才将残席撤了,安歇睡觉。次日早晨起来,尹路通吩咐手下人预备绳索,到后面将那八个人抬回尹家川去。手下人答应,来到后面开门一看,八个人已踪迹不见。急忙回来禀报。尹路通赶到后面一瞧,门窗未动,人却没了,连那八个人的兵刃俱被盗去。正在犹疑之际,外面有人禀报:"飞云、清风和二鬼前来求见。"

原来这四个人在尹家同一枝花尹庆喝酒,知道老寨主上白家渡去了,已安排机关,要拿官军营的八个人。四个人便赶到渡口,一见到尹路通,才知道拿住的人又被人救去了。飞云说:"料想去之不远,我等出去访访。"四个人出去了一天,找来找去,也无下落,仍回到店中。次日飞云说:"我四个人出去,绕道探听探听彭大人的消息。"尹路通说:"你等要快回来,不可到庆阳府去。彭大人手下能人太多,只要咱们把这尹家川守住就是了。"飞云说:"是。"

他同清风过了河,来到乔家寨,正赶上唱戏。飞云向例的脾气,一看见女人就把什么都忘了。他见看台上的这位乔五奶奶,人又长得好,打扮得又风流,一瞧便目不转睛。清风说:"你这脾气总不改,瞧见娘子,就把什么都忘了。当初因为娘子,才闹的有家难奔,有国难投,真是山河容易改,禀性最难移,直到如今,你还是这样。"飞云哈哈一笑,说:"道兄,真是事不由己,见了美妇人,我就动心。"老道说:"走吧。"飞云说:"别走。"他一说江湖话,哪知乔五奶奶的父亲花驴贾亮,也是绿林中人,一听贼人调侃,就知道这是个采花的淫贼。正要叫人拿他,石铸众人赶到,飞云、清风就跑了。石铸等往下追出六七里,转了两个山湾,不见了飞云、清风。石铸说:"怪呀,这两个贼人莫非地遁了。"

石铸正在纳闷,只见八太保由南坡上过来,心中甚为喜悦,连忙赶上前去说:"你们几个去追飞云、清风和二鬼,可拿住一个? 怎么来到这里?"赵文升说:"好险好险!"钱文华说:"我是两世为人,我们那一天追贼,先是追到尹家川,跟贼人一交手,是我们得胜。巡海鬼尹路通把寨门死闭,我们去攻,他又用滚木檑石往下砸,不能进去,我们只得往回走。来到那一道桥,人家把桥撤了,我们又不能过来,便住在白家渡口店里。哪知贼人安下诡计,用蒙汗酒把我几个人捆上。"石铸说:"你们怎么逃出来的呢?"赵文升说:"晚上三更天,来了一个老道,用凉水把我们灌醒了,把兵刃也都给了我们。他带着我们跳墙出来,他就在这山上庙里。我们问他姓什么? 他叫他叫知机子。我们在他庙里住了半夜,今天起来还吃了早饭。他说话像北方口音,提起跟大人当差的这些人,他都认识。我们问他当初作何生理,他也不肯说,看他定是个有能为的人。"八位太保就问石铸等人上哪里去? 石铸也把上尹家川去找他们,刚才在乔家寨,纪逢春又惹事的情形细说一遍。石铸说:"你们还去不去尹家川呢?"魏国安说:"咱们人单势孤,尹家川贼党甚众,没有官兵,他那山寨攻不进去。"石铸说:"既然如此,咱们就晚上再去,把那为首的拿住,别叫飞云、清风逃走,只要将他们拿住了,也算奇功一件。"说罢,大家会合在一处,出了山口,要找一个山庄住店。石铸说:"我们暂且住下,候到夜晚,你们几位认识道路,咱们再瞧瞧去。"

众人来到店中,已是日色西斜的光景。大家吃完饭,歇息到初更之时,石铸说:"我们算还店账,该走了。"叫过跑堂的来,把账算清,给了钱,众人这才起身。魏国安头前带路,来到尹家寨,天有三鼓了,只见虎皮石墙上灯笼来回,有人在巡更守夜。众人绕到清静地方,飞身蹿上墙去,飞檐走壁,蹿房越脊,径奔里面。见这一所房子的北房五间,就是分赃聚义厅,东西各有配房。众人来到东配房,往里一看,只见巡海鬼尹路通在当中坐定,左边是飞云、清风和焦家二鬼;右边是一枝花尹庆,正在灯下说话。就听尹路通说:"你二人今天是在哪里碰见彭大人的差官?"飞云说:"在乔家寨碰见的,几乎被获遭擒,要不是腿快,也就了不得了。他们后面紧紧追赶,我们走投无路,又不敢回尹家川,怕引他们来给叔父惹祸。"巡海鬼尹路通说:"不要紧,他等不来便罢,如果要来,不论他有多少能人,我们跟他决一死战。"飞云、清风说:"我二人还得走,不能在这里住着。"尹路通说:"你二人上哪里去?"飞云说:"我等打算出关,投奔了番军,官军也拿不着了。"尹路通说:"依我之见,你四人就在这里住吧。我想彭大人手下的差官既然逃走,大约也没人再来了。为什么好好的一个汉人,要投奔番军去呢?"飞云说:"瞧吧,但有一线之路,我也不愿意投奔番军。天已不早,咱们该歇着了。我老是心惊肉跳的,不知什么缘故,总怕有人来拿我。"说着话,飞身出来,往房上一瞧,就见北房东房西房俱都有人。贼人"哎哟"一声,说:"可了不得了! 叔父,道兄,你等快出来,房上人都满了,是彭赃官手下的差官,前来拿我的。"群贼一听,各摆兵刃蹿出大厅。尹路通抬头一看,吓得立即叫手下人赶紧鸣锣聚众。八位太保英雄,各擎兵刃捉拿盗寇。不知后事如何,且看下回分解。

第二六九回

石铸率众探贼巢　清风逃走遇侠义

话说石铸等一见贼人鸣锣聚众，众英雄便各拉兵刃，由房上蹿下去，四面往上一围。飞云、清风并不交手，连二鬼俱皆跳后窗户逃去。孔寿、赵勇、武国兴、纪逢春、李环、李珮这六个人，随后往下追去了。

单说石铸等见尹家川有四五百喽兵往上围来，花枪太保刘得勇、花刀太保刘得猛二人便挡住东南；飞叉太保赵文升、飞刀太保段文龙挡住西北。石铸一抖杆棒，就把巡海鬼尹路通摔了一个筋斗。神枪太保跟一枝花交手，三五个照面，一枪把尹庆刺死了。尹路通看见儿子被人刺死，未免眼红，自己把刀一摆，恶狠狠地就与石铸动手，恨不能一刀把众差官杀了，给他儿子报仇。无奈石铸的杆棒纯熟，又把他摔了几个筋斗，只摔得头晕眼花，被曾天寿一刀将人头削去。这也是他一辈子没做好事，遭其恶报。众喽兵见老寨主、小寨主俱都被杀，一个个吓得胆战心惊，齐声喊嚷："了不得啦！老寨主死了，快逃命吧。"曾天寿一声喊嚷，说："你等如是安善的良民，快把兵刃摔下，饶你等不死，各投生路。如不摔兵刃，立叫你等死无葬身之地。"一句话未说完，各喽兵摔了兵刃，跪成一片，口称："众位老爷饶命。"石铸说："你等有亲的投亲，有友的投友，我给你盘缠。没亲没友的，也只管说明，我打发你们地方去。"大众说："我等全愿意去。"石铸带着众人一搜查，尚有十数万银两，尹路通的家眷都已自尽。石铸将银子拿出来，每个喽兵给银四十两，诸事办理完了，这才烧了山寨。再一看，却不见了武杰、纪逢春、孔寿、赵勇、李环、李珮这六个人。石铸说："他们追赶飞云、清风去了，我们也赶紧往下去追吧！这六个人可不是清风的对手。"众人立即往下追去。

且说武杰、纪逢春六个人去追飞云，追过青石溪，清风回头一看，微微冷笑，说："飞云贤弟，我当是谁往下追来呢，这几个无名的小辈，我们还跑什么？依我之见，结果他们这几个狗命就是了。"飞云说："也好，道兄须要小心，不可跟他们久战，怕的是其余的人追来。"清风说："不要紧，即便有党羽前来，我这口宝刀也不怕他们。这石铸真怪，先前我破了他的杆棒，几乎就要了他的性命，自从连环寨动手，不知他受了什么高人的传授，比我的能为更强了，我竟不是他的对手。"飞云说："急不如快，能杀就杀，不能杀还是快走。"清风说："对付这几个小辈，不费什么事。"

武杰等六个人正往前追，只见老道手持宝刀回来。武杰说："唔呀，这老道比你我能为更强！他看石大爷没跟下来，便要回来动手，只怕你我敌不了他，我得想个主意。纪逢春，你去动手，可要留神，我拿镖打他。"纪逢春这傻小子不管三七二十一，奔过去说："好贼道，我来拿你。"一摆手中锤、捅嘴、扫腿、掏心、贯耳，他这一套锤，要没经过的，还真不知道他的招数。老道用宝刀遮隔架拦得手，一腿把纪逢春踢了一溜滚。他刚要赶过去，被武杰抖手一镖，正打在肩头上，焉想到却如同没打一样，原来是有金钟罩护身。这个工夫，纪逢春已经爬起来了。武杰照老道就是一刀，老道用宝刀往上一迎，武杰赶紧把刀撤回来，虽然没伤着，终究害怕，知道自己的能为平常，敌不了老道。武杰刚要往回跑，就听高坡有人喊嚷："唔呀，徒弟不要乱嘈嘈的，待我来拿这个混账王八羔子。"这又来了一个蛮子和尚。大众睁眼一看，来者非别，正是千佛山真武顶的小方朔欧阳德。

原来，欧阳德自从化了康熙爷的缘，大闹秘香居之后，万岁爷便拨银重修了真武顶。他师父红莲长老说："你虽然化缘修庙，这件功劳很大，但你自己还应当做一件功德，把天下的名山胜境去朝一朝。"欧阳德答应，便出来云游天下，朝拜名山胜境，到处访道学仙。今日偶然来到此处，见徒弟武杰正与老道动手，赶紧扑奔上前，说："唔呀！徒弟不要害怕，待我来拿这个混账王八羔子。你是哪里来的贼道，敢在此发威，你可知小方朔欧阳德的厉害？"清风一听，吓的掉头就跑。武杰过来给师父见礼，欧阳德这才问："你们从哪里来？"武杰就把上尹家川找八大太保，动手拿贼的事说了一遍。欧阳德说："你们赶紧回去找他们，大家聚在一处再拿贼。"武杰答应，这才带着众人往回去寻找石铸。

单说小方朔欧阳德背起蒲团，往下追赶飞云、清风和焦家二鬼，恨不能肋生两翅，好将他们拿住。小方朔欧阳德对这几人是恨疯了，只因飞云在秘香居盗康熙老佛爷的珍珠手串，诬赖欧阳德，他几乎遭了官司，今天务必将他等拿住，方泄胸中之恨。但他往下一追，不知不觉，天色已晚，山路崎岖,坎坷不平,又没有住宿的村庄庙宇,贼人也追丢了,心中想:"我今天上哪里去住?肚中饥饿,要吃点东西才好。"往前走着,见前面黑糊糊的,仿佛是个村庄,便想:"若是个村庄还好,要是树林子,我今天只好在林内打座了。"一面往前走,一面在盘算,及至身临切近,一看是一座村庄。进了南村口,来到十字街。往东一拐,见路旁有一个广梁大门,大概必是村中首户的财主。心想:"到那里可以化缘,今天就在此住下也不错,出家人原本到处为家。"

他把蒲团一放,手敲木鱼化缘。只见由门房出来一个管家,说:"和尚,你来得不凑巧,我们这里叫金家庄,我家老员外最好行善,无奈现在有为难之事,你往别处化去吧!"欧阳德说:"唔呀,我出家人走的口渴舌燥,错过了宿店,这里又没有古庙,上哪里去化?施主方便吧!我化一顿素斋,今天借宿一夜就是了。"家人说:"我家员外爷有为难的事,无心行善。"欧阳德说:"你家员外有为难的事,就对和尚说说,也可以逢凶化吉,遇难呈祥。"家人说:"既是如此,你在此少待。"家人回身进去,工夫不大,出来一位老员外,年有六旬,慈眉善目,说:"和尚,你到里面来,我有话说。"便把欧阳德让到了厅房,只见挂灯结彩,仿佛是做喜事的样子。欧阳德说:"老员外,有什么难为的事?"那员外一说,欧阳德只气得颜色更变。不知所因何事,且看下回分解。

第二七〇回

欧阳德误走金家庄　金文辉置酒请好汉

话说欧阳德见里面挂灯结彩，这才问道："老员外，我看是有喜庆之事，为何发愁？"老员外说："我们这里叫金家庄，我名叫金文辉。这个村庄有一百三十多户人家。我跟前一儿一女，女儿今年二十岁，尚未有人家；我儿今年九岁，正在学堂读书。这也是小老儿烧纸引鬼，闭门家中坐，祸从天上来！今年我因六十整寿，唱了一天大戏，附近三五里村庄的人俱来看戏。小老儿接了几家亲友，在我家宴乐。我们这西北有一座山，离此数里之遥，山上有四位大王。这天唱戏，有一位大王下山要粮、派了我这庄上一百石，我们庄上就凑了一百石给他。他一见我女儿长得美貌，便问是谁家的女儿？手下的喽兵告诉他是小老儿的女儿，他次日就以拜见为名，前来求亲。小老儿一想：他是个山贼，我焉能把女儿给他？我一推辞，他把花红彩礼一摔就走了。这都因为我有一个家人金禄，拿了三百两银子出去买匹绸缎，他全都浪费了，东西也没买来。我训斥他一顿，他一怒就投奔小狼山的寨主去了。他一调唆，说小老儿的女儿长得如何美貌，如何温柔。先前小老儿已托这庄中人去告知寨主，说小女已有了人家，求他别要。山贼已然答应，焉想金禄记恨前仇，说出小老儿的女儿并没有婆家。山寨主一听，就叫小老儿给他送上山去，如不送去，他便下山把这村庄杀个鸡犬不留。他硬摔下聘礼，挑选良辰，定于今天亲来迎娶，故此我心中烦闷。和尚你想，我乃是安善的良民，岂能把我女儿给了山贼，可是不给又不成，我一家正愁的了不得。听说和尚能逢凶化吉，我也不知道和尚有什么法力可以救我。"

欧阳德听了，微微一笑，说："老庄主只管放心，贫僧我会说善缘，不拘多恶的人，我都能叫他改恶行善。今天我既赶上了，就不要紧。我有个主意，你把女儿先挪出来，我到你女儿的屋里去。山贼要来入洞房，就叫他进洞房，可别点灯，他如要问，就说日子不好，点灯要犯火灾。他来的时候，我能说得他回心转意，叫他回山，不要你女儿了。"老员外一听说："和尚有这个能为就好了,救了我一家人的性命。"立刻叫手下人摆酒,问道:"和尚吃荤吃素?"欧阳德说:"我吃素。早先我也吃荤,自受戒之后,我连葱蒜都是不动的。"老员外说:"好,出家人原应戒杀放生,吃斋念佛。"吩咐手下人净锅,给和尚做几样素菜。欧阳德说:"我就是有一样毛病,要吸两袋广东烟,这是不能戒的。"说着话,掏出一根烟袋,铁嘴铁杆,大红缎子的荷包,就吸了一袋烟。少时摆上素菜,欧阳德正喝着酒,只听外面有人打门。家人出去看了一看,回来禀报老庄主,说外面来了几个人,因这村庄附近没有客店,要来此投宿。老员外说:"我今天家中偏巧有这些事故,我出去瞧瞧,来的人都像做什么的哪?"家人说:"我看不像本地人。"老员外来到外面一看,门口有七个人,头前这位身高六尺以外,身穿青洋绉大褂,足下穿青缎子抓地虎靴子,面皮微黄,绿眼珠,蛤蟆嘴。后面一位俊品人物,说话是江南口音。跟着还有一个穿紫花布裤褂的,肩上搭着大褂,长的雷公嘴。另外还有两个大汉,来者正是石铸和六位差官。

武杰自跟欧阳德分路,正往回走,便碰见了八位太保。石铸问:"你六个人,追贼追到哪里去了?"武杰把追赶飞云,跟清风动手,巧遇欧阳德之事,如此如此一说。石铸便对钱文华说:"咱们上宁夏府是两股道,一股大路,一股小路,我们分两路往下走。"钱文华说:"也好,咱们就由跟前分路吧。"大家分手之后,石铸带了六个人,仍由旧路往下追赶,却不见贼人,也不见欧阳德赶来。到了金家庄,天色已晚,众人一看没有店铺,又不知往前走还有镇店没有,故此前来投宿。

金员外一看,说:"众位壮士由哪里来?"石铸说:"我们是由尹家川走岔了路,错过镇店,故此来宝庄求老员外方便方便,让我等借宿一夜,明天一早起身。"金员外说:"众位来得不巧,我正有烦人的事。"石铸说:"有什么烦人的事呢?"老员外说:"老汉今天聘女儿。"石铸一听,说:"老庄主聘千金,岂不是喜事,怎么说烦呢?"老员外唉了一声,对众位说:"我女儿这婆家是个山贼,硬要来娶,刚才可巧来了个和尚,他能说善缘,要来救我。这才摆上酒来,你们众位就叫门了。"石铸一听,说:"老员外,这不要紧,我等今天来得凑巧,老员外愿给,我等理应道道喜;老员外如不愿意给,我们有主意办。"金员外一听,说:"既然如此,众位请里面坐吧。"石铸等人来到厅上,一看才知是小方朔欧阳德在此。武杰给孔寿、赵勇引见了,大家过去见礼。欧阳德说:"你们众位来得甚好,少时我要到洞房说善缘,你们可以陪陪新郎。"石铸说:"老员外给我一桌席,我们等他。他如讲情理便罢,如不讲情理,打架有我们呢。"老员外一听,说:"众位千万不要打架。此时有众位的虎威,还不要紧;他若回去勾了兵来,我们这村庄就要受害了!"石铸说:"你只管放心,我们不管便罢,既要管,便有始有终,决不能给你们招出祸来。"老员外一一盘问众人的名姓,这才知是彭大人手下的差官老爷。

金老丈便吩咐家人摆酒,款待众差官老爷。大家正在开怀畅饮,就听外面鼓乐声喧,叩打门环。只见进来一人说:"老员外!我家寨主先叫我来给你送个信,叫你打扫干净,少时我们寨主亲自前来迎亲,今天在这里洞房花烛,明天再带到山上去做压寨夫人。"金文辉一瞧,正是旧家人金禄,心中咬牙忿恨,说:"金禄,我待你有哪一点不到之处? 要不是你说,寨主也不能来娶,你今害得我家好苦呀! 你只要发财就得了。"金禄说:"员外爷别埋怨我,这都是寨主的主意,我并没说坏话,我还替你说了好些好话呢。"金文辉说:"得了,事已如此,不便说了,你把大门开开,等候寨主前来就是了。"天有二更时分,只听得外面金鼓大作,正是山大王前来娶亲。小方朔等这次要大闹洞房,不知后事如何,且看下回分解。

第二七一回

山贼抢亲逢好汉　英雄奋勇捉贼人

话说众位英雄正在金家庄吃酒，天有二更之时，就听外面鼓乐声喧，正是小狼山的寨主前来迎亲。这小狼山原本是四位寨主，大寨主铁面大王朱义，二寨主混江鱼马忠，三寨主铜头狮子袁龙，四寨主铁头狮子袁虎。这四个人都是漏网之贼，在此小狼山啸聚避罪，终日打劫过往的客商。自从朱义那一天瞧见金文辉之女，他就惦念着，故而硬下花红彩礼，今天就带着五十名喽兵下山前来成亲。刚一到金家庄，金禄这小子就迎上前去。早有金文辉往里迎接，说："大王爷，你老人家可得包涵，老汉的女儿胆子最小，怕见生人。"朱义说："不要紧，今天在这里洞房花烛，明日我带着上山。"说着就往里走，来至客厅。

此时石铸等人早已躲开，在别的房中吃酒。金文辉吩咐大开筵宴，朱义开怀畅饮，吃的很是得意。天有三鼓的光景，朱义说："老员外，天气不早了。"金文辉一听，说："既然如此，来人，送大王爷入洞房去。"众家丁见朱义长得身高九尺，黑脸膛，大眼睛，甚是凶恶，今天吃得醉醺醺地站立不稳，就将他送到洞房。朱义一看，黑洞洞地没点灯，便问新人在哪里？有人说："在东里间。"朱义一掀帘子，真是冰麝丹桂，胭脂粉香扑鼻。朱义自从那一天看见姑娘，心中朝思暮想，今天又喝了几杯酒，自己一想，跟美人一入洞房，真是一件乐事。自己进了里间，见是靠北墙的床帐。朱义说："美人不要害怕，人生世上，男婚女嫁，你我倒是前世的姻缘。明天大王带你上山，我必另眼看待。那时你成箱穿衣裳，论匣戴首饰，岂不是身享荣华，一呼百诺。"和尚在帐子里一听，心里说："唔呀，混账王八羔子！你要过来，给你一个乐。"正想着，朱义掀开帐子，伸手一摸，正摸在和尚的秃脑袋上。朱义说："怪呀！"和尚一伸手把朱义手腕揪住，说："混账王八羔子，你往哪里走！你千不该，万不该，不该来跟和尚耍乖乖。"朱义吓了一跳，想走不行，已被和尚揪住，按倒就打。众人听见洞房乱打，朱义哇呀呀直嚷，只吓得老员外浑身直抖，赶紧说："和尚别打，这个乱不小。"金员外直嚷,欧阳德才把他放了。朱义吓得蹿了出来,眼也肿了,鼻也破了,一脸的血。朱义往外就跑,石铸等追了出去,见他已经上马,带着喽兵跑了,只把金禄拿住。

老员外在里面正吓的了不得,众人说:"老员外只管放心,我们必然办出个章程来,决不致有始无终。"武杰把金禄拉过来说:"混账王八羔子!你原先在老员外家里就好嫖赌,叫你买东西,你又把三百银子花了。如今你反倒蛊惑山贼,作此伤天害理之事。"武杰说着,气往上冲,拉出刀来就是一刀,把金禄的人头削落在地。金文辉一看,说:"哎呀!众位老爷,这人命关天,如何得了!"武杰、石铸说:"你只管放心,这与你无干。你先叫家人把死尸抬出去,我们不用等他来,自己找上山去,斩草除根,把他等全皆拿获,给你们这一方除害,好不好?"金文辉说:"好却是好,就怕贼人众多,你们几位老爷去了不能灭他怎么办?"石铸说:"你们这村庄要有义气,可以约出百八十人,各拿兵刃,也不用他们动手,只给我们助威就得了。"金文辉立刻派人把这村老、邻居、首事人请来。不多时,这村中的举贡监生,本村的有名之人,俱皆来到。金文辉一提说这件事,众人说:"既有老爷们出头,能把贼人们剿灭,岂不绝了一方之害?"这才鸣锣聚众,在本村中凑了百十余人,各执木棍刀枪,由石铸、武杰、纪逢春、孔寿、赵勇、李环、李珮七个人带领着,有那向导人头前引路,径奔小狼山而来。

众人出了金家庄,一直往西,约有七八里,就进了山口。听里面一阵大乱,原来是铜头狮子袁龙、铁头狮子袁虎和朱义领着二百喽兵,正从山中出来。朱义自金家庄被欧阳德打的鼻青脸肿,头破血流,一马跑回山寨,却赶上袁龙、袁虎、马忠在大厅款待朋友。原来是飞云、清风和焦家二鬼来到小狼山,大家在这里吃酒谈心,提出朱义上金家庄去招亲之事,飞云一听说:"罢了,你们哥们都有这个造化。"正说着,只见朱义跑了进来,满脸是伤,大嚷首:"气死我也!"马忠说:"兄长今天大喜之事,为何狼狈而归?"朱义说:"我今带喽兵下山,实指望前去作乐,焉想到这老儿预备下龙潭虎穴,也不知哪里来的和尚,说话唔呀唔呀的,我一入洞房,只当是美人,焉想到这和尚把我打成这样,实在可恼!众位如今跟我下山,齐队前去报仇。"袁龙、袁虎说:"我二人跟兄长前去看看,这个人莫非他项长三头,肩生六臂?"立时点齐了二百喽兵,各执刀枪器械,点起灯球火把,出了山赛。

　　一出山口，就见石铸带了庄中的人，一字排开。朱义把手中的三股烈焰托天叉一抖，跳上来说："你们哪一个前来送死？"这边哼将军李环一摆手中朴刀，跳在当场，大骂："小辈休要逞能，待我来拿你。"朱义抖叉照定李环哽嗓咽喉就是一叉，李环用朴刀相迎，两个人各施所能，走了有三五个照面，李环不是对手，败回来了。李珮一瞧哥哥败回来，自己气往上冲，拉刀过去，想要替哥哥报仇，三五个照面，也是能为不行，被朱义一腿踢出好几步远，几乎栽倒，也败回来了。这才怒恼了武国兴，大骂："混账王八羔子！不要逞能，待我拿你。"一摆手中刀，跳上去就是一刀，朱义用叉相迎，两个人走了有七八个照面，武杰抖手一镖，正打在贼人肩头之上，朱义拨头败走。

　　这时，由后队中跑出一人，手中擎着一条花枪，扑奔武杰，分心就刺。武杰一瞧，认得是八卦教漏网之贼，便说："漏网之贼，还敢耀武扬威？"袁龙并不答言，抖枪便刺，两个人动手，有五六个照面，武杰看看就不行了。石铸这时拉着杆棒，刚要过去动手，忽听正南上乱马奔腾。此时天已大明，众人抬头一看，来者正是千里独行侠赛判官邓飞雄，同着刘云、伍氏三雄、邱明月、刘天雄、孟达、胡元豹、马玉龙、冯元志、赵友义、胜官保、李芳、钱玉众位老少英雄赶到，要捉小狼山贼人。不知后事如何，且看下回分解。

第二七二回

众豪杰棍打小狼山　邓飞雄助阵剿山贼

　　话说忠义侠等人由庆阳府起身,昨日住在张家镇,今天起早行路,远远就听见小狼山这里喊杀连天。来至切近,见石铸等正跟贼人动手。邓飞雄问明来历,把红毛刀一顺,叫道"武杰闪开,待我来拿他。"袁龙一瞧,知道邓飞雄的厉害,吓得直发愣。当年在佟家坞同保佟金柱造反,邓飞雄是火炮会总。今天一见,袁龙把手中枪一顺,说:"邓会总!你我当初在佟家坞乃是故旧之人。"邓飞雄说:"你知道我的来历,就该改邪归正。上天有好生之德,我焉肯和你一般见识。"袁龙说:"邓飞雄,别以为你能为出众,说这大言。我正想替佟金柱报仇,你这反复无常的小人,别走着枪。"照定邓飞雄分心就刺。邓飞雄微微一笑,身子往旁边一闪,说:"好一个无知小辈,竟敢惦着给反叛报仇。"说着话,用红毛刀往上一找,袁龙把枪撤回去,照面又是一枪。邓飞雄倚仗身体灵便,刀法纯熟,三五个照面,便一个八方藏刀式,顺着花枪往里一进步,一刀便把贼人劈为两半。袁虎见哥哥被杀,眼就红了,把手中刀一顺,跳在当场,大骂邓飞雄忘恩负义,恶狠狠的抡刀就剁。邓飞雄说:"贼人住口,你家邓太爷乃堂堂正正奇男子,轰轰烈烈大丈夫,是大清朝的安善良民、守份的百姓,到处行侠仗义,济困扶危,杀赃官,除忤逆①杀的是奸夫淫妇,救的是孝子贤孙。前番入佟家坞,见到贼人造反的情由,我改邪归正,这正是大丈夫所为。像你等终身为贼,骂名扬于万载,还敢在两军阵前多嘴多舌。"两个人说着话,各拉兵刃杀在一处,走了有七八个照面,邓飞雄一刀,把袁虎手中的单刀削为两段。袁虎跳出圈外,拨头就跑,邓飞雄也不追他,便过去扑奔朱义。那朱义见袁龙已死,袁虎逃走,未免就急了,一摆三股叉过来,正要跟邓飞雄动手,就听正北一片声喧,齐喊拿贼。众人抬头一看,由正北来了一百人,都是十四五岁。为首这个也是十四五岁,每人一条木棍。邓飞雄一看

---

　　① 忤逆(wǔ)逆——不孝。

倒不错,就像是一幅文王百子图。

书中交代:这一百小孩,原来都是正北一家窦财主的。那窦百万跟前就是一个儿子,叫窦福春,用账折来的一百小孩,原是戏班打戏的孩子。窦庄主不叫这一百小孩学戏,却叫他们伺候少庄主。那窦福春就好练武,外号人称小白猿,手使一条木棍。他叫这一百小孩也练木棍,每人都穿一色的衣裳,终日跟他踢腿练拳,专打抱不平。此时窦庄主已死,窦福春年方十五岁,家中开一座大店,上宁夏府的来往客商,住着的不少。窦福春知道小狼山有几个山贼,早就有意要来剿山。今天听说山贼在金家庄要粮抢亲,窦福春就恼了,在家中一鸣锣,把一百小孩兵聚齐,各持木棍来拿山贼。刚来到小狼山,就见这边动上手了。叫人一打探,知道是金家庄的人,还有外来的几位英雄,正跟山贼动手。窦福春一听,说:"好,既然如此,你我前去助阵。"

大家齐声呐喊,杀奔前来,正赶上袁虎逃走。窦福春当先截住,一声喊嚷,说:"小辈慢走,爷爷在此等候多时。"袁虎一瞧是些小孩子,料想他能有多大能为,虽然手中没刀,也可以抢到他们的兵刃。想罢,止住脚步,说:"小畜生休得无理,还不快些躲开,如若不然,便结果汝等性命。"窦福春并不答言,持木棍照定袁虎搂头就打。袁虎一闪身,想要抓棍,焉想到小孩棍法精通,按三十六路行者棒的门路,走了有七八个照面,袁虎只得跳出圈外,回奔山口。

一到山中,有混江鱼马忠、飞云、清风和焦家二鬼带了精壮喽兵,下山前来助阵。即至出了山口,飞云、清风一瞧,可了不得了,是有能为的全都来了!飞云低声向清风说:"道兄,咱们今天走在绝地上。"清风说:"不要紧,是福不是祸,是祸躲不过,咱们认命了!能闯出去就闯,闯不出去,一死方休。"飞云说:"也只好如此,你看三侠和伍氏三雄,金眼雕和石铸全在那里,都是你我的硬对。"正说着话,袁虎跑过来说:"众位,可了不得啦,我的刀被邓飞雄伤了,那北边又来了一百小孩,比邓飞雄还要厉害。我哥哥已被邓飞雄刀劈两半,我跟他势不两立。"此时,见朱义跟千里独行侠邓飞雄正杀得难解难分。邓飞雄刀法精通,朱义钢叉神出鬼没,二人各施所能,正在酣战之际,从正南又过来一辆车子,有一人浓眉大眼,准头端正,骑在马上,车上带着一条金棍。来者非别人,正是金棍将赛灵官郑华雄。

自前番邓飞雄杀了净街太岁黄勇,弃尸逃走。次日,有佃户给郑华雄送来租银,他才明白兄长邓飞雄是个好人,原来为杀黄勇,替他妹妹报仇,这才不敢跟他亲热,大哥总算是个有心计之人,如今已把恶霸杀死,也给这一方除了害,这一分好处,他自己深为感念。接着又想:"我得去寻大哥才是,总是我心中粗鲁,不明世事。"自己把原住的房屋又赎了回来,每年有邓飞雄给办好的租银,年年进二千余两,过日子已富足有余,家中仍然是个财主。他把家中安置好了,便出来寻找兄长。出外一打听,头一二年未有消息,近来才听说兄长在跟钦差彭大人当差。他立志要找着哥哥,一同回家享福。随即带着自己应用的东西,出来到处访问。这一天到了潼关,听说千里独行侠倒反佟家坞,帮着彭大人捉拿反叛,及至他赶到庆阳府一问,大人又已动身了。自己一想:"只要我见着兄长,就请他老人家回来,安度晚年之乐。"这一日正往前走,忽听前面喊杀连天。赶车的说:"前面也许有山贼。"郑华雄说:"不要紧,遇见懂世务的,跟他交个朋友,不懂世务的,凭我这棍也不怕。"正说着,抬头一看,正是恩兄邓飞雄,不由心中喜悦,赶紧下马。这就叫金银铜铁四棍,棍打小狼山。不知胜负如何,且看下回分解。

第二七三回

感旧义千里寻兄　办新团同灭山寇

话说郑华雄正往前走，见是恩兄邓飞雄同贼人动手，自己赶紧下车，扑奔上前，说："兄长暂且退后，待小弟拿他。"这句话未说完，见邓飞雄一刀已把贼人的叉头削落，朱义扛着叉杆跑回贼队去了。众人往下一杀，贼人就都逃入山口。山坡上石子如飞，众人打不上去，只得回身退了回来。窦福春过来见礼，各通名姓。窦福春说："众位可以到我家去，店里很宽余，房子也多。众位前辈今天晚上就在我店中吃饭，然后再来拿贼。"马玉龙说："不要紧，我的后队还有四百子弟兵，尚未来到，待来了便去剿山。"说着话，众人来到窦家庄。又叫金家庄的庄兵回去，告诉金家老员外，只请放心。

小方朔欧阳德见众位英雄来到，就跟金眼雕、伍氏三雄等人彼此见礼，叙些别后的话。欧阳德说："我要朝昆仑山去，有你们众位来帮这件事，我就先告辞了。"金眼雕众人苦苦相留，要他暂住一日，明日再走，这才同着金眼雕、伍氏三雄和刘云等人住在西配房。石铸同着一干英雄住在北上房。东里间是窦福春。这才预备酒菜，大家开怀畅饮。马玉龙说："现在金家庄的人不能打仗，窦福春这孩儿兵又俱是幼童，恐其受伤，等我那四百子弟兵到后，再把小狼山贼人拿获。"大家说言之有理，吃完了饭，就在店中安歇不表。

单说铁面大王朱义，带着群贼败进山口。飞云一瞧说："我看这个光景不好，咱们事要三思，免生后悔。今天他们没走，就住在窦家庄，商量好了，明天必要前来，决不能善罢甘休，咱们得早作准备才是。"铁头狮子袁虎说："我跟他等仇深似海，今天兄长已然被邓飞雄杀了，我得给兄长报仇雪恨，晚上到窦家店去，见一个杀一个，见两个杀一双，刀刀杀尽，鸡犬不留，方出我胸中之气。明着我不是他的对手，就给他一个暗箭难防。"飞云、清风说："不是我们说丧气话，总是不去的为是，那些人俱是精明强干的侠义英雄，去者凶多吉少。"袁虎不听，在山寨吃完晚饭，掌灯以后，就收拾好了，带着钢刀下了山寨，扑奔窦家店而来。

天到二鼓以后，店门早已上好。墙高丈余，挡的是不来之人。袁虎拧身上墙，见这座店是坐北朝南，有三百余间。他站在房上辨别方向，一瞧北上房灯光闪闪，料想大家必在那里，就要去看看仇人睡与未睡？这便来到北上房，一个珍珠倒卷帘、夜叉探海式，把窗棂纸舔破，往屋中一看，正是石铸等人，也有在炕上的，也有在地下的。他一伏身跳在院内，用刀将门拨开，来到外间屋中一听，里间呼声震耳，沉睡如雷，这才伸手把帘子一挑，想要进去结果众人的性命。

他刚掀帘子，正赶上纪逢春被尿胀醒了，伸手一摸没尿壶，就把茶壶拿过来满满尿了一壶。刚尿完，忽见帘子一动，傻小子就知道有了刺客，一抖手照着袁虎砍去。袁虎没留神，刚一伸脑袋，正碰上飞来的尿壶，壶也碎了，尿也洒了。傻小子就嚷："小蝎子快来拿贼！"众家英雄也都惊醒了，大家爬了起来，各执兵刃，往外蹿了出来，一瞧却没人了。

袁虎吓得急急忙忙逃出店外，见眼前有一片树林子，就跑进去一蹲，心里说："要有人追下来，我暗中拿铁链子打他。"偏巧没有人追。原来众人在客店的前后左右找了一遍，见没有踪迹，便回到了屋中，看见纪逢春把尿壶给摔了，都说傻小子太愣。纪逢春说："我白天没有跟贼人动手，晚上来了这个贼人行刺，我想拿他不费什么事，一茶壶他就跑了，活该他命不该绝。"石铸说："我想这必是小狼山的贼党前来行刺。"傻小子说："亏得我起来撒尿，才救了你们这些人的命，不然都把脑袋没了。"石铸说："傻小子倒有理了，咱们睡吧，明天等马贤弟的兵来，再去斩草除根。"

此时已是三鼓之后，袁虎在树林子蹲了半天，见没人追来，总是贼人胆虚，就站起来回转小狼山。天上月色朦胧，才出树林子，见对面来了俩人，只吓得战战兢兢，心中疑是窦家的人，有心再回转树林，已被来人看见，只得把刀一顺，冲上前来。及至切近一看，原来是两个老道，一样的打扮，年有三十余岁，头戴九梁道巾，身穿宝蓝道袍，背着宝剑。他仔细一看，认得是蟄龙沟的瘟瘟道人叶守敬，虎囤真人叶守清。这两人自佟家坞的佟家四柱被擒之后，便同着几个教中人，逃奔四川峨嵋山的通天宝灵观，保着八路都会总赛诸葛吴代光，又分头往天下劝教。这两人出来，一则为了访友，二则要约八卦教的人来给佟金柱报仇，尽找教中失散的人，在各处山林海岛到处访查。今天走到这里，正遇见了袁虎。两个老道口念一声无量佛,说:"袁将军久违少见。"袁虎说:"二位祖师意欲何往?"老道就把访查教中人,往天下劝教之事一说。袁虎也把小狼山朱义抢亲惹祸,怎么遇见和尚打他,现有官军营的差官,约同金家庄的乡兵前来剿山,袁龙已死在邓飞雄之手,今天自己行刺未成的话说了一遍。老道一听,哈哈大笑,说:"袁将军,这不要紧,我二人既来到这里,就给你哥哥把报仇了。明天他们来一个拿一个,我二人暂且不走了。本来打算要上迷魂庄,住在迷魂太岁那里去,这就不用去了,跟你回归小狼山就是。"袁虎说:"甚好,二位祖师爷跟我走。"

　　两个老道摇摇晃晃,跟袁虎回到小狼山,天色已然大亮,众贼尚未起来。袁虎说:"你二位暂且歇息歇息吧。"同到西跨院,打开铺盖,和衣而卧。天至正午,大众起来,袁虎就把昨夜之事说了一遍。众人请出老道,方要摆饭,只听外面喊杀连天,原来是马玉龙带领子弟兵,同众位英雄来打小狼山。要知后事如何,且看下回分解。

第二七四回

行刺未成遇妖道　贼人聚众战官兵

话说铁头狮子袁虎请出两个老道,同飞云、清风等正要吃饭,忽听外面一阵大乱,原来是小白猿窦福春同众位差官来打小狼山。

金棍将赛灵官郑华雄和邓飞雄两个人在头前领路,来到山前。郑华雄说:"今天头一阵是我的,我打前敌。"到东山口外,便把一百孩儿兵摆开。里面铁面大王朱义,就邀请二位老道下山助阵。混江鱼马忠,怀抱青铜蛾嵋刺,带领二百喽兵,迎出山口以外。瘟瘴道人叶守敬、虎囤真人叶守清一瞧是一百孩儿兵,为首的一个小孩子,提一条行者棒,这些小孩俱穿一样衣裳,每人都是一条檀木棍。老道说:"朱寨主,今天不用你出去,他们来一个,我拿一个,来一百,我拿五十双,放走一个,我就不叫叶守敬。"朱义说:"好,但愿祖师爷旗开得胜,马到成功。"那老道说完话,由队内跳了出来。金棍将郑华雄一瞧,来的是一个黑脸老道,头戴青缎子九梁道冠,身穿蓝缎道袍,青护领镶衬,足下白袜云鞋,背后背着宝剑,手中拿着拂尘。金棍将郑华雄不知他是谁,就拉棍过去,来到当场。老道说:"你好大胆量,敢来送死!你是何人?祖师爷剑下不死无名之鬼。"郑华雄说:"你家大太爷姓郑名华雄,绰号人称赛灵官金棍将。只因我寻找义兄邓飞雄,来到这里,遇见你们在此结党成群,占山为寇,欺压良民,扰乱地面。你等要知世务,趁此改邪归正,急速退去,你家大爷有好生之德,饶你等不死。"老道哈哈一笑,说:"好孽障!待山人将你结果了吧!"伸手拿出飞沙迷魂袋,照定郑华雄一丢。郑华雄闻着一股异香,知道不好,赶紧往回就跑,未及三步,扑通栽倒了。

马玉龙一瞧不好,赶紧掏出解药瓶,自己闻上,也给邓飞雄闻上,二人蹿了过去。老道正要举剑来杀郑爷,邓飞雄用红毛巾往上一迎,老道撤身跟邓飞雄交手,马玉龙便背起郑华雄,跑回了本队。邓飞雄跟老道动手,那老道抢在上风头,一丢迷魂袋,打算把邓爷摔倒。焉知邓飞雄已闻了解药,并不害怕。老道大吃一惊,他无非就倚仗迷魂袋胜人,并没多大能为,自己一想不好,转身便跑。虎囤真人叶守清瞧哥哥败下来,连忙问他怎么样? 叶守敬说:"不成,你我不要趟浑水,三十六着,走为上着。"两个老道径自逃走了。

袁虎一瞧,气往上冲,这两个老道虎头蛇尾,不能给兄长报仇,待我跟他一死相拼,赶过来恶狠狠地照定邓飞雄就砍。三五个照面,邓飞雄手起刀落,便将贼人杀死。朱义、马忠只吓得胆裂魂飞,两个不敢上前动手,落荒逃走。众英雄来到小狼山,放火烧了山寨,喽兵早已四散逃走了。飞云、清风和焦家二鬼,也往正北爬山越岭而去了。众英雄立刻分头追赶。窦福春要带着一百孩儿兵,跟随效力当差。马玉龙甚为喜悦,叫窦福春先回家安置安置,如今大人在宁夏府驻扎,你我就在那里会聚。

单说碧眼金蝉石铸,同纪逢春、武国兴、李环、李珮、孔寿、赵勇、小神童胜官保、冯元志、赵友义这十个人,顺着坡往正北追赶,马玉龙等人顺着大道往下追去。这些人相离飞云等不远,不过只有半里之遥。石铸说:"今天追赶贼人,有我和胜官保这两条棒,可以敌得了清风,只要追上,咱们大家可以将他等拿住。"众人说:"是。"紧紧追赶下去。

那四人舍命而逃,急急如丧家之犬,忙忙如漏网之鱼,石铸等十个人一直追到日色西斜,并未追上。石铸说:"众位,贼人脚程甚快,料想追不上了,天已不早,咱们找个所在歇息歇息。"大众说:"也好。"说着话,往前行走,一瞧远远有一所庄院,大概是一个大户人家。众人进了这个村庄,一看路北大门,石铸就上前叫门。这时由里面出来一个庄客说:"众位找谁? 有什么事?"石铸说:"在下姓石姓铸,我等跟随钦差彭大人当差,错过了客店,路过贵庄,我们想在贵处借宿一宵,明日一早起身。"家人说道:"我进去回禀一声,我家庄主爷倒是最好交友的,成了你别欢喜,不成你也别恼。"说毕,家人回身进去,工夫不大,又出来说:"你们众位来吧,我家庄主爷有请。"说着,就把众人往里让。石铸说:"贵处叫什么地方,属哪里管,庄主爷贵姓大名?"家人说:"我们这里叫押虎寨,这村庄全是姓赵的,属蓝田县管,我家庄主做买卖,叫赵鸿泰。"说着就进了大门。

石铸一看是西房三间,东房三间,迎门八字影壁。转过影壁,进了垂花门,里面是正北房五间,南房五间,东西厢房各三间,院中方砖墁地。里面一人,乃是乡中财主打扮,身穿蓝绸裤褂,白袜云鞋,并未穿长大衣服,说道:"原来是众位校尉老爷,今天来到敝庄,真是蓬荜生辉,众位请里面坐。"摆手就往里让。石铸等一进屋中，见挂着名人字画，花卉翎毛，山水人物，屋中的陈设无不讲究。众人落座，家人送上茶来。石铸说："庄主尊姓大名，作何生理?"这人说："在下姓赵名叫鸿泰，现有数十顷田，在家纳福。今天众位虎驾光临，此乃三生有幸，还未领教众位老爷贵姓。"石铸一一都给引见了，说："我们原是追贼而来，错过了镇店，来到贵庄搅扰。"赵鸿泰说："说哪里话来! 家中甚为便当。"吩咐家人摆酒。工夫不大，杯盘摆好。石铸一瞧，虽是乡村地方，也有鸡鸭鱼肉，甚是方便，斟出酒来，看看并不发浑，也无异香。庄主陪着大家喝酒谈心，谈说跟大人一路当差之事。吃到二更，众人喝的不少，觉着有些醉意了，大家这才散席。

　　家人撤去残席，就在北上房打点，拿出铺盖。赵鸿泰说："众位安歇吧，我不奉陪了。"赵鸿泰别了众位，向后面走去。石铸说："这位庄主倒很爱交友，待人甚厚。"他同胜官保、冯元志、赵友义住在东间，武杰、纪逢春、李环、李珮、孔寿、赵勇住在西间，大家将门闭好安歇。

　　原来这赵鸿泰虽是买卖人，却好交友，那逃走的叶守敬、叶守清，今天也住在他这花园子里，要劝赵鸿泰归八卦教，说有百般的好处，他也就信以为真。晚间他跟石铸席散之后，又来跟老道谈闲话，说他在前面应酬朋友，是钦差彭大人的差官投宿。老道听了心中一动，也没告诉赵鸿泰，说他跟彭大人的差官有仇，只想等他们睡了，前去结果他等的性命。不知众人性命如何，且看下回分解。

第二七五回

追四寇误走赵家庄　受毒香妖道刺差官

话说瘟瘟道人叶守敬、虎囤真人叶守清,听赵鸿泰无意中说出前面有彭大人的差官来此投宿。老道心中暗想:"这可活该,今天且等他睡着,用瘟瘟香将他等熏过去,一刀一个,全皆杀死,方出这胸中恶气。"想罢,等赵鸿泰也去安歇之后,有三鼓之时,两个老道换了夜行衣,由花园拧身上房,施展飞檐走壁之能,至前面北上房前坡,使一个珍珠倒卷帘,一听屋中呼声震耳,便由上面蹿了下来,将门拨开。叶守敬道:"兄弟,你给我巡风,有甚动作,捏嘴一打呼哨,我就出去。"叶守清点头答应。叶守敬看看无人,这才把自己鼻孔堵上,拿出瘟瘟香,用火点着,由东里间窗户送进去。有一炷香的工夫,又把瘟瘟香从西里间窗户送进去。自己闻上解药,把宝剑拉出,径奔屋中。刚到门槛,忽然房上一条黑影过来,吧嗒一声,有件暗器正打在叶守敬的后脑,乃是墨羽飞篁石。

叶守清在房上看见南房蹿出一个人来,赶紧打呼哨,由房上蹿下来。南房那人这时也跟着下来了。只见有二十余岁,头上青绢帕罩头,一身青,手拿一把利刃,叶守清便摆剑迎了上去。叶守敬的脑袋上给打了一个大疙瘩,他知道屋里的人都已被熏了过去,回身就蹿了过来,帮着叶守清动手。两个老道宝剑翻飞,那人的一口刀也门路精通,甚是骁勇,一面动着手,一面说:"好贼道!竟敢来这里窃取偷盗,今天我叫你们一个也跑不了!你也不知二大爷有多大能为。"

说着话,这院里的家丁等听见院中直嚷,也都醒了,齐喊拿贼。赵鸿泰正睡的朦胧,听外面齐喊拿贼,自己赶紧起来。他也学过武艺,吩咐家人不要乱,点上灯笼火把、亮子油松,跟着前去,说:"好大胆贼人!竟敢到我家偷盗,今天休想逃走。"说着,带家人来到前面一瞧,借着灯光,只见两个老道正同一个少年杀的难解难分。赵鸿泰赶紧嚷道:"别动手,这可不是外人,大水冲了龙王庙,一家人不认一家人。"两个老道往圈外一跳,那位少年英雄也闪在一旁。赵鸿泰说:"过来,我给你们引见。"

那位少年英雄,乃是赵鸿泰的表弟,名叫甄道远,外号人称神刀太保,保镖久走嘉峪关边外,时常上他表兄这里来的。表兄弟两个甚是相投,今天来探望他表兄,见这两个老道拨门,他只当是贼。赵鸿泰给他们引见说:"二位道友,不在后面睡觉,到前面来做什么呢?"老道说:"甄贤弟既是你表弟,也不是外人,实对你说吧,我们跟彭钦差的差官仇深似海,我今天在后面听你说他们在此投宿,要来结果他等的性命。"赵鸿泰说:"不可,这些人既是跟彭大人的差官,要在别处我不管,如今在我家里,岂不害了我了?"甄道远说:"二位道友,不可这样粗鲁,你们跟他等有仇,在别处可以,要在我表兄家里杀官,情如造反,叫官兵知道了,准得抄家。"两个老道说:"我们已用瘟瘟香把他们薰过去了。"赵鸿泰:"那可不行,就是打我这里弄走也不可以。你们二位到我这里住着,我预备吃喝,没把你们二位待错,要在我家做这件事,那还了得!"叶守敬说:"兄弟,咱们可是八拜之交,白天我跟你说的话可还记得? 就是你这位表弟,也如同我的表弟一般。我想,你们哥俩要是归了我们天地会,准是高官得做,往后得了天下,也是开疆拓土的功臣,裂土分茅的大将。"

赵鸿泰一听,心中犹疑,他早想归心八卦教。只是他这表弟仗着一身好能为,虽在保镖,却有些世路不通,便说:"要是归了八卦教,把他们十个人一杀,我们的家眷又怎么办?"叶守敬说:"家眷仍在这里住着,不要紧。"赵鸿泰说:"既然如此,要杀就杀吧。只是他们此时不要醒了。"叶守敬说:"不能,我那瘟瘟香管三个时辰,此时还不到四更。"赵鸿泰说:"你们二位去杀吧,杀完叫人抬到后头一埋就得了。"老道说:"咱把他们杀了,我给你走转牌,到四川峨嵋山去见为首之人,那时记你大功一件。"说着话,进到东西里间,见黑洞洞的,叫家人点上灯光一瞧,屋中已一个人没有。两个老道齐声嚷道:"明明白白听他们在屋中睡觉,呼声震耳,我已拿瘟瘟香薰过去了的,怎么会没人?"立刻带着家人四下寻找,前后都找不到人。赵鸿泰说:"了不得了! 这个乱你给我惹人了,这里头必有能人,把他们救了回去,官兵一来,必要把我这村庄打下。"老道说:"不要紧,我二人在这里住两天,他来了有我们呢。咱们先把屋中的灯点上,再从长计议。"四个人进到屋中,把灯点上,各处又照了一照,还是没有踪迹。

书中交代:什么事总有因由,原来那瘟瘟香刚往东里间送了进去,碧眼金蝉石铸却正醒着,见窗户一响,送进一个香头来,就知不是瘟瘴香,必是薰香。马玉龙在吴家堡得的解药,石铸也得了一瓶,便赶紧掏出来自己闻上、又给胜官保、冯元志、赵友义闻上,慢慢将众人推醒,这才奔西里间,把武杰等人推醒,也都闻上解药。众人起来,在屋中一声不言语,各拿兵刃等着老道进来。只见外头有一人来同老道动手,石铸和众人就从后窗蹿出,来到无人之处,大家商议此事应该怎么办?胜官保说:"你老人家愿意怎么办就怎么办吧。"石铸说:"你们等我再进去探听探听。"复返回来,正听到老道要杀众人,赵鸿泰先不愿意,后来老道一劝,赵鸿泰也就依从了。石铸听得明白,蹿出外面,见了众人说:"咱们在此投宿,这位赵庄主不错,却遇见这两个贼道,实在可恶,等他睡着,咱们把他杀了得了。"

众人在外面等到四更以后,这才蹿房进去,见屋中灯光闪烁,又听老道说:"你二位只管放心,差官来了,有我们呢?"赵鸿泰说:"你们二位道爷还是走吧,差官爷爷再来,我央求央求就完了,你们二位在这里不好办。"两个老道说:"我们走吧!"站起身来往外就走。石铸悄悄对众人说:"咱们去外头等他。"

这十个人来到庄外,各持兵刃,先闻上了解药。大家知道妖道没多大能为,就倚仗着瘟瘴香。在村前等候多时,只见两个老道由对面过来。石铸这才一声喊嚷:"好贼!今天你暗设诡计,打算要谋害你家众位老爷,焉知天神不容,我等在此已等了多时,待我来拿你。"胜官保说:"石爷爷!咱们两人拿杆棒硬抽这两个杂毛老道。"石铸和胜官保拉着杆棒就扑奔过去。老道一摆宝剑,照石铸劈头杀来,石铸往旁边一闪,抖杆棒就把叶守清摔了一个筋斗。胜官保那边,也是一照面,就把叶守敬摔倒了。两个老道爬起来,吓得胆裂魂飞,往北就跑。众人一直追到天明,前面到了一个山口,一看甚是险要,刚要追了进去,忽然一棒锣声,出来无数喽兵,将众人去路阻住。不知后事如何,且看下回分解。

第二七六回

石铸智破瘟瘴香　十杰追贼逢险地

话说石铸等十人追赶两个老道,追了十数里之遥,天已大亮。来至一个山口,石铸一看,是个鹅头峰,甚是险恶,只要有人把守,万夫难过。一看那两个老道已跑进山口,众人追的头尾相连,不过只有三四箭远。方追入山口,就听里面一派锣声,人声呐喊。众人往对面一看,来了有三四百喽兵,各执刀枪棍棒,把老道放了过去。那为首之人,年在三十以外,身穿蓝绸裤褂,足下青缎抓地虎靴子,手中擎着一条花枪,骑着一匹白马,用手中枪一指说:"哪里来的小辈,胆敢这样造次?"石铸说:"你要问,我姓石名铸,绰号人称碧眼金蝉。我等跟随钦差彭大人当差,捉拿天地会、八卦教的反贼。你要知时达务,趁此把老道放了出来,万事皆休,如若不然,杀进去鸡犬不留。"为首的那个山贼一听,哈哈大笑,说:"我打算是谁,原来你等是彭赃官手下的差官,你还不知道你家大王爷的厉害呢!方才那两位老道是我的拜兄,今天既来到这里,我焉能叫你等拿去?"石铸说:"你这厮好生大胆,莫非还敢拒捕?快报上名来,我先将你拿住。"那人说:"你要问,你家大王爷这山叫大狼山,我姓杨名堃,外号人称出洞鼠。"石铸说:"原来是个无知的小辈,待我拿你。"石铸方要过去,后面小丙灵冯元志一声喊嚷:"石大爷闪开,待我拿他。"说着话,抡刀过去就剁。杨堃用枪相迎,一个在马上,一个在步下,冯元志抖手一镖,杨堃急忙一闪身躲开了,头只躲过,二只又到,正打在贼人的左肩头上。贼人掉转马头,往队里就跑,说:"你等别走,走者不是英雄。"

言犹未了,只见喽兵队里一声呐喊,说:"贤弟休要惊慌,待我来拿他。"说着往前一蹿。冯元志抬头一看,见这人约有四十余岁,面似黑炭,一双怪眼,头上青绢扎头,一身青,手中拿着一口鬼头刀,带着一个兜囊,也不知装的什么东西。冯元志把刀一摆,说:"小辈你是何人?通上名来。"这人说:"小辈要问,我乃大狼山的二寨主,姓甄双名士杰,绰号人称迷魂太岁。"原来这座大狼山有三个寨主,大寨主出洞鼠杨堃,二寨主迷魂太岁甄士杰,三寨主粉面哪吒贾士源。这三人在此招聚了四五百喽兵,打劫来往客商,平素就不安本分,发卖薰香、迷魂药、鸡鸣五鼓返魂香,时常有江洋大盗跟他等来往。这山极其险要,今天是大寨主、二寨主下山,三寨主守寨。杨堃一败,甄士杰气往上冲,便赶奔上来,通了姓名,提刀照定冯元志分心就刺。二人各施所能,冯元志抖手就是一镖,贼人闪身躲开,二只镖又到了,一连三只,贼人身子灵便,俱都闪开。见这连珠穿梭镖并未伤着他,贼人哈哈一笑,说:"好小辈!人无害虎心,虎有食人意。"说着就抢到上风头,用飞沙迷魂袋照冯元志一丢。冯元志闻着一股异香,只觉得头昏眼花,翻身栽倒。

这边小火祖赵友义一看,气往上冲,大骂道:"奸贼!胆敢伤我兄长,待我结果你的性命。"往前一赶,就与迷魂太岁甄士杰杀在一处。二人走了七八个照面,甄士杰又把迷魂袋一丢,赵友义闻见一股异香,也是头昏眼花,翻身栽倒了。那边早有喽兵用钩子钩过去,把两个人俱皆捆上。

傻小子纪逢春一瞧就急了,忙说:"好呀,把我们的人全给拿去了。"把短锤一摆,跳过去一声呐喊:"好贼崽子,待我拿你。"纪逢春直嚷:"捅嘴、扫腿、掏心、贯耳!"甄士杰往旁一闪,用迷魂袋照着纪逢春一丢,傻小子也咕咚栽倒。武杰一看,说:"唔呀,混账王八羔子!胆敢把我的朋友伤害,我今天跟你没完。"摆手中刀蹿过去,冷不防就是一镖。贼人闪身躲开,往前蹿了过来,用迷魂袋向前一丢,武杰闻着香,立即翻身栽倒,早有喽兵拉过去捆上。李环、李珮一瞧事情不好,两个人拉刀赶了过去,破口大骂:"贼人,我跟你势不两立。"二人打算一齐拥上,捉拿贼人,焉想到三个照面,又被迷魂袋摔倒。

孔寿、赵勇一瞧,来了十个人,叫人拿住六个,自己还回去做什么?各拉短链锤扑奔过去,照定贼人就打。甄士杰身子往旁一闪,说:"来的两个小辈,你是何人?"孔寿说:"贼人要问,你家老爷姓孔名寿,绰号人称黄面金刚。"赵勇说:"你家太爷姓赵名勇,人称白面秀士。"道完名姓,贼人一丢迷魂袋,二人一闻异香,即刻栽倒,被获遭擒。

这个时光,把胜官保难住了,有心走吧,众人都被擒了,有心不走,过去也得躺下。连碧眼金蝉石铸那样精明强干之人,这时也痴呆发愣,没有主意。他把解药闻上一点,又给胜官保闻上一点,却不知道这解药能行不能行?两个人闻上了解药,胜官保说:"咱们爷俩听天由命吧!"说着话,一抖龙斗杆棒,扑奔甄士杰。贼人一瞧,来了一个小孩,手中擎着一条形同怪蟒的兵刃,便说:"来者你是何人?"胜官保说:"贼人要问,太爷姓胜名官保,绰号人称小神童。你趁此把我的朋友放开,万事全休,如若不然,我当即结果你的性命。"甄士杰一听,微微冷笑说:"你这小畜生,真是找死。"说着话,抡刀照定胜官保剁来。胜官保闪身躲开,尚未还手,甄士杰一丢迷魂袋,一闻异香,翻身栽倒在地。石铸一瞧胜官保被获遭擒,心想:"当初是我把他带出来的,你还是个小孩子,再说银头皓首胜奎屡次托付于我,今天他若受害,我怎么回去见人?"这才一声呐喊:"好贼! 你等在大狼山落草为寇,胆敢拒捕官兵,今天石大太爷这条命不要了。"说着话,用杆棒照定贼人就缠。甄士杰早地拔葱,往起一纵,躲开杆棒,又施展出野战八方藏刀式,照定石铸砍来。石铸往旁一闪,贼人用迷魂袋就丢。石铸一瞧,吓得魂飞千里,掉头往回就跑,那甄士杰捡起迷魂袋随后追来。石铸一想:"众人被擒,我莫若跟贼人一死相拼。"想罢,掉回头又跟贼人动手。三四个照面,贼人把迷魂袋一甩,石铸一闻香气便翻身栽倒。甄士杰见石铸也躺下了,哈哈大笑,吩咐手下把这十个人搭到大狼山寨中,绑在分赃聚义厅,开膛摘心,做人心汤,我要痛饮一醉。手下喽兵答应,搭着十个人,径奔里面分赃聚义厅,众喽兵就各归汛地。

　　此时里面的两位寨主,正同两个老道在大厅吃酒。甄士杰领着喽兵,将十位差官放在大厅前,说道:"小弟已将这十个小辈拿住了。"老道说:"好,既然如是,将这十个人绑在后面,拿解药把他们解过来,再结果他们的性命,叫他等死的明明白白。"大寨主出洞鼠杨壑说:"也好。"吩咐手下将十个人绑在外面两旁的木桩之上,交给喽兵一瓶解药,在众人鼻孔上抹了一点。工夫不大,这十个人俱皆苏醒过来,睁眼一瞧,是正北五间大厅,两旁有几十名喽兵站立伺候,当中坐定出洞鼠杨壑,旁坐瘟瘴道人叶守敬、虎囤真人叶守清,下首是二寨主、三寨主。只听得大寨主一声吩咐,要把他们十个人开膛摘心。不知十位差官性命如何,且看下回分解。

第二七七回

众差官山寨被获　姚广寿独斗群贼

　　话说大狼山的三个山贼,在分赃聚义厅款待两个老道,把十个差官都绑在柱上。甄士杰吩咐喽兵,用解药把众人解过来。他这迷魂药是百发百中,自己配的独一份,发卖给绿林中的贼寇,十两银一换,又撒下小贼前去拍花,取人的眼珠、肾子来配药,净做些伤天害理之事。三寨主贾士源是他师弟,也跟他习学。他们两个炼的这宗迷魂药,全是住在野鸟山配仙观的奥妙真人卞文通所传。故此今天拿这十个人,不费吹灰之力。

　　大寨主出洞鼠杨堃正要吩咐把十个人开膛摘心,旁有贾士源说:"兄长且慢! 咱们三个人落草,占山为寇,乃出于不得已而为之。咱们跟彭大人的差官无仇无冤,杀官如同造反,据我看是杀不得的。"杨堃说:"三弟,怎么杀不得?"贾士源说:"要是杀了,官兵一来,那时大狼山玉石不分,悔之晚矣!"杨堃说:"三弟,你说的这话也对,无奈擒虎容易放虎难,既把他等拿住,要是不杀,放虎归山,长出爪牙,定要伤人,斩草若不除根,终为丧身之害。"甄士杰说:"你们哥俩不必说了,咱们既已占山为寇,还怕什么王法?"老道在旁微微一笑,说:"我也多言一句,这几个人要是慈心一放,乱就大了,把他们杀了没事,大丈夫做事要有决断,当断不断,反受其乱。"众人一听老道的话,倒也有理。大寨主杨堃说:"既是道兄这么说,就不必思前想后了,咱们先摆酒,叫手下人把他们十个人开膛摘心吧!"那三寨主说:"也好。"

　　说着,已经拿上酒菜来了。内有一个喽兵头目,名叫吴长禄,山上杀人都是他。这小子长的一脸横肉,凶眉恶眼。他在外面伺候这个差使,叫伙伴预备下一个大木盆,牛耳尖刀一把。这十个人在东边绑着五个,西边绑着五个。头一个是石铸,第二个是胜官保,第三个是冯元志,第四是个赵友义,第五个是傻小子,就要先打石铸这边杀起。众人面面相觑,那纪逢春嚷道:"石大哥,咱们今日都死在这里了。我才冤哪! 连媳妇都没摸着,我这辈子白活了! 我若再托生为人,早早娶个媳妇,省得不娶媳妇就死。"石铸说:"你别嚷,你也不怕人笑话,丈夫生而何欢,死而何惧!"正说着话,吴长禄已把木盆放在石铸跟前,手拿一把尖刀,有一尺多长,三指宽,在嘴上一咬,就把石铸的衣裳纽子打解,往左右一分。石铸把眼睛一闭,就等一死。吴长禄拿刀冲石铸胸前一递,就听扑哧一声,红光皆冒,鲜血迸流。石铸并没有死,倒是吴长禄手背上挨了一石子,疼的在石铸跟前哇呀呀直嚷。正嚷着,又有一石头子打在吴长禄鼻梁之上,一连挨了两下。喽兵一乱说:"了不得了,上面有人。"只见房上有一人,手中拿着暗器,正往下打来。三位寨主一瞧,赶紧各抄兵刃,出洞鼠杨堃就要上房。房上这人一声喊嚷:"哒!你们这些小辈好生大胆,光天化日,胆敢在此杀人。"杨堃蹿上北房,一看是位少年,手中擎着一口单刀。杨堃刚打北房往东房蹿,这人一抖手,一墨羽飞篁石正打在他的面门上。杨堃气往上冲,方要过去,这人拨头就跑了。

书中交代:来者这位,乃是飞行太保姚广寿。他在尹家川把事情办完,本来打算回家看看母亲,叫众人先走,替他在大人台前告假,他回家安置安置,随后再来追大人。他回到姚家寨,见了母亲,就把众人保举他跟大人效力的话一说。他母亲甚是愿意,就说:"理应如是,男子汉大丈夫,总要奔个正路,你好好当差,倘能得个一官半职,光宗耀祖,老身看着也欢喜。你也不必挂念老身,家中自有我来照料。"姚广寿把家中安置好了,住上一天,就辞别母亲起身,径奔宁夏府。这天走到大狼山,远远看见石铸等人跟山贼动手,被人用迷魂袋拿住了。姚广寿一瞧,心想:"了不得了,这是同事的差官老爷,我可不能不管。"又想:"石铸被人家用迷魂袋一丢,人就躺下了,我过去也得被擒,莫如晚上暗到山寨一瞧,大约他们暂时也不能就杀。"这才隐在一旁,等山贼过去,把道路探了探,然后找个山庄吃过东西,候至天黑便径奔大狼山而来。

入了山口,也没喽兵巡查,顺着山坡上去,来到寨门,远远看去有人把守,号灯齐明,绕着来到东边,拧身蹿上寨墙,到分赃厅一瞧,贼人正要杀害石铸。姚广寿赶紧掏出石头子,照着拿刀之人就是一下,正好打在手背上,又一石子打在贼人的面门。贼人一乱,杨堃立刻追赶。姚广寿一想:"我一人敌不了这一伙贼,救不了众人。"想罢,就往外跑,杨堃焉能追得上他。原来姚广寿脚程甚愉,由前寨一打弯,就来到了后寨,在房上往上一瞧,房屋不少,灯光闪烁,北上房五间,东西配房各三间。姚广寿蹿到院中,来到北上房窗外,听见有妇人说话,就用舌尖把窗纸舔破,往房中看去。只见屋中坐着一个妇人，一个女子，那妇人年约三十来岁，打扮风流，面带妖淫之色，这女子有十七八岁，长得也十分俊丽。这山寨里就是二寨主有家眷，只听婆子说："寨主奶奶！今天前寨敢情杀人哪！"这妇人说："杀谁哪？"婆子说："早晨来了两个老道，那些追老道的人，俱被寨主爷用迷魂袋拿住，现在绑在外面，就要开膛摘心。"这个妇人说："天也不早了，你到外面问问二寨主爷，什么时候吃饭来；再者，后头没人也不便。"姚广寿一想："他们往前去，我在后面放一把火，就能把他们引过来。"他一找，见后院三间东房里面堆着柴禾，就把自来火拿出来，用硫磺一引，顿时烈焰腾空。姚广寿蹿房越脊，来至前面暗中观看。那出洞鼠杨堃、二寨主迷魂太岁甄士杰、三寨主贾士源刚回到分赃聚义厅，正跟两个老道说话，忽听后面传锣一响，蹿出聚义厅一看，只见烈焰悄空，众人吓得三魂出窍。不知后事如何，且看下回分解。

第二七八回

英雄智救众差官　侠客带兵剿贼寇

话说三个贼人由大厅出来，两个老道跟随在后，就见后面烈焰腾空。山上着火最不好救，群贼急忙奔至后面救火，也顾不得杀这十个人了。大家来到后面一瞧，原来是堆柴的屋子着了火，赶紧叫喽兵挑水来救。此时姚广寿由房上跳下，大厅之内就剩这十位差官还在桩上绑着。姚广寿立刻用刀把绳子一根根割断，把众人的兵刃盗了出来，大家便随着他走出寨外。

杨堃等人把火救灭，回到前面一瞧，十个人已踪迹不见。杨堃说："不不得了！十个人一走，这个乱就大了。方才起火，是我等中了调虎离山之计。"甄士杰说："咱们赶紧追吧！要放走他们，真是纵虎归山，长出牙爪定要伤人。"就带着手下二十多名喽兵，和两个老道追出寨外。

众人一见贼人追来，姚广寿说："贼人追下来了。"石铸说："咱们别动手，要凭你我的能为，一刀一枪，倒也不怕；只是贼人有迷魂袋，不但不能取胜，还得甘拜下风。依我之见，趁此逃走，调官兵再来拿他。只要追上马大人，他有五百子弟兵，咱们带来可以报仇。"众人说好，便顺着山坡逃走，不敢停步，一直跑到天已初明，才到了一个镇店。

这里属凉州所管，有一道河，地名叫野马川。众人进了南村口，跑的又渴又饿，打算找一个卖便饭的地方，吃点什么东西，歇息一下。正往前走，见十字街路北有一座大店，门口插着旗子，写的是"钦差查办陕甘事务彭公馆"。众人一瞧，止住脚步，既是钦差大人在这里就好了。大家来到店门口，说："辛苦，大人住在这里吗，我们是跟大人当差的。"伙计说："你们众位既是跟大人当差的，进来吧。跟大人当差的都在西配房，大人在北上房。"石铸等人奔西配房，一掀帘子，见屋中是花枪太保刘得勇、刘得猛、赵文升、段文龙、曾天寿。石铸说："敢情是你们几位，北上房是钦差大人么？"曾天寿说："不是，是忠义侠马大人，还有追风侠、千里侠、伍氏三雄、邱爷这些人，都是不爱做官的，大家为的是能跟马大人凑在一处。"石铸说："好，这倒巧了，我们正找你们众位。"姚广寿就问："谁保着钦差起身？"曾天寿说："是二位苏老爷，还有徐、刘二位大人，陈山、周玉祥、胜奎三位老英雄，就是他们几位。"石铸说："咱们见马大人去，马大人的兵在这里没有？"曾天寿说："在这对过的店里。"石铸说："既然如是，好的很，咱们就去告诉马大人。"

从人同着石铸来到以北上房，马玉龙一瞧石铸等人来了，大家彼此见礼。马玉龙问道："石大爷，众位从哪里来？"石铸就把前事说了一遍。马玉龙说："这下应当怎么办呢？"石铸说："调兵前去剿山。"马玉龙说："不必调官兵，有这五百子弟兵足够了。先叫胡元豹领了去，再把邓爷请上，跟你们一起去。"石铸说："也好，就请邓爷辛苦一趟吧。"邓爷点头答应。吃完了饭，大家说："咱们在宁夏会齐吧。"姚广寿这次没去，就添上邓爷和胡元豹，同着石铸原来的十个人，带着五百子弟兵，径奔大狼山而去。马玉龙也算还店账，起身奔宁夏府。

单说石铸来到大狼山，把队伍列开，派探子进山口打探。工夫不大，探子回来禀报："山内不见一人，也无什么动作。"邓爷说："贼人必有诡计，咱们且等等，他不出来再说，办事要胆大心细，务须谨慎。"众人在此停留了一天，到日色平西，还不见贼人出来。邓爷说"咱们先扎营吧。"就在离山口三四里远的地方，扎下营头，埋锅造饭，邓爷又亲身出来巡查。

书中交代：大狼山这杰贼人原来早有预备，怕彭大人的兵来，就叫喽兵都藏进了山洞。甄士杰把家眷送到甄家屯，那里离狼山三十五里地，把细软东西都运了出去。他们三人躲起来，叫喽兵扮作打柴行路的样子在外哨探，有什么动作便赶紧回来禀报。官兵一到，在山口安了营，喽兵进来禀报，三位寨主就在一起商量。甄士杰说："现在两个老道已走，他们引狼入穴，咱们跟官兵打仗不行。"出洞鼠杨堃说："依我愚见，今天不必出去，明天他们也必不能走。趁他没有防范，咱们带喽兵去烧他的粮草，抢他的营寨，杀他个片甲不归。"贼人商量好了，就在山洞藏了一夜。次日没有出去，派人一探，官兵也没走。

邓飞雄见一天没甚动作，就要进去搜山。石铸说："不必，咱们山路不熟，会中贼人的埋伏。不如再等一天，没甚动作再说。"第二天，料想贼人不敢出来，大家就都大意了。焉想到天有二鼓之时，忽听外面一阵大乱。幸亏邓飞雄在中军帐还没睡，听到外头一乱，便赶紧掌号。众子弟兵都是和衣而卧,就怕有甚动作。众家英雄出去一瞧,见后面起火,刚要前去救火,那贼人已由前面杀来,众子弟兵就上前迎敌。马玉龙、邓飞雄的兵俱是久临大敌,并不心慌,知道自己队伍一乱,更了不得了!昏夜一战,直战到天明,喽兵如何是官兵的对手,大败之下,只得又往山内逃窜。邓飞雄吩咐往下追赶,贼人一看官兵追来,回头又战,还是大败而逃。出洞鼠杨堃一瞧事情不好,三个人便爬山越岭逃走了。邓飞雄带兵到山寨去搜,把房子连死尸一烧,只烧的片瓦不存,尺木未剩。大兵歇了半天,这才往下赶路,径奔宁夏府。

　　单说钦差大人自庆阳府起身,这日到了宁夏府,早有宁夏府的巡抚喜崇阿和将军庆祥,领着文武官员迎接钦差到了公馆。喜大人、庆将军上来参见,彼此落座,便问钦差来此何干?彭钦差说:“只因番王十年未曾来朝,圣上派我来此查办。”喜大人说:“我这里现有一宗怪事,要请大人来给我参悟参悟。”彭公就问:“喜大人,有什么事情请讲。”这位巡抚喜大人,跟彭公在京原是街坊,二人由做京官之时就相熟了。喜大人说:“大人要问,我自到任两个多月,后花园就闹妖精,把我儿也丢了。我儿今年十九岁,跟我随任在花园读书,好静不好游逛,却在夜晚无故丢了。我膝下仅有此子,只得祷告天地。直至如今,还时常闹妖呢。”彭公说:“不要紧,跟我当差的倒有胆子大的,等他们来了,叫他们给你看守看守,瞧瞧是什么妖怪。”喜大人说:“恳求钦差大人代我办办此事。”彭公说:“他们大概一半天也就来了。”说完,喜大人、庆将军便告辞走了。此时徐胜已接任甘肃宁夏总兵。大人就住在公馆,单的听差伺候。次日,马玉龙来参见了钦差。过两天,石铸等也来了,众人都来参见大人。大人说:“现在喜大人家有一件怪事。”众人一问,大人如此如彼一说,便有几个英雄,要到花园去捉精怪。不知后事如何,且看下回分解。

第二七九回

巡抚衙差官捉妖　纪逢春追妖被害

话说众差官一听大人说巡抚衙门闹妖精,半信半疑,内中就有石铸、胜官保、小玉虎李芳、小太保钱玉、飞行太保姚广寿、神拳太保曾天寿、小蝎子武杰、打虎太保纪逢春八个人凑胆子,要上巡抚衙门花园去捉妖。

众人吃完了晚饭,各带兵刃,径奔巡抚衙门。往里一回禀,喜大人即派人把八位差官请到厅房。石铸见了喜大人说:"我等奉大人谕,说喜大人这里闹妖精,派我等来查看动静。"喜大人吩咐手下人,把茶献上来,问道:"你们几位贵姓,跟大人当差几年了?"石铸说:"我等跟大人当差不久,这位武老爷是实任天津卫守备,现在保升游击,这位纪老爷是狼山的千总,沿路办过几案,蒙大人保举升了守备,这曾天寿、姚广寿、李芳、钱玉、胜官保五位都是六品军功,我保的五品顶戴把总,都是屡次剿灭邪教,蒙大人保举提拔。前在会仙亭拿邪教韩登,大人又递了保举折子,现在还没见旨意。"喜大人说:"今天你们几位既来,后面有三间花厅,给你们几位预备点酒菜果子点心就是了。可也不知是怪是妖,我衙门里也没人敢往后头去。前者我有一个家人,他胆子最大,不信鬼神,他自己往后去了,一去就没见出来。第二天一找,已死在后头,脸也黑了。如今是谁也不敢上后头去了。"武杰听到这里,发根一箸①,身上直冒凉气。大众说:"这个事太险了,咱们要叫妖精害了怎么办?"石铸说:"人心里没鬼,就没有鬼。不要紧,请放宽心,咱们上后面去吧。既来了,喜大人已经预备了酒菜,咱们大家就去喝酒。"众人这才辞别喜大人,由家人带着,拐弯抹角地来到后面,一瞧这个地方可真不小,绕过五间楼,就是一座花厅,四外有好些树木。石铸一瞧倒很清雅,此时天才黑,有四五个家人仗着胆子,把屋子打扫打扫,点了纱灯,又挑来一桌酒菜,拿来了茶水,预备下一个炭火炉子。众家人说:"我们可不敢在这里伺候众位老爷们,我们没这个胆子。"石铸

---

① 箸(zhà)——张开。

说："你们去吧。"众家人便出去听候消息。

石铸说："咱们今天来捉鬼，可也不一定是鬼，不管他是妖是怪，都把家伙预备在手，要有动作，咱们一齐出去。"大家说："就是吧，咱们先喝酒。"直吃到月上花梢，天有三鼓的光景，石铸说："没什么动作，要是鬼怪也该来了，大概是什么仙家。"众人说："咱们歇歇吧。"大家倒下就睡，忽听扑通一声，众人只吓的目瞪口呆。石铸说："咱们出去瞧瞧。"大家各抄兵刃出去一看，见东房上出现一个东西，四条腿，一身黑毛，两眼似灯，其形似牛。胜官保小孩眼尖，说："你们瞧，了不得了，那是个狗熊，给他一镖吧。"武杰抖手就是一镖，那东西闪身躲开，拨头就跑。众人一瞧，这东西蹿房越脊，连这些会飞檐走壁之人都没它快。大家追出院子不远，石铸说："天已四更了，不必追了。"大众这才回来。石铸说："这妖精真快，据我看来，此事可真奇怪。"正说着话，又听外头扑通一声，由西房上蹿下一个东西来，也是那样。众人倚仗人多胆大，上前就追，只见那东西把口一张，黑糊糊一宗物件，扑奔曾天寿而来。曾天寿一看不好，扑通翻身栽倒。小太保钱玉一瞧，方要过去，东房上又下来一个，也是四条腿，一身黑毛，扑奔过来，钱玉就翻身栽倒了。这两个怪物背起曾天寿、钱玉，蹿房就跑。众人吓了一跳，石铸说："快追吧，如他两个被妖精背走，明天咱们见大人何言交代？非得赶上，就是死了，也得把死尸抢回来。"

众人向前追去，一瞧那两个怪物跑的甚快。小玉虎李芳、小神童胜官保二人想："这会是什么妖怪呢？"再往前追，此时天已大亮，就瞧见那两个东西出了城门。石铸、武国兴、纪逢春、姚广寿、胜官保、李芳六个人苦苦追赶，大家一直追出了嘉峪关。众人追出边外，已到巳牌时分，这两个东西便踪迹不见。众人正在发愣，只见山坡上过来了一头白驴。傻小子说："小蝎子，你瞧咱们的造化来了，拉这驴无骑两步再说。"纪逢春才一过去，就见这驴一张嘴，出来一股黑东西，直奔他的哽嗓，傻小子翻身栽倒，这条驴也回身就跑。姚广寿过去把纪逢春背了起来，也不敢再往上追了。大家回到巡抚衙门，禀明了喜崇阿。喜大人打发人把他们送到公馆。

石铸一见大人，大人就问："昨晚上你们捉妖怎么样了？"石铸说："大约这妖不是这个地方的，是远处来的吧。"大人说："何以见得？"石铸说："昨天来了两个怪物，一个像狗熊，一个像虎，打口里出来一股黑气，把曾天寿、钱玉两个人打躺下，不知死活，背起来就跑，那东西不会驾风，却跑得真快。我们追过嘉峪关有三十里地，就找不着了。一瞧山坡上又过来一头白驴，纪逢春方要去拉，这驴口中喷出一股毒汁，就把他打倒躺下，人事不知。我们也不敢再追，把纪逢春背了回来，一摸他的心直跳，四肢发硬，不知什么缘故？"大人一想，这事真怪，便叫人把纪逢春抬过来，一看脸上、脖子上都有黑印，四肢发硬，心口倒还是热的。大人赶紧吩咐当差的人去请高明先生，来给瞧瞧他受的什么伤，好给他调治。

　　这里有一位高先生，叫高焕彩，看内外二科，在宁夏府大大有名。听差的出去，就把高先生请到公馆来了。高先生一看，说："可了不得，幸亏我来，要再过一个时辰，毒气攻心就得死。"赶紧掏出一粒药，用阴阳水化开一半，把牙关撬开灌了下去。高先生说："这是中的毒汁。"石铸说："不错，是个驴精喷的。"先生说："我给他上的药，要等一个时辰，如能出恭，我包好，要是毒下不来，你们就给预备吧，准死无疑。"这里款待先生。别瞧这傻小子，倒很有人缘，素常他跟谁都不错，这时那些当差的都过来瞧他，说："这个人不能遭这个害，真可惜！"等了有一个时辰，就听纪逢春肚子咕噜一响。石铸说："我知道他死不了，一生天真烂漫，岂至受这个报？要是伶牙俐齿，永远没实话，他就死了。这都是忠厚的好处。"有一炷香工夫，他要出恭，拉的像是黑油一般。叫先生瞧了瞧，那先生说："好了。"又给了一粒药，便告辞说："明天再来给他药吃。"

　　先生走后，众人说："咱们得设法去找回钱玉、曾天寿这二人。"内中神枪太保钱文华最动心，一个是他的儿子，一个是他的内侄。石铸说："不要着急，人不该死，五行有救。"正说着，由外面跑进来一人说："来了人了。"石铸等人往外一看，不禁大喜，他老人家一来，要办这妖怪之事，即在他的身上。不知来人是谁，且看下回分解。

第二八〇回
欧阳德识破假妖　伯公子被虏关外

话说众位差官劝解钱文华道："不必伤感,吉人自有天相,看令郎的五官相貌,绝不像短寿之人,慢慢打听必有下落。"钱文华说："老夫就有此子,爱如掌上明珠,倘有差错,老夫决不能生。"众人正说着话,有所差人进来禀报："现在外面有一个蛮子和尚,要见众位老爷,瞧他像个奸细,这么热的天还戴着棉僧帽,穿着棉僧衣,背着蒲团,拿着铁杆烟袋、红缎子葫芦荷包。"石铸等一听,全跑出去一瞧,原来是小方朔欧阳德。

金眼雕忙过来说："好,欧阳贤弟,你也来了,我正打算派人去找你来此。"大家俱过去见礼。欧阳德说："唔呀,你们众位都好哉!"说着话,就要到里面给大人请安。大家齐往里让。欧阳德先来到差官房落座,开口说道："我本来打算不到这里来的,听说大人在这里,我要来看看。"金眼雕说："你来的好,有一件怪事,大概瞒不了你。巡抚喜大人的少爷丢了,两个多月没有下落,现在巡抚衙门花园里还在闹妖怪。昨天派人去捉妖,来了一只虎,一只熊,背走两个人。众人追到骆驼岭,那边有一头白驴,纪逢春贪便宜过去一拉,那驴张口吐出一股毒汁,把傻小子打倒了,人事不知。幸亏请了一位高先生,才给救过来。你想想,这是什么事情?"欧阳德一听,说："这事怪哉! 你等先不要忙乱,我必要办出一个章程来。"马玉龙等众人问："欧阳兄有什么主意呢?"欧阳德说："今天我就到巡抚衙门去捉妖,看看这个妖精是什么样子。"众人说好,这才同他来见钦差大人。大人甚是喜悦,吩咐手下赏欧阳德全席一桌,马玉龙等人都来陪着喝酒。众人开怀畅饮,一直吃到黄昏。

马玉龙把欧阳德送到巡抚衙门,进去一禀报,喜大人把他们让到书房,彼此落座。马玉龙说："我奉钦差大人谕,特请来这位和尚,此人姓欧阳,单名德,人称小方朔,一向在外行侠仗义,剪恶安良。"喜大人说："久仰久仰,和尚宝刹在哪里?"欧阳德说："唔呀,我在千佛山真武顶出家,今天听说大人这里闹妖精,我特意前来捉妖,看看是怎么样的动作。"喜大人说:"甚好,我这里妖精闹的实在厉害,和尚要能把妖捉了,实在好的。"马玉龙说:"欧阳兄在此,我告辞了。"喜大人送出二门,吩咐手下人在花厅预备酒菜,请和尚到后面去。

家人凑着胆子,点起灯笼,领欧阳德来到了花厅。欧阳德一看,这个地方甚为清雅,北房五间,周围都是奇花异草,静静地四顾无人。家人用钥匙把门开了,将灯点上,酒菜摆好,茶水炭火俱已齐备,便说:"大师父,我们可不敢在此伺候你老人家,我们害怕。"欧阳德说:"唔呀!你们去吧。"家人便转身出去听候消息。

欧阳德在屋中自斟自饮,一直等到天明,并无一点动作。家人进来说:"和尚,有什么动作?"欧阳德说:"唔呀,我在这里等了一夜,并无一点响动,我见见大人去。"来到前面,喜大人说:"和尚可曾见着什么?"欧阳德说:"奇怪,吾来了,怎么妖精就不来了。"喜大人说:"和尚你别走了,许是你的造化大,妖精不来了。"欧阳德说:"你并没什么造化,因跟彭大人原是故旧之交,他派我来捉妖,我打算连等三天,捉住瞧瞧是什么缘故。"喜大人说:"就是。"

欧阳德在这里住了一天,晚上又照旧等了一夜,还是没有动作。到了第三天,欧阳德在花园等到三更天时,正在屋中喝酒,听到外面扑通一声,向外一瞧,却是一条大狗熊。欧阳德说:"唔呀!混账王八羔子,哪里走!"过去就把尾巴抓了下来,这狗熊急忙蹿房越脊逃走了。欧阳德一看,那尾巴没血,原来是个干的。欧阳德这才告诉家人,请喜大人来到书房。欧阳德说:"唔呀,我正在花厅坐着,听外面扑通一响,出去一看,是个狗熊,我把尾巴抓下来,并没有血,是个干的,大人请看。"喜大人说:"既然如是,赶紧派人去追。"说着话,石铸、胜官保、李芳、魏国安四个人进来。欧阳德把这话一说,就叫四人往下去追。

书中交代:这是怎么一段缘故呢?原来那贺兰山金斗寨的番王,头一位姓白名起戈,人称金枪天王。他有一个女儿,名叫白凤英,人称白莲仙姑,也不称公主。白天王有八个儿子,只有这一女,爱如掌上明珠。她练得一身长拳短打的好功夫,时常女扮男妆进关来游逛。那天遇见陕甘巡抚喜崇阿的少爷伯充武,他本是八旗的人,又好打扮,正在青春年少,面如银盆,眉分八彩,目如朗星,唇似胭脂,行同少女。白凤英见了心中一动,便在暗中跟随着他。她穿的男子衣服,又不缠足,像个文生公子的打扮,谁也不知她竟是女扮男妆。她见伯公子进了巡抚衙门,暗中探明,自己便回到店中。她带的几个亲随,都是心腹之人。她有一身熊套,是一张熊皮。连头带尾俱有,人要穿上,就同活熊一样。原来他们这贺兰山每逢赛神的日子,大家都要穿上各种兽套,在会上跳舞,这是那里的风俗。白凤英自瞧见伯充武,就心心念念记着,天有二鼓之时,等人睡着,她便穿上熊套,由店中起身,径奔巡抚衙门。来到里面各处一瞧,人皆睡熟了,只见花园中有灯光,来到那里一瞧,正是伯充武在花厅读书,有两个书童伺候着,一个十五岁的好睡,那个十四的倒未睡着。白凤英往屋中一看,那伯充武在东边椅子上坐着读书,果然生的五官俊秀,品貌端方。白凤英看得比白天真切,便蹿身进到屋中,吓得小童"哎哟"一声,就往桌子底下一钻,死过去了。伯充武抬头一看,原来是个狗熊,吓得惊魂千里。这野兽上前背起他来就跑。那花园打更的见才交三更,知道公子还在这里读书,就来多走几趟,心想公子瞧他勤谨,也许给些赏钱。这两个人刚一来到,就见屋里跳出一个野兽,背着公子就走,只吓得跌倒在地。白莲仙姑背着伯充武,走出门外,就把他背到了自己住的雕楼。伯公子醒来,一见眼前坐着一个如花似玉的姑娘,就说:"你是什么妖精。"不知白凤英如何答话,且看下回分解。

第二八一回
白仙姑私配伯充武　扮妖怪二闹巡抚衙

话说白莲仙姑由巡抚衙门将伯充武背回贺兰山,来到自己住的雕楼,把熊皮脱去。伯充武也苏醒过来了,睁眼一看,面前坐着一位如花似玉的姑娘。伯充武说:"你必是妖精,快些说来。"白凤英扑哧一笑,刚要答言,有婆子进来禀报说:"现有万花仙姑带人来查雕楼。"白凤英一听,吓得赶紧把伯充武藏在雕楼的夹壁城内,这才转身迎接出去。

这位万花仙姑,名叫万素贞,乃是关外东五路二天王万延龄之女。他们这些女眷的雕楼,时常有人来进行盘查,不拘是谁,只要隐藏外人,查出来定按条例治罪。今天万花仙姑带着八个使女,各执刀枪前来盘查。她有十八九岁,长得也很秀丽,来到里面落座。万花仙姑说:"今天我奉父王之命,听说你隐藏着外人,叫我来查你。"白凤英说:"你别胡说,你来瞧,我哪里藏着什么外人?这是造谣。"万素贞说:"既没有外人,我就回去了。我倒不是查你,皆因你我姊妹相好,我特来告诉你一声,既然没有,我走了。"

万花仙姑告辞走后,白凤英才由夹壁墙把伯公子请了出来。伯公子说:"你们这是哪里?我在花园读书,被妖精背来,你是什么人?这是怎么一段事?"白凤英听伯充武一问,便说:"我是这贺兰山金斗寨金枪天王之女,时常到宁夏府去游逛,那一天见你在街市上闲游,与你有一面之缘,故此将你接来住几天,我也不是什么妖精,你只管放心。"吩咐手下人摆酒,仆妇答应,立刻送上来杯盘碗盏,摆了一桌上等酒席。伯充武觉着饿了,也不管好不好,拿起来就吃,吃了个酒足饭饱。白凤英看着甚为喜悦,说:"公子,我今把你请来,非为别故,我们是前世的姻缘,月下老人早已持绳系足。"伯充武说:"你把我背来,意欲何为?我饭也吃了,依我之见,你还是把我送了回去。"白凤英说:"人非草木,谁能无情?我自从见你,便时刻惦念在心。我既把你背来,焉能放你回去。"伯充武是个念书的人,情知是走不了,再看这白凤英长的十分美丽,自己也不推辞,二人双手搀扶,共入罗帏,郎才女貌,彼此称心。

　　一连就是十几天,白凤英心想:"我把巡抚的少爷背来,他们焉有不找之理? 莫如我今天穿了熊套,到那里一闹,他们知道是被妖精背去,也就死心了。"想罢,把伯充武收在夹壁墙内,派贴己的人服侍,她带上熊套和炒米、肉肝、水箭芦,顺着道路径奔嘉峪关而来。来到宁夏府她原住的店,扮作一个买卖客商的样子,单要了一所跨院,叫伙计预备茶水,吃了点东西。白凤英对伙计说:"我夜间睡着时千万别惊动我,我有一宗病,一惊动了就要命。不拘店里有什么事,也得等天明早起再告诉我。"伙计说:"是了。"白凤英为怕夜间出去,店里一找没人,泄露了机关,才这么讲的。

　　她等到起更以后,自己把熊皮换好,出来把门倒关上,留个暗记,拧身蹿上房去,施展飞檐走壁之能,来到了巡抚衙门,由后面蹿进花园,径奔那丹桂轩伯公子的读书之处。来至切近一瞧,静悄悄地没人,白凤英心中一想:"我自从背走伯公子,他们必要派人巡查防守,怎么会没人? 我下去看看。"刚一跳下,一瞧几个打更的在那屋里。原来自丢失了伯公子,喜大人便派了八个看家护院的人,凑胆子在这里等着捉妖精。今天听见外面扑通一响,赶紧点灯出来一瞧,见其形似狗熊,说:"可了不得,妖精又来了! 那天把咱们公子背了去,打更的瞧见,也说是一身黑毛,果然今天又来了,快拿!"众人往外一追,也没追上。

　　白凤英蹿房逃走,回到店内。一连住了十几天,也去闹了十数夜,这才回归贺兰山,在雕楼与伯公子起坐不离。伯公子本来已经十八岁,又没成过家,自跟白凤英在一处,二人如胶似漆,谁也离不开谁。白凤英走了十数天,公子很觉寂寞,深为想念。他今天一见白凤英回来,真是新婚不如远别,就问她上哪里去了? 白凤英也不隐瞒,说:"我将你背来,也不放心,我去一闹,叫他们知道是妖精,就不来找了。"伯充武说:"你把我送回去,我禀明父母,央媒来求亲好不好?"白凤英说:"那不能由着你我,我是天王之女,焉能与你结亲? 可是我又舍不得你。"两个人说着,彼此均有贪恋之心,喝了半天酒,便又同床共寝。

　　白凤英自此就同伯公子在雕楼终日追欢取乐。这个事情一长,哪里会有不透风的墙。万天王之女万素贞万花仙姑,每五天往各个雕楼来查一次。这天来查雕楼,她不叫手下人先去,自己闯了进来,见一位美貌郎君,与白莲仙白凤英并肩而坐,就说:"白姊姊好自在,我说为什么你也不到我楼上去了,先前你我在一处玩耍,讲文论武,近来看你心神恍惚,今天你还有何话说?我带你见天王去。"只吓得白凤英颜色更变,急忙给万花仙姑跪下道:"妹妹,你要带我去见天王,我的命就没了,不但我没命,连我这郎君的命都没了。"万素贞说:"你要叫我饶你也成,你打哪里弄来的这个男子,你要说实话。"白凤英说:"实不瞒你,我时常上宁夏府去,遇见了他,我二人这也是前世俗缘,他是巡抚喜崇阿的少爷,叫伯充武,我将他背来,又去探听过,如今他也不愿意回去了。妹妹!你要去告诉天王,可了不得。"万素贞说:"要叫我别去告诉也成,你得依我一件事,别一个独乐,叫伯公子跟了我去。"白凤英说:"那可不成,他跟你去了,谁跟我?你要是愿意,你就到我这里来,咱们姊妹一个一天,任凭白公子自便。"万花仙姑说:"也好,姊姊都愿意了,问问他愿意不愿意?"伯充武哪敢不愿意,又见那万素贞也是美貌姑娘,自此以后,便轮流值日,并无一日之暇。两位姑娘尚不知足,朝朝在一处吃酒,夜夜在一处追欢。伯充武能有多大精神,未免身体一天瘦弱一天,不到百日便得了痨病。那白凤英、万素贞正尝到滋味,忽然伯充武一病,如何能够忍受,就好似吃大烟,每日非吃一两不可,忽然间这天没过瘾那样难受。

这两个见伯充武不能追欢取乐,姊姊一商量,白凤英说:"咱们再背去。"万花仙姑有一身老虎套,便跟着白凤英,带着四个亲随,仍旧女扮男妆,混进嘉峪关,来到宁夏府,住在三元店,单要了一个独院。要过茶水饭菜,吃喝完毕,等到二更,两个人各穿兽套,来到巡抚衙门里,一看都是些粗笨人,他两个又如何瞧得上?蹿房越脊,回到前面一找,已然都睡了,她两个就在花园抛砖弄瓦,打更的便嚷:"妖精又来了!"巡抚大人一想:"这如何是好?"便凑齐了家丁,大家壮着胆子,聚集有三十多人,各执刀枪棍棒,要来将妖精捉住。不知后事如何,且看下回分解。

第二八二回

万素贞同至宁夏府　曾天寿误受五毒枪

话说巡抚喜大人,派手下家丁三十多人,各执刀枪棍棒,等候妖精。晚间,白凤英、万素贞两个人又来了。这两人会打一种暗器,叫滚白蜡汁五毒枪,这些家丁往上一围,她两个一打暗器,就没人再敢上前。有一个打更的胆大,往前奔上来,被白凤英用滚白蜡汁五毒枪打中,当时栽倒。这种暗器厉害无比,几个时辰,毒气归心准死。打更的一躺下,这些人四散奔逃,白凤英二人也不来追。她二人的来意,就是因知伯充武不中用了,要找两个俊俏郎君背回去,倒不打算害人。

她两人晚上时常来闹,喜大人无法,愁的了不得,正好彭大人来了,才请众差官过来捉妖。白凤英、万素贞一看八个人当中,就是曾天寿、钱玉两人长得不俗,这才用了滚白蜡汁五毒枪,将他二人背起来就走。回到雕楼,再拿妙药给他俩治好,搁在屋里,派人服侍,慢慢的调养。她两个为了遮盖,仍然去到花园闹。那一日纪逢春追至骆驼岭,被驴所伤,也是万花仙姑披上兽皮套子,用滚白蜡汁五毒枪打的。白凤英这天又来,被欧阳德揪下了尾巴。她跑了回去,同着万花仙姑到三元店,把亲随之人带回贺兰山雕楼。婆子说:"已把那二位治好。"白凤英吩咐摆酒,立刻摆出上等的酒席。

曾天寿、钱玉问:"我们来的这是什么所在?"白凤英说:"这是贺兰山金斗寨,那一日我姊妹进关闲游,遇见你两个,也是前世有缘,故此将你二人背来。"曾天寿、钱玉两人听了就是一愣,说:"你两个怎么起意,把我们弄到这里来的? 你说明白,我们再喝酒,这两天把我们弄糊涂了。"白凤英说:"只因前者我们把巡抚的伯子公背来,不到二月,他就病了,我们正在用好药给调治,故此我姊妹又去把你二人背来。"曾天寿:"伯公子现在哪里? 你带我们去瞧瞧。"白凤英说:"可以。"带着曾天寿二人来到西里间雕楼,曾天寿闪目一看,见一人二十有余,面黄肌瘦,在牙床上长吁短叹,口内还呼叫着贤妻。正是:

云雨巫山同欢叙,焉想到乐极生了悲!青春貌,不过二十有余。眼光散,神色虚。贪女色,受了敌。带气儿的骷髅,瘦黄面皮。喘吁吁不住连声叹,还惦念美艳红妆,露水夫妻!

曾天寿看罢说:"这位尊兄,怎么会落到这般景况?"伯充武眼含痛泪,不能答话。

曾天寿一看,心中暗想:"我只得拿好言安慰他,再想主意逃走。"钱玉才十四岁,还不懂得世事,摆上酒来,叫他吃酒他就吃。曾天寿安心要把白凤英、万素贞二人灌醉了,自己才好逃走,便说:"咱们猜拳吧。"白凤英说:"也好。"二人就三元八马地一起喝酒。这时由外面进来一个仆妇,刚要回话,只见又进来一位仙姑,乃是金镜天王孟得海之女,也是一身武艺,人称五毒仙姑孟常姐,今天奉天王之命,来查雕楼。万素贞、白凤英知道已隐瞒不了,吓得目瞪口呆。孟常姐说:"好呀!你两个人真会自在。"白凤英说:"贤妹请坐,千万不可声张。"孟常姐说:"好,既叫我不声张,你打算怎么样,认打还是认罚?"白凤英说:"认打怎么样?认罚怎么样?"孟常姐说:"认打,我带你去见天王;认罚,你让我挑一个去,我带了走。"白凤英说:"你也别带了走,我们两人使尽心机,好容易才得来的。"孟常姐说:"你要不叫我带了走,我给你回禀天王。"白凤英说:"这么办吧,你要愿意,就到这里来,咱们三人一同取乐好不好?"孟常姐说:"也好。"白凤英说:"你喝酒呀。"又叫仆妇拿来一份杯筷。孟常姐、万素贞、白凤英陪着曾天寿、钱玉,推杯换盏,开怀畅饮。

曾天寿是没存好心,打算把她三个灌醉了才好逃走。这姊妹三个是打算吃喝完毕,今日同在楼上追欢取乐。众人吃的正在高兴之际,忽然窗户外一声喊嚷:"独占!"便由窗户钻进一个秃脑袋来,说:"咱们喝喝。"只吓得三位姑娘一阵痴呆发愣。

来者正是追云太保魏国安。只因小方朔欧阳德揪下一条尾巴,便知是假妖精来此搅闹。石铸、胜官保、李芳、魏国安因此在大人跟前,讨令追出口外来。一过嘉峪关,那道实在崎岖,甚不好走。好容易才到了骆驼岭,大家住进了镇店。店里的伙计说:"你们众位要是再往西去,可得带点炒米做干粮,还需要带点蒜,可以去毒,喝了山涧的水,才不受病。要不知道,喝了水,就许得鼓胀。"石铸听店家一说,也就买了点炒米干粮。四个人再往西行,一瞧确实是别有天地,正是:"恶水如麻酱,琼山似病驼。"

这就叫做一处不到一处迷。

四个人赶到贺兰山金斗寨，天已黑了，便施展飞檐走壁之能，扑奔雕楼。只见那上面有灯火之光，四个人各处一窥探，也有官长住的，也有兵丁住的，说话有听得懂的，也有听不懂的。来到一个所在，只听得里面有男女猜拳行令之声，便由窗棂往里一看，正是曾天寿和小太保钱玉，同三个女子喝酒。魏国安把脑袋伸进来说："独占！"只吓得里面战战兢兢。四个人把窗子一踢，蹿身进去。曾天寿、钱玉一瞧接应到了，蹿出去就跑，三位姑娘各拿兵器就追。这六个人说："咱们快走！"

刚一跳下雕楼，正遇见下夜的来巡查，乃是大牌头蒋云龙，带领四五十个兵丁，各执刀枪。这六个人不敢向前迎着走，只得拨头就跑，兵丁齐声呐喊快捉奸细。六个人慌不择路，电转云飞，一直跑过骆驼岭，这才来到一个镇店。曾天寿说："好险，好险！真是两世为人。"众人说："找个酒饭铺先吃点什么，然后再住店。"魏国安说："咱们店里去吃吧。"曾天寿说："在这里吃吧。"众人进去一看，满堂的座，没有地方了。石铸说："伙计，你们这后头带店吗？"伙计说："带店。"众人说："既带店，咱们店里吃吧。"

伙计让到后面上房，众人进去便酒要菜。伙计出来，众人等的工夫不小了，菜还没来。胜官保出去催问，伙计说："今天那些牛羊客人打这里过，好几百人都要吃，平常我们这小镇店也不预备好些东西。"胜官保去到外面，觉得又渴又饿，见对面卖粥，便进去说："我喝碗粥。"对面坐着一人，长的贼头贼脑，见胜官保坐下，伙计盛过两碗粥来，他手里拿着几个钱，往桌上一拍，钱就掉在胜官保这边地下。这人说："小太爷，劳你驾给我捡起来。"胜官保早就留上神，一边弯腰给他捡钱，一边偷眼瞧他，见他由怀中掏出药来，就放在胜官保这碗粥里。胜官保只当不知道，把钱往桌上一拍，又掉在那边，这人一弯腰捡钱，胜官保便把两碗粥换过。这人并不知道，拿起来就喝。胜官保给了两碗粥钱，站起来就走。这人跟着胜官保来到店里。石铸正找胜官保，却见他由外面带进一个人来，两眼发直，就问怎么回事？胜官保如此如彼一说。石铸说："把他用凉水解过来。"众人一讯问，这个人也不敢隐瞒，把实话一说，众位英雄便各拉兵刃，要奔迷魂庄去捉贼人。未知后事如何，且看下回分解。

第二八三回

倒拍花官保施巧计　审贼人夜探迷魂庄

　　话说石铸、胜官保把这个贼人用凉水灌醒过来,问他姓什么? 叫什么? 这人说:"小人姓胡,名叫胡成,本是嘉峪关人,因自幼好闲,不习正道,被匪人诓哄到迷魂庄。那里有个迷魂太岁甄士杰,他原先在大狼山当山大王,后被官兵抄了,便回到迷魂庄来发卖迷魂药,派我们四路去拍年幼的小孩,他为的是要小孩的眼珠,挖出来配薰香蒙汗药,卖给绿林中人。我们是二十个伙计,分东南西北四路去拍小孩。我瞎了眼了,没想到今天遇见这位小太爷,只求众位老爷饶命。"石铸说:"你们这个迷魂庄在哪里? 离这里多远?"胡成说:"离这里有四十里远,在山里头。"石铸说:"你带了我们去,就没你的事;你要不带我们去,我把你碎尸万段。"胡成说:"小人带众位老爷去就是了。"石铸说:"既然如是,也好。"就把胡成捆上搁在一边。石铸等大家吃了饭,说:"咱们要留一个人看着,别让他金蝉脱壳跑了,大家轮流着睡吧。"

　　等到天光大亮,众人起来,叫伙计过来算店账。伙计说:"你们几位上哪里去?"石铸说:"我们进山。"伙计说:"既是进山,你们几位吃了饭再走,山里头就是有钱也没处去买。"石铸一想也好,这才要酒要菜,众人吃着。石铸说:"曾爷,这几天你们哥俩有那里,必然天天有人陪着,这个乐不小。"曾天寿说:"别提了,自打那天由花园被人背走,我们也不知是什么打的? 人家有好药给我们治好了,昨天晚上,又来了一个五毒仙姑争风。我打算拿酒把他们灌醉,好带表弟逃走。巡抚大人的公子伯充武,现在乐极生悲,得了痨病。几位把我们救回,这真是万幸,要不然,我们也得跟伯充武一样。"说着话,大家吃完了饭,算了饭账,把胡成身上的绳子解开,把剩的饭菜都给他吃点,叫头前带路。

　　众人出了店,石铸说:"大狼山的贼人到这里作乱,又不定害了多少人。"说着话,往东南走出了三十余里,道路崎岖,甚不好走。胡成说:"众位好汉爷,过了眼前这大岭就到了。"众人往前行走,上了大岭一看,不过二里之遥,树木森森,那里就是一处村庄。石铸把那个胡成捆在树上,说:"任凭你吧,你要心地好,就会有人来救;你心地不好,就会有狼来把你吃了。我是不能放你,怕你给我走漏消息。"石铸把他绑好,六个人就奔那村庄,进了北村口,见东西有一条街。石铸心中一动,不知道这个迷魂庄在什么地方,便站在十字街口往四面一瞧,见南边路西有个酒饭铺,卖些面食,屋中就是一个老头,有六十多岁。

石铸几个人进到里面,说:"老丈尊姓?"这老头说:"我姓甄。"石铸说:"给我们来几壶酒。"众人刚坐下,就见由外面过来一个人说:"二大老爷,你这里有什么菜? 庄主爷今天来了客,菜不齐,跟你要两只小鸡、一只鸭子,该给多少钱?"老者说:"上次那些菜还没给我钱,今天又来了。"这个人说:"今日不比往日。"老者说:"今天又是什么事?"这人说:"今天来的人,也有和尚,也有老道,还有两位在家人,都是庄主爷的绿林朋友,这几个人的能为大呢,老道会使宝刀。"石铸一听这话,就知必是飞云、清风和焦家二鬼。

酒铺老者拿了两只小鸡,一只鸭子,十个鸡蛋,给这个人带走后,石铸就问:"刚才拿菜的这个人是谁? 在哪里住?"老者说:"我们这里叫甄家庄,拿菜的那家庄主叫甄士杰,他是绿林的大贼头,净卖拍花药,做些伤天害理之事,这村里没人敢惹他。原先他上大狼山当了山大王,新近听说被官兵给抄了,这又跑回来了。"石铸一听,便明白这是大狼山的迷魂太岁甄士杰,就在这里住着。六个人喝着酒,打算等天黑之后,去把他家给抄了,顺手把奉旨捉拿的要犯抓住,那飞云、清风和二鬼在这里可是找死。

候到天黑,石铸、魏国安、胜官保、李芳、曾天寿、钱玉六个人,给了饭钱,出了酒饭铺,来到无人之处又一起商量。石铸说:"谁先去探探路?"魏国安说:"我去。"便把鸳鸯锤带好,背插单刀,进了东街,打听明白,是路北大门,他拧身蹿上房去,如踏平地相仿,只见一片灯火之光,照耀得如同白昼。来至切近,见大厅里正在摆酒,猜拳行令。魏国安蹿到北房,扒在屋上用耳一听,就听里头说:"关里没有我们哥们立足之地了,我们走一处,彭大人的差官跟一处。"甄士杰说:"刚才我的伙计从树上救下一个人来,也是我的伙计,叫胡成,今天在新河镇被他们拿住,跟下了六个人来。我想,他们不来算便宜,若来时,叫他来时有路,去时无门。我告诉你们哥几个说,我大狼山的事情,也是被彭赃官手下的人给毁了。我还有一

个大拜兄出洞鼠杨堃,如今不知去向,我的拜弟贾士源,已去投奔金棍天
王邓福伯,说是要给我来信的,还没有回音。你们几位去到那边,事情要
好,也给我写信。"

书中交代:屋中坐着的正是飞云、清风和焦家二鬼。自从小狼山逃
走,他们就在这里住三天,那里住两天。今晚,清风说:"我有个主意,咱
们要报仇,不如去投奔天王,起兵做一件惊天动地的事情,报了你我的私
仇,把彭赃官杀个片甲不回,这是万全之策。"魏国安听的明白,心里说:
"这几个该死的贼人,自己不想悔过,还要勾串天王造反,可见不知国法
王章。我赶紧知会他们几位,把他等拿了,以免后患。"

想罢,蹿房来到外面,到无人之处一击掌,石铸、胜官保、李芳、曾天
寿、钱玉五个人赶过来说:"怎么样?"魏国安就把探听到的情形一说。石
铸说:"好,真是这几个反叛在此! 胜官保,咱们爷俩拿和尚老道,你拿飞
云、我拿清风。"胜官保说:"就是。"石铸又说:"李芳、钱玉,你两个拿二
鬼;魏国安、曾天寿,你二人拿迷魂太岁甄士杰。"商议好了,六个人蹿房
来到里面一瞧,众贼人还在大厅喝酒吃饭,就听清风说:"兄弟,要不然,
你送我们哥几个上天王那里去。"

石铸在房上听得明白,这才一声喊嚷,说:"清风! 你由小狼山漏网,
今天不料又狭路相逢,你还想走吗?"清风在屋中正说的高兴,忽听外面
有人嚷叫,耳音甚熟,赶紧把屋中灯吹灭了,伸手拉出滚珠宝刀,先扔出
一把椅子,然后出来一瞧,见迎面站定石铸等人,一摆宝刀就想逃走。石铸
迎面挡住去路,老道摆刀就剁。石铸杆棒往上一缠,就把老道摔了个筋
斗。胜官保刚要帮着动手,就见飞云和焦家二鬼各摆兵刃,蹿了出来。甄
士杰一声喊嚷:"孩儿们! 鸣锣聚众,把这几个人拿住。"只听得一棒锣
声,众家丁各执刀枪往上一围。不知众位英雄生死如何,且看下回分解。

第二八四回

曾天寿中计落陷坑　隆得海救友捉贼人

话说甄士杰由屋中出来，吩咐鸣锣，他的几十名亲随打手，都是由大狼山带来的，各执刀枪器械，往上一围。这个时光，曾天寿赶紧往前奔过来说："好贼，待我来拿你。"两个人就杀在一处。那贼人见曾天寿刀法纯熟，便往圈外一跳，拧身蹿上北房。曾天寿一想："定规我来拿他，焉能放他跑了，我非得把他拿住不可。"他跟着也就蹿上去，紧紧一跟，见后面有三间西厢房，那贼人进去，曾天寿也紧往里一蹿，扑通就掉下去，再往上蹿，却上不来了。贼人把几块板一盖，把曾天寿盖在坑内，转身复返，来到前面一瞧，老道正被石铸摔的东倒西歪。飞云被胜官保摔了几个筋斗，爬起来就嚷："合字风紧，扯活吧。"这四个人各摆兵刃，往圈外一跳，撒腿就跑。石铸带胜官保、李芳、钱玉、魏国安随后就追，都知道这四个贼人是奉旨严拿的要犯，哪里肯舍。

单说甄士杰见这几个差官追下飞云，他自己一想："我倒是拿住了一个，先把他弄上来杀了再说。"叫家人掌上灯笼，扑奔后面西厢房，把板子揭开，再瞧坑里却没有人了。甄士杰说："怪哉！我明明把他引到这里来，用板子盖上了，我才到前面去的，怎么会没了，莫非地遁了？"带着家人前后一找，并无踪迹。

书中交代：曾天寿掉在下面，自己一想不能活了，莫如先抹脖子。刚想到这里，只见上面灯光一晃，垂下一根白莲套索来，有人说："你上来吧。"曾天寿也不知是谁，拉着绳上来一瞧，并不认识那人，有二十多岁，俊品人物。曾天寿说："贵姓？"这位说："此地不是讲话之所，你跟我来。"两个人蹿出外面，进了大树林子，曾天寿说："这位恩公贵姓？要不是尊驾来了，我就抹脖子了。"这人说："我姓隆名叫得海，在这正南离此二十里的地方住家。我的父亲做过一任参将，只因年迈，辞官不做，在家养福。我跟父亲习练的刀枪棍棒，十八般兵刃，件件皆知一二。因听说这甄家岭来了一个贼人，专配迷魂药发卖，地方已经受害不少。前者，我们村庄也丢了一个七岁的小孩子,料想必是此人所为,故此今天前来访访。方才我瞧见你掉了下去,便把你救上来了。"曾天寿说:"这就是了,我们还有几位同来的,不知怎么样了,我还得瞧瞧去。"隆得海说:"我打算把贼人一家都杀了,不叫他在这一方害人。"曾天寿说:"甚好。"

两人复返回来,到甄士杰院中一瞧,五个人都没有了。前后找了一回,并无踪迹。曾天寿说:"怎么,我们来了六个人,那五位莫非都受了害?"隆得海说:"他没有这么大能为把五位都拿住,咱们先站在高处瞭望瞭望。"两个人在房上一瞧,就见正北有一带火光。曾天寿说:"你瞧那边的火光,许是把我的朋友追下去了,正在动手,他们人多势众,咱们去给打个接应吧。"隆得海说:"也好。"两个人跳下来刚走了不远,抬头一看,原来正是甄士杰带着些恶奴回来。曾天寿与隆得海二人,各拉兵刃,赶过去一声喊嚷:"甄士杰往哪里走? 你在这里各处拍花,不知伤害了多少性命,待我弟兄拿你。"两个跳过去,摆刀就剁。贼人往旁边一闪,摆兵刃相迎,杀在一处。甄士杰一瞧就是他们两个人,便把飞沙迷魂袋掏出来一甩。这两人闻着异香,扑通翻身栽倒。甄士杰吩咐家丁将他二人绑好,抬回庄去。

来到了院中,依着他就要杀人。这时,他的妹妹甄九娘由后面过来,说:"别杀,你把这两个人交给我吧。"甄士杰说:"你一个女流之辈,管我的事做什么?"甄九娘说:"这两个人他们还有余党,依我之见,等一齐拿住再杀,剪草除根。"甄士杰一听说:"也好,暂把他二人绑到后面西配房,我还得找那几个人去,他们追下和尚老道去了,还没回来。"吩咐手下人跟他走了。

甄九娘来到后面西配房,把曾天寿背到自己屋中,用解药把他的鼻孔抹上。曾天寿一打喷嚏,醒了过来,见自己四马攒蹄,已被人捆上;这屋中甚是干净,是个妇人女子住的屋子。他见眼前站着一位女子,长得花容月貌,身上穿一身青,头梳盘龙髻,足下穿红鞋,就说:"你们把我拿住,搁在这里意欲何为?"这个女子说:"我叫甄九娘,甄士杰是我哥哥,方才是我讲情,才没杀你。我看你这个人很可惜,你要依我一件事,我救了你这条命;你要不依我,我就不管,杀剐任凭于他。"曾天寿说:"什么事?"甄九娘说:"我父亲早丧,我哥哥不办正事,也不给我找个门当户对的人家,我看你倒还不错。"曾天寿眼珠一转,主意就来了,说:"你把我放开吧,我依你这件事。"甄九娘说:"你不可谎言?"曾天寿说:"那焉能够!"甄九娘就把他解开了。曾天寿说:"我还有个朋友,你要救,把我两人都救了。"甄九娘说:"我去要解药去。"曾天寿说:"你救我时不是有解药的吗?"甄九娘说:"有一小瓶不多了。还有一件事,你既应了我,我是跟你走,还是你在这里住?"曾天寿说:"在这里住,你能做主么?"甄九娘说:"你别管,我自有道理。"给曾天寿倒上一碗茶,由盒子里拿出几个点心来。

　　曾天寿此时不饿,也不想吃。正在说话之际,又见一掀帘子,甄士杰之妻马氏由外面进来。她原先也是个大女贼,因为父母身受国法,方才跟了甄士杰。今天听见他妹妹屋中有人说话,便过来一瞧,原来是一个少年男子,正在屋中坐定。马氏把脸一沉,说:"什么人在这房里? 方才说的什么话?"甄九娘恼羞成怒,拉出刀来,照定嫂子就是一刀。马氏一闪身,姑嫂就动起手来。

　　曾天寿也不管,拿着这瓶解药,径奔西厢房,把门推开,进去给隆得海鼻孔抹上解药,把绳扣解开。隆得海一打喷嚏,苏醒过来。二人从地上捡起兵刃,跳出外面,刚一上房,就见甄士杰又带着家人回来。曾天寿把解药又给隆得海闻上点,自己也闻上点,只等着贼人进来,给他一个冷不防。一见甄士杰进来,照定贼人就是两瓦。那贼人躲开一瓦,一瓦正打在脑袋之上,抬头一看,正是刚才拿住的那两个人,心想:"怪哉! 他两个已中了迷魂药,怎么又出来? 内中必有缘故,先把他两个拿住再说。"曾天寿、隆得海两个人跳下来说:"小辈! 今天非得跟你分个强存弱死。"各摆兵刃扑奔上来动手,三五个照面,隆得海一腿将甄士杰踢倒,按住捆上,说:"众家丁! 你等休要送死,各自逃命去吧!"家人四散奔逃,隆得海刚要举刀结果贼人,就听正东一声无量佛! 有一老道拉出宝剑,要来搭救甄士杰。二位英雄大吃一惊。不知老道是谁,且看下回分解。

第二八五回

金须道奋勇救贼人　众差官聚会隆家庄

话说曾天寿、隆得海二位英雄,正要上前杀甄士杰,忽然东边过来一个老道,正是金须道赵智全。此人自从在连环寨行刺逃走,就在山中隐居,不敢出世。今天本要上引仙观去找妙真人卞道兴,从此路过,听得里边动手,一瞧不是外人,是他师侄甄士杰被人拿住了,赶紧拉宝剑赶上前来,说:"两个小子,休得伤人。"曾天寿、隆得海两人一瞧,问道:"来者何人?"老道哈哈一笑,说:"两个小辈,你也不认得你的祖师爷,我姓赵双名智全,绰号人称金须道。要知道我的厉害,当即跪倒磕头,饶你两条狗命不死。"曾天寿一听,知道这老道厉害,手中的宝剑有神出鬼没之能,一想自己人单势孤,恐怕被他所算,故此叫道:"隆大哥,这个老道可是厉害!"隆得海哈哈一笑说:"老道! 你既是出家人,就应该奉公守法,反倒拿着宝剑来帮贼人,你这是助纣为虐。要听隆大爷的好言相劝,你走你的路,我也不跟你出家人一般见识。"老道气往上冲,说:"你满嘴胡说,小辈你也不知道我的厉害。"恶狠狠地举宝剑照隆得海劈头就剁,隆得海摆刀相迎。曾天寿一瞧,想道:"要战长了,隆得海准死于贼人之手,他是我救命的恩人,我不能不过去协力相帮。"这两个人总算是武艺出众,刀法纯熟,工夫甚大,还不见输赢。老道想:"此时天光已亮,红日东升,我何必苦苦跟他们动手?"想罢,老道拨头就跑。两个人随后追出了一里之遥,曾天寿说:"隆兄不必追了,咱们再回去瞧瞧甄士杰,别叫人救去。"

两个人回来一瞧,拿住的甄士杰已踪迹不见。在院中前后一找,连屋内也都没有。隆得海说:"咱们走吧。"曾天寿说:"我那几个朋友一个都没有了。"隆得海说:"你到我家去吧。"曾天寿没法,跟着隆得海往正南走了有三十里之遥,来到了隆家庄。只见路北广梁大门,门口两棵龙爪槐,树上拴着几十匹骡马。门口家丁一瞧大爷回来了,赶紧过来迎接。隆得海说:"老庄主呢?"家人说:"老庄主会客呢。"说着让曾天寿往里走。来至客厅,一掀帘子,曾天寿说:"好呀! 真是有缘千里来相会,无缘对面不相逢,你们几位怎么来到这里?"

　　大厅坐着,正是孔寿、赵勇、武杰和纪逢春。孔寿说:"我们由宁夏府公馆出来,只因石大爷、魏国安、胜官保、李芳追下妖精去了,大人不放心,又派我们出来探访探访。"曾天寿一听,这才明白。大家见礼,一瞧隆老丈,已有六十以外。隆得海给引见说:"这是我的父亲。"曾天寿过去见礼。众人落座,家人倒上茶来。曾天寿说:"你们几位怎么走到这里?"孔寿说:"我们走错了路,走了一夜也没找着店铺,遇见这位老庄主,就把我们让进来款待酒饭。你不是被妖精背去了吗,怎么又能回来?"曾天寿便将经过的事如此如彼说了一遍,孔寿等人这才明白。曾天寿说:"咱们一同回去吧,石大爷同钱玉、胜官保、李芳、魏国安由迷魂庄去追飞云、清风和焦家二鬼,也不知往哪边追去了? 大家吃完饭,就在临近找找石大爷他们,找着就回去,天晚还住到这里。"隆得海说:"也好,我跟你们几位找去,你们几位对这边的道路不熟。"曾天寿说:"好。"

　　众人同隆得海出来,由正西偏北奔上大道,来到一个咽喉要路。这个地方叫野狐林,又叫狐啼岗,有几家店铺,百十来户人家。隆得海说:"咱们就在里住吧,他们往北去,回头必走这条路。"众人就在茶馆门口沏了一壶茶,等到太阳要落的时候,果然见石铸他们来了。曾天寿迎过去说:"石大哥! 你们几位才来,上哪里去了? 我们在这里等的工夫大了。"石铸说:"我们追飞云、清风到了一道乱石岗,那里道路崎岖,除了树,就是草,再找不着他们了。我们正要回迷魂庄去找你们,可是又忘了道儿,糊里糊涂地找到一个山庄,连买吃的地方都没有。你们这是打哪里来? 你一追甄士杰就不见了。"曾天寿把经过之事述说一遍,大家这才吃点东西。曾天寿说:"天也不早了,咱们回头就住到隆大哥家里去,明天再一同回去。"石铸说:"也好。"

　　大家跟随隆得海径奔隆家庄,刚来到庄门,石铸就听那边嚷嚷:"孩子们,你们大家别闹了。"这说话的声音,跟纪逢春一样嗓子。石铸想:"真怪呀! 世上什么一样的都有?"急走进庄门一看,只见站着一人,长得也跟纪逢春一样,短身子,雷公嘴,但却是一个姑娘,淡黄脸膛,短眉毛,圆眼睛,穿着蓝绸半截褂,青中衣,两只脚横有三寸,长有一尺,红缎子鞋上还绣着半帮花,手中拿着一对锤。纪逢春听见说话,回头一瞧,那女子也在瞧他,两人不禁一愣,扑哧笑了。石铸等人忍不住,也都乐了。隆得海说:"众位走吧,不要耻笑,这乃是我的胞妹,名叫隆景云,天生的呆傻,可我母亲最疼爱她。我们这地方靠山,她常出去打猎,今天必是刚刚打猎回来。"就听那女子说:"呦,哥哥!你打哪里同这些人来? 那雷公崽子姓什么呀?"纪逢春说:"呦,好说,闪电娘娘,你也不认得我,大官老爷姓纪名逢春,外号人称打虎太保,家住在狼山纪家寨,咱们爷叫神手大将纪有德。都告诉你了,我问你姓什么呀?"那女子说:"我姓隆,叫隆景云,咱们爷叫隆泰华,隆得海是我哥哥。"他们两人正说着话,隆得海就威吓他妹妹,叫她急速进去,众人这才来到客厅。

隆泰华亲身迎接出来,见礼落座。老庄主一看纪逢春,大吃一惊,心想:"天下竟有这一样的人?"问了众人的名姓,又问纪逢春说:"差官老爷贵姓,今年多大年纪,家中还有什么人,跟大人当差几年,现在什么功名?"纪逢春说:"我家住在那狼山纪家寨,原先做的千总,后来保升的守备,现在记名都司,跟大人当差,回头还有过班的保举。"隆庄主说:"尊驾弟兄几位?"纪逢春说:"我有个姊姊,给了河南永城副将刘芳,我就是哥一个。"隆泰华说:"可曾订下亲事?"这句话打动了傻小子,纪逢春把脑袋摇的像车轮,连说:"没有,没有。我们家里有房产,果木园子,水旱稻田,就是都不给我,嫌我长得不好看。我瞧着你倒善静,大爷给我说一个。"石铸说:"你跟马大人学,也娶三位夫人。"纪逢春说:"我比不了我干爹。"隆泰华说:"可曾拿住贼人。"石铸说:"没有。"

说着,已摆上酒来。众人吃喝完毕,石铸、胜官保、纪逢春三个人来到外面,一看这庄院甚好,再一瞧那个姑娘正在外头。石铸就在胜官保耳边如此如此一说,胜官保就跑了过去。隆景云问道:"你是哪里的小孩?"胜官保说:"那个雷公嘴骂你哪!"隆景云说:"我拿锤打他。"胜官保说:"你可别说话,你一说话,我们那位会念咒,把你的魂拘去。"胜官保完,又跑过来说:"纪老爷!那姑娘说她要跟你比锤,你可别说话,她会念咒,把你的魂拘了去。"纪逢春一听比锤,就要与隆景云比并输赢。不知胜负如何,且看下回分解。

第二八六回

纪逢春对锤结亲　欧阳德花园捉妖

话说纪逢春和隆景云各自摆锤,战在一处,这两人的招数竟是一样,只乐得胜官保直拍手打巴掌。隆得海由里面出来一瞧,就知道是石铸、胜官保使的坏,赶紧说:"还不把锤搁下,老庄主要拿刀杀你哪!"隆景云呦了一声,回到后面去了。她的两个使唤丫头,一个面似黑炭,一个面似黄姜,也一同进去。隆得海把石铸一拉说:"求你给我成全成全这件好事吧!"石铸满口应承,来到里面,就把纪逢春叫到无人之处,问他愿意不愿意? 纪逢春是媳妇迷,谁要一提媳妇,他就乐了,急忙趴地下给石铸磕头。石铸说:"起来,这事情我必给你办好了。"转身出来,跟隆泰华一提,隆泰华也甚是愿意。石铸就把纪逢春叫过来拜见岳父老泰山,给内兄磕了头,又带到后面去拜见岳母祝氏。众家丁知道姑娘给了纪老爷,都上来道喜。这才重新摆上喜酒,大家开怀畅饮,席散各自安歇。次日早晨起来,隆得海说:"叫他留下订礼。"傻小子身上没带什么,就叫石铸看着办。石铸说:"也不用留订礼,各换一张八字帖就得了。"众人把事情办好,即告辞回转宁夏府。

众人回至公馆,先来到差官房,大家齐给道了受惊,叙说了一番,这才去上房参见钦差大人。彭公就问曾天寿:"你被妖精背去,这是怎么回事?"曾天寿、钱玉不敢隐瞒,说:"回大人,那不是妖精,是金枪天王白起戈之女白凤英,和天王万延龄之女万素贞。她两人穿的是熊皮和虎皮,我们受的暗器,是滚白蜡汁五毒枪。她们将我二人背去,用药治好,又要同我二人成亲。说着,金铙天王孟得海之女又闯了进来,要去回禀天王,三人正在争风,魏国安就来了。现在巡抚大人的公子伯充武,已经得了痨病,住在雕楼。"大人一听,说:"这还了得,他等竟敢把大员的儿子弄去,任意胡为,实属不成事体。"立刻打发人去给喜大人送信。喜大人闻信赶来,说:"这两天我留和尚捉妖,也不见妖精来了,请问是怎么一段事?"彭大人说:"不是妖精,原是两个女子作乱。"喜大人说:"哎呀! 我就是这一子,只求中堂设法把我的儿子救回来才好。"钦差大人是个心慈的人,说:"喜大人,你不必担忧,本阁设法派人救他。"喜大人这才告辞回衙。

彭大人把欧阳德请到书房,将这段事情一说。欧阳德说:"是哉!"便约了伍氏三雄和金眼雕四个帮手,一同在巡抚衙门花园等着。到第三天的晚上,天有二更,金眼雕、欧阳德和伍氏三雄尚未睡着,忽听外面扑通一声,打更的嗓音都嚷岔了,慌慌张张就往花厅跑。欧阳德等蹿出去一瞧,见是三条黑影。欧阳德暗暗说:"咱们一人拿一个。"往前一赶,奔至临近一瞧,是一个没尾巴的狗熊、一只大猛虎、一头驴。伍氏三雄就去扑驴,欧阳德扑奔狗熊,金眼雕扑奔猛虎。

书中交代:这狗熊正是白莲仙姑白凤英,这猛虎乃是万花仙姑万素贞,这驴就是五毒仙姑孟常姐。自魏国安把曾天寿、钱玉救走,三个人追了半天也没追上,回到雕楼,彼此埋怨。白凤英说:"也不必埋怨,咱们找他们去。"三人一同前来,打算再找几个俊俏郎君背走,焉想到今天却碰在钉子上了。金眼雕施展平生的能为将万素贞拿住,欧阳德将白凤英拿住,伍氏三雄也把孟常姐拿住,再把套子一剥,一瞧却是三个女子。这些侠义之人,都不愿意拿妇人女子,便叫喜大人的家丁,把那三个人捆好,搭到前面。

候至天光大亮,喜大人起来,正跟人说:"儿子现在有了下落,听说病的甚重。"这时家人进来回禀说:"后面众位侠义已拿住三个假妖精,披着熊、虎、驴皮套子,请大人审问。"喜大人立刻吩咐升堂,先把众位侠义请出来,一问怎么拿的? 五位侠义便如此如彼一说。喜大人吩咐把那三个人搭了进来,家人答应。不多时,就将三个仙姑搭到了花厅。大人问道:"你三个人是怎么一段事?"白凤英说:"大人要问,我乃白天王之女,名叫白凤英,只因二年前,我进关来游逛,路遇这衙门的少爷伯充武,是我在夜晚施展飞檐走壁之能,将他背去。现在他得已了痨病了。"喜大人说:"你原来是白天王之女!"立刻叫人给钦差去送信,请示大人这件事怎么办? 彭大人立刻叫人去请宁夏府总镇徐胜,把三位仙姑交给总镇太太侠良姑张耀英和胜玉环看守,也不许锁,也不许绑,吩咐预备上等酒席款待。

把三位仙姑留下之后,彭大人立刻办了一角文书,写了一封信,责备天王失查。彭大人问:"谁可以前去投递这封信?"手下众差官一听,面面相觑,默默无言。旁边老刘云上前答话:"说,大人在上,小民不才,愿去投书。我也不要功劳，只求大人提拨提拨我们姑老爷马大人，小民就感念大人了。"大人说："好，既是老英雄愿去，到那里须见机而作，诸事总要谨言慎行。"当时把文书办好，用了宁夏府巡抚印。这套文书中所说的话，就是责备白天王失查，不应叫女儿前来搅闹，盗去巡抚的公子。当时封好文书，备上两匹马，派两个马牌子跟着刘云一同起身，顺着大路径奔嘉峪关。

　　把守嘉峪关的总兵，是朝廷的武探花叶金榜，见刘云要过关，出来盘问之后，才知是钦差所派的差官，当即开关放人。刘云出了嘉峪关，一瞧都是沙漠之地，真是应了古人所说："过了嘉峪关，两眼泪不干"。往前走去皆是沙漠，回头一看，关前山连山，山套山，多见树木，少见人烟。到了一个去处，乃是一座大镇，名叫舞阳镇。千总姬文元见刘云来到这里，上前一问，见有文书路引，赶紧派十二名兵护送过去。那前边的小牌头名叫边得利，也派兵护送刘云出镇。头一天住在半路，第二天晌午就到了贺兰山。刘云一瞧，又另换一番气象。这座城名叫锦都城，也有四门，四面是十六里的边墙。进了城，就是三街六市，买卖铺户。刘云来到白天王的王府，先到兵马大元帅的挂号房挂号。往时一传禀，响了三声大炮，由里面出来一人，说："来的上差，前去参见我家元帅。"不知刘云一见大牌头，该当怎么讲话，且看下回分解。

第二八七回

追风侠独赴贺兰山　白天王见信起兵端

话说刘云在挂号房外面坐定，只见由里面出来一员番将说："我家元帅传你进见。"刘云这才背着文书，往里来到帅府大厅，一看上面坐定一人，乃是番军的元帅，身高八尺，头戴镶珠七宝冠，身穿绣花金蟒袍，足蹬牛皮战靴，面如重枣，粗眉大眼，三山得配，五岳停匀，两旁有十几员偏将，都挂着虎翅单刀，还有几十名番兵。刘云刚往上一走，这位元帅立起身来，抱拳拱手说："原来是天使来到，旁边看椅子，以客礼相待。"刘云说："我奉中堂巡抚所派，特来投递文书信缄。"这位元帅说："既然如此，暂把文书放在这里，我给你转达天王，见与不见，候天王令下。"吩咐手下将天使带到驿馆，派了听差人八名，预备上等酒席款待。刘云晚间就在此处安歇。

次日，有大牌头差人来请。刘云跟着来到帅府，那大牌头便带领他前去天王府。来到王府门首一瞧，见白玉牌楼甚是宽阔，上面有一杆大旗，走金线，掐金边，乃是大红八宝篆云幡，府门的听差人也都长得秀气。刘云来到银安殿，早有大牌头呈递上文书信件。白天王自那日有人前来禀报：白凤英、万素贞、孟常姐不知去向。正在忧烦之际，今天将文书拆开一看，这才心中明白，不由得大吃一惊，只臊得面红耳赤。原来信上写的是——

钦差大臣文华殿大学士兵部尚书彭朋拜书：

久仰天王鸿仪，威名贯满宇宙。今皇王有道，着派要员驻守舞阳镇，官民一向并无丝毫冲撞。不意令爱前年身披兽套，冒充妖魔，夜入宁夏巡抚后花园，竟将喜崇阿之子伯充武掠至驾兰山。今伯充武已得痨症，仍在雕楼，请天王搜查。昨夜巡抚署内，夜间又捉住一熊、一虎、一驴，焉想到竟是三位仙姑所扮，当即派人请到总镇署内，由女眷款待。专此致函，敬候天王示下。素闻天王军令甚严，调度有方，见信祈将朝廷大员子弟送回。三位仙姑在此绝无怠慢。书不尽言。

白天王见这封信措词矫强，本要动怒，一想女儿现在那里，又不能动气，莫若先把女儿接了回来，再作道理。这才吩咐手下人，赏赐一桌酒筵，款待追风侠刘云。吃喝完毕，白天王派人写了一封回信，又派他儿子白龙、白凤、白虎、白鹿、白貌、白熊六位殿下去巡查白凤英的雕楼，果然把伯充武搜了出来，便来回禀天王知道。天王对伯充武以客礼相待，打发刘云先走，候仙姑回来，这里即把伯公子送了回去。白天王将回信交给刘云，即派两个番兵护送他出界。刘云便顺着大路，回归宁夏府。

一日来到公馆，众护卫出来迎接，一同来见钦差大人。刘云说："回禀大人，小民前去投书，现在番王的回信，请大人过目。"大人接过信来，展开一看，上面写的是——

字奉

天朝钦差中堂台前：近接来谕，得悉小女偷进中原，自愧才疏智浅，应请失查之罪。今天使下降，始知小女已经被获，多蒙中堂开天地之恩，相留款待，心中感荷隆情。现伯公子暂在贺兰山，亦当以上宾相敬，中堂请放宽心。小女冒犯虎威，既蒙中堂厚爱，尚望即日送归，伯公子亦必派人送回，决不食言。冒昧烦渎之罪，中堂其谅之耶？其罪之耶？

番王白起戈拜书

钦差大人看罢，赶紧派当差人预备金车暖轿，护送三位仙姑回去，又派副将马玉龙、副将刘芳随带石铸、魏国安、姚广寿、曾天寿四位差官亲自护送。

这一日由公馆起身，一面先叫人给白天王送信。白天王派手下的番将金邦洞主贺梅轧似虎，带着五百番兵，护送伯充武到了舞阳镇。马大人和刘大人见了贺将军，彼此叙礼。这边送过三位仙姑，那边送过伯充武。马玉龙等人便带着伯充武回归宁夏府。

喜大人一见伯弃武瘦的不像样，不禁放声痛哭，把他带到后面去见他母亲。苏尔呢关佳氏瞧见儿子面黄肌瘦，也甚为凄惨。一问情由，伯充武如此如彼一说，赶紧请了高明医生来看。先生说："管保好，他这病就是肾亏，仰仗他先天后天尚足，只要独宿一百日，便可以调养痊愈。"喜大人带儿子到公馆来见彭大人，谢了活命之恩。钦差大人见伯充武五官俊秀，甚为喜欢，向他在那边的情由，伯充武一一回禀大人。大人一听，又问喜大人："现在两下往来,他们有搅扰的地方没有?"喜大人说:"现在往来,他们有好些不按礼节的。"彭大人说:"这样太不成事体,我给他去一角文书。"即派人前去投书。白天王展开一看,上面写道:

> 本阁奉圣谕来此巡视,安抚闾阎。彼此向有条文,理应遵奉旧例,尔今不遵礼节,纵使属员扰乱地面,竟有奸商私贩牛羊皮货等物,不遵例纳税,混乱条规,实属不成事体。尔当严饬整顿,以免认真查办。特先通知,切勿再犯可也。

白天王看罢,勃然大怒,立刻走转牌,要调东五路天王兴兵,杀奔中原。要知后事如何,且看下回分解。

第二八八回

进反表白天王会兵　赴贺兰彭钦差合约

话说白天王看了这套文书,勃然大怒,要走转牌调东五路兴兵进犯关中。旁边有阿丹丞相跪倒奏道:"王驾千岁!此事不可这样粗率。昨朝有细作来报,说彭大人手下英雄能人不少。前者已跟庆将军合约,本应三年一觐见①,自那年合约之后,至今并未前往,天子才派彭中堂前来巡阅边隅。依我之见,可先上一道表章,看看皇帝的意思。"白起戈一听阿丹丞相说的也对,立时派人写了一道表章。白天王看了一看,即派哒哩吗押折起身。

这一日到了京都。部里投文,通政司挂号,将折本呈上御鉴。康熙老佛爷一看这道本章,勃然大怒,把折底交军机处发抄,并知会彭大人,叫他观看这个折底,便宜行事。

彭大人接到这折底一看,上写的是:

> 从古三五立基,五帝禅宗,岂中原有主,而夷狄无王乎?天下者,非一人之天下,乃仁人之天下也。唯有德者居之,无德者失之。陛下作中原之主,为万乘之君,常怀不足之心;臣居偏僻之地,而自知足于心矣。尧舜有道,四海来宾,禹汤施仁,八方共守。陛下起战争之策,臣有迎敌之谋。纵陛下挑精锐之兵,选股肱之士,御驾亲征至贺兰山前,又何惧哉?自古及今,以和为上,臣愿年年觐见于当朝,岁岁称臣于陛下。今遣命哒哩吗敬叩丹墀。

彭中堂见金枪天王白起戈竟敢出此矫强之语,勃然大怒。这时石铸等回禀大人:现在飞云、清风和焦家二鬼已投奔那里去了。彭大人说:"好,我给白起戈去一套文书,跟他定合约的日子。"打发差官走后,金枪天王白起戈随着又来了一封信,定于本月十五日,请彭中堂在贺兰山金斗寨合约,在那里赴太平筵宴。彭大人对来人说:"是日必到。"即赏给了二十两

①　觐(jìn)见——朝见君主。

盘费。

　　番官走后，彭中堂把庆将军和喜巡抚请来，提说两方合约之事。喜大人说："既然如是，中堂去不去呢？"中堂说："我焉有不去之理。咱们也不便多带人，总兵徐胜也去，咱们四个每人各带四人，众位愿带谁，只管挑选。"喜大人说："我也不知道哪位武艺高强，中堂给派四个人保护就是了。"钦差大人说："也好。"叫飞叉太保赛专诸赵文升、飞刀太保小孟尝段文龙、神枪太保钱文华、神拳太保曾天寿四个人保护喜大人。派石铸、飞行太保姚广寿、伍氏三雄这五个人保护庆将军。派小神童胜官保、小玉虎李芳、小太保钱玉、小白猿窦福春跟宁夏总镇作为书童。金眼雕邱成、追风侠刘云、千里独行侠赛判官邓飞雄、忠义侠马玉龙这四个人保着彭大人。这里安排已定，随带五百子弟兵，由孙宝元率领，便从宁夏府起身。

　　这天出了嘉峪关，沿途早有地方官预备公馆。一到贺兰山，便有番将迎接，摆开路队，旗幡招展，都是些蜈蚣幡、皂雕幡、珍珠八宝幡、篆云幡。这些番兵番将，甚是威猛，都是花布手巾包头，青毡小袄，各抱着锐利的兵刃。为首有一位大牌头，姓蒋，叫蒋云龙，乃是马玉龙的师兄，飞天玉虎蒋得芳之子。这蒋云龙知道马玉龙是他师弟，是父亲在安定门地坛收的。蒋云龙流落在外当兵，自己有一身好武艺，白天王登台选将，他一露能为，白天王甚为喜爱，便放他为副牌头。后来因他累见奇功，甚为骁勇，此时已升了大牌头，当差多年，人也精明能干。今天他见师弟来到，故此迎到近前，说："师弟，你不认识我吧？"马玉龙见是一员番将，不禁一愣。蒋云龙把原由一说，马玉龙这才上前行礼，师兄弟叙谈离别之情。

　　那边金枪天王白起戈、金锐天王孟得海、金刀天王万延龄、金棍天王邓福伯、金戟天王丁三郎，每人身后一杆大旗，有二三十名亲随番兵。大人见这金枪天王跳下马来，身高八尺，年岁在半百以外，海下一部黄焦焦的胡须。那孟天王头戴皂缎绣花五龙盘珠冠，身穿豆青色的箭袖袍，面如锅底，两道抹子眉，一双大环眼，肋下佩着三尺昆吾剑，自有一种威风杀气。第三位戴着豆青扎花五龙盘珠冠，身穿豆青箭袖蟒袍，肋下也佩着三尺昆吾剑。第四位邓福伯，第五位丁三郎长的相貌凶恶，五官各带着一股杀气。众位大人看罢，往前进了锦城，来到金斗寨下轿；众位天王下马。大众到里面一瞧，是间九龙厅，甚为宽阔。东边给彭大人等预备了座位，四位大人按次第落座。西边是天王的座位。先有通士引见，彼此见礼。

白天王吩咐摆筵,手下人立刻摆了上来。厅上众天王亲身过来,给众位大人斟酒。酒过三巡,彭大人说:"天王打去的表章,我皇甚是震怒,因此才派我等前来。再者有几个被罪的囚犯,飞云、清风和焦家二鬼,现在天王这里,望能把这几个人送回,以免伤了和气。"白天王一听,说:"不错,是有这几个人在此,我却不知是否囚犯?再说我与中原互市,屡次被赶了回来,伤损我这里的牛羊货物不少。大人要这几个囚犯,却也不难。现在我这金斗寨正南,有小小一座木羊阵,我把这几个人就搁在里面,大人如在百天之内,将此阵打破,我等便把这几个人立即送回,年年来朝,岁岁称臣。"彭中堂说:"既然如此,我派手下的属员前去观看此阵方位。"

　　这时,在白天王背后有白龙、白凤、白虎、白鹿、白豹、白熊六个人齐说:"今天在酒席筵前,无以为乐,我六个人愿舞剑一回,以助众位大人之兴。"说罢,六个人便各拉宝剑。旁边马玉龙也拉出湛卢剑,邓飞雄拉也红毛刀,真是亮光闪闪,颇有龙吟虎啸之声。马玉龙说:"你六位舞剑助兴,我二人愿意相陪。"马玉龙刚一拉剑,白天王说:"且慢,今天又非鸿门宴,大家何必乱舞?"在马玉龙身后,站定云中虎混海金鳌孙宝元,是带领五百子弟兵,来保护大人的。他见众人俱皆退去,转身来到大厅前面,见左右有两个汉白玉的狮子,便说:"众位天王和大人在此,今天我将这狮子举起来,以助天王和众位大人一阵高兴。"只见他伸手便将狮子举了起来。这时,旁边有万天王的两位殿下,一个叫万金龙、一个叫万金虎,走过去也把狮子举了起来,跟孙宝元比武。那万金龙身高一丈,面似淡金,细眉巨眼,力大无穷。

　　他等正在比武,石铸一拉邓飞雄,一使眼色,连曾天寿、姚广寿一起出来,到了无人之处。石铸说:"我想飞云、清风和焦家二鬼四个人一起在此必有一个去处,咱们如去把他等拿住,也算得奇功一件。"刚要去找飞云等人的下落,抬头见对面来了一人,不禁一阵发愣,有一宗岔事惊人。要知后事如何,且看下回分解。

第二八九回

忠心侠调兵保钦差　众天王同聚贺兰山

话说石铸、曾天寿、姚广寿、邓飞雄四个人,正要去访查飞云、清风和焦家二鬼的下落,瞧见对面跑过一个人来说:"你们当中哪位是马大人?"石铸说:"我们都不是,马大人在里面,你找马大人有什么事?"这人说:"我奉我家大牌头蒋云龙之命,现在演武厅等候马大人前去,有机密大事,劳你们几位驾,通禀一声。"石铸道:"你在此等候。"转身来到里面,在马玉龙的耳边说:"现在有这里的大牌头蒋云龙请你到演武厅,说有机密之事。"马玉龙说:"是了,那不是外人,乃是我师父之子,只因路见不平,杀死三条人命,这才逃到这里。我去见见他,必有要紧的事。你们保护大人要紧,若有什么事,千万给我送信。"石铸说:"我跟你去瞧瞧地方,要是有事,好去找你。"马玉龙说:"好,跟我走吧。"出来便跟着当差的那个人前去演武厅。

蒋云龙迎接出来,番兵在两旁排班站立。马玉龙上前行礼,蒋云龙说:"师弟,我请你来非为别故,只因白天王这里摆的一座木羊阵,甚是凶险,贤弟你可千万不要前去打阵。这座阵不是现今摆的,自我来时就有了。除非白天王父子,无人知道此阵的妙处,连阿丹丞相都不知细情。"马玉龙说:"方才白天王说过,彭中堂亦已应允,此乃军机大事,我也难以阻挡。多蒙兄长美意,无奈小弟只是微末的前程,此事自有中堂和将军做主,小弟不能专擅。"蒋云龙说:"虽然中堂和将军做主,你也可以谏阻,以免涉险。"马玉龙点头答应。蒋云龙说:"现在东五路天王,每人手下都有几万精兵,白天王是东五路天王的首领。"马玉龙说:"我也晓得,你我兄弟容日再谈,我不得奉陪兄台了,还得上去当差。"蒋云龙说:"既然如是,兄弟你请吧。"

马玉龙这便告辞,同石铸回到了天王的九龙厅,见酒宴仍然未散。那白天王一拱手说:"敢问钦差大人,今天所说的木羊阵,不知众位大人意下如何?"彭大人说:"好,先叫我手下人去观看观看阵势,订了日子,前来打阵。"白天王说:"既然如此,哪位前去看阵。"彭大人一回头,正好看见马玉龙进来,便吩咐说:"马玉龙,你跟去看看这座阵是怎么个光景。"马玉龙说:"但不知何人同我前往?"白天王手下的大臣阿丹丞相说:"我同你去吧,阵里我熟。"马玉龙说:"如是更好,大人请先走吧! 石大哥,你们在骆驼岭等我。"

正在说话之际,外面的轿夫人等中,有一个姓马的山东人进来说:"了不得了! 众位大人的马惊了两匹,一匹红的,一匹黑的,往东跑去,出了金斗寨了。"石铸等赶紧就追,又问手下人是怎么惊的? 手下人说:"只因那边吹响喇叭调番兵,这马没有见过,就惊了。"石铸、魏国安两人先去追马,马玉龙等便送大人上轿。彭中堂、庆将军、喜巡抚三位坐轿,徐总镇骑马。跑的那匹黑马是刘云骑的,红马是金眼雕的宝马龙驹,一天能走六七百里。这里胜官保、李芳也要跟马玉龙去瞧瞧木羊阵怎么样。正说着话,只见石铸、魏国安跑回来说:"了不得了! 那两匹马跑到锦城东门外一里之遥,有一处大庄院,就被人截住了。我们去说:'马跑到这里了,劳驾请放出来,我们谢谢。'这些人却不懂情理,说:'马是跑了进去的,不是我们偷的,要马休想,你两个快回去,多立一时,连人也给留下。'我们说:'那是马副将马大人的马。'他说:'不用道字号,皇上的马也得留下;你打听打听看,这里雁过都要拔毛。'问他家主人姓什么? 他说:'姓萧。'我说:'你家主人属天王管吗?'他说:'我家主人还管着十路天王。'我早就想跟他们动手,只因今天跟大人来的慎重,不敢滋事,恐惹出意外之变,故先回来跟大家商量商量,这马还要不要?"马玉龙说:"这倒不错,筋斗栽到这里来了。没有的事,咱们去要。"这里跟大人的人都走了,就剩胜官保、李芳、石铸、魏国安和马玉龙五个人,可只剩了三匹马。

马玉龙同石铸等人往东走去,就一箭之地,石铸用手一指说:"就是那里。"马玉龙一看是三十多座雕楼,坐北向南,倚着一溜山坡,连成一大片,不像小户人家。马玉龙来到门首说:"你们怎么不讲情理? 我们的马跑到这里来,当差的人来要,你们还不给,就算是你的了,什么地方也抬不过一个'理'字去。"只见里面出来一个家人说:"谁在我们这门口嚷嚷? 向例没人敢在这里喧哗,如再不走,就连人都给留下。"马玉龙说:"你这厮真不懂情理。"过去就是一拳。这个家人说:"你好大胆量,竟敢打人,伙计们出来!"只见出来了几十人,正要动手,由里面出来一人,摇头晃脑地说:"马是我们留下的,你不必拿钦差来吓我。"马玉龙见他说话不通情理,又见马在里面拴着,说:"石大哥,你进去把马拉出来,谁过来拉,拿刀砍他。"石铸、魏国安进去,就把马拉了出来,把这些人打得东倒西歪,焉能拦挡得住。

五个人拉着马回到锦城,正遇大牌头蒋云龙,带着兵丁护送阿丹丞相,要带领马玉龙去看木羊阵。一见马玉龙等回来,便问:"你们上哪里去了?"马玉龙就把方才去找马之事说了一遍。蒋云龙说:"你们这乱可惹的不小,那是金光寨闪电神萧家的管家,我们天王都不敢惹他。"马玉龙也没主意了,向石铸、魏国安说:"你等到骆驼岭,叫孙宝元和我的子弟兵都在骆驼岭等我!"石铸答应。马玉龙这才带着胜官保、李芳同阿丹丞相一直扑奔正东。

相离金斗寨有三十余里,偏东南上,远远就见云屯雾集的一座大山,山口坐落正西。大众从西北绕过山坡,刚来到山口,就听一声炮响,旌旗招展,旗分五色,大约有三千兵出来,个个花布缠头,刀枪锋利。为首有四员大将,头一位骑着一匹红马,鞍鞯鲜明,头上大红缎子扎巾,勒着金额子,身穿大红缎子战袍,面似喷血,粗眉大眼,在坐骑的得胜钩上,挂定一杆五翅描金幡,这位就是把守四角山木羊阵的金邦洞主贺梅轧似虎。第二位跳下马来,身高九尺以外,头戴皂缎绣花软包巾,身穿皂缎箭袍,足下薄底靴子,面似黑炭,两道抹子眉,一双大环眼,肋下佩着昆吾剑,骑定一匹卷毛狮子马,手使七星长把渗金铲,这是银邦洞主白梅轧似狼。第三位戴翠蓝色六瓣壮士巾,穿蓝缎箭袖袍,面似蓝靛,两耳红毛,手使长把紫金锤,他叫铜邦洞主姜伯朗。第四位倭缎扎巾,粉绫缎箭袖袍,骑定一匹金睛闪电白龙驹,手使一条三股托天叉,他叫铁邦洞主杨伯达。马玉龙看罢,也不以为然,同着阿丹丞相便要去看木羊阵。不知此阵如何厉害,且看下回分解。

第二九○回

订条约赌打木羊阵　马副将观阵遇敌人

话说马玉龙来到四绝山，见来的番将甚为猛勇。阿丹丞相吩咐众兵将往两旁一闪，马主龙便往里行走。再一看，怪不得这山名为四绝山，原来是巨齿嵯峨的一座高山，寸草不长，山蓝如靛，方圆有二十余里。那木羊阵方圆十二里，按小周天置造。猛一看，真找不到阵门，西方庚辛金的阵门，反冲东开者。围墙有一丈五六尺高，上面有鸡爪钉，冲天毒药弩，谁要飞檐走壁，往上一蹿，挂着鸡爪钉，冲天弩一发，射中就要死。围墙有四门，南北长，东西短，类似长蛇。

马玉龙正站在四绝山上观望，就听金邦洞主贺梅轧似虎信炮一响，四山号炮齐鸣，那木羊阵四面竖起旗子来，上面都画着一只虎。东西南北中不按五行，四角有四个楼，当中是瞭敌楼。这五座楼往外冒黑烟，有十数丈高，五处烟归到一处，遮住木羊阵，其形好似黑龙，蔽住日月光华。再一瞧里面，门户甚多，看不甚真。马玉龙回头向阿丹丞相说："你我到阵内观看观看。"阿丹丞相随即向手下人说了几句，这才说："马大人要跟我进阵，可得下马。"马玉龙便下了坐骑，由阿丹丞相陪着往东走去。来至切近处一瞧，西边阵门是东北拐，往东拐可是坐西冲东，门是圆的，拿绿色油漆刷好了，上面有拳头大的钉子。马玉龙再看门分左右，里面一片平川，迎门有一道影壁，上面画的是万福流云。由影壁绕过去，是两股道，走不多时，便分不出东西南北来了。绕过影壁，坐东向西又有一个门，当初造的时节，在当中是太极阁，往外生出太极两仪，两仪生四象，四象生五行，五行生八卦，概都是平川之地。进了十二道门来，中央的瞭敌楼是五间三层，周围栏杆都用的是黄杨木。头一层上面有一块匾，匾上四个大字："人力胜天"。东边牌楼上面有两个字是"王府"，西边牌楼上面的字是"金阙"。正北楼上都有栏杆，由东上去，是九层台阶，又从西边下去。此处有一副对联，上联是："天地间一轴大画"，下联是："乾坤内两颗明珠"。

马玉龙同着阿丹丞相由一边台阶上去，一直到了三层楼上，把四面楼窗全都支开，番官在两旁伺候。阿丹丞相把手中令旗一摆，四面信炮齐响，只见木羊阵各门俱都开了。这木羊阵乃是十二道门，按十二元辰制造，头一层门是一排羊，一面一百二十只，四面共四百八十只，远看同真羊一样，分青黄赤白黑五色，按金木水火土，名为鬼金羊。第二层门是一排马，也是五色，五匹一排，一面六十四，四面二百四十四。第三层门是午金牛，第四层是娄金狗。马玉龙看了看，也不知有什么妙处。唯有十二层靠楼的火猴，按三百六十五度，有三尺六寸五高，穿青黄赤白黑的衣裳，同真猴一样。马玉龙看罢阵式，向阿丹丞相拱拱手说："此阵是何人所摆？"阿丹丞相说："此阵乃是先王遗留，已有数十年之久。那时我尚未出世为官，不知此阵是何人所摆。"马玉龙见阿丹丞相不肯直说，自己也不便深问，便下了瞭敌楼，带着童儿出了木羊阵，向阿丹丞相拱手作别，说："我等改日前来打阵。"阿丹丞相说："大人要打阵的时节，就到四绝山来挂号。"马玉龙点头答应，转身带着胜官保、李芳上马，径奔骆驼岭而来。

到了骆驼岭，有石铸、魏国安、孙国元三人迎上前来，一问方知观看木羊阵的情节。天色已晚，众人住缩。次日早晨起来，马玉龙、石铸等带领子弟兵，同进嘉峪关，回到宁夏府，把兵丁扎在城外，来到公馆下了马，进里面参见彭大人。大人问马玉龙："那木羊阵是什么格局？"马玉龙就把同阿丹丞相上瞭敌楼观看阵势的情形说了一遍，又说："那阵是四绝，当中分五行、按八卦，里面周围按子鼠、丑牛、寅虎、卯兔、辰龙、巳蛇、午马、未羊、申猴、酉鸡、戌狗、亥猪这十二属相的变化，大概必有奥妙之处，若不请能人，必不可破。"

正说着话，纪逢春一拉刘芳说："姐夫，你来讨令，咱们破木羊阵去，那暗器埋伏瞒不了我。"刘芳说："好，你既有这胆子，我讨令去。"刘芳这便来到里面，说："回禀大人，现在他这木羊阵是要难住我等，藐视我们并无能人。卑职不才，愿在大人跟前讨令，我带妻弟纪逢春、武杰、李环、李珮这五个人前去破阵。"大人说："你等愿去很好，如能把阵破了，算得是奇功第一。"刘芳把纪逢春叫过来说："我方才在大人跟前讨了令，大人派我前去破阵，你可知道那暗器埋伏？"纪逢春说："你别不放心，我去那里一瞧就知道。"刘芳说："大家去收拾收拾就走。"彭大人又派宁夏镇总兵徐胜带本标六千兵，在骆驼岭扎营；再派嘉峪关协台带四千兵，在木羊阵前扎营，以备接应打阵之人。

　　刘芳带着武国兴、纪逢春、李环、李珮兄弟出了宁夏府,这一日来到四绝山。山口有金邦洞主贺梅轧似虎把守,问道:"众人来此何干?"刘芳道:"我等奉钦差大人谕,来破木羊阵。"驾梅轧似虎一看来的五个人中,纪逢春、武杰一丑一俊,刘芳像个官长的打扮,便说:"你们几位要打阵么?"刘芳说"是"。贺梅轧似虎说道:"你们几位叫什么名字? 回头如要落在阵内,我们好有个交代。就是你们破了木羊阵,我们也好向天王交代。"这些人各通了名姓,那贺梅轧似虎说:"你们几位请吧。"

　　五个人进了西山口,刘芳一看这木羊阵,四面墙有一丈六七尺高,上面都有鸡爪钉,就问纪逢春:"这是什么阵势?"纪逢春说:"我得进里头瞧,在外面瞧不透。"说着就径奔阵门。西边这座门,是由北往东拐过弯去的,一看阵门是绿油漆的,上头有拳头大的钉子。这几个人见里边是一片平川之地,迈步就往里走。纪逢春说:"别往里走,这门没闩没锁,必有埋伏。"这句话还未说完,李环早已往前迈步,只听喀嚓一声响,不知李将军性命如何,且看下回分解。

第二九一回

忠义侠公馆见钦差　刘德太头打木羊阵

话说李环在胜家寨多年，又跟这些英雄久在一处，总是艺高人胆大，心想当初画春园也无非是削器埋伏，焉知这木羊阵比画春园厉害十倍。他往里刚一迈步，就听喀嚓一响，由门的左右出来两把扎刀，正扎在李环的两胁，可叹这位英雄，当时鲜血迸流，气绝身亡。吓得刘芳、武杰、纪逢春、李珮四个人一阵发愣。纪逢春说："赶紧别往前进，削器套着那可了不得，必有性命之忧。"刘芳说："咱们既跟大人讨令前来，焉能就这么回去，不入虎穴，焉得虎子！"李珮只顾抱着兄长的死尸，哭的不能说话。纪逢春说："咱们别走当中的木板，走旁边的方砖地往里去。"说着话，刘芳就往前走了两步，拿刀剁着木板，也不见什么动静。一直走到西边，往东一拐，只见一片平川之地，里面门户各别，曲曲弯弯。自己心想："眼前是平川之地，我何不进这二道门。"想罢，就往前走，那刘芳刚到二道门的台阶，往上一迈步，只顾往左右看，留神脚底下，焉想到由上面喀嚓一声，落下来一把扎刀，直插头顶。刘芳急往旁边一闪，那刀正扎在左肩头，深四寸有余，鲜血迸流，只吓得魂不附体，拧身蹿出外边。武杰一看说："唔呀，了不得了！你我本来不行，不要进去找死，依我之见，咱们趁此回去吧。"刘芳点头。

四人无奈，只得往回走。李珮扛着李环的死尸，垂头丧气。武杰说："唔呀！今天来的好丧气，死了一位，也没瞧见阵里有什么奥妙。马大人倒还进阵里瞧瞧，咱们是白来一趟。"四个人到了四绝山，那些番兵瞧的真切，见李珮背着李环的死尸，纪逢春背着受伤的刘芳，武杰急的唔呀唔呀直嚷，无不嬉笑。众人出了四绝山，来到骆驼岭扎营的地方。徐胜把众人让到中军帐，吩咐手下预备一桌酒席，给众人压惊。徐胜就问木羊阵是什么一段情节？纪逢春说："我们到了木羊阵。我也瞧不出削器在哪里安着。原先我在家中，那些转心弩、滚板、窿窿墙，我都懂的，这个我全不懂。李大老爷贪功，刚一进门，就被左右两把扎刀扎死。我姊夫进到二门,由上面下来一把刀,幸亏躲得快,伤了左臂有三四寸深!"徐胜一听木羊阵的这番光景,心中甚是为难。

　　大家在骆驼岭住了一夜。次日,徐胜给李环买了一口棺木装殓起来,雇了两乘驮轿,又派了十名兵,一位把总,护送刘芳等人及李环的灵柩回宁夏府。到了宁夏府,先把李环的灵柩停在公馆对过三官殿。众位英雄听说打木羊阵的人回来了,李大老爷死了,大家都跑出来,围着问刘芳是怎么缘故,又把刘芳搀下驮轿,进了公馆。大人一见刘芳成了血人,膀臂用布缠着。刘芳见了钦差,口称"卑职无能,探阵受伤,今来大人台前请罪。"大人吩咐赶紧扶下去,好好调养,又问武杰探阵的情由。武杰就把李环进阵身亡,刘芳怎么受伤的情况一一回复。大人点头说:"你等下去歇息吧,我料想此阵必有凶险,一时焉能打破?"众人退了下去,大人心中甚为踌躇,无计可施。

　　又过了五六天,大人把手下的众位老少英雄聚齐,说:"现在白天王设立此阵,把飞云、清风和焦家二鬼搁在阵中。前者他来过一道反表,皇上有旨派我酌量办理。我想总是息事罢辞为好,合约之时,他说这座木羊阵要能在百日之内打破,便送出飞云等四人,他愿年年来朝,岁岁称臣。如打不破这阵,则准其免税互市。你等可有什么主意没有?"大家一个个面面相觑。马玉龙说:"大人,据我想来,要破阵先得知道它的总弦在哪里,是何人所摆?现有一个人,大人何不把他请来,纪老爷的父亲纪有德,惯能造削器埋伏。"大人一听此言,如梦方醒,赶紧写了一封书信,派千总陆程奔狼山纪家寨去请纪有德。

　　这天有人进来禀报,神手大将纪有德已到公馆。众人一听都要看看,内中有认识的,也有没见过的。当初他三打画春园,五探剑峰山,曾在大人台前效过力。今天大人听说他来了,赶紧吩咐有请。只见神手大将纪有德由外面进来,参见大人。大人说:"老义士,我请你非为别故,只因有一座木羊阵,甲面削器甚多,也不知是何人所造。前者马玉龙曾去看了一次,里面按十二元辰所造,必是相生相克,每天必有个值日的。"纪有德说:"大人,这件事非目睹亲见不可。当初那画春园是我摆的,能人背后有能人,我一半天到那里,看看是怎么一段情节,然后再说吧。"大人说:"也好。"

　　纪有德下去,大人赏了一桌全席,叫众人陪着吃饭。马玉龙说:"老英雄明天要去,我可以奉陪。我认识那里的番官,观过一回阵,大概情形我知道,唯有里边的奥妙,我不懂得削器埋伏,老英雄明天去看看就是了。"纪有德说:"好。"次日,马玉龙同纪有德出离公馆,众人往外相送,但愿老英雄同马大人旗开得胜,马到成功。马玉龙带着胜官保和李芳,一同步行,并未骑马。纪有德往前边走边说:"先前我往这边来过,如今这个情景已大不像从前。"众人出了嘉峪关,来到骆驼岭。徐胜迎接到中军帐,彼此行礼,这日就住在营中。徐胜吩咐摆酒,大众喝着酒,徐胜说:"纪老英雄一来,这木羊阵许能破得了。当年我没做官的时节,曾到纪家寨老英雄家中,见到尽是削器埋伏,后来在画春园,要不是老英雄,焉能破得了。"纪有德说:"承大人抬爱,老夫原来在西洋十二年,学习奇巧古怪的削器。我还有两个知己的朋友,可不知还在不在,这话已有四十余年光景。"徐胜说:"明天我听喜信吧。"众人席散安歇。

次日纪有德告辞,徐胜送出营门。马玉龙头前带路,一过骆驼岭,便是黄沙薄地。四个人都施展陆地飞腾之术,没多时就到了四绝山,远远看见杀气腾腾,有许多的番兵。进了山口,见北面大账房上写着挂号厅,有番兵说:"你等是来打木羊阵吗?先挂号。"金邦洞主贺梅轧似虎和银邦洞主白梅轧似狼二人出来,瞧了一瞧,见是一老一少,两个小童。马玉龙通了名姓,来到高坡一望。纪老英雄要施展奇计,二打木羊阵。欲知后事如何,且看下回分解。

第二九二回

木羊阵李环殒命　彭钦差议请英雄

话说神手大将纪有德，同马玉龙在高坡之上，一看那木羊阵里，杀气腾腾。马玉龙说："纪老丈，你看这座阵，南北东西够十二里，里面奥妙无穷。"纪有德说："我看出来了，这座阵摆的甚好，由阵门到瞭敌楼，是十二道埋伏，要破这阵，得由东门进去，这是阵头，西门是阵尾。咱们去看看，能够看出门路来，你我再动手。看不出来，不可造次。"马玉龙说："但凭老英雄主见。"说着话，下了山坡，刚往北走，就听一声炮响，番兵齐声呐喊。

二人这才绕过北边，来到正东一瞧，虽然是正东的阵门，却冲北边开着门，上面有用绿油漆的馒头大的金钉子。纪有德瞧了一瞧，用手将门点开，说："马大人把宝剑借给我，我进去瞧瞧。马大人可别进来，你看里面是一片平川之地，当中有一块石头，人要进去，就是一死。"马玉龙说："怎么？"纪有德说："人要一贪便宜，瞧着是石头怕什么，可这石头却是假的，是埋伏。"说着话，纪有德拿宝剑一点，呼噜一转，就沉下去有桌子大小的一个窟窿。纪有德倒身往后一退，就见上面咯嘣一声，掉下一块汉白玉石头，正跟这窟窿一般大小，如同盖上一样，那上面还刻着许多的老鼠。纪有德说："马大人你看，要一蹚石头掉下去，上面那石头再一盖，岂不活活闷死。"说着话，就听咯嘣咯嘣的响声，犹如钟表的开关那样。纪有德往前一蹚石头旁边的木板，只觉木板一软，急忙抽身蹿出，就有一股白烟冒出来，白烟一散，有一只红牛冲门一站，跟真的一样，也有眼睛，也有鼻子耳朵。纪有德说："这牛的两旁都走不得，一蹚木板，墙里就有削器出来，不是竹刀，就是火枪。要由牛的正面迎去，那牛眼睛必有毒药弩，脑袋一开，当中又有滚白蜡汁五毒枪。"马玉龙一听好险，便问能不能破？纪有德说："不能破，我不知道他的总枢。"马玉龙说："能进去不能进去？"纪有德说："我蹚在牛尾巴后头瞧瞧，马大人可闪开，我这是涉险，还不知牛后头有削器没有？"马玉龙说："老英雄可要留神，实在险得厉害。"纪有德说："你不必嘱咐,我先看看,要破不了,再想主意。"说着话,纪有德往牛后头一蹿,脚踏实地,就听呼噜呼噜响了一阵。纪有德一瞧,西边来了许多的羊,十只一排,分青黄赤白黑五色,真似活的一般大小。纪有德知道这座木羊阵,必是以羊为主。用宝剑一点边上那只黑羊,就见羊脑袋一裂,出来一股黑水,正是滚白蜡汁五毒水,要打在人身上,当时就死,连肉都得烂。纪有德一看,也不敢往前进了。只见一面是十排羊,一面一百二十只,四面四百八十只,如同走马灯相似,周围转绕,响成一处。纪有德这才施展燕子钻云式,腰间往里一拱,蹿到门外面,说:"马大人,我看里面的这木羊,分成五色,是按金木水火土五行。我方才用宝剑一点黑羊,便有滚白蜡汁五毒枪水喷出,甚为厉害。"马玉龙一听,说:"老英雄既不能破,你我只好回去吧。"纪有德说:"是,你我回去再想主意。我倒有一个朋友,已有数十年未见,跟我知己相好。此人足智多谋,能为在我之上,仰面能知天文,俯察能知地理,夺天地之造化,泄鬼神之机密,真有经天纬地之才。"说着,二人转过四绝山口,带着胜官保、李芳就往回走。

马玉龙头前引路,刚一出四绝山,往西走着,见这关外道路崎岖,坎坷不平。正往前走,只听响了三声震山雷,马玉龙一愣,见由北边山口闯出约有五百番兵,个个都是三十内外的岁数,比别的番兵要高一头,每人一把明晃晃的大砍刀,个个红绸子缠头,齐声喊嚷:"官军营的差官慢走,我家教师爷要找你算账。"马玉龙等止住脚步,见对面番兵队中出来八员大将,都有八九尺的身材,个个头缠红绸。由当中走出一人来,身高一丈,头大项短,面皮微紫,膀阔三停,肋下佩刀,怀中抱着反掌独角童子槊①。不认识这兵刃的,就叫铜娃娃。原本是三尺六寸的铜人,抬着一条腿,伸手捏着剑诀,一只手奔拉着,这宗兵刃就叫独角童子槊,大约总有一百斤。那人把眼睛一瞪,一声喊嚷,说:"自幼生来不怕人,不敬玉皇不敬神。西夏一带由我闹,金光寨内我为尊。两膀也有千斤力,手使反掌独角人。若问洒家名和姓,绰号人称闪电神。对面官军营的差官慢走,我已在此等候多时。"

书中交代:这个人乃是掌教的老师,他是清真回回,教门的回王老师,人称闪电神萧静。那东五路天王和西五路天王都管不着他。他在枇杷山

---

① 槊(shuò)——长矛,古代的兵器。

金光寨住,只因前番马玉龙的两匹马,跑到他手下人的家里,那家人叫萧金龙,素日仗着他家主人,不讲理也没人敢惹他。焉想到那天被马玉龙把马抢回来,把他给打了,萧金龙便跑到金光寨搬弄是非,把马玉龙的名字告诉萧静,说:"马玉龙藐视我们没有英雄,背地里骂萧静。"今天马玉龙带人来打木羊阵,萧静便带着萧文保、萧武保、萧金保、萧银保、萧玉保、萧天保、萧云保、萧宗保八个儿子闯出山口,要会会马玉龙,替他的家人报仇。他将五百番兵往两旁一排,八个儿子各执兵刃,一个个威风凛凛。

马玉龙不知所因何故,便请纪老英雄暂在此处少待,我去问问。马玉龙手执湛卢宝剑,一声喊嚷:"呔!你等是何人?我奉中堂之令前来打阵,是与你们天王合约,言明两方不动刀兵,百日内任凭我们打阵。你拦挡去路,意欲何为?"闪电神哈哈大笑,说:"洒家找仇人马玉龙。"马玉龙说:"我就姓马。"闪电神萧静说:"原来就是你,你敢当着我家人毁骂我,今天你我分个上下,你赢得了我童了槊,便放你逃走,赢不了,休想逃命。"赶过来摆槊照定马玉龙就打。马玉龙一闪身,说:"好鼠辈!我与你无冤无仇,胆敢前来无礼。"马玉龙刚要动手,就听萧静身后一声喊嚷,说:"爹爹闪开,谅此无名小卒,何用爹爹拿他。"马玉龙一看,正是萧静的长子萧文保,摆手中刀过来搂头就砍。马玉龙摆剑相迎,两个人走了有七八个照面,马玉龙一剑便把那萧文保斩了。不知后事如何,且看下回分解。

第二九三回

纪有德再探木羊阵　闪电神截路战英雄

话说马玉龙剑斩了萧文保,闪电神萧静不由怒从心上起,恶向胆边生,骂道:"小辈竟敢伤我孩儿,我跟你势不两立!"一摆反掌独角铜人,扑奔过来,照马玉龙搂头就打。马玉龙一摆宝剑相迎,见他的铜人沉重,自己不敢用宝剑去削,仗着生平武艺精通,剑法门路纯熟,闪展腾挪,遮盖架拦,两个人走了有个几照面,不分胜负。纪有德一瞧情势不好,人家那边人多,时间长了,双拳难敌四手。正在替马玉龙为难,忽见由半山坡跑来一只老虎,口中咬着一条人腿,带着上身,是个死老太太。这个地方,荒山野岭,野兽最多。纪有德一瞧,这个老太太是刚被老虎吃的,还没吃完。这时又见山坡上跑下一个人来,身高一丈,鬓发蓬松,粗眉大眼,穿一身破旧的青衣服,手中拿了一对铁娃娃,大约有三尺多长,一百多斤,这个兵刃名为童子槊,会使的能够点穴。纪有德过去一截老虎,老虎就跑了。纪有德说:"那一大汉慢走。"这大汉说:"你是什么人,敢来拦我?"举铁娃娃照纪有德就打。纪有德说:"先别动手,这是怎么一段事? 你是哪个?"大汉说:"是谁养活的大猫,把我亲娘吃了一半。我在山里常拿大猫,揪住把他摔死,扒了皮煮吃,叫我娘吃肉。今天我上山里找野兽去,把我娘放在山神庙里。我回来时,这大猫把我娘吃了一半,我就追下来了,这大猫是谁养活的?"纪有德一听这人好浑,竟说老虎是大猫,还问谁养活的? 纪有德眼珠一转,计上心头,说:"你要问这个大猫,可不是我养活的。你瞧,是手使铜人的那个赤红脸养活的,他叫那个大猫去把你娘吃了。"这个大汉说:"呵! 敢情是他养活的大猫,是他叫去吃我娘的。好囚囊,我去给他算账。"赶过去一声喊嚷:"闪开了,待我拿这小子。"

马玉龙旁边一闪。闪电神一瞧,大吃一惊,见来的大汉如半截黑塔相仿。马玉龙一瞧来的黑大汉甚是凶勇,手拿一对铁娃娃,也不知道是谁,赶紧跳出圈外。这大汉摆铁娃娃照定闪电神就打。萧静用铜槊相迎。两个人大战了七八十个回合,不分胜负。闪电神萧静力尽筋乏,料想难以取胜。旁边萧武保一想："我哥哥死了,我得替我哥哥报仇。"想罢,一拉手中刀,过去帮着动手,焉想被大汉的铁娃娃将刀打飞,萧武保转身想要逃走,已被这大汉一铁槊打的脑浆迸流。闪电神一瞧,心中暗想:马玉龙没拿成,已死了两个儿子,自己又不能胜,这才往圈外一跳,一声喊嚷说:"马玉龙,今天我不能拿你,此仇必定要报。"说罢便把兵带走。

马玉龙把这大汉叫住,问他姓甚名谁? 这黑汉说:"我姓姚名猛,原本是嘉峪关里的人,因为好管闲事,路见不平,打死了十三条人命。我怕打官司,背着我娘逃了出来,住在这里的一座庙里。书中交代:这座庙原本是征西将军所盖,他们这里也不敬神,也不懂烧香什么的,姚猛就同他母亲在这山神庙中居住。每天姚猛出去打野兽,山上有柴草,扒了皮煮煮,他母子就吃。今天他出去打猎,正瞧见猛虎吃他的母亲,他便拿铁娃娃追下山来。纪有德施一巧计,使他把闪电神战败。姚猛如此一说。马玉龙说:"你既把贼人战败,算你奇功一件。你娘已死,老虎扔下的半个死尸,你就扛着,跟我到官军营中去。我给你要口棺材,把你母亲埋了。我还要在大人跟前,保举你效力当差,把木羊阵打破之后,好叫你得个一官半职。你现今家里还有什么人?"姚猛说:"我老娘一死,就没人了! 大人收留我,我给大人磕头。"马玉龙说:"你跟我走吧。"这才带着纪有德、胜官保、李芳,姚猛扛着他母亲的半个死尸,离枇杷山径奔骆驼岭而来。

正往前走,马玉龙一瞧,说:"咱们走的这条道不对了,方才咱们不是由这条路来的。"纪有德一瞧,说:"反正往东南走吧,管他对不对。"往前走来走去,眼看就要日落西山,直走了半天的工夫,总是荒山野岭,也没碰见一个人。众人觉着渴了,也觉着饿了,好在都是练功夫的人,还不甚劳乏。正在犹疑之际,见来了一群羊,有三个人骑着马。马玉龙上前说:"借问一声,上骆驼岭往哪里走?"这个人说:"你们几位是做买卖的吧?幸亏问到我们这里,要问别人也是白问,众位必是错过店道,天不早了,你们几位向前走两步,住到我们三元庄去吧。"马玉龙一瞧,内有一位赤红脸、黑胡须,年近六旬的老者,连忙问道:"尊驾贵姓?"这人说:"我三人是冯、杨、马三姓,都是清真回回教,从这里贩牛羊骠马去卖。你们今天就到我们三元庄去住,离此地还有二十五里,明天再起身。你们几位这是上哪里去?"马玉龙就把奉堂谕打木羊阵的事说了一遍。

众人这才同三个人往前走去,曲曲弯弯,展眼间就是二十五里地。马玉龙一看四外皆山,当中有一个村庄。及至进了村庄,见路北有一大门,出来了许多的庄客。姚猛脱下一件衣裳,把母亲的半截死尸包了起来。这个村庄原本就是这三姓人,家中都是大财主。杨殿红吩咐摆酒席,早有家人伺候。马玉龙一瞧这人家虽然是清真教,倒也颇通交往。大家饱餐一顿,各自安歇。次日早晨起来,杨殿红又预备早饭,马玉龙等吃了这才告辞。有人指引道路说:"要奔骆驼岭,出这村口,就往南往西。"姚猛扛着他母亲的尸体。众人说:"我等叨扰了一天,改日再来道谢。"杨殿红对马爷说:"这哪里说起,咱们总算遇缘。"说着话,众人拜别。

马玉龙等上了大道,来到骆驼岭,天已交正午,粉面金刚徐胜将众人接到大营,又派人到舞阳镇买口棺材,让姚猛将他母亲入殓,找清洁地方掩埋了。徐胜摆上酒筵,便向马玉龙询问打木羊阵的情由。纪有德说:"这阵凶险,甚不易破。"徐胜又问纪老英雄,还有什么主意没有?纪有德说:"此时我也无法,回公馆禀明大人,再为商量吧。"众人直吃到月上花梢。次日,这里便备上马匹,送众人回归宁夏府。

马玉龙等来到公馆,众位差官都出来询问木羊阵的情由。马玉龙把上项事细说一遍。进到里面,又回禀了钦差大人。大人甚是着急,但也无计可施,且叫众人下去歇息。马玉龙和纪有德退身下来,众人说:"纪老英雄不能破阵,咱们就要输了。"纪有德说:"别忙,既然是大人拿文书把我调来,我必要想出主意,办理此事。"他在心中暗想:"大人提拔我孩儿做了官,这恩典不小。这里有我当初在西洋时候的几个知己朋友,我何不访访他们。他们久在这边居住,木羊阵是何人所摆,大概必然知道。"自己想罢,又来到了大人跟前。大人此时正在灯下看书。也正为这件事踌躇,一见纪有德进来,便说:"老英雄来此何干?"纪有德说:"回禀大人,我想起一个人来,要破木羊阵,非此人不可。"要知老英雄说的是何等豪杰,且看下回分解。

第二九四回

青云山中访隐士　猿鹤岭下见故人

话说纪有德来到大人上房，大人说："什么事？请讲！"纪有德说："我有一个故友，要能把他请来，这木羊阵也许能破。就在这嘉峪关西北的青云山猿鹤岭，那里隐居着一个贤士。当年在西洋，我二人原是知己之交，此人的能为艺业，在我以上。我想他久在这方，近水楼台先得月，木羊阵是谁摆的，他必知道。此人姓张名文彩，人称文雅先生。"大人说："既然如是，老英雄是亲身去，还是遣人去？"纪有德说："可以遣人去，我跟去不跟去都可以。"大人说："老义士何妨辛苦一趟。"纪有德说："这也可以。"

这才转身下来，一到差官房，大众站起来就问："纪老英雄，方才见过大人，可有什么主意？"纪有德把见大人提说张文彩之话，对众人说过了，又说："现在大人派我亲身前去，哪位跟我同去，大人没派，请众位酌量。"石铸说："我去。"魏国安说："我去。"武杰、孔寿、赵勇、纪逢春说："今天晚了，明天起身。"大众商量好了，一夜无话。次日早晨起来，大人知道这位张文彩是隐居之士，要办几样礼物，不要俗礼，只须端砚一方、湖笔一封、名墨一匣、锦笺一刀这文房四宝。纪有德说："咱们骑马不骑马？"石铸说："依我之见，咱们不必骑马，莫若走着倒好。"纪逢春说："我带着礼物，你们几位空身走。"

众人各带随身兵刃，出离公馆，顺着宁夏府阳关大路，头一天就住在嘉峪关。第二天离了关城，往西北岔进山路，往下走去。这个山道，纪有德是头三十年前走过，要没走过的，简直找不着道。这地方一年半载都许没人走过，虽然有山，山上却不长草，虽然有地，又不种五谷，只有树林森森。纪有德在头前引路，这六个人后面跟随，日色西斜，就来到了猿鹤岭。

一瞧这座山，是抄手式的山环，上面三座大山峰，在半山腰中，有树木透出黑暗暗的一片，似乎像个村庄。石铸就问："纪老丈，这前面可就是猿鹤岭？"纪有德说："正是，我从前在这猿鹤岭住过三四年，这边的老街旧邻都认识我。后来我回家，本想打算不露我会做西洋削器，只因傅国恩屡次三番请我,我才给他摆了画春园。我当初做了这件错事,大人现在调我破木羊阵,我既不能破,只得来请我的朋友去破。"说着来到村头。这座村庄倚山靠水,就在半山腰中。众人进了村庄,一瞧是东西的街道,路北一座大门。来到门首,纪有德上前叩门,由里面出来一个老管家,有六十多岁,说:"纪大爷,你老人家今天什么风刮来? 这可想不到,真是千里故人来。"纪有德说:"张福,你家主人可在家么?"张福说:"我家主人不在家,我们舅老爷在这里,跟你老人家也见过。"纪有德说:"你家舅老爷是哪位? 姓什么。我一时想不起来了。"张福说:"姓贾双名道和。"纪有德说:"我实在忘记了。"张福说:"你老人家贵人多忘事。"纪有德说:"既是你家舅老爷在这里,你给我回禀一声,就提我来了。"张福转身进去,工夫不大,只见从里面出来一个人说:"纪老英雄,今天怎么得闲到这里来。"纪有德一瞧由里面出来的这个人,年有四十以外,面皮微黄,拱手往里相让说:"今天可真是贵客来临。"纪有德细细一瞧,才想起来道:"贾贤弟,当年我在这里的时节,你才有十二三岁。这话一晃就是三十年,你也成半老英雄了。这真是后浪催前浪,新人换旧人。"

　　说着话,众人往里走到客厅落座,手下人献上茶来。纪有德这才问道:"张文彩贤弟上哪里去了?"贾道和说:"我姐丈访友去了,不在家中。"纪有德说:"去了多少日子?"贾道和说:"去了两三天了。"纪有德说:"几时回来?"贾道和说:"也许三五天,也许十天半月才回来,我也拿不准。你老人家没事不能来,道路遥远得很。"纪有德说:"我倒是有事,你姐丈既不在家,我也不便跟你说。"贾道和吩咐摆酒款待。纪有德叫纪逢春把礼物拿出来。贾道和说:"老英雄何必还送礼物。"纪有德说:"这礼物倒不是我送的,乃是钦差彭中堂送的。"贾道和说:"彭中堂莫非有什么事求我姐丈,你老人家何妨跟我说说。"纪有德说:"我也不瞒你,只因金枪天王白起戈在贺兰山金斗寨摆了一座木羊阵,甚是奇巧古怪,大人拿文书把我请来,我去打过一回阵,也不知是何人所摆,实在奥妙无穷,我自己无能打破此阵。"贾道和说:"我姐丈也提过这件事,可不知是何人所摆,你老人家既不能破,我姐丈大概亦未必能破。"纪有德说:"你姐丈现在哪里?"贾道和说:"我姐丈前去访友,离此不远,你老人家先喝酒吧。"众人喝着酒,贾道和说:"这里往西数十里之遥,有一位高人住在隐善村。那村庄上面有一岩山,叫冷岩山。此人姓高,名叫高志广,别号人称神机居士,能为艺业出众,比我姐丈要强胜百倍,都说他似当年的水镜先生。他把名利看破,隐居在冷岩山中,不与俗人来往,就是同姐丈情投意合,他二人常在一处着棋,大概是往那里去了。"纪有德说:"既然如是,明天老弟你辛苦一趟,同我到那里找找去。"贾道和说:"也好,明天早饭后,叫他们几位在这里等着,我同你老人家去找找。我也不敢作准,大概我姐丈出去,必要到那里去的。"说着,众人吃喝完毕,贾道和就叫家人给他们预备铺盖。

众人安歇一宵,次日清晨起来,吃了早饭,纪有德对石铸、孔寿、魏国安、赵勇、武杰、纪逢春六个人说:"你等在此等候,我大概今天回不来,明天正午必回来,你们千万别出去,这边山路崎岖得很。"石铸说:"是了,你老人家请吧。"贾道和说:"咱们骑马去吧,山路不大好走。"这才叫家人备马。贾道和、纪有德二人上马,一直往西,真是峭壁石室,树木森森,不知走有多远。

石铸六个人自从纪有德同着贾道和走后,等了一日,到次日仍未见回来。石铸说:"我们出去瞧瞧。"家人说:"可别远去,道路崎岖,恐怕走错了。"石铸等出来,看着山景,不知不觉逛出有十几里地。石铸见前面有一树林,说:"咱们歇息一下,别往前走了。"众人刚到树林,就听对面一棒锣声,抬头一看,有一宗忿事惊人。要知后事如何,且看下回分解。

第二九五回

六英雄闲游逢山寇　二大王醉吃活人心

话说石铸六个人正往前走，前面树林之内，忽然一声锣响，跳出来好几十个喽兵，各拿长枪大刀，短剑阔斧，一声喊嚷："呔！此山是我开，此树是我栽。有人从此过，须留买路财。若无买路钱。一刀一个土内埋。对面的绵羊孤雁，趁此留下买路金银，饶尔不死。"石铸一听，这荒山野岭的地方，竟有这些个贼人在此打劫！这六个人随身都有兵刃，石铸就把杆棒一亮，说："你们这些贼人，快睁睁眼，我们都是跟随钦差彭大人的办差官，出来办案拿贼，你们这是自投落网。这些喽兵一听，哈哈大笑，说："你别拿这个吓人，凭你是谁，就是跟钦差彭大人的，也不用打算放你过去。"石铸说："我先把你们这些贼崽子拿住，再拿你们为首的。"刚要摆杆棒过去，那纪逢春说："蛤蟆子哥哥闪开，交给我了。你们这些小子，真不要脸。"这些喽兵一瞧，说："好个雷公崽子！"一摆兵刃过来动手。这些大都是无名之辈，焉是纪逢春的对手。内中有人撒腿就跑，说："雷公崽子，你可别跑！跑了的不是好汉。"纪逢春说："你勾兵去，爷爷等着你。"

这些喽兵往北进了山口，工夫不大，就听里面一片锣声，由山坡下来了二百喽兵，个个手巾缠头。为首的大王，身高八尺以外，穿着青裤褂，擎一对镔铁狼牙钻。纪逢春见这人相貌凶恶，摆锤就打。贼人用狼牙钻往下一崩，纪逢春把锤往上一迎，贼人闪身躲开，一腿就把纪逢春踢了个筋斗，叫喽兵过来捆上。魏国安一瞧就要过去，孔寿说："魏老爷闪在一旁，待我拿他。"摆链子锤扑奔过去，一声喊嚷："好山贼！待孔老爷前来拿你。"摆链子锤照贼人就打，贼人用狼牙钻相迎。两个人走了有三四个照面，链子锤被狼牙钻挂住，孔寿往回一夺，贼人趁势一撒狼牙钻，孔寿翻身栽倒，又被喽兵捆上。赵勇一瞧哥哥被擒，气往上冲，一摆锤过去，三两个照面，也被贼人拿住。石铸一瞧，抖杆棒照贼人就打，焉想到贼人把狼牙钻往地上一立，石铸却兜不动他。魏国安摆子母鸳鸯锤过去协力相帮，贼人拨头就跑。石铸和魏国安随后追了不远，贼人抖手一镖，石铸一闪身，魏国安一低头,镖从脑袋上过去。魏国安说:"师弟!咱们别这么追,并身追吧!我在后头追,他发暗器时,你瞧得见,我瞧不见。这要不是我眼快,身体灵便,正打在我眼睛上。"两个人追过树林,就见贼人站住说:"来,我跟你战三百合。"石铸、魏国安两个人,忽然眼睛被风沙眯的睁不开,被喽兵用钩杆子钩住,按倒就捆。山贼一声吩咐:"孩儿们,拿了他等的兵刃,搭上山去。"喽兵答应,两个搭一个,搭起来就走。

来到山寨门口,六个英雄面面相觑,只有闭目受死。这座寨门坐北向南,周围是虎皮石的墙,上面一杆大旗,写着四个大字:"替天行道",两边站着无数喽兵。由寨门进去,里面是五间大厅,东西配房各五间,东边摆着刀枪架子,西面挂着一面号令锣,北上房摆着两张八仙桌,后面有两把椅子。山贼进去,坐在下首,说:"孩儿们,大寨主上哪里去了?"喽兵说:"大寨主到后面歇息去了。"山贼说:"你们把大寨主请来,我有要紧的事。"喽兵答应,往后面去了。

工夫不大,就见这位大寨主来到前厅。石铸等人一瞧,这个大寨主不过二十多岁,黑脸粗眉怪目。大寨主说:"贤弟叫我有什么事情?"二寨主说:"方才小弟下山,拿了几个人来,请兄长发落。"大寨主说:"拿住了几个?是做什么的?"二寨主说:"他们是彭大人那里的差官,来搜山办案的。"大寨主说:"也不管他们是做什么的,都绑到后面去开膛摘心,今天我心里烦,想吃人心下酒。"

手下喽兵答应,就把六位英雄搭在分赃厅后面一个跨院,在北房外埋着五根木柱,把这几个人绑到木桩上,六个人中还剩一个。喽兵说:"伙计去把水桶拿来,用凉水浇头,开膛摘心。"把水桶拿过来,头一个就绑纪逢春。傻小子直嚷:"小蝎子!我订下的媳妇还没娶呢,今天不想死在这里。好山贼,你真敢杀官造反,我做鬼也要把你们拉了去。"武国兴说:"唔呀混账东西,你不要嚷了,今天不明不暗,死在此地,这才冤呢!就死在木羊阵,倒是为国尽忠了。"这两个喽兵过来,用凉水往纪逢春脑袋上一倒,把衣裳往左右一分。纪逢春说:"小蝎子,我完了,我在头里走,到鬼门关喝着茶等你。"说着话,喽兵拿起一把牛耳尖刀,刚要动手,忽然由外面跑进一个喽兵来说:"别杀。"又一伸大拇指,说:"了不得,他来啦!"

那些喽兵全都出去,来到分赃厅,只见一个老者正说:"你方才下山拿的什么人?"二寨主:"是几个差官。"老者又说:"可曾问过姓名?"二寨主说："没有问,是一个雷公嘴、一个蛮子、一个黄脸、一个白脸、一个绿眼珠、一个秃子,一共六个人。"石铸等被带到分赃厅,喽兵说："跪下!"纪逢春说："好贼崽子,大官老爷岂能给你们跪下。"石铸一瞧,上面分赃厅内,两边坐着两个大王,当中坐着一个老者,有六十多岁,身穿绿绸长衫,慈眉善目,仪表非凡。这老者说："你们是哪里人? 来此何干?"石铸说："你要问,我们都是朝廷的职官。我姓石名铸,绰号人称碧眼金蝉。我们跟随神手大将纪有德来访张文彩,他不在家,便同贾道和到隐善村找去了。我等误走到这里山下,遇见喽兵劫路,把我等拿上山来。你要知时达理,快把我们放开。如若不然,早晚必有官兵前来剿山。"这位老者一听,说:"是了,把绑绳给他们解开。我就姓张名文彩,人称文雅先生。这是我的两个徒儿。"喽兵把六个人解开,石铸说:"老寨主在此占山呢?"张文彩说:"这也不是外人,都是胜家寨的传授,会一趟追魂夺命八卦连环刀。"如此如彼一说,石铸众人方才如梦方醒。不知后事如何,且看下回分解。

第二九六回

转祸为福问姓名　幸逢隐士诉情由

话说文雅先生张文彩，把石铸等人放开。石铸便问那二位寨主是谁？张文彩说："众位不认识，他二人原本是黄羊山胜家寨的人，当年在银头皓首胜奎家长大。他们两个都姓李，一个叫李福长，一个叫李福有。李福长是李环之子，李福有乃是李珮之子。当年在宣化府有一个恶霸，叫一盏灯龙魁，在本地结交官长，走动衙门，欺压良善。他哥俩替人打抱不平，把恶霸打死，到了公堂，哥哥也要抵偿，弟弟也要抵偿，后来定案充军，发在陕甘两州。到了军配所，一个月只有三斗米，这两人食量很大，不够吃，因此逃出嘉峪关，再也不敢回去。这座山叫三宝山，上面有一道岭，叫双杰岭。原先那山大王叫拦路虎吴长禄，被他二人杀死，就在此占山。那天我由山下过，他二人出来劫我，被我拿住，他们就给我磕头，拜我为师。我一问他二人来历，他说是胜家寨的传授。我知道当年神镖胜英就传了两个徒弟，大徒弟飞镖黄三太，人称南霸天，二徒弟神弹子火龙驹戴胜其，这二人也是名扬天下。我收他二人做徒弟，又指点他们一些能为。他二人占山也是无可奈何，只因有家难奔，有国难投，大丈夫不过借此栖身。我不准他们打劫孤商行客、义夫节妇，杀的是贪官污吏，除霸安良。"石铸一听，说："哎咦！这可不是外人，敢情是胜家寨的李环、李珮之子。老英雄李环死在木羊阵内，李珮现在宁夏府彭中堂公馆。你两个出来数年，也不通音信，敢情在这里占山，把从前之事忘了不成？"李福长说："我二人要知道父亲在宁夏府，我们早就找去了。"石铸说："不但你父亲，连胜老英雄和胜官保都在大人公馆。"李福长便吩咐置酒款待。大家吃完了酒。石铸说："请老英雄随我等前往。"张文彩说："叫他两个人在山上等着，我跟众位前去。"石铸等人这便告辞。

张文彩带着众人，下山回到家中，一问家人，纪有德和贾道和尚未回归。张文彩又吩咐摆酒。石铸说："方才经经吃过，老英雄就不必了，怎么纪老英雄还不回来？"家人出去一看，贾道和已经回来，却不见纪有德，便把马接了过来。一见贾道和乐嘻嘻地进来，众人就问："纪老英雄上哪里去了？"贾道和说："昨日同纪老英雄到了隐善村，高先生也不在家。"一问你老人家刚走，说没有回家，又访友去了。天色已晚，我们就住在隐善村。第二天纪老英雄叫我先回来，我说再等一天，我们又住了一天，也不见高庄主回去，也不见你老人家回去，纪老英雄怕你们几位等急了，叫我先回来送个信，纪老英雄还在那里等着。"张文彩说："你骑马回去，就说我回来了，把纪老英雄接来，大家共同商量。"贾道和点头答应，叫家人先去喂马，便问张文彩由哪里回来？石铸把在三宝山遇见的情形一说，大家又催贾道和起身。贾道和骑马走后，众人就在这里等着。

到日落西山的时候，才见纪有德同贾道和回来。张文彩一见，说："纪贤弟！久违少见。活该你我弟兄晚见两天，我要在高志广家中多耽搁一个时辰，你我也就见着了。"纪有德说："我想你要回家去的，故此多等一天，这又弄巧成拙了。"张文彩说："纪贤弟，你的来意我已听石老爷说起，是为木羊阵这件事而来。我的才学很浅薄，没有那样的能为，破不了这个阵，纪贤弟还须另请高明。"纪有德说："你破不了这个阵，我也不能勉强，我只问你这个阵是谁摆的？"张文彩说："这个摆阵的人我也不知道，先前贺兰山金斗寨的天王请我数次，我也没去，故隐居在此。今天兄长远来，理应跟随兄长前去，无奈我才疏学浅，不能破此阵，待我慢慢访查能人，或打听到这个阵是何人所摆，我再给兄长去送信。"纪有德说："老弟台！你得同我到公馆去见见大人，也不枉我来此一趟。"张文彩说："既然如是，我明天就同兄台到宁夏府去见大人。我还有两个徒弟，就把他二人送到公馆去当差，省得在三宝山占山落草。"于是命贾道和去将李福长、李福有找来，叫他们放火烧山，带着手下喽兵径奔宁夏府。贾道和走后，众人高谈阔论，天晚安歇，一夜无事。

次日早晨起来，刚吃完早饭，外面李福长、李福有带着二百五十名喽兵赶到了。张文彩把家中事情交给贾道和照应，大家上了坐骑，一直扑奔东南。大约走出有七八十里，见眼前有一大山，山下扎着一队兵。纪有德往前一看，有五百人一字摆开，都是手持长枪，每人用红绸子缠头，一身青，为首的正是闪电神萧静。

自那日马玉龙剑斩萧文保，萧静就要跟马玉龙作对。他由金光寨散帖，请来几位朋友，都是能为出众，本领高强之人。内有西洋山曹家岭的曹氏三杰,大爷人称双头太岁镇西洋曹泰,二爷叫低头看山平似海曹方,三爷人称五方太岁无形鬼曹镳。曹泰手中使一对判官笔,能点穴。这哥仨全是矮子,跟闪电神萧静乃是八拜之交。前番马玉龙带着铁娃将姚猛将萧静战败,他便把西洋山三位寨主请下山来。曹泰说:“我三人既下山来,管保把兄长的仇人拿住。”三个人就在金光寨住下,派手下人去探马玉龙的下落。这天有人禀报说:“官军营的几位差官出了口子门,往西北去了,奔三宝山的大路。”闪电神萧静说:“咱们上西洋山等着,那是咽喉要路,他们从那边去,还得从那边回来。”曹氏三杰一想也好,这才带着五百常胜兵来到西洋山,天天派人四路打探。今天有人禀报官军营的差官从此路过,闪电神便吩咐将他们截住,别放走他等走了,拿他几人做押帐,叫他们把姓马的交出来。大家把队伍摆开,闪电神萧静一声喊嚷:“呔!对面来的可是官军营的差官,快叫马玉龙出来答话。”李福长说:“哪里来的狂徒野种! 马大人焉能跟你答话! 你家老爷姓李叫李福长。”说着话,一摆手中狼牙钻,赶奔上前。闪电神气得哇呀呀怪叫。萧金保说:“无名小辈,何必爹爹动手,待我拿他。”一摆手中刀就砍,李福长急架相还,三五个照面,被李福长刺透前胸,萧金保当时身死。这时只听见阵中一声怪叫,不知众差官胜负如何,且看下回分解。

第二九七回

西洋山下逢敌寇　钦差公馆请英雄

话说李福长刺死萧金保，只气得闪电神哇呀呀怪叫，一摆反掌独角铜人，就要过来动手。旁边有双头太岁镇西洋曹泰说："大哥暂息雷霆之怒，谅此无名小辈，待我拿他。"闪电神说："贤弟！非把他结果性命，不足出我胸中恶气。"曹泰往外一蹿，李福长见这人高约四尺，短眉环眼，身虽矮小，倒是精神百倍，神光满足。刚要上前，只听后面一声喊嚷："李大哥闪开，待我拿他。"一瞧是纪逢春。李福长说："纪老爷可要小心。"

纪逢春来至切近，也不通名姓，摆起锤就嚷："捅嘴。"曹泰见锤到，急忙闪身。两个一动手，纪逢春被曹泰的判官笔点到穴上，哎哟一声，倒退七八步，翻身栽倒。幸亏武杰腿快，才将他抢了回来。纪逢春浑身发凉，张文彩一瞧，说："了不得，他会点穴，别动。"把纪逢春放在地上，张文彩过去一脚，才把血脉踢活。纪逢春站了起来，说："好贼！几乎要了大老爷的命，我非得拿锤把他打死。"摆锤刚要过去，张文彩道："不必，你过去还得躺下，他会点穴功夫，我来跟他说说。"文雅先生这才过去，曹泰一瞧认识，说："张大哥！久不会晤，你来做甚？"张文彩说："他是我的朋友。"曹泰说："分明是官军营的差官，怎说是你的朋友。"张文彩说："不错，是来找我的，你们跟官军营差官没仇。"曹泰说："是枇杷山闪电神萧静跟官军营差官马玉龙有仇。"张文彩说："冤有头，债有主，这里没有马玉龙。"曹泰说："没有马玉龙，也不能放你们过去。交出姓马的来，我跟他战三百合。要不然，我让你们在这里扎营，把姓马的交来。"张文彩说："好，省得咱们两家伤了和气，我们就在这里扎营，你们请回去吧。"

张文彩带着有牛皮帐篷，立刻吩咐傍着山坡扎营。那边也把萧金保的死尸搭上山去埋葬。张文彩安下营，在中军帐同纪有德说："纪老兄长，这件事可有什么主意？"纪有德说："这件事关系重大，明天就叫人去请马大人，叫马大人自己来酌量办理，我也不能作他的主。"张文彩说："明天打发谁去呢？"纪有德说："叫碧眼金蝉石铸和追云太保魏国安两个去,他们二位脚程甚快。"张文彩说:"既然如是,就烦二位连夜辛苦一趟。这个闪电神萧静不属十路天王所管,没人敢惹他,怎么会与马大人结了仇?"纪有德说:"我倒听说了,前者合约的时节,马大人的马跑到萧静家里去了,他的家人不讲理,要把马给留下,马玉龙找去,把家人打了一顿,把马夺了回来,因此结的仇。后来马大人带人打木羊阵,萧静又带人截住去路。马大人斩了萧文保,这仇越结越深,又收了一个铁娃将姚猛,把闪电神战败,这才回归公馆。大家一商议,都说木羊阵难破,故此才来约请兄台。"张文彩说:"这个乱惹大了,闪电神并不属白起戈所管。他把守的这座西洋山,乃是咽喉要路,出口子门,上木羊阵,都非得走这里过去。"

吃了晚饭,石铸、魏国安两个人连夜起身,进了口子门,扑奔宁夏府。日色西斜之时,慌慌张张的来到公馆。众差官和老少英雄见石铸二人回来,都上前来问话。石铸说:"了不得了,这个乱不小,马大人呢?"马玉龙说:"我在这里呢,石大哥眼花了。"石铸说:"我们走到西洋山,有闪电神萧静约他的朋友挡住,不叫我们过来,内中有三个矮子,点名要马大人。现在跟萧静说明白,放我们两个人来请马大人。"马玉龙一听,气往上冲,说:"好呀!"他一说去,跟他至近的人也都要去,共有金眼雕、伍氏三雄、邱明月、追风侠刘云父子、千里独行侠邓飞雄、赛灵官郑华雄、小玉虎李芳、小神童胜官保、小白猿窦福春、小太保钱玉。马玉龙叫胡元豹带着自己的二百兵,邓飞雄的二百兵,窦福春的一百童子兵,跟着他一起前去。马玉龙到里面回禀钦差大人,说:"闪电神萧静自合约那天与我结仇,现在他带人截住纪有德和文雅先生张文彩,不准过来,点名来要卑职。卑职想带子弟兵去跟他开仗,特来禀明大人。"彭钦差说:"是了,诸事俱要慎重,不可大意。"马玉龙答应下来,吩咐公馆里众英雄小心护卫大人,众人俱皆答应。

马玉龙督队同众英雄起身,走出二十余里,天已黑了,便安营造饭。马玉龙问石铸、魏国安道:"你二人认得西洋山?"石铸说:"虽然道路崎岖,也还认得。"马玉龙说:"你们看见闪电神请的都是什么人?"石铸说:"是三个矮子,其中有一个会点穴。我们听张文彩说,这三个人的能为大极了。"马玉龙说:"既是请来帮他的,必然跟他素有来往。"说罢,便叫石铸二人前去歇息,又吩咐道:"今天嘉峪关里不大要紧,晚上要多查查营门,只恐贼人施展诡计,行刺偷营。"石铸说:"是。"这才到帐篷安歇。

次日用过早饭，拔营起寨。离西洋山还有五六里之遥，马玉龙便吩咐安营。这里营盘没有安稳，闪电神萧静已经齐了队。马玉龙见他齐队，赶紧把龙山的二百兵调齐，带领孙宝元和姚猛迎了出去，把队伍列开，往对面一瞧，见闪电神身后站着三个矮子和他的儿子，带着五百番兵。马玉龙拉出宝剑来到当场，点名叫萧静答话。闪电神抱着兵刃，来到当场说："马玉龙，我与你势不两立！杀子之仇，不能不报。"马玉龙说："匹夫！前者我奉大人堂谕来打木羊阵，你若不带兵截我归路，我焉能伤你孩儿。我想你乃是白起戈的余党，如今我与他合约，以木羊阵为赌，如能破木羊阵，他便把骆驼岭所占的地方交出，年年来朝，岁岁称臣，并将那四个逃犯交出。你无故带人跟我作对，我这里安营未定，你就齐队，打算要抢我的营寨。"闪电神说："马玉龙，哪个与你嚼舌，你我战三百合。"马玉龙把湛卢剑的门路一分，就有曹泰迎出来。这曹泰虽然矮小，却很灵便，其形似猿。一蹿有一丈高，若非马玉龙，真还敌不了他。两个人棋逢敌手，曹泰总想点马玉龙的穴，又老点不上；马玉龙要用宝剑削他的兵刃，却也削不着。天已黑上来，快到掌灯的光景，马玉龙真急了，倚仗自己的童子功，眼神很足，就把八仙剑的门路一变。曹泰一看不好，正想往回走，就听呛啷一声响，他兄弟不禁魂魄皆消。不知后事如何，且看下回分解。

第二九八回

忠义侠大战闪电神　无形鬼行刺入大营

话说马玉龙大战曹泰，天已黑了，还不分胜负。马玉龙气往上冲，这才把八仙剑的门路施展开来，走了七八个照面，一剑把曹泰的判官笔削断，顺手又使了一个拨草寻蛇式，照曹泰胸前刺去，幸亏贼人身体灵便，急往旁边一闪，已被宝剑伤着，鲜血迸流，败回本队。他兄弟低头看山平似海曹方气往上冲，刚要过来，马玉龙说："天色已晚，明日再结果你等性命。"马玉龙收兵回到中军大帐，摆上酒筵。金眼雕说："师弟，今天在两军阵前，难为你赢了那贼。"马玉龙说："那贼人身体甚为灵便，可算得是个英雄，可惜没有归正，要归了正路，我可以保他做官。"金眼雕说："明天两军阵前，待我将他生擒活捉过来。"伍氏三雄说："兄长这大年岁，还用你老人家动手，明天我等拿他。"说着话，大家吃完了饭，各自回归帐篷安歇。

天有二鼓，外面来了一个刺客，正是五方太岁无形鬼曹镳。只因曹泰被马玉龙宝剑所伤，回到营中上了止痛散，咬牙发恨说："我不杀马玉龙誓不为人。"曹镳说："兄长暂息雷霆之怒，待小弟去给兄长报仇。"曹泰说："兄弟，你怎么能够给我报仇？"那姓马的诡作多端，非寻常可比，你要有什么高明主意，先说给我听听。你说得对，就依你的办，你说的不对，不如不办。"曹镳说："小弟我会地行术，我由咱们营里挖地洞，到他中军帐，手起刀落，便把他杀了。"曹泰说："你操演的二百兵，叫做'串地鼠'，一夜能挖数十里，好似当年的土行孙。今晚上能杀马玉龙最好，如不能杀他，便把他的粮台烧了，这就叫功高莫如救驾，奸毒莫过绝粮。如若不行，我还会五鬼飞行术，给我一口空棺材，我披头散发往里一躺，点上七盏灯，可别叫灭了，我能到官军营把马玉龙杀了。"曹镳说："那还得费事，如地里能成功更好，不成再说。"这才打发人上山，调那叫做"串地鼠"的二百兵。曹氏弟兄占的这座西洋山，方圆有六百里，相离马玉龙的大营不过四五箭地。众人就在沙冈后支一座大帐篷，各自有一把铁锤，一把铁铲，一把刀，随挖随走。由掌灯到二更,就到了马玉龙扎营的大帐。

马玉龙的中军帐是牛皮的,分为三间。马玉龙在西里间住,有一张大床。金眼雕、伍氏三雄、邱明月住在东里间,几个小孩在当中间。左旁账房是追风侠刘云父子,右边是千里独行侠。"串地鼠"挖到中军帐地下,挖了西瓜大的一个窟窿。五方太岁无形鬼曹镳刚往上钻,可巧当中屋里姚猛醒了起来,就往地下撒尿,正撒了曹镳一脸。姚猛一睁眼,见地下有一个窟窿,便嚷道:"咦!地下出了地眼。"他说了这一句,仍旧回去睡觉。曹镳在地下被姚猛撒了一脸尿,又等了两刻工夫,见上面没有动作,这才上来,轮刀照床上就砍。刚一轮刀,见人没了,正在发愣,被马玉龙将腿攥住一带,曹镳翻身栽倒。

原来马玉龙听姚猛一嚷,他就醒来了,睁眼一看,见姚猛撒了一地,地下有一个窟窿。他慢慢起来,伏于床下,并未声张,疑心必有刺客。果然曹镳由地道上来,刚打算刺死马玉龙,焉想到却被马玉龙将腿攥住,按倒捆上。外面众人听见有动作,就问什么事?马玉龙说:"没事,睡你们的吧。"马玉龙把曹镳搁在床下,自己等了一阵工夫,见地下又有一个人探头,一把没有揪住。他一直等到天亮,一夜也不敢睡着。天光大亮了,把曹镳拉出来,马玉龙说:"我和你有什么冤仇,我来刺杀我?"曹镳说:"我与你无冤无仇,皆因受朋友所托,前来刺你。"马玉龙说:"我看你也是堂堂正正的英雄,为何跟反叛在一处?你若肯归降,我饶你不死,还可以保你得个一官半职。"曹镳一听,说:"我既然被获遭擒,多蒙马大人宽宏大量,并不杀我,心中实在感激。但此时归降,我两个哥哥尚在那里,也不能跟闪电神变脸。马大人能开天地之恩,把我放了,我弟兄回归西洋山,决不管闪电神萧静之事。马大人今后要有用我弟兄之处,我等万死不辞。"马玉龙说:"我且问你,你是怎么来的?又怎么知道我的中军帐在这里?"曹镳说:"我会地行术,一夜能挖几十里。我有二百徒弟,人称串地鼠。"马玉龙这才把他的绳扣解开。曹镳站起来,给马玉龙行礼,深深作揖称谢,转身出了官军营。回归自己营中。

曹泰等此时已听老鼠兵禀报,三庄主被擒,正在着急。曹镳一来回禀,闪电神甚为喜悦,说:"兄弟回来了,我正要齐队,去给兄弟报仇。"曹镳没有说马玉龙放他,却说:"小弟已然被擒,被几个官兵看守着,我把兵杀了,才逃回来的。"萧静说:"兄弟真乃英雄也。"曹镳暗中把曹泰、曹方叫到无人之处，说："二位兄长，我想你我弟兄虽然跟萧静有交情，据我想来，他总是逆天而行，又不争江山，就为家人一点私情，便跟马大人打仗。昨日小弟已被马大人拿住，不但不杀我，反以优礼相待，我很感念马大人的好处，便当面应许马大人，再不管萧静的事，也不帮马大人去跟萧静打仗。依我愚见，你我弟兄不如装病回归西洋山，闭守庄门，任凭萧静他自便。"曹泰一听，说："这件事，咱们闹了个虎头蛇尾，我跟萧静是知己之交，未免对不起他。"曹方说："还是不管为是，但凭他两家争斗。"商量已定，又听萧静预备了上等的羊席，请他兄弟吃酒。三个人过去吃饭，曹方就说："我今天身体不爽。"萧静说："二弟，你今天就歇息着吧。"曹泰说："我今天也是肚腹疼痛。"曹镳也说："我身倦腿乏。"萧静一听三个人都有病，说："不要紧，今天你们三位只管在寨内歇息，我去跟马玉龙决一死战。"三个人说："我等给兄长瞭阵观敌。"吃完了早饭，击鼓齐兵，曹氏兄弟便跟随在后队。

　　马玉龙那边把队伍摆开，众英雄列在两旁，萧银保说："爹爹暂息雷霆之怒，孩儿前去给兄长报仇。"萧静说："儿呀！须要小心。"萧银保点头答应，一摆手中朴刀，来在队外，大叫马玉龙前来受死。马玉龙刚要出去，身后怒恼了云中虎混海金鳌孙宝元，一摆手中降魔杵，跳往当中，大喊一声："小辈敢来送死！"萧银保一瞧，不禁寒战，只见孙宝元有一丈多高，头大项短，面似乌金，两道粗眉，一双环眼。萧银保说："你不是我的对手，叫马玉龙过来送死。"孙宝元说："放你的屁，马玉龙是咱们爷，你不配。"两个人正在动手之际，忽听正北一声喊嚷说："萧大哥！待我来拿差官。"这伙贼人睁眼一看，不知来者是谁，且看下回分解。

第二九九回

简天雄为友死沙场　闪电神败阵请恩师

话说萧银保与孙宝元大战，正未分胜负，只听得一声喊嚷，来了一人。众人闪目一看，见这人身躯高大，相貌魁伟，面如重枣，是番将的打扮，肋下佩一口刀，雄赳赳，气昂昂。闪电神一看，心中喜悦，说："拜弟来得甚好，前者我给请你助阵，为何一步来迟？"来者这人，姓简名天雄，人称金眼虎。他原在江北一百单八帮的船上为总头目，因为打死人投奔番营。他有一个兄弟叫简寿童，也是一百单八帮船上的总头目，因为盗卖官米，私毁官船，官军要来拿他，也投奔番营。弟兄二人都投在金家坨飞龙坞金氏三杰那里当裨①将，带管兵船，操练水兵，跟闪电神萧静素有来往。前者闪电神萧静来信约他二人，还请他兄弟转请金氏三杰。简寿童没来，他自己先到了金光寨，一听闪电神在西洋山带队劫杀官军营的官兵，故此来到这里，正赶上两下动手。

他见过萧静，就把刀拉出来说："把侄男叫回来，待我拿这一个黑汉。"萧静吩咐鸣金，萧银保退回本队，过来给简天雄见礼。简天雄说："少时再讲话，我先结果他去。"来到当场，与孙宝元通了名姓，抢刀就砍，孙宝元一摆宝杵相迎。两个人走了有八九个照面，简天雄的刀法纯熟，孙宝元的臂力过人，这对宝杵也是神出鬼没。两个战够多时，姚猛见孙宝元不能赢简天雄，自己一摆铁娃娃，大声喊嚷："孙宝元黑小子！待我来帮你动手。"孙宝元往旁边一闪，姚猛赶奔上前，无奈简天雄身体甚是灵便，姚猛也不能取胜。马玉龙这才一蹿过来，大声喊嚷："贼辈休要逞强！"即命姚猛撤了下去。姚猛见马玉龙出来，自己便回归本队。

简天雄见出来一位俊品人物，怀抱宝剑，面如白玉，二目有神，正是英雄美少年。马玉龙走到面前，把宝剑一指，问道："贼辈你是何人？敢在此逞能，你家大人剑下不死无名之辈。"简天雄通了名姓，说："来者你是

---

① 裨（pí）——副，偏。

何人?"马玉龙说:"贼辈要问,你副将大人姓马名玉龙,绰号人称忠义侠。我与萧静为仇,你何必前来送死? 依我之见,你趁此回去,把萧静叫出来受死,这也是他自作孽。"简天雄说:"小辈! 你要赢得了我手中这口刀,闪电神萧静自然就出来,赢不了我手中这口刀,他何必出来,待我手起刀落,结果你的性命。"两个人各摆兵刃动手,几个照面,马玉龙便把招数一变,使出八仙剑的门路来。又走了几个照面,一剑就把贼人的刀削为两段。简天雄跳出圈外,拨头就跑,吓得战战兢兢,被马玉龙赶上一剑刺死。萧静见那简天雄被马玉龙刺死,心想:"我非得给朋友报仇不可!"一摆手中铜娃娃,闯将出来,恶狠狠搂头就打。马玉龙并不慌忙,把招数放开,两个人大战三十余合,不分胜负,真是棋逢敌手,将遇良材。萧静往圈外一跳,说:"马玉龙,你且站住! 我三个孩儿俱死在你的手中,你如是英雄,在此等我三天,你如一走,算你甘败下风。"马玉龙说:"慢说三天,三十天我也等你。"萧静说:"既然如是,君子一言为定。三天之后,我约一个人来,赢不了你,我从此决不跟你为仇,也不拦你打木羊阵。"说完话,便各自收兵。

马玉龙回到营中,叫石铸、魏国安绕过北山,把张文彩、纪有德、孔寿、赵勇、武杰、纪逢春、李福长、李福有等俱皆请来。众人赶到马玉龙的大营,彼此行礼。马玉龙说:"纪老英雄为我之事,多有牵累,既请来这位老前辈,可能破这木羊阵否?"张文彩说:"我虽然在西洋居住多年,也懂得一些西洋法子,但这座木羊阵不是我摆的。要问摆木羊阵之人,我有一个朋友知道,他姓高,叫高志广,在西边冷岩山住。"马玉龙说:"既然如是,就请老英雄往冷岩山拜访这位前辈,将他请来,这是万全之策。此时彭中堂也是束手无策,有了这位高人,请来问明根本源流,知道摆木羊阵的人是谁,就好办了。"张文彩说:"大人且放宽心,我这就前去。"马玉龙吩咐摆酒,要与张老先生宴叙,又说:"现在闪电神萧静叫我等他三天,有这三天工夫,老英雄将这位高人请来,将闪电神战败,大家再破木羊阵。"张文彩说:"明天我就去,众人可在此等候。唯有一节,这个萧静乃是教门的老师,在这里无人敢惹他,他能勾串西五路天王,马大人要能跟他和美,总是和美为是。"马玉龙说:"我无可无不可,我并没找寻他,是他要无故为仇,事到如今,只可瞧事做事。"酒宴散后,各自安歇。次日早晨起来,张文彩就要告辞。纪有德说:"我在此无事,莫如你我同去。"二人这才备了两匹战马,起身径奔冷岩山,去约请高志广。

马玉龙在这里按兵不动,等候消息。不知不觉过了两天,还不见张文彩、纪有德回来,心中甚是焦躁。忽听对面金鼓大作,人声呐喊,小军进来禀报说:"现有萧静前来讨战。"马玉龙一摆手,回头向师兄金眼雕、岳父刘云、拜兄邓飞雄一干人说:"我料想,今天闪电神萧静来者不善,善者不来。"邓飞雄说:"贤弟,你我一同出去,凡事要胆大心细。"马玉龙说:"言之有理。"这便调齐了五百兵队,一干老少英雄,把队伍排开。

自那日马玉龙剑斩了简天雄,闪电神赶紧给简寿童送信,顺便邀请金氏三杰。此时西洋山的曹氏兄弟,已不管闪电神之事。萧静又想到灵桠山,请他师父老山海霍金章,来跟马玉龙决一死战。他这位师父,受到十路天王的供奉,此人会使八卦乾坤掌,能打金钟罩、铁布衫,故此闪电神想把他师父请来,可以报仇雪恨。他打发他儿子去下书邀请,自己按兵不动,专候他师父前来。这天有人禀报:"老山海霍金章到。"萧静赶紧迎了出去,上前行礼说:"师父,你老人家来了甚好,弟子真乃万幸。"连忙让进大寨,就把与马玉龙为仇之事如此如此一说。霍金章听了,气往上冲,就要与马玉龙决一死战。不知胜负如何,且看下回分解。

第三〇〇回

霍金章下山会群雄　僧道俗大战西洋山

话说闪电神萧静把霍金章让到中军帐，一听马玉龙杀了文保和武保，骁勇无敌，霍金章不由得怒从心上起，恶向胆边生，说："明天吃了早饭，我亲身去会会这马玉龙是何许人。"立刻吩咐童子，把应用的东西收拾起来，叫人给马玉龙去下战书，定于明日开仗。闪电神萧静甚为喜悦，摆酒款待霍金章，尽欢而散。一夜无话，次日用过战饭，立刻把番兵调齐，队伍列开，闪电神带着自己的孩儿在旁助阵。

马玉龙早得了信，将五百子弟兵排开，带同金眼雕、伍氏三雄、刘云——干老少英雄，大家摩拳擦掌，各擎兵刃，虎视眈眈。往对面一看，只见萧静队内，霍金章年有七十多岁，须发皆白，手中拿着一件兵刃，其形状像个八卦太极图，上面有一只手，下面有把，在怀中一抱。后面跟着四个童子，个个都拿着兵刃。马玉龙刚要出去，大爷伍显说："你我是知己之交，这个人来的特别，待我去拿他。"马玉龙说："兄长且慢，他昨天既跟我下了战书，我要不去，全被他耻笑是畏死避剑，怕死贪生。"旁边伍元说："大哥不必争竞，马贤弟也不必多心，待我来。"说着话，一摆手中杆棒，蹿出队外，直奔两军阵前，大喊一声，说："萧静！你既勾了兵来，今天过来会会你家三老爷。"霍金章一摆八卦乾坤掌，说："孽障休要逞能，你是何人？"三爷说："我姓伍名元，谁人不知我伍氏三雄。我看你这年岁，乃世外之人，何必前来送死！尔可有名？"霍金章说："我乃灵椏山带管西十路天王的掌教教主，老山海霍金章是也。知道我的名姓，趁此回去，叫马玉龙出来认理服输，我还有一分好生之德，如若不然，必叫尔等死无葬身之地。"伍元一听，气往上冲，抖起杆棒，打算把霍金章缠倒。焉想到霍金章身体灵便，微微一闪，用八卦乾坤掌在三爷伍元肋下一点，伍元只觉心内一迷，立即栽倒。这八卦乾坤掌能点穴，又能打金钟罩、铁布衫。伍芳一瞧兄弟躺下，赶紧出来，摆杆棒要跟霍金章拼命。金眼雕把伍元夹了回来，用脚踢他身上，这才还醒过来。伍芳跟霍金章动手，三五个照面，也被霍金章点倒。大爷伍显一瞧，气往上冲，赶紧把二弟救了回来。金眼雕用脚把二爷一踢，周身血脉活了，苏醒过来，站在那里发愣。大爷跟霍金章动手，也不能取胜。

马玉龙恐怕伍大哥受他人算计，这才一声喊叫，说："伍大哥闪开，小弟来也！"说着一摆宝剑，离了本队。大爷见马玉龙来了，心中甚为喜悦，因知道自己不是贼人的对手，要是栽了，一世英名将成流水。他往圈外一跳，说："贤弟来得甚好，让你拿他。"马玉龙一摆宝剑过去，就听闪电神那里喊嚷："老师！这就是马玉龙。"霍金章抬头一看，见马玉龙身高七尺以外，五官俊秀，怀抱宝剑。霍金章用乾坤掌一指，说："马玉龙！今天我来，为的是给我徒弟报仇，你要知事达理，便跪倒磕头，我饶你不死。"马玉龙一阵冷笑，说："我等来此安抚闾阎，你却无故来为仇做对。"好好好，你如赢得我，我甘拜下风，如赢不了我，你休想逃命。"说着话，一摆宝剑，搂头就砍。霍金章用八卦乾坤掌急架相迎，打算要把马玉龙点倒，无奈马玉龙身体灵便，处处留神。这两个人真是棋逢对手，将遇良材，彼此暗暗吃惊。马玉龙暗想："我自学艺下山，今天初遇敌手，如战长了，我得输给他，可见人外有人，天外有天。"霍金章亦甚佩服马玉龙的剑法，心想："难怪我徒弟败了下来，除非是我，别人焉能敌得了他。"

正在动手之际，马玉龙的剑法已渐渐迟慢，只听东边一声"南无阿弥陀佛"，来者正是道高德重的千佛山真武顶的红莲和尚，刚从昆仑山访友回来。老和尚颇晓奇门，乃是小方朔欧阳德的师父，由东边大摇大摆而来，在后面跟着一个老头，乃是铁牌道人龙雅仙师。金眼雕一看，连忙过去行礼，说："师父来得甚好，我师弟正同霍金章杀得难解难分，你二位怎么会走到一处？"原来龙雅仙师也是到昆仑山访友，与红莲长老相遇，两个人就在山上盘膝而坐，就地讲道，直谈了一天一夜，彼此都有仰慕之心。这天两个人正往前走，铁牌道人说："咱们今天奔西洋山。"这僧道过来，见马玉龙正在大战霍金章，便来至切近说："马玉龙闪开，待我二人上前。"马玉龙往旁边一闪，一瞧是恩师来了，这才赶紧说："恩师来得甚好，弟子有礼。"过去给师父行礼。僧道说："少时再见礼，尔等闪开。"说着话，这二位便赶奔上前。

霍金章见来了两位僧道，便把八卦乾坤掌一顺，说："来者你是何人？"龙雅仙师说："我劝你两句话，世事如棋局，不着者便是高手。"霍金章哈哈一笑说:"老道,你既知世事如棋局,不着者便是高手;你可知一身如瓦瓮,打破时才见真空。"红莲和尚也哈哈一笑说:"霍金章,你可知一根竹枝担风月,担起亦要歇肩。"霍金章说:"和尚,你既知竹枝担风月,担起亦要歇肩;你可知两只空拳握古今,握住亦须放手。"红莲和尚说:"好,既然如是,老僧奉陪你操练操练拳脚,你如能用八卦乾坤掌将老僧赢了,我情愿甘拜下风,你如不能赢我,又该当如何?"霍金章说:"我要输给你,就带我徒弟回归灵桠山。"红莲和尚说:"好。"这才一摆神杖,与霍金章战在一处。那八卦乾坤掌乃是道门中的传授,这禅杖乃是佛祖的法宝,二人一动手,也是未分胜负。二人往圈外一跳,霍金章哈哈一笑,说:"洒家自出世以来,并未遇见过敌手,自以为能为天下无二,焉想今天得遇二位,你我倒不可为仇,总算是道义相投的朋友。二位若不嫌弃,可到我灵桠山一叙。"僧道说:"甚好,就此拜访。"众人也不敢拦阻。霍金章又嘱咐徒弟,说:"萧静!不准跟官军营为仇,也不准你拦阻打木羊阵,打开打不开,也不与你相干。"萧静只是答应。说着话,那红莲和尚、龙雅仙师同霍金章径自去了。

两个各自收兵,马玉龙就在西洋山住扎,等候纪有德和张文彩。因久不见回来,心中甚为着急,又打发碧眼金蝉石铸、追云太保魏国安去冷岩山访问。李福长、李福有说:"二位不大熟悉道路,我二人同去一趟。"马玉龙说:"好,你四位一同去吧。"这里正要动身,外面禀报说:"现有张文彩、纪有德将高志广请到。"马玉龙赶紧率众迎接这位贤士,大家要同破木羊阵。不知后事如何,且看下回分解。

第三〇一回

高志广泄漏摆阵机　纪有德率众探山寨

话说马玉龙在中军帐正盼望纪有德、张文彩，打算派人前去探访，忽见营门官前来禀报："有纪老英雄回营。"马玉龙赶紧带人迎接。

书中交代：纪有德和张文彩自那天去请高志广，怎么到今日才回？原来张文彩、纪有德到了冷岩山，一找高志广，家人说："我家主人不在家。"到了书房，家人献上茶来说："张老丈，这几日怎么不到我们这里来？自从你老人家那天由我们这里走后，我家主人就出去了，至今没有回来。"张文彩说："我们在此等他，给我准备点吃的。"家人答应，知道他们跟主人是知己的交情，立刻置酒款待。

住了一天，那张文彩问家人高得福、高得禄，说："你家主人哪里去了，你们必定知道。"家人说："我们正北有一道涧，离这里十五里地，那里有个聋哑和尚，我家主人常去跟他下棋，也许就在这五福寺庙里，明天我们找一找去，要不在那里，我们可就不知道了。"张文彩说："也好。"家人退了出去，一夜无话。次日早晨，高得禄来打洗脸水、倒茶时说："我哥哥早已去了。"张文彩和纪有德二人正在吃茶，就见帘板一起，高志广走了进来。张文彩一见兄长回来，就说："我给你引见引见，这位就是我跟你常常提起的纪有德，人称神手大将。"纪有德一看这位老者，倒是一副文雅的样子，年在七十以外，须如三冬雪，发似九秋霜，慈眉善目，身穿宝蓝绸长衫，足下白袜云鞋。

彼此通了姓名坐下。张文彩说："兄长今天从哪里回来？"高志广说："我从五福寺回来。路上听家人说，这位兄台曾枉顾一次，实是我失迎之至。"纪有德说："久仰兄台大名，如雷贯耳，今幸得遇仙颜，真是三生有幸。"张文彩用手一指纪有德说："我与纪贤弟乃孩童之交，都是知己的朋友。前者我与兄台提过此人，他也懂得些西洋的削器埋伏，现在被彭中堂所请，就因为白天王的那座木羊阵。前者，彭中堂与白天王在金斗寨合约，定下百日之内要破木羊阵，有公馆的几位差官前去看过，死了一位，彭中堂才用文书把这位贤弟请来，叫他破阵。他去瞧了一瞧，见这座阵甚是奥妙，便约我出来，无奈我才疏学浅，也不得其门而入。我想，兄台必然知晓这摆阵的人。"高志广一听，心中一动，说："你我乃知己之交，我不得不说。这座木羊阵实在奇巧奥妙，我虽然也知道些削器的法子，对这木羊阵的奇妙实在还不能尽知。那摆阵的人，不是你我同类，跟我等又素无来往，我知道也请不出来。"张文彩说："既是兄长知道此人是谁，咱们再想别的主意，大家共同商议。"高志广说："要问这布阵之人，在这里大大有名，无人不知。此人姓周名叫百灵，上知天文，下知地理，排兵布阵，逗引埋伏，样样精通。他住的那个地方，离这冷岩山有四十五里地，地名叫八卦山周家寨，人们都说他就好似当年的水镜先生。他跟金枪天王白起戈是亲家，白天王的儿子还跟他练武，这个木羊阵就是他摆的，要打算破阵，非得把他找着不可。"张文彩和纪有德二人一齐说道："兄台跟此人必有来往。"高志广说："我跟此人并不相识，听说他还有点古怪脾气，轻易不与人交谈。"到那里去请他，他不出世，也是白费心机。再说他跟白天王是知己的朋友，白天王按丞相俸供给他。"纪有德说："既然如是，有劳兄台大驾，同我二人到官军营见见马大人，大家再商量办理，不知兄台肯屈驾否？"高志广说："既是二位贤弟来约，我可以遵命。"立即吩咐摆酒，款待二位，在这里住了一天。

次日早晨，高志广便随同张文彩和纪有德下了冷岩山，来到官军营。往里一回禀，马玉龙带着老少英雄，亲身迎接出来，见这位高志广身高八尺，打扮好像是朝廷的职官，头戴新纬帽，身穿单箭袖袍，腰束凉带，外罩红青跨马服，足下粉底高靴，面如美玉，眉分八彩，目如朗星，四字方海口，一部花白胡子。马玉龙赶紧上去见礼，说："久仰先生大名，今日得会，真乃三生有幸。"纪有德过来给引见说："这就是高志广高老先生，这位是副将马大人。"连金眼雕众人都给引见了，彼此行礼。马玉龙连忙往里相让，来到中军大帐，众人分宾主落座。马玉龙说："前番有纪老英雄、张老英雄提起尊驾，乃当世之人物，故此我等特为聘请。"高志广说："小可有何德能，敢劳大人下顾。张贤弟已提说木羊阵之故，但那阵内奥妙无穷，我也不得其门而入。摆阵之人我倒知道，非得将他找出来，否则此阵断不能破。这人姓周名百灵，就住在八卦山周家寨。"马玉龙说："此人大约必跟老先生素有往来。高志广说："此人与我并不相识。闻说他性情古怪乖僻,不与俗人来往,再说他跟白天王是知己之交,白天王按丞相俸供给他,白天王的儿子,都在跟他学艺,他岂肯帮咱们去破木羊阵,那是断断乎不能够的。"马玉龙听了这话,自己一想:这件事不大好办,还得另想个主意才行。

大家这才摆上酒席,众老少英雄一起商议,此事该当如何办理。追风侠万里老刘云:"他住在八卦山周家寨,四面必有削器埋伏,要去非得精明强干之人不可。"刘云话犹未了。碧眼金蝉石铸和追云太保魏国安二人答言说:"可惜我二人不知道这个地方,要是知道,我们可以去探一探。"高志广说:"那地方我倒知道,我给你二位开个路程单。他住的那个地方,离此处有七十余里,那里有八卦连环山,藏的削器埋伏甚多,你二位要不懂削器埋伏,可千万别去。"纪有德说:"只好我再卖卖老,我去一趟。"孔寿、赵勇说:"我二人随习随习。"武杰、纪逢春说:"我二人也去。"这六个人都要同纪有德前去。纪有德说:"可以,咱们急不如快,今天就走。"高志广说:"可有一节,你们要去,可得带了干粮水瓢,那里没有卖吃食的。"众人立刻带上炒米水瓢,带好兵刃,收拾停当。马玉龙说:"你几位去了,如明天不回来,我们再去接应,到那里可要见机而作。"纪有德说:"勿劳大人嘱咐,我自有道理。"

纪有德率众告辞,离了大营,按路程单扑奔正北。一过三宝山,就到小溪桥,过了小溪桥,离八卦山就不远了。路程单写的明白,这座山外面是水,这河往东通向绵江口,水是芝麻酱颜色。纪有德等人往前走去,日色西斜时,已来到八卦山的南山口。这座山的东西两边有鹅头峰,是坐北向南的山口。前面这道河有三丈宽,河里有船,河岸上栽许多垂杨柳。在山口以外,有一道木板桥,这桥的两边有栏杆。纪有德说:"石大爷,你看这桥,白天才放下来,晚上一拉起来,就出入不通,这道河的水是活水,往东通绵江口。"石铸说:"老英雄,咱们既来了,何妨过桥去瞧瞧里面是什么局式。常言说,一处不到一处迷。"纪有德说:"好,你等既有此胆量,可随我来。"众人刚一过桥,纪有德抬头一看,有一件岔事惊人。要知后事如何,且看下回分解。

第三〇二回

七豪杰夜探八卦山　　神手将舍命捉敌人

话说纪有德带着六个人进了这座山口，一看是一块平川之地，方圆足够十里，四外皆山。当中有一座山峰，借着山坡，随高就低盖出来一片房屋，楼台亭阁总有五六百间。往北一看，树木不少，透着杀气。纪有德心中一动，这个人必晓得奇门卦爻之秘，看样子里面必有些削器埋伏。此时一轮红日将要西沉。在山口里面，东边的一所宅子，外面有一栅栏门，门上有一块匾，上写着"巡捕所"三个大字；西边的一所院子，是黑油漆大门，上面也有一块匾，写着"回事处"。门口贴着告示，上写查拿奸细，一应闲杂人等，不许私自进山。幸喜这个时候，大家都在吃饭，纪有德等人进来，没人看见。纪有德说："咱们往前观看动作，要瞧事做事，如其不好，我们就往回退。"石铸说："任凭你老人家行事。"大家往北，越走越暗，就要掌灯。走来走去，曲曲弯弯，眼前有一带树林。纪有德说："你们几位在此少待，咱们进了他的这座山，我看这个地势，虽然走过几道山岭，可没有埋伏。我总怕中了他的诡计，我想到前面去探一探，你们几位别往前去了。"石铸说："你老人家可要留神。"

纪有德这才出了树林，往北一瞧，是一带墙，却没有门，暗想："奇怪，这里怎么没门，中间必有情节？"再瞧那墙上，都有鸡爪钉。纪有德久在制造削器，当初画春园的那些埋伏，都是他所制造，今天见这一道墙，从东至西，足够三十余丈，却找不着门，也看不出其中的奥妙。他不往墙上去拨。只用手拍了拍，听到有空的地方，便拧身蹿墙过去。脚着实地，用刀往地下一试，走了不远，见前面有绊腿绳，就用刀将绳索割断。往前一看，前面一所院子是由北面进出，房屋内隐隐有灯光，墙头房檐俱有鸡爪钉。他细细看了一看，心中想道："这个无非可以挡挡笨人，焉能挡我？不入虎穴，焉得虎子！我何不进去探探？"

想罢，蹿上房去，一瞧北上房有灯光，东屋里间有人说话，西配房黑暗暗的，北配房也有灯光。纪有德来到北上房窗外，用舌尖舔破窗纸，见是顺前檐的炕,靠北墙摆一张八仙桌,上边放有蜡灯。一边有一张椅子,东边椅子上坐着一个人,年在半百以外,西边椅子上坐着一个人,年有二十以外。这两个人,乃是水镜先生周百灵的管家,东边的叫周荣,西边的叫周春,正在谈心叙话。就听周春说:"大哥,今天金枪天王打发一个人来见咱们的主人,说跟彭中堂订下了百日内攻打木羊阵之约。现已有两月之久,听说就打了一回,由东门进去,破了一两道削器埋伏,虽说有两位有能为的,也没有怎么样。咱们主人说,这座阵能要了他们的命,就是有铜铸的金刚,铁打的罗汉,也休想破阵。这两天主人说,叫咱们严加防范,昨天庄主占算出来,已有人泄机,还怕有人来。"那周荣说;"兄弟,你只管放心,慢说没人来,就有人来,那是他自来送死!咱们主人今天正同简爷在后面喝酒呢。"周春说:"可不是,简爷今天由金家坨来,提说要给他哥哥简天雄报仇。"周荣说:"天也不早了,咱们该出去绕个弯查查去。庄主爷吩咐,叫咱们留神查看庄丁中有偷闲躲懒的没有。"

纪有德听到这里,一拧身蹿上房去,这房上都是活瓦,也倚仗他是个行家,要是笨人,一蹬滚瓦就得摔下去。纪有德一瞧:北边有一所院子,南房五间,北房五间,东西配房各三间。北房廊檐上面有一块匾,上写三个字是"问心堂"。纪有德往房里一看,靠北墙有一张八仙桌,桌上放一盏把儿灯,有许多书籍。两边椅子上坐着两个小童,说:"今天庄主爷喝的大醉,过来安歇还得一会子。"纪有德外面一听,心中暗想:"原来周百灵就在这院内,我且在暗中等候他,瞧看瞧看他是什么人物。"想罢,就在东边房檐下的黑暗处一隐身,静等周百灵过来。此时大约已经有二更多天,工夫不大,只见西角门有两个小童打着纱灯引路,后面跟定一人。这个人年过半百,穿的衣服是道家的打扮。上房那两个童子,迎接出来,口称:"庄主爷来了。"此人大摇大摆地进了上房,童子转身出去,捧茶进来,又问:"庄主爷今天在哪里安歇?"就听这人说:"今天就在这里吧,看我的卦盘伺候。"童子答应,转身下去,不大的工夫,就把卦盘拿来摆上,纪有德暗中一瞧是奇门卦,就听他在里面把盘子一摆,说:"不好!今天有人来暗算于我,童子快把舅老爷请来。"纪有德暗吃一惊,心中想道:"这人善晓卦文,他的能为在我等之上,怨不得我不行。"那小童转身出去,不大工夫,由西角门又进来一人,看此人有三十以外年纪,面皮微紫,也是练功夫的把式。

　　书中交代：此人姓吴名占鳌，外号人称紫面天王，练得一身好功夫，长拳短打，刀枪棍棒，十八般兵器，样样精通。他二弟吴占魁、三弟吴占元，都跟姊丈周百灵度日。周百灵本来家大业大，有些山产和果木园子，他自己一天不管，都交给这三个内弟照料理家。他有五百庄丁，皆会操兵演阵，爬山过岭，也归吴占鳌兄弟代管。"吴占鳌来到北上房，问道："姊丈，叫我有什么事？"周百灵说："方才我摆了一个卦盘，今天必有奸细乘隙来搅乱八卦山。这个人是土命，我是水命，他克着我。你且带庄丁去四外搜查搜查，看看各处的削器破了没破。我想他既能上我这里来，这个人必有惊天动地之大能为。"吴占鳌说："是！我去搜查搜查。"带着庄丁就出去了。纪有德一想："我今到此，也没瞧见有什么稀奇削器埋伏，我看此人，虽然举止动作不俗，似也没多大的能为，我何不进去将他拿住，把嘴一堵，将他捆走？"想罢，由房上跳下来，把金背刀一顺，往里就闯。周百灵在东边椅子上坐着，正要看书，只见帘子一起，进来一人，年有六十以外，微紫脸膛，手中抱着一口金背刀。周百灵问："什么人？"纪有德说："今天特来拿你，只为木羊阵之事。"周百灵心中一动，说："了不得了，这必是那彭大人派来的能人。"纪有德往前奔来，周百灵并不着急，一闪身，只听哗啦一声响，由房上掉下来一个铜罩子，有一人多高，就把纪有德罩在当中。这个罩子上面的铜钩，把纪有德的衣掌钩住，他只觉得脚底下一软，两条腿便沉了下去。周百灵吩咐来人，手下人一声答应，从外面进来了二三十人，竟将纪有德拿住。不知老英雄性命如何，且看下回分解。

第三〇三回

入虎穴逢凶被获　遇埋伏豪杰遭擒

话说纪有德被遮天网罩住,脚底下又入了地陷空,家人过来就将他拿住,老英雄心想,自生人以来,还没有栽过这样的筋斗,竟被人家给绑上。那周百灵一按墙上的螺丝,遮天网仍然起去,归入天花板内;下面咯嘣一响,地板仍然复旧如故。周百灵这才问道:“你是何人? 来此何干? 你要说实话。”纪有德说:“大丈夫行不改名,坐不改姓,我既被你拿住,杀剐存留,任凭于你。我姓纪双名有德,前番到木羊阵观看,见造的甚为巧妙,我到处访问,才知道此阵是你所摆,我今特意前来拿你,跟你要那阵图。”周百灵哈哈一笑,说:“你就是那神手大将纪有德么? 你打算要把我拿去,那怎么行呢? 你们今天来了几个人?”纪有德说:“并无别人。”正说着话,吴占鳌回来说:“我到各处搜查,并无奸细,听说姊丈拿住人了,故此回来。”周百灵说:“现在是拿住了一个。”吴占鳌说:“姊夫打算怎么办呢?”周百灵说:“把他一杀,斩草除根就完了。”吴占鳌:“不必,依我之见,先把他搁到后面空房,做个香饵钓金鳌。他们必定还有人来,拿住十个八个,再送到天王那里,这也是姊丈的脸面,再问问他们为何来此搅闹地面?”周百灵说:“既然如是,暂把他搁到藏蛇洞里面,外面要小心留神。”吴占鳌点头答应,叫几个家人把纪有德绳缚二臂,搭到了藏蛇洞。

单说碧眼金蝉石铸及魏国安、孔寿、赵勇、纪逢春、武杰六个人,在树林等候多时,还不见纪有德回来。纪逢春说:“哎呀,了不得了! 咱们爷别叫人拿住了。快瞧瞧去,别等着了。”石铸说:“你们几位别动,我同魏大哥两个人瞧瞧去。”赵勇、孔寿说:“我们在这儿等着,你们二位可要回来。”石铸说:“那个自然,焉有不回来之理。”二人往北拧身蹿上墙去。魏国安说:“兄弟留神,墙上可有鸡爪钉。”石铸答应说:“是。”两个人蹿房越脊,扑奔里面,见是一个四合房,北房里面灯光闪闪,人影摇摇,屋中正有人说话。石铸想就近听听说些什么,便往院中一跳。魏国安也跟着跳了下去。刚往前一迈步,觉得地下有什么绊住,魏国安用手一摸,把手又套住了。两个人一愣,就听墙上铃铛一响,那边的小锣也响了。这时由上房出来一个人说:"快去给吴舅老爷送信。"外面早有更夫答应。

工夫不大,就见吴占鳌过来了,有人给他打着灯笼,把地下的串地锦、连环扣解开,将二人搭到上房。吴占鳌说:"你二人姓什么,叫什么?"石铸说:"大丈夫行不改名,坐不改姓,我姓石名铸,绰号人称碧眼金蝉。这是我师兄,他姓魏名国安,绰号追云太保。"吴占鳌说:"你二人既是官军营的差官,我且问你,上我们这里做什么来了? 我们有什么得罪的地方呢? 你二要说出情理来,我抖绳把你们放了。"石铸说:"你要问,我二人是来找周百灵的,因知木羊阵是他所摆。我等素日跟他也无来往,我们来此,是想把他带走。既被你拿住,杀剐存留,任凭于你。你我也无冤无仇,你若知事达务,带我见见你们这位周百灵,叫他跟我们到宁夏府去见钦差大人。我家大人是一位清官,只要他把木羊阵机关一泄,我家大人必要专折进京,奏明皇上,必能得高官显爵,如不愿做官,也要赏赐黄金白银,落一个流芳千古之美名。我虽被你等拿住,就是死了,总算为国捐躯,死而无怨。"吴占鳌说:"你两人说的话也对,且等我跟庄主商议。"吩咐手下人,暂把他搁在地牢之内。家人答应,就把他两人四马攒蹄地捆上,用杠子一抬,曲曲弯弯的绕了几层院子,搭到一座花园。

石铸一瞧:这院子还真宽大,在北边有一溜台阶,借着山坡修盖的十间地牢,有门没窗户,墙上有个黄沙碗,里面有油,点上灯光,牢里有四根木桩,就把石铸绑在东边头一根木桩上,第二根绑了魏国安。家人绑好转身出来,将门倒带。石铸说:"师兄! 你瞧这死不死,活不活的,有多难受。大概纪老英雄也是凶多吉少,被他们拿住了,这便如何是好?"魏国安说:"既被他拿住,这也无法,听天由命吧!"此时天已四更,吴占鳌拿住两个人之后,就叫家人去给周百灵送信,可是那周百灵早已安歇了。

武杰、纪逢春、孔寿、赵勇四个人等到四鼓,不见石铸、魏国安回来。武杰说:"唔呀,了不得! 多半这三个人进去,都被人家擒住了,里头的削器必然厉害。依我之见,咱们回去吧,不要进去送死。"纪逢春说:"你们回去,我不回去了,我爹被人家拿住,要死就死在一处。"孔寿、赵勇说:"咱们进去也是白送死,你我的能为浅薄,连纪老英雄那样精明强干之人,都被人家拿住了。再说魏爷、石爷,总比你我强胜百倍,也都不行。莫如你回去给马大人送信,再想主意来救他们。"纪逢春说:"你们回去请马大人吧,我要进去瞧瞧我父亲是死是活。"孔寿说:"那焉能够?"武杰说:"也罢,我也去探探,要是五更不回来,你二人可千万别再进去了,快请马大人来与我等报仇。"孔寿、赵勇点头答应,说:"就是,你二位去吧。"

　　武杰走在前头,纪逢春在后面,两个人来到了长墙边。纪逢春也懂得些削器埋伏,一看上面有鸡爪钉,就告诉武杰说:"总要蹿得越过鸡爪钉去。"武杰点头。两个人这才越过墙去,蹿房越脊,走过两层院子,见下面有些巡更守夜之人。他们在各处寻找,也没动作,也没听到究竟拿住人了还是没拿住人。武杰看那打更的总是围着外面夹道来回巡查,只走当中,不走旁边。武杰、纪逢春由房上蹿下来,就把那两个打更之人,一个拿住一个。武杰拿刀在那打更的脑袋上一蹭,打更的吓得满口央求:"老爷饶命。"武杰说:"你不要喊,一喊当时要你的命。"打更的说:"不喊,只求你老人家饶命。"武杰说:"你家庄主在哪屋里住?"打更的说:"我家庄主在哪屋里住,我可不知道。我们这里分八个院子,好几位姨奶奶,他不定在哪院住?"武杰说:"今天晚上拿住人,你可知道?"打更的说:"我知道,在问心堂拿了一个姓纪的,叫神手大将纪有德,又在紫霄院拿住一个姓石的,一个姓魏的。"武杰说:"不错,这三个人现在哪里,你可知道?"打更人说:"姓纪的在藏蛇洞,姓石、姓魏的两个人在地牢,都在北花园。"武杰说:"北花园在哪里?"打更的说:"就由这往北头,进到北边八角月亮门就是,可别往东拐,也别往西拐。"武杰说:"藏蛇洞在哪里?"打更的说:"在北花园西北犄角。"武杰问明白了,两个人把打更的捆上,堵上嘴,这才扑奔北花园,要搭救三位英雄。未知后事如何,且看下回分解。

第三〇四回

问更夫地牢救友　回公馆报信请人

　　话说武杰、纪逢春二人把打更的捆好，搁在一旁，一直扑奔正北。来到月亮门，一看花园迎着门有个木影壁，挂着照灯，上写"接福迎祥"四字。两个人慢步进去一瞧，这座花园里面，也有水阁凉亭。往北走去，却不知道地牢在哪里，正往东走，见前边有一所院子，由里面射出灯光，是个八角月亮门，上面有花瓦砌的轱辘钱，白灰抹的棋盘心。这院子是北房三间，满出廊檐，东西各有配房，在北上房中有灯光闪烁。两个人进了屏门，院中并无人声犬吠，见屋中靠北墙有一张八仙桌，一边一张椅子。东边椅子上坐定一人，淡黄脸膛，浓眉大眼，年有三十以外。墙上挂着一对虎头钩，两旁站立两上童子。就听这人说："童子，外面可有三更？"童子说："早已打过三更，此时快五更了。"这人说："哎呀！我喝醉了，这一觉睡的工夫不小，外面可有什么动作没有？"童子说："没什么动作。"这人说："没动作好，今天拿住的两个人，现在交给我看守，恐怕还有余党前来救他。少时天光也就亮了，给我倒过一碗茶来。"武杰一想："地牢离这里一定不远。"

　　这人原来是周百灵的内弟，名叫吴占元，手中使一对虎头钩。他弟兄三人都在周百灵家里，自己爱喝酒，方才喝醉了，就在桌上睡着，刚刚醒来。武杰一听，便回身出了这所院，又往北边去找。只见北边一溜有十间房屋，高不过四五尺，一看没有窗户，门上俱都有锁锁着。武杰心想："这必土牢了。"便伸手由兜囊中掏出钥匙来，刚要开锁，就听里面有人说："魏大哥！结了，完了！你我被贼人拿住，倒不如杀了还好，这死不死，活不活的有多难受，真是人生有处死有地。"武杰一听，正是石铸、魏国安，赶紧把锁捅开，把门一推。石铸睁眼一看，见是武杰、纪逢春，连忙说："快把我放开，我腰里围的杆棒，他们疑是裤腰带，幸亏没叫他们拿去，我的刀可叫他们得了去。"武杰说："不要紧。"两个人进了土牢，刚要解开石铸、魏国安，外面一声咳嗽，说："何人大胆，敢上我土牢之内救人？"武杰一回头,见来者正是那吴占元。武杰说:"你要问,你家老爷乃是朝廷的游击,今天特来拿周百灵。"说着一摆刀,照吴占元搂头就剁,吴占元用虎头钩急架相迎,两个人就动起手来。纪逢春一摆锤,过来就喊:"捅嘴!"协力相帮,也就三五个照面,被吴占元一腿踢倒,吩咐手下人捆上,急速鸣锣,聚齐庄丁来拿奸细。纪逢春一被擒,三五个照面,武杰的刀也被虎头钩绞住,吴占元左手绞住刀,右手的虎头钩使了一个顺水推舟,竟奔脖颈而来,武杰赶紧缩头藏颈大闪身,刀一松手,被吴占元往前一赶,使了一个分身驼子脚,把武杰踢倒,立刻捆上。叫手下人将他二人搁在西边地牢,等候天明,就去回禀庄主爷,再派八个更夫巡查花园。吴占元这才回到自己的屋中,吩咐手下人严加防范搜查。

此时天交五鼓,孔寿、赵勇在树林等候,直到天光闪亮,还不见武杰、纪逢春回来。二人商量道:"大概不好,你我不必进去了,进去也是白送死,不如回山去禀明马大人,大家商酌办理。"赵勇、孔寿两个人想罢,这才离了八卦山的护庄桥,顺着原来的道路往回走,天有午时,来到了西洋山马大人扎营的所在。两个人进了中军大帐,马玉龙正同张文彩、高志广、金眼雕、伍氏三雄、追风侠刘云、千里独行侠赛判官邓飞雄等老少英雄,共同商议破木羊阵之军情大事。一见孔寿、赵勇进来,马玉龙等人赶紧问道:"二位是从哪里来?上八卦山去,那里是怎么一个样子?"孔寿、赵勇二人说:"了不得了!我们到了八卦山周家寨,头一位纪老英雄进去,就没出来,后来石铸、魏国安、武杰、纪逢春进去,也没出来,这五位大约凶多吉少。我二人心想,进去也无济于事,倘若被擒,音信不通,那更坏了,故此回来给大人送信,好早作准备。"马玉龙一听此言,不禁吓得一愣,问大家这件事该当怎么办?张文彩说:"这事可不好办。周百灵做事太狠毒,老少英雄被擒,恐怕凶多吉少,咱们先得设法救出来才好。"马玉龙说:"既是如此,就求老先生辛苦一趟,你老人家地理还熟。"张文彩说:"要去,我跟大人借窦福春、钱玉,我同高志广二人带了去。"马玉龙说:"好,二位老英雄一同去更好,我随后派人接应。"众人只顾说话,转眼却不见了千里独行侠邓飞雄。

原来邓爷这人大有心胸,一听众人被擒,想必凶多吉少,一声没言语,带上红毛宝刀就出了大营。他知道八卦山那个地方多见树木,少见人烟,没有卖吃食的,自己便带了一包炒米和水葫芦。由大营起身的时候,天也就在中午,赶来到八卦山,一轮红日将要西沉。到南山口一看,这座山四外是水,山口道前有木板桥,河岸两旁栽着垂杨柳,山里杀气腾腾。邓飞雄过了这道桥,见正北树木森森,有一片房屋随着山坡而盖。此时天已黑了,邓飞雄一忖度:"要凭自己的能为,不敢说天下称第一,也算第二第三。今天来到这里,身临险地,必须要小心留神,不可大意。"想罢,把红毛宝刀抽出来,怀中一抱,来到周百灵这所庄院的南墙以外。抬头一看,见墙上俱有鸡爪钉,庄门大开,当中挂着门灯,也不见门房里有人。自己迈步进了大门,左右前后上下都留着神,见大门外以内俱是平川之地,里面东西两个门都悬着帘子。刚走到门洞当中,只见由东边门房走出一个人来,把邓爷吓了一跳,一看却是个千娇百媚的女子,出来就几乎把邓爷抱住。邓爷往后一撤身,又见由厢房出来一个女子。邓爷刚一愣,就见这两个女子滴溜一转,伸手由背后取出匣箭,啪啪啪连珠射来。邓爷一蹲身,用宝刀去拨挡,才未能射着,再仔细一瞧,这两个女子原来俱是假人。也是邓爷手疾眼快,要换个人就休想躲得了。邓爷心说:"好厉害,我何不用宝刀将弩箭全给他毁了!"正要用刀去剁,却见那两个假人滴滴溜溜又都回去了。邓爷用红毛宝刀往地下一扎,没什么动作,往前蹲着走了七八步,便瞧见从墙两边出来一股白烟。邓飞雄往回一撤身,由墙两边又出来两根枪,忙用宝刀削去两个枪头,剩了半截还来回的动。邓飞雄把枪削了,一瞧迎面是八字影壁,东西都有门,转过影壁,想进正门,抬头一看,吓的倒抽一口凉气,有一宗岔事惊人。不知后事如何,且看下回分解。

第三〇五回
邓飞雄奋身入虎穴　吴占鳌设计救恩人

话说邓飞雄进了正门，抬头一看，见北房屋中灯烛耀煌，东西各有配房。邓飞雄用刀试着，往前行走，见北房迎面挂着一块匾，上写着"藏书阁"三个字。借着灯光一看，屋中书籍满架，头前一张八仙桌，两旁有椅子，坐着两个家人，都是青衣小帽，正在对坐说话。只听东边这个说："周升，咱们今天值前夜，三更天再换他们，大家都要小心谨慎。这屋里可要紧，庄主爷说过，他老人家的道书，连木羊阵的阵图，都在这屋里，恐怕有官军的能人前来盗书，那可了不得！"邓飞雄一听，心中暗喜道："我既来到此山，焉肯空回，要把木羊阵阵图得着，真乃是万全之幸。大约这两个家人，也没有多大能为，我何不进去将他拿住，跟他要阵图。"想罢，刚一掀帘进去，就见由门后出来一个大鬼，青脸红发，手执宝剑，照定邓飞雄搂头就剁，吓得他急忙往后一撤身，用红毛宝刀往上一迎，呛啷一声就把宝剑削断。刚刚削了，上面哗啦一响，又由上头落上一个铜网，把邓爷罩在当中。这时锣声响亮，不大的工夫，过来二三十个家丁，把邓爷的红毛宝刀先拿过去，把邓爷给捆上了，才将邓爷浑身的网钩摘去。邓爷情知凶多吉少，只得认命了。

吴占鳌过来一瞧，吩咐把这个人给搭到我那屋去。手下人答应，立刻搭了起来。吴占鳌叫家人小心防范，来到他自己房中，吩咐把邓爷放下。这时外面有家人来禀道："现在大门外的削器破了，被这人毁了两条大枪，两个美人的匣箭已放完，屋里大鬼的宝剑也被他毁了，都待修理。"吴占鳌说："叫他们头目去修理，不用禀我知道。"家人就出去了。吴占鳌住的这院子，是北房五间，东西配房各三间，有八个家人伺候。吴占鳌吩咐家人出去之后，把拿住的人放在椅座上，纳头便拜。邓爷心中一动，赶紧过去，用手相扶说："请起请起。"吴占鳌起来，旁边一站，说："恩公，你老人家不认得我了。"邓爷说："我实在一时想不起来，我已然被获遭擒，万死犹轻，多蒙尊驾不杀之恩，反以客礼相待，未领教尊驾姓名。"吴占鳌说："恩公真是贵人多忘事,提起这话,已二十载了。"

书中交代:这个吴占鳌乃是山西洪洞县孝义庄的人,他父亲叫吴恩贵,娶妻邓氏,所生三子,长子吴占鳌,次子吴占魁,三子吴占元。这位邓氏大娘,跟飞雄是远族一家,论起来还是邓飞雄的姐姐,亲戚虽远,走的甚近。他们这孝义庄,有一家势棍土豪姓冯,原先在外头做过知府,名叫冯开甲。他有一个少爷,名叫冯文卿,是个秀才,倚仗他父亲做过知府,家大业大,家中养着些打手,时常在外头抢夺妇女,无所不为。他瞧见吴占鳌的姊姊长得有几分姿色,就记念在心,带着打手,时常要来抢人。这天他突然带着打手,来到吴家叩门。那时节吴占鳌弟兄年幼,吴占鳌的父亲出去,问他是谁? 冯文卿这厮并不答应,带着二十多个打手,闯进院内,逢人便打,遇人便捆。正赶上邓飞雄由门前经过,一问方知抢人,邓飞雄立刻拔刀相助,将这些打手赶走。焉想到冯广卿这厮仍不死心,仗着跟洪洞县令素有来往,又倚仗是世家子弟,有钱有势,就把吴恩贵锁到县里,说他家窝藏江洋大盗,上堂就打了二百板子,上了夹棍,钉镣入狱。暗中又使人到狱里向吴恩贵说:"只要你把女儿送给冯公子,这个官司就算完了,如若不然,你父子休想逃命。"吴恩贵一听就气死了,把尸首给领出来,那冯文卿仍不死心。当时邓飞雄刚练成了武艺,专好管不平之事。这天来到吴家,邓爷说:"你兄弟三人,带着你母亲和妹子,不必在此住了,赶紧收拾,我送你们到边外去吧。我今往他家去,把恶霸杀了,给你父亲报仇。"吴占鳌一听,说:"你老人家给我父亲报仇,我弟兄粉身碎骨,难报你老人家之恩。"立刻收拾细软金钱,套好了车辆。邓飞雄说:"我今天把狗子冯文卿的头杀了,取来给你父亲上坟。"

商议好了,邓飞雄晚间施展飞檐走壁之能,来到冯家各处一窃听,只听见西跨院北房屋中,有琵琶丝弦弹唱的声音。邓飞雄由房上施展出珍珠倒卷帘,往屋中一看,当中一个团桌面,桌上有一张蜡灯,坐着的正是狗子冯文卿,年有三十内外,面皮微白,两道贱人眉,一双三角眼。东边坐着两个歌童,十四五岁,面皮微白,搽着一脸粉,陪着狗子喝酒,说说笑笑,带着轻狂之态。在西边坐着两个十七八岁的女子,一个抱琵琶,一个把弦子,正在那里唱得快活到了极点,这一出是《妓女从良后悔》。桌子上摆满了时鲜果品,这几个男女,正陪着恶狗作乐。在东里间屋中,是顺前檐的炕,炕上摆着烟盘子,有一盏烟灯,旁边阁着一杆大烟枪。这个恶狗子,果然是不安分。邓飞雄不禁气往上冲,拉出红毛宝刀,把帘子一掀,闯进屋中,伸手把狗子冯文卿揪住,说:"恶霸! 你买盗攀赃,将我的亲戚害死,今天我特意前来结果你的性命。"冯文卿吓得痴呆呆的一阵发愣,尚未开言,被那邓飞雄手起刀落,将人头砍落,又把胸膛打开,将人心取了出来,吓得这几个歌童舞女跪成一片,战战兢兢。邓飞雄说:"你等起来,不必害怕,冤有头,债有主,我不杀你们。"说着话,又奔往后面,将冯文卿的一家大小俱皆杀死。

邓飞雄拿着人心,提着人头出来,交给了吴占鳌,说:"你拿着人头人心,给你父亲去上坟。你兄弟三人,赶紧同你母亲姊姊逃命去吧。他年相见,后会有期。"吴占鳌兄弟三个,给邓爷磕头说:"恩公! 我弟兄以后但得一步地,必要报答你老人家这点好处。"吴占鳌这才带着他母亲和姊姊兄弟,逃至嘉峪关外。后来他姊姊就给周百灵为妻,他母亲已经去世,他三人都成了家,跟随周百灵度日,练了一身的功夫。今天听说拿住人,吴占鳌过去一瞧,原来却是恩公邓飞雄。当着众家丁不好说明,故此把邓爷搭到自己屋中,叫家人退出,就把邓爷解开,这才问道:"恩公! 还认得我么?"邓飞雄一时蒙住,愣够多时,才想了起来,说:"原来是你,你在此处做什么呢?"吴占鳌说:"我自从与恩公分手,便逃至此处居住。我母亲已故,我姊姊给与周百灵为妻。你老人家来此何干? 可以说说。"一面叫家人倒茶,又吩咐摆酒。邓飞雄说道:"且慢,我来此倒不在吃,我既遇见你,我不能不说实话。"邓爷这才如此如彼一说,吴占鳌一听,吓的亡魂丧胆。欲知后事如何,且看下回分解。

第三〇六回

放群雄义动姊丈　周百灵亲见宾朋

　　话说千里独行侠邓飞雄与吴占鳌对坐吃茶，谈心叙话。邓飞雄说："贤甥你要问我，自从与你等分手，我逃至潼关外，在八卦教里存名。我后来倒反佟家坞，改邪归正，跟彭大人当差，现在保举了游击。前者，彭中堂跟白天王合约，定于百日内来破木羊阵，因知此阵奥妙无穷，甚为难破，头一次有大人手下办差官来看了一回阵，后来打了一回阵，死了一位差官，又请出纪有德三探木羊阵。现在一访问，知道此阵是周百灵所摆。前天有神手大将纪有德，同着碧眼金蝉石铸、追云太保魏国安、一位姓纪的，一位姓武的来到这里，俱皆被获遭擒。我今天来到这里，也被削器拿住，幸亏遇见了你，这是已往从前的实话。"吴占鳌一听此言，说："恩公，今天要不是见到我，定有性命之忧。我在亲戚这里居住，也不知外边有这些事。我姊丈是贺兰山金斗寨金枪天王白起戈的掌朝太师，虽说在这里不当差，也吃宰相俸禄。木羊阵实是我姊丈摆的，我可不知内中的情形。今日你老人家来此，我不能忘恩负义，我暗中先把纪有德、石铸、魏国安、纪逢春、武杰放出来，交给你老人家，把他们带回公馆。你老人家在公馆之内听我的消息，我慢慢地设法劝解我姊丈，看他意思怎么样，他要愿意弃暗投明，我和恩公再议妙计反正。我在暗中调停，总要把此事办理好了。"邓飞雄一听这话，心中想："吴占鳌是个好人，我托他办理就是。这俗语说得好，恩义广施，人生何处不相逢，冤家免结，路逢险处先回避。"想罢又说："贤甥，你我也不必客套，你先把那几个人给放出来，我带他们回到公馆之内，等候你十天。"吴占鳌说："可有一件，这十天之内，你老人家千万别叫人来，要有人来，被削器拿住，我一个救不了，反伤了和气。"邓爷说："就是，我说与他们，十天之内，必不许人来就是了。"吴占鳌说："你老人家先喝点酒，等着我去放他们。"立刻叫家人摆酒，伺候邓飞雄。

　　吴占鳌先来到藏蛇洞看纪有德。有德被人家拿住，不死不活，心中正在焦躁，忽见灯光一闪，进来一个人。纪有德一看，那天被拿的时候有他，便破口大骂，说："你这些小辈，既把老太爷拿住，杀剐存留，快给我个爽快。"吴占鳌说："老英雄休骂，我特意前来救你。"过去便把绳扣解开。纪有德说："你姓什么？"吴占鳌说："我姓吴，现在有朋友来救你们，跟我走吧。一同到地牢，把那四位也救出来。"说着话，来到地牢。纪有德说："谁来救我们？"吴占鳌说："邓飞雄，他跟我原是街坊，又是亲戚，论起来是我的舅舅，又是我的恩人。"过去把牢锁打开，里面碧眼金蝉石铸同魏国安正在大骂："好贼子，把大太爷拿住，不死不活，犹如地狱一般，倒不如一刀把我杀了。"魏国安说："兄弟，你不必骂了，外面门响，大约是这狗头来杀咱们，一死倒也痛快。"吴占鳌进到里面，说："二位别骂了，我来救你们。"石铸说："你放屁，你要杀就杀，何故来戏耍大太爷？"纪有德这才答言说："二位别骂。"石铸一抬头说："纪老英雄，你从何处而来？"纪有德说："刚才也是这位把我解开的。"吴占鳌过去，把二人解开。又到西边地牢，把武杰和纪逢春放了出来。大家一通名姓，吴点鳌说明自己的来历，众人这才知道是邓爷来了。

大家一同来到吴占鳌屋中，见邓飞雄正在喝酒。邓飞雄连忙站起来，说："众位受惊。"纪有德说："若非是邓兄来了，遇见你这位朋友，我等就如坐狱一般。这里既然有吴庄主，我们可好办了，大众商议吧。"邓飞雄说："我已然说好了，众位喝一碗茶，咱们一同走吧。吴占鳌送咱们出去，这院子里削器埋伏太多，你我道路不熟。"吴占鳌立刻叫家人倒上茶来，吩咐备酒，留众人吃了饭再走。大家用过酒饭，已交五鼓。吴占鳌带领众人，弯弯曲曲地出了周家寨，说："邓恩公！你老人家回到了大营，将这件事回明大人，十天之内，千万要等我的回信。成与不成，我必给公馆送信。"

邓飞雄这才告辞，带着五个人往前行走，不知不觉，天光已明亮了。邓飞雄说："纪老英雄，前者怎么会被他们拿住？"纪有德就把被罩子罩住的情形一说。石铸和魏国安说："我二人是被串地锦拿住。"纪有德说："这周百灵实在有能为，他这些削器埋伏，连我都看不出来。论削器埋伏，我可算无一不懂，他削器用的法则，是比我高明。"众人说着话，正往前走，只见张文彩和高志广，带着小白猿窦福春、小太保钱玉，四个人迎面而来。众人赶紧过去问道："二位意欲何往？"张文彩说："我二人正打算起身奔周家寨，因为不见邓飞雄，我等找了一天，你几位在哪里遇到一处的?"纪有德说:"邓兄到周家寨,遇见了亲戚,不然,我等也回不来了。"遂将上项事细述了一遍。张文彩说:"原来如此,我二人因与周百灵有一面之识,原打算凭两行伶俐齿,三寸不烂舌,顺说他归降,必要把他说好,免动刀兵。"纪有德说:"二位兄台瞧着办吧,我在公馆候信就是了。"说着话,众人分手。

张文彩等人来到周家寨庄门,已是红日东升,家人问道:"二位找谁?"张文彩说:"我姓张名文彩,这位姓高名志广,我二人特来拜访周庄主。"家人一看是两位儒雅先生,每位带着一个小童,立刻回禀进去。此时周百灵尚未起来,家人便先去回禀吴占鳌。吴占鳌夜间放走了纪有德等人,自己心中盘算,明天我姊夫一问,我要说给放了,他准不答应。自己一夜也没睡,天光大亮,喝下了两碗茶,正在吃点心,外面家人来说:"现有张文彩、高志广拜访庄主,庄主尚未起来,回舅老爷知道。"吴占鳌吩咐有请,家人出去,把二位请了进来。吴占鳌见过高志广,却没见过张文彩,只耳朵里听人说过。一看这二位都是儒儒雅雅的,带着两个小童。吴占鳌说:"原来是二位先生,请坐吧。"高志广说:"吴贤弟,我二人今天特来拜访令姊丈,烦劳贤弟给回禀一声,我弟兄许久未见。"吴占鳌立刻吩咐家人待茶,说:"二位少待,我去去就来。"

这才穿宅过院,来到内宅。周百灵刚起来漱口,见内弟进来,说:"贤弟来此何干?"吴占鳌说:"外面来了两位姊丈的故友,一位是高志广,一位是文雅先生张文彩。"周百灵一听,赶紧来到外面,进了书房,见上面坐着高志广,下面坐着张文彩,这二位都是周百灵时常盼念之人,就说:"原来是二位驾到。"急忙躬身施礼。高志广说:"贤弟久违了,我给你二位引见,这就是我常提的张文彩。"周百灵说:"久仰大名,今幸得会,真乃三生有幸。今天你二位因何来此?"张文彩说:"我常听高兄说,兄台乃世外高人,今天特来拜访。"正在说话,由外头跑进一个人来,周百灵一看,有一宗岔事惊人。不知后事如何,且看下回分解。

第三〇七回

高志广良言劝友　吴占鳌暗进忠言

　　话说周百灵正同张文彩、高志广二位谈话,由外面进来一个家人说:"回禀庄主爷得知,现在花园内土牢和藏蛇洞的所有拿住之人,俱被人救去,踪迹不见,连他等的兵刃,俱被一起盗去。"周百灵一听,心中暗想:"我这院中,多有削器埋伏,怎么竟会被人劫去? 这中必有缘故,只怕是内里有人勾引,如若不然,万万不能。"便说:"你去看看,由哪边进来,由哪边出去,赶紧看个明白,回来禀我知道。"众家人都明知是吴占鳌放了,又不敢说,只得转身下去。周百灵这才问道:"高兄今天贵足踏贱地,来此何干?"高志广说:"我今天来此,非为别故,一则到兄台来请安,二则有一件事要与兄台商议。"周百灵说:"兄台有话请讲。"高志广说:"兄台在此摆的木羊阵,甚是奥妙无穷,现在彭大人的手下来打木羊阵,两次俱未能打破。彭大人一向求贤若渴,必要前来聘请兄台。"周百灵道:"贤弟既提起这件事,我告诉你吧! 前者,彭大人手下的几位办差官,被我用削器埋伏拿住了,可是我并未结果他等的性命,也没有解到白天王那里去。我正想法办理此事,没想昨天夜里被人救去。我这院中真似铁壁铜墙,天罗地网,他们竟能把人救去,也算是奇巧古怪之能人了。我现今已受白天王之聘,重任相托,就是斩头流血,我也不能归降官军。木羊阵实是我所摆的,里面也没有什么削器,他们能够破了,白天王自然年年来朝,岁岁称臣,如破不了,那可任凭他自己。"高志广说:"兄台,今天直说吧。我来此非为别故,现在官军营有我知己的一个朋友,苦苦相求,要我说兄台改邪归正,彭中堂必然保兄台官高爵显,骏马能骑。我说的是良言,不知兄台意下如何?"周百灵说:"贤弟,若不是你我道义之交,我就拿你当做奸细。今天只准你说这一次,如要再说,你我画地绝交。自古忠臣不事二主,白天王既然看重我。给我宰相俸,我焉能反复无常。朝廷自有朝廷的忠臣,白天王待我天高地厚。"高志广说:"兄台不要着急,我与兄台因是知己,我才不加隐瞒,不然我也不敢直言奉上。"

正说着话,吴占鳌由外面进来。周百灵吩咐摆酒,家人立刻摆上酒茶,吴占鳌在一旁相陪。周百灵说:"贤弟!昨天在地牢拿住的人,被人救去,你可知道?"吴占鳌说:"小弟知道的,我追了半天也追不上。我们院中的埋伏,人家必然知道,见他好像是绕着走的。我想官军中能人甚多,洪福齐天,你老人家莫如改邪归正,倒是正果。"周百灵一听,甚为诧异,说:"你怎么也说出这样无父无君的话来?就准你说这一次,如下次再说,我定要按国法治你。"吓得吴占鳌默默无言,他知道姊丈的脾气太急,不敢再说,再说就恐其反目。

众人喝酒已完,高志广、张文彩二人看他这个光景,也不敢再说了。善说不成,非得制服了他,万不能归降官军。要说这高志广也是精明强干,艺业绝伦,出类拔萃之人,便告辞来到了外面,说:"吴贤弟!你跟我来,有句话说。"吴占鳌答应,一同来到无人之处。高志广说:"我们来的时节,在半路遇见邓爷,已提说贤弟的情由。方才我见贤弟跟你姊丈一说,他那样子,你我脸上都挂不住,不知贤弟你还有什么妙法?"吴占鳌说:"你二人先别走,在我们这八卦山北边,有座山神庙,当初是玉皇阁,那里有个老道跟我相好,你二位先在那里住一两天,我再设法拿话试他,倘能劝过来更妙,如若不成,那时另想办法。"

张文彩、高志广点头答应,二人这才径奔正北,约走了三四里之遥,一看在山中果然有一座庙。高志广上前叩门,里面出来一个老道,年有六十以外,头戴青布道冠,身穿蓝布道袍,面如古月,海下一部花白须,倒是儒儒雅雅。老道合掌当胸,打一稽首,口念:"无量佛,施主来此何干?贵姓大名?"高志广通了姓名,说:"我等奉吴占鳌贤弟所嘱,要到贵观借住一二日,候他办点事情。道爷贵姓?"老道说:"出家人姓李,众位施主请里面坐吧。"举手往里让,张文彩、高志广带着两个童子,这才往里走。老道关了门,领着来到大殿东边,一看是三间鹤轩,倒也干净。书案上面摆着好些经卷,墙上有一轴八仙庆寿图,对联上写着"书到用时方恨少,事非经过不知难"。高志广说道:"我在冷岩山住家,因被朋友所约,来请周百灵破那木羊阵。"老道点点头说:"原来如此,我跟吴占鳌倒是道义相投的朋友,却不知道这周百灵是何许人,也不晓得他有什么惊天动地之能为,原来那木羊阵是他所摆,这就是了。"老道立刻备了酒饭,款待高志广等。

这且不表。单说吴占鳌自高志广走后,回到屋中一想:"已然应允了邓飞雄,但如今姊丈脾气古怪,这样的骨肉至亲,又怕反了目。"辗转思维,无计可施,便到后面来见姊姊吴氏。吴占鳌说:"姊姊,现在我有一件为难之事。"吴氏说:"兄弟有什么难处?"吴占鳌就把恩公邓飞雄来破木羊阵的事一说。吴氏听了,说:"贤弟,依你之见,该当怎么办呢?"吴占鳌说:"现在恩公邓飞雄在彭中堂手下当差。彭中堂因跟白天王说定了要来打木羊阵,他手下的能人,访知是我姊丈所摆,有人来拿我姊丈,已被咱们的埋伏拿住几个。倘若有人再来,把我姊丈拿去,岂不是一场大祸?我劝姊丈改邪归正,他又不听,我打算叫姊姊背地解劝解劝他。"吴氏说:"你还不知道你姊丈的脾气么?"他向例不许人说话,我慢慢劝着办吧。如能行,我绝不能忘了邓恩公当初替父报仇,救你我活命之恩。"吴占鳌这才出去。

晚饭后,周百灵来到后面,夫妻对面谈心。吴氏说:"丈夫原籍是哪里人氏?"周百灵说:"我是河南归德府人。"吴氏说:"因何来到这里?"周百灵说:"提起这话就长了,我先祖乃是大明朝的忠臣,因为闯王在山西造反,杜芝亭献了平则门,天下失守,我先祖带着家眷便逃至八卦山隐居,生下我父亲,曾说过永远不做朝廷的官,故而我才保了白天王,身为堂堂宰相。"吴氏说:"原来我丈夫有这段情由,我看咱们得便还是回转故土,可以祭扫祖先坟茔,以尽人子之道。"周百灵听到这里,忽然外面一阵大乱,又有一宗岔事惊人。不知后事如何,且看下回分解。

第三〇八回

笑面虎复探八卦山　周百灵变目杀内弟

话说周百灵夫妇正在谈心，忽听外面一阵大乱，连忙吩咐童儿出去打听。工夫不大，童子进来说："回禀庄主，现在西南上屯草的地方失了火，有三位舅爷救火去了。"周百灵一听，立刻吩咐童子把卦盒拿来。童子把卦盘取来，放在桌上。周百灵占的奇门甚是灵验，把卦盘一摆，便说："了不得了！今天有奸细，还是内贼勾引外寇，正在扰乱我家宅不安。"吩咐童子，赶紧告诉舅老爷，给我拿奸细。童子转身出外，把吴占鳌叫进来，周百灵问："外面什么人放火？"吴占鳌说："不知道，烧了两堆草，三间草屋，幸亏米包还没烧着，烧坏了一个更夫，我已给他上过伤药了。"周百灵说："方才我占了一课，主今天有家贼勾引外寇，吵闹我家中不安。你带庄兵小心防守，如拿住奸细，不必禀我知道，当时结果他的性命。"

吴占鳌点头，转身出来，自己一想："怪哉！我已然跟官军营差官说得明白，邓恩公与我定下十日之内，官军营不派人来，专等我的消息，怎么会有人前来吵闹？"自己出来带人各处搜查。周百灵来至屋中，夫妻重又对坐谈心。周百灵说："娘子！方才你说到回返原籍，据我看人生在世，犹如大梦一场，哪里是家？现今我已在贺兰山官居宰相，一人之下，万人之上，我准备以一命报答天王，即便官军把木羊阵打破，我也是一心无二，就知有白天王，并不知有朝廷。"吴氏一听这话，就知丈夫心如铁石，不敢再往下说。周百灵自己出来，瞧看天上的星斗，忽见眼前有一条黑影，落到前面院中。周百灵一看这个人身体甚是灵便，又听见前院中哗啦啦铃铛一响，他就知道是削器拿住人了。

书中交代：邓飞雄还没回到马玉龙的大营，就有金眼雕邱成对众人说道："这个周百官怎么这样厉害？我想要亲身到八卦山周家寨去将他拿住。"旁边伍氏三雄说："兄长要去。我等也跟了去。"邱明月说："爹爹不必生气，有事弟子服其劳，割鸡焉用牛刀，谅此无名小卒，何必你老人家前往，待孩儿我去探访探访。"说罢，自己带上干粮，绕道径奔八卦山。在路上并未碰见邓飞雄,要是碰见,邱明月也就不能来了。他头一天住在山洞里,第二天围着周家寨绕了个弯,探探道,晚间这才飞檐走壁,倚仗自己的身子灵便,径奔这所院子,先把西南干草堆点着,这是用了调虎离山之计。一瞧房上都有滚瓦,里面房屋甚多,不知周百灵住在哪个院中?邱明月来到内宅,见下面屋中有灯光,打算要到院中偷听偷听。往下一跳,不料却被串地锦把脚套住,一抬脚铃铛就响,用手去摘,连手也套住了。自己一愣,四外铃铛齐响。周百灵立刻吩咐众家人把他捆上。

周百灵来到上房,叫家人把拿住的人带上来,一抬头看见邱明月年有半百,背插单刀,面皮微紫,雄眉阔目,海下一部黑胡须。周百灵说:"你是何人,来此何干?"邱明月说:"你要问,你家义士老爷姓邱,名叫明月,乃大同府元豹山人氏。我在朝廷并不做官,现随我父亲帮助彭大人西下查办,知道你是摆木羊阵的贼党,特意前来拿你。"周百灵说:"原来如此。"吩咐推出去杀了,从今以后,拿住奸细休留活口。吴占鳌从外面进来,周百灵又吩咐把邱明月推出去杀了。手下家人立即往外就推。吴占鳌点头答应,自己心里想道:"这倒作了难了,我已向邓恩公说得明白,十日之内不可来人,今天我要把他杀了,对不起邓恩公,若不杀他,姊丈决不答应。"他把邱明月带上,家人跟随着来到自己屋中,又吩咐家人:"你们先在外面少待,我要审问审问他。"便把邱明月带进屋中说:"朋友贵姓?是何人派你前来?这里头的情由你可知道?"邱明月心想,自己反正是死,就破口大骂起来。吴占鳌说:"朋友别骂,我可是好意。"邱明月说:"你有什么好意?说给我听听。"吴占鳌瞧瞧屋中没有外人,就把邓飞雄的事从头至尾一说。邱明月说:"原来如此,我是前来探访被拿的几位的消息,邓爷尚未回去,道路之上我也没碰见,我是一概不知。"吴占鳌说:"我把你救了,你赶紧回去,见了邓爷,就提说我姓吴名占鳌,十日之内,我必到公馆前去送信。"邱明月说:"我谢谢你吧。"吴占鳌把绳扣解开,邱明月说:"我这就告辞,见了邓爷说明,改日再谢。"

吴占鳌回去,过来一个家人说:"庄主叫你别杀拿住的这个人了,带上去有话问他。"吴占鳌一听,就知道这件事不好,必是有人泄了机,自己只得来里面见周百灵。吴占鳌说:"人已然杀了,姊丈为何不早叫人给我送信。"周百灵说:"既然杀了,把人头拿来我看。"吴占鳌出来,工夫不大,又回去说:"方才他们把死尸扔在山涧内,被狼拖去了。"周百灵哈哈大笑："贤弟！你焉能瞒得过我。方才占得一课，已知你把官军营的人放了。我看你这几天心神恍惚，必然是勾串了官军营的奸细，要谋害于我。"立刻吩咐手下人把吴占鳌绑了。两旁家丁过来，就把吴占鳌绑了起来。周百灵说："我既为宰相，执掌生杀之权，今天要按王法治你。"正说着话，外面吴占元、吴占魁进来，伸手拉刀说："好一个周百灵，胆敢杀我兄长，我们先把你杀了吧。"两个人就要拉刀，打算来杀周百灵。周百灵一瞧，这个事情不大好弄，知道他兄弟两个是浑人，有心处治他们，又碍着骨肉至亲，便说："你两个不必犯浑，你哥哥皆因身犯王法，私通奸细，你两个不知者不罪，我若不念亲情，就要结果你两个人的性命！"两个人只气得哇呀呀乱叫，抢刀过去，照周百灵就砍。周百灵拉出宝剑，也动了气，家人赶紧到后面前去送信。

那吴氏一听丈夫与兄弟翻了脸，有心出去解脱，但既不能说服丈夫，又不能得罪兄弟，自己心肠一窄，便悬梁自尽了。家人出来一报，周百灵听了，一剑就把吴占鳌结果了性命。吴占元、吴占魁两个人一瞧就急了，摆刀要跟周百灵拼命。周百灵一想，好好一家人闹得七零八落，自己一顿足，蹿上房去，径自走了。

吴占元、吴占魁抬了两口棺材，将哥哥姊姊成殓，要请高僧高道超度阴灵。无奈这个地方没有和尚，弟兄二人这才奔山神庙来请老道。一见高志广、张文彩，吴占魁弟兄就放声大哭。李老道一见，大吃一惊道："二人所因何故？"吴占魁就把周百灵杀了他哥哥之事从头至尾一说。张文彩、高志广一听，甚为可惨，说："我二人先给你兄弟办理白事吧！"便让老道给请几位僧道来念念经。高志广又说："二位贤弟，今后打算怎么办？"吴占魁说："我弟兄办完白事，先到官军营去找邓爷，将前事说明，然后再拿周百灵，替我姊姊兄长报仇。"张文彩说："既然周百灵走了，他家中的东西，你二人可知道？他摆的木羊阵，莫非没有阵图么？"这句话提醒了吴占魁，便说："你二位跟我回去，现有阵图。"张文彩一听甚为喜悦，就要跟吴占魁去拿阵图。未知后事如何，且看下回分解。

第三○九回

周百灵勾串起兵端　金景龙计设忠臣会

话说吴占魁兄弟，带领高志广、张文彩和两个小童，回至八卦山，来到了藏书楼。这个地方，乃是周百灵藏书之处，这院子哪里有削器，哪里有埋伏，他弟兄都知道。进了藏书楼，各处一找，却不见阵图。吴占元说："怪呀！当初他这里是有阵图，莫非被他拿走了，还是挪了地方？"找遍了都没有，说："得，不用找了，咱们先把家中的东西一概封了，派家人看守起来。"将家中诸事办理清楚，这才同张文彩、高志广起身，奔西洋山官军营而来。

原来邓飞雄自那日带领众人回来，便将他在八卦山被擒，遇见吴占鳌之事如此如彼一说。马玉龙说："既然如是，就专候吴占鳌的信吧，现在张文彩、高志广二人去了，尚未见回来。"金眼雕说："邱明月也去了多时，邓爷在路上可曾碰见？"邓爷说："并没有碰见邱爷，我已然应允十天之内不再去人，只等吴占鳌劝说周百灵归降，听他的回信。"这天，邱明月回来说："我已然被擒，依着周百灵就要杀我，是吴占鳌放我回来，叫我嘱咐邓爷千万在十天之内，不必派人前去，容他慢慢劝姊丈回心，或是盗来木羊阵图。"众人说："好，有这个机会甚好。"马玉龙说："如能劝周百灵归降，总以不伤和气为是。他家中尚且这样险要，何况木羊阵！"过了数日，又有人禀报，现有张文彩等人回营。马玉龙吩咐有请，张文彩便同着吴占魁、吴占元从外面进来见马玉龙。邓飞雄赶过去说："你兄长来了没有？"一听邓飞雄问起，兄弟两个不由落下泪来，就把放走邱明月，与周百灵翻脸，兄长被杀，姊姊自尽的话如此如彼一说。邓飞雄众人一听，全都一愣。吴占魁说："现在周百灵已经逃走，我等到藏书楼去找木羊阵阵图，也踪迹不见。我们把姊姊、兄长葬埋了，将家中事情交与家人看守，我弟兄这才来找恩公，大家商议。"邓飞雄说："你姊丈素常上哪里去？你二人可知道。"吴占魁说："他这一走，不是上贺兰山投奔白天王，就是到金家坨去找金氏三杰，他们是结拜的弟兄。再说那里有一个人，叫简寿童，与他是结拜的兄弟,此人当初在白粮帮上当船头。"众人一听,说:"那三个人是做什么的?"吴占魁说:"他们不属十路天王所管,在家里有十五万兵,这三个人每人手下各带五万人。西海岸那地方是一片沙冈,可是却出产金沙、宝石,各样皮货,山上果木和海里的鱼虾都归他掌税,方圆管一千二百里,三面是海,非有船不能进去。那里面地势甚为险固,他要投奔到了那里,还真不易拿他。"马玉龙说:"好办,我去见中堂大人,给他走一套文书,跟他要这个人。"大众说:"也好,咱们就此起身,去见中堂大人。"马玉龙便吩咐拔营起身。高志广、张文彩二人说:"我们乃世外闲散之人,不为名利,就此告辞。"马玉龙也不相留,二人走后,这才督队进了嘉峪关,把队伍扎在城外。

马玉龙同着纪有德来见钦差大人。大人就问:"你等办理木羊阵的事,怎么样了?"马玉龙就把所办的事如此如彼一一回禀钦差。大人说:"这件事该当怎么办呢?"马玉龙说:"大人请发一封文书,跟金家坨要这个周百灵。"钦差大人立刻派幕府师爷办文书给金氏三杰。那金氏弟兄,大爷叫金景龙,二爷叫金景虎,三爷叫金景豹,大人发去文书,打算叫他们归顺官军。这里把文书办理好,便派差官前去投文,大人在公馆静候佳音。

过了二十余日,才见差官同着一个番官回来见钦差大人。大人问那差官去到那里是怎么一段情节?差官回禀说:"那里在海涛当中,见了金氏弟兄,他等以客礼相待,留我住了一天。他们议论好了,打发一个差官带着降书降表来见大人。"彭钦差立刻吩咐请番官上来。大众一看这个番官的打扮,头戴着乌纱帽,身穿大红蟒袍,玉带官靴,年有四十以外,面如冠玉。番官走上一看,中堂大人升座的威风不小,左边是金眼雕、伍氏三雄等,右边是刘云、邓飞雄等,老少英雄四十余位在两旁一站,真是虎视眈眈。番官上来,给中堂施礼。大人问道:"你叫什么名字?"番官说:"关外小臣叫阿里丹,奉我金家坨金景龙大将军之命,来见大钦差。现在文书一角,书信一封,请钦差观看。我家大将军请大人赴忠臣沙滩会,要把西五路天王、东五路天王约上,在酒席筵前讲和,那木羊阵亦不必打了。不知钦差尊意若何?钦差如肯前去赴会,祈赏赐一封文书,我家大将军好摆队伍前来迎接。"大人吩咐赏赐一桌酒席,叫手下人陪他下去吃酒。

大人退座,叫马玉龙来到自己卧室。马玉龙说:"大人唤我,有何见谕?"大人说:"你看此事如何办理?既是那里请我,我乃朝廷钦差,如若不去,岂不叫他藐视我行辕无人。"马玉龙说:"大人所说甚是有理。但有一件,自古宴无好宴,会无好会,金景龙之辈反复无常,大人此去倘稍有疏失,我等担当不起,大人还是不去的为是。"彭大人说:"你把众人都唤进来,大家公同商议。"马玉龙出来,又把众侠义请了进去。大人把这件事向众人说了,众人有说去的好,也有说不去的好,议论纷纷。追风侠万里老刘云说:"大人,这件事既是那边约请,大人如说不去,他必说我无有能人。大人此去,可叫副将马大人保护,调总镇徐大人督领亲兵大队,在嘉峪关住扎,听候大人赴忠臣会的消息。"大人随即吩咐马玉龙,要他将自己那五百子弟兵,连李福长、李福有的二百兵丁,一共七百人,务须调齐。马玉龙说:"大人要去,他约定的日子是十五,今天已是初八,可改为二十日赴会。"大人说:"好,你等陪番官阿里丹去吧,给预备上等的酒席,我明天还要见他。"

众人次日把番官带上来,大人说:"阿里丹!你回去说,本月二十日正午的时候,我必到会。"阿里丹说:"给钦差行礼,是日祈望大人虎驾及早光临。我家大将军已把十路天王顺说好了,必将降书降表修齐,愿年年来朝,岁岁称臣。"大人赏了五十两银子,番官告辞,众人送出了公馆。

大人这才专折奏明圣上,本月二十要与番主合约,去赴忠臣会。接着将宁夏省兵丁调齐,在嘉峪关驻扎;又将陕甘固原提督高通海调来,叫他带兵巡哨,倘合约不成,以备开兵打仗。这里都预备好了,叫众侠义都在大营听信。马玉龙暗带宝剑,身披麒麟宝铠,保护大人前去。追风侠刘云、独行侠邓飞雄带七百子弟兵跟随大人赴西海金家坨。又派碧眼金蝉石铸、追云太保魏国安、神行太保姚广寿、神拳太保曾天寿四个人来回探事报信,跟随在刘云队内。是日,马玉龙就带孙宝元、铁娃将姚猛两个人,跟随钦差大人起身。刘云等带兵护送,来到嘉峪关,又有高通海摆出二十里路队迎接。中堂大人看了一看,队伍甚齐,叫高通海给报信人预备四匹快马,这才出了嘉峪关。此去金家坨共有四站地,得走四天。这日大人正往前走,只见对面号炮冲天,旗幡招展。不知这次赴会吉凶如何,且看下回分解。

第三一〇回

差番官约请彭中堂　带侠义赴会金家坨

话说彭大人正往前走，忽听对面炮声连天，抬头一看，只见对面旌旗招展，人声呐喊，摆出的路队旗分五色，有蜈蚣幡，皂雕幡，北斗七星幡，珍珠八宝篆云幡，马队当中才是步队。这些番兵都用红绸子包头，每人一身青，短打扮，快靴子，一个个长枪大刀，短剑阔斧，都顺立着兵刃，真是齐齐整整。带队的两员大将，一个骑着白毛骆驼，一个骑着白毛牛，他们是大元帅白得海、副元帅黑天雄，带着二十四员偏裨牙将，五万番兵，前来迎接钦差。到了彭大人跟前，两员裨将下马说："钦差驾到，我等接待来迟。今奉我家坨主之命，所有赴忠臣会的人，都不许带兵马进此白狼山，东五路天王，西五路天王和大钦差一概如此。"大人吩咐，即把队伍扎在此地。追风侠刘云带着刘天雄，邓飞雄带着吴占魁弟兄和七百子弟兵，把队伍扎下，就在这里听候消息。铁娃将姚猛、混海金鳌孙宝元，随同副将马玉龙保护钦差大人。

白得海、黑天雄往两旁一闪，钦差大人来到坨口，一看黑糊糊的一片汪洋，水色发黑，内有一千八百只战船，各插旌旗。这里早预备下一只大虎头舟，战船上面有大钦差的黄旗，马玉龙穿好麒麟宝铠，怀抱湛卢剑，混海金鳌孙宝元持降魔杵，铁娃将姚猛抱铁娃，各在大人背后一站。众番兵一看甚是威严，不亚天神下降。随着这大战船往西飘荡，约走了二十余里，见山口外战船一字排开，头前一只虎头舟，上面有一杆珍珠篆云幡，写着"金枪白天王"。第二只船是邓福伯，第三只船是孟德海，第四只船是万延龄，第五只船是丁三郎。这五路天王在船上行礼，只称迎接钦差。这五路天王身后，有一只斗方船，头前有三只大战船，都在西边排班，带领着四五百只战船。北边的大船上有一杆七星旗，下面之人，是此方的异样打扮。当中船上立定一人，身高九尺，面似乌金纸，海下一部钢须，头戴青铜檐狮子盔，身穿青铜连环甲，背后插着四杆护背旗，上插雉尾，下边搭用一对狐裘。身旁两人，头戴粉绫缎扎巾，银抹额，二龙斗宝的一对蓝绒球，各穿着一件粉绫缎的征袍,前后心半副掩心甲,面如白玉,粗眉大眼,四字方海口,背后四杆粉绫缎护背旗。每人身后八员偏将牙将,都是将巾折袖,鸾带扎腰,足穿薄底快靴子,身佩太平刀。当中的这个正是金景龙,北边是金景虎,南边是金景豹。金景龙擅使八卦乾坤掌,金景虎使五行烟火棍,金景豹使自行火龙镖。如在两军阵前打仗,一摆棍,那五行烟火棍会冒出五色烟,敌人闻见就立刻躺下。他弟兄三个在金家坨飞龙坞,自称飞龙一大王、二大王、三大王。

且说周百灵前者闹了个家破人亡,便逃至这里。他在这里有一个拜弟,叫简寿童,绰号人称翻江海马。周百灵一见简寿童就说:"兄弟,了不得啦!我已一无所有,连家都没了!"简寿童说:"兄长!是怎么一段事?"周百灵说:"内弟吴占鳌私通官军营,我把拿住的几个奸细教他看守,都被他私自给放了。我一威喝,他弟兄便跟我翻脸,两个动手,我妻子悬梁自尽,我只得逃了出来。我内弟已归官军营,他要把我拿去,好破木羊阵。我既摆了此阵,焉能够反复无常?我今来此,找贤弟给我报仇!"简寿童说:"我带你见见坨主去。"简寿童往里去一说,金景龙听见拜兄弟来了,赶紧亲身率众迎接出来。金景龙说:"兄长久违,一向可好?"弟兄三个双膝跪地行礼。周百灵说:"愚兄有不白之冤,要请贤弟给我报仇。"金景龙说:"兄长请放心,小弟现在兵权在手,要报何仇,易如反掌。"周百灵说:"三位贤弟念结义之情,给我报仇,我感恩不浅。"金景龙说:"兄长请里面坐,你我细谈,从长计议。"

周百灵来到帅府公厅,一看有五百家将佩刀挂剑,分在两旁侍立。周百灵落座,家人摆上茶来。周百灵说:"三位贤弟!可曾知道贺兰山与官军营的事?"金景龙说:"听说现在彭大人要破兄长摆的木羊阵,小弟我这里虽与官军素无冤仇,既是兄长受了欺辱,小弟必与兄长报仇。"周百灵说:"我所恨者,就是赃官彭朋。他不去打阵,却派人来搅扰我的家宅,勾串我的内弟,闹的我家破人亡。"又从头至尾把家中之事述说了一遍。金氏弟兄说:"既然如是,我弟兄商量个主意,必给兄长报仇。"简寿童说:"我有一条妙计,可以给兄长报仇。"他接着洋洋得意地说道:"此事极容易,坨主可以用请帖将彭大人请来,就说立忠臣会,不叫他带兵马,只带跟随的人。在酒席前,可叫周大兄见他,要是说翻了,先把彭中堂拿住做押帐,会合各路人马,再跟官军要嘉峪关,还有宁夏府一带地方。如官军交出地方,可把彭中堂放回;如若不然,就把他杀了。一来给周兄长报仇,二来坨主也做一惊天动地之事,从此威镇八方,没人敢惹。这个主意,兄长想想可好?"金氏弟兄一听,倒是一件乐事。简寿童又说:"你老人家要愿意,就赶紧下书请人。"金景龙说:"好。"即派人写信,邀请各路天王前来赴会。

　这天接到彭中堂一套文书,来要周百灵。金景龙就此派阿里丹去请大人来赴忠臣会。是日,东五路天王先到,见着周百灵,便问金氏兄弟:"请我等来此赴会,所因何故?"金景龙说:"就为给我周兄长报仇。"白天王说:"这可不是闹着玩的,官军也不能善罢甘休。"金氏弟兄说:"众位天王请放宽心,兵来将挡,水来土掩,无论千军万马,有我兄弟迎敌。"这五路天王一听,也有意要跟官军打仗,便说:"外面摆下天罗地网,候彭中堂来时,将他拿下。"正说着话,有人来报,西五路天王齐到。金家弟兄立刻率众迎接出来,一瞧西五路天王各带兵船一百只和手下战将一齐来到。这西五路天王,头一位叫冯金龙、二天王叫霍四虎,三天王叫杨得山,四天王叫马得安,五天王叫沙鸿天,各带四员战将,每人兵船上有一位元帅。金景龙说:"今天我约请各位天王,非为别故,只求助我一臂之力。"西五路天王说:"好! 你我俱要唇齿相依。"众天王来到里面,大摆筵宴,静候明天彭中堂来到。

　次日,有探子来报,彭中堂调陕甘人马驻扎在嘉峪关,现有固原提督高通海、督带马步军队听候打仗。保彭中堂来的不到一千人,亲随就是忠义侠马玉龙,还有一个姓孙的,一个姓姚的。金景龙吩咐摆路队迎接。彭中堂一看那番军的势派不小,马玉龙心中也有些胆战心惊。彭中堂这次赴会,不知吉凶如何,且看下回分解。

第三一一回

设伏险有意害钦差　闯重围舍命救中堂

话说彭大人来到金家坨，金景龙说："中堂大人虎驾光临，我等未曾远迎，多有得罪。"大人船只靠岸，一看这个地方，三面是水，一面是山。这里早已备马，钦差大人上了坐骑，孙宝元牵马，姚猛后面跟随，马玉龙身旁保护。只见众天王一个个佩刀挂剑，再向正北一看，旌旗招展，这座大山就是飞龙岛，岛上有一带房屋，就在那上面摆设了忠臣会。彭中堂这一次来，已把心横下了，即便是死在这里，也算是为国尽忠，答报了皇家的俸禄之恩。

马玉龙跟随到里面一看，是正北大厅十间，东西各有配房。东边有一张桌子，是给彭中堂预备的。西边是十路天王。金氏弟兄在当中落座。姚猛、孙宝元站在大人背后，马玉龙也在一旁伺候。金景龙说："大人！今天我约请大人，非为别故，只因大人发来文书，要我拜兄周百灵，他本在东路天王白、万、孟、邓、丁那里佩丞相印，再说我这兄长，跟官军也无冤无仇。既是说明破了木羊阵，众天王就甘拜下风，如今不打木羊阵，却派人去搅闹八卦山周家寨，这就是大人不通情理。"彭大人说："你等只知其一，不知其二。前者我奉旨前来，巡抚此方，皆因你等扰闹地面，百姓不能安居。我来合约，白天王摆下木羊阵，言定在百日内破了此阵，他们愿年年来朝，岁岁称臣。我派属员前来打阵，他就不该拦挡，凭我派人来打。可是他却暗使闪电神萧静，劫杀官军的兵马，因此我才派人前去拿周百灵。今天我来，非为别故，也为周百灵而来。"金景龙说："周百灵就在我这里，跟我是八拜之交的兄弟，木羊阵也是他摆的。你等若有能人把木羊阵打破，我等情愿服输；如打不了木羊阵，便把嘉峪关宁夏府让与我等。"金景龙这句话尚未说全，马玉龙说："呔！金景龙休得出此狂言大语，你派番官阿里丹把中堂大人请来，究竟是何用意？你便预备虎穴龙潭，我等也敢前来。要论理，是你等大大不是。头一件，白起戈之女白凤英，把我巡抚大人之子背走，时常还去搅闹，已然被我们拿住。中堂大人有好生之德,不加害于她,反以客礼相待,释放回去。白起戈不知事务,纵使他女儿如此搅闹;你等又私贩牛马,不服税务,还收留奉旨严拿的钦犯,隐匿拒不交出。现在你把周百灵献了出来,黎民免遭涂炭之苦,百姓免受刀兵之灾。你这里无非小小一座海岛,天朝尚不知有你这人。"金景龙一闻此言,气往上冲说:"你是何等人,胆敢欺我太甚! 天朝既不知有我,今天你等就休想出我这飞龙岛。"立刻吩咐快把这几个人绑起来,作为押帐,非把嘉峪关让了出来,才放他等回去,如若不然,想走势比登天还难。

说着话,有十路天王,连金氏三杰手下的百余员将官,都各自亮出兵刃。马玉龙一见事情不好,伸手拉出湛卢剑来,就听外面号炮一响,杀声震地,借着山音水势,听得很远。马玉龙赶紧背起中堂,吩咐姚猛摆铁娃敌挡群贼,又吩咐孙宝元摆手中降魔宝杵,赶紧凫水出去调兵,说着往外就闯。外面大厅早有简寿童带着二十八员战将,内有萨里金花、金眼大魔、银眼大魔,各摆兵刃挡住去路,一声呐喊,说:"小辈慢走。"幸喜孙宝元有松香马牙沙子护身,善避刀枪,手中的降魔宝杵,真有神出鬼没之能,方把这些战将打得七零八落,闯出了重围。

刚到山坡,又有冯金龙手下的元帅萨里吉,把手中磨扇板门刀一顺,带着手下三千短刀飞腿藤牌军和八员偏将,各执兵刃,齐声呐喊:"奸细慢走!"孙宝元并不答话,扑奔上去,一降魔杵打在萨里吉的脊背,贼人拨头就跑。孙宝元闯到海岸,见战船上金鼓大作,有霍天王手下的镇海都督龙士凯,带着战船五百只,能征惯战的水军无数,齐声呐喊:"奸细哪里走!"孙宝元扑通跳下水去,龙士凯一响诸葛鼓,就有五百水兵下水追赶。幸亏孙宝元水姓极好,不到一个时辰,已凫水到了东岸。把守东岸的是杨天王的殿下杨金荣,带领一队战船,军卒无数。杨金荣手使三股叉,照孙宝元就刺。那孙宝元不愿动手,回头一看,马玉龙、姚猛、钦差大人均未出来,自己拨头就跑。正往前走,见对面过来了探马,正是飞行太保姚广寿、追云太保魏国安。姚广寿说:"怎么样?"孙宝元说:"了不得了! 番军定的绝户计,把大人困在里面,连马大人都不知死活,我是闯出重围来的,急速叫接应队快来!"

姚广寿回头便走,不远就见石铸和曾天寿来到。二人一听把大人困在里面,大吃一惊,立刻叫飞行太保姚广寿去给固原提督高通海送信,叫他前来,他水路还能行。又叫曾天寿赶紧去给将军和巡抚送信,急调大队兵马来攻打金家坨。石铸说："我同魏大哥赶紧下水,前往金家坨。"这时追风侠刘云、刘天雄、独行侠邓飞雄、吴占魁、吴占元已带兵七百赶到。一见西海岸号炮惊天,刘云说："怎样?"石铸说："十路反王把钦差大人、马大人困在金家坨了。咱们没有战船,如何是好?"邓飞雄说："现在就是龙山这二百兵会水。"石铸说："可交我二人带着快去。"龙山的这二百兵,听说马玉龙被困,眼都红了,立刻要跟石铸、魏国安径奔金家坨,去搭救钦差大人和马玉龙。石铸叫孙宝元领路往里边杀去,留这五百名兵丁在此少待。吴占魁、吴占元二人说："我们抢船去。"邓飞雄说："好。"

正说着话,见孙宝元、石铸带二百兵下水,有杨金荣带队挡住去路。这二百人一阵竹炮,就把贼兵打死不少,抢过来二百多只战船。刘云带二百兵上船,往里奔去,只见对面号炮惊天,船只荡漾,龙士凯将兵船一字儿排开,把手中的象鼻钩镰古月刀一顺,大声喊叫："来的人马听真,今有镇海都督龙士凯在此。"邓飞雄把红毛宝刀一顺,站在船头,见这员番将紫微微的脸膛,粗眉大眼,甚是凶恶。后面二十多员偏将,个个红巾缠头,头戴分水鱼皮帽,一身鱼皮衣,相貌也凶恶之极。邓飞雄一声喊嚷,说："呔!尔就是金景龙吗?"这人说："非也,我乃霍天王手下的镇海都督龙士凯,奉天王之命,在此劫杀彭中堂的人马,尔是何人?"邓飞雄说："我乃千里独行侠邓飞雄是也。"龙士凯举手中刀就砍,邓飞雄用红毛刀往上一迎,只听呛啷一响,便将贼人刀头削落,吓的贼人胆战心惊,刚往回一撒身,吴占魁抖手一镖,正打中贼人肩头。邓飞雄带这二百人往上一攻,一阵鸟枪,把贼兵打得七零八落,带伤的不少,死者无数。邓飞雄带兵闯进重围,到了北岸,就见山上火起。

书中交代:这条计是周百灵所出,他要将彭中堂烧死在内,剪草除根,省得萌芽复起,金景龙故此将这所房子用干柴堆上。那时说翻了,孙宝元杀出,马玉龙背起大人,带姚猛往外就闯。简寿童故意放姚猛逃出,就四处把火点起来,贼兵从外面一堵,马玉龙同钦差大人要想逃命,势比登天还难!不知后事如何,且看下回分解。

第三一二回

白玉仙一箭救侠义　逍遥鬼山寨报军情

　　话说金景龙放火,吩咐要把彭大人和马玉龙烧死在里面。马玉龙一见火起,火鸽子、火龙、火马、火蛇乱串,只听得外面杀声震地,金鼓喧天。自己无奈,背着大人蹿出墙去,见东西南北四面俱都有兵,就正北是荒山野岭。马玉龙便背着大人往北逃走。钦差大人见事到如今,说:"马玉龙,你逃你的命吧!我这样年岁,就死在这里,也算是为国尽忠了!你赶紧闯出重围,去见巡抚喜大人,调兵前来剿贼,我虽死了,也落得个流芳千古。"马玉龙说:"大人请放宽心,吉人自有天相。"背着大人往北走去,回头一看,见火场东西两边旌旗招展,金景龙手使八卦乾坤掌,金景虎手拿五行烟火棍,各率爬山的飞腿藤牌军追赶下来。马玉龙顾不得交手,只管往北而逃。这一带尽是荒山野岭,东边是直竖的山峰,正北是一道涧沟,宽有四丈,背着人蹿不过去,心中甚为着急。后面追兵已相离不远,只有半里之遥,要是追上,定然是凶多吉少。

　　正在危急之际,只见对面站定一人,约有十八九岁,面如少女,看打扮是番军的模样,手拿一张弓和几枝箭。这人由怀中掏出一根绒绳,拴在箭枝上,见这南岸有两棵树,就一箭带绳射到树上。这人一声喊嚷,说:"马大人!你要会草上飞的功夫,可快过来,把绒绳拴在树上。"马玉龙一听这人是北京的口音,此时也顾不上问他,就说:"你既来救我,快把绒绳拴好!"那人就把绳子拴在北岸的松树上。马玉龙这边也把绒绳拴紧,他练过这功夫,名叫草上飞,说:"今天就此一举,若能闯过去,就可以逃命,如过不去,追兵一到就完了!"说着背起大人,脚蹬绒绳,提着气,施展草上飞的功夫,刚到当中,金景龙的追兵就到了。金景龙吩咐:"孩儿们!用刀把绳割断,将他两人摔到山涧,摔一个肉泥烂酱。"众兵刚拉出兵刃,马玉龙已到了北岸。金景龙一看已然过去,也想由绒绳上过去追赶。马玉龙急忙用宝剑将绒绳割断。金景龙这边的兵将,眼看着不得过去。

　　马玉龙说:"多蒙兄台搭救。"就要行礼。这人说:"马大人!此地不是讲话之所,跟我到家中一叙。"这人前头带路,马玉龙背着大人跟随,转过两个山弯,一看在半山腰中的平地上,有一所石头盖的房子,路北大门口有四五个家人,垂手在两旁侍立。马玉龙一看,就知道必是世外的高人。进了大门,迎面是八字影壁。转过影壁,有东西房各三间,进了二道重门,是北房明三暗五,东西配房各三间,院中有各样奇花。北上房中摆设着古董玩器,幽雅沉静,墙上是名人的书画对联。马玉龙进到屋中,把大人放下,就过去给那少年作揖。这位少年说:"马大人在此少待,我去换换衣裳。"这位刚转身出去,家人说:"我家老庄主来了。"

马玉龙抬头一看,见这人有六十以外的年纪,本地打扮,面皮微黑,浓眉阔目,海下一部花白胡须,由外面进来说:"原来是二位大人。"给钦差作了一个揖,又向马玉龙抱了抱拳,说:"尚未领教尊姓?"马玉龙:"我是满洲旗人,原在北京安定门住家,姓马名玉龙。"老丈说:"有一位忠义侠马大人,就是尊驾么?"马玉龙说:"岂敢。"老丈说:"已知贵处,敢问大人际遇如何?"马玉龙说:"自幼巧遇恩师学艺,后来因路见不平,打伤人命,由刑部越狱逃出。多蒙钦差大人栽培,现在已保授三品副将。"老丈说:"是了,大人请坐。"叫家人倒茶上来。马玉龙说:"今天我同钦差大人逃难,误入宝山,尚未领教老丈尊姓大名,"老丈说:"在下姓景名叫万春。大人赴忠臣会大概没吃饱吧,我这里备有粗肴,请大人赏脸。"马玉龙说:"景老丈!贵处原是哪里?"景万春说:"我本是中原之人,因事逃难流落在此。适才救了大人的那人,她也不是外人。我跟马大人商量一件事,不知大人意下如何?"马玉龙说:"老丈要有用我之处,万死不辞。"景万春说:"我并非求大人鼎力,我只问一件事,不知大人可曾订下亲事?"马玉龙说:"我实不敢隐瞒,我原配是父母主婚的关氏,次妻是闹海蛟余化龙之女余金凤。那关氏在避难之时,有一个干姊妹刘玉瓶,是我岳父刘云许配给我,现今我已有三房妻子。"景万春说:"实不相瞒,方才那位少年,乃是我的外甥女,名叫白玉仙。这事大人不便推脱,理应报答大人之恩。前番大人解反叛进京时,在东单牌楼三条胡同曾救过她的命。我是她娘舅,幼年间到处访问高人,平生专好击剑。我到京都住着,传授了我外甥女一身功夫。因她父母双亡,这才带到我家来,日夜传她武艺。平常外人并不知她是女子,只知道是我的义子。老汉受过异人传授,善知卦爻,今天一摆卦盘,就知道是中堂有难,故此我叫外甥女前去,将大人迎接到这里来。"马玉龙说："老丈,这里可有路通往外边? 我同大人不能在此久待,恐怕金景龙等知道,必然带兵前来,那时就难逃走。"景万春说："我想此时各处咽喉要路,金景龙必定派兵把守,也难以逃走,大人莫如暂在我这里隐避两天。"马玉龙说："大人要不回去,只恐诸位战将必跟贼人一死相拼,总是中堂回去为是。"景万春说："大人要闯不过去,反倒不便。中堂大人可先用饭,我把外甥女给了马大人,做侍妾也可,做侧室也可,大人应允了这件事,我老汉愿前去调兵。现有两个徒弟,我已派他等出去探访,回来便知分晓。"

正说着话,只见从天井外进来了两个人。马玉龙一看,这两人身高都不过五尺,一个面如紫玉,约二十五六岁,后面那人面皮微黄,细眉大眼,俊品人物。景万春一见两个徒弟进来,用手一指,说："你两个过来见见,这是钦差彭中堂,这是忠义侠马大人。"两个人过来磕头。景万春一指这个紫黑脸的说："这是我大徒弟陆英,人称逍遥鬼。那边是我二徒弟,叫自在仙陆杰。他两个是亲弟兄,跟我学了一身武艺,脚程甚快。你两个去外面探访事件,怎么样了?"陆英说："我二人奉你老人家之命,出了大荒山,过了鹅头峰,只见旗幡招展,官军营的兵正跟番兵交战。官兵甚勇,带队的是固原提督高源,开路先锋是镔铁塔常继祖,正跟沙洪天和马得安的两路人马打仗。水路是霍四虎和杨得山的两路人马,跟碧眼金蝉石铸、追云太保魏国安、铁娃将姚猛、混海金鳌孙宝元等人杀得难解难分。现在金景龙、金景虎正往这边来寻找大人的下落,还怕他来此围困咱们这座山,师父你老人家要早作准备。"景万春一听,心中一动,说："马大人! 我料想金氏弟兄必要来此巡查,他要来就不善。"马玉龙说："即烦二位壮士一行,再去探探。但贼人来时,我虽能战,只是双拳难敌四手,这便如何是好!"景万春说："马大人要允了这件亲事,我自有避兵之法,大人但请放心。"马玉龙说："现在两下交兵,吉凶难定,如能逃出龙潭虎穴,必来迎请小姐过门。既蒙你老人家厚爱,我先谢过。"正说之间,外面号炮惊天,兵马已把四面围住。不知后事如何,且看下回分解。

第三一三回

陆氏昆仲死战场　忠义侠客闯贼队

话说马玉龙同钦差大人，正在九阳山景万春家中避难，忽听陆英进来禀报："现有金景龙、金景虎、金景豹弟兄三人，带兵将山路守住，要搜查中堂和马大人的下落。如有人将中堂和马大人献出，赏黄金一万两，官封千户侯。"马玉龙一听，说："景老丈！赶紧派令徒给我去调兵要紧。"

书中交代：金景龙、金景虎、金景豹兄弟三个带兵放起火来，见马玉龙背着中堂逃出火场，随后就追。马玉龙虎过涧沟，金景龙一瞧就知不好，即至回去一问："使铁娃的那人可曾拿住？"简寿童说："已然闯出重围，跳下水去，被官军营接应的水兵救走了。"金景龙赶紧吩咐乘坐浪里钻的小船，奔后山东北海岸。此时就是白起戈、孟德海、万延龄这三路天王没有动手，传令带着自己的兵船，回归贺兰山汛地扎营，并不帮助金家坨开兵打仗，径自去了。这西海岸就只留下西五路天王的人马。金氏弟兄带着兵船，径奔东北海岸，传令各村庄的住户，不准放官军营的人逃走。各路俱有兵堵住，搜来搜去，来到九阳山，就把山围了。

马玉龙此时一想，要被搜了出去，反倒不好，这才说道："景老丈！你老人家真要助一臂之力，把中堂交给你，你我到外面会会金氏弟兄，看他有多大能为。"景万春说："依我之见，他不到我宅中来搜，大人就不便出去，他如来搜时，将大门关好，等待救兵。大人虽有能为，无奈一人难敌四手，就是他伸过脑袋来叫大人杀，大人也杀累了。"马玉龙一听此话，甚为有理。逍遥鬼陆英说："既然如是，我就去调兵。"

陆英手使单凤凰轮，有一口扑风刀，自己拿着兵刃，闯上山坡，正遇见金景龙手下的萨哩哑挡住去路，一摆手中描金幡，说："小辈哪里走？"逍遥鬼陆英说："我要出山。"萨哩哑说："现今奉庄主之命，怕隐藏的彭中堂传书寄柬，不准放人出入。你要出去，先搜搜你身上。"陆英说："小辈有多大能为，你我比并三合，你赢了我，凭你搜查。"那番将一听，气往上冲，抖五翅描金幡，照逍遥鬼陆英分心就刺。陆英往旁边一闪，左手用凤凰轮锁住描金幡，往前一进步，右手用刀就扎。萨哩哑撤不回兵刃，想撒手扔了兵刃逃命，哪里能够。陆英跟进一刀，便将贼人杀死。番兵一乱，大家往上围来，陆英一摆刀轮，闪展腾挪，施展平生所学的能为，正在杀得高兴，就听那边一声喊嚷："尔等闪开！"来者正是金景豹，手使锯翅飞镰大刀，远远望见有一小英雄锐不可当，骁勇异常，他便摆刀过来，吩咐番兵闪开："呔！小辈，你是番军打扮，为何反向外人，跟我等动手，所因何故？"陆英通了名姓，金景豹一摆刀，二人动手，走了三五个照面，金景豹往旁边一闪，手中托着一只镖，抖手一溜火光，正打在陆英的华盖穴，扑哧一下，鲜血直冒，翻身栽倒，番兵一阵乱刀，竟将陆英杀死。群贼呐喊着扑上山坡，齐声喊说搜拿。

这时马玉龙早已得信，知陆英已被番将杀死。老英雄景万春一听，气得颜色更改，说："好一个金景龙，竟把我徒儿杀死，我这老命不要，也得跟他等决一死战。"景万春进到屋中，就把刀摘了下来。马玉龙说："老英雄暂且息怒。"话犹未了，童子来报："贼兵把宅院围了，已知中堂就在这里隐藏。"少时又有人来报："陆杰探贼，被金景龙杀死在乱军之中，贼兵队里正挑着人头呐喊。"

马玉龙说："老英雄，你看着中堂大人，等我出去与贼人决一死战。"说着来到外面，一瞧贼人甚众，把宝剑一顺，只见蜈蚣幡下，正是金景豹，手拿锯翅飞镰大砍刀，耀武扬威地说："马玉龙！你今天既来到我们这里，休想逃走！"马玉龙说："你把中堂大人诓来，打算以多为胜，你家大人焉能怕你？"说着两人就交起手来，马玉龙剑法纯熟，三五个照面，便把贼人的大砍刀削为两段。贼人往旁边一闪身，一伸手掏出自行火龙镖，手中一托，照马玉龙喉嗓打去。马玉龙刚闪身躲开，第二只镖又接着打来，稍一失神，正打在前胸，幸有麒麟宝铠，又有一力混元气的功夫，那镖吧嗒一响，坠落在地。马玉龙大吃一惊。番兵往上一围，看有如兵山将海一般。马玉龙想："我就有霸王之勇，也难以杀出重围。"正在危急之际，只累得浑身是汗，遍体生津，突然见东南来了一队番兵，打着沙鸿天的旗号，为首四员大将，在八卦篆云幡之下，骑着四匹黑马，都是红绸子包头，外罩犴皮马褂，手使春秋刀一口。这是沙鸿天的四位殿下，名叫沙四龙、沙四虎、沙四彪、沙四豹。后面有大元帅宁飞扬督队乱杀，只杀得金家坨的兵将七零八落。接着又有一员大将，带着官兵杀了进来。马玉龙一看，不禁喜出望外。

　　书中交代：原来孙宝元杀出重围，正遇探事的飞行太保姚广寿、神拳太保曾天寿。二人听说中堂被困，即弃了马匹，施展平生所习的陆地飞腾之法，前去调兵。二人正往前跑，便遇到固原提督高通海带兵巡哨。高通海本来精明强干造化高，知道今天中堂赴会，筵无好筵，会无好会，就带着五千兵丁，以巡哨为名，离开了嘉峪关。他手下有副将镔铁塔常清等二十余员战将，正督队前进，前面曾天寿、姚广寿拦住队伍，说："回禀大人，大事不好，现在中堂被困在飞龙岛，有孙宝元闯出重围调兵，请大人急速督队杀贼。"高通海吩咐曾天寿等二人速去给巡抚送信，调大队接应，自己连忙挥兵前进。前部先锋常清，手中使浑铁点钢枪，正往前进，只见对面有番兵过来，打着沙鸿天的旗号，便列队等候。番兵的先锋是沙四龙弟兄四个，大元帅是宁飞扬，后面蜈蚣幡下就是沙鸿天，暗有掩心甲，足蹬牛皮靴子，骑一匹骆驼大的黄骠马，手使长柄紫金铜，面如紫玉，两道长寿眉，一双金睛，海下一部黄胡须。镔铁塔常清一见，催马闯出队伍。沙四龙刚要摆刀迎敌，就听沙天王说："且慢，对面来者可是常清？"常清抬头一看，连忙滚鞍下马，趴下叩头。

　　这天王姓沙，原本是宁夏府的人氏，他姊姊便是常清的母亲。他因为杀伤人命，逃至此处，这地方出金矿金砂，他就带着一些人挖矿。后来反了，便自立为王，占了三千里地面，威名远震！常清是在十五六岁时与他分手的，今天见打着"副将常"的旗号，沙天王赶紧就问常清来此何干？常清说："我今奉命保护中堂赴会。舅舅你老人家为何帮着金氏弟兄，作此逆理之事？"沙鸿天说："常清你起来，原是金景龙请我赴会，助他一臂之力。我带着水旱兵一万名，这是你的四个表弟。常清，依你之见，该怎样呢？"常清说："依甥男之见，母舅不要帮助他们，何不归顺朝廷，才是正道。"沙鸿天说："既然如此，我调手下的大将和兵船先去接应。"这时有探子来报说："中堂现在九阳山，被金氏弟兄所困。"沙鸿天说："既然如是，兵发九阳山，前去搭救钦差大人。"沙四龙、沙四虎、沙四彪、沙四豹过来给表兄行礼，常清说："四位兄弟起来，你我先去搭救中堂要紧。"立刻督队，杀奔九阳山而来。不知后事如何，且看下回分解。

第三一四回

沙天王甥舅相认　彭钦差率众战贼

话说常清与舅舅相认，表兄弟彼此行礼已毕，便带着二千官兵，来到九阳山前。忽听金鼓大作，有探子报道："马玉龙被重重围住。"宁飞扬传令，兜着后队，见是金家坨的兵就杀。金氏弟兄见是番兵，不加防范，焉想到出其不意，攻其不备，这一杀便把金景龙杀得七零八落。马玉龙一看来的番兵杀番兵，甚为诧异，便听沙四龙一声呐喊，说："马大人！我等前来接应你。"金景龙正在督队，有探子报道："现有西五路天王沙鸿天的兵，帮着官军，杀死我兵无数。"金景龙一听，气往上冲，吩咐把队伍列开，叫沙四龙讲话。

这时候，马玉龙见救兵到了，心中甚喜，立刻撤身上山，来到景万春家，只见老英雄手执兵刃，站在门口，眼都红了，就怕贼兵上来。白玉仙手提单刀弹弓，也在院中站定。见马玉龙来到，老英雄说："马大人，怎么样了？"马玉龙说："救兵已到，可惜老英雄两个徒儿死在乱军之中。我只要把中堂救回，必请老人家到宁夏府去纳福。"景万春说："我父女二人今后也不能在此住了，那金景龙岂肯甘休，候把贼兵杀退，我收拾收拾，即跟大人一同到宁夏府去。"马玉龙说："好，你老人家赶紧收拾，我先背中堂大人回去，少时便派人来接你老人家。"景万春说："好。"马玉龙这才来到里边，说："大人，跟我走吧。"中堂大人站起身来，马玉龙说："我来背着你老人家，外面接应的兵到了。"彭大人说："外面什么人带兵前来？"马玉龙说："凉州副将常清带兵前来，五路天王沙鸿天弃暗投明，常清与他合兵，把金景龙杀得七零八落。"彭中堂一听说："好，既然如是，咱们走。"马玉龙说："我背着你老人家。"钦差大人说："外面贼兵甚众，你背了我，能闯得出去？"马玉龙说："大人请放宽心。"说着就把钦差背了起来。景万春说："我等断后。"马玉龙说："甚好，你老人家把这处家业舍了吧！"说着话，马玉龙背起钦差大人，出了门首一看，那九阳山下真是兵山将海一般。

金景虎手拿五行烟火棍，列开队伍，指名叫沙鸿天出战。此时沙天王手下的一员大将,摆手中三股烈焰托天叉,闯出了本阵。此人身高八尺,头上包裹青绸,一身青,原来是沙天王手下的大将万俟龙,跳过去照定金景虎分心就刺。金景虎用五行烟火棍往外一摆,他使的这棍是五截,分青黄赤白黑五色,有铁环子连在一处,一摆棍,就由窟窿里冒出青黄赤白黑五色烟来。万俟龙闻到这股烟,顿觉头眩眼花,扑通翻身栽倒,被贼人一棍,打得脑浆迸裂。沙天王背后,副将万俟虎一看哥哥死了,气往上冲,摆手中浑铁棍蹿了出来,大骂道:"贼人胆敢伤我兄长,待我拿你!"摆棍搂头就打,金景虎用五行烟火棍往上一迎,又冒出五色烟来,万俟虎一闻栽倒,也被金景虎一棍打死。沙天王一瞧不好,见马玉龙背着中堂也来了,便一摆令旗,大队齐上,不与他单战,只给他以多为胜,终于往外闯出了重围。连景家父女也闯出了西海岸。常清保护着中堂大人,暂且扎营不表。

这时宁夏府的庆将军和巡抚喜大人已经带兵赶到,接着宁夏府总镇粉面金刚徐胜带兵来到,邓飞雄的水兵也来了。大家齐来给钦差大人道惊。沙鸿天单把自己的兵将扎在北边,马玉龙吩咐另给景家父女扎下一座帐篷。高通海带队收兵回来,中堂大人立刻升座中军帐,众差官老少英雄均在两旁侍立。钦差大人说:"本阁今日真是死里逃生,现在是哪路天王开兵与你等打仗?"高通海说:"回禀大人,白起戈、孟得海、万延龄三路天王没有打仗。东五路天王就是邓福伯、丁三郎亮队开兵,西五路天王冯金龙也没有亮队,沙天王帮着我们保护中堂大人,那些人都是受了周百灵的蛊惑。"正说着话,忽听号炮连天,外面有探子来报:"现在金家坨同各路番军会兵一处,在西海岸扎营,等候官军开仗。"中堂一听点点头,说:"你等先用战饭,歇息歇息。"吩咐马玉龙派差官先将景家父女送至宁夏府,到公馆安置。马玉龙立刻派人办理此事,回头又同众人相商,明天怎么破金景虎的五行烟火棍。

次日天光一亮,听外面号炮惊天,营门官禀报:"金家坨贼兵讨战。"中堂吩咐亮队。手下人即给中堂备马,钦差拿着令旗,有庆将军、高提督、徐总镇、马副将、常副将、刘副将分列中堂左右,众老少英雄均在两旁。响了三声调队炮,左右各五千马队,当中是两万步队。队伍亮开,向对面一看:当中金氏三杰,带着一万步队。左边是霍四虎、杨得山、马得安三位天王,带领手下的番将,右边是邓福伯、丁三郎两路人马。金氏弟兄个个顶盔贯甲,身背后有一个老道,正是周百灵,头戴九梁道冠,身穿蓝布道袍,青护领镶衬,白袜云鞋,骑的一匹黑牛。中堂大人一催马,传令叫金景龙前来答话,众战将就在中堂马后保护着。金景龙催马出来,有他两个兄弟在后保护。中堂道:"金景龙! 你下请帖请本部院赴会合约,却暗设诡计,打算陷害于我,但也未能将本部院害了。你本是一个无名小辈,我是慈心之人,不做灭绝之事。今天你如将周百灵绑了送出来,本阁退兵,免伤生灵。如若不然,定将尔等完全剿灭,那时悔之晚矣!"金景龙说:"好,我摆一座阵势,你如能打破了,我情愿甘拜下风,把周百灵献出来。你如胜不了我,休想叫我归降于你。"中堂一闻此言,拨马回归本队。

这时一声呐喊:"贼人休走,待我拿你。"中堂一看,乃是飞叉太保赵文升跑出本队,一摆三股烈焰托天叉,照金景龙分心就刺。金景龙方要还手,旁边金景虎一摆五行烟火棍说:"小辈休要逞强。"往下一打,由棍里就放出那五色烟来。赵文升闻见一股异香,翻身栽倒,金景虎举棍就打。不知赵文升性命如何,且看下回分解。

第三一五回
金景虎连捉四将　碧眼蝉夜探番营

　　话说赵文升栽倒战场,金景虎刚举棍要打,金景龙吩咐先绑了,番兵用钩杆子搭过去,绳缚二臂,绑进贼队。飞刀太保小孟尝段文龙,一见哥哥被贼人拿去,眼就红了,摆手中斩虎刀,跳在两军阵前,一声喊嚷:"好贼人,胆敢伤我兄长,待我拿你。"金景虎一看此人,赤红脸,身躯高大魁伟,就说:"小辈通上名来。"段文龙通了名姓,举刀就砍,金景虎往旁边一闪,段文龙抖手一刀,金景虎又闪身躲开,一磕五行烟火棍,出来青黄赤白黑五股烟,段文龙闻见一股异香,翻身栽倒,又被众番兵用挠钩搭了过去捆上。花枪太保刘得勇、花刀太保刘得猛乃是兄弟,摆兵刃一齐上来,刘得勇说:"兄弟,你我两个人出去拿他,你找他上三路,我找他下三路,叫他首尾不能相顾。"不怕千军万马,就怕二将巧商量。这两个人出去,一个用刀搂头就砍,一个照定贼人后心便刺。金景虎一看两个人一齐前来,贼人往旁边一闪,一摆五行烟火棍,使了个拨草寻蛇式,两个人闻见烟火,翻身栽倒,又被贼人绑上。彭中堂一瞧这个事情不好,赶紧吩咐鸣金撤队。大众撤了队,马玉龙心想:"这贼人的五行烟火棍甚是厉害,其中必有什么邪药。"大人升座中军帐,问众人道:"这五行烟火棍是什么缘故?"大众都说没有见过。中堂吩咐众人下去,晓谕合营诸将及营哨队官人等,如有人能破他这五行烟火棍,本阁必要保举他做官,再领黄金三千两。

　　书中交代:此时碧眼金蝉石铸心中难受,自己想:"两个内兄,连赵文升、段文龙都被人擒去了。想我遭官司时,两个内兄颇多照料,今天他二人被擒,我焉能袖手旁观? 我姓石的这条命不要了,也要到贼营探听虚实,如能得便,将我内兄等救了出来,如不能救,我就是死在番营,也对得起天地鬼神。"想罢,暗暗出了大营,顺着大路走向前去。离番营不远,只见灯笼火把齐明,来往巡更之人无数。石铸绕到北边一看,那番营俱是牛皮帐篷。石爷向各处一探听,但见也有睡着的,也有没睡的,每个帐篷是十人,正在纷纷议论打仗的事,却没有人提说拿住那几个人的话。

石铸找来找去，找到一座帐篷，见里面之人正是金景豹，已喝得醉醺醺的，刚把残席撤去，有七八个人伺候着。金景豹问道："孩儿们，外面什么时光？"手下人说："天有二鼓，要查营，可该去了。"金景豹说："哎呀！我已醉了，你等替我去吧。"手下人说："回头大王爷要问下来，拿何言答对？大王派你查营，你违误军令，我等不敢替你，你自己去吧。"金景豹一听，把桌子一拍，气得哇呀呀的直叫，说："混蛋，我哥哥还能把我怎么样，你等快与我滚出去！"众手下人都知道他一犯酒脾气，就要杀人，都跑了出来。石铸藏在帐篷后面，见金景豹趴在桌上睡着了，心想："他既然睡着，我何不进去将他捆上，扛回大营。这里不好找我内兄，也不知他们现在哪里！"想罢，轻轻跳到前面，进了帐篷，先找一根绳子，把金景豹的腿松松地系上，然后将他的佩刀摘下，把二臂一捆。贼人哇呀一声，石铸赶紧用手掩住他的嘴。他两眼瞪着，就是嚷不出来。石铸扛了起来，不敢在大道行走，尽绕着帐篷后面走。贼人虽堵着嘴，却听得见鼻子直哼哼，帐篷有人听见，待出来一瞧，石铸也走远了。

石铸扛着金景豹正往前走，就见西南上火光大作，人声呐喊："了不得了！粮台失了火，快起来呀！"石铸一想："奇怪，这又是什么人放的火？"他扛着金景豹出了番营，正往前走，只见前头一条黑影，临近一看，却是小火祖赵友义问道："是石大哥么？"石铸说："赵贤弟！你上哪里去？"赵友义说："我想赵文升二位是我把他们请出来的，今天他弟兄被获遭擒，我要不管，居心何忍？我亦未讨军令，暗中先去探听消息，如他兄弟没了命，我也不活了。我到番营一探，金景龙正在喝酒，手下爪牙甚多，我未能下手。到各处一探，见咱们的四个人还没死，现押在后帐，有四员番将和五十名番兵，点上灯笼火把守着，看的甚紧。我听金景龙说是要杀的，金景虎说这都是无名小辈，何必杀他，要把他们的人再多拿一些，彭大人必得甘拜下风，叫他把骆驼岭地方让了出来，因此才没杀，先派人看守着。我一想，我若下去也救不了他们，便使了个调虎离山之计，把粮台点着了。不料他们更鬼，金景虎吩咐不准乱动，说必是有官军营的能人前来，使的调虎离山之计。他一面派人去救火，一面严加防范，各处去搜。我怕被他们撞见，这才回来。"石铸说："咱们赶紧回去，明天在两军阵前，拿金景豹跟他走马换将，倒是极好的主意。"两个人这才绕着由旧路回到自己的帐篷。石铸将金景豹往地下一扔，派手下人看守着，自己歇了一歇，天已大亮。

此时彭中堂升座中军帐，庆将军、喜大人、高大人等及一干老少英雄都进帐参见，在两旁伺候。中堂说："昨天我手下的四个差官被贼擒去，你等谁能破那贼人的五行烟火棍？"话犹未了，石铸上来说："卑职在中堂大人台前请罪，只因昨夜卑职无令私自出营，潜入贼营，将为首之贼金景豹擒来，现在我帐篷捆着，请中堂大人示下。"彭中堂吩咐："把他给我带上来，我要讯问讯问他。"石铸立刻下去，叫人把金景豹抬到中军帐，将他口内的东西掏了出来。那贼人呕吐了半天，才换过这口气，抬头一看，见上面坐的是彭中堂。大人说："你们金氏兄弟三人，不该反复无常，言而无信，既请本部院赴会，却暗投刀兵，不想我命属于天，非你等所能暗算。"金景豹说："这件事并非我等的主意，乃周百灵之主谋。他跟我哥哥是八拜之交，皆因官军营的人上八卦山闹的他家破人亡，我兄长才要给他报仇。今天我既被你们拿来，要杀要剐，任凭你等，如不杀我，我便回去劝我哥哥罢兵息战，把拿住官军营的几个人也给放了回来。"中堂说："你说的倒也有理，无奈交兵之际，就凭你这话也难以凭信，暂且带下去吧。"

大人立刻写了一封书信，派冯元志到番营投信，如将四个人送回来，即将金景豹放回；倘不愿意交换，便立刻开仗。冯元志立时拿着书信，带着弓箭出了大营。离番营切近，一声叫喊："对面番营听真，现有中堂大人的书信，你等拿去。"说罢，一箭将书信射到番营。番兵捡了起来，即拿去回禀金景龙。金景龙展开书信一看，上面写的是：

字请飞龙岛主得知：你我交兵，原为周百灵蛊惑是非，欲报一己私仇。

昨日战将赵文升、段文龙、刘得勇、刘得猛四人被擒在帐下，料未丧生。我这里现已拿获金景豹，亦未遽杀。岛主见信，即亮队将我四将放还，我亦将金景豹送出，重整甲兵，再定胜负。专望回音。

金景龙因昨夜粮台被烧，再查三弟金景豹不见，料想必被官军营能人捉去，心中正在气恼，要跟官军决一胜负。这时见了书信，手足之情难已，便把周百灵请来说："你来看，昨天夜里有官军营能人将我粮台烧了，又把我三弟拿去。今天来了书信，要走马换将，一个换四个，甚是便宜与他，兄台你想该当如何？"周百灵眼珠一转，说："我有一计，能将三弟诓回，这四个人还不能叫他逃生。"金景龙一听，说："兄长有何妙计？请说。"周百灵不慌不忙，如此如彼一说。不知究竟是何妙计，且看下回分解。

第三一六回

通战书走马换将　摆阵势欲困英雄

话说周百灵说："贤弟，既是他来信要求走马换将，兄长可列队把这四个人带到阵前，反绑二臂，等他把三弟放回，便用自行火龙镖，一镖一个，将他四人打死，这又何难？"金景龙一听，深以为有理，即吩咐亮队，叫蓝旗给彭中堂送信，就说走马换将，回头再跟彭大人斗阵。

金景龙把队伍列开，将这四个人绑好了，叫金景虎押着。不多时，就听官军营响了三声号炮，固原提督高通海、宁夏总镇徐胜、副将马玉龙各带手下校尉，齐队列开。一看番兵旗幡招展，左边五千马队，右边五千马队，当中一万步队。正中三骑马上，北边是老道周百灵，骑着白马，当中是金景龙，南边是金景虎。中堂看了一看，旁边有高通海吩咐把金景豹绑了上来。手下人答应，即把金景豹带了上来。此时贼队也把赵文升等四个人绑了上来。高通海乃久经大敌之人，马玉龙又极其精明强干，都想到了贼人既然答应，唯恐其中有诈。马玉龙说："我送金景豹出去。"立即跳下马来，带着宝剑来至队外，说："对面番军人等听真，快把我们的人放了出来！"这时，金景龙已把自行火龙镖掏了出来，暗在手中擎着，他不敢早打，怕把他兄弟伤着。马玉龙瞧着这边的四个人，绳缚二臂正往外走。两边的人都对着往前走去，刚到两军阵前，金景豹就往贼队里跑。金景龙急捏自行火龙镖，一溜火光，真奔赵文升等四人。马玉龙看得真切，急喊说："你四人快往旁闪！"四个人急往两旁一闪，金景龙一连发出三只，幸亏都未打着。马玉龙用宝剑将四个人的绳扣挑开，回归本队。

这时金景龙把令旗一摆，布成一个阵势，这俱是周百灵出的主意。马玉龙一看是一字长蛇阵，不以为奇。金景龙说："这阵虽不足为奇，你敢带兵来打么？"马玉龙说："这又何难，要打就打。"马玉龙回归本营，打算带着二百子弟兵出去打阵。高通海说："马大人千万不可，那周百灵必有诡计。"马玉龙说："我已然应允打阵，焉有不去之理！无论他变化些什么，我都认识。"高通海说："我来给你瞭敌观阵。"邓飞雄说："我看贼人这座阵势,约有五千人众。马贤弟!你二百人太少,你把我这七百人也带了去。"马玉龙说:"也好。"马前两个童儿,是小神童胜官保、小玉虎李芳,带队的是混海金鳌孙宝元、铁娃将姚猛。

马玉龙骑着火龙驹,手拿亮金蟠龙戟,瞧见贼人的阵头在北边,阵尾在南边,一催坐下马便闯进阵头。把守阵头的,乃是金景龙手下的大将白水都督马雄,手使浑铁枪,照定马玉龙分心就刺,马玉龙用蟠龙戟相迎。阵主金景虎站在高坡,把令旗一晃,就听里面金鼓大作,已变作了兔守三窟阵。马玉龙在马上一瞧,就知道阵势已变,要按一字长蛇阵去破,就得困在阵里。马玉龙精明强干,把马一带,往南就杀,南边人越来越多,往北杀去,北边人也越来越多,再找白水都督马雄,早已踪迹不见。马玉龙辨别方向,往东南方闯去,头前有两员骁将,挡住去路,都是身高八尺,一个使青铜槊,一个使锯翅狼牙棒,年在三旬以外,名叫何成、何勇,乃是金家坨管一百只船的大头目,在阵内各守汛地。马玉龙催马过来,二人各摆兵刃,挡住去路。马玉龙刚要动手,旁边有姚猛扑奔何成,孙宝元扑奔何勇,二人并不答话,走了三五个照面,姚猛一铁娃便把何成打死。何勇见兄长一死,心中一慌,也被孙宝元一杵打的脑浆迸裂。兵对兵,将对将,只杀的天昏地暗。此时天色渐晚,阵势已破,各自罢兵息战,回归本阵。

金景龙回到牛皮帐,与周百灵方才坐下,即有番兵禀报:"冯金龙、霍四虎、杨得山、马得安西四路天王,俱各带兵径自去了,"金景龙一听去了帮手,心中大大不快。东五路天王白起戈等早已走了,此时就剩下邓福伯、丁三郎两路兵马还在扎营,亦未出来打战。金景龙问周百灵道:"你看各路天王其心不一,俱皆回去了,如今就剩我们自己,焉能敌得官军?"周百灵说:"不要紧,我告诉你一条妙计,得胜便罢,如不能得胜,可以退守飞龙岛。他纵然有千军万马,也不能飞进岛去。咱们在里面多设险地,不久他自然退兵,那时我兵兜着他的后队一杀,可以杀他个片甲不留。随后即可抢夺嘉峪关,就是不能抢关,也叫他闻名丧胆。兄弟,你可以放心,俱有我给你调遣。"事到如今,金景龙也无别法。当晚又合谋定计,商议军情,派人护守粮台,巡查前后营盘。

这且不提,单说马玉龙掌得胜鼓回营,赵文升等四人来见中堂请罪。大人说:"胜败乃兵家之常事,你等下去歇息!"赵文升等四个人下来,大家齐给他们道了受惊。马玉龙又上前参见钦差大人,把今天打仗的情由,草草回明了大人。钦差说:"玉龙,你同高通海、徐胜去商量办理,大事都靠你三个人调度,如能将事情办妥,也算你等奇功一件。"马玉龙答应,转身下来,把众人聚齐,说:"功高莫过救驾,计毒莫过绝粮,昨夜已有千总赵老爷去到贼营,烧了粮台。今天有谁敢去刺杀金景龙?如能将贼人刺死,也算奇功一件。"众人听了,一个个默默无言,心中暗想:"探军如得意,不宜再往,昨天得手,今天番兵焉能不防?"众人俱未答言,马玉龙说:"众位既不敢去,等我亲身前往,你们下去歇息。"

马玉龙去意甚坚,千里独行侠邓飞雄、追风侠刘云二人也要同他一起前去。晚上马玉龙带湛卢宝剑,邓飞雄带红毛宝刀,刘云带家传的巨阙剑,三个人出了大营,天有二鼓,来到番营。远远一看有人把守,灯火齐明,门下撒了毒蒺藜、绊马索,要由前营门是进不去的。三个人又绕着来到北边的牛皮帐篷,一听也有睡了的,也有没睡的,他们施展陆地飞腾之法,并无脚步之声,来到了中军大帐。只见里面灯烛辉煌,周百灵同金氏弟兄三个正在喝酒,马玉龙把后窗户舐破,往里一看,见摆着上等羊酒,就听周百灵说:"三位贤弟都是受我连累,只要言听计从,我定将官军杀个片甲不回。"马玉龙心中一想:如这三个贼人喝醉了,将他们拿住,金家坨大事可定。三位正在偷听,后面有人拍了马玉龙一下,有一件岔事惊人。不知后事如何,且看下回分解。

第三一七回

三侠同探番营寨　进兵暗取飞龙岛

　　话说马玉龙正在中军帐窃听，忽然在后面有人拍了一下，回头一看，乃是景万春。马玉龙不敢说话，一同来到无人之处，说："你老人家从哪里来?"景万春说："我从宁夏府来，已把我女儿安置在公馆对过的万德店，有亲随人等伺候，我便连夜赶了出来。来到这里，天已不早了。我看见你们三位出来，便一直跟随在后。我想，那金景龙是无谋之匹夫，顾前不顾后，大人此时回去调一只兵船，径奔金家坨，直捣他的巢穴，叫他前进无门，后退无路。贼人的粮草军装都在那里，并无重兵把守，巢穴一破，军无战心，他们将不战自乱。"马玉龙说："这个主意甚好，但今天既到这里，且听他等议论些什么军情大事。"

　　说罢，他们又回到中军帐后窃听。那周百灵说："众位贤弟，我那天袖占一课，彭中堂将有难临身。这座木羊阵，就能要他的命了。明天跟他等决一死战，无论胜败，须赶紧退守飞龙岛。我想飞龙岛内空虚，倘若官军中的能人，由水路断了你我的归路，那可了不得了!"金景龙说："明天跟他等决战，如能胜他更好，如不能胜，赶紧派我三弟回去把守飞龙岛。"岂料这一番话，又被马玉龙等窃听明白。马玉龙轻轻用手一拍，邓飞雄、刘云和景老英雄就同他撤身回归大营。立刻请提督高通海，派常清等带水师营的兵丁，坐沙天王的兵船去抢飞龙岛。如能得了飞龙岛，不可伤人，只派众兵丁把守岛口，不准放金景龙回去。高通海、沙天王、常清三个人点头下去，暗暗齐队，偃旗息鼓，各起本部人马。那沙鸿天为前队，常清二路接应，高通海总督大队兵船，躲开金景龙的水师营，绕道径奔飞龙岛来。

　　这且不表。单说次日五鼓天明，官军营中鸣响了三声齐队炮。有探子来报："官军营齐队!"金景龙吩咐赶紧知会他的两个兄弟，说胜败就在今天这一阵了。番兵队伍列开，左边五千马队，右边五千马队，十八员偏将齐跨坐骑。马玉龙这边是徐总镇押队。马玉龙说："今天我要生擒他三个人。"这句话尚未说完,旁边有神拳太保曾天寿说:"大人请息雷霆之怒,这件功劳就让给卑职吧!"马玉龙说:"须要小心。"曾天寿本来十八般兵刃都拿得起来,又会五祖点穴拳,今天他要在人前夺尊,将手中刀一顺,来在两军阵前,照金景虎搂头就砍。金景虎往旁边一闪,说:"来者你是何人? 通上姓名,休要这样粗鲁。"曾天寿说:"小辈! 你家老爷姓曾双名天寿,绰号人称神拳太保,跟随彭大人手下当差。"金景虎说:"小辈别走!"摆五行烟火棍搂头就打。曾天寿本来打算施展五祖点穴拳赢他,焉想贼人一摆棍,冒出来五色烟,他一闻见就翻身栽倒在地,被番兵用钩子钩了过去捆上。

神枪太保钱文华见内侄被捉,气往上冲,大骂贼人,人面兽心,一抖手中枪蹿了过去,要跟贼人拼命。老英雄这条枪有神出鬼没之能,金景虎一看这位来者,真是威风凛凛,就知是一员上将,赶紧一摆五行烟火棍。钱文华见贼人的五色烟冒出来,情知厉害,赶紧往后一撤身,就听西边有人喊嚷:"钱老英雄闪开,待我来拿他。谅此无名小辈,也敢这样猖狂。"钱文华抬头一看,由西边绕着贼队跑出了一个人来。这来者正是文雅先生张文彩。钱文华连忙说:"张先生由哪里来?"张文彩说:"我特意来破他这五行烟火棍,此时非讲话之际,你我少时再叙。"

张文彩伸手亮出宝剑,一指金景虎说:"小辈,你我较量三合。"金景虎并不认识他,说:"你是何人?"张文彩通了名姓,金景虎一摆五行烟火棍,就打出了五色烟来。张文彩鼻孔早有解药,闪身躲开,并未躺下。金景虎见五色烟火出来,张文彩并没有躺下,贼人一伏身,又是一扫堂棍打来。张文彩纵身躲开,往前一进步,施展点穴法,正点在金景虎肋下,贼人便翻身栽倒。张文彩将贼人生擒活捉,交与官军营的兵丁捆上,转过身去,又点名叫金景龙出来。金景龙刚要上前,金景豹大喊一声,说:"好小辈! 胆敢伤我兄长,等我来拿你。"张文彩见他摆着飞镰大刀剁了下来,并不还手,只往旁边一闪。金景豹一偏身子,拦腰又砍,张文彩往后一撤身,贼人的刀又砍空了。张文彩往前一进身,往金景豹左肋上一掇,贼人翻身栽倒,张文彩过去把他捆上,扛回大营。金景龙一看兄弟两个俱被人拿了,气往上冲,一摆手中浑铁点钢枪,随带八卦乾坤掌,催马闯出本阵,一声喊嚷:"小辈别走,待我给咱两个兄弟报仇。"金景龙来到两军阵前,耀武扬威。他仗着自行火龙镖,又有八卦乾坤掌,谅也不致失败。忽听背后一声喊嚷，说："兵主快些回来，大事不好！"周百灵立刻一棒锣声，金景龙知道必有要紧的事，就说："小辈在此少待，我队鸣金。"撤马回到本营，就见有探子报道："大事不好，现有西路天王沙鸿天，带领固原提督高通海、凉州副将常清抢去了飞龙岛，杀伤无数番兵，请兵主早作准备。"金景龙一听，料想自己全家性命休矣！只得吩咐暂且鸣金收兵。

这边官军的队伍，焉能容他收兵。马玉龙一晃令旗，大队往前杀去，只杀得番兵七零八落。金景龙往下一败，带领残破人马，回到本营。金景龙说："周兄！这事该当如何？"周百灵说："这事真假难辨，我去探听回来，咱们再做主意。"金景龙说："也好。"原来周百灵因听说飞龙岛失守，见金景虎、金景豹被擒，他心中害怕，自己出了番营，坐一只小船径自逃走了。金景龙等到日落，还不见他回来，又有探子报道："沙鸿天、高通海带兵把守飞龙岛口，不放番兵出入，所有的战船俱被官兵抢去，把守的番兵尽皆归降。"金景龙一想：两个兄弟被获遭擒，皆因周百灵所起。到如今他不回来，也不知吉凶祸福？便赶紧把几个心腹战将聚集中军大帐，说："养兵千日，用兵一时，现在二将军和三将军被擒，飞龙岛失守，皆因周百灵所起，他今天不该弃我而走。"吩咐手下大将神力将盖天雄说："我写一封信，你径奔野吴山通天寨，去请万马巴得斯、万马巴得里、万马巴得泰，带领他合岛的兵将；再约请野马川大将、镇守西海三川都督盖天保，叫他等齐集人马，急速前来帮助我夺回飞龙岛，与官军决一死战。"

盖天雄接过书信，出了本营，叫小番备马，带着四个马牌子来到海岸，将马牵上船去，坐着一只浪里钻，带着十二个水手，一直扑奔野吴山。路过野马川，见了他哥哥盖天保说："金氏兄弟与官军开仗，十路天王竟不辞而别，现在飞龙岛失守，金景豹等被擒，内无粮草，外无救兵。"盖天保一听，气往上冲，赶紧发火牌令箭，齐集各路人马，要帮助金景龙夺取飞龙岛。不知后事如何，且看下回分解。

第三一八回

盖天雄受困请救兵　野吴山进兵飞龙岛

话说三川都督盖天保听说这件事，不由怒从心上起，立刻拿火牌令箭，调他手下各路兵马。调齐了三万兵，收拾军装，预备战船，要离开野马川，径奔西海岸去见金景龙。又打发他兄弟奔野吴山，去请万马巴得斯。

野吴山这座海岛方圆有一百三十余里，跟飞龙岛不相往来，也是弟兄三个独霸一方，并不属十路天王所管。盖天雄来到野吴山的地界，有把守汛地的头目吴大力、副头目阎得勇，问明来历，便带着他上山回话。这山上是方圆十里地的一座山城，那万马巴得斯身高九尺以外，面如熟蟹盖，粗眉金眼，海下黄焦焦一部胡子，红绸子缠头，薄底靴子，在当中坐定。在他上首，坐着一人，面皮黑紫，也这样打扮，这是他兄弟万马巴得里。下首坐着一人，大脑袋，身高约有九尺，面似乌金纸，环眉大眼，蓝绸子缠头，一身青衣服，正是万马巴得泰。亲弟兄三个独霸野吴山，山里出产些珠宝、牛羊，很是富余。万马巴得斯自称静海王，今天一见盖天雄来到，吩咐赶紧看座。万马巴得斯说："贤弟从哪里来？有何公干？"盖天雄说："奉我家大王之命，来请三位岛主，发全岛之兵，帮我家大王夺回飞龙岛。"万马巴得斯一听，问道："你家大王的飞龙岛，被何人所占呢？"盖天雄说："你老人家不知道，提起这话，真是祸从天上来。只因我家大王有一个拜兄，家住八卦山周家寨，姓周名百灵，乃是东五路天王手下的丞相。此人足智多谋，他给白天王摆下一座木羊阵，现在白天王跟官军合约打赌，若是百日内破得此阵，情愿甘拜下风，年年来朝，岁岁称臣。官军营访知木羊阵乃是周百灵所摆，有差官到八卦山去拿他，便逃至我们飞龙岛，叫我家大王给他报仇。我家大王定下了一计，请十路天王和钦差彭中堂赴会，打算把彭中堂拿下做押帐，叫官军甘拜下风，让出骆驼岭和嘉峪关来。不想被马玉龙保着彭中堂，闯出了重围。东五路天王白起戈、孟得海、万延龄三人也径自回去，并不帮着打仗；西五路天王沙鸿天反倒帮着官军，冯金龙、霍四虎、杨得山、马得安四位天王见沙鸿天一反，也带兵各自去了。邓福伯、丁三郎见事情不好,撤队回转贺兰山。现在就剩我家大王在西海岸跟官军交战,二大王、三大王俱被官兵擒获了。沙鸿天又带固原提督高通海、凉州副将常清、抢占了飞龙岛。我家大王此时前进无门,后退无路,首尾不能相顾。周百灵声言探贼,已不辞而走。故此我家大王派我来请岛主,带合岛之兵,帮我家大王夺回飞龙岛。我路过野马川,又邀了我兄长三川都督盖天保,一同协力相助。"万马巴得斯闻听此言,心中暗想:"自己跟金景龙知己之交,不能不去。"便说:"你先回去吧,我这就起兵协力相助,随后就到。"立刻传令,调手下大小牌头。他手下有兵十万,留下了一半,叫万马巴得泰看家。他带着二十员上将,又调虎牙峪的大将龙飞雄为大元帅,挑选战船二百只,雄兵五万,由野吴山起身,一路上旗幡招展,浩浩荡荡,秋毫无犯。

这一日巡船来报:"要奔东北是金景龙扎营的地方,要奔飞龙岛得向正北。"万马巴得斯一声令下:"先抢飞龙岛!"前敌龙飞雄便带着大队,一直扑奔正北。正往前走,只见对面号炮惊天,旗幡招展,战船一字摆开,中间带兵的大将乃固原提督高通海,左边是凉州副将常清,手托浑铁点钢枪。龙飞雄吩咐列开队伍。高通海往前面一看,见龙飞雄身高九尺,头上红绸子缠头,手使锯翅飞镰大砍刀,面如紫玉,浓眉大眼,年有三十上下。原来沙鸿天带兵围困飞龙岛,将金景龙的家口拿住,不杀也不放,派手下看守着,只等拿住金景龙,再行商酌办理。今天听到外面号炮惊天,有探子来报:"现有野吴山的万马氏弟兄,带兵来抢飞龙岛。"沙鸿天吩咐手下将官,各守汛地,严加防范,务须谨慎小心。外面高通海刚刚列队,就见对面龙飞雄站在船头,把刀一顺,叫官军营之人出战。高通海手下的守备何成,年有四十以上,五品顶戴,一声喊嚷:"好贼徒!你竟敢前来送死,待你家何大老爷前来拿你。"拧枪照贼人分心就刺。龙飞雄并不答言,见枪刺来,用手中刀往外一崩,趁势搂头就砍,这一变招,顺水推舟,名曰仙人问路,拦腰一斩,可惜何成竟死在贼人手下。高通海旁边有一千总魏尽忠,手使一口春秋刀,打算要替何成报仇,跳过去并不答言,摆刀就砍,三五个照面,也被贼人劈为两段。高通海一看贼人甚是骁勇,自己心中甚是犹疑,有心过去跟敌人水战三合,一想穿着官服,须得换上水衣水靠。他本来足智多谋,就凭手中一口刀,屡次高升,官运甚旺。自己刚要过去,就听后面一声呐喊:"大人请放宽心,待末将前去拿他。"高通海抬头一看,乃是右营记名的守备吴长寿,手使三股烈焰托天叉,赶过去一声喊嚷,两条船一碰,抖叉分心就扎,几个照面,也被贼人所杀。

书要简短,官兵营连败数阵,这才怒恼了凉州副将常清,一摆手中浑铁点钢枪,驾船扑奔龙飞雄,抖丹田一声喊嚷:"好贼人!休要逞强!"论说龙飞雄在野吴山也算是五虎上将,今天跟常清一较量,三五个照面,就知道常清能为出众,自己得多加小心。两个人大战起来,杀得常清性起,施展开家传的五色断门枪,真有神出鬼没之能,招数一变,冷不防一枪竟将贼人刺死。番兵一阵大乱。万马巴得斯见招讨大元帅阵亡,他就急了,自己亲身催船过来,把队伍排开,往对面一看,见常清犹如半截黑塔一般。万马巴得斯手中使的是雁翅铜,水里使的是钩镰枪,用手一指,说:"对面黑汉!尔是何人?"常清说:"你家大人乃凉州副将镔铁塔常清是也,奉中堂之命,特意前来剿灭尔等叛逆之人。"万马巴得斯一听,气往上冲,心想:"自生人以来,威震四方,未曾遇见过敌手,今天见这黑汉却甚是雄壮。"便吩咐手下擂鼓助阵。他一摆手中兵刃,要与常清大战,以决胜负。不知后事如何,且看下回分解。

第三一九回

周百灵复夺金家坨　双枪将大战沙天王

话说万马巴得斯传令手下战将,弓上弦,刀出鞘,四面围绕,不可放高通海逃走。他一摆兵刃,照定常清分心就刺。常清使手中浑铁点钢枪往外一崩,两个人走了三五个照面。常清杀得性起,把枪的招数施展开来,展眼之际,使了一个怪蟒钻窝,万马巴得斯用兵刃往外一磕,没有磕动,竟被刺透前胸,当时阵亡,倒在船头之上。番兵一阵大乱,万马巴得里上前一看,大吃一惊,心想兄长死了,我非得报仇不可,先叫人把死尸搭在后面,自己一声喊嚷,说:"小辈别走!"一摆手中四楞镔铁棍,搂头就打。两个人正杀得难解难分,只听飞龙岛内火炮惊天,人声呐喊。高通海回头一看,见飞龙岛内狼烟四起,沙鸿天带兵败下。有探子来报:"回禀高大人,大事不好,现在由那边山路上出来一队生力军,都是青绸子缠头,一身青,为首三员大将,打着飞虎帅字旗,一人手使一对双戟,与沙天王交战甚是骁勇,沙天王手下死了三员大将,飞龙岛、金家坨已经失守,沙天王败出了岛口。"高通海一听,知道事情不好,恐首尾受敌,吩咐探子再探,看是哪路兵马,再回来禀我知道。

书中交代:周百灵自那日见金景虎、金景豹被擒,只吓得惊魂千里,连夜逃到贺兰山来见白起戈。周百灵要求白天王发兵,白起戈说:"孤家已然跟官军订下打木羊阵之约,如百日内破了阵,我甘拜下风;他如破不了,那时就把嘉峪关外之地让出。我焉能出尔反尔,这件事我可不能依你。"周百灵碰了钉子,自己走了。出来站在山坡上,痴呆呆地发愣,心想如今已闹得家破人亡,自己又如何对得起金景龙?这时忽然想起一个地方来,何不径奔九龙山玄天寨,去找双戟大将菊文华,他有两个儿子,一个叫菊天龙,一个叫菊天虎,手下有二十五员上将。自己想罢,拨头径奔九龙山而来。

这九龙山方圆有五六百里地,也属天王所管,有两万余兵。那菊文华跟周百灵也是八拜之交,生死的弟兄。周百灵来到这里,往里一回禀,菊文华亲身迎接进去,两个人一叙离别之情。菊文华问道:"贤弟,今天来此何干?"周百灵撩衣跪倒,说:"兄长! 你要救我,我就起来;你若不救我,我就不起来。"菊文华连忙用手相扶,说:"贤弟起来,你我知己交情,有话何不请说?"周百灵就把自己已往之事说了一遍。菊文华一听,说:"贤弟! 你既说到这里,我给你发一万兵去搭救金景龙,只恐官军人马甚众,我去时也不能济事。贤弟有什么高妙主意,此去定准可以取胜?"周百灵说:"我有个主意,准可以取胜,咱们调齐了人马,给他个明枪容易躲,暗箭最难防。用兵之道,讲究天时地利,只要兄长言听计从,我准可以把飞龙岛夺过来,我也对得起金景龙;如夺不了飞龙岛,我就无脸再见金氏弟兄了!"菊文华说:"好!"便吩咐手下把两位少山主请来。手下人答应,不多时就把菊天龙、菊天虎找来了。周百灵抬头一看,见菊天龙年有三十以外,黑紫脸膛,浓眉大眼;菊天虎是白净脸膛,细挑身材,俊品人物。两个人说:"周叔父! 你老人家好。"菊文华说:"你周叔父今天来此,非为别故,只因飞龙岛失守,前来求救。我已把兵符令箭交与你叔父调遣,赶紧击鼓升帐,齐集诸将点名。"这里的大元帅姓施名标,外号人称镇海龙王,在水内使三截钩镰枪,在马上使长把紫金刀,手下还有十多员偏将,也都是武艺超群,个个用青绸子缠头,一身青。他等上山来参见山主,大家都通了名,便叫镇海龙王施标为前部先锋,带领一万飞虎藤牌军,逢山开路,遇水搭桥。左军先锋菊天龙、右军先锋菊天虎,各带三千兵。后队由周百灵统带九千兵,一共二万五千人。菊文华是在冯金龙手下统领三军,各处由他调遣,一万二千五百人为一军。今天拨两军去取飞龙岛,只留一军看家。

　　次日人马起身,离飞龙岛一百一十里地,周百灵便传令把人马扎定,派精明强干的探子,到飞龙岛去探访消息。这个探子回来禀道:"飞龙岛城外是沙鸿天带兵把守,水路是固原提督高通海。现有野吴山发来的人马,是万马巴得斯弟兄,尚未开仗。又有野马川镇守都督三川盖天保发来人马,与金景龙合兵一处,两下也未开仗。菊天龙、菊天虎把偏将、牙将调齐,周百灵吩咐再探,这才击鼓升帐,聚集诸将,对镇海龙王施标说:"这个机会甚巧,只等探子来报,要是野吴山、野马川与高通海交仗,那时咱们绕道进兵,由飞龙岛西北,走白云涧,搭木板桥过去,可以抢夺飞龙岛。"施标一听,这个主意甚好。

这天，果然探马来报："万马巴得斯正与固原提督高通海开仗。"周百灵即吩咐兵分四路，头一路就是施标。大队到了摩云岭白云涧，依仗人多，山上的树木现成，立刻搭桥过去，绕过两道岭就是飞龙岛。这座城方圆有十余里，城门紧闭，外面是沙鸿天带兵把守。施标的大队刚一绕过树林，要西边把守汛地的是沙鸿天的大殿下沙文龙，忽见来了一队生力军，一看是九龙山来的人马，不容分说，他一摆兵刃就刺。施标用手中钩镰枪相迎，两个人大战了三四个照面。菊天龙、菊天虎赶来接应，沙文龙一看事情不好，自己兵微将少，难以抵敌，便带队往下败走。沙文虎刚要上前接应，却被沙文龙的败兵冲乱了队伍。周百灵督着大队一杀，不到两个时刻，便抢回飞龙岛，两下合兵，前去协助万马巴得斯。

周百灵抢回了飞龙岛，将城门一开，见金景龙的家眷俱未损伤，里面府库粮仓一概没动，这才安置好了，派人把守岛口。此时菊文华也赶到了，周百灵说："若非兄长助我，焉能复夺飞龙岛？你我快合兵去助万马巴得斯，跟官兵交战。"立刻吩咐探子去探万马巴得斯跟高通海的胜负如何？工夫不大，探子回报："固原提督高通海大获全胜，万马巴得斯阵亡，万马巴得里督队交锋，未分胜负。"周百灵赶紧吩咐菊天龙、菊天虎各带三千生力军，由镇海龙王施标督队前去，将高通海赶出西海岸。大汉常清正与万马巴得里杀得难解难分，忽听山坡上号炮惊天，无数人马闯出飞龙岛来。不知后事如何，且看下回分解。

第三二〇回

花逢春进兵西海岸　马玉龙奋勇战敌人

话说高通海督队正与万马巴得里交战,见飞龙岛闯出无数人马,打着飞虎旗,这里队伍一乱,就同沙鸿天的兵船败出了西海岸。沙鸿天带着战船,扎在南岸。周百灵心中甚为喜悦,带兵防守飞龙岛。此时高通海便带着诸将回归官军营。

自那日两军阵前,张文彩先生擒了金景虎、金景豹,依着彭中堂、庆将军,就要把两个人杀了。马玉龙过去回禀大人:"不必杀他两个,留着大有用处。"大人说:"既然如是,把他两人先押起来。"这天,马玉龙列队,叫金景龙出来答话。金景龙骑马出来,怒气填胸,说:"马玉龙! 我两个兄弟俱被你拿获,今天你我要分个强存弱死。"马玉龙说:"我与你素无冤仇,你要知时达变,趁此急速收兵,把周百灵送出来。你要隐藏周百灵,那时我把飞龙岛打破,把你等拿住,全都碎尸万段。还有一节,你若献出周百灵,我便把你兄弟放了回去。"金景龙说:"周百灵是我的拜兄,我既把飞龙岛失守,有死而已。"说罢,跟马玉龙交战,未分胜负,天晚各自收兵。

这天金景龙正在愁闷,忽有探子来报:"现有野马川三川都督盖天保,带兵马来到。"盖天保见到金景龙,先叙寒温,然后就问军旅之事。金景龙把已往之事,如此如彼向盖天保述说一遍。盖天保气得拍案大嚷,说:"兄长请放心,小弟带兵前来,管保把官军营杀个片甲不回,给兄长夺回飞龙岛。"这天正要亮队开兵,忽有探子来报:"现有野吴山的万马巴得斯兄弟,统带四万余人马,率众至飞龙岛奋勇攻杀。"金景龙吩咐再探,心想:"如胜了便趁势去抢回飞龙岛,如败了就前去接应,这总算是请来的客兵。"探马走后,金景龙立刻把队伍点齐,刚要动身,又有探马来报:"现有周百灵不知请来哪家山寨的人马,已把飞龙岛夺了过来。"金景龙吩咐赶紧齐队,迎接周百灵、菊文华、万马巴得里,再派探子去探高通海败至何处扎营?

正说着话,只见周百灵坐着一只小船,同菊文华一起来到。金景龙、盖天保带队迎接。周百灵一见就说："金贤弟！自那日听说飞龙岛失守，我也没回来跟你商量，便去约请各路兵马，已将飞龙岛夺回，贤弟的家口并未损伤，所有府库仓廒一概未动。"金景龙一听，这才放心，彼此行礼。菊文华说："明天我会会这个马玉龙，看他是何如人也？"众人说着话，来到金景龙营中落座。他这营一半扎在旱岸，一半却是水师营，紧临海水。众人一谈说，金景龙就问万马巴得里说："大哥怎么还没来？莫非还在后面。"万马巴得里说："我大哥业已阵亡了。"金景龙一听，唉了一声说："不知被何人所杀？"万马巴得里说："我听说，是个使枪的黑脸大汉，还不知道名姓，我总要找到这个人，替我兄长报仇。"金景龙说："明天跟官军开战，派周百灵、盖天雄带本队人马去把守飞龙岛，将菊天龙、菊天虎换来。"周百灵一听这个主意甚好，连夜坐船回飞龙岛去换菊天龙。次日早晨刚要齐队，有人禀报："简寿童由黑风岛带着五百只船来到。"金景龙吩咐有请。

简寿童自周百灵事败之后，就去奔黑风岛一个知己的朋友。那岛主姓花名逢春，外号人称闹海银龙，乃是西五路天王马得安手下的一员大将，手使月牙方便铲，水里使的狼牙剑。简寿童跟他是磕头兄弟，他手下有三千水鬼兵，都久经水战，能在水里呆几天。还有五百只炮船，操演的水炮，都是他按西洋的妙法，自己出的主意。简寿童跟他一说，花逢春很不愿意来帮助。后来听到金景龙跟官军交兵，被官军杀得大败，走投无路，简寿童甚为着急，苦苦求他快发救兵，花逢春不得已而为之，这才调了五万兵，五百只战船，回明了马得安，带领两员大将，来帮助金景龙跟官军营开仗。这天督队到了西海岸，金景龙早已得信，摆队迎接进来。金景龙说："贤弟，你来的甚好，我这里正在用人之际，今天要跟官军营决一死战！"众人跟简寿童行礼已毕，金景龙这才把队伍调齐，旗幡招展，耀武扬威。

此时，彭中堂与马玉龙正在商议，必得战败了金景龙，交出周百灵，才能破那木羊阵。中堂大人说："方才高通海来禀报，说周百灵约请九龙山的人马，抢去飞龙岛，金景龙又约来了野吴山、野马川的兵马，还有黑风岛的兵船，贼人合兵一处，今天我军要设法迎敌。"马玉龙说："是。"立刻会同宁夏总镇徐胜，带领众家老少英雄战将，放了三声大炮，列开了队伍。贼队由西边而来，两边把队伍各自扎住。金景龙今天手下有了雄兵猛将，他把钩镰枪一顺，指名要马玉龙出战。马玉龙把诸将点齐，只见贼队中出来一员大将，正是闹海龙王施标，来在两军阵前讨战。马玉龙打算亲身出去，忽听旁边有人喊说："大人暂息雷霆之怒，谅此无名小辈，何必大人前去，待我去拿他！"马玉龙一看，乃是他拜兄邓飞雄，把手中红毛宝刀一顺，蹿出队外，喊道："贼辈，你是何人？通上名来。"施标通上名姓，摆三截钩镰枪分心就刺，邓飞雄一闪，用红毛刀一迎，打算要把贼人的兵刃削断，焉想到施标也是久经大敌，急把钩镰枪撤回，两个人走了三五个照面，邓飞雄终于把贼人的三截钩镰枪削断，把施标吓得胆战心惊，往回就跑。邓飞雄往前奔去，贼人败回了本阵。万马巴得里一看，气往上冲，一摆手中燕翅锐，来到阵前，点名叫马玉龙出来。马玉龙刚要去到阵前迎战，旁边醉尉迟刘天雄一催坐下乌骓马，手执钢鞭，来到两军阵前，一声喊嚷："贼人休要逞能，马大人焉能跟你这无名小卒动手，待我来拿你。"万马巴得里并不答话，两个人兵刃并举，大战十余合，不分胜负，真乃棋逢敌手。追风侠万里老刘云恐儿子受伤，自己摆兵刃赶至两军阵前，说："天雄且闪在一旁，待我拿他。"万马巴得里见来了一位老英雄，苍头皓发，须眉皆白，忙问："来者你是何人？"刘云通了名姓，两个人刚要交手，就听那边又是一声喊嚷，来了一位惊天动地的大英雄。不知后事如何，且看下回分解。

第三二一回

镔铁塔大获全胜　忠义侠夜劫番营

　　话说追风侠刘云正要与番将万马巴得里动手,只见正南上黑糊糊一片,过来了五百马队。为首一员大将,头戴青呢得胜盔,三品顶戴,身穿灰色单箭袖袍,肋下佩刀,薄底靴子,手使浑铁点钢枪,面似乌金纸,粗眉大眼。来者非别,正是凉州协镇镔铁塔常清。他同沙鸿天败出飞龙岛,便会同高通海在海岸扎营。高通海说:"你我失于防范,飞龙岛得而复失,只恐中堂大人见怪。"常清说:"用兵之道,胜败乃兵家常理,出兵开仗,谁也不能说准胜准败。先派探马去探探,在金景龙开仗之时,咱们去打个接应,只要把他战败,也算奇功一件。"

　　这天,常清正与高通海商议军机大事,有探子来报:"现有金景龙与九龙山、野吴山的人马会合一处,跟马大人开仗。"高通海立刻吩咐齐队,留沙鸿天看守水师寨,不必前往;派常清为前敌,去给马大人打接应。常清带着五百马队,刚来到战场,见追风侠万里老刘云抖搜威风,正要与万马巴得里交战。常清这才一声喊嚷,说:"老英雄,把这件功劳让与我吧!"老英雄不肯跟常清争功,往旁边一闪说:"既是常大人前来,我把这件功劳让给你吧。"常清并不答话,抖浑铁点钢枪分心就刺,万马巴得里摆燕翅镋相迎。两人一场大战,三十余合,不分胜负。常清杀得性起,假装败阵,往南就跑,贼人哪里肯舍,刚往前一赶,常清回马一枪,这是他家传的五虎断门枪,专于败中取胜,一个冷不防,竟将贼人万马巴得里刺于马下。他的两员副将,一个叫庞得利,一个叫周得勇,见主将阵亡,急出离本队,要给万马巴得里报仇,一个使长柄月牙开山斧,一个使三股烈焰托天叉。这两个人出来的急,回去的快,庞得利被常清一枪杆打在脊背之上,周得勇腿上也着了一枪,俱各带伤败回。

　　金景龙一看,气往上冲,自己就要亲身出马。忽听旁边一声喊嚷:"大王休要动手,待末将前往。"金景龙回头一看,原来是菊天龙,连忙在马上欠身说:"菊少将军!须要小心。"菊天龙说:"无妨。"催马出了本队。

常清一看贼队出来的这员将官,年有三十以外,手使双枪,头上青绸子包头,薄底靴子,在马上倒有点雄壮之气。常清有些爱慕之意,便用手中浑铁点钢枪一指,说:"小辈!你要知时达务,趁早马前归顺,你家大人枪下留情,如若不然,叫你枪下做鬼,死无葬身之地。"菊天龙说:"你要赢得我的手中枪,我就归降于你,若赢不得我,今天休想逃命!"常清说:"好,撒马过来!"一抖手中浑铁点钢枪,怪蟒钻窝,金鸡乱点头,照定贼人分心就刺。菊天龙将双枪往上一崩,二人战了数十合。忽然西北上阴云密布,雷雨交加,双方各自罢兵息战。

马玉龙收兵回来,同高通海面见中堂大人。马玉龙说:"今天贼人必不防范,用兵之道,出其不意,攻其无备,今值雷雨大作,贼人料必大意,晚上如去偷营劫寨,管保杀他片甲不回。"立刻传令,派常清帮着沙鸿天水战,劫杀贼队;派总镇徐胜、副将刘芳为前敌,各带战将八员;提督高通海作为后路;马玉龙自统大军。顷刻间,人马径奔番营而去。天有四鼓时,雨过云散,满天星斗。番兵正在熟睡,官兵左边放火,右边呐喊,只杀得番兵七零八落,官兵大获全胜。金景龙带着败兵奔回飞龙岛,半路上正遇沙鸿天兵船,又被劫杀一阵。三川都督盖天保的前敌战船都被烧了,人马死者不计其数。盖天保带着败残兵船,径自逃走。金景龙败进飞龙岛,官兵战船四面围上。菊家父子一见事情不好,也带着自己的兵队,并不管金景龙胜败输赢,径自走了,这些番兵都是打胜不打败。

天光大亮,金景龙放声大哭,说:"这一败涂地,该当如何?"周百灵说:"贤弟不要悲伤,此事皆因我一人所起,才闹得这般景况。我再去搬请几路人马来,就凭我三寸不烂之舌,我到大西洋去,约请了人马来,再报这一败之仇,贤弟你要耐心死守!"此时就是花逢春,简寿童没走。金景龙说:"我两个兄弟已经被官军营所拿,我非死不可。"简寿童说:"不要紧,前者不是还拿住他们一人,如今只要再拿住他一人,换回二位岛主,未为不可。今晚我同兄台去偷营劫寨,这一阵要是得胜,咱们还可重整军威,如不得胜再说。"金景龙一听,也只好如此,赶紧派出探子去探。

此时官军营的兵都在海岸扎营,沙鸿天在飞龙岛的正南山下扎下了水师连营,足有八里地;有常清跟他在一处。探子探得明白,金景龙便吩咐留下盖天雄看家,带着花逢春、简寿童,也是分三路进兵,花逢春为左军,简寿童为右军,金景龙督着大队,共有两万人马,顺着山坡下来。先叫探子去探，探子回禀说："现在官军营犒赏三军，正吃得胜酒，彭中堂也在中军帐喝酒，营里更号不鸣，兵无纪律。"金景龙说："这可是该我成功。"自己催马往前，来到官军营营门一看，并无人巡更走号，便往里一闯，来到中军帐，远远看见彭中堂正端坐喝酒，自己想着过去将彭中堂结果性命，不料往前一催马，竟连人带马坠落陷坑。简寿童、花逢春一听官军营人声呐喊，金景龙失事，赶紧将后队改作前队，就要逃走。忽然号炮惊天，灯球火把，亮子油松，照耀如同白昼。为首两员大将挡住去路，左边是那总镇大人徐胜，右边是副将马玉龙，一声喝道："贼将哪里走？等候你们已有多时。"简寿童不敢交战，督队往外就走。花逢春摆手中春秋刀，跟马玉龙大战了三四十合。官兵越围越多，花逢春见事不好，拨头往外闯出重围，也真算得是一位勇将。马玉龙不肯赶尽杀绝，叫他逃命去了。

马玉龙收兵，进了中军帐，早有刘得猛、刘得勇绑着金景龙听候命下。此时天光已然大亮，马玉龙这才请示钦差大人。彭中堂升了中军帐，吩咐把金景龙押上中军帐来。贼人怒目横眉，并不下跪。两旁众差官喊嚷："贼人大胆，既已被擒，还敢这样目无法纪。"中堂说："金景龙，本部院有哪样亏负于你？你要设这狠毒之计来谋害我！"金景龙低头不语，大人吩咐把他推出砍了。忽听有人一声喊嚷："刀下留人。"不知后事如何，且看下回分解。

第三二二回

金景龙失机被获　李七侯得遇英雄

话说钦差大人要斩金景龙，旁边有人喊刀下留人！抬头一看，正是马玉龙。大人说："马玉龙，你还给他讲情么？似此叛逆之贼，早就该杀，你为何拦阻？"马玉龙说："大人暂息雷霆之怒，论贼人本当斩首，因想到当初孔明兵定南蛮之时，七擒七纵，使南蛮永不复反，现在他在这边外之地，中堂杀了他，无非碾蝼蚁一般，如施恩放了，他必知恩感德。"大人一听，说："依你之见，该当如何呢？"马玉龙说："大人可以放了他，摆酒筵恩礼相待。他还拿住咱们的曾天寿，现在他营中，再说这人性情刚暴直率，如以恩礼相待，他定知恩报德！要不然，刀割脖子，他也不怕。"大人说："既然如此，把他推了回来。"两旁人一声答应，把金景龙推了回来。大人说："金景龙！方才我跟你说话，你一言不发，本应将你斩首，奈你是个粗鲁之人，听人蛊惑，妄动干戈，伤害生灵，自己才闹得家破人亡。"大人吩咐把金景虎、金景豹也带上来，说："我今天一并把你等放走，要打仗也在你，若再拿住，可就不能放了。"两旁把绑绳解开，三个人一齐跪倒行礼，说："大人这番格外恩施，我兄弟实深感念，从此回转金家坨，再不进兵。"大人又吩咐把他等的马匹和东西，一概还给他们。

金景龙弟兄三个这才告辞，出离了官军营，来到海岸。走在道路上，金景虎说："大哥，你我受了周百灵的蛊惑，咱们原来跟彭中堂无冤无仇，俱都是周百灵一人之过。你我回去，把曾天寿放了，从此罢兵息战，你我都是死而复生的人。"弟兄三人坐船回到飞龙岛，先到里面把曾天寿放出来，也是优礼相待，派一只小船将他送回官军营。简寿童、花逢春两人给金景龙道了受惊，金景龙说："我弟兄受周百灵一时蛊惑，约请各路兵马，跟官军为仇，闹的一败涂地，我弟兄俱皆被擒。幸彭大人有好生之德，不忍杀害，把我弟兄放回，你等也各带人马回去吧，不必给我助威，我也不再打仗了。我给彭大人写一个告罪的禀帖，再写降书降表，送马五百匹和羊皮货币实物，着盖天雄送去，从此罢兵息战，只求彭大人施恩，那彭中堂真是忠心为国为民之人。"便把所有礼物交盖天雄送到彭中堂大营。彭中堂把礼物留下,款待盖天雄。又打发差官去见金景龙,跟他要周百灵。金景龙立刻给彭中堂回信,说:"周百灵已经由我这里逃走,不知去向。"彭中堂便把大队人马撤回宁夏府,派人各处寻找周百灵;又出下赏格:如有人拿获者,赏银千两,如兵丁拿获者,还要保他升官。手下各差官分头去各处探访消息,中堂大人暂时就在嘉峪关扎营。

这天马玉龙正在中军帐闷坐,心中甚为着急,如拿不着周百灵,这座木羊阵就不能破,虽有众老少英雄,也是无法。只见由外面进来一人,正是老英雄景万春。马玉龙一见,心中甚为喜悦,说:"你老人家从哪里来?到此何干?"景万春说:"我有一件事来见大人。"马玉龙说:"老英雄有话请讲,今天晚间我也无事。"景万春说:"我来见大人,就为了周百灵,他这一走,必是远遁他方,到各处蛊惑人心,还恐刀兵再起。大人可以回禀中堂,不要传令拿他,就说中堂已赦了他的罪,一概不究,大约他听见这个信,也就敢出头显露了。然后派人访查他的下落,准知他在哪里,再动手拿他,岂不伸手可得。这时节传令拿他,必然打草惊蛇?"马玉龙一听这话,甚为有理,便说:"老英雄所论甚善,明天我就去回禀中堂大人。"景万春便回归自己的帐篷。

次日,马玉龙把这片话回禀了中堂大人。大人沉吟半晌,立刻传令,俱照马玉龙所说的办理。暗派追风侠刘云、神枪太保钱文华、神拳太保曾天寿、追云太保魏国安、飞行太保姚广寿出去访查周百灵的下落。又派千里独行侠赛判官邓飞雄,带花枪太保刘得勇、花刀太保刘得猛、飞叉太保赛专诸赵文升、飞刀太保小孟尝段文龙出去密访。马玉龙同金眼雕和伍氏三雄,带着邱明月、孙宝元、姚猛这八个人也一起出去。碧眼金蝉石铸,同武国兴、纪逢春、孔寿、赵勇、胜官保、冯元志、赵友义这八个人又是一起。大家分四路出去寻访。公馆有陈山、周玉祥、苏永禄、李珮、苏小山、李福有、李福长、小太保钱玉、小白猿窦福春等看家。

单说石铸等八个人出了嘉峪关。石铸自己一想:"要访查此事,总在村庄镇店,人烟稠密之处。"便径奔西北而去。走出有六十里之遥,来到一座荒山野岭,抬头一看,树木森森,上面有一座古庙。石铸心中忽然一动:"那周百灵如要隐藏,想必就在山里,若非庙宇便是石洞这些避人之处,都是轻易没人能到的所在。"这才同着众人,顺山坡径奔这座庙来。

到了切近一看,原来这座庙叫玉清观,东西角门俱都关闭着。石铸上前叩门,等的工夫甚大,才见里面出来一个道童,把门一开,说:"你们几位找谁?"石铸说:"我们来拜访拜访庙主,当家的在家否?"道童说:"现在庙里,你们几位贵姓?从哪里来。"石铸说:"我姓石,我们从嘉峪关而来,你们庙主姓什么?"道童说:"我师父姓李,我有一个师兄,这庙里就是我们师徒三个。"石铸同着众人往里就走,进了头层大殿西边的一座角门,在院里有些假山石,绕过这院,是北房三间,东西配房各三间。童儿头前领路,一掀帘子,说:"师父,有几位施主前来拜访。"只听里面一声无量佛,石铸一瞧这个老道,就知是绿林中人,身高八尺,头戴青布九梁道冠,身穿蓝绸道袍,白袜云鞋,面皮微白,眉分八彩,目如朗星,海下花白胡须,看那样子很是神清气爽,潇洒自然。他向众人打一稽首让座,见众人高矮不等,说话口音也有江南的,也有直隶的,就一一问了姓名。童儿随即献上茶来。

石铸听这老道说话,是直隶顺天的口音,便问道:"仙长说话是直隶口音,因何来到这里出家?"老道说:"我也是因为一口气,看破了世事,故此来到这里出家。我是顺天府三河县人,姓李,江湖中有个白马李七侯,那就是我。"石铸说:"当年彭大人做三河县,后来三到白马李新庄请阁下,保着去上河南巡抚任的就是尊驾?"李七侯说:"正是,我因为跟玉面虎张耀宗赌气,这才出家。"石铸说:"提将起来,原来是前辈老英雄,我姓石名铸,绰号人称碧眼金蝉,我等俱都跟彭中堂当差,因为木羊阵的事,出来访拿周百灵。"李七侯说:"你们要问周百灵,还真问着了,听我慢慢说来。"不知后事如何,且看下回分解。

第三二三回

刘云闻歌访隐士　鸿年泄机献阵图

话说碧眼金蝉石铸一听这老道原来是白马李七侯，当初也跟彭大人当过差的，这才把跟大人西下查办，怎么合约打木羊阵，今天分四路出来寻找周百灵的话，从头至尾对李七侯一说。李七侯一听，说："原来你们几位老爷是出来找周百灵的，要早来一日就好了。周百灵跟我相好，今天早起才打我这里走的。他因为金家坨金景龙大败，就上西五路天王那里去求救兵，被马天王把他威吓出来，说他搬弄是非，他去见霍四虎，霍四虎也未应允。到了九截山，那里有个八卦玄天寨，老英雄姓郑名魁，别号人称通天大王，善晓奇门遁甲，能呼风唤雨，拘神遣将。这位郑老英雄原本是他师叔，能为艺业，又比周百灵胜强百倍，也未应允于他，因此才上我这里来。我也劝了他半天，无奈良言难劝傲性人，他今天一早走了。我问他上哪里去，他说要上大西洋搬来人马，再为报仇，如不能搬了兵来，也就死在山林海岛，永不见人。你们几位要早来一天，也就赶上他了。"石铸说："原来如是，我们也不必找他了，现在就回嘉峪关，把这件事回禀中堂大人。"李七侯说："众位来到我这里，荒山野岭，无以为敬，庙中有现成的素斋，众位可以吃点。"石铸等人走乏了，也觉着有点饿，便说："既是道兄赏饭，我等叨扰。"

李七侯立刻吩咐童儿备办素斋，石铸等人在这里吃完了饭，天色已然平西。石铸说："今天也不能走了，咱们盘桓一日吧。"李七侯说："好。"众人便闲坐谈心。李七侯提起了当年怎么出世，捉拿左青龙，后来左青龙怎么搬弄人情，大人丢官，黄三太指镖借银，镖打窦二墩，群雄大聚会之事。石铸一听，说："提起来，这都是当年的老英雄，我自学艺，就知道你的能为压倒群雄。赶到我盗玉马出世，真是能人倍出，从此再不敢自高自傲。跟大人当差后，到四处一看，更有强胜我百倍的能人。"李七侯说："我跟你打听一个人，姓张名耀宗，绰号人称玉面虎，他三探画春园，五探剑峰山，捉拿活阎王焦振远，这个人还跟大人当差么？"石铸说："这个人现已得了大同总镇。"李七侯说："罢了,当初我跟大人当差时节,他刚出来,现在竟得了这么大的官位。"大家谈了一回话,也就安歇了。次日早晨起来,石铸众人告辞,李七侯送出庙门说："石铸贤弟,我嘱咐你们众位一件事,见了大人,千万不要提起见着我,只恐大人派人再来找我。"石铸说："是。"众人知道周百灵去了大西洋,不能找了,也只好回归公馆。刚到嘉峪关公馆,听差人说："石老爷,你们众位回来了。"石铸说："回来了。"听差人说："昨日你们众位走后,有追风侠刘云老英雄请了一位大能人来,管保能破那木羊阵,就等你们众位回来。"

书中交代,追风侠刘云老英雄带四位英雄出去,一直走到日色西沉,眼前俱是高山峻岭,绕过山湾,忽然听到山坡上有人击剑作歌。老英雄刘云侧耳一听,有人正口占一诗,说:

怀抱凌云志,万丈英豪气。

田野埋麒麟,良禽困羽衣。

蛟龙逢浅水,反被鱼虾戏。

平生运未通,未遇真明帝。

刘云抬头一看,见这人有三十以外年纪,连忙赶奔上前行礼,说："这位兄台贵姓大名?"那人见刘云是一位年迈的长者,精神百倍,后面跟了四位英雄,都是虎背熊腰,品貌不俗,不禁大吃一惊,说："方才我一时烦闷,偶唱狂歌,不想惊动了众位贵客,此地不是讲话之所,请到寒舍一叙。"刘云一听,说："好,尊府在哪里?"此人用手一指,见正西绿阴深处,树木森森,黑暗暗地似有一处人家。众人往前来至切近一看,路北有一大门,门口有几株垂杨柳,甚是清雅。那人举手往里一让,见这院中是北房五间,东西厢房各三间,南倒厅五间,后面套着还有院子。这里有四个童儿伺候,众人来到北上房一看,见屋中满架书籍,这才落座。刘云说："还未领教贵姓。"这位说："小可姓郑,名叫鸿年,有个外号叫知机子,未领教众位贵姓,来此何干?"刘云通了名姓,又用手一指说："那位是钱文华,那位是曾天寿,那位是姚广寿,那位是魏国安。我等在彭中堂手下当差,奉了大人谕,出来寻找一个人,路过宝庄,得遇阁下,也是三生有幸。"郑鸿年一看说："原来是众位老爷,我久已仰慕这位彭中堂,乃是忠心为国为民之人。"钱文华说："不错,要论这位彭大人,可称得忠心赤胆,乃一时名儒,做事正大光明,现在正跟飞龙岛金景龙交兵。"接着就把拿周百灵的话，从头至尾一说。郑鸿年说："这座木羊阵怎么这样厉害，可有人去过没有？"刘云说："虽然有人去过，可是几位都碰了钉子回来，未能将阵破了，还死了一位差官，有一位副将刘大人也受了伤。"郑鸿年哈哈一笑，说："实不相瞒，我就知道木羊阵必要伤几个人。当初周百灵摆阵的时节，我父亲还在世，就把阵图留下，说有朝一日，官军要来破此阵，叫我出去献上阵图，也可得一官半职。只因不肯轻易前往，这才因遁至今。现在幸遇众位，也是天缘凑巧，明天我就同众位到嘉峪关，见中堂献出阵图，然后带领众位前去破阵。"刘云等人一听，真如旱苗得雨，心中甚为喜悦，说："郑庄主，何必明天再去，此地离嘉峪关不远，你我施展陆地飞腾之术，岂不展眼就到。"郑鸿年一听这话有理，赶紧回到自己屋中，把应用的东西打在包裹之内，又把老家人叫过来，嘱咐他好生照料家务。这才去到后面，到老太太跟前告辞，说他同众位差官要去嘉峪关。他把诸事办完，便与众人一同起身。天至黄昏时候，来到了嘉峪关。刘云叫魏国安、钱文华等四人陪着郑鸿年，先到差官房落座，他这才进里面来回禀大人。

中堂此时尚未睡觉，问道："刘老英雄来此何干？旁边看座。"刘云说："在大人台前，民子怎敢落座？"大人说："坐下也好谈话，不要拘束。"刘云方才落座，有问立答。大人问："刘老英雄有何话讲？"刘云说："奉大人堂谕，同四位差官出去访查周百灵，走到浮牛山，得遇郑鸿年，他父亲原是一位隐士，家中现有木羊阵图。"中堂说："原来如此，快把他请了进来。"刘云答应，出来把知机子请了进来，一见大人，便把阵图献出，这就要同众英雄去破木羊阵。不知后事如何，且看下回分解。

第三二四回

追刺客巧得真消息　欧阳德三打木羊阵

话说彭大人把郑鸿年请了进来，见此人身高六尺以外，面如白玉，二目有神，唇似涂脂，头戴新纬帽，身穿蓝宁绸箭袖袍，薄底官靴，恭恭敬敬地给大人行礼。大人说："你叫郑鸿年？"郑鸿年说："是。"大人说："你原籍是哪里人？"郑鸿年说："民子原籍是河南汝州人。"大人吩咐旁边看座。郑鸿年说："大人在此，民子不敢落座。"大人说："坐下好讲话，不要拘束。"郑鸿年告了座。大人说："你由何处得来的木羊阵图？"郑鸿年说："回禀中堂大人，民子父亲在世时，在西洋受过异人的传授，能知天文地理和各样的削器埋伏。后来隐居在此地，山后山前也有些果木树，自己就跟父亲念了些算学书。周百灵跟父亲交友，他的能为是跟我父亲练的。他从前投过师，没学好，我父亲收他做一个徒弟，在我家整整住了三年。后来他保了金枪天王白起戈，白天王待他如同上宾，又让他做了宰相。白天王在四绝山摆木羊阵，请我父亲去看地理，他按着天干地支，二十八宿置造。我父亲回来时，就画了一张阵图交给我，叫我收存，说将来这座木羊阵，必要难住多少英雄，叫我把阵图献出，也是自己的出头之日。我见众位差官去访拿周百灵，就知道大人在此驻扎，故此斗胆来见大人，今已带来了阵图，请大人过目。"中堂接过阵图，一看上面俱是蝇头小字，也看不清楚，这才吩咐把阵图拿下去，叫众差官大家看个明白，再禀我知道。众人点头拿了下去，一起围住观看，有明白的，也有不明白的。大家先摆酒款待郑鸿年，天晚各自安歇。

次日早晨起来，大家用完早膳，复又拿出阵图来一起参悟。郑鸿年说："当初我父亲说过，我如前去破阵，非得有宝刀宝剑不可。"这时石铸等人回来，众人给他向郑鸿年引见了，彼此见礼。石铸顾不得先去见大人，也来到近前，一看阵图上分为四面，故名四绝山。四门按先天八卦，乾南坤北，离东坎西。一进阵门是八字锦连环道，脚下有翻板，非得脚踏万字势，才能进去驻足。此阵不可由上面蹿，上面都是冲天毒药弩，每十枝药弩中夹一枝滚白蜡汁五毒枪,打在人身上,毒气归心,准死无疑。进了头道门,一看是平川之地,掉下去却有脏坑、净坑、梅花坑。从东门进去,洞内有一条木龙,人要踏在削器上,这木龙就会出来,从两只眼中射出弩箭,从口里喷出滚白蜡汁五毒水来。西门瞧着是平川之地,进去脚踏削器,即出来一只大虎,从肚内喷出一股火烟,人要闻见就没命,两只眼也是两枝火箭。南边头道门里,有十二个猿猴,都是藤子做的,有走线,每个猿猴嘴里有一只金星毒药枪,喷在人身上肉就烂。一进阵,头一排是木羊,分金木水火土五行,人要碰上准死。过了木羊,里面是五道门,分五方五地,各门有五行人,各按方位,也有铜铸的、也有铁打的、也有藤做的,手是钢爪,千万别叫他抱住,每一个身上都有七十二只弩箭。进了这第二道门,瞧着也是平川之地,当中有一座楼,楼外四面有二十八宿的神像,是拿金银铜铁锡做的,每个都有削器。当中这座楼名叫"中正楼",乃是木羊阵的阵眼。那里头有藤梯,一进楼门,上有一道铁梁,砸下来能把人砸成泥酱。要是上梯子,到了半截,又会落下来两道铁闸板把人闸住。楼上头的天花板,安有十八个浑天球的铜罩子,不知道的,那铜罩子就会把人罩在当中。这座楼的厉害,里面的削器埋伏,阵图上俱注写的明明白白。大众看罢阵图,只等忠义侠马玉龙回来,再为商酌办理。

　　这天马玉龙同金眼雕回来,众人提说已经得了木羊阵图。马玉龙一听,心中甚为喜悦。金眼雕说:"好,我等出去两天,各处都访到了,并无下落。"原来,邱老英雄本是直肠汉子,性情最急,出去两天寻找不着,他便连嚷带骂。马玉龙一边劝解,说:"咱们找不着周百灵,也得设法破阵。"故此这才回来。他们听说有了阵图,金眼雕就说:"师弟!你去瞧瞧阵图,我也不认得字,你等前去破阵时,我来看家。"马玉龙正要过去看阵图,忽然间听到房上瓦檐一响。众人抬头一看,却是欧阳德来了。他头戴棉僧帽,身穿破衲衣,白袜僧鞋,左手拿铁烟袋,右手拿一把刀,跳下来一声喊嚷:"呔!我非把赃官脑袋带了走。"众人一愣,心想:"欧阳德怎么反了?"徐胜是他师弟,连忙问师兄所因何故?欧阳德并不答言,用刀见人就砍,正要奔上房行刺,金眼雕过去一脚把刀踢飞。欧阳德拿烟袋乱打,金眼雕便跟他来夺烟袋,把那烟袋也夺弯了。欧阳德翻身上房,径自逃走。

　　众人说:"这可实在奇怪,欧阳德他不能反。"大众正在纳闷,外面邓飞雄、段文龙、赵文升、刘得勇等人回来了。刚一进来,邓飞雄说:"众位辛苦。"马玉龙说:"兄长回来了,这两天出去,可遇见什么事没有?"邓飞雄说:"我们昨天路遇小方朔欧阳德,他说是由枇杷山来,问了问大人这里的事情,我对他说了个大概。他说也不用去找周百灵,他去破木羊阵,定规今天在公馆相见,故我们先回来等他。你们众位乱什么呢?"马玉龙说:"你还提欧阳德,方才他拿着一把刀反了,要来杀大人,我等已把他赶走。"邓飞雄说:"不能吧,欧阳德昨天见我们时还有情有理的,今天怎么就会造反?这事其中定有情节。"马玉龙正与邓飞雄谈话,就听公馆门口有人答话,说:"唔呀!众位辛苦,我要见中堂大人。"众人一看,由外面进来的还是和尚欧阳德,大家俱都一愣。

书中交代,欧阳德去朝了一次昆仑山,那时节大人正大战金家坨。他打昆仑山回头,走到青阳驿,正遇邓飞雄等五人。众人忙上前行礼,欧阳德答礼相还,说:"唔呀!众位从哪里来?"邓飞雄说:"了不得了!"就把周百灵怎么搬弄是非,开兵打仗的事从头至尾一说。欧阳德说:"原来如是,不要紧,我在昆仑受过异人传授,我破这木羊阵去。"要论欧阳德这身功夫,乃是红莲长老亲自传的,软功夫也已到了家,真是骨软如绵。达摩老祖易筋经,长拳短打,刀枪棍棒,他都无一不能。欧阳德要施展能为,到四绝山去破木羊阵。不知后事如何,且看下回分解。

第三二五回

欧阳德公馆见钦差　马玉龙施勇捉刺客

话说欧阳德来到四绝山，只见对面金鼓大作。那山口是坐东向西，外头有两座营盘，里面也有两座营盘，俱有值宿的番兵。欧阳德刚往前一走，便有番兵上前拦阻，说："和尚！你是做什么的？"欧阳德说："我是来打木羊阵的。"番兵说："你既来打木羊阵，先去挂号，见见我们洞主。"欧阳德说："既然如是，快把你们洞主请了出来我见见。"番兵进去的工夫不大，就听哗啦一响，众番兵都齐队在两旁侍立。欧阳德看见出来的这人：头戴翠蓝色软巾，身穿宝蓝箭袖袍，足蹬牛皮战靴，肋下佩着宝剑。此人正是金邦洞主，来到外面说："和尚，你把名字留下吧！你要打木羊阵，我们也不拦阻你。"和尚说："我叫欧阳德。"说了名姓，来到木羊阵的西门，一看门上有绿油金钉，用手一点，双门分开。欧阳德刚要进去，才忽然想到："我又没有宝刀宝剑，这件事我太粗鲁了，莫若到公馆去请马玉龙带他的湛卢剑来，再请上邓飞雄，他也有红毛宝刀，大家一同来破木羊阵。"自己想罢，未敢进阵，这才离开四绝山，径奔宁夏府。

刚来到嘉峪关，就听说钦差大人的公馆现在这里。他来到公馆，自己说着辛苦辛苦，迈步就往里走。大众说："又来了，拿呀！"这一乱，欧阳德也不知道是怎么一回事。众人上前，不容分说，七手八脚就把欧阳德给捆了。欧阳德急对众人说："唔呀！你们这些东西要反，难道不认得我么？"众人带他来见大人，大人气往上冲，说："欧阳德！本阁哪一样亏负你，你胆敢前来行刺！"欧阳德一听，脸上都气得改了颜色，说："唔呀！我怎么敢来行刺？"大人也是不容分说，吩咐把他绑出去砍了！手下人答应，往外就推。大众虽是跟他相好，在旁边也不敢答言，只好袖手旁观。这时，宁夏总镇徐胜因是欧阳德的师弟，眼瞧着欧阳德气得两眼都直了，自己也说不上什么话来。旁边有金眼雕看得明白，便上前说："刀下留人，其中定有情节。"众人说："什么情节？"金眼雕说："方才来行刺的那人，我过去夺他的铁烟袋时，已把烟袋夺弯了，他这烟袋未弯，想是两个人。"

金眼雕进去跟中堂大人说了，中堂一想，便吩咐把欧阳德推了回来。欧阳德上来，还气得两眼发直，说不上话来。金眼雕说："把他先带到我那屋里去。"大众随着来到邱成屋中。金眼雕说："欧阳贤弟，你莫非疯了？"过了半天，欧阳德这才换过气来，"唔呀"一声，说："坑了我，害了我，要了吾的命哉！我欧阳德自做人以来，在外面替天行道，没做过无礼之事，今天大人为什么要杀吾？"金眼雕说："你方才来公馆拿刀行刺，是为什么？"欧阳德说："没有，吾焉能做这件事。"金眼雕便把方才的事对欧阳德说："我等正在商量破木羊阵，来了一个人，跟你一个样，也是这样打扮，拿着铁烟袋，用刀要杀大人。我等一拦，他拿刀乱砍，我把烟袋夺弯了，才把他赶走。大家正在议论这回事，你就来了。"欧阳德说："唔呀！不是吾。"金眼雕说："要不是你，咱们可得拿住这个人，我想你也不能做出这事。"欧阳德说："吾总得找这个混账东西去，我是由昆仑山朝山回头，遇见一个老比丘僧跟我议论玄机。我请问他木羊阵的事情，他草草对我谈了谈，我灵机一动，就想前去破阵。到四绝山木羊阵一看，我满心想：把阵破了，回来告诉你们，也未必能信我，故此来公馆请众位同去破阵。刚到这里，你们就把我捆上了。大人不念旧日之交，也要杀我，我憋了这口闷气，半晌都没说出话来。"

金眼雕说："现在木羊阵图已经得到了。"欧阳德说："唔呀！阵图在哪里？"金眼雕说："现在来了一个郑鸿年，是他献的阵图。我们正商量去破木羊阵，你来了甚好。"欧阳德说："我要去找这个刺客，他给我惹下祸来，我找到必将他杀死，这个人是什么样子？"金眼雕说："同你一样，也是你这样打扮，说话也唔呀唔呀的，连我都认不出来。"欧阳德说："我见见大人，我要去访他。"金眼雕说："依我之见，你且不必访他去，你先见见大人，帮着破了木羊阵，然后再去拿他也不为晚。"欧阳德说："我看这个阵图，虽然写着哪里有削器，哪里有埋伏，却没写怎么破法，如何才能破得了？这木羊阵厉害无比，总要访查那布阵之人，方能破得了。众位有何计策？大家商量商量。"马玉龙说："欧阳兄，金眼雕师兄！我们如百日内不破此阵，白天王那里，就要笑我官军营无能人了。怎么办法？至今还没有想到。"欧阳德说："马贤弟，你把郑鸿年再请来问问。"马玉龙把郑鸿年请来，给欧阳德引见了。欧阳德说："你这阵图不清楚，只写了有削器的地方，没有写总弦副弦在哪里，由哪处下手去破。"郑鸿年说："哎呀，了不得了！当初我父亲留下一个折子，上面写着什么削器怎么一个破法，由哪里下手，都叫我当烂纸扔了。"欧阳德说："你这阵图真是无用。"郑鸿年一听这话，就呆了半晌，说："这便如何是好？"欧阳德说："吾倒听说这木羊阵的大概情形，众位要照这个阵图去破，必碰钉子。你们先帮个忙，把假欧阳德那混账东西拿住，我带你们去破木羊阵。"马玉龙自己观看过木羊阵的情形，也大概知道里面厉害，并不敢轻易前往涉险，略一失神，那就有性命之忧，一听欧阳德所说之言甚善，便赶紧去回禀大人。大人说："你等商议着办就是了。"马玉龙跟众人商量，明天分四路出去寻找那假欧阳德。这才摆酒，大家吃饭，单给欧阳德预备了素斋。

　　众人吃过晚饭，分前后夜值宿，前半夜是伍氏三雄、石铸等人，后半夜是马玉龙和八家太保。天有四更时分，马玉龙正在屋中坐定，就听房上一响，来了一人。马玉龙并未声张，拉出宝剑，赶到院中一看，八家太保也跟了出来，只见房上那人身体甚快，他一看有人出来，就要逃走。八家太保同马玉龙都一齐上了房，四面围绕上去。马玉龙一摆宝剑，搂头就剁。这个人往旁边一闪，就拉出刀来。八家太保都各自拉出兵刃，他一个人焉能敌得了九人，一口刀遮格架拦，蹿蹦跳跃，那马玉龙跟进身去，一剑就把刀给削了。贼人知道不好，要走也走不了，众人紧紧围住，刀枪齐来。贼人手中只剩了刀柄，一个急劲，用刀柄照曾天寿砍来，曾天寿往旁边闪开，他就趁势往外一蹿，马玉龙跟进身去一腿，那贼人就翻身栽倒了。不知后事如何，且看下回分解。

第三二六回
项文龙细述其中故　众英雄夜探双龙山

　　话说众太保把贼人捆上，马玉龙一看，这人年有三十以外，白净面皮，神气清爽，虽被拿住，并无一点惧色，便吩咐把他带到我屋中去。八位太保将贼人推到马玉龙屋中，马玉龙说："你不用害怕，你姓什么，叫什么？你这胆量不小，竟敢前来行刺，是何人派你来的？说了实话，我不杀你，你自己酌量吧。"这行刺之人抬头一看，说："你是谁？"八家太保说："这是我家马大人，忠义侠马玉龙。"这人说："你就是马玉龙，好，胜者王侯败者贼，我既被你们拿住，快把我杀了，你也不用再问。"马玉龙说："莫非你是无名氏，我看这个样子也不像白天王打发你来的。"这人说："你要问，我住在嘉峪关外的双龙山项家岭，我叫项文龙，外号人称粉面哪吒。我父亲叫项国栋，人称震西方妙手先生，跟赛诸葛周百灵是拜兄弟。只因周百灵听说金景龙写了降书降表，他去西洋搬兵又没搬动，故此到我家来求我父亲。我弟兄五个，都要来给叔父报仇，刺杀钦差彭朋。刚要起身，又来了我父亲的一个朋友，复姓赫连，双名宝吉。他原是镇江府的书办先生，只因盗卖漕米，身犯国法，逃到我家避难，后来便身归绿林，行侠作义，因为他长的像欧阳德，人送他外号叫赛方朔。昨天他在我家，听见周百灵的事，就来到公馆行刺。我把话都说完了，你要杀就杀。"马玉龙吩咐暂把他搁在空房，派赵文升、段文龙二位老爷看着他。然后对众人说："我要去探探项家岭。"姚广寿说："大人在公馆保中堂要紧，我同魏国安去探探，要是周百灵在那里，倒是一个机会，顺便也找找假欧阳德。"马玉龙说："好，他说的话也未必有准，你二人去辛苦一趟，探访明白，回来禀我知道。倘若周百灵不在那里，我去了也徒劳往返。"

　　次日晚饭以后，飞行太保姚广寿、追云太保魏国安两人离开公馆，扑奔正西，借着朦胧月色，来到双龙山。天有二鼓以后，两个人进了山口，绕过两道大岭，只见一片树木森森，那村庄方圆约有四五里地。两人来至切近一看，周围是高大石墙，四角有更楼，北门紧闭。两个人拧身蹿上墙去，一看西北有一片灯火之光,蹿房越脊过去一看,是北大厅五间,南倒厅五间,东西配房各三间。姚广寿二人来至配房后坡,探头往下一瞧,借着灯光,由帘子外看得甚真。当中八仙桌上摆着干鲜果品,上面坐着一个蛮子和尚,真跟欧阳德一样。边位坐着一个老道,白生生的脸膛,头戴九梁道冠,身穿蓝道袍,白袜云鞋,背插宝剑,正是周百灵。西边坐着一个人,年约七十以外,项短脖粗,身穿蓝川绸褂裤,紫微微的脸膛,花白胡须,扫帚眉,大环眼。只听这个老道说:"赫连兄长,今天你再辛苦一趟,去看看我那侄儿。昨天去了,到今天这时还未回来。"那个和尚说:"吾呀!这个事情真怪,莫非有什么变故不成?今天定要去看看我那侄儿,吾吃两杯酒就去。那天我到公馆,他们还拿我当欧阳德呢。"周百灵说:"二位兄长,今天我心惊肉跳,仿佛有人前来拿我似的。"项国栋哈哈一笑,说:"贤弟,你只管放心,我这项家岭,虽不是铁壁铜墙,彭中堂便有千军万马,来一个拿一个,来两个死一双。"

正说着话,房上瓦檐一响,蛮子和尚拧身就蹿了出来,说:"唔呀!混账东西,房上有人。"原来依着魏国安就要回去给马大人送信,姚广寿说:"咱们既来到这里,等周百灵睡了进去把他捆上,扛回公馆,也算奇功一件。咱们到北屋房坡上听听他们说些什么?"两人由东房蹿到北房,脚稍微一重,焉想到屋中就听见了。这几个人都是久经大敌的,赫连宝吉蹿到院中便问:"是什么人?"魏国安性子最暴,一声喊嚷:"好小辈,你家老爷莫非怕你不成!"姚广寿一把没抓住,他已然下去了。明知这个和尚能为不小,前者在公馆,跟金眼雕还打了个平手,真能赛欧阳德,如何是他的对手?魏国安不管三七二十一,拉出刀来就剁,蛮子往旁边一闪,手中却并无兵刃。他的能为总算练的到家,见魏国安的刀剁空了,一进步,施展点穴法,就把魏国安点倒在地。姚广寿一看魏国安倒下,由房上揭起一块瓦来,照定蛮子和尚就是一瓦。蛮子往旁边一闪身,说:"唔呀!混账东西,你下来。"姚广寿由房上跳下来,一摆手中刀,过去搂头就剁。蛮子和赫连宝吉往旁边一闪,照定他肘下一点,又把姚广寿点倒。叫家丁把这两个人捆上,扛到屋中来。

项国栋和周百灵一看拿住两人,说:"这两个人咱们慢慢审问他,必是彭赃官手下的差官,前来侦探的。"周百灵说:"你两个是彭中堂手下的差官,还是绿林中人,来此何干?姓甚名谁?说了实话,我等决不杀你。"

魏国安说:"明人不做暗事,我姓魏名国安,跟彭大人效力当差。现在既被你们拿住,杀剐存留,任凭你等。"周百灵说:"你等为什么到这里来?"魏国安说:"你要问,我们是来访你的,因为拿住了项文龙,才知道你在这里。"周百灵说:"这两个人不可留他,吩咐手下人把他杀了。"项国栋说:"不可,暂且把他二人押到后面,明天我自有道理。"赫连宝吉说:"大哥!不要杀他们,要杀了他们,这个事就不好办了。先把这两个人作为押帐,明天好换回项文龙来。"周百灵说:"依我之见,总是斩草除根的好,省得留下后患。他两个是彭中堂的差官,既然今天把他二人拿住,要是再一放走,可就勾出事来了。他回去见到中堂,定说你抓捕差官,情同叛逆,那时可就晚了! 莫如一不做二不休,杀了就完了。"家人早把姚广寿、魏国安搭到了后面,项国栋一听周百灵说的深为有理,自己沉吟了半晌,便提刀扑奔后面。不知二人性命如何,且看下回分解。

第三二七回

项金花有意怜才郎　姚广寿公馆请差官

话说项国栋本是没有一定主意的人，听了周百灵之言，愣了半晌，便拿刀站起身来，说："你弟兄在此少待，我去杀他两个人。"立刻来到外面，扑奔东配房，睁眼一看，大吃一惊，两个人已踪迹不见了。

书中交代：这两个人是怎么一段事呢？原来家人把他两个搭到了东配房，并没有留人看守。这院有四扇屏门，通着项国栋的住宅。他有一个女儿，名叫项金花，外号人称飞天彩凤侠义女，今年二十二岁，尚未许配人家，就因高不成，低不就，小户人家不给，做官的人家又不要。她今天在内宅听见外面一乱，自己带着丫环兰花，拿了灯笼就往外走来，正看见家人往东配房抬进来两个人，搁在屋中便转身到前面去了。项金花叫丫环打了灯光一照，见魏国安是净光瓦亮的一个秃子，一脸横肉，两眼一瞪，把项金花吓了一跳。再看姚广寿却是一位俊俏的少年，不瞧犹可，一瞧不由得目荡神移，便叫丫环进去，把他的绑绳解开。项金花说："这位壮士贵姓？"姚广寿看了她一眼，并未言语。项金花叫丫环把他扶了起来，又说："你跟我来，我有话问你。"姚广寿两腿还能转动，丫环连推带拉，就把他推到西边。一进屏门，这里也是北上房，明三暗五。来到上房屋中，又叫两个丫环去把那个秃子给搭到廊檐下头，别回头叫他跑了。丫环说："是。"项金花这才叫姚广寿坐下，吩咐婆子、丫环退了出去。项金花说："你是哪里人，姓什么？为什么到这里来？我看你仪表非俗，说了实话我不杀你。"姚广寿说："你要问我，我是庆阳府人，本来是武生员，现保彭大人当差。我叫姚广寿，外号飞行太保，因跟彭大人破过连环寨，大人递折本保我做了记名千总，五品顶戴，现在跟大人西下查办。昨天拿住一个项文龙，招出摆木羊阵的周百灵住在这里。我等奉大人堂谕前来哨探，被赛方朔将我二人拿住。姑娘，你要把我二人放回去，等拿住周百灵之时，决不连累你们，我必感念你这分好处。"

项金花一听姚广寿所说的话，低头半晌无语，心想："我父亲一世英雄,三个哥哥和一个兄弟,也是当世的豪杰,我今年二十二岁,虽练会了一身功夫,尚未有人家。自己父亲这件事也做的太糊涂,周百灵虽系知友,做的是叛逆之事,只顾护庇周百灵,岂不惹下灭门之祸,死了还落一个乱臣贼子的骂名。”正在沉吟之际,外面婆子说:“姑娘,老太太过来了。”项金花一闻此言,吓得惊魂千里,脸上一红。

她母亲梁氏一掀帘子就进了屋子,因疼爱女儿,晚上都要过来瞧瞧睡了没有?刚一进来,见院中有一人不知是谁,婆子、丫环都在低言悄语。老太太一掀帘子,又见屋中坐着一个少年男子,有二十多岁,面似银盆,倒剪着双臂。女儿就在西边椅子上坐着。梁氏说:“女儿,这是谁?夜里在你屋里坐着。”姚广寿正言厉色地说:“我叫姚广寿,原本跟彭大人当差效力,因来拿周百灵,被蛮子将我拿住。你家姑娘把我搭到这里来盘问,正在说我的来历。”梁氏一看,已知女儿的意思,自己就坐下问道:“这位姚老爷,你是哪里人呀?”姚广寿又说了一遍。梁氏说:“你家里还有什么人?”姚广寿说:“家里就是我母亲,并无别人。”梁氏说:“你可娶亲了?”姚广寿说:“已订下亲事,尚未迎娶。”梁氏说:“我跟你商量一件事,我这女儿今年二十二岁,跟你年岁也相当,你要愿意,我把女儿给你,咱们做门亲事,再设法劝我的当家人,给你拿住周百灵,你自己斟酌吧。”姚广寿一想:“要真叫我拿住周百灵,给皇上办成一件大事,破了木羊阵,也是惊天动地的一件功劳。”又看这位姑娘温柔美貌,自己也甚为愿意,就说:“老太太,既然如是,请受上我一拜。”项金花听到这里,心中暗喜,连忙躲了出来。老太太叫婆子把绳扣解开,姚广寿这才行礼拜见了岳母。

这时就听外面脚步声响,项国栋正打外面进来。他一进屋子,见姚广寿正给梁氏磕头,自己气往上冲,可他又有点惧内,便在屋中一站,说:“什么人将他放出来的?”梁氏说:“你要问,是我把他放出来的。听说他是官军营的差官,你我不是反叛,咱们家又不占山落草为寇,何故帮着周百灵胡为?你跟官军要做了对头,要是发了兵来,你又该当如何?你若听周百灵之言,杀官情同造反,咱们项氏门中的祖坟就该刨了!周百灵在金家坨已闹得金景龙天翻地覆,几乎家败身亡。他到这里来,乃是我们的祸头,交友该当量其轻重,故此我才把这位差官请到屋中。我看他一来是少年的英雄,又是彭大人的差官,就把女儿许给了他。我做这个主,把两个差官放回去,可以保住项氏祖坟,也把你我的儿子救回来。你且去把周百灵扰住,别叫他走了。等他们回到公馆,调兵前来拿他,这倒是一举两得!"项国栋说:"这样一来,我岂不是交友无信?"梁氏说:"你要交友有信,一家人的命也就没有了!"项国栋愣了半天才说:"既然如是,把外面捆着的那位也放开,你们二位一同走就是了。"来到外面,把魏国安解开,又叫魏国安做一个媒人。项国栋说:"你二位今天回去,明天晚上来,我必然设法不叫周百灵走了。"

姚广寿二人告辞,出了项宅,施展陆地飞腾之术,天色大亮时来到了公馆。一见马玉龙,便把项家岭之事细说一遍,马玉龙说:"既然如是,把项文龙放开吧。"姚广寿说:"先别放他,我虽然订下亲事,也不准知道项国栋的心思,等把周百灵拿来,再放也不为晚,我也不为落保。"马玉龙说:"众家英雄各带兵刃,径奔双龙山去拿周百灵。"不知后事如何,且看下回分解。

第三二八回

订婚姻计捉周百灵　分次序齐集双龙山

　　话说马玉龙听姚广寿一说订亲之事,即刻把老少英雄约到近前说:"现在周百灵在双龙山项家岭,有项国栋将他绊住,诸位助我一膀之力,前去拿他,咱们去四十位就得了。"金眼雕父子和伍氏三雄,带着项文龙、姚广寿、魏国安、曾天寿、钱文华为头一队。追风侠万里老刘云父子,带着赵文升、段文龙、刘得勇、刘得猛、冯元志、赵友义、孔寿、赵勇为第二队。千里独行侠赛判官邓飞雄带着纪逢春、武国兴、赛灵官郑华雄、铁臂猿胡元豹、神手大将纪有德、多臂膀刘德太、苏永禄、苏小山、李珮为第三队。马玉龙同银头皓首胜奎,带着李福长、李福有、孙宝元、姚猛、小太保钱玉、小神童胜官保、小白猿窦福春、小玉虎李芳为第四队。小方朔欧阳德,同周玉祥、陈山、景万春、碧眼金蝉石铸、提督高通海、总镇徐胜在公馆保护大人。

　　众人各带随身兵器,头一队老雕等十人,叫项文龙带路,在公馆吃完了晚饭就起身。几十里地,展眼就到了双龙山。金眼雕说:"不忙,众人到齐,再动手拿他。"先叫项文龙自回家哨探,我等随后慢慢走着。项文龙这才来到自家门首,拧身上房去一瞧,客厅灯光闪闪,周百灵同赫连宝吉正对坐吃茶,大概是刚吃完了晚饭的样子。

　　书中交代:昨天项国栋把姚、魏两人放走,他转身来到前面,对周百灵说:"拿住的那两个人逃走了,大概有人救他,未能杀了。"周百灵说:"这两个人一走,只怕人事要坏。"项国栋说:"不要紧,他二人虽然走了,知道这里有能人,也未必还敢再来。贤弟只管放心,我这后面有一个山洞,没人知道,就是有人来拿你,可以藏到山洞去,住个一年半载,把这段事过去,也就算完了。"周百灵满心想走,又没地方去,自己无法,只得点头答应,暂且将就,但心中总是担惊害怕。晚上吃完了饭,他正同赫连宝吉对坐谈心,说:"赫连兄,你看小弟此时闹的有家难奔,有国难投,也算不了官军的人,也算不了天王的人。算天王的人,天王中无人替我报仇,官军又到处拿我。"赫连宝吉说:"贤弟,你当初就错了。既是吃着白天王的丞相俸禄,给他摆下木羊阵,就该在贺兰山住着。你八封山事败,应去奔白天王,又何必到金家坨,叫金景龙跟官军开仗?这就是你一个错处。据我看来,你我不可逆天行事。"这两人正在屋中谈话,项文龙早在房上听得明白,便转身来到后面。

此时,梁氏正同项国栋提说昨天放走了姚广寿,今天必有人来。项文龙进到屋中,给父母行礼。旁边项文彪说:"兄长回来了,这两天你上哪里去了?今天才回来。"项文龙说:"我在公馆被获遭擒,并未杀害于我。姚广寿回去提说结亲之事,便把我放开。今天公馆众老少英雄都来了,我们头一队来了十个人,共分四路来拿周百灵,爹爹有什么主见没有?"项国栋说:"你来了好,你带的那几个人在哪里?"项文龙说:"随后就到,叫我来头前探听的。"项国栋说:"你赶紧去告诉众人,千万别莽撞,等我预备点酒,把周百灵灌醉,再动手拿他。我这里配有妙药,虽不是蒙汗药,吃下去也能教他昏昏沉沉,你等听我击杯为号。"项文龙点头答应,同项文彪赶紧出来,一看金眼雕等人已到,正在房上暗中观看。

这时项国栋来到前面说:"赫连兄长,周贤弟!你我今天通宵吃酒一乐。"周百灵说:"也好,你我今天开怀畅饮,尽醉方休,明天我要隐避在山洞,再不出来了。"说着话,家人立刻摆上酒菜,三个人推杯换盏,一直吃了五六杯酒。周百灵、赫连宝吉早已昏昏沉沉,如醉如痴。众家英雄由房上下来,给项国栋行礼,然后把周百灵、赫连宝吉两人俱皆捆上。这时节,追风侠刘云、马玉龙、邓飞雄等众家英雄共四十位,俱皆齐集到了项家岭。项国栋赶紧领着他几个孩儿,出来迎接,彼此见礼。项国栋上前给马大人和众位校尉老爷行礼,说:"我项国栋本是安善良民,一向在此隐居,皆因周百灵前来蛊惑是非,多蒙大人和众位恩施格外,我不求有功,只求无过。"马玉龙等人说:"明天我等见了大人,多给你美言就是了。你赶紧预备车辆,帮同我们将贼人解到公馆。"项国栋说:"今夜不便走了,候天光亮了再走,家中有车送去。今天我给众位备酒,不知可否赏脸喝点。"马玉龙说:"可以。"项国栋立刻派家人预备酒菜,款待众人。

等到天色大亮,项国栋父子三个押解贼人,同众差官径奔公馆。来到嘉峪关,把周百灵和赫连宝吉由车上打了下来。这两个贼人,都是马玉龙出的主意,用绒绳捆绑,把嘴堵着。众人到里面来回禀中堂,已将周百灵拿获。大人说："玉龙,你看该当如何办理? 我想,如果审问周百灵,叫他说出木羊阵的破法,又恐其藏私。此事关系重大,郑鸿年所献的阵图,上面又没有破的法子。"马玉龙说："大人酌量该当如何?"中堂说："据我看,不用拷问于他,要一动刑,倒不好办了。你把项国栋叫到校尉所,半官半私,叫他劝解周百灵。这事本部院就交给你去办。"马玉龙一听,大人的主意甚是高明,点头答应,转身来到自己屋中,就把项国栋叫了过来。项国栋说："大人呼唤我有什么事?"马玉龙说："我请老英雄来,非为别故,为的就是周百灵。适才中堂大人叫我烦请老英雄劝说周百灵,叫他把阵图画了出来。他如不画阵图,那时必要重办于他;他如把阵图画出来,木羊阵破了,大人不但不治罪,还要保举于他。"项国栋说："你们要捆着他,我怎么去劝;要放开他,他若跑了,我又担不起这个重责。"马玉龙一想此话也对,说："既然如此,我去回禀大人另做主意,你听我的回信。"

马玉龙自己接着又想："钦差大人把这件事已交给我办,必须这样办理才行。"他来到外面,把邓飞雄叫过来说："咱们把周百灵灌醒过来,叫项老英雄在屋中劝他。也不必捆着他,邓兄你把守后窗户,我师兄金眼雕同伍氏三雄把守前窗户,我带小神童胜官保、李芳、孙宝元、姚猛等把守门口,防备周百灵逃走。"商量好了,大众点头答应,这才告诉项国栋。项国栋来到屋中,把周百灵放开,用凉水给灌了下去,在对面坐定。工夫不大,周百灵肚子一响,打了一个冷战,睁眼一看,对面坐着项国栋,屋子也不对了,自己大吃一惊! 不知周百灵该当如何,且看下回分解。

第三二九回

项国栋义劝周百灵　画阵图群雄破木羊

话说周百灵睁眼一看,在旁边坐着项国栋。自己回思旧景,记得是在项家吃酒,只觉着一阵迷茫,就昏昏沉沉地人事不知,这时身上还透着麻木。想罢,开言说:"项大哥! 这是哪里? 我记得你我和赫连兄同坐吃酒,怎么会来在这里?"项国栋说:"贤弟要问,我也不必隐瞒你,咱们哥俩说至近的的话,你把木羊阵图画出来,交与彭大人,破了木羊阵,便好赎回你之罪。你愿意做官,大人必然保你做官;不愿做官,你回归故土原籍,也落个流芳千古之美名。"周百灵一闻此言,说:"兄长此言差矣! 我这次来到兄长家里,兄长说愿助我一臂之力,跟彭中堂势不两立,以报前番之仇,怎么今日又说出这样话来? 你老人家肯帮我,我另有主意。"项国栋说:"有什么主意? 你说与我听。"周百灵说:"兄长不肯助我,叫我走吧。要我画木羊阵图,势比登天还难。那阵也没什么奥妙,叫他们去破吧。"项国栋一听此言,微微一笑,说:"贤弟你要走,只恐走不了。"周百灵说:"怎么走不了? 莫非你还拿我?"项国栋说:"我倒不拿你,你若冲着我的面子,把阵图一画,是个整场。再说白天王待你又有什么好处? 金景龙这样的朋友,肯帮你出力,可是金家坨事败,你去找白起戈,他是帮了你二百兵,不是帮了你一员将? 事到如今,你还执迷不悟。要依我之见,你趁早回头,做事要有决断,那才是大丈夫所为。你此时有家难奔,有国难投,君子得失不忘本,不可把根本都忘了。"这几句话,说的周百灵气往上冲,说:"这必是你儿在公馆叫人拿住,有人来叫你劝说我归降官军,好把你儿子换回来。你这是在那里梦想,我跟你绝交,也不用打算叫我画阵图。"项国栋说:"我良言相劝,你打量这屋子还是双龙山项家岭? 这是彭钦差的公馆。"周百灵一听,大吃一惊说:"我怎么会来到这里?"项国栋说:"连我父子俱皆被擒,现在众老少英雄在四面围绕,要我劝说于你。大人本要三问六拷,严刑苦打于你,你我知己之交,因怕你受刑,故此才劝你做个整场。"

　　周百灵一听这话,知道是走不了啦! 要等严刑一拷,再来画阵图,一来对不起项国栋,二来也无脸面。抬头一看,门口有马玉龙派来的铁娃将姚猛、云中虎混海金鳌孙宝元二人把门,一个手擎双铁娃,一个拿着降魔宝杵。周百灵想:"自己身上又没带笔墨,要有笔墨也可画一道符,借奇门遁甲逃走。"自己正在思想,又听项国栋问道:"周贤弟! 依我之见,你把这件事从权办了! 彭中堂是国家的忠良,众老少英雄都是应运而来。"周百灵说:"兄长既然说到这里,把众位校尉老爷请进来吧。"项国栋这才说:"马大人,请进来吧。"

　　马玉龙由外面进来,众人仍在围绕把守。马玉龙说:"周先生! 你我远日无冤,近日无仇,何必这样执迷不悟。再说你是学道之人,岂不知顺天者昌,逆天者亡,识时务方为俊杰。你把阵图一画,倒是万全之计,咱们也落一个全交的朋友。"周百灵一听这话,心是暗恨:"好一个项国栋,他不该用酒把我灌醉,勾串官兵拿我。"自己又想:"有了,不如应允他画阵图,我不画完全了,叫他们去破阵时,死在木羊阵里。大概我画了阵图,他也还是要杀了我。"想罢,这才说:"马大人! 我画图就是了,大人可得赏我一间静室。"马玉龙说:"大概要多少日子?"周百灵说:"至快也须一个月。"马玉龙说:"那你就在这屋里画吧,给你预备酒食菜饭,款待于你。"便叫人把文房四宝,纸墨笔砚送来。

　　马玉龙又问项国栋道:"你父子愿意做官,我必保举于你,大人此时正在用人之际。"项国栋说:"老夫已然年迈,几个小犬疏懒成性,也都是粗俗无知之人。大人如有用人之时,我等万死不辞。"马玉龙说:"还有一件事,这个赫连宝吉到公馆行过刺,这件事该当如何办?"项国栋赶紧上前给马大人请安,说:"原本他跟我和周百灵都是拜兄弟,大人如肯施恩,放了他就是了。"马玉龙说:"既然如是,用凉水把他灌醒过来。"

　　这里刚把赫连宝吉灌明白过来,要放他走。外面欧阳德说:"唔呀! 不要放他。他冒充吾的模样,招摇是非,吾来跟他拼命!"千里独行侠赛判官邓飞雄说:"欧阳兄看在我的面上,大人都肯赦他之罪,兄长就不要跟他动气了。"赫连宝吉刚醒过来,就听蛮子外面直骂。便站起身来说:"唔呀! 欧阳德! 你不要骂吾,吾也是为朋友。不然,吾也不能到这里来。"邓飞雄说:"来,我给你二位引见。"赫连宝吉这人倒随方就圆,赶紧说:"和尚,你不要生气,我来给你赔罪,你再不答应,我给你磕一个头。"

这两句话一说,欧阳德也就没有气了。又说道:"既然到了这里,你我一天云雾俱都消散,既往不咎。"立刻,欧阳德和赫连宝吉二人对施一礼。欧阳德说:"唔呀,你今天不要走哉!咱们两个人盘桓盘桓,你如何打扮成吾这个样子,你要说一说。"赫连宝吉说:"只因在金家坨碰见你老哥,我一见就爱慕,故此这样打扮,有人问我,我就说自己叫欧阳德。"欧阳德一听,这才明白,说:"你走吧。"赫连宝吉同项家父子就告辞走了。

　　马玉龙暗中告诉追风侠刘云、千里独行侠邓飞雄、金眼雕和伍氏三雄,要众人绊住周百灵,明为瞧他画阵图,暗是看守着他。周百灵自己辨别方位,叫过马玉龙来说:"马大人!你见过木羊阵的方位没有?可曾进去过?"马玉龙说:"我不但进去看过,还见过阵图,就是没有破他的法子。"周百灵说:"你把那阵图拿来我看。"马玉龙答应,抽身出去把阵图拿来。周百灵一看,大吃一惊,心中想:"了不得了!幸亏我要了来看看,不然我留下后手,他等必对得出来。可是这个人既画出阵图,怎么又不写破的法子?"这才说:"马大人,这个阵图是谁的?"马玉龙说:"此人叫郑鸿年。"周百灵一听,心中想:"哎呀不错,当初我摆阵的时节,原有个姓郑的帮我做削器,没想到他做出这样机密之事,幸喜还好,我必须如此这般才是。"不知周百灵如何改画阵图,且看下回分解。

第三三〇回

邓飞雄率众破阵　众差官捉拿飞云

话说周百灵给马玉龙画木羊阵图，他自己要过文房四宝，按木羊阵的方位，一笔一画地在房中画起来。马玉龙给周百灵每日预备酒饭，众老少英雄暗中看守，以防周百灵逃走。马玉龙把周百灵应允画图之事，一一回明了大人。大人说："好，周百灵把阵图画好，你等请上欧阳德，分四门去四绝山破阵。然后陈兵骆驼岭，再跟白天王合约，商酌条规，把飞云、清风和焦家二鬼拿回归案。"马玉龙答应下来。

光阴荏苒，日月如梭，不知不觉就是一个月光景。周百灵这日把阵图画好，请马大人过目。马玉龙叫众英雄看罢，暗中告诉金眼雕和伍氏三雄绊住周百灵，虽然他把阵图画好，倘若暗隐机密，大家破阵时受了伤，那还了得！马玉龙吩咐已毕，这才把邓飞雄请来。邓飞雄说："贤弟叫我做什么？"马玉龙说："请兄长去破木羊阵，独当一面，带领八家太保去打木羊阵的南门。"立刻把神枪太保钱文华、神拳太保曾三寿、追云太保魏国安、飞行太保姚广寿、飞叉太保赛专诸赵文升、飞刀太保小孟尝段文龙、花枪太保刘得勇、花刀太保刘得猛八位太保请来，带三千兵助威，到木羊阵外列开旗门。邓飞雄点头答应，拿令箭调齐三千兵丁，作为头一队去破木羊阵。马玉龙又叫他岳父追风侠万里老刘云，带醉尉迟刘天雄、碧眼金蝉石铸、小蝎子武国兴、打虎太保纪逢春、黄面金刚孔寿、白面秀士赵勇、小丙灵冯元志、小火祖赵友义八位，领三千兵去攻打木羊阵北门。刘云领了令箭，点齐了兵马，作为第二队去破木羊阵之人。马玉龙又把神手大将纪有德请过来，叫他同小方朔欧阳德、景万春、郑鸿年、闹海蛟余化龙、银头皓首胜奎，带余得福、余得寿一共八人，领三千兵助威，去破木羊阵东门。马玉龙自带小神童胜官保、小玉虎李芳、小白猿窦福春、李福长、李福有，金棍将赛判官郑华雄、铁棍将铁臂猿胡元豹、混海金鳌孙宝元、铁娃将姚猛，带子弟兵去打木羊阵的西门。然后叫固原提督水底蛟龙高通海，副将多臂膀刘德太，统带两万马步军队，在骆驼岭驻扎，派人来往打探，倘木羊阵一破,白天王带兵冲杀下来,好打接应。又留宁夏总镇徐胜,同众老少英雄留在公馆保护钦差大人。

　　单言头一队千里独行侠邓飞雄,带了八位太保,三千人马,由嘉峪关起身,径奔四绝山,人马走的慢,头一天住了骆驼岭。第二日起身,刚一到四绝山,就听外面号炮惊天,番兵亮开队,为首的乃是金邦洞主黑眉扎似虎、银邦洞主白眉扎似狼、铜邦洞主姜伯朗、铁邦洞主杨伯达。他们是白天王派来看守木羊阵的,今天有探子报道:"现在来了无数的官兵,不知所因何故?"故此四位洞主赶紧齐队,挡住去路,问对面来者何人?邓飞雄骑着自己的黑驴,立刻跳下来说:"众位辛苦,在下姓邓名叫飞雄,奉我家中堂之令,前来打木羊阵。"四位番将听得明明白白,往左右一闪,邓飞雄带队进了四绝山,来到木羊阵南门,把三千兵扎在阵外。

　　邓飞雄按着阵图行事,一看这座南门,不冲南面,却是坐西朝东。按阵图所注之十二元辰,内有黄幡,阵门虚掩。邓飞雄告诉八家太保:"等我破了头道门,再跟我进来,"用红毛刀一点,双门打开,就见迎面站定一人,身高一丈,膀阔三停①,披散了头发,面似淡金,浓眉大眼。这人口吐青烟,人要闻见这股气味,当时就能把气脉闭住。这原是用木头、铜铁丝制造的,那股烟是毒药所配,名叫五毒烟。放过这阵烟,这人手里还有十枝袖箭,按阵图要等他把袖箭放完,破阵人再往前走。随后又出来一个披发的大鬼,手拿折铁刀,照人就砍。须用宝刀将两个假人削了,再往里走。然后把地下的翻板揭开,不可往里走,脚一蹬到弦上,就会出来五色的木羊,分青黄赤白黑,青羊放出五毒连环箭,其毒入骨便死;黄羊里有滚白蜡汁五毒烟,闻着就得躺下,休想活命;红羊里有五毒神火,人要碰上,能烧得皮焦肉烂;白羊里有毒药利刀;黑羊里是滚白蜡汁五毒水。羊的身上和脑袋上,都有自来削器,厉害无比,要砍这木羊须在木羊转动之时,从翻板的坑边蹿下去,底下有木羊的走弦网轮,用宝刀削了总弦副弦,那木羊就不能动了。第二道阵门是个圆洞,也没有门槛,千万别由墙上去蹿,墙上有冲天毒药弩,一推门便有一百单八枝毒药弩齐发,这时人得躺在地下,容箭放完,再站起来往洞门走。当中地下还有块汉白玉,雕刻着花纹,人要走在上头,削器一动,由上面便落下一块石盘,重有千斤,把人砸成肉

――――――――――――

　　① 三停——我国古代的长度说法;约为人身高的三分之一。

泥烂酱。再过去是第三道阵门，门开着，却不可往里走，如往里走，由门两旁就出来两把铁叉，把人叉住，又由上面下来一个铜罩子，把人罩住。按阵图说，要先将左边门上的铜环用宝刀削下来，那铁叉子就出不来了，再推门上嵌的铜钉，等铜罩子下来，用宝刀砍了，再往里走。第三道阵门内是平川之地，地下有串地金蛇，往里一走，就会出来一股白烟，这股白烟过去，又是一地的长虫，都是金银铜铁锡所造，俱有滚白蜡汁五毒水，沾在人身上就烂。这个总弦在三道阵的东边，那里有个亭子，亭子里有一眼枯井，跳了下去，将西边的一块石板揭开，里面的地道有串地蛇的总弦，用宝刀削了，再将木板插上。进了这三道门，就如走平地。

　　邓爷均照阵图行事，八家太保各持兵刃，在后面跟随。再往里走，当中就是阵眼。瞭敌楼东边有一楼梯，按阵图说，不可上去，上面有铁闸板，会将人闸在当中。要先将身子蹿上楼去，在前廊子底下的柱子后头，有一块活闸板，把板子揭开，再把铁闸板提上来。楼上并无埋伏，住着清风、飞云和焦家二鬼。邓飞雄刚来到楼下，一瞧马玉龙也进来了。北面的追风侠万里老刘云，东面的小方朔欧阳德也各把削器破了。大家把飞云、清风和焦家二鬼拿住，会合一处。正在说话之间，只听得木羊阵外号炮惊天，白起戈领大队前来劫杀破木羊阵之人。不知后事如何，且看下回分解。

第三三一回

白天王兵困四绝山　马副将大战众番兵

话说群雄破了木羊阵,在阵中捉住了飞云、清风和焦家二鬼。这四个贼人,自从投奔前来,依白天王就要收了重用。旁边有牌头蒋云龙奏明说:"这几个人,都是行为不端的贼匪,无有立足之地,才逃到这里,其心莫测。再者说,官军必来文书要这四个人,天王可以暂为收留,观其形迹,察其动作,如有惊人之处,那时再为重用,也不为晚。"两方合约之时,彭中堂要这四个贼人,白天王不肯,便把这四人放在木羊阵中,每天有走线木人送饭,吃喝一概无缺,可就是出不来。今将此阵一破,众英雄把他等拿住,忠义侠马玉龙便将四个贼人交与碧眼金蝉石铸、魏国安、曾天寿、姚广寿、孔寿、赵勇、纪逢春、武国兴这八个人看守,因其中有奉旨严拿的要犯,须解到京师由皇上亲问。众人商量,要把这座阵放火烧了。刘云说:"不可,此乃关外要塞之地,不可随意举火。咱们大家回去,禀明中堂大人,听候大人吩咐。"正在说话之际,就听外面金鼓大作,人声呐喊。有探子来报:"回禀马大人,现有白天王统带全军,率四邦洞主在四绝山外亮队。"

书中交代:白天王正在教场操演番兵,忽有把守汛地的小牌头边得利,送来了一角文书,报知官军来了四路人马,径奔四绝山去打木羊阵。晚傍晌,又有金邦洞主黑眉扎似虎禀报:"有官军人马在四绝山安营,大约是明天来打木羊阵。"白天王得了这个信,心中甚不放心,又派流星探马前去打探。今天正午,有探子来报,便赶紧调齐了大队人马,径奔四绝山而来。他手下的镇殿将军,有一个金眼大魔,一个银眼大魔,还有二牌头黑眉扎似龙,带了约有一万五千人马,齐在四绝山亮队。这一边众老少英雄,破了此阵之后,四路人马会合一处,也有一万二千人。金枪天王白起戈的来意,是听说木羊阵已破,白白耗了多少帑银,打算来把破阵之人拿住,再跟彭中堂要嘉峪关外之地。他起队来时,已派人前往各路转牌,要将十路天王一并调齐,会兵一处,跟彭大人开仗。

这一边众老少英雄,带了一万二千人,内有追风侠万里老刘云说:"咱们是人无头不行,鸟无翅不飞,白天王既带兵前来,回头必有一场凶杀恶战,咱们得举一个人调遣,不可自乱。"大众说:"老英雄言之有理,咱们都听马大人吩咐调遣就是。"马玉龙说:"好,回头先别动手,我先礼而后兵,跟他讲理。"众人说:"是。"马玉龙吩咐把队伍列开,往对面一看:这些番兵有如一座兵山,七星幡、北斗幡、蜈蚣皂雕幡、珍珠八宝篆云幡,当中,白天王头戴天王黄金盔,身穿太岁黄金甲,内衬猩猩红大战袍,骑着赤炭火龙驹,手执虎头攒金枪,手下偏将、牙将有数十员,个个威风凛凛,人人相貌堂堂。马玉龙看罢,一催坐骑,马前是铁娃将姚猛、混海金鳌孙宝元,一个手擎双铁娃、一个手擎降魔宝杵;马后是四个小童,小神童胜官保、小白猿窦福春、小太保钱玉、小玉虎李芳,四人都各擎兵刃。马玉龙说:"天王请了! 前者我同彭钦差来到宝寨,与天王面谈合约之事,今天已将木羊阵打破,拿住飞云、清风和焦家二鬼,欲回公馆交差,天王反带了人马拦住去路,所因何事?"白起戈说:"马副将! 孤家摆设此阵,已耗费银帑无数。彭中堂无故妄动干戈,战败了金景龙,又把孤家的丞相周百灵拿去,不知置于何处? 你今天如把孤家的丞相送回,我放你等回去;如若不然,你等休想得过四绝山。我先把你等全皆拿获,再带兵杀奔宁夏府。"马玉龙一闻此言,说:"白天王! 你我从未反目动兵,今日你意欲在自己管辖之地,来决一死战,也好,是你我动手,还是另遣他人?"白天王一听说:"好,待孤家拿你。"

这句话尚未说完,白天王身后一声喊嚷:"王驾且慢,等末将前往。"白天王一看,乃是二牌头黑眉扎似龙,一拍坐下马,手使三股烈焰托天叉闯出本队。马玉龙一看来的这员番将,头上紫缎扎巾,勒着抹额,身穿蓝缎战袍,暗罩掩心甲,面似乌金纸,黑中透亮,两道粗眉,一双大环眼,威风凛凛,摇叉扑奔而来。马玉龙擎着盘龙戟,方要动手,旁有混海金鳌孙宝元说:"马大人闪开,似此无名小卒,也敢这样猖狂,待我拿他。"只见黑眉扎似龙抖叉照孙宝元分心就刺,孙宝元用手中降魔杵往上一崩,当啷一声,黑眉扎似龙已觉虎口发麻,将马往东一转,孙宝元举杵当头就打,正打在马的后胯。那马躺倒在姚猛跟前,姚猛举铁娃往下一打,便将贼人打的脑浆迸裂。只见白天王身后一人,哇呀呀怪叫说:"好两个黑炭头,胆敢伤我兄长,待我拿你!"孙宝元抬头一看,见番兵队里跑出一个大汉,紫脸膛,鬓发蓬松,耳上坠着金环,身穿青缎小袄裤,足下牛皮战靴,手使一条青铜棍,分量沉重,乃是白天王手下的镇殿将军黑眉扎似彪。他是龙眠山狼牙寨的洞主,在番军中是头一个好汉,绰号人称紫面金刚、铜棍太保。见大哥一死,他就急了。有道是打架亲弟兄,上阵父子兵,他并不答话,跑出来用棍照孙宝元搂头就打,孙宝元摆宝杵相迎。两个人真是棋逢敌手,将遇良才,不分高低上下。

马玉龙一看大吃一惊,就知道这员贼将勇猛无比,只恐孙宝元有失,便派姚猛出去,并力战之。姚猛刚一摆铁娃出来,白天王的五殿下,名叫大力将军白豹,手使青铜槊跳出队外,截住姚猛就打。姚猛急架相还。这贼将身高八尺,膀阔三停,赤红脸,粗眉环目,跟姚猛对敌,不分上下。两边金鼓大作,真杀到日色西沉。马玉龙恐两员虎将有失,白天王亦怕儿子有伤,彼此鸣金息战。马玉龙吩咐安营,暗派人奔嘉峪关给提督高通海、宁夏府总镇徐胜送信,知会彭钦差,务须速调大兵,来跟白天王开仗。一夜无话,次日天明,又听号炮惊天,众天王齐集大队,来到了四绝山。不知后事如何,且看下回分解。

第三三二回

五天王齐集四绝山　马妖道施法战官兵

话说白天王昨天回到老营，立刻重赏了黑眉扎似彪和白豹。因想到自己兵微将寡，只恐拿不下马玉龙。正在踌躇之际，番兵进来一报："孟德海、万延龄、邓福伯、丁三郎四路天王的人马，离此四绝山三十里安营。"白天王一听，心中甚为喜悦，正要派人去请四路天王前来议论军情，又有简寿童带了一个老道前来。

原来简寿童自从前番大战金家坨，便逃到安定山内的玉皇观来。这庙中的老道本是辽东人氏，因为犯了弥天大罪，逃在这里隐避，自己拿银钱修盖了这座道观。山前水潭内有两个金蝉，据说是块风水地，他总想把这两个金蝉得到。老道名叫马遇贵，身长八尺，膀阔三停，性最贪酒，幼年就练了全身的武艺。他曾得了一部书，名叫《秘授保命真言》，上面有些符咒法术。他也收了几个徒弟，大徒弟叫曾坤，二徒弟叫吉元，因为私盗天书，叫他赶下山去了。随后又来了几个人，跟他练练把式，也学些《秘授保命真言》上的功夫。前番简寿童来，要拜他为师，他也不肯收。简寿童兵败之后，知道金景龙、金景虎归降了官军，他无处可投，又想给周百灵报仇雪恨，便奔安定山来，给马老道磕头说："我拜你老人家为师父，请授我艺业，去给朋友报仇。"马老道说："你既来了。暂住我这里吧，有便时我教你一点能为，去给你的朋友报仇就是了。"

简寿童从此就在庙中住下了，却时常央求老道下山，给他的朋友报仇。马老道说："我是不便下山，我有个徒弟叫云霞居士郭瑞，在此正东偏北的烟云山居住。此人艺业出众，本领高强，天生的飞毛腿，善晓天文地理，这个徒弟得了一部奇书，习学的比我能为还大。等他前来，叫他下山帮你代周百灵报仇。"简寿童说："你老人家这位徒弟几时能来呢？"马遇贵说："明天是我的生日，他必来给我拜寿。我把你这件事向他说明，叫他下山去哨探，可以给你报仇。"

正在说话之际，外面有童子来禀："云霞居士郭瑞前来叩见。"简寿童一听,急忙跑出去迎接,来到外面一看,这人是在家人的打扮,身长七尺以外,头戴蓝绸四楞巾,背插宝剑,白生生的脸面,眉分八彩,目如朗星,齿白唇红,手拿一把拂尘。简寿童赶紧过去说:"久仰道友大名,今天法驾光临,真乃三生有幸,请到里面一叙。"云霞居士一瞧,认得简寿童,只没有谈过话,今见他出来谦让,赶紧答礼相还,彼此寒暄,来至鹤轩见过师父。马老道把简寿童之事对他一说,郭瑞说:"师父不必下山,待我前去访探明白,然后再想报仇之事。我自得了天书,学会了三十六天罡,七十二地煞,也还未曾施展过一回。"马老道说:"好,你就急速下山,我候你的回信。"

郭瑞去了十数日才回来,见马遇贵回禀说:"我到了一趟宁夏府,又去了一趟锦都。见白天王正操练人马,军规甚严。彭中堂已拿住周百灵,叫他在画阵图,还请了无数能人,只等阵图画完,就去破木羊阵。"简寿童说:"咱们趁阵图没画完,快到公馆去行刺。"马老道说:"不用,等他们阵图画好,破了木羊阵,白天王必带兵跟他们打起来,那时咱们再去帮白天王与官军大杀一阵,替周百灵报了仇,也施展施展咱们的法术,斗斗他们这些侠义。"就留郭瑞在大庙里住下,终日哨探。这天探马来报:"现在官军已破了木羊阵,白天王带兵正与官军开仗。"马遇贵一听,说:"好,你我师徒就此下山。"郭瑞说:"你老人家先下山去吧,我在此看庙。"

简寿童与马老道下了安定山,来到两军对垒之处,只见旗幡招展,号带飘扬,东五路天王的人马各扎一方,近日与官军开仗,还未分胜负。马遇贵同简寿童来到番营,求见白天王。白天王吩咐快请二位进来。他素日已知简寿童威名远震,但却不知马老道。简寿童进来参见白天王,说:"我现在约了一人来帮天王打仗,以助兵威。此人姓马名遇贵,在安定山中归隐,很有些异样能为。"白天王说:"好,请坐。现在我的木羊阵已被官军打破,马玉龙凭血气之勇跟我开仗,已伤了我一员大将黑眉扎似龙。我手下的黑眉扎似彪和殿下白豹二人,正跟官军开仗,还未分胜负。但不知仙长你有何妙策?"马遇贵说:"明天开仗之时,我必拿官军几员战将,以作进见之礼。"白天王说:"好,既然如此,你我今天开怀畅饮。"立刻预备上等的羊席,吃喝完毕,天晚安歇。

次日用过早饭,调齐了三万番兵,派金邦洞主黑眉扎似虎,银邦洞主白眉扎似狼二人为左军先锋,铜邦洞主姜伯朗,铁邦洞主杨伯达二人为右军先锋。白天王自带大队,同各牌头、洞主,把队伍一字排开。

再说马玉龙来破木羊阵,并未带多少粮草,这一开仗,大兵一动,粮草先行,昨日他虽然走了告急文书,知会陕甘固原提督禀告彭中堂,尚未见有兵前来接应。今天白天王又亮了队,马玉龙便会合追风侠刘云、金眼雕和伍氏三雄、拜兄独行侠邓飞雄等众家英雄,点齐了队伍。马玉龙说:"众位兄弟! 今日又是一场恶战,大家必须努力向前,以破敌人。"邓飞雄说:"贤弟不必忧虑,愚兄自倒反佟家坞以来,就为立万世不朽之功。据我看来,这些贼人犹如鸡犬。"说着话,把队伍列开。只见白天王全身盔铠,手下战将数十员,内中有个老道,头戴九梁道巾,身穿蓝缎道袍,青护领镶衬,腰系丝绦,白袜云鞋,手拿拂尘,佩带宝剑,面如古月,三绺胡须飘洒胸前,一派仙风道骨。马玉龙看罢,旁边有追云太保魏国安、神行太保姚广寿二人说:"马大人! 待我二人出去立功。"马玉龙平素知道这两个人武艺出众,本领高强,就说:"你二人出去,切不可大意。"二人点头,出离了本队,只见贼人队中一声喊嚷,出来了一位大英雄。不知胜负如何,且看下回分解。

第三三三回

魏国安失机被获 金锤将夜探敌营

话说魏国安一顺手中刀，来到两军阵前，就听见白天王身后一声喊嚷："小辈休要逞强，待我来拿你！"魏国安抬头一看，见这人约有二十余岁，头上戴着回回的帽子。这个人乃是掌教的二师父，名叫杨百通，手使月牙方便铲，素日威名远震，是镇守龙眠山的大牌头。他今天想要人前显耀，鳌里夺尊，来到两军阵前，通了名姓，照定魏国安分心就是一铲。魏国安往旁边一闪身，摆刀照定贼人拦头就剁，贼人用铲相迎，上下翻飞，走了五六个照面，魏国安跟进一步，一刀竟将贼人结果性命。白天王一看龙眠山的牌头阵亡，气往上冲，仍然派黑眉扎似彪出阵。黑眉扎似彪到了两军阵前，打算要赢魏国安，两个人走了几个照面魏国安身体十分灵便，彼此不分上下。

正在这般景况，白天王身后一声无量佛，说："天王鸣金把这位将军撤回，待本山人去到两军阵前，拿获这一干贼人。"白天王不知这老道有多大能为，正要瞧瞧，见他讨令，便说："真人既要出去，须得小心。"立刻吩咐手下鸣金。呛啷啷一棒锣声，黑眉扎似彪回归本队。这老道大摇大摆，来到两军阵前，伸手拉出宝剑一指，说："小辈，你可有名？"魏国安说："老道要问，你家老爷姓魏双名国安，绰号人称追云太保。"老道说："我被白天王所约，特意前来拿你这伙狗头。"魏国安一听，气往上冲，摆刀照定老道搂头就劈，老道往旁边一闪，伸手由兜囊掏出一种物件，照魏国安砍来，魏国安翻身栽倒，被几个番兵将他绑上。

马玉龙见魏国安被获遭擒，心似油煎。旁边怒恼了大英雄碧眼金蝉石涛。亲者厚，厚者偏，他两人本是师兄弟，素常甚为和睦，眼看师兄被番兵拿去，决不能活，必得亲身出去，跟贼人一死相拼，把师兄救回，或捉住两个敌将，再将师兄换了回来。他闯出本队，拉着杆棒扑奔老道而来。马遇贵手擎着飞沙迷魂袋，洋洋得意。石铸见过这种东西，想是前次叶守敬、吴元豹使的那种瘟瘟香，便跟马玉龙要了解药闻上，过去一抖杆棒，打算把老道扔个筋斗。焉想那老道用口袋一打,石铸闻着一股异香,脚一发软,立刻栽倒,被老道吩咐绑了。

马玉龙一看就愣了,真是一处不到一处迷,四处不到永不知,回头问追风侠刘云说:"岳父,你老人家在外走南闯北,必然多见多知,这老道用的是什么东西,你老人家可知道?"刘云说:"我想,大约是五毒香。"马玉龙说:"这种东西可有什么破法?"刘云说:"我倒不知道,依我之见,这个老道必有些妖术,不如暂且撤队,我写信约个朋友来,可以设法破他。"这里正打算撤队,就听正南炮响,有探马来报:"现有固原提督高通海,带兵在四绝山正南扎营。甘肃巡抚喜崇阿,宁夏将军庆祥,带领八旗满蒙汉的兵丁,已过嘉峪关。"马玉龙听罢,便吩咐鸣金撤队。

原来陕甘固原提督高通海带兵在嘉峪关住扎,见马玉龙的告急文书一到,立刻带兵杀奔前来。彭中堂因知贼人反复无常,有失前约,也打算将兵马由嘉峪关移到骆驼岭一带连营,以显官军兵威。马玉龙回到大营,向老英雄刘云问道:"贼人这五毒香甚是厉害,不知何人能破他?"刘云说:"要破他这邪药,非高志广、张文彩二人不可。张文彩是李福长、李福有的师父,我写一封书信,叫李福长兄弟去请张文彩,再烦张文彩去约请高志广。他二人曾得到一部天书,名曰《天风无影迷魂药法》,可知这五毒香的出处来历。使这东西的没有几个人,我不敢说都知道,也略晓八九。"马玉龙立刻写了一封书信,备了快马,派李福长二人前去。

书中暗表:这营中的孔寿、赵勇二人,素日跟石铸相交甚厚,因当初孔寿中了毒镖,石铸曾千里讨药。今天石铸在两军阵前被擒,马玉龙鸣金收兵,孔寿、赵勇就不愿意,想石铸既被番军拿去,不给他报仇,大失朋友之义气。二人想:"我们的命不要了,男子汉大丈夫,立志不交无义友,存心当报有恩人。"孔寿说:"我们两个人私自出营,径奔番军,探听石大哥生死如何?如石大哥死了,我们想法给石大哥报仇;如不死,咱们就把石大哥救了回来。"这两人把夜行衣换好,各带单刀一把,又将链子锤带在兜囊,私自出了营门,往前扑奔西北。抬头一看,只见番营灯火之光,照耀得如同白昼一般。二人心想,番营有绳墙、铁蒺藜、绊马索,号灯齐明,又有兵丁来回巡更走筹,难以进去,便绕着来到番营后面,见人烟稀少,这才伸手掏出面具,乃香牛皮所做,上面有五彩颜色,遮住自己的本来面目。

这两人顺着绳墙,鹿伏鹤行,一点声音全无。刚一过去,有巡哨的人看见两条黑影,再瞧又没了,因看事不真,也不敢往里回报。孔寿、赵勇二人,顺着营房后寻找,找来找去,找到一座子母营,九间通连,中军帐里面正大摆筵宴,当中坐定白天王,左首是白龙、白凤、白虎、白彪、白豹、白雄六位殿下;右首是老道马遇贵、简寿童和金邦、银邦、铁邦、铜邦四位洞主;另外还有五员大将是:管军牌头赵泰、行军都教习冯平,镇殿将军朱珍,行营先锋孔富和祁贵;下面是水牌头钱豹、陈虎,两旁诸将,共有一百余员。下首还有阿丹丞相。孔寿、赵勇看见众人喝酒,也不知石铸、魏国安究竟是死是活。二人一想:胆小焉得将军做!伸手掏出链子锤,就要闯进牛皮帐去。不知后事如何,且看下回分解。

第三三四回

白天王一怒斩差官　余化虎中途救赵勇

话说孔寿、赵勇正要拉兵刃闯进牛皮帐，又一想："我们身入龙潭虎穴，所为前来救人，尚未准知生死，且在各处寻找，探听明白，再作道理。"心中正在思想，忽听帐篷内有人说："大王！山人也不是说大话，要拿马玉龙他们那些人，不费吹灰之力。我必将官军营的人一网打尽，方出这胸中之气。"白天王说："好，真人既有这样手段，此乃万千之幸。今天拿住的这两个人，又该当怎样发落呢？"说着有探马来报："固原提督高通海带大队在四绝山南安营，宁夏总镇的兵已过嘉峪关，彭中堂、喜巡抚、庆将军正调动各路人马，要与我军决一死战。"老道说："不足为虑，先把拿住的这两个人绑来，问问他是谁的主意破了木羊阵，问完便把他二人开膛摘心，将首级号令营门，以振天王的军威。"白起戈便吩咐把那两个人押了上来。

两旁人答应，就将石铸、魏国安搭了上来，此时还人事不知。白天王说："真人！他二人怎么还不知人事？"老道说："他二人中了山人的五毒迷魂袋，已将七窍闭住，待山人把他治过来。"赶紧叫人拿过一碗无根水，老道口中念念有词、伸手由兜囊取出一块如意饼，放在水内，叫人给石铸、魏国安灌了下去。工夫不大，二人苏醒过来，一看自己被获遭擒，落到了天王大帐之内。二人勃然大怒，破口就骂。老道马遇贵说："石铸、魏国安，你二人好不知事务，还不给天王磕头归降，饶你不死。"石铸二人只觉得心慌意乱，四肢无力，定了定神说："白起戈，你反复无常，不算英雄。前番合约之时，你说如有人把木羊阵打破，便年年来朝，岁岁称臣。我等破了木羊阵，你又带兵来到四绝山劫杀，打算以兵威压之，谅你又能有多少兵！"白天王对马老道说："仙长，哪里有这许多工夫问他，快把他俩推了下去，乱刀分尸。"刚要往下推，旁边有人说："且慢，天王何必这样动怒，杀他无非和蝼蚁一般，何不拿这无用之人，换取有用之土地？彭中堂如肯把嘉峪关外土地让出来，便把拿住的人放回，他如不肯，那时再杀也不为晚。"白天王一听此言,甚是有理,说:"既然如是,将他二人押了下去,交与锦都守城大将关入牢狱,不可断绝他俩的口粮,听我的转牌发落。"

孔寿、赵勇先在暗中听说要杀,两个人急了,就要拉刀过去拼命。后又听说不杀,要押送锦都。孔寿一想:"这四绝山离锦都十六里地,如押着去的人少,我二人便可以劫救。"想罢,两个人转身往外,出了番营,扑奔上锦都的大路,找了一处树林,就在那里伏身等候。直候到天光闪亮,还不见有人过来。正在着急之时,才见远远有人由对面过来了。

原来天王吩咐了手下人,不能连夜解走,直到天亮,才挑出两个小头目,二十名精壮兵,把两人绑好,搭在车上拉着。这两个小头目,一个叫白彦珍,一个叫李全章,是行军的牌头。白彦珍还是白天王的本家宗室,散秩将军。这两个人解着石铸、魏国安,也没想到有人敢劫。正往前走,忽然由树林里蹿出两人,一声喊嚷:"好贼将,趁此把差事给我留下,万事皆休,如若不然,叫你死无葬身之地。"李全章说:"白将军闪开,待我动手。"翻身下马,拉出佩刀,照定孔寿就剁。孔寿用链子锤往外一崩,贼人撤刀又分心砍来。孔寿闪身一旁,用锤一晃,将李全章踢倒在地,赶过去就要结果贼人的性命。白彦珍一声喊嚷:"好贼!光天化日,朗朗乾坤,胆敢在此劫路。"赶过来抡斩马刀就剁,赵勇摆锤跟他杀在一处。李全章趁势爬起来就跑。这二十名精壮兵各拉兵刃,把孔寿一围。孔寿力战这二十个人,展眼之间,就用锤打死三个。赵勇见孔寿力战众番兵,他却拿不了这个白彦珍,甚是着急,打算一锤把贼人打死,就可以救出石铸二人,却不料贼人这口刀上下翻飞,甚是纯熟。

正在这般景况,听正南上喊声大作,来者乃是白天王的长子白龙。原来这两个人押着石铸走后,白龙说:"爹爹派他们押送二人上锦都,恐其道路上有什么差错,莫如我带兵跟了上去。"白天王说:"你就跟去吧!"白龙立刻点了五百马队,赶出后营门来。正往前走不远,忽然看到李全章直往南跑,见着白龙就说:"回禀小殿下!前面有人劫差事。"白龙听罢,赶紧催马上前,一瞧孔寿、赵勇甚是骁勇。白龙令马队由四面一围,齐声喊拿。孔寿二人一瞧不好,不但救不了石铸,我二人性命休矣!李全章过来帮着白彦珍战孔寿,白龙摆大刀敌住赵勇。两个人累得浑身是汗,遍体生津。正在危急之际,见西南番兵一阵大乱,纷纷倒退。

孔寿、赵勇赶紧往西南就闯，只见迎面来者非别，正是连环寨余家坡的二寨主翻江鳌余化虎，带着余得福、余得寿、余强、余猛及能征惯战的水兵五十余人。他本是来庆阳府瞧哥哥余化龙，要建功立业的。因走错了道，见前面喊杀连天，有番兵阻路。余化虎带的这些喽兵，都是久惯厮杀，不怕死的亡命之徒。余化虎见番兵马队围着两人厮杀，就吩咐兜着后头杀，各人齐摆兵刃，便把孔寿、赵勇接应出来。孔寿一看认识，这才诉说前情。余化虎说："原来如是，你二位不可任性，贼势浩大，难以救那二人了，任凭天命吧！"孔寿、赵勇一想，也是无法，只得先绕道回营。余化虎说："你二位怎么过来的？"孔寿把夜间探营的话一一说明，他们便要奔固原提督高大人处去。余化虎说："也好。"众人绕着山边，来到高通海的大营门，往里回话。

高通海正同徐胜、刘芳商量去闯番营，接应马玉龙的兵队，忽听有人上来禀报，立刻吩咐有请。众人来到里面，高通海以宾客相待，便问孔寿是怎么出来的？孔寿又把上面的事述说一遍。高通海一听，不禁吃了一惊，说："石铸、魏国安本领高强，竟然被擒，想那贼人好生厉害。再说马大人的兵没有粮草了，我又带来了五万兵将，这便如何是好！"立刻把诸将聚齐问道："你等有何妙计破贼？"话犹未了，旁边闪出一人，要献计捉拿白起戈，搭救一班英雄。不知后事如何，且看下回分解。

第三三五回

高提督疑兵惊天王　彭钦差致书辱番军

　　话说高通海问众将有何妙计讨贼，旁边闪出一人，三十以外的年岁，五品文职官服饰，姓吴名忠孝，原本是随营的参谋，在高通海手下办理来往公文折报，原籍湖北黄冈，虽是文人，却极有韬略。他见队伍过不去，不能进兵，便骑马到外边看了一看，只见番兵甚是雄壮，回营来正暗自忖度。高通海一问众人，吴忠孝说："大人用疑兵之计，人马可以过去。"高通海说："先生计将安出？"吴忠孝说："大人今晚把大队分为十队，叫营官带领，五百人为一队，分山南山北山前山后，各自擂鼓呐喊。白天王疑是偷营，他必齐队防守，容他将队伍调齐，我兵即行息鼓。等天交三鼓，贼兵要睡，我兵再喊，他还防备。如是者不过三日，贼人必拔队而去。"高通海一听此计大妙，赶紧派二十营官，每人带五百兵擂鼓呐喊，却不要杀出去。大家分拨已毕，照计而行。

　　再说马玉龙营中没了孔寿、赵勇、不知去向。自李福长兄弟走后，又有探子来报番营阻路，休想过去。马玉龙想："要凭一刀一枪，大可以跟他交战，无奈那妖术邪法，又如何能敌？"白天王要战，马玉龙并不出队，只把免战牌高悬，静等救兵前来接应。今晚起更之时，忽听得外面呐喊，金鼓大作。马玉龙料想必是救兵来了。甚为喜悦。

　　白天王自早晨讨战，见马玉龙免战牌高悬，就派人去请孟、万、邓、丁四位天王，可是那四路兵既不走也不来，不知所因何故？天有初鼓，忽听四面火炮惊天，人声呐喊，金鼓大作。白天王疑是偷营，赶紧吩咐齐队，把队伍调齐。再听外面的金鼓又不响了，人声也停息了。直等到三更，并无动作。白天王一想：撤队安歇吧！刚要撤队，又听外面炮响，金鼓大作，喊杀连天，直闹了一夜，白天王的兵也没睡觉。次日，白天王聚集众将说："这可不好，用兵之道，真真假假、实实虚虚，如不调集队伍，他就许闯了进来，要防备他杀来，兵丁连夜不睡，那如何能行？这个地势扎营不好，现在木羊阵虽破，那边还有一万多兵，一人拼命，万夫难当，莫如撤队，两下合兵一处。"白天王立刻传令北撤,在离锦都八里的地面,择了吉地安营。

马玉龙与高通海合兵一处,大家共叙寒温。外面有人来报:"彭中堂、喜巡抚,庆将军三乘大轿,带马步军队来至骆驼岭。高通海、马玉龙率众出来迎接。彭中堂,喜巡抚和庆将军三位升帐,众人参见已毕,中堂说:"你等破木羊阵,是怎么一段情节?"马玉龙就把破阵之故,从头至尾一一回禀大人。彭中堂说:"原来如是,我再给白天王写一封书信,先礼后兵。前番本阁与他在金斗寨合约,已言明破了木羊阵,他便甘拜下风,为何反复无常。"马玉龙说:"大人写书信问他也好,现已拿住飞云、清风和焦家二鬼,听候大人示下。"彭中堂吩咐把四个人押了上来。这个时节,马玉龙早用宝剑把四人的大筋挑断,就是放开也跑不了。将四个人押了上来一问,贼人料想不说也不行了,遂把已往之事俱皆招认。大人想:这四贼人情同叛逆,飞云和尚又是奉旨捉拿的钦犯,二鬼逃军,清风行刺,再加勾串番军动了刀兵,都因他四人所起。大人便专折奏明圣上,吩咐把他四人暂且带了下去,不可缺少食水。大人又修奏本,把一班出力人员保奏明白。

这时马玉龙过来回禀大人:"现在石铸、魏国安二人,已在两军阵前被获遭擒。"大人说:"那也无法,只可见机而作。我先写好书信,哪个前去番营投信?"马玉龙立刻派手下千总刘升前去下书。刘升接过书信,出来备马,跟众人说:"我这一去不定死活,番王的脾气没准,或许把我杀了。"众人说:"你不必多疑,两军交兵,不斩来使。"刘升上马,便带着从人出了官军营,前往白天王的营寨下书。

白天王正在大摆筵宴,请四路天王共议进兵之计,打算走转牌去调西五路天王,合兵一处,跟彭中堂决一死战。这东四路天王当中,孟得海,万延龄只是劝解白天王;丁三郎随班唱诺,打就打,不打就罢;只有邓福伯自告男,要打前敌。众人正在纷纷议论,有人进来禀报:"现有彭中堂差人来下战书。"

白天王拆开一看,上写着:

　　太子太保文华殿学士兵部尚书彭朋,致书于金枪天王麾下。前者两方合约于金斗寨中,你我面定条约,在锦都东南摆设之木羊阵,定于百日之内打阵。如我军将阵打破,天王情愿年年来朝,岁岁称臣。你我言重金石,焉能反复无常?现今我属员马玉龙,率众已将阵

打破，不料天王有失前言，殊为可笑！又带兵迎于四绝山，倚仗兵威，
欺我太甚。今特致书麾下，如急速退兵请罪，以免刀兵之灾，吾专折
奏明圣上，两下罢兵息战。如其不然，你我明日各整甲兵，决一胜负。
本阁以良言相劝，望天王三思。倘不负前约，即将回信交来人刘升携
回。书不尽言。

白天王看罢，勃然大怒，说："好彭朋！胆敢戏耍于我，我必得跟他决一死
战。"吩咐把刘升带了上来。白天王说："我本应将你斩首，今且放你回去
告诉彭朋，叫他急速调兵前来，跟我开仗。"吩咐把他的耳朵割下一只来。
两旁就把刘升左耳削去。

　　刘升抱头鼠窜，跑回官军营来，见了彭中堂，放声大哭，诉说见白天王
之情由。彭中堂一听，心中大怒，说："好贼人，竟敢这样无礼！明天我必
跟他决一死战。"两旁众将，一个个气得摩拳擦掌，都有跟贼人势不两立
之意。彭大人吩咐道："明天五更饱餐战饭，我亲自会会白天王，看他有
多大能为。"大家点头答应，各归自己帐篷，一夜晚景无话。

　　次日五鼓天明，号炮一响，众兵将用过战饭，把队伍调齐。白天王也
把队伍列开，金鼓大作，人声呐喊。彭大人抬头一看，见那白天王带着六
位殿下和手下的番将，一个个虎视眈眈。老道马遇贵跟随在白天王身后，
洋洋得意，倚仗着他有迷魂五毒香沙袋，想在两军阵前独显己能。那东五
路天王人心不齐，孟得海、万延龄没有亮队，只有邓福伯带队自告奋勇，丁
三郎是看着谁胜谁败。那老道念了一声无量佛，出离贼队，说："哪一个
敢出来与山人较量一番！"只听得彭大人背后一声呐喊："待我来拿你这
个贼道。"不知此人是谁，且看下回分解。

第三三六回

马道人毒香胜官兵　众英雄议请高志广

话说老道来至两军阵前讨战,彭大人身后闪出一人,乃是神枪太保钱文华。老英雄想:"这个老道甚是可恶,我出去先跟他说话,冷不防一枪把他扎死。如扎不死他,我这年岁,命不要了!"便自告奋勇出来,在两军阵前大骂:"妖道,你降了番军,卖主求荣。"老道说:"我并非卖主求荣。你要叫我不帮白天王,须应我一件事,我徒弟金须道赵智全,无故被你等赶的无处安身,我徒孙清风道于常业,亦被你们拿去,如将他放回,我就不帮白天王打仗。"钱文华一听,说:"老道!你可知清风道于常业乃罪魁祸首,屡屡行刺,犯了国家的条例。你既是他师祖,更应当教训于他,想来你等俱是反叛。"说着话,冷不防照老道胸前就是一枪,几乎叫他扎上。老道躲得快,旁边一闪身,掏出迷魂五毒香沙袋,照钱文华一甩。老英雄一闻见异香,翻身栽倒,早有番兵用钩杆子一搭,绳捆二臂给绑上了。小太保钱玉一瞧就急了,父子天性,一见他父亲被擒,不由肝连胆痛,五内皆裂,拧手中枪蹿出阵外,口中大骂:"妖道!胆敢伤我父亲,我跟你一死相拼。"老道哈哈大笑,说:"你这小小的娃娃,有多大能为,也敢在山人面前猖狂!我拿你等这些小辈,如同蝼蚁一般。"说着话,一抖迷魂五毒香沙袋,小太保闻见香味就栽倒在地,被番兵捆上,押着去见白天王。

这边怒恼了神拳太保曾天寿。他眼瞧着姑父、表弟俱被老道拿去,不由得心中一阵难过,伸手拉刀,就要出去。姚广寿一旁把将曾天寿拉住说:"曾天寿,你又不是迂人,要凭一刀一枪好说,可老道这是邪术,出去也是白饶。"两个人正在争论之际,就听西边一声喊嚷,抬头一看,头前是李福长、李福有,后面跟前水镜先生高志广和文雅先生张文彩,他们各坐征车,每人带童子两个。马玉龙等一看如获至宝一般。

马玉龙率众赶紧上前迎接,说:"二位老英雄,今天来得甚好,我等正在危急之际,真是苦海得遇慈航。白天王营中,有一个老道马遇贵,使的是迷魂五毒香沙袋,前者石铸、魏国安被擒,今天又有钱家父子被获,我等正无计可施。"高志广说:"大人请放宽心,这件事我二人能办。"马玉龙便鸣金撤队回营。二位老英雄见了彭中堂,大人置酒筵相请。高志广说:"先要开个方子去买药,配一种七煞避瘟丹,能诸邪不入。大人再挑五百精锐之卒,十员战将,摆一座五鬼飞沙阵,三天可以演好,我二人作为引阵之人,捉拿这个老道。"马玉龙说:"二位老英雄要用什么,开单与我好去预备。"高志广开好了,就交与马玉龙前去措办。

马玉龙就龙山子弟兵拨了五百人,预备五色大旗,一概安排好了,高志广这才点名,排出十员战将。李福长、李福有、武杰、纪逢春,小神童胜官保、小玉虎李芳、孔寿、赵勇、孙宝元、姚猛这十个人,名按方位,听二位老英雄吩咐,违背者按军法示众。十个人答应下去。所有应用的东西,这大营内铁匠木匠全有,张文彩叫来分拨已定。第二天药配好了,把阵势按方位一布,马玉龙一看甚好,可以给被获的人报仇,管保白天王队中出来一个拿一个。又告诉纪逢春、武杰、孔寿、赵勇等预备绳子,静候捆人。高志广当中坐在台上,张文彩出去引阵。

次日,马玉龙同千里独行侠邓飞雄带一万兵亮队,将阵势藏在队里。白天王也亮了队,带着马遇贵,众殿下和番将出来。马遇贵说:"天王,今日看我拿他!"众人说:"全仗真人法力。"马遇贵一看官军营列开了一万人马,马玉龙手擎盘龙戟,领着一班将校。老道手拉宝剑,来至两军阵前说:"哪个前来送死?"只见由马玉龙身后出来一人,年有六旬以外,儒儒雅雅的,手拿宝剑,正是张文彩。老道一看不像个打仗的,便说:"你这样年迈,不知自爱,还要前来送死!"张文彩说:"看你这样年岁,也不比那年少无知之辈,你说我送死,我看你祸不远矣!你要听我良言相劝,跪下给我磕三个头,抖手一走,去找深山古洞养性修真,不管白天王之事,任凭他两家争斗。你如不听,等到大祸临头,悔之晚矣!"老道哈哈一笑,摆宝剑就是一剑。张文彩一闪身,说:"你当真要动手,就跟我来。"老道说:"哪里去?"张文彩回头用手一指,就见马玉龙的兵队往两旁一闪,当中露出了几座帐篷。老道艺高人胆大,说:"哪里我不敢跟你去。"

张文彩在前头走,老道后面跟随。刚要进帐篷,见当中有一队人,旗幡招展。忽听咕咚一声炮响,再一瞧,四面帐篷又都撤了。只见正南上站定一人,身高丈二,怀抱双铁娃,带着一百个人,后面有一铁箱子似的小车,底下有四个钻轳,两旁有绞轮,前面有五个龙脑袋。老道没见过这东西,不知何用? 一看四面都是这样,方才一愣,就听一声炮响! 老道正打算使出他的迷魂五毒香沙袋,忽见龙嘴往外冒烟,东方冒青烟、南方冒红烟、西方冒白烟、北方冒黑烟。老道一闻,这股烟味已钻入脑髓。第三声炮响,四面弩箭齐发。老道往外一闯,想跑不能,翻身栽倒了。这时一棒锣声,东面李福长、西面李福有、北面孙宝元、南面纪逢春各摆旗子,等这股烟散了,高志广过来就把老道捆上。这叫五鬼迷魂阵,那龙嘴箱内有迷魂香,一绞轮子,能冒五色烟,自己的兵都闻了解药,所以不怕。老道他使五毒香拿人,今天就用迷魂阵拿他。他的解药不管事,终于将他拿住,搜了他的身上,将五毒香沙袋掏了出来。张文彩说:"把他押到后面,我出去再诓几个来。花了若干银子买药置器具,就拿他一个不成。"又来到了两军阵前。白天王正盼着老道回来,却见张文彩用宝剑一指,说:"白天王,你太不知事务,你敢出来?"白天王说:"你把我们的真人引到哪里去了?"正要拍马上前,就听背后一声喊嚷:"天王闪开,待我前去破阵。"不知此人是谁,且看下回分解。

第三三七回

张文彩计摆飞沙阵　将牌头倒反贺兰山

　　话说张文彩出来引阵，白天王刚要亲身前往，背后一声喊嚷："待我来。"白天王一看，乃是前营行军都牌头赵泰。此人很有些臂力，手使九耳八环刀，闯出本队，来至两军阵前，抢刀照定张文彩就剁。张文彩闪身说："你是何人？"贼人说："我乃行军都牌头赵泰是也。"张文彩说："你敢跟我进阵？"赵泰说："我倒要看看你有什么阵势？"张文彩往回就走，赵泰后面跟随，只见马玉龙的兵队往两旁一闪，四面有一百人，分青黄赤白黑五色旗子，每一个铁车头前是龙脑袋。赵泰不知道是什么阵，刚转身要走，就听一声炮响，由龙嘴里冒出烟来。赵泰闻见，翻身栽倒，贼人心中明白，就是头昏眼花，脚下没力。孔寿、赵勇、纪逢春、武杰过来将他绑上，把他带至一座帐篷。贼人睁眼一看，见马遇贵也在一旁捆着，就听上面那人说："张文彩，你出去把白起戈等全皆拿来。"

　　张文彩手提宝剑，又来到两军阵前，点名要白天王出来决一死战。白天王想到老道和行军牌头被擒，就有点胆战心惊，只听背后一声喊嚷，乃是手下大将黑眉扎似彪，拿狼牙棒闯出贼队，扑奔张文彩而来。他想这老道必有诡计，要先结果了老道，再作道理。张文彩拨头往回就跑，黑眉扎似彪追上前去，就听一声炮响，只见旗分五色，却不见了张文彩。贼人不知道里面有什么奥妙，正在发愣，龙嘴里冒出五色烟来，顿时翻身栽倒，这里便有人将他绑上。白天王见事不好，只得赶紧撤队，把免战牌高悬出去。

　　彭中堂撤了队，商议要救石铸、魏国安和钱家父子，打算写信给白天王，要求走马换将。写好了信，马玉龙派前营哨官李文英前去发信。李文英接过信来，跟兵丁说："要救这几个人，全在我这枝箭上。"开弓将信射到番营，那边有把守营门的兵丁，就拿了进去禀报。

　　书中交代：今天白天王大扫兴头，只因自己贪心妄想，打算要夺取嘉峪关，长驱大进，反到京都，打下江山社稷。可是今天被官军营拿了三个人，自己便没了主意。白天王吩咐把孟天王、万天王、邓天王请来，商议军情大事。内中就是邓福伯性如烈火，脾气最急，说道："白天王，你既打算跟官军营打仗，就该带队跟他去打，我等各带大兵，日费斗金，在此又不打仗，所因何故？"白天王说："并非是我不打仗，自从马遇贵拿了官军营的几员战将，我以为有了他，就可以将官军营的兵将全皆拿住了，不想今天倒闹的一败涂地。"正在说话之际，外面有番官进来回禀："现在官军营中用箭射来一封书信。"白天王吩咐呈了上来，拆开一看，只见上面写的是：

　　钦差大臣太子太保文华殿大学士总理新疆军务彭，字寄白天王得知：如今你我两军开兵，已拿住尔手下将官黑眉扎似彪、老道马遇贵并赵泰三人。先前我手下的属员魏国安、石铸、钱文华、钱玉四人，亦被尔拿去。今致书信，特为在两军阵前，走马换将，汝若情愿，即将我方四人放出，我将汝方三人放回，你我重整甲兵，再决胜负。如汝胜我，我情愿撤队回归宁夏府，专折奏明圣上，将嘉峪关外之地让你；倘尔败阵失机，全凭汝自己斟酌。余不尽言，即赐回复。

白天王看罢，心中甚为喜悦，即派手下牌头朱珍，到锦都去将官军营的四将押来，以备对换。

　　这边彭中堂正静等白天王回信，有高志广、张文彩二人上来参见。张文彩说："大人，这个老道马遇贵放不得他。纵虎归山，再拿就拿不住了。今天要不是这五鬼飞沙阵，又焉能拿他。"二位老英雄正跟大人议论，外面营官进来禀报："现在外面来了一位蒋得芳和一位叶得明，要见马大人。"

　　马玉龙在旁边一听，知道是恩师来了，赶紧亲身出来迎接，撩衣跪倒，口称："恩师从哪里来？"飞天玉虎蒋得芳老英雄说："玉龙起来，此地不是讲话之所，到里面去我有话说。"马玉龙同着两位老英雄，来到他自己的帐篷落座。蒋得芳说："我在锦都你师兄的帅府住了多日，你师兄蒋云龙现在白天王手下当大牌头，镇守锦都。他手下带着两万多番兵，拿住官军营的石铸、魏国安、钱家父子四位，现在就关在锦都，由你师兄看守。我叫他救了四位差官，率众投降，你可做个引见之人，回明钦差大人。"马玉龙一听，说："很好，二位老师在此少待，我到里面去见大人。"马玉龙来到中军帐，把此事回禀大人。大人听了说："我正欲走马换将，今有这个机会甚好。"马玉龙赶紧请二位老英雄去面见中堂大人，蒋得芳又把上项事说了一遍。大人说:"二位老英雄,可赶紧返回锦都,去叫蒋云龙来,本阁必保举他做官。"

　　二位老英雄这才告辞,回到锦都。对大牌头一说,蒋云龙立刻由牢狱中把石铸等四人提了出来,打去镣锁,又告诉他们说:"我手下的兵都是本地人,我也叫他等归降。"立刻把手下的偏将、兵丁调齐,率众出了锦都,投奔官军营而来。白天王派人去狱中提人,有人来报:"大牌头蒋云龙投降官军营了。"白天王大吃一惊,又听外面火炮惊天,马玉龙带兵讨战,只吓得目瞪口呆。不知该当如何,且看下回分解。

第三三八回

番王愿降赴宴请罪　中堂做主两方结亲

话说白天王听到大牌头带兵反出锦都金斗寨，情知不好。这时又有人来报："老道马遇贵的人头已号令高竿，外面火炮惊天，人声呐喊，马玉龙前来讨战。"白天王正要率众出去，旁边阿丹丞相过来说："天王，这件事总是王驾的错处，前番既已议定条约，木羊阵一破，天王就应递上降书降表，怎好又带兵与官军开仗？依臣之见，还是率众求降，才是万全之策。"白天王凭血气之勇，本不愿降，可是又斗不了马玉龙，一时无奈，只得说："丞相！你去到官军营说说，虽然归降，还不可损我军威。"阿丹丞相说："是。"立刻备马，带手下从人出来。只见马玉龙列开队伍，有人高挑着马遇贵的人头，阿丹丞相催马上前说："奉我家王驾之命，要面见中堂大人请降。"

马玉龙便拨转马头，带着阿丹丞相进了大营。阿丹跪在中军帐前，口称："中堂大人在上，小臣阿丹奉我主之命前来请降，今后我主情愿年年来朝，岁岁称臣。"中堂闻听此言，说："前番本阁在金斗寨合约，以木羊阵为赌，我已派人将阵打破，他竟敢带兵劫杀？"阿丹丞相说："我主已经知错，只求中堂法外施仁。"彭中堂说："既然如是，我准他投降就是了！我在中军帐摆设太平宴，叫他前来见我。"便将赵泰、黑眉扎似彪放回。阿丹丞相磕头谢过中堂，有人送出营门。阿丹回来见了金枪天王就说："我已求中堂准许投降。彭中堂说马遇贵已死，今将黑将军和赵泰放回，请天王去中军帐赴太平宴。"白天王说："何人保我前往？"旁边六位殿下说："我兄弟六人保父王前往，彭中堂如若反目，孩儿等跟父王死在一处就是了。"

次日，白天王带着白龙、白凤、白虎、白彪、白豹、白熊，各备坐骑，连阿丹丞相一同前来赴宴。彭中堂早已转牌，请东五路天王齐来赴宴。转牌一到，各路天王都要带着文臣武将前来。白天王亲自来见彭中堂负荆请罪，说："多蒙中堂好生之德，因我一时误听奸人之言，以致伤了两方和气,自知粗鲁,特来请罪"。彭中堂说:"天王既自知错,你我前言一概不提。待我奏明圣上,你可以三年一来朝,因知你道路遥远,不能年年前来。"正说着话,有人禀报:"孟天王、万天王到。"中堂派马玉龙出迎二位天王,彼此见礼。来到里面,彭中堂欠身相迎,孟、万二人口称:"蒙中堂恩施格外,,我等全皆感激,特来请罪。"彭中堂说:"二位天王何罪之有,但愿从此息兵无事。"二位天王归了座,从人献茶。正说话间,丁三郎、邓福伯也到了。众位天王会合一处,行礼已毕。彭中堂说:"众位天王,前番在金斗寨合约,以木羊阵为赌。今众位既来和好,我把周百灵还你,木羊阵虽伤了我手下几员将官,也一概不究了。"众天王上前谢过。彭中堂立刻预备上等羊席,打发人去把周百灵叫来,连黑眉扎似彪一并当面交给白天王。这日席散,众天王即告辞回去。

次日差人送来了鹿皮五百张,耕牛五百只,绵羊一千只,虎骨全份,作为犒赏三军之用。中堂收下,在这里歇兵三日。又把高志广、张文彩二人叫过来说:"你二人若要做官,我便奏明圣上,保二位官封显爵。"张文彩说:"多蒙大人抬爱,但我二人乃山野愚夫,慵懒成性,不敢出世为官,愿就此告辞。"二位老英雄告别众人走后,大人就打算起身。次日是西路天王差人送来鹿皮,牛黄、奸皮等各样宝货,敬献中堂。此外尚有向朝廷进献的礼物,中堂一一收下。

次日,回兵到了骆驼岭。歇上一天,便起兵进了嘉峪关,径奔宁夏府。大人刚来到公馆,外面就有人禀报:"现有白天王差派阿丹丞相来见中堂,说有紧要机密之事。"大人吩咐马玉龙出迎阿丹丞相和手下的随员。

原来白天王回到了贺兰山,一见王妃,细说破木羊阵合约之事。王妃娘娘说:"天王,你把军中事办完了,但你我女儿之事怎么办呢?前者她已将巡抚之子伯充武背到雕楼,总算有了夫妻之分,难道今日还能把女儿另嫁他人?"天王说:"依你之见又该当如何?"王妃娘娘说:"你应该求中堂做主,把你我的女儿许给巡抚之子伯充武为妻。你急速派差官奔宁夏府去面见彭中堂,将此事办了。一则免伤两方和气,二来也合他二人之心愿,再说你我面上也才有光彩。"

白天王次日升座,把阿丹丞相叫过来说:"前番合约,已允许官军如破了木羊阵,我便情愿年年来朝,岁岁称臣。只是现有一事还未办理清楚,我的女儿已然把巡抚之子伯充武接到这里多日,你赶紧奔宁夏府去赶彭大人，求他做主，将我女儿许配喜巡抚之子伯充武为妻。"阿丹丞相听罢，说："我即去追中堂大人，将此话说明，成否当在两可，我必求中堂做主就是了。"立刻领了盘费路引，赶紧备马，带从人起身，往下追赶。追到了宁夏府。中堂也刚到公馆。

阿丹丞相来到门首，叫人回禀进去，彭中堂即派马玉龙出来迎接。马玉龙一见就说："阿丹丞相，今日来此何干？"阿丹丞相说："奉我家天王之命，来见中堂，有要事求中堂格外施恩"。马玉龙带着进来，阿丹丞相给中堂行礼。彭中堂知道他是白天王的手下宠臣，便说："阿丹丞相，来此何干？"阿丹丞相说："奉我家天王之命，来求中堂做主，天王愿将白莲仙姑许配喜巡抚之子伯充武为妻，以遮两方之丑。"中堂一听，说："此事我也不能替他做主，儿女姻亲，乃是一件大事，我去同老大人商议，你在此等候听信。"便派人款待阿丹丞相。中堂方要派人去约请喜巡抚，忽然听见公馆外面一阵大乱，人声鼎沸，又有一件岔事惊人。不知后事如何，且看下回分解。

第三三九回

王媚娘喊告刘德太　彭钦差肃清折入都

话说彭中堂正要派人去请喜巡抚，只听得外面一阵大乱。有听差人进来回禀："现在外面有一个女子喊冤。"大人吩咐："把她带进来吧。这里现有地方官，为何要到我公馆喊冤？你等不可威吓她，带进来我看看。"手下人答应出去，带进一个女子，年有二十余岁，举止端庄，相貌不俗，来到上房台阶跪下，口称："大人在上，难女王媚娘，原籍是京都人氏，跟我父亲在外省做官，后扶柩回籍，行至中途，被山贼掠抢，我母亲殉难，我被扣了红龙涧。大人被困时，我曾救过刘大人，给公馆送信，言明刘大人已收难女为室。自破红龙涧后，刘大人跟钦差来至宁夏府，竟将此事不提。难女同老仆周庄来宁夏府找刘大人数次，刘大人都置若罔闻，只求大人给难女做主。"钦差一听，也知道这件事情，就说："你现在何处居住？"王媚娘说："现在宁夏府西门外双顺店。"大人说："你且回去，本阁必将此事办理清楚。"王媚娘谢过大人就回去了。

大人一面派人去请喜巡抚，一面把刘芳叫来。中堂说："刘芳，大丈夫生在世上，不可忘恩负义。你既允许她，她投奔你来，乃是一个孤苦难女，你却置之不理，打算怎么办呢？"刘芳给大人行礼，说："卑职只因军务紧急，无暇去办自己的私事，这就赶紧去办。"大人说："好。"刘芳即下去办理此事，与王媚娘成亲不提。

且说喜大人来到，中堂请了进来。喜大人说："中堂呼唤，不知有何事故？"中堂说："我约大人非为别故，只因白天王遣阿丹丞相来此，说以前世兄伯充武曾被掠去三年，后虽送回，但世兄与白天王之女已有夫妻之分，白天王也不愿把女儿再另许别家，情愿给世兄为妻，彼此结秦晋之好。"喜崇阿说："中堂吩咐，卑职焉敢违背，无奈跟番王结亲，此事我不敢自专，必须奏明圣上。"中堂说："我可以给你递折子奏明，只要你自己情愿。"喜崇阿说："有中堂做主，卑职焉敢不遵。"中堂说："很好，你就送定礼来吧。"喜崇阿告辞回去，即差人送来玉如意一柄，交阿丹带了回去。

中堂这才吩吩把飞云、清风和焦家二鬼带了上来,左右一声答应。这几个贼人,天天倒是好吃好喝。因飞云是奉旨严拿的要犯,先把他带了上来,那三个在外听候。飞云这时已是手铐脚镣,大三件木栲。一个差人说:"跪下。"飞云偷眼一看,中堂在上面端然正坐。大人说:"飞云,你原籍哪里?在哪里出家?把你所作所为之事,从实招来,免得本阁三推六问。你这案子关系重大,问得明白,本阁好上折子。"飞云说:"中堂不必细问,我原籍庆阳府连环寨尹家川,自幼出家,我师父叫神弹子火龙驹戴胜其。"中堂说:"在秘香居盗万岁的珍珠手串,可是你起的意?"飞云说:"是我起意,已将手串还回。"中堂说:"本阁与你远无冤,近无仇,你却在灵宝县同金眼头陀法缘前来行刺,杀死了差官苏永福,这可是你起的意。"飞云说:"是。"他想:反正无非是个剐罪,便尽都招认画供。再把清风带上来审问。"清风说:"我叫于常业,在葵花观出家,本与大人无仇,只为飞云、马道玄二人起意,我才到灵宝县行刺。"把所作之事,也都画了招供。又把二鬼带了上来,他二人低头不语。大人说:"你二人前在剑峰山拒捕,情同叛逆,本当杀你,是胜奎苦苦相求,方才减等治罪,给你焦氏留后,不料你二人竟恩将仇报。"二人答言说:"本不欲谋害大人,皆因受了和尚老道二人的蛊惑。"他二人也画了供。大人吩咐把这四个人带了下去,不准难为他等,每顿给他四人一席。

大人办好了折子和所有在事出力人员的保章,即派宁夏总镇徐胜押折进京。大人在宁夏府公馆住着,听候圣旨。闲时把众老少英雄都叫来问过,若愿做官者,便同大人回去。内中有金眼雕邱成不愿做官,欧阳德也要回千佛山真武顶,众人都摆酒送行。欧阳德吃了几杯,先向众人告辞走了。

中堂把事情办清,心中甚喜。这天在灯下看书,众人轮流伺候,今天是彭福、彭禄两人。大人想:"如今事已办完,就等圣上谕旨下来,便可回京。"天有二鼓之时,不想房上又来了两个刺客。

这两个贼人,原是连环寨漏网之贼,一个叫抄水燕子石铎,一个叫燕翅子刘华。二人自连环寨逃走,回到凤凰山,总想给他拜兄白猴杨堃报仇,以泄胸中之气。这天奉凤凰山寨主九头鸟之命,二人就下山来找大人行刺。这两个贼人本是江洋大盗,久在凤凰山啸聚,后又入了八卦教。两人在路上一打听,得知彭中堂现在宁夏府,便扮做客商,来到宁夏府十字街路北,住在天盛店东跨院上房。第二天,来到公馆门口一探,只见出入之人不断,也不知里头有多少办差官,多少能人。两人探道回店,向店里伙计说:"彭中堂在宁夏府公馆住着,往常公馆里乱不乱?"伙计说:"彭中堂刚破了木羊阵,大获全胜。昨天,白天王又派阿丹丞相前来给喜巡抚提亲,还拿了四个贼人,内中一个是和尚,一个是老道,听说是奉旨严拿的要犯,可不知道叫什么。"抄水燕子石铎一听,心中一动,等伙计出去,便说:"刘贤弟! 大概彭赃官公馆拿的,定是飞云、清风道友。如真是他等,我弟兄要把他们救了出来。"刘华说:"也好,晚上咱们瞧瞧去,要真是绿林的朋友,你我怎能袖手旁观?"二人商议已定,要了酒菜,在上房屋中谈谈笑笑,开怀畅饮。天有二鼓之时,这两人换过夜行衣,出了客店,蹿房越脊,暗中来到公馆,见彭中堂此时正在灯下看书。这两个贼人伸手抽刀,就要去刺彭大人。不知后事如何,且看下回分解。

第三四〇回

景万春拿刺客刘华　简寿童勾贼人行刺

话说抄水燕子石铎和燕翅子刘华在暗中一看,大人正在灯下看书,旁边只有一个童儿侍候,乃是老管家彭兴的侄儿。两个贼人看得明白,打算下去把大人杀了,然后再去搭救飞云、清风。刘华说:"石大哥,你给我巡风,我下去动手。"在房上使了个珍珠倒卷帘、夜叉探海式,往四面一看,一无人声,二无犬吠,便飘身下来,脚落实地,伸手拉刀,掀帘进入上房。大人在灯下看书,忽听帘子一响,抬头一看,只见进来一个贼人,手持鬼头刀,蓝绢缠头,青袄青中衣,打着裹腿,蓝裤子,青皂鞋,有三十多岁,淡黄脸膛,两道短眉,一双三角眼。大人说:"什么人?黑夜来此何干?"贼人说:"我叫燕翅子刘华,前来取你的首级。"大人一听,把面目一沉,说:"好大胆,给我拿贼。"小童儿这时只吓得浑身发抖,体似筛糠。贼人摆刀刚要扑奔大人,忽由房梁上跳下一人,正是老英雄景万春。

他因知彭中堂刚由关外回来,这里遍地是贼,便在暗中保护大人。今天晚上来到上房,一瞧竟无人保护大人。老英雄暗想:"公馆里这些人也太大意了!"大人出去方便,老英雄便溜进屋中,藏在房梁之上。他可真来着了,这总是吉人自有天相。老英雄一见有贼人行刺,拉刀跳了下来。刘华一见,拨头就跑。老英雄随后追赶,一声喊嚷:"拿贼!"公馆里众办差官便各抄兵刃出来。石铎见事不好,拨头先走。刘华往上房一蹿,见房上站定一人,绿眼珠,一部虬髯,吓得亡魂皆冒,摆刀就剁。邓飞雄大喊:"贼人休要猖狂!"将红毛宝刀往上一迎,呛啷一声,将贼人的刀削为两段。刘华一害怕,想要往旁边逃走,忠义侠马玉龙等已从四面围了上来。贼人用刀照马玉龙砍来,马玉龙闪身跟进一步,便用腿将刘华踢下房来。下面有纪逢春过去按住就捆。

这时大人吩咐:"把他带了上来。"众办差官两旁侍立,大人在上面坐定,说:"贼人,本阁有何不到之处,你竟敢前来行刺。只要你有理,本阁把你放了,你要说不出来,我便用军法办你。你姓什么?"贼人说:"我姓刘名华。"马玉龙说："回禀大人，他是八卦教，当初在紫禁城偷九头狮子印的就是他。"大人说："你既身入邪教，如同叛逆，又在禁地偷窃，这就杀之有余。你今又来行刺，来了几个人？"刘华说："我们来了两个人，那个叫石铎，我们原是凤凰山的，在八卦教里封为开国大将军。因为你手下办差官剿灭佟家坞，我等故此跟你有仇。"大人问明，告诉马玉龙："明天天亮绑出去杀了，再晓谕各处文武衙门，捉拿石铎。"次日早饭之后，就将贼人刘华绑出去杀了。

　　过了几日，这天圣旨已到。上谕说：钦差大人彭朋查办之事，办理甚善，着将在事出力人员，一并随同来京引见。所有查获各犯，都交刑部严刑审讯。此时大人已将事件办理清楚，庆将军、喜巡抚便大排筵宴，给彭中堂送行。大人起身回都之时，所有官民等人俱皆感念大人，送来了一顶万民伞，上写"忠君佑民"四字。大人率众差官入都，一路上驰驿前往，饥餐渴饮，晓行夜住，众老少英雄保护着进了潼关。

　　这天来到灵宝，本处知县早给大人备下公馆。众人也有住公馆的，也有住店的。跟大人的亲随，就是苏永禄、苏小山、陈山、周玉祥这四位。天有二鼓之时，大家都睡了，没想到又有贼来。

　　原来抄水燕子石铎自宁夏府逃走，便隐藏到了暗处。第二天听说把刘华杀了，夜晚就去把人头盗走，逃回凤凰山来见九头鸟孙文广，他是凤凰山一百单八将的头一位寨主。石铎一诉前情，孙文广就要去给刘华报仇。这时外面有人进来禀报："现在简寿童由贺兰山来见寨主。"简寿童自马遇贵一死，见那白天王已跟官军合约，料想不能报仇了，便上凤凰山来找孙文广，约群贼去给马遇贵报仇。到山口往里一回，九头鸟正同群贼商议着去给刘华报仇。简寿童进来就说："众位要刺杀彭朋，我也跟了去，我的朋友死在他手，我跟他有仇。"孙文广说："简贤弟肯去很好，你同小鹞子周治、小孔雀吴通一起前去，叫抄水燕子石铎带路。"立刻就吩咐摆酒送行。四个贼人说："寨主哥哥，我四人此去，管保把彭赃官的首级取来。"孙文广给每人斟了三杯酒，又说了些吉利话，给了盘川。这四个人便收拾利落，各带兵刃下了凤凰山。

　　到宁夏府一打听，彭中堂已然奉旨回都了，四个人就连夜往下追赶。这天赶到灵宝县，到西门外德成店一问，彭中堂还住在这里没走。石铎就说："众位！咱赶紧吃饭，换上夜行衣去到公馆，你们几位只看我的眼色行事。"三人点头答应,出了上房,蹿房越脊径奔城墙,搭上白莲套索,就揪绳上去了。石铎在头,简寿童紧随在后,他本是大奸大恶,打算瞧事做事,如若成功,他就向前,如不成功,他便先跑。大家来到公馆一看,见大门早已关闭。四个人上房一看,并无人声犬吠,大人已在上房安眠,外间就是彭兴在灯前值夜。简寿童一看没有防备,就说:"三位给我巡风,我下去动手。"简寿童房上下来,拉出宝剑,就将上房门拨开了。彭兴正似睡不睡,听见门响,睁眼一看,见门闩竖了起来,不禁心中一跳。刚一愣,见门往左右一分,便大喊起来:"有贼!"彭中堂在东里间屋中安歇,西里间就是老英雄陈山、周玉祥。陈山已经惊醒,猛听管家彭兴喊叫有贼,连声音都岔了。老英雄一滚身爬了起来,拉出刀说:"好大胆贼人!"蹿出里间,摆刀就剁。简寿童用宝剑往上一迎,将老英雄的刀头削断。陈山大吃一惊,简寿童跟着一个拨草寻蛇式,冲了过去,径向老英雄扎来。老英雄一闪身躲开,正在危急之际,外面厢房苏永禄、苏小山也出来了,喊嚷一声:"好贼!"房上的周治、吴通就跳了下来,敌住二人。简寿童见陈山往旁一闪,就进东里间来刺杀彭大人,要为众绿林弟兄报仇,以消往日之恨。不知后事如何,且看下回分解。

第三四一回

彭钦差回都召见　众豪杰见驾封官

话说简寿童手提宝剑来刺杀中堂,此时老英雄陈山的刀已被削断,一急跑进西里间,抄起顶门闩出来,要跟贼人以死相拼。简寿童刚往里走,只听背后一声喊嚷:"好大胆的贼人,待我来拿你。"简寿童回头一看,来者正是邓飞雄。贼人大吃一惊,他在两军阵前见过邓飞雄,果然是武艺出众,本领高强。原来邓飞雄就住在大人公馆对过的店里,恐有贼人的余党前来行刺,每晚总要来公馆绕两个弯,巡查巡查。今天果然赶上了,一拉手中红毛刀蹿了下来,大嚷道:"贼人休要猖狂,待我来拿你!"简寿童不敢往屋里去,回身蹿在院内,一摆手中宝剑,照邓飞雄搂头就剁。邓飞雄闪身用红毛刀往上相迎,贼人知道邓爷使的是宝刀,不敢用宝剑来迎,恐伤了自己的兵刃,便往回一撤。邓爷跟了进来,使了个野战八方藏刀式,竟将贼人左膀砍伤。贼人正想逃走,已被邓飞雄一腿踢倒,将他捆上。房上石铎正想逃走,早被邓飞雄快眼看见,飞身上房举刀就剁。石铎摆刀相迎,三五个照面,又被邓飞雄拿住。老英雄陈山,此时也帮着苏永禄二人,把周治、吴通拿住了。大人在里面已经醒了,便吩咐将贼人带上来。一讯问,才知是凤凰山的贼人,来给刘华报仇。大人吩咐将这几个贼人交与本地官府,就地正法。大人又歇了一天,便起身入京。

路上无话。这一天来到京都,住在彰仪门外天灵寺,先派人将折本送到兵部。是日入朝见驾,康熙老佛爷心中大悦。因彭朋此行查办甚为出力,与国有益,着仍在军机处行走,赏赐世袭一等男爵。彭中堂又把在事出力人员之功,一一奏明圣上。康熙老佛爷即命文华殿大学士彭朋,带领众侠义见驾。内中有金眼雕邱成、伍氏三雄、银头皓首胜奎、追风侠万里老刘云、陈山、周玉祥、景万春、余化龙、余化虎、神枪太保钱文华、纪有德这班老英雄都不愿做官,圣上各赐侠义金牌一面,彩缎十四。高通海钦赐三代一品封典、固原巴图鲁勇号,仍留陕甘提督本任。徐胜归军机处记名,遇提督缺升用,赐刚毅巴图鲁勇号。刘芳加提督衔,遇缺简放总兵,赏换头品顶戴花翎,回河南永城协本任。唯有马玉龙战功卓著,办事出力,忠勇异常,钦赐头品顶戴,建威将军,升宁夏府将军。邱明月升授大同游击,在镇标下效力。邓飞雄赏加三品顶戴,遇总兵缺出尽先补用。蒋云龙倒反贺兰山,着回归陕甘,以副将补用。碧眼金蝉石铸以副将拔补,实授河南参将。刘得猛、刘得勇各以都司回本标升用。曾天寿、魏国安、姚文寿、赵文升、段文龙俱赏给四品顶戴花翎,以游击补用。天津卫守备补用游击武杰,累建奇功,升授副将。狼山千总补用守备纪逢春,父子舍死立功,赏加三品顶戴,升授京营游击,记名守备。京营实任把总苏永禄,着免补千总,以守备补用。苏永福为国捐躯,赏给四品封典,其子苏小山随事出力,着以游击补用,赏戴花翎。胜官保、李芳、钱玉、窦福春、孙宝元、姚猛、李福长、李福有俱赏戴蓝翎,以守备用。凉州副将常清,着升授西凉总兵,钦赐巴图鲁勇号,赏穿黄马褂。孔寿、赵勇各赏给四品顶戴,以游击归原省即补。候补把总冯元志、赵友义俱以守备用,赏给四品衔。余得福、余得寿、余强、余猛俱赏给五品顶戴,以把总分省补用。武举郑华雄赏给守备,归原省镇标下效力。刘天雄屡次剿贼,以游击补用。李珮赏给四品顶戴,补授京营守备。已故把总李环,恩赐四品封典,赐恤赏银一百两。吴占鳌为国捐躯,赏给四品封典,其弟吴占元、吴占魁赏给五品顶戴,以千总分省补用。项国梁拿获周百灵有功,赏给三品顶戴,以文职道员用。项文龙,项文虎弟兄以千总遇缺即补。郑鸿年呈献木羊阵图,以游击补用,并赏给五品衔。胡元豹以参将升用,钦加三品衔,赏戴花翎。张文彩、高志广俱赏给二品衔,以文职道员用,圣上钦赐"忠义堪嘉"四字,着南书房书写,交本地方官送去悬挂。圣上皇恩浩荡,所有在事出力人员,俱各有升赏。